As Benevolentes

Jonathan Littell

As Benevolentes

tradução
André Telles

7ª reimpressão

Copyright © 2006 by Jonathan Littell

Grafia atualizada segundo o Acordo Ortográfico da Língua Portuguesa de 1990, que entrou em vigor no Brasil em 2009.

Título original
Les Bienveillantes

Capa
Mariana Newlands, a partir de obra de Lucio Fontana

Revisão
Diogo Henriques
Lilia Zaetti
Raquel Corrêa

Atualização ortográfica
Adriana Moreira Pedro

cip-Brasil. Catalogação na fonte.
Sindicato Nacional dos Editores de Livros, rj

L756b
    Littell, Jonathan
        As Benevolentes / Jonathan Littell ; tradução de André Telles. — 1ª ed. — Rio de Janeiro : Alfaguara, 2007.

        Título original: Les Bienveillantes.
        isbn 978-85-60281-23-7

        1. Romance francês 1. Telles, André. ii. Título.

07-2101
                      cdd: 843
                      cdu: 821.133.1-3

Todos os direitos desta edição reservados à
editora schwarcz s.a.
Praça Floriano, 19, sala 3001 — Cinelândia
20031-050 — Rio de Janeiro — rj
Telefone: (21) 3993-7510
www.companhiadasletras.com.br
www.blogdacompanhia.com.br
facebook.com/editora.alfaguara
instagram.com/editora_alfaguara
twitter.com/alfaguara_br

Sumário

Toccata	9
Allemandes I e II	31
Courante	313
Sarabande	397
Menuet (en rondeaux)	493
Air	795
Gigue	841

Apêndices

Glossário	899
Tabela de equivalência de patentes militares	907

Para os mortos

Toccata

Irmãos humanos, permitam-me contar como tudo aconteceu. Não somos seus irmãos, vocês responderão, e não queremos saber. É bem verdade que se trata de uma história sombria, mas também edificante, um verdadeiro conto moral, garanto a vocês. Corre o risco de ser um pouco longa, afinal aconteceram muitas coisas, mas, se calhar de não estarem com muita pressa, com um pouco de sorte arranjarão tempo. Além do mais, isso lhes diz respeito: vocês verão efetivamente que lhes diz respeito. Não pensem que estou procurando convencê-los do que quer que seja; afinal de contas, cada um tem sua opinião. Se resolvi escrever, depois de todos esses anos, foi para expor as coisas para mim mesmo, não para vocês. Rastejamos por muito tempo nesta terra como uma lagarta, à espera da borboleta esplêndida e diáfana que carregamos dentro de nós. O tempo passa, a ninfose não chega, permanecemos larva, constatação aflitiva, o que fazer? O suicídio, naturalmente, continua sendo uma opção. Mas, para falar a verdade, o suicídio não me atrai muito. Pensei nisso, claro, durante muito tempo, e se tivesse de recorrer a ele, eis como agiria: apertaria uma granada contra o peito e partiria numa viva explosão de alegria. Uma granadinha redonda da qual eu removeria o pino com delicadeza antes de soltar a trava, sorrindo ao barulhinho metálico da mola, o último que eu ouviria, afora os batimentos do coração nos ouvidos. E depois finalmente a felicidade, ou, em todo caso, a paz, e as paredes do meu escritório enfeitadas com retalhos de carne. A limpeza caberá às faxineiras, são pagas para isso, o problema é delas. Mas, como eu disse, o suicídio não me atrai. Não sei por quê, aliás, talvez seja um velho fundo de moral filosófica que me faz pensar que, afinal de contas, não estamos aqui para nos divertir. Para fazer o quê, então? Não tenho ideia, para durar, provavelmente, para matar o tempo antes que ele nos mate. E, nesse caso, nas horas perdidas, escrever é igual a outra ocupação qualquer. Não que eu tenha tantas horas assim a perder, sou um homem ocupado; tenho o que chamam de uma família, um trabalho, responsabilidades portanto, tudo isso toma tempo, não sobra muita coisa para evocar recordações. Recordações são coisas que eu tenho, e inclusive em uma quantidade considerável. Sou uma verdadeira fábrica de recordações. Teria passado a vida fabricando recordações, ainda que agora me paguem, em vez disso, para fabricar renda. Na verdade, eu teria sido igualmente capaz de não escrever. Afinal de contas, isso não é uma obrigação. Depois da guerra, permaneci um homem discreto; graças a Deus, nunca tive necessidade, como alguns dos meus ex-colegas, de escrever memórias como justificativa, pois nada tenho a justificar, nem que fosse com fins lucrativos, pois ganho suficientemente bem com o que faço. Uma vez eu estava na Alemanha, em viagem de negócios, discutindo com o diretor de uma grande casa de lingerie a quem eu pretendia vender renda. Ele me fora recomendado por velhos amigos; assim, sem fazermos perguntas, ambos sabíamos da situação de cada um. Após nossa conversa, que por sinal se desenrolara de forma bastante positiva, ele se levantou para pegar um volume em sua biblioteca e me deu de presente. Tratava-se das memórias póstumas de Hans Frank, governador-geral da Polônia; intitulava-se *Diante do cadafalso*. "Recebi uma carta da viúva", explicou meu interlocutor. "Ela pagou para editar o manuscrito, redigido por ele depois do processo, e vende o livro para sustentar os filhos. Você imagina, chegar a esse ponto? A viúva do governador-geral. Encomendei vinte exemplares para dar de presente. Também sugeri aos meus chefes de departamento que comprassem um. Ela me escreveu uma comovida carta de agradecimento. Você a conheceu?" Garanti-lhe que não, mas que leria o livro com interesse. E assim foi, folheei-o de passagem, talvez eu lhes conte mais tarde, se tiver coragem ou paciência. Mas aqui não faria sentido falar nisso. O livro, aliás, era muito ruim, confuso, choramingas, eivado de uma curiosa hipocrisia religiosa. Talvez essas notas também sejam confusas e ruins, mas vou dar o melhor de mim para ser claro; posso lhes garantir que pelo menos elas permanecerão isentas de qualquer contrição. Não me arrependo de nada: fiz meu trabalho, e ponto-final; quanto aos meus assuntos familiares, que talvez eu conte também, dizem respeito apenas a mim; quanto ao resto, lá para o final eu decerto passei dos limites, mas então eu não era mais o mesmo, vacilava e aliás o mundo inteiro estremecia ao meu redor, não fui o único a perder a cabeça, admitam. Além disso, não escrevo para alimentar minha viúva e meus filhos, no meu caso sou totalmente capaz de prover minhas necessidades. Não, se finalmente decidi escrever, tudo indica que foi para passar o tempo e também, é possível, para esclarecer um ou dois pontos obscuros, para vocês e talvez até para mim. Além do mais, acho que vai me fazer bem. É verdade que tenho um péssimo senso de humor. A prisão de ventre, sem dúvida. Problema aflitivo e doloroso, por sinal novo para mim; antigamente, era justamente o contrário. Durante muito tempo tive de ir ao banheiro três, quatro vezes por dia; agora, uma vez por semana seria uma felicidade. Limito-me às lavagens, procedimento desagradabilíssimo, mas eficaz. Perdoem-me por entretê-los com detalhes tão escabrosos: tenho todo o direito de me queixar um pouco. E, se não estão aguentando, seria melhor pararem por aqui. Não sou Hans Frank, não faço cerimônia. Quero ser preciso, na medida do possível. Apesar dos meus defeitos, e eles são muitos, ainda sou dos que acham que as únicas coisas indispensáveis à vida humana são o ar, a comida, a bebida e a excreção, além da busca pela verdade. O resto é facultativo.

Tempos atrás minha mulher trouxe um gato preto para casa, decerto pensando em me agradar. Naturalmente, não pedira minha opinião. Devia desconfiar que eu o recusaria taxativamente, o fato consumado seria mais seguro. E, uma vez ele ali, nada a fazer, as crianças chorariam etc. O gato, ainda assim, era bastante antipático. Quando eu tentava acariciá-lo, para dar mostras de boa vontade, ele corria para se sentar no parapeito da janela e me fitava com seus olhos amarelos; se tentasse pegá-lo no colo, me arranhava. À noite, ao contrário, vinha se deitar como uma bola no meu peito, uma massa sufocante, e no meu sono eu sonhava que era asfixiado sob uma montanha de pedras. Com minhas recordações, era parecido. A primeira vez que me decidi a registrá-las por escrito, tirei uma licença do trabalho. O que se revelou um erro. As coisas, entretanto, estavam bem encaminhadas: eu comprara e lera uma quantidade considerável de livros sobre o assunto a fim de refrescar a memória, traçara organogramas, estabelecera cronologias detalhadas e assim por diante. Mas, com aquela licença, eu de repente dispunha de tempo, e comecei a pensar. Além disso, era outono, uma chuva cinzenta e suja despia as árvores, eu soçobrava lentamente na angústia. Constatei que pensar não era uma coisa boa.

Eu devia ter desconfiado. Meus colegas consideram-me um homem calmo, estabelecido, ponderado. Calmo, com certeza; mas, durante o dia, volta e meia minha cabeça começa a rugir surdamente como um forno crematório. Falo, discuto e tomo decisões, assim como todo mundo; mas no balcão, diante do meu conhaque, imagino um homem entrando com um fuzil de caça e abrindo fogo; no cinema ou no teatro, visualizo uma granada destravada rolando sob as fileiras de assentos; na praça pública, em dia de festa, vejo a detonação de um veículo recheado de explosivos, a efusão da tarde transformada em carnificina, o sangue correndo no asfalto, os retalhos de carne grudados nas paredes ou projetados através das vidraças para aterrissarem na sopa dominical, ouço gritos, gemidos de pessoas com membros arrancados como patas de inseto por um garotinho curioso, o pasmo dos sobreviventes, um silêncio estranho como instalado nos tímpanos, o início do longo medo. Calmo: sim, continuo calmo, haja o que houver não transpareço nada, continuo tranquilo, impassível, como as fachadas mudas das cidades destruídas, como o rosto à flor da água dos afogados jamais encontrados. Romper essa calma terrível seria impossível para mim, por mais que eu quisesse. Não sou daqueles que fazem um escândalo por qualquer coisa, sei me comportar. Entretanto, isso também me oprime. O pior não está necessariamente nas imagens que acabo de descrever; extravagâncias desse tipo me assombram há muito tempo, desde a infância provavelmente, em todo caso muito antes de eu também me ver no coração do matadouro. A guerra, nesse sentido, não passa de uma confirmação, e me acostumei com esses pequenos roteiros, utilizo-os como um comentário pertinente sobre a vaidade das coisas. Não, o que se revelou penoso e difícil foi cuidar apenas de pensar. Reflitam a respeito: em que vocês pensam durante o dia? Em pouquíssimas coisas, de fato. Estabelecer uma classificação integral dos pensamentos corriqueiros de vocês seria coisa fácil: pensamentos práticos ou mecânicos, planejamento dos gestos e do tempo (exemplo: colocar a água do café para ferver antes de escovar os dentes, as torradas para tostar depois, porque ficam prontas mais rápido); preocupações de trabalho; mazelas financeiras; problemas domésticos; devaneios sexuais. Vou poupá-los dos detalhes. No jantar, vocês contemplam o rosto envelhecido da esposa, tão menos excitante que a amante, mas, por outro lado, aceitável sob todos os aspectos, que fazer, é a vida, daqui a pouco vocês falarão da última crise ministerial. Vocês se lixam para a última crise ministerial, mas falar de quê? Vocês hão de convir que, se esses tipos de pensamentos forem eliminados, não sobra mais muita coisa. Existem, naturalmente, outros momentos. Inesperadamente, entre dois anúncios de sabão em pó, um tango de antes da guerra, "Violetta", digamos, e eis que ressurgem o fragor noturno do rio, os lampiões do botequim, o cheiro suave de suor na pele de uma mulher alegre; na entrada do parque, o rosto sorridente de uma criança faz com que vocês se recordem do filho um pouquinho antes de começar a andar; na rua, um raio de sol atravessa as nuvens e ilumina as grandes folhas e o tronco esbranquiçado de um plátano, e vocês pensam bruscamente na infância, no pátio de recreio da escola onde brincavam de guerra berrando de terror e felicidade. Vocês acabam de ter um pensamento humano. Mas isso é muito raro.

 Ora, se suspendermos o trabalho, as atividades banais e a agitação de todos os dias para nos entregarmos com seriedade a um pensamento, a coisa muda de figura. Logo tudo reflui, em ondas pesadas e escuras. À noite os sonhos se desarticulam, desenrolam, proliferam e, ao despertar, deixam uma fina camada acre e úmida na cabeça, que leva tempo para dissolver. Não existe mal-entendido: não se trata aqui de culpa nem de remorso. Isso também existe, decerto, não quero negar, mas acho que as coisas são complexas de outra forma. Até mesmo um homem que não participou da guerra, que não teve de matar, sabe do que estou falando. Voltam as pequenas malvadezas, a covardia, a falsidade, as mesquinharias que atormentam todo homem. Logo, não surpreende que os homens tenham inventado o trabalho, o álcool, os falatórios estéreis. Não surpreende que a televisão faça tanto sucesso. Em suma, não demorei a pôr fim à minha licença inoportuna, era melhor assim. Tinha tempo suficiente, na hora do almoço ou à noite, depois da saída das secretárias, para rabiscar.

 Uma breve pausa para vomitar, e recomeço. É outra das minhas numerosas pequenas aflições: de tempos em tempos, regurgito minhas refeições, às vezes imediatamente, às vezes um pouco depois, sem motivo aparente. É um problema antigo, data da guerra, começou por volta do outono de 1941 para ser preciso, na Ucrânia, em Kiev, creio, ou talvez em Jitomir. Falarei a respeito disso. Em todo caso, desde essa época tenho o seguinte hábito: escovo os dentes, desço um copinho de álcool e continuo o que estava fazendo. Voltemos às minhas recordações. Comprei vários cadernos escolares, em grande formato e quadriculados, que guardo na escrivaninha em uma gaveta fechada a chave. Antes, eu fazia anotações em fichas de papel brístol, também quadriculadas; agora, decidi retomar o fio e não largar mais. Por que faço isso, não sei muito bem. Com certeza não é para a edificação da minha descendência. Se eu morresse subitamente neste exato instante, de uma crise cardíaca, digamos, ou de uma embolia cerebral, e minhas secretárias pegassem a chave e abrissem a gaveta, elas teriam um choque, coitadas, e minha mulher também: bastariam as fichas brístol para tanto. Precisarão queimar tudo sem demora para evitar o escândalo. Para mim, tanto faz, estarei morto. E, afinal de contas, ainda que eu me dirija a vocês, não é para vocês que escrevo.

    Meu escritório é um lugar agradável para escrever, grande, sóbrio, tranquilo. Paredes brancas, quase sem decoração, um móvel envidraçado para as amostragens; e no fundo uma grande sacada que dá para a sala das máquinas. A despeito de um vidro duplo, o estrépito incessante dos teares toma conta do recinto. Quando quero pensar, deixo a mesa de trabalho e fico diante do vidro, contemplo os teares alinhados aos meus pés, os movimentos seguros e precisos dos rendeiros, deixo-me embalar. Às vezes, desço para passear por entre as máquinas. A sala é escura, os vidros empoeirados são pintados de azul, pois a renda é frágil, teme a luz, e esse fulgor azulado descansa meu espírito. Gosto de me perder um pouco na batida monótona e sincopada que domina o espaço, aquela pulsação metálica em dois tempos, obsedante. Os teares continuam a me impressionar. São de ferro fundido, foram pintados de verde e cada um pesa dez toneladas. Alguns são muito antigos, faz tempo que não são mais produzidos; mando fazer as peças de reposição por encomenda; depois da guerra, passamos sem percalços do vapor para a eletricidade, mas não mexemos nas máquinas em si. Não chego perto delas, para não me sujar; peças móveis em tal quantidade devem ser constantemente lubrificadas, mas o óleo, evidentemente, destruiria a renda, então usamos grafite, mina de chumbo pulverizado com que o rendeiro polvilha os órgãos em movimento com a ajuda de um funil, como um incensório. A renda sai preta dali, e a grafite cobre as paredes, bem como o assoalho, as máquinas e os homens que as vigiam. Ainda que não meta a mão com frequência, conheço bem aqueles grandes motores. Os primeiros teares de tule ingleses, segredo ciosamente guardado, entraram como contrabando na França no dia seguinte às guerras napoleônicas, graças a operários que fugiam das taxas alfandegárias; foi um lionês, Jacquard, que os modificou para produzir renda, introduzindo uma série de cartões perfurados que determinam a padronagem. Cilindros, embaixo, alimentam o trabalho com linha; no coração do tear, cinco mil bobinas, a *alma*, são comprimidas em um carro; depois um *catch-bar* (preservamos em nossa língua alguns termos ingleses) vem segurar e chacoalhar esse carro, com um grande estalido hipnótico, para a frente e para trás. As linhas, guiadas lateralmente por *combs* em cobre sobre chumbo, segundo uma coreografia complexa codificada por quinhentos ou seiscentos cartões Jacquard, tecem os pontos; um *pescoço de cisne* faz o pente subir; finalmente aparece a renda, aracnídea, vacilante sob sua camada de grafite, vindo se enrolar lentamente em um tambor fixado no topo do Leavers.

 O trabalho na fábrica segue uma rigorosa segregação sexual: os homens criam os motivos, perfuram os cartões, montam as séries, vigiam os teares e administram os subsidiários; suas mulheres e filhas, por sua vez e ainda hoje, continuam a enrolar, desgrafitar, reparar, desfiar e dobrar. As tradições são fortes. Os rendeiros, aqui, formam algo como uma aristocracia proletária. O aprendizado é longo, o trabalho, delicado; no século passado, os rendeiros de Calais chegavam à fábrica de caleche e de cartola, e tratavam o patrão por você. Os tempos mudaram. A guerra, apesar de alguns teares usados pela Alemanha, arruinou a indústria. Foi preciso recomeçar tudo do zero; atualmente restam apenas cerca de trezentos teares no Norte, onde funcionavam quatro mil antes da guerra. Contudo, durante a retomada econômica, os rendeiros compraram automóveis bem antes dos burgueses. Mas meus operários não me tratam por você. Não creio que gostem de mim. Isso não é grave, não lhes peço que gostem de mim. Além disso, tampouco gosto deles. Trabalhamos juntos, é tudo. Quando um funcionário é consciencioso e aplicado, quando a renda que sai do seu tear exige poucas repetições, dou-lhe uma recompensa no fim do ano; já aquele que chega atrasado ao trabalho, ou bêbado, castigo-o. Nessas bases, nos entendemos bem.

 Vocês talvez estejam se perguntando como fui parar no ramo do rendado. Eu estava longe de ser predestinado ao comércio. Fiz estudos de direito e de economia política, sou doutor em direito, na Alemanha as letras *Dr. jur.* fazem legalmente parte do meu nome. Mas é bem verdade que as circunstâncias me impediram de validar o meu diploma depois de 1945. Se realmente quiserem saber da história toda, eu também estava longe do direito: moço, queria acima de tudo estudar literatura e filosofia. Mas não deixaram; mais um triste episódio do meu *romance familiar*, talvez eu volte a isso. Devo contudo admitir que, no que se refere ao ramo das rendas, o direito é mais útil que a literatura. Eis mais ou menos como as coisas se passaram. Quando finalmente tudo acabou, consegui vir para a França e me fazer passar por francês; não era muito difícil, considerando o caos da época; voltei com os deportados, não faziam muitas perguntas. É verdade, eu falava um francês impecável; é que tive mãe francesa; passei dez anos da minha infância na França, fiz o primário, o ginásio, o curso preparatório e até dois anos de estudos superiores, na ELSP, e como cresci no Sul podia inclusive impingir uma pitada de sotaque meridional, de toda forma ninguém prestava atenção, era realmente uma bagunça, recebiam-me em Orsay com uma sopa, alguns insultos também, convém dizer que não tentei me fazer passar por um deportado, mas por um trabalhador da STO, e disso eles não gostavam muito, os gaullistas, então me maltrataram um pouco, os outros pobres coitados também, depois nos soltaram, nada de *Lutetia* para nós, mas a liberdade. Não fiquei em Paris, conhecia muita gente lá, e do tipo irrelevante, fui para o interior, vivi de pequenos expedientes aqui e ali. Depois as coisas se acalmaram. Logo pararam de fuzilar as pessoas, mais um pouco e sequer se davam o trabalho de levá-las para a prisão. Então fiz umas buscas e acabei encontrando um conhecido meu. Ele tinha se saído bem, passara de uma administração à outra sem choques; homem precavido, tivera grande cuidado em não alardear os favores que nos prestava. No início, não queria me receber, mas quando finalmente compreendeu quem eu era viu que não tinha realmente escolha. Não posso dizer que foi uma conversa agradável: reinava uma nítida sensação de desconforto, de constrangimento. Mas ele percebia muito bem que tínhamos interesses em comum: eu, em arranjar um posto, e ele, em manter o seu. Ele tinha um primo no Norte, um ex-despachante que estava tentando montar uma pequena empresa com três Leavers recuperados junto a uma viúva falida. Esse homem me contratou, eu tinha que viajar, ir de porta em porta vendendo seus rendados. Eu tinha horror àquele trabalho; finalmente consegui convencê-lo de que poderia ser mais útil no plano da organização. É verdade que eu tinha uma boa experiência nesse domínio, ainda que não pudesse aproveitá-la, como no caso do meu doutorado. A empresa cresceu, sobretudo a partir dos anos 50, quando reatei laços na República Federal e consegui abrir o grande mercado alemão para nós. Poderia ter voltado para a Alemanha na época: vários dos meus ex-colegas viviam lá na maior tranquilidade, alguns haviam cumprido uma pena curta, outros sequer foram perturbados. Com meu currículo, eu poderia ter recuperado meu nome, meu doutorado, reivindicado uma pensão de ex-combatente e de invalidez parcial, ninguém teria notado. Teria encontrado trabalho rapidamente. Mas, eu pensava, que interesse havia naquilo? O direito, no fundo, motivava-me tão pouco quanto o comércio, e depois eu acabara tomando gosto pela renda, essa deslumbrante e harmoniosa criação do homem. Quando compramos teares suficientes, meu patrão decidiu abrir uma segunda fábrica e me entregou sua direção. É esse posto que ocupo desde então, à espera da aposentadoria. Nesse período casei-me, com certa repugnância, é verdade, mas aqui, no Norte, isso era mais que necessário, uma forma de consolidar minhas conquistas. Escolhi-a de boa família, relativamente bonita, uma mulher como convém, e dei-lhe imediatamente um filho, um pouco para ocupá-la. Infelizmente ela teve gêmeos, deve ser coisa da família, da minha, quero dizer, para mim um pirralho teria sido mais que suficiente. Meu patrão me adiantou um dinheiro, comprei uma casa confortável, não muito longe do mar. Foi assim que fui parar no meio da burguesia. Em todo caso, era melhor daquele jeito. Depois de tudo que aconteceu, eu precisava sobretudo de calma e regularidade. Meus sonhos de juventude, o curso da minha vida lhes quebrara a espinha e minhas angústias haviam se dissipado lentamente, de uma ponta da Europa alemã à outra. Saí da guerra um homem vazio, apenas com amargura e uma vergonha infinita, como areia rangendo nos dentes. Assim, uma vida de acordo com todas as convenções sociais me calhava: um casulo confortável, ainda que o contemple frequentemente com ironia, às vezes com ódio. Nesse ritmo, espero um dia alcançar o estado de graça de Jerónimo Nadal e *não influir em nada, apenas não influir em nada*. Eis que me torno livresco; é um dos meus defeitos. Para azar da santidade, ainda não me livrei das necessidades. Ainda satisfaço minha mulher de tempos em tempos, conscienciosamente, com pouco prazer mas tampouco sem repulsa excessiva, a fim de garantir a paz doméstica. E, muito raramente, em viagens de negócios, dou-me o trabalho de reatar com meus antigos hábitos; mas, na prática, é apenas por uma questão de higiene. Tudo isso perdeu muito do interesse para mim. O corpo de um belo adolescente e uma escultura de Michelangelo são iguais: já não me sinto mais sem fôlego. É como depois de uma longa doença, quando os alimentos ficam sem gosto; qual a importância, então, de comer carne ou frango? É preciso alimentar-se, ponto-final. A bem da verdade, não existe mais muita coisa que me interesse. A literatura, pode ser, ainda assim não estou convencido de que não seja por hábito. Talvez seja por isso que redijo essas recordações: para chacoalhar meu sangue, ver se ainda consigo sentir alguma coisa, se ainda sei sofrer um pouco. Exercício curioso.

No entanto, eu deveria conhecer o sofrimento. Todos os europeus da minha geração passaram por ele, mas posso dizer sem falsa modéstia que vi mais que a maioria. E depois as pessoas esquecem rápido, constato isso todos os dias. Mesmo aqueles que lá estavam em geral só fazem uso, para falar disso, de pensamentos ou frases clichês. Basta ver a prosa lamentável dos autores alemães que abordam os combates no Leste: um sentimentalismo putrefato, uma língua morta, horrenda. A prosa de Herr Paul Carrell, por exemplo, autor de sucesso nos últimos anos. Acontece que conheci esse Herr Carrell, na Hungria, na época em que ainda se chamava Paul Carl Schmidt e escrevia, sob a égide de seu ministro Von Ribbentrop, o que pensava de verdade em uma prosa vigorosa e cheia de estilo: *A questão judaica não é uma questão de humanidade, não é uma questão de religião; é unicamente uma questão de higiene política.* Agora, o honorável Herr Carrell-Schmidt conseguiu a façanha considerável de publicar quatro volumes insípidos sobre a guerra na União Soviética sem mencionar uma única vez a palavra *judeu*. Sei disso, li: é árduo, mas sou teimoso. Nossos autores franceses, os Mabire, os Landemer e outros do gênero, não valem mais que isso. Quanto aos comunistas, é a mesma coisa, só que do ponto de vista oposto. Onde se meteram aqueles que cantavam *Filhos, amolem suas facas no meio-fio das calçadas?* Ou estão calados, ou mortos. Tagarela-se, careteia-se, chafurda-se em uma turba insossa modelada pelas palavras *glória, honra* e *heroísmo*, é cansativo, ninguém fala disso. Talvez eu esteja sendo injusto, mas ouso esperar que me compreendam. A televisão nos entope com números, números impressionantes, uma fila de zeros; mas quem de vocês para às vezes para pensar realmente nesses números? Quem de vocês tentou ao menos uma vez na vida contar quantas pessoas conhece ou conheceu até hoje e comparar esse número ridículo aos números que vê na televisão, os famosos *seis milhões* ou *vinte milhões?* Vamos à matemática. A matemática é útil, oferece perspectivas, refresca o espírito. É um exercício às vezes muito instrutivo. Tenham então um pouco de paciência e concedam-me sua atenção. Vou considerar que os dois teatros em que desempenhei um papel, ainda que ínfimo, foram: a guerra contra a União Soviética e o programa de extermínio oficialmente designado em nossos documentos como "Solução Final da Questão Judaica", *Endlösung der Judenfrage*, para citar tão belo eufemismo. No que se refere às frentes de batalha no Ocidente, de toda forma, as perdas foram relativamente menores. Meus números de partida serão um pouco arbitrários: não tenho escolha, não há consenso. Para o conjunto das perdas soviéticas, opto pelo número tradicional, citado por Khrutchev em 1956, de vinte milhões, ao mesmo tempo observando que Reitlinger, reputado autor inglês, encontra apenas doze, e Erickson, autor escocês tão reputado quanto, se não mais, por sua vez atinge um total mínimo de vinte e seis milhões; os números oficiais soviéticos, assim, cortam muito nitidamente a maçã em duas, com a diferença de um milhão. Para as perdas alemãs — apenas na URSS, entenda-se —, podemos nos basear na cifra mais oficial e germanicamente precisa de 6 172 373 soldados perdidos no Leste entre 22 de junho de 1941 e 31 de março de 1945, cifra contabilizada em um relatório interno do OKH (o Alto-Comando do Exército) encontrado depois da guerra, mas englobando os mortos (mais de um milhão), os feridos (quase quatro milhões) e os desaparecidos (ou seja, mortos, prisioneiros e prisioneiros mortos, cerca de 1 288 000). Digamos então, para abreviar, dois milhões de mortos, os feridos não nos interessam aqui, incluindo os cerca de cinquenta e poucos mil mortos suplementares entre 1º de abril e 8 de maio de 1945, principalmente em Berlim, a que devemos acrescentar ainda o milhão de civis mortos estimado durante a invasão do Leste alemão e deslocamentos subsequentes de populações, ou seja, no total, digamos, três milhões. Quanto aos judeus, podemos escolher: a cifra consagrada, ainda que poucas pessoas saibam sua origem, é de seis milhões (foi Höttl quem disse a Nuremberg que Eichmann lhe dissera; mas Wisliceny, por sua vez, afirmou que Eichmann mencionara a cifra de cinco milhões aos seus colegas; e o próprio Eichmann, quando os judeus finalmente puderam lhe fazer a pergunta pessoalmente, respondeu entre cinco e seis milhões, mais possivelmente cinco). O Dr. Korherr, que compilava estatísticas para o Reichsführer-SS Heinrich Himmler, chegou a pouco menos de dois milhões em 31 de dezembro de 1942, mas reconhecia, quando pude discutir com ele em 1943, que seus números de partida eram pouco confiáveis. Enfim, o respeitabilíssimo professor Hilberg, especialista na questão e que dificilmente teria pontos de vista sectários, pró-alemães pelo menos, chega, ao fim de uma demonstração cerrada de dezenove páginas, à cifra de 5 100 000, o que corresponde grosso modo à opinião do finado Oberšturmbannführer Eichmann. Aceitemos então os números do professor Hilberg, o que dá, para recapitular:

Mortos soviéticos..................20 milhões
Mortos alemães....................3 milhões
Subtotal (guerra no Leste) ...23 milhões
Endlösung..........................5,1 milhões
Total ....26,6 milhões, considerando que 1,5 milhão de judeus foram contabilizados como mortos soviéticos ("Cidadãos soviéticos mortos pelo invasor germano-fascista", como indica muito discretamente o extraordinário monumento de Kiev).

Agora, a matemática. O conflito com a URSS durou das três horas da manhã de 22 de junho de 1941 até, oficialmente, as 23h01 de 8 de maio de 1945, o que perfaz três anos, dez meses, dezesseis dias, vinte horas e um minuto, ou seja, arredondando, 46,5 meses, 202,42 semanas, 1417 dias, 34004 horas, ou 2040241 minutos (contando o minuto suplementar). Para o programa dito da "Solução Final", ficaremos com as mesmas datas; antes, nada fora decidido nem sistematizado, as perdas judaicas são fortuitas. Associemos agora um conjunto de cifras ao outro: para os alemães, isso dá 64516 mortos por mês, ou seja, 14821 mortos por semana, ou 2117 mortos por dia, ou 88 mortos por hora, ou 1,47 morto por minuto, isto em média para cada minuto de cada hora de cada dia de cada semana de cada mês de cada ano, tudo durando três anos, dez meses, dezesseis dias, vinte horas e um minuto. Para os judeus, incluindo soviéticos, temos cerca de 109677 mortos por mês, ou seja, 25195 mortos por semana, ou 3599 mortos por dia, ou 150 mortos por hora, ou 2,5 mortos por minuto para um período idêntico. No lado soviético, finalmente, isso nos dá uns 430108 mortos por mês, 98804 mortos por semana, 14114 mortos por dia, 588 mortos por hora, ou 9,8 mortos por minuto, período idêntico. Ou seja, para o total global no meu campo de atividade, médias de 572043 mortos por mês, 131410 mortos por semana, 18772 mortos por dia, 782 mortos por hora e 13,04 mortos por minuto, todos os minutos de todas as horas de todos os dias de todas as semanas de todos os meses de cada ano do período dado, ou seja, para memorizar, três anos, dez meses, dezesseis dias, vinte horas e um minuto. Que os que zombaram desse minuto suplementar de fato um pouco pedante considerem que isso dá assim mesmo 13,04 mortos a mais, em média, e, se forem capazes, imaginem treze pessoas de seu círculo mortas em um minuto. Podemos também efetuar um cálculo definindo o intervalo de tempo entre cada morte: isso nos dá em média um morto alemão a cada 40,8 segundos, um morto judeu a cada 24 segundos e um morto bolchevique (incluindo os judeus soviéticos) a cada 6,12 segundos, ou seja, isso para o conjunto do mencionado período. Agora vocês estão em condições de efetuar, a partir desses números, exercícios concretos de imaginação. Peguem por exemplo um relógio e contem um morto, dois mortos, três mortos etc. a cada 4,6 segundos (ou a cada 6,12 segundos, a cada 24 segundos ou a cada 40,8 segundos, se tiverem uma preferência definida), tentando imaginar, como se estivessem à sua frente, alinhados, estes um, dois, três mortos. Vocês verão, é um bom exercício de meditação. Ou peguem outra catástrofe, mais recente, que os tenha afetado intensamente, e façam a comparação. Por exemplo, se forem franceses, considerem a pequena aventura argelina, que tanto traumatizou seus concidadãos. Vocês perderam ali 25 000 homens em sete anos, incluindo os acidentes: o equivalente a pouco menos de um dia e treze horas de mortos na frente do Leste; ou cerca de sete dias de mortos judeus. Não estou contabilizando, evidentemente, os mortos argelinos: como vocês não tocam no assunto, digamos, nunca em seus livros e programas, eles não devem significar muito para vocês. Entretanto vocês mataram dez para cada um de seus próprios mortos, esforço respeitável mesmo comparado ao nosso. Paro por aqui, poderíamos continuar por muito tempo; convido-os a prosseguirem sozinhos, até que o chão se abra sob seus pés. Quanto a mim, não preciso de nada disso: há muito tempo o pensamento da morte está *mais próximo de mim que a veia do meu pescoço*, como diz essa belíssima frase do Corão. Se um dia vocês conseguissem me fazer chorar, minhas lágrimas desfigurariam seu rosto.

A conclusão de tudo isso, se me permitem outra citação, a última, prometo, é, como dizia muito bem Sófocles: *O que se deve preferir a tudo é não ter nascido*. Schopenhauer, por sinal, escrevia claramente a mesma coisa: *Seria melhor que não existisse nada. Como há mais sofrimento que prazer sobre a terra, toda satisfação é apenas transitória, criando novos desejos e novas aflições, e a agonia do animal devorado é maior que o prazer do devorador*. Sim, eu sei, isso dá duas citações, mas a ideia é a mesma: na verdade, vivemos no pior mundo possível. Tudo bem, a guerra terminou. E depois aprendemos a lição, não vai acontecer mais. Mas vocês estão mesmo seguros de terem aprendido a lição? Têm certeza de que não acontecerá de novo? Têm mesmo certeza de que a guerra terminou? De certa maneira, a guerra nunca terminou, ou então só terminará quando a última criança nascida no último dia de combate for enterrada sã e salva, e mesmo assim ela continuará, em seus filhos e depois nos deles, até que finalmente a herança se dilua um pouco, as recordações sejam desfiadas, e a dor, amenizada, ainda que nesse momento todos já tenham há muito esquecido e tudo esteja relegado ao lote das histórias de antigamente, boas sequer para assustar as crianças, e ainda menos os filhos dos mortos e daqueles que houverem desejado sê-lo, mortos, esclareço.

Estou adivinhando o pensamento de vocês: Eis um homem muito cruel, estão dizendo, um homem mau, em suma, um cafajeste sob todos os aspectos, que devia mofar na prisão em vez de nos atirar sua confusa filosofia de ex-fascista arrependido pela metade. Quanto ao fascismo, não vamos confundir as coisas, e, quanto à questão da minha responsabilidade penal, não prejulguem, ainda não contei minha história; no que se refere à questão da minha responsabilidade moral, permitam-me algumas considerações. Os filósofos políticos assinalaram frequentemente que em tempos de guerra o cidadão, macho pelo menos, perde um de seus direitos mais elementares, o de viver, e isto desde a Revolução Francesa e a criação do alistamento, princípio agora universalmente aceito ou quase. Mas eles raramente observaram que esse cidadão perde ao mesmo tempo outro direito, igualmente elementar e para ele talvez ainda mais vital no que diz respeito à ideia que faz de si mesmo como homem civilizado: o direito de não matar. Ninguém pede sua opinião. O homem em pé no alto da vala comum, na maioria dos casos, não pediu para estar ali tanto quanto o homem deitado, morto ou moribundo, no fundo dessa mesma vala. Vocês me objetarão que matar outro militar no combate não é a mesma coisa que matar um civil desarmado; as leis de guerra permitem uma das ações, não a outra; a moral comum também. Um bom argumento abstrato, decerto, mas que não considera em absoluto as condições do conflito em questão. A distinção totalmente arbitrária estabelecida depois da guerra entre, de um lado, as "operações militares", equivalentes às de outro conflito qualquer, e, de outro, as "atrocidades", promovidas por uma minoria de sádicos e desequilibrados e, como espero mostrar, uma fantasia consoladora dos vencedores — vencedores ocidentais, devo esclarecer, pois os soviéticos, não obstante sua retórica, sempre souberam o que estava em jogo: Stálin, depois de maio de 1945 e das primeiras encenações para a galeria, zombava terrivelmente de uma ilusória "justiça", queria consistência, concretude, escravos e matéria-prima para reerguer e reconstruir, nada de remorsos ou lamentações, pois ele sabia tão bem quanto nós que defuntos não ouvem lágrimas e que remorsos nunca puseram carne no caldo de ninguém. Não defendo a *Befehlnotstand*, a coerção pelas ordens tão prezada por nossos bons advogados alemães. O que fiz, fiz com pleno conhecimento de causa, julgando ser meu dever e necessário que fosse feito, por mais desagradável e infausto que fosse. A guerra total também é isto: o civil não existe mais, e entre a criança judia asfixiada no gás ou fuzilada e a criança alemã morta sob as bombas incendiárias, existe apenas uma diferença de meios; as duas mortes eram igualmente vãs, nenhuma das duas abreviou a guerra em um segundo sequer; mas nos dois casos o homem ou os homens que as mataram acreditavam que aquilo era justo e necessário; se estavam enganados, a quem devemos recriminar? O que afirmo continua sendo verdade mesmo se distinguirmos artificialmente da guerra o que o advogado judeu Lempkin batizou como genocídio, observando que no nosso século, pelo menos, nunca houve genocídio sem guerra, que o genocídio não existe fora da guerra e que, como a guerra, trata-se de um fenômeno coletivo: o genocídio moderno é um processo infligido às massas, pelas massas e para as massas. É também, no caso que nos ocupa, um processo segmentado pelas exigências dos métodos industriais. Assim como, segundo Marx, o operário é alienado em relação ao produto de seu trabalho, no genocídio ou na guerra total sob sua forma moderna o executor é alienado em relação ao produto de sua ação. Isso também vale para o caso em que um homem coloca um fuzil na cabeça de outro homem e aciona o gatilho. Pois a vítima foi levada ali por outros homens, sua morte foi decidida por outros ainda, e o atirador também sabe que não passa do último elo de uma longuíssima corrente e que não deve fazer mais perguntas que um membro de um pelotão que na vida civil executa um homem devidamente condenado pelas leis. O atirador sabe que é um acaso que faz com que ele atire, que seu colega cuide do cordão de isolamento e que um terceiro dirija o caminhão. No máximo poderá tentar mudar de lugar com o guarda ou o motorista. Um outro exemplo extraído da abundante literatura histórica, mais que de minha experiência pessoal: o do programa de extermínio dos deficientes físicos e dos doentes mentais alemães, dito programa "Eutanásia" ou "T-4", implantado dois anos antes do programa "Solução Final". Nesse caso, os doentes selecionados no âmbito de um dispositivo legal eram recebidos em um prédio por enfermeiras profissionais, que os registravam e despiam; médicos os examinavam e conduziam para uma câmara fechada; um funcionário administrava o gás; outros limpavam; um policial estabelecia a certidão de óbito. Interrogadas depois da guerra, todas essas pessoas disseram: Eu, culpado? A enfermeira não matou ninguém, apenas despiu e acalmou os doentes, atitudes comuns em sua profissão. O médico tampouco matou, simplesmente confirmou um diagnóstico segundo critérios estabelecidos por outras instâncias. O trabalhador que abre a torneira do gás, portanto aquele mais próximo do assassinato no tempo e no espaço, executa uma função técnica sob o controle de seus superiores e dos médicos. Os operários que esvaziam a câmara fazem um trabalho necessário de desinfecção, bem repugnante, a propósito. O policial segue seu procedimento, que é o de constatar um óbito e registrar que ele aconteceu sem violação das leis em vigor. Quem é culpado, então? Todos ou ninguém? Por que o operário que trabalha com o gás seria mais culpado que o operário que trabalha nas caldeiras, no jardim, nos veículos? O mesmo se dá para todas as facetas dessa imensa empresa. O controlador de tráfego ferroviário, por exemplo, é culpado pela morte dos judeus desviados por ele para determinado campo? Esse operário é um funcionário, faz o mesmo trabalho há vinte anos, orienta os trens segundo um plano, não é obrigado a saber quem está lá dentro. Não é culpa dele se aqueles judeus estão sendo transportados de um ponto A, por meio de seu desvio, para um ponto B, onde são mortos. Da mesma forma, o funcionário encarregado de confiscar apartamentos para as vítimas dos bombardeios, o impressor que prepara os avisos de deportação, o fornecedor que vende cimento ou arame farpado à SS, o suboficial da intendência que fornece gasolina para um Teilkommando da SP, e Deus lá em cima que permite tudo isso. Podemos naturalmente estabelecer níveis de responsabilidade penal relativamente precisos, que permitem condenar alguns deles e entregar os outros à própria consciência, por menos que a tenham; isso é muito mais fácil que redigir as leis após os fatos, como em Nuremberg. Mas mesmo nesse caso a coisa saiu capenga. Por que ter enforcado Streicher, aquele caipira impotente, e não o sinistro Von dem Bach-Zelewski? Por que ter enforcado meu superior Rudolf Brandt, e não o dele, Wolff? Por que ter enforcado o ministro Frick, e não seu subordinado Stuckart, que fazia todo o trabalho para ele? Um homem feliz, esse Stuckart, que nunca sujou as mãos a não ser de tinta; sangue, nunca. Mais uma vez, sejamos claros: não estou tentando dizer que não sou culpado deste ou daquele fato. Sou culpado, vocês não, combinado. Mas ainda assim vocês deveriam admitir que o que eu fiz vocês também teriam feito. Talvez com menos zelo, mas talvez também menos desespero, em todo caso de uma maneira ou de outra. Julgo poder concluir como um fato estabelecido pela história moderna que todo mundo, ou quase, num dado conjunto de circunstâncias, faz o que lhe dizem para fazer; e, me desculpem, há poucas chances de vocês serem a exceção, assim como eu. Se você nasceu em um país ou uma época em que não apenas ninguém vem matar sua mulher e seus filhos, como ninguém vem lhe pedir para matar as mulheres e os filhos dos outros, agradeça a Deus e vá em paz. Mas nunca tire isso da cabeça: pode ser que você tenha mais sorte que eu, mas não é melhor. Pois se tiver a arrogância de pensar assim, aí começa o perigo. É agradável opor o Estado, totalitário ou não, ao homem comum, canalha ou bom-moço. Mas se esquece então que o Estado é composto de homens, todos mais ou menos comuns, cada um com sua vida, sua história, a série de acasos que fez com que um dia ele se encontrasse do lado bom do fuzil ou da folha de papel, enquanto os outros encontravam-se no mau. Esse percurso é raramente fruto de uma escolha, até mesmo de uma vocação. As vítimas, na ampla maioria dos casos, não foram torturadas ou mortas porque eram boas, assim como seus carrascos não as torturaram porque eram maus. Seria um pouco ingênuo acreditar nisso, bastando conhecer uma burocracia qualquer, até mesmo a da Cruz Vermelha, para se convencer disso. Stálin, aliás, procedeu a uma demonstração eloquente do que afirmo ao transformar cada geração de carrascos em vítimas da geração seguinte, sem com isso provocar uma escassez de carrascos. Ora, a máquina do Estado é feita da mesma aglomeração de areia friável que é por ela pulverizada, grão a grão. Ela existe porque todo mundo concorda com sua existência, inclusive, e não raro até o último minuto, suas vítimas. Sem os Höss, os Eichmann, os Goglidze, os Vychinski, mas também sem os controladores de tráfego ferroviário, os fabricantes de cimento e os amanuenses dos ministérios, um Stálin ou um Hitler não passam de um odre estufado de ódio e terrores impotentes. Dizer que a vasta maioria dos administradores dos processos de extermínio não era composta de sádicos ou anormais é agora lugar-comum. Houve sádicos e desequilibrados, naturalmente, como em todas as guerras, e eles cometeram atrocidades inomináveis, é verdade. Também é verdade que a SS poderia ter intensificado seus esforços para controlar essas pessoas, ainda que tivesse feito mais do que geralmente se supõe, o que não é evidente: vá perguntar isso aos generais franceses, cheios de problemas, por sua vez, na Argélia, com seus alcoólatras e estupradores, seus matadores de oficiais. Mas o problema não é esse. Desequilibrados sempre existiram e estão por toda parte. Nossos subúrbios tranquilos pululam de pedófilos e psicopatas, nossos albergues noturnos, de destrambelhados megalômanos; alguns deles tornam-se efetivamente um problema, matam dois, três, dez, até mesmo cinquenta pessoas — depois esse mesmo Estado que se serviria deles sem pestanejar durante uma guerra os esmaga como mosquitos empapados de sangue. Esses homens doentes não são nada. Mas os homens comuns de que o Estado é constituído — sobretudo em épocas instáveis —, eis o verdadeiro perigo. O verdadeiro perigo para o homem sou eu, é você. E, se não está convencido, inútil prosseguir na leitura. Você não entenderia nada e se aborreceria, sem lucro nem para você nem para mim.

Como a maioria, nunca pedi para me tornar um assassino. Se pudesse, como disse, teria feito literatura. Escrever, se tivesse tido o talento, ou talvez ensinar, em todo caso viver no seio das coisas belas e calmas, das melhores criações da vontade humana. Quem, por vontade própria, exceto um louco, escolhe o assassinato? E também queria ter estudado piano. Um dia, no concerto, uma senhora de certa idade dirigiu-se a mim: "O senhor não é pianista?" — "Infelizmente não, senhora", tive de responder a contragosto. Ainda hoje, quando não toco piano, e nunca tocarei, isso me sufoca, às vezes até mais que os horrores, o rio negro do meu passado que me carrega pelos anos. Fico literalmente pasmo. Ainda pequeno, minha mãe comprou um piano para mim. Era pelo meu nono aniversário, acho. Ou oitavo. Em todo caso, antes de irmos morar na França com aquele Moreau. Fazia meses e meses que eu lhe suplicava por um piano. Sonhava ser pianista, um grande pianista de concerto: sob meus dedos, catedrais, leves como bolhas. Mas não tínhamos dinheiro. Meu pai partira havia algum tempo, suas contas (eu soube disso bem mais tarde) estavam bloqueadas, minha mãe tinha que se virar. Mas então ela arranjou o dinheiro, não sei como, deve ter economizado, ou então pego emprestado; talvez inclusive tenha se prostituído, não sei, isso não tem importância. Provavelmente forjara ambições para mim, queria cultivar meus talentos. Assim, no dia do meu aniversário, deram-nos esse piano, um belo piano vertical. Embora de ocasião, deve ter custado caro. No início, eu estava fascinado. Tive aulas; mas minha falta de progresso me enfastiou rapidamente, e logo desisti. Fazer escalas não era o que eu tinha imaginado, eu era como todas as crianças. Minha mãe nunca se atreveu a criticar minha leviandade e preguiça; mas concebo muito bem que a ideia de todo aquele dinheiro desperdiçado deve tê-la afligido. O piano ficou largado acumulando poeira; minha irmã se interessava por ele tanto quanto eu; eu não pensava mais nele, e mal reparei quando finalmente minha mãe o revendeu, decerto com prejuízo. Nunca amei minha mãe de verdade, inclusive a detestei, mas esse incidente me deixa triste por ela. Foi também um pouco culpa dela. Se ela tivesse insistido, se tivesse conseguido ser severa quando precisava, eu poderia ter aprendido a tocar piano, o que teria sido uma grande alegria para mim, um refúgio seguro. Tocar apenas para mim, em casa, teria me alegrado. Naturalmente, escuto muita música e tenho grande prazer nisso, mas não é a mesma coisa, é um substituto. Assim como meus amores masculinos: a realidade, não me envergonho ao dizê-lo, é que provavelmente eu teria preferido ser uma mulher. Não necessariamente uma mulher viva e atuante no mundo, uma esposa ou mãe; não, uma mulher nua, deitada, de pernas abertas, esmagada sob o peso de um homem, agarrada nele e atravessada por ele, afogada como o mar sem limites em que ele próprio se afoga, prazer sem fim, e também sem início. Ora, não foi assim. Em vez disso, vi-me jurista, funcionário da segurança, oficial ss, depois diretor de uma fábrica de renda. É triste, mas é assim.

 O que acabo de dizer é verdade, mas também é verdade que amei uma mulher. Uma só, mas mais que tudo no mundo. Ora, ela era justamente aquela que me era proibida. É bastante concebível que, sonhando ser uma mulher, sonhando um corpo de mulher para mim, eu ainda a buscasse, quisesse me reaproximar dela, quisesse ser como ela, quisesse ser ela. Isso é totalmente plausível, mas não muda nada. Dos caras com quem fui para a cama, nunca amei um único sequer; servi-me deles, de seus corpos, isso é tudo. O amor dela teria bastado para minha vida. Não zombem de mim: esse amor é provavelmente a única coisa boa que fiz. Tudo isso, segundo vocês, pode parecer um pouco estranho para um oficial da Schutzstaffel. Mas por que um ss-Obersturmbannführer não poderia ter tido uma vida interior, desejos, paixões como qualquer outro homem? Houve centenas de milhares como nós que vocês também consideram criminosos: entre eles, como entre todos os humanos, havia homens banais, claro, mas também homens pouco comuns, artistas, homens cultos, neuróticos, homossexuais, homens apaixonados pela mãe, sei lá que mais, e por que não? Nenhum deles era mais típico que qualquer outro homem em qualquer outra profissão. Há homens de negócios que apreciam o bom vinho e os charutos, homens de negócios obcecados por dinheiro, e também homens de negócios que enfiam um consolo no ânus antes de irem para o escritório e escondem, sob seus ternos de três peças, tatuagens obscenas: isso nos parece óbvio, por que seria diferente com a ss ou a Wehrmacht? Nossos médicos militares descobriam, mais do que se imagina, lingerie feminina quando recortavam os uniformes dos feridos. Afirmar que eu não era típico não significa nada. Eu vivia, tinha um passado, um passado opressivo e oneroso, mas isso acontece, e eu o administrava à minha maneira. Depois veio a guerra, eu servia e me vi no coração de coisas pavorosas, atrocidades. Eu não mudara, continuava o mesmo homem, meus problemas não estavam resolvidos, ainda que a guerra me colocasse novos problemas, ainda que aqueles horrores tivessem me transformado. Existem homens para quem a guerra, ou mesmo o assassinato, é uma solução, mas eu não sou desses; para mim, como para a maioria das pessoas, a guerra e o assassinato são uma pergunta, uma pergunta sem resposta, pois, quando se grita à noite, ninguém responde. E uma coisa puxa outra: comecei no âmbito do serviço militar, depois, sob a pressão dos acontecimentos, acabei indo além desse âmbito; mas tudo isso está ligado, estreitamente, intimamente ligado: dizer que, se não tivesse havido a guerra, eu teria de toda forma chegado a esses extremos, é impossível. Isso poderia ter ocorrido, talvez não, talvez eu tivesse encontrado outra solução. Não podemos saber. Eckhart escreveu: *Um anjo no Inferno voa na sua própria nuvenzinha de Paraíso*. Sempre compreendi que o inverso também devia ser verdade, que um demônio no Paraíso voaria no seio da sua própria nuvenzinha de Inferno. Mas não me julgo um demônio. Para o que fiz havia sempre razões, boas ou más, não sei, em todo caso razões humanas. Aqueles que matam são homens, assim como os que são mortos, é isso o terrível. Não podemos nunca dizer: Não matarei ninguém, isso é impossível. No máximo: Espero não matar. Eu também esperava isso, eu também queria viver uma vida boa e útil, ser um homem entre os homens, igual aos outros, eu também queria adicionar minha pedra à obra comum. Mas minha esperança foi frustrada, usaram minha sinceridade para realizar uma obra que se revelou má e doentia, transpus as fronteiras sombrias, todo esse mal entrou na minha própria vida, e nada disso jamais poderá ser reparado, jamais. As palavras não servem mais para nada, desaparecem como água na areia, e essa areia enche minha boca. Vou vivendo, faço o que é possível, é assim com todo mundo, sou um homem como os outros, sou um homem como vocês. Vamos, estou dizendo que sou um homem como vocês!

Allemandes I e II

Tínhamos lançado uma ponte flutuante na fronteira. Bem ao lado, esparramadas nas águas cinzentas do Bug, ainda vinham à tona vigas retorcidas da ponte metálica dinamitada pelos soviéticos. Nossos batedores haviam montado a nova em uma noite, diziam, e Feldgendarmes impassíveis, cujas placas em meia-lua irradiavam fagulhas de sol, organizavam a circulação com desenvoltura, como se ainda estivessem em casa; disseram-nos para esperar. Contemplei o grande rio preguiçoso, os pequenos bosques tranquilos do outro lado, a multidão na ponte. Depois foi a nossa vez de passar, e logo em seguida começava uma espécie de avenida de carcaças de material russo, caminhões queimados e amassados, tanques rasgados como latas de conserva, trens de artilharia enrugados como fetos, derrubados, varridos, misturados em uma interminável faixa calcinada de pilhas irregulares ao longo dos acostamentos. Mais além, bosques resplandeciam sob a luz esplêndida do outono. A estrada de terra batida tinha sido desimpedida mas viam-se os vestígios das explosões, as grandes manchas de óleo, destroços amontoados. Depois vinham as primeiras casas de Sokal. No centro da cidade, alguns incêndios ainda crepitavam mansamente; cadáveres empoeirados, a maioria em trajes civis, obstruíam uma parte da rua, misturados aos escombros e ao entulho; em frente, na sombra de um parque, cruzes brancas cobertas por curiosos telhados alinhavam-se com precisão sob as árvores. Dois soldados alemães inscreviam nomes nas cruzes. Ficamos ali esperando enquanto Blobel, acompanhado por Strehlke, nosso oficial de intendência, ia até o QG. Um cheiro agridoce, vagamente enjoativo, misturava-se à pungência da fumaça. Blobel não demorou a voltar: "Tudo certo. Strehlke vai cuidar dos alojamentos. Sigam-me."

O AOK* instalara-nos em uma escola. "Sinto muito", desculpou-se um intendente baixinho num *feldgrau* amarfanhado. "Ainda

---

* Como o autor muitas vezes deixa de explicitar diversos termos do vocabulário militar e administrativo alemão, pouco conhecidos fora dos círculos militares especializados, julgamos conveniente acrescentar um glossário e uma tabela de patentes ao final do volume, e convidamos o leitor a consultá-los. [Nota da ed. original.]

estamos nos organizando. Mas mandaremos rações para vocês." Nosso segundo-comandante, Von Radetzky, um báltico elegante, gesticulou com uma mão enluvada e sorriu: "Nem precisa. Não vamos ficar." Não havia camas, mas tínhamos trazido cobertas; os homens sentavam-se em pequenas carteiras estudantis. Devíamos ser aproximadamente setenta. À noite, serviram-nos sopa de repolho e de batata-doce, quase fria, cebolas cruas e pedaços de um pão preto, grudento, que secava assim que o cortávamos. Eu estava com fome, tomei avidamente a sopa e devorei as cebolas cruas mesmo. Von Radetzky organizou uma patrulha. A noite correu tranquilamente.

    Na manhã seguinte, o Standartenführer Blobel, nosso comandante, reuniu seus Leiter para irem todos ao QG. O Leiter III, meu superior direto, queria datilografar um relatório e me mandou em seu lugar. O estado-maior do 6º Exército, o AOK 6, ao qual pertencíamos, ocupara um grande casarão austro-húngaro, com a fachada alegremente rebocada em laranja, realçada por colunas e decorações em estuque e crivada de pequenos estilhaços. Um Oberst, visivelmente íntimo de Blobel, nos recebeu: "O Generalfeldmarschall está trabalhando do lado de fora. Sigam-me." Levou-nos para um vasto parque em declive que se estendia do prédio até um meandro do Bug. Perto de uma árvore isolada, um homem em trajes de banho dava grandes passadas, cercado por uma nuvem sibilante de oficiais em uniformes encharcados de suor. Voltou-se para nós: "Ah, Blobel! Bom dia, meine Herren." Nós o cumprimentamos: era o Generalfeldmarschall Von Reichenau, comandante em chefe do Exército. Seu peito estufado e hirsuto irradiava vigor; imerso na gordura em que, a despeito de sua compleição atlética, a delicadeza prussiana de seus traços terminava se afogando, seu monóculo brilhava ao sol, incongruente, quase ridículo. Ao mesmo tempo que formulava instruções precisas e meticulosas, continuava suas idas e vindas intermitentes; tínhamos que segui-lo, era um pouco desconcertante; esbarrei em um Major e não captei muita coisa. Então ele parou para se despedir. "Ah, sim! Outra coisa. Para os judeus, cinco fuzis é muito, vocês não têm homens suficientes. Dois fuzis por condenado bastarão. No caso dos bolcheviques, veremos quantos há. Se forem mulheres, podem utilizar um pelotão completo." Blobel fez a saudação: "*Zu Befehl*, Herr Generalfeldmarschall." Von Reichenau juntou seus calcanhares descalços e ergueu o braço: "Heil Hitler!" — "Heil Hitler!" respondemos todos em coro antes de debandarmos.

O Sturmbannführer Dr. Kehrig, meu superior, recebeu meu relatório com um ar amuado. "É tudo?" — "Não escutei muita coisa, Herr Sturmbannführer." Fez uma careta ao mesmo tempo que brincava distraidamente com seus papéis. "Não compreendo. De quem devemos receber nossas ordens, afinal? De Reichenau ou de Jeckeln? E o Brigadeführer Rasch, onde está?" — "Não sei, Herr Sturmbannführer." — "O senhor não sabe muita coisa, Obersturmführer. Vamos, debandar."

Blobel convocou todos os seus oficiais no dia seguinte. Mais cedo, uns vinte homens haviam partido com Callsen. "Enviei-o a Lutsk com um Vorkommando. O conjunto do Kommando seguirá em um ou dois dias. É lá que estabeleceremos nosso estado-maior por enquanto. O AOK também será transferido para Lutsk. Nossas divisões avançam velozmente, temos que começar a trabalhar. Estou esperando o Obergruppenführer Jeckeln, que nos dará instruções." Jeckeln, um veterano do Partido de quarenta e seis anos de idade, era o Höhere SS--und Polizeiführer para o sul da Rússia; por esse motivo, todas as formações SS da zona, inclusive a nossa, dependiam dele de uma maneira ou de outra. Mas a pergunta sobre a cadeia de comando continuava a martelar Kehrig: "E então, estamos sob o controle do Obergruppenführer?" — "Administrativamente, dependemos do 6º Exército. Mas taticamente recebemos nossas ordens do RSHA, via Gruppenstab, e do HSSPF. Está claro?" Kehrig balançou a cabeça e suspirou: "Não completamente, mas imagino que os detalhes irão se esclarecer com o tempo." Blobel ficou púrpura: "Mas explicaram-lhe tudo em Pretzsch, homem!" Kehrig manteve a calma. "Em Pretzsch, Herr Standartenführer, não nos explicaram absolutamente nada. Serviram-nos discursos e nos fizeram praticar esportes. Foi tudo. Lembro ao senhor que os representantes do SD não foram convidados para a reunião com o Gruppenführer Heydrich na semana passada. Tenho certeza de que havia bons motivos, mas a verdade é que não faço ideia das minhas obrigações, exceto a de escrever relatórios sobre o moral e o comportamento da Wehrmacht." Voltou-se para Vogt, o Leiter IV: "Já o senhor estava nessa reunião. Pois bem, quando nos explicarem nossas tarefas, nós as executaremos." Vogt batia na mesa com uma caneta, ar constrangido. Blobel mascava o interior de suas bochechas e fitava um ponto da parede com olhos ferozes. "Bom", rosnou finalmente. "De toda forma, o Obergruppenführer chega esta noite. Veremos isso amanhã."

Essa reunião pouco conclusiva foi realizada possivelmente em 27 de junho, pois no dia seguinte nos convocaram para um discurso do Obergruppenführer Jeckeln e meus livros afirmam que esse discurso se deu no dia 28. Jeckeln e Blobel deviam ter comentado entre si que os homens do Sonderkommando precisavam de um pouco de direção e motivação; no fim da manhã, o Kommando inteiro veio se perfilar no corredor da escola para escutar o HSSPF. Jeckeln não poupou palavras. Nossa tarefa, explicou-nos, era identificar e eliminar todo elemento por trás de nossas linhas suscetível de ameaçar a segurança de nossas tropas. Todo bolchevique, todo comissário do povo, todo judeu e todo cigano podia a qualquer momento dinamitar nossos quartéis, assassinar nossos homens, descarrilar nossos trens ou transmitir informações vitais para o inimigo. Nosso dever não era esperar que ele agisse para puni-lo, mas impedi-lo de agir. Tampouco se tratava, visto a rapidez do nosso avanço, de criar e abarrotar campos de concentração: todo suspeito seria passado nas armas. Para os juristas do nosso grupo, ele lembrava que a URSS negara-se a assinar as convenções de Haia e que, assim, o direito internacional, ao reger nossas ações no Ocidente, não se aplicava aqui. Estava claro que haveria erros e vítimas inocentes, mas isso, infelizmente, era a guerra; quando se bombardeia uma cidade, civis também morrem. Que isso seria difícil para nós, que nossa sensibilidade e nossa delicadeza de homens e de alemães às vezes sofreriam com isso, ele sabia; nosso dever era triunfarmos sobre nós mesmos; e ele não podia senão reproduzir para nós uma frase do Führer, a qual ele escutara de sua própria boca: *Os chefes devem sacrificar suas dúvidas à Alemanha*. Obrigado e Heil Hitler. Aquilo pelo menos tinha o mérito da franqueza. Em Pretzsch, os discursos de Müller ou de Streckenbach redundavam em belas frases sobre a necessidade de sermos impiedosos e sem misericórdia, mas, salvo para nos confirmar que íamos de fato para a Rússia, haviam se resumido a generalidades. Heydrich, em Düben, por ocasião do desfile de partida, talvez pudesse ter sido mais explícito; porém, mal começara a falar e uma chuva pesada caíra: ele suspendeu o discurso e rumou para Berlim. Portanto, nossa incerteza nada tinha de surpreendente, ainda mais que quase nenhum de nós tinha qualquer experiência operacional; eu mesmo, desde o meu recrutamento pelo SD, praticamente só compilava autos jurídicos, e estava longe de ser a exceção. Kehrig dedicava-se a questões constitucionais; até mesmo Vogt, o Leiter IV, vinha do departamento de arquivos. Quanto ao Standartenführer Blobel, fora pinçado na Staatspolizei de Düsseldorf, e provavelmente nunca fizera nada a não ser prender desajustados ou homossexuais, talvez um comunista de tempos em tempos. Em Pretzsch contava-se que tinha sido arquiteto: visivelmente não fizera carreira. Não era o que chamamos de homem agradável. Era agressivo, quase brutal com os colegas. Seu rosto redondo, com o queixo achatado e orelhas de abano, parecia enfiado na gola do uniforme como a cabeça nua de um abutre, semelhança ainda acentuada pelo nariz em forma de bico. Sempre que eu passava perto dele, estava fedendo a álcool; Häfner afirmava que ele lutava contra uma disenteria. Eu estava feliz por não lidar diretamente com ele, e o Dr. Kehrig, que se via obrigado a fazê-lo, parecia penar. Até ele parecia deslocado ali. Thomas, em Pretzsch, explicava-me que tinham recrutado a maioria dos oficiais nos escritórios em que não eram indispensáveis; distribuíram-lhes aleatoriamente patentes SS (foi assim que me vi SS-Obersturmführer, o equivalente a um primeiro-tenente); Kehrig, Oberregierungsrat ou conselheiro governamental havia menos de um mês, beneficiara-se de sua posição no funcionalismo para ser promovido a Sturmbannführer, dando claras mostras da dificuldade que tinha para se habituar tanto com as novas dragonas como com as novas funções. Quanto aos suboficiais e aos homens da tropa, provinham na maioria da baixa classe média, dos lojistas, dos escreventes, dos contínuos, o tipo de homem que se engajara na SA durante a crise na esperança de achar trabalho e nunca saíra de lá. Entre eles estava um certo número de *Volksdeutschen* dos países bálticos ou da Rutênia, homens taciturnos, quietos, pouco à vontade em seus uniformes, cuja única qualificação era o conhecimento do russo; alguns sequer conseguiam fazer-se entender em alemão. Von Radetzky, é verdade, sobressaía na turma: gabava-se de conhecer tanto a gíria dos bordéis de Moscou, onde nascera, quanto dos de Berlim, e parecia sempre saber o que fazia, mesmo quando não fazia nada. Também falava um pouco de ucraniano, aparentemente trabalhara com importação-exportação; como eu, vinha do Sicherheitsdienst, o Serviço de Segurança da SS. Ter sido destacado para o setor Sul o desesperava; seu sonho era estar no Centro, entrar como conquistador em Moscou, *pisar com suas botas os tapetes do Kremlin.* Vogt o consolava, dizendo que encontrariam com que se divertir em Kiev, mas Von Radetzky torcia o nariz: "É verdade que a Lavra* é magnífica. Mas, afora isto, é um buraco." Na noite do discurso de Jeckeln, recebemos ordens para juntarmos nossas coisas e

---

* Conjunto de mosteiros em Kiev conhecido como Kiev-Pechersk Lavra. (N. do T.)

nos prepararmos para marchar no dia seguinte: Callsen estava pronto para nos receber.

Lutsk ainda ardia em chamas à nossa chegada. Um estafeta da Wehrmacht encarregou-se de nos guiar para nossos alojamentos; era preciso contornar a cidade velha e o forte, o caminho era complicado. Kuno Callsen requisitara a Academia de Música, perto da esplanada, ao pé do castelo: uma bela construção do século XVII, simples, um antigo mosteiro que já servira como prisão no século passado. Callsen nos esperava na escadaria com alguns homens. "É um lugar prático", explicou-me enquanto descarregavam o material e nossos pertences. "Ainda há celas nos porões, só precisamos refazer as fechaduras, já comecei." Quanto a mim, preferia bibliotecas a jaulas, mas todos os volumes eram em russo ou ucraniano. Von Radetzky também passeava por ali seu nariz bulboso e seus olhos vagos, preocupado com os relevos decorativos; quando passou perto de mim, comentei que não havia nenhum livro polonês. "É curioso, Herr Sturmbannführer. Não faz muito tempo, e aqui era a Polônia." Von Radetzky deu de ombros: "Não acha que os stalinistas expurgaram tudo?" — "Em dois anos?" — "Dois anos bastam. Ainda mais para uma Academia de Música."

O Vorkommando já estava apinhado. A Wehrmacht detivera centenas de judeus e saqueadores e queria que déssemos um jeito neles. Os focos de incêndio continuavam a arder e parecia que sabotadores os alimentavam. E depois havia o problema do velho forte. O Dr. Kehrig, ao organizar seus dossiês, encontrara um guia Baedeker e o passara para mim por cima das caixas abertas para me mostrar a informação: "O castelo de Lubart. Foi um príncipe lituano que o construiu, veja só." A esplanada regurgitava de cadáveres, dizia-se que eram dos prisioneiros fuzilados pelo NKVD antes de sua retirada. Kehrig me pediu para ir verificar. O castelo apresentava imensas muralhas de tijolos, assentadas sobre bases de argila e dominadas por três torres; sentinelas da Wehrmacht vigiavam o portão, um oficial da Abwehr precisou intervir para que eu pudesse entrar. "Desculpe. Recebemos ordens do Generalfeldmarschall para fazer a segurança do local." — "Claro, compreendo." Um mau cheiro insuportável bateu contra o meu rosto assim que a porta se abriu. Eu estava sem lenço e levei uma das luvas ao nariz para conseguir respirar. "Pegue isso", sugeriu o Hauptmann da Abwehr estendendo-me um pano molhado, "ajuda um pouco." De fato, ajudava um pouco, mas não o suficiente; eu tentava em vão respirar por entre os lábios, o fedor enchia minhas narinas, melífluo, intenso, enjoativo.

Engoli convulsivamente para não vomitar. "Primeira vez?", perguntou calmamente o Hauptmann. Assenti com o queixo. "Vai se acostumar", prosseguiu, "mas nunca completamente." Ele próprio empalidecia, mas não tapava a boca. Atravessamos um longo corredor abobadado, depois um pequeno pátio. "É por aqui."

Os cadáveres empilhavam-se em uma esplanada, em pequenos montes desordenados, espalhados aqui e ali. Um forte zumbido, persistente, dominava o ambiente: milhares de moscas gordas e azuis voejavam sobre corpos, poças de sangue, matérias fecais. Minhas botas grudavam no chão. Os mortos já estavam inchando, contemplei sua pele verde e amarelada, os rostos disformes, como os de um homem com os olhos pisados. O cheiro era repulsivo; e aquele cheiro, eu sabia, era o início e o fim de tudo, a própria significação da nossa existência. Esse pensamento me revirava o estômago. Pequenos grupos de soldados da Wehrmacht munidos de máscaras de gás tentavam desfazer as pilhas para alinhar os corpos; um deles puxara um por um braço, que se soltou e ficou em sua mão; ele o atirou com um gesto cansado em cima de outro monte. "Há mais de mil", disse-me o oficial da Abwehr, quase murmurando. Todos os ucranianos e poloneses que eles mantinham aprisionados desde a invasão. Encontramos mulheres, até mesmo crianças. Eu queria fechar os olhos, ou tapá-los com as mãos, e ao mesmo tempo queria olhar, olhar tudo até me embriagar e tentar compreender pelo olhar aquela coisa incompreensível, ali, diante de mim, aquele vazio para o pensamento humano. Desamparado, voltei-me para o oficial da Abwehr: "Leu Platão?" Ele me fitou, pasmo: "Quê?" — "Não, nada." Dei meia-volta e saí dali. No fundo do primeiro patiozinho à esquerda, havia uma porta, empurrei-a, dava para uns degraus. Perambulei a esmo pelos corredores vazios dos andares, então percebi uma escada em caracol em uma das torres; no alto, encontrei uma passarela de madeira fixada nas muralhas. Dali eu podia sentir o cheiro dos incêndios da cidade; era, em todo caso, melhor, e eu respirava profundamente, depois tirei um cigarro da minha cigarreira e o acendi. Tinha a impressão de que o cheiro dos cadáveres putrefatos ainda estava grudado dentro do meu nariz, tentei expulsá-lo exalando a fumaça pelas narinas, mas só consegui tossir convulsivamente. Contemplei a vista. Nos fundos do forte recortavam-se jardins e pequenas hortas com algumas árvores frutíferas; além do muro eu via a cidade e o anel do Styr; daquele lado não havia fumaça e o sol brilhava no campo. Fumei tranquilamente. Depois desci de novo e voltei para a esplanada. O oficial da Abwehr continuava lá. Fitou-me com um ar curioso mas sem ironia: "Está melhor?" — "Sim, obrigado." Tentei assumir um tom oficial: "Tem uma conta precisa? É para o meu relatório." — "Ainda não. Amanhã, creio." — "E as nacionalidades?" — "Já lhe disse, ucranianos, poloneses com certeza. Difícil dizer, a maioria não tem documentos." — "Há judeus?" Olhou para mim, espantado: "Claro que não. Foram os judeus que fizeram isso." Fiz uma careta: "Ah, sim, claro." Ele se voltou para os cadáveres e ficou por um momento silencioso. "Que merda", murmurou finalmente. Fiz-lhe a saudação. Do lado de fora, um monte de pirralhos; um deles me fez uma pergunta, mas eu não compreendia a língua deles, passei sem dizer nada e voltei para a Academia de Música a fim de prestar contas a Kehrig.

No dia seguinte, o Sonderkommando começou o trabalho de fato. Um pelotão, sob as ordens de Callsen e Kurt Hans, fuzilou trezentos judeus e vinte saqueadores nos jardins do castelo. Na companhia do Dr. Kehrig e do Sturmbannführer Vogt, passei o dia em reuniões de planejamento com o responsável pela informação militar do 6º Exército, o Ic/AO Niemeyer, além de vários colegas dele, entre eles o Hauptmann Luley, que eu encontrara na véspera no forte e que cuidava da contraespionagem. Blobel achava que faltavam homens e queria que a Wehrmacht nos emprestasse alguns; mas Niemeyer permanecia formal, cabia ao Generalfeldmarschall e ao seu chefe de estado-maior, o Oberst Heim, resolver esse tipo de problema. Em outra reunião, à tarde, Luley nos anunciou com uma voz tensa que haviam encontrado dez soldados alemães pavorosamente mutilados entre os mortos do castelo. "Estavam acorrentados e cortaram-lhes o nariz, as orelhas, a língua e as partes genitais." Vogt foi com ele até o castelo e voltou com um rosto de cera: "É verdade, é horrível, são monstros." Essa notícia provocou grande alvoroço, Blobel praguejava pelos corredores, depois voltava para falar com Heim. À noite, anunciou: "O Generalfeldmarschall quer promover uma ação punitiva. Desferir um golpe incisivo, desencorajar os desnaturados." Callsen nos fez um relato sobre as execuções do dia. Tudo se dera sem incidentes, mas o método imposto por Von Reichenau, com apenas dois fuzis por condenado, tinha suas desvantagens: obrigava, se quisessem ter certeza do efeito, a mirar a cabeça em vez do peito, o que fazia respingar, os homens recebiam sangue e miolos no rosto e reclamavam. O fato provocou uma discussão acalorada. Häfner disparou: "Os senhores verão que isso vai acabar no *Genickschuss*, como os bolcheviques." Blobel corou e deu um tapa seco na mesa: "Meine

Herren! Essa linguagem é inadmissível! Não somos bolcheviques!... Somos soldados alemães. A serviço do nosso *Volk* e do nosso Führer! Merda!" Virou-se para Callsen: "Se seus homens são sensíveis demais, mandaremos servir-lhes *schnaps*." Depois, para Häfner: "Em todo caso não se trata de balas na nuca. Não quero que os homens tenham um sentimento de responsabilidade pessoal. As execuções obedecerão ao método militar, e ponto-final."

Na manhã seguinte permaneci no AOK: eles haviam confiscado várias caixas de documentos durante a tomada da cidade, e eu devia, ao lado de um tradutor, examinar aqueles dossiês, sobretudo os do NKVD, e decidir quais despachar para o Sonderkommando para análise prioritária. Em especial, procurávamos listas de membros do Partido Comunista, do NKVD ou de outros órgãos: várias daquelas pessoas deviam ter permanecido na cidade, misturadas à população civil, para cometer atos de espionagem ou de sabotagem, e era urgente identificá-las. Por volta do meio-dia, voltei para a Academia a fim de consultar o Dr. Kehrig. No térreo, reinava certa agitação: grupos de homens reuniam-se pelos cantos e cochichavam intensamente. Agarrei um Scharführer pela manga: "O que está acontecendo?" — "Não sei, Herr Obersturmführer. Acho que há um problema com o Standartenführer." — "Onde estão os oficiais?" Ele me apontou a escada que levava aos nossos alojamentos. No andar de cima, cruzei com Kehrig, que descia ruminando: "É uma coisa, é realmente uma coisa." — "O que está acontecendo?", perguntei a ele. Dirigiu-me uma olhadela e desabafou: "Mas como vocês querem que a gente trabalhe nessas condições?" Continuou a descer. Subi mais alguns degraus e ouvi um disparo, um barulho de copo quebrado, gritos. No corredor do andar, em frente à porta aberta do quarto de Blobel, dois oficiais da Wehrmacht aguardavam impacientes na companhia de Kurt Hans. "O que está acontecendo?", perguntei a Hans. Ele me indicou o quarto com um movimento do queixo, as mãos cruzadas nas costas. Entrei. Blobel, sentado na cama, de botas mas sem a farda, agitava uma pistola; Callsen estava de pé ao seu lado e tentava, sem agarrar o seu braço, dirigir a pistola para a parede; uma vidraça da janela estava quebrada; no chão, notei uma garrafa de *schnaps*. Blobel estava lívido, gritava palavras incoerentes cuspindo. Häfner entrou atrás de mim: "O que está acontecendo?" — "Não sei, parece que o Standartenführer está tendo uma crise." — "Ele está louco, isso sim." Callsen virou-se: "Ah, Obersturmführer. Vá pedir desculpas ao pessoal da Wehrmacht e volte um pouco mais tarde, pode ser?" Recuei e esbarrei em Hans, que estava decidido a entrar. "August, vá chamar um médico", disse Callsen a Häfner. Blobel continuava a vociferar: "Não é possível, não é possível, estão doentes, vou matá-los." Os dois oficiais da Wehrmacht mantinham-se encolhidos no corredor, tensos, pálidos. "Meine Herren...", comecei. Häfner esbarrou em mim e precipitou-se escada abaixo. O Hauptmann cacarejava: "Seu Kommandant enlouqueceu! Queria atirar na gente." Eu não sabia o que dizer. Hans saiu de trás de mim: "Meine Herren, pedimos desculpas aos senhores. O Standartenführer está em plena crise e mandamos chamar um médico. Seremos obrigados a retomar a conversa mais tarde." No quarto, Blobel soltava um grito estridente: "Vou matar aquela escória, soltem-me." O Hauptmann deu de ombros: "Se todos os oficiais superiores da SS forem assim... Dispensamos sua cooperação." Voltou-se para seu colega abrindo os braços: "Não é possível, eles devem ter esvaziado os hospícios." Kurt Hans empalideceu: "Meine Herren! A honra da SS..." Também engasgava agora. Finalmente intervim e o interrompi. "Ouçam, ainda não sei o que está acontecendo, mas temos visivelmente um problema de ordem médica. Hans, é inútil se exaltar. Meine Herren, como lhes dizia meu colega, seria melhor que nos deixassem a sós por enquanto." O Hauptmann me encarou: "O senhor é o Dr. Aue, não é? Bem, vamos embora", disse para o colega. Na escada cruzaram com Sperath, o médico do Sonderkommando, que subia com Häfner: "O senhor é o médico?" — "Sim." — "Cuidado. Ele pode atirar no senhor também." Afastei-me para deixar Sperath e Häfner passarem, então segui-os até o quarto. Blobel colocara sua pistola na mesinha de cabeceira e falava com uma voz entrecortada a Callsen: "Mas o senhor tem que entender que não é possível fuzilar tantos judeus. Precisaríamos de um arado, um arado, para revolvê-los no solo!" Callsen se voltou para nós. "August. Cuide do Standartenführer um instante, por favor." Pegou Sperath pelo braço, puxou-o de lado e começou a cochichar com animação. "Merda!" gritou Häfner. Virei-me, ele estava se engalfinhando com Blobel, que tentava tomar sua pistola. "Herr Standartenführer, Herr Standartenführer, acalme-se, por favor", exclamei. Callsen voltou até ele e começou a lhe falar calmamente. Sperath aproximou-se também e lhe tomou o pulso. Blobel fez um movimento em direção à sua pistola, mas Callsen o impediu. Foi a vez de Sperath falar com ele: "Escute, Paul, você está estressado. Vou ter que lhe aplicar uma injeção." — "Não! Nada de injeção!" O braço de Blobel, fora de controle, esbofeteou Callsen no rosto. Häfner recolhera a garrafa e a exibia para mim, imperturbável: estava quase vazia. Kurt Hans permanecia junto à porta e olhava sem nada dizer. Blobel soltava exclamações quase incoerentes: "É essa escória da Wehrmacht que é preciso fuzilar! Todos eles!" e recomeçava a resmungar. "August, Obersturmführer, venham me ajudar", ordenou Callsen. Nós três pegamos Blobel pelos pés e pelos braços e o deitamos na cama. Ele não se debatia. Callsen enrolou seu casaco como uma bola e enfiou embaixo da cabeça dele; Sperath arregaçou uma de suas mangas e aplicou-lhe uma injeção. Ele já parecia um pouco mais calmo. Sperath arrastou Callsen e Häfner até a porta para um conciliábulo e eu fiquei ao lado de Blobel. Seus olhos saltados fixavam o teto, um pouco de saliva espumava nas comissuras dos lábios, e ele continuava a resmungar: "Arar, arar os judeus." Discretamente, guardei a pistola em uma gaveta: ninguém pensara nisso. Blobel parecia cochilar. Callsen voltou até a cama: "Vamos levá-lo para Lublin." — "Como assim, Lublin?" — "Tem um hospital lá para esse tipo de caso", explicou Sperath. — "Um hospício, é o que você quer dizer", berrou grosseiramente Häfner. — "August, cale a boca", advertiu-o Callsen. Von Radetzky apareceu na soleira da porta: "Que bagunça é essa?" Kurt Hans tomou a palavra: "O Generalfeldmarschall deu uma ordem e o Standartenführer caiu doente, não aguentou. Queria atirar nos oficiais da Wehrmacht." — "Ele já estava com febre esta manhã", acrescentou Callsen. Em poucas palavras, detalhou a situação para Von Radetzky, bem como a sugestão de Sperath. "Bom", decidiu Von Radetzky, "vamos fazer como diz o doutor. Eu mesmo vou levá-lo." Parecia um pouco pálido. "Já começaram a se organizar, como ordenou o Generalfeldmarschall?" — "Não, não fizemos nada", disse Kurt Hans. — "Bom. Callsen, cuide então dos preparativos. Häfner, você vem comigo." — "Por que eu?", resistiu Häfner. — "Porque sim", explodiu Von Radetzky, irritado. "Vá preparar o Opel do Standartenführer. Pegue galões extra de gasolina, em caso de necessidade." Häfner insistia: "Janssen não pode ir?" — "Não, Janssen vai ajudar Callsen e Hans. Hauptsturmführer", disse, dirigindo-se a Callsen, "está de acordo?" Callsen meneou a cabeça pensativamente: "Talvez fosse melhor o senhor ficar e eu ir com ele, Herr Sturmbannführer. O senhor agora está no comando." Von Radetzky encarou-o: "Justamente, acho que é melhor que seja eu a acompanhá-lo." Callsen mantinha um ar de dúvida: "Tem certeza de que não seria melhor o senhor ficar?" — "Tenho, tenho. De toda forma, não se preocupe: o Obergruppenführer Jeckeln está para chegar com seu estado-maior. A maioria deles já chegou, estou voltando de lá. Ele assumirá as rédeas da situação." — "Bom. Porque eu, o senhor sabe, uma *Aktion* dessa amplitude..." Um fino sorriso retorceu os lábios de Von Radetzky: "Não se preocupe. Dirija-se ao Obergruppenführer e faça seus preparativos: tudo vai correr bem, eu lhe asseguro."

Uma hora mais tarde, os oficiais reuniam-se no salão. Von Radetzky e Häfner haviam partido com Blobel; este ainda esperneou quando foi carregado para o Opel, e Sperath tivera que lhe aplicar outra injeção, enquanto Häfner o continha na base da força. Callsen tomou a palavra: "Bom, acho que os senhores estão mais ou menos a par da situação." Vogt interrompeu-o: "Será que podemos recapitular?" — "Como quiser. Esta manhã, o Generalfeldmarschall deu ordens para empreendermos uma ação de represália pelos dez soldados alemães encontrados mutilados na fortaleza. Ele ordenou que se executasse um judeu para cada pessoa assassinada pelos bolcheviques, ou seja, mais de mil judeus. O Standartenführer recebeu a ordem e isso parece ter precipitado uma crise..." — "É um pouco culpa do Exército, também", interveio Kurt Hans. "Eles poderiam ter enviado alguém com mais tato que esse Hauptmann. Aliás, mandar transmitir uma ordem dessa importância por um Hauptmann é quase um insulto." — "Convém reconhecer que toda essa história pega mal para a honra da SS", comentou Vogt. — "Ouçam", disse Sperath num tom acerbo, "a questão não é esta. Posso lhes afirmar que o Standartenführer já estava doente pela manhã, tinha febre alta. Um começo de tifoide, acho. Com certeza foi o que precipitou a crise." — "Pode ser; a propósito, ele bebia muito", observou Kehrig. — "É verdade", me atrevi a dizer, "havia uma garrafa vazia no quarto dele." — "Ele tinha problemas intestinais", retorquiu Sperath. "Achava que isso podia ajudá-lo." — "Em todo caso", concluiu Vogt, "eis que estamos sem comandante. E sem segundo-comandante, por sinal. Assim não é possível. Proponho que, enquanto aguardamos o retorno do Sturmbannführer Von Radetzky, o Hauptsturmführer Callsen assuma o comando do Sonderkommando." — "Mas não sou a patente mais alta", objetou Callsen. "É o senhor ou o Sturmbannführer Kehrig." — "Sim, mas não somos oficiais de operação. Dentre os chefes dos Teilkommandos, você é o mais antigo." — "De acordo", disse Kehrig. Callsen, o rosto tenso, dardejava olhares de um homem a outro, depois voltou-se para Janssen, que desviou o olhar antes de dar de ombros. "Idem", reforçou Kurt Hans. "Hauptsturmführer, assuma o comando." Callsen fez um silêncio, depois disse displicentemente:

"Pois bem. Como quiserem." — "Tenho uma pergunta", disse calmamente Strehlke, nosso Leiter II. Virou-se para Sperath: "Doutor, qual é o estado do Standartenführer na sua opinião? Podemos ou não contar com seu retorno para breve?" Sperath fez uma careta: "Não sei. Difícil dizer. Uma parte de sua aflição é certamente de origem nervosa, mas não descarto causas orgânicas. Precisamos examiná-lo quando a febre baixar." — "Se entendi bem", tossiu Vogt, "ele não voltará imediatamente." — "É pouco provável. Não nos próximos dias, em todo caso." — "Se for assim, ele simplesmente não voltará", arriscou Kehrig. Fez-se silêncio na sala. Era evidente que um pensamento comum nos unia, ainda que ninguém quisesse dar-lhe voz: talvez não fosse mau negócio se Blobel não voltasse. Nenhum de nós o conhecia um mês antes, e mal fazia uma semana que estávamos sob suas ordens; contudo, logo percebemos que trabalhar com ele poderia ser difícil, até mesmo penoso. Callsen rompeu o silêncio: "Ouçam, isso não é tudo, mas temos que começar a planejar a ação." — "Sim, mas justamente", prosseguiu Kehrig com veemência, "essa história é absolutamente grotesca, não faz sentido." — "O que é grotesco?", perguntou Vogt. — "Essas represálias, convenhamos! Parece que estamos na Guerra dos Trinta Anos! E depois, em primeiro lugar, como pretende identificar mil judeus? E em uma noite?" Deu uns tapinhas no nariz. "Dando uma espiada? Examinando os narizes? Medindo-os?" — "Isso é verdade", reconheceu Janssen, que nada dissera até então. "Não vai ser fácil." — "Häfner tinha uma ideia", propôs laconicamente Kurt Hans. "A gente só precisa pedir que eles abaixem as calças." Kehrig explodiu num rompante: "Mas isso é absolutamente ridículo! Parece que vocês perderam o bom senso!... Callsen, fale você." Callsen continuava taciturno, mas não se exaltou: "Ouça, Sturmbannführer. Fique mais calmo. Deve haver uma solução, vou conversar agora mesmo com o Obergruppenführer. Quanto ao princípio da coisa, ela me desagrada tanto quanto a vocês. Mas essas são as ordens." Kehrig fitou-o mordiscando a língua; visivelmente, tentava se conter. "E o Brigadeführer Rasch", expeliu finalmente, "o que diz ele? É o nosso superior direto, afinal de contas." — "Justamente, esse é outro problema. Tentei entrar em contato com ele, mas parece que o Gruppenstab ainda está a caminho. Gostaria de enviar um oficial a Lemberg para lhe fazer um relato e pedir instruções." — "O senhor pensa enviar quem?" — "Pensei no Obersturmführer Aue. Pode dispensá-lo por um ou dois dias?" Kehrig voltou-se para mim: "Em que pé está com esses dossiês, Obersturmführer?" — "Boa parte já passou pela triagem. Acho que ainda preciso de mais algumas horas." Callsen consultou seu relógio. "De toda forma já é tarde para chegar antes do anoitecer." — "Bom", decidiu-se Kehrig. "Nesse caso, termine esta noite e parta de madrugada." — "Muito bem... Herr Hauptsturmführer", perguntei a Callsen, "que quer que eu faça?" — "Exponha para o Brigadeführer a situação e o problema do Kommandant. Explique-lhe quais foram nossas decisões e diga-lhe que aguardamos suas instruções." — "Enquanto estiver lá", acrescentou Kehrig, "colha informações sobre a situação local. Parece que as coisas estão bem confusas por lá, gostaria de saber o que está acontecendo." — "*Zu Befehl.*"

À noite, precisei de quatro homens para subir os arquivos selecionados para os escritórios do SD. Kehrig estava num humor execrável. "E então, Obersturmführer", exclamou ao ver minhas caixas, "acho que pedi para o senhor fazer uma triagem em tudo isso!" — "O senhor não viu o que deixei lá embaixo, Herr Sturmbannführer." — "Talvez. Vamos ser obrigados a admitir mais tradutores. Bom. Sua viatura está pronta, pergunte por Höfler. Saia cedo. Agora vá se encontrar com Callsen." No corredor, passei pelo Untersturmführer Zorn, outro oficial subalterno, que geralmente assessorava Häfner. "Ah, Doktor Aue. O senhor tem muita sorte." — "Por que me diz isso?" — "Ora, sorte de partir. Uma sacanagem, amanhã." Balancei a cabeça: "Pode ser. Está tudo pronto, então?" — "Não sei. Da minha parte, devo cuidar do cordão de isolamento." — "Zorn só se queixa", rosnou Janssen, que se juntara a nós. — "Resolveu o problema?", perguntei. — "Qual?" — "O problema dos judeus. Para encontrá-los." Riu secamente: "Ah, isso! Na verdade, é muito simples. O AOK manda imprimir cartazes: todos os judeus são convocados a se apresentar amanhã de manhã na esplanada para o trabalho obrigatório. Pegaremos os que vierem." — "E acha que haverá o suficiente?" — "O Obergruppenführer diz que sim, que está tudo funcionando perfeitamente. Caso contrário, prenderemos os líderes judeus e ameaçaremos fuzilá-los se não houver a conta certa." — "Entendo." — "Ah, tudo isso é uma bela sacanagem", gemeu Zorn. "Felizmente tenho de cuidar apenas do cordão." — "Pelo menos está aqui", resmungou. "Não é como aquele canalha do Häfner." — "Não é culpa dele", objetei. "Ele queria ficar. Foi o Sturmbannführer que insistiu para que ele o acompanhasse." — "Justamente. E ele, por que não está aqui?" Fitou-me com ar malicioso. "Eu também gostaria muito de ir fazer um passeio em Lublin ou em Lemberg." Dei de ombros e fui procurar Callsen. Estava debruçado sobre um mapa da cidade com Vogt e Kurt Hans. "Pois não, Obersturmführer." — "O senhor queria me ver." Callsen parecia muito mais senhor de si que à tarde, quase relaxado. "O senhor dirá ao Brigadeführer Dr. Rasch que o Obergruppenführer Jeckeln reitera as ordens do Exército e está tomando a *Aktion* sob seu controle pessoal." Ele me encarava com olhos serenos; visivelmente, a decisão de Jeckeln lhe tirava um peso dos ombros. "Ele também confirma minha posição como comandante interino até a volta do Sturmbannführer Von Radetzky", continuou, "a menos que o Brigadeführer tenha outra preferência. Finalmente, para a *Aktion*, está nos emprestando auxiliares ucranianos e uma companhia do 9º Batalhão de Reserva da Polícia. É tudo." Fiz a saudação e saí sem dizer nada. Naquela noite, demorei a pegar no sono: pensava nos judeus que viriam no dia seguinte. Achava o método adotado muito injusto; seriam castigados os judeus de boa vontade, aqueles que tivessem acreditado na palavra do Reich alemão; quanto aos outros, os covardes, os traidores e os bolcheviques, permaneceriam escondidos e não os encontraríamos. Como dizia Zorn, era uma bela sacanagem. Achava ótimo partir para Lemberg, seria uma viagem interessante. Mas não me agradava estar, dessa forma, evitando a ação; eu achava que uma coisa daquele tipo era um problema grave, mas que era preciso enfrentá-lo e tentar resolvê-lo, pelo menos no âmbito pessoal, e não fugir. Os demais, Callsen, Zorn, queriam todos se livrar do problema, em todo caso não assumir a responsabilidade, o que não era correto, a meu ver. Se estávamos cometendo uma injustiça, era preciso refletir e decidir se ela era necessária e inevitável ou apenas resultado do caminho mais fácil, da preguiça, da ausência de pensamento. Essa era uma questão crucial. Eu sabia que aquelas decisões eram tomadas em uma esfera muito superior à nossa; contudo, não éramos autômatos, era importante não apenas obedecer às ordens, mas concordar com elas; ora, eu tinha minhas dúvidas, e aquilo me perturbava. Finalmente, li um pouco e dormi algumas horas.

Às quatro horas me vesti. Höfler, o motorista, já me esperava na cantina com café ruim. "Se quiser, também tenho pão e queijo, Herr Obersturmführer." — "Não, tudo bem, estou sem fome." Tomei meu café em silêncio. Höfler cochilava. Do lado de fora, nenhum barulho. Popp, o soldado que devia me servir de escolta, juntou-se a nós e começou a comer ruidosamente. Levantei-me e saí para fumar no pátio. O céu estava claro, as estrelas brilhavam por cima das altas fachadas do antigo mosteiro, impenetráveis e impassíveis sob a suave luz branca.

Eu não via a lua. Höfler saiu, por sua vez, e me cumprimentou: "Tudo pronto, Herr Obersturmführer." — "Pegou alguns galões de gasolina?" — "Sim, três." Popp mantinha-se perto da janela em frente ao Admiral, meio sem jeito e satisfeito com seu fuzil. Fiz-lhe um sinal para ir no banco de trás. "Em geral, Herr Obersturmführer, a escolta senta-se na frente."— "É, mas prefiro que vá atrás."

Depois do Styr, Höfler tomou a estrada do sul. Placas sinalizavam o caminho; pelo mapa, era coisa de algumas horas. Era uma bela manhã de segunda-feira, calma, tranquila. As aldeias adormecidas pareciam pouco afetadas pela guerra, os postos de controle nos deixavam passar sem dificuldade. À nossa esquerda, o céu já empalidecia. Um pouco mais tarde o sol, ainda avermelhado, apareceu através das árvores. Finos tufos de neblina estavam colados no solo; entre as aldeias, grandes campos achatados esparramavam-se a perder de vista, entrecortados por bosques e colinas arborizadas e fechadas. O céu passou lentamente ao azul. "A terra deve ser boa por aqui", comentou Popp. Não respondi e ele se calou. Em Radziechow fizemos uma pausa para comer. Novamente, carcaças de blindados cobriam as depressões e as valas, isbás queimadas desfiguravam as aldeias. A circulação aumentava, cruzávamos com longas colunas de caminhões carregados de soldados e víveres. Um pouco antes de Lemberg, uma cancela nos obrigou a esperar alguns panzers passarem. A estrada tremia, redemoinhos de poeira escureciam os vidros e insinuavam-se pelas brechas. Höfler me ofereceu um cigarro, a Popp também. Fez uma careta ao acender o que tinha nos lábios: "Realmente uma merda, esses Sportnixe." — "Dá para o gasto", eu disse. "Não podemos bancar os difíceis." Depois da passagem dos tanques, um Feldgendarme aproximou-se e nos fez sinal para aguardarmos: "Está vindo uma outra coluna atrás dessa", gritou. Terminei meu cigarro e joguei a ponta pela janela. "Popp tem razão", disse subitamente Höfler. "É uma bela região. Poderíamos nos instalar aqui depois da guerra." — "Você, pessoalmente, viria se instalar aqui?", perguntei-lhe com um sorriso. Hesitou: "Depende." — "De quê?" — "Dos burocratas. Se for como na nossa terra, não vale a pena." — "E você faria o quê?" — "Se eu pudesse, Herr Obersturmführer? Eu abriria um comércio, como na minha terra. Uma boa tabacaria, com um balcão também, e talvez frutas e legumes, quem sabe." — "E você acha melhor ter isso aqui do que na sua terra?" Ele deu um tapa seco no volante: "Ah, mas na minha terra eu tive que fechar. Já em 38." — "Por quê?" — "Ora, os sacanas dos cartéis, da Reemtsma. Decidiram que era preciso faturar pelo menos cinco mil reichsmarks por ano para ser abastecido. Talvez haja sessenta famílias na minha aldeia, e assim, até conseguir vender cinco mil reichsmarks de cigarros... Não pude fazer nada, e só eles passaram a fornecer. Eu era a única tabacaria da aldeia, nosso Parteiführer me apoiava, escreveu cartas ao Gauleiter para mim, tentamos tudo, não deu em nada. A coisa acabou no tribunal econômico e perdi, fui então obrigado a fechar. Só com legumes, não dava. E depois fui convocado." — "Então não há mais tabacaria na sua aldeia?", perguntou Popp com sua voz surda. — "Não, como pode ver." — "Na nossa terra nunca houve." A segunda coluna de panzers vinha chegando e tudo começou a tremer. Um dos vidros do Admiral, mal fixado, sacolejava loucamente na janela do carro. Mostrei a Höfler e ele balançou a cabeça. A coluna desfilava, interminável: o avanço das tropas devia prosseguir a toda velocidade. Finalmente o Feldgendarme nos fez um sinal de que a estrada estava livre.

Em Lemberg, reinava o caos. Nenhum dos soldados interrogados nos postos de controle conseguia nos indicar o PC da Sicherheitspolizei e do SD; embora a cidade houvesse sido tomada dois dias antes, ninguém parecia ter se dado o trabalho de montar as placas de direção. Seguimos por uma rua larga um pouco ao acaso; ela desembocou em uma longa avenida dividida ao meio por um parque e ladeada por fachadas em tons pastéis, elegantemente decoradas com relevos brancos. As ruas estavam cheias de gente. No meio das viaturas militares alemãs circulavam automóveis e caminhões abertos, decorados com bandeirolas e bandeiras azuis e amarelas, apinhados de homens à paisana ou às vezes com detalhes de uniformes e armados com fuzis e pistolas; berravam, cantavam, descarregavam suas armas para cima; nas calçadas e no parque, outros homens, armados ou não, os aclamavam, misturados a soldados alemães indiferentes. Um Leutnant da Luftwaffe conseguiu finalmente me indicar um PC de divisão; de lá, enviaram-nos para o AOK 17. Oficiais galopavam pelas escadas, entravam, saíam dos escritórios batendo as portas; os dossiês soviéticos revirados e pisoteados atulhavam os corredores; no saguão havia um grupo de homens com braçadeiras azuis e amarelas em trajes civis e armados com fuzis; discutiam acaloradamente em ucraniano ou polonês, não sei ao certo, com soldados alemães que exibiam um emblema com um rouxinol estampado. Abordei finalmente um jovem Major da Abwehr: "O Einsatzgruppe B? Chegaram ontem. Ocuparam os escritórios do NKVD." — "E onde fica isso?" Olhou para mim com um ar esgotado: "Não faço ideia." Acabou encontrando um subalterno que estivera lá e o pôs à minha disposição.

    Na avenida, o tráfego avançava devagar, depois uma aglomeração bloqueava tudo. Saí do Opel para ver o que estava acontecendo. As pessoas berravam, aplaudiam; algumas haviam deixado as cadeiras de um café, ou os caixotes, e subido em cima para verem melhor; outras carregavam crianças nos ombros. Abri passagem com dificuldade. No centro da multidão, em um grande círculo isolado, homens em figurinos roubados de um teatro ou museu, com visuais extravagantes, uma peruca Regência com uma casaca de hussardo de 1812, uma toga de magistrado bordada em arminho, armaduras mongóis e xadrezes escoceses, uma roupa de opereta metade romana, metade Renascença, com uma gola plissada; um homem vestia um uniforme da cavalaria vermelha de Budienny, mas com uma cartola e uma gola de pele, e agitava uma comprida pistola Mauser; todos estavam armados com cacetes ou fuzis. Aos seus pés vários homens de joelhos lambiam o chão; de tempos em tempos, um dos sujeitos fantasiados lhes desferia um pontapé ou uma cacetada; a maioria deles sangrava abundantemente; a massa vibrava cada vez mais. Atrás de mim, alguém começou a cantarolar uma melodia e atraiu o som de um acordeão; logo, dezenas de vozes entoaram a letra, enquanto o homem de kilt arranjou um violino cujas cordas, na falta de arco, ele arranhava como se fosse um violão. Um espectador me puxou pela manga e gritou, meio fora de si: *"Yid, yid, kaputt!"* Mas eu já havia entendido o que se passava. Desvencilhei-me com um tapa e voltei a atravessar a multidão; Höfler, nesse ínterim, fizera meia-volta. "Acho que podem passar por aqui", disse o homem da Abwehr, apontando uma rua transversal. Não demoramos a nos perder. Finalmente, Höfler teve a ideia de interpelar um passante: "NKVD? NKVD?" — "NKVD *kaputt!*" berrou alegremente o sujeito. Com gestos, indicou-nos o caminho: ficava na verdade a duzentos metros do AOK, tínhamos pego o caminho errado. Dispensei nosso guia e subi para me apresentar. Rasch, fui informado, estava em reunião com todos os seus Leiter e oficiais do Exército; ninguém sabia quando poderia me receber. Finalmente um Hauptsturmführer veio em meu socorro: "Está chegando de Lutsk? Já estamos a par, o Brigadeführer falou ao telefone com o Obergruppenführer Jeckeln. Mas tenho certeza de que ele vai se interessar pelo seu relato." — "Bom. Vou aguardar então."

    — "Oh, não vale a pena, ele ainda vai demorar pelo menos umas duas horas. O senhor pode aproveitar e visitar a cidade. A cidade velha, sobretudo, vale a pena." — "As pessoas me parecem exaltadas", observei. — "Ah, o senhor tem toda razão. O NKVD massacrou três mil pessoas nas prisões antes de bater as asas. E depois todos os nacionalistas ucranianos e galicianos saíram das florestas, enfim, Deus sabe onde estavam escondidos, e estão um pouco nervosos. Os judeus vão passar um mau bocado." — "E a Wehrmacht não faz nada?" Piscou o olho: "Ordens *de cima*, Obersturmführer. A população está liquidando os traidores e colaboracionistas, não é assunto nosso. É um conflito interno. Bom, até já." Desapareceu por um escritório e eu voltei a sair. Os tiros que vinham do centro se pareciam com a queima de rojões num dia de quermesse. Deixei Höfler e Popp com o Opel e me dirigi a pé até a avenida central. Sob a colunata reinava uma atmosfera efusiva; as portas e janelas dos cafés estavam escancaradas, as pessoas bebiam, gritavam; recebi um aperto de mão no caminho; um homem entusiasmado me estendeu uma taça de champanhe, que esvaziei; antes que pudesse devolvê-la, ele desapareceu. Misturados na multidão, como no carnaval, desfilavam também homens espalhafatosos em figurinos de cena, alguns usando inclusive máscaras, divertidas, hediondas, grotescas. Atravessei o parque; do outro lado começava a cidade velha, com um aspecto bem diferente da avenida austro-húngara; aqui, havia casas altas e estreitas da Renascença tardia, coroadas por telhados pontudos, com fachadas em cores variadas mas bastante desbotadas, decoradas com ornamentos barrocos em pedra. Havia muito menos gente nessas ruelas. Um cartaz macabro ocupava a vitrine de uma loja fechada; nele, havia a ampliação de uma fotografia de cadáveres, com uma inscrição em cirílico; consegui decifrar apenas as palavras "Ucrânia" e "*Jidy*", os judeus. Contornei uma igreja grande e bonita, seguramente católica; estava fechada e ninguém respondeu quando bati. De uma porta aberta mais adiante na rua saíam ruídos de vidro quebrado, brigas, gritos; um pouco mais adiante, um cadáver de judeu jazia com a cara na sarjeta. Pequenos grupos de homens armados, com braçadeiras azuis e amarelas, conversavam com civis; de vez em quando entravam em uma casa e logo ouvia-se uma confusão, às vezes tiros. Na minha frente, do andar superior, um homem foi jogado através de uma vidraça e veio se estatelar quase aos meus pés em meio a uma chuva de cacos de vidro; fui obrigado a pular para trás a fim de evitar os estilhaços; e ouvi claramente o baque seco de sua nuca contra o asfalto. Um homem em mangas de camisa e capacete apareceu na janela quebrada: "Desculpe, Herr deutschen Offizier! Não tinha visto o senhor." Minha angústia aumentava, evitei o cadáver e continuei em silêncio. Mais além, um homem barbudo de batina surgiu de um portão, ao pé de uma torre antiga; ao me avistar, dirigiu-se a mim: "Herr Offizier! Herr Offizier! Venha, venha, por favor." Seu alemão era melhor que o do defenestrador, mas tinha um sotaque curioso. Puxou-me quase à força para o portão. Ouvi gritos, uivos selvagens; no pátio da igreja, um grupo de homens espancava cruelmente judeus deitados no chão com cacetes ou barras de ferro. Alguns corpos não se mexiam mais sob os golpes; outros ainda estremeciam. "Herr Offizier!", gritava o padre, "faça alguma coisa, por favor! Isto aqui é uma igreja." Permaneci ali no portão, indeciso; o padre tentava me puxar pelo braço. Não sei em que eu estava pensando. Um dos ucranianos me viu e disse alguma coisa aos colegas fazendo um sinal com a cabeça na minha direção: "Eu disse a eles que o senhor estava dando ordens para parar. Disse que as igrejas estavam sob a proteção da Wehrmacht e que se eles não fossem embora seriam presos." — "Estou completamente sozinho", eu disse. — "Não tem importância", retorquiu o padre. Vociferou ainda algumas frases em ucraniano. Lentamente, os homens depuseram os cacetes. Um deles me dirigiu uma ladainha apaixonada: entendi apenas as palavras "Stálin", "Galícia" e "judeus". Um outro cuspiu nos corpos. Houve um momento de hesitação; o padre ainda gritou algumas palavras; então os homens abandonaram os judeus e formaram uma fila, depois desapareceram na rua, sem dizer nada. "Obrigado", disse-me o padre, "obrigado." Correu para examinar os judeus. O pátio era ligeiramente inclinado: na parte de baixo, uma bela colunata sombreada por um telhado de cobre esverdeado apoiava-se na igreja. "Ajude-me", disse o padre. "Este ainda está vivo." Levantou-o pelas axilas e eu peguei os pés; vi que era um rapaz, quase imberbe. Sua cabeça caiu para trás, um filete de sangue corria ao longo de suas costeletas e deixava uma linha de grandes gotas brilhantes nas lajes. Meu coração havia disparado: eu nunca carregara um moribundo daquele jeito. Era preciso contornar a igreja, o padre avançava de costas, resmungando em alemão: "Primeiro os bolcheviques, agora os loucos ucranianos. Por que seu Exército não faz nada?" No fundo, um grande arco abria-se para um pátio, depois para a porta da igreja. Ajudei o padre a transportar o judeu para o vestíbulo e depositá-lo num banco. Ele chamou à distância; dois homens, sombrios e barbudos como ele, mas de terno, surgiram da nave. Dirigiu-se a eles em uma língua estrangeira que não se parecia em nada com ucraniano, russo ou polonês. Os três voltaram juntos para o pátio da entrada; um deles pegou uma alameda por trás enquanto os outros dois retornavam em direção aos judeus. "Mandei-o procurar um médico", disse o padre. — "Onde estamos?", perguntei. Ele parou e me fitou: "Na catedral armênia." — "Então há armênios em Lemberg?", indaguei com espanto. Ele fez um muxoxo: "Há muito mais tempo que alemães ou austríacos." Ele e o amigo foram recolher um outro judeu, que gemia de forma quase imperceptível. O sangue dos judeus escorria lentamente pelas lajes e pelo pátio inclinado, em direção à colunata. Sob os arcos, eu percebia pedras tumulares cimentadas na parede ou no chão, cobertas com inscrições em sinais misteriosos, provavelmente armênio. Cheguei mais perto: o sangue preenchia os caracteres gravados nas pedras cimentadas. Desviei o olhar na mesma hora. Sentia-me oprimido, desamparado; acendi um cigarro. Fazia frio sob a colunata. No adro, o sol brilhava sobre as poças de sangue e as lajes de calcário, sobre os corpos pesados dos judeus, sobre seus trajes de pano grosseiro, preto ou marrom, empapados de sangue. Moscas zumbiam em volta das nossas cabeças e pousavam nas feridas. O padre foi postar-se junto a eles. "E os mortos?", me perguntou. "Não podemos deixá-los aqui." Mas eu não tinha intenção alguma de ajudá-lo; a ideia de tocar num daqueles corpos inertes me repugnava. Fui em direção ao portão evitando-os e saí na rua. Estava vazia; tomei a esquerda, ao acaso. Um pouco adiante, a rua terminava num beco sem saída; mas pegando a direita desemboquei em uma praça dominada por uma imponente igreja barroca, com detalhes rococós, um pórtico alto com colunas e coberta por um domo de cobre. Subi os degraus e entrei. A ampla abóbada da nave, em cima, repousava delicadamente sobre finas colunas espiraladas, a luz do dia penetrava aos borbotões pelos vitrais, afagava as esculturas em madeira folheadas a ouro; os bancos escuros e encerados enfileiravam-se até o fundo, vazios. Na lateral de um pequeno saguão caiado, notei uma porta baixa, em madeira antiga engastada com ferro; empurrei-a; alguns degraus de madeira levavam até um corredor largo e baixo, iluminado por meio de vidraças. Armários envidraçados ocupavam a parede oposta, cheios de objetos de culto; alguns pareciam-me antigos, maravilhosamente trabalhados. Para minha surpresa, uma das vitrines exibia objetos judaicos: rolos em hebraico, mantas de oração; velhas gravuras mostrando judeus na sinagoga. Livros em hebraico traziam referências do tipógrafo em alemão: *Lwow, 1884; Lublin, 1853, bei Schmuel Berenstein*. Ouvi passos e ergui a cabeça: um monge tonsurado vinha em minha direção. Usava o hábito branco dos dominicanos. Ao se aproximar, parou: "Bom dia", disse em alemão. "Posso ajudá-lo?" — "Que é isso aqui?" — "O senhor está em um mosteiro." Apontei os armários: "Não, quero dizer, tudo isso." — "Aqui? É o nosso museu das religiões. Todos os objetos vêm da região. Olhe, se quiser. Em geral, pedimos uma pequena doação, mas hoje é de graça." Prosseguiu seu caminho e desapareceu silenciosamente pela porta de ferro. Mais além, de onde ele viera, o corredor quebrava em ângulo reto; vi-me dentro de um claustro, cingido por uma mureta e fechado por janelas dispostas entre as colunas. Uma vitrine baixa e comprida chamou minha atenção. Um pequeno foco de luz, preso na parede, iluminava o interior. Debrucei-me: dois esqueletos jaziam enlaçados, despontando através de uma camada de argila seca. O maior, o homem provavelmente, a despeito dos grandes brincos de cobre depositados sobre o crânio, estava deitado de barriga para cima; o outro, visivelmente uma mulher, aninhava-se de lado, braços encolhidos, as duas pernas passando por cima de uma das dele. Era magnífico, eu nunca vira algo assim. Tentei em vão decifrar a etiqueta. Há quantos séculos repousavam daquele jeito, enlaçados um no outro? Aqueles corpos deviam ser muito antigos, deviam datar de uma época bem remota; certamente a mulher fora sacrificada e deitada na tumba com seu chefe morto; eu sabia que isso ocorrera em épocas primitivas. Mas tal raciocínio não era o que importava; acima de tudo, aquela era a posição de repouso após o amor, apaixonada, transbordante de ternura. Pensei na minha irmã e engoli em seco: ela, sim, teria chorado ao ver aquilo. Saí do mosteiro sem reencontrar ninguém; do lado de fora, fui direto até a outra ponta da praça. Ali se abria outra esplanada, com um grande edifício recostado em uma torre, rodeado por algumas árvores. Casas estreitas apertavam-se em torno dessa esplanada, fabulosamente decoradas, cada uma num estilo. Atrás do prédio central aglomerava-se uma multidão animada. Evitei-a e virei à esquerda, depois contornei uma grande catedral, sob o olhar de uma cruz de pedra cuidadosamente disposta nos braços de um anjo, flanqueado por um Moisés langoroso com suas Tábuas e um santo meditativo vestindo andrajos e instalado sobre um crânio com tíbias cruzadas, quase a mesma insígnia costurada no meu quepe. Atrás, numa ruazinha, havia algumas mesas e cadeiras na calçada. Eu estava com calor, cansado, a espelunca parecia vazia, sentei-me. Uma moça saiu e falou comigo em ucraniano: "Vocês têm cerveja? Cerveja?", perguntei em alemão. Ela balançou a cabeça: *"Piva nyetu."* Isso eu entendia. "Café? *Kava?*" — *"Da."* — *"Voda?"* — *"Da."* Ela tornou a entrar e voltou com um copo d'água que eu bebi de um gole só. Depois trouxe um café. Já estava com açúcar, não tomei. Acendi um cigarro. A moça reapareceu e viu o café: "Café? Não bom?", perguntou em um alemão tosco. — "Açúcar. *Niet.*" — "Ah." Ela sorriu, levou o café e me trouxe outro. Estava forte, sem açúcar, tomei-o enquanto fumava. À minha direita, ao pé da catedral, uma capela coberta de baixos-relevos, dispostos em faixas escuras, obstruía minha visão da praça principal. Um homem em uniforme alemão a contornava examinando o emaranhamento das esculturas. Ao me ver, caminhou em minha direção; percebi suas dragonas, levantei-me rapidamente e fiz a saudação. Ele a retribuiu: "Bom dia! Então o senhor é alemão?" — "Sou, Herr Hauptmann." Ele puxou um lenço e enxugou a testa. "Ah, melhor assim. Posso me sentar?" — "Claro, Herr Hauptmann." A moça reapareceu. "Prefere seu café com ou sem açúcar? É tudo o que eles têm." — "Com, por favor." Fiz um sinal para a moça nos trazer mais dois cafés com açúcar à parte. Em seguida sentei-me com o Hauptmann. Ele me estendeu a mão: "Hans Koch. Estou com a Abwehr." Apresentei-me também. "Ah, o senhor é do SD? É verdade, não tinha notado suas insígnias. Melhor assim, melhor assim." O Hauptmann não deixava de ser um tanto simpático: já devia passar dos cinquenta, usava óculos redondos e ostentava certa barriga. Falava com um sotaque do Sul, não exatamente o de Viena. "O senhor me parece austríaco, Herr Hauptmann." — "Sim, de Estíria. E o senhor?" — "Meu pai é da Pomerânia. Mas nasci na Alsácia. Depois moramos aqui e ali." — "Sei, sei. Está a passeio?" — "Pode-se dizer que sim." Balançou a cabeça: "Já eu vim para uma reunião. Logo ali, e daqui a pouco." — "Uma reunião, Herr Hauptmann?" — "O senhor vê, quando fomos convidados nos disseram que seria uma reunião cultural, mas acho que vai ser uma reunião política." Debruçou-se na minha direção, como se fosse fazer uma confidência: "Me designaram porque eu supostamente seria um especialista nas questões nacionais ucranianas." — "É?" Ele jogou o corpo para trás: "Longe disso! Sou professor de teologia. Conheço um pouco a questão uniata, mas é tudo. Decerto me destacaram porque servi no Exército Imperial, eu era Leutnant durante a Grande Guerra, veja o senhor, devem ter pensado que eu conhecia a questão nacional; mas eu estava na frente italiana na época, e, além do mais, na intendência. É verdade que eu tinha colegas croatas..." — "Fala ucraniano?" — "Nem uma palavrinha. Mas tenho um tradutor comigo. Está bebendo com os sujeitos do OUN, na praça." — "OUN?" — "É. Não sabe que eles tomaram o poder esta manhã? Enfim, tomaram a rádio. E depois fizeram uma proclamação, sobre a renovação do Estado ucraniano, se bem compreendi. É por isso que tenho de ir para essa reunião daqui a pouco. O metropolita, ouvi dizer, teria abençoado o novo Estado. Parece que fomos nós que lhe pedimos, mas não sei bem ao certo." — "Que metropolita?" — "O uniata, claro. Os ortodoxos nos odeiam. Odeiam Stálin também, mas nos odeiam ainda mais." Eu ia fazer outra pergunta mas fui rudemente interrompido: uma mulher gorda, praticamente nua, de meias rasgadas, irrompeu com um grito dos fundos da catedral; precipitou-se nas mesas, tropeçou, derrubou uma delas e se estatelou berrando aos nossos pés. Sua pele branca estava cheia de contusões, mas não sangrava muito. Dois brutamontes de braçadeira acompanhavam-na tranquilamente. Um deles dirigiu-nos a palavra em mau alemão: "Desculpem-nos, Offizieren. *Kein Problem.*" O outro levantou a mulher pelos cabelos e deu-lhe um soco no estômago. Ela soluçou e se calou, a boca espumando. O primeiro desferiu-lhe um pontapé nas nádegas e ela recomeçou a correr. Eles trotaram atrás dela rindo e desapareceram atrás da catedral. Koch tirou o quepe e enxugou novamente a testa, enquanto eu levantava a mesa derrubada. "São realmente selvagens por aqui", observei. "É, são, concordo totalmente com o senhor. Mas achei que vocês os encorajavam..." — "Ficaria surpreso com isso, Herr Hauptmann. Mas acabei de chegar, ainda não estou a par da situação." Koch prosseguiu: "No AOK, ouvi dizer que o Sicherheitsdienst tinha mandado imprimir cartazes e incitava essas pessoas. *Aktion Petliura*, foi como batizaram a coisa. Sabe o líder ucraniano? Foi um judeu que o assassinou, acho. Em 26 ou 27." — "Dá para perceber que o senhor, apesar de negar, é um especialista." — "Oh, apenas li alguns relatórios." A moça saíra da birosca. Sorriu e me fez um sinal de que o café estava servido. Consultei meu relógio. "Vai me desculpar, Herr Hauptmann. Tenho que ir." — "Ah, claro." Estendeu-me a mão: "Boa sorte."

Deixei a cidade velha pelo caminho mais curto e atravessei com dificuldade a massa em delírio. No Gruppenstab, o movimento era grande. Fui recebido pelo mesmo oficial: "Ah, é o senhor de novo." Finalmente, o Brigadeführer Dr. Rasch me recebeu. Apertou minha mão cordialmente, mas seu rosto maciço permanecia severo. "Sente-se. O que aconteceu com o Standartenführer Blobel?" Não usava quepe e o alto de sua testa brilhava sob a lâmpada. Resumi para ele o acesso de Blobel: "Segundo o médico, seria consequência da febre e do esgotamento." Seus lábios grossos fizeram um muxoxo. Revirou os papéis de sua escrivaninha e pegou uma folha. "O Ic do AOK 6 me escreveu queixando-se das declarações dele. Ele ameaçou os oficiais da Wehrmacht?" — "Isso é um exagero, Herr Brigadeführer. A verdade é que estava delirando, falava frases incoerentes. Mas não visava ninguém em particular, era fruto da doença." — "Bem." Indagou-me acerca de alguns outros pontos, depois fez sinal de que a conversa terminara. "O Sturmbannführer Von Radetzky já retornou a Lutsk e assumirá o lugar do Standartenführer até que este se recupere. Vamos preparar as ordens e outros papéis. Para esta noite, procure Hartl, na administração, ele tratará de enfiar você em algum lugar." Saí e fui procurar o escritório do Leiter I; um de seus assessores me entregou as autorizações. Saí depois para encontrar Höfler e Popp. No saguão, cruzei com Thomas. "Max!" Deu-me um tapinha nas costas e uma onda de prazer me invadiu. "Fico contente em vê-lo por aqui. Que está fazendo?" Expliquei-lhe. "E fica até amanhã? Magnífico. Vou jantar com um pessoal da Abwehr num restaurante tranquilo, muito bom, parece. Você virá conosco. Arranjaram-lhe um colchão? Não é questão de luxo, mas pelo menos terá roupa de cama limpa. Ainda bem que não chegou ontem: isso aqui estava uma balbúrdia. Os vermelhos saquearam tudo antes de partir, e os ucranianos passaram antes da nossa chegada. Pegamos os judeus para fazermos uma limpeza, mas a coisa levou horas, não conseguimos dormir antes do amanhecer." Combinei de encontrá-lo no jardim atrás do prédio e me despedi. Popp roncava no Opel, Höfler jogava cartas com policiais; expliquei-lhe a situação e fui fumar no jardim à espera de Thomas.

 Thomas era um bom companheiro, eu estava realmente feliz em revê-lo. Nossa amizade tinha muitos anos; em Berlim, jantávamos juntos frequentemente; às vezes ele me levava a boates ou a salas de concerto famosas. Aliás, era em grande parte por sua causa que eu me encontrava na Rússia; pelo menos a sugestão tinha vindo dele. Mas na verdade a história remonta a um pouco antes. Na primavera de 1939, eu tinha acabado de fazer meu doutorado de direito e de me juntar ao SD, falávamos muito de guerra. Depois da Boêmia e da Morávia, o Führer dirigia sua atenção para Danzig; o problema todo era antecipar a reação da França e da Grã-Bretanha. A maioria achava que elas não se arriscariam à guerra nem por Danzig nem por Praga; mas haviam ocupado a fronteira ocidental da Polônia e rearmavam-se o mais rapidamente possível. Discuti isso longamente com o Dr. Best, meu superior e também um pouco meu mentor no SD. Em teoria, ele afirmava, não deveríamos ter medo da guerra; a guerra era o desfecho lógico da *Weltanschauung*. Citando Hegel e Jünger, argumentava que o Estado só podia atingir seu ponto de unidade ideal na guerra: "Se o indivíduo é a negação do Estado, então a guerra é a negação dessa negação. A guerra é o momento da socialização absoluta da existência coletiva do povo, do *Volk*." Mas nos altos escalões as preocupações eram mais prosaicas. No seio do ministério de Von Ribbentrop, na Abwehr, em nosso próprio departamento do Exterior, cada um avaliava a situação à sua maneira. Um dia fui convocado por *der Chef*, Reinhard Heydrich. Era a primeira vez, e a excitação misturava-se à angústia quando entrei em seu escritório. Rigidamente concentrado, trabalhava sobre uma pilha de relatórios, e eu fiquei alguns minutos na sala em posição de sentido antes que ele me fizesse sinal para sentar. Tive tempo de observá-lo de perto. Já o tinha visto de relance várias vezes, por ocasião de reuniões de comando ou nos corredores do Prinz-Albrecht-Palais; mas, enquanto à distância ele se mostrava como a própria encarnação do *Übermensch* nórdico, de perto passava uma impressão curiosa, ligeiramente vacilante. Logo vi que devia ser uma questão de proporções: sob sua testa inusitadamente alta e inchada, a boca era enorme, os lábios grossos demais para o rosto estreito; as mãos pareciam compridas além da conta, como algas nervosas presas aos braços. Quando ergueu para mim seus olhinhos quase colados um no outro, estes não paravam quietos; e, quando finalmente me dirigiu a palavra, sua voz parecia excessivamente aguda para um homem de tão robusta compleição. Causava-me uma impressão perturbadora de feminilidade, o que só o tornava mais sinistro. Suas frases despencavam sofregamente, breves, tensas; quase nunca as terminava; mas o sentido ficava sempre preciso e claro. "Tenho uma missão para o senhor, Doktor Aue." O Reichsführer estava insatisfeito com os relatórios que vinha recebendo sobre as intenções das potências ocidentais. Queria outra avaliação, independente da sugerida pelo departamento do Exterior. Era mais que sabido que nesses países havia uma forte corrente pacifista, sobretudo no seio dos círculos nacionalistas ou de tendência fascista; mas o que continuava difícil de julgar era sua influência junto aos governos. "O senhor conhece bem Paris, me parece. De acordo com seu dossiê, o senhor era ligado a círculos próximos da Action Française. Essas pessoas adquiriram certa importância desde então." Tentei introduzir uma frase, mas Heydrich me interrompeu: "Não faz mal." Queria que eu fosse para Paris e reatasse com meus antigos contatos, a fim de estudar o peso político real desses círculos pacifistas. Eu devia usar o pretexto de férias de fim de estudos. Naturalmente, devia repetir a quem se dispusesse a ouvir as intenções pacíficas, em relação à França, da Alemanha nacional-socialista. "O Dr. Hauser irá com o senhor. Mas o senhor enviará relatórios à parte. O Standartenführer Taubert lhe fornecerá as divisas e os documentos necessários. Está tudo claro?" Na realidade, sentia-me completamente perdido, mas ele fora taxativo. "*Zu Befehl*, Herr Gruppenführer", foi tudo que consegui dizer. — "Bom. Esteja de volta no fim de julho. Dispensado."

Fui me encontrar com Thomas. Estava contente que ele fosse comigo: estudante, ele passara muitos anos na França, seu francês era excelente. "Mas que cara é essa?", perguntou ao me ver. "Você devia estar feliz. Uma missão, confiaram-lhe uma missão, o que não deixa de ser alguma coisa." De repente constatei que, com efeito, havia recebido uma chance. "Vai ver. Se tivermos sucesso, isso vai nos abrir muitas portas. As coisas vão andar, não vai demorar, e haverá lugar para quem souber aproveitar a oportunidade." Ele estivera com Schellenberg, considerado o principal conselheiro de Heydrich para relações exteriores; Schellenberg detalhara para ele o que esperavam de nós. "Basta ler os jornais para saber quem quer a guerra e quem não quer. O mais delicado é avaliar a influência real dos judeus. O Führer parece estar convencido de que eles querem arrastar a Alemanha para outra guerra; mas será que os franceses vão tolerar isso? Eis a questão." Riu francamente: "E depois, em Paris come-se bem! E as mulheres são belas." A missão desenrolou-se sem sobressaltos. Reencontrei meus amigos, Robert Brasillach, que se preparava para fazer uma volta à Espanha de trailer com sua irmã Suzanne e Bardèche, seu cunhado, Blond, Rebatet e outros menos conhecidos, todos meus ex-colegas da época das classes preparatórias e dos meus anos na ELSP. À noite, Rebatet, um tanto bêbado, me arrastou pelo Quartier Latin para fazer alguns comentários pedantes sobre as mais recentes pichações, menê, tequel, perês, nos muros da Sorbonne; de dia, às vezes ele me levava até a casa de Céline, agora extraordinariamente célebre e que acabava de publicar um segundo panfleto corrosivo; no metrô, Poulain, um amigo de Brasillach, declamava passagens inteiras para mim: *Não existe nenhum ódio fundamental e irremediável entre franceses e alemães. O que existe é uma maquinação permanente, implacável, judaico-britânica para impedir a todo custo que a Europa reforme-se a partir de um bloco único, de um único sustentáculo franco-alemão como antes de 843. Todo o gênio da Britânia Judia consiste em nos levar de um conflito a outro, de uma carnificina a outra, matanças de que saímos regularmente, sempre, em condições pavorosas, franceses e alemães, sangrados a frio, inteiramente à mercê dos judeus da cidade.* Quanto à Gaxotte e ao próprio Robert, que *L'Humanité* dizia na prisão, explicavam a quem quisesse ouvir que toda a política francesa era guiada pelos livros de astrologia de Trarieux d'Egmont, que tivera a felicidade de prever com precisão a data de Munique. O governo francês, mau sinal, acabava de expulsar Abetz e outros enviados alemães. Minha opinião interessava a todos. "Desde que Versalhes entrou para a lixeira da história, não há mais questão francesa para nós. Ninguém na Alemanha tem pretensões sobre a Alsácia ou a Lorena. Mas nem tudo está acertado com a Polônia. Não compreendemos o que leva a França a se intrometer." Ora, o fato é que o governo francês queria se intrometer. Os que não davam crédito à tese judaica criticavam a Inglaterra: "Eles querem proteger seu Império. Desde Napoleão, é a política deles: nada de potência continental única." Outros, ao contrário, julgavam que a Inglaterra estava reticente em intervir, que era o estado-maior francês que, sonhando com a aliança russa, queria abater a Alemanha *antes que fosse tarde demais*. Apesar do entusiasmo, meus amigos mostravam-se pessimistas: "A direita francesa está mijando contra o vento", disse-me Rebatet uma noite. "Pela honra." Todo mundo parecia aceitar passivamente que a guerra chegaria, cedo ou tarde. A direita culpava a esquerda e os judeus; a esquerda e os judeus, naturalmente, culpavam a Alemanha. Thomas, eu pouco via. Uma vez, levei-o até o bar, onde encontrei a equipe de *Je Suis Partout*, e o apresentei como um colega da universidade. "É o seu Pílades?", Brasillach interpelou-me acerbamente em grego. "Precisamente", retorquiu Thomas na mesma língua, modulada por um sutil sotaque vienense. "E meu Orestes. Cuidado com o poder da amizade armada." Ele próprio havia desenvolvido contatos nos círculos dos negócios; enquanto eu me contentava com vinho e macarrão nas mansardas apinhadas de jovens excitados, ele degustava *foie gras* nas melhores *brasseries* da cidade. "Taubert pagará a conta", ria. "Por que nos privarmos?"

De volta a Berlim, datilografei meu relatório. Minhas conclusões eram pessimistas, mas lúcidas: embora a direita francesa fosse fundamentalmente contra a guerra, tinha pouco peso político. O governo, influenciado pelos judeus e pelos plutocratas britânicos, decidira que a expansão alemã, mesmo nos limites de seu *Grossraum* natural, constituía uma ameaça para os interesses vitais da França; ele iria à guerra não propriamente em nome da Polônia, mas em nome de suas garantias à Polônia. Transmiti o relatório a Heydrich; a seu pedido, também enviei uma cópia para Werner Best. "É bem possível que o senhor tenha razão", este me disse. "Mas não é o que eles querem ouvir." Eu não havia discutido meu relatório com Thomas; quando lhe descrevi seu teor, ele fez uma careta de desagrado. "Você realmente não percebe nada de nada. Parece que está desembarcando dos rincões da Francônia." Ele escrevera exatamente o contrário: que os industriais franceses opunham-se à guerra em nome de suas exportações, e portanto o Exército francês também, e que mais uma vez o governo iria curvar-se a esse fato consumado. "Mas você sabe muito bem que isso não vai acontecer dessa maneira", objetei. — "Quem liga para o que vai acontecer? Em que isso nos diz respeito, a você e a mim? O Reichsführer só quer uma coisa: tranquilizar o Führer de que ele pode cuidar da Polônia como pretende. O que vier a acontecer, a gente vê depois." Balançou a cabeça: "O Reichsführer não vai sequer pousar os olhos em seu relatório."

Naturalmente, ele estava com a razão. Heydrich nunca reagiu ao que eu lhe enviei. Quando a Wehrmacht invadiu a Polônia um mês depois e a França e a Grã-Bretanha nos declararam guerra, Thomas foi novamente destacado para um dos novos Einsatzgruppen de elite de Heydrich, e largaram-me vegetando em Berlim. Logo compreendi que, nos intermináveis *espetáculos circenses nacional-socialistas*, eu me extraviara gravemente, interpretara mal os sinais ambíguos vindos do alto, não antecipara corretamente a vontade do Führer. Minhas análises eram exatas, e as de Thomas, equivocadas; ele fora recompensado com uma nomeação invejável acrescida de oportunidades de promoção, e eu fora relegado: valia a pena refletir sobre aquilo. Durante os meses seguintes, detectei, por indícios seguros, que no seio do RSHA, recém-formado a partir da fusão oficiosa da SP e do SD, a influência de Best se deteriorava, apesar de ele ter sido nomeado para chefiar dois departamentos; a estrela de Schellenberg, em contrapartida, subia a cada dia. Ora, como por acaso, no início do ano Thomas começara a frequentar Schellenberg; meu amigo tinha a estranha e infalível vocação de estar no lugar certo não na hora certa, mas um pouquinho antes; assim, parecia que estivera sempre ali e que as reviravoltas da clarividência burocrática o pegavam no caminho. Eu poderia ter percebido isso mais cedo se tivesse prestado atenção. Agora, desconfiava que meu nome ficara associado ao de Best, e assim colado aos termos *burocrata, jurista tacanho*, insuficientemente *ativo*, insuficientemente *duro*. Eu continuaria a redigir pareceres jurídicos, precisavam de gente para isso, mas seria tudo. E, com efeito, em junho do ano seguinte, Werner foi exonerado do RSHA, que ele não obstante e mais que ninguém ajudara a criar. Nessa época apresentei-me como voluntário para um posto na França; responderam-me que meus serviços seriam mais úteis no departamento jurídico. Best era esperto, tinha amigos e protetores em outros cantos; já há vários anos suas publicações evoluíam do direito penal e constitucional para o direito internacional e a teoria do *Grossraum*, dos "grandes espaços", por ele desenvolvida contra Carl Schmitt em companhia do meu ex-professor Reinhard Höhn e alguns outros intelectuais; jogando as cartas com habilidade, obteve um posto graduado no seio da administração militar na França. Quanto a mim, não me permitiam sequer publicar.

Thomas, de licença, me confirmou esse diagnóstico: "Eu disse que você tinha feito uma besteira... Todos os que mandam estão na Polônia." Por ora, acrescentava, não podia fazer muito por mim. Schellenberg era o astro do dia, o protegido de Heydrich, e Schellenberg não gostava muito de mim, me achava inibido. Quanto a Ohlendorf, meu outro apoio, já tinha problemas suficientes com sua posição para se preocupar comigo. Talvez eu devesse visitar os ex-patrões do meu pai. Mas todo mundo estava um pouco ocupado.

No fim das contas, foi Thomas quem conseguiu reengrenar as coisas para mim. Depois da Polônia, ele partira para a Iugoslávia e a Grécia, de onde voltou Hauptsturmführer, condecorado várias vezes. Agora só usava uniforme, tão elegantemente cortado quanto seus ternos de antigamente. Em maio de 1941, convidou-me para jantar no Horcher, restaurante famoso na Lutherstrasse. "É por minha conta", declarou rindo com todos os dentes. Pediu champanhe e bebemos à vitória: "Sieg Heil!" Vitórias passadas e vindouras, acrescentou; será que eu estava a par do que estava acontecendo com a Rússia? "Ouvi rumores", reconheci, "mas foi tudo." Sorriu: "Vamos atacar. No mês que vem." Fez uma pausa para dar todo o efeito à notícia. "Meu Deus", deixei finalmente escapar. — "Deus não existe. Existe apenas Adolf Hitler, nosso Führer, e o poder invencível do Reich alemão. Estamos em vias de reunir o mais vasto exército da história da humanidade. Vamos esmagá-los em poucas semanas." Bebemos. "Escute", acabou por dizer. "*Der Chef* está formando diversos Einsatzgruppen para acompanhar as tropas de assalto da Wehrmacht. Unidades especiais, como na Polônia. Tenho razões para crer que ele receberia positivamente todo jovem oficial ss de talento que se apresentasse como voluntário para esse Einsatz." — "Já tentei ser voluntário. Para a França. Recusaram-me." — "Não vão recusá-lo dessa vez." — "E você, vai para lá?" Fez o champanhe oscilar ligeiramente na taça. "Claro. Fui destacado para um dos Gruppenstäbe. Cada grupo dirigirá diversos Kommandos. Tenho certeza de que poderemos encaixá-lo em um dos Kommandostäbe." — "E esses grupos servirão para quê, precisamente?" Sorriu: "Já lhe disse: ações especiais. Trabalho de SP e de SD, a segurança das tropas na retaguarda das linhas, informações, coisas desse tipo. Manter um olho nos militares, também. Eles foram um pouco difíceis na Polônia, um pouco recalcitrantes, não gostaríamos que isso se repetisse. Quer pensar a respeito?" Eu nem ao menos hesitei; será que isso os espanta? O que Thomas me propunha só podia me parecer razoável, até mesmo excitante. Coloquem-se no meu lugar. Que homem bom da cabeça teria sido capaz de imaginar que juristas seriam selecionados para assassinar pessoas sem processo? Minhas ideias eram claras e francas e mal refleti antes de responder. "Não vale a pena pensar. Estou morrendo de tédio em Berlim. Se quiser contar comigo, vou." Voltou a sorrir: "Sempre disse que você era um sujeito direito, que podíamos contar com você. Vai ver, vamos nos divertir." Ri com gosto e bebemos mais champanhe. Foi assim que o Diabo ampliou seus domínios, e não de outra forma.

Eu ainda não podia saber disso em Lemberg. Thomas veio me tirar do meu devaneio. Ainda ouvíamos disparos isolados, do lado da avenida, mas tudo se acalmara bastante. "Você vem? Ou vai continuar na vadiagem?" — "Em que consiste a *Aktion Petliura*?", perguntei-lhe. — "Foi o que você viu na rua. Onde ouviu falar nisso?" Não prestei atenção à pergunta dele. "Foram realmente vocês que lançaram esse pogrom?" — "Digamos que não procuramos impedi-lo. Fizemos alguns cartazes. Mas não acho que os ucranianos precisassem da gente para começar. Já viu os cartazes do OUN? *Vocês receberam Stálin com flores, oferecemos suas cabeças a Hitler à guisa de boas-vindas.* Isso é de autoria deles." — "Entendo. Vamos a pé?" — "É pertinho." O restaurante ficava numa ruela atrás da grande avenida. A porta estava fechada; quando Thomas bateu, ela se entreabriu, depois escancarou-se para um interior escuro, iluminado a vela. "Apenas para alemães", sorriu Thomas. "Ah, professor, boa noite." Os oficiais da Abwehr já estavam lá; exceto eles, não havia ninguém. Reconheci imediatamente o mais alto dos dois, a quem Thomas dirigira a saudação, um rapaz exótico cujos olhinhos cintilavam no meio de um grande rosto oval, distante, lunar. Tinha os cabelos claros e um tanto compridos, formando de um lado um topete imponente, bem pouco militar. Foi a minha vez de apertar sua mão: "Professor Oberländer. É um prazer revê-lo." Ele me fitou: "Nos conhecemos?" — "Fomos apresentados há alguns anos, depois de uma de suas conferências na Universidade de Berlim. Pelo Dr. Reinhard Höhn, meu professor." — "Ah, o senhor era aluno de Höhn! Magnífico!" — "Meu amigo Dr. Aue é uma das promessas do SD", insinuou maliciosamente Thomas. — "Se foi aluno de Höhn, isso não me espanta. Às vezes parece que o SD inteiro passou pelas mãos dele." Voltou-se para o colega: "Mas ainda não lhe apresentei o Hauptmann Weber, meu assessor." Notei que ambos exibiam aquele emblema gravado com um rouxinol que à tarde eu observara no braço de alguns soldados. "Desculpem minha ignorância", perguntei enquanto nos instalávamos, "mas que insígnia é essa?" — "É o emblema do 'Nachtigall'", respondeu Weber, "um batalhão especial da Abwehr, recrutado entre os nacionalistas ucranianos da Galícia Ocidental." — "O professor Oberländer comanda o 'Nachtigall'. Portanto, somos concorrentes", interveio Thomas. — "Isso é um exagero, Hauptsturmführer." — "Nem tanto. O senhor levou Bandera na sua bagagem; nós, Melnik e o comitê de Berlim." A discussão logo se tornou acalorada. Serviram-nos vinho. "Bandera pode ser útil para nós", afirmava Oberländer. — "Em quê?", retorquiu Thomas. "O pessoal dele está louco, lançam proclamações em todos os sentidos, sem consultar ninguém." Levantou os braços: "A *independência*. Que beleza!" — "Acha que Melnik faria melhor?" — "Melnik é um homem sensato. Está procurando ajuda europeia, não o terror. É um homem político, está disposto a trabalhar conosco a longo prazo, e isso nos dá mais opções." — "Talvez, mas a rua não o escuta." — "Inconsequentes! Se eles não se acalmarem, vamos reprimi-los." Bebíamos. O vinho era bom, um pouco rude mas rico. "De onde é?", perguntou Weber batendo a unha contra sua taça. — "Isso? Transcárpatos, acho", respondeu Thomas. — "Os senhores sabem", continuou Oberländer sem baixar a guarda, "o OUN vem resistindo aos soviéticos há dois anos, e com sucesso. Não seria tão fácil eliminá-los. Vale mais a pena aproveitá-los e canalizar sua energia. Bandera, pelo menos, será ouvido. Ele esteve com Stetsko hoje e as coisas correram bem." — "Quem é Stetsko?", indaguei. Thomas respondeu num tom irônico: "Jaroslav Stetsko é o novo primeiro-ministro de uma pretensa Ucrânia independente que não foi autorizada por nós." — "Se jogarmos corretamente nossas cartas", continuava Oberländer, "eles reduzirão rapidamente suas pretensões." Thomas reagiu com energia: "Quem? Bandera? Ele é e sempre será um terrorista. Tem a alma de um terrorista. É por isso que todos esses malucos o adoram, aliás." Voltou--se para mim: "Sabe onde a Abwehr foi pescar o Bandera? Na prisão!" — "Em Varsóvia", esclareceu, sorrindo, Oberländer. "Cumpriu uma pena lá por ter assassinado um ministro polonês em 1934. Mas não vejo mal nisso." Thomas dirigiu-se a ele: "Digo apenas que ele é incontrolável. O senhor verá. É um fanático, sonha com uma Grande Ucrânia, dos Cárpatos ao Don. Considera-se a reencarnação de Dimitri Donskoï. Melnik pelo menos é realista. Além disso, conta com muito apoio. Todos os militantes históricos reivindicam suas ideias." — "É, mas os jovens, não. Além do mais, reconheça que ele não está muito entusiasmado em relação à questão judaica." Thomas deu de ombros: "Podemos nos ocupar disso sem ele. De toda forma, historicamente, o OUN nunca foi antissemita. Foi apenas graças a Stálin que evoluíram um pouco nesse sentido." — "Talvez isso seja verdade", reconheceu pacificamente Weber. "Mas ainda assim há um fundamento para o laço íntimo entre judeus e proprietários poloneses." Os pratos chegaram: pato assado recheado com maçãs, com purê e beterrabas cozidas. Thomas nos serviu. "Esse prato é famoso", comentou Weber. — "Excelente", aprovou Oberländer. "É uma especialidade da região?" — "Sim", explicou Thomas entre duas mastigadas. "O pato é preparado com manjerona e alho. Geralmente é servido com uma sopa ao sangue de pato como entrada, mas hoje eles não puderam." — "Desculpe", interrompi. "Como se posicionam os seus 'Nachtigall' em tudo isso?" Oberländer acabou de mastigar e limpou os lábios antes de responder: "Eles são outra coisa. É o espírito rutênio, se você preferir. Ideologicamente — e mesmo pessoalmente para muitos deles — descendem de uma formação nacional do antigo Exército Imperial denominada 'Ukrainski Sichovi Striltsi', Fuzileiros Ucranianos do Sich, poderíamos traduzir, uma referência cossaca. Depois da guerra, ficaram por aqui, e muitos deles lutaram sob o comando de Petliura contra os vermelhos, e um pouco contra nós também, em 1918. Os OUN não gostam muito deles. São de certa maneira mais autonomistas que independentistas." — "Como os Bulbovitsi, por sinal", acrescentou Weber. Olhou para mim: "Eles ainda não mostraram a cara em Lutsk?" — "Não que eu saiba. Também são ucranianos?" — "Volhynianos", precisou Oberländer. "Um grupo de autodefesa que começou contra os poloneses. Desde 39 lutam contra os soviéticos, e poderia ser interessante para nós nos entendermos com eles. Mas acho que a base deles fica para as bandas de Rovno e depois mais para cima, nos pântanos do Pripet." Recomeçamos a comer. "O que não compreendo", retomou finalmente Oberländer, apontando o garfo em nossa direção, "é por que os bolcheviques reprimiram os poloneses, mas não os judeus. Como dizia Weber, de uma maneira ou de outra eles sempre foram parceiros." — "Acho que a resposta é evidente", disse Thomas. "O poder stalinista é de toda forma dominado pelos judeus. Quando os bolcheviques ocuparam a região, tomaram o lugar dos *pan* poloneses, mas mantendo a mesma configuração, isto é, continuando a se apoiar nos judeus para explorar o campesinato ucraniano. Daí a legítima cólera do povo, como pudemos constatar hoje." Weber engasgou dentro do copo; Oberländer pigarreou secamente. "A *legítima cólera do povo*. Como o senhor anda rápido, Hauptsturmführer." Afundara na cadeira e tamborilava na beirada da mesa com a faca. "Isso é bom para as arquibancadas. Para os nossos aliados, para os americanos, talvez. Mas o senhor sabe tão bem quanto eu como essa cólera é organizada." Thomas sorria amavelmente: "Pelo menos, professor, isso tem o mérito de envolver a população psicologicamente. Além disso, eles só podem aplaudir a implantação das nossas medidas." — "É verdade, convém admitir." A garçonete tirava a mesa. "Café?", indagou Thomas. — "Com prazer. Mas rápido, ainda temos trabalho esta noite." Thomas ofereceu cigarros enquanto o café chegava. "De toda forma", comentou Oberländer debruçando-se para o isqueiro estendido de Thomas, "estou ansioso para atravessar o Sbrutch." — "E por quê?", perguntou Thomas acendendo o cigarro de Weber. — "Leu meu livro? Sobre a superpopulação rural na Polônia?" — "Infelizmente não, sinto muito." Oberländer voltou-se para mim: "Mas o senhor, tendo estudado com Höhn, imagino que sim." — "Claro." — "Pois bem, se minhas teorias estão corretas, acredito que depois que chegarmos à Ucrânia propriamente dita encontraremos ali um rico estrato de camponeses ricos." — "Como assim?", perguntou Thomas. — "Graças precisamente à política de Stálin. Em uma dúzia de anos, vinte e cinco milhões de fazendas familiares se transformaram em duzentos e cinquenta mil domínios agrícolas de grande escala. Acho que a deskulakização e, sobretudo, a fome planificada de 1932 representaram uma tentativa de encontrar uma relação de equilíbrio entre o espaço disponível para a extração dos recursos e a população consumidora. Tenho razões para crer que foram bem-sucedidos." — "E se fracassaram?" — "Então caberá a nós ter sucesso." Weber fez-lhe um sinal e terminou seu café.

"Meine Herren", disse, levantando-se e juntando os calcanhares, "obrigado pela noite. Quanto é que devemos?" — "Não se preocupe", disse Thomas erguendo-se por sua vez, "o prazer é meu." — "Ficamos devendo uma, então." — "Excelente. Em Kiev ou em Moscou?" Todos rimos e apertamos as mãos. "Minhas saudações ao Dr. Rasch", disse Oberländer. "Víamo-nos com frequência em Königsberg. Espero que ele tenha tempo de se juntar a nós numa noite dessas." Os dois homens saíram e Thomas se sentou: "Aceita um conhaque? É por conta do Grupo." — "Com prazer." Thomas pediu. "Quer dizer que você fala bem ucraniano", observei. — "Oh. Na Polônia aprendi um pouco de polonês, é quase a mesma coisa." Os conhaques chegaram, e brindamos. "Me diga uma coisa: o que ele estava insinuando sobre o pogrom?" Thomas levou um tempo antes de responder. Finalmente se decidiu: "Mas", esclareceu, "que isso fique em segredo. Você sabe que na Polônia temos muitos problemas com os militares. Sobretudo a respeito dos nossos métodos especiais. Aqueles cavalheiros tinham objeções de ordem moral. Achavam possível fazer uma omelete sem quebrar os ovos. Dessa vez, tomamos algumas medidas para evitar os mal-entendidos: *der Chef* e Schellenberg negociaram acordos precisos com a Wehrmacht, creio que você foi informado disso em Pretzsch." Fiz sinal que sim e ele continuou: "De toda forma, gostaríamos de evitar que eles mudassem de opinião. E, para isso, os pogroms têm uma grande vantagem: mostram à Wehrmacht que, se a SS e a Sicherheitspolizei estiverem de mãos atadas, vai ser o caos na zona de retaguarda. E, se há uma coisa que repugna mais um militar que a *desonra*, como eles dizem, é a desordem. Mais três dias assim e eles virão suplicar para que façamos nosso trabalho: limpo, discreto, eficaz, sem barulho." — "E Oberländer suspeita de tudo isso." — "Oh, isso não o incomoda em nada. Ele quer simplesmente ter certeza de que lhe permitirão tramar suas pequenas intrigas políticas. Mas", acrescentou sorrindo, "controlaremos ele também, no devido tempo."

Era sem dúvida um sujeito estranho, pensei ao me deitar. Seu cinismo às vezes me chocava, ainda que o considerasse frequentemente recreativo; ao mesmo tempo, eu sabia que não podia julgar seu comportamento por suas palavras. Depositava inteira confiança nele; no SD, ele sempre me ajudara lealmente, sem que eu lhe pedisse, até mesmo quando visivelmente eu não podia lhe dar nada em troca. Uma vez fiz abertamente a pergunta e ele caiu na risada: "Que quer que eu lhe diga? Que estou guardando você na reserva para um plano de longo prazo? Simplesmente gosto de você, e ponto-final." Essas palavras me haviam tocado no fundo do coração, e ele logo acrescentou: "De toda forma, esperto do jeito que você é, pelo menos tenho a certeza de que nunca irá me ameaçar. O que já é um bom começo." Ele desempenhara um papel na minha entrada para o SD, aliás foi assim que nos conhecemos; é verdade que isso acontecera em circunstâncias especiais, mas nem sempre temos escolha. Eu já fazia parte havia alguns anos da rede dos *Vertrauensmänner* do SD, agentes secretos que atuam em todas as esferas da vida alemã, na indústria, na agricultura, na burocracia, na universidade. Ao chegar a Kiel, em 1934, meus recursos eram limitados, e, a conselho do ex-patrão do meu pai, o Dr. Mandelbrod, eu postulara um lugar na SS, o que me permitia evitar as despesas de matrícula na universidade; com seu apoio, fui rapidamente aceito. Dois anos mais tarde, assisti a uma extraordinária conferência de Otto Ohlendorf sobre os desvios do nacional-socialismo; depois, fui apresentado a ele pelo Dr. Jessen, meu professor de economia, que havia sido seu professor alguns anos antes. Ohlendorf já tinha ouvido falar de mim pelo Dr. Mandelbrod, com quem mantinha relações; ele falou muito bem de mim ao Sicherheitsdienst e me recrutou na hora como *V-Mann*. O trabalho era simples: eu tinha de enviar relatórios sobre o que se dizia, sobre os rumores, as piadas, as reações das pessoas aos avanços do nacional-socialismo. Em Berlim, segundo Ohlendorf me explicara, os relatórios dos milhares de *V-Männer* eram compilados, em seguida o SD distribuía uma síntese às diferentes instâncias do Partido, a fim de lhes permitir julgar os sentimentos do *Volk* e formular sua política em função disso. Aquilo de certa forma substituía as eleições; Ohlendorf era um dos criadores desse sistema, do qual se mostrava visivelmente orgulhoso. No início, eu achava tudo estimulante, o discurso de Ohlendorf me impressionara bastante, e eu estava feliz de poder participar de forma concreta da edificação do nacional-socialismo. Porém, em Berlim, Höhn, meu professor, desencorajou-me sutilmente. No SD, ele fora padrinho de Ohlendorf, bem como de muitos outros; mas depois se desentendera com o Reichsführer e deixara o serviço. Conseguiu rapidamente me convencer de que trabalhar para um serviço de informação ou de espionagem derivava de puro romantismo, e que eu tinha serviços muito mais úteis a prestar à Nação. Não perdi contato com Ohlendorf, mas ele não comentava mais muita coisa sobre o SD; ele também, como eu soube mais tarde, tinha suas dificuldades com o Reichsführer. Continuei a pagar minhas cotas à SS e a comparecer ao exercício, mas não enviava mais relatórios, e em pouco tempo deixei de pensar no assunto. Concentrava-me sobretudo na minha tese, bastante complicada; além disso, apaixonei-me por Kant e esmiuçava conscienciosamente Hegel e a filosofia idealista; encorajado por Höhn, esperava solicitar um posto em um ministério. Mas devo dizer que outra coisa também me segurava, motivos privados. Uma noite, sublinhei estas frases sobre Alcibíades no meu Plutarco: *Se o julgássemos pelo exterior, poderíamos dizer: "Não, você não é seu filho, mas sim Aquiles em pessoa", um homem do tipo formado por Licurgo. Mas, se observássemos seus verdadeiros sentimentos e ações, poderíamos exclamar: "É exatamente a mesma mulher de outros tempos!"* Isso talvez os faça sorrir ou fechar a cara; para mim, agora, não importa. Em Berlim, nessa época, a despeito da Gestapo, ainda podíamos encontrar tudo o que desejássemos nesse gênero. Antros bem conhecidos, como o Kleist-Kasino ou o Silhouette, ficavam abertos e as batidas ali eram raras, deviam pagar alguém. Outras alternativas eram uns lugares no Tiergarten, perto do Neuer See em frente ao Zoológico, onde os Schupo raramente se aventuravam à noite; atrás das árvores, os *Strichjungen* ou jovens operários musculosos de Der rote Wedding esperavam. Na universidade, eu tinha um ou dois relacionamentos, necessariamente discretos e, em todo caso, fugazes; mas eu preferia meus amantes proletários, não gostava de muita conversa.

Apesar de toda minha discrição, acabei tendo problemas. Eu devia ter prestado mais atenção; afinal, não faltavam advertências. Höhn me pedira — em toda a inocência — para fazer a resenha de um livro do advogado Rudolf Klare, *A homossexualidade e a lei penal*. Esse homem notavelmente informado estabelecera uma tipologia das práticas com uma precisão surpreendente; depois, a partir dela, uma classificação dos delitos, partindo do *coito abstrato* ou *contemplação* (nível 1), passando pela *pressão do pênis desnudado sobre uma parte do corpo do parceiro* (nível 5) e pelo *esfregar rítmico entre joelhos ou pernas ou na axila* (nível 6), para terminar com o *tocar do pênis pela língua, pênis na boca* e *pênis no ânus* (níveis 7, 8 e 9, respectivamente). A cada nível de delito correspondia uma pena gradativamente mais severa. Klare, dava para ver, devia ter passado pelo internato; mas Höhn afirmava que o Ministério do Interior e a Sicherheitspolizei levavam suas ideias a sério. Da minha parte, eu achava cômico. Uma noite de primavera — era em 1937 —, voltei a passear atrás do Neuer See. Fiquei observando as sombras nas árvores até meu olhar cruzar com o de um rapaz; peguei um cigarro, pedi-lhe fogo e, quando ele levantou o isqueiro, em vez de me inclinar para sua mão, afastei-a e joguei o cigarro fora, agarrei-o pela nuca e lhe beijei os lábios, saboreando suavemente seu hálito. Segui-o sob as árvores, afastamo-nos das trilhas, meu coração, como sempre, batia loucamente na minha garganta e nas minhas têmporas, um véu seco descera sobre minha respiração, desabotoei sua calça, enfiei meu rosto em seu cheiro acre de suor, de pele viril, de urina e de água-de-colônia, esfreguei meu rosto contra sua pele, no sexo e ali onde os pelos se adensam, lambi-o, botei-o na boca, depois, quando não aguentei mais, empurrei-o contra uma árvore, voltei-me sem soltá-lo e o enfiei em mim, até que o tempo e a dor desaparecessem. Quando aquilo acabou, ele se afastou rapidamente, sem uma palavra. Exaltado, apoiei-me na árvore, me recompus, acendi um cigarro e tentei controlar o tremor das minhas pernas. Quando consegui andar, tomei a direção do Landwehr Canal, para atravessá-lo antes de voltar para o S-Bahn do Zoológico. Uma alegria sem limites animava cada um dos meus passos. Na ponte do Lichtenstein, um homem estava apoiado na mureta: eu o conhecia, tínhamos conhecidos em comum, chamava-se Hans P. Parecia muito pálido, desfeito, não usava gravata; um fino suor fazia seu rosto quase verde brilhar sob a luz mortiça dos postes de iluminação. Minha sensação de euforia desmoronou instantaneamente. "Que faz aqui?", interpelei-o num tom peremptório, pouco amistoso. "Ah, Aue, é você." Seu ar de escárnio tinha um quê de histeria. "Quer saber?" Aquele encontro assumia um aspecto cada vez mais insólito; fiquei como petrificado. Balancei a cabeça. "Eu queria saltar", explicou ele mordendo o lábio superior. "Mas não me atrevo. Inclusive", continuou, abrindo o casaco para revelar a coronha de uma pistola, "trouxe isto." — "Onde diabos a encontrou?", perguntei com uma voz surda. — "Meu pai é oficial. Roubei dele. Está carregada." Fitou-me preocupado. "Não gostaria de me ajudar?" Olhei em volta: ao longo do canal, ninguém no meu campo de visão. Lentamente estendi o braço e tirei a pistola da cintura dele. Ele me fitava com um olhar fascinado, petrificado. Examinei o carregador: parecia cheio e o reinseri na coronha com um estalo seco. A seguir, com a mão esquerda agarrei bruscamente seu pescoço, empurrei-o contra a mureta e enfiei o cano da pistola entre os seus lábios. "Abra!", exclamei. "Abra a boca!" Meu coração galopava, parecia gritar, ao passo que eu fazia de tudo para manter a voz baixa. "Abra!" Enfiei o cano entre seus dentes. "É isso que você quer? Chupe!" Hans P. derretia-se de terror, senti subitamente um cheiro ácido de urina, baixei os olhos: ele molhara as calças. Minha raiva desapareceu imediatamente, tão misteriosamente quanto havia surgido. Recoloquei a pistola na cintura dele e lhe dei um tapinha na bochecha. "Tudo bem. Volte para casa." Deixei-o ali, atravessei a ponte e tomei a direita ao longo do canal. Alguns metros adiante três Schupo surgiram do nada. "Ei, você, aí! Que faz por aqui? Documentos." — "Sou estudante. Estou passeando." — "Conhecemos esse tipo de passeio. E ele, ali, na ponte? É sua namorada?" Sacudi os ombros: "Não conheço. Parecia meio esquisito, tentou me ameaçar." Trocaram um olhar e dois deles se dirigiram correndo para a ponte; tentei me afastar, mas o terceiro me segurou pelo braço. Houve um tumulto na ponte, gritos, depois tiros. Os dois Schupo voltaram; um deles, lívido, segurava o próprio ombro, sangue corria entre seus dedos. "Ah, patife. Atirou em mim. Mas o pegamos." Seu colega me lançou um olhar malvado: "Você, você vem conosco."

Levaram-me ao Polizeirevier da Derfflingerstrasse, esquina com a Kurfürstenstrasse; lá, um policial quase dormindo pegou meus documentos, me fez algumas perguntas e registrou as respostas em um formulário; depois mandaram que eu sentasse num banco. Duas horas mais tarde, levaram-me ao prédio em frente, ao Abschnittkommando do Tiergarten, o comissariado central do bairro. Introduziram-me em um recinto onde um homem com barba por fazer, mas de terno meticulosamente passado, estava enfiado atrás de uma mesa. Era da Kripo. "O senhor está na merda, rapaz. Um homem atirou num agente da polícia e foi morto. Quem era? O senhor o conhecia? O senhor foi visto na ponte com ele. Que fazia ali?" No meu banco, tive tempo de refletir, e me ative a uma versão simples: estudante no doutorado, gostava de passear, à noite, para meditar sobre minha tese; eu saíra da minha casa, em Prenzlauer Berg, passei pela Unter den Linden, depois atravessei o Tiergarten, queria pegar o S-Bahn para voltar para casa; atravessei a ponte e esse homem estava debruçado, dizia alguma coisa que eu não conseguia captar, seu aspecto estranho me dera medo, achei que estava me ameaçando e continuara meu caminho, depois encontrara os Schupo e era tudo. Ele me fez a mesma pergunta dos policiais: "Esse local é um conhecido lugar de encontros. Tem certeza de que não era mesmo seu namorado? Uma discussão de amantes? Os Schupo afirmaram que o senhor falou com ele." Neguei e repeti minha história: estudante no doutorado etc. Aquilo durou um certo tempo: ele emitia suas perguntas num tom brutal, duro; tentou me provocar várias vezes, mas não me deixei intimidar, sabia que o melhor a fazer era manter a calma.

Uma forte vontade de ir ao banheiro começou a me incomodar e pedi para ir ao toalete. Ele riu: "Não. Depois", e continuou. Finalmente varreu o ar com a mão. "Tudo bem, senhor advogado. Vá se sentar no corredor. Recomeçaremos mais tarde." Saí do escritório e me instalei na entrada. Exceto por dois Schupo e um bêbado dormindo num banco, eu estava sozinho. Uma lâmpada piscava de tempos em tempos. Tudo era limpo, preciso, calmo. Não me restava nada senão esperar.

Passaram-se algumas horas, devo ter cochilado, a luz da manhã começava a empalidecer as vidraças da entrada, um homem entrou. Estava vestido com apuro, um terno riscado de corte elegante, com um colarinho engomado e uma gravata em tricô cinza-pérola; na lapela, exibia uma insígnia do Partido, apertava embaixo do braço uma pasta de couro preto; seu cabelo azeviche, cheio, reluzente de brilhantina, estava penteado reto para trás, e, embora sua fisionomia permanecesse fechada, seus olhos pareciam rir ao me ver. Murmurou umas palavras ao Schupo de guarda; um deles precedeu-o no corredor e desapareceram. Alguns minutos mais tarde, o Schupo voltou e me fez sinal com o polegar: "Você, aí. Por aqui." Levantei-me, estiquei-me e o segui, reprimindo fortemente minha vontade de ir ao banheiro. O Schupo reconduziu-me ao recinto onde eu havia sido interrogado. O inspetor da Kripo sumira; sentado em seu lugar estava o rapaz bem vestido, um braço com a manga engomada pousado na mesa, o outro lançado negligentemente para trás do espaldar da cadeira. A pasta preta repousava perto do seu cotovelo. "Entre", disse educadamente, mas com firmeza. Apontou-me a cadeira em frente à mesa: "Sente-se, por favor." O Schupo fechou a porta atrás de mim e fui me sentar. Ouvi as botas com pregos do homem estalarem no corredor enquanto ele se afastava. O rapaz elegante e educado tinha uma voz suave, mas que mal dissimulava seu tom afiado. "Meu colega da polícia criminal, Halbey, toma-o por um parágrafo 175. O senhor é um parágrafo 175?" Aquilo me parecia uma pergunta verdadeira, e respondi francamente: "Não."
— "É minha opinião também", ele disse. Olhou para mim e me estendeu a mão por cima da escrivaninha. "Meu nome é Thomas Hauser. Muito prazer." Inclinei-me para apertá-la. Sua empunhadura era firme, a pele era seca e lisa, tinha as unhas tratadas. "Aue. Maximilien Aue."
— "Eu sei. Está com sorte, Herr Aue. O Kriminalkommissar Halbey já expediu um relatório preliminar à Staatspolizei acerca desse desagradável incidente, declarando sua presumida implicação. Uma cópia foi preparada para o Kriminalrat Meisinger. Sabe quem é o Kriminalrat

Meisinger?" — "Não, não sei." — "O Kriminalrat Meisinger dirige o Escritório Central do Reich para o combate à homossexualidade e ao aborto. Portanto, cuida dos 175. É um homem muito desagradável. Um bávaro." Fez uma pausa. "Felizmente para o senhor, o relatório do Kriminalkommissar Halbey passou primeiro pelo meu gabinete. Eu estava de plantão esta noite. Consegui, por ora, bloquear a cópia dirigida ao Kriminalrat Meisinger." — "É muito amável de sua parte." — "Sim, efetivamente. Veja, nosso amigo, o Kriminalkommissar Halbey, formou suspeitas referentes ao senhor. Mas o Kriminalrat Meisinger não lida com suspeitas, mas com fatos. E tem métodos para obter esses fatos que não são unanimidade na Staatspolizei, mas que geralmente verificam-se eficazes." Balancei a cabeça: "Veja... Não compreendo muito bem o que diz. Deve ser um mal-entendido." Thomas estalou os lábios: "Por enquanto, o senhor tem razão. Parece tratar-se de um mal-entendido. Ou talvez uma infeliz coincidência, se preferir, precipitadamente interpretada pelo zeloso Kriminalkommissar Halbey." Inclinei-me para frente abrindo as mãos: "Vamos, tudo isso é idiota. Sou estudante, membro do Partido, da SS..." Ele me cortou a palavra: "Sei que o senhor é membro do Partido e da SS. Conheço muito bem o professor Höhn. Sei perfeitamente quem é o senhor." Então compreendi: "Ah. O senhor é do SD." Thomas sorriu amistosamente. "É um pouco isso, sim. Em tempos normais trabalho com o Dr. Six, que está substituindo o seu professor Dr. Höhn. Mas nesse momento fui destacado para a Staatspolizei como assistente do Dr. Best, que assessora *der Chef* na elaboração do quadro jurídico da SP." Naquele momento notei a ênfase marcada com que pronunciava as palavras *der Chef*: "Todos os senhores então são doutores no Sicherheitsdienst?", indaguei. Sorriu novamente, um sorriso largo e franco: "Quase." — "Então o senhor também é doutor?" Ele inclinou a cabeça: "Em direito." — "Percebo." — "*Der Chef*, em contrapartida, não é doutor. Mas é muito mais inteligente que nós. Usa seus talentos para atingir seus fins." — "E quais são esses fins?" Thomas franziu o cenho: "O que o senhor estuda com Höhn? A proteção do Estado, naturalmente." Calou-se. Permaneci em silêncio, ficamos nos encarando. Ele parecia esperar alguma coisa. Inclinou-se e apoiou o queixo em uma das mãos, tamborilando as unhas bem cuidadas da outra na superfície da mesa. Finalmente perguntou com um ar entediado: "A proteção do Estado não lhe interessa, Herr Aue?" Hesitei: "Não sou doutor..." — "Mas logo será." Escoaram-se ainda alguns segundos de silêncio. "Não compreendo o que está procurando", acabei por dizer. — "Não estou procurando nada a não ser evitar-lhe aborrecimentos inúteis. O senhor sabe, os relatórios que o senhor redigiu para o SD, tempos atrás, foram logo notados. Muito bem escritos, sintéticos, nutridos por uma *Weltanschauung* cujo rigor não deixa dúvida. Pena que o senhor não prosseguiu, mas, bom, isso é assunto seu. De toda forma, quando vi o relatório do Kriminalkommissar Halbey, disse comigo que aquilo seria uma perda para o nacional-socialismo. Telefonei para o Dr. Best, aliás tirei-o da cama, ele concordou comigo e me autorizou a passar aqui, para sugerir ao Kriminalkommissar Halbey que limitasse as iniciativas desagradáveis. O senhor compreende, vão abrir um inquérito criminal, como se faz quando há morte de homens. Além disso, um policial foi ferido. No mínimo o senhor deveria, por princípio, ser convocado para comparecer como testemunha. Dado o local do crime, lugar notório de encontros homossexuais, o assunto, ainda que eu consiga convencer o Kriminalkommissar Halbey a moderar seu zelo, será automaticamente referido por notificação, cedo ou tarde, aos serviços do Kriminalrat Meisinger. Nesse momento o Kriminalrat Meisinger vai se interessar pelo senhor. Começará a fuçar, como animal grosseiro que é. Sejam quais forem os resultados, isso deixará marcas indeléveis em seu dossiê pessoal. Ora, ocorre que o Reichsführer-SS alimenta uma obsessão particular em relação à homossexualidade. Os homossexuais dão-lhe medo, ele os odeia. Ele acha que um homossexual hereditário pode contaminar dezenas de rapazes com sua doença, e que todos esses rapazes serão uma perdição para a raça. Acha também que os invertidos são mentirosos inatos, que acreditam em suas próprias mentiras, donde resulta uma irresponsabilidade mental que os torna incapazes de lealdade e os faz tagarelar a torto e a direito, o que pode levar à traição. Assim, essa ameaça potencial representada pelo homossexual significa que a questão, para o Reichsführer, não é uma questão médica, do âmbito da terapia, mas uma questão política, a ser tratada pelos métodos da SP. Recentemente, inclusive, ele se entusiasmou pela proposta de um dos nossos melhores historiadores do direito, o professor e SS-Unterstumführer Eckhardt, que o senhor deve conhecer, de voltar ao antigo costume germânico que consiste em asfixiar os efeminados em uma turfeira. Isto, eu seria o primeiro a reconhecer, é um ponto de vista efetivamente radical, e embora sua lógica seja inegável, nem todo mundo vê as coisas de maneira tão absoluta. O próprio Führer, parece, mostra-se antes indiferente acerca dessa questão. Mas justamente, o pouco interesse que ele exprime sobre o assunto deixa terreno livre para o Reichsführer, com suas ideias desproporcionais, definir a política atual. Assim, se o Kriminalrat Meisinger viesse a formar sobre o senhor uma opinião desfavorável, mesmo não conseguindo obter uma condenação por aplicação dos parágrafos 175 ou 175a do Código Penal, o senhor poderia ter todo tipo de aborrecimento. Poderia inclusive acontecer, se o Kriminalrat Meisinger insistisse, de uma ordem de prisão preventiva ser emitida contra o senhor. Eu ficaria triste com isso, o Dr. Best também." Eu só o escutava pela metade, pois minha vontade de ir ao banheiro voltava mais violenta que nunca, mas acabei reagindo: "Não compreendo aonde quer chegar. Está me fazendo uma proposta?" — "Uma proposta?" Thomas franziu o cenho. "Mas por quem me toma? Acha realmente que o SD precisa recorrer à *chantagem* para recrutar alguém? Nem pense nisto. Não", continuou com um grande sorriso amistoso, "vim simplesmente ajudá-lo num espírito de camaradagem, de nacional-socialista para nacional-socialista. Claro", acrescentou com um olhar zombeteiro, "suspeitamos que o professor Höhn envenene a cabeça dos seus alunos em relação ao SD, que ele tenha desencorajado um pouco o senhor, o que é uma pena. Sabia que foi ele quem me recrutou? É um ingrato. Se o senhor chegar a mudar de opinião a nosso respeito, tanto melhor. Acho que, se um dia considerasse nosso trabalho sob uma luz mais favorável, o Dr. Best gostaria muito de discutir o assunto com o senhor. Convido-o a pensar nisto. Mas isso nada tem a ver com meu procedimento esta noite." Devo dizer que aquela atitude tão franca e direta me agradou. Eu ficara muito impressionado com a retidão, a energia e a tranquila convicção radiante de Thomas. Aquilo não correspondia em nada à ideia que eu fizera do SD. Mas ele já estava de pé. "O senhor vai sair comigo. Não haverá objeções. Vou informar ao Kriminalkommissar Halbey que o senhor estava naquele lugar a serviço, e o assunto morre aqui. No devido momento o senhor prestará um depoimento nesse sentido. Dessa forma, tudo será perfeitamente civilizado." Quanto a mim, não conseguia parar de pensar no banheiro; terminada a entrevista, Thomas esperou no corredor enquanto eu finalmente me aliviava. Tive assim tempo para refletir um pouco: quando saí, minha decisão já estava tomada. Do lado de fora, era dia. Thomas me deixou na Kurfürstenstrasse apertando-me vigorosamente a mão. "Tenho certeza de que voltaremos a nos ver em breve. *Tchüss!*" E foi assim, com o cu ainda cheio de esperma, que resolvi entrar para o Sicherheitsdienst.

* * *

    No dia seguinte ao jantar com Oberländer, assim que acordei, fui me encontrar com Hennicke, chefe de estado-maior do Grupo. "Ah, Obersturmführer Aue. Os despachos para Lutsk estão quase prontos. Fale com o Brigadeführer. Ele está na prisão Brygidki. O Untersturmführer Beck irá acompanhá-lo." Esse Beck era bem jovem ainda; tinha garbo, mas parecia taciturno, cultivando um rancor secreto. Após a saudação, mal me dirigiu a palavra. Nas ruas, as pessoas pareciam ainda mais alvoroçadas que na véspera, grupos de nacionalistas armados patrulhavam, o tráfego era difícil. Viam-se também muito mais soldados alemães. "Tenho que passar na estação para pegar uma encomenda. Isso o atrapalha?" O motorista dele já conhecia bem o caminho; para evitar a multidão, cortou por uma rua transversal; adiante ela serpenteava pelo flanco de uma pequena colina repleta de prédios burgueses, tranquilos e imponentes. "É uma bela cidade", observei. — "É claro. No fundo, é uma cidade alemã", respondeu Beck. Calei-me. Na estação, ele me deixou no carro e desapareceu na multidão. Bondes descarregavam passageiros, pegavam outros, voltavam a partir. Num pequeno parque, à esquerda, indiferentes ao pandemônio, amontoavam-se sob as árvores várias famílias de ciganos, sujos, morenos, vestindo andrajos multicoloridos. Outros estavam instalados perto da estação, sem mendigar. Nem as crianças brincavam. Beck voltava com um pequeno embrulho. Seguiu meu olhar e reparou nos ciganos. "Em vez de perdermos nosso tempo com os judeus, faríamos melhor em cuidar desses aí", cuspiu num tom debochado. "São muito mais perigosos. Trabalham para os vermelhos, sabia disso? Mas eles não perdem por esperar." Na longa rua que partia da estação, prosseguiu: "A sinagoga fica bem pertinho. Eu gostaria de visitá-la. Depois iremos à prisão." A sinagoga ficava numa ruazinha, num recuo, à esquerda da avenida que levava ao centro. Dois soldados alemães montavam guarda em frente ao portal. A fachada desgastada não dizia muita coisa; apenas uma estrela de davi no frontão permitia identificar a natureza do lugar; não se via nenhum judeu. Segui Beck pela portinhola. O salão central tinha dois andares e, no alto, era cingido por uma galeria, possivelmente para as mulheres; belas pinturas em cores vivas decoravam as paredes, num estilo ingênuo mas vigoroso, representando um grande Leão da Judeia rodeado de estrelas judaicas, papagaios e cotovias, e crivado aqui e ali pelo impacto das balas. Em vez de bancos, havia pequenas cadeiras fixadas em carteiras escolares. Beck contemplou longamente as pinturas, depois saiu. A rua em frente à prisão fervilhava de gente, uma algazarra monstruosa. As pessoas se esgoelavam, mulheres, histéricas, rasgavam as roupas e rolavam pelo chão; judeus ajoelhados, vigiados por Feldgendarmes, esfregavam a calçada; vez por outra um passante lhes desferia um pontapé, um Feldwebel corado ladrava: *"Juden, kaputt!"*, ucranianos, embasbacados, aplaudiam. No portão da prisão, fui obrigado a dar passagem a uma coluna de judeus, de camiseta ou torso nu, a maioria esvaindo-se em sangue, que, cercados por soldados alemães, carregavam cadáveres putrefatos e os colocavam em carroças. Velhas de preto então precipitavam-se uivando nos corpos e partiam para cima dos judeus, arranhando-os até que um soldado as contivesse. Eu tinha perdido Beck de vista, entrei no pátio da prisão e ali também o espetáculo se repetia, judeus aterrados fazendo uma triagem nos cadáveres, outros esfregando o piso sob as provocações dos soldados; estes avançavam, agrediam os judeus, com as mãos ou a coronhadas, os judeus berravam, caíam, debatiam-se para se reerguer e retomar o trabalho, alguns fotografavam a cena, outros ainda, sorridentes, gritavam palavrões ou palavras de estímulo. Ocorria também de um judeu não se levantar mais, então vários homens iam até ele e o acertavam com suas botas, depois um ou dois judeus arrastavam o corpo pelos pés para o lado e vinham outros para limpar de novo. Finalmente apareceu um SS: "Sabe onde posso encontrar o Brigadeführer Rasch?" — "Acho que no escritório da prisão, por ali, vi-o subir agora mesmo." Soldados iam e vinham pelo longo corredor, e, embora o ambiente fosse mais calmo, nas paredes verdes, fúlgidas e imundas, espargiam-se manchas de sangue, mais ou menos recentes, com nacos de miolos misturados a cabelos e fragmentos de ossos grudados; havia também grandes rastros no chão por onde os corpos haviam sido arrastados, patinhávamos. Ao fundo, Rasch vinha descendo uma escada em companhia de um corpulento Oberführer com rosto de boneco e vários outros oficiais do grupo. Saudei-os. "Ah, é o senhor. Bem. Recebi um relatório de Von Radetzky; peça-lhe que venha até aqui assim que puder. O senhor prestará contas pessoalmente da *Aktion* aqui realizada ao Obergruppenführer Jeckeln. Insista no fato de que foram os nacionalistas e o povo que tomaram a iniciativa. O NKVD e os judeus, em Lemberg, assassinaram três mil pessoas. Portanto, é normal que o povo se vingue. Solicitamos ao AOK que aguardasse mais alguns dias." — *"Zu Befehl*, Herr Brigadeführer." Saí atrás deles. Rasch e o Oberführer conversavam animadamente. No pátio, em contraste com a putrefação dos cadáveres, reinava o cheiro pesado e fétido de sangue fresco. Ao sair, passei por dois judeus que voltavam da rua sob escolta; um deles, um homem bem jovem, chorava copiosamente, mas em silêncio. Reencontrei Beck perto do carro e voltamos para o Gruppenstab. Ordenei a Höfler que preparasse o Opel e encontrasse Popp, depois passei para pegar os despachos e a correspondência com o Leiter III. Perguntei também pelo paradeiro de Thomas, queria despedir-me antes de partir: "Vai encontrá-lo perto da avenida", apontou. "Procure no café Métropole, na Sykstuska." Embaixo, Popp e Höfler estavam prontos. "Tudo certo, Herr Obersturmführer?" — "Sim, mas vamos parar no caminho. Siga pela avenida." Achei facilmente o Métropole. Lá dentro, um punhado de homens discutia ruidosamente, alguns, já bêbados, vociferavam; perto do bar, oficiais da Rollbahn bebiam cerveja comentando os acontecimentos. Avistei Thomas no fundo, com um moço louro à paisana de rosto inchado e insípido. Tomavam café. "Olá, Max! Apresento-lhe Oleg. Um homem muito instruído, muito inteligente." Oleg levantou-se e apertou minha mão calorosamente; parecia-me na realidade completamente idiota. "Ouça, estou de partida." Thomas me respondeu em francês: "Muito bem. De toda forma, logo nos veremos: de acordo com o plano, seu Kommandostab ficará estacionado conosco em Jitomir." — "Excelente." Prosseguiu em alemão: "Boa sorte! Mantenha o moral." Dirigi a saudação a Oleg e saí. Nossas tropas ainda estavam longe de Jitomir, mas Thomas parecia confiante, devia ter boas informações. Na estrada, reencontrei deliciado a suavidade do campo galiciano; avançávamos lentamente em meio à poeira das colunas de caminhões e de material que rumavam para a frente de batalha; ao longe, o sol perfurara longas fileiras de nuvens brancas que passeavam no céu, vasto teto de sombras, alegre e tranquilo.

Cheguei a Lutsk à tarde. Blobel, segundo Von Radetzky, não voltaria logo; Häfner nos insinuou confidencialmente que ele acabara internado em um asilo de alienados da Wehrmacht. A ação de represália fora levada a cabo, mas ninguém parecia disposto a tocar no assunto. "Considere-se feliz por não ter estado lá", sussurrou-me Zorn. Em 6 de julho, o Sonderkommando, fiando-se sempre no avanço do 6º Exército, deslocou-se para Rovno, depois rapidamente para Tsviahel ou Swjagel, que os soviéticos denominam Novograd-Volynskii. A cada etapa, Teilkommandos eram destacados para identificar, prender e executar potenciais oponentes. Em sua maioria, convém dizer, judeus. Mas não deixávamos de fuzilar, quando os encontrávamos, comissários ou funcionários do Partido Bolchevique, ladrões, saqueadores, camponeses que escondiam seus grãos, ciganos também, Beck devia estar contente. Von Radetzky nos explicara que era preciso raciocinar em termos de *ameaça objetiva*: diante da impossibilidade material de desmascarar cada culpado individual, devíamos identificar as categorias sociopolíticas mais suscetíveis de nos prejudicar e agir em função disso. Em Lemberg, o novo Ortskommandant, General Rentz, conseguira gradativamente restabelecer a ordem e refrear os excessos; contudo, o Einsatzkommando 6 e depois o 5, que o substituíra, continuaram a executar centenas de pessoas fora da cidade. Começávamos também a ter problemas com os ucranianos. Em 9 de julho, a breve experiência independentista teve um fim abrupto: a SP prendia Bandera e Stetsko e os enviava sob escolta para Cracóvia, enquanto seus homens eram desarmados. Mas longe dali, o OUN-B revoltava-se; em Drohobycz, abriram fogo sobre nossas tropas, vários alemães foram mortos. A partir desse momento passamos a tratar também como *ameaça objetiva* os partidários de Bandera; os melnykistas, felizes da vida, nos ajudavam a identificá-los e assumiam o controle das administrações locais. Em 11 de julho, o Gruppenstab ao qual estávamos subordinados trocou de designação com o que estava vinculado ao Grupo de Exércitos do Centro: doravante, nosso Einsatzgruppe denominava-se "C"; no mesmo dia, nossos três Opel Admiral entravam em Jitomir com os tanques do 6º Exército. Transcorridos alguns dias, fui enviado para reforçar esse Vorkommando, enquanto aguardava o núcleo do estado-maior juntar--se a nós.

A partir de Tsviahel a paisagem mudava completamente. Agora era a estepe ucraniana, uma imensa pradaria ondulante, intensamente cultivada. As papoulas terminavam de morrer nos campos de trigo, mas o centeio e a cevada amadureciam, e, por quilômetros sem fim, os girassóis, voltados para o céu, seguiam com suas coroas douradas a trajetória do sol. Aqui e ali, como lançada ao acaso, uma fileira de isbás à sombra de acácias ou de pequenos bosques de carvalhos, bordos e freixos quebravam as perspectivas atordoantes. As trilhas na floresta eram ladeadas por tílias, e os ribeirões, por álamos e salgueiros; nas cidades, haviam plantado castanheiras ao longo das avenidas. Nossos mapas revelavam-se completamente inadequados: as estradas assinaladas não existiam ou desapareciam; ao contrário, ali onde se achava indicada uma estepe vazia, nossas patrulhas descobriam *kolkhozy* e vastos campos de algodão, melões e beterrabas; minúsculas municipalidades haviam se tornado centros industriais desenvolvidos. Em contrapartida, enquanto a Galícia caíra praticamente intacta em nossas mãos, o Exército Vermelho praticara ali uma política de destruição sistemática durante sua retirada. As aldeias e os campos ardiam em chamas, encontrávamos os poços dinamitados ou obstruídos com entulho; as estradas, minadas, os prédios, emboscados; nos *kolkhozy*, restavam gado, aves e mulheres, mas homens e cavalos haviam partido; em Jitomir, tinham incendiado o que podiam: felizmente, várias casas ainda estavam de pé entre as ruínas fumegantes. A cidade continuava sob controle húngaro e Callsen estava ficando irritado: "Os oficiais deles tratam amistosamente os judeus, jantam na casa dos judeus!" Bohr, outro oficial, completou: "Parece até que alguns oficiais são judeus também. O senhor se dá conta? Aliados da Alemanha! De hoje em diante recuso-me a apertar a mão deles." Os habitantes tinham-nos recebido bem, mas queixavam-se do avanço Honvéd em território ucraniano: "Os alemães são nossos amigos históricos", diziam. "Os magiares querem apenas nos anexar." Essas tensões refletiam-se diariamente em pequenos incidentes. Uma companhia de batedores matara dois húngaros; um dos nossos generais foi obrigado a apresentar desculpas. Por outro lado, o Honvéd solapava o trabalho dos nossos policiais locais, e o Vorkommando foi obrigado a se queixar, via Gruppenstab, ao QG do Grupo de Exércitos, o OKHG Sul. Finalmente, em 15 de julho, os húngaros foram substituídos e o AOK 6 foi se instalar em Jitomir, seguido de perto pelo nosso Kommando, bem como pelo Gruppenstab C. Nesse ínterim, fui enviado a Tsviahel para fazer a ligação. Os Teilkommandos sob Callsen, Hans e Janssen foram aquinhoados cada um com um setor, irradiando um feixe até quase a frente de batalha, imobilizada diante de Kiev; no sul, nossa zona coincidia com a do Ek 5, era preciso coordenar as operações, pois cada Teilkommando funcionava de maneira autônoma. Foi assim que me vi com Janssen, na região entre Tsviahel e Rovno, na fronteira da Galícia. As fugazes tempestades de verão eram cada vez mais copiosas, transformando a poeira do *læss*, fina como farinha, em uma lama pegajosa, grossa e negra que os soldados chamavam de *buna*. Formavam-se então intermináveis extensões pantanosas, onde se decompunham lentamente os cadáveres e carcaças de cavalos semeados pelos combates. Os homens sucumbiam a diarreias crônicas, as pulgas começavam a aparecer; até os caminhões atolavam, ficando cada vez mais difícil deslocar-se. Numerosos auxiliares ucranianos, batizados como "ascaris" pelos veteranos da África, estavam sendo recrutados para dar assistência aos Kommandos; as municipalidades locais eram obrigadas a financiá-los, e com recursos confiscados dos judeus. Muitos deles eram "bulbovitsi", os extremistas volhynianos mencionados por Oberländer (o nome deles vinha de Tarass Bulba): depois da extinção do OUN-B, haviam-lhes dado a escolha entre o uniforme alemão ou os campos de concentração; a maioria misturara-se à população, mas um determinado número veio alistar-se. Mais ao norte, em contrapartida, entre Pinsk, Mozyr e Olevsk, a Wehrmacht permitira a fundação de uma "República Ucraniana da Polésia", governada por um tal de Tarass Borovets, ex-proprietário de uma pedreira em Kostopol nacionalizada pelos bolcheviques; ele perseguia unidades isoladas do Exército Vermelho e rebeldes poloneses, o que nos poupava tropas, e em troca o tolerávamos; mas o Einsatzgruppe temia que ele protegesse elementos hostis do OUN-B, apelidados jocosamente de "OUN" (bolcheviques) em oposição aos "mencheviques" de Melnyk. Recrutávamos também os *Volksdeutschen* porventura encontrados nas comunidades para servirem como prefeitos ou policiais. Os judeus, um pouco por toda parte, haviam sido destinados ao trabalho forçado; e começava-se a fuzilar sistematicamente aqueles que não trabalhavam. Mas do lado ucraniano do Sbrutch nossas ações viam-se frequentemente frustradas pela apatia da população local, que não denunciava os movimentos dos judeus: estes aproveitavam-se disso para se deslocarem ilegalmente e se refugiarem nas florestas do norte. A fim de destruir o mito do poder político judeu aos olhos dos camponeses ucranianos, o Brigadeführer Rasch ordenou então que antes da execução os judeus desfilassem em público. Mas tais medidas pareciam não surtir muito efeito.

Certa manhã Janssen me propôs assistir a uma ação. Cedo ou tarde ia acontecer, eu sabia e pensara nisso. Dizer que tinha dúvidas acerca dos nossos métodos, posso fazê-lo com toda a sinceridade: eu não captava bem a lógica daquilo. Em conversas com prisioneiros judeus, estes me afirmavam que, para eles, desde sempre, as coisas ruins vinham do leste, as boas, do oeste; em 1918, eles haviam recebido nossas tropas como libertadoras, salvadoras, e estas tinham agido com senso de humanidade; depois que elas partiram, os ucranianos de Petliura voltaram para massacrá-los. Quanto ao poder bolchevique, significava fome para o povo. Agora nós os matávamos. E, inegavelmente, matávamos muita gente. Aquilo me parecia uma desgraça, ainda que inevitável e necessária. Mas é preciso enfrentar a desgraça; é preciso estar sempre pronto para encarar o inevitável e a necessidade, abrir os olhos para as consequências daí resultantes; fechar os olhos nunca é uma resposta. Aceitei a oferta de Janssen. A ação era comandada pelo Untersturmführer Nagel, seu assessor; saí de Tsviahel com ele. Chovera na véspera mas a estrada estava boa, viajávamos suavemente no meio de duas muralhas de vegetação alta e transbordante de luz que ocultavam os campos. A aldeia, não lembro mais do nome, situava-se às margens de um grande rio, alguns quilômetros além da antiga fronteira soviética; era um burgo misto, os camponeses galicianos viviam de um lado e os judeus do outro. Ao chegarmos, encontrei os cordões de isolamento já instalados. Nagel apontou um bosque atrás do burgo: "É ali que as coisas acontecem." Parecia nervoso, hesitante, possivelmente ainda não matara ninguém, tampouco. Na praça central, nossos ascaris reuniam os judeus, homens de idade madura e adolescentes; conduziam-nos por uma série de ruas judaicas, às vezes os espancavam, depois obrigavam-nos a se agachar, vigiados por Orpo. Alguns alemães os acompanhavam também. Um deles, Gnauk, vergastava os judeus com um chicote para fazê-los avançar. Mas, com exceção dos gritos, tudo parecia relativamente calmo e organizado. Não havia curiosos; de vez em quando uma criança aparecia no canto da praça, olhava os judeus agachados e chispava. "Ainda temos uma boa meia hora, acho", disse Nagel. — "Posso dar uma olhada?", perguntei-lhe. — "Pode, claro. Em todo caso, leve seu ordenança." Era assim que ele designava Popp, que não me deixara mais depois de Lemberg e preparava meus alojamentos e o café, engraxava minhas botas e cuidava das minhas roupas; no entanto, eu não lhe pedira nada. Dirigi-me para o lado das fazendolas galicianas, na direção do rio, Popp me seguia a alguns passos, fuzil no ombro. As casas eram compridas e baixas, as portas permaneciam obstinadamente fechadas, eu não via ninguém nas janelas. Em frente a um portão pintado toscamente de azul-claro, cerca de trinta gansos grasnavam ruidosamente, esperando para entrar. Passei pelas últimas casas e fui em direção ao rio, mas as margens estavam cheias de lodo e recuei um pouco; um pouco mais à frente, dava para perceber o bosque. A atmosfera ecoava o coaxar lancinante e frenético das rãs no calor. Mais acima, entre campos empapados onde as poças d'água refletiam o sol, uma dúzia de gansas brancas andava em fila, gordas e orgulhosas, seguidas por um bezerro amedrontado. Tive a oportunidade de percorrer algumas aldeias na Ucrânia: pareciam-me bem mais pobres e miseráveis que aquela, receei que Oberländer visse suas teorias caírem por terra. Dei meia-volta. Os gansos não arredavam do portão azul, espiando uma vaca que lacrimejava, os olhos cheios de moscas aglutinadas. Na praça, os ascaris faziam os judeus subirem nos caminhões com gritos e golpes de *schlag*; aqueles judeus, todavia, não reagiam. À minha frente, dois ucranianos arrastavam um velho com uma perna de pau, sua prótese se soltou e eles o jogaram de qualquer maneira no caminhão. Nagel afastara-se, eu alcancei um dos ascaris e lhe apontei a perna de pau: "Ponha isso com ele no caminhão." O ucraniano deu de ombros, recolheu a perna e a jogou depois do velho. Em cada caminhão, amontoavam-se cerca de trinta judeus; devia haver cento e cinquenta ao todo, mas só dispúnhamos de três caminhões, uma segunda viagem seria necessária. Quando os caminhões foram carregados, Nagel me fez sinal para entrar no Opel e tomou o caminho do bosque, seguido pelos caminhões. O cordão já estava instalado no local. Os caminhões foram descarregados e Nagel deu ordens para alguém escolher os judeus que iriam cavar; os outros esperariam ali. Um Hauptscharführer fez a seleção, as pás foram distribuídas; Nagel formou uma escolta e o grupo se enfiou no bosque. Os caminhões partiram novamente. Observei os judeus: os mais próximos de mim pareciam pálidos, mas calmos. Nagel aproximou-se e me interpelou energicamente, apontando os judeus: "É necessário, o senhor compreende: o sofrimento humano é o que menos importa em tudo isso." — "É, mas ainda assim conta alguma coisa." Era isso que eu não conseguia entender: o fosso, a inadequação absoluta entre a facilidade com que se pode matar e a grande dificuldade que deve existir em morrer. Para nós, era mais um dia sujo de trabalho; para eles, o fim de tudo.

Gritos saíam do bosque. "O que há?", perguntou Nagel. — "Não sei, Herr Untersturmführer", respondeu um suboficial, "vou ver." Entrou por sua vez no bosque. Alguns judeus iam e vinham arrastando os pés, olhos cravados no solo, num silêncio pesado de homens relegados à espera da morte. Um adolescente, agachado, entoava uma cantiga olhando-me com curiosidade; aproximou dois dedos dos lábios; dei-lhe um cigarro e fósforos: agradeceu-me com um sorriso. O suboficial reapareceu na orla do bosque e chamou: "Encontraram uma vala comum,

Herr Untersturmführer." — "Como assim, uma vala comum?" Nagel encaminhou-se para o bosque, segui-o. Sob as árvores, o Hauptscharführer esbofeteava um dos judeus e gritava: "Você sabia, hein! Patife. Por que não contou?" — "O que está acontecendo?", perguntou Nagel. O Hauptscharführer parou de esbofetear o judeu e respondeu: "Veja, Herr Untersturmführer. Topamos com uma vala de bolcheviques." Aproximei-me da vala escavada pelos judeus; no fundo discerniam-se corpos bolorentos, encarquilhados, quase mumificados. "Devem ter sido fuzilados no inverno", comentei. "Foi por isso que não se decompuseram." Um soldado no fundo da vala soergueu-se. "Parece que foram mortos com uma bala na nuca, Herr Untersturmführer. Deve ter sido iniciativa do NKVD." Nagel chamou o *Dolmetscher*: "Pergunte-lhe o que aconteceu." O intérprete traduziu e o judeu falou por sua vez. "Ele diz que os bolcheviques prenderam muitos homens dentro da aldeia. Mas diz que não sabiam que eles tinham sido enterrados aqui." — "Essas pústulas não sabiam!", explodiu o Hauptscharführer. "Eles mesmos os mataram, claro!" — "Hauptscharführer, acalme-se. Mande fechar essa tumba e vá cavar em outro lugar. Mas marque o lugar, no caso de precisarem voltar para uma investigação." Voltamos para perto do cordão; os caminhões retornavam com o restante dos judeus. Vinte minutos mais tarde o Hauptscharführer, afogueado, juntou-se a nós. "Descobrimos outros corpos, Herr Untersturmführer. Não é possível, eles encheram a floresta." Nagel convocou uma pequena reunião. "Não há muitas clareiras neste bosque", comentou um suboficial, "é por isso que cavamos nos mesmos lugares que eles." Enquanto discutiam assim, percebi pouco a pouco farpas compridas e finíssimas enfiadas nos meus dedos, bem embaixo das unhas; apalpando, descobri que desciam até a segunda falange, quase à flor da pele. Espantoso. Como tinham ido parar ali? Entretanto, não senti nada. Comecei a retirá-las delicadamente, uma por uma, tentando evitar que saísse sangue. Felizmente, deslizavam com bastante facilidade. Nagel parecia ter chegado a uma decisão: "Há uma outra parte do bosque, por ali, que é mais baixa. Vamos tentar desse lado." — "Vou esperar aqui", eu disse. — "Muito bem, Herr Obersturmführer. Mandarei alguém buscá-lo." Absorto, dobrei meus dedos várias vezes; tudo parecia em ordem. Afastei-me do cordão por um ligeiro declive, entre arbustos silvestres e flores já quase secas. Mais abaixo começava um campo de trigo, vigiado por um corvo crucificado pelos pés, de asas abertas. Deitei-me na relva e relanceei o céu. Fechei os olhos.

Popp veio me pegar. "Estão quase prontos, Herr Obersturmführer." O cordão com os judeus deslocara-se para a parte baixa do bosque. Os condenados aguardavam sob as árvores, em pequenos grupos, alguns recostavam-se nos troncos. Mais à frente, no bosque, Nagel esperava com seus ucranianos. Alguns judeus, no fundo de uma vala com vários metros de comprimento, ainda arremessavam pás de lama para fora. Debrucei-me: a vala estava cheia d'água, os judeus escavavam com lama até os joelhos. "Não é uma vala, é uma piscina", observei com bastante secura a Nagel. Este não recebeu muito bem o comentário: "O que quer que eu faça, Herr Obersturmführer? Caímos sobre um aquífero, e a coisa sobe à medida que eles cavam. Estamos muito perto do rio. Não vou passar o dia cavando buracos nesta floresta." Voltou-se para o Hauptscharführer. "Bom, basta. Mande-os sair." Estava lívido. "Seus atiradores estão prontos?", perguntava. Compreendi que iam mandar os ucranianos atirarem. "Sim, Herr Untersturmführer", respondeu o Hauptscharführer. Virou-se para o *Dolmetscher* e explicou o procedimento. O *Dolmetscher* traduziu para os ucranianos. Vinte deles alinharam-se em frente ao fosso; outros cinco pegaram os judeus que haviam cavado o buraco, que estavam cobertos de lama, e os fizeram ajoelhar-se ao longo da beirada, de costas para os atiradores. A uma ordem do Hauptscharführer, os ascaris apoiaram as carabinas nos ombros e miraram nas nucas dos judeus. Mas a conta não fechava, tinha que ser dois atiradores por judeu, ora, havíamos pego quinze para cavar. O Hauptscharführer somou de novo e deu ordem para os ucranianos baixarem os fuzis, mandando separar cinco judeus, que foram esperar ao lado. Vários deles recitavam alguma coisa em voz baixa, certamente preces, mas afora isso nada diziam. "Melhor aumentarmos o número de ascaris", sugeriu outro suboficial. "Andaria mais rápido." Seguiu-se uma pequena discussão; os ucranianos não passavam de vinte e cinco no total; o suboficial propunha acrescentar cinco Orpo; o Hauptscharführer argumentava que não podiam desguarnecer o cordão. Nagel, irritado, decidiu: "Continue do jeito que está." O Hauptscharführer ladrou uma ordem e os ascaris reergueram seus fuzis. Nagel deu um passo à frente. "Ao meu comando..." Sua voz estava fraca, esforçava-se para dominá-la. "Fogo!" As rajadas crepitaram e vi uma mancha vermelha, encoberta pela fumaça dos fuzis. A maioria dos mortos deu um solavanco para frente, o rosto direto na água; dois deles permaneceram deitados, retorcidos sobre si mesmos, na beira da vala. "Limpem isso e tragam os próximos", ordenou Nagel. Alguns ucranianos pegaram dois judeus mortos pelos braços e pés e os jogaram na vala; aterrissaram turbilhonando a água, o sangue escorria abundantemente de suas cabeças estilhaçadas e regava as botas e os uniformes verdes dos ucranianos. Dois homens avançaram com pás e começaram a limpar a beirada da vala, enviando blocos de terra ensanguentada e fragmentos esbranquiçados de miolos de encontro aos mortos. Fui olhar: os cadáveres boiavam na água lamacenta, uns de costas, outros de frente, com seus narizes e barbas fora d'água; o sangue vazava de suas cabeças sobre a superfície como uma fina camada de azeite, mas vermelho-vivo, suas camisas brancas também estavam vermelhas e pequenos filetes vermelhos escorriam sobre sua pele e os pelos das barbas. Trouxeram o segundo grupo, os cinco que tinham cavado e cinco outros da orla do bosque, e os puseram de joelhos em frente à vala, mirando os corpos flutuantes de seus companheiros; um deles voltou a face para os atiradores, cabeça erguida, e os observou em silêncio. Pensei nos ucranianos: como haviam chegado àquele ponto? A maioria deles lutara contra os poloneses, depois contra os soviéticos, devem ter sonhado com um futuro melhor para eles e os filhos, e eis que agora se achavam no coração da floresta, vestindo um uniforme estrangeiro e matando pessoas que nada lhes haviam feito, sem razão que pudessem compreender. O que lhes passava pela cabeça? Entretanto, quando recebiam a ordem, atiravam, empurravam os corpos para o fosso e traziam outros, não protestavam. Que pensariam de tudo isso mais tarde? Atiraram, mais uma vez. Ouviam-se agora gemidos vindos da vala. "Ah, merda, nem todos morreram", rosnou o Hauptscharführer. — "Então finalize", gritou Nagel. A uma ordem do Hauptscharführer, dois ascaris avançaram e atiraram de novo na vala. Os gritos continuavam. Atiraram uma terceira vez. Ao lado deles, limpavam a beirada. Trouxeram outros dez, dessa vez de mais longe. Observei Popp: recolhera um punhado de terra no grande monte perto da vala e o contemplava, amassava-o entre seus dedos compridos, umedecia-o, chegou a levar um pouco à boca. "O que há, Popp?" Ele se aproximou de mim: "Veja esta terra, Herr Obersturmführer. É terra da boa. Há coisas piores do que vir morar aqui." Os judeus ajoelhavam-se. "Jogue isso fora, Popp", eu lhe disse. — "Disseram-nos que poderíamos vir nos instalar aqui, construir fazendas. É uma boa região, é tudo que eu digo." — "Cale-se, Popp." Os ascaris haviam disparado outra rajada. Mais uma vez, gritos lancinantes e gemidos subiam da vala. "Por favor, senhores alemães! Por favor!" O Hauptscharführer ordenou o tiro de misericórdia; mas os gritos não cessavam, ouvíamos homens debatendo-se na água, Nagel também gritava: "Seus homens atiram como imbecis! Faça-os descer no buraco." — "Mas Herr Untersturmführer..." — "Faça-os descer!" O Hauptscharführer mandou traduzir a ordem. Os ucranianos começaram a reclamar, agitados. "Que estão dizendo?", perguntou Nagel. — "Não querem descer, Herr Untersturmführer", explicou o *Dolmetscher*. "Dizem que não vale a pena, que podem atirar da beirada." Nagel estava vermelho. "Desçam!" O Hauptscharführer pegou um deles pelo braço e o empurrou em direção ao fosso; o ucraniano resistiu. Todo mundo gritava agora, em ucraniano e alemão. Um pouco mais adiante, o grupo seguinte esperava. Raivosamente, o ascari designado jogou seu fuzil no chão e pulou dentro do fosso, deslizando e afundando no meio dos cadáveres e dos agonizantes. Seu colega desceu em seguida, segurando-se na beirada, e o ajudou a se reerguer. O ucraniano xingava e cuspia, coberto de lama e de sangue. O Hauptscharführer estendeu-lhe o fuzil. À esquerda ouvimos vários disparos, gritos; os homens do cordão atiravam para dentro da mata: um dos judeus aproveitara-se do tumulto para escapar. "Acertaram?", gritou Nagel. — "Não sei, Herr Untersturmführer", respondeu de longe um dos policiais. — "Pois vá verificar!" Outros dois judeus fugiram subitamente do outro lado e os Orpo voltaram a atirar: um caiu imediatamente, o outro desapareceu no bosque. Nagel sacara sua pistola e a brandia em todas as direções, gritando ordens contraditórias. Na vala, o ascari tentava apoiar o fuzil na testa de um judeu ferido, mas este rolava na água, sua cabeça sumia sob a superfície. O ucraniano acabou atirando às cegas, o disparo arrancou o maxilar do judeu, mas ele continuava vivo, debatia-se, agarrava as pernas do ucraniano. "Nagel", eu disse. — "O quê?" Seu rosto estava perplexo, a pistola pendia da ponta do braço. — "Vou esperar no carro." Ouviam-se disparos no bosque, os Orpo atiravam nos fugitivos; dei uma examinada nos meus dedos para me certificar de que retirara realmente todas as farpas. Perto da vala, um dos judeus começou a chorar.

Esse amadorismo logo virou exceção. Com o passar das semanas, os oficiais adquiriam experiência, os soldados habituavam-se aos procedimentos; ao mesmo tempo via-se muito bem que todos procuravam seu lugar em tudo aquilo, refletindo sobre o que estava acontecendo, cada um à sua maneira. À mesa, à noite, os homens discutiam as ações, contavam casos, comparavam suas experiências, alguns num tom triste, outros alegres. Havia ainda os que se calavam, os que éramos obrigados a vigiar. Já tivéramos dois suicídios; uma noite um homem acordara descarregando seu fuzil no teto, fomos obrigados a amarrá-lo à força, um suboficial quase fora morto. Alguns reagiam com brutalidade, outros com sadismo, espancavam os condenados, atormentavam-nos antes de os matarem; os oficiais tentavam controlar esses exageros, mas era difícil, excessos eram inevitáveis. Nossos homens, com bastante frequência, fotografavam as execuções; em seus alojamentos, trocavam as fotos por tabaco, pregavam nas paredes, qualquer um podia encomendar cópias. Sabíamos, pela censura militar, que muitos enviavam aquelas fotos às suas famílias na Alemanha, alguns inclusive montavam pequenos álbuns enfeitados com inscrições; esse fenômeno preocupava a hierarquia, mas parecia difícil de ser controlado. Os próprios oficiais eram arrastados por ele. Certa ocasião, enquanto os judeus cavavam, surpreendi Bohr cantarolando: "A terra é fria, a terra é mole, cava, judeuzinho, cava." O *Dolmetscher* traduzia, aquilo me chocava profundamente. Eu já conhecia Bohr havia algum tempo, era um homem normal, não alimentava nenhuma animosidade particular contra os judeus, cumpria seu dever como lhe pediam; mas aquilo o influenciava visivelmente, e ele reagia mal. Havia, naturalmente, autênticos antissemitas no Kommando; Lübbe, por exemplo, outro Untersturmführer, aproveitava-se de qualquer pretexto para começar a amaldiçoar Israel com uma virulência extrema, como se o judaísmo mundial não passasse de um vasto complô dirigido contra ele, Lübbe. Cansava a todos. Mas sua atitude em relação às ações era estranha: às vezes comportava-se brutalmente, mas às vezes também, pela manhã, era assaltado por diarreias violentas, tinha que ser carregado doente e era substituído. "Meu Deus, como odeio essa gentalha", dizia vendo-os morrer, "que tarefa hedionda." E quando lhe perguntei se suas convicções não o ajudavam a suportar aquilo, retorquiu: "Veja bem, não é porque como carne que gostaria de trabalhar num matadouro." A propósito, foi dispensado alguns meses depois, quando o Dr. Thomas, substituindo-o pelo Brigadeführer Rasch, expurgou os Kommandos. Mas pouco a pouco tanto os oficiais quanto os homens foram ficando difíceis de controlar, julgavam permitidas certas coisas que não o eram, coisas inauditas, e isso é sem dúvida normal, nesse gênero de trabalho os limites se confundem, tornam-se fluidos. Além disso, alguns roubavam os judeus apoderando-se de relógios de ouro, anéis e dinheiro, ao passo que tudo devia ser entregue ao Kommandostab para ser expedido para a Alemanha. Durante as ações, os oficiais eram obrigados a vigiar os Orpo, os Waffen-SS e os ascaris para se certificarem de que eles não desviariam nada. Mas oficiais também retinham determinadas coisas. E depois, quando bebiam, o senso de disciplina estiolava-se. Certa noite, em uma aldeia onde acantonávamos, Bohr trouxe duas mulheres, camponesas ucranianas, e vodca. Ele, Zorn e Müller começaram a beber com as mulheres e a boliná-las, passando a mão sob suas saias. Eu estava sentado na minha cama, tentando ler. Bohr me chamou: "Venha desfrutar também." — "Não, obrigado." Uma das mulheres estava desabotoada, seminua, seus seios gelatinosos eram um pouco caídos. Aquele desejo irreprimível, aquelas carnes adiposas me davam nojo, mas eu não tinha para onde ir. "O senhor não é muito sociável, doutor", Rasch me disse. Quanto a mim, olhava para eles como se meus olhos fossem um aparelho de raios X: sob a carne, eu percebia distintamente os esqueletos, quando Zorn abraçava uma das mulheres era como se os ossos, separados por fina gaze, se entrechocassem, quando riam o som rangente irrompia dos maxilares dos crânios; amanhã eles ficariam velhos, e as mulheres, obesas, ou, ao contrário, sua pele enrugada se esparramaria pelos ossos, suas mamas secas e vazias despencariam como barriletes drenados, e depois Bohr e Zorn e aquelas mulheres morreriam e seriam deitados sob a terra fria, a terra mole, assim como os judeus ceifados na flor da idade, suas bocas cheias de terra não ririam mais, então para que aquela triste depravação? Se eu fizesse a pergunta a Zorn, sabia o que ele me responderia: "Justamente, para desfrutar disso antes de morrer, para sentir um pouco de prazer", mas não do prazer que eu sentia, eu também sabia desfrutar do prazer quando queria, não, provavelmente era de sua terrível falta de consciência, aquela forma espantosa de nunca pensar nas coisas, nas boas e nas más, de se deixar arrastar pela correnteza, de matar sem compreender por que e tampouco sem se preocupar, de bolinar mulheres porque elas se dispunham a isso, de beber sem sequer pedir desculpas pelo próprio corpo. Eis o que eu, da minha parte, não compreendia, mas ninguém me pedia para compreendê-lo.

No início de agosto, o Sonderkommando procedeu a um primeiro expurgo em Jitomir. Segundo nossas estatísticas, trinta mil judeus viviam ali antes da guerra, mas a maioria fugira com o Exército Vermelho, não restando mais que cinco mil, nove por cento da população atual. Rasch decidira que ainda era muito. O General

Reinhardt, que comandava a 99ª Divisão, emprestou-nos soldados para o *Durchkämmung*, belo termo alemão que eu não saberia traduzir e que designa uma execução. Todo mundo estava um pouco nervoso: em 1º de agosto, a Galícia vira-se subordinada ao governo-geral e os regimentos do "Nachtigall" haviam se amotinado até em Vinnitsa e Tiraspol. Tivemos que identificar todos os oficiais e suboficiais do OUN-B dentre nossos auxiliares, prendê-los e transferi-los, sob escolta dos oficiais do "Nachtigall", para junto de Bandera em Sachsenhausen. Além disso, não podíamos desgrudar os olhos dos que ficavam, nem todos eram confiáveis. Até mesmo em Jitomir os banderistas tinham assassinado dois funcionários melnykistas que havíamos nomeado; a princípio suspeitamos dos comunistas; todos os rebeldes do OUN-B que puderam ser encontrados foram fuzilados. Felizmente, nossas relações com a Wehrmacht revelavam-se excelentes. Os veteranos da Polônia diziam-se surpresos. Esperavam no máximo um consentimento hostil, ora, naquele instante, nossas relações com os estados-maiores eram francamente cordiais. Muitas vezes era o exército que tomava a iniciativa das ações, pediam-nos para liquidar os judeus das aldeias onde haviam ocorrido sabotagens, na condição de amotinados ou a título de represália, e nos entregavam judeus e ciganos para serem executados. Von Roques, comandante da Zona de Retaguarda Sul, ordenara que, no caso de os autores de um ato de sabotagem não poderem ser identificados com certeza, as represálias recaíssem sobre judeus ou russos, pois os ucranianos não deviam ser arbitrariamente responsabilizados: *Temos que transmitir a impressão de que somos justos*. Naturalmente, nem todos os oficiais da Wehrmacht aprovavam aquelas medidas, os oficiais mais velhos em particular, segundo Rasch, carecendo de compreensão. O grupo também tinha problemas com alguns comandantes de Dulag, que relutavam em nos entregar os comissários e os prisioneiros de guerra judeus. Sabíamos, porém, que Von Reichenau defendia vigorosamente a SP. Às vezes, ao contrário, a Wehrmacht chegava até a passar à nossa frente. O PC de uma divisão queria instalar-se em uma aldeia, mas faltava lugar: "Ainda há judeus", sugeriu o chefe de estado-maior deles; o AOK apoiou sua requisição, tivemos que fuzilar todos os judeus machos da aldeia, depois agrupar as mulheres e crianças em algumas casas a fim de liberar espaço para os oficiais. No relatório, isso foi registrado como uma ação de represália. Outra divisão chegou a nos pedir para liquidarmos os pacientes de um asilo de alienados que eles queriam ocupar; o Gruppenstab respondeu com indignação que *os homens da Staatspolizei* não são carrascos a serviço *da Wehrmacht*: "Nenhum interesse da SP torna essa ação necessária. Façam vocês mesmos." (Mas em outra ocasião Rasch mandara fuzilar alguns loucos porque todos os guardas e enfermeiras do hospital haviam partido e ele estimava que, se os doentes se aproveitassem para fugir, constituiriam um risco para a segurança.) Como se não bastasse, a coisa parecia prestes a se intensificar. Da Galícia chegavam rumores sobre *novos métodos*; Jeckeln, aparentemente, recebera reforços consideráveis e procedia a triagens bem mais amplas que tudo que empreendera até então. Callsen, de volta de uma missão em Tarnopol, mencionara vagamente uma nova *Ölsardinenmanier*, mas recusava-se a dar mais explicações e ninguém sabia muito bem do que ele falava. E depois Blobel voltara. Estava curado e, embora de fato parecesse beber menos, continuava arisco. Eu passava agora a maior parte do meu tempo em Jitomir. Thomas também estava lá e eu o via quase todos os dias. Fazia muito calor. Nos pomares, as árvores curvavam-se sob o peso das ameixas roxas e dos damascos; nas glebas individuais, nos arredores da cidade, pesados blocos de abóboras, algumas espigas de milho já secas, canteiros esparsos de girassóis que inclinavam a cabeça na direção do sol. Quando tínhamos tempo livre, Thomas e eu saíamos da cidade, pegávamos a barca no Teterev e íamos nadar; em seguida, deitados sob as macieiras, bebíamos um vinho branco vagabundo da Bessarábia trincando na relva uma fruta madura, sempre ao alcance da mão. Nessa época ainda não havia insurgentes na região, era tranquilo. Às vezes líamos em voz alta passagens curiosas ou divertidas, como estudantes. Thomas desencavara uma brochura francesa do Instituto de Estudo das Questões Judaicas. "Ouça essa prosa espantosa. Artigo 'Biologia e colaboração', de um certo Charles Laville. Aqui. *Uma política deve ser biológica ou não existir.* Ouça, ouça: *Queremos permanecer um vulgar polipeiro? Ou, ao contrário, queremos rumar para um estágio superior de organização?*" Lia em francês com um sotaque quase cantante. "Resposta: *Foram as associações celulares de elementos com tendências complementares que permitiram a formação dos animais superiores, o homem inclusive. Recusar aquela que a nós se oferece não deixa de ser um crime contra a humanidade, bem como contra a biologia.*" Quanto a mim, lia a correspondência de Stendhal. Um dia, batedores nos convidaram para embarcarmos em sua canoa motorizada; Thomas, já um pouco bêbado, acomodara uma caixa de romãs entre as pernas e, confortavelmente deitado na proa, pescava-as uma a uma, tirava as sementes e as arremessava preguiçosamente por cima da cabeça; os borrifos projetados pelas detonações submarinas nos encharcavam, batedores munidos com redes tentavam agarrar dezenas de peixes mortos que se debatiam na esteira de espuma da canoa, eles riam e eu admirava suas peles bronzeadas e sua mocidade despreocupada. À noite, Thomas às vezes visitava os nossos alojamentos para ouvir música. Bohr encontrara um órfão judeu e o adotara como mascote; o menino lavava os carros, engraxava as botas e limpava as pistolas dos oficiais, mas sobretudo tocava piano como um jovem deus, leve, presto, alegro. "Com um toque como esse, a gente perdoa tudo, até mesmo ser judeu", dizia Bohr. Mandava-o tocar Beethoven ou Haydn, mas o menino, Yakov, preferia Bach. Parecia conhecer todas as suítes de cor, era maravilhoso. Até Blobel o tolerava. Quando Yakov não estava tocando, eu provocava meus colegas de brincadeira, lendo para eles passagens de Stendhal sobre a retirada da Rússia. Alguns ficavam perturbados: "É, os franceses pode até ser, são um povo nulo. Mas somos alemães." — "É possível. Mas russos são sempre russos." — "Justamente, não!" arrotava Blobel. "Setenta ou oitenta por cento dos povos da URSS são de origem mongólica. Está provado. E os bolcheviques instauraram uma política deliberada de mistura racial. Durante a Grande Guerra, é verdade, a luta era contra autênticos mujiques russos, e, se não deixa de ser verdade que os nativos eram fortes, os bolcheviques os exterminaram! Quase não existem mais verdadeiros russos, verdadeiros eslavos. Ainda assim", encadeava ele sem nenhuma lógica, "os eslavos são por definição uma raça de metecos e escravos. Bastardos. Nenhum de seus príncipes foi autenticamente russo, era sempre sangue normando, mongol, depois alemão. Até mesmo seu poeta nacional era um *mischlinge* negro, e eles toleram isso, o que já é uma prova..." — "Em todo caso", acrescentava sentenciosamente Vogt, "Deus está com a Nação e o *Volk* alemães. Não podemos perder esta guerra." — "Deus?", cuspia Blobel. "Deus é comunista. E se eu o encontrar pela frente, ele terminará como seus comissários."

    Ele sabia do que falava. Em Tchernyakov, a SP detivera o presidente da Tróica regional do NKVD com um de seus pares e os enviara para Jitomir. Interrogado por Vogt e seus colegas, esse juiz, Wolf Kieper, admitiu ter mandado executar mais de mil trezentas e cinquenta pessoas. Era um judeu de mais ou menos sessenta anos, comunista desde 1905 e juiz do povo desde 1918; o outro, Moïse Kogan, era mais jovem, mas também era tchekista e judeu. Blobel discutira o caso com Rasch e o Oberst Heim, que se puseram de acordo no sentido de uma execução pública. Kieper e Kogan foram julgados perante um tribunal militar e condenados à morte. Em 7 de agosto, bem cedo, oficiais do Sonderkommando, apoiados por Orpo e nossos ascaris, procederam a detenções de judeus e os reuniram na praça do mercado. O 6º Exército pusera à disposição um carro do destacamento de propaganda que, com um alto-falante, percorria as ruas da cidade anunciando a execução em alemão e em ucraniano. Cheguei à praça lá pelo fim da manhã, em companhia de Thomas. Mais de quatrocentos judeus haviam sido reunidos e obrigados a se sentar, com as mãos na nuca, perto do alto patíbulo montado pelos motoristas do Sonderkommando. Do outro lado do cordão de Waffen-SS afluíam centenas de curiosos, sobretudo militares mas também homens da Organização Todt e do NSKK, além de inúmeros civis ucranianos. Esses espectadores entupiam a praça, era difícil furar a multidão; cerca de trinta soldados haviam inclusive se amontoado sobre o teto de zinco de um barracão próximo. Os homens riam, faziam piadas; muitos fotografavam a cena. Blobel mantinha-se no pé do patíbulo com Häfner, que retornava de Bielaia Tserkov. Próximo às fileiras de judeus, Von Radetzky instigava a multidão em ucraniano: "Alguém tem alguma pendência a quitar com algum desses judeus?", perguntava. Então um homem saía da multidão e desferia um pontapé em um dos homens sentados, depois voltava; outros lançavam frutas e tomates podres. Observei os judeus: tinham o rosto opaco, dardejavam olhares angustiados, perguntando-se o que viria a seguir. Havia entre eles muitos idosos com barbas brancas fornidas e vestindo cafetãs empoeirados, mas também homens bem jovens. Eu notava que no cordão de proteção estavam vários Landser da Wehrmacht. "Que fazem eles aqui?", perguntei a Häfner. — "São voluntários. Pediram para ajudar." Dei de ombros. Viam-se vários oficiais, mas eu não reconhecia nenhum do AOK. Fui até o cordão e interpelei um dos soldados: "Que faz aqui? Quem lhe pediu para montar guarda?" Ele fez uma cara constrangida. "Onde está seu superior?" — "Não sei, Herr Offizier", respondeu finalmente, esfregando a testa embaixo do quepe. — "Que faz aqui?", repeti. — "Fui ao gueto esta manhã com meus companheiros, Herr Offizier. E então nos oferecemos para ajudar, seus colegas concordaram. Eu tinha encomendado um par de botas de couro a um judeu e estava tentando encontrá-lo antes... antes..." Sequer ousava dizer a palavra. "Antes que ele fosse fuzilado, é isso?" — "Ele está ali. Mas não consegui falar com ele." Voltei para junto de Blobel. "Herr Standartenführer, precisamos dispensar os homens da Wehrmacht.

Não é praxe eles participarem da *Aktion* sem ordens." — "Deixe, deixe, Obersturmführer. É bom que mostrem entusiasmo. São bons nacional-socialistas, também querem fazer a parte deles." Ignorei-o e fui me encontrar com Thomas. Ele apontou a multidão com o queixo: "Se vendêssemos lugares, estaríamos ricos", brincou. "No AOK chamam isso de *Exekution-Tourismus*." O caminhão chegara e manobrava sob o patíbulo. Dois Waffen-SS tiraram Kieper e Kogan de dentro dele. Vestiam um capote camponês e tinham as mãos amarradas nas costas. A barba de Kieper embranquecera na prisão. Nossos motoristas colocaram uma tábua atravessada na caçamba do caminhão, escalaram-no e se sentiram no dever de fixar as cordas. Notei que Höfler permanecia afastado, fumando com ar entediado; Bauer, por sua vez, motorista pessoal de Blobel, testava os nós. Depois Zorn subiu também e os Waffen-SS içaram os dois condenados. Foram colocados sob a forca e Zorn fez um discurso; falava em ucraniano, explicava a sentença. Os espectadores vociferavam, assobiavam, e ele tinha dificuldade em se fazer ouvir; fez várias vezes gestos para que se calassem, mas ninguém prestava atenção. Soldados tiravam fotos, apontavam os condenados rindo. Zorn e um dos Waffen-SS passaram o nó corrediço no pescoço deles. Os dois condenados permaneciam silenciosos, ensimesmados. Zorn e os outros desceram da tábua e Bauer mandou o caminhão partir. "Mais devagar, mais devagar", gritavam os Landser que fotografavam. O caminhão avançou, os dois homens tentavam manter o equilíbrio, depois se desequilibraram um após o outro e ficaram balançando para a frente e para trás. A calça de Kieper caíra em volta dos seus tornozelos; estava nu sob o capote, eu via horrorizado seu pau ereto, ele ainda ejaculava. "*Nix Kultura!*", bradou um Landser, outros repetiram o grito. Zorn pregava cartazes nas vigas do patíbulo explicando a condenação; lia-se neles que as mil trezentas e cinquenta vítimas de Kiefer eram *todas Volksdeutschen e ucranianas*.

Em seguida, os soldados do cordão ordenaram aos judeus que se levantassem e caminhassem. Blobel entrou em seu carro com Häfner e Zorn; Von Radetzky me convidou para ir com ele, assim como Thomas. A massa seguia os judeus, reinava imensa algazarra. Todo mundo dirigia-se para fora da cidade rumo ao que denominavam *Pferdefriedhof*, o cemitério dos cavalos: ali, um fosso já havia sido escavado, com uma barreira de proteção atrás para deter as balas perdidas. O Obersturmführer Grafhorst, que comandava nossa companhia de Waffen-SS, aguardava com vinte de seus homens. Blobel e Häfner inspecionaram o fosso, ficamos à espera. Eu refletia. Pensava na minha vida, na relação que podia haver entre a vida que eu levara — uma vida completamente comum, a vida de qualquer um, mas também, sob certos aspectos, uma vida extraordinária, excepcional, embora o excepcional também seja muito comum — e o que acontecia naquele momento. Devia efetivamente haver uma relação, e isso era um fato, havia uma. Tudo bem que eu não participasse das execuções, não comandasse os pelotões; mas isso não mudava muita coisa, pois eu as presenciava com regularidade, ajudava a prepará-las e em seguida redigia relatórios; além disso, era um pouco por acaso que eu estava subordinado ao Stab e não aos Teilkommandos. E, se me tivessem confiado um Teilkommando, teria eu conseguido, como Nagel ou Häfner, organizar batidas, cavar fossos, alinhar condenados e gritar "Fogo!"? Com toda a probabilidade. Desde a infância eu era obcecado pela paixão do absoluto e da superação dos limites; agora essa paixão me levava até a beira das valas comuns da Ucrânia. Meu pensamento, sempre o quis radical; ora, o Estado e a Nação também haviam escolhido o radical e o absoluto; como então, justamente nesse momento, virar as costas, dizer não e acabar optando pela comodidade das leis burguesas, pela segurança medíocre do contrato social? Isso era evidentemente impossível. E, se o radicalismo era o radicalismo do abismo, e se o absoluto revelava-se o absoluto do mal, ainda assim era imperativo, disso pelo menos eu estava intimamente convencido, segui-los até o fim de olhos bem abertos. A multidão chegava e enchia o cemitério; notei soldados em calções de banho, havia também mulheres e crianças. Bebia-se cerveja e cigarros eram passados de mão em mão. Observei um grupo de oficiais do estado-maior: entre eles o Oberst Von Schuler, o IIa, ao lado de diversos outros oficiais. Grafhorst, o Kompanieführer, posicionava seus homens. Atiravam agora com um fuzil por judeu, um tiro no peito na altura do coração. Frequentemente isso não bastava para matar e um homem tinha que descer na fossa para acabar com eles; os gritos ecoavam em meio ao burburinho e clamores da massa. Häfner, que comandava a ação mais ou menos oficialmente, esbravejava. No intervalo entre as cargas, homens saíam da massa e pediam aos Waffen-SS que lhes cedessem o lugar; Grafhorst não objetava nada e seus homens passavam suas carabinas para aqueles Landser, que disparavam um tiro ou dois antes de voltarem a se juntar aos seus companheiros. Os Waffen-SS de Grafhorst eram muito jovens e desde o início da execução manifestavam certa ansiedade. Häfner começou a repreender um deles, que, a cada rodada, entregava a carabina a um soldado voluntário e postava-se ao lado, todo branco. Além disso, havia disparos que não acertavam, e este era efetivamente um problema. Häfner interrompeu as execuções e fez uma reunião com Blobel e dois oficiais da Wehrmacht. Eu não os conhecia, mas pela cor da insígnia de suas golas tratava-se de um juiz militar e de um médico. Depois Häfner foi discutir com Grafhorst. Eu via que Grafhorst discordava do que Häfner dizia, mas não ouvia suas palavras. Finalmente Grafhorst mandou trazer uma nova fornada de judeus. Estes foram colocados de frente para o fosso, mas os atiradores da Waffen-SS miraram na cabeça em vez de no peito, e o resultado foi terrível: a parte de cima dos crânios voava, os atiradores recebiam respingos de miolos no rosto. Um dos atiradores voluntários da Wehrmacht vomitava e seus colegas zombavam dele. Grafhorst, todo vermelho, invectivava Häfner, depois voltou-se para Blobel e a discussão recomeçou. Mais uma vez mudaram de método: Blobel mandou acrescentar atiradores e eles atiravam aos pares na nuca, como em julho; o próprio Häfner administrava o golpe de misericórdia quando necessário.

Na noite dessa execução fui ao cassino com Thomas. Os oficiais do AOK conversavam animadamente sobre o dia; cumprimentaram-nos com cortesia, mas pareciam constrangidos, incomodados. Thomas começou uma conversa; retirei-me para um reservado a fim de fumar sozinho. Após a refeição as discussões recomeçaram. Reparei no juiz militar que eu vira falar com Blobel; parecia particularmente agitado. Aproximei-me e me juntei ao grupo. Os oficiais, compreendi, não faziam objeção à ação em si, mas à presença de numerosos soldados da Wehrmacht e à sua participação nas execuções. "Se tivessem recebido uma ordem, era uma coisa", sustentava o juiz, "mas dessa forma é inadmissível. É uma vergonha para a Wehrmacht." — "Ora", atacou Thomas, "a SS pode fuzilar mas a Wehrmacht não pode nem olhar?" — "Não é isso, não é isso em absoluto. É uma questão de ordem. Tarefas desse tipo são desagradáveis para todo mundo. Mas apenas aqueles que receberam ordens devem participar. Caso contrário, é toda a disciplina militar que vem abaixo." — "Concordo com o Dr. Neumann", interveio Niemeyer, o Abwehroffizier. "Isso não é um evento esportivo. Os homens comportavam-se como se estivessem no hipódromo." — "Entretanto, Herr Oberstleutnant", lembrei a ele, "o AOK concorda que a coisa seja anunciada publicamente. O senhor inclusive nos emprestou seu PK." — "Não estou absolutamente criticando a SS, que realiza um trabalho muito difícil", respondeu Niemeyer, um pouco na defensiva. "O que aconteceu foi que discutimos previamente e chegamos ao consenso de que seria um bom exemplo para a população civil, que era útil eles verem como destruímos o poder dos judeus e dos bolcheviques. Mas assim é ir um pouco longe demais. Seus homens não deviam ter passado as armas para os nossos." — "Seus homens", retorquiu acerbamente Thomas, "não deviam tê-las solicitado." — "O mínimo que podemos fazer", guinchou Neumann, o juiz, "é levar a questão ao Generalfeldmarschall."

O resultado de tudo isso foi uma ordem típica de Von Reichenau: referindo-se às nossas *execuções necessárias de criminosos, bolcheviques e elementos essencialmente judeus*, ele proibia aos soldados do 6º Exército, *sem ordem de um oficial superior*, assistir, fotografar ou participar das ações. Por si só, isso não mudava muita coisa, mas Rasch ordenou que realizássemos as ações fora das cidades e instalássemos um cordão no perímetro para vedar a presença de espectadores. Tudo indicava que a discrição agora seria rigorosa. Entretanto, o desejo de presenciar esses eventos também era humano. Folheando meu Platão, eu descobrira a passagem da *República* que lembrava minha reação diante dos cadáveres da fortaleza Lutsk: *Leôncio, filho de Aglaion, voltava do Pireu pelo lado exterior do muro Norte, quando viu cadáveres deitados perto do carrasco; sentiu desejo de contemplá-los e ao mesmo tempo repeliu esse pensamento, não querendo se desviar. Lutou assim consigo mesmo e tapou os olhos com as mãos, mas no fim sucumbiu ao seu desejo e, escancarando os olhos com os dedos, correu para os cadáveres dizendo: "Desisto; malditos olhos, deleitem-se com esse belo espetáculo!"* Na realidade, os soldados raramente pareciam sentir a angústia de Leôncio, apenas seu desejo, e devia ser isso que abalava a hierarquia, a ideia de que os homens pudessem sentir prazer naquelas ações. Entretanto, parecia-me evidente que todos os que participavam daquilo sentiam prazer. Alguns, visivelmente, deleitavam-se com o ato em si, mas estes podiam ser considerados doentes, e era justo chamá-los e confiar-lhes outras tarefas, até mesmo condená-los caso extrapolassem. Quanto aos outros, enojados ou indiferentes, subjugavam-se por senso de dever e obrigação, e assim extraíam prazer desse devotamento, dessa capacidade de levar a cabo, a despeito da repulsa e da aflição, tarefa tão difícil. "Mas não sinto prazer algum em matar", diziam com frequência, comprazendo-se então com seu rigor e virtude. A hierarquia, evidentemente, devia considerar aqueles problemas em seu conjunto, as respostas dadas não podiam ser senão necessariamente aproximativas e grosseiras. As *Einzelaktionen*, ações individuais, eram, claro, naturalmente consideradas assassinatos e condenadas. O Berück von Roques promulgara uma interpretação da ordem disciplinar do OKW, infligindo sessenta dias de prisão, por *insubordinação*, aos soldados que atirassem nos judeus por iniciativa própria; em Lemberg, diziam, um suboficial amargara seis meses de prisão pelo assassinato de uma velha judia. Porém, quanto mais as ações tomavam amplitude, mais era difícil controlar todas as reincidências. Em 11 e 12 de agosto, o Brigadeführer Rasch reuniu em Jitomir todos os seus chefes de Sonderkommando e de Einsatzkommando: além de Blobel, Hermann do 4b, Schulz do 5 e Kroeger do 6. Jeckeln também compareceu. O aniversário de Blobel caía no dia 13, e os oficiais decidiram oferecer-lhe uma festa. Durante o dia ele desfilou um humor ainda mais execrável que de costume e passou longas horas sozinho, fechado em seu escritório. Eu mesmo estava razoavelmente ocupado: acabávamos de receber uma ordem do Gruppenführer Müller, chefe da Geheime Staatspolizei, para coletar material visual referente às nossas atividades — fotografias, filmes, cartazes, placas —, material a ser transmitido ao Führer. Fui negociar um pequeno orçamento com Hartl, administrador do Gruppenstab, a fim de comprar cópias das fotos tiradas pelos homens; ele começara por recusar, alegando uma ordem do Reichsführer que proibia terminantemente aos membros dos Einsatzgruppen lucrarem com as execuções; ora, para ele, vender fotografias constituía um lucro. Finalmente consegui fazê-lo ver que não podíamos pedir aos homens que financiassem do próprio bolso o trabalho do grupo, que era preciso reembolsá-los pelos custos da impressão das imagens que queríamos arquivar. Ele aceitou, mas sob a condição de que não pagássemos senão pelas fotos dos suboficiais e dos soldados; os oficiais teriam que reproduzir às próprias custas as fotos que eventualmente tirassem. Munido desse deferimento, passei o resto do dia nos acampamentos a examinar as coleções dos homens e a lhes encomendar reproduções. Alguns eram inclusive fotógrafos notavelmente talentosos; mas ao mesmo tempo que seu trabalho me deixava um travo desagradável, eu não conseguia despregar os olhos daquilo, como que hipnotizado. À noite os oficiais reuniram-se na cantina, decorada para a ocasião por Strehlke e seus auxiliares. Blobel, quando se juntou a nós, já tinha bebido, seus olhos estavam injetados de sangue, mas se controlava e falava pouco.

Vogt, que era o oficial mais velho, transmitiu-lhe nossos votos e fez um brinde à sua saúde; pediram-lhe então que falasse. Ele hesitou, depois pousou o copo e dirigiu-se a nós, mãos cruzadas nas costas. "Meine Herren! Agradeço-lhes por seus votos. Saibam que a confiança dos senhores é de suma importância para mim. Sou obrigado a lhes comunicar uma notícia desagradável. Ontem, o HSSPF Russland-Süd, o Obergruppenführer Jeckeln, transmitiu-nos uma nova ordem. Ele recebeu essa ordem diretamente do Reichsführer-SS, ordem que emana, assinalo para os senhores como ele o fez para nós, do Führer em pessoa." Tremia ao falar; entre as frases, mastigava o interior da boca. "A partir de agora nossas ações contra os judeus deverão incluir o conjunto da população. Não haverá exceções." Os oficiais presentes reagiram com consternação; vários começaram a falar ao mesmo tempo. A voz de Callsen ergueu-se, incrédula: "Todos?" — "Todos", confirmou Blobel. — "Mas, cá entre nós, isso é impossível", disse Callsen. Parecia suplicar. Quanto a mim, calava-me, sentindo um frio intenso. Ah Senhor, eu pensava, agora vamos ter de fazer isso também, está dito, e será preciso passar por isso. Eu me sentia invadido por um horror sem limites, mas permanecia calmo, ninguém percebia nada, minha respiração continuava regular. Callsen prosseguia com suas objeções: "Mas, Herr Standartenführer, somos em grande parte casados, temos filhos. Não podem nos pedir isso." — "Meine Herren", cortou Blobel com uma voz incisiva mas igualmente neutra, "trata-se de uma ordem direta do nosso Führer, Adolf Hitler. Somos nacional-socialistas e SS, e obedeceremos. Vamos deixar claro o seguinte: na Alemanha, foi possível resolver a questão judaica, em seu conjunto, sem excessos e de maneira conforme às exigências da humanidade. Mas, quando conquistamos a Polônia, herdamos três milhões de judeus suplementares. Ninguém sabe o que fazer com eles ou onde enfiá-los. Aqui, neste país imenso, onde travamos uma guerra de destruição impiedosa contra as hordas stalinistas, desde o início fomos obrigados a tomar medidas radicais para garantir a segurança das nossas retaguardas. Julgamos que os senhores compreenderam sua necessidade e eficácia. Nossas forças não são suficientes para patrulhar todas as aldeias e ao mesmo tempo lutar; e não podemos permitir inimigos potenciais, espertos e velhacos, no nosso encalço. No Reichssicherheitshauptamt, discute-se a possibilidade, depois de ganharmos a guerra, de juntar todos os judeus em uma grande reserva na Sibéria ou no Norte. Lá eles ficarão tranquilos, e nós também. Mas primeiro é preciso ganhar a guerra. Já executamos milhares de judeus e ainda restam dezenas de milhares; quanto mais nossas forças avançarem, mais haverá. Ora, se executarmos os homens, não sobrará ninguém para alimentar as mulheres e crianças. A Wehrmacht não tem recursos para alimentar dezenas de milhares de inúteis mulheres judias com seus rebentos. Tampouco podemos deixá-las morrer de fome: estes são métodos bolcheviques. Incluí-las em nossas ações, com maridos e filhos, é de fato a solução mais humana em vista das circunstâncias. Além disso, a experiência demonstrou que os judeus do Leste, mais procriadores, são o viveiro original onde se renovam constantemente tanto as forças do judeu-bolchevismo como plutocratas capitalistas. Se permitirmos que alguns sobrevivam, esses produtos da seleção natural estarão na origem de uma renovação ainda mais perigosa para nós que o perigo atual. As crianças judias de hoje são os sabotadores, os rebeldes, os terroristas de amanhã." Os oficiais calavam-se, taciturnos; Kehrig, observei, sorvia as estocadas uma a uma. Os olhos injetados de Blobel luziam através do véu do álcool. "Somos todos nacional-socialistas", continuou, "SS a serviço do nosso *Volk* e do nosso Führer. Lembro aos senhores que *Führerworte haben Gesetzeskraft*, a palavra do Führer tem força de lei. Os senhores devem resistir à tentação de serem humanos." Blobel não era homem muito inteligente; aquelas fórmulas tão fortes seguramente não eram de sua autoria. Em contrapartida acreditava nelas; mais importante ainda, queria acreditar nelas e as oferecia por sua vez àqueles que precisavam e podiam fazer uso delas. Para mim, não eram de grande utilidade, eu fazia questão de elaborar meus próprios raciocínios. Mas tinha dificuldade em pensar, minha cabeça zunia, uma pressão intolerável, a vontade era de ir dormir. Callsen brincava com sua aliança sem sequer se dar conta do que fazia; queria dizer alguma coisa, mas recuou. "*Schweinerei*, é uma *grosse Schweinerei*", murmurava Häfner, e ninguém o contradizia. Blobel, à falta de ideias, parecia ter murchado, mas todos percebiam que sua vontade incrustara-se em nós e não nos largaria, assim como outras vontades também estavam incrustadas nele. Num Estado como o nosso, todos tinham seus papéis: Você, a vítima, Você, o carrasco, ninguém tinha escolha, não se pedia o consentimento de ninguém, pois todos eram intercambiáveis, vítimas e carrascos. Ontem havíamos matado homens judeus, amanhã seriam mulheres e crianças, depois de amanhã outros ainda; e, quando tivéssemos desempenhado nosso papel, seríamos substituídos. A Alemanha, pelo menos, não liquidava seus carrascos, ao contrário, cuidava deles, diferentemente de Stálin com sua mania dos expurgos;

mas isso também estava na lógica das coisas. Para os russos, como para nós, o homem era irrelevante, a Nação e o Estado eram tudo, e nesse sentido pautávamos nossa imagem por ambos. Os judeus também tinham esse forte sentimento de comunidade, do *Volk*: choravam seus mortos, enterravam-nos se pudessem e recitavam o kaddish; mas enquanto um vivesse, Israel vivia. Era provavelmente por isso que eram nossos inimigos privilegiados, pareciam-se muito conosco.

Não se tratava de um problema de humanidade. Alguns, naturalmente, podiam criticar nossas ações em nome de valores religiosos, mas eu não estava entre eles e na SS não devia haver muitos desse tipo; ou em nome de valores democráticos, mas o que é conhecido como democracia, havíamos superado na Alemanha já havia certo tempo. Os raciocínios de Blobel não eram na realidade inteiramente idiotas: se o valor supremo é o *Volk*, o povo ao qual pertencemos, se a vontade desse *Volk* encarna-se efetivamente em um chefe, então, com efeito, *Führerworte haben Gesetzeskraft*. Mas ainda assim era vital compreendermos *em nós mesmos* a necessidade das ordens do Führer: se nos curvássemos a elas por simples espírito prussiano de obediência, por espírito de *Knecht*, sem compreendê-las ou aceitá-las, isto é, sem a elas nos *submetermos*, então não passaríamos de bezerros e escravos, não homens. O judeu, por sua vez, quando se submetia à Lei, sentia que essa Lei vivia nele, e, quanto mais dura e terrível, mais ele a adorava. O nacional-socialismo era para ser assim também: uma Lei viva. Matar era uma coisa terrível; a reação dos oficiais mostrava isso muito bem, ainda que nem todos vislumbrassem as consequências de sua própria reação; e aquele para quem matar não era uma coisa terrível, matar tanto um homem armado como desarmado, e tanto um homem desarmado como uma mulher e seu filho, este não passava de um animal, indigno de pertencer à comunidade dos homens. Mas era possível que essa coisa terrível fosse também uma coisa necessária. E nesse caso era preciso se submeter a essa necessidade. Nossa propaganda repetia sem parar que os russos eram *Untermenschen*, sub-homens; mas eu me negava a acreditar nisso. Eu interrogara oficiais capturados, comissários, e via claramente que também eram homens como nós, homens que só almejavam o bem, que amavam sua família e sua pátria. Entretanto, aqueles comissários e oficiais haviam feito morrer milhões de seus próprios concidadãos, haviam deportado os *kulaks*, matado de fome os camponeses ucranianos, reprimido e fuzilado os burgueses e os dissidentes. Entre eles, havia sádicos e desequilibrados, claro, mas também havia homens bons, honestos e íntegros, que queriam sinceramente o bem de seu povo e da classe operária; se perdiam o rumo, era de boa-fé. A maioria deles já estava convencida da necessidade do que fazia, não eram todos loucos, oportunistas e criminosos como aquele Kieper; entre nossos inimigos também, um homem bom e honesto podia persuadir-se a fazer coisas terríveis. O que nos pediam agora colocava o mesmo problema para nós.

No dia seguinte, acordei desamparado, com algo como um ódio triste instalado na cabeça. Fui me encontrar com Kehrig e fechei a porta do gabinete: "Gostaria de falar com o senhor, Herr Sturmbannführer." — "Sobre o quê, Obersturmführer?" — "Sobre o *Führervernichtungsbefehl.*" Apontou sua cabeça de pássaro e me fitou através de seus óculos de aro fino: "Não há nada para conversar, Obersturmführer. Em todo caso, estou de partida." Fez-me um sinal e me sentei. "Está de partida? Como assim?" — "Combinei isso com o Brigadeführer Streckenbach por intermédio de um amigo. Volto para Berlim." — "Quando?" — "Em breve, daqui a alguns dias." — "E seu substituto?" Deu de ombros: "Chegará quando chegar. Enquanto isso, o senhor é que tomará conta da loja." Tornou a me encarar: "Se quiser ir também, o senhor sabe, podemos mexer os pauzinhos. Posso falar com Streckenbach em seu nome em Berlim, se desejar." — "Obrigado, Herr Sturmbannführer. Mas eu fico." — "Para fazer o quê?", perguntou com vivacidade. "Para acabar como Häfner ou Hans? Para chafurdar nessa pocilga?" — "O senhor também ficou até agora", eu disse sutilmente. Deu uma risada seca: "Pedi minha transferência no início de julho. Em Lutsk. Mas sabe como é, isso leva tempo." — "Lamento muito sua decisão, Herr Sturmbannführer." — "Eu, não. O que eles querem fazer é insensato. Não sou o único a pensar assim. Schulz, do Kommando 5, veio abaixo quando soube do *Führerbefehl.* Pediu para partir imediatamente, e o Obergruppenführer deu seu assentimento." — "Talvez tenha razão. Mas, se o senhor partir, se o Oberführer Schulz partir, se todos os homens honrados partirem, sobrarão aqui apenas os açougueiros, a laia. Não podemos aceitar isso." Fez uma cara de desesperança: "Por que acha que ficando mudará alguma coisa? O senhor?" Balançou a cabeça. "Não, doutor, siga meu conselho, vá embora. Deixe os açougueiros cuidarem do açougue." — "Obrigado, Herr Sturmbannführer." Apertei sua mão e saí. Dirigi-me para o Gruppenstab e fui me encontrar com Thomas. "Kehrig é um maricas", disparou num tom peremptório quando lhe contei a conversa. "Schulz também. Schulz, já faz tempo que estamos de olho nele. Em Lemberg, soltou condenados sem permissão. Já vai tarde, não precisamos de gente assim." Olhou pensativamente para mim. "Claro, é atroz o que nos pedem. Mas você vai ver, vamos nos sair bem." Seu aspecto assumiu uma gravidade total. "Da minha parte, não acho que esta seja a boa solução. É uma resposta improvisada na urgência, por causa da guerra. Precisamos vencer logo essa guerra; depois, poderemos discutir com serenidade e tomar decisões planejadas. As opiniões mais sutis poderão então se manifestar. Com a guerra, é impossível." — "Acha que ainda vai durar muito tempo? Devíamos estar em Moscou há cinco semanas. Já se passaram dois meses e não tomamos nem Kiev nem Leningrado." — "Difícil dizer. É evidente que subestimamos seu potencial industrial. Sempre que achamos que suas reservas se esgotaram, eles nos lançam divisões revigoradas. Mas devem estar no fim agora. Além disso, a decisão do Führer de nos enviar Guderian vai desbloquear rapidamente a frente de batalha, aqui. Quanto ao Centro, desde o início do mês fizeram quatrocentos mil prisioneiros. E em Uman ainda estamos fazendo cerco a dois exércitos."

Retornei ao Kommando. Na cantina, sozinho, Yakov, o judeuzinho de Bohr, tocava piano. Sentei-me num banco para escutá-lo. Ele tocava Mozart, o *andante* de uma das sonatas, e aquilo me apertava o coração, adensando ainda mais minha tristeza. Quando terminou, perguntei-lhe: "Conhece Rameau, Yakov? Couperin?" — "Não, Herr Offizier. Do que se trata?" — "De música francesa. Você devia aprender. Vou tentar lhe arranjar umas partituras." — "É bonito?" — "Talvez seja o que há de mais bonito." — "Mais bonito que Bach?" Ponderei sobre a questão: "Quase tão bonito quanto Bach", admiti. Esse Yakov devia ter uns doze anos; poderia tocar em qualquer sala de concerto da Europa. Vinha da região de Czernowitz e crescera em uma família germanófona; com a ocupação da Bucovina em 1940, vira-se na URSS; seu pai tinha sido deportado pelos soviéticos e sua mãe morrera sob um de nossos bombardeios. Era realmente um belo menino: um rosto comprido e fino, lábios generosos, cabelos escuros como espigas selvagens, longos dedos com veias azuladas. Todos gostavam dele ali; nem mesmo Lübbe o maltratava. "Herr Offizier?", perguntou Yakov. Conservava os olhos no piano. "Posso lhe fazer uma pergunta?" — "Claro." —

"É verdade que os senhores vão matar todos os judeus?" Levantei-me. "Quem lhe disse isso?" — "Ontem à noite ouvi Herr Bohr falando com os outros oficiais. Estavam gritando muito alto." — "Tinham bebido. Não devia ter escutado." Ele insistia, os olhos sempre baixos. "Então vão me matar também?" — "Claro que não." Minhas mãos pinicavam, eu me obrigava a manter um tom normal, quase animado: "Por que acha que o matariam?" — "Também sou judeu." — "Isso não é grave, você trabalha para nós. Você é um *hiwi* agora." Ele começou a martelar suavemente uma tecla, uma nota aguda: "Os russos sempre nos diziam que os alemães eram maus. Mas não acredito. Gosto muito do senhor." Eu não disse nada. "Quer que eu toque?" — "Toque." — "O que quer que eu toque?" — "O que quiser."

O ambiente no seio do Kommando tornava-se execrável; os oficiais estavam nervosos, gritavam por nada. Callsen e os demais partiram em seus Teilkommandos; cada um guardava sua opinião para si, mas via-se bem que as novas tarefas os atormentavam. Kehrig foi embora subitamente, praticamente sem se despedir. Lübbe volta e meia caía doente. Do terreno, os Teilkommandoführer mandavam relatórios bastante negativos sobre o moral das tropas: havia depressões nervosas, os homens choravam; segundo Sperath, muitos sofriam de impotência sexual. Ocorreu uma série de incidentes com a Wehrmacht: perto de Korosten, um Hauptscharführer obrigara as mulheres judias a se despirem e correrem nuas sob a mira de uma metralhadora; tirara fotografias, e essas fotografias haviam sido interceptadas pelo AOK. Em Bielaia Tserkov, Häfner teve uma altercação com um oficial do estado-maior de uma divisão, que interferira no sentido de suspender uma execução de órfãos judeus; Blobel dirigiu-se ao local e o caso subiu até Von Reichenau, que confirmou a execução e repreendeu o oficial; o caso, porém, provocou alvoroço, sem falar que Häfner recusou-se a infligir qualquer punição aos seus homens, responsabilizando os ascaris. Outros oficiais procediam da mesma forma; porém, como as dificuldades com o OUN-B persistiam, essa prática, por sua vez, engendrava novos problemas, e os ucranianos, enojados, desertavam ou traíam. Outros ainda, ao contrário, procediam sem queixas às execuções, mas depenavam abertamente os judeus e estupravam as mulheres antes de matá-las; às vezes éramos obrigados a fuzilar nossos próprios soldados. O substituto de Kehrig não chegava e eu estava assoberbado. No fim do mês, Blobel me enviou a Korosten. A "República da Polésia", no noroeste da cidade, continuava embargada para nós por ordem da Wehrmacht, mas ainda assim havia muito trabalho na região. O responsável era Kurt Hans. Eu não ia muito com a cara de Hans, um homem mau, maluco; tampouco ele gostava de mim. Apesar disso, tínhamos que trabalhar juntos. Os métodos haviam mudado, tinham sido racionalizados e sistematizados em função das novas exigências. Todavia, essas mudanças nem sempre facilitavam o trabalho dos homens. Os condenados de agora em diante deviam despir-se antes da execução, pois recuperávamos suas roupas para o Amparo de Inverno e os repatriados. Em Jitomir, Blobel expusera a nova prática do *Sardinenpackung* desenvolvida por Jeckeln, o método "da sardinha" que Callsen já conhecia. Com o aumento considerável dos volumes na Galícia desde julho, Jeckeln julgara que os fossos já não davam mais conta do serviço; os corpos caíam de qualquer maneira, emaranhavam-se, desperdiçava-se muito espaço e perdia-se muito tempo cavando; agora, os condenados nus deitavam-se de bruços no fundo da vala e alguns atiradores lhes administravam um tiro à queima-roupa na nuca. "Sempre fui contra o *Genickschuss*", Blobel lembrou, "mas agora não temos mais escolha." Depois de cada fileira, um oficial devia inspecionar e se certificar de que todos os condenados estavam bem mortos; em seguida eles eram cobertos com uma fina camada de terra e o grupo seguinte vinha se deitar sobre eles, as cabeças em seus pés; quando já se haviam assim acumulado cinco ou seis camadas, a cova era fechada. Na opinião dos Teilkommandoführer, os homens achariam aquilo muito difícil, mas Blobel não queria ouvir objeções: "No meu Kommando, faremos como diz o Obergruppenführer." A Kurt Hans, em todo caso, isso não incomodava muito; parecia indiferente a tudo. Assisti a várias execuções com ele. Eu conseguia distinguir então três temperamentos entre os meus colegas. Havia em primeiro lugar aqueles que, mesmo tentando dissimular, matavam com volúpia; já falei deles, eram criminosos, revelados graças à guerra. Em seguida vinham aqueles que se sentiam enojados e matavam por dever, superando a repugnância por amor à ordem. Finalmente, havia os que viam os judeus como animais e os matavam como um açougueiro degola uma vaca, tarefa alegre ou árdua segundo os humores ou a disposição. Kurt Hans pertencia claramente a esta última categoria; para ele, só contava a precisão do gesto, a eficácia, o rendimento. Todas as noites, recapitulava meticulosamente seus totais. E eu, então? Da minha parte, não me identificava com nenhum desses três tipos, mas não sabia muito mais que isso e, se houvessem me pressionado um pouco, teria tido dificuldade para articular uma resposta de boa-fé. Resposta que eu ainda buscava. A paixão pelo absoluto influía nela, como também influía, constatei um dia horrorizado, a curiosidade: nesse ponto, como em tantas outras coisas da minha vida, eu era curioso, procurava ver o efeito que aquilo tudo teria sobre mim. Observava-me permanentemente: era como se uma câmera me acompanhasse o tempo todo e eu fosse ao mesmo tempo essa câmera, o homem que filmava e o homem que em seguida estudava o filme. Às vezes isso me derrubava, e era frequente eu não dormir à noite, ficar esquadrinhando o teto, a objetiva não me deixando em paz. Mas a resposta à minha pergunta continuava a me escorrer por entre os dedos.

Sobretudo com as mulheres e as crianças, nosso trabalho era às vezes quase impossível, asqueroso. Os homens queixavam-se sem parar, sobretudo os mais velhos, os que tinham família. Diante daquela gente sem defesa, aquelas mães que eram obrigadas a presenciar a morte dos filhos sem poder protegê-los, que não podiam senão morrer com eles, nossos homens eram vítimas de uma extrema sensação de impotência, sentindo-se igualmente sem defesa. "Eu só quero permanecer íntegro", disse-me um dia um jovem Sturmmann da Waffen-SS, e, embora eu compreendesse bem esse desejo, não podia ajudá-lo. A atitude dos judeus não facilitava as coisas. Blobel teve que transferir para a Alemanha um Rottenführer de trinta anos que dialogara com um condenado; o judeu, da idade do Rottenführer, tinha nos braços uma criança de cerca de dois anos e meio. Sua mulher, ao seu lado, carregava um recém-nascido de olhos azuis; o homem olhara para o Rottenführer diretamente nos olhos e lhe dissera calmamente num alemão sem sotaque: "Por favor, mein Herr, fuzile as crianças adequadamente." — "Ele vinha de Hamburgo", explicou mais tarde o Rottenführer a Sperath, que depois nos contara a história, "era praticamente meu vizinho, seus filhos tinham a idade dos meus." Eu mesmo degringolava. Durante uma execução, vi uma criança agonizando na vala: o atirador devia ter hesitado, o tiro acertara muito embaixo, nas costas. O menino arquejava, olhos abertos, vidrados, e a essa cena pavorosa vinha se superpor uma cena da minha infância: eu brincava com um amigo de caubói e índio, com pistolas feitas de lata. Era pouco depois da Grande Guerra, meu pai tinha voltado, eu devia ter cinco ou seis anos, como o menino na vala. Eu estava escondido atrás de uma árvore; quando meu amigo se aproximou, dei um pulo e esvaziei minha pistola na barriga dele, gritando: "Pan! Pan!" Ele soltou a arma, pôs as duas mãos na barriga e desmoronou girando sobre si mesmo. Recolhi sua pistola e quis devolvê-la: "Pegue. Vamos continuar a brincadeira." — "Não posso. Sou um cadáver." Fechei os olhos, na minha frente a criança continuava a arquejar. Depois da ação, visitei o *shtetl*, agora vazio, deserto, entrei nas isbás, casas baixas de pobres com calendários soviéticos e imagens recortadas de revistas nas paredes, alguns objetos religiosos, móveis rudimentares. Aquilo certamente tinha pouco a ver com a *internationales Finanzjudentum*. Em uma das casas, encontrei uma grande panela com água ainda fervendo no fogão; pelo chão, tigelas de água fria e uma tina. Fechei a porta, tirei a roupa e tomei um banho com aquela água e um pedaço de sabão duro. Quase não resfriei a água quente: estava queimando, minha pele ficou escarlate. Em seguida me vesti e saí; na entrada da aldeia, as casas já ardiam. Mas minha pergunta não arredava pé, voltei mais algumas vezes, e foi assim que em outra ocasião, na beirada do fosso, uma garotinha de uns quatro anos pegou delicadamente minha mão. Tentei desvencilhar-me, mas ela se agarrava. À nossa frente, judeus eram fuzilados. "*Gdje mama?*", perguntei em ucraniano à menina. Ela apontou com o dedo para a vala. Acariciei seus cabelos. Ficamos assim por vários minutos. A vertigem tomava conta de mim, sentia vontade de chorar. "Venha comigo", eu lhe disse em alemão, "não tenha medo, venha." Dirigi-me para a entrada do fosso; ela ficou no lugar, grudada na minha mão, depois me seguiu. Levantei-a e a entreguei a um Waffen-SS: "Seja gentil com ela", eu lhe disse bastante estupidamente. Sentia uma raiva louca, mas não queria me zangar com a menina, nem com o soldado. Este desceu no fosso com a garotinha nos braços e eu me desviei abruptamente, embrenhando-me na floresta. Era uma grande e clara floresta de pinheiros, bastante arejada e banhada por uma luz suave. Atrás de mim as rajadas crepitavam. Quando eu era pequeno, brincava muito em florestas como aquela nos arredores de Kiel, onde morava depois da guerra: na verdade, brincadeiras curiosas. Meu pai me dera de aniversário uma caixa com vários volumes dos *Tarzan*, do escritor americano E.R. Burroughs, que eu lia e relia com paixão, na mesa, nos banheiros, à noite com uma lanterna de bolso, e na floresta, como meu herói, ficava inteiramente nu e deslizava por entre as árvores e os grandes arbustos, deitava-me sobre leitos de agulhas de pinheiro secas, deliciando-me com as espetadelas na pele, agachava-me atrás de uma moita ou então de uma árvore caída em uma elevação, por cima de uma trilha, para espiar os que por ali vagavam, os *outros*, os humanos. Não eram brincadeiras explicitamente eróticas, eu era muito menino para isso, provavelmente sequer ficava de pau duro;

mas para mim a floresta inteira tornara-se um terreno erógeno, uma vasta pele tão sensível quanto minha pele nua de criança arrepiada de frio. Mais tarde, devo acrescentar, essas brincadeiras assumiram uma feição ainda mais estranha, era ainda em Kiel, mas possivelmente depois da partida do meu pai, eu devia ter nove, dez anos no máximo: nu, pendurava-me com o cinto em um galho de árvore pelo pescoço e despencava com todo o meu peso, o sangue, congestionado, estufava meu rosto, minhas têmporas pulsavam intensamente, meu fôlego vinha num assobio, finalmente eu me recompunha, recuperava a respiração, depois recomeçava. Brincadeiras desse gênero, um grande prazer, uma liberdade sem limites, eis o que antes aquelas florestas significavam para mim; agora, bosques me davam medo.

    Voltei a Jitomir. Uma agitação intensa reinava no Kommandostab: Bohr estava detido e Lübbe no hospital. Bohr agredira-o em plena cantina, diante dos outros oficiais, com cadeiradas e depois com uma faca. Foram necessários seis para controlá-lo, Strehlke, o Verwaltungsführer, sofrera um corte na mão, pouco profundo mas doloroso. "Enlouqueceu", ele me disse me mostrando os pontos. — "Mas o que aconteceu?" — "Foi por causa do seu judeuzinho. Aquele que tocava piano." Yakov sofrera um acidente consertando um carro com Bauer: o guincho, mal colocado, soltara e ele tivera a mão esmagada. Sperath examinara-o, concluindo que era preciso amputar. "Agora ele não serve para mais nada", decidiu Blobel, e dera ordem para liquidá-lo. "Foi Vogt quem cuidou do assunto", disse Strehlke, que me contava a história. "Bohr não disse nada. Mas no jantar Lübbe começou a espezinhá-lo. O senhor sabe como ele é. 'Acabou-se o piano', dizia em voz alta. Foi quando Bohr o atacou. Se quer minha opinião", acrescentou, "Lübbe teve apenas o que merecia. Pena para Bohr: um bom oficial, arruinando a carreira por causa de um judeuzinho. Como se faltassem judeus por aqui." — "O que vai acontecer com Bohr?" — "Vai depender do relatório do Standartenführer. No pior dos casos, pode ir para a prisão. No melhor, será rebaixado e designado para a Waffen-SS a fim de se redimir." Despedi-me dele e subi para me trancar no quarto, exaurido de nojo. Eu compreendia Bohr plenamente: errara, claro, mas eu o compreendia. Lübbe não devia ter escarnecido, era uma indignidade. Eu também me afeiçoara ao pequeno Yakov; escrevera discretamente a um amigo de Berlim para que ele me enviasse partituras de Rameau e Coperin, queria que Yakov pudesse estudá-las, que descobrisse *Le rappel des oiseaux*, *Les trois mains*, *Les barricades mystérieuses* e muitas outras maravilhas. Agora aquelas partituras não serviriam para ninguém: não toco piano. Tive um sonho estranho naquela noite. Levantei-me e fui em direção à porta, mas uma mulher me barrava o caminho. Tinha cabelos brancos e usava óculos: "Não", ela me disse. "Você não pode sair. Sente-se e escreva." Virei-me para minha escrivaninha: um homem ocupava minha cadeira, datilografando na minha máquina de escrever. "Desculpe", arrisquei. Os toques faziam um barulho ensurdecedor, ele não me ouvia. Timidamente, bati no ombro dele. Ele se voltou e balançou a cabeça: "Não", disse, indicando-me a porta. Fui até a minha biblioteca, mas lá também havia alguém, arrancando tranquilamente as páginas dos meus livros e jogando as capas num canto. Bem, pensei, nesse caso vou dormir. Uma jovem mulher estava deitada na minha cama, nua sob os lençóis. Quando me viu, puxou-me para ela cobrindo meu rosto de beijos, enlaçando minhas pernas nas suas, e tentando abrir a minha calça. Só consegui repeli-la com grande dificuldade; o esforço me deixou sem fôlego. Pensei em pular pela janela, mas esta continuava bloqueada, colada na pintura. O banheiro, felizmente, estava livre, e corri para me trancar ali.

A Wehrmacht finalmente retomara seu avanço, bem como preparava novas tarefas para nós. Guderian terminava sua investida, pegando por trás os exércitos soviéticos de Kiev; ora, estes, como paralisados, não reagiam. O 6º Exército reiniciara sua marcha, o Dniepr fora atravessado; mais ao sul, o 17º Exército também o transpunha. Fazia um calor seco e as tropas em movimento levantavam colunas de poeira da altura de prédios; quando a chuva chegava, os soldados rejubilavam-se, depois amaldiçoavam a lama. Ninguém tinha tempo para tomar banho e os homens estavam cinzentos de pó e de lodo. Os regimentos avançavam como pequenos navios isolados no oceano de milho e trigo maduro: não topavam com ninguém dias a fio, as únicas notícias que recebiam eram trazidas pelos motoristas da Rollbahn que faziam o caminho de volta; em volta deles, plana e vazia, a vastidão esparramava-se: *Vive homem nesta planície?*, canta o bravo do conto russo. Cruzávamos às vezes com uma dessas unidades quando saíamos em missão, os oficiais nos convidavam para comer, ficavam felizes em nos ver. Em 16 de setembro, Guderian operou sua junção com os panzers de Von Kleist em Lokhvitsa, cento e cinquenta quilômetros antes de Kiev, cercando, segundo a Abwehr, quatro exércitos soviéticos; no norte e no sul, a aviação e a infantaria começaram a bombardeá-los. Kiev estava aberta. Em Jitomir, a matança de judeus fora suspensa desde o final de agosto, e os sobreviventes foram agrupados num gueto; em 17 de setembro, Blobel deixava a cidade com seus oficiais, duas unidades do Regimento de Polícia Sul e nossos ascaris, não deixando atrás de si senão os ordenanças, a cozinha e o material para reparo dos veículos. O Kommandostab devia instalar-se em Kiev o mais rápido possível. No dia seguinte, porém, Blobel mudou de opinião, foi dada uma contraordem: ele voltaria a Jitomir para liquidar o gueto. "A atitude insolente deles não mudou, apesar de todas as nossas advertências e medidas especiais. Não podemos deixá-los atrás de nós." Formou um Vorkommando sob a direção de Häfner e Janssen para entrar em Kiev com o 6º Exército. Apresentei-me como voluntário, Blobel aceitou.

Naquela noite o Vorkommando acampou em um vilarejo abandonado perto da cidade. Do lado de fora, os grasnidos das gralhas lembravam gritos de bebês. Enquanto eu me deitava em um catre em uma isbá que eu dividia com os outros oficiais, um passarinho, talvez um pardal, penetrou no recinto e investiu contra as paredes e as janelas fechadas. Desconsolado, estirou-se por alguns segundos, esgotado, as asas atravessadas, em seguida voltou a explodir num frenesi breve e inútil. Parecia agonizar. Os outros já dormiam ou não reagiam. Acabei recolhendo-o num capacete e soltando-o do lado de fora: ele fugiu na noite como se despertasse de um pesadelo. A alvorada já nos encontrou a caminho. A guerra agora estava bem à nossa frente, avançávamos vagarosamente. Na beira da estrada amontoavam-se mortos insones, olhos abertos, vazios. A aliança de um soldado alemão brilhava ao sol da manhã; seu rosto estava vermelho, inchado, a boca e os olhos cheios de moscas. Os cavalos mortos misturavam-se aos homens; alguns, feridos por projéteis ou explosões, terminavam de morrer, relinchavam, debatiam-se, espojavam-se com furor sobre as outras carcaças ou sobre os corpos de seus cavaleiros. Perto de uma ponte improvisada à nossa frente, a correnteza carregou três soldados, e da ribanceira distinguíamos por um longo momento os uniformes empapados, os rostos pálidos dos afogados que lentamente se afastavam. Nas aldeias vazias, abandonadas pelos habitantes, as vacas com os úberes inchados mugiam de dor, os gansos, enlouquecidos, grasnavam nos quintaizinhos das isbás em meio a coelhos, galinhas e cães condenados a morrer de fome acorrentados; as casas estavam abertas aos quatro ventos, as pessoas, em pânico, haviam deixado livros, retratos, rádios e cobertores. Vinham então os bairros da periferia de Kiev, devastados pela destruição, e logo depois o centro, quase intacto. Ao longo da avenida Chevtchenko, sob o belo sol de outono, as tílias luxuriantes e as castanheiras amareleciam; na Khrechtchatik, a grande rua principal, era preciso transpor as barricadas e os obstáculos antitanques que soldados alemães esgotados lutavam para remover do caminho. Häfner fez a ligação com o QG do 29º Corpo de Exército, de onde nos encaminhou para a sede do NKVD, que ficava numa colina por cima da Khrechtchatik, dominando o centro. Havia sido um belíssimo palácio do início do século XIX, com uma longa fachada amarela ornada com relevos e colunas altas pintadas de branco dos dois lados da porta principal, sob um frontão triangular; mas fora bombardeado e em seguida, de lambuja, incendiado pelo NKVD. Segundo nossos informantes, servia antigamente de internato para as meninas virgens e pobres; em 1918, as *instituições soviéticas* haviam se instalado ali; desde então, sua sinistra reputação assustava, pessoas eram fuziladas no jardim, atrás do segundo *korpus*. Häfner destacou uma seção para fazer uma batida entre os judeus a fim de que limpassem e consertassem o que podia ser consertado; instalamos nossas mesas e nosso material onde era possível, alguns já se punham ao trabalho. Fui até o quartel-general pedir batedores: precisávamos vistoriar o prédio, assegurar-nos de que não estava minado, prometeram homens para o dia seguinte. Os primeiros judeus chegavam sem escolta ao palácio das virgens e começavam a se desfazer de seus pertences; Häfner também mandara confiscar colchões e edredons a fim de que não dormíssemos no chão duro. Na manhã seguinte, um sábado, não tive tempo sequer de ir me informar sobre nossos batedores, uma grande explosão reboou pelo centro da cidade, estilhaçando as poucas vidraças que nos restavam. Rapidamente espalhou-se a notícia de que a cidadela de Novo-Petcherskaia explodira, matando, entre outros, o comandante da Divisão de Artilharia e seu chefe de estado-maior. Todo mundo falava de sabotagem e detonadores de retardo; a Wehrmacht continuava prudente, não descartando a possibilidade de um acidente provocado por munições mal estocadas. Häfner e Janssen começaram a prender judeus, enquanto eu tentava recrutar informantes ucranianos. Era difícil, não sabíamos nada a respeito deles: os homens que se apresentavam podiam muito bem ser agentes dos russos. Os judeus detidos foram trancados em um cinema na Khrechtchatik; sobrecarregado, eu cruzava informações que afluíam de todos os lados: tudo indicava que os soviéticos haviam minado metodicamente a cidade; nossos batedores não chegavam. Finalmente, após um protesto vigoroso, enviaram-nos três sujeitos da engenharia, que foram embora duas horas depois sem nada terem encontrado. À noite, a preocupação marcava o meu rosto e contaminava os meus sonhos: senti uma vontade irreprimível de defecar e corri para o banheiro; a merda jorrava líquida e grossa, um fluxo contínuo que enchia rapidamente a privada, subia, eu continuava a cagar, a merda alcançava minhas coxas, cobria minhas nádegas e meu saco, meu ânus continuava a regurgitar. Eu me perguntava freneticamente como limpar toda aquela merda, mas não conseguia resolver, seu gosto acre, vil e nauseabundo enchia minha boca, me dando engulhos. Acordei arquejante, a boca seca, pastosa e amarga. O dia despontava e subi nos penhascos para contemplar o nascer do sol sobre o rio, as pontes desmanteladas, a cidade e a planície no horizonte. O Dniepr esparramava-se aos meus pés, largo, lento, suas águas tomadas por espirais de espuma verde; no meio, sob a ponte dinamitada da ferrovia, estendiam-se umas ilhotas rodeadas de bambus e nenúfares, com uns pesqueiros abandonados; uma balsa da Wehrmacht atravessava; mais acima, do outro lado, uma embarcação enferrujava na praia, seminaufragada, deitada de lado. As árvores escondiam a Lavra e eu só percebia o domo dourado do campanário, que refletia surdamente a luz acobreada do sol nascente. Retornei ao palácio: fosse ou não domingo, estávamos cheios de trabalho; além disso, o Vorkommando do Gruppenstab estava para chegar. Apresentaram-se no meio da manhã, liderados pelo Obersturmführer Dr. Krieger, o Leiter V; com ele estavam o Obersturmführer Breun, um tal de Braun e o Hauptmann der Schutzpolizei Krumme, que comandava nossos Orpo; Thomas permanecera em Jitomir, chegaria alguns dias depois com o Dr. Rasch. Krieger e seus colegas ocuparam outra ala do palácio, onde já puséramos um pouco de ordem; nossos judeus trabalhavam sem parar; à noite, foram trancafiados em um porão, perto das antigas celas do NKVD. Blobel nos fez uma visita depois do almoço, felicitou-nos pelos progressos e retornou a Jitomir. Não esperava permanecer lá, pois a cidade estava *judenrein*; o Kommando esvaziara o gueto no dia da nossa chegada a Kiev e liquidara os três mil cento e quarenta e cinco judeus restantes. Um número a mais para os nossos relatórios, logo haveria muitos outros. Eu me perguntava quem choraria todos aqueles judeus mortos, todas aquelas crianças judias enterradas de olhos abertos sob a rica terra negra da Ucrânia, se matávamos também suas irmãs e suas mães. Se matássemos a todos, não sobraria ninguém para chorá-las, e talvez fosse esta, também, a ideia. Meu trabalho progredia: tinham me mandado melnykistas de confiança e eles haviam feito uma triagem nos meus informantes, identificando três bolcheviques, entre eles uma mulher, fuzilada no ato; graças a eles, eu recrutava *dvorniki*, espécie de empregadas soviéticas, ex-informantes do NKVD mas que não hesitavam, mediante pequenos privilégios ou dinheiro, em fazer o mesmo por nós. Não demorou para nos denunciarem oficiais do Exército Vermelho disfarçados à paisana, comissários, banderistas e intelectuais judeus, que eu encaminhava para Häfner ou Janssen após interrogatório sumário. Estes, por sua vez, continuavam a abarrotar o Goskino 5 com judeus aprisionados. Desde a explosão da cidadela, a cidade estava calma, a Wehrmacht organizava-se, o abastecimento melhorava. Mas as buscas tinham sido malfeitas. Na manhã de quarta-feira, dia 24 portanto, uma nova explosão dilacerou a Feldkommandantur instalada no Hotel Continental, na esquina da Khrechtchatik com a Proreznaya. Saí para ver. A rua estava cheia de curiosos e soldados desocupados contemplando o prédio arder em chamas. Feldgendarmes começavam a arregimentar civis para recolher os escombros; oficiais evacuavam a ala intacta do hotel carregando malas, cobertores, gramofones. Os passos na rua faziam ranger os vidros estilhaçados sob o impacto do ar. Muitos oficiais deviam ter morrido, mas ninguém sabia quantos ao certo. De repente, um pouco abaixo, eclodiu outra detonação, perto da praça Tolstói; logo em seguida uma bomba poderosa explodiu num prédio em frente ao hotel, projetando escombros e uma nuvem de pó sobre nós. As pessoas, em pânico, corriam de um lado para o outro, as mães gritavam atrás dos filhos; motociclistas alemães subiam a Khrechtchatik por entre as barreiras antitanque, disparando a esmo rajadas de metralhadora. Uma fumaça preta tomou conta da rua, vários incêndios haviam se iniciado, eu sufocava. Oficiais da Wehrmacht vociferavam ordens contraditórias; ninguém parecia saber quem comandava. A Khrechtchatik agora estava obstruída por escombros e veículos capotados, os fios elétricos dos ônibus, partidos, caíam nas ruas; a dois metros de mim, o tanque de combustível de um Opel explodiu e o carro pegou fogo. Voltei ao palácio; do alto, a rua toda parecia em chamas, ainda ouviam-se explosões. Blobel acabava de chegar e fiz-lhe um relato da situação. Häfner chegou em seguida e explicou que grande parte dos judeus detidos no cinema, perto do Hotel Continental, conseguira fugir aproveitando-se da confusão. Blobel ordenou que fossem recapturados; sugeri que talvez fosse mais urgente fazer uma varredura em regra em nossos alojamentos. Janssen então dividiu os Orpo e os Waffen-SS em pequenos grupos de três e os deslocou para todas as entradas, com ordens para arrombar todas as portas fechadas a chave e sobretudo vasculhar porões e sótãos. Menos de uma hora se passara e um dos nossos homens descobriu explosivos no subsolo. Um Scharführer da Waffen-SS, que fizera engenharia militar, foi ver: eram cerca de sessenta garrafas cheias de gasolina, o que os finlandeses denominavam "coquetéis molotov" depois de sua guerra de inverno, aparentemente estocadas, mas nunca se sabe, era preciso convocar um perito. Instalou-se o pânico. Janssen gritava e distribuía chicotadas em nossos *Arbeitsjuden*; Häfner, com seu ar eficiente de sempre, disparava ordens inúteis para dissimular. Blobel conversou rapidamente com o Dr. Krieger e ordenou a evacuação do prédio. Nenhuma estratégia de retirada havia sido prevista, ninguém sabia para onde ir. Enquanto os veículos eram carregados às pressas, fiz uma ligação rápida para o QG do Corpo de Exército; mas os oficiais estavam atarefados e disseram para eu me virar. Voltei ao palácio através dos incêndios e da confusão. Batedores da Wehrmacht tentavam desenrolar mangueiras de incêndio, mas as chamas ganhavam terreno. Pensei então no grande estádio do Dínamo; situava-se longe dos incêndios, perto da Lavra, nas colinas de Petchersk, e havia poucas chances de o Exército Vermelho ter-se dado o trabalho de miná-lo. Blobel aprovou minha ideia e para lá despachou os automóveis e caminhões carregados; os oficiais instalaram-se nos escritórios abandonados e em vestiários que ainda fediam a suor e desinfetante, enquanto os homens ocupavam as tribunas e fazíamos nossos judeus, trazidos sob forte escolta, sentarem-se no gramado. Enquanto nossos dossiês, caixotes e máquinas de escrever eram descarregados, e os especialistas preparavam o material de comunicação, Blobel dirigiu-se por sua vez ao Corpo de Exército; ao retornar, ordenou que desmontássemos tudo e arrumássemos novamente: a Wehrmacht reservara alojamentos em uma ex-propriedade do czar, um pouco adiante. Foi preciso recarregar tudo; o dia inteiro foi perdido nessas mudanças. Apenas Von Radetzky parecia alegre com a confusão: "*Krieg ist Krieg und Schnaps ist Schnaps*", dizia com altivez aos que se lamuriavam. À noite finalmente consegui me dedicar ao trabalho de informação com meus colaboradores melnykistas: impunha-se saber o máximo possível sobre o plano dos vermelhos; visivelmente, as explosões eram coordenadas, tínhamos que prender os sabotadores e identificar seu Rostoptchin. A Abwehr dispunha de informações sobre um certo Friedmann, agente do NKVD apontado como chefe de uma rede de espionagem e sabotagem montada antes da retirada do Exército Vermelho; os batedores sustentavam que se tratava simplesmente de minas colocadas previamente, com detonadores de retardo. O centro da cidade tornara-se um inferno. Houve mais explosões, incêndios devastavam agora toda a Khrechtchatik, da praça da Duma até a praça Tolstói; coquetéis molotov, plantados nos celeiros, rompiam sob efeito do calor, a gasolina pastosa escorria pelas escadas dos prédios e alimentava as chamas, que contaminavam pouco a pouco as ruas paralelas, a rua Púchkin, de um lado, depois a Mering, a Karl Marx e a Engels, alcançando a rua da Revolução de Outubro ao pé do nosso palácio. Os dois TsOuM, grandes estabelecimentos comerciais, haviam sido tomados de assalto pela população enlouquecida; a Feldgendarmeria tinha diversos saqueadores sob custódia e queria entregá-los a nós, outros haviam morrido nas chamas. Toda a população do centro da cidade fugia, curvada sob os projéteis e empurrando carrinhos de bebê cheios de rádios, tapetes e utensílios domésticos, enquanto bebês esgoelavam-se nos braços das mães. Inúmeros soldados alemães haviam se misturado a eles e debandavam também, sem a mínima ordem. De vez em quando um telhado desmoronava dentro de um prédio e suas vigas faziam um grande estrépito. Em certos lugares eu não conseguia respirar senão com um lenço molhado na boca e tossia convulsivamente, cuspindo grossas pústulas.

    Na manhã seguinte, o Gruppenstab chegou, com o núcleo do nosso Kommando dirigido por Kuno Callsen. Batedores haviam finalmente vistoriado nosso palácio, retirado as caixas com garrafas explosivas, e pudemos voltar aos nossos alojamentos a tempo de os receber. Um Vorkommando do HSSPF também estava chegando e ocupou a residência do czar que acabávamos de deixar; traziam com eles dois batalhões Orpo, o que significava reforços consideráveis para nós. A Wehrmacht começava a dinamitar os prédios do centro da cidade para controlar os incêndios. Havíamos encontrado quatro toneladas de explosivos no Museu Lênin, prontos para explodir, mas os batedores tinham conseguido desativá-los e armazená-los em frente à entrada. O novo Kommandant da cidade, o Generalmajor Kurt Eberhard, promovia reuniões quase permanentes com a presença dos representantes do Grupo e do Kommando. Como Kehrig continuava sem substituto, fui praticamente efetivado como Leiter II *ad interim* do Kommando, e Blobel frequentemente me pedia para acompanhá-lo ou me delegava seu posto quando estava muito ocupado; o Gruppenstab também confabulava de hora em hora com os homens do HSSPF, e o próprio Jeckeln era esperado para aquela noite ou o dia seguinte. Pela manhã a Wehrmacht ainda preocupava-se com sabotadores civis e nos pedira auxílio para procurá-los e reprimi-los; mais tarde, no fim do dia, a Abwehr descobriu um plano arrasa-quateirão urdido pelo Exército Vermelho, detalhando cerca de sessenta objetivos preparados para destruição antes de sua partida. Mandamos engenheiros fazerem uma inspeção e a informação parecia se confirmar. Mais de quarenta objetivos ainda esperavam para explodir, equipados às vezes com detonadores sem fio, comandados a distância; os batedores desarmavam as minas furiosamente, o mais rápido possível. A Wehrmacht queria tomar medidas radicais; no Grupo, também, falava-se disso.

Na sexta-feira a Sicherheitspolizei iniciou suas atividades. Com a ajuda de informações colhidas por mim, mil e seiscentos judeus e comunistas foram detidos durante o dia. Vogt instalara sete comandos para interrogatórios, nos Dulag, no campo para os judeus, no campo civil e na cidade, a fim de filtrar as massas de prisioneiros e delas extrair os elementos perigosos. Dei-me conta daquilo em uma das reuniões de Eberhard; ele balançou a cabeça, mas o Exército queria mais. As sabotagens não arrefeciam: um rapaz judeu tentara interceptar um dos canos instalados no Dniepr pelos batedores a fim de abastecer sua mangueira de incêndio; foi fuzilado pelo Sonderkommando, bem como um bando de ciganos flagrados bisbilhotando num bairro da periferia, perto de uma igreja ortodoxa. Por ordem de Blobel, uma das nossas seções liquidou os doentes mentais do Hospital Pavlov, temendo que eles fugissem e aumentassem a desordem. Jeckeln estava presente; ao meio-dia presidiu uma grande reunião na Ortskommandantur, à qual compareceram o general Eberhard e oficiais de estado-maior do 6º Exército, oficiais do grupo, entre eles o Dr. Rasch, e oficiais do Sonderkommando. Rasch parecia fora de si: não falava, batia com uma caneta na mesa, seu olhar vazio passeava distraidamente pelas fisionomias à sua volta. Jeckeln, em contrapartida, transbordava de energia. Pronunciou um breve discurso sobre as sabotagens, o perigo provocado pelas aglomerações de judeus na cidade e a necessidade de se recorrer a medidas de represália, mas também de prevenção, das mais enérgicas. O Sturmbannführer Hennicke, o Leiter III do Einsatzgruppe, fez uma apresentação estatística: segundo seus dados, Kiev devia abrigar naquele momento cerca de cento e cinquenta mil judeus, residentes permanentes ou refugiados do oeste da Ucrânia. Jeckeln propôs, numa primeira fase, fuzilar cinquenta mil deles; Eberhard aprovou efusivamente e prometeu o apoio logístico do 6º Exército. Jeckeln voltou-se para nós: "Meine Herren", declarou, "dou-lhes vinte e quatro horas para me prepararem um plano." Blobel deu um pulo na cadeira: "Considere feito, Herr Obergruppenführer!" Rasch tomou a palavra pela primeira vez: "Com o Standartenführer Blobel, os senhores podem contar." Seu tom era claramente irônico, mas Blobel recebeu aquilo como um elogio: "Integralmente, integralmente." — "Precisamos jogar uma grande cartada", concluiu Eberhard, suspendendo a sessão.

  Eu já trabalhava tanto de dia quanto à noite, tirava duas horas de sono quando podia; mas na realidade não colaborava de fato no planejamento: os oficiais dos Teilkommandos, que ainda dispunham de tempo (fuzilávamos *politruki* desmascarados pelos interrogadores de Vogt e alguns suspeitos recolhidos um pouco ao acaso, mas nada além), encarregaram-se disso. As reuniões com o 6º Exército e o HSSPF recomeçaram no dia seguinte. O Sonderkommando sugeria um lugar: a oeste da cidade, no bairro de Syrets, perto do cemitério judaico, porém fora das zonas habitadas, abriam-se grandes ravinas que dariam para o gasto. "Há também uma estação ferroviária de mercadorias", acrescentou Blobel. "Isso fará com que os judeus acreditem que vão ser instalados em outros lugares." A Wehrmacht enviou agrimensores para fazer levantamentos: com base em seu relatório, Jeckeln e Blobel decidiram-se pela ravina conhecida como da Avó ou da Velha, em cujo fundo corria um fio d'água. Blobel convocou todos os seus oficiais: "Os judeus a serem executados são associais, imprestáveis, intoleráveis para a Alemanha. Incluiremos também os pacientes dos hospícios, os ciganos e qualquer outra boca inútil. Mas começaremos pelos judeus." Os mapas foram minuciosamente estudados, era preciso posicionar os cordões de isolamento, prever os itinerários e planejar os transportes; uma redução do número de caminhões e da distância permitiria economizar gasolina; também era preciso pensar nas munições e no abastecimento das tropas; tudo devia ser calculado. Para isso também era preciso determinar o método de execução: Blobel acabou se decidindo por uma variante do *Sardinenpackung*. Jeckeln insistia para que utilizássemos seus dois batalhões Orpo como atiradores e escoltas dos grupos de condenados, o que visivelmente irritava Blobel. Havia também os Waffen--SS de Grafhorst e os Orpo do Hauptmann Krumme. Para os cordões, o 6º Exército colocava diversas companhias à nossa disposição, além de fornecer os caminhões. Häfner montou uma praça de triagem para os objetos de valor, entre o cemitério de Lukyanovskoe e o cemitério judaico, a cento e cinquenta metros da ravina: Eberhard fazia questão de que recuperássemos as chaves dos apartamentos, etiquetadas, pois os danos na cidade haviam deixado vinte e cinco mil civis na rua e a Wehrmacht queria realojá-los o mais rápido possível. O 6º Exército nos entregou cem mil cartuchos e imprimiu os cartazes, em alemão, russo e ucraniano, num papel de embrulho cinzento e vagabundo. Blobel, quando não estava mergulhado nos mapas, dava um jeito e também achava tempo para outras atividades: à tarde, com o auxílio dos batedores militares, mandou dinamitar a catedral da Dormition, uma soberba igrejinha ortodoxa do século XI situada no meio da Lavra: "É preciso que os ucranianos paguem um pouco também", explicou-nos mais tarde com satisfação. Discuti o caso rapidamente com Vogt, pois não via sentido naquela ação; para ele, não era uma iniciativa de Blobel, mas não fazia ideia de quem podia ter autorizado ou ordenado aquilo. "O Obergruppenführer, sem dúvida. É mais seu estilo." Em todo caso, não era o Dr. Rasch, que quase não víamos mais. Quando passei por Thomas em um corredor, perguntei-lhe furtivamente: "O que está acontecendo com o Brigadeführer? A coisa parece não estar funcionando." — "Ele discutiu com Jeckeln. Com Koch também." Hans Koch, o Gauleiter da Prússia Oriental, fora nomeado Reichskommissar da Ucrânia um mês antes. "A respeito do quê?", perguntei. — "Conto mais tarde. De toda forma, ele não vai durar muito. A propósito, uma pergunta: os judeus no Dniepr, foram vocês?" Na véspera, à noite, todos os judeus que foram à sinagoga para o *shabbat* haviam desaparecido; seus corpos tinham sido encontrados naquela manhã, boiando no rio. "O Exército se queixou", continuou. "Dizem que ações desse tipo preocupam a população civil. Isso não é *gemütlich*." — "E o que estão preparando, é *gemütlich*? Acho que a população civil logo vai ter outra coisa com que se preocupar." — "Não é a mesma coisa. Ao contrário, vão adorar se livrar dos judeus deles." Dei de ombros: "Não, não fomos nós. Ao que eu saiba. Neste momento estamos ocupados com outra coisa. Além do mais, isso não faz parte dos nossos métodos."

No domingo os cartazes foram colados por toda a cidade. Os judeus eram convidados a se reunir na manhã seguinte em frente ao seu cemitério no Melnikova, cada um com cinquenta quilos de bagagem, para serem reinstalados como colonos em diversas regiões da Ucrânia. Eu alimentava dúvidas quanto ao sucesso daquela manobra:

não estávamos mais em Lutsk, e eu sabia que rumores haviam vazado nas linhas de frente sobre o destino aguardado pelos judeus; quanto mais avançávamos para o Leste, menos judeus encontrávamos, fugiam agora à nossa frente com o Exército Vermelho, ao passo que no início esperavam-nos com confiança. Por outro lado, como assinalou Hennicke, os bolcheviques mantinham um silêncio notável acerca de nossas execuções; em seus programas de rádio, acusavam-nos de atrocidades monstruosas, exorbitantes, mas sem jamais mencionar os judeus; talvez, segundo nossos especialistas, temessem abalar *a unidade sagrada do povo soviético*. Sabíamos, pelos nossos informantes, que inúmeros judeus viam-se designados para evacuações em direção à retaguarda, mas pareciam selecionados segundo os mesmos critérios que os ucranianos e russos, como engenheiros, médicos, membros do Partido, operários especializados; a maioria dos judeus que fugiam partia por iniciativa própria. "É difícil entender", acrescentou Hennicke. "Se de fato os judeus dominam o Partido Comunista, deveriam empenhar-se mais em salvar seus correligionários." — "Eles são espertos", sugeriu o Dr. Von Scheven, outro oficial do grupo. "Não querem oferecer o flanco à nossa propaganda apoiando muito abertamente seus membros. Stálin deve contar também com o nacionalismo grão-russo. Para manter o poder, estão sacrificando seus primos pobres." — "O senhor provavelmente tem razão", aprovou Hennicke. Eu sorria por dentro, sem amargura: como na Idade Média, raciocinávamos por silogismos que se comprovavam uns pelos outros. E essas provas nos conduziam por um caminho sem volta.

A *Grosse Aktion* começou na segunda-feira 29 de setembro, manhã do Yom Kippur, festa judaica da Expiação. Blobel nos informara na véspera: "E como irão expiar..." Eu permanecera no meu escritório, no palácio, redigindo um relatório. Callsen apareceu na soleira da porta: "O senhor não vem? Sabe muito bem que o Brigadeführer ordenou que todos os oficiais estivessem presentes." — "Sei disso. Quando terminar, irei." — "Como quiser." Ele foi embora e continuei a trabalhar. Uma hora mais tarde me levantei, peguei meu quepe, as luvas e fui procurar meu motorista. Do lado de fora fazia frio, pensei em voltar para pegar um pulôver, desisti. O céu estava coberto, o outono avançava, logo seria inverno. Passei pelas ruínas ainda fumegantes da Khrechtchatik e subi a avenida Chevtchenko. Os judeus caminhavam para oeste em longas colunas, em família, calmamente, carregando embrulhos ou mochilas. A maioria parecia muito pobre, provavelmente refugiados; todos os homens e adolescentes usavam o gorro dos proletários soviéticos, mas aqui e ali também percebíamos um chapéu mole. Alguns estavam em charretes, puxadas por cavalos magros e abarrotadas de velhos e malas. Fiz o motorista desviar, queria ver mais; ele virou à esquerda e desceu depois da universidade, em seguida tomou a direção da estação pela Saksaganskaia. Judeus saíam de todas as casas com seus pertences e se misturavam ao fluxo, que escoava mansamente. Não se via quase nenhum soldado alemão. Nos cruzamentos aqueles riachos humanos se juntavam, engrossavam e continuavam, não havia tumulto. Subi a colina encostada na estação e saí de novo na avenida, na esquina do imenso Jardim Botânico. Ali, um grupo de soldados, com alguns auxiliares ucranianos, assava um porco inteiro num espeto gigante. O aroma era delicioso, os judeus que passavam admiravam o porco com inveja, os soldados riam, zombavam deles. Parei e saí do carro. Afluía gente de todas as ruas transversais para se juntar ao fluxo central, tributários que desaguavam no rio principal. Periodicamente, a interminável coluna estacava, depois voltava a partir num solavanco. À minha frente, velhas com colares de cebolas no pescoço seguravam pirralhos irrequietos pela mão, observei uma garotinha de pé entre vários garrafões de conservas maiores que ela. Parecia haver principalmente velhos e crianças, mas era difícil julgar: os homens aptos deviam ter aderido ao Exército Vermelho ou então escapado. À direita, em frente ao Jardim Botânico, um cadáver jazia na sarjeta com um braço dobrado sob o rosto: as pessoas desfilavam ao lado sem olhar. Aproximei-me dos soldados aglomerados em torno do porco: "O que aconteceu?" Um Feldwebel saudou-me e respondeu: "Um agitador, Herr Obersturmführer. Ele gritava, incendiava a multidão contando calúnias sobre a Wehrmacht. Mandamos ele calar a boca, mas ele não parava de gritar." Olhei de novo para a multidão: as pessoas pareciam calmas, um pouco inquietas talvez, mas passivas. Por intermédio da minha rede de espiões, eu contribuíra para espalhar alguns boatos: os judeus iam para a Palestina, para o gueto, para a Alemanha trabalhar. As autoridades locais designadas pela Wehrmacht, por sua vez, haviam se mobilizado para evitar o pânico. Eu sabia que também corriam boatos de massacre, mas esses rumores anulavam-se, as pessoas não deviam saber em que acreditar, então podíamos contar com suas recordações da ocupação alemã de 1918, com sua confiança na Alemanha e também com a esperança, a *vil esperança*.

Fui embora. Eu não dera nenhuma instrução ao motorista, mas ele seguia o fluxo dos judeus, em direção ao Melnikova. Não víamos praticamente nenhum soldado alemão, apenas alguns postos de controle nos cruzamentos, como na esquina do Jardim Botânico ou no ponto em que o Artyoma junta-se ao Melnikova, onde assisti ao meu primeiro incidente do dia: Feldgendarmes surravam vários judeus barbudos, com longas costeletas frisadas que ultrapassavam as orelhas, rabinos talvez, vestindo apenas camisetas. Estavam vermelhos de sangue, suas camisetas estavam empapadas, mulheres gritavam, reinava grande balbúrdia entre a multidão. Em seguida os Feldgendarmes agarraram os rabinos e os levaram. Estudei as pessoas: elas sabiam que aqueles homens iam morrer, lia-se isso nos olhares angustiados; mas ainda tinham esperança de que fossem apenas os rabinos, os devotos.

No fim do Melnikova, em frente ao cemitério judaico, barreiras antitanques estreitavam a calçada, vigiadas por soldados da Wehrmacht e Polizei ucranianos. O cordão começava ali; transposto esse gargalo, os judeus não podiam voltar atrás. A zona de triagem situava-se um pouco mais adiante, à esquerda, num terreno baldio em frente ao imenso cemitério cristão de Lukyanovskoe. Um comprido muro de tijolos vermelhos, bem baixinho, rodeava a necrópole: atrás, grandes árvores escondiam o céu, já nuas pela metade ou ainda vermelhas e amarelas. Do outro lado da rua Degtiarovska, haviam instalado uma série de mesas diante das quais os judeus eram obrigados a desfilar. Encontrei ali vários oficiais nossos: "O negócio já começou?" Häfner fez um sinal com a cabeça para o norte: "Há horas. Onde estava? O Standartenführer está furioso." Atrás de cada mesa postava-se um suboficial do Kommando, acompanhado por um tradutor e vários soldados; na primeira, os judeus tinham que entregar os documentos, na segunda dinheiro, valores e joias, em seguida as chaves de seus apartamentos, etiquetadas de maneira legível, e finalmente roupas e sapatos. Deviam desconfiar de alguma coisa, mas não diziam nada: em todo caso, a zona estava bloqueada por trás do cordão. Alguns judeus tentavam discutir com os Polizei, mas os ucranianos gritavam, batiam neles, mandavam-nos de volta para a fila. Um vento cortante soprava, eu estava com frio, me arrependia de não ter trazido o pulôver; de tempos em tempos, quando o vento fazia uma pausa, era possível distinguir rajadas ao longe; a maioria dos judeus parecia não perceber. Atrás da fileira de mesas, nossos ascaris embrulhavam e empilhavam as roupas confiscadas nos caminhões; os veículos regressavam à cidade, onde havíamos instalado um centro de triagem. Fui examinar o monte de documentos, lançados desordenadamente no terreno para serem queimados mais tarde. Havia ali passaportes rasgados, carteiras de trabalho, cartões de sindicatos ou de racionamento, fotos de família; o vento carregava os papeizinhos mais leves, cobrindo o local. Detive-me em algumas fotografias: clichês, retratos de estúdio, homens, mulheres e crianças, avós e bebês bochechudos; às vezes, um instantâneo de férias, da felicidade e normalidade da vida deles antes de tudo aquilo. Lembrei-me de uma foto que eu guardava na minha gaveta, do lado da minha cama, no colégio. Era o retrato de uma família prussiana de antes da Grande Guerra, três jovens *junkers* em uniforme de cadete e provavelmente a irmã deles. Não me lembro mais onde a descobrira, talvez em uma de nossas raras saídas, em um antiquário ou vendedor de cartões-postais. Nessa época eu estava arrasado, fora colocado à força naquele internato horroroso em consequência de uma grande transgressão (isto se dava na França, para onde tínhamos ido alguns anos depois da morte do meu pai). À noite, eu ficava horas a fio examinando essa foto, à luz do luar ou debaixo dos cobertores com uma lanterninha de bolso. Perguntava-me por que não crescera em uma família perfeita como aquela, em vez de naquele inferno corrompido. As famílias judias das fotos amontoadas também pareciam felizes; o inferno, para eles, era aqui e agora, e o passado morto, uma nostalgia. Percorridas as mesas, os judeus em roupas íntimas tremiam de frio; Polizei ucranianos separavam homens e meninos de mulheres e bebês; as mulheres, as crianças e os velhos ocuparam caminhões da Wehrmacht, que os transportavam para a ravina; os demais tinham que ir a pé. Häfner juntara-se a mim. "O Standartenführer está atrás de você. Cuidado, ele está uma arara." — "Por quê?" — "Está com raiva do Obergruppenführer por lhe haver imposto seus dois batalhões de polícia. Acha que o Obergruppenführer quer receber todo o crédito pela *Aktion*." — "Mas isso é idiota." Blobel chegou, bebera e seu rosto reluzia. Assim que me viu começou a me insultar grosseiramente: "Por onde anda zanzando? O senhor é esperado há horas." Saudei-o: "Herr Standartenführer! O SD tem suas próprias tarefas. Estava vistoriando o dispositivo, para evitar qualquer incidente." Ele se acalmou um pouco: "E então?", resmungou. — "Tudo parece em ordem, Herr Standartenführer." — "Bom. Pegue o seu carro e dirija-se para lá. O Brigadeführer quer ver todos os oficiais."

Entrei no carro e segui os caminhões; na chegada, os Polizei faziam as mulheres e crianças descerem e se juntarem aos homens que chegavam a pé. Diversos judeus entoavam cânticos religiosos durante a caminhada; raros tentavam fugir, estes eram imediatamente detidos pelo cordão ou abatidos. Do alto, ouviam-se nitidamente as rajadas, as mulheres, sobretudo, começaram a entrar em pânico. Mas nada podiam fazer. Eram divididas em pequenos grupos e um suboficial sentado a uma mesa fazia a contagem; depois nossos ascaris se encarregavam delas e as guiavam pela beira da ravina. Após cada série de disparos, era a vez de outro grupo, a coisa funcionava bem. Contornei a ravina pelo oeste para me juntar aos demais oficiais, que haviam se instalado na vertente norte. Dali, a ravina descortinava-se à minha frente: devia ter uns cinquenta metros de largura e talvez uns trinta de profundidade, estendendo-se por vários quilômetros; o riachinho que corria no fundo juntava-se naquele ponto ao Syrets, que dava nome ao bairro. Foram colocadas tábuas sobre o córrego para que judeus e atiradores pudessem atravessar com facilidade; mais além, espalhados um pouco por toda parte nos flancos nus das ravinas, pequenos cachos brancos multiplicavam-se. Os "empacotadores" ucranianos arrastavam seus fardos para esses aglomerados e os obrigavam a se deitarem em cima ou ao lado; os homens do pelotão avançavam então e passavam ao longo das fileiras de pessoas deitadas quase nuas, destinando a cada uma uma bala de metralhadora na nuca; havia três pelotões ao todo. No intervalo entre as execuções, oficiais inspecionavam os corpos e administravam tiros de misericórdia com a pistola. Sobre uma colina, dominando a cena, grupos de oficiais SS e da Wehrmacht. Jeckeln estava lá com seu séquito, tendo ao lado o Dr. Rasch; reconheci também diversas altas patentes do 6º Exército. Vi Thomas, que me viu também mas não retribuiu minha saudação. Em frente, os pequenos grupos rolavam pelos flancos da ravina e juntavam-se aos cachos de corpos que aumentavam cada vez mais. O frio tornava-se dilacerante, mas o rum circulava e bebi um pouco. Blobel desembarcou do carro diretamente no lado da ravina que ocupávamos, devia estar vindo da inspeção; bebia numa garrafinha e vituperava, gritava que as coisas não estavam andando suficientemente rápido. Entretanto, o ritmo fora acelerado ao máximo. Os atiradores eram substituídos de hora em hora e aqueles que não atiravam os abasteciam com rum e completavam a munição dos carregadores. Os oficiais falavam pouco, alguns tentavam esconder a perturbação. A Ortskommandantur mandara vir uma bateria de cozinha de campanha e um pastor militar fazia chá para aquecer os Orpo e os membros do Sonderkommando. Na hora do almoço, os oficiais superiores voltaram para a cidade, mas os subalternos ficaram para comer com os homens. Como as execuções deviam prosseguir sem pausas, a cantina foi instalada mais embaixo, em uma depressão de onde a ravina não era vista. O Grupo era responsável pela alimentação; quando desempacotaram as conservas, os homens, percebendo rações de chouriço escuro, começaram a esbravejar e a gritar violentamente. Häfner, que acabava de passar uma hora administrando golpes de misericórdia, berrava, jogando as latas abertas no chão: "Mas que porra é essa?"; atrás de mim, um Waffen-SS vomitava ruidosamente. Eu mesmo estava lívido, a visão do chouriço me revirava o estômago. Dirigi-me a Hartl, o Verwaltungsführer do grupo, e perguntei-lhe como pudera fazer aquilo. Mas Hartl, enfiado em seus culotes ridiculamente largos, permanecia indiferente. Então gritei para ele que aquilo era uma vergonha: "Numa situação como esta podemos passar muito bem sem essa comida!" Hartl me deu as costas e se afastou; Häfner jogava as conservas em um papelão enquanto outro oficial, o jovem Nagel, tentava me acalmar: "Ora, Herr Obersturmführer..." — "Não, isso não é normal, essas coisas têm que ser pensadas. Isso é responsabilidade dele." — "Perfeitamente", horrorizava-se Häfner. "Vou buscar outra coisa." Alguém me serviu um copinho de rum que bebi de um gole; ardia, fazia bem. Hartl voltara e agitava um dedão na minha direção: "Obersturmführer, o senhor não pode falar assim comigo." — "E o senhor não podia... não podia...", gaguejei, apontando as caixas espalhadas. — "Meine Herren!", rugiu Vogt. "Sem escândalo, por favor." Todo mundo estava visivelmente com os nervos à flor da pele. Afastei-me e comi um pedaço de pão e uma cebola crua; atrás de mim, os oficiais conversavam animadamente. Os oficiais superiores voltaram pouco depois; Hartl deve ter feito um relatório, pois Blobel veio me repreender em nome do Dr. Rasch: "Nessas circunstâncias, devemos nos comportar como oficiais." Ordenou-me que substituísse Jeckeln quando terminasse o turno dele na ravina. "Está com sua arma? Está? Não quero nenhum maricas no meu Kommando, está entendendo?" Cuspia, estava completamente bêbado e quase não se controlava mais. Um pouco mais tarde avistei Janssen subindo de volta. Cravou os olhos em mim com maldade: "Sua vez." A parede da ravina era abrupta demais, onde eu me encontrava, para que eu pudesse descer, e tive que dar a volta e entrar pela extremidade. Em torno dos corpos, a terra arenosa impregnava-se de um sangue negro, o riacho também estava escuro de sangue. O cheiro medonho dos excrementos predominava sobre o do sangue, muita gente defecava no instante de morrer; felizmente, o vento soprava com força e expulsava parte daqueles eflúvios. Vistas de perto, as coisas passavam-se menos tranquilamente; os judeus que chegavam no alto da ravina, empurrados pelos ascaris e os Orpo, berravam apavorados ao descobrirem a cena, debatiam-se, os "empacotadores" aplicavam-lhes golpes de *schlag* ou com fio metálico para obrigá-los a descer e se deitar, mesmo derrubados ainda gritavam e tentavam se levantar, as crianças agarravam-se à vida como os adultos, reerguiam-se de um pulo e escapuliam até que um "empacotador" as alcançasse e abatesse, em geral os tiros não acertavam em cheio e as pessoas ficavam apenas feridas, mas os atiradores se lixavam e já passavam à vítima seguinte, os feridos rolavam, contorciam-se, gemiam de dor; outros, ao contrário, sob o choque, calavam-se e quedavam paralisados, olhos esbugalhados. Os homens iam e vinham, desferiam um tiro atrás do outro, quase sem descanso. Quanto a mim, estava petrificado, não sabia o que fazer. Grafhorst chegou e sacudiu meu braço: "Obersturmführer!" Apontou sua pistola para os corpos. "Tente acabar com os feridos." Saquei minha pistola e me dirigi para um grupo: um adolescente mugia de dor, apontei minha pistola para sua cabeça e apertei o gatilho, mas o disparo não partiu, eu esquecera de soltar a trava, retirei-a e lhe desferi um tiro na testa, ele estremeceu e se calou subitamente. Para alcançar alguns feridos, eu precisava andar sobre os corpos, escorregava terrivelmente, as carnes brancas e gelatinosas rolavam sob minhas botas, os ossos quebravam-se perfidamente e me faziam tropeçar, eu estava enfiado até os tornozelos na lama e no sangue. Era horrível e fui tomado por uma sensação rangente de nojo, como naquela noite na Espanha, na latrina com as baratas, eu era ainda garoto, meu padrasto nos dera de presente umas férias na Catalunha, dormíamos em uma aldeia e certa noite eu senti cólicas, corri para a latrina no fundo do quintal iluminando o caminho com uma lanterna de bolso, e a fossa, limpa de dia, estava tomada por enormes baratas marrons, fiquei assustado, tentei aguentar e voltar para a cama, mas as pontadas eram muito fortes, não havia penico, calcei minhas galochas e retornei à latrina, matutando que poderia expulsar as baratas a pontapés e fazer a coisa com agilidade, passei a cabeça pela porta iluminando o chão, depois notei um reflexo na parede, dirigi para lá o foco da lanterna, a parede também estava ocupada pelas baratas, todas as paredes, o teto idem, e a tábua em cima da porta, virei lentamente a cabeça passada pela porta e elas estavam ali também, uma pasta escura e buliçosa, então retirei lentamente a cabeça, muito lentamente, voltei para o quarto e me segurei até de manhã. Andar sobre os corpos dos judeus me dava uma sensação igual, atirei quase a esmo em tudo que eu via se mexer, depois me acalmei e tentei me concentrar, apesar de tudo convinha que as pessoas sofressem o mínimo possível, de toda forma eu só podia acabar com os mais recentes, embaixo já havia outros feridos, não mortos ainda, mas que logo o seriam. Eu não era o único a perder o ânimo, alguns atiradores também tremiam e bebiam entre as fornadas. Um jovem Waffen-SS chamou minha atenção, eu não sabia seu nome: começava a atirar de qualquer jeito, metralhadora na altura dos quadris, ria assustadoramente e esvaziava seu pente ao acaso, um tiro à esquerda, outro à direita, depois dois, depois três, como uma criança que segue o traçado do calçamento segundo uma misteriosa topografia interna. Aproximei-me dele e o sacudi, mas ele continuava a rir e atirar à minha frente, arranquei a metralhadora dele e o esbofeteei, depois aloquei-o entre os homens que reabasteciam os estoques; Grafhorst me designou outro homem para o lugar e joguei uma metralhadora para ele, gritando: "E trabalhe direito, entendeu?!!" Perto de mim, traziam outro grupo: meu olhar cruzou com o de uma moça bonita, quase nua mas muito elegante, calma, os olhos cheios de uma tristeza infinita. Afastei-me. Quando voltei ela ainda vivia, encolhida de barriga para cima, uma bala saíra embaixo de seu seio e ela arquejava, petrificada, seus belos lábios tremiam e pareciam querer formar uma palavra, fitava-me com os olhos arregalados, incrédulos, olhos de pássaro ferido, e aquele olhar grudou em mim, abriu minha barriga e fez escorrer uma onda de serragem de madeira, eu era uma boneca vulgar e não representava nada, ao mesmo tempo queria de todo meu coração me debruçar e limpar a terra e o suor misturados em sua testa, acariciar-lhe a face e lhe dizer que estava tudo bem, que estava tudo sob controle, mas em vez disso disparei convulsivamente uma bala em sua cabeça, o que afinal de contas dava no mesmo, para ela em todo caso, quando não para mim, pois eu, ao pensar naquele monturo humano insensato, estava tomado por uma raiva imensa, ilimitada, continuei a atirar nela e sua cabeça explodira como uma fruta, então meu braço se desprendeu de mim e saiu sozinho pela ravina atirando em todas as direções, corri atrás dele, fazendo sinal para que esperasse o meu outro braço, mas ele não queria, ria de mim e atirava sobre os feridos por si só, à minha revelia; finalmente, extenuado, parei e comecei a chorar. Agora, eu pensava, acabou, meu braço não voltará nunca mais, mas para minha grande surpresa ele estava ali de novo, no lugar, solidamente preso no meu ombro, e Häfner aproximava-se de mim e me dizia: "Chega, Obersturmführer. É minha vez."

Subi e deram-me chá; o calor do líquido me reconfortou um pouco. A lua, cheia em três quartos, nascera e pendia no céu cinzento, pálida e quase invisível. Haviam construído uma casinhola para os oficiais. Entrei e fui me sentar num banco no fundo, para fumar e beber meu chá. Havia três outros homens nessa casinhola, mas ninguém falava. Lá embaixo, as rajadas continuavam a crepitar: incansável, metódico, o gigantesco dispositivo que tínhamos implantado continuava a destruir aquelas pessoas. Parecia que nunca mais iria parar. Desde os primórdios da história humana, a guerra sempre foi percebida como o maior dos males. Ora, nós tínhamos inventado uma coisa ao lado da qual a guerra vinha a ser limpa e pura, alguma coisa a que muitos já buscavam escapar refugiando-se nas certezas elementares da guerra e do front. Até mesmo as carnificinas dementes da Grande Guerra, vividas pelos nossos pais ou alguns dos nossos oficiais mais velhos, pareciam quase limpas e justas ao lado do que havíamos trazido ao mundo. Eu achava isso extraordinário. Pressentia alguma coisa de crucial que, se eu conseguisse compreender, então compreenderia tudo e poderia finalmente descansar. Mas eu não conseguia pensar, meus pensamentos colidiam, reverberavam na minha cabeça como o estrondo dos vagões de metrô passando nas estações um depois do outro, em todas as direções e em todos os níveis. Em todo caso, ninguém suspeitava dos meus pensamentos. Nosso sistema, nosso Estado, zombava profundamente dos pensamentos de seus servidores. Era-lhe indiferente que matássemos os judeus porque os odiávamos ou porque queríamos ser promovidos ou mesmo, em certa escala, porque tínhamos prazer naquilo. Assim como lhe era indiferente que odiássemos os judeus, os ciganos e os russos que matávamos e que ninguém sentisse prazer ao matá-los, absolutamente nenhum prazer. Era-lhe inclusive indiferente, no fundo, que nos recusássemos a matá-los, nenhuma punição seria decretada, pois ele sabia muito bem que o manancial de matadores disponíveis era inesgotável, que ele podia pescar homens à vontade, e que poderíamos ser igualmente destinados a outras tarefas, mais coadunadas com nossos talentos. Schulz, por exemplo, o Kommandant do Ek 5 que pedira para ser substituído após ter recebido o *Führerbefehl*, fora finalmente exonerado e diziam que conseguira um bom posto em Berlim, na Staatspolizei. Eu também poderia ter pedido para ir embora, teria inclusive certamente recebido uma recomendação positiva de Blobel ou do Dr. Rasch. Ora, por que não fazia isso? Provavelmente ainda não tinha compreendido o que queria compreender. Compreenderia algum dia? Nada era menos certo. Uma frase de Chesterton galopava na minha cabeça: *Eu nunca disse que era errado entrar no reino das fadas. Disse apenas que era perigoso.* Então era isso a guerra, um reino das fadas pervertido, quintal para as brincadeiras de uma criança demente que quebra seus brinquedos às gargalhadas, que atira inconsequentemente a louça pela janela?

Um pouco antes das seis horas, o sol se pôs e Blobel ordenou uma pausa para a noite: de toda forma, os atiradores não enxergavam mais. Fez uma reunião rápida, de pé atrás da ravina com seus oficiais, para discutir alguns problemas. Milhares de judeus ainda esperavam na praça e no Melnikova; já havíamos fuzilado, pelas contas, cerca de vinte mil. Muitos oficiais queixavam-se do fato de que jogávamos os condenados de cima, da beirada da ravina: quando viam a cena aos seus pés, entravam em pânico e ficavam difíceis de controlar. Após debater, Blobel ordenou que os batedores da Ortskommandantur cavassem entradas nas ravinas que levavam à ravina principal, para que os judeus passassem por ali; assim, não veriam os corpos senão nos instantes finais. Ordenou também que os mortos fossem cobertos com cal. Voltamos à caserna. Na praça em frente à Lukyanovskoe, centenas de famílias esperavam, sentadas sobre malas ou no chão. Alguns haviam feito fogo e preparavam uma refeição. Na rua, era a mesma coisa: a fila ia até a cidade, demarcada por um tênue cordão. No dia seguinte, de manhãzinha, a coisa recomeçou. Mas não considero útil prosseguir na descrição.

Em 1º de outubro, estava tudo terminado. Blobel mandou dinamitar as laterais da ravina e cobrir os corpos; esperávamos uma visita do Reichsführer, que queria tudo limpo. Ao mesmo tempo as execuções continuavam: mais judeus, mas também comunistas, oficiais do Exército Vermelho, marinheiros da frota do Dniepr, saqueadores, sabotadores, funcionários, banderistas, ciganos, tártaros. A propósito, o Einsatzkommando 5, liderado agora, no lugar de Schulz, por um Sturmbannführer Meier, estava para chegar a Kiev a fim de assumir as execuções e as tarefas administrativas; nosso próprio Sonderkommando continuaria a avançar na esteira do 6º Exército rumo a Poltava e Kharkov; portanto, nos dias seguintes à Grande Ação fiquei muito ocupado, pois devia transferir todas as minhas redes e contatos ao meu sucessor, o Leiter III do Ek 5. Além disso, precisávamos administrar os frutos da ação: havíamos recolhido cento e trinta e sete caminhões de roupas, destinadas aos *Volksdeutschen* necessitados da Ucrânia; os cobertores iriam para um hospital de campanha da Waffen-SS. E depois havia relatórios a serem feitos — Blobel não se esquecera da ordem de Müller e me encarregara de preparar uma apresentação visual da ação. Himmler chegou finalmente, em companhia de Jeckeln, e nos brindou com um discurso no mesmo dia. Depois de nos ter explicado a necessidade de erradicar a população judaica, a fim de *extirpar o bolchevismo na raiz*, observou gravemente que estava *consciente da dificuldade da tarefa*; em seguida, quase sem transição, expôs sua concepção do futuro do Leste alemão. Os russos, no fim da guerra, empurrados para depois dos Urais, poderiam formar uma *Slavland* pró-forma; naturalmente, tentariam voltar regularmente; para impedi-los, a Alemanha estabeleceria uma linha de cidades-guarnições e fortins nas montanhas, sob o comando da Waffen-SS. Todos os jovens alemães seriam obrigados a servir dois anos na SS e enviados para lá; decerto haveria perdas, mas esses pequenos conflitos permanentes de baixa intensidade permitiriam à Nação alemã não *soçobrar na indolência dos vencedores* e preservar todo o *vigor do guerreiro, vigilante e forte*. Protegida por essa linha, a terra russa e ucraniana seria aberta à colonização alemã para ser desenvolvida por nossos veteranos: cada um, *soldado-agricultor como seus filhos*, administraria uma grande e rica propriedade; o trabalho da lavoura caberia aos hilotas eslavos, com o alemão limitando-se a supervisionar. Essas fazendas seriam dispostas em constelação em torno das cidadezinhas de guarnição e de mercado; quanto às pavorosas cidades industriais russas, seriam demolidas com o passar do tempo; Kiev, contudo, uma antiquíssima cidade alemã originariamente chamada *Kiroffo*, poderia ser poupada. Todas essas cidades seriam ligadas ao Reich por uma rede de autoestradas e trens expressos de dois andares, com cabines-dormitório individuais, para os quais seriam construídas ferrovias especiais com vários metros de largura; essas vastas obras seriam executadas pelos judeus restantes e os prisioneiros de guerra. Enfim, a Crimeia, outrora terra gótica, assim como as regiões alemãs do Volga e o centro petrolífero de Baku, seria anexada ao Reich para se transformar em uma zona balneária, ligada diretamente à Alemanha, via Brest-Litovsk, por um trem expresso. Seria lá que, após a realização dessas grandes obras, o Führer iria gozar sua aposentadoria. Esse discurso nos chocou: claramente, ainda que para mim o ponto de vista esboçado evocasse as fantásticas utopias de um Júlio Verne ou um Edgar Rice

Burroughs, existia, elaborado nas esferas rarefeitas bem acima da nossa, um *plano*, um *objetivo final*.

O Reichsführer também aproveitou a ocasião para nos apresentar o SS-Brigadeführer e Generalmajor der Polizei Dr. Thomas, que viera com ele para substituir o Dr. Rasch à frente do Einsatzgruppe. Rasch, com efeito, deixara Kiev no segundo dia da ação, sem sequer se despedir: Thomas, como sempre, antecipara os acontecimentos com precisão. Os boatos corriam céleres; especulava-se sobre sua desavença com Koch, dizia-se que este ficara abatido com a ação. O Dr. Thomas, detentor da Cruz de Ferro e fluente em francês, inglês, grego e latim, era homem de outra têmpera; médico especializado em psiquiatria, trocara a profissão pelo SD em 1934 por idealismo e convicção nacional-socialista. Tive a oportunidade de conhecê-lo um pouco melhor, pois mal chegou pôs-se a visitar todos os escritórios do Grupo e dos Kommandos e a conversar individualmente com os oficiais. Parecia particularmente preocupado com os distúrbios psicológicos dos homens e oficiais: como nos explicou, na presença do Leiter do Ek 5, que recolhia meus dossiês, e de vários outros oficiais SD, era impossível para um homem são de espírito ser exposto meses a fio a situações daquele tipo sem sofrer sequelas, às vezes graves. Na Letônia, no Einsatzgruppe A, um Untersturmführer enlouquecera e matara vários outros oficiais antes de ser abatido; esses episódios preocupavam profundamente Himmler e a hierarquia, e o Reichsführer pedira ao Dr. Thomas, cuja ex-especialidade conferia uma sensibilidade particular para o problema, que recomendasse medidas. O Brigadeführer promulgou rapidamente uma ordem inédita: todos os que doravante se sentissem incapazes de matar judeus, fosse por consciência, fosse por fraqueza, deviam apresentar-se ao Gruppenstab a fim de serem destacados para outras tarefas ou, em último caso, repatriados. Essa ordem deu margem a intensas discussões entre os oficiais; havia quem achasse que reconhecer assim oficialmente sua fraqueza deixaria vestígios desabonadores em sua ficha, comprometendo toda possibilidade de promoção; outros, ao contrário, declararam-se dispostos a levar o Dr. Thomas ao pé da letra e pediram para partir. Outros ainda, como Lübbe, foram transferidos sem nada terem pedido, por recomendação dos médicos dos Kommandos. As coisas acalmavam-se um pouco. Para o meu relatório, eu decidira, em vez de simplesmente anexar as imagens, fazer um álbum de apresentação, o que se revelou um trabalho árduo. Um dos nossos Orpo, fotógrafo amador, tirou várias fotografias coloridas durante as execuções e dispunha das substâncias necessárias para revelá-las; requisitei matéria-prima para ele em uma tenda a fim de que me preparasse cópias de suas melhores fotos. Recolhi também fotografias em preto e branco e mandei reproduzir todos os nossos relatórios sobre a ação em papel de qualidade, fornecido pela intendência do 29º Corpo. Um amanuense do Stab, com sua bela caligrafia oficial, fez as legendas e uma folha de rosto, que estampava *A Grande Ação de Kiev* e, menor, *Relatórios e Documentos* e as datas. Entre os *Arbeitjuden* especializados alocados no novo Lager de Syrets, descobri um velho sapateiro que restaurara livros para escritórios do Partido e até preparara álbuns para um congresso; Von Radomski, o comandante do campo, emprestou-me o sujeito por alguns dias e, com uma pele de couro preto fisgada nos pertences confiscados, ele fez uma capa para os relatórios e pranchas de fotografias com a insígnia Sk 4a rebaixada. Em seguida apresentei o livro a Blobel. Ficou deslumbrado; folheava-o, extasiava-se com a encadernação e a caligrafia: "Ah, como eu queria ter um igual de lembrança." Congratulou-me e me garantiu que o livro seria entregue ao Reischsführer, quem sabe até ao próprio Führer; o Kommando inteiro ficaria orgulhoso do trabalho. Não creio que ele visse aquele álbum da mesma forma que eu; para ele, era um troféu; para mim, antes uma rememoração amarga, uma evocação solene. Abordei o assunto com um novo conhecido, um engenheiro da Wehrmacht chamado Osnabrugge. Eu o conhecera no cassino dos oficiais, onde me ofereceu uma bebida; achei-o simpático, bom de papo. Falei-lhe do álbum e ele fez esta reflexão curiosa: "Todos os homens devem fazer seu trabalho com amor." Osnabrugge era diplomado por uma universidade politécnica da Renânia, especializado na construção de pontes; era apaixonado pela profissão, falava dela com eloquência: "O senhor compreende, sou imbuído de um sentimento de missão cultural. Uma ponte é uma contribuição literal e material à comunidade, cria novas estradas, novos laços. Sem falar que é uma beleza. Não apenas de se olhar: se o senhor pudesse compreender os cálculos, as tensões e as forças, os arcos e os cabos, como tudo isso se equilibra pela ação da matemática!" Ora, ele mesmo nunca construíra uma ponte: havia desenhado projetos, mas nenhum fora executado. Em seguida a Wehrmacht o despachara para lá para fazer a perícia nas pontes destruídas pelos soviéticos. "É fascinante, veja. Assim como nenhuma ponte é construída da mesma forma, nenhuma ponte explode da mesma forma. Há sempre surpresas, é muito instrutivo. Mesmo assim fico com pena ao ver isso. São trabalhos tão bonitos... Se o senhor se dispuser, posso lhe mostrar." Aceitei com prazer, eu estava um pouco mais livre agora. Combinou comigo ao pé da maior das pontes destruídas do Dniepr e ali o encontrei uma manhã. "É realmente impressionante", comentou examinando os escombros, mãos nos quadris, imóvel. Aquela imensa ponte metálica com arcos, erigida exatamente sobre os penhascos de Petchersk, repousava sobre cinco pilares maciços em pedra talhada; três seções inteiras estavam na água, decepadas abruptamente pelas detonações; em frente, duas seções ainda estavam de pé. Os sapadores da engenharia construíam um pontão bem ao lado, com traves e elementos de madeira lançados sobre grandes canoas infláveis; já haviam atravessado quase a metade do rio. Enquanto isso, o tráfego era efetuado em balsas, e uma multidão esperava na margem, militares e civis. Osnabrugge dispunha de uma canoa motorizada. Contornamos o pontão em vias de construção e ele se aproximou lentamente das vigas retorcidas da ponte destruída. "O senhor vê", dizia apontando os pilares, "ali eles derrubaram inclusive o arco de sustentação, mas aqui não. Na verdade, não valia a pena, bastava seccionar os elementos da base e todo o restante ruía. Eles capricharam." — "E os pilares?" — "Todos bons, exceto talvez o do meio. Estamos examinando. De toda forma, vamos com certeza reconstruí-lo, mas não imediatamente." Eu olhava ao meu redor enquanto Osnabrugge me dava mais detalhes. No topo dos penhascos arborizados, transformados pelo outono em fogueira laranja e amarela, com matizes vermelho-vivo semeados ao acaso, as cúpulas douradas da Lavra brilhavam ao sol. A cidade escondia-se atrás e não se via nenhuma habitação daquele lado. Mais abaixo, duas outras pontes demolidas bloqueavam o rio. A correnteza descia preguiçosamente por entre as vigas à flor da água; à nossa frente, uma balsa abarrotada de camponesas com xales multicoloridos e soldados ainda sonolentos avançava suavemente. Contemplando as compridas algas que boiavam na superfície fui acometido por uma espécie de visão dupla: distinguia nitidamente as algas e ao mesmo tempo julgava ver grandes corpos de hussardos napoleônicos, em uniforme verde-maçã, verde-garrafa ou amarelo, com penachos e plumas de avestruzes, flutuando, à deriva na correnteza. Foi muito forte e devo ter pronunciado o nome do imperador, pois Osnabrugge disse subitamente: "Napoleão? Justamente, encontrei um livro sobre Eblé antes de partir, conhece, o chefe dos engenheiros? Um sujeito admirável. Praticamente o único, salvo Ney, que se comprometeu, é o caso de dizer, além disso o único dos oficiais superiores de Napoleão que foi morto. Em Königsberg, no fim do ano, dei sequência às pontes que ele planejou sobre o Berezina." — "É, o Berezina é conhecido." — "Atravessamos suas águas em menos de uma semana. Sabia que Eblé tinha construído duas pontes ali? Uma para os homens e outra para o material com rodas, entre eles os oficiais em trenós, naturalmente." Voltávamos para a margem. "O senhor devia ler Heródoto", eu lhe disse. "Ele também tem belas histórias de pontes." — "Oh, eu conheço, eu conheço." Indicou uma ponte da engenharia: "Os persas já construíam sobre barcos, dessa mesma forma." Fez uma careta. "Ou melhor, provavelmente." Despediu-se na margem e apertei sua mão amigavelmente. "Obrigado pela expedição. Fez-me um bem enorme. Até breve, então!" — "Ah, não sei. Devo partir amanhã para Dniepropetrovsk. Tenho vinte e três pontes para examinar no total, imagine! Mas vamos nos rever um dia com certeza."

Meu aniversário cai em 10 de outubro e naquele ano Thomas me convidou para jantar. No fim da tarde, vários oficiais vieram com uma garrafa de conhaque me dar os parabéns e tomamos alguns copos. Thomas juntou-se a nós de excelente humor, ergueu um brinde à minha saúde, depois me puxou de lado apertando minha mão: "Meu caro, trago-lhe uma boa notícia à guisa de presente: você vai ser promovido. Ainda é segredo, mas vi os papéis com Hartl. O Reichsführer, depois da *Aktion*, pediu ao Gruppenchef que lhe submetesse uma lista dos homens e oficiais dignos de mérito. Seu álbum causou uma impressão muito boa e seu nome foi incluído na lista. Sei que Hartl tentou se opor, ele nunca perdoou suas palavras durante a *Aktion*, mas Blobel apoiou. Aliás, você faria bem indo se desculpar junto a Hartl um dia desses." — "Isso está fora de questão. Cabe a ele vir se desculpar." Ele riu, imperturbável: "Como quiser Hauptsturmführer. Mas essa atitude não facilita sua vida." Fiquei sério: "Minha atitude é a de um oficial SS e de um nacional-socialista. Que aqueles que podem dizer a mesma coisa venham me fazer críticas." Mudei de assunto: "E você?" — "O quê, eu?" — "Não vai ser promovido?" Sorriu largamente: "Não sei. Vamos ver." — "Cuidado! Vou alcançá-lo." Ele riu e ri com ele. "Isso me espantaria", ele disse.

A cidade reanimava-se lentamente. Após ter batizado as ruas principais — a Khrechtchatik convertera-se em Eichhornstrasse, em homenagem ao general alemão que entrara em Kiev em 1918, a avenida Chevtchenko em Rovnoverstrasse, a Artyoma em Lembergstrasse, e a minha preferida, a Tchekistova, em uma vulgar Gotenstrasse —, a

Ortskommandantur autorizara o funcionamento de alguns restaurantes privados; o melhor deles, diziam, era de um *Volksdeutscher* de Odessa que reabrira por conta própria a cantina de altos funcionários do Partido, onde trabalhava como cozinheiro. Thomas reservara uma mesa ali. Todos os clientes eram oficiais alemães, afora dois magistrados ucranianos que conversavam com oficiais do AOK: reconheci Bahazy, o "prefeito" de Kiev nomeado por Eberhard; o SD suspeitava de corrupção crônica, mas ele apoiava Melnyk, e Von Reichenau dera sua aprovação, e acabamos por retirar nossas objeções. Pesadas cortinas em falso veludo escondiam as janelas, uma vela iluminava cada gabinete; colocaram-nos num canto um pouco recuado e trouxeram-nos *zakuski* ucranianos — pepininhos, alho marinado e toucinho defumado — com vodca gelada ao mel e pimenta. Fizemos brindes beliscando os *zakuski* e conversando. "Então", divertia-se Thomas, "você se deixou tentar pela oferta do Reichsführer e pretende se instalar como gentleman-fazendeiro?" — "Isso nem me passou pela cabeça! Não tenho muita vocação para o trabalho da lavoura." Thomas já passava à Grande Ação: "Foi realmente muito difícil, muito desagradável", comentou. "Mas necessário." Eu não queria continuar: "E então, o que aconteceu com Rasch?", perguntei. — "Oh, Rasch! Sabia que ia me perguntar isso." Puxou um pequeno maço de folhas dobradas do bolso do paletó: "Pegue, leia isso. Mas bico calado, hein?" Era um relatório em papel timbrado do Grupo, assinado por Rasch e datado de alguns dias antes da *Grosse Aktion*. Percorri-o rapidamente; no fim, Rasch exprimia dúvidas acerca da possibilidade de todos os judeus serem eliminados e assinalava que eles não constituíam o único perigo: *O aparelho bolchevique está longe de ser idêntico à população judaica. Nessas condições, perderemos o objetivo da segurança política se substituirmos a tarefa principal, que é destruir a máquina comunista, pela outra, relativamente mais fácil, de eliminar os judeus.* Insistia também no impacto negativo, para a reconstrução da indústria ucraniana, da destruição dos judeus, propondo de maneira argumentada o aproveitamento em grande escala da força de trabalho judaica. Entreguei o relatório a Thomas, que o dobrou cuidadosamente, voltando a guardá-lo no bolso. "Percebo", disse eu, mordendo os lábios. "Mas admita que ele não está completamente errado." — "Naturalmente! Mas para que ficar alardeando isso? Não adianta nada. Lembre-se do seu relatório de 39. O Brigadeführer Thomas induziu extremistas franceses a dinamitar sinagogas parisienses. A Wehrmacht expulsou-o da França, mas o Reichsführer se regozijou." A vodca terminara e foi tirada da mesa: depois trouxeram vinho francês, bordeaux. "Mas onde descobriram isso?", espantei-me. — "Uma pequena surpresa: encomendei da França por intermédio de um amigo. Imagine, chegaram intactas. Temos duas." Fiquei comovido; nas circunstâncias de momento, era realmente um belo gesto. Provei o vinho com volúpia. "Deixei-o descansar bastante", observou Thomas. "Bem diferente do medíocre vinho moldavo, não é mesmo?" Ergueu seu copo: "Acho que você não é o único a festejar o aniversário." — "É verdade." Thomas era um dos meus raros colegas a saber que eu tinha uma irmã gêmea; eu não costumava tocar no assunto, mas ele observara isso na época no meu dossiê, e eu lhe explicara tudo. "Há quanto tempo não a vê?" — "Vai fazer sete anos." — "E tem notícias?" — "De vez em quando. Raramente, para falar a verdade." — "Ela continua na Pomerânia?" — "Continua. Vão regularmente à Suíça. O marido dela é frequentador contumaz dos sanatórios." — "Teve filhos?" — "Não creio. Isso me espantaria. Nem sei se o marido é capaz disso. Por quê?" Ergueu novamente o copo: "À saúde dela, então?" — "À saúde dela." Bebemos em silêncio, trouxeram nossos pratos, comemos conversando agradavelmente. Depois da refeição, Thomas mandou abrir a segunda garrafa e tirou dois charutos de seu dólmã. "Agora ou com o conhaque?" Corei de prazer, mas ao mesmo tempo sentia-me vagamente constrangido: "Você é um verdadeiro mágico, não? Vamos fumá-los com o conhaque, mas terminemos o vinho primeiro." A conversa descambou para a situação militar. Thomas estava bastante otimista: "Aqui, na Ucrânia, estamos indo bem. Von Kleist está atacando Melitopol, e Kharkov vai cair daqui a uma ou duas semanas. Quanto a Odessa, é de hoje para amanhã. Mas o mais importante é que a ofensiva sobre Moscou não está deixando pedra sobre pedra. Depois da junção de Hoth e Hoepner, em Vyazma, fizemos mais meio milhão de prisioneiros! A Abwehr fala em trinta e nove divisões aniquiladas. Os russos nunca irão aguentar esse tipo de perdas. Além disso, Guderian já está quase em Mtsensk e logo se reunirá aos demais. Foi um verdadeiro golpe de gênio do Führer, enviar Guderian para cá com a missão de finalizar Kiev e depois despachá-lo de volta para Moscou. Os vermelhos não entenderam nada. O pânico deve ter se espalhado em Moscou. Daqui a um mês estaremos lá e será o fim da guerra." — "Sim, mas e se não tomarmos Moscou?" — "Vamos tomar Moscou." Insisti: "Sim, mas e se não tomarmos? O que vai acontecer? Como a Wehrmacht vai passar o inverno? Já falou com o pessoal da intendência? Eles não previram nada para o inverno, nada. Nossos soldados continuam usando uniformes de verão. Mesmo que comecem agora a fornecer roupas de frio, nunca conseguirão equipar as tropas adequadamente. Isso é criminoso! Ainda que tomemos Moscou, vamos perder dezenas de milhares de indivíduos apenas em virtude do frio e da doença." — "Você é um pessimista. Tenho certeza de que o Führer previu tudo." — "Não, o inverno não foi previsto. Falei sobre isso com o AOK, eles não têm nada, não param de mandar mensagens para Berlim, estão apavorados." Thomas permaneceu impassível: "Vamos nos sair bem dessa. Em Moscou encontraremos o que for preciso." — "Pode estar certo de que os russos destruirão tudo antes de se retirar. Mas, e se não tomarmos Moscou?" — "Por que não quer que tomemos Moscou? Os vermelhos são incapazes de resistir aos nossos panzers. Gastaram tudo que tinham em Vyazma e foram esmagados." — "Sim, porque o tempo está bom. Mas de um dia para o outro as chuvas vão começar. Chegou a nevar em Uman!" Eu estava exaltado, sentia o sangue subir à cabeça. "Você viu nesse verão o que acontece quando chove um ou dois dias? Lá, isso vai durar duas ou três semanas. Todos os anos, e desde sempre, o país inteiro pára nessa estação. Logo, os exércitos terão que parar também. E depois, teremos o frio." Thomas me fitava com um ar zombeteiro; minhas faces ardiam, eu devia estar vermelho. "Você se tornou um verdadeiro perito militar, puxa vida", comentou. — "De forma alguma. Mas depois de se passar dias e dias com soldados, aprende-se alguma coisa. Além disso, leio. Por exemplo, li um livro sobre Carlos XII." Eu agora gesticulava. "Já ouviu falar em Romny? Na região onde Guderian fez sua junção com Kleist? Pois bem, era lá que Carlos XII tinha seu QG, em dezembro de 1708, um pouco antes de Poltava. Ele e Pedro manobravam com tropas caras, que era preciso poupar, dançando um em volta do outro havia meses. Mais tarde, em Poltava, Pedro dá um peteleco nos suecos e estes logo batem em retirada. Mas isso ainda é a guerra feudal, a guerra de senhores ciosos da honra e sobretudo pares entre si, portanto uma guerra que no fundo permanece cortês, uma espécie de jogo cerimonial ou desfile, quase um teatro, em todo caso não muito destruidora. Ao passo que mais tarde, quando o súdito do rei, campônio ou burguês, torna-se um cidadão, isto é, quando o Estado se democratiza, a guerra, de repente, torna-se total e terrível, coisa séria. Foi por isso que Napoleão esmagou toda a Europa: não porque seus exércitos fossem mais numerosos ou porque ele fosse um estrategista mais esperto que seus adversários, mas porque as velhas monarquias ainda praticavam a guerra à moda antiga, de maneira limitada. Ele, por sua vez, já não praticava mais uma guerra limitada. A França de Napoleão é aberta aos talentos, como se dizia, os cidadãos participam da administração, o Estado governa mas o povo é que é soberano; dessa forma, essa França pratica naturalmente uma guerra total, com todas as suas forças postas em ação. E foi somente quando seus inimigos compreenderam isso e começaram a fazer a mesma coisa, quando Rostoptchin queima Moscou e Alexandre amotina cossacos e camponeses para atormentarem o Grande Exército durante a retirada, que a sorte mudou. Na guerra de Pedro I e de Carlos XII, o risco da aposta é pequeno: em caso de derrota, para-se de jogar. Mas quando é a nação inteira que faz a guerra, ela joga tudo e tem que arriscar mais e mais até a bancarrota total. O problema é esse. Se não tomarmos Moscou, não poderemos parar e negociar uma paz razoável. Logo, teremos que prosseguir. Mas quer que eu lhe diga o âmago do meu pensamento? Para nós, essa guerra é uma aposta. Uma aposta gigantesca, que envolve toda a nação, todo o *Volk*, mas não deixa de ser uma aposta. E, numa aposta, a gente ganha ou perde. Quanto aos russos, não podem se dar a esse luxo. Para eles, não é uma aposta, é uma catástrofe que se abate sobre o país, um flagelo. E você pode perder uma aposta, mas não pode perder para um flagelo, você é obrigado a superá-lo, não tem escolha." Eu despejara tudo aquilo de um fôlego só, rapidamente, quase sem respirar. Thomas mantinha-se calado, bebericando o vinho. "Mais uma coisa", acrescentei com vivacidade. "Estou dizendo para você, só para você. O assassinato dos judeus, no fundo, não serve para nada. Rasch está coberto de razão. Isso não tem nenhuma utilidade econômica ou política, não tem nenhuma finalidade de ordem prática. Ao contrário, é um rompimento com o mundo da economia e da política. É desperdício, é pura perda. Ponto-final. Logo, isso só pode ter um sentido: o de um sacrifício definitivo, que nos amarra para sempre, impedindo-nos uma vez por todas de recuar. Você entende? Com isso, saímos do mundo da aposta, impossível voltar atrás. A *Endsieg* ou a morte. Você e eu, todos nós, estamos amarrados agora, amarrados ao desfecho dessa guerra por atos cometidos em comum. E se nossos cálculos estiverem errados, se houvermos subestimado a quantidade de fábricas que os vermelhos montaram ou deslocaram depois do Ural, aí é que estamos fodidos." Thomas terminava seu vinho. "Max", acabou dizendo, "você pensa muito. Isso não é bom para você. Conhaque?" Eu estava começando a tossir e fiz sinal que sim com a cabeça. A tosse continuava, por espasmos, havia alguma coisa pesada bloqueada na altura do meu diafragma, alguma coisa que não queria sair, e tive um refluxo violento. Levantei-me rapidamente desculpando-me e corri para os fundos do restaurante. Encontrei uma porta, abri, dava para um pátio interno. Sentia náuseas terríveis: acabei vomitando um pouco. Aquilo me aliviou mas me deixou esgotado, sentia-me esvaziado, tive que me apoiar alguns minutos em uma carroça deixada por ali com os varais para cima. Voltei. Fui procurar a garçonete e lhe pedi água: ela me trouxe uma tigela, bebi um pouco e lavei o rosto. Depois voltei para me sentar. "Perdão." — "Não está passando bem? Está doente?" — "Não, não foi nada, apenas um mal-estar." Não fora a primeira vez. Mas não sei ao certo quando começou. Em Jitomir, talvez. Eu tinha vomitado apenas uma ou duas vezes, mas, regularmente, após as refeições, era tomado por náuseas desagradáveis e fatigantes, sempre anunciadas por uma secura na voz. "Você devia consultar um médico", disse Thomas. Os conhaques foram servidos, bebi um pouco. Sentia-me melhor. Thomas me ofereceu outro charuto; peguei-o, mas não acendi imediatamente. Thomas parecia preocupado. "Max, guarde esse gênero de ideias para você. Isso pode lhe causar problemas." — "Sei disso. Estou falando com você porque você é meu amigo." Mudei bruscamente de assunto: "Já está de olho em alguém?" Ele riu: "Não tive tempo. Mas não deve ser muito complicado. A garçonete não é nada má, você não acha?" Eu sequer olhara para a garçonete. Mas disse que sim. "E você?", perguntou. — "Eu? Viu o trabalho que temos? Terei sorte se conseguir dormir, não posso desperdiçar horas de sono." — "E na Alemanha? Antes de vir para cá? Não nos vimos muito depois da Polônia. E você é um sujeito discreto. Não tem uma gentil *Fräulein* escondida em algum lugar que lhe escreve longas e chorosas cartas de amor, como 'Max, Max, meu querido, não demore a voltar, ah que droga de guerra'?" Ri com ele e acendi meu charuto. Thomas já fumava o dele. Devo ter bebido além da conta e de repente senti vontade de ir embora: "Não. Nada de *Fräulein*. Mas, muito antes de conhecê-lo, eu tinha uma noiva. Meu amor de infância." Percebi que ele estava curioso: "Ah, é? Conte." — "Não tem muito para contar. A gente se amava desde pequenos. Mas os pais dela eram contra. Seu pai, ou melhor, seu padrasto, era um burguesão francês, um cavalheiro de princípios. Fomos separados à força, colocados em internatos, longe um do outro. Ela me escrevia cartas desesperadas às escondidas, eu também. Depois fui mandado para Paris a fim de estudar." — "E nunca mais a reviu?" — "Poucas vezes, durante as férias, por volta dos dezessete anos. E a revi uma última vez, anos depois, logo antes de vir para a Alemanha. Disse-lhe que nossa união era indestrutível." — "Por que não se casou com ela?" — "Era impossível." — "E agora? Você está numa boa posição." — "Agora é tarde demais; ela está casada. Você vê, não se pode mais confiar nas mulheres. Termina sempre assim. É nojento." Eu estava triste, amargo, não devia ter abordado aquele assunto. "Tem razão", disse Thomas. "É justamente por isso que nunca me apaixono. Aliás, prefiro as mulheres casadas, é mais seguro. Como era o nome da sua amada?" Fiz um gesto seco com a mão: "Isso não tem importância." Ficamos em silêncio, fumando, bebericando nossos conhaques. Thomas esperou que eu terminasse meu charuto para se levantar. "Vamos, não seja nostálgico. Afinal, é seu aniversário." Éramos os últimos, a garçonete cochilava no fundo da sala. Do lado de fora, nosso motorista roncava no Opel. O céu da noite brilhava, a lua minguante, nítida e tranquila, lançava sua luz branca sobre a cidade destruída e silenciosa.

Eu não devia ser o único a me fazer perguntas. Reinava uma surda e profunda incerteza nas fileiras da Wehrmacht. A cooperação com a SS continuava excelente, mas a Grande Ação provocara certa turbulência. Uma nova ordem do dia de Von Reichenau começava a circular, um texto cru e duro, desmentido brutal às conclusões de Rasch. As dúvidas dos homens eram ali descritas como *ideias vagas sobre o sistema bolchevique. O soldado nos territórios do Leste é não apenas um combatente segundo as regras da arte da guerra*, escrevia ele, *como também um portador de uma impiedosa ideologia nacional e um vingador das bestialidades infligidas à nação alemã e às que lhe são próximas pela raça. Portanto, o soldado deve ter plena compreensão da necessidade de uma vingança severa mas justa contra a judalhada subumana.* A piedade humana também devia ser banida: *dar de comer a um eslavo inopinadamente, talvez um agente bolchevique, era pura irreflexão, um ato humanitário equivocado.* As cidades seriam destruídas, os insurgentes, aniquilados, os indecisos também. Naturalmente, nem todas essas ideias eram de autoria de Von Reichenau, o Reichsführer deve ter lhe soprado alguns trechos, mas o essencial permanecia que essa ordem *era pautada pela linha e pelo objetivo do Führer*, para retomar a belíssima expressão de um obscuro funcionário do Ministério da Agricultura prussiano; logo, não espanta que o Führer tivesse se deslumbrado com aquele texto e o distribuído a título de exemplo a todos os exércitos do Leste. Mas eu duvidava que aquilo bastasse para resserenar os ânimos. O nacional-socialismo era uma filosofia integral, total, uma *Weltanschauung*, como dizíamos; todos deviam poder se descobrir nela, devia haver lugar para todos. Ora, nesse caso, era como se tivéssemos aberto uma brecha no conjunto e nela enfiado todos os destinos do nacional-socialismo, por uma mão única e sem retorno, que todos deviam seguir até o fim.

Em Kiev, a fatalidade das coisas só fazia aumentar o meu mal-estar. No corredor do palácio das meninas virgens, encontrei um conhecido de Berlim: "Herr Sturmbannführer Eichmann! O senhor foi promovido. Meus parabéns!" — "Ah, Doktor Aue. Eu estava justamente lhe procurando. Tenho uma encomenda para o senhor. Foi deixada aos meus cuidados no Prinz-Albrecht-Palais." Eu conhecera esse oficial quando ele estava montando os Escritórios Centrais de Emigração Judaica, para Heydrich, e passava frequentemente no meu departamento para nos consultar sobre questões jurídicas. Na época ele era Obersturmführer; agora ostentava as novas insígnias na gola de um uniforme preto de passeio que contrastava com nosso *feldgrau* de campanha. Pavoneava-se, parecia um galo em miniatura; curioso, lembrava-me dele como funcionário dedicado e trabalhador, não o reconhecia mais. "E o que o traz aqui?", perguntei, introduzindo-o no meu gabinete. — "Sua encomenda, além de outra para um dos seus colegas." — "Não, quer dizer, a Kiev." Estávamos sentados, e ele se debruçou com ar conspiratório: "Vim me encontrar com o Reichsführer." Visivelmente irradiava orgulho e parecia ansioso para falar: "Com meu Amtchef. A convite especial." Curvou-se de novo: lembrava assim uma ave de rapina, pequena, mas furtiva. "Tive que apresentar um relatório. Um relatório estatístico. Estabelecido pelos meus serviços. Sabe que dirijo um Referat agora?" — "Não, não sabia. Meus parabéns." — "O IV B 4. Para assuntos judaicos." Colocara o quepe na minha mesa e tinha uma pasta de couro preta apertada entre os joelhos; sacou um estojo do bolso do casaco, pegou uns óculos grossos, colocou-os e abriu a pasta para retirar um grande envelope, bem grosso, que me entregou. "Eis a besta. Naturalmente, não lhe pergunto do que se trata." — "Mas posso lhe dizer. São partituras." — "O senhor é músico? Eu também, imagine, um pouquinho. Toco violino." — "Na verdade, não. Eram para outra pessoa, mas ela morreu nesse ínterim." Tirou os óculos: "Ah, sinto muito. Essa guerra é realmente terrível. A propósito", emendou, "seu amigo, o Dr. Lulley, também me entregou um bilhete pedindo que eu recebesse os custos do frete em nome dele." — "Perfeitamente. Será entregue antes do anoitecer. Onde está alojado?" — "Com o estado-maior do Reichsführer." — "Muito bem. Obrigado pela encomenda. Foi muito amável de sua parte." — "Oh, foi um prazer. *SS-Männer* devem ajudar-se mutuamente. Apenas lamento ter chegado tarde demais." Respondi, displicente: "É a vida. Posso lhe oferecer uma bebida?" — "Oh, eu não deveria. O serviço, o senhor sabe. Mas..." Parecia embatucado e dei-lhe uma ajudinha: "Aqui, dizemos *Krieg ist Krieg*..." Ele terminou a frase comigo: "... *und Schnaps ist Schnaps*. Sei disso. Um copinho, então." Tirei do meu cofre dois copinhos e a garrafa que reservava para os meus convidados. Eichmann levantou-se para propor o brinde, cerimonioso: "À saúde do nosso Führer!" Fizemos tintim. Parecia querer falar mais. "Em que consiste seu relatório, afinal? Se não é segredo." — "Pois bem, tudo isso é muito *hush-hush*, como dizem os ingleses. Mas ao senhor eu posso contar. O Gruppenführer e eu fomos enviados para cá por *der Chef*" — aludia a Heydrich, agora instalado em Praga como Reichsprotektor adjunto — "para discutir com o Reichsführer o plano de evacuação dos judeus do Reich." — "Evacuação?" — "Exatamente. Para o Leste. Daqui até o fim do ano." — "Todos?" — "Todos." — "E para onde vão ser enviados?" — "A maioria para a Ostland, provavelmente. E para o Sul também, para a construção da Durchgangstrasse IV. Ainda não está decidido." — "Compreendo. E seu relatório?" — "Um resumo estatístico. Apresentei-o pessoalmente ao Reichsführer. Sobre a situação global relativa à emigração judaica." Ergueu um dedo. "Sabe quantos há?" — "De quê?" — "De judeus. Na Europa." Balancei a cabeça: "Não faço a menor ideia." — "Onze milhões! Onze milhões, pode imaginar? Naturalmente, no que se refere aos países que ainda não controlamos, os números são aproximados. Como eles não têm leis raciais, fomos obrigados a nos basear em critérios religiosos. Mas ainda assim isso dá uma ordem de grandeza. Apenas aqui na Ucrânia temos quase três milhões." Assumiu um tom ainda mais pedante: "Dois milhões, novecentos e noventa e quatro mil, seiscentos e oitenta e quatro, para ser preciso." — "De fato, é preciso. Mas diga-me, não é com um Einsatzgruppe que vamos poder fazer muita coisa." — "Justamente. Outros métodos estão em estudo." Consultou seu relógio e se levantou. "Agora o senhor vai me desculpar, tenho que voltar para encontrar o Amtchef. Obrigado pelo trago." — "Obrigado pela encomenda! Vou mandar o dinheiro para Lulley daqui a pouco." Juntos, erguemos o braço para bradar: "Heil Hitler!"

Depois que Eichmann se foi, sentei-me e contemplei o pacote deixado em minha mesa. Continha as partituras de Rameau e de Couperin que eu solicitara para o judeuzinho de Jitomir. Tinha sido uma tolice, uma ingenuidade sentimental; entretanto via-me tomado por uma grande melancolia. Agora julgava compreender melhor as reações dos homens e dos oficiais durante as execuções. Se sofriam, como eu sofrera durante a Grande Ação, não era apenas em virtude do cheiro e da visão do sangue, mas também em virtude do terror e da dor moral dos condenados; da mesma forma, em geral os que fuzilávamos sofriam mais com a dor e a morte, diante de seus olhos, daqueles a quem amavam, mulheres, pais e filhos queridos, do que com a própria morte, que recebiam no fim como uma libertação. Em muitos casos, eu arriscaria a dizer, o que eu tomara como sadismo gratuito, a brutalidade inaudita com que alguns homens tratavam os condenados antes de executá-los, não passava do efeito da piedade monstruosa que sentiam e que, incapaz de se exprimir de outra forma, transformava-se em raiva, mas uma raiva impotente, sem objeto, devendo portanto quase inevitavelmente voltar-se contra aqueles que eram sua causa primeira. Se os terríveis massacres do Leste provam uma coisa, é de fato, paradoxalmente, a terrível e inalterável solidariedade humana. Por mais brutalizados e acostumados que estivessem, nenhum dos nossos homens conseguia matar uma mulher judia sem pensar em sua mulher, em sua irmã ou sua mãe, ou matar uma criança judia sem ver seus próprios filhos à sua frente diante do fosso. Suas reações, sua violência, seu alcoolismo, as depressões nervosas, os suicídios, minha própria tristeza, tudo isso demonstrava que o *outro* existe, existe como outro, como humano, e que nenhuma vontade, nenhuma ideologia, nenhuma montanha de estupidez e álcool é capaz de romper esse laço, sutil mas indestrutível. Isso é um fato, não uma opinião.

    A hierarquia começava a perceber esse fato e a levá-lo em conta. Como me explicara Eichmann, novos métodos estavam sendo estudados. Transcorridos alguns dias de sua visita, chegou a Kiev um tal de Dr. Widmann, que viera nos entregar um caminhão de um novo tipo. Esse caminhão, da marca Saurer, era dirigido por Findeisen, motorista pessoal de Heydrich, homem taciturno que se recusou obstinadamente, a despeito de inúmeras solicitações, a nos explicar por que tinha sido escolhido para aquela viagem. O Dr. Widmann, que dirigia a seção de química do Instituto de Criminologia Técnica, subordinado à Kripo, fez uma longa apresentação para os oficiais: "O gás", declarou, "é um meio mais elegante." O caminhão, hermeticamente fechado, utilizava os próprios gases de escapamento para asfixiar as pessoas aprisionadas dentro dele; a essa solução, com efeito, não faltavam elegância nem economia. Como Widmann nos explicou, haviam tentado outra coisa antes de chegarem àquilo; ele mesmo realizara experimentos em Minsk, nos pacientes de um hospício, em companhia do seu Amtchef, o Gruppenführer Nebe; um teste com explosivos dera resultados desastrosos. "Indescritível, uma catástrofe." Blobel estava entusiasmado: aquele novo brinquedo agradava-o, não via a hora de estreá-lo. Häfner objetou que não cabia muita gente no caminhão — o Dr. Widmann nos dissera cinquenta, sessenta pessoas no máximo — e que não era dinâmico, parecendo, portanto, ineficaz. Mas Blobel varreu essas ressalvas: "Reservaremos para as mulheres e crianças, será excelente para o moral das tropas." O Dr. Widmann jantou conosco; depois, no bilhar, contou como a coisa fora inventada: "Na verdade, foi o Gruppenführer Nebe quem teve a ideia. Uma noite, em Berlim, ele dormiu no carro depois de uma bebedeira, dentro da garagem e com o motor funcionando, e quase morreu. Já estávamos debruçados sobre um modelo de caminhão, mas cogitávamos usar monóxido de carbono em bujões, o que é absolutamente impraticável nas condições do Leste. Foi o Gruppenführer, após esse acidente, que concebeu utilizar o gás do próprio caminhão. Uma ideia brilhante." Ele ouvira a história do seu superior, o Dr. Heess, que a contara no metrô. "Entre Wittemberg-Platz e Thiel-Platz, precisamente. Fiquei impressionadíssimo."

Já havia vários dias que Blobel despachava Teilkommandos de Kiev para expurgar as cidadezinhas dos arredores, Pereiaslav, Iagotin, Koselets, Tchernigov, eram muitas. Os Teilkommandoführer, porém, ficavam desesperados: se tivessem que retornar a um lugar depois de uma ação, encontravam ainda mais judeus; aqueles que haviam se escondido voltavam assim que eles partiam. Reclamavam que isso distorcia todas as suas estatísticas. O Kommando, segundo os totais acumulados de Blobel, liquidara cento e cinquenta e uma mil pessoas, das quais *quatorze mil sem ajuda externa* (isto é, sem os batalhões Orpo de Jeckeln). Um Vorkommando estava em vias de ser formado para entrar em Kharkov e eu devia integrá-lo; enquanto isso, como não tinha mais nada a fazer em Kiev (o Ek 5 reassumira todas as nossas funções), Blobel me pedira para apoiar os Teilkommandos por meio de inspeções. As chuvas estavam começando e, mal se atravessava o Dniepr, cheio, chafurdava-se na lama. Caminhões e carros faziam espirrar uma lama preta e gordurosa, modelada por fiapos de palha, pois os soldados saqueavam os moinhos à beira da estrada para, em vão, estenderem feno à frente dos veículos. Precisei de dois dias para alcançar Häfner em Pereiaslav, rebocado a maior parte do tempo por lagartas da Wehrmacht e enlameado até os olhos de tanto chafurdar empurrando o Admiral. Passei a noite num vilarejo com uns oficiais de uma divisão de infantaria que se dirigiam para o front desde Jitomir, homens esgotados, que viam a chegada do inverno com angústia e se perguntavam pelo objetivo final. Evitei mencionar-lhes o Ural; não conseguíamos avançar sequer até Kharkov. Queixavam-se dos novos recrutas, enviados da Alemanha para compensar as perdas, mas mal treinados e, no calor da luta, logo vítimas do pânico, no mínimo com mais facilidade que antes. O material caía aos pedaços: as charretes alemãs modernas, com pneus de borracha e engrenagem de rolimãs, desmantelavam nas trilhas, sendo então substituídas por *panje* confiscados dos camponeses, quase indestrutíveis. Os belos cavalos alemães, húngaros ou irlandeses com que havíamos começado a campanha morriam em massa; sobreviviam apenas os pôneis russos, que comiam de tudo, de brotos de bétula a palha do telhado das isbás; mas estes eram leves demais para o trabalho pesado de carga, e as unidades deixavam para trás toneladas de munições e equipamento. "Todas as noites os homens esfalfam-se para encontrar um telhado ou um buraco seco pela metade. Estão todos com os uniformes esfarrapados, cheios de pulgas, não recebemos nada, nem pão." Os próprios oficiais careciam de tudo: barbeadores, sabão, pasta de dentes, couro para reparar as botas, agulha, linha. Chovia noite e dia e eles perdiam mais homens em virtude de doenças — disenteria, hepatite, difteria — que em combate. Os doentes eram obrigados a caminhar até trinta e cinco quilômetros por dia, pois não havia como transportá-los e, se os deixássemos sozinhos nas aldeias, insurgentes vinham matá-los. Os insurgentes, agora, proliferavam como pulgas; pareciam estar em toda parte, e os estafetas ou contatos isolados desapareciam nas matas. No entanto eu também notara entre os soldados vários russos de uniforme alemão, com a braçadeira branca dos *Hilfswillige*. "Hiwis?", respondeu um oficial a quem fiz a observação. "Não, realmente não temos o direito. Mas vamos aceitá-los, não temos escolha. São civis voluntários ou prisioneiros. Fazem todo o trabalho das bagagens e do segundo escalão; estão indo bem, mais acostumados que nós a essas condições. Além disso, o estado-maior está se lixando, fecham os olhos. Devem ter nos esquecido. Vamos chegar a Poltava e não vão sequer nos reconhecer." — "Mas vocês não temem que rebeldes se aproveitem para se infiltrar e informar os vermelhos sobre seus movimentos?" Ele deu de ombros com um ar cansado e desiludido: "Se isso os diverte... Em todo caso, não há um russo num perímetro de cem quilômetros. Nenhum alemão tampouco. Ninguém. Chuva e lama, é tudo." Esse oficial parecia inteiramente desencorajado; mas com ele aprendi como limpar a lama do meu uniforme, aquilo era útil e eu não queria contrariá-lo. "O senhor deve primeiro secar a lama perto de uma estufa, depois raspe-a com uma faca, veja, depois com uma escova metálica; só então deve lavar o uniforme. Quanto às roupas de baixo, é imperioso fervê-las." Assisti à operação: era horrível, as pulgas desprendiam-se na água fervente em cachos inteiros, grossos, inchados. Entendi melhor a raiva contida de Häfner quando finalmente cheguei a Pereiaslav. Ele estava acompanhado por três Untersturmführer, Ott, Ries e Dammann, que, como praticamente não podiam deixar a cidade devido ao estado das estradas, não faziam muita coisa. "Precisamos dos blindados!", exclamou Häfner ao me ver. "Daqui a pouco não conseguiremos sequer voltar a Kiev. Tome", acrescentou antes de se esquivar secamente, "é para o senhor. Todas as minhas congratulações." Era um teletipo de Blobel, confirmando minha promoção: eu recebera a Cruz do Serviço de Guerra, 2ª classe. Acompanhei Häfner até a escola ocupada pelo Teilkommando e procurei um lugar onde colocar meus pertences. Todo mundo, soldados e oficiais, dormia no ginásio; as salas de aula serviam de escritório. Troquei de roupa e fui me encontrar com Häfner, que me fez um relato sobre os dissabores de seus auxiliares: "Vê essa aldeia, Zolotonocha? Teria aparentemente mais de quatrocentos judeus. Dammann tentou ir até lá por três vezes; por três vezes teve de dar meia-volta, e, na última, veja só, quase não conseguiu voltar. Os homens estão fulos." À noite, havia sopa e o desagradável *Kommissbrot* preto da Wehrmacht, e deitamos cedo. Dormi mal. Um dos Waffen-SS, a poucos metros da minha enxerga, rangia os dentes, um barulho atroz que arrepiava os nervos; sempre que eu caía no sono, ele me acordava, o que me deixava louco. Eu não era o único: homens gritavam em sua direção, ouvi golpes e vi que o espancavam, mas não adiantava, o som horripilante continuava ou cessava para recomeçar instantes depois. "É assim todas as noites", resmungou Ries, que dormia ao meu lado. "Estou ficando maluco. Vou estrangulá-lo um dia desses." Finalmente caí no sono e tive um sonho estranho, impressionante. Eu era um grande Deus-calamar e reinava em uma belíssima cidade murada feita de água e pedras brancas. O centro, sobretudo, era integralmente composto de água, e prédios altos erguiam-se ao redor. Minha cidade era povoada por humanos que me veneravam, e eu delegara parte do meu poder e da minha autoridade a um deles, meu Servidor. Um dia, porém, resolvi que queria todos aqueles humanos fora da minha cidade, pelo menos por um tempo. A palavra de ordem se espalhou e propagou por intermédio do meu Servidor, e imediatamente multidões começaram a fugir pelas portas da cidade para esperar em casebres e choupanas no deserto, fora dos muros. Mas a coisa não estava indo suficientemente rápida para o meu gosto e comecei a me debater violentamente, fazendo ferver a água do centro com meus tentáculos antes de recolhê-los e investir contra enxames de humanos aterrorizados, vergastando-os e rugindo com minha voz terrível: "Fora! Fora! Fora!" Meu Servidor corria furiosamente para todos os lados, comandava, guiava, instruía os retardatários e, dessa forma, a cidade esvaziava-se. Mas nas casas mais próximas dos muros, e nas mais afastadas das águas sobre as quais eu descarregava minha raiva divina, grupos de humanos ignoravam minhas ordens. Eram estrangeiros, ainda não plenamente inteirados da minha existência e do meu poder sobre aquela cidade. Embora cientes das ordens de evacuação, consideravam-nas ridículas e não lhes davam a mínima. Meu Servidor foi obrigado a visitar esses grupos um a um para convencê-los diplomaticamente a partir; como aquele bando de oficiais finlandeses, que protestavam porque haviam alugado o hotel e a sala de reuniões e pago adiantado e não iam embora daquele jeito. A estes, meu Servidor devia mentir com delicadeza, dizer-lhes por exemplo que vigorava um alerta, um grave perigo externo, e que eles deviam evacuar para sua própria segurança. Eu achava aquilo por demais humilhante, pois a verdadeira razão era minha Vontade, eles deviam partir porque eu o desejava, não porque estavam sendo ludibriados. Minha raiva aumentava, eu me agitava, rugia sem parar, provocando ondas enormes que iam se abater sobre a cidade. Quando acordei, a chuva continuava a escorrer por trás dos vidros. No café da manhã serviram-nos *Kommissbrot*, margarina à base de carvão do Ruhr, muito saborosa, mel sintético feito com resina de pinheiro e o horrível simulacro de chá Schlüter, cujas embalagens idênticas nunca continham duas vezes os mesmos ingredientes. Os homens comiam em silêncio. Ries, mal-

-humorado, me chamou atenção para um jovem soldado debruçado sobre o chá: "É ele." — "Ele o quê?" Ries imitou um rangido de maxilar. Olhei de novo: era quase um adolescente, tinha o rosto esburacado, marcado pela acne, e os olhos perdidos em imensas olheiras. Seus colegas o maltratavam, davam-lhe tarefas em meio a impropérios, esbofeteavam-no se não trabalhasse com rapidez. O garoto não dizia nada. "O sonho de todo mundo é que ele seja morto pelos rebeldes", Ries me contou. "Tentaram de tudo, tudo, até sufocá-lo. Não deu em nada."

Häfner era homem limitado mas metódico. Explicou-me seu plano de ação diante de um mapa e elaborou uma lista de tudo que lhe faltava, para que eu pudesse apoiar suas solicitações. A princípio eu devia inspecionar todos os Teilkommandos, o que era manifestamente impossível, e me resignei a permanecer alguns dias em Pereiaslav aguardando o desenrolar dos acontecimentos. De toda forma, o Vorkommando já estava em Poltava com Blobel: considerando as condições das estradas, eu não podia esperar juntar-me a eles antes da queda de Kharkov. Häfner mostrava-se pessimista: "O setor pulula de insurgentes. A Wehrmacht faz batidas mas não consegue muita coisa. Querem que os apoiemos. Mas os homens estão esgotados, acabados. O senhor viu a merda que comemos." — "É a rotina no exército. E eles sofrem muito mais que nós." — "Fisicamente, sim, sem dúvida. Mas é moralmente que nossos homens estão exaustos." Häfner tinha razão, eu logo iria poder julgar por mim mesmo. Ott estava de partida com um destacamento de vinte homens para dar buscas em uma aldeia próxima onde rebeldes haviam sido localizados; decidi acompanhá-lo. Partimos de madrugada, com um caminhão e um *Kübelwagen*, veículo para todo tipo de terreno, emprestado na oportunidade pela divisão estacionada em Pereiaslav. A chuva caía, forte, interminável, estávamos encharcados antes de partir. O cheiro de lã molhada impregnava o veículo. Harpe, o motorista de Ott, manobrava habilmente para evitar os piores barrancos; volta e meia as rodas traseiras escorregavam na lama, às vezes ele conseguia controlar a derrapagem, mas frequentemente o veículo ficava completamente atravessado e era preciso sair para endireitá-lo; nesse caso, enfiávamos os tornozelos na lamaceira, alguns chegavam a perder as botas. Todo mundo xingava, gritava, bufava. Ott trouxera várias tábuas no caminhão, que usávamos como calços sob os pneus atolados; às vezes ajudava; mas bastava que o veículo estivesse mal equilibrado para que uma das rodas de tração, sem apoio, girasse no vazio, espirrando grandes feixes de lama líquida. Logo minha capa e meus culotes ficaram inteiramente cobertos de lama, assim como o semblante de vários homens, de quem se via apenas o brilho dos olhos extenuados; desatolado o veículo, lavavam rapidamente as mãos e o rosto numa poça e voltavam a subir. A aldeia achava-se a sete quilômetros de Pereiaslav; o trajeto nos tomou três horas. Na chegada, Ott despachou um grupo de bloqueio para além do limite das últimas casas, enquanto distribuía os demais dos dois lados da rua principal. As isbás miseráveis alinhavam-se sob a chuva, os telhados de colmo gotejavam nos quintaizinhos inundados; algumas galinhas encharcadas entretinham-se aqui e ali, não se via ninguém. Ott despachou um suboficial e o *Dolmetscher* para procurar o *stáretz*. Voltaram dez minutos depois, na companhia de um velhinho embrulhado em pele de carneiro e usando um surrado gorro de coelho. Ott interrogou-o de pé sob o aguaceiro; o velho gemia, negava que houvesse insurgentes. Ott impacientava-se. "Ele diz que aqui só há velhos e mulheres", traduzia o *Dolmetscher*. "Todos os homens morreram ou se foram." — "Diga-lhe que se encontrarmos alguma coisa ele será o primeiro a ser enforcado!", gritou Ott. Depois mandou seus homens vasculharem as casas. "Verifiquem o chão. Muitas vezes eles cavam bunkers." Acompanhei um dos grupos. A lama grudava tanto na única rua da aldeia quanto na estrada; entrávamos nas isbás com magotes de barro nos pés, espalhávamos sujeira por onde passávamos. Do lado de dentro, com efeito, encontrávamos apenas idosos, mulheres imundas, crianças infestadas de pulgas deitadas sobre os fornos em argila cozida e caiada. Não se via muita coisa para vasculhar: o chão era de terra batida, sem assoalho; quase não havia móveis, nada de sótãos tampouco, os telhados apoiavam-se diretamente nas paredes. Fedia a poeira, mofo, urina. Atrás das casas enfileiradas à esquerda da rua começava um pequeno bosque de bétulas, ligeiramente mais acima. Passei entre duas isbás e fui examinar a orla. A água tamborilava sobre os galhos e folhas, inchando as folhas mortas e podres que cobriam o solo; escorregava, era difícil subir. O bosque parecia vazio, mas, com a chuva, era impossível enxergar muito longe. Uma moita atraiu meu olhar: as folhas acastanhadas estavam tomadas por centenas de pequenos escaravelhos pretos; embaixo, havia restos humanos decompostos, ainda com farrapos de uniformes marrons. Tentei recobri-los, horrorizado com as bestiolas, mas elas não paravam de sair e correr desordenadamente. Exasperado, dei uma botinada naquela maçaroca. Um crânio se soltou e rolou ladeira abaixo, semeando escaravelhos na lama. Voltei a descer. O crânio jazia contra uma pedra, incólume, reluzente, suas órbitas vazias pululavam de escaravelhos, os lábios roídos revelavam os dentes amarelos, lavados pela chuva: o maxilar se abrira, revelando as carnes intactas da boca, uma língua grossa quase viva, cor-de-rosa, obscena. Fui ao encontro de Ott, naquele momento reunido no centro da aldeia com o *státetz* e o *Dolmetscher*. "Pergunte-lhe de onde vêm os cadáveres no bosque", eu disse ao *Dolmetscher*. O gorro do velho pingava em sua barba e ele resmungava com os dentes que lhe restavam: "São soldados do Exército Vermelho. Houve combates no bosque, mês passado. Muitos soldados foram mortos. Os aldeões enterraram os que encontraram, mas não procuraram em todos os lugares." — "E as armas deles?" O *Dolmetscher* voltou a traduzir. "Deram para os alemães", ele disse. Um Scharführer aproximava-se e saudou Ott. "Herr Untersturmführer, não há nada aqui." Ott estava nervosíssimo. "Vasculhem mais! Tenho certeza de que estão escondendo alguma coisa." Outros soldados e Orpo retornavam. "Herr Untersturmführer, olhamos, não há nada." — "Vasculhem, já disse." Naquele instante ouvimos um grito agudo ali perto. Uma forma indistinta corria pela ruazinha. "Ali!", gritou Ott. O Scharführer mirou e atirou através da cortina de chuva. A forma desabou na lama. Os homens correram em sua direção, tentando enxergar. "Imbecil, era uma mulher", disse uma voz. — "É você que está se chamando de imbecil!", ladrou o Scharführer. Um homem revirou o corpo na lama: era uma jovem camponesa, com um pano colorido na cabeça, e grávida. "Ela simplesmente entrou em pânico", disse um dos homens. "Não precisava atirar desse jeito." — "Ainda não está morta", disse o homem que a examinava. O enfermeiro do destacamento aproximou-se: "Levem-na para casa." Vários homens a levantaram; sua cabeça pendia para trás, o vestido enlameado estava colado na enorme barriga, a chuva fustigava o corpo. Foi carregada para casa e depositada sobre uma mesa. A não ser por uma velha chorando num canto, a isbá estava vazia. A moça agonizava. O enfermeiro rasgou seu vestido e a examinou. "Está fodida. Mas está prestes a parir, com um pouco de sorte ainda podemos salvar o bebê." Começou a dar instruções aos dois soldados ali presentes. "Providenciem água quente." Saí sob a chuva e fui me encontrar com Ott, que fora até os veículos. "O que está acontecendo agora?" — "A moça vai morrer. Seu enfermeiro está tentando fazer uma cesariana." — "Uma cesariana?! Ficou maluco, caramba!" Voltou a subir a ruela chafurdando até a casa. Segui-o. Ele entrou bruscamente: "Que porra é essa, Greve?" O enfermeiro segurava uma coisinha sangrenta embrulhada num pano e terminava de amarrar o cordão umbilical. A moça, morta, jazia com os olhos esbugalhados sobre a mesa, nua, coberta de sangue, rasgada do umbigo até o sexo. "Funcionou, Herr Untersturmführer", disse Greve. "É possível que sobreviva. Mas temos que achar uma ama de leite." — "Enlouqueceu!", gritou Ott. "Me dê isso!" — "Por quê?" — "Me dê isso!" Ott estava branco, tremia. Arrancou o recém-nascido das mãos de Greve e, segurando-o pelos pés, esmagou seu crânio na quina do forno de argila. Depois jogou-o no chão. Greve espumava: "Por que fez isso?!" Ott também berrava: "Você teria feito melhor enterrando-o na barriga da mãe, imbeciloide! Deveria tê-lo deixado tranquilo! Por que o fez sair? Não era suficientemente quente ali?" Girou nos calcanhares e saiu. Greve chorava: "O senhor não devia ter feito isso, o senhor não devia ter feito isso." Fui atrás de Ott, que vociferava na lama e na chuva diante do Scharführer e alguns homens reunidos. "Ott...", chamei. Atrás de mim, ecoou um chamado: "Untersturmführer!" Olhei: Greve, com as mãos ainda sujas de sangue, saía da isbá com o fuzil apontado. Esquivei-me, ele caminhou na direção de Ott. "Untersturmführer!" Ott virou a cabeça, viu o fuzil e começou a gritar: "Que é, seu veado, que quer ainda? Quer atirar, é isso, vá em frente!" O Scharführer berrava também: "Greve, em nome de Deus, abaixe esse fuzil!" — "O senhor não devia ter feito isso", gritava Greve, continuando a avançar para Ott. — "Vá em frente, imbecil, atire!" — "Greve, pare imediatamente!", vociferava o Scharführer. Greve atirou; Ott, atingido na cabeça, voou para trás e caiu numa poça, fazendo um grande estrépito. Greve mantinha o fuzil em posição de mira; todo mundo havia se calado. Só se ouvia a chuva castigando as poças, a lama, os capacetes dos homens, o colmo dos telhados. Greve tremia como uma folha, fuzil no ombro. "Ele não devia ter feito isso", repetia estupidamente. — "Greve", eu disse mansamente. Com ar feroz, Greve apontou o fuzil na minha direção. Abri muito lentamente os braços sem dizer nada. Greve voltou a visar o Scharführer com o fuzil. Por sua vez, dois soldados apontavam seus fuzis para Greve. Greve mantinha o fuzil apontado para o Scharführer. Os homens poderiam abatê-lo, mas nesse caso ele decerto também mataria o Scharführer. "Greve", disse calmamente o Scharführer, "você fez uma grande besteira. Ott era um lixo, tudo bem. Mas você está realmente na merda." — "Greve", eu disse. "Abaixe a arma. Caso contrário, vamos ser obrigados a matá-lo. Caso se renda, testemunharei a seu favor." — "Estou fodido de qualquer maneira", disse Greve. Não parava de apontar para o Scharführer. "Se o senhor atirar, levo alguém comigo." Desviou novamente o fuzil na minha direção, bruscamente. A chuva escorria do cano, bem diante dos meus olhos, corria no meu rosto. "Herr Hauptsturmführer!", chamou o Scharführer. "Concorda que eu resolva isso à minha maneira? Para evitar outras baixas?" Fiz um sinal afirmativo. O Scharführer voltou-se para Greve. "Greve. Dou-lhe cinco minutos. Depois iremos atrás de você." Greve hesitou. Em seguida abaixou o fuzil e chispou para dentro da floresta. Esperamos. Meu olhar pousou em Ott. Sua cabeça estava na água, apenas a face aflorava, com um buraco preto no meio da testa. O sangue formava manchas escuras na água gelatinosa. A chuva lavara seu rosto, percutia sobre seus olhos abertos e espantados, enchia lentamente sua boca, escorria pelas comissuras. "Andersen", disse o Scharführer. "Pegue três homens e vá buscá-lo." — "Não vamos achá-lo, Herr Scharführer." — "Procure-o." Dirigiu-se a mim: "Alguma objeção, Herr Hauptsturmführer?" Balancei a cabeça: "Nenhuma." Outros homens se haviam juntado a nós. Quatro deles encaminhavam-se para o bosque, fuzis no ombro. Outros quatro encarregaram-se do cadáver de Ott, levando-o, pela capa, para o caminhão. Segui-os com o Scharführer. Arrumamos o corpo em uma lona; o Scharführer enviou homens para darem o sinal de reagrupamento. Eu queria fumar mas era impossível, mesmo sob a capa de chuva. Os homens, em grupos, dirigiam-se para os veículos. Esperamos aqueles que o Scharführer enviara no encalço de Greve, na expectativa do disparo. Observei que o *stáretz* sumira prudentemente, sombras cinzentas emergiam através da chuva. "Procuramos no bosque, Herr Scharführer, mas não encontramos nada. Deve estar escondido." — "Certo. Subam." O Scharführer olhou para mim: "Os rebeldes é que vão tirar a pele do patife." — "Já lhe disse, Scharführer, não faço nenhuma objeção à sua decisão. O senhor evitou novos derramamentos de sangue, meus parabéns." — "Obrigado, Herr Hauptsturmführer." Pegamos a estrada, transportando o cadáver de Ott. O retorno a Pereiaslav foi mais demorado que a ida. Na chegada, sem sequer trocar de roupa, fui explicar o incidente a Häfner. Ele refletiu longamente. "Acredita que ele vá se juntar aos rebeldes?", perguntou finalmente. — "Acho que, se houver rebeldes na região, e o encontrarem, eles o matarão. De toda forma, se não for desse jeito, ele não passa do inverno." — "E se tentar permanecer na aldeia?" — "Estão com muito medo, vão denunciá-lo. Para nós ou para os rebeldes." — "Bom." Refletiu mais um pouco. "Vou declará-lo desertor, armado e perigoso, e assunto encerrado." Fez outra pausa. "Coitado do Ott. Era um bom oficial." — "Se quer minha opinião", eu disse secamente, "faz tempo que ele deveria estar em licença de repouso. Talvez houvesse evitado esse episódio." — "Provavelmente tem razão." Uma grande poça ia se expandindo sob minha cadeira. Häfner esticou o pescoço e projetou seu grande queixo quadrado: "Mesmo assim, que merda. Quer se encarregar do relatório para o Standartenführer?" — "Não, afinal de contas o Kommando é seu. Faça-o e eu assino como testemunha. Não deixe de providenciar uma cópia para o Amt III." — "Entendido." Finalmente fui mudar de roupa e fumar um cigarro. Do lado de fora, a chuva continuava a cair, dando a impressão de que não pararia nunca.

Dormi mal de novo; em Pereiaslav parecia não haver outro jeito. Os homens resmungavam, roncavam; assim que eu adormecia, o ranger de dentes do pequeno Waffen-SS vinha interromper bruscamente meu sono. O rosto de Ott na água e o crânio do soldado russo imiscuíam-se nesse torpor: Ott, deitado na poça, escancarava a boca e esticava a língua para mim, uma língua grossa, cor-de-rosa, fria, como se me convidasse a beijá-lo. Acordei angustiado, cansado. No café da manhã, tive novamente um acesso de tosse, depois náuseas violentas; refugiei-me num corredor vazio, mas não veio nada. Quando voltei para a cantina, Häfner me esperava com um teletipo: "Kharkov acaba de cair, Herr Hauptsturmführer. O Standartenführer espera o senhor em Poltava." — "Em Poltava?" Indiquei com um gesto o aguaceiro na janela. "Ele está exagerando. Como espera que eu chegue lá?" — "Os trens continuam circulando de Kiev para Poltava. Quando rebeldes não os descarrilam. Há um comboio da Rollbahn de partida para Iagotin; telefonei para a divisão, eles se dispõem a incorporá-lo. Iagotin fica na ferrovia, lá o senhor pode se virar para arranjar um trem." Häfner era de fato um oficial muito eficiente. "Bom, vou avisar meu motorista." — "Não, seu motorista ficará aqui. O Admiral nunca vai conseguir chegar a Iagotin. O senhor irá nos caminhões da Rollbahn. Mandarei o motorista com o carro para Kiev quando for possível." — "Entendido." — "O comboio parte ao meio-dia. Vou enviar por seu intermédio alguns despachos para o Standartenführer, incluindo o relatório sobre a morte de Ott." — "Entendido." Fui arrumar minhas coisas. Sentei-me então a uma mesa e escrevi uma carta para Thomas, descrevendo sem rodeios o incidente da véspera: *Você discutirá isso com o Brigadeführer, pois sei que Blobel não fará nada a não ser resguardar-se. Convém tirar conclusões adequadas do episódio, caso contrário isso poderá se repetir.* Terminada a carta, fechei-a em um envelope e a pus de lado. Depois fui encontrar Ries. "Diga-me, Ries, seu pequeno *Kindersoldat*, aquele que range os dentes. Qual o nome dele?" — "O senhor quer dizer Hanika? Franz Hanika. O que lhe mostrei?" — "Ele mesmo. Quer dá-lo para mim?" Franziu o cenho, espantado. "Dá-lo para o senhor? Para fazer o quê?" — "Estou deixando meu motorista aqui; deixei meu ordenança em Kiev, preciso de outro. Além disso, em Kharkov poderemos alojá-lo à parte, assim não irritará mais ninguém." Ries estava extasiado: "Escute, Herr Hauptsturmführer, se está falando sério... Da minha parte, com todo o prazer. Vou perguntar ao Obersturmführer; não acho que haverá objeções." — "Bom, vou avisar esse Hanika." Encontrei-o na cantina, areando umas panelas. "Hanika!" Ele fez sentido e vi que tinha um roxo em uma das maçãs do rosto. "Sim?" — "Parto daqui a pouco para Poltava, depois para Kharkov. Preciso de um ordenança. Quer vir?" Seu rosto aflito se iluminou: "Com o senhor?" — "É. Seu trabalho não vai mudar muito, mas pelo menos você não terá ninguém no seu pé." Estava radioso, como uma criança que tivesse recebido um presente inesperado. "Vá juntar suas coisas", eu lhe disse.

A viagem de caminhão até Iagotin permanece na minha lembrança como um longo delírio, um naufrágio sem fim. Os homens passavam mais tempo fora dos caminhões a empurrar que nas boleias. Porém, por terrível que fosse a lama, a ideia do que viria depois os aterrorizava ainda mais. "Não temos nada, Herr Hauptsturmführer, o senhor compreende, nada", explicou-me um Feldwebel. "Nenhuma roupa de baixo quente, pulôveres, peles, anticongelante, nada. Já os vermelhos estarão preparados para o inverno." — "São homens como nós. Também sentirão frio." — "Não é isso. Dá para administrar o frio. Só é preciso o material necessário, e eles o terão. E, se não tiverem, saberão improvisar. Viveram a vida inteira assim." Citou-me um exemplo impressionante que colhera de um de seus hiwis: no Exército Vermelho, os homens pediam botas dois números acima de seu tamanho. "Os pés incham com o congelamento, depois isso deixa espaço para forrá-las com palha e papel de jornal. As nossas botas são do nosso número. A metade dos homens vai estar com os dedos dos pés amputados no *Revier*."

Ao chegar a Iagotin, eu estava tão sujo que o suboficial responsável pela estação ferroviária não reconheceu minha patente e me recebeu com uma salva de palavrões por eu espalhar lama no saguão de espera. Deixei minha bagagem num banco e respondi duramente: "Sou oficial e o senhor não pode falar comigo dessa forma." Saí para me encontrar com Hanika, que me ajudou a me lavar um pouco com uma mangueira. O suboficial derramou-se em desculpas quando viu minhas insígnias, que continuavam as de um Obersturmführer; ofereceu-me banho e jantar. Entreguei-lhe a carta para Thomas, que partiria com o correio. Fui alojado em um quartinho de oficiais; Hanika dormiu em um banco no saguão, com militares de licença que aguardavam o trem de Kiev. O chefe da estação me acordou no meio da noite: "Um trem daqui a vinte minutos. Venha." Enfiei a roupa correndo e saí. A chuva tinha parado mas tudo ainda gotejava, os trilhos brilhavam sob os tristes postes da estação. Hanika viera ao meu encontro com a bagagem. Em seguida o trem chegou, seus freios rangeram longamente, intermitentemente, antes de parar. Como todos os trens que se aproximavam da frente de batalha, estava metade vazio, podíamos escolher os compartimentos. Deitei novamente e voltei a dormir. Se Hanika rangeu os dentes, não escutei.

Quando acordei, não passáramos sequer por Lubny. De tempos em tempos o trem parava em função de alertas ou para deixar passar comboios prioritários. Perto dos banheiros, conheci um Major da Luftwaffe que voltava da licença para juntar-se à sua esquadrilha em Poltava. Fazia cinco dias que deixara a Alemanha. Falou-me sobre o moral dos civis do Reich, que, embora a vitória tardasse, permaneciam confiantes, e muito amavelmente nos ofereceu um pouco de pão e salame. Às vezes também encontrávamos alguma coisa para mastigar nas estações. O trem tinha seu tempo próprio, eu não me sentia com pressa. Nas paradas, contemplava longamente a tristeza das estações russas. Equipamentos recém-instalados já pareciam obsoletos; espinheiros e ervas daninhas invadiam os trilhos; mesmo nessa época do ano percebia-se aqui e ali o brilho colorido de uma flor tenaz, perdida no cascalho imerso no óleo preto. As vacas que atravessavam placidamente pareciam sempre surpresas quando o mugido do apito de um trem vinha perturbar sua meditação. Um cinzento embaciado de lama e poeira cobria tudo. No acostamento ao lado dos trilhos, um moleque imundo empurrava uma bicicleta remendada ou uma velha camponesa arrastava-se em direção à estação para tentar vender alguns legumes embolorados. Deixei-me invadir pelas ramificações sem fim do sistema ferroviário, agulhas controladas por funcionários abrutalhados e alcoólatras. Nas estações de triagem, filas intermináveis de vagões sujos, fuliginosos, enlameados, carregados de trigo, carvão, ferro, petróleo, gado, todas as riquezas da Ucrânia ocupada confiscadas para serem enviadas à Alemanha, todas as coisas de que os homens têm necessidade deslocadas de um lugar para outro segundo um plano de tráfego grandioso e misterioso. Era então para isso que a guerra era feita, para isso que os homens morriam? Ora, na vida cotidiana também é assim. Em algum lugar um homem perde a vida nas profundezas sufocantes de uma mina, coberto de poeira e carvão; mais além, um outro descansa agasalhado, envolvido em alpaca, enfiado numa poltrona com um bom livro, sem nunca cogitar de onde e como chegaram até ele aquela poltrona, aquele livro, aquela alpaca, aquele agasalho. O nacional-socialismo quisera fazer de maneira com que cada alemão, no futuro, pudesse ter sua parte modesta nas coisas boas da vida; ora, nos limites do Reich, isso revelara-se impossível; agora tirávamos aquelas coisas dos outros. Era justo? Enquanto tivéssemos a força e o poder, sim, pois no que se refere à justiça não existe instância absoluta, cada povo define sua verdade e sua justiça. Mas se um dia nossa força fraquejasse, se nosso poder cedesse, teríamos de sofrer a justiça dos outros, por mais terrível que fosse. E isso também seria justo.

Em Poltava, Blobel me mandou para a desinfecção assim que me viu. Em seguida me informou acerca da situação. "O Vorkommando conseguiu entrar em Kharkov no dia 24 com o 55º Corpo de Exército. Já estabeleceram um gabinete." Mas Callsen precisava desesperadamente de homens e pedia reforços urgentes. Por ora, todavia, as estradas estavam bloqueadas pelas chuvas e pela lama. O trem não ia adiante porque as ferrovias tinham que ser restauradas e ampliadas, o que também só poderia ser feito quando os deslocamentos se tornassem possíveis. "Assim que o gelo derreter, o senhor irá a Kharkov com alguns oficiais e tropas; o Kommandostab irá um pouco mais tarde. No inverno, Kharkov abrigará os quartéis de todo o Kommando."

Hanika não demorou a se revelar melhor ordenança que Popp. Todas as manhãs, eu encontrava minhas botas engraxadas e um uniforme limpo, seco e passado; no café da manhã, frequentemente preparava alguma coisa para quebrar a rotina. Era muito jovem; fora transferido da Hitlerjugend para a Waffen-SS e dali destacado para o Sonderkommando; mas não lhe faltavam qualidades. Instruí-o sobre a classificação dos dossiês para que pudesse arquivar ou encontrar documentos para mim. Ries esbarrara em uma pérola: o rapaz era amável, solícito, bastava saber lidar com ele. À noite, faltava pouco para dormir atravessado na minha porta como um cão ou um criado de romance russo. Mais bem nutrido, descansado, seu rosto ia se arredondando, era de fato um belo rapaz, apesar da acne juvenil.

Blobel, por sua vez, a cada dia ficava mais alucinado; bebia e, sem pretexto algum, explodia em crises loucas de raiva. Escolhia dentre os oficiais um bode expiatório e o perseguia dias a fio, sem trégua, espezinhando-o acerca de cada aspecto de seu trabalho. Ao mesmo tempo era bom organizador. Tinha um senso aguçado das prioridades e restrições práticas. Felizmente, ainda não tivera oportunidade de testar seu novo Saurer; o caminhão ficara bloqueado em Kiev e ele aguardava impacientemente sua liberação. Bastava eu imaginar a coisa e sentia um frio nas costas, alimentando a esperança de partir antes de sua chegada. Continuava a ter náuseas brutais, acompanhadas às vezes de refluxos de gases dolorosos e extenuantes; mas guardava isso para mim. Também não comentava meus sonhos com ninguém. Quase todas as noites, agora, eu entrava num metrô, a cada vez diferente mas sempre descentrado, defasado, imprevisível, e incorporava uma circulação permanente de trens indo e vindo, escadas rolantes ou elevadores subindo e descendo de um nível a outro, portas se abrindo e fechando fortuitamente, sinaleiras passando do verde ao vermelho sem que os trens parassem, linhas se cruzando sem controle, e terminais onde os passageiros esperavam em vão, uma rede tresloucada, ruidosa, imensa, interminável, atravessada por um tráfego incessante e insensato. Eu adorava o metrô na minha juventude; descobrira-o aos dezessete anos quando fora para Paris e, na menor oportunidade, usava-o pelo mero prazer do movimento, de olhar as pessoas, as estações desfilando. A CMP acabara, no ano precedente, de retomar a linha norte-sul, e pelo preço de uma passagem eu podia atravessar a cidade de uma ponta à outra. Logo estava conhecendo melhor a geografia subterrânea de Paris que sua superfície. Com outros internos do curso preparatório, eu saía à noite graças à réplica de uma chave que os estudantes passavam de geração a geração; equipados com lanternas de bolso, esperávamos em uma plataforma o último vagão passar para em seguida penetrarmos nos túneis e caminharmos sobre os trilhos de estação em estação. Logo descobrimos diversas galerias e poços de acesso fechados ao público, o que não deixava de ser útil quando ferroviários, perturbados em seu trabalho noturno, tentavam nos perseguir. Essa atividade subterrânea deixou em minha memória um rastro de forte emoção, um sentimento amistoso de segurança e calor, sem esquecer também uma leve nuance neurótica. Já nessa época os metrôs povoavam os meus sonhos, mas agora veiculavam uma angústia translúcida e acidulada, e eu nunca conseguia chegar aonde queria, perdia minhas baldeações, as portas dos vagões fechavam-se na minha cara, eu viajava sem bilhete, com medo dos controladores, despertando frequentemente tomado por um pânico frio, abrupto, que me deixava como transbordado.

Finalmente as estradas tornaram-se transitáveis e pude partir. O frio chegara de repente, em uma noite; pela manhã, alegres, o vapor dos hálitos, as janelas embranquecidas pelos cristais de gelo. Antes de sair, eu vestia todos os meus pulôveres; Hanika conseguira me arranjar uma *chapka* em pele de lontra por alguns reichsmarks; em Kharkov, seria preciso encontrar imediatamente roupas quentes. Na estrada, o céu estava limpo, azul, nuvens de passarinhos rodopiavam nos bosques; perto das aldeias, os camponeses ceifavam os juncos dos lagos gelados para cobrirem suas isbás. A estrada em si continuava perigosa: o frio, em determinados lugares, congelara as cristas caóticas de lama levantadas pela passagem dos blindados e caminhões, e aquelas arestas endurecidas faziam os veículos derraparem, rasgando os pneus, às vezes chegando a provocar capotagens quando um motorista fazia mal uma curva e perdia o controle do carro. Em outros trechos, sob uma fina camada que se rompia sob as rodas, a lama continuava viscosa e traiçoeira. Nos arredores estendiam-se a estepe vazia, os campos cultivados, algumas florestas. Eram cerca de cento e vinte quilômetros de Poltava a Kharkov: a viagem demandava um dia. Entrava-se na cidade por subúrbios devastados, paredes calcinadas, reviradas, derrubadas, por entre as quais, rapidamente retiradas, agrupavam-se em pequenos montes as carcaças retorcidas e queimadas do material bélico desperdiçado na vã defesa da cidade. O Vorkommando instalara-se no Hotel International, que dava para uma imensa praça central, dominada, no fundo, pelo aglomerado construtivista do Dom Gosprom, prédios cúbicos, dispostos em arco de círculo, com duas arcadas altas e retangulares, e por um par de arranha-céus, espantosa construção para aquela grande cidade preguiçosa, com suas casas de madeira e velhas igrejas czaristas. A Prefeitura, incendiada durante os combates, exibia suas fachadas maciças e renques de janelas abertas bem ao lado, à esquerda; no centro da praça, um imponente bronze de Lênin dava as costas para os dois blocos e, indiferente aos veículos e blindados alemães estacionados aos seus pés, conclamava os passantes com um gesto largo. No hotel reinava a confusão; a maioria dos quartos tinha os vidros quebrados, um frio insuportável penetrava pelos vãos. Requisitei uma pequena suíte razoavelmente habitável, deixei Hanika dando um jeito nas janelas e na calefação e desci ao encontro de Callsen. "Os combates foram intensos na cidade", ele resumiu, "houve muita destruição, como pôde ver; será difícil alojar o Sonderkommando inteiro." O Vorkommando, contudo, dera início ao seu trabalho de SP e interrogava suspeitos; além disso, a pedido do 6º Exército, fizemos diversos reféns a fim de prevenir sabotagens como em Kiev. Callsen desenvolvera sua análise política: "A população da cidade é em sua maioria russa, aqui não teremos tantos problemas delicados ligados às relações com os ucranianos. Há também uma significativa população judaica, embora muitos tenham fugido com os bolcheviques." Blobel lhe ordenara que convocasse os líderes judeus e os fuzilasse: "Quanto aos outros, veremos mais tarde."

No quarto, Hanika conseguira vedar as janelas com papelão e lona e achara umas velas para iluminar, mas os aposentos continuavam gélidos. Sentado no sofá enquanto ele esquentava o chá, entreguei-me a um longo devaneio: sob pretexto do frio, eu o convidava para dormir comigo, para nos aquecermos um ao outro; depois, lentamente, durante a noite, eu enfiava a mão sob seu casaco, beijava seus jovens lábios e vasculhava suas calças para tirar o seu pau duro. Seduzir um subordinado, mesmo com sua anuência, eis o que estava fora de questão; mas fazia tempo que eu vinha pensando naquelas coisas e não tentei resistir ao deleite das imagens. Eu olhava para sua nuca e me perguntava se já conhecera mulher. Era de fato muito jovem, mas antes da idade dele, no internato, já fazíamos tudo o que se pode fazer entre meninos, e os mais velhos, que deviam ter a idade de Hanika, sabiam como arranjar garotas, loucas para serem possuídas, na aldeia vizinha. Meu pensamento agora deslizava: no lugar de sua frágil nuca vinham desenhar-se nucas diversamente poderosas, as de homens que eu conhecera ou simplesmente entrevira, e eu contemplava aquelas nucas com olhos de mulher, compreendendo subitamente com uma nitidez espantosa que os homens não controlam nada, não dominam nada, que são todos crianças e até mesmo brinquedos, colocados ali para o prazer das mulheres, um prazer insaciável e tanto mais soberano na medida em que os homens julgam controlar as coisas, julgam dominar as mulheres, enquanto na realidade as mulheres os sugam, minam sua dominação e diluem seu controle para no final tirarem deles muito mais do que eles querem dar. Os homens acreditam com toda a boa-fé que as mulheres são vulneráveis, e que essa vulnerabilidade convém ou desfrutar dela ou protegê-la, ao passo que as mulheres riem, com tolerância e amor ou então com desprezo, da vulnerabilidade infantil e infinita dos homens, de sua fragilidade, essa friabilidade tão próxima da perda de controle permanente, esse desmoronamento perpetuamente ameaçador, essa vacuidade materializada em carne tão forte. Graças a isso, não resta dúvida, as mulheres muito raramente matam. Elas sofrem muito mais, mas terão sempre a última palavra. Eu tomava meu chá. Hanika fizera minha cama com todas as cobertas que conseguira encontrar; peguei duas e deixei no sofá do primeiro aposento, onde ele dormiria. Fechei a porta e me masturbei rapidamente, depois caí no sono, com as mãos e a barriga manchadas de esperma.

Por uma ou outra razão, talvez para estar próximo de Von Reichenau, que ali tinha seu QG, Blobel preferiu permanecer em Poltava, e durante mais de um mês ficamos à espera do Kommandostab. Nem por isso o Vorkommando estava inativo. Como em Kiev, resolvi montar redes de informantes; isso fazia-se cada vez mais necessário, considerando a população mestiça, cheia de imigrantes de toda a URSS, dentre os quais decerto insinuavam-se inúmeros espiões e sabotadores; além disso, não encontramos nenhuma lista, nenhum arquivo do NKVD: antes da retirada, eles haviam efetuado um expurgo metódico em seus arquivos, não sobrara nada para facilitar nossa tarefa. Trabalhar no hotel era cada vez mais penoso; enquanto tentávamos datilografar um relatório ou conversar com um colaborador local, ouvíamos gritos de homens sendo interrogados, aquilo me agoniava. Uma noite serviram-nos vinho tinto no jantar; quase terminada a refeição, tudo já refluía. Isso nunca me acontecera com tal violência e comecei a me preocupar: antes da guerra, eu nunca vomitava, depois da infância quase nunca mais vomitara e me perguntava que diabos podia significar aquilo. Hanika, que me ouvira vomitar pela porta do banheiro, afirmou que talvez a comida estivesse ruim ou talvez eu sofresse de uma diarreia crônica: balancei a cabeça, não era isso, eu tinha certeza, pois começara exatamente como as náuseas, com uma tosse seca e uma sensação de opressão ou de alguma coisa bloqueada, apenas fora mais forte e tudo subira de supetão, a comida recém-digerida misturada com vinho, um mingau vermelho e assustador.

Finalmente Kuno Callsen obteve permissão da Ortskommandantur para instalar o Sonderkommando na sede do NKVD, na Sovnarkomovskaia, rua dos comissariados soviéticos do povo. Construído no início do século, esse prédio grande em forma de L tem sua entrada principal em uma ruazinha perpendicular, ladeada por árvores despidas pelo inverno; uma placa em russo na esquina indicava que durante a guerra civil, em maio e junho de 1920, o célebre Dzerjinski despachava dali. Os oficiais continuavam alojados no hotel; Hanika nos arranjara uma estufa; infelizmente, instalara-a na saleta onde ele dormia, e se eu deixasse a porta aberta, seu atroz ranger de dentes vinha acabar com o meu sono. Pedi-lhe que aquecesse bem os dois aposentos durante o dia para que eu pudesse fechar a porta ao me deitar; mas de madrugada o frio me despertava e eu acabava dormindo vestido, com um gorro de lã, até que Hanika descobriu uns edredons, que eu juntava para dormir nu, como estava acostumado. Continuava a vomitar quase todas as noites ou pelo menos uma noite em cada duas, imediatamente no fim das refeições, e uma vez inclusive antes de chegar ao fim, eu estava terminando de beber uma cerveja gelada com costeletas de porco e aquilo subiu tão rápido que o líquido ainda estava frio, sensação horrível. Eu sempre conseguia vomitar adequadamente, num toalete ou num lavabo, sem me fazer notar muito, mas era cansativo: as intensas náuseas que sucediam ao refluxo dos alimentos me deixavam esvaziado, drenado de qualquer energia por longos momentos. A minha sorte era que a alimentação era tão rapidamente devolvida que ainda não estava ácida, a digestão mal começara e aquilo não tinha gosto, bastando eu lavar a boca para me sentir melhor.

 Os especialistas da Wehrmacht haviam vasculhado meticulosamente os prédios públicos, atrás de explosivos e minas, e desmontado alguns artefatos; apesar disso, alguns dias depois da primeira nevasca, o Museu do Exército Vermelho explodiu, matando o comandante da 60ª Divisão, seu chefe de estado-maior, seu Ia e três estafetas, encontrados horrivelmente mutilados. No mesmo dia houve quatro outras explosões; os militares estavam furiosos. O engenheiro-chefe do 6º Exército, o Oberst Selle, deu ordens para instalar judeus em todos os grandes prédios para evitar novas explosões. Já Von Reichenau queria represálias. O Vorkommando não se intrometeu: a Wehrmacht se encarregou do assunto. O Ortskommandant mandou enforcar reféns em todas as sacadas da cidade. Atrás dos nossos escritórios, duas ruas, a Tchernychevski e a Girchman, emaranhavam-se e formavam uma superfície irregular, como um vazio no meio de prediozinhos fortuitamente espalhados. Várias dessas residências, de períodos e cores diferentes, davam para a rua por uma esquina truncada, a elegante porta de entrada dominada por uma pequena sacada; logo, um ou vários homens pendiam como sacos de seus parapeitos. Em uma casa senhorial de antes da última guerra, verde-clara e com três andares, dois musculosos atlantes, um de cada lado da porta, sustentavam a sacada com seus braços brancos curvados atrás das cabeças: quando passei, um corpo ainda fremia entre aquelas cariátides imóveis. Cada enforcado exibia em volta do pescoço um cartaz em russo. Era um prazer ir a pé até o escritório, fosse sob as tílias e álamos nus da comprida rua Karl-Liebknecht, fosse cortando pelo vasto jardim dos Sindicatos com seu monumento a Chevtchenko; era questão de apenas algumas centenas de metros, e de dia as ruas eram seguras. Na rua Liebknecht também promoviam-se enforcamentos. Uma multidão se aglomerara sob uma sacada. Vários Feldgendarmes haviam saído pela janela envidraçada e fixavam solidamente seis cordas com nós corrediços. Depois entraram no aposento escuro. Ao cabo de um instante reapareceram trazendo um homem com os braços e pés amarrados, a cabeça coberta por um capuz. Um Feldgendarme passou um nó corrediço em torno de seu pescoço, depois o cartaz, e retirou-lhe o capuz. Por um momento vi os olhos esbugalhados do homem, olhos de cavalo desembestado; em seguida, como tomado pelo cansaço, ele os fechou. Dois dos Feldgendarmes o soergueram e o fizeram deslizar lentamente da sacada. Seus músculos amarrados foram tomados por intensos espasmos, então se acalmaram, ele balançava tranquilamente, a nuca rasgada, enquanto os Feldgendarmes enforcavam o seguinte. As pessoas assistiram até o fim, eu assistia também, tomado por uma fascinação perversa. Perscrutava avidamente as fisionomias dos enforcados, dos condenados, antes que transpusessem a balaustrada: aquelas fisionomias, aqueles olhos assustados ou terrivelmente resignados não me diziam nada. Vários dos mortos tinham a língua pendurada, grotesca, fios de saliva corriam de sua boca para a calçada, alguns espectadores riam. A angústia me invadia como uma grande onda, o barulho das gotas de saliva me horripilava. Ainda moço, eu vira um enforcado. Isso aconteceu no pavoroso internato onde me haviam trancafiado; lá eu sofria, mas não era o único. Uma noite, depois do jantar, houve uma prece especial, não lembro mais por quê, e, alegando minhas origens luteranas, eu conseguira ser dispensado (era um colégio católico); assim, pude voltar para o meu quarto. Cada dormitório era organizado por classes e continha cerca de quinze beliches. Ao subir, passei pelo quarto vizinho, onde dormia a primeira série (eu estava na segunda, devia ter quinze anos); dois garotos que também tinham escapado da missa estavam ali: Albert, a quem eu era mais ou menos ligado, e Jean R., um menino estranho, desdenhado, mas que assustava os outros alunos com suas crises violentas e desordenadas. Conversei com eles alguns minutos antes de ir para o meu quarto, onde me deitei para ler um romance de E.R. Burroughs, leitura evidentemente proibida, como tudo naquela prisão. Terminei o segundo capítulo quando de repente ouvi a voz de Albert, um grito demente: "Socorro! Socorro! Aqui!" Pulei da cama, o coração a mil, depois um pensamento me reteve: e se Jean R. estiver matando Albert? Albert não parava de gritar. Obriguei-me então a ir até lá; aterrado, disposto a fugir, avancei para a porta e a empurrei. Jean R. pendia de uma viga, uma fita vermelha em volta do pescoço, o rosto já azul; Albert, berrando, segurava-o pelas pernas e tentava levantá-lo. Fugi do dormitório e despenquei escada abaixo, gritando por minha vez através do patiozinho, em direção à capela. Vários professores saíram, hesitaram, então começaram a correr na minha direção, seguidos por uma porção de alunos. Levei-os até o quarto, onde todos queriam entrar; assim que compreenderam, dois professores bloquearam a porta fazendo os alunos recuarem no corredor, mas eu já tinha entrado, vi tudo. Dois ou três professores seguravam Jean R. enquanto outro lutava furiosamente para cortar a grossa fita com um canivete ou uma chave. Finalmente Jean R. caiu como uma árvore abatida, arrastando consigo os professores para o chão. Albert, encolhido num canto, chorava, as mãos crispadas tapando o rosto. O padre Labourie, meu professor de grego, tentava abrir o maxilar de Jean R., fazendo força com as duas mãos para afastar os dentes, mas sem sucesso. Lembro-me distintamente do azul profundo e reluzente do rosto de Jean R. e de seus lábios violeta cobertos de espuma branca. Depois fizeram-me sair. Passei aquela noite na enfermaria, queriam isolar-me dos outros meninos, suponho; não sei onde colocaram Albert. Um pouco mais tarde enviaram-me o padre Labourie, homem afável e paciente, qualidades raras naquele estabelecimento. Não era como os outros padres, e eu gostava de conversar com ele. Na manhã de segunda-feira, todos os alunos reuniram-se na capela para um longo sermão sobre a abominação do suicídio. Fomos informados de que Jean R. sobrevivera e tivemos que rezar pela salvação da sua alma de pecador. Não voltamos a nos ver. Como todos os alunos ficaram muito abalados, os bondosos padres resolveram organizar uma grande excursão pelos bosques. "Isso é idiota", eu disse a Albert quando o encontrei no pátio.

Ele parecia fechado, tenso. O padre Labourie aproximou-se de mim e disse suavemente: "Venha, venha conosco. Ainda que você não ligue, fará bem aos outros." Resignei-me e me juntei ao grupo. Fizeram-nos caminhar horas sem fim; e, verdade seja dita, à noite todos estavam calmos. Deixaram-me voltar para o dormitório, onde fui interpelado pelos outros meninos. Durante a caminhada, Albert me contou que Jean R. subira na cama e, após ter colocado o nó corrediço em volta do pescoço, chamara por ele: "Albert, olhe", depois se lançara. Os enforcados balançavam lentamente por cima das calçadas de Kharkov. Eram, eu sabia, judeus, russos e ciganos. Todos aqueles enforcados monótonos e encapuzados evocavam-me crisálidas sonolentas, impacientes, à espera da metamorfose. Mas havia uma coisa que continuava incompreensível para mim. Eu finalmente começava a vislumbrar que, independentemente do número de mortos que eu visse, ou de pessoas no instante da morte, eu nunca conseguiria captar a morte, aquele momento, precisamente em si mesma. Das duas, uma: ou já se está morto, e então não há mais nada mesmo a compreender, ou ainda não, e, nesse caso, até mesmo com o fuzil na nuca ou a corda no pescoço, ela permanece incompreensível, pura abstração, a ideia absurda de que eu, único vivente no mundo, possa desaparecer. Moribundos, talvez já estejamos mortos, mas nunca morremos, esse momento nunca chega, ou melhor, nunca pára de chegar, ei-lo, está chegando, e depois mais uma vez, e depois já passou, sem jamais ter chegado. Eis como eu raciocinava em Kharkov, muito mal decerto, mas eu não estava bem.

Era fim de novembro; na vasta praça circular, rebatizada como Adolf Hitler Platz, uma neve cinzenta e pálida caía suavemente como feixes de luz do céu de meio-dia. Uma mulher pendia de uma longa corda presa na mão esticada de Lênin, crianças brincavam embaixo e levantavam a cabeça para olhar sua calcinha. Os enforcados proliferavam, o Ortskommandant ordenara que permanecessem pendurados *para darem o exemplo*. Os transeuntes russos fugiam rapidamente à vista deles, cabeça baixa; os soldados alemães e as crianças os esquadrinhavam com curiosidade, e não raro os soldados os fotografavam. Havia vários dias que eu não vomitava mais, esperava continuar assim; mas era apenas uma trégua; quando voltou, vomitei minha salsicha, meu repolho e minha cerveja uma hora depois da refeição, na rua, escondido em um beco. Mais adiante, na esquina do jardim dos Sindicatos, haviam erguido um cadafalso, e nesse dia estavam sendo levados para lá dois homens muito jovens e uma mulher, mãos amarradas nas costas, cercados por um grupo composto essencialmente de soldados e oficiais alemães. A mulher carregava um grande cartaz explicando que a punição era represália a uma tentativa de assassinato de um oficial. Foram então enforcados. Um dos rapazes parecia atônito, pasmo de se achar ali, o outro estava simplesmente triste; já a mulher fez um esgar pavoroso quando retiraram o suporte de sob seus pés, mas foi tudo. Só Deus sabe se estavam efetivamente envolvidos no atentado; enforcava-se praticamente qualquer um, judeus mas também soldados russos, indivíduos sem documentos, camponeses errantes atrás de comida. A ideia não era punir culpados, mas, por meio do terror, evitar novos atentados. Dentro de Kharkov, isso parecia funcionar; não houvera mais explosões desde os enforcamentos. Mas fora da cidade a situação piorava. O Oberst Von Hornbogen, o Ic da Ortskommandantur, a quem eu visitava regularmente, mantinha na parede um grande mapa dos arredores de Kharkov crivado de alfinetes vermelhos, cada um simulando um ataque insurgente ou um atentado. "Isso está se tornando um verdadeiro problema", explicava. "Para sair da cidade, só em grupo; os homens isolados estão sendo mortos como coelhos. Todas as aldeias em que encontramos rebeldes estão sendo arrasadas, mas isso não adianta muito. O abastecimento está difícil inclusive para as tropas; quanto a alimentar a população nesse inverno, nem pensar." A cidade tinha cerca de seiscentos mil habitantes; não havia nenhum empório público, e já se falava de velhos morrendo de fome. "Se não se importa, fale-me sobre seus problemas de disciplina", pedi ao Oberst, com quem eu mantinha boas relações havia algum tempo. — "É verdade, temos dificuldades. Sobretudo casos de pilhagem. Soldados esvaziaram o apartamento do prefeito russo enquanto ele estava conosco. Muitos soldados roubam casacos ou gorros de pele da população. Há também casos de estupro. Uma mulher russa foi trancafiada num porão e estuprada por seis soldados sucessivamente." — "A que atribui isso?" — "Questão de moral, imagino. As tropas estão esgotadas, sujas, cobertas de parasitas, não recebem sequer roupas de baixo limpas, além disso o inverno está chegando, pressentem que vai piorar." Inclinou-se para a frente com um ligeiro sorriso: "Cá entre nós, fizeram inclusive várias pichações no AOK, em Poltava. Coisas como *Queremos voltar para a Alemanha* ou *Estamos sujos, cheios de pulgas e queremos voltar.* O Generalfeldmarschall ficou louco de raiva, tomou a coisa como ofensa pessoal. Claro, reconhece que há tensões e privações, mas acha que os oficiais poderiam fazer mais pela educação política dos homens. Enfim, o que preocupa acima de tudo é o abastecimento."

Do lado de fora, uma fina camada de neve cobria a praça e polvilhava ombros e cabelos dos enforcados. Ao meu lado, um jovem russo entrava desabalado na Ortskommandantur, segurando com o pé, ao passar, a pesada porta batente, com grande delicadeza para evitar o barulho; uma gota d'água escorreu do meu nariz e fechou a minha boca com um brilho frio. Von Hornbogen me deixara muito pessimista. Mas a vida recomeçava. Lojas, de propriedade de *Volksdeutschen*, abriam, restaurantes armênios também, e até mesmo duas boates. A Wehrmacht reinaugurava o Teatro Dramático ucraniano Chevtchenko, depois de haver pintado em amarelo-ocre e num agressivo vermelho-borgonha sua elegante fachada do século XIX, com colunas e relevos brancos mutilados pelos estilhaços; ali fora instalado um bar denominado *Panzersprenggranate*, "Granada Antitanque", e uma tabuleta chamativa proclamava seu nome em cima das portas trabalhadas. Uma noite levei Hanika até lá para uma revista satírica. Claro que era ruim, mas os homens, fascinados, riam e aplaudiam furiosamente; alguns números eram bem engraçados. Numa cena paródica, um coro vestindo o xale de oração listrado dos rabinos cantava, com um acompanhamento apropriado, uma ária da *Paixão segundo São João*:

> *Wir haben ein Gesetz*
> *und nach dem Gesetz*
> *soll er sterben.*

Bach, pensei, um homem devoto, não teria gostado daquela brincadeira. Mas eu era obrigado a reconhecer que era cômico. O rosto de Hanika brilhava, ele aplaudia todos os números; parecia feliz. Naquela noite me senti bem, não vomitara e apreciava o calor e o bom ambiente do teatro. No entreato, fui ao bufê e ofereci um copo de vodca gelada a Hanika; ele ficou vermelho, não estava acostumado. Arrumando meu uniforme em frente a um espelho, notei uma mancha. "Hanika", perguntei, "que é isso?" — "O quê, Herr Hauptsturmführer?" — "A mancha, aqui." Ele olhou. "Não vejo nada, Herr Hauptsturmführer." — "Sim, sim", insisti, "tem uma mancha aqui, um pouco escura. Esfregue mais quando lavar." — "Sim, Herr Hauptsturmführer." Aquela mancha me perturbava; tentei esquecê-la bebendo outro copo, depois retornei à sala para a segunda parte do espetáculo. Em seguida, em companhia de Hanika, subi a pé a ex-rua Liebknecht, rebatizada como Horst-Wesselstrasse ou algo do gênero. Mais acima, em frente ao parque, vigiadas por soldados, velhas desamarravam um enforcado. Pelo menos, pensei ao ver aquilo, esses russos que enforcamos têm mães para enxugar o suor de sua testa, fechar seus olhos, dobrar seus braços e os enterrar com ternura. Eu pensava em todos os judeus de olhos ainda abertos sob a terra da ravina de Kiev: nós os havíamos privado da vida mas também desse desvelo, pois com eles matáramos mães, mulheres e irmãs, não deixando ninguém para fazer o luto. O destino deles tinha sido a amargura de uma vala comum, seu festim fúnebre, a rica terra da Ucrânia enchendo suas bocas, seu único kaddish, o assobio do vento na estepe. E destino igual estava sendo tramado para seus correligionários de Kharkov. Blobel finalmente chegara com o Hauptkommando, descobrindo furioso que nenhuma medida ainda fora tomada, exceto a imposição do uso da estrela amarela. "Mas o que fazem na Wehrmacht?!! Querem passar o inverno com trinta mil sabotadores e terroristas entre eles?" Trazia consigo o substituto do Dr. Kehrig, recém-chegado da Alemanha; assim, eu me via relegado às minhas prévias funções subalternas, o que, considerando meu cansaço, não me desagradava. O Sturmbannführer Dr. Woytinek era um homenzinho seco, sem graça, que alimentava um grande ressentimento por ter *perdido o início da campanha* e esperava que *a oportunidade de compensar isso não demorasse a se apresentar*. Com efeito, a oportunidade se apresentou, mas não imediatamente. Assim que chegaram, Blobel e Vogt encetaram negociações com os representantes do AOK com vistas a uma nova *Grosse Aktion*. Nesse ínterim, porém, Von Rundstedt fora destituído em virtude da retirada de Rostov e o Führer designara Von Reichenau para substituí-lo à frente do Grupo de Exércitos Sul. Nenhum substituto fora ainda nomeado para assumir o comando do 6º Exército; por ora, o AOK era dirigido pelo Oberst Heim, chefe de estado-maior; e este último, em matéria de cooperação com o SP e o SD, mostrava-se menos complacente que seu ex-general-em-chefe. Não fazia nenhuma objeção de princípio, mas todos os dias levantava novas dificuldades práticas a partir de sua correspondência, e as discussões se arrastavam. Blobel espumava e desancava os oficiais do Kommando. O Dr. Woytinek, por sua vez, familiarizava-se com os dossiês e me assediava com perguntas durante o dia. O Dr. Sperath, quando me viu, observou: "O senhor não está com a cara boa." — "Não é nada. Só estou um pouco cansado." — "Devia descansar." Zombei: "Quem sabe depois da guerra?" Mas não parava de me entreter com os vestígios de manchas na minha calça, que Hanika, que parecia um pouco negligente, não limpara direito.

Blobel chegara a Kharkov com o caminhão Saurer e, de fato, pretendia usá-lo na ação planejada. Conseguira finalmente liberá-lo em Poltava. À noite, no cassino, Häfner, que estivera presente — os Teilkommandos haviam se agrupado em Poltava antes de marcharem juntos até Kharkov —, narrou a cena para mim. "Na verdade, não é em absoluto um avanço. O Standartenführer mandou carregá-lo com homens e mulheres, depois ligou o motor. Os judeus, quando compreenderam, começaram a bater e berrar 'Caros alemães! Caros alemães! Deixem-nos sair!' Quanto a mim, fiquei sentado no carro com o Standartenführer, que bebia um *schnaps*. Depois, durante o descarregamento, posso lhe afirmar que ele não estava nada à vontade. Os corpos estavam cobertos de merda e vômito, os homens, enojados. Findeisen, que dirigia o caminhão, também foi atingido pelo gás e vomitava por toda parte. Um horror. Se foi tudo que eles encontraram para simplificar nossa vida, podem começar de novo. Dá para ver que é ideia de burocrata." — "E o Standartenführer ainda pretende usá-lo?" — "Oh, sim! Mas sem a minha presença, posso garantir."

Finalmente as negociações com o AOK davam frutos. Blobel, apoiado pelo Ic Niemeyer, determinara que a eliminação da população judaica, bem como de outros indesejáveis e suspeitos políticos, inclusive não residentes, contribuiria para amenizar o problema do abastecimento, que se tornava cada vez mais agudo. A Wehrmacht, com a colaboração da Secretaria Municipal de Habitação, reservou para o Sonderkommando um local para a evacuação, a KhTZ, uma fábrica de tratores, que dispunha de tendas para operários. Ficava fora da cidade, a doze quilômetros do centro, depois do rio que atravessa a antiga estrada de Moscou. Em 14 de dezembro, foi afixada uma ordem que dava aos judeus da cidade dois dias para se transferirem para lá. Como em Kiev, os judeus foram espontaneamente, sem escolta; e numa primeira fase foram realmente alojados nas tendas. No dia da evacuação, nevava, o frio era intenso, as crianças choravam. Peguei um carro para ir até a KhTZ. O local não tinha sido fechado e havia muitas idas e vindas. Como não havia água, alimentação ou calefação nas tendas, as pessoas saíam para providenciar o necessário e nada era feito para impedi-las; simplesmente, informantes apontavam os que espalhavam rumores negativos e atormentavam os demais; estes eram discretamente detidos e liquidados nos porões dos escritórios do Sonderkommando. No campo reinava um grande caos, tendas se desfaziam, crianças berravam, velhos morriam antes da hora e, como suas famílias não podiam enterrá-los, eram deitados do lado de fora, onde enregelavam. Finalmente o campo foi fechado e instalou-se uma guarda alemã. Mas pessoas continuavam a afluir, judeus que queriam se juntar às suas famílias ou cônjuges russos e ucranianos, que traziam comida para maridos, mulheres ou filhos; estes, ainda deixávamos entrar e sair, Blobel queria evitar o pânico e reduzir pouco a pouco, discretamente, o campo. A Wehrmacht objetara que uma vasta ação única, como em Kiev, provocaria muita agitação, e Blobel aceitara o argumento. Na véspera do Natal, a Ortskommandantur convidou os oficiais do Sonderkommando para uma recepção em um salão de congressos do Partido Comunista da Ucrânia, redecorado para a ocasião. Diante de um lauto bufê, tomamos diversos *schnaps* e conhaques com os oficiais da Wehrmacht, que erguiam seus copos ao Führer, à *Endsieg* e à nossa grande obra comum. Blobel e o Kommandant da cidade, o General Reiner, trocaram presentes; em seguida os oficiais com boa voz entoaram coros. Dali a dois dias — a Wehrmacht fizera questão de adiar a data para depois do Natal, a fim de não estragar os festejos —, os judeus foram convidados a se apresentar como voluntários para trabalhar em Poltava, Lubny e Romny. Fazia um frio de rachar, a neve cobria tudo, os judeus transidos comprimiam-se no posto de seleção na esperança de deixar o campo o mais rápido possível. Colocados em caminhões dirigidos por motoristas ucranianos, seus pertences eram amontoados à parte em outros veículos. Eram então levados em comboio para Rogan, um subúrbio afastado da cidade, e fuzilados em *balki*, ravinas selecionadas pelos nossos agrimensores. Os pertences eram encaminhados a entrepostos a fim de passarem por uma triagem e em seguida serem distribuídos aos *Volksdeutschen* pelo NSV e o Vomi. Assim, os campos eram esvaziados em pequenos grupos, cada dia um punhado. Um pouco antes do Ano-Novo, fui assistir a uma execução. Os atiradores eram todos jovens voluntários do 314º Batalhão de Polícia, ainda não estavam acostumados, não acertavam em cheio e havia muitos feridos. Os oficiais os xingavam e lhes serviam álcool, o que não melhorava o desempenho. O sangue fresco borrifava a neve, corria no fundo da ravina, espalhava-se em poças sobre a terra endurecida pelo frio; não congelava, estagnava, viscoso. Em volta, as hastes cinzentas e mortas dos girassóis permaneciam eretas nos campos brancos. Todos os sons, até mesmo gritos e tiros, eram como aveludados; os passos faziam a neve chiar. Utilizávamos também o caminhão Saurer; isso, porém, não fui ver. Passei a vomitar com frequência e sentia que estava adoecendo; tinha febre, não o suficiente para ficar na cama, mas antes longos arrepios e uma sensação de fragilidade, como se minha pele fosse de cristal. Na *balka*, entre as rajadas, os surtos aflitivos dessa febre percorriam meu corpo. Ficava tudo branco, terrivelmente branco, exceto o sangue que manchava tudo, a neve, os homens, meu casaco. No céu, grandes formações de patos selvagens voavam tranquilamente para o sul.

    O frio instalava-se e tomava liberdades, quase como um organismo vivo que se estendesse sobre a terra e se infiltrasse em toda parte, nos lugares mais inesperados. Sperath me informou que as frieiras estavam dizimando a Wehrmacht, acarretando frequentes amputações; as solas com pregos dos *Kommisstiefel* regulamentares haviam se revelado um condutor eficaz. Todas as manhãs, recebíamos sentinelas mortas, o crânio congelado pelo capacete colocado diretamente na cabeça, sem gorro de lã. Os pilotos de panzers tinham que queimar borracha de pneus sob seus motores para conseguirem partir. Uma parte das tropas acabara recebendo roupas civis de inverno recolhidas na Alemanha pelo *Winterhilfe*, mas viera de tudo um pouco, e alguns soldados passeavam com casacos femininos de pele, xales ou regalos. A pilhagem aos civis intensificava-se: os soldados tiravam à força suas peles de carneiro e suas *chapkas* e os deixavam quase nus no frio, a que muitos sucumbiam. Perto de Moscou, diziam, era pior; depois da contraofensiva soviética do início do mês, nossos homens, agora na defensiva, morriam como moscas em suas posições sem sequer perceberem o inimigo. A situação também se tornava politicamente confusa. Ninguém, em Kharkov, compreendia realmente por que havíamos declarado guerra aos americanos: "Já temos muita coisa nas nossas costas", reclamava Häfner, apoiado por Kurt Hans, "os japoneses deviam cuidar deles sozinhos." Outros, mais clarividentes, viam em uma vitória japonesa um perigo para a Alemanha. O expurgo no Alto-Comando do Exército também suscitava interrogações. Na SS, a maioria achava que o fato de o Führer ter assumido pessoalmente a direção do OKH era uma boa coisa: agora, diziam, aqueles velhos prussianos reacionários não poderão detê-lo com sutilezas; na primavera, os russos seriam destruídos. Na Wehrmacht, pareciam mais céticos. Von Hornbogen, o Ic, mencionava boatos de uma ofensiva para o sul, tendo como objetivo o petróleo do Cáucaso. "Não entendo mais nada", dizia-me depois de um copo ou dois no cassino. "Nossos objetivos são políticos ou econômicos?" — "Ambos, sem dúvida", sugeri; mas para ele a grande pergunta referia-se aos nossos recursos. "Os americanos vão se dedicar por um tempo a aumentar sua produção e acumular material suficiente. Isso nos dá tempo. Mas se daqui até lá não acabarmos com os vermelhos, estamos fodidos." Apesar de tudo, essas palavras me chocaram; eu nunca ouvira opinião pessimista tão cruamente externada. Já tinha cogitado a possibilidade de uma vitória mais limitada que a prevista, uma paz de compromisso, por exemplo, pela qual deixaríamos a Rússia para Stálin, mas manteríamos a Ostland e a Ucrânia, assim como a Crimeia. Mas a derrota? Isso me parecia impensável. Eu bem que gostaria de discutir o assunto com Thomas, mas ele estava longe, em Kiev, e eu não tinha notícias dele desde sua promoção a Sturmbannführer, que ele me anunciara na resposta à minha carta de Pereiaslav. Em Kharkov, não havia muita gente com quem conversar. À noite, Blobel bebia e explodia em injúrias contra os judeus, os comunistas, até mesmo contra a Wehrmacht; os oficiais o escutavam, jogavam bilhar ou se retiravam para seus quartos. Geralmente eu fazia a mesma coisa. Nessa época estava lendo o diário de Stendhal, havia nele passagens obscuras que correspondiam espantosamente ao meu sentimento: *Repelir os judeus... A opressão do tempo me esgota... A dor me faz máquina...* Decerto para compensar a sensação de sujeira produzida pelos vômitos, eu também passara a dar uma atenção quase obsessiva à minha higiene; Woytinek já me surpreendera em várias ocasiões esmiuçando meu uniforme, procurando vestígios de lama ou outras substâncias, e me intimara a parar de *contar moscas*. Logo em seguida à minha primeira inspeção na *Aktion*, eu entregara meu uniforme sujo para Hanika lavar; mas sempre que o recebia de volta encontrava novas manchas, acabei chamando-o energicamente à parte, recriminando-o em termos brutais por sua preguiça e incompetência antes de lhe atirar meu dólmã na cara. Sperath viera me perguntar se eu estava dormindo bem; quando lhe respondi que sim, pareceu satisfeito, e era verdade, à noite eu tombava na cama como uma pedra assim que me deitava, mas meu sono era então atravessado por sonhos aflitivos, desagradáveis, não precisamente pesadelos, mas algo como longas correntes submarinas que revolviam a vaza das profundezas enquanto a superfície permanecia lisa, uniforme. Devo observar que eu voltava regularmente para assistir às execuções, ninguém exigia isso, eu ia por vontade própria. Não atirava, mas estudava os homens que atiravam, sobretudo oficiais como Häfner ou Janssen, que estavam lá desde o início e pareciam agora completamente insensíveis àquele ofício de carrasco. Eu tinha que ser como eles. Pressentia que, ao me infligir esse lamentável espetáculo, não pretendia diluir seu escândalo, o sentimento insuperável de uma transgressão, de uma violação monstruosa do Bem e do Belo, pois na realidade esse sentimento de escândalo diluía-se por si só e acabávamos nos habituando, com o tempo não sentíamos mais muita coisa; dessa forma, o que eu buscava recuperar, desesperadamente mas em vão, era justamente esse choque inicial, essa sensação de uma ruptura, de um abalo infinito em todo o meu ser; em vez disso, sentia apenas um desassossego opaco e angustiante, cada vez mais fugaz, ácido, misturado à febre e aos meus sintomas físicos, e, assim, lentamente, sem sequer me dar conta, chafurdei na lama enquanto buscava a luz. Um incidente menor lançou uma luz fria nessas fissuras que iam se alargando. No grande parque nevado, atrás da estátua de Chevtchenko, uma jovem rebelde era conduzida ao cadafalso. Uma multidão de alemães aglomerava-se: Landser da Wehrmacht e dos Orpo, mas também homens da organização Todt, *Goldfasanen* do Ostministerium, pilotos da Luftwaffe. Era uma moça magérrima, o semblante afetado pela histeria, emoldurado por cabelos pretos e cheios cortados rente, bem toscamente, como por um podador. Um oficial amarrou suas mãos, instalou-a no cadafalso e pôs-lhe a corda no pescoço. Em seguida os soldados e oficiais presentes desfilaram diante dela e a beijaram na boca um por um. Ela continuava muda, de olhos abertos. Alguns a abraçavam carinhosamente, quase castamente, como colegiais; outros pegavam sua cabeça com as duas mãos para lhe forçar os lábios. Quando chegou a minha vez, ela me fitou com um olhar claro e luminoso, purificado, e vi que ela compreendia tudo, sabia tudo, e diante daquele saber tão puro eu explodi em chamas. Minhas roupas crepitavam, a pele da minha barriga se abria, a gordura borbulhava, o fogo rugia nas minhas órbitas e na minha boca e limpava o interior do meu crânio. A incandescência era tão forte que ela foi obrigada a desviar a cabeça. Fiquei como calcinado, meus restos transformavam-se em estátua de sal; ao perder o calor, pedaços começaram a se desprender, primeiro um ombro, depois uma das mãos, depois metade da cabeça. Enfim, desfazia-me completamente aos pés dela e o vento varreu aquele monte de sal e o dispersou. O oficial seguinte já avançava, e, quando todos passaram, ela foi enforcada. Refleti sobre aquela cena estranha dias a fio; minha reflexão, porém, erguia-se à minha frente como um espelho, devolvendo-me apenas minha imagem, invertida, decerto, mas fiel. O corpo daquela mulher era um espelho para mim. A corda se rompera ou tinha sido cortada, e ela jazia na neve do jardim dos Sindicatos com a nuca rasgada, os lábios inchados, um seio nu roído pelos cães. Seus cabelos espetados formavam uma crista de medusa em volta da cabeça e ela parecia fabulosamente bela, habitando a morte como um ídolo, Nossa Senhora das Neves. Não importava o percurso que eu fazia para ir do hotel até os nossos escritórios, encontrava-a sempre no caminho, uma pergunta teimosa, estática, que me projetava em um labirinto de vãs especulações e me fazia rodopiar. Isso durou semanas.

Blobel pôs fim à *Aktion* poucos dias após o Ano-Novo. Havíamos mantido milhares de judeus na KhTZ para trabalhos forçados na cidade; seriam fuzilados mais tarde. Acabávamos de saber que Blobel ia ser substituído. Ele próprio sabia disso havia semanas, mas não dissera nada. Aliás, já ia tarde. Em Kharkov, ficara com os nervos em frangalhos, em condições quase iguais às de Lutsk: uma hora ele nos reunia para se extasiar com os últimos totais acumulados do Sonderkommando; na outra, esgoelava de raiva, incoerente, por uma ninharia, uma observação atravessada. Certo dia, no início de janeiro, entrei em seu gabinete para lhe entregar um relatório de Woytinek. Sem me saudar, atirou uma folha de papel em cima de mim: "Faça-me o favor de ler esta merda." Estava bêbado, branco de cólera. Peguei a folha: era uma ordem do General Von Manstein, comandante do 11º Exército na Crimeia. "Foi o patrão dele, Ohlendorf, que me encaminhou isso. Leia, leia. Está vendo aqui embaixo? *É desonroso os oficiais presenciarem as execuções dos judeus.* Desonroso! Veados. Como se o que eles fizessem fosse honroso... como se tratassem seus prisioneiros com honra!... Participei da Grande Guerra. Durante a Grande Guerra os prisioneiros eram tratados, alimentados, não os deixávamos morrer de fome como gado." Uma garrafa de *schnaps* fora deixada na mesa; ele se serviu de uma dose, que engoliu de um trago. Eu continuava de pé em frente à mesa, não dizia nada. "Como se nossas ordens não viessem da mesma fonte... Canalhas. Querem manter as mãos limpas, esses cocozinhos da Wehrmacht. Querem deixar o trabalho sujo para a gente." Estava fora de si, seu rosto arroxeava. "Cachorros. Querem dizer depois: 'Ah não, os horrores, não fomos nós. Foram eles, os outros lá, os assassinos da ss. Não tínhamos nada a ver com isso. Lutamos como soldados, com honra.' Mas quem tomou todas essas cidades que estamos expurgando? Hein? A quem estamos protegendo, nós, quando eliminamos os rebeldes e os judeus e toda a ralé? Acha que eles se queixam? Eles nos pedem!" Gritava tanto que cuspia. "Esse lixo do Manstein, esse hipócrita, esse judeuzinho que ensina seu cão a levantar a pata quando escuta 'Heil Hitler' e que tem pendurado atrás da sua mesa, foi Ohlendorf quem me contou, um painel impresso onde está escrito: *Mas que diria o Führer sobre isso?* Pois bem, justamente, que diria nosso Führer sobre isso? O que diria ele quando o AOK 11 pede ao seu Einsatzgruppe para liquidar todos os judeus de Simferopol antes do Natal, a fim de que os oficiais possam passar as festas *judenfrei*? E depois imprimem pasquins sobre a honra da Wehrmacht? Porcos. Quem assinou o *Kommissarbefehl*? Quem assinou a ordem sobre as jurisdições? Quem? O Reichsführer, por acaso?" Calou-se para tomar fôlego e beber outro copo; engoliu mal, engasgou, tossiu. "E se der tudo errado, eles vão pôr tudo nas nossas costas. Tudo. Vão sair limpinhos, elegantes, brandindo papel higiênico assim" — arrancara o folheto das minhas mãos e o sacudia no ar —, "dizendo: 'Não, não fomos nós que matamos os judeus, os comissários, os ciganos, podemos provar isso, vejam, ninguém estava de acordo, foi tudo culpa do Führer e dos SS'..." Sua voz transformou-se num gemido: "Porra, mesmo se vencermos eles vão foder com a gente. Porque, escute, Aue, escute bem" — quase sussurrava agora, sua voz estava rouca —, "um dia tudo isso vai aparecer. Tudo. Há muita gente sabendo, muitas testemunhas. E quando isso aparecer, tenhamos vencido ou perdido a guerra, vai fazer barulho, vai ser um escândalo. Vão querer cabeças. E serão nossas cabeças que serão entregues à turba, enquanto todos os judeuzinhos prussianos como Von Manstein, todos os Von Rundstedt e os Von Brauchitsch e os Von Kluge voltarão para *von* palacetes confortáveis e escreverão *von* memórias, dando-se tapinhas nas costas uns dos outros por terem sido *von* soldados tão decentes e honrados. E nós seremos jogados no lixo. Vão nos impor um outro 30 de junho, salvo que dessa vez quem pagará o pato será a SS. Patifes." Seu cuspe espalhava-se pelos papéis. "Patifes. Patifes. Nossas cabeças a prêmio, e eles com suas mãozinhas brancas limpinhas e elegantes, unhas tratadas, nenhuma gota de sangue. Como se nenhum deles houvesse um dia assinado uma ordem de execução. Como se nenhum deles jamais houvesse estendido o braço e gritado 'Heil Hitler!' quando lhes falávamos de matar os judeus." Deu um pulo da cadeira e pôs-se de sentido, o peito inchado, braço erguido quase na vertical, rugindo: "Heil Hitler! Heil Hitler! Sieg Heil!" Sentou-se bruscamente e começou a resmungar. "Patifes. Patifezinhos honrados. Se pelo menos pudéssemos fuzilá-los também... Reichenau não, é um mujique, mas os outros, todos os outros." Tornava-se cada vez mais incoerente. Finalmente se calou. Aproveitei para lhe entregar rapidamente o relatório de Woytinek e me despedir. Recomeçou a gritar assim que atravessei a porta, mas não voltei atrás.

Enfim, seu substituto chegou. Blobel não se eternizou: fez um breve discurso de despedida e embarcou no primeiro trem para Kiev. Acho que ninguém sentia saudade dele, ainda mais que nosso novo comandante, o Standartenführer Dr. Erwin Weinmann, contrastava positivamente com seu predecessor. Era um homem jovem, tinha apenas poucos anos a mais que eu, circunspecto, fisionomia preocupada, quase triste, autêntico nacional-socialista por convicção. Assim como o Dr. Thomas, era médico por profissão, mas trabalhava há vários anos na Staatspolizei. Causou imediatamente boa impressão. "Passei vários dias em Kiev com o Brigadeführer Thomas", nos disse antes de qualquer coisa, "e ele me explicou as imensas dificuldades que os oficiais e os homens deste Kommando tiveram que enfrentar. Saibam que não foi em vão e que a Alemanha está orgulhosa dos senhores. Vou passar os próximos dias familiarizando-me com o trabalho do Kommando; com esse objetivo, gostaria de ter uma conversa franca e livre com cada um dos senhores, individualmente."

Weinmann trouxe-nos uma notícia importante. Von Reichenau fora finalmente substituído à frente do AOK 6, no início do ano, por um recém-chegado ao teatro de operações, o General der Panzertruppe Friedrich Paulus, um de seus ex-chefes de estado-maior que, a partir de 1940, tornara-se o responsável pelo planejamento no OKW e que ele recomendara. Ora, Paulus já perdera seu protetor. Na véspera da chegada de Weinmann a Kharkov, depois de sua corrida matinal sob −20°, Von Reichenau desmoronou, segundo alguns vítima de uma crise cardíaca, segundo outros de uma embolia cerebral; Weinmann soubera da novidade no trem, por um oficial do AOK. Como Von Reichenau ainda vivia, o Führer ordenara que ele fosse levado de volta para a Alemanha; seu avião caiu perto de Lemberg e ele foi encontrado ainda preso no assento, bastão de Feldmarschall nas mãos, triste fim para um herói alemão. Depois de algumas hesitações, o Generalfeldmarschall Von Bock foi designado para o seu lugar; no mesmo dia de sua nomeação, os soviéticos, procurando capitalizar seus sucessos em Moscou, lançavam uma ofensiva a partir de Izyum, ao sul de Kharkov, em direção a Poltava. Fazia agora −30°, não havia quase mais nenhum veículo circulando, o abastecimento tinha que ser feito em vagão *panje* e a Rollbahn perdia mais homens que as divisões no front. Já os russos alinhavam divisões de um temível novo tanque, o T-34, invulnerável ao frio e que aterrorizava os Landser; felizmente, não resistia aos nossos .88. Paulus transferiu o AOK de Poltava para Kharkov, o que animou um pouco a nossa cidade. Os russos certamente pretendiam instalar um cerco a Kharkov, mas sua tenaz norte nunca saiu do lugar; a tenaz sul investiu contra nossas linhas e foi contida com dificuldade, perto do fim do mês, em frente a Krasnograd e Paulograd, o que deixou uma enorme flecha de mais de setenta quilômetros incrustada no nosso front, uma perigosa cabeça de ponte do outro lado do Donets. Os rebeldes, atrás das nossas linhas, intensificavam as operações; até mesmo Kharkov ia se tornando pouco segura: os atentados, apesar da feroz repressão, multiplicavam-se; sem dúvida a escassez que grassava na cidade contribuía para isso. O Sonderkommando não foi poupado. Certo dia, nos primeiros dias de fevereiro, eu tinha um compromisso em um escritório da Wehrmacht, no Maïdan Tereleva, no centro da cidade. Hanika foi comigo para tentar arranjar com que melhorar nossas rações e o deixei nas compras. A conversa foi rápida, saí logo. No topo da escada fiz uma pausa para aspirar o ar frio, agudo, e acendi um cigarro. Contemplei a praça dando as primeiras tragadas. O céu estava luminoso, daquele azul tão puro dos invernos russos que o resto fica invisível aos nossos olhos. Nas proximidades, três velhas kolkhozianas, sentadas em caixotes, permaneciam na expectativa de vender alguns tristes e murchos legumes; na praça, ao pé do monumento bolchevique à libertação de Kharkov (a de 1919), meia dúzia de crianças brincava, não obstante o frio, com uma bola de pano. Alguns dos nossos Orpo vadiavam um pouco adiante. Hanika estava na esquina, perto do Opel com o motor ligado mantido pelo motorista. Hanika parecia pálido, fechado; minhas recentes admoestações o haviam abalado, mas ele também me dava nos nervos. Outra criança surgiu de uma ruazinha e correu para a praça. Tinha alguma coisa na mão. Ao chegar à altura de Hanika, explodiu. A detonação fez os vidros do Opel voarem, ouvi nitidamente o estrondo dos estilhaços no calçamento. Os Orpo, em pânico, começaram a disparar rajadas sobre as crianças que brincavam. As velhas gritavam, a bola de pano desmanchou-se no sangue. Corri para Hanika; estava ajoelhado na neve e segurava a barriga. A pele do seu rosto, coberta pela acne, estava pavorosamente pálida, antes que eu o alcançasse sua cabeça bambeou para trás e seus olhos azuis, vi nitidamente, confundiram-se com o azul do céu. O céu apagou seus olhos. Depois ele tombou de lado. O rapaz estava morto, o braço arrancado; na praça, policiais atônitos aproximavam-se das crianças mortas que as kolkhozianas sacudiam soltando gritos estridentes. Weinmann mostrou-se mais preocupado com a estupidez dos Orpo que com a morte de Hanika: "Isso é inadmissível. Tentamos melhorar nossas relações com a população local e matamos seus filhos. Teremos que julgá-los." Fui cético: "Vai ser difícil, Herr Standartenführer. A reação deles foi infeliz, mas compreensível. Além disso, faz meses que eles recebem ordens para fuzilar crianças; não faria sentido puni-los pela mesma coisa." — "Não é a mesma coisa! As crianças que executamos são condenadas! Estas eram crianças inocentes." — "Se me permite, Herr Standartenführer, a base em que são decididas as condenações torna essa distinção bastante arbitrária." Esbugalhou os olhos e suas narinas fremiram de raiva; subitamente, recompôs-se e se acalmou. "Vamos mudar de assunto, Hauptsturmführer. De toda forma, há vários dias queria conversar com o senhor. Acredito que deva estar muito cansado. O Dr. Sperath acha que está beirando o esgotamento nervoso." — "Perdão, Herr Standartenführer, mas permita-me contrariar essa opinião. Sinto-me muito bem." Ofereceu-me um cigarro e acendeu outro para si. "Hauptsturmführer, sou médico por formação. Também sei reconhecer determinados sintomas. O senhor está, como se diz vulgarmente, completamente consumido. Não é o único, aliás: quase todos os oficiais do Kommando estão no limite. Por outro lado, o inverno já provocou uma forte queda de atividade e estamos em condições de funcionar com efetivos reduzidos por um ou dois meses. Muitos oficiais vão ser substituídos ou dispensados com licença médica prolongada. Os que têm família voltarão para a Alemanha. Os demais, como o senhor, irão para a Crimeia, para sanatórios da Wehrmacht. Parece que lá é muito bonito. Poderá inclusive tomar um banho daqui a algumas semanas." Um sorrisinho insinuou-se em seu rosto estreito e ele me estendeu um envelope. "Aqui estão suas autorizações de viagem e seus certificados. Está tudo em ordem. O senhor tem dois meses, depois veremos. Bom descanso."

A decisão de Weinmann provocara em mim um acesso louco de ódio e ressentimento; mas ao chegar à Crimeia logo vi que ele estava com a razão. Durante a longa viagem de trem, refleti um pouco, deixando meus pensamentos divagarem sobre as vastas extensões brancas. Tinha saudades de Hanika. O quarto vazio, quando voltei para embalar minhas coisas, me apertara o coração; eu tinha a impressão de estar coberto da cabeça aos pés com o sangue de Hanika e mudei de roupa de mau humor; nenhum dos meus uniformes me parecia adequadamente limpo, o que me tirava do sério. Tive um novo acesso de vômito; mas sequer pensava em chorar. Parti assim que foi possível, por Dniepropetrovsk até Simferopol. A maioria dos homens a bordo do trem era de convalescentes ou licenciados, enviados para recuperarem as forças depois dos horrores do front. Um médico militar me explicou que, apenas no mês de janeiro, havíamos perdido o equivalente a doze divisões em virtude do frio e das doenças. A temperatura estava um pouco mais amena, e nos agarrávamos à esperança de que o pior tivesse passado; mas fora um dos piores invernos da memória humana, e não apenas na Rússia, tão frio que em toda a Europa queimavam-se livros, móveis e pianos, inclusive os mais antigos, assim como nos dois lados do continente queimava-se tudo que constituíra o orgulho da nossa civilização. Os negros em sua selva, eu pensava amargamente, vão rir muito se souberem disso. Nossas loucas ambições ainda não traziam o resultado previsto, e por toda parte o sofrimento aumentava, expandia-se. Nem mesmo o Reich estava mais ao abrigo: os britânicos lançavam grandes ataques aéreos, sobretudo no Ruhr e no Reno; os oficiais que tinham família nessas regiões manifestavam grande preocupação. No meu compartimento, um Hauptmann da artilharia, ferido na perna no cerco de Izyum, perdera os dois filhos num bombardeio em Wuppertal; propuseram-lhe regressar, mas ele pedira para ir para a Crimeia, pois não queria encontrar a mulher. "Eu não conseguiria", deixou escapar, antes de se fechar em seu mutismo.

    O médico militar, um vienense rechonchudo e praticamente careca chamado Hohenegg, revelou-se um agradabilíssimo companheiro de viagem. Era professor, titular de uma importante cátedra em Viena, exercendo as funções de anatomopatologista-chefe do 6º Exército. Mesmo quando exprimia opiniões mais sérias, sua voz suave, quase oleosa, parecia trair uma ponta de ironia. A medicina lhe propiciara pontos de vistas filosóficos: conversamos longamente sobre isso enquanto o trem atravessava a estepe que se seguia a Zaporogo, tão vazia de vida quanto o alto-mar. "A vantagem da anatomopatologia", ele me explicava, "é que, de tanto abrir cadáveres de todas as idades e sexos, temos a impressão de que a morte perde seu horror, reduzindo-se a um fenômeno físico tão comum e banal quanto as funções naturais do corpo. Tranquilamente, imagino-me em uma mesa de dissecção, sob as garras do meu sucessor, que esboçaria uma ligeira careta ao observar o estado do meu fígado." — "Ah, mas é porque tem a sorte de recebê-los já mortos. É bem diferente quando, como acontece muito por aqui, principalmente quando se trabalha no SD, assistimos ao *passo adiante* real." — "Não deixamos de contribuir para isso." — "Justamente. Qualquer que seja sua atitude ou ideologia, o espectador nunca é capaz de apreender plenamente a experiência do morto." Hohenegg refletiu: "Entendo o que quer dizer. Mas esse fosso só existe para quem olha. Pois apenas este é capaz de discernir seus dois lados. Quanto ao moribundo, sofre apenas uma coisa confusa, mais ou menos breve, mais ou menos brutal, mas que de toda forma escapará sempre à sua consciência. Conhece Bossuet?" — "Em francês, inclusive", respondi, sorrindo, nessa língua. — "Excelente. Constato que sua educação foi um pouco mais ampla que a do jurista mediano." Declamou os períodos em um francês pastoso, entrecortado: *Esse último momento, que extinguirá de um só golpe toda a nossa vida, irá perder-se também, com todo o resto, no grande abismo do nada. Não restará mais sobre a terra vestígio do que somos: a carne mudará de natureza; o corpo tomará outro nome; até mesmo o de cadáver não vai durar muito tempo. 'Ele irá tornar-se', diz Tertuliano, 'um não-sei-quê que não tem mais nome em nenhuma língua.'*" — "Isso", eu disse, "está muito bom para o morto, pensei muito nisso. Para os vivos, o problema é apenas um." — "Até a morte deles", retorquiu piscando o olho. Ri sutilmente e ele também; os outros passageiros do compartimento, que discutiam sobre salsichas ou mulheres, nos observavam com surpresa.

Em Simferopol, fim de linha para o trem, fomos colocados em caminhões ou ambulâncias para sermos encaminhados para Ialta. Hohenegg, que viera visitar os médicos do AOK 11, ia ficar em Simferopol; despedi-me dele com pesar. O comboio seguia por uma estrada de montanha, a leste, por Aluchta, pois Bakhtchi-Sarai continuava na zona das operações do cerco de Sebastopol. Enfiaram-me num sanatório a oeste de Ialta, acima da estrada de Livadia, com os fundos voltados para as abruptas montanhas nevadas que dominavam a cidade, um ex-palácio principesco convertido em *Kurort* para operários soviéticos, um pouco danificado pelos combates, mas prontamente reparado e repintado. Eu dispunha de um agradável quartinho no segundo andar, com banheiro e uma pequena sacada; os móveis deixavam um pouco a desejar, mas aos meus pés, para além dos ciprestes, estendia-se o mar Negro, liso, cinza, calmo. Eu não me cansava de olhar. Embora ainda estivesse um pouco frio, o clima era bem mais ameno que na Ucrânia, e eu podia sair para fumar na balaustrada; senão, deitado no sofá em frente à porta envidraçada, eu passava longas e tranquilas horas a ler. Não me faltava leitura: além de eu ter os meus próprios volumes, o sanatório possuía uma biblioteca bastante eclética, composta sobretudo de obras abandonadas pelos pacientes precedentes e incluindo até, ao lado do ilegível *Mito do século XX*, traduções alemãs de Tchekhov que descobri com grande satisfação. Não era pressionado a seguir nenhuma prescrição médica. Na chegada fui examinado por um médico, que descreveu meus sintomas. "Não é nada", concluiu após ter lido o bilhete do Dr. Sperath. "Fadiga nervosa. Repouso, banhos, nada de excitação, o mínimo possível de álcool, e olho vivo com as ucranianas. Vai passar por si só. Tenha uma boa temporada."

Reinava uma atmosfera alegre naquele sanatório: a maioria dos pacientes e convalescentes compunha-se de jovens oficiais subalternos, de todas as armas, cujo humor desabrido ficava afiadíssimo à noite, com o vinho da Crimeia servido às refeições e com a escassez das fêmeas. Talvez isso contribuísse para a surpreendente liberdade no tom das conversas: circulavam as piadas mais contundentes sobre a Wehrmacht e os dignitários do Partido; um oficial, apontando sua medalha pela campanha de inverno, perguntou-me, sarcástico: "E então, já recebeu a Ordem da Carne Congelada na SS?" O fato de se acharem diante de um oficial do SD não constrangia em nada aqueles jovens; pareciam considerar natural que eu partilhasse de suas opiniões mais ousadas. Os mais críticos eram os oficiais do Grupo de Exércitos Centro; enquanto na Ucrânia avaliava-se sem rodeios que o envio, no início de agosto, do 2º Exército Blindado de Guderian havia sido um golpe de gênio, que, pegando os russos pelos flancos, permitira o desbloqueio da Frente Sul atolada, a tomada de Kiev e, por fim, o avanço até o Donets, os do Centro julgavam aquilo uma extravagância do Führer, um erro que alguns chegavam a qualificar de criminoso. Se não fosse isso, sustentavam com veemência, em vez de chafurdarmos durante dois meses em volta de Smolensk, teríamos tomado Moscou em outubro, a guerra teria terminado ou quase, e poderíamos ter poupado aos homens um inverno dentro de tocas de neve, detalhe a que esses cavalheiros, claro, não deram atenção, pois quem já viu um general congelar os pés? Desde então, sem dúvida, a história lhes deu razão, a maioria dos especialistas concorda nesse ponto; mas as perspectivas nessa época não eram as mesmas, essas palavras beiravam o derrotismo, até mesmo a indisciplina. Mas estávamos de férias, aquilo não tinha nenhuma importância, não me alterava em nada. Além disso, tanta vivacidade, tantos rapazes belos e alegres faziam emergir sentimentos e desejos que eu não conhecia há longos meses. E não me parecia impossível satisfazê-los: o conjunto era bem sortido. Em geral eu fazia minhas refeições na companhia de um jovem Leutnant da Waffen-ss chamado Willi Partenau. Magro, porte elegante, cabelos quase pretos, recuperava-se de um ferimento no peito recebido em Rostov. Às vezes, à noite, enquanto os demais jogavam baralho e bilhar, cantavam ou bebiam no bar, ficávamos conversando, abancados diante de uma das sacadas envidraçadas do salão. Partenau vinha de uma família católica e pequeno-burguesa do Reno. Tivera uma infância difícil. Mesmo antes da crise de 1929, sua família vacilava à beira da proletarização; seu pai, um militar baixinho mas tirânico, era obcecado pela questão do seu status social e usava seus magros recursos para manter as aparências: comeriam batata-doce e repolho todos os dias, mas na escola os meninos vestiriam terno com colarinho engomado e sapatos engraxados. Partenau tinha sido educado no rigor da religião; à menor falta, seu pai obrigava-o a se ajoelhar na pedra fria e recitar orações; perdera a fé bem cedo, ou melhor, trocara-a pelo nacional-socialismo. Os Hitlerjugend e depois a ss haviam finalmente lhe permitido fugir daquele ambiente asfixiante. Ainda estava em treinamento por ocasião das campanhas da Grécia e da Iugoslávia, e lastimava tê-las perdido; sua alegria não conhecera limites quando se vira destacado para a "Leibstandarte Adolf Hitler" para a invasão da Rússia. Uma noite, confessou-me ter ficado horrorizado com sua primeira experiência dos métodos radicais empregados pela Wehrmacht e a ss para combater os rebeldes; em contrapartida, sua profunda convicção de que apenas um adversário bárbaro e inteiramente desumano podia suscitar medidas tão extremas não se viu senão reforçada. "No SD, o senhor deve ter visto coisas atrozes", acrescentou; disse-lhe que sim, que preferia não me estender sobre o assunto. Em vez disso, contei-lhe um pouco da minha vida, e sobretudo da minha infância. Eu tinha sido uma criança frágil. Minha irmã e eu tínhamos apenas um ano quando nosso pai foi para a guerra. O leite e a comida escasseavam, cresci magro, pálido, nervoso. Adorava brincar na floresta perto da nossa casa; morávamos na Alsácia, havia grandes bosques, eu ia observar os insetos ou mergulhar meus pés nos riachos. Um incidente ficou gravado claramente na minha memória: num prado ou num campo, encontrei um cãozinho abandonado com ar infeliz e meu coração apiedou-se dele, queria levá-lo para casa; porém, quando me aproximava para pegá-lo, o cãozinho, assustado, me escapava. Tentei falar com ele com calma, cativá-lo para que me seguisse, mas sem sucesso. Ele não fugia, ficava sempre a poucos metros de mim, mas não deixava eu me aproximar. Finalmente, sentei na relva e caí no choro, morrendo de pena daquele cachorrinho que não aceitava minha ajuda. Eu lhe suplicava: "Por favor, cãozinho, venha comigo!" No final ele se deixou convencer. Minha mãe ficou horrorizada quando o viu latindo no nosso quintal, grudado na cerca, e com muitos argumentos me convenceu a levá-lo para a Sociedade Protetora dos Animais, onde, como eu sempre imaginara, devem tê-lo sacrificado assim que virei as costas. Mas talvez esse incidente tenha ocorrido depois da guerra e do retorno definitivo do meu pai para Kiel, para onde fomos quando os franceses reconquistaram a Alsácia. Meu pai, enfim de volta ao lar, falava pouco, parecendo triste, amargurado. Com seus diplomas, não demorara a se reestruturar no seio de uma grande firma; em casa, ficava em geral sozinho em sua biblioteca, onde, quando ele não estava, eu me insinuava às escondidas para brincar com suas borboletas espetadas, algumas grandes como a mão de um adulto, que eu tirava das caixas e rodopiava sobre a longa antena como uma roda colorida de cartolina, até que meu pai me surpreendesse e castigasse. Por essa época, dei para roubar nossos vizinhos, decerto, compreendi mais tarde, para chamar a atenção dele: eu roubava pistolas de lata, lanternas de bolso e outros brinquedos, que enterrava num esconderijo no fundo do nosso quintal; nem minha irmã sabia disso; acabaram descobrindo tudo. Minha mãe achava que eu roubava *pelo simples prazer de praticar o mal*; meu pai me explicou pacientemente a Lei, depois me deu uma palmada. Isso acontecia não em Kiel mas na ilha de Sylt, onde passávamos férias de verão. Para chegarmos lá, pegávamos o trem que corre ao longo do dique Hindenburg: com a maré alta, a ferrovia fica cercada pela água; além disso, no trem tínhamos a impressão de rolar para o mar, as ondas subiam até as rodas, os cubos chacoalhavam! À noite, na cama, trens elétricos riscavam o céu estrelado dos meus sonhos.

 Acho que procurei muito cedo e com muita avidez o amor de todos a quem conhecia. Esse instinto, pelo menos no que se refere aos adultos, via-se em geral recompensado, pois eu era um menino muito bonito e inteligente. Na escola, porém, vi-me diante de crianças cruéis e agressivas, entre as quais diversas haviam perdido o pai na guerra, ou eram agora espancadas e desprezadas por pais abrutalhados e de certa forma enlouquecidos pela guerra. Na escola, vingavam-se dessa falta de amor em casa voltando-se perversamente contra outras crianças mais delicadas e frágeis. Batiam em mim, eu tinha poucos amigos; na educação física, quando as equipes eram formadas, ninguém me escolhia. Então, em vez de mendigar sua afeição, eu solicitava sua atenção. Também tentava impressionar os professores, mais justos que os garotos da minha idade; como eu era inteligente, isso era fácil: mas então era chamado de *puxa-saco* e me batiam mais ainda. Naturalmente eu não contava isso ao meu pai.

Com a derrota, depois que nos instalamos em Kiel, ele foi obrigado a partir novamente, ninguém sabia bem o motivo; de tempos em tempos, passava para nos ver, depois desaparecia de novo; só se instalou definitivamente conosco no fim de 1919. Em 1921, caiu gravemente doente e teve de parar de trabalhar. Sua convalescença eternizou-se, e a atmosfera em casa tornou-se tensa e pesada. No início do verão, ainda cinza e frio ao que me lembre, o irmão dele veio nos visitar. Esse irmão caçula, alegre e engraçado, contava histórias fabulosas da guerra e de suas viagens que me faziam corar de admiração. Já minha irmã não simpatizava tanto com ele. Dias depois, meu pai partiu com ele para visitar nosso avô, que eu vira apenas uma ou duas vezes e de quem mal me recordo (acho que os pais da minha mãe já haviam morrido). Ainda hoje me lembro dessa partida: minha mãe, minha irmã e eu estávamos alinhados em frente ao portão de casa, meu pai guardava a bagagem no porta-malas do carro que o levaria à estação: "Até logo, meninos", disse com um sorriso, "não se preocupem, não demoro." Nunca mais o vi. Minha irmã gêmea e eu tínhamos quase oito anos nessa época. Bem mais tarde soube que logo a seguir minha mãe recebera uma carta do meu tio: parece que, depois da visita ao pai deles, tinham discutido, e meu pai, aparentemente, embarcara num trem para a Turquia e o Oriente Médio; era tudo que meu tio sabia acerca do seu desaparecimento; seus empregados, com quem minha mãe entrara em contato, a mesma coisa. Eu nunca vira essa carta do meu tio; foi minha mãe, um dia, que me explicou, e nunca pude confirmar o que ela disse nem encontrar esse irmão, que, entretanto, efetivamente existiu. Não contei tudo isso a Partenau: mas conto a vocês.

Convivi muito com Partenau desde então. Sexualmente, ele me causava uma impressão difusa. Seu rigor e seu entusiasmo nacional-socialista e ss podiam revelar-se um obstáculo; mas, no fundo, eu pressentia, seu desejo não devia ser mais orientado que o de qualquer um. Na escola, não demorei a perceber que a inversão não existia enquanto tal, os meninos faziam com o que estava disponível, e no exército, como nas prisões, certamente era igual. Claro, depois de 1937, data da minha breve detenção relacionada ao caso do Tiergarten, a atitude oficial havia endurecido muito mais. A SS parecia particularmente visada. No outono precedente, na época da minha chegada a Kharkov, o Führer assinara um decreto, "A manutenção da pureza no seio da SS e da Polícia", condenando à morte todo *SS-Mann* ou funcionário da Polícia que se entregasse a *comportamento indecente* com outro homem ou que se *deixasse molestar*. Esse decreto, *por receio de que pudesse gerar mal-entendidos*, não fora publicado, mas no SD tínhamos ciência dele. Da minha parte, eu achava que se tratava acima de tudo de uma retórica de fachada; no mundo real, sabendo manter a discrição, raramente havia problemas. O segredo era não se comprometer com um inimigo pessoal; mas eu não tinha inimigos pessoais. Partenau, todavia, parecia influenciado pela retórica exaltada do *Schwarzes Korps* e outras publicações SS. Mas minha intuição me dizia que, se pudesse lhe fornecer a moldura ideológica necessária, o resto viria por si só.

  Não valia a pena ser sutil: era preciso apenas mostrar-se metódico. À tarde, eventualmente, quando o tempo estava limpo, saíamos para passear na cidade e bater perna pelas ruazinhas ou ao longo do cais repleto de palmeiras, depois íamos sentar em um café para beber uma taça de moscatel da Crimeia, um pouco adocicado para o meu paladar, mas agradável. Nas margens, cruzávamos sobretudo com alemães, às vezes acompanhados de mulheres; quanto aos homens da região, às vezes tártaros ou ucranianos portando a braçadeira branca dos hiwis, quase não víamos nenhum; com efeito, em janeiro a Wehrmacht evacuara toda a população masculina, primeiro para campos de trânsito, depois para o Generalkommissariat de Nikolaiev: solução decerto radical para o problema dos insurgentes, mas convém reconhecer que, com todos aqueles soldados convalescentes ou feridos, não podíamos assumir riscos. Antes da primavera, não havia muita distração, à exceção do teatro ou de um cinema organizado pela Wehrmacht. *Até mesmo os bacilos dormem em Ialta*, escrevia Tchekhov, mas, devo dizer, aquele tédio modorrento me agradava. Às vezes, outros jovens oficiais juntavam-se a nós e íamos nos sentar em uma varanda de frente para o mar. Se fosse possível — o abastecimento a partir dos estoques requisitados era regido por leis misteriosas —, encomendávamos uma garrafa; além do moscatel, havia um *Portwein* tinto, igualmente adocicado, mas que combinava com o clima. Os comentários incidiam sobre as mulheres do local, tristemente privadas de maridos; e Partenau mostrava-se absolutamente indiferente. Em meio às gargalhadas, um dos oficiais, mais atrevido, assediava umas garotas e, estropiando a língua, convidava-as a se juntarem a nós; às vezes elas ficavam vermelhas e seguiam em frente, às vezes vinham se sentar; nesse caso, Partenau entabulava gaiatamente uma conversa à base de gestos, onomatopeias e palavras isoladas. Era preciso dar fim àquilo. "Meine Herren, não quero ser estraga prazeres", comecei em uma dessas ocasiões. "Mas devo adverti-los sobre os riscos que estão correndo." Dei uns tapinhas secos na mesa. "No SD, recebemos e compilamos todos os relatos de incidentes nas zonas de retaguarda da Wehrmacht. Isso nos dá uma visão de conjunto dos problemas que podemos vir a ter. Devo avisá-los que ter relações com mulheres soviéticas, ucranianas ou russas, é não apenas indigno de um soldado alemão, como perigoso. Não estou exagerando. Muitas dessas fêmeas são judias cuja origem é impossível adivinhar; só isso já significa correr o risco da *Rassenschande*, da mácula racial. Mas tem outra coisa. Não apenas as judias, as fêmeas eslavas também estão de conluio com os rebeldes; sabemos que se aproveitam sem escrúpulos de seus atrativos físicos e da boa-fé dos nossos soldados para praticarem espionagem a serviço do inimigo. Os senhores talvez achem que são capazes de segurar a língua; mas eu lhes afirmo que não existe detalhe anódino e que o trabalho de um serviço de informação consiste em elaborar gigantescos mosaicos a partir de elementos ínfimos, insignificantes se tomados individualmente, mas que, associados a milhares de outros, adquirem sentido. Os bolcheviques não agem de outra forma." Minha fala pareceu incomodar meus colegas. Prossegui: "Em Kharkov e em Kiev, tivemos diversos casos de homens e oficiais que desapareciam durante encontros galantes e que encontrávamos terrivelmente mutilados. Além disso, naturalmente, há as doenças. Nossos serviços de saúde estimam, baseados em estatísticas soviéticas, que 90% das fêmeas russas têm gonorreia e 50%, sífilis. Muitos soldados nossos já estão infectados; esses homens, quando entram de licença, contaminam por sua vez suas mulheres ou suas namoradas; os serviços médicos do Reich estão desarvorados e falam em epidemia. Essa espécie de profanação da raça, caso não seja violentamente combatida, só pode resultar, a longo prazo, em uma forma de *Entdeutschung*, uma desgermanização da nossa raça e do nosso sangue."

Visivelmente meu discurso afetara Partenau. Eu não disse mais nada, era o bastante para mexer um pouco com ele. No dia seguinte, enquanto eu lia no belo parque de ciprestes e árvores frutíferas do sanatório, ele veio me procurar: "Cá entre nós, acredita realmente no que afirmou ontem?" — "Naturalmente! É a mais pura verdade!" — "Mas como acha que devemos fazer? O senhor compreende..." Ficou vermelho, estava constrangido mas queria falar. "O senhor compreende", continuou, "vai fazer quase um ano que estamos aqui, sem voltar para a Alemanha, é muito difícil. Um homem tem vontades." — "Posso muito bem imaginar", respondi num tom douto. "Ainda mais que a masturbação, segundo todos os médicos especializados, também comporta graves riscos. Naturalmente alguns afirmam que ela é apenas um sintoma da doença mental, e nunca a causa; outros, ao contrário, como o grande Sachs, estão convencidos de que se trata de um hábito pernicioso que leva à degenerescência." — "O senhor é versado em medicina", constatou Partenau, impressionado. — "Não sou profissional, claro. Mas me interessei pelo assunto, li alguns livros." — "E o que está lendo neste momento?" Mostrei-lhe a capa: "*O banquete*. Já leu?" — "Devo admitir que não." Fechei o volume e entreguei-lhe: "Pegue-o. Sei ele de cor."

O tempo estava mais ameno; em breve poderíamos tomar banhos de mar, mas a água continuava fria. Adivinhava-se a primavera no ar e todos aguardavam impacientes pela sua chegada. Levei Partenau para visitar o palácio de verão de Nicolau II em Livadia, incendiado durante os combates, mas ainda imponente com suas fachadas regulares e assimétricas e seus belos pátios em estilo florentino e árabe. Subimos então o Caminho Ensolarado, que conduz, por entre as árvores, a um promontório que domina Oreanda; de lá descortinava-se uma magnífica vista do litoral, as altas montanhas ainda nevadas pairando sobre a estrada de Sebastopol, e, atrás, lá embaixo, o elegante edifício em granito branco da Crimeia de onde partíramos, ainda encardido de fumaça mas reluzente ao sol. O dia anunciava-se magnífico, a caminhada até o promontório nos deixou molhados de suor e tirei meu dólmã. Mais adiante, na direção do oeste, avistava-se uma construção empoleirada nos elevados penhascos de um cabo, o Ninho da Andorinha, uma extravagância medieval ali plantada por um barão alemão, magnata do petróleo, pouco antes da Revolução. Sugeri a Partenau esticarmos até aquela torre; ele aceitou. Peguei uma trilha que margeava os penhascos. Lá embaixo, o mar quebrava tranquilamente nos rochedos; acima das nossas cabeças, o sol resplandecia na neve dos picos abruptos.

Um cheiro delicioso de pinheiro e de mato embalsamava o ar. "Sabia", ele disse subitamente, "que acabei de ler o livro que você me emprestou?" Havia alguns dias combináramos nos tratar por você. "Interessantíssimo. Claro, eu sabia que os gregos eram invertidos, mas não me dava conta de como chegaram a fazer disso uma ideologia." — "Foi uma coisa na qual eles pensaram muito, durante séculos, e que vai bem além da simples atividade sexual. Para eles, era um modo de vida e de organização total, que dizia respeito à amizade, à educação, à filosofia, à política e até mesmo ao ofício das armas." Calei-me: continuávamos em silêncio, dólmãs nos ombros. Partenau prosseguiu: "Quando eu era pequeno, no catecismo, ensinaram-me que isso era uma abominação, um horror. Meu pai também falava a mesma coisa, dizia que os homossexuais vão para o inferno. Ainda me lembro do texto de São Paulo que ele citava: *Da mesma forma, os homens, ao abandonarem o uso natural da mulher, arderam-se de desejos uns pelos outros, perpetrando a infâmia de homem a homem... Eis por que foram abandonados por Deus.* Li isso na Bíblia uma noite dessas." — "É, mas lembre-se do que diz Platão: *A esse respeito, nada de absoluto; a coisa não é, por si só ou em si mesma, nem bela nem feia.* Vou lhe dizer o que penso: o preconceito cristão, a interdição cristã, é uma superstição judaica. Paulo, que se chamava Saulo, era um rabino judeu e, como tantos outros, não conseguiu superar essa interdição. Ela tem uma origem concreta: os judeus viviam cercados por tribos pagãs e em várias delas os sacerdotes praticavam uma homossexualidade ritual durante certas cerimônias religiosas. Era muito comum. Heródoto narra costumes semelhantes entre os citas, que ocupavam essa região e, mais tarde, toda a estepe da Ucrânia. Ele fala dos enareus, descendentes dos citas que teriam pilhado o templo de Ascalão, a quem a deusa teria infligido uma doença feminina. Segundo ele, eram adivinhos que se comportavam como mulheres; chama-os também de *androginoi*, homens-mulheres que todos os meses ficavam menstruados. Evidentemente, nesse caso, trata-se de práticas xamânicas que Heródoto não compreendeu muito bem. Ouvi dizer que ainda se podem ver coisas parecidas em Nápoles, que em cerimônias pagãs eles fazem um adolescente parir uma boneca. Não se esqueça de que os citas são ancestrais dos godos, que viviam aqui, na Crimeia, antes de migrarem para o Ocidente. A despeito do Reichsführer, há fortes razões para crermos que eles também conheciam práticas homossexuais antes de serem corrompidos pelos curas judaizados." — "Não sabia disso. Mas de toda forma nossa *Weltanschauung* condena a homossexualidade. Na Hitlerjugend ouvíamos discursos sobre o tema e na SS aprendemos que é um crime contra a *Volksgemeinschaft*, a comunidade do povo." — "Acho que o que você está expressando é um exemplo de nacional-socialismo mal-assimilado, ou que serve para ocultar outros interesses. Conheço muito bem os pontos de vista do Reichsführer sobre o assunto; mas o Reichsführer, como você, vem de um meio católico muito repressivo e, apesar de toda a força de sua ideologia nacional-socialista, não conseguiu se desfazer de certos preconceitos católicos, confundindo, dessa forma, coisas que não deveriam ser confundidas. E, quando digo católicos, você entende perfeitamente que quero dizer judeus, ideologia judaica. Não há nada em nossa *Weltanschauung*, corretamente compreendida, que se oponha a um eros masculino. Ao contrário, e posso demonstrar. A propósito, pode reparar que o próprio Führer nunca se pronunciou sobre a questão." — "Nem por isso, depois do 30 de junho, deixou de condenar violentamente Röhm e outros por práticas perversas." — "Para nossos bons burgueses alemães, que se assustam com tudo, era um argumento de peso, e o Führer sabia muito bem. Mas o que talvez você não saiba é que antes do 30 de junho o Führer sempre defendeu a conduta de Röhm; havia muitos críticos no seio do Partido, mas o Führer negava-se a escutá-los, respondendo às más línguas que *a SA não é um instituto de educação moral para moças de boa família, mas uma formação para combatentes calejados*." Partenau caiu na gargalhada. "Depois do 30 de junho", continuei, "quando se verificou que muitos cúmplices de Röhm, como Heines, também eram seus amantes, o Führer receou que os homossexuais pudessem formar um Estado dentro do Estado, uma organização secreta, como os judeus, que tem interesses próprios que não são os do *Volk*, uma 'Ordem do Terceiro Sexo', assim como há uma Ordem Negra. É o que motiva as denúncias. Mas este é um problema de natureza política, e não ideológica. De um ponto de vista puramente nacional-socialista, podemos, ao contrário, considerar o amor fraterno como a argamassa de uma *Volksgemeinschaft* guerreira e criadora. Platão pensava, à sua maneira, a mesma coisa. Lembre-se do discurso de Pausânias em que ele critica as outras nações que, como os judeus, rejeitam o eros masculino: *Entre os bárbaros isso é julgado vergonhoso, bem como, de resto, o amor pela sabedoria e o exercício físico... Assim, nos lugares onde se considera vergonhoso ceder a um amante, esse costume baseia-se na falha moral de seus autores: desejo de dominação nos senhores e covardia nos súditos*. Aliás tenho um amigo francês que considera Platão o primeiro autor autenticamente fascista." — "Sim, mas devagar! Os homossexuais são efeminados, homens-mulheres como você dizia. Como quer que um Estado tolere homens inaptos à vida de soldado?" — "Está enganado. Essa é uma falsa concepção que opõe o soldado viril ao invertido efeminado. Esse tipo de homem existe, naturalmente, mas é um produto moderno da corrupção e da degenerescência das nossas cidades, dos judeus ou dos judaizados ainda nas garras de padres ou pastores. Historicamente, nossos melhores soldados, os soldados de elite, sempre gostaram de outros homens. Tinham mulheres para tomar conta da casa e ter filhos, mas reservavam todos os seus sentimentos para seus camaradas. Veja Alexandre! E Frederico o Grande, ainda que não se queira admitir, é igual. Os gregos chegaram a forjar um princípio militar a partir disso: em Tebas, criaram a Tropa Sagrada, um exército de trezentos homens que era o mais reputado da época. Os homens lutavam em dupla, com os respectivos namorados; quando o amante envelhecia e se aposentava, o amado tornava-se amante de um mais jovem. Assim, mutuamente, estimulavam sua coragem até se tornarem invencíveis; nenhum deles teria ousado virar as costas e fugir diante do namorado; no combate, faziam de tudo para serem os melhores. Foram mortos até o último homem em Queroneia, pelos macedônios de Filipe: exemplo sublime para nossa Waffen-SS. Observamos fenômeno semelhante no seio dos nossos Freikorps; todos os veteranos um pouco honestos admitirão isso. Você vê, a coisa deve ser pensada de um ponto de vista intelectual. É evidente que apenas o homem é de fato criador: a mulher gera a vida, educa e alimenta, mas não *cria* nada de novo. Blüher, filósofo muito próximo dos homens dos Freikorps em sua época, e que chegou a lutar contra eles, mostrou que o eros intramasculino, ao estimular os homens a rivalizarem em coragem, virtude e moralidade, contribui para a guerra e a formação dos Estados, os quais não passam de uma versão ampliada de sociedades masculinas como o exército. Logo, trata-se de uma forma superior de desenvolvimento, para homens intelectualmente evoluídos. Os braços das mulheres são bons para as massas, o rebanho, não para os chefes. Lembre-se do discurso de Fedro: *Com efeito, observamos que é perante seus amantes que o amado demonstra mais pudor quando flagrado praticando um ato vergonhoso. Se fosse possível formar um exército, ou uma cidade, com amantes e seus bem-amados, o melhor conselho a lhes ser dado seria que repelissem tudo que é feio e rivalizassem no caminho da honra. E, se esses amantes lutassem ombro a ombro, ainda que não passassem de um punhado, poderiam vencer por assim dizer o mundo inteiro.* Foi certamente esse texto que inspirou os tebanos." — "Esse Blüher de que você fala, o que foi feito dele?" — "Ainda está vivo, acho. Durante o *Kampfzeit*, o 'tempo da luta', era muito lido na Alemanha, e, apesar de suas convicções monarquistas, foi muito apreciado por determinados círculos de direita, incluindo os nacional-socialistas. Com o tempo, acho que ficou muito identificado com Röhm, sendo proibido de publicar depois de 1934. Mas um dia essa proibição será suspensa. Há mais uma coisa que gostaria de lhe dizer: ainda hoje o nacional-socialismo faz muitas concessões às Igrejas. Todo mundo sabe disso, e o Führer se preocupa, mas em tempos de guerra ele não pode se dar ao luxo de combatê-las abertamente. As duas Igrejas ainda têm muita influência sobre os espíritos dos burgueses, e somos obrigados a tolerá-las. Isso não vai durar para sempre: depois da guerra, poderemos novamente voltar nossos olhos para o inimigo interno e acabar com esse estrangulamento, essa asfixia moral. Quando a Alemanha estiver depurada de seus judeus, precisará ser depurada de suas ideias perniciosas. Então você verá que muitas coisas surgirão sob uma nova luz." Parei de falar; Partenau nada dizia. Contornando as rochas, a trilha mergulhava no mar; atravessamos em silêncio uma praia deserta e estreita. "Quer nadar?", sugeri. — "Deve estar gelada." — "Está fria; mas os russos gostam de nadar no inverno. No Báltico fazem isso também. Fustiga o sangue." Despimo-nos e entramos no mar correndo; Partenau me seguia aos gritos; por uns instantes o frio da água fustigou minha pele, berrávamos e ríamos, debatendo-nos e tropeçando nas ondas antes de sairmos igualmente desabalados. Deitei sobre o meu dólmã, de barriga para cima; Partenau esticou-se ao meu lado. Eu continuava molhado, mas meu corpo estava ardente, sentia as gotas e o sol tênue sobre a pele. Resisti por um longo momento, voluptuosamente, ao desejo de percorrer Partenau com os olhos, fiquei então de lado para ele: seu corpo branco brilhava com a água do mar, mas o rosto estava vermelho, manchado sob a pele. Ele conservava os olhos fechados. Quando nos vestimos, ele observou meu sexo: "Fez circuncisão?", exclamou com surpresa e ficando mais vermelho. "Perdão." — "Oh, nada disso. Uma infecção de adolescência, é muito comum." Ainda faltavam uns dois quilômetros para atingirmos o Ninho da Andorinha; precisávamos subir os penhascos; no alto, na sacada atrás da torre de ameias, havia um barzinho, vazio, empoleirado sobre o mar; o prédio estava fechado, mas eles tinham *Portwein* e uma ampla vista para a costa e as montanhas, com Ialta aninhada no fundo da baía, branca e difusa. Bebemos uns tragos, falando pouco. Partenau agora estava pálido, ainda ofegava depois da escalada e parecia ensimesmado. Em seguida um caminhão da Wehrmacht nos levou de volta para Ialta. Aquele joguinho ainda durou uns dias, mas acabou tendo o desfecho que eu esperava. Enfim, não tinha sido tão complicado. O corpo rijo de Partenau encerrava poucas surpresas; ele gozava com a boca aberta em círculo, um buraco negro; sua pele tinha um cheiro agridoce, vagamente enjoativo, que me deixava louco. Como descrever essas sensações a quem não as conheceu? No início, quando a coisa entra, às vezes é difícil, sobretudo se está muito seco. Mas uma vez lá dentro, ah, é gostoso, vocês não podem imaginar. As costas se curvam e é como uma correnteza azul e luminosa de chumbo derretido enchendo sua bacia e subindo lentamente pela medula para atingir a cabeça e eclipsá-la. Esse efeito notável decorreria, ao que tudo indica, do contato do órgão penetrante com a próstata, esse clitóris do pobre, que, no penetrado, situa-se exatamente junto ao grande cólon, ao passo que, na mulher, se minhas noções de anatomia estão corretas, é isolado por uma parte do aparelho reprodutor, o que explicaria por que em geral as mulheres parecem apreciar tão pouco a sodomia, ou então apenas como fantasia. Com os homens, é diferente; cheguei muitas vezes a conceber que a próstata e a guerra são duas dádivas que Deus concedeu ao homem para indenizá-lo por não ser mulher.

  Nem sempre, porém, gostei de garotos. Jovem, ainda criança, como eu tinha contado a Thomas, amei uma garota. Mas não disse tudo a Thomas. Assim como Tristão e Isolda, a coisa começara num barco. Alguns meses antes, em Kiel, minha mãe conhecera um francês chamado Moreau. Meu pai já devia ter partido havia uns três anos, acho. Esse Moreau possuía uma pequena empresa no sul da França e viajava pela Alemanha a negócios. O que aconteceu entre eles, não sei, mas pouco tempo depois ele voltou e perguntou se minha mãe não queria morar com ele. Ela aceitou. Quando nos contou, expôs o fato com diplomacia, gabando-nos do clima, do mar, da comida abundante. Esse último ponto era particularmente atraente: na época a Alemanha acabava de sair da grande inflação, e, ainda que fôssemos muito crianças para entender aquilo, tínhamos sofrido. Portanto, minha irmã e eu respondemos: Muito bem, mas o que faremos quando o Pai voltar? "Ora, ele vai nos escrever e tudo será como antes." — "Prometido?" — "Prometido."

  Moreau vivia numa grande casa de família, um pouco velhusca e cheia de recantos, em Antibes, perto do mar. A excelente comida banhada no azeite de oliva, o esplendoroso sol quente de abril, que em Kiel só vemos em julho, nos deslumbraram na hora. Moreau, que apesar da grosseria estava longe de ser um homem estúpido, de tudo fez para ganhar, se não nossa afeição, ao menos nossa complacência. Naquele mesmo verão alugou um grande veleiro de um conhecido e nos levava em cruzeiro pelas ilhas Lérins e até mesmo além, até Frejus. No início, eu sentia enjoos, mas passava rápido; ela, aquela de quem falo, não sentia enjoos. Instalávamo-nos juntos na proa do barco e admirávamos as ondas espumando, depois olhávamos um para o outro e, através desse olhar, da amargura da nossa infância e do estrugir soberano do mar, cintilou alguma coisa, alguma coisa irremediável: o amor, agridoce, até a morte. Mas ainda era apenas um olhar.

Não durou muito. Não foi imediatamente, mas talvez um ano mais tarde que descobrimos essas coisas; então, um prazer sem limites arrebatou nossa infância. Depois, um dia, como contei, fomos surpreendidos. Houve cenas sem fim, minha mãe me xingava de porco e degenerado, Moreau chorava, foi o fim de tudo que era belo. Transcorridas algumas semanas, na volta às aulas, fomos enviados para internatos católicos a centenas de quilômetros um do outro, e assim, *vom Himmel durch die Welt zur Hölle*, começou um pesadelo de muitos anos, que de certa maneira dura até hoje. Padres frustrados, ranzinzas, conhecedores dos meus pecados, obrigavam-me a passar horas de joelhos na pedra gelada da capela e só me permitiam banhos frios. O que diria Partenau! Também conheci a Igreja, pior ainda. Ora, meu pai era protestante, e eu já desprezava os católicos; com esse tratamento, os parcos restos da minha ingênua fé de criança se desagregaram e, em lugar do arrependimento, aprendi o ódio.

Tudo, naquela escola, era deformado e pervertido. À noite, garotos mais velhos vinham se sentar na beira da minha cama e enfiavam a mão entre as minhas pernas até que eu os esbofeteasse; então riam, levantavam-se tranquilamente e iam embora; mas nos banhos, depois do esporte, grudavam em mim e esfregavam sorrateiramente a coisa deles nas minhas costas. Os padres às vezes também convidavam garotos para irem a seus gabinetes a fim de confessá-los; depois, com promessas de presentes ou por intimidação, faziam-nos cometer gestos criminosos. Não espanta que o infeliz Jean R. tenha tentado se suicidar. Eu estava enojado, sentia-me enlameado. Não tinha ninguém a quem recorrer: meu pai nunca teria permitido aquilo, mas eu não sabia onde encontrar meu pai.

Como eu me recusasse a me submeter a seus desejos odiosos, os maiores me tratavam tão cruelmente quanto os reverendos padres. Batiam em mim ao menor pretexto, obrigavam-me a servi-los, engraxar seus sapatos, escovar suas roupas. Uma noite, abri os olhos: três deles estavam de pé ao lado da minha cama esfregando-se no meu rosto; antes que eu pudesse reagir, suas coisas terríveis me cegaram. Só havia um jeito de escapar desse tipo de situação, um jeito clássico, arranjar um protetor. Para isso o colégio tinha elaborado um ritual preciso. O garoto mais jovem era apelidado de *o abatido*; o garoto mais velho fazia-lhe suas propostas, que podiam ser repelidas no ato; por outro lado, tinha direito a expor seus argumentos. Mas eu ainda não estava pronto: preferia sofrer e sonhar com meu amor perdido. Em seguida um incidente estranho me fez mudar de opinião. Meu vizinho de cama, Pierre S., era da minha idade. Uma noite sua voz me despertou. Não gemia: ao contrário, falava alto e distintamente, mas estava claro que dormia. Eu mesmo estava apenas semidesperto, mas, se não me lembro mais precisamente de suas palavras, o horror que me causaram permanece atroz. Era mais ou menos: "Não, ainda não, chega", ou então: "Por favor, é muito, só até a metade." Pensando bem, o sentido dessas palavras é equívoco; mas no coração da noite minha interpretação não me suscitava dúvidas. E eu estava gelado, arrebatado pelo grande medo, encolhi-me no fundo da cama, tentando não ouvir. Ainda assim, a violência do meu pavor e a rapidez com que ele me invadira me surpreendiam. Aquelas palavras, percebi nos dias seguintes, que deixavam supor coisas escusas e abjetas, iriam encontrar suas irmãs abrigadas no fundo de mim, e estas, alertas, erguiam suas cabeças sinistras e abriam seus olhos de fogo. Pouco a pouco, ponderei o seguinte: Se não posso tê-la, que diferença faz para mim? Um dia um garoto me abordou na escada: "Vi você na educação física", ele me disse, "eu estava embaixo de você, no obstáculo, seu short estava todo aberto." Era um rapaz atlético de aproximadamente dezessete anos, cabelos desgrenhados, suficientemente forte para intimidar os outros. "Tudo bem", respondi antes de descer correndo os degraus. Depois disso não tive muitos problemas. Aquele garoto, que se chamava André N., me dava pequenos presentes e de vez em quando me arrastava para o banheiro. Um cheiro forte de pele fresca e suor emanava do seu corpo, às vezes misturado a sutis relentos de merda, como se ele tivesse se limpado mal. Os banheiros, por sua vez, fediam a urina e desinfetante, estavam sempre sujos e ainda hoje o cheiro dos homens e do esperma evoca em mim o cheiro de fenol e urina, assim como louça suja, pintura descascada, ferrugem e maçanetas quebradas. No início, ele apenas me tocava ou então eu o pegava com a boca. Depois ele quis outra coisa. Isso eu já conhecia, já tinha feito com ela, depois que ela ficou menstruada; e se aquilo lhe dera prazer por que não daria a mim também? Além disso, eu raciocinava, aquilo me aproximaria ainda mais dela; de certa maneira, eu poderia sentir quase tudo que ela sentia quando me tocava, me beijava, me lambia, depois me oferecia suas nádegas magras e estreitas. Doeu, também deve ter doído nela, então esperei e, quando gozei, imaginei que era ela que gozava, um gozo fulgurante, dilacerante, quase esqueci a que ponto meu gozo era uma coisa pobre e limitada ao lado do seu, seu gozo oceânico, já de mulher.

Mais tarde, admito, tornou-se um hábito. Quando eu olhava para as meninas, tentava me imaginar pegando seus seios leitosos na boca, depois esfregando meu pau em suas mucosas, e dizia comigo: Para quê? Não é ela, não será nunca. O melhor então é eu mesmo ser ela e todos os outros. Eu não gostava desses outros; já expliquei isso a vocês desde o início. Minha boca, minhas mãos, meu pau, meu rabo os desejavam, às vezes intensamente, eu ficava quase sem respiração, mas deles queria apenas as mãos, o pau e a boca. Isso não quer dizer que não sentisse nada. Quando contemplava o belo corpo nu de Partenau, já cruelmente ferido, uma angústia surda me invadia: se passasse meus dedos no seu mamilo, arrepiando o bico, depois em sua cicatriz, imaginava esse seio novamente esmagado pelo metal; quando beijava seus lábios, via seu maxilar arrancado por um estilhaço de *shrapnel* em chamas; e, quando descia entre suas pernas e mergulhava em seus órgãos luxuriantes, sabia que em algum lugar uma mina esperava, prestes a retalhá-los. Seus braços fortes e coxas ágeis eram igualmente vulneráveis, nenhuma parte de seu querido corpo estava a salvo. Dali a um mês, uma semana, quem sabe amanhã, toda aquela carne tão bela e macia podia transformar-se, num átimo, em carne de açougue, em uma massa sangrenta e carbonizada, e seus olhos tão verdes apagarem-se para sempre. Às vezes, eu quase chorava por isso. Mas quando ele foi embora, curado, não senti nenhuma tristeza. A propósito, ele morreu no ano seguinte, em Kursk.

Sozinho, eu lia, passeava. No jardim do sanatório, as macieiras estavam em flor, as buganvílias, as glicínias, os lilases, os falsos ébanos eclodiam e impregnavam o ar com uma profusão de fragrâncias violentas, pesadas, contrastantes. Também ia todos os dias passear nos jardins botânicos a leste de Ialta. As diferentes seções escalonavam-se por sobre o mar, com grandes perspectivas até o azul e depois o cinza do horizonte, e sempre ao fundo os cumes nevados, onipresentes, das montanhas de Iaila. No Arboretum, placas dirigiam o visitante para um pé de pistache com mais de mil anos e um teixo com quinhentos; mais acima, no Vierkhny Park, o roseiral acumulava mais de duas mil espécies que acabavam de abrir, enxameadas de abelhas como a alfazema da minha infância; no Primorskii Park, havia plantas subtropicais em estufas, quase intactas, e eu podia me sentar e ler de frente para o mar, sossegado. Um dia, ao voltar para a cidade, visitei a casa de Tchekhov, uma pequena *datcha* branca e confortável, transformada em casa-museu pelos soviéticos; a direção, a julgar pelas plaquinhas, parecia ter um orgulho especial pelo piano do salão, no qual haviam tocado Rachmaninov e Chaliapin; mas o que me deixou perturbado foi a curadora da instituição, Macha, a própria irmã então octogenária de Tchekhov, que ficava sentada em uma simples cadeira de madeira na entrada, imóvel, muda, as mãos abertas sobre as coxas. Sua vida, eu sabia, havia sido rompida pelo impossível como a minha. Será que continuava a sonhar ali à minha frente com aquele que deveria estar ao seu lado, o Faraó, seu finado irmão e esposo?

Certa noite, quando minha licença estava chegando ao fim, passei pelo cassino de Ialta, instalado numa espécie de palácio rococó um tanto caduco, bastante simpático. Na grande escadaria que subia para o salão, cruzei com um Oberführer da SS que eu conhecia bem. Pus-me de lado e fiquei em posição de sentido para dirigir-lhe a saudação, mas ele me retribuiu distraidamente; dois degraus abaixo, porém, parou, virou-se bruscamente e seu rosto se iluminou: "Doktor Aue. Não o tinha reconhecido." Era Otto Ohlendorf, meu Amtchef em Berlim, que agora comandava o Einsatzgruppe D. Voltou a subir celeremente os degraus e me apertou a mão, ao mesmo tempo que me parabenizava pela promoção. "Que surpresa! Que faz aqui?" Expliquei-lhe meu caso em poucas palavras. "Ah, estava com Blobel! Lamento pelo senhor. Não entendo como podem manter doentes mentais desse tipo na SS e, como se não bastasse, entregar-lhes um comando." — "Em todo caso", respondi, "o Standartenführer Weinmann deu-me a impressão de ser um homem sério." — "Não o conheço muito bem. É um funcionário da Staatspolizei, não é?" Fitou-me por um instante e arriscou: "Por que não fica comigo? Preciso de um assessor para o meu Leiter III, no Gruppenstab. O antigo foi vitimado pelo tifo e repatriado. Conheço o Dr. Thomas, ele não me recusará sua transferência." A oferta me pegou de surpresa: "Tenho que lhe dar uma resposta imediatamente?" — "Não, ou melhor, sim!" — "Então, se o Brigadeführer Thomas concordar, aceito." Ele sorriu e apertou minha mão. "Excelente, excelente. Agora tenho que correr. Venha me ver amanhã em Simferopol, acertaremos tudo e lhe explicarei os detalhes. Não é difícil de achar, estamos ao lado do AOK, é só perguntar. Boa noite!" Despencou escada abaixo agitando a mão e desapareceu. Fui até o bar e pedi um conhaque. Eu gostava muito de Ohlendorf e tinha sempre grande prazer nas nossas conversas; trabalhar de novo com ele era uma oportunidade inesperada. Homem de inteligência notável, perspicaz, certamente era uma das melhores cabeças do nacional-socialismo, e uma das mais intransigentes; sua atitude lhe atraía muitos inimigos, mas para mim era uma inspiração. A conferência que ele pronunciara em Kiel, quando o vi pela primeira vez, me fascinara. Discorrendo com eloquência a partir de poucas notas esparsas, com uma voz clara e bem modulada que iluminava cada aspecto com veemência e precisão, ele começara por uma crítica vigorosa do fascismo italiano, culpado, segundo ele, por deificar o Estado sem reconhecer as comunidades humanas, ao passo que o nacional-socialismo baseia-se na comunidade, na *Volksgemeinschaft*. Além disso, Mussolini suprimira todas as coerções institucionais impostas aos homens no poder, o que levava diretamente a uma versão totalitária do estatismo, em que nem o poder nem seus abusos conhecem limite. Em princípio, o nacional-socialismo fundava-se na realidade do valor da vida humana individual e do *Volk* em seu conjunto; logo, o Estado era subordinado às exigências do *Volk*. Sob o fascismo, as pessoas não tinham nenhum valor em si mesmas, eram objetos do Estado, e a única realidade dominante era o próprio Estado. Contudo, alguns elementos no seio do Partido queriam introduzir o fascismo no nacional-socialismo. Depois da Tomada do Poder, certos setores do nacional-socialismo cometeram desvios e recorreram a velhos métodos para superar problemas temporários. Essas tendências estrangeiras eram particularmente fortes na economia alimentar, e também na grande indústria, que de nacional-socialista tinha apenas o nome e que se aproveitava das contas deficitárias e descontroladas do Estado para crescer além de todas as medidas. A arrogância e a megalomania que reinavam em determinados setores do Partido apenas agravavam a situação. Outro perigo mortal para o nacional-socialismo era o que Ohlendorf chamava de desvio bolchevista, principalmente as tendências coletivistas do DAF, a

Frente de Trabalho. Ley difamava constantemente a classe média, queria destruir as pequenas e médias empresas, que formavam a autêntica base social da economia alemã. O objeto fundamental e decisivo das medidas de economia política devia ser o homem; a economia, e nisso podíamos acompanhar integralmente as análises de Marx, era o fator mais importante para o destino do homem. É verdade que ainda não existia uma ordem nacional-socialista. Mas a política nacional-socialista, em todos os setores, econômico, social ou constitucional, devia ter sempre no espírito que seu objeto era o homem e o *Volk*. As tendências coletivistas na política econômica e social, assim como as tendências absolutistas na política constitucional, desviavam dessa linha. Como forças do futuro do nacional-socialismo, nós, estudantes, futuras elites do Partido, tínhamos que continuar fiéis ao seu espírito essencial e deixar esse espírito guiar cada um dos nossos atos e decisões.

Era a crítica mais incisiva que eu já ouvira acerca da situação da Alemanha moderna. Ohlendorf, pouco mais velho que eu, tinha meditado clara e longamente sobre essas questões e baseava suas conclusões em análises profundas e rigorosas. Aliás, mais tarde eu soube que, na época em que ele era estudante em Kiel, em 1934, tinha sido preso e interrogado pela Gestapo por suas virulentas denúncias sobre a prostituição do nacional-socialismo; essa experiência provavelmente contribuíra para empurrá-lo para os serviços de segurança. Tinha seu trabalho em alta conta, via-o como peça essencial na implantação do nacional-socialismo. Depois da conferência, quando me propôs colaborar com ele como *V-Mann*, tive a infelicidade, quando ele me descrevia as tarefas, de deixar escapar estupidamente: "Mas é um trabalho de espião!" Ohlendorf reagira secamente: "Não, Herr Aue, não é um trabalho de espião. Não pedimos para o senhor bisbilhotar, estamos nos lixando para saber se sua faxineira conta uma piada anti-Partido. Mas a piada nos interessa, pois ela revela o humor do *Volk*. A Gestapo dispõe de serviços mais que competentes para cuidar dos inimigos do Estado, mas isso não é da alçada do Sicherheitsdienst, que é essencialmente um órgão de informação." Em Berlim, após minha chegada, aproximei-me pouco a pouco dele, graças sobretudo à intermediação do meu professor, Höhn, com quem ele mantivera contato depois que este último deixara o SD. De tempos em tempos encontrávamo-nos para um café, ele inclusive me convidava para ir à sua casa a fim de me expor as últimas tendências malsãs do Partido e suas ideias para corrigi-las e combatê-las. Nessa época ele não trabalhava em tempo integral no SD, pois realizava pesquisas na Universidade de Kiel, tornando-se mais tarde uma figura importante no seio do Reichsgruppe Handel, a Organização do Comércio Alemão. Quando afinal ingressei no SD, ele atuou, como o Dr. Best, um pouco como meu protetor. Mas seu conflito constantemente exacerbado com Heydrich e suas relações difíceis com o Reichsführer haviam enfraquecido sua posição, o que não o impediu de ser nomeado Amtchef III — mentor do Sicherheitsdienst — por ocasião da formação do RSHA. Em Pretzsch, corriam vários boatos sobre as razões de sua partida para a Rússia; dizia-se que ele recusara o posto diversas vezes, antes que Heydrich, apoiado pelo Reichsführer, o obrigasse a aceitá-lo *para enfiar o nariz dele na lama*.

Na manhã seguinte, peguei uma viatura militar e fui até Simferopol. Ohlendorf me recebeu com a polidez de sempre, sem efusão talvez, mas afável e simpático. "Esqueci de lhe perguntar ontem, como vai Frau Ohlendorf?" — "Käthe? Muito bem, obrigado. Naturalmente, sente minha falta, mas *Krieg ist Krieg*." Um ordenança nos serviu um excelente café, e Ohlendorf deu início a uma rápida apresentação. "Como verá, o trabalho será muito interessante para o senhor. Não terá que se preocupar com medidas executivas, entrego tudo isso aos Kommandos; em todo caso, a Crimeia já está quase *judenrein*, com os ciganos praticamente liquidados também." — "Todos os ciganos?", interrompi, espantado. "Na Ucrânia, não somos tão sistemáticos." — "A meu ver", respondeu, "são tão perigosos, se não mais, que os judeus. Em todas as guerras, os ciganos servem como espiões ou agentes de comunicação entre as linhas. Basta ver os relatos de Ricarda Huch ou de Schiller sobre a Guerra dos Trinta Anos." Marcou uma pausa. "Numa primeira fase, terá de cuidar sobretudo de buscas. Na primavera avançaremos rumo ao Cáucaso — é um segredo que recomendo guardar consigo — e, como é uma região ainda mal conhecida, gostaria de constituir um manancial de informações para o Gruppenstab e os Kommandos, em particular no que se refere às diferentes minorias étnicas e suas relações mútuas e com o poder soviético. A princípio, o mesmo sistema de ocupação a ser aplicado na Ucrânia, um novo Reichskommissariat será formado e naturalmente a SP e o SD vão querer dar seu palpite; quanto mais esse palpite for argumentado, mais será escutado. Seu superior direto será o Sturmbannführer Dr. Seibert, que também é chefe de estado-maior do grupo. Venha comigo, vou apresentá-lo a ele, bem como ao Hauptsturmführer Ulrich, que cuidará da sua transferência."

Eu conhecia Seibert de vista; em Berlim, ele dirigia o Departamento D (Economia) do SD. Era um homem sério, franco, cordial, excelente economista formado pela Universidade de Göttingen, parecendo tão extraviado ali quanto Ohlendorf. A queda prematura de seus cabelos se acelerara desde que partira; mas nem essa alta fronte desguarnecida, nem seu ar preocupado, nem uma velha cicatriz de duelo que lhe rasgava o queixo conseguiam lhe fazer perder um certo lado adolescente, perpetuamente sonhador. Recebeu-me com benevolência, apresentou-me aos seus outros colaboradores, depois, Ohlendorf tendo nos deixado, levou-me até o gabinete de Ulrich, que por sua vez me pareceu um burocratazinho tacanho. "O Oberführer tem uma visão um tanto flexível dos procedimentos de nomeação", disse-me de má vontade. "Normalmente é preciso fazer um requerimento a Berlim, depois esperar a resposta. Não podemos simplesmente catar pessoas na rua." — "O Oberführer não me catou na rua, mas num cassino", fiz-lhe observar. Tirou os óculos e me fitou vincando os olhos: "Diga-me, Hauptsturmführer, está fazendo piada?" — "Absolutamente. Se acha mesmo que não é possível, comunicarei ao Oberführer e voltarei ao meu Kommando." — "Não, não", ele disse coçando a ponta do nariz. "É complicado, só isso. Uma papelada danada. Em todo caso, o Oberführer já enviou uma carta a seu respeito ao Brigadeführer Thomas. Quando ele receber uma resposta, se for positiva, relatarei a Berlim. Isso leva tempo. Volte então para Ialta e venha me ver no fim da sua licença."

O Dr. Thomas deu prontamente seu assentimento. Enquanto esperava Berlim homologar a transferência, fui "temporariamente destacado" do Sonderkommando 4a para o Einsatzgruppe D. Nem precisei voltar a Kharkov, Strehlke despachou para mim os poucos pertences que eu lá deixara. Em Simferopol alojei-me numa agradável casa burguesa pré-revolucionária, que teve seus moradores expulsos, na rua Tchekhov, a poucas centenas de metros do Gruppenstab. Mergulhei com prazer nos meus estudos caucasianos, começando por uma série de livros, estudos históricos, relatos de viajantes e tratados de antropologia, a maioria infelizmente datando de antes da Revolução. Aqui não é lugar para eu me estender sobre as particularidades dessa região fascinante: que o leitor interessado se reporte às bibliotecas ou, se preferir, aos arquivos da República Federal, onde talvez encontre, com persistência e um pouco de sorte, meus relatórios originais, assinados por Ohlendorf ou Seibert, mas identificáveis graças à marca de ditado *M.A.* Sabíamos pouco sobre as condições reinantes no Cáucaso soviético. Alguns viajantes ocidentais ainda estiveram por lá nos anos 20; desde então, até mesmo as informações fornecidas pelo Auswärtiges Amt, nosso Ministério das Relações Exteriores, eram bem parcas. Para encontrar informações, era preciso explorar. O Gruppenstab possuía alguns exemplares da revista científica alemã *Caucasica*: a maioria dos artigos versava sobre linguística, de maneira extremamente técnica, mas dava sempre para pescar alguma coisa; o Amt VII, em Berlim, requisitara a coleção completa. Além disso, existia uma copiosa literatura científica soviética, mas nunca traduzida e de acesso restrito; pedi a um *Dolmetscher* não muito idiota que lesse as obras disponíveis e me fizesse compilações e sínteses. Em termos de informação, dispúnhamos de dados abundantes sobre a indústria petrolífera, as infraestruturas, as comunicações e a indústria; no que se refere ao tema das relações étnicas ou políticas, em contrapartida, nossos dossiês continuavam praticamente vazios. Um certo Sturmbannführer Kurreck, do Amt VI, havia se juntado ao Grupo para montar o "Sonderkommando Zeppelin", um projeto de Schellenberg: recrutar "ativistas antibolcheviques" nos Stalag e Oflag, geralmente oriundos de minorias étnicas, e infiltrá-los na retaguarda das linhas russas com fins de espionagem ou sabotagem. Mas o programa acabara de ser lançado, e ainda não dera frutos. Ohlendorf me despachou para consultar a Abwehr. Suas relações com o AOK, muito tensas no início da campanha, haviam melhorado nitidamente após a chegada de Von Manstein em substituição ao General Von Schobert, morto em setembro num acidente de avião. Nem sempre ele conseguia se entender com o chefe de estado-maior, o Oberst Wöhler, que se inclinava a tratar os Kommandos como unidades da polícia militar secreta, recusando-se a se dirigir a Ohlendorf por sua patente, insulto grave. Mas as relações de trabalho com o Ic/AO, o Major Eisler, eram boas, e as com o oficial da contrainformação, o Major Riesen, excelentes, sobretudo depois que o Einsatzgruppe passou a participar ativamente da luta contra os rebeldes. Fui então até Eisler, que me encaminhou a um de seus especialistas, o Leutnant Dr. Voss. Voss, homem afável mais ou menos da minha idade, não era na realidade um oficial, mas antes um pesquisador universitário destacado para a Abwehr enquanto durasse a campanha. Vinha, como eu, da Universidade de Berlim; não era nem antropólogo nem etnólogo, mas linguista, atividade que, como eu logo viria a perceber, podia de uma hora para outra transcender os problemas limitados da fonética, da morfologia ou da sintaxe para gerar sua própria *Weltanschauung*. Voss recebeu-me num pequeno gabinete onde lia com os pés sobre uma mesa cheia de livros empilhados e papéis espalhados. Quando me viu bater na porta aberta, sem sequer me saudar (eu era seu superior hierárquico e ele deveria ao menos ter se levantado), perguntou-me: "Quer chá? Tenho chá de verdade." Sem esperar uma resposta, chamou: "Hans! Hans!" Depois resmungou: "Onde foi que ele se meteu?", guardou o livro, levantou-se, passou por mim e desapareceu no corredor. Reapareceu logo depois: "Tudo certo. A água está no fogo." Disse-me em seguida: "Mas não fique aí parado! Entre." Voss tinha um rosto estreito e delicado, olhos cheios de vida; com seus cabelos loiros desalinhados e raspados nas laterais, parecia um adolescente saindo do colégio. Mas o corte do uniforme revelava um bom alfaiate, e ele o portava com elegância e desembaraço. "Bom dia. O que o traz aqui?" Expliquei-lhe o objeto da minha empreitada. "Então o SD se interessa pelo Cáucaso. Por quê? Pretendemos invadir o Cáucaso?" Diante da minha perplexidade, caiu na risada. "Não faça essa cara! Claro que estou a par. Inclusive estou aqui apenas para isso. Sou especializado em línguas indo-germânicas e indo-irânicas, com uma subespecialização em línguas caucásicas. Portanto, tudo que me interessa está lá; aqui, sinto-me patinando. Aprendi o tártaro, mas é língua de interesse menor. Felizmente, encontrei bons trabalhos científicos na biblioteca. À medida que formos avançando, devo formar uma coleção científica completa e mandá-la para Berlim." Caiu na risada. "Se não tivéssemos brigado com Stálin, era só encomendá-los. Teria custado caro, mas certamente menos que uma invasão." Um ordenança trouxe a água quente e Voss tirou chá de uma gaveta. "Açúcar? Infelizmente não posso lhe oferecer leite." — "Não, obrigado." Preparou duas xícaras, estendeu-me uma e afundou na cadeira, uma perna erguida contra o peito. A pilha de livros tapava parte de seu rosto, e mudei de posição. "Que quer que eu lhe conte então?" — "Tudo." — "Tudo! Então está com tempo." Sorri: "É. Estou com tempo." — "Excelente. Comecemos então pelas línguas, já que sou linguista. Com certeza sabe que os árabes, no século X, chamavam o Cáucaso de *Montanha das Línguas*. É exatamente isso. Um fenômeno único. Não há consenso sobre o número exato, uma vez que ainda se discute a respeito de certos dialetos, principalmente do Daguestão, mas gira em torno de cinquenta. Se pensarmos em termos de grupos ou famílias de línguas, temos em primeiro lugar as línguas indo-irânicas: o armênio, claro, língua magnífica, o osseto, que me interessa particularmente, e o tata. Naturalmente, não estou incluindo o russo. Em seguida temos as línguas turcas, que se estendem por todo o perímetro das montanhas: o turco karatchai, balkar, nogai e kumyk, no norte, depois o azeri e o dialeto meskheta no sul. O azeri é a língua que mais se parece com a falada na Turquia, mas conserva as antigas contribuições persas com que Kema Atartuk depurou o turco dito moderno. Todos esses povos, claro, são cacos deixados pelas hordas turco-mongóis que invadiram a região no século XIII ou resíduos de migrações posteriores. Por exemplo, os cãs nogais reinaram por muito tempo na Crimeia. Viu seu palácio em Bakhtchi-Sarai?" — "Infelizmente, não. É a zona do front." — "É verdade. Consegui uma autorização. Os complexos trogloditas também são extraordinários." Deu um gole no chá. "Onde estávamos? Ah, sim. Temos em seguida a família de longe a mais interessante, que é a família caucásica ou ibero-caucásica. Aviso-lhe desde já: o kartveliano ou georgiano não tem relação alguma com o basco. Esta é uma ideia formulada por Humboldt, que sua grande alma descanse em paz, e retomada depois, mas equivocadamente. O termo *ibero* refere-se simplesmente ao grupo sul-caucásico. Aliás, não temos nem certeza de que essas línguas se relacionem. Acha-se isso — é o postulado básico dos linguistas soviéticos —, mas é indemonstrável geneticamente. No máximo podemos delinear subfamílias, que, estas sim, apresentam unidade genética. No caso do sul-caucásico, isto é, o kartveliano, o svano, o mingreliano e o laz, isso é quase certo. A mesma coisa para o caucásico do Noroeste: apesar dos" — emitiu uma espécie de assobio ciciante bem peculiar — "um pouco desconcertantes dos dialetos abkhazes, trata-se essencialmente, ao lado do abaza, do adigue e do kabardiano-tcherkess, bem como do ubykh, que está praticamente em extinção e que só encontramos agora em alguns falantes na Anatólia, de uma língua única com fortes variantes dialetais. Idem para o vainakh, que conhece várias formas, entre as quais sobressaem o tchetcheno e o inguche. Para contrabalançar, no Daguestão, é muito mais confuso. Deduzimos alguns conjuntos como o avar e as línguas andi, dido ou tsez, lak e lesguianas, mas alguns pesquisadores acham que as línguas vainakh lhes são aparentadas, outros não. E dentro dos subgrupos há grandes controvérsias. Por exemplo, acerca da relação entre o kubachi e o dargva; ou da filiação genética do khynalug, que alguns preferem ver como língua isolada, como o archi." Eu não estava entendendo muita coisa, mas o escutava maravilhado destilar o assunto. Seu chá também era muito bom. Por fim, perguntei: "Desculpe, mas sabe todas essas línguas?" Caiu na risada: "Está brincando! Viu a minha idade? Além disso, não se pode fazer nada sem um trabalho de campo. Não, tenho um conhecimento teórico razoável do kartveliano e estudei aspectos das outras línguas, particularmente da família caucásica do Noroeste." — "E quantas línguas sabe, no total?" Ainda ria. "Falar uma língua não é a mesma coisa que saber lê-la e escrevê-la; e ter um conhecimento preciso de sua fonologia ou de sua morfologia é ainda outra coisa. Voltando às línguas caucásicas do Noroeste ou línguas adigues, trabalhei os sistemas consonantais — as vogais, muito menos — e tenho uma noção geral da gramática. Mas seria incapaz de dialogar com um nativo. Agora, se considerar que na linguagem cotidiana raramente utilizamos mais de quinhentas palavras e uma gramática muito rudimentar, sou capaz de assimilar praticamente qualquer língua em dez ou quinze dias. Em suma, cada língua tem dificuldades e problemas próprios que devemos trabalhar se quisermos dominá-la. Podemos dizer, se preferir, que a língua como objeto científico é coisa bem diferente, em sua abordagem, da língua como instrumento de comunicação. Um garoto abkhaze de quatro anos é capaz de articulações de complexidade fenomenal que eu jamais conseguiria reproduzir corretamente; em contrapartida, sou capaz de compor e descrever, por exemplo, séries de alvéolo-palatais simples ou labializadas, o que não significa rigorosamente nada para esse menino, que tem toda sua língua na cabeça mas que nunca poderia analisá-la." Refletiu um instante. "Por exemplo, uma vez examinei o sistema consonantal de uma língua sul-chadiana, mas era apenas para compará-lo com o do ubykh. O ubykh é uma língua fascinante. É uma tribo adigue, ou circassiana, como dizemos na Europa, que em 1864 foi totalmente escorraçada do Cáucaso pelos russos. Os sobreviventes instalaram-se no Império Otomano, mas em sua maioria abandonaram a língua nativa em prol do turco ou de outros dialetos circassianos. Sua primeira descrição parcial foi feita por um alemão, Adolf Dirr, grande pioneiro na descrição das línguas caucásicas: estudava uma por ano, nas férias. Infelizmente, durante a Grande Guerra, ficou bloqueado em Tíflis, de onde acabou escapando, mas perdendo a maioria de suas anotações, entre elas as sobre o ubykh, recolhidas por ele em 1913 na Turquia. Publicou o material remanescente em 1927 e, ainda assim, era admirável. Depois disso, um francês, Dumézil, meteu a colher e publicou uma descrição completa em 1931. Ora, o ubykh tem a particularidade de comportar entre oitenta e oitenta e três consoantes, dependendo da conta que se faça. Durante muitos anos achou-se que era o recorde mundial. Depois foi sugerido que determinadas línguas do sul do Chade, como o margi, teriam mais. Mas nunca se chegou a uma conclusão."

Pousei minha xícara de chá: "Tudo isso é fascinante, Leutnant. Mas sou obrigado a me interessar por questões mais concretas." — "Oh, perdão, naturalmente! O que o preocupa, no fundo, é a política de nacionalidades dos soviéticos. Mas verá que minhas digressões não foram inúteis: pois essa política baseia-se na língua. Na época czarista, tudo era bem mais simples: os autóctones conquistados podiam fazer praticamente tudo que quisessem, desde que permanecessem tranquilos e pagassem seus impostos. As elites podiam ser educadas em russo e até mesmo se russificar — por sinal, um bom número de famílias russas abastadas era de origem caucasiana, principalmente depois do casamento de Ivan IV com uma princesa kabardiana, Maria Temrukovna. No fim do século passado, os pesquisadores russos começaram a estudar esses povos, sobretudo do ponto de vista da etnologia, produzindo então trabalhos notáveis, como os de Vsevolod Miller, que também era excelente linguista. A maioria dessas obras está disponível na Alemanha e algumas foram inclusive traduzidas; mas ainda há uma quantidade de monografias obscuras de tiragem pequena que espero encontrar nas bibliotecas das Repúblicas Autônomas. Depois da Revolução e da guerra civil, o poder bolchevique, inspirado a princípio por um texto de Lênin, definiu uma política de nacionalidades absolutamente original: Stálin, que nessa época era comissário do povo para questões de nacionalidade, desempenhou papel de primeiro plano na empreitada. Por um lado, essa política é uma síntese espantosa de trabalhos científicos inteiramente objetivos, como os dos grandes caucasólogos Iakovlev ou Trubetskoi; por outro, é uma ideologia comunista internacionalista, a princípio incapaz de levar em conta o fato étnico e, enfim, a realidade das relações e das aspirações em jogo. A solução soviética pode ser resumida dessa forma: um povo, ou uma nacionalidade, como eles dizem, é igual a uma língua mais um território. Foi para obedecer a esse princípio que tentaram dotar os judeus, que tinham uma língua, o iídiche, mas não um território, de uma região autônoma no Extremo Oriente, o Birobidjão; mas parece que a experiência fracassou, que os judeus não quiseram morar lá. Daí em diante, segundo o peso demográfico de cada nacionalidade, os soviéticos criaram uma escala complexa de níveis de soberania administrativa, com limitações e direitos precisos para cada nível. As nacionalidades mais importantes, como os armênios, os georgianos e os supostos azeris, assim como os ucranianos e os bielorrussos, têm direito a uma SSR, uma República Socialista Soviética. Na Geórgia, inclusive, é possível fazer até o fim o curso universitário em kartveliano, e lá são publicados trabalhos científicos de grande valor nessa língua. Mesma coisa com o armênio. Lembremos que são duas antiquíssimas línguas literárias, com uma tradição muito rica e que foram escritas muito antes do russo e até mesmo do eslavão, pioneiramente notado por Cirilo e Método. A propósito, se me permite um parêntese, Mesrop, que no início do século V criou os alfabetos georgiano e armênio — embora essas línguas não tenham a menor relação entre si —, devia ser um linguista talentoso. Seu alfabeto georgiano é inteiramente fonêmico. Não se pode dizer o mesmo dos alfabetos caucasianos criados pelos linguistas soviéticos. Dizem também, além disso, que Mesrop teria inventado um alfabeto para o albanês do Cáucaso; infelizmente, não restou vestígio dele. Continuando, temos em seguida as Repúblicas Autônomas, como a Kabardino-Balkaria, a Tchetchênia-Inguche ou o Daguestão. Os alemães do Volga tinham esse status, mas, como sabe, foram todos deportados, e sua República, dissolvida. Isso se estendeu aos Territórios Autônomos e assim por diante. Um ponto-chave é a noção de língua literária. Para ganhar sua própria República, um povo deve, imperativamente, ter uma língua literária, isto é, escrita. Ora, afora o kartveliano, como acabo de lhe explicar, nenhuma língua caucásica satisfazia essa condição na época da Revolução. Houve realmente algumas tentativas no século XIX, mas unicamente para uso científico, existindo inscrições avares em caracteres árabes que remontam ao século X ou XI, mas é tudo. Foi nesse ponto que os linguistas soviéticos realizaram um trabalho formidável, colossal: criaram alfabetos, com base nos caracteres latinos primeiro, depois nos cirílicos, para onze línguas caucásicas, bem como para um grande número de línguas turcas, entre elas as siberianas. De um ponto de vista técnico, esses alfabetos não são imunes a críticas. O cirílico não é adequado para essas línguas: caracteres latinos, como foi tentado nos anos vinte, ou até mesmo o alfabeto árabe, teriam sido bem mais apropriados. Fizeram, por sinal, uma exceção curiosa para o abkhaze, agora escrito num alfabeto georgiano modificado; mas as razões para isso não são nada técnicas. A passagem obrigatória para o cirílico gerou ginásticas bem grotescas, como a utilização de sinais diacríticos e dígrafos, trígrafos e até mesmo, em kabardiano, para representar a oclusiva muda aspirada labializada uvular, de um tetrágrafo." Pegou uma folha de papel e rabiscou alguns sinais no verso, depois me entregou para me mostrar a inscrição кхъч. "Isso é uma letra. Isso é tão ridículo quanto escrevermos щ em nosso país" — rabiscou de novo — "*shch* ou, pior ainda, *chtch*. Além do mais, algumas ortografias recentes variam muito. Em abkhaze, a notação das aspiradas e das ejetivas é mais que inconsistente. Mesrop teria se escandalizado. Enfim, o pior de tudo é que insistiram para que cada língua tivesse um alfabeto diferente. Linguisticamente, isso gera situações absurdas, como o щ, que em kabardiano representa o *ch* e em adigue o *tch*, ao passo que se trata da mesma língua; em adigue, o *ch* é grafado щъ, e em kabardiano o *tch* é grafado ш. A mesma coisa para as línguas turcas, em que, por exemplo, o *g* líquido é notado diversamente em quase todas as línguas. Claro, fizeram de propósito: era uma decisão política, não linguística, que visava claramente separar os povos vizinhos o máximo possível. Dou-lhe uma chave para isso: os povos próximos deviam parar de funcionar em rede, de maneira horizontal, para se reportarem todos, de maneira vertical e paralela, ao poder central, que assume a posição de árbitro final de conflitos por ele mesmo incessantemente provocados. Mas, voltando a esses alfabetos, apesar de todas as minhas críticas, não deixam de ser uma realização imensa, ainda mais que deles decorreu todo um mecanismo de educação. Em quinze anos, talvez dez, povos iletrados foram dotados de jornais, livros e revistas em suas línguas. As crianças aprenderam a ler na língua materna antes do russo. Isso é extraordinário."

  Voss prosseguia; eu anotava o mais rápido possível. Porém, mais ainda que pelos detalhes, eu estava seduzido pela sua relação com seu saber. Os intelectuais que eu frequentara, como Ohlendorf ou Höhn, desenvolviam perpetuamente seus conhecimentos e suas teorias; quando falavam, era ou para expor suas ideias ou para aprofundá-las. O saber de Voss, em contrapartida, parecia viver dentro dele quase como um organismo, e Voss gozava desse saber como de uma amante, sensualmente, banhava-se nele, nele descobria constantemente novos aspectos, já presentes mas dos quais ele ainda não tinha consciência, e sentia nisso o puro prazer de uma criança que aprende a abrir e fechar uma porta ou encher e esvaziar um balde de areia; esse prazer era compartilhado por quem o escutava, pois seu discurso concentrava meandros cambiantes e surpresas perpétuas; podia-se rir dele, mas unicamente com o riso de prazer do pai que observa o filho abrir e fechar dez vezes uma porta e continua sorrindo. Voltei para vê-lo diversas vezes, e ele sempre me recebeu com a mesma amabilidade e o mesmo entusiasmo. Logo estabelecemos aquela amizade franca e fugaz proporcionada pela guerra e as situações excepcionais. Perambulávamos pelas ruas barulhentas de Simferopol aproveitando o sol em meio a uma multidão eclética de soldados alemães, romenos e húngaros, hiwis esgotados, tártaros trigueiros de turbante, camponesas ucranianas com as bochechas cor-de-rosa. Voss conhecia todos os *tchai khona* da cidade e conversava desenvoltamente em dialetos variados com os obsequiosos ou entusiasmados proprietários de terras que nos serviam, desculpando-se, um péssimo chá verde. Um dia ele me levou a Bakhtchi-Sarai para visitar o soberbo palacete dos cãs da Crimeia, construído no século XVI por arquitetos italianos, persas e otomanos e escravos russos e ucranianos; e ao Chufut-Kale, o forte dos judeus, uma metrópole de cavernas escavadas a partir do século VI nos penhascos de calcário e ocupadas por diversos povos, os últimos dos quais deram o nome persa ao lugar, tratando-se na verdade de caraítas, uma seita judaica dissidente, isentada por decisão do Ministério do Interior em 1937, como expliquei a Voss, das leis raciais alemãs, tendo sido, em consequência disso, igualmente poupada pelas medidas especiais da SP. "Aparentemente, os caraítas da Alemanha apresentaram documentos czaristas, entre os quais um ucasse de Catarina a Grande, que afirmavam não serem eles de origem judaica, havendo se convertido ao judaísmo bem tardiamente. Os especialistas do Ministério aceitaram a autenticidade desses documentos." — "Ouvi alguma coisa sobre isso", disse Voss com um sorrisinho. "Eram espertos." Ia lhe perguntar o que queria dizer com aquilo, mas ele já tinha mudado de assunto. O dia estava lindo. Ainda não fazia muito calor, o céu continuava baço e claro; ao longe, do alto dos penhascos, avistávamos o mar, uma extensão um pouco mais cinzenta sob o céu. Do sudoeste vinha o espocar difuso e monótono das baterias bombardeando Sebastopol, ecoando surdamente ao longo das montanhas. Crianças tártaras, encardidas e em andrajos, brincavam entre as ruínas ou pastoreavam cabras; várias delas nos observavam com curiosidade, mas correram quando Voss as interpelou na língua delas.

    No domingo, quando não tinha muito trabalho, eu pegava o Opel e íamos para a praia, para Eupatoria. Em geral eu mesmo ia dirigindo. O calor aumentava dia a dia, estávamos no meio da primavera, e eu era obrigado a tomar cuidado com os bandos de garotos nus que, deitados de barriga para cima no asfalto ardente da estrada, amontoavam-se como pardais diante de cada veículo em uma grande barafunda de corpinhos magros e bronzeados. Eupatoria possuía uma bela mesquita, a maior da Crimeia, projetada no século XVI pelo célebre arquiteto otomano Sinan, e algumas ruínas curiosas; mas lá não encontrávamos nem *Portwein* nem, para dizer a verdade, chá; as águas do lago estagnavam, lamacentas. Trocávamos então a cidade pelas praias, onde às vezes cruzávamos com grupos de soldados que deixavam Sebastopol para descansar dos combates. Quase sempre nus e brancos, exceto o rosto, o pescoço e os antebraços, entretinham-se como crianças, atirando-se na água, esfregando-se ainda molhados na areia e aspirando seu calor como uma prece, para expulsarem o frio do inverno. Em geral as praias estavam desertas. O ar de abandono das praias soviéticas me agradava: guarda-sóis coloridos mas sem lona, bancos sujos de cocô de passarinho, sanitários de metal enferrujado com a pintura descascada, que revelavam pés e cabeças aos guris emboscados atrás das cercas. Tínhamos nosso recanto predileto, uma praia ao sul da cidade. No dia em que a descobrimos, uma meia dúzia de vacas, espalhadas ao redor de um pesqueiro de cores chamativas enterrado na areia, pastava o capim novo da estepe que invadia as dunas, indiferentes à criança loura que, numa bicicleta remendada, ziguezagueava no meio delas. Do outro lado, em uma enseada, uma melodiazinha russa saía de um casebre azul construído sobre um cais vacilante, diante do qual balouçavam, amarrados com cordas puídas, três singelos barcos de pesca. O lugar mergulhava num tranquilo abandono. Tínhamos levado pão fresco e maçãs vermelhas do ano precedente, que mordiscávamos bebendo vodca; a água estava fria, revigorante. À nossa direita erguiam-se dois velhos botequins com cadeados na porta e a torre do salva-vidas, prestes a desabar. As horas se passavam sem que disséssemos muita coisa. Voss lia; eu terminava lentamente a vodca e mergulhei novamente na água. Na volta, ao atravessarmos uma vila de pescadores para pegarmos nosso carro estacionado mais além, deparei com um bando de gansos introduzindo-se sucessivamente sob um portão de madeira; o último, com uma maçãzinha verde enfiada no bico, corria para alcançar seus pares.

  Também me encontrava muito com Ohlendorf. No trabalho, eu lidava regularmente com Seibert; mas no fim da tarde, se Ohlendorf não estivesse muito ocupado, eu passava em seu gabinete para tomar um café. Ele bebia muito café e as más línguas afirmavam que era seu único alimento. Parecia sempre às voltas com uma multiplicidade de tarefas que às vezes pouco tinham a ver com as do Grupo. Seibert, na realidade, administrava o trabalho do dia a dia; era ele quem supervisionava os outros oficiais do Gruppenstab, ele também quem realizava as reuniões regulares com o chefe de estado-maior ou o Ic do 11º Exército. Para submeter um assunto oficial a Ohlendorf, era preciso passar por seu ajudante de campo, o Obersturmführer Heinz Schubert, descendente do grande compositor e homem consciencioso, embora um tanto limitado. Assim, nessas ocasiões em que Ohlendorf me recebia como um professor recebe um aluno fora da sala de aula, eu nunca lhe falava de trabalho; em vez disso, abordávamos problemas teóricos ou de ideologia. Um dia, levantei a questão judaica. "*Os judeus!* exclamou. *Malditos! São bem piores que os hegelianos!*" Esboçou um de seus raros sorrisos antes de continuar, com sua voz precisa, musical, um pouco aguda: "Aliás, podemos dizer que Schopenhauer enxergou muito bem, uma vez que, no fundo, o marxismo é uma perversão judaica de Hegel. Ou não é?" — "Eu gostaria muito de saber sua opinião a respeito da nossa ação", arrisquei. — "Suponho que esteja querendo falar da destruição do povo judeu." — "Precisamente. Devo admitir que isso me coloca problemas." — "Isso coloca problemas para todo mundo", respondeu categoricamente. "Para mim também, isso coloca problemas." — "Então, qual é sua opinião?" — "Minha opinião?" Esticou-se e juntou as mãos na frente dos lábios; seus olhos, em geral penetrantes, haviam se tornado como vazios. Eu não me habituava com ele de uniforme; Ohlendorf, para mim, continuava um civil, e eu tinha dificuldade em imaginá-lo de outra forma que não em seus ternos discretos, cortados à perfeição. "É um erro", disse por fim. "Mas um erro necessário." Jogou-se de novo para a frente e apoiou os dois cotovelos na escrivaninha. "Tenho que lhe explicar isso. Pegue um café. É um erro porque é resultado da nossa incapacidade de administrar o problema de maneira mais racional. Mas é um erro necessário porque, na situação atual, os judeus representam para nós um perigo assombroso, premente. Se o Führer acabou impondo a solução mais radical, foi levado a isso pela indecisão e incompetência dos homens responsáveis pela questão." — "Que entende por *nossa incapacidade de administrar o problema?*" — "Explico. Certamente se lembra quando, depois da Tomada do Poder, todos os irresponsáveis e psicopatas do Partido puseram-se a berrar reclamando por *medidas radicais*, e como todas as formas de ações ilegais ou impróprias foram lançadas, como as iniciativas imbecis de Streicher. O Führer, muito sensatamente, freou essas ações descontroladas e colocou a resolução do problema num caminho jurídico que desembocou nas leis raciais, satisfatórias no conjunto, de 1935. Mas mesmo depois disso, entre os burocratas tacanhos que asfixiavam qualquer avanço sob uma enxurrada de papel e os alucinados que, não raro por interesses pessoais, encorajavam *Einzelaktionen*, uma solução de conjunto do problema judaico continuava longe de ser alcançada. Os pogroms de 1938, que tanto mal causaram à Alemanha, foram uma consequência lógica dessa falta de coordenação. Apenas quando o SD passou a se debruçar seriamente sobre o problema é que uma alternativa às iniciativas ad hoc pôde ser encontrada. Após longos estudos e discussões, conseguimos elaborar e propor uma política global coerente: a emigração acelerada. Ainda hoje acho que essa solução poderia ter agradado a todos e que era perfeitamente viável, mesmo depois do Anschluss. As estruturas criadas para estimular a emigração, principalmente a utilização dos fundos judaicos ilegais para financiar a emigração dos judeus pobres, revelaram-se bem eficazes. Talvez se lembre daquele baixinho meio austríaco, todo obsequioso, que trabalhou pra Knochen, depois Behrends..." — "Está falando do Sturmbannführer Eichmann? Justamente, estive com ele o ano passado em Kiev." — "Ele mesmo. Pois bem, ele tinha instalado uma organização notável em Viena. Funcionava muito bem." — "Sim, mas depois houve a Polônia. E nenhum país no mundo estava disposto a aceitar três milhões de judeus." — "Precisamente." Endireitou-se de novo e balançava uma perna cruzada sobre a outra. "Mas mesmo naquela época poderíamos ter resolvido as dificuldades etapa por etapa. A formação de guetos, claro, foi uma catástrofe; mas a meu ver a atitude de Frank contribuiu muito para isso. A besteira foi quererem fazer tudo ao mesmo tempo: repatriar os *Volksdeutschen* e resolver o problema judaico e o problema polonês. Então, claro, foi o caos." — "Sim, mas por outro lado o repatriamento dos *Volksdeutschen* era uma urgência: ninguém sabia por quanto tempo Stálin ia continuar a cooperar. Ele poderia ter fechado as portas de um dia para o outro. Aliás, nunca conseguimos salvar os alemães do Volga." — "E era possível, acho. Mas eles não queriam vir. Cometeram o erro de confiar em Stálin. Sentiam-se protegidos por seu status, não é? Em todo caso, tem razão: era preciso absolutamente começar pelos *Volksdeutschen*. Mas isso dizia respeito apenas aos Territórios Incorporados, não ao governo-geral. Se todos tivessem cooperado, haveria um meio de deslocar judeus e poloneses do Warthegau e de Danzig-Westpreussen para o General-Gouvernement, a fim de ceder espaço para os repatriados. Mas aqui tocamos os limites do nosso Estado nacional-socialista tal como existe atualmente. É um fato que a organização da administração nacional-socialista ainda não corresponde às necessidades políticas e sociais do nosso modo de sociedade. O Partido permanece gangrenado por um excesso de elementos corruptos, que defendem interesses particulares. Dessa forma, toda desavença transforma-se imediatamente em conflito exacerbado. No caso do repatriamento, os Gauleiter dos Territórios Incorporados comportaram-se com uma arrogância inacreditável, o General-Gouvernement reagiu à altura. Um acusava o outro de xingá-lo de cloaca. E a SS, encarregada do problema, não detinha poder suficiente para impor uma legislação organizada. A cada etapa, alguém tomava uma iniciativa selvagem, ou contestava as decisões do Reichsführer duvidando do seu acesso ao Führer. Nosso Estado não é um *Führerstaat* absoluto, nacional e socialista, senão teoricamente; na prática, e isso só vem piorando, é uma forma de anarquia pluralista. O Führer pode tentar arbitrar, mas não pode estar em toda parte, e nossos Gauleiter sabem muito bem interpretar suas ordens, distorcê-las e depois proclamar que estão obedecendo à sua *vontade* ao fazerem delas o que fazem."

Tudo isso nos afastara um pouco dos judeus. "Ah, sim, o Povo Eleito. Mesmo com todos esses obstáculos, havia soluções imparciais possíveis. Por exemplo, após a nossa vitória sobre a França, o SD, conjuntamente com o Auswärtiges Amt, começou a cogitar seriamente a opção Madagascar. Antes disso, pensaram em agrupar todos os judeus em torno de Lublin, numa espécie de grande reserva onde poderiam viver tranquilamente sem mais constituir riscos para a Alemanha; mas o General-Gouvernement recusou categoricamente, e Frank, usando seu círculo de relações, conseguiu fazer o projeto capotar. Madagascar era sério. Estudos foram realizados, havia lugar para todos os judeus em nossa esfera de controle. O planejamento estava bem encaminhado, chegaram a vacinar funcionários da Staatspolizei contra malária, prevendo sua partida. Era sobretudo o Amt IV que pilotava o projeto, mas o SD forneceu informações e ideias, li todos os relatórios." — "Por que a coisa não foi adiante?" —"Simplesmente porque os britânicos, muito insensatamente, recusaram-se a aceitar nossa superioridade esmagadora e a assinar um tratado de paz conosco! Tudo dependia disso. Em primeiro lugar porque era preciso que a França nos cedesse Madagascar, o que teria figurado no tratado, e também porque a Inglaterra precisaria contribuir com sua frota, não acha?"

Ohlendorf interrompeu para pedir outro bule de café ao seu ordenança. "Aqui também, na Rússia, a ideia inicial era muito mais limitada. Todos achavam que a campanha seria curta e quiseram fazer como na Polônia, isto é, decapitar os mentores, a *intelligentsia*, os líderes bolcheviques, todos os homens perigosos. Uma tarefa abjeta em si mesma, mas vital e lógica, considerando a natureza hiperbólica do bolchevismo, sua absoluta falta de escrúpulos. Depois da vitória, poderíamos ter reestudado uma solução global e definitiva, criando por exemplo uma reserva no Norte ou na Sibéria, ou mandando-os para o Birobidjão, por que não?" — "É uma tarefa abjeta de toda forma", eu disse. "Posso lhe perguntar por que aceitou? Com sua patente e sua capacidade, poderia ter sido muito mais útil em Berlim." — "É bem possível", respondeu com vivacidade. "Não sou nem militar, nem policial, e esse trabalho de esbirro não combina comigo. Mas era uma ordem direta e tive de aceitar. Além do mais, como lhe disse, todos nós achávamos que isso duraria um mês, dois no máximo." Eu estava espantado com a franqueza de suas respostas; nunca havíamos tido conversa tão aberta. "E depois do *Führervernichtungsbefehl*?", prossegui. Ohlendorf não respondeu de pronto. O ordenança trouxe o café; Ohlendorf voltou a me oferecer: "Já bebi bastante, obrigado." Ele permanecia imerso em seus pensamentos. Por fim respondeu, lentamente, escolhendo as palavras com cuidado. "O *Führervernichtungsbefehl* é uma coisa terrível. Paradoxalmente, é quase como uma ordem do Deus da Bíblia dos judeus, não acha? *Agora vá e fira Amalek! Lance o anátema sobre ele com tudo que ele possui, não tenha piedade dele, mate homens e mulheres, crianças e bebês, bois e ovelhas, camelos e burros.* O senhor conhece isso, está no primeiro livro de Samuel. Foi no que pensei quando recebi a ordem. E como lhe disse, acho que foi um erro, deveríamos ter tido a inteligência e a capacidade de encontrar uma solução mais... humana, digamos, mais de acordo com a nossa consciência de alemães e de nacional-socialistas. Nesse sentido, é um fracasso. Mas não podemos nos esquecer das realidades da guerra. A guerra perdura e, a cada dia que essa força inimiga permanece na retaguarda de nossas linhas, fortalece nosso adversário e nos enfraquece. É uma guerra total, todas as forças da Nação estão engajadas, não podemos desprezar nada para vencer, nada. Foi o que o Führer compreendeu claramente, rompendo o nó górdio das dúvidas, das hesitações, dos interesses divergentes. Fez isso, como faz com tudo, para salvar a Alemanha, consciente de que, se pode destinar à morte centenas de milhares de alemães, também pode e deve dar o mesmo destino aos judeus e a todos os nossos demais inimigos. Os judeus rezam e trabalham pela nossa derrota, e enquanto não tivermos vencido não podemos alimentar um inimigo desses em nosso seio. E para nós, que recebemos a pesada responsabilidade de levar a cabo essa tarefa, nosso dever para com nosso povo, nosso dever de autênticos nacional-socialistas, é obedecer. Ainda que *a obediência seja o punhal que degola a vontade do homem*, como dizia São José de Cupertino. Somos obrigados a aceitar nosso dever da mesma forma que Abraão aceita o sacrifício inimaginável de seu filho Isaac exigido por Deus. Leu Kierkegaard? Ele chama Abraão de *cavaleiro da fé*, que tem de sacrificar não só o filho, como também e sobretudo suas ideias éticas. Não acha nosso caso parecido? Temos de consumar o sacrifício de Abraão."

Por suas afirmações, percebi que Ohlendorf preferia não estar naquela posição; mas quem, naqueles dias, podia fazer o que preferia? Ele compreendera e aceitara o fato com lucidez. Como Kommandant, era rigoroso e consciencioso; ao contrário do meu antigo Einsatzgruppe, que logo abandonara esse método pouco prático, ele insistia para que as execuções fossem realizadas segundo o método militar, por pelotões, e enviava frequentemente seus oficiais, como Seibert e Schubert, em inspeção para verificar se os Kommandos estavam respeitando suas diretrizes. Também fazia questão de controlar o máximo possível os menores furtos ou abusos praticados pelos soldados encarregados das execuções. Enfim, havia proibido rigorosamente que espancassem ou atormentassem os condenados; segundo Schubert, essas prescrições eram seguidas *tão à risca quanto podiam sê-lo*. Além disso, procurava sempre tomar iniciativas positivas. No outono precedente, em colaboração com a Wehrmacht, organizara uma brigada de artesãos e fazendeiros judeus para fazer a colheita perto de Nikolaev; foi obrigado a pôr fim a essa experiência por ordem direta do Reichsführer, mas eu sabia que ele lamentava por isso e, em privado, achava a ordem um equívoco. Na Crimeia, investira sobretudo no aprimoramento das relações com a população tártara, com sucessos consideráveis. Em janeiro, quando a ofensiva-surpresa dos soviéticos e a tomada de Kertch puseram toda a nossa posição na Crimeia em perigo, os tártaros colocaram espontaneamente um décimo de sua população masculina à disposição de Ohlendorf para ajudá-lo a defender nossas linhas; forneciam também ajuda considerável à SP e ao SD na luta contra os rebeldes, entregando-nos aqueles que capturavam ou liquidando-os eles próprios. O exército apreciava tal assistência, e o empenho de Ohlendorf nesse projeto contribuiu muito para melhorar nossas relações com o AOK depois da desavença com Wöhler. Apesar disso, sentia-se pouco à vontade em seu papel, e não fiquei muito surpreso quando, por ocasião da morte de Heydrich, ele começou a negociar sua volta à Alemanha. Heydrich foi ferido em Praga em 29 de maio e morreu em 4 de junho; no dia seguinte, Ohlendorf corria a Berlim para assistir aos funerais; voltou na segunda quinzena do mês, promovido a SS-Brigadeführer e com uma promessa de substituição rápida; assim que voltou, fez sua rodada de despedidas. Uma noite, contou-me brevemente como o negócio se dera: quatro dias depois da morte de Heydrich, o Reichsführer convocara Müller, Streckenbach e Schellenberg para uma reunião com grande parte dos outros Amtchefs, a fim de discutirem o futuro do RSHA e a própria capacidade do RSHA de continuar como organização independente sem Heydrich. O Reichsführer optara por não substituir Heydrich de imediato; ele mesmo responderia interinamente, mas a distância, e essa decisão exigia a presença de todos os Amtchefs em Berlim para supervisionarem diretamente seus Ämter em nome de Himmler. O alívio de Ohlendorf era flagrante; sem sair de seu retraimento, parecia quase alegre. Mas mal se notava isso em meio à excitação geral: estávamos a ponto de lançar nossa grande campanha de verão rumo ao Cáucaso. A Operação Azul foi lançada em 28 de junho com a ofensiva de Von Bock sobre Voronej, e dois dias depois o substituto de Ohlendorf, o Oberführer Dr. Walter Bierkamp, chegava a Simferopol. Ohlendorf não partia sozinho: Bierkamp trouxera consigo seu próprio ajudante de campo, o Sturmbannführer Thielecke, e estava previsto que a maioria dos oficiais veteranos do Gruppenstab, assim como os chefes dos Kommandos, seria substituída no correr do verão, segundo a disponibilidade de seus substitutos. No início de julho, no entusiasmo provocado pela queda de Sebastopol, Ohlendorf fez um discurso de despedida eloquente, invocando, com sua dignidade natural, toda a grandeza e dificuldade da nossa luta mortífera contra o bolchevismo. Bierkamp, que vinha da Bélgica e da França, mas que antes dirigira a Kripo de Hamburgo, sua cidade natal, e depois serviu como IdS em Düsseldorf, também nos dirigiu algumas palavras. Parecia exultante com sua nova posição: "O trabalho no Leste, sobretudo em tempos de guerra, é o que há de mais estimulante para um homem", declarou. Jurista e advogado por profissão, suas palavras, em seu discurso e na recepção que se seguiu, deixavam transparecer a mentalidade do policial. Devia ter uns quarenta anos e era atarracado, baixote, com cara de fuinha; a despeito do doutorado, não era manifestamente um intelectual, e seu léxico misturava gíria hamburguesa com jargão do SP; mas parecia decidido e capaz. Reencontrei Ohlendorf apenas uma vez depois dessa noite, durante o banquete oferecido pelo AOK para celebrar a tomada de Sebastopol: ele estava ocupado com os oficiais do Exército e ficou conversando com Manstein; mas me desejou boa sorte e me convidou para visitá-lo quando passasse por Berlim.

Voss também partira, subitamente transferido para o AOK do Generaloberst Von Kleist, cujos panzers já haviam atravessado a fronteira da Ucrânia e investiam contra Millerovo. Eu me sentia um pouco sozinho. Bierkamp estava concentrado na reorganização dos Kommandos, alguns dos quais deviam ser dissolvidos a fim de formarem estruturas permanentes da SP e do SD na Crimeia; Seibert, por sua vez, preparava-se para partir. Com o verão, o interior da Crimeia tornara-se sufocante, e continuei a aproveitar as praias o máximo possível. Fui visitar Sebastopol, onde um dos nossos Kommandos estava em ação: nos arredores do comprido porto da baía sul estendia-se um monte de ruínas ainda fumegantes, por onde vagavam civis esgotados e pasmos com o início da evacuação. Meninos esquálidos e sujos corriam por entre as pernas dos soldados mendigando pão; os romenos sobressaíam por lhes aplicar murros e pontapés nos traseiros. Desci para visitar as casamatas subterrâneas do porto, onde o Exército Vermelho montara fábricas de produção de armas e munições; a maior parte tinha sido pilhada ou incendiada pelos lança-chamas; às vezes, durante a batalha final, comissários, ali entrincheirados ou então nos porões sob os penhascos, explodiam-se junto com os homens e civis por eles protegidos, bem como com soldados alemães expostos pelo avanço. Porém, todos os oficiais e funcionários soviéticos de alto escalão haviam sido evacuados por submarino antes da queda da cidade, capturamos apenas os soldados e subalternos. Os morros carecas que dominavam a imensa baía do norte, em torno da cidade, estavam cobertos por fortificações destruídas; as copelas de aço das baterias de 30,5 cm haviam sido esmagadas pelos nossos projéteis de 80, disparados de obuseiros gigantes montados sobre trilhos; seus longos canhões retorcidos jaziam atravessados ou apontavam para o céu. Em Simferopol, o AOK 11 fazia as malas; Von Manstein, promovido a Feldgeneralmarschall, partia com seu exército para subjugar Leningrado. De Stalingrado, naturalmente, ninguém falava nessa época: ainda era um objetivo secundário.

No início de agosto, o Einsatzgruppe pôs-se em marcha. Nossas forças, reorganizadas em dois grupos de exércitos B e A, acabavam de retomar Rostov depois de intensos combates de rua, e os panzers, tendo transposto o Don, avançavam pela estepe do Kuban. Bierkamp destacou-me para o Vorkommando do Gruppenstab e nos despachou, por Melitopol e depois Rostov, para alcançar o 1º Exército Blindado. Nosso pequeno comboio atravessou rapidamente o istmo e a imensa Trincheira dos Tártaros, transformada pelos soviéticos em fosso antitanque, mudando de direção a seguir, depois de Perekop, para começar a travessia da estepe dos nogais. O calor era inclemente, eu suava em bicas, a poeira grudava no meu rosto como uma máscara cinzenta; ao amanhecer, porém, não muito depois de nossa partida, cores sutis e magníficas foram matizando o céu, que azulava lentamente, e eu não estava infeliz. Nosso guia, um tártaro, volta e meia parava os veículos para fazer suas orações; eu então deixava os outros oficiais reclamando e saía para esticar as pernas e fumar. Dos dois lados da estrada, córregos e ribeirões estavam secos e traçavam uma rede de *balki* ravinadas que rasgavam profundamente a estepe. Em volta, não se viam nem árvores nem colinas; apenas os postes regularmente espaçados do telégrafo anglo-iraniano, construído no início do século por Siemens, balizavam aquela extensão monótona. A água dos poços era salgada, o café tinha um gosto salgado, a sopa parecia saturada de sal; diversos oficiais, que haviam se empanturrado de melões, foram acometidos por diarreias, o que retardou ainda mais nossa marcha. Depois de Mariupol, pegamos uma péssima estrada litorânea até Taganrog, depois até Rostov. O Hauptsturmführer Remmer, um oficial da Staatspolizei que comandava o Vorkommando, ordenou por duas vezes que o comboio parasse, próximo a imensas praias de cascalho e capim amarelo, para que os homens pudessem entrar na água; sentados sobre os cascalhos escaldantes, secávamos em poucos minutos; então nos vestíamos e partíamos. Em Rostov, nossa coluna foi recebida pelo Sturmbannführer Dr. Christmann, que substituía Seetzen à frente do Sonderkommando 10a e acabava de consumar a execução da população judaica numa ravina conhecida como das Serpentes, do outro lado do Don; também despachara um Vorkommando para Krasnodar, caída na antevéspera, onde o 5º Corpo de Exército confiscara uma montanha de documentos soviéticos. Pedi-lhe que os analisasse o mais rápido possível e me transmitisse todas as informações relativas aos funcionários e membros do Partido, a fim de complementar a caderneta confidencial que Seibert, em Simferopol, deixara comigo para entregar ao seu substituto; continha, impressos em pequenos caracteres e em papel-bíblia, nomes, endereços e, muitas vezes, números de telefones dos comunistas em atividade ou da *intelligentsia* sem partido, cientistas, professores, escritores e jornalistas notórios, funcionários, diretores de empresas estatais e *kolkhozy* ou *sovkhozy*, abrangendo toda a região do Kuban-Cáucaso; havia inclusive listas de amigos e relações de familiares, descrições físicas e algumas fotos. Christmann nos informou também a respeito do avanço dos Kommandos: o Sk 11, ainda sob o comando do Dr. Braune, um íntimo de Ohlendorf, acabava de entrar em Maikop com a 13ª Divisão Blindada; Persterer, com seu Sk 10b, continuava aguardando em Taman, mas um Vorkommando do Ek 12 já estava em Vorochilovsk, onde o Gruppenstab devia se basear até a tomada de Groznyi; o próprio Christmann preparava-se, segundo o plano preestabelecido, para transferir seu Hauptkommando para Krasnodar. Não vi quase nada de Rostov; Remmer queria avançar e deu a ordem de partida logo após a refeição. Após o Don, imenso, atravessado por uma ponte flutuante lançada pela engenharia, estendiam-se quilômetros de campos de milho maduro, que vinham grão a grão empilhar-se na vasta estepe desértica do Kuban; mais adiante, a leste, corria a longa linha irregular dos lagos e pântanos do Manytch, entremeada por represas contidas por barragens colossais, que para alguns geógrafos traça a fronteira entre a Europa e a Ásia. As colunas de frente do 1º Exército Blindado, que avançavam em quadrados motorizados com os panzers cercando os caminhões e a artilharia, eram vistas a cinquenta quilômetros: imensas colunas de poeira no céu azul, sucedidas pela preguiçosa cortina de fumaça preta das aldeias incendiadas. Em sua esteira, cruzávamos apenas com raros comboios da Rollbahn ou de reforços. Em Rostov, Christmann nos mostrara uma cópia do despacho de Von Kleist, agora célebre: *À minha frente, nenhum inimigo; atrás de mim, nenhuma reser-*

va. E o vazio daquela estepe sem fim tinha tudo para assustar. Progredíamos com dificuldade: os tanques haviam transformado as estradas em mares de areia fina; nossos veículos atolavam e, quando púnhamos o pé do lado de fora, às vezes chafurdávamos até o joelho, como se fosse lama. Finalmente, antes de Tikhoretsk, surgiram os primeiros campos de girassóis, superfícies amarelas voltadas para o céu, pressagiando água. Depois começava o paraíso cossaco do Kuban. A estrada agora atravessava campos de milho, trigo, painço, cevada, tabaco, melões; havia também extensões de cardos espetados como cabelos, coroados de cor-de-rosa e violeta; e por cima de tudo isso um vasto céu ameno e claro, sem nuvens. As aldeias cossacas eram ricas, as isbás tinham ameixeiras, damasqueiros, macieiras, pereiras, tomates, melões, uvas, terreiros de aves, porcos. Quando parávamos para comer éramos calorosamente acolhidos, traziam-nos pão fresco, omeletes, costela de porco grelhada, cebolas verdes e água fresca dos poços. Então surgiu Krasnodar, onde encontramos Lothar Heimbach, o Vorkommandoführer. Remmer ordenou uma parada de três dias para discutir e examinar rapidamente os documentos apreendidos, que Christmann traduziria ao chegar. O Dr. Braune também veio de Maikop para as reuniões. Em seguida, nosso Vorkommando tomou a direção de Vorochilovsk.

A cidade surgiu no horizonte, esparramada num platô cercado por campos e pomares. Nesse ponto, os dois lados da estrada achavam-se tomados por veículos capotados ou armas pesadas e tanques destruídos; nas ferrovias, ao longe, centenas de vagões de mercadorias ainda ardiam em chamas. Antigamente a cidade chamava-se Stavropol, o que em grego quer dizer "cidade da Cruz", ou melhor, "cidade da Encruzilhada"; havia sido fundada na junção das antigas rotas do Norte e por um período, no século XIX, durante a campanha de pacificação das tribos montanhesas, servira de base militar para as forças russas. Agora era uma cidadezinha do interior sossegada e entorpecida que não crescera suficientemente rápido para ser desfigurada, como tantas outras, por um horroroso subúrbio soviético. Uma longa avenida de duas pistas contornando um parque de plátanos sobe a partir da estação; percebi a distância uma bela farmácia estilo art nouveau, com a entrada e as vitrines projetadas em forma de círculos, as vidraças estilhaçadas pelas detonações. O Kommandostab do Ek 12 também estava para chegar, e nos alojamos provisoriamente no Hotel Kavkaz. O Sturmbannführer Dr. Müller, chefe do Einsatzkommando, deveria ter preparado a chegada do Gruppenstab, mas nenhuma providência ainda fora tomada;

a instabilidade era grande, pois também aguardávamos o estado-maior do Grupo de Exércitos A, e o Oberst Hartung, da Feldkommandantur, demorava para designar as casernas: o Einsatzkommando já instalava seus escritórios na Casa do Exército Vermelho, defronte ao NKVD, mas falava-se em instalar o Gruppenstab junto com o OKHG. Nesse ínterim, o Vorkommando não suspendera suas atividades. Haviam imediatamente asfixiado com gás, num caminhão Saurer, mais de seiscentos pacientes de um hospital psiquiátrico suscetíveis de causar problemas; a tentativa de fuzilar alguns deles provocara um incidente: um dos loucos começou a correr em círculos e o Hauptscharführer que procurava acertá-lo abriu fogo justamente quando um de seus colegas achava-se na linha de mira; a bala, depois de atravessar a cabeça do louco, ferira o suboficial no braço. Líderes judeus, chamados a comparecer aos ex--escritórios do NKVD, também haviam sido asfixiados com gás. Enfim, o Vorkommando fuzilara numerosos prisioneiros soviéticos fora da cidade, próximo a um depósito secreto de combustível para aviões; os corpos foram lançados nos reservatórios subterrâneos.

O Einsatzkommando 12 não permaneceria em Vorochilovsk, pois lhe haviam designado a zona que os russos chamam de KMV, *Kavkazskie Mineralnye Vody* ou "Águas Minerais do Cáucaso", uma constelação de lugarejos famosos por suas fontes revigorantes e seus estabelecimentos de banhos, espalhados em meio aos vulcões; iria deslocar-se para Piatigorsk assim que a região fosse ocupada. O Dr. Bierkamp e o Gruppenstab chegaram uma semana depois; a Wehrmacht finalmente nos destinara casernas e escritórios em uma ala separada do grande complexo de prédios que abrigava o OKHG: haviam construído um muro para nos separar deles, mas a cantina continuava comum, o que nos permitiu festejar com os militares a escalada, por uma PK da 1ª Divisão Alpina, do pico do Elbrus, o mais alto da cordilheira do Cáucaso. O Dr. Müller e seu Kommando haviam partido, deixando um Teilkommando sob a responsabilidade de Werner Kleber para terminar o expurgo em Vorochilovsk. Bierkamp ainda esperava a chegada do Brigadeführer Gerret Korsemann, o novo HSSPF para o Kuban-Cáucaso. Quanto ao substituto de Seibert, nada de aparecer, e o Hauptsturmführer Prill era seu interino. Prill me enviou em missão a Maikop.

Uma perpétua bruma estival impedia a visão dos montes do Cáucaso antes de chegarmos ao seu sopé. Atravessei os contrafortes acidentados por Armavir e Labinskaia; mal saímos dos territórios cossacos, bandeiras turcas, verdes com um crescente branco, tremulavam nas casas, hasteadas pelos muçulmanos para nos desejar boas-vindas. A cidade de Maikop, um dos grandes centros petrolíferos do Cáucaso, aninhava-se diretamente nas montanhas, limitada pelo Bielaia, um rio de águas profundas dominado pela cidade, dos altos penhascos de greda. Antes da periferia, a estrada acompanhava uma ferrovia obstruída por milhares de vagões carregados com o butim que os soviéticos não tiveram tempo de evacuar. Depois atravessava-se uma ponte intacta e entrava-se na cidade, quadriculada por várias ruas compridas e retilíneas, todas idênticas, traçadas dos dois lados de um Parque da Cultura onde estátuas de gesso do herói do trabalho desmanchavam-se inelutavelmente. Braune, homem de aspecto equino, com um rosto grande em forma de lua prolongado por uma testa bulbosa, recebeu-me com solicitude: eu percebia, não obstante esperasse seu substituto de uma semana para outra, sua satisfação ao rever um dos últimos "homens de Ohlendorf" que permanecera no Grupo. Braune preocupava-se com as instalações petrolíferas de Neftegorsk: a Abwehr, logo antes da tomada da cidade, conseguira infiltrar uma unidade especial, a "Chamil", composta de montanheses do Cáucaso e disfarçada de batalhão especial do NKVD, para tentar controlar os poços intactos; mas a missão fracassara e os russos tinham dinamitado as instalações no nariz dos panzers. Nossos especialistas, porém, já trabalhavam para restaurá-los, e os primeiros abutres da Kontinental-Öl faziam sua aparição. Esses burocratas, todos ligados ao Plano Quadrienal de Göring, beneficiavam-se do apoio de Arno Schickedanz, o Reichskommissar designado para o Kuban-Cáucaso. "O senhor deve saber que Schickedanz deve sua nomeação ao ministro Rosenberg, com quem cursou o liceu de Riga. Mas ele se desentendeu com o ex-colega. Dizem que é Herr Körner, Staatssekretär do Reichsmarschall Göring, quem está por trás da reconciliação deles, e Schickedanz foi nomeado para o conselho de administração da KonÖl, companhia criada pelo Reichsmarschall para explorar os campos de petróleo do Cáucaso e de Baku." Na opinião de Braune, quando o Cáucaso passasse ao controle civil, poderíamos esperar uma situação ainda mais caótica e inadministrável que na Ucrânia, onde o Gauleiter Koch reinava ao seu bel-prazer, recusando-se tanto a cooperar com a Wehrmacht e a SS quanto com seu próprio Ministério. "O único ponto positivo para a SS é que Schickedanz nomeou oficiais SS como Generalkommissar para Vladikavkaz e o Azerbaijão: nesses distritos, pelo menos, isso vai facilitar as relações."

Passei três dias trabalhando com Braune, ajudando-o a preparar documentos e relatórios de transmissão de cargos. Minha única distração consistia em ir beber vinho local de segunda no pátio de uma cantina de um velho montanhês cheio de rugas. Também conheci, não totalmente por acaso, um oficial belga, o Kommandeur da legião "Valônia", Lucien Lippert. Mas queria mesmo era encontrar Léon Degrelle, líder do movimento rexista, que lutava nos arredores; em Paris, Brasillach falara-me dele com um lirismo transbordante. O Hauptmann da Abwehr a quem me dirigi riu na minha cara: "Degrelle? Todo mundo quer encontrá-lo. É provavelmente o suboficial mais famoso do nosso exército. Mas está no front, o senhor sabe, e o negócio lá está fervendo. O general Rupp quase foi morto durante um ataque surpresa na semana passada. Os belgas perderam muita gente." Em seu lugar, apresentou-me Lippert, um jovem oficial magro e, vá lá, sorridente, que usava um *feldgrau* amarfanhado e remendado, um pouco grande para ele. Levei-o para conversarmos sobre política belga sob a macieira do meu botequim. Lippert era um militar de carreira, um artilheiro; aceitara alistar-se na Legião Antibolchevique mas continuava um autêntico patriota, lamentando que, apesar das promessas, os legionários tivessem sido obrigados a portar o uniforme alemão. "Os homens estavam furiosos. Degrelle teve dificuldade para acalmar a situação." Degrelle, ao se alistar, pensara que sua celebridade política lhe valeria insígnias de oficial, mas a Wehrmacht recusara taxativamente: sem experiência. Lippert ainda ria disso. "Bom, mesmo assim ele partiu, como simples metralhador. Convém dizer que não tinha muita escolha, as coisas não corriam bem para ele na Bélgica." Desde então, afora uma escorregadela inicial em Gromovo-Balka, lutava corajosamente e fora promovido por bravura. "O desagradável é que ele se acha uma espécie de comissário político, percebe? Quer discutir pessoalmente o engajamento da Legião, é demais. Afinal de contas, não passa de um suboficial." Sonhava agora em despejar a Legião na Waffen-SS. "No outono passado ele encontrou o General Steiner de vocês e isso lhe virou completamente a cabeça. Mas sou contra. Se ele fizer isso, peço minha exoneração." Sua fisionomia assumiu um aspecto grave. "Não levem a mal, não tenho nada contra a SS. Mas sou um militar, e na Bélgica os militares não fazem política. Não é função minha. Sou monarquista, sou patriota, sou anticomunista, mas não sou nacional-socialista. Quando me alistei, me garantiram, no Palácio, que essa missão era compatível com meu juramento de fidelidade ao rei, a quem continuo devotado, digam o que disserem. O resto, o joguinho político com os flamengos, nada disso é problema meu. Mas a Waffen-SS não é uma arma regular, é uma formação do Partido. Degrelle diz que apenas os que lutarem ao lado da Alemanha terão direito à palavra depois da guerra, terão lugar na nova ordem europeia. Concordo. Mas não se deve exagerar." Eu sorria: apesar da veemência, aquele Lippert me agradava, era um homem correto, íntegro. Servi-lhe mais vinho e desviei a conversa: "Vocês devem ser os primeiros belgas a lutar no Cáucaso." — "Engano seu!" Caiu na risada e narrou rapidamente as aventuras rocambolescas de Don Juan van Halen, herói da revolução belga de 1830, um nobre oficial, meio flamengo, meio espanhol, ex-oficial de Napoleão, que aterrissara nas jaulas da Inquisição de Madri, sob Fernando VII, em virtude de convicções liberais. Fugira e naufragara, Deus sabe como, em Tiflis, onde o General Ermolov, chefe do Exército russo do Cáucaso, lhe oferecera um comando. "Ele lutou contra os tchetchenos", ria Lippert, "imagine só." Eu ria com ele, achava-o muito simpático. Mas ele estava de partida; o AOK 17 preparava a ofensiva sobre Tuapse para tomar o controle da saída do oleoduto, e a Legião, vinculada à 97ª Divisão de Caçadores Alpinos, teria um papel a desempenhar. Ao me despedir, desejei-lhe boa sorte. Mas embora Lippert, como seu compatriota Van Halen, tenha deixado o Cáucaso vivo, o destino infelizmente acabou pregando-lhe uma peça: perto do fim da guerra, soube que ele morrera em fevereiro de 1944 durante o assalto a Tcherkassy. A legião "Valônia" tinha sido transferida para a Waffen-SS em junho de 1943, mas Lippert não quisera abandonar seus homens sem Kommandeur e, oito meses depois, continuava à espera de um substituto. Já Degrelle atravessou tudo; durante a derrocada final, abandonou seus homens nas proximidades de Lübeck e fugiu para a Espanha no avião pessoal do ministro Speer. Apesar de uma condenação à morte à revelia, nunca foi seriamente incomodado. O desventurado Lippert teria se envergonhado dessa atitude.

Voltei para Vorochilovsk enquanto nossas forças tomavam Mozdok, importante centro militar russo; agora a frente de batalha acompanhava o curso dos rios Terek e Baksan, e a 111ª Divisão de Infantaria preparava-se para atravessar o Terek rumo a Groznyi. Nossos Kommandos agiam: em Krasnodar, o SK 10a liquidara os trezentos pacientes do hospital psiquiátrico regional, bem como os de um hospital psiquiátrico para crianças; no KMV, o Dr. Müller preparava uma *Aktion* de envergadura e já formara Conselhos Judaicos em cada cidade; os judeus de Kislovodsk, orientados por um dentista, mostraram-se tão atenciosos que vieram nos entregar seus tapetes, joias e agasalhos antes mesmo de receberem ordens para isso. O HSSPF, Korsemann, acabava de chegar a Vorochilovsk com seu estado-maior e nos convidou, na noite do meu retorno, para o seu discurso de apresentação. Eu já ouvira falar de Korsemann na Ucrânia: veterano dos Freikorps e da SA, trabalhara principalmente no Hauptamt Orpo e ingressara na SS apenas tardiamente, logo antes da guerra. Heydrich, diziam, não gostava dele, tratando-o de *agitador SA*; mas ele era apoiado por Daluege e Von dem Bach, e o Reichsführer decidira fazer dele um HSSPF, levando--o a subir pouco a pouco os degraus. Na Ucrânia, já servia como HSSPF Z.B.V., isto é, "emissário especial", mas permanecera amplamente na sombra de Prützmann, que sucedera Jeckeln como HSSPF Russland--Süd em novembro de 1941. Portanto, Korsemann continuava sem dizer ao que viera; a ofensiva no Cáucaso oferecia-lhe a oportunidade de mostrar seu valor. Isso parecia ter estimulado nele um entusiasmo que transbordava de seu discurso. A SS, repisava, devia realizar não apenas tarefas negativas, de segurança e repressão, mas também tarefas positivas, para as quais o Einsatzgruppe podia e devia contribuir: propaganda positiva junto aos autóctones; combate às doenças infecciosas; restauração de sanatórios para os feridos da Waffen-SS; e produção econômica, sobretudo na indústria petrolífera, mas também no que concernia a outras riquezas minerais ainda não reivindicadas e cujo controle a SS podia tomar visando seus empreendimentos. Insistiu com igual veemência no capítulo das relações com a Wehrmacht: "Todos os senhores com certeza estão a par dos problemas que afetaram profundamente o trabalho do Einsatzgruppe no início da campanha. Daqui para frente, para evitar qualquer incidente, as relações da SS com o OKHG e os AOK serão centralizadas pelo meu gabinete. Fora dos laços e das relações de trabalho rotineiras, nenhum oficial SS sob meu comando está habilitado a negociar diretamente questões importantes com a Wehrmacht. Em caso de iniciativa intempestiva nesse domínio, agirei com rigor, podem contar com isso." Mas apesar desse rigor incomum, que parecia derivar sobretudo da insegurança do recém--chegado, ainda pouco à vontade em suas funções, Korsemann falava com eloquência e transmitia grande simpatia pessoal; a impressão geral foi, de fato, positiva. Mais tarde naquela noite, durante uma pequena reunião informal de oficiais subalternos, Remmer sugeriu uma explicação para atitude tão caxias de Korsemann: preocupação por ainda não deter praticamente nenhuma autoridade efetiva. Segundo o princípio da dupla subordinação, o Einsatzgruppe respondia diretamente ao RSHA, e portanto, desse ponto de vista, Bierkamp podia vetar qualquer ordem de Korsemann que não lhe conviesse; a mesma coisa para os economistas SS do WVHA e, naturalmente, para a Waffen-SS, de toda forma subordinada à Wehrmacht. Em geral, para consolidar sua autoridade e se beneficiar de uma força exclusiva, um HSSPF dispunha de alguns batalhões Orpo; ora, Korsemann ainda não recebera essas forças, continuando de fato um HSSPF "sem autoridade concreta": podia emitir sugestões, mas Bierkamp não era obrigado a segui-las se não lhe agradassem.

No KMV, o Dr. Müller lançava sua ação e Prill me pediu para inspecioná-la. Comecei achando aquilo curioso: eu não tinha nada contra as inspeções, mas Prill parecia fazer de tudo para me afastar de Vorochilovsk. Esperávamos a chegada iminente do substituto de Seibert, o Dr. Leetsch; talvez a preocupação de Prill, de patente igual à minha, fosse que, aproveitando-me de minhas relações com Ohlendorf, eu pudesse tramar com Leetsch para ser nomeado substituto em seu lugar. Se era isso, era idiota: eu não tinha nenhuma ambição nesse sentido e Prill nada tinha a temer da minha parte. Mas será que essas ideias me ocorriam à toa? Difícil dizer. Eu nunca dominara os barrocos rituais hieráquicos da SS, e era fácil errar, tanto num sentido como no outro; o instinto e os conselhos de Thomas, aqui, teriam sido preciosos para mim. Mas Thomas estava longe e eu não tinha nenhum amigo íntimo no seio do grupo. A bem da verdade, não se tratava do gênero de pessoas a quem eu me ligasse facilmente. Recrutadas nos porões dos escritórios do RSHA, a maioria excedia em ambição, vendo no trabalho do Einsatzgruppe um mero trampolim; desde sua chegada, quase todos pareciam considerar o trabalho de extermínio uma coisa natural e sequer se faziam as perguntas que tanto haviam atormentado os homens do primeiro ano. No meio daqueles homens, meu papel era o de um intelectual um pouco complicado, e eu continuava muito isolado. Isso não me incomodava: sempre dispensei a amizade de gente grosseira. Mas era preciso ficar de olho.

Cheguei a Piatigorsk de manhã bem cedo. Era início de setembro e o azul-cinzento do céu continuava opressivo em virtude da neblina e da poeira do verão. A estrada de Vorochilovsk cruza a ferrovia imediatamente antes de Mineralnye Vody, depois, acompanhando-a, serpenteia entre os cinco picos vulcânicos que dão nome a Piatigorsk. Entra-se na cidade pelo norte, contornando o maciço do Machuk pelo flanco; a estrada sobe até esse ponto e o lugarejo aparece subitamente aos nossos pés, descortinando o terreno acidentado dos contrafortes coberto de vulcões, com suas cúpulas invertidas espalhadas ao acaso. O Einsatzkommando ocupava um dos sanatórios do início do século aninhados no sopé do Machuk, na parte leste da cidade; o AOK de Von Kleist requisitara o imenso Sanatório Lermontov, mas a SS conseguira obter o Voenaia Sanatoria, que devia servir de lazareto para a Waffen-SS. Por sinal, a "Leibstandarte AH" lutava nos arrabaldes e eu pensava em Partenau com um ligeiro aperto no coração; mas nunca é bom ressuscitar casos antigos, e eu sabia que não faria nenhuma tentativa para estar com ele. Piatigorsk permanecia quase intacta; após uma breve escaramuça com uma milícia de autodefesa de fábrica, a cidade fora tomada sem combates, e as ruas pululavam como as de uma cidadezinha mineira americana durante a corrida do ouro. Espalhados por toda parte, carroças e até mesmo camelos punham-se atravessados diante dos veículos, criando engarrafamentos dissipados pelos Feldgendarmes mediante generosa distribuição de palavrões e bordoadas. Em frente ao grande Jardim Tsvetnik, ao longo do Hotel Bristol, automóveis e motocicletas impecavelmente enfileirados indicavam a sede da Feldkommandantur; os escritórios do Einsatzkommando situavam-se perto dali, na avenida Kirvo, num antigo colégio de dois andares. As árvores da avenida escondiam sua bela fachada; examinei os motivos florais em cerâmica, incrustados em moldes de estuque representando um querubim com uma cesta de flores sobre a cabeça, sentado sobre duas pombas; bem no alto, um papagaio empoleirado num anel e uma cabeça de menininha triste de nariz impertinente. À direita, um arco levava até um pátio interno. Meu motorista estacionou ao lado do caminhão Saurer, enquanto eu mostrava meus papéis aos guardas. O Dr. Müller estava atribulado e fui recebido pelo Obersturmführer Dr. Bolte, um oficial da Staatspolizei. A equipe ocupava amplos recintos com tetos altos, iluminados por janelões de madeira; o gabinete do Dr. Bolte ficava num belo salão circular, bem no topo de uma das duas torres apoiadas nos vértices do prédio. Ele esmiuçou secamente para mim os procedimentos da ação: todos os dias, segundo um calendário preestabelecido a partir dos números fornecidos pelos Conselhos Judaicos, evacuava-se por trem uma parte ou o conjunto dos judeus de uma das cidades do KMV; os cartazes que os convidavam a "se reinstalar na Ucrânia" haviam sido impressos pela Wehrmacht, que punha também à disposição o trem e as tropas de escolta; enviados para Mineralnye Vody, lá eram instalados numa fábrica de vidro antes de serem conduzidos para um pouco mais distante, para uma trincheira antitanque soviética. Os números haviam se revelado mais significativos que o previsto: foram encontrados muitos judeus evacuados da Ucrânia ou da Bielorrússia, bem como o corpo docente e alunos da Universidade de Leningrado enviados para o KMV no ano precedente a fim de ficarem em segurança, entre os quais muitos eram ou judeus, ou membros do Partido, ou considerados perigosos como intelectuais. O Einsatzkommando aproveitava a oportunidade para liquidar os comunistas detidos, os *komsomols*, ciganos, criminosos comuns encontrados na prisão e a equipe e os pacientes de diversos sanatórios. "O senhor compreende", me explicou Bolte, "a infraestrutura aqui é ideal para nossa administração. Os enviados do Reichskommissar, por exemplo, nos pediram para liberar o sanatório do Comissariado do Povo para a indústria petrolífera, em Kislovodsk." A *Aktion* já estava bem adiantada: nos primeiros dias eliminamos os judeus de Minvody, depois os de Essentuki e de Jeleznovodsk; no dia seguinte, íamos começar com os de Piatigorsk, a ação se concluiria com os de Kislovodsk. Em todos esses casos, a ordem de evacuação era afixada dois dias antes da operação. "Como eles não podem circular de uma cidade para outra, não desconfiam de nada." Convidou-me para inspecionar a ação em curso em sua companhia; respondi que preferia primeiro visitar as outras cidades do KMV. "Então não poderei acompanhá-lo: o Sturmbannführer Müller está à minha espera." — "Não é grave. Tem apenas que me emprestar um homem que conheça os escritórios dos seus Teilkommandos."

A estrada saía da cidade pelo oeste, contornando o Beshtau, o mais alto dos cinco vulcões; de seus despenhadeiros, percebíamos aqui e ali cachos do Podkumok, de águas cinzentas e barrentas. Na verdade, eu não tinha muito a fazer nas outras cidades, mas estava curioso para conhecê-las, e não ardia de vontade de presenciar a ação. Essentuki, sob os soviéticos, transformara-se em cidade industrial sem grande interesse; encontrei ali os oficiais do Teilkommando, inteirei-me de seus preparativos e não me demorei. Kislovodsk, em compensação, revelou-se mais agradável, uma velha estância hidromineral com o encanto dos tempos antigos, mais verde e mais bonita que Piatigorsk. As termas principais alojavam-se numa curiosa imitação de templo indiano, construído no início do século; ali provei da água conhecida como Narzan, achando-a agradavelmente borbulhante mas um pouco ácida. Depois das minhas entrevistas, dei um passeio pelo parque e voltei para Piatigorsk.

Os oficiais jantavam juntos no refeitório do sanatório. A conversa girava sobretudo em torno dos acontecimentos militares, e grande parte dos comensais exibia um otimismo conveniente. "Agora que os panzers de Schweppenburg atravessaram o Terek", sustentava Wiens, assessor de Müller, um *Volksdeutscher* desencantado que vivia na Ucrânia há vinte e quatro anos, "nossas forças logo estarão em Groznyi. Depois disso, Baku é mera questão de tempo. A maioria de nós poderá festejar o Natal em casa." — "Os panzers do General estão chafurdando, Hauptsturmführer", observei educadamente. "Mal conseguem estabelecer uma cabeça de ponte. A resistência soviética na Tchetchênia-Inguche é muito mais vigorosa do que esperávamos." — "Bah, é o último sacolejo deles", arrotou Pfeiffer, um Untersturmführer gordo e vermelho. "Suas divisões estão exangues. Estão deixando à nossa frente apenas uma tela fina para nos iludir; mas, na primeira investida séria, cairão ou correrão como coelhos." — "Como sabe disso?", perguntei com curiosidade. — "É o que dizem no AOK", respondeu Wiens em seu lugar. "Desde o início do verão, estamos fazendo pouquíssimos prisioneiros nos cercos, como em Millerovo. Deduzem disso que os bolcheviques esgotaram suas reservas, como previra o Alto-Comando." — "Também discutimos muito esse aspecto das coisas no Gruppenstabe e com o OKHG", eu disse. "Nem todo mundo é dessa opinião. Há quem sustente que os soviéticos aprenderam a lição de suas terríveis perdas do ano passado e mudaram de estratégia: estão recuando organizadamente à nossa frente e montando uma contraofensiva para quando nossas linhas de comunicação estiverem demasiado estendidas e vulneráveis." — "Está muito pessimista, Hauptsturmführer", rosnou Müller, chefe do Kommando, com a boca cheia de galinha. — "Não estou pessimista, Herr Sturmbannführer", respondi. "Ressalvo apenas que as opiniões divergem." — "Acha que nossas linhas estenderam-se além da conta?", Bolte perguntou com curiosidade. — "Isso depende do que há efetivamente diante de nós. A frente do Grupo de Exércitos B está seguindo o curso do Don, onde ainda subsistem cabeças de ponte soviéticas que não conseguimos destruir, desde Voronej, que os russos ainda defendem apesar de todos os nossos esforços, até Stalingrado." — "Stalingrado não vai aguentar por muito tempo", sentenciou Wiens, que acabava de esvaziar uma caneca de cerveja. "Nossa Luftwaffe esmagou os defensores no mês passado, o 6º Exército só terá que fazer a limpeza." — "É possível. Mas justamente, como todas as nossas tropas estão concentradas em Stalingrado, os flancos do Grupo de Exércitos B estão cobertos apenas por nossos aliados, no Don e na estepe. O senhor sabe tão bem quanto eu que a qualidade das tropas romenas ou italianas não chega perto da das forças alemãs; os húngaros podem ser bons soldados, mas carecem de tudo. Aqui, no Cáucaso, é a mesma coisa, não temos homens suficientes para formar uma frente contínua sobre as cristas. E entre os dois grupos de exércitos, a frente dispersa-se na estepe calmuca; mandamos para lá apenas patrulhas e não estamos a salvo de surpresas desagradáveis." — "Nesse aspecto", interveio o Dr. Strohschneider, homem incrivelmente comprido cujos lábios projetavam-se sob um bigode cerrado e que comandava um Teilkommando destacado para Budionnovsk, "o Hauptsturmführer Aue não está completamente errado. A estepe está escancarada. Um ataque audacioso poderia fragilizar nossa posição." — "Oh", disse Wiens, "pegando a cerveja, seria uma simples picada de mosquito. E, se porventura eles se arriscarem contra os nossos aliados, a 'camisa de força' alemã bastará amplamente para dominar a situação." — "Espero que esteja certo", respondi. — "Em todo caso", concluiu laconicamente o Dr. Müller, "o Führer sempre conseguirá impor as decisões corretas a todos esses generais reacionários." Era efetivamente uma maneira de ver as coisas. Mas a conversa já abordava a *Aktion* do dia. Eu escutava em silêncio. Como sempre, eram as inevitáveis histórias sobre o comportamento dos condenados, que rezavam, choravam, cantavam *A Internacional* ou se calavam, e comentários sobre os problemas de organização e as reações dos nossos homens. Eu aguentava tudo com lassidão; até mesmo os veteranos só faziam repetir o que ouvíamos há um ano, não havia reação autêntica naquelas fanfarronadas e platitudes. Todavia, um oficial distinguia-se por suas invectivas particularmente pesadas e grosseiras a respeito dos judeus. Era o Leiter IV do Kommando, o Hauptsturmführer Turek, sujeito desagradável com quem eu já cruzara no Gruppenstab. Esse Turek era um dos raros antissemitas viscerais, obscenos, estilo Streicher, que eu encontrara no seio dos Einsatzgruppen; na SP e no SD, cultivávamos tradicionalmente um antissemitismo intelectual, e aquele gênero de afirmações emocionais era malvisto. Mas o que afligia em Turek era seu aspecto físico tipicamente judeu: tinha cabelos pretos e cacheados, nariz proeminente e lábios sensuais; alguns, pelas costas, referiam-se cruelmente a ele como "o judeu Süss", ao passo que outros insinuavam que tinha sangue cigano. Devia sofrer com aquilo desde a infância; e, na menor oportunidade, gabava suas ascendências arianas: "Sei muito bem que não é isso que se vê", começava antes de explicar que tivera que fazer pesquisas genealógicas exaustivas para o seu recente casamento e conseguira remontar até o século XVII; chegou inclusive a arranjar um certificado do RuSHA atestando que ele *era de raça pura e apto a procriar filhos alemães.* Eu entendia seu problema e poderia ter sentido pena dele; mas seus exageros e obscenidades passavam dos limites: eu ouvira dizer que, durante as execuções, ele troçava dos pênis circuncisos dos condenados e mandava as mulheres ficarem nuas para lhes dizer que *nunca mais suas vaginas judias produziriam filhos.* Ohlendorf não teria tolerado esse comportamento, mas Bierkamp fechava os olhos; quanto a Müller, que deveria tê-lo chamado à ordem, não falava nada. Turek conversava com Pfeiffer, o responsável pelos pelotões durante a ação; Pfeiffer ria de suas tiradas e lhe dava corda. Enjoado, pedi licença antes da sobremesa e subi para o quarto. Minhas náuseas estavam de volta; depois de Vorochilovsk, ou talvez antes, eu sofria novamente com aqueles refluxos estafantes que tanto haviam me atormentado na Ucrânia. Eu vomitara apenas uma vez em Vorochilovsk, após uma refeição um pouco pesada, mas às vezes tinha que fazer um esforço para dominar a náusea; tossia muito, ficava vermelho, julgava-me inconveniente e preferia me retirar.

    No dia seguinte pela manhã fui a Minvody com os outros oficiais para inspecionar a *Aktion.* Assisti à chegada e ao descarregamento do trem: os judeus pareciam não entender por que desembarcavam tão cedo, uma vez que pensavam estar sendo transferidos para a Ucrânia, mas permaneciam calmos. Para evitar qualquer agitação, os comunistas identificados eram isolados. No grande saguão atulhado e poeirento da fábrica de vidro, os judeus deviam entregar roupas, bagagens, pertences pessoais e as chaves de seus apartamentos. Isso provocava confusão, ainda mais que o chão da fábrica estava coberto de caco de vidro, e as pessoas, de meias, feriam os pés. Chamei a atenção do fato para o Dr. Bolte, que deu de ombros. Orpo reagiam na base da brutalidade; os judeus, aterrados, corriam para se sentar em suas roupas de baixo, as mulheres tentavam acalmar as crianças. Do lado de fora soprava uma aragem fria, mas o sol batia na vidraça, reinando um calor sufocante no interior do saguão, como em uma estufa. Um homem de certa idade, vestido com distinção, de óculos e bigodinho, aproximou-se de mim. Carregava um bebê nos braços. Tirou o chapéu e se dirigiu a mim num alemão perfeito: "Herr Offizier, posso lhe dizer uma palavrinha?" — "Fala muito bem o alemão", respondi. — "Fiz meus estudos na Alemanha", disse, com uma dignidade um tanto rígida. "Era um grande país antigamente." Devia ser um dos professores de Leningrado. "Que tem a me dizer?", perguntei secamente. O garotinho, que se prendia ao pescoço do homem, fitava-me com grandes olhos azuis. Devia ter uns dois anos. "Sei o que faz aqui", disse serenamente o homem. "É uma abominação. Queria simplesmente que o senhor sobrevivesse a essa guerra para, daqui a vinte anos, acordar todas as noites aos berros. Espero que não consiga olhar nos olhos de seus filhos sem ver os nossos que vocês assassinaram." Deu-me as costas e se afastou antes que eu pudesse responder. O menino continuava a me fitar por cima do ombro dele. Bolte aproximou-se: "Que insolência! Como ele se atreve? Deveria ter reagido." Não respondi. Que importância tinha isso? Bolte sabia perfeitamente o que íamos fazer com aquele homem e seu filho. Era natural que ele quisesse nos insultar. Afastei-me e me encaminhei para a saída. Orpo cercavam um grupo de pessoas em roupas íntimas e as dirigiam para a trincheira antitanque, a um quilômetro dali. Vi-os se afastarem. O fosso ficava suficientemente distante para que não ouvíssemos os tiros; mas aquelas pessoas decerto desconfiavam do destino que as aguardava. Bolte me chamou: "Vamos?" Nosso carro passou pelo grupo que eu vira partir; tremiam de frio, as mulheres seguravam as crianças pelas mãos. Surgiu então o fosso à nossa frente. Soldados e Orpo descansavam, contavam piadas; ouvi um tumulto, gritos. Atravessei o grupo de soldados e vi Turek batendo com uma pá num homem quase nu no chão. Dois outros corpos ensanguentados jaziam à sua frente; mais além, judeus aterrorizados mantinham-se de pé, sob vigilância. "Verme!", mugia Turek, olhos esbugalhados. "Rasteje, judeu!" Golpeava a cabeça dele com a lâmina da pá; o crânio do homem cedeu, aspergindo sangue e miolos nas botas de Turek; vi claramente um olho, projetado pela estocada, saltando a alguns passos. Os homens riam. Dei dois passos até Turek e o agarrei rudemente pelo braço: "Está louco! Pare imediatamente." Eu estava lívido, tremia. Turek virou-se para mim com raiva e fez menção de erguer novamente a pá; depois a baixou e retirou o cabo com um gesto seco. Ele também tremia. "Cuide da sua vida", cuspiu. Seu rosto estava escarlate, suava e revolvia os olhos. Pôs a pá de lado e se afastou.

Bolte veio em minha direção; em poucas palavras, ordenou a Pfeiffer, que não arredava pé, respirando pesadamente, que recolhesse os corpos e prosseguisse a execução. "Não lhe cabia intervir", me repreendeu. — "Mas convenhamos que esse gênero de coisas é inaceitável!" — "Talvez, mas é o Sturmbannführer Müller que dirige esse Kommando. O senhor está aqui apenas como observador." — "Ora essa, então onde está o Sturmbannführer?" Eu continuava a tremer. Fui até o carro e ordenei ao motorista que me levasse para Piatigorsk. Queria acender um cigarro; minhas mãos não paravam de tremer, eu não conseguia controlá-las e me atrapalhava com o isqueiro. Acendi finalmente e dei umas baforadas antes de jogar o cigarro pela janela. Voltamos a cruzar, no outro sentido, com a coluna, que avançava lentamente; com o canto do olho, vi um adolescente sair da formação e correr para pegar a guimba do meu cigarro antes de retomar seu lugar.

Não encontrei Müller em Piatigorsk. O soldado de plantão presumia que ele estivesse no AOK, mas não tinha certeza; hesitei em esperá-lo e decidi ir embora: o jeito era relatar o incidente diretamente a Bierkamp. Passei no sanatório para pegar minhas coisas e mandei o motorista abastecer o carro no AOK. Não era muito correto partir sem se despedir; mas eu não sentia a menor vontade de me despedir deles. Em Mineralnye Vody, a estrada passava perto da fábrica, situada atrás da ferrovia, sob a montanha; não parei. De volta a Vorochilovsk, redigi meu relatório atendo-me essencialmente aos aspectos técnicos e organizacionais da ação. Mas inseri uma frase acerca de "determinados excessos deploráveis por parte de oficiais que supostamente deviam dar o exemplo". Sabia que era o bastante. No dia seguinte, com efeito, Thielecke passou no meu gabinete para me informar que Bierkamp queria me ver. Prill, após haver lido meu relatório, já me fizera perguntas; eu me negara a responder, dizendo-lhe que aquilo só dizia respeito ao Kommandant. Bierkamp me recebeu polidamente, fez-me sentar e perguntou o que havia ocorrido; Thielecke também estava presente à conversa. Narrei-lhes o incidente da maneira mais neutra possível. "E que acha que devemos fazer?", perguntou Thielecke quando terminei. — "Acho, Herr Sturmbannführer, que é um caso da alçada do SS-Gericht, um tribunal da SS e da Polícia", respondi. "Ou, no mínimo, da psiquiatria." — "Está exagerando", disse Bierkamp. "O Hauptsturmführer Turek é um excelente oficial, muito capaz. Sua indignação e seu ódio legítimo contra os judeus, herdeiros do sistema stalinista, são compreensíveis. Além disso, o senhor mesmo admite ter chegado apenas no final do incidente. Provavelmente houve provocação." — "Ainda que esses judeus tenham sido insolentes ou tentado fugir, a reação dele é indigna de um oficial ss. Sobretudo na frente dos homens." — "Nesse ponto, tem toda a razão." Thielecke e ele se entreolharam por um instante, em seguida voltou a se dirigir a mim: "Espero ir a Piatigorsk dentro de alguns dias. Eu mesmo vou discutir o incidente com o Hauptsturmführer Turek. Agradeço-lhe por me haver apontado os fatos."

O Sturmbannführer Dr. Leetsch, substituto do Dr. Seibert, chegara naquele mesmo dia em companhia de um Obersturmführer, Paul Schultz, que vinha render o Dr. Braune em Maikop; mas, antes mesmo que eu pudesse estar com ele, Prill me pediu que retornasse a Mozdok para inspecionar o Sk 10b, que acabava de chegar. "Dessa forma, o senhor terá vistoriado todos os Kommandos", ele me disse. "Quando voltar, prestará contas ao Sturmbannführer." Para Mozdok, convinha calcular umas seis horas de estrada, passando por Minvody e depois Prokhladny; fixei então a partida para a manhã do dia seguinte, mas não estive com Leetsch. Meu motorista me acordou um pouco antes do amanhecer. Já deixáramos o platô de Vorochilovsk quando o sol nasceu, iluminando suavemente os campos e pomares e recortando ao longe os primeiros vulcões do KMV. Depois de Mineralnye, a estrada, bordejada por tílias, acompanhava os contrafortes da cordilheira do Cáucaso, ainda quase invisíveis; apenas o Elbrus, com suas formas arredondadas cobertas de neve, aparecia no grisalho do céu. Mais ao norte começavam lavouras, aqui e ali pobres aldeias muçulmanas. Tínhamos longos comboios de caminhões da Rollbahn à nossa frente, difíceis de serem ultrapassados. Mozdok estava em polvorosa, o tráfego militar engarrafava as ruas poeirentas; estacionei meu Opel e fui a pé procurar o QG do 52º Corpo. Fui recebido por um oficial da Abwehr, muito agitado: "O senhor não soube? O Generalfeldmarschall List foi destituído essa manhã." — "Ora, por quê?!", exclamei. List, recém-chegado à frente do Leste, não durara dois meses. O AO deu de ombros: "Fomos obrigados a passar à defensiva depois do fracasso da investida sobre a margem direita do Terek, o que não deve ter sido do agrado dos altos escalões." — "Por que não conseguiram avançar?" Ergueu os braços: "Não tínhamos contingentes, só isso! A divisão do Grupo de Exércitos Sul em dois foi um erro fatal. Agora não temos forças necessárias nem para um objetivo nem para outro. Em Stalingrado, eles ainda chafurdam pela periferia." — "E quem foi nomeado para o lugar do Feldmarschall?" Riu com amargura: "Não vai acreditar: o próprio

Führer assumiu o posto!" Era realmente inacreditável: "O Führer assumiu pessoalmente o comando do Grupo de Exércitos A?" — "Precisamente. Não sei como ele pretende fazer isso; o OKHG permanece em Vorochilovsk, e o Führer está em Vinnitsa. Mas, como é um gênio, deve encontrar uma solução." Seu tom tornava-se cada vez mais acerbo. "Ele já comanda o Reich, a Wehrmacht e as tropas de campo. Agora, um grupo de exércitos. Será que vai continuar nesse caminho? Ele poderia assumir o comando de um exército, depois de um corpo, depois de uma divisão. No fim, quem sabe, ele não volta a ser Major no front, como no começo." — "O senhor é muito insolente", eu disse friamente. — "E o senhor, meu velho", ele respondeu, "o senhor pode ir se foder. Está num setor do front, aqui, fora da jurisdição da SS." Um ordenança entrou. "Eis o seu guia", o oficial apontou. "Bom trabalho." Saí sem dizer nada. Estava chocado, mas também preocupado: se nossa ofensiva no Cáucaso, na qual apostáramos tudo, estava indo por água abaixo, isso era um mau sinal. O tempo não jogava a nosso favor. O inverno se aproximava, e a *Endsieg*, como os picos mágicos do Cáucaso, continuava a recuar. Enfim, tranquilizei-me, Stalingrado não demoraria a cair, o que liberaria contingentes para retomarmos o avanço por aqui.

O Sonderkommando estava instalado na ala de uma base russa parcialmente em ruínas; algumas salas ainda eram aproveitáveis, outras haviam sido vedadas com tábuas. Fui recebido pelo chefe do Kommando, um austríaco franzino com um bigode cortado como o do Führer, o Sturmbannführer Alois Persterer. Era homem do SD, tinha sido Leiter em Hamburgo na época em que Bierkamp dirigia a Kripo na região; mas não parecia ter mantido relações particularmente afáveis com ele. Fez uma exposição concisa da situação para mim: em Prokhladny, um Teilkommando fuzilara kabardianos e balkars mancomunados com as autoridades bolcheviques, judeus e rebeldes; em Mozdok, afora alguns casos suspeitos denunciados pelo 52º Corpo, ainda não tinham começado. Comunicaram-lhe a presença de um *kolkhoz* judeu na região; ele faria investigações e resolveria o problema. Enfim, não havia muitos insurgentes, e na zona do front as autoridades pareciam hostis aos vermelhos. Perguntei-lhe quais eram suas relações com a Wehrmacht. "Não posso nem dizer que são medíocres", respondeu finalmente. "Na verdade, parecem nos ignorar." — "É, estão preocupados com o fracasso da ofensiva." Passei a noite em Mozdok, num leito de campanha montado em um dos gabinetes, e parti pela manhã; Persterer me sugerira assistir a uma execução com o caminhão a gás em Prokhladny, mas recusei educadamente. Em Vorochilovsk, apresentei-me ao Dr. Leetsch, um oficial mais velho com rosto estreito e retangular, cabelos grisalhos e lábios deformados. Depois de ler meu relatório, quis conversar. Falei-lhe das minhas impressões sobre o moral da Wehrmacht. "Tem toda a razão", ele disse finalmente. "Eis por que acho importante estreitarmos nossos laços com eles. Vou cuidar pessoalmente das relações com o OKHG, mas pretendo destacar um bom oficial de ligação para Piatigorsk, junto ao Ic do AOK. Queria lhe pedir para aceitar o posto." Hesitei por um instante; perguntava-me se a ideia era realmente dele ou se lhe fora sugerida por Prill durante minha ausência. Acabei respondendo: "É que minhas relações com o Einsatzkommando 12 não são das melhores. Tive uma altercação com um dos oficiais deles, e receio que isso crie complicações." — "Não se preocupe. Não terá que lidar muito com eles. Ficará aquartelado no AOK e responderá diretamente a mim."

Retornei então a Piatigorsk, onde me designaram um alojamento um pouco afastado do centro, no sopé do Machuk, em um sanatório (a parte mais alta da cidade). Eu dispunha de uma porta de vidro e uma pequena sacada, de onde avistava a crista nua e comprida do Goriatchaia Gora com seu pavilhão chinês e algumas árvores, com a planície e os vulcões ao fundo, apoiados na neblina. Virando-me e debruçando para trás, podia perceber por cima do telhado um pedaço do Machuk, obstruído por uma nuvem que parecia avançar em minha direção. Chovera à noite e o ar estava agradável e frio. Depois de me apresentar ao Ic, ao Oberst Von Gilsa e a seus colegas no AOK, saí para dar uma volta. Uma longa trilha pavimentada sobe a partir do centro e segue o flanco do maciço; é preciso escalar, atrás do monumento de Lênin, algumas plataformas escarpadas, atravessar depressões entre fileiras de jovens carvalhos e pinheiros aromáticos para, aí sim, chegar a um declive mais suave. Deixei à minha esquerda o Sanatório Lermontov, onde alojavam-se Von Kleist e seu estado-maior; minha caserna ficava um pouco retirada, numa ala separada pespegada na montanha, agora quase inteiramente encoberta pelas nuvens. Mais acima, a trilha alargava-se em uma estrada que contorna o Machuk para cercar um grupo de sanatórios; nesse ponto, embiquei em direção ao pequeno pavilhão denominado Harpa Eólia, de onde se descortina um amplo panorama da planície do sul, crivada de saliências irreais, um vulcão seguido de outro, extintos, pacíficos. Do lado direito, o sol faiscava nos telhados de zinco das casas dispersas por uma densa vegetação; além do horizonte, novas formações de nuvens mascaravam os maciços do Cáucaso. Uma voz alegre ergueu-se às minhas costas: "Aue! Há quanto tempo está por aqui?" Voltei-me: Voss avançava sorrindo por sob as árvores. Apertei efusivamente sua mão. "Acabo de chegar. Fui destacado como oficial de ligação no AOK." — "Ah, excelente! Eu também estou no AOK. Já comeu?" — "Ainda não." — "Então venha. Há um bom café logo ali embaixo." Enveredou por uma trilha de pedra esculpida na rocha e o segui. Embaixo, fechando a ponta da longa ravina que separa o Machuk do Goriatchaia, erigia-se uma longa galeria com colunas, num estilo italiano ao mesmo tempo pesado e frívolo, em granito cor-de-rosa. "É a Galeria Acadêmica", apontou Voss. — "Ah", exclamei, animado, "mas é a antiga Galeria Elisabeth! Foi aqui que Petchorin viu a princesa Mary pela primeira vez." Voss caiu na risada: "Então conhece Lermontov? Todo mundo o lê por aqui." — "Claro! *Um herói do nosso tempo* era meu livro de cabeceira em determinada época." A trilha nos conduzira até o nível da galeria, construída para abrigar uma fonte sulfurosa. Soldados estropiados, pálidos e apáticos, perambulavam ou ficavam sentados em bancos contemplando o imenso vácuo que se abre para a cidade; um jardineiro russo capinava os canteiros de tulipas e cravos vermelhos dispostos ao longo da grande escadaria que desce para desembocar na rua Kirov, no fundo da depressão. Os telhados de cobre das termas recostadas no Goriatchaia, emergindo das árvores, brilhavam ao sol. Além da crista, via-se apenas um vulcão. "O senhor vem?", perguntou Voss. — "Um instante." Entrei na galeria para ver a fonte, mas fiquei decepcionado: o recinto estava nu e vazio e a água corria de uma torneira comum. "O café fica atrás", disse Voss. Passou sob o arco que separa a ala esquerda da galeria do corpo central; ao fundo, a rocha da parede formava um amplo recinto, onde haviam disposto algumas mesas e banquinhos. Instalamo-nos e uma moça bonita apareceu por uma porta. Voss trocou com ela algumas palavras em russo. "Hoje eles não têm *chachliks*. Mas têm costeletas de Kiev." — "Perfeito." — "Quer água da fonte ou uma cerveja?" — "Acho que prefiro a cerveja. Está gelada?" — "Mais ou menos. Mas vou logo avisando que não é cerveja alemã." Acendi um cigarro e me recostei na parede da galeria. Fazia um frio agradável; a água corria por uma rocha, dois passarinhos de cores vivas ciscavam no chão. "E então, gostou de

Piatigorsk?", perguntou Voss. Eu sorria, era uma alegria reencontrá-lo. "Ainda não vi muita coisa", eu disse. — "Se gosta de Lermontov, a cidade é perfeita para uma peregrinação. Os soviéticos criaram um pequeno museu bem simpático na casa dele. Quando tiver uma tarde livre, iremos visitá-lo." — "Com prazer. Sabe onde fica o local do duelo?" — "De Petchorin ou de Lermontov?" — "De Lermontov." — "Atrás do Machuk. É um monumento pavoroso, claro. Acredita que conseguimos descobrir um descendente dele?" Ri: "Não é possível." — "É sim. Uma senhora Evguenia Akimovna Chan-Girei. Está muito velha. O general concedeu-lhe uma pensão, maior que a dos soviéticos." — "Ela o conheceu?" — "Não vai acreditar. Os russos estavam justamente se preparando para festejar o centenário da morte de Lermontov no dia da nossa invasão. Frau Chan-Girei nasceu dez ou quinze anos mais tarde, nos anos cinquenta, acho." A garçonete voltava com dois pratos e os talheres. As "costeletas" eram na verdade rolinhos de frango recheados com manteiga derretida e empanados, acompanhados de um fricassê de champignons silvestres ao alho. "É muito bom. E até que a cerveja não é ruim." — "Como lhe disse, não é? Venho aqui sempre que posso. Nunca tem muita gente." Comi em silêncio, profundamente satisfeito. "O senhor está com muito trabalho?", acabei por perguntar. — "Digamos que tenho tempo livre para minhas pesquisas. No mês passado assaltei a Biblioteca Púchkin em Krasnodar e descobri coisas interessantíssimas. Havia sobretudo trabalhos sobre os cossacos, mas também consegui desencavar gramáticas caucasianas e opúsculos muito raros de Trubetskoi. Ainda vou a Tcherkess, tenho certeza de que lá eles terão muita coisa sobre os circassianos e os karatchais. Meu sonho é encontrar um ubykh que ainda conheça sua língua. Mas, por ora, sem chance. Afora isso, redijo panfletos para o AOK." — "Que gênero de panfletos?" — "Panfletos de propaganda. São jogados de avião sobre as montanhas. Fiz um em karatchai, kabardiano e balkar, consultando nativos, claro, o que era engraçadíssimo: *Montanheses — Antes vocês tinham tudo, mas o poder soviético lhes roubou tudo! Recebam seus irmãos alemães que atravessaram as montanhas como águias para libertá-los!* Etc." Caí na risada junto com ele. "Também faço salvo-condutos que são enviados aos rebeldes para estimulá-los a trocarem de lado. Neles está escrito que serão recebidos como *soiuzniki* na luta geral contra o judeu-bolchevismo. Os rebeldes judeus devem morrer de rir. Esses *propuska* são válidos *até o fim da guerra*." A moça tirou a mesa e nos trouxe dois cafés turcos. "Eles têm de tudo por aqui!", exclamei. — "Oh, sim.

Os mercados estão abertos, vendem inclusive comida nas lojas." — "Não é como na Ucrânia." — "Não. E, com um pouco de sorte, não será." — "Que quer dizer?" — "Oh, algumas coisas talvez venham a mudar." Pagamos e atravessamos de volta o arco. Os enfermos continuavam seu passeio em frente à galeria, bebendo sua água em pequenos goles. "Isso faz bem mesmo?", perguntei a Voss, apontando um copo. — "A região é famosa. Sabia que vinham beber as águas daqui muito antes dos russos? Conhece Ibn Battuta?" — "O viajante árabe? Ouvi falar." — "Ele passou por aqui por volta de 1375. Estava na Crimeia, entre os tártaros, onde se casara de passagem. Os tártaros ainda viviam em grandes acampamentos nômades, cidades de rodas armadas em tendas sobre enormes carroças, com mesquitas e lojas. Todos os anos, no verão, quando começava a fazer muito calor na Crimeia, o cã nogai atravessava o istmo de Perekop e, com toda a sua cidade móvel, vinha até aqui. Ibn Battuta descreve o lugar com precisão, enaltecendo as virtudes medicinais das águas sulfurosas. Chama o local de *Bish* ou *Besh Dagh*, o que, como *Piatigorsk* em russo, quer dizer 'cinco montanhas'." Ri, impressionado: "E que foi feito de Ibn Battuta?" — "Depois? Seguiu adiante, atravessou o Daguestão e o Afeganistão para chegar à Índia. Foi cádi em Delhi e serviu Mohammed Tughluq, o sultão paranoico, durante sete anos, antes de cair em desgraça. Mais tarde foi cádi nas Maldivas e penetrou até o Ceilão, a Indonésia e a China. Por fim, voltou para casa, no Marrocos, para escrever seu livro antes de morrer."

À noite, na cantina, fui obrigado a concordar que Piatigorsk era realmente um local de encontro: sentados em uma mesa com outros oficiais, notei o Dr. Hohenegg, médico pacífico e cínico que eu conhecera no trem entre Kharkov e Simferopol. Aproximei-me para cumprimentá-lo: "Constato, Herr Oberst, que o General Von Kleist cerca-se apenas de pessoas distintas." Levantou-se para apertar minha mão: "Ah, mas não estou com o Generaloberst Von Kleist: continuo vinculado ao 6º Exército, com o General Paulus." — "Que faz aqui então?" — "O OKH decidiu aproveitar a infra-estrutura do KMV para organizar um colóquio de medicina interexércitos. Uma troca de informações muito útil. Ganha quem descrever os casos mais atrozes." — "Tenho certeza de que essa honra lhe caberá." — "Escute, vou jantar com meus colegas; por que não passa mais tarde no meu quarto para beber um conhaque?" Fui jantar com os oficiais da Abwehr. Eram homens realistas e simpáticos, mas quase tão críticos quanto o oficial de Mozdok. Alguns afirmavam abertamente que, se demorássemos a tomar Stalingrado, a guerra estaria perdida; Von Gilsa bebia vinho francês e não os contradizia. Saí depois para passear sozinho no Parque Tsvetnik, atrás da Galeria Lermontov, um curioso pavilhão de madeira azul-clara, em estilo medieval com pequenas torres pontiagudas e janelas *art déco* pintadas em cor-de-rosa, vermelho e branco: efeito mais que heteróclito, mas num cenário perfeito. Fumei um cigarro contemplando distraidamente as tulipas murchas, depois subi a colina até o sanatório e fui bater à porta de Hohenegg. Ele me recebeu deitado em seu divã, descalço, mãos cruzadas sobre a grande barriga redonda. "Peço desculpa por não levantar." Girou a cabeça indicando uma mesinha de mármore. "O conhaque está ali. Pode me servir um pouco, por favor?" Coloquei duas doses nos copinhos e lhe estendi um; depois me instalei em uma cadeira e cruzei as pernas. "Então, qual é a coisa mais atroz que já viu?" Agitou a mão: "O homem, claro!" — "Estava dizendo clinicamente." — "Clinicamente, as coisas atrozes não têm o menor interesse. Em contrapartida, vemos curiosidades extraordinárias que abalam completamente nossas noções a respeito do que podem sofrer nossos míseros corpos." — "O quê, por exemplo?" — "Pois bem, um homem receberá um pequeno estilhaço na panturrilha que lhe seccionará a artéria peroneal e morrerá daqui a dois minutos, ainda de pé, com o sangue vazado em cima da bota, sem perceber. Outro, ao contrário, terá a têmpora atravessada por uma bala e se levantará sozinho para caminhar até o pronto-socorro." — "Somos pouca coisa", comentei. — "Exatamente." Provei do conhaque de Hohenegg: era um álcool armênio, um pouco açucarado, mas tolerável. "Sinto muito pelo conhaque", disse, sem virar o rosto, "mas não consegui encontrar Rémy-Martin nesta cidade de selvagens. Voltando ao que eu dizia, quase todos os meus colegas conhecem casos desse gênero. Aliás, isso não é novo: li as memórias de um médico militar da Grande Armée, e ele diz a mesma coisa. Claro, ainda perdemos muitos homens. A medicina fez progressos depois de 1812, mas os recursos da carnificina também. Estamos sempre na rabeira. Por outro lado, pouco a pouco vamos nos aperfeiçoando, tanto isso é verdade que Gatling fez mais pela cirurgia moderna que Dupuytren." — "Ainda assim o senhor realiza verdadeiros prodígios." Suspirou: "Talvez. A verdade é que não consigo mais ver uma mulher grávida. Fico profundamente deprimido ao pensar no que aguarda aquele feto." — "*Nada morre senão aquilo que nasce*", recitei. "*O nascimento tem uma dívida com a morte.*" Deu um rápido grito, levantou-se bruscamente e engoliu seu conhaque de um trago. "Eis o que aprecio no senhor, Hauptsturmführer. Um membro do Sicherheitsdienst que cita Tertuliano em vez de Rosenberg ou Hans Frank é sempre mais simpático. Mas eu poderia criticar sua tradução: *Mutuum debitum est nativitati cum mortalitate*, eu diria antes: 'O nascimento tem uma dívida mútua com a morte', ou 'Nascimento e morte são tributários um do outro'." — "Provavelmente tem razão. Sempre fui melhor em grego. Tenho um amigo linguista aqui, vou perguntar a ele." Estendeu-me o copo para que o servisse. "Por falar em mortalidade", perguntou gaiatamente, "o senhor continua a assassinar pobres coitados e indefesos?" Devolvi-lhe o copo sem me desconcertar. "Vindo do senhor, doutor, não levarei a mal. Em todo caso, não passo de um oficial de ligação, o que me convém. Observo e não faço nada, é minha postura preferida." — "Teria dado um péssimo médico, então. A observação sem a prática não vale muita coisa." — "É justamente por isso que sou jurista." Levantei-me e fui abrir a porta envidraçada. Do lado de fora, estava ameno, mas não se viam estrelas e pressenti a chegada da chuva. Uma corrente de ar fazia as árvores farfalharem. Voltei para perto do divã, onde Hohenegg esticara-se novamente após ter desabotoado a túnica. "O que posso lhe dizer", declarei encarando-o, "é que alguns dos meus caros colegas aqui são grandes canalhas." — "Não duvido nem um pouco. É um defeito comum daqueles que praticam sem observar. É a mesma coisa com os médicos." Girei meu copinho entre os dedos. De repente sentia-me vão, pesado. Terminei de beber e lhe perguntei: "Vai ficar aqui por muito tempo?" — "Há duas sessões aqui: passamos em revista os ferimentos e voltamos no fim do mês para as doenças. Um dia para as infecções venéreas e dois dias inteiros dedicados às pulgas e à sarna." — "Então voltaremos a nos ver. Boa noite, doutor." Ele me estendeu a mão e a apertei. "Desculpe se permaneço deitado", disse.

O conhaque de Hohenegg verificou-se um mau digestivo: de volta ao meu quarto, vomitei o jantar. As náuseas me surpreenderam tão rapidamente que não tive tempo de chegar à banheira. Como já tinha digerido, foi fácil limpar; mas tinha um gosto azedo, ácido, horrível; ainda preferia vomitar as refeições imediatamente, os refluxos eram mais difíceis e sofridos mas pelo menos não tinham sabor, ou então era o da comida. Pensei em ir tomar um trago com Hohenegg para perguntar sua opinião; acabei bochechando com água, fumei um cigarro e fui para a cama. Na manhã seguinte, tinha que passar obrigatoriamente no Kommando para fazer uma visita de cortesia; o Oberführer Bierkamp era esperado. Fui para lá por volta das onze. Da cidade baixa, na avenida, distinguiam-se nitidamente, ao longe, as cristas retalhadas do Beshtau, que se erguia como um ídolo tutelar; não chovera, mas continuava frio. No Kommando, soube que Müller estava reunido com Bierkamp. Esperei na escadinha do pátio, observando um dos motoristas lavar a lama dos para-choques e dos pneus do caminhão Saurer. A porta traseira estava aberta: por curiosidade, me aproximei para examinar o interior, pois ainda não sabia com que se parecia; recuei e comecei a tossir na hora; estava podre, uma onda fétida de vômito, excrementos e urina. O motorista notou meu mal-estar e me disse algumas palavras em russo: captei '*Griaznyi, kajdi raz*', mas não entendia o sentido. Um Orpo, provavelmente um *Volksdeutscher*, aproximou-se e traduziu: "Ele está dizendo que é sempre assim, Herr Hauptsturmführer, muito sujo, mas que o interior vai ser modificado, com a inclinação do assoalho e a instalação de um pequeno ralo no meio. Ficará mais fácil de limpar." — "É russo?" — "Quem? Zaitsev? É cossaco, Herr Hauptsturmführer, temos vários deles." Voltei para a escada e acendi um cigarro; exatamente nesse instante fui chamado e tive que apagá-lo. Müller me recebeu ao lado de Bierkamp. Saudei-o e lhe expus minha missão em Piatigorsk. "Sim, sim", disse Müller, "o Oberführer me explicou." Fizeram-me algumas perguntas e comentei o clima de pessimismo que parecia reinar entre os oficiais do exército. Bierkamp deu de ombros: "Os soldados sempre foram pessimistas. Na Renânia e nos Sudetos, já choramingavam como maricas. Nunca compreenderam a força da vontade do Führer e do nacional-socialismo. Diga-me outra coisa, ouviu falar nessa história de governo militar?" — "Não, Herr Oberführer. Do que se trata?" — "Circula um boato segundo o qual o Führer teria aprovado um regime de administração militar para o Cáucaso, em vez de uma administração civil. No OKHG eles foram muito evasivos." — "Vou tentar me informar no AOK, Herr Oberführer." Ainda trocamos algumas frases e me despedi. No corredor, cruzei com Turek. Fitou-me com um ar sardônico e malvado e me lançou uma grosseria inaudita: "Ah, *Papiersoldat*. Você não perde por esperar." Bierkamp devia ter falado com ele. Respondi-lhe polidamente, com um sorrisinho: "Hauptsturmführer, continuo à sua disposição." Ainda me encarou por um momento com um olhar furioso, e desapareceu por uma sala. Pronto, eu pensava, acabei de fazer um inimigo; não foi tão difícil.

No AOK, solicitei uma entrevista com Von Gilsa e lhe fiz a pergunta de Bierkamp. "Realmente", respondeu, "isso corre por aí. Mas os detalhes ainda não estão claros para mim." — "E o que acontecerá com o Reichskommissariat?" — "A implantação do Reichskommissariat será protelada por algum tempo." — "E por que os representantes da SP e do SD não foram informados?" — "Não saberia lhe dizer. Ainda aguardo informações complementares. Mas, como sabe, essa questão é da alçada do OKHG. O Oberführer Bierkamp deveria se encaminhar diretamente a eles." Saí do gabinete de Von Gilsa com a impressão de que ele sabia mais do que dizia. Redigi um curto relatório e o despachei para Leetsch e Bierkamp. Em geral, era nisso que consistia agora o meu trabalho: a Abwehr me transmitia uma cópia dos relatórios selecionados por eles, quase todos relativos à evolução do problema dos rebeldes; eu acrescentava informações colhidas oralmente, grande parte durante as refeições, e enviava tudo para Vorochilovsk; em troca, recebia outros relatórios, que eu transmitia a Von Gilsa ou a um de seus colegas. Dessa forma, os relatórios de atividades do Ek 12, cujos escritórios situavam-se a quinhentos metros do AOK, deviam ser primeiro despachados para Vorochilovsk e, em seguida, após serem anexados aos do Sk 10b (os outros Kommandos atuavam na zona de operações ou na zona de retaguarda do 17º Exército), eles retornavam parcialmente para mim, que os encaminhava para o Ic; ao mesmo tempo, naturalmente, o Einsatzkommando mantinha relações diretas com o AOK. Eu dispunha de certo tempo. Tirei partido disso: Piatigorsk era uma cidade agradável, havia muita coisa a ser vista. Em companhia de Voss, sempre curioso, fui visitar o Museu Regional, situado um pouco abaixo do Hotel Bristol, em frente ao Correio e ao Parque Tsvetnik. Ali pude ver belas coleções, acumuladas ao longo de décadas pelo Kavkazskoe Gornoe Obchtchestvo, uma associação de naturalistas amadores e entusiastas: de suas expedições, haviam trazido fardos de animais empalhados, minerais, crânios, plantas, flores secas; velhos túmulos e ídolos pagãos de pedra; comoventes fotografias em preto e branco, representando em grande parte cavalheiros elegantes, de gravata, falso colarinho e chapéu de palha empoleirados no flanco abrupto de um pico; e, evocando com emoção o escritório do meu pai, uma parede inteira com grandes caixas contendo centenas de espécimes de borboletas, cada uma etiquetada com data e local de captura, nome do coletor, sexo e nome científico do exemplar. Chegavam de Kislovodsk, de Adigue, da Tchetchênia, e até do Daguestão e de Adjária; as datas eram 1923, 1915, 1909. À noite íamos às vezes ao Teatr Operetty, outro prédio extravagante, decorado com ladrilhos de cerâmica vermelha estampando livros, instrumentos e guirlandas, e recém-reaberto pela Wehrmacht; em seguida, jantávamos ou na cantina, ou num café, ou no cassino, que não passava do antigo hotel-restaurante Restoratsiya, onde Petchorin reencontra Mary e onde, como indicava uma placa em russo que Voss traduziu para mim, Liev Tolstói celebrou seu vigésimo quinto aniversário. Os soviéticos transformaram o local num Instituto Central Governamental de Balneologia; a Wehrmacht deixara essa inscrição estapafúrdia no frontão, em letras douradas por sobre as colunas maciças, mas devolvera ao prédio sua função original, e ali podia-se beber vinho seco de Kakheti e comer *chachliks* e às vezes caça. Foi onde apresentei Voss a Hohenegg e onde eles passaram a noite comentando em cinco línguas as origens dos nomes de doenças.

Em meados do mês um despacho do Grupo veio esclarecer um pouco a situação. O Führer de fato aprovara a montagem, para o Kuban-Cáucaso, de uma administração militar, subordinada ao OKHG A, dirigida pelo General der Kavallerie Ernst Köstring. O Ostministerium destacou um alto funcionário para essa administração, mas a criação do Reichskommissariat fora adiada indefinidamente. Ainda mais surpreendente, o OKH ordenara ao OKHG A que criasse entidades territoriais autônomas para os cossacos e os diferentes povos montanheses; os *kolkhozy* seriam dissolvidos, o trabalho forçado, proibido: o contrapé sistemático da nossa política na Ucrânia. Aquilo me parecia inteligente demais para ser verdade. Tive que voltar com urgência a Vorochilovsk para uma reunião: o HSSPF queria discutir novos decretos. Todos os chefes dos Kommandos estavam presentes, acompanhados por um grande número de assessores. Korsemann parecia preocupado. "O que é desconcertante é que o Führer tomou essa decisão no início de agosto; mas eu mesmo só fui informado ontem. É incompreensível." — "O OKH deve se preocupar com uma ingerência SS", pronunciou Bierkamp. — "Ora, por quê?", lamuriou-se Korsemann. "Nossa colaboração é excelente." — "A SS passou muito tempo cultivando boas relações com o Reichskommissar designado. Agora esse trabalho está fazendo água." — "Em Maikop", interveio Schultz, substituto de Braune, que tinha o apelido de Eisbein-Paul em razão de sua gordura, "dizem que a Wehrmacht manterá o controle das instalações petrolíferas." — "Eu também chamaria sua atenção, Herr Brigadeführer", acrescentou Bierkamp dirigindo-se a Korsemann, "para o fato de que, se esses 'autogovernos locais' forem promulgados, eles é que terão o controle da polícia em seu distrito. Do nosso ponto de vista, isso é inaceitável." A discussão continuou nesse tom por um tempo; o consenso geral parecia ser que a SS fora ludibriada. Fomos finalmente dispensados com a recomendação de colher o máximo possível de informações.

Em Piatigorsk, eu começava a me relacionar satisfatoriamente com alguns oficiais do Kommando. Hohenegg partira, e, afora os oficiais da Abwehr, Voss era praticamente a única pessoa que eu via. À noite, encontrava às vezes oficiais SS no cassino. Turek, naturalmente, não me dirigia a palavra; quanto ao Dr. Müller, depois que o vi esclarecer em público que não gostava do caminhão a gás e achava a execução por pelotões muito mais *gemütlich*, percebi que não tínhamos muito a nos dizer. Entre os oficiais subalternos, porém, havia homens razoáveis, ainda que frequentemente maçantes. Uma noite, enquanto eu tomava um conhaque com Voss, o Obersturmführer Dr. Kern aproximou-se e o convidei a se juntar a nós. Apresentei-o a Voss: "Ah, é o senhor o linguista do AOK", disse Kern. — "Ele mesmo", respondeu Voss, divertido. — "Isso vem a calhar", disse Kern, "eu queria justamente lhe consultar sobre uma questão. Disseram-me que conhece bem os povos do Cáucaso." — "Um pouco", admitiu Voss. — "O professor Kern ensina em Munique", interrompi. "É especialista em história muçulmana." — "É um assunto muito interessante", aprovou Voss. — "É verdade; passei sete anos na Turquia e aprendi um pouquinho", insinuou Kern. — "Como veio parar aqui, então?" — "Como todo mundo, fui mobilizado. Eu já era membro da SS e correspondente do SD, e acabei no Einsatz." — "Compreendo. E qual é a sua questão?" — "É uma moça que me trouxeram. Ruiva, bastante atraente, encantadora. Seus vizinhos a denunciaram como judia. Ela me mostrou um passaporte soviético interno, expedido em Derbent, no qual sua nacionalidade está registrada como *tatka*. Verifiquei em nossos arquivos; segundo nossos peritos, os tatas são considerados *Bergjuden*, judeus das montanhas. Mas a moça me afirmou que eu estava enganado e que os tatas eram um povo turco. Pedi que falasse: tinha um dialeto curioso, um pouco difícil de entender, mas era efetivamente turco. Então, deixei-a partir." — "Lembra-se dos termos ou expressões que ela usava?" Seguiu-se toda uma conversa em turco: "Não deve ser exatamente assim", dizia Voss, "tem certeza?", e recomeçavam. Enfim, Voss declarou: "Pelo que me diz, isso se assemelha ao turco veicular falado no Cáucaso antes que os bolcheviques impusessem o ensino do russo. Li que ainda o utilizam no

Daguestão, sobretudo em Derbent. Mas todos os povos da região fazem uso dele. Anotou o nome dela?" Kern tirou uma caderneta do bolso e a folheou: "Aqui. Tsokota, Nina Cholovna." — "Tsokota?", perguntou Voss franzindo o cenho. "Curioso." — "É o nome do marido", explicou Kern. — "Ah, entendo. Mas, diga-me, que vai fazer se ela for judia?" Kern ficou perturbado: "Eh, bem, nós... nós..." Hesitava visivelmente. Fui em seu socorro: "Será transferida para outro lugar." — "Entendo", disse Voss. Refletiu por um momento, depois disse a Kern: "Ao que eu saiba, os tatas têm uma língua própria, um dialeto irânico que nada tem a ver com as línguas caucásicas ou o turco. Dizem que há tatas muçulmanos; em Derbent, não sei, vou me informar." — "Obrigado", disse Kern. "Acha que eu deveria tê-la mantido presa?" — "De forma alguma. Tenho certeza de que fez o certo." Kern pareceu tranquilizado; aparentemente não captara a ironia das últimas palavras de Voss. Ainda ficamos conversando por um tempo e ele se despediu. Voss viu-o partir com um ar pasmo. "Seus colegas são um tanto curiosos", comentou. — "Como assim?" — "Às vezes fazem umas perguntas desconcertantes." Não dei trela: "Estão fazendo o trabalho deles." Voss balançou a cabeça. "Os métodos de vocês me parecem um pouco arbitrários. Enfim, não é problema meu." Parecia contrariado. "Quando iremos ao Museu Lermontov?", perguntei para mudar de assunto. "Quando quiser. Domingo?" — "Se fizer tempo bom, o senhor me leva para visitar o local do duelo."

As mais diversas e às vezes as mais contraditórias informações afluíam a respeito da nova administração militar. O General Köstring estava em vias de instalar escritórios em Vorochilovsk. Era um oficial já de idade, convocado da reforma. Mas meus interlocutores na Abwehr afirmavam que continuava forte e o chamavam de o Sábio Marabuto. Tinha nascido em Moscou, liderado a missão militar alemã em Kiev junto ao Hetman Skoropadsky em 1918 e servido duas vezes como adido militar em nossa embaixada em Moscou: era, portanto, considerado um dos melhores especialistas alemães em assuntos russos. O Oberst Von Gilsa me agendou uma entrevista com o novo representante do Ostministerium junto a Köstring, um ex-cônsul em Tíflis, Dr. Otto Bräutigam. Com seus óculos de aros redondos, colarinho engomado e uniforme marrom exibindo a Insígnia de Ouro do Partido, achei-o um pouco austero; permanecia distante, quase frio, mas me causou melhor impressão que a maioria dos *Goldfasanen*. Von Gilsa me explicara que ele detinha um posto importante no departamento político do Ministério. "É um prazer conhecê-lo", eu disse, apertando sua mão. "Talvez possa finalmente nos trazer alguns esclarecimentos." — "Estive com o Brigadeführer Korsemann em Vorochilovsk e tivemos uma longa conversa. O Einsatzgruppe foi devidamente informado?" — "Oh, com certeza! Mas, se tiver alguns minutos, será uma satisfação conversar com o senhor, pois essas questões me interessam muito." Levei Bräutigam até o meu gabinete e lhe ofereci uma bebida; recusou polidamente. "Imagino que o Ostministerium tenha se decepcionado com a decisão de suspendermos a implantação do Reichskommissariat...", comecei. — "De forma alguma. Ao contrário, achamos a decisão do Führer uma oportunidade única para corrigir a política desastrosa que praticamos nessa região." — "Como assim?" — "Deve ter percebido que os dois Reichskommissare atualmente no cargo foram nomeados sem que o ministro Rosenberg tivesse sido consultado e que o Ostministerium não exerce, por assim dizer, controle algum sobre eles. Logo, não é culpa nossa se os Gauleiter Koch e Lohse só fazem o que lhes dá na telha; a responsabilidade disso é de quem os apoia. É a política inconsequente e aberrante deles que faz o Ministério ser conhecido como *Chaostministerium*." Sorri; mas ele continuava sério. "Com efeito", eu disse, "passei um ano na Ucrânia, e a política do Reichskommissar Koch nos causou não poucos problemas. Pode-se dizer que ele foi um excelente recrutador para o lado dos rebeldes." — "Assim como o Gauleiter Sauckel e seus caçadores de escravos. É o que queremos evitar aqui. Veja, se tratarmos as tribos caucasianas como tratamos os ucranianos, elas se amotinarão e subirão para as montanhas. Então não terminaremos nunca. No século passado, os russos levaram trinta anos para subjugar o imã Chamil. Entretanto, os rebeldes não passavam de poucos milhares; para domá-los, os russos tiveram que usar até trezentos e cinquenta mil soldados!" Fez uma pausa e continuou: "O ministro Rosenberg, assim como o departamento político do Ministério, prega desde o início da campanha uma linha política clara: apenas uma aliança com os povos do Leste oprimidos pelos bolcheviques permitirá à Alemanha esmagar definitivamente o sistema de Stálin. Até aqui, essa estratégia, ou, se preferir, essa *Ostpolitik*, não mostrou resultado; o Führer sempre apoiou aqueles que julgam a Alemanha capaz de realizar essa tarefa sozinha, reprimindo os povos que ela devia libertar. O Reichskommissar designado, Schickedanz, apesar de sua velha amizade com o ministro, também parece assinar embaixo. Mas cabeças mais frias no seio da Wehrmacht, em especial o Generalquartiermeister Wagner, quiseram evitar no Cáucaso uma repetição do desastre ucraniano. A solução deles, manter a região sob controle militar, nos parece boa, ainda mais que o General Wagner fez questão absoluta de envolver os elementos mais lúcidos do Ministério, como a minha presença aqui demonstra. Para nós, como para a Wehrmacht, essa é uma oportunidade única para demonstrar que a *Ostpolitik* é a única viável; se formos bem-sucedidos aqui, talvez tenhamos a possibilidade de consertar os estragos feitos na Ucrânia e na Ostland." — "É muita coisa em jogo", comentei. — "É." — "E o Reichskommissar designado, Schickedanz, está ocupado demais, estudando os planos de seu futuro palácio de Tiflis e discutindo com seus assessores a quantidade necessária de portões, para se debruçar como nós sobre detalhes administrativos." — "Entendo." Refleti um instante: "Mais uma pergunta. Como vê o papel da SS e da SP nessa combinação?" — "Naturalmente, a Sicherheitspolizei tem tarefas importantes a realizar. Mas elas deverão ser coordenadas com o Grupo de Exércitos e a administração militar a fim de não atrapalhar as iniciativas positivas. Em pratos limpos, como sugeri ao Brigadeführer Korsemann, precisamos dar mostras de certa delicadeza nas relações com as minorias montanhesas e cossacas. Há entre eles, com efeito, elementos que colaboraram com os comunistas, mais por nacionalismo que por convicção bolchevique, na defesa dos interesses de seu povo. Não é o caso de tratá-los automaticamente como comissários ou funcionários stalinistas." — "E que pensa acerca do problema judaico?" Levantou a mão: "Isso é outra coisa. Está claro que a população judaica permanece uma das bases principais do sistema bolchevique." Pôs-se de pé para se despedir. "Agradeço-lhe pelo tempo que dedicou a essa conversa", eu disse, apertando sua mão na escada da entrada. "Pois não. Julgo muito importante mantermos boas relações tanto com a SS quanto com a Wehrmacht. Quanto melhor o senhor compreender o que queremos fazer aqui, melhor as coisas correrão." — "Pode estar certo de que farei um relatório nesse sentido aos meus superiores." — "Muito bem! Aqui tem o meu cartão. Heil Hitler!"

Quando lhe contei essa conversa, Voss achou-a muito engraçada. "Já era tempo! Nada como o fracasso para afiar os espíritos." Havíamos nos encontrado como combinado, no fim da manhã de domingo, em frente à Feldkommandantur. Um bando de moleques se aglomerava nas barricadas, fascinados com as motocicletas e um *Schwimmwagen* anfíbio ali estacionado. "Rebeldes!", mugia um territorial que tentava em vão dispersá-los com varadas; assim que eram dispersados de um lado, apareciam do outro, e o reservista já ofegava. Subimos a ladeira íngreme da rua Karl Marx em direção ao museu, e terminei de resumir as sugestões de Bräutigam. "Antes tarde do que nunca", comentou Voss, "mas na minha opinião não vai funcionar. Adquirimos um excesso de maus hábitos. Essa história de administração militar era apenas um adiamento de conveniência. Dentro de seis ou dez meses, eles serão obrigados a ceder a vez e então todos os chacais que ainda seguramos na coleira vão aparecer, os Schickedanz, os Körner, a Sauckel-Einsatz, e vai virar de novo uma bagunça. O problema, veja, é que não temos nenhuma tradição colonial. Já administrávamos muito mal nossas possessões africanas antes da Grande Guerra. Além do mais, ficamos sem nenhuma possessão e o pouco de experiência acumulada no seio das administrações das colônias foi perdido. Basta comparar com os ingleses: observe a sutileza, o tato com que eles governam e exploram seu Império. Sabem muito bem espalhar bordoadas quando é preciso, mas antes oferecem uma pequena recompensa, e sempre voltam às recompensas depois das bordoadas. No fundo, até mesmo os soviéticos fazem melhor que nós: a despeito da brutalidade, souberam criar um sentimento de identidade comum, e seu Império resiste. As tropas que nos puseram em xeque no Terek eram compostas principalmente de georgianos e armênios. Conversei com prisioneiros armênios: sentem-se soviéticos e lutam pela URSS sem complexos. Não fomos capazes de lhes sugerir nada melhor." Chegáramos em frente à porta verde do museu, e bati. Minutos depois o portão de veículos, um pouco mais acima, entreabriu-se, deixando ver um velho camponês de gorro, a barba e os dedos calejados e amarelecidos pela *makhorka*. Trocou algumas palavras com Voss, depois puxou mais o portão. "Diz ele que o museu está fechado, mas que, se quisermos, podemos olhar. Alguns oficiais alemães estão alojados aqui, na biblioteca." O portão abriu para um pequeno pátio calçado, cercado de graciosas construções caiadas de branco; à direita, havia um segundo andar erguido sobre uma garagem, com uma escada externa, a biblioteca era ali. Ao fundo empertigava-se o Machuk, onipresente, maciço, com farrapos de nuvens agarrados no flanco leste. À esquerda, mais abaixo, era possível perceber uma pequena horta, com parreiras sobre uma treliça, depois outras construções com telhados de colmo. Voss subiu os degraus da biblioteca. Do lado de dentro, as prateleiras em madeira envernizada ocupavam tanto espaço que mal podíamos transitar. O velho nos seguira; dei-lhe três cigarros; sua fisionomia se iluminou, mas permaneceu nos vigiando próximo à porta. Voss examinava os livros através das vitrines mas não tocava em nada. Meu olhar concentrou-se num pequeno retrato a óleo de Lermontov pintado com esmero: ele era representado num dólmã vermelho com dragonas e passamanes dourados, os lábios úmidos, olhos espantosamente inquietos, hesitantes, no limite entre a raiva, o medo ou uma zombaria feroz. Em outro canto estava pendurado um retrato gravado, no qual decifrei com dificuldade uma inscrição em cirílico: era Martynov, o assassino de Lermontov. Voss tentara abrir um dos armários, estava fechado. O velho disse-lhe alguma coisa e conversaram um pouco. "O zelador fugiu", traduziu Voss para mim. "Uma das empregadas tem as chaves, mas não está aqui hoje. Pena, eles têm belas coisas." — "O senhor voltará." — "Com certeza. Venha, ele vai abrir a casa de Lermontov para nós." Atravessamos o pátio, a horta e chegamos a uma das casas baixas. O velho empurrou a porta; dentro estava escuro, mas a luz derramada pelo vão permitia enxergar. As paredes haviam sido branqueadas com cal, a mobília era simples; havia belos tapetes orientais e sabres caucasianos fixados com pregos. Um divã estreito parecia bastante desconfortável. Voss detivera-se em frente a uma escrivaninha e a acariciava com os dedos. O velho lhe explicou mais alguma coisa. "Ele escreveu *Um herói do nosso tempo* nessa mesa", traduzia Voss, pensativamente. — "Aqui mesmo?" — "Não, em São Petersburgo. Quando o museu foi criado, o governo mandou a mesa para cá." Não havia mais nada para ver. Do lado de fora, nuvens encobriam o sol. Voss agradeceu ao velho, a quem dei mais uns cigarros. "Temos que voltar quando houver alguém que possa explicar tudo", disse Voss. "A propósito", acrescentou no portão, "esqueci de lhe dizer: o professor Oberländer está aqui." — "Oberländer? Sei quem é. Conheci-o em Lemberg, no início da campanha." — "Tanto melhor. Eu ia sugerir que jantássemos com ele." Na rua, Voss tomou a esquerda, em direção à grande alameda calçada de pedra que partia da estátua de Lênin. A ladeira era íngreme, eu já estava sem fôlego. Da alameda, em vez de se dirigir para a Harpa Eólia e a Galeria Acadêmica, Voss continuou em linha reta, flanqueando o Machuk por uma estrada pavimentada que eu nunca percorrera. O céu escurecia rapidamente e eu temia que chovesse. Passamos por alguns sanatórios, depois o asfalto acabou e continuamos por uma larga estrada de terra batida. O local era ermo: um camponês sentado em uma carroça passou por nós chacoalhando seus arreios, em meio aos mugidos do seu boi e o ranger das rodas empenadas; a estrada continuou deserta. Um pouco adiante, à esquerda, um arco de tijolos abria-se no flanco da montanha. Chegamos mais perto, forçando os olhos para enxergar na escuridão; uma grade de ferro fundido trancada a cadeado barrava o acesso ao corredor de entrada. "É o Proval", esclareceu Voss. "Lá no fundo há uma caverna a céu aberto, com uma fonte sulfurosa." — "Não é aqui que Petchorin conhece Vera?" — "Não tenho certeza. Não teria sido na gruta embaixo da Harpa Eólia?" — "Temos que verificar." As nuvens passavam bem em cima das nossas cabeças: eu tinha a impressão de que, levantando o braço, poderia acariciar as espirais de vapor. Não se via mais nada do céu e a atmosfera ficara aveludada e silenciosa. Nossos passos guinchavam na terra arenosa; o caminho subia ligeiramente; e logo fomos envolvidos pelas nuvens. Mal percebíamos as grandes árvores que margeavam o caminho; o ar parecia opressivo, o mundo desaparecera. Ao longe, o pio de um cuco ressoou na mata, um chamado inquieto e desolado. Andávamos em silêncio. Isso durou muito tempo. Aqui e ali, eu vislumbrava grandes massas escuras e indistintas, prédios provavelmente; depois, novamente a floresta. As nuvens se dissipavam, o cinza brilhava difusamente e de repente elas se desfiaram e se dispersaram e nos vimos sob o sol. Não chovera. À nossa direita, além das árvores, perfilavam-se as formas do Beshtau: mais vinte minutos de caminhada nos levaram até o monumento. "Demos a volta completa", disse Voss. "Pelo outro lado, é mais rápido." — "Sim, mas valia a pena." O monumento, um obelisco branco erguido no meio de gramados malconservados, apresentava pouco interesse: difícil, diante daquele cenário minuciosamente montado pela pequena burguesia, imaginar os disparos, o sangue, os gritos roucos, a fúria do poeta abatido. Viaturas alemãs estavam estacionadas na área; embaixo, em frente à floresta, haviam instalado mesas e bancos onde soldados comiam. Por dever de consciência, fui examinar a placa de bronze e a inscrição no monumento. "Vi a foto de um monumento provisório que eles construíram em 1901", me disse Voss. "Uma espécie de rotunda cortada ao meio, extravagante, em madeira e gesso e com um busto no topo, empoleirado lá no alto. Era muito mais esquisito." — "Devem ter tido problemas de verba. E se fôssemos comer?" — "Eles fazem bons *chachliks* aqui." Atravessamos a área e descemos em direção às mesas. Dois dos veículos tinham estampadas as marcas táticas do Einsatzkommando; reconheci vários oficiais em uma das mesas. Kern nos acenou com a mão e lhe retribuí, mas não fui dizer bom dia. Estavam também Turek, Bolte e Pfeiffer. Escolhi uma mesa um pouco afastada, perto do bosque, com bancos toscos. Um montanhês usando um barrete, o rosto mal barbeado em torno do bigode volumoso, aproximou-se: "Nada com porco", traduziu Voss. "Só carneiro. Mas tem vodca e *kompot*." — "Perfeito." Fragmentos de vozes chegavam das outras mesas. Havia também oficiais subalternos da Wehrmacht e alguns civis. Turek nos observava, depois vi-o conversar animadamente com Pfeiffer. Crianças ciganas corriam entre as mesas. Um garoto veio até nós: "*Khleb, khleb*", cantarolava, estendendo uma mão encardida de sujeira. O montanhês nos trouxe várias fatias de pão e eu lhe dei uma, que enfiou imediatamente na boca. Depois apontou o bosque: "*Sestra, sestra, dyev. Krasivaia.*" Fez um gesto obsceno. Voss caiu na gargalhada e lhe disse uma frase que o pôs em fuga. Ele se dirigiu para os oficiais SS e recomeçou sua mímica. "Acha que eles vão?" — "Não na frente de todo mundo", afirmei. Efetivamente, Turek desferiu um tapa no guri que o fez rolar na relva. Vi-o fazer menção de sacar a arma; o garoto escafedeu-se por entre as árvores. O montanhês, que se mantinha atrás de um caixote de metal comprido e com pés, veio até nós com dois espetos que depositou em cima do pão; em seguida, trouxe as bebidas e os copos. A vodca combinava maravilhosamente bem com a carne sangrenta e ambos bebemos várias doses, purificando tudo com a *kompot*, um suco de bagas marinadas. O sol brilhava na relva, os pinheiros esguios, o monumento e a vertente do Machuk ao fundo; as nuvens tinham desaparecido por completo do outro lado da montanha. Pensei de novo em Lermontov agonizando na relva a alguns passos dali, o peito perfurado em virtude de uma observação fortuita a respeito da roupa de Martynov. Ao contrário de seu herói Petchorin, Lermontov atirou para cima; seu adversário, não. Em que Martynov pensou ao ver o cadáver de seu inimigo? Ele próprio se pretendia poeta, e decerto lera *Um herói do nosso tempo*; assim, podia saborear os ecos amargos e a árdua trajetória de sua lenda nascente, sabia também que seu nome personificaria para sempre o assassino de Lermontov, um segundo d'Anthès perseguindo a literatura russa. Entretanto, ele deve ter tido outras ambições ao se lançar na vida; também queria fazer, e fazer bem-feito. Estaria simplesmente com inveja do talento de Lermontov? Ou será que, subtraindo-se ao esquecimento, queria ser lembrado pelo mal que fizera? Tentei trazer seu retrato à lembrança, mas já não conseguia. E Lermontov? Seu último pensamento, quando esvaziou a pistola no ar e viu que Martynov apontava para ele, havia sido amargo, desesperado, furioso ou irônico? Ou simplesmente dera de ombros e contemplara a luz do sol sobre os pinheiros? Como no caso de Púchkin, dizia-se que sua morte fora um golpe montado, um assassinato encomendado; se foi esse o caso, ele se dirigiu para ela de olhos abertos, com altivez, marcando assim sua diferença em relação a Petchorin. O que Blok escrevera a respeito de Púchkin era provavelmente ainda mais verdadeiro para ele: *Não foi a bala de Dantès que o matou, foi a falta de ar.* O ar também me faltava, mas o sol e os *chachliks*, além da generosidade espontânea de Voss, permitiam respirar um pouquinho. Pagamos o montanhês em *carbovanets* de ocupação e retomamos a trilha do Machuk. "Proponho passarmos pelo velho cemitério", sugeriu Voss. "Há uma lápide no local onde Lermontov foi enterrado." Depois do duelo, seus amigos sepultaram o poeta por ali mesmo; um ano mais tarde, cem anos antes da nossa chegada a Piatigorsk, sua avó materna viera buscar seus restos mortais e os trasladara para a casa dela, perto de Penza, para enterrá-los ao lado de sua mãe. Aceitei com prazer a proposta de Voss. Dois carros passaram por nós levantando uma nuvem de poeira: eram os oficiais do Kommando que retornavam. O próprio Turek dirigia o primeiro carro; seu olhar odioso, que percebi pelo vidro, dava-lhe uma aparência completamente judaica. O pequeno comboio seguiu em frente, mas viramos à esquerda, percorrendo uma longa trilha que subia a encosta do Machuk. A refeição, a vodca e o sol fizeram-me sentir pesado; senti engulhos e deixei a trilha para me refugiar no bosque. "Tudo bem?", perguntou Voss quando voltei. Fiz um gesto vago e acendi um cigarro. "Não é nada. Um resto da doença que peguei na Ucrânia. Volta de vez em quando." — "Devia consultar um médico." — "Quem sabe? O Dr. Hohenegg está para chegar, vamos ver." Voss esperou que eu terminasse meu cigarro, depois veio atrás de mim. Eu estava com calor e tirei meu quepe e meu dólmã. No topo da colina, a trilha descrevia um grande anel de onde tínhamos uma bela vista da cidade e da planície ao longe. "Se continuarmos em frente, vamos sair nos sanatórios", disse Voss. "Para o cemitério, podemos atravessar esses pomares." A encosta íngreme, com vegetação rala, era cultivada com árvores frutíferas; uma mula, amarrada em uma rédea, fuçava o solo atrás de maçãs caídas. Descemos escorregando um pouco, depois cortamos por um bosque bem fechado, onde logo perdemos a trilha. Vesti meu dólmã, pois galhos e espinhos me arranhavam os braços. Finalmente chegamos a um caminho de terra que acompanhava um muro de pedra cimentada. "Deve ser isso", disse Voss. "Vamos dar a volta." Depois que os carros passaram por nós, não tínhamos visto mais ninguém, eu tinha a impressão de caminhar por terrenos abandonados; porém, alguns passos adiante, um rapaz, descalço e conduzindo um burro, passou por nós sem dizer palavra. Acompanhando o muro, chegamos finalmente a uma pracinha em frente a uma igreja ortodoxa. Uma velha vestida de preto, sentada em um caixote, vendia flores; outras saíam da igreja. Do outro lado da grade, os túmulos espalhavam-se sob altas árvores que mergulhavam o cemitério na sombra. Seguimos por uma subida, calçada com pedras irregulares enfiadas no solo, em meio a velhos túmulos perdidos entre arbustos secos, fetos e espinheiros. Placas de luz caíam aqui e ali por entre as árvores e, naquelas ilhotas de sol, borboletas pretas e brancas dançavam ao redor das flores murchas. Em seguida a trilha desviava e as árvores entreabriam-se para revelar a planície do sudoeste. Dentro de um cercado, duas arvorezinhas haviam sido plantadas para assombrear a lápide que marca a localização do primeiro túmulo de Lermontov. Os únicos sons eram o assobio das cigarras e a aragem farfalhando as folhas. Perto da lápide ficavam as sepulturas dos amigos de Lermontov, os Chan-Girei. Voltei-me: ao longe, *balki* verdes e compridas rasgavam a planície até os primeiros contrafortes rochosos. As bossas dos vulcões pareciam torrões caídos do céu; ao longe, eu vislumbrava a neve do Elbrus. Enquanto Voss ia bisbilhotar um pouco nos arredores, sentei-me nos degraus que levavam à lápide pensando mais uma vez em Lermontov: como todos os poetas, primeiro eles os matam, depois os veneram.

Voltamos à cidade pelo *Verkhnii rynok*, onde os camponeses terminavam de arrumar galinhas, frutas e legumes não vendidos nas carroças ou nas mulas. Nos arredores espalhava-se uma multidão de vendedores de sementes de girassol e engraxates de botas; meninos sentados em pequenas carroças feitas com tábuas e rodas de carrinhos de bebê esperavam que um soldado retardatário lhes pedisse para transportar suas coisas. Ao pé da colina, na avenida Kirov, fileiras de cruzes recentes alinhavam-se numa plataforma protegida por uma mureta: o bonito parque onde se acha o monumento de Lermontov havia sido transformado em cemitério para soldados alemães. A avenida, na direção do Parque Tsvetnik, passava em frente às ruínas da antiga catedral ortodoxa, dinamitada pelo NKVD em 1936. "Observe", Voss apontava os tocos de pedra, "que eles não tocaram na igreja alemã. Nossos homens ainda vão lá rezar." — "Pode ser, mas esvaziaram as três aldeias de *Volksdeutschen* das cercanias. O czar sugeriu que se instalassem aqui em 1830. No ano passado foram todos mandados para a Sibéria." Mas Voss ainda pensava na igreja luterana. "Sabia que ela foi construída por um soldado? Um tal de Kempfer, que lutou contra os tcherkesses sob o comando de Evdokimov, e que se instalou aqui." No parque, logo depois da grade da entrada, erguia-se uma galeria de madeira de dois andares, com torrinhas com cúpulas futuristas e um alpendre que formava a torre do andar superior. Ali havia algumas mesas onde eram servidos, para quem pudesse pagar, café turco e doces. Voss escolheu um lugar ao lado da alameda principal do parque, acima dos grupos de idosos mal barbeados, ranzinzas e resmungões que à noite vinham ocupar os bancos para jogar xadrez. Pedi café e conhaque; trouxeram-nos também umas tortinhas de limão; o conhaque provinha do Daguestão e parecia ainda mais adocicado que o armênio, mas combinava com as tortas e com meu bom humor. "Como vão seus trabalhos?", perguntei a Voss. Riu: "Continuo sem encontrar um falante de ubykh, mas fiz progressos consideráveis em kabardiano. O que estou esperando mesmo é que tomemos Ordjonikidze." — "Por que isso?" — "Ah, já expliquei ao senhor que as línguas caucásicas não passam da minha subespecialidade. O que me interessa de verdade são as línguas ditas indo-germânicas, mais particularmente as línguas de origem irânica. Ora, o osseto é uma língua irânica particularmente fascinante." — "Por quê?" — "Veja a situação geográfica da Ossétia: enquanto todos os outros falantes não caucásicos ocupam a periferia ou os contrafortes do Cáucaso, eles recortam o maciço em dois, justamente no nível do desfiladeiro mais acessível, o do Darial, onde os russos construíram sua *Voennaia doroga* de Tiflis até Ordjonikidze, a ex-Vladikavkaz. Embora essas pessoas tenham adotado o vestuário e os costumes de seus vizinhos montanheses, foi evidentemente um movimento de invasão tardio. Temos bases para julgar que esses ossetas ou óssios descendem dos alanos e, portanto, dos citas; se isso for exato, sua língua constituiria um vestígio arqueológico vivo da língua cítica. Mais uma coisa: Dumézil editou em 1930 uma antologia de lendas ossetas que falavam de um povo fabuloso, semi-divino, por eles denominados nartas. Ora, Dumézil também postula uma conexão entre essas lendas e a religião cítica tal como relatada por Heródoto. Os pesquisadores russos trabalham no tema desde o fim do século passado; a biblioteca e os institutos de Ordjonikidze devem estar abarrotados de dados extraordinários, inacessíveis na Europa. Espero simplesmente que não queimem tudo durante o ataque." — "Em suma, se entendi bem, esses ossetas seriam um *Urvolk*, um dos povos arianos originais." — "Usa-se e abusa-se da palavra original. Digamos que sua língua tem um caráter arcaico muito interessante do ponto de vista da ciência." — "O que o senhor quer dizer em relação à noção de original?" Fez um ar de desdém: "Original é antes uma fantasia, mais uma pretensão psicológica ou política que um conceito científico. Pegue o alemão, por exemplo: durante séculos, antes mesmo de Martinho Lutero, sugeriu-se que era uma língua original sob o pretexto de que não recorrera a radicais de origem estrangeira, ao contrário das línguas latinas, às quais era comparado. Alguns teólogos, em seus delírios, chegaram a sugerir que o alemão teria sido a língua de Adão e Eva, e que mais tarde o hebraico teria derivado dele. Mas essa é uma afirmação completamente ilusória, já que, por outro lado, ainda que os radicais sejam 'autóctones' — na verdade, todos derivados diretamente das línguas dos nômades indo-europeus —, nossa gramática é de ponta a ponta estruturada pelo latim. Nosso imaginário cultural, porém, foi profundamente marcado por essas ideias, por essa particularidade que tem o alemão, em relação às outras línguas europeias, de auto-gerar, de certa forma, o seu vocabulário. É um fato que qualquer criança alemã de oito anos conhece todos os radicais da nossa língua e pode decompor e compreender qualquer palavra, inclusive as mais eruditas, o que não acontece com uma criança francesa, por exemplo, que vai levar muito tempo para aprender as palavras 'difíceis' derivadas do grego ou do latim. Isso, aliás, pode enriquecer muito a ideia que fazemos de nós mesmos: o *Deutschland* é o único país da Europa que não é designado geograficamente, que não tem o nome de um lugar ou de um povo como os ingleses ou os francos, é o país do 'povo em si'; *deutsch* é uma forma adjetival do antigo alemão *Tuits*, 'povo'. Eis por que nenhum dos nossos vizinhos nos denomina da mesma forma: *allemands, germans, duits, tedeschi* em italiano, que deriva também de *Tuits*, ou *niemtsy* aqui na Rússia, que significa justamente 'mudos', os que não sabem falar, assim como *barbaros* em grego. De certa maneira, toda a nossa ideologia racial e *völkisch* atual erigiu-se sobre essas três antiquíssimas pretensões alemãs. Que, acrescento, não são exclusividade nossa: Goropius Becanus, autor flamengo, sustentava a mesma coisa em 1569 a propósito do holandês, que ele comparava ao que chamava de *línguas originais do Cáucaso, vagina dos povos*." Riu alegremente. Eu queria ter prosseguido a conversa, sobretudo a respeito das teorias raciais, mas ele já se levantava: "Preciso ir. Quer jantar com Oberländer, se ele estiver livre?" — "Com prazer." — "No cassino? Às oito." Desceu correndo a escada. Sentei-me e contemplei os velhos jogando xadrez. O outono avançava: o sol já descia por trás do Machuk, tingindo sua crista de cor-de-rosa e imprimindo, mais adiante na avenida, reflexos alaranjados por entre as árvores, golpeando os vidros e o revestimento cinza das fachadas.

Por volta das sete e meia fui para o cassino. Voss ainda não chegara e pedi um conhaque, que levei para uma saleta um pouco retirada. Minutos depois Kern entrou, examinou o salão e veio em minha direção. "Herr Hauptsturmführer! Estava à sua procura." Tirou o quepe e se sentou olhando ao redor; parecia embaraçado, nervoso. "Herr Hauptsturmführer. Gostaria de confidenciar uma coisa que acho que lhe diz respeito." — "É mesmo?" Hesitou: "Então... O senhor é visto frequentemente em companhia desse Leutnant da Wehrmacht. Isso... como dizer? Isso dá margem a boatos." — "Que gênero de boatos?" — "Boatos... digamos, boatos perigosos. O tipo de boato que leva direto para o campo de concentração." — "Entendo." Fiquei petrificado. "E esse tipo de boato estaria por acaso sendo espalhado por um certo tipo de pessoa?" Empalideceu: "Não posso falar mais nada. Acho isso baixo e vergonhoso. Queria apenas avisá-lo a fim de que possa... possa fazer algo para que isso não vá adiante." Levantei-me e lhe estendi a mão: "Agradeço pela informação, Obersturmführer. Mas desprezo e ignoro quem espalha covardemente rumores sórdidos em vez de vir falar com a pessoa cara a cara." Ele me apertou a mão: "Compreendo perfeitamente sua reação. Ainda assim, abra o olho." Sentei-me novamente, furioso: era então aquele o jogo que eles queriam jogar! Além do mais, estavam redondamente enganados. Já disse: nunca me ligo aos meus amantes, isso não tem nada a ver. Eu só gostava de uma pessoa neste mundo, e embora nunca a visse, aquilo me bastava. Ora, um canalha limitado como aquele Turek e seus amigos nunca poderiam compreender isso. Resolvi me vingar; ainda não sabia como, mas não faltaria oportunidade. Kern era um homem honesto, fizera bem ao me precaver: assim, eu teria tempo para refletir.

Voss chegou logo depois em companhia de Oberländer. Eu continuava mergulhado nos meus pensamentos. "Boa noite, professor", eu disse, apertando a mão de Oberländer. "Há quanto tempo!" — "Sim, sim, aconteceram muitas coisas desde Lemberg. E aquele outro jovem oficial que o acompanhava?" — "O Hauptsturmführer Hauser? Acho que continua com o Grupo C. Não tenho notícias dele já há algum tempo." Segui-os até o restaurante e deixei Voss fazer o pedido. Trouxeram-nos vinho de Kakheti. Oberländer parecia cansado. "Verdade que está comandando uma nova unidade especial?", perguntei. — "Sim, o Kommando 'Bergmann'. Todos os meus homens são montanheses caucasianos." — "De que nacionalidade?", perguntou Voss, com curiosidade. "Oh, tem de tudo. Karatchais e circassianos, claro, mas também inguches, avars, laks recrutados nos Stalag. Tenho até um svano." — "Magnífico! Gostaria muito de falar com ele." — "Então o senhor terá de ir a Mozdok. Eles estão participando das operações antirrebeldes por lá." — "Não tem ubykhs, por acaso?", perguntei com malícia. Voss fez menção de rir. "Ubykhs? Não, creio que não. Do que se trata?" Voss sufocava para prender o riso e Oberländer fitava-o, perplexo. Fiz um esforço para manter a seriedade e respondi: "É uma obsessão do Dr. Voss. Ele acha que a Wehrmacht deveria promover a todo custo uma política pró-ubykh a fim de restabelecer o equilíbrio natural de poder entre os povos do Cáucaso." Voss, que tentava beber seu vinho, quase cuspiu o que engolira. Eu quase não me segurava mais. Oberländer continuava sem entender e começava a se irritar: "Não percebo do que estão falando", disse secamente. Arrisquei uma explicação: "É um povo caucasiano deportado pelos russos. Para a Turquia. Antigamente dominavam grande parte dessa região." — "Eram muçulmanos?" — "Sim, claro." — "Nesse caso, um apoio a esses ubykhs viria se encaixar perfeitamente no âmbito da nossa *Ostpolitik*." Voss, vermelho, levantou-se, resmungou uma desculpa e correu para o banheiro. Oberländer estava estupefato: "Que tem ele?" Dei um tapinha na barriga. "Ah, entendo", ele disse. "Isso é frequente por aqui. Onde eu estava?" — "Nossa política pró-muçulmana." — "Pois é. Naturalmente, essa é uma política alemã tradicional. De certa maneira, o que queremos realizar aqui não passa de uma continuidade da política pan-islâmica de Ludendorff. Respeitando as realizações culturais e sociais do islã, estamos fazendo aliados úteis. Sem falar que assim amaciamos a Turquia, que apesar de tudo continua importante, ainda mais se quisermos contornar o Cáucaso para atacar o flanco dos ingleses na Síria e no Egito." Voss estava de volta; parecia ter recuperado a calma. "Se o compreendo bem", eu disse, "a ideia seria unir os povos do Caúcaso e em particular os povos turcófonos em um gigantesco movimento islâmico antibolchevique." — "É uma opção, mas ainda não é aceita nos altos escalões. Há quem se preocupe com uma renovação pan-turaniana, que poderia outorgar muito poder à Turquia no âmbito regional e ofuscar nossas conquistas. O ministro Rosenberg, por sua vez, inclina-se por um eixo Berlim-Tíflis. Mas isso é influência desse Nikuradze." — "E qual a sua opinião?" — "No momento escrevo um artigo sobre a Alemanha e o Cáucaso. Talvez saiba que, após a dissolução do 'Nachtigall', trabalhei como Abwehroffizier junto ao Reichskommissar Koch, que é um velho amigo de Königsberg. Mas ele quase nunca está na Ucrânia, e seus subordinados, especialmente Dargel, realizaram uma política irresponsável. Foi a razão da minha partida. No meu artigo, tento demonstrar que precisamos da cooperação das populações locais nos territórios conquistados para evitar perdas muito pesadas durante a invasão e a ocupação. Uma política pró-muçulmana ou pró-turaniana tinha de constar desse panorama. Naturalmente, uma única potência deve ter a última palavra." — "Acha que um dos objetivos da nossa investida no Cáucaso seria convencer a Turquia a entrar na guerra ao nosso lado?" — "Claro. E se chegarmos ao Iraque ou ao Irã, ela certamente fará isso. Saracoglu é prudente, mas não vai querer perder a oportunidade de recuperar antigos territórios otomanos." — "Mas isso não atentaria contra o nosso *Grossraum*?", perguntei. — "De forma alguma. Visamos um Império continental; não temos interesse nem meios para nos abarrotar de possessões distantes. Manteremos as regiões produtoras de petróleo do Golfo Pérsico, evidentemente, mas não podemos entregar o resto do Oriente Próximo britânico à Turquia." — "E, em troca, o que a Turquia faria por nós?", perguntou Voss. — "Poderia nos ser muito útil. Estrategicamente, ela detém uma posição-chave. Pode fornecer bases navais e terrestres que nos permitam levar a cabo a redução da presença britânica no Oriente Médio. Também pode fornecer tropas para a frente antibolchevique." — "Quem sabe", eu disse, "ela possa nos enviar um regimento ubykh?" Voss viu-se novamente presa de uma gargalhada incontrolável. Oberländer zangou-se: "Mas, afinal, que história é essa de ubykhs? Não compreendo." — "Já lhe disse, é uma obsessão do Dr. Voss. Ele está desesperado porque vem escrevendo relatório atrás de relatório, mas ninguém no Kommando quer acreditar na importância estratégica dos ubykhs. Aqui só dão atenção aos karatchais, aos kabardianos e aos balkars." — "Mas então de que ele ri tanto?" — "Sim, Doktor Voss, de que está rindo?", inquiri-o muito seriamente. "Acho que são os nervos", comentei com Oberländer. "Vamos, Doktor Voss, volte ao seu vinho." Voss bebeu um pouco e tentou se controlar. "Da minha parte", proclamou Oberländer, "não conheço suficientemente o assunto para avaliar." Dirigiu-se a Voss: "Se tiver relatórios sobre esses ubykhs, eu adoraria lê-los." Voss balançou a cabeça nervosamente: "Doktor Aue", disse ele, "eu ficaria grato se mudasse de assunto." — "Como preferir. Em todo caso, os pratos estão chegando." Serviram-nos. Oberländer parecia irritado; Voss estava um camarão.

Para reiniciar a conversa, perguntei a Oberländer: "Seus *Bergmänner* são eficientes na luta contra os rebeldes?" — "Nas montanhas, são terríveis. Alguns nos trazem cabeças ou orelhas todos os dias. Nas planícies, são equivalentes às nossas próprias tropas. Incendiaram várias aldeias em torno de Mozdok. Tento explicar-lhes que não é uma boa ideia fazer isso sistematicamente, mas é como um atavismo. Além do mais, tivemos problemas de disciplina gravíssimos: sobretudo, deserção. Parece que muitos deles só se alistaram para voltar para casa; desde que estamos no Cáucaso, não param de se evadir. Mandei fuzilar os que recapturamos na frente de todo mundo: acho que isso os acalmou um pouco. Mas tenho muitos tchetchenos e daguestaneses, a região deles ainda está nas mãos dos bolcheviques. A propósito, o senhor ouviu falar de um levante na Tchetchênia? Nas montanhas?" — "Circulam boatos", respondi. "Uma unidade especial subordinada ao Einsatzgruppe vai tentar lançar agentes de paraquedas para que entrem em contato com os rebeldes." — "Ah, isso é bem interessante", comentou Oberländer. "Parece que há combates e que a repressão é feroz. Isso pode abrir possibilidades para nossas forças. Como eu poderia me informar mais sobre o assunto?" — "Aconselho-o a se dirigir ao Oberführer Bierkamp, em Vorochilovsk." — "Excelente. E aqui? Têm problemas com os rebeldes?" — "Não muitos. Há uma unidade que atua com rigor perto de Kislovodsk. O destacamento 'Lermontov'. É um pouco moda por aqui, chamar tudo de Lermontov." Voss ria, gostosamente agora. "Eles são ativos?" — "Não exatamente. Grudam nas montanhas, têm medo de descer. Fazem sobretudo espionagem para o Exército Vermelho. Mandam moleques contarem as motos e caminhões em frente à Feldkommandantur, por exemplo." Estávamos no fim da refeição. Oberländer ainda falava da *Ostpolitik* da nova administração militar: "O General Köstring é uma boa escolha. Acho que a experiência tem chances de dar certo com ele." — "Conhece o Dr. Bräutigam?", perguntei. — "Herr Bräutigam? Claro. Trocamos ideias regularmente. É um homem muito motivado, muito inteligente." Oberländer terminou o café e se despediu. Nós o saudamos e Voss o acompanhou. Esperei-o fumando um cigarro. "O senhor foi odioso", ele me disse ao se sentar de volta. — "Ora, por quê?" — "Sabe muito bem." Dei de ombros. "Claro que não foi por mal." — "Oberländer deve ter pensado que estávamos zombando dele." — "Mas estávamos efetivamente zombando dele. Só que, veja só: ele nunca se atreverá a admitir isso. O senhor conhece os professores tão bem quanto eu. Se ele admitisse sua ignorância acerca da questão ubykh, isso poderia prejudicar sua reputação de 'Lawrence do Cáucaso'." Saímos do cassino. Caía uma leve garoa. "Pronto", disse comigo. "É outono." Um cavalo amarrado em frente à Feldkommandantur relinchou e sacudiu a cabeça. As sentinelas protegiam-se em suas capas de lona. Na rua Karl Marx, a água corria em pequenos riachos ladeira abaixo. A chuva apertava. Separamo-nos em frente à nossa caserna e nos demos boa noite. No meu quarto, abri a porta de vidro e fiquei por um longo momento ouvindo o escoar da água sobre as folhas das árvores, sobre as janelas da sacada, sobre o telhado de zinco, sobre a relva e a terra úmida.

Choveu três dias seguidos. Os sanatórios iam sendo ocupados pelos feridos, transportados desde Malgobek e Sagopchi, onde nossa nova ofensiva sobre Groznyi acabava de dar com os burros n'água diante de uma resistência ferrenha. Korsemann veio distribuir medalhas aos voluntários finlandeses da "Wiking", formosos rapazes louros um tanto perplexos, dizimados pelos disparos trocados no pequeno vale do Juruk, abaixo de Nijny Kurp. A nova administração militar do Cáucaso estava em vias de se instalar. No início de outubro, por decreto do Generalquartiermeister Wagner, seis *raion* cossacas com 160 mil habitantes receberam o novo status de "autogoverno"; devíamos anunciar oficialmente a autonomia karatchai em uma grande festa em Kislovodsk. Com os outros principais oficiais SS da região fui novamente convocado a Vorochilovsk por Korsemann e Bierkamp. Korsemann estava preocupado com a limitação dos poderes policiais da SS nos distritos autogovernados, mas pretendia travar uma política de cooperação estreita com a Wehrmacht. Já Bierkamp estava furioso; tratava os *Ostpolitiker* de *czaristas* e de *barões bálticos*: "Essa famosa *Ostpolitik* não passa da ressurreição do espírito de Tauroggen", bradava. Privadamente, Leetsch me sugeriu com meias palavras que Bierkamp estava louco de aflição com o número de execuções dos Kommandos, que agora não ia além de poucas dezenas por semana: os judeus das regiões ocupadas tinham sido todos liquidados, exceto alguns artesãos poupados pela Wehrmacht para servirem como sapateiros e alfaiates; rebeldes e comunistas, capturávamos poucos; quanto às minorias nacionais e aos cossacos, maioria da população, viam-se agora quase intocáveis. Embora considerasse tacanho esse estado de espírito vivido por Bierkamp, eu podia compreendê-lo: em Berlim, a eficácia dos Einsatzgruppen era avaliada pelos números, e uma queda de atividade podia ser interpretada como falta de energia por parte do Kommandant. Entretanto, o Grupo não ficava à toa. Em Elista, nos confins da estepe calmuca, estava sendo formado um Sk "Astrakhan" com vistas à tomada dessa cidade; na região de Krasnodar, depois de realizar todas as outras tarefas prioritárias, o Sk 10a liquidava os asilos para débeis mentais, hidrocéfalos e degenerados, servindo-se sobretudo de um caminhão a gás. Em Maikop, o 17º Exército dirigia sua ofensiva para Tuapse e o Sk 11 participava da repressão a uma intensa guerrilha nas montanhas, em terreno bastante acidentado e ainda agravado pela chuva persistente. Em 10 de outubro, festejei meu aniversário na companhia de Voss, no restaurante, mas sem informá-lo da data; no dia seguinte, fomos até Kislovodsk com uma parte do AOK para as festividades do Uraza Bairam, a quebra do jejum que fecha o mês do ramadã. Foi uma espécie de triunfo. Num grande campo fora da cidade, o imã dos karatchais, um ancião cheio de rugas e com a voz firme e clara, oficiava uma longa prece coletiva; em frente às colinas próximas, centenas de barretes, quepes, chapéus ou gorros de pele, em fileiras cerradas, abaixavam-se até o solo e se erguiam no ritmo de sua melopeia. Depois, sobre um estrado decorado com bandeiras alemãs e muçulmanas, Köstring e Bräutigam, as vozes amplificadas por um alto-falante de PK, proclamaram a instauração do Distrito Autônomo Karatchai. Aclamações e tiros de fuzil pontuavam cada frase. Voss, mãos nas costas, traduzia o discurso de Bräutigam; Köstring leu o seu diretamente em russo e viu-se depois jogado para cima diversas vezes por jovens entusiastas. Bräutigam apresentara o cádi Bairamukov, um camponês antissoviético, como novo chefe do distrito: o velho, vestindo uma *tcherkesska* e um *bechmet* e protegido por uma enorme *papakha* de carneiro branco, agradeceu solenemente à Alemanha por ter libertado os karatchais do jugo russo. Uma criança conduziu um soberbo cavalo branco de Kabardino, com o dorso coberto por um *sumaq* daguestanês em cores vistosas, até a frente do estrado. O cavalo bufou, o venerável explicou que se tratava de um presente do povo karatchai ao chefe dos alemães, Adolf Hitler; Köstring agradeceu-lhe e garantiu que o cavalo seria entregue ao Führer, em Vinnitsa, na Ucrânia. Jovens montanheses em roupas tradicionais carregaram Köstring e Bräutigam nos ombros sob os vivas dos homens, os gritinhos das mulheres e as salvas redobradas das espingardas. Voss, corado de satisfação, observava aquilo maravilhado. Acompanhamos a multidão: na extremidade do terreno, um pequeno exército de mulheres cobria com alimentos as longas mesas sob toldos. Quantidades inimagináveis de carne de carneiro, servida com caldo, crepitavam nos grandes caldeirões de ferro; havia também frango cozido, alho silvestre, caviar e *manti*, espécie de ravióli caucasiano; as mulheres karatchais, algumas deslumbrantes e sorridentes, não paravam de colocar novos pratos diante dos convidados; os mais jovens aglutinavam-se num canto murmurando furiosamente, enquanto seus irmãos mais velhos, sentados, comiam. Köstring e Bräutigam estavam instalados sob um baldaquim ao lado dos veneráveis, em frente ao cavalo kabardiano, que parecia esquecido e que, arrastando as rédeas, fuçava os pratos sob risadas dos espectadores. Músicos montanheses entoavam longos lamentos acompanhados de pequenos instrumentos de cordas agudíssimos; mais tarde, percussionistas juntaram-se a eles e a música tornou-se frenética, endiabrada, formou-se um grande círculo e os homens jovens, dirigidos por um mestre de cerimônias, dançaram a *lesghinka*, nobres, esplêndidos, viris, depois outras danças mais, com facas, de um virtuosismo estarrecedor. Não havia álcool, mas a maioria dos convidados alemães, aquecidos pelas carnes e as danças, estava como bêbada, escarlate, suando, quase fora de si. Os karatchais saudavam os melhores passos com tiros para o ar, levando a excitação ao paroxismo. Meu coração havia disparado; junto com Voss, eu batia pés e mãos, gritava como um louco na roda dos espectadores. Anoiteceu, trouxeram archotes e a coisa prosseguiu: quando o cansaço batia, íamos tomar chá e comer um pouco nas mesas. "Os *Ostpolitiker* deram o golpe certeiro!", exclamei para Voss. "Isso convenceria qualquer um."

Mas as notícias do front não eram boas. Em Stalingrado, a despeito dos boletins militares que diariamente anunciavam um ataque decisivo, o 6º Exército, segundo a Abwehr, atolara completamente no centro da cidade. Os oficiais que voltavam de Vinnitsa afirmavam que reinava uma atmosfera lúgubre no QG e que o Führer quase não se dirigia mais aos oficiais Keitel e Jodl, que foram banidos de sua mesa. Às vezes Voss me contava boatos sinistros que corriam nos círculos militares: o Führer estava com os nervos em frangalhos, tinha acessos loucos de fúria e tomava decisões contraditórias, incoerentes; os generais começavam a perder a confiança. Era certamente um exagero, mas eu percebia que aqueles rumores espalhavam-se junto a um exército preocupado, e eu relatava isso no capítulo *Moral da Wehrmacht*. Hohenegg estava de volta, mas seu colóquio ia ser em Kislovodsk e eu ainda não estivera com ele; poucos dias depois recebi um bilhete seu me convidando para jantar. Voss, por sua vez, juntara-se ao 3º Corpo Blindado em Prokhladny; Von Kleist preparava uma nova ofensiva na direção de Naltchik e Ordjonikidze e ele queria acompanhá-la de perto para salvaguardar bibliotecas e institutos.

   Nessa mesma manhã, o Leutnant Reuter, um assessor de Von Gilsa, passou no meu gabinete: "Temos um caso curioso que o senhor deveria examinar. Um velho, chegou sozinho aqui. Conta coisas estranhas, diz que é judeu. O Oberst sugeriu que o interrogasse." — "Se é um judeu, deveriam mandá-lo para o Kommando." — "Talvez. Mas não quer vê-lo? Garanto-lhe que é espantoso." Um ordenança trouxe o homem. Era um velho de grande estatura, com uma barba branca comprida, ainda visivelmente forte; usava uma *tcherkesska* preta, botinas de couro flexível com tamancos de camponês caucasiano e um belo solidéu bordado, roxo, azul e dourado. Fiz com que se sentasse e, um pouco contrariado, perguntei ao ordenança: "Ele só fala russo, imagino... Onde está o *Dolmetscher*?" O velho me olhou com olhos penetrantes e falou num grego clássico, peculiarmente enunciado mas compreensível: "Vejo que é um homem educado. Deve saber grego." Pasmo, dispensei o ordenança e respondi: "Sim, sei grego. E você, como pode falar essa língua?" Ele não prestou atenção à minha pergunta. "Meu nome é Nahum ben Ibrahim, de Magaramkend, na *goubernatoria* de Derbent. Para os russos, assumi o nome de Chamiliev, em homenagem ao grande Chamil, ao lado de quem meu pai lutara. E você, como se chama?" — "Maximilien. Venho da Alemanha." — "E quem era seu pai?" Sorri: "Em que meu pai lhe interessa, velho?" — "Como quer que saiba a quem me dirijo se não conheço seu pai?" Agora eu compreendia que seu grego tinha um estilo totalmente incomum; mas conseguia entendê-lo. Disse-lhe o nome do meu pai e ele pareceu satisfeito. Depois lhe perguntei: "Se seu pai lutou com Chamil, você deve ser bem velho." — "Meu pai morreu gloriosamente em Dargo depois de haver matado dezenas de russos. Era um homem muito devoto e Chamil respeitava sua religião. Ele dizia que nós, os *dag-tchufut*, acreditávamos mais em Deus que os muçulmanos. Lembro-me do dia em que ele declarou isso perante seus *murid*, na mesquita de Vedeno." — "Isso é impossível! Você não pode ter conhecido Chamil pessoalmente. Mostre-me seu passaporte." Estendeu-me o documento, folheei-o rapidamente. "Veja você mesmo! Está escrito que nasceu em 1866. Nessa época, Chamil já estava nas mãos dos russos, em Kaluga." Ele tomou calmamente o passaporte das minhas mãos e o guardou num bolso interno. Seus olhos pareciam destilar humor e malícia. "Como quer que um pobre *tchinovnik*" — usou o termo russo — "de Derbent, um homem que sequer terminou a escola primária, saiba quando eu nasci? Ele contou setenta anos na data em que estabeleceu esse papel, sem nada me perguntar. Mas sou muito mais velho. Nasci antes que Chamil amotinasse as tribos. Eu já era homem feito quando meu pai morreu em Dargo, morto por aqueles cães russos. Era para eu ocupar seu lugar junto a Chamil, mas já estudava a Lei e Chamil me disse que tinha guerreiros suficientes, mas que também precisava de homens sábios." Eu não sabia absolutamente o que pensar; ele parecia convencido do que dizia, mas era extraordinário demais: teria que ter pelo menos cento e vinte anos. "E o grego?", voltei a perguntar. "Onde o aprendeu?" — "O Daguestão não é a Rússia, jovem oficial. Antes que os russos os matassem sem piedade, os homens mais sábios do mundo viviam no Daguestão, muçulmanos e judeus. Vinha gente da Arábia, do Turquestão e até mesmo da China para consultá-los. E os *dag-tchufut* não são os judeus pulguentos da Rússia. A língua da minha mãe é o farsi, e todo mundo fala turco. Aprendi russo para atuar no comércio, pois, como dizia o rabi Eleazar, pensar em Deus não enche a barriga de ninguém. O árabe, estudei com os imãs das *madrashas* do Daguestão, e o grego, como o hebraico, nos livros. Nunca aprendi aquela língua dos judeus da Polônia, que não passa de alemão, uma língua de *niemtsy*." — "Vejo que estou diante de um verdadeiro sábio." — "Não zombe de mim, *meirakion*. Também li o seu Platão e o seu Aristóteles. Li-os, porém, com Moisés de León, o que faz uma grande diferença." Já havia um instante que eu fitava sua barba, cortada quadrada, e sobretudo seu lábio superior barbeado. Uma coisa me intrigava: sob seu nariz, o lábio era liso, sem o vinco habitual no meio. "Como seu lábio pode ser assim? Nunca vi isso." Ele esfregou o lábio: "Isso? Quando nasci, o anjo não selou meus lábios. Dessa forma, lembro-me de tudo que aconteceu antes." — "Não compreendo." — "E no entanto você é instruído. Tudo isso está escrito no Livro da Criação da Criança, nos Pequenos Midrashim. No início, os pais do homem copulam. Isso cria uma gota na qual Deus introduz o espírito do homem. Em seguida, pela manhã, o anjo leva a gota até o Paraíso e, à noite, até o Inferno, mostrando-lhe onde ela viverá sobre a terra e onde será enterrada quando Deus chamar o espírito nela instalado. Depois está escrito isto aqui. Perdão se recito mal, mas sou obrigado a traduzir do hebraico, que você não conhece: *Mas o anjo devolve sempre a gota ao corpo da mãe, e o santo, louvado seja, tranca em seguida portas e ferrolhos. E o santo, louvado seja, diz-lhe: Vai até lá, e não mais longe. E a criança permanece nos flancos da mãe durante nove meses.* Depois vem: *A criança come de tudo que sua mãe come, bebe de tudo que sua mãe bebe e não elimina excrementos, pois, se o fizesse, causaria a morte da mãe.* E depois: *E quando chega o momento em que ela deve vir ao mundo, o anjo apresenta-se à sua frente e lhe diz: Sai, pois é chegado o momento da tua aparição para o mundo. E o espírito da criança responde: Já declarei, perante aquele que lá esteve, que estou satisfeito com o mundo em que vivi. E o anjo lhe responde: O mundo para o qual te levo é belo.* E depois: *À tua revelia foste formada no corpo da tua mãe e à tua revelia nasceste para vir ao mundo. A criança cai no choro. E por que chora ela? Por causa do mundo em que viveu e que é obrigada a abandonar. E, assim que ela sai, o anjo lhe dá um tapa no nariz, apaga a luz acima da cabeça dela, obriga a criança a sair a contragosto e a criança esquece tudo que viu. E mal ela sai, começa a chover.* Esse tapa no nariz citado pelo livro é o seguinte: o anjo sela os lábios da criança e esse selo deixa uma marca. Mas a criança não esquece imediatamente. Quando meu filho tinha três anos, há muito tempo, surpreendi-o à noite junto ao berço da irmãzinha: 'Fale-me de Deus', ele dizia a ela. 'Estou me esquecendo dele.' É por isso que o homem deve reaprender tudo sobre Deus por meio do estudo, e é por isso que os homens tornam-se maus e se matam uns aos outros. Quanto a mim, o anjo me expulsou sem me selar os lábios, como pode ver, e me lembro de tudo." — "Então se lembra do lugar aonde vai ser enterrado?", perguntei. Abriu um grande sorriso: "Foi justamente por isso que vim até aqui para vê-lo." — "E é longe daqui?" — "Não. Posso lhe mostrar, se quiser." Pus-me de pé e peguei o quepe: "Vamos até lá."

Ao sair, requisitei um Feldgendarme a Reuter, que me encaminhou ao seu chefe de companhia, que designou um Rottwachtmeister: "Hanning! Acompanhe o Hauptsturmführer e faça o que ele mandar." Hanning pegou seu capacete e fuzil; devia beirar os quarenta; sua grande meia-lua de metal rebrilhava no peito estreito. "Precisamos de uma pá também", acrescentei. Do lado de fora, dirigi-me ao velho: "Por onde?" Ele ergueu o dedo para o Machuk, cujo pico, coberto de nuvens, parecia expelir fumaça: "Por aqui." Seguidos por Hanning, subimos as ruas até a última, a que cinge o monte; ali, o velho apontou para a direita, em direção ao Proval. Pinheiros margeavam a estrada e, num determinado ponto, uma trilhazinha enveredava pelas árvores. "É por aqui", disse o velho. — "Tem certeza de que já esteve aqui?", perguntei. Não obtive resposta. A trilha serpenteava e a encosta era íngreme. O velho seguia na frente num passo célere e convicto; atrás, com a pá no ombro, Hanning bufava como um boi. Quando saímos das árvores, vi que o vento expulsara as nuvens do cume. Dei uns passos e me voltei. O Cáucaso barrava o horizonte. Chovera à noite, e a chuva varrera definitivamente o nublado onipresente do verão, revelando as montanhas, nítidas e majestosas. "Chega de sonhar", disparou o velho. Pus-me novamente em marcha. Subimos por cerca de meia hora. Meu coração estava acelerado, eu ofegava. Hanning também; o velho, por sua vez, parecia tão descansado quanto uma jovem árvore. Finalmente atingimos uma espécie de terraço frondoso, a menos cem metros do cume. O velho avançou e contemplou a vista. Era a primeira vez que eu via realmente o Cáucaso. Soberana, a cordilheira desenrolava-se como uma imensa muralha inclinada até os confins do horizonte, tínhamos a impressão de que comprimindo os olhos veríamos os últimos montes mergulharem no mar Negro, ao longe à direita, e, do lado esquerdo, no Cáspio. As encostas eram azuis, terminando em cristas de um amarelo pálido e esbranquiçadas; o branco Elbrus, uma tigela de leite invertida, coroava os picos; mais adiante, o Kazbek alçava-se por cima da Ossétia. Era belo como uma frase de Bach. Eu olhava e não dizia nada. O velho apontou a mão para o leste: "Lá, depois de Kazbek, já é a Tchetchênia, e depois, lá, o Daguestão." — "E o túmulo, onde fica?" Ele examinou o terraço plano e deu alguns passos. "Aqui", disse finalmente batendo com o pé no solo. Olhei de novo as montanhas: "É um belo lugar para ser enterrado, não acha?", perguntei. O velho estampava um sorriso imenso e satisfeito no rosto: "Não é mesmo?" Comecei a me perguntar se não estava zombando de mim. "Você viu mesmo?" — "Claro!", respondeu com indignação. Mas a impressão que eu tinha era de que ele ria às minhas custas. "Agora, cave", eu disse. — "Como assim, cave? Não tem vergonha, *meirakiske*? Sabe qual é a minha idade? Eu podia ser avô do seu avô! Prefiro amaldiçoá-lo a cavar." Permaneci impassível e me voltei para Hanning, que continuava a esperar com a pá. "Hanning. Cave." — "Cavar, Herr Hauptsturmführer? Cavar o quê?" — "Uma sepultura, Rottwachtmeister. Aqui." Apontou com a cabeça: "E o velho? Não pode cavar?" — "Não. Vá, comece." Hanning depositou seu fuzil e seu capacete na relva e se encaminhou para o local indicado. Cuspiu nas mãos e começou a cavar. O velho contemplava as montanhas. Escutei o sussurro do vento, o vago rumor da cidade aos nossos pés, ouvia também o som da pá ferindo a terra, a queda dos magotes retirados, os gemidos de Hanning. Olhei para o velho: mantinha-se diante das montanhas e do sol, murmurando alguma coisa. Olhei novamente para as montanhas. As variações sutis e infinitas do azul que tingia seus flancos podiam ser lidas qual uma longa linha musical, ritmada pelas cristas. Hanning, que tirara seu colarinho metálico e seu casaco, cavava metodicamente e estava agora na altura dos joelhos. O velho voltou-se para mim com um ar animado: "Isso anda ou não anda?" Hanning parara de cavar e ofegava, apoiado na pá. "Já não está bom, Herr Hauptsturmführer?", perguntou. O buraco parecia agora com bom comprimento, mas tinha apenas meio metro de profundidade. Perguntei ao velho: "Isso lhe basta?" — "Está brincando! Você não vai fazer uma sepultura de pobre para mim, Nahum ben Ibrahim! A despeito de tudo, você não é um *nepios*." — "Sinto muito, Hanning. Precisa cavar mais." — "Diga-me, Hauptsturmführer", indagou-me antes de voltar ao trabalho, "em que língua está falando com ele? Não é russo." — "Não, é grego." — "Ele é grego? Eu achava que era judeu..." — "Vamos, cave." Voltou ao trabalho com um palavrão. Ao cabo de uns vinte minutos parou mais uma vez, sem fôlego. "Sabe, Herr Hauptsturmführer, em geral somos dois a fazer isso. Não sou mais um garoto." — "Passe-me a pá e saia daí." Tirei meu quepe e meu dólmã e ocupei o lugar de Hanning no buraco. Eu não tinha a menor experiência em cavar. Precisei de uns minutos para encontrar o ritmo. O velho se debruçara sobre mim: "Não está se saindo nada bem. Vê-se que passou a vida nos livros. Na nossa terra, até os rabinos sabem construir uma casa. Mas você é um bom menino. Fiz bem ao me dirigir a você." Cavei, agora faltava lançar a terra bem para cima, boa parte voltava a cair no buraco. "Está bom assim?", perguntei finalmente. — "Mais um pouco. Quero uma sepultura tão confortável quanto a barriga da minha mãe." — "Hanning, chamei, é sua vez." A vala estava agora na altura do meu peito e ele teve de me ajudar a sair. Coloquei novamente a roupa e fumei um cigarro, enquanto Hanning voltava a cavar. Olhei mais uma vez para as montanhas, não me cansava. O velho olhava também. "Sabe, eu estava triste por não ser enterrado no meu vale, junto ao Samur", ele disse. "Mas agora compreendo que o anjo é sábio. Aqui é um belo lugar." — "Sim", eu disse. Dirigi um olhar para o lado: o fuzil de Hanning jazia na relva perto do seu capacete, como abandonado. Quando a cabeça de Hanning atingiu a altura do solo, o velho deu-se por satisfeito. Ajudei Hanning a sair. "E agora?", perguntei. — "Agora, você vai me colocar aí dentro. Algum problema? Ou acredita que Deus vai lançar um raio em cima de mim?" Voltei-me para Hanning: "Rottwachtmeister. Vista seu uniforme e fuzile este homem." Hanning ficou vermelho, cuspiu para o lado e soltou um palavrão. "Algum problema?" — "Com todo o respeito, Herr Hauptsturmführer, para tarefas especiais preciso de ordens do meu superior." — "O Leutnant Reuter pôs o senhor à minha disposição." Hesitou: "Bom, de acordo", disse finalmente. Vestiu o casaco, a placa e o capacete depois de espanar a calça e empunhou o fuzil. O velho postara-se na ponta da sepultura, de frente para as montanhas, e continuava a sorrir. Hanning pôs o fuzil no ombro e o apontou para a nuca do velho. Fui tomado pela angústia. "Espere!" Hanning abaixou o fuzil e o velho levantou a cabeça para mim. "E a minha sepultura, você viu também?" Ele sorriu: "Sim." Minha respiração silvava, eu devia estar pálido, uma angústia vã me invadia: "Onde fica?" Continuou a sorrir: "Isso eu não lhe digo." — "Atire!", gritei para Hanning. Hanning ergueu o fuzil e atirou. O velho caiu como uma marionete cujos fios tivessem sido cortados, de uma vez só. Aproximei-me da vala e me debrucei: ele jazia como um saco no fundo, a cabeça caída de lado, sorrindo quase como antes com sua barba borrifada de sangue; seus olhos abertos, dirigidos para a parede de terra, também riam. Eu tremia. "Feche isto", ordenei secamente a Hanning.

No sopé do Machuk, despachei Hanning para o AOK e, passando pela Galeria Acadêmica, dirigi-me às Termas Púchkin, que a Wehrmacht reabrira parcialmente para seus convalescentes. Ali, fiquei nu e mergulhei meu corpo na água quente, amarronzada e sulfurosa. Deixei-me ficar ali por um longo momento, depois entrei numa ducha fria. Esse tratamento me revigorou corpo e alma: minha pele estava marmorizada de vermelho e branco, sentia-me com disposição, quase imponderável. Voltei ao alojamento e permaneci deitado durante uma hora com os pés cruzados sobre o divã, em frente à porta envidraçada aberta. Então mudei de roupa e fui até o AOK buscar o carro que pedira de manhã. No caminho fumei um cigarro e contemplei os vulcões, as montanhas doces e azuis do Cáucaso. A tarde já terminava, era outono. Na entrada de Kislovodsk a estrada cruzava o Podkumok; embaixo, carroças de camponeses atravessavam o rio a vau; a última, uma tábua sobre rodas, era puxada por um camelo peludo e com pescoço grosso. Hohenegg me esperava no cassino. "Parece em plena forma", proclamou ao me ver. — "Estou renascendo. Mas tive um dia curioso." — "Quero saber de tudo." Duas garrafas de vinho branco do Palatinato esperavam ao lado da mesa em baldes de gelo: "Encomendei isso a minha mulher." — "Doutor, o senhor é um diabo de homem." Abriu a primeira; o vinho estava gelado e irritava a língua, mas deixava atrás de si a carícia da fruta. "Como vai seu colóquio?", perguntei. — "Muito bem. Passamos em revista o cólera, o tifo e a disenteria, agora chegamos ao doloroso capítulo das frieiras." — "Ainda não é a estação." — "Logo será. E o senhor?" Contei a história do velho *Bergjude*. "Um sábio, esse Nahum ben Ibrahim", comentou quando terminei. "Podemos invejá-lo." — "Provavelmente tem razão." Nossa mesa estava colocada diretamente contra uma divisória; atrás situava-se um reservado particular, de onde emanavam risos e fragmentos de vozes indistintas. Bebi mais um pouco de vinho. "Ainda assim", acrescentei, "admito que para mim é difícil entender." — "Já para mim, nem um pouco", afirmou Hohenegg. "Veja, na minha opinião há três atitudes possíveis diante dessa vida absurda. Em primeiro lugar a atitude da massa, *hoi polloi*, que simplesmente se nega a ver que a vida é uma piada. Estes não riem dela, mas trabalham, acumulam, mastigam, defecam, fornicam, reproduzem-se, envelhecem e morrem como bois atrelados ao arado, idiotas como viveram. É a grande maioria. Depois, há aqueles, como eu, que sabem que a vida é uma piada e têm coragem de rir dela, à maneira dos taoístas ou do seu judeu. Por fim, há aqueles, e se meu diagnóstico estiver certo é exatamente o seu caso, que sabem que a vida é uma piada, mas sofrem com isso. É como o seu Lermontov, que finalmente li: *jizn takaia poustaia i glupaia chutka*, escreve ele." Eu já sabia o suficiente de russo para compreender e completar: "Ele deveria ter acrescentado: *i grubaia*, 'uma piada vazia, idiota e suja'." — "Ele deve ter pensado nisso. Mas teria sacrificado a escansão." — "Os que adotam essa atitude, porém, sabem que existe o precedente", eu disse. — "Sim, mas não chegam a assumir isso." As vozes do outro lado da divisória haviam se tornado mais nítidas: uma garçonete deixara aberta a cortina do reservado ao sair. Reconheci as entonações grosseiras de Turek e de seu comparsa Pfeiffer. "Fêmeas assim deviam ser proibidas na ss!", gritava Turek. — "Apoiado. Ele devia estar num campo de concentração, não num uniforme", respondeu Pfeiffer. — "Sim", disse outra voz, "mas é preciso provas." — "Eles foram vistos. Outro dia, atrás do Machuk. Deixaram a trilha para fazer suas coisas no bosque." — "Tem certeza disso?" — "Dou-lhe minha palavra de oficial." — "E era ele mesmo?" — "Aue? Estava tão perto de mim quanto você agora." Os homens calaram-se subitamente. Turek voltou-se lentamente e me viu de pé na entrada do reservado. Seu rosto carmesim perdeu todo o sangue. Pfeiffer, na ponta da mesa, amarelava. "É lamentável que o senhor faça uso tão leviano de sua palavra de oficial, Hauptsturmführer", eu disse claramente, com uma voz imperturbável e neutra. "Isso a desvaloriza. Todavia, ainda é hora de retirar suas palavras infames. É um aviso: se não o fizer, vamos duelar." Turek levantara-se repelindo brutalmente a cadeira. Um tique absurdo deformava-lhe os lábios, dando-lhe um ar ainda mais frouxo e desamparado que de costume. Procurava os olhos de Pfeiffer: este o encorajou com um sinal da cabeça. "Não tenho nada a retirar", rangeu com uma voz lívida. Ainda hesitava em ir até o fim. Eu estava exaltadíssimo; mas minha voz continuava calma e precisa. "Tem certeza disso?" Eu queria atiçá-lo, inflamá-lo, fechar todas as suas possibilidades de saída. "Não vou ser tão fácil de matar quanto um judeu desarmado, pode ter certeza." Essas palavras provocaram tumulto. "Estão insultando a SS!", berrava Pfeiffer. Turek estava lívido, olhava-me como um touro furioso, sem nada dizer. "Muito bem, então", eu disse. "Vou lhe mandar alguém daqui a pouco no escritório do Teilkommando." Girei os calcanhares e saí do restaurante. Hohenegg me alcançou nos degraus: "Não foi muito esperto o que o senhor fez. Lermontov subiu definitivamente à sua cabeça." Dei de ombros. "Doutor, julgo-o um homem honrado. Poderia ser minha testemunha?" Foi sua vez de dar de ombros. "Se quer assim. Mas isso é idiota." Dei-lhe um tapinha amistoso no ombro. "Não se preocupe! Vai dar tudo certo. Mas não esqueça do seu vinho, vamos precisar dele." Levou-me até o seu quarto e terminamos a primeira garrafa. Contei-lhe um pouco da minha vida e da minha amizade por Voss: "Gosto muito dele. É um sujeito espantoso. Mas isso nada tem a ver com o que esses porcos imaginam." Pedi-lhe então que fosse até os escritórios do Teilkommando e, enquanto o esperava, comecei a segunda garrafa, fumando e observando o sol poente brincar no grande parque e nos paredões do Maloe Sedlo. Ao cabo de uma hora ele retornou da missão. "Aviso-lhe", disse ele sem rodeios, "que estão tramando um golpe sujo." — "Como assim?" — "Entrei no Kommando e os ouvi mugindo. Perdi o início da conversa, mas escutei o grandalhão dizer: 'Dessa forma não correremos riscos. Em todo caso, ele não merece outra coisa.' Então seu adversário, o que tem cara de judeu, é esse?, respondeu: 'E sua testemunha?' O outro gritava: 'Azar o dele também.' Depois disso entrei e eles se calaram. Na minha opinião, estão simplesmente se preparando para nos massacrar. É a honra SS que o senhor está pondo em jogo." — "Não se preocupe, doutor. Tomarei minhas precauções. Chegaram a um acordo quanto às formalidades?" — "Sim. Vamos encontrá-los amanhã às seis da tarde na saída de Jeleznovodsk e iremos procurar uma *balka* isolada. O defunto será colocado na conta dos rebeldes que abundam por aqueles lados." — "Sei, o bando em Pustov. É uma boa ideia. E se fôssemos comer algo?"

Voltei a Piatigorsk, depois de comer e beber com apetite. Hohenegg mostrara-se arredio durante o jantar: eu via que desaprovava minha ação e toda aquela história. Quanto a mim, continuava estranhamente exaltado; era como se um grande peso houvesse sido tirado dos meus ombros. Ia matar Turek com satisfação, mas tinha que pensar em desmontar a armadilha que ele e Pfeiffer queriam armar. Uma hora depois da minha chegada, bateram à porta. Era um ordenança do Kommando, tinha um papel para mim. "Sinto muito incomodá-lo tão tarde, Herr Hauptsturmführer. É uma ordem urgente do Gruppenstab." Rasguei na dobra: Bierkamp me convocava às oito horas, com Turek. Alguém dera com a língua nos dentes. Dispensei o ordenança e afundei no divã. Eu tinha a impressão de ser perseguido por uma maldição: assim, por mais que fizesse, toda ação pura me seria vedada! Via o velho judeu em sua sepultura no Machuk, rindo-se de mim. Esgotado, caí no choro e dormi em meio às lágrimas, de roupa e tudo.

Na manhã seguinte apresentei-me em Vorochilovsk na hora marcada. Turek fora separadamente. Ficamos em posição de sentido diante da mesa de Bierkamp, lado a lado, sem outra testemunha. Bierkamp foi direto ao ponto: "Meine Herren. Chegou aos meus ouvidos que os senhores teriam trocado em público palavras indignas de oficiais SS, e que, para resolverem o quiproquó, previam entregar-se a uma ação formalmente proibida pelo regulamento, decisão que além do mais teria privado o Grupo de dois elementos valorosos e difíceis de substituir; pois podem estar certos de que o sobrevivente seria imediatamente levado perante um tribunal da SS e da Polícia e teria sido condenado à pena capital ou a um campo de concentração. Lembro aos senhores que estão aqui para servirem seu Führer e seu *Volk*, não para saciarem suas paixões pessoais: se sacrificarem suas vidas, irão fazê-lo pelo Reich. Por conseguinte, convoquei-os ambos aqui a fim de que se desculpem e se reconciliem. Acrescento que isto é uma ordem." Nem Turek nem eu respondemos. Bierkamp olhou para Turek: "Hauptsturmführer?" Turek continuava calado. Bierkamp dirigiu-se a mim: "E o senhor, Hauptsturmführer Aue?" — "Com todo o respeito que lhe devo, Herr Oberführer, as palavras ofensivas que pronunciei foram em resposta às do Hauptsturmführer Turek. Logo, acho que cabe a ele apresentar desculpas em primeiro lugar, sem as quais me verei na obrigação de defender minha honra sejam quais forem as consequências." Bierkamp dirigiu-se a Turek: "Hauptsturmführer, é verdade que as primeiras palavras ofensivas foram pronunciadas pelo senhor?" Turek comprimia tão intensamente o maxilar que seus músculos latejavam. "Sim, Herr Oberführer", disse finalmente, "é exato." — "Nesse caso, ordeno-lhe que apresente suas desculpas ao Hauptsturmführer Dr. Aue." Turek girou um quarto de volta estalando o salto e me encarou, sempre em posição de sentido; imitei-o. "Hauptsturmführer Aue", ele pronunciou lentamente com uma voz rouca, "peço-lhe que aceite minhas desculpas pelas declarações insultuosas que pude fazer a seu respeito. Eu tinha bebido, perdi a cabeça." — "Hauptsturmführer Turek", respondi, com o coração aos pulos, "aceito suas desculpas e, no mesmo espírito, apresento-lhe as minhas pela reação injuriosa que tive." — "Muito bem", disse secamente Bierkamp. "Agora apertem as mãos." Peguei a mão de Turek e achei-a úmida. Em seguida ficamos novamente de frente para Bierkamp. "Meine Herren, não sei o que disseram um ao outro nem quero saber. Fico feliz que tenham se reconciliado. Se esse tipo de incidente se repetir, mandarei os dois para um batalhão disciplinar da Waffen-ss. Está claro? Debandar."

Ao sair do seu gabinete, ainda abalado, encaminhei-me para o do Dr. Leetsch. Von Gilsa me informara que um avião de reconhecimento da Wehrmacht sobrevoara a região de Chatoi e fotografara diversas aldeias bombardeadas; ora, o 4º Corpo Aéreo insistia no fato de que seus aparelhos não haviam realizado nenhum ataque sobre a Tchetchênia, as destruições sendo atribuídas à aviação soviética, o que parecia confirmar rumores de um motim de amplo alcance. "Kurreck já lançou vários homens de paraquedas nas montanhas", me disse Leetsch. "Mas desde então não tivemos contato com eles. Ou desertaram imediatamente, ou foram mortos ou capturados." — "A Wehrmacht acha que uma rebelião na retaguarda soviética poderia facilitar a ofensiva sobre Ordjonikidze." — "Talvez. Mas na minha opinião eles já a sufocaram, se é que ela aconteceu. Stálin não correria um risco desses." — "É bem possível. Se o Sturmbannführer souber de alguma coisa, poderia me informar?" Ao sair, deparei-me com Turek, encostado num portal, falando com Prill. Interromperam a conversa e me encararam enquanto eu passava por eles. Cumprimentei Prill polidamente e retornei a Piatigorsk.

Hohenegg, que encontrei naquela mesma noite, não parecia muito decepcionado. "É o princípio de realidade, caro amigo", declarou. "Isso vai ensiná-lo a não querer brincar de herói romântico. Vamos beber alguma coisa." Mas a história ficou martelando na minha cabeça. Quem poderia nos ter denunciado a Bierkamp? Certamente um dos companheiros de Turek, que tivera medo do escândalo. Ou será que um deles, ao saber do plano da armadilha, quis frustrá-la? Era inconcebível que o próprio Turek tivesse sentido remorsos. Eu me perguntava o que ele tramava com Prill: com certeza, nada de bom.

Um novo impulso de atividade relegou esse caso ao segundo plano. O 3º Corpo Blindado de Von Mackensen, apoiado pela Luftwaffe, lançara sua ofensiva sobre Ordjonikidze; a defesa soviética caiu em dois dias no ataque a Naltchik e no fim de outubro nossas forças tomavam a cidade enquanto os panzers continuavam sua incursão para o leste. Pedi um carro e fui primeiro a Prokhladny, onde me encontrei com Persterer, e em seguida a Naltchik. Chovia, mas não chegava a atrapalhar a circulação; depois de Prokhladny, colunas da Rollbahn providenciavam o abastecimento. Persterer preparava-se para transferir seu Kommandostab para Naltchik e já despachara um Vorkommando para o local a fim de preparar a caserna. A cidade caiu tão rapidamente que conseguimos prender diversos funcionários bolcheviques e outros suspeitos; havia também vários judeus, burocratas vindos da Rússia, bem como uma significativa comunidade autóctone. Lembrei a Persterer as instruções da Wehrmacht referentes à atitude para com as populações locais: a intenção era formar rapidamente um distrito autônomo kabardiano-balkar, não sendo aconselhável, no caso, prejudicar em hipótese alguma as boas relações vigentes. Em Naltchik, fui até a Ortskommandantur, ainda em vias de instalação. A Luftwaffe bombardeara a cidade, e muitas casas ou prédios atingidos ainda fumegavam sob a chuva. Lá encontrei Voss, fazendo uma triagem em pilhas de livros numa sala vazia; parecia animadíssimo com suas descobertas. "Veja isto", disse, entregando-me um velho livro em francês. Examinei a folha de rosto: *Povos do Cáucaso e dos países ao norte do mar Negro e do mar Cáspio no século X, ou Viagem de Abu-el-Cassim*, publicado em Paris em 1828 por um tal de Constantin Mouradgea d'Ohsson. Devolvi-lhe com um gesto de aprovação. "Encontrou muita coisa?" — "Nada mau. Uma bomba atingiu a biblioteca, mas não houve muitos estragos. Em compensação, seus colegas queriam confiscar uma parte das coleções para a SS. Perguntei o que lhes interessava, mas, como eles não têm especialista, não sabem muita coisa. Recomendei-lhes algumas prateleiras de economia política marxista. Responderam que tinham que consultar Berlim. Daqui até lá terei terminado." Ri: "Meu dever era criar obstáculos para o senhor." — "Talvez. Mas não fará uma coisa dessas." Contei-lhe a altercação com Turek, que ele achou muito engraçada: "Queria se bater em duelo por minha causa? Doktor Aue, o senhor é incorrigível. Isso é um absurdo." — "Não ia me bater em duelo por sua causa: era eu que estava sendo insultado." — "E está dizendo que o Dr. Hohenegg dispôs-se a ser sua testemunha?" — "Um pouco a contragosto." — "Isso me surpreende. Julgava-o um homem inteligente." A atitude de Voss parecia-me um tanto fria; ele deve ter notado meu despeito, pois caiu na risada: "Não faça essa cara! Pense que os homens grosseiros e ignorantes castigam-se a si mesmos."

Eu não podia passar a noite em Naltchik; tinha que voltar para Piatigorsk para fazer meu relatório. No dia seguinte, fui convocado por Von Gilsa. "Hauptsturmführer, temos um probleminha em Naltchik que também diz respeito à Sicherheitspolizei." O Sonderkommando, explicou, já começara a fuzilar judeus perto do hipódromo: judeus russos, na maioria membros do Partido ou funcionários, mas também alguns judeus locais, que pareciam ser aqueles famosos "judeus das montanhas" ou judeus do Cáucaso. Um de seus veneráveis tinha ido procurar Selim Chadov, o advogado kabardiano designado pela administração militar para dirigir o futuro distrito autônomo; este, por sua vez, tivera uma audiência em Kislovodsk com o Generaloberst Von Kleist, a quem explicara que os *Gorski Evrei* não eram racialmente judeus, mas um povo montanhês convertido ao judaísmo, assim como os kabardianos haviam sido convertidos ao islã. "Segundo ele, esses *Bergjuden* comem como os outros montanheses, vestem-se como eles, casam-se como eles e não falam nem hebraico nem iídiche. Moram há mais de cinquenta anos em Naltchik e falam todos, além da própria língua, kabardiano e turco-balkar. Herr Chadov comunicou ao Generaloberst que os kabardianos não aceitariam o assassinato de seus irmãos montanheses, que eles deveriam ser poupados pelas medidas repressivas e até mesmo dispensados do uso da estrela amarela." — "E o que disse o Generaloberst?" — "Como sabe, a Wehrmacht vem promovendo uma política com vistas a propiciar boas relações com as minorias antibolcheviques na região. Essas boas relações não podem ser ameaçadas levianamente. Claro, a segurança das tropas também é consideração vital. Mas se essas pessoas não são racialmente judias, pode ser que não representem risco algum. A questão é delicada e merece estudo. Portanto, a Wehrmacht vai reunir uma comissão de especialistas e proceder a perícias. Enquanto isso, o Generaloberst pede que a Sicherheitspolizei não tome nenhuma medida contra esse grupo. Naturalmente a Sicherheitspolizei tem toda a liberdade para emitir seu próprio parecer sobre a questão, que será levado em consideração pelo Grupo de Exércitos. Penso que o OKHG delegará o caso ao General Köstring. Afinal, isso concerne a uma zona prevista pela autogovernança." — "Muito bem, Herr Oberst. Tomei nota e transmitirei um relatório." — "Obrigado. Também lhe seria grato se solicitasse ao Oberführer Bierkamp uma confirmação por escrito de que a Sicherheitspolizei não empreenderá nenhuma ação sem uma decisão da Wehrmacht." — "*Zu Befehl*, Herr Oberst."

Chamei o Obersturmbannführer Hermann, o substituto do Dr. Müller, que partira na semana precedente, e expliquei-lhe o caso: Bierkamp, justamente, acabava de chegar, respondeu convidando-me para irmos até o Kommando. Bierkamp já estava a par: "Isso é absolutamente inadmissível!", vociferava. "A Wehrmacht está passando de todos os limites. Proteger judeus é um atentado direto contra a vontade do Führer." — "Se me permite, Herr Oberführer, julguei entender que a Wehrmacht não estava convencida de que essas pessoas devessem ser consideradas judias. Se for demonstrado que o são, o OKHG não deve fazer objeções a que a SP proceda às medidas cabíveis." Bierkamp impacientou-se: "O senhor é ingênuo, Hauptsturmführer. A Wehrmacht demonstrará o que bem entender. Isso não passa de mais um pretexto para obstruir o trabalho da Sicherheitspolizei." — "Com licença", interveio Hermann, homem de traços finos, aspecto severo mas um tanto sonhador, "já tivemos casos semelhantes?" — "Ao que eu saiba", respondi, "apenas casos individuais. É preciso verificar." — "Isso não é tudo", acrescentou Bierkamp. "O OKHG escreveu e, citando Chadov, afirmou que teríamos liquidado uma aldeia inteira desses *Bergjuden* perto de Mozdok. Estão me pedindo para lhes enviar um relatório justificativo." Hermann parecia ter dificuldade em acompanhar. "Será verdade?", perguntei. — "Escute, se acha que não sei de cor a lista de nossas ações... Pedirei ao Sturmbannführer Persterer, deve ser o setor dele." — "De toda forma", opinou Hermann, "se forem mesmo judeus, não podemos criticá-los em nada." — "O senhor ainda não conhece a Wehrmacht aqui, Obersturmbannführer. Aproveitam qualquer oportunidade para uma picuinha." — "Que acha disso o Brigadeführer Korsemann?", arrisquei. Bierkamp deu de ombros. "O Brigadeführer diz que não convém provocar atritos inúteis com a Wehrmacht. É sua nova obsessão." — "Poderíamos lançar uma contraperícia", sugeriu Hermann. — "Aí está uma boa ideia", aprovou Bierkamp. "Hauptsturmführer, que acha?" — "A SS dispõe de documentação farta sobre o assunto", respondi. "E, naturalmente, se for preciso, podemos convocar nossos próprios peritos." Bierkamp concordou com a cabeça. "Se não me engano, Hauptsturmführer, o senhor realizou pesquisas sobre o Cáucaso para o meu predecessor..." — "Exatamente, Herr Oberführer. Mas não se referiam especificamente a esses *Bergjuden*." — "Sim, mas pelo menos já conhece bem a documentação. Além disso, vê-se pelos seus relatórios que domina as questões nacionais. Pode cuidar do assunto para nós? Centralizar todas as informações e preparar nossas respostas para a Wehrmacht. Sinta-se autorizado a falar em meu nome. Naturalmente, o senhor me consultará, ou ao Dr. Leetsch, a cada etapa." — "*Zu Befehl*, Herr Oberführer. Farei o melhor possível." — "Muito bem. Hauptsturmführer?" — "Sim, Herr Oberführer?" — "Em suas pesquisas, nada de muita teoria, hein? Trate de não perder de vista os interesses da SP." — "*Zu Befehl*, Herr Oberführer."

O Gruppenstab concentrava todo nosso material de pesquisa em Vorochilovsk. Compilei um breve relatório para Bierkamp e Leetsch com o que encontrara: os resultados eram escassos. Segundo uma publicação de 1941 do Instituto para Estudo dos Países Estrangeiros, intitulada *Lista das nacionalidades que vivem na URSS*, os *Bergjuden* eram efetivamente judeus. Uma publicação SS mais recente dava esclarecimentos suplementares: *Povos orientais miscigenados, de descendência indiana ou outra mas de origem judaica, chegaram ao Cáucaso no século VIII*. Encontrei finalmente um parecer mais detalhado, encomendado pela SS ao Instituto de Wannsee: *Os judeus do Cáucaso não são assimilados*, afirmava o texto referindo-se tanto aos judeus russos quanto aos *Bergjuden*. Segundo o autor, os judeus das montanhas ou judeus do Daguestão (*dag-tchufut*), assim como os judeus da Geórgia (*kartveli ebraelebi*), teriam chegado da Média, da Palestina ou da Babilônia em torno da época do nascimento de Jesus. Sem citar fontes, concluía: *Independentemente do proceder dessa ou daquela opinião, os judeus em seu conjunto, tanto recém-chegados quanto Bergjuden, são Fremdkörper, corpos estranhos na região do Cáucaso*. Uma anotação na capa feita pelo Amt IV esclarecia que aquela perícia era o bastante para dar ao Einsatzgruppe as luzes necessárias para identificar os *Weltanschauungsgegner*, os "adversários ideológicos", na zona de operações. No dia seguinte, na volta de Bierkamp, apresentei-lhe meu relatório, que ele percorreu rapidamente. "Muito bem, muito bem. Aqui está sua ordem de missão para a Wehrmacht." — "Que diz o Sturmbannführer Persterer a respeito da aldeia mencionada por Chadov?" — "Diz que efetivamente eles liquidaram um *kolkhoz* judaico nessa região no dia 20 de setembro. Mas ele não sabia se eram *Bergjuden* ou não. Nesse ínterim, um venerável desses judeus foi até o Kommando, em Naltchik. Fiz um resumo da conversa para o senhor." Examinei o documento que ele me estendeu: o venerável, um tal de Markel Chabaev, apresentara-se vestindo uma *tcherkesska* e um gorro alto em astracã; falava russo, explicara que em Naltchik viviam alguns milhares de tatas, povo irânico que os russos designavam equivocadamente como *Gorski Evrei*. "Segundo Persterer", acrescentou Bierkamp, visivelmente aborrecido, "seria o mesmo Chabaev que teria intercedido junto a Chadov. Acho que deve visitá-lo."

Quando me convocou em seu gabinete dois dias mais tarde, Von Gilsa parecia muito preocupado. "Qual é o problema, Herr Oberst?", perguntei-lhe. Apontou para uma linha num grande mapa mural: "Os panzers do Generaloberst Von Mackensen não avançam mais. A resistência soviética está presa em frente a Ordjonikidze e já está nevando por lá. E veja que eles estão apenas a sete quilômetros da cidade." Seus olhos seguiam a comprida linha azul que serpenteava, depois subia e ia se perder nas areias da estepe calmuca. "Também estão atolando em Stalingrado. Nossas tropas estão esgotadas. Se o OKH não enviar reforços urgentes, vamos passar o inverno aqui." Eu não dizia nada, e ele mudou de assunto. "Conseguiu examinar o problema desses *Bergjuden*?" Expliquei que, de acordo com a nossa documentação, éramos obrigados a considerá-los judeus. "Nossos peritos parecem pensar o contrário", ele replicou. "E o Dr. Bräutigam também. O General Köstring sugere uma reunião amanhã em Vorochilovsk para discutir o assunto; ele faz questão que a SS e a SP estejam representadas." — "Muito bem. Transmitirei a informação ao Oberführer." Telefonei para Bierkamp, que me pediu que fosse até lá; ele também assistiria à reunião. Fui para Vorochilovsk com Von Gilsa. O céu estava encoberto, cinza mas seco, os cumes dos vulcões desapareciam nas nuvens espiraladas, atormentadas, endiabradas, voluntariosas. Von Gilsa estava abatido e ruminava seu pessimismo da véspera. Mais um ataque acabava de fracassar. "Acho que o front não sai mais do lugar." Também mostrava grande preocupação com Stalingrado: "Nossos flancos estão muito vulneráveis. As tropas aliadas são realmente de segunda categoria, e os coletes não estão ajudando muito. Se os soviéticos arriscarem uma investida forte, eles serão atravessados. Nesse caso, a posição do 6º Exército poderia fragilizar-se rapidamente." — "Mesmo assim, acha que os russos ainda têm reservas suficientes para uma ofensiva? As perdas que sofreram em Stalingrado foram enormes e eles estão concentrando lá tudo que têm para defender a cidade." — "Ninguém sabe de fato qual é a situação das reservas soviéticas", respondeu. "Desde o início da guerra, nós as subestimamos. Por que não as teríamos subestimado aqui?"

A reunião foi realizada numa sala de conferências do OKHG. Köstring estava com seu ajudante de campo, Hans von Bittenfeld, e dois oficiais do estado-maior do Berück von Roques. Também estavam presentes Bräutigam e um oficial da Abwehr subordinado ao OKHG. Bierkamp levara Leetsch e um auxiliar de Korsemann. Köstring abriu a sessão lembrando os princípios do regime de administração militar no Cáucaso e da autogovernança. "Os povos que nos receberam como libertadores e aceitam nossa tutela benevolente conhecem seus inimigos como a palma da mão", concluiu num tom lento e astucioso. "Portanto, temos que saber ouvi-los." — "Do ponto de vista da Abwehr", explicou Von Gilsa, "esta é uma questão puramente objetiva de segurança das zonas de retaguarda. Se esses *Bergjuden* causam distúrbios, escondem sabotadores ou ajudam rebeldes, é preciso tratá-los como um grupo inimigo qualquer. Mas, se estão tranquilos, não há razão para provocar as outras tribos com medidas repressivas de conjunto." — "Da minha parte", disse Bräutigam com sua voz fanhosa, "julgo importante considerarmos as relações internas dos povos caucasianos em sua globalidade. Será que as tribos montanhesas veem esses *Bergjuden* como um dos seus ou os repelem como *Fremdkörper*? O fato de Herr Chadov ter interferido tão energicamente fala por si só a favor deles." — "Herr Chadov talvez tenha razões, digamos, políticas, que não compreendemos", sugeriu Bierkamp. "Concordo com as premissas do Dr. Bräutigam, ainda que não possa aceitar a conclusão que tira delas." Leu trechos do meu relatório, concentrando-se na opinião do Instituto de Wannsee. "Isto", acrescentou, "parece confirmado por todos os relatórios dos nossos Kommandos na zona de operações do Grupo de Exércitos A. Esses relatórios apontam que o ódio aos judeus é generalizado. Todas as medidas que tomamos em relação a eles, desde o uso da estrela a medidas mais severas, encontraram plena compreensão junto à população, sendo inclusive aplaudidas. Por sinal, algumas vozes importantes julgam ainda insuficientes nossas ações contra os judeus e exigem medidas mais enérgicas." — "Tem inteira razão no que se refere aos judeus russos recém-implantados", retorquiu Bräutigam. "Mas não nos parece que essas características estendam-se aos supostos *Bergjuden*, cuja presença remonta no mínimo a vários séculos." Voltou-se para Köstring: "Tenho aqui a cópia de uma comunicação do professor Eiles dirigida ao Auswärtiges Amt. Segundo ele, os *Bergjuden* são de ascendência caucásica, irânica e afegã e não são judeus, ainda que tenham adotado a religião mosaica." — "Com licença", interveio Noeth, o oficial Abwehr do OKHG "mas então de quem teriam eles recebido a religião judaica?" — "Isso não está claro", respondeu Bräutigam tamborilando na mesa com a ponta do lápis. "Talvez daqueles famosos khazars que se converteram ao judaísmo no século VIII." — "Não teriam sido, ao contrário, os *Bergjuden* que converteram os khazars?", arriscou Eckhardt, o homem de Korsemann. Bräutigam ergueu as mãos: "É o que temos que investigar." A voz preguiçosa, inteligente e profunda de Köstring fez-se ouvir novamente: "Com licença, mas não lidamos com um caso similar na Crimeia?" — "Afirmativo, Herr General", respondeu Bierkamp num tom seco. "Foi na época do meu predecessor. Creio que o Hauptsturmführer Aue pode lhe dar os detalhes." — "Perfeitamente, Herr Oberführer. Além do caso dos caraítas, reconhecidos racialmente como não judeus em 1937 pelo Ministério do Interior, surgiu uma controvérsia na Crimeia referente aos krimtchaks, que se apresentavam como um povo turco tardiamente convertido ao judaísmo. Nossos especialistas investigaram a questão e concluíram que se tratava na verdade de judeus italianos, que vieram para a Crimeia por volta do século XV ou XVI e depois foram turquizados." — "E que fizemos com eles?", perguntou Köstring. — "Foram considerados judeus e tratados como tais, Herr General." — "Entendo", reagiu delicadamente. — "Se me permitem", interveio Bierkamp, "também estivemos às voltas com *Bergjuden* na Crimeia. Tratava-se de um *kolkhoz* judaico, no distrito de Freudorf, perto de Eupatoria. Era povoado por *Bergjuden* do Daguestão realocados ali nos anos trinta com auxílio do Joint, conhecida organização judaica internacional. Após um inquérito, foram fuzilados em março deste ano." — "Talvez tenha sido uma ação um pouco prematura", sugeriu Bräutigam. "Como o *kolkhoz* de *Bergjuden* que vocês liquidaram perto de Mozdok." — "Ah, é verdade", respondeu Köstring com ar de quem se lembra de um detalhe, "conseguiu informações a respeito, Oberführer?" Bierkamp respondeu a Köstring sem dar atenção à observação de Bräutigam: "Sim, Herr General. Infelizmente nossos dossiês fornecem poucos esclarecimentos, pois no calor da ação, durante a ofensiva, quando o Sonderkommando acabava de chegar a Mozdok, uma parte das ações não foi contabilizada com toda a precisão recomendável. Segundo o Sturmbannführer Persterer, o Kommando 'Bergmann' do professor Oberländer também era muito ativo naquela região. Talvez tenham sido eles." — "Esse batalhão está sob nosso controle", retorquiu Noeth, o AO. "Estaríamos sabendo." — "Como se chama a aldeia?" perguntou Köstring. — "Bogdanovka", respondeu Bräutigam, que consultava suas anotações. "Segundo Herr Chadov, quatrocentos e vinte aldeões teriam sido mortos e jogados em poços. Todos tinham laços com os *Bergjuden* de Naltchik, com nomes como Michiev, Abramov, Chamiliev; a morte deles provocou agitações em Naltchik não só entre os *Bergjuden*, como também entre os kabardianos e balkars, que ficaram temerosos com o episódio." — "Infelizmente", disse Köstring com ar distante, "Oberländer foi embora. Não podemos perguntar a ele." — "Não estou dizendo", prosseguiu Bierkamp, "que não tenha sido o meu Kommando. Afinal, as ordens são claras. Mas não tenho certeza." — "Bom", disse Köstring. "Em todo caso, isso não é importante. O importante agora é tomar uma decisão referente aos *Bergjuden* de Naltchik, que são..." Virou-se para Bräutigam. "Entre seis e sete mil", este completou. — "Precisamente", continuou Köstring. "Uma decisão, portanto, que seja equânime, cientificamente fundamentada, e que enfim leve em conta a segurança da nossa zona de retaguarda" — inclinou a cabeça na direção de Bierkamp — "e nosso anseio de seguir uma política de colaboração máxima com os povos locais. Logo, julgo importantíssimo o parecer da nossa comissão científica." Von Bittenfeld folheava um maço de papéis. "Já temos no local o Leutnant Dr. Voss, que, a despeito da juventude, tornou-se uma autoridade conhecida nos meios científicos da Alemanha. Além dele, solicitamos a vinda de um antropólogo ou um etnólogo." — "Da minha parte", interveio Bräutigam, "já entrei em contato com o meu Ministério. Eles vão enviar um especialista de Frankfurt, do Instituto para Questões Judaicas. Também vão tentar arranjar alguém do instituto do Dr. Walter Frank em Munique." — "Já solicitei o parecer do departamento científico do RSHA", disse Bierkamp. "Além disso, pretendo chamar um perito. Por ora, entreguei nossas investigações ao Hauptsturmführer Dr. Aue aqui presente, que é nosso especialista no que se refere às populações caucásicas." Inclinei a cabeça educadamente. "Muito bem, muito bem", aprovava Köstring. "Nesse caso, voltaremos a nos reunir quando as diversas investigações tiverem gerado resultados. Espero que assim possamos concluir esse caso. Meine Herren, obrigado por terem vindo." A assembleia se dispersou em meio a um arrastar de cadeiras. Bräutigam pegara Köstring à parte pelo braço e conversava com ele. Os oficiais saíam um a um, exceto Bierkamp, que permaneceu com Leetsch e Eckhardt, quepe na mão: "Eles partiram para o ataque pesado. Precisamos descobrir um bom especialista também ou então seremos expulsos sumariamente do jogo." — "Vou solicitar ao Brigadeführer", disse Eckhardt. "Talvez possamos encontrar alguém no círculo do Reichsführer em Vinnitsa. Em último caso, teremos que trazê-lo da Alemanha."

Voss, segundo Von Gilsa, continuava em Naltchik; eu precisava vê-lo e para lá me dirigi assim que pude. A partir de Malka, uma fina camada de neve cobria os campos; antes de Baksan, uma tempestade escureceu o céu, lançando grandes flocos de neve na luz dos faróis. Montanhas, campos, árvores, tudo sumira; os veículos no sentido contrário pareciam monstros mugindo saídos de bastidores dissimulados pela tempestade. Eu contava apenas com um casaco de lã do ano precedente, ainda suficiente, mas não por muito tempo. Precisava comprar agasalhos, pensava comigo. Em Naltchik, encontrei Voss às voltas com seus livros na Ortskommandantur, onde instalara seu gabinete; levou-me para beber alguma coisa na cantina, numa mesinha forrada de fórmica listrada com um vaso de flores de plástico. O café era detestável, tentei diluí-lo no leite; Voss parecia não ligar. "Não está decepcionado com o fracasso da ofensiva?", perguntei. "Para suas pesquisas, quero dizer."— "Um pouco, claro. Mas tenho muito trabalho a fazer aqui." Parecia distante, um pouco perdido. "Então o General Köstring lhe pediu para participar da comissão de inquérito sobre os *Bergjuden*?" — "Sim. E ouvi dizer que o senhor vai representar a ss." Ri secamente: "Mais ou menos. O Oberführer Bierkamp me promoveu informalmente a especialista em estudos caucasianos. Culpa sua, creio." Ele riu e deu um gole no café. Soldados e oficiais, alguns ainda cobertos de neve, iam e vinham ou conversavam em voz baixa nas outras mesas. "E que acha do problema?", continuei. — "Que acho? Posto como está, é absurdo. A única coisa que se pode dizer dessas pessoas é que falam uma língua irânica, praticam a religião mosaica e vivem segundo os costumes dos montanheses caucasianos. É tudo." — "Sim, mas elas também têm uma origem." Deu de ombros: "Todo mundo tem uma origem, fantasiada na maior parte dos casos. Já falamos sobre isso. No caso dos tatas, ela se perdeu no tempo e nas lendas. Ainda que fossem efetivamente judeus vindos da Babilônia — digamos até uma das tribos perdidas —, teriam de tal forma se misturado com os povos daqui que isso não ia querer dizer mais nada. No Azerbaijão, haveria tatas muçulmanos. Seriam judeus que adotaram o islã? Ou será que esses hipotéticos judeus vindos de alhures trocaram mulheres com uma tribo irânica, pagã, cujos descendentes mais tarde teriam se convertido a uma ou outra religião do Livro? Impossível dizer." — "Mesmo assim, não há indícios científicos que permitam esclarecer a questão?" — "Há muitos, e podemos fazê-los dizer qualquer coisa. Pegue a língua deles. Já conversei com eles e sou capaz de situá-la. Ainda mais que encontrei um livro de Vsevolod Miller sobre o assunto. É essencialmente um dialeto irânico-ocidental, com um aporte hebraico e turco. O aporte hebraico diz respeito sobretudo ao vocabulário religioso, além de outras coisas, não sistematicamente: eles referem-se à sinagoga como *nimaz*, à Páscoa judaica como *Nisanu* e ao Purim como *Homonu*; são todos nomes persas. Antes do poder soviético, escreviam sua língua persa com caracteres hebraicos, mas, segundo eles, esses livros não sobreviveram às reformas. Atualmente o tata é escrito em caracteres latinos: no Daguestão, eles publicam jornais e educam os filhos nessa língua. Ora, se fossem realmente caldeus ou judeus vindos da Babilônia após a destruição do Primeiro Templo, como querem alguns, deveriam, pela lógica, falar um dialeto derivado do contexto irânico, próximo da língua pahlav da época sassânida. Mas essa língua tata é um novo dialeto irânico, portanto posterior ao século XX e próximo do dari, do beluchi ou do curdo. Poderíamos, sem forçar os fatos, concluir por uma imigração relativamente recente, a que se teria seguido uma conversão. Mas, se quisermos provar o contrário, também é possível. O que não compreendo é a relação que isso tudo pode ter com a segurança das nossas tropas. Não deveríamos, de toda forma, ser capazes de julgar objetivamente, com base nos fatos, a atitude deles a nosso respeito?" — "Trata-se pura e simplesmente de um problema racial", respondi. "Sabemos que existem grupos racialmente inferiores, entre eles os judeus, que apresentam características peculiares que, por sua vez, os predispõem à corrupção bolchevista, ao roubo, ao assassinato e a todo tipo de manifestações nefastas. Evidentemente, este não é o caso de todos os membros do grupo. Mas em tempos de guerra, numa situação de ocupação e com nossos recursos limitados, é impossível procedermos a inquéritos individuais. Somos então obrigados a considerar em seu conjunto os grupos portadores de risco, e a reagir globalmente. Isso gera grandes injustiças, mas é fruto da situação excepcional." Voss observava seu café, cabisbaixo e triste. "Doktor Aue. Sempre o considerei um homem inteligente e sensato. Ainda que tudo que esteja me dizendo seja verdade, explique-me, por favor, o que entende por raça. Porque, para mim, é um conceito cientificamente indefinível e, portanto, sem valor teórico." — "Contudo, a raça existe, esta é uma verdade, nossos melhores pesquisadores a estudam e escrevem a seu respeito. Sabe muito bem disso. Nossos antropólogos raciais são os melhores do mundo." Voss explodiu subitamente: "Não passam de charlatães. Não têm nenhuma credibilidade nos países sérios, essa disciplina não existe nem é ensinada lá. Nenhum deles conseguiria um emprego ou publicaria qualquer coisa se não fosse por considerações políticas!" — "Doktor Voss, respeito muito suas opiniões, mas não está indo um pouco longe demais?", eu disse com delicadeza. Voss bateu na mesa com a palma da mão, o que fez saltar as xícaras e o vaso de flores artificiais; o barulho e a intensidade de sua voz fizeram com que alguns rostos se voltassem: "Essa filosofia de veterinários, como dizia Herder, roubou todos os seus conceitos da linguística, única ciência dos homens até hoje a ter uma base teórica cientificamente validada. Sabe" — baixara o tom e falava rápida e furiosamente —, "sabe realmente o que é uma teoria científica? Uma teoria não é um fato: é um instrumento que permite enunciar previsões e formular novas hipóteses. Dizemos que uma teoria é boa, em primeiro lugar, se for relativamente simples e, depois, se permitir previsões verificáveis. A física newtoniana permite calcular órbitas; se observarmos a posição da Terra ou de Marte com vários meses de intervalo, eles continuarão a se encontrar precisamente ali onde a teoria previu que devessem se encontrar. Em contrapartida, constatamos que a órbita de Mercúrio comporta ligeiras irregularidades que divergem da órbita prevista pela teoria newtoniana. A teoria da relatividade de Einstein previu esses desvios com precisão: logo, é melhor que a teoria de Newton. Ora, na Alemanha, antigamente o maior país científico do mundo, a teoria de Einstein foi denunciada como ciência judaica e recusada sem nenhuma outra explicação. Isso é simplesmente absurdo, é justamente o que criticamos nos bolcheviques, com suas pseudociências a serviço do Partido. É a mesma coisa no caso da linguística e da antropologia racial. Em linguística, por exemplo, a gramática comparativa indo-germânica produziu uma teoria das mutações fonológicas que tem excelente valor prognóstico. Em 1820, Bopp já derivava o grego e o latim do sânscrito. Partindo do médio-irânico e seguindo as mesmas regras fixas, encontramos palavras em gaélico. Isso funciona, é demonstrável. Logo, é uma boa teoria, embora esteja constantemente em vias de elaboração, correção e aperfeiçoamento. A antropologia racial, em contrapartida, não tem teoria alguma. Ela postula raças, sem poder defini-las, e em seguida estabelece hierarquias, sem o menor critério. Todas as tentativas para definir biologicamente as raças fracassaram. A antropologia craniana foi um fiasco total: após décadas de mensurações e compilações de tabelas, baseadas nos mais extravagantes indícios ou pontos de vista, continuamos sem saber distinguir um crânio judeu de um crânio alemão com um mínimo grau de certeza. Quanto à genética mendeliana, dá bons resultados para os organismos simples, mas, afora o queixo Habsburgo, ainda estamos longe de saber aplicá-la ao homem. Tudo isso é tão verdadeiro que, para redigirmos nossas famosas leis raciais, fomos obrigados a nos basear na religião dos nossos avós! Postulamos que os judeus do século passado eram racialmente puros, mas isso é absolutamente arbitrário. Até o senhor deve enxergar isso. Quanto ao que constitui um alemão racialmente puro, ninguém sabe, que me perdoe seu Reichsführer SS. Assim, a antropologia racial, incapaz de definir o que quer que seja, houve por bem adotar as categorias dos linguistas, muito mais demonstráveis. Schlegel, fascinado pelos trabalhos de Humboldt e Bopp, partindo da existência de uma língua indo-irânica supostamente original, deduziu a noção de um povo igualmente original, que ele batizou de ariano, plagiando Heródoto. A mesma coisa para os judeus: depois que os linguistas demonstraram a existência de um grupo de línguas ditas semíticas, os racialistas se assenhorearam da ideia, que é aplicada de maneira absolutamente ilógica, uma vez que a Alemanha tenta bajular os árabes e o Führer recebe oficialmente o grão-mufti de Jerusalém! A língua, como veículo da cultura, pode influenciar o pensamento e o comportamento. Humboldt já tinha entendido isso há muito tempo. Mas a língua pode ser transmitida, e a cultura, embora mais lentamente, também. No Turquestão chinês, os turcófonos muçulmanos de Urumbi ou de Kashgar têm uma aparência física, digamos, irânica: poderiam ser tomados por sicilianos. Certamente são descendentes de povos que tiveram que migrar do Ocidente e que em outros tempos falavam uma língua indo-irânica. Em seguida foram invadidos e assimilados por um povo turco, os uighurs, de quem adotaram a língua e parte dos costumes. Formam agora um grupo cultural distinto, por exemplo, dos povos turcos, como os cazaques e quirguizes, e também dos chineses islamizados conhecidos como hui ou muçulmanos indo-irânicos, como os tadjiques. Mas tentar defini-los de uma forma que ignora sua língua, sua religião, seus costumes, seu habitat, seus hábitos econômicos ou seu próprio sentimento de identidade não faz o menor sentido. E tudo isso é adquirido, nada é inato. O sangue transmite uma propensão às doenças cardíacas; se transmite também uma propensão à traição, ninguém nunca conseguiu provar. Na Alemanha, os idiotas estudam gatos de rabo cortado para tentar provar que seus filhotes nascerão sem rabo; e, como usam uma insígnia, recebem uma cátedra universitária! Na URSS, em contrapartida e a despeito das pressões políticas, os trabalhos linguísticos de Marr e seus pares, ao menos no nível teórico, são excelentes e objetivos porque" — deu umas batidinhas secas na mesa com as falanges — "existem como existe esta mesa. Francamente, mando à merda pessoas como Hans Günther ou como esse Montandon, na França, que também fala dele. E, se é de critérios como os deles que vocês se servem para decidir sobre a vida e a morte das pessoas, era melhor fazer um sorteio entre a multidão, o resultado seria o mesmo." Eu não interrompera nem uma vez a longa réplica de Voss. Acabei dizendo-lhe lentamente: "Doktor Voss, não o supunha tão apaixonado. Suas teses são instigantes, mas não posso concordar integralmente. Creio que subestima algumas noções idealistas que formam nossa *Weltanschauung* e que passam longe de uma *filosofia de veterinários*, como disse. Entretanto, isso pede reflexão e eu não gostaria de lhe responder levianamente. Portanto, espero que concorde em retomarmos essa conversa daqui a alguns dias, quando já terei tido tempo para refletir." — "Com todo o prazer", disse Voss, que se acalmara de repente. "Lamento ter-me exaltado. É que simplesmente às vezes é difícil ficar calado diante de tantas tolices e inépcias à sua volta. Não estou falando do senhor, claro, mas de alguns colegas meus. Meu único desejo e minha única esperança seriam que a ciência alemã, quando as paixões arrefecessem, reencontrasse o lugar que ela conquistou a duras penas graças aos trabalhos de homens refinados, sutis, solícitos e humildes perante as coisas deste mundo."

Eu era sensível a alguns dos argumentos de Voss: se os *Bergjuden* julgavam-se efetivamente, e eram julgados pelos vizinhos, autênticos montanheses caucasianos, a atitude deles para conosco poderia muito bem, a princípio, permanecer leal, qualquer que fosse a origem do seu sangue. Fatores culturais e sociais também podiam vir a ser importantes; era preciso considerar, por exemplo, as relações que esse povo mantinha com o poder bolchevique. As palavras do velho tata, em Piatigorsk, haviam-me sugerido que os *Bergjuden* não nutriam grandes amores pelos judeus da Rússia, e talvez tampouco pelo sistema soviético. A atitude das outras tribos em relação a eles era igualmente importante; não podíamos depender apenas da palavra de Chadov: talvez ali também os judeus vivessem como parasitas. De volta a Piatigorsk, eu pensava nos outros argumentos de Voss. Negar assim em bloco a antropologia racial parecia-me um exagero; claro, os métodos precisavam ser depurados, e indubitavelmente pessoas pouco talentosas devem ter-se aproveitado de suas conexões com o Partido para pavimentarem uma carreira sem méritos: esse tipo de parasita pululava na Alemanha (e lutar contra isso era, pelo menos para alguns, uma das tarefas do SD). Voss, porém, não obstante todo seu talento, tinha as opiniões radicais de um jovem. As coisas decerto eram mais complexas do que ele pensava. Eu não tinha competência para criticá-lo, mas intuía que, se acreditássemos em determinada ideia da Alemanha e do *Volk* alemão, o resto deveria vir naturalmente. Embora algumas coisas pudessem ser demonstradas, outras deviam ser simplesmente compreendidas; isso, sem dúvida, também era uma questão de fé.

Uma primeira resposta de Berlim, enviada por telex, me esperava em Piatigorsk. O Amt VII solicitara a opinião de um certo professor Kittel, que declarara: *Questão difícil, a ser estudada no terreno*. Pouco encorajador. O Departamento VII B 1, em contrapartida, preparara uma documentação que estava prestes a chegar pelo correio aéreo. Von Gilsa me informou que um especialista da Wehrmacht estava a caminho, o de Rosenberg viria logo a seguir. Enquanto aguardávamos o nosso, resolvi o problema das roupas de inverno. Reuter colocou amavelmente à minha disposição um dos artesãos judeus da Wehrmacht: um velho de barba comprida, magérrimo, veio tomar minhas medidas e encomendei-lhe um casacão cinzento com gola de astracã, forrado de pele de carneiro, que os russos chamam de *chuba*, e um par de botas forradas; a *chapka* (a do ano precedente sumira há muito tempo), eu mesmo encontrei uma no *Verkhnii rynok*, de raposa acinzentada. Vários oficiais da Waffen-SS tinham adquirido o hábito de costurar um emblema com uma caveira em suas *chapkas* não regulamentares; eu, por minha vez, embora achasse aquilo um pouco afetado, tirei as dragonas e uma insígnia SD de um dos meus dólmãs para costurá-las no meu casaco.

Minhas náuseas e vômitos voltavam esporadicamente, sonhos angustiantes imprimiam densidade ao meu mal-estar. Em geral, esses sonhos permaneciam escuros e opacos, as manhãs apagavam qualquer imagem deles, deixando apenas seu peso. Mas também acontecia de essas trevas rasgarem-se bruscamente, revelando visões fulgurantes em nitidez e horror. Duas ou três noites após a minha volta de Naltchik, abri funestamente uma porta: Voss, numa sala escura e vazia, estava de quatro, o traseiro nu; merda líquida escorria do seu ânus. Aflito, peguei papel, páginas dos *Izvestia*, e tentei absorver aquele líquido marrom que ia se tornando cada vez mais escuro e grosso. Tentava manter as mãos limpas, mas era impossível, a gosma quase preta cobriu as folhas e os meus dedos, depois a minha mão toda. Aflito de nojo, corri para lavar as mãos num banheiro ali perto; enquanto isso, porém, não parava de escorrer. Procurei entender aquelas imagens abjetas quando acordei; mas não devia estar completamente desperto, pois meus pensamentos, que então me pareciam plenamente lúcidos, continuavam tão embrulhados quanto o próprio sentido da imagem; com efeito, certos indícios me diziam que aqueles personagens representavam outros, que o homem de quatro devia ser eu, e quem o limpava, meu pai. E qual seria o assunto dos artigos dos *Izvestia*? Não haveria entre eles um, talvez definitivo, sobre a questão tata? A chegada do correio do VII B 1, expedido por um certo Oberkriegsverwaltungsrat Dr. Füsslein, em nada contribuiu para diluir meu pessimismo; o zeloso Oberkriegsverwaltungsrat, na realidade, contentara-se simplesmente em reunir excertos da *Enciclopédia Judaica*. Embora ali houvesse coisas bem eruditas, as opiniões contraditórias, infelizmente, não eram dirimidas. Em todo caso, aprendi que os judeus do Cáucaso haviam sido mencionados pela primeira vez por Benjamin de Tudela, que viajara por aquelas bandas por volta de 1170, e Pethaniah de Ratisbona, que afirmava que eles eram de origem persa e haviam chegado ao Cáucaso no século XII. Guilherme de Ruysbroek, em 1254, descobrira uma vasta população judaica a leste do maciço, antes de Astrakhan. Mas um texto georgiano de 314, por sua vez, mencionava judeus falantes de hebraico que teriam adotado a velha língua irânica ("parsi" ou "tata") depois da ocupação da Transcaucásia pelos persas, acasalando-a com o hebraico e línguas locais. Ora, os judeus da Geórgia, denominados, segundo Koch, *huria* (talvez derivado de *Iberia*), falam não tata, mas um dialeto kartveliano. Quanto ao Daguestão, segundo o *Derbent-Nameh*, os árabes já teriam encontrado judeus por lá durante sua conquista no século VIII. Já os pesquisadores contemporâneos apenas complicam o enigma. Era enlouquecedor; resolvi despachar tudo para Bierkamp e Leetsch sem comentários, insistindo para que chamassem um especialista o mais rápido possível.

A neve deu um descanso de alguns dias, depois voltou. Na cantina, os oficiais falavam em voz baixa, preocupados; Rommel fora derrotado pelos ingleses em El-Alamein e, poucos dias depois, os anglo-americanos desembarcavam na África do Norte; nossas forças, em represália, acabavam de ocupar a Zona Livre na França; por outro lado, isso levara as tropas de Vichy na África a se juntarem aos Aliados. "Se pelo menos as coisas estivessem indo bem aqui", comentava Von Gilsa. Mas no cerco de Ordjonikidze nossas divisões passaram à defensiva; a linha corria do sul de Tcheguem e Naltchik em direção a Tchikola e Gizel, depois voltava ao longo do Terek até o norte de Malgobek; rapidamente, um contra-ataque soviético recuperou Gizel. Em seguida, veio o rasgo teatral. Eu não soube imediatamente, uma vez que os oficiais da Abwehr bloquearam meu acesso à sala dos mapas e se negaram a me fornecer detalhes. "Sinto muito", desculpou-se Reuter. "Seu Kommandant terá que discutir o assunto com o OKHG." No fim do dia descobri que os soviéticos haviam lançado uma contraofensiva no front de Stalingrado; mas o local e a amplitude eu não conseguia saber: os oficiais do AOK, rostos sombrios e tensos, recusavam-se obstinadamente a falar comigo. Leetsch me afirmou ao telefone que o OKHG reagia da mesma forma; o Gruppenstab sabia tão pouco quanto eu e me pedia para transmitir prontamente qualquer informação nova. Essa atitude persistiu no dia seguinte, o que me indispôs com Reuter, que me retorquiu secamente que o AOK não tinha obrigação alguma de informar à SS sobre as operações em curso fora da zona de atuação desta última. Mas os boatos já galopavam, os oficiais não controlavam mais os *Latrinenparolen*; contentei-me com os motoristas, estafetas e suboficiais, e, em poucas horas, por recortes, pude fazer uma ideia da amplitude do perigo. Entrei em contato com Leetsch, que parecia dispor das mesmas informações; mas, quanto ao que seria a reação da Wehrmacht, ninguém podia dizer. As duas linhas de frente romenas, a oeste de Stalingrado no Don e ao sul na estepe calmuca, estavam perdidas, e os vermelhos visavam, ao que tudo indica, surpreender o 6º Exército pelo flanco. Onde teriam encontrado forças para isso? Eu não conseguia saber o ponto a que haviam chegado, a situação evoluía rápido demais até mesmo para os cozinheiros, mas parecia urgente o 6º Exército esboçar um movimento de retirada para evitar o cerco; ora, o 6º Exército não se mexia. Em 21 de novembro, o Generaloberst Von Kleist foi promovido a Generalfeldmarschall e nomeado comandante em chefe do Grupo de Exércitos A: o Führer devia estar se sentindo sobrecarregado. O Generaloberst Von Mackensen ocupava o lugar de Von Kleist à frente do 1º Exército Blindado. Von Gilsa me transmitiu essa notícia oficialmente; parecia desesperado, sugerindo laconicamente que a situação estava se tornando catastrófica. No dia seguinte, um domingo, as duas tenazes soviéticas efetuavam sua junção em Kalatch, às margens do Don, e o 6º Exército e uma parte do 4º Exército Blindado viam-se cercados. Os rumores falavam de debandada, perdas maciças, caos; mas toda informação aparentemente precisa contradizia a precedente. No fim do dia, Reuter acabou me encaminhando a Von Gilsa, que fez uma rápida exposição baseada em mapas. "A decisão de não evacuar o 6º Exército foi tomada pelo próprio Führer", ele disse. As divisões sitiadas formavam agora um gigantesco *Kessel*, um "caldeirão", como se dizia, fora de nossas linhas decerto, mas estendendo-se de Stalingrado através da estepe quase até o Don. A situação era preocupante, mas os boatos exageravam além da conta: as forças alemãs haviam perdido poucos homens e material e mantinham a coesão; e a experiência de Demiansk, no ano precedente, mostrava que um *Kessel*, abastecido por via aérea, podia resistir indefinidamente. "Uma operação de desbloqueio será lançada incontinenti", concluiu. Uma reunião convocada para o dia seguinte por Bierkamp confirmou essa interpretação otimista: o Reichsmarschall Göring, anunciou Korsemann, dera sua palavra ao Führer de que a Luftwaffe estava em condições de abastecer o 6º Exército; o General Paulus juntara-se ao seu estado-maior em Gumrak para dirigir as operações do interior do *Kessel*; e o Generalfeldmarschall Von Manstein foi chamado de Vitebsk para formar um novo Grupo de Exércitos Don e lançar uma investida em socorro às forças sitiadas. Esta última notícia foi a que trouxe mais alívio: desde a tomada de Sebastopol, Von Manstein era considerado o melhor estrategista da Wehrmacht; se alguém podia desafogar a situação, com certeza era ele.

    Nesse meio-tempo, chegou o perito de que precisávamos. Como o Reichsführer deixara Vinnitsa com o Führer no fim de outubro para retornar à Prússia Oriental, Korsemann falara diretamente com Berlim, e o RuSHA aceitara enviar uma mulher, a Dra. Weseloh, especializada em línguas irânicas. Bierkamp ficou extremamente contrariado ao saber da notícia: queria um perito racial do Amt IV, mas não havia nenhum disponível. Tranquilizei-o explicando-lhe que uma abordagem linguística tinha tudo para ser frutífera. A Dra. Weseloh conseguira pegar um correio aéreo até Rostov passando por Kiev, mas de lá fora obrigada a prosseguir por trem. Fui recebê-la na estação de

Vorochilovsk, onde a encontrei em companhia do célebre escritor Ernst Jünger, com quem entabulava uma conversa animada. Jünger, um tanto abatido mas ainda esbelto, usava um uniforme de campanha de Hauptmann da Wehrmacht; Weseloh estava à paisana, de blusa e saia cinza de lã grossa. Apresentou-me a Jünger, visivelmente orgulhosa do novo amigo: achara-se por acaso na mesma cabine dele em Krapotkin e o reconhecera imediatamente. Apertei a mão dele e procurei lhe dizer algumas palavras sobre a importância que seus livros, sobretudo *O trabalhador*, tinham tido para mim, mas os oficiais do OKHG logo o cercaram e levaram. Weseloh viu-o partir comovida, acenando com a mão. Era mulher antes magra, seios praticamente invisíveis, mas com quadris excessivamente largos; o rosto era comprido, equino, os cabelos louros presos num coque justo, os óculos sugeriam olhos ao mesmo tempo ferozes e ávidos. "Lamento não estar de uniforme", ela disse depois que trocamos uma saudação alemã. "Fui obrigada a embarcar às pressas e não tive tempo de arranjar um." — "Nada grave", respondi amavelmente. "Mas vai sentir frio. Vou lhe arranjar um casaco." Chovia e as ruas estavam cheias de lama; no caminho, ela não parou de falar de Jünger, vindo da França em missão de inspeção; haviam conversado sobre epígrafes persas, e Jünger a congratulara pela erudição. No Grupo, apresentei-a ao Dr. Leetsch, que lhe explicou o objetivo de sua missão; depois do jantar, entregou-a aos meus cuidados e me pediu para alojá-la em Piatigorsk, auxiliá-la em seu trabalho e ficar de olho nela. Na estrada, ela voltou a falar de Jünger, depois me interrogou sobre a situação em Stalingrado: "Ouvi muitos boatos. O que está acontecendo precisamente?" Expliquei-lhe o pouco que sabia. Ela escutou atentamente e afirmou depois com convicção: "Tenho certeza de que é um plano brilhante do nosso Führer para atrair as forças do inimigo para uma armadilha e destruí-las de uma vez por todas." — "Provavelmente tem razão." Em Piatigorsk, instalei-a em um dos sanatórios, depois lhe mostrei minha documentação e meus relatórios. "Também temos muitas fontes russas", expliquei. — "Infelizmente", respondeu com uma voz seca, "não leio russo. Mas o que tem aí deve bastar." — "Então, muito bem. Quando houver terminado, iremos juntos a Naltchik."

A Dra. Weseloh não usava aliança, mas não parecia prestar atenção aos formosos militares que a cercavam. Mesmo assim, apesar de seu físico desgracioso e dos gestos largos e estabanados, recebi muito mais visitas que de costume nos dois dias que se seguiram: oficiais não apenas da Abwehr, como também das Operações, que em geral desdenhavam falar comigo, encontravam subitamente razões urgentes para se aproximarem. Nenhum deles deixava de saudar nossa especialista, que se instalara em um gabinete e ficava mergulhada em seus papéis, mal dando-lhes bom dia com uma palavra distraída ou um sinal da cabeça, salvo quando se tratava de um oficial superior a quem era obrigada a saudar. Só reagiu de verdade uma única vez, quando o jovem Leutnant Von Open alinhou os calcanhares diante de sua mesa e lhe dirigiu estes termos: "Permita-me, Fräulein Weseloh, dar-lhe as boas-vindas ao nosso Cáucaso..." Ela ergueu a cabeça e o interrompeu: "Fräulein Doktor Weseloh, por favor." Von Open, desconcertado, corou e gaguejou desculpas; a Fräulein Doktor voltara à sua leitura. Eu mal conseguia segurar o riso diante daquela moça velha metida e puritana, mas que não deixava de ser inteligente e ter seu lado humano. Tive a oportunidade de sentir na pele seu caráter inflexível quando quis discutir com ela o resultado de suas leituras. "Não entendo por que me fizeram vir até aqui", bufou ela com ar severo. "A questão me parece clara." Encorajei-a a continuar. "A questão da língua não tem importância alguma. A dos costumes um pouco mais, mas não muito. Se forem judeus, serão judeus a despeito das tentativas de assimilação, precisamente como os judeus da Alemanha que falavam alemão e se vestiam como burgueses ocidentais, permanecendo judeus pelo plastrão engomado e por não darem troco a ninguém. Abra a calça riscada de um industrial judeu", prosseguiu cruamente, "e o senhor topará com um circunciso. A mesma coisa aqui. Não vejo razão para quebrarem tanto a cabeça." Não dei atenção à liberdade de tom, que me fez desconfiar, naquela doutora de aparência tão glacial, de profundezas turvas e agitadas por turbilhões de lama, mas me permiti observar-lhe que, tendo em vista as práticas dos muçulmanos, aquele indício por si só parecia-me pouco conclusivo. Ela me considerou com desprezo ainda maior: "Eu falava metaforicamente, Hauptsturmführer. Por quem me toma? O que quero dizer é que eles permanecem *Fremdkörper*, seja qual for o contexto. Vou lhe mostrar o que quero dizer *in loco*."

A temperatura caía a olhos vistos, e meu casaco de pele ainda não estava pronto. Quanto a Weseloh, usava um casaco um pouco largo mas reforçado, que Reuter arranjara para ela; pelo menos para as visitas de campo, eu tinha minha *chapka*. Mas até isso a desagradava: "Esse traje não me parece regulamentar, Hauptsturmführer...", ela disse ao me ver colocar o gorro. — "O regulamento foi redigido antes de virmos para a Rússia", expliquei educadamente. "Ainda não foi atualizado. Observo que seu casaco da Wehrmacht tampouco é regulamentar." Ignorou-me. Enquanto ela estudava a documentação, tentei voltar a Vorochilovsk, na expectativa de um encontro com Jünger; mas não fora possível e à noite tive de me contentar com os comentários de Weseloh na cantina. Agora eu tinha de levá-la a Naltchik. No caminho, mencionei a presença de Voss e seu envolvimento na comissão da Wehrmacht. "O Dr. Voss?", disse ela pensativamente. "É um especialista muito conhecido, de fato. Mas seus trabalhos são muito criticados na Alemanha. Enfim, será interessante conhecê-lo." Eu também queria muito rever Voss, mas a sós, em todo caso não na presença daquela megera nórdica; queria continuar a conversa do outro dia; além disso, meu sonho, eu era obrigado a reconhecer, me perturbara e eu achava que uma conversa com Voss, claro, sem menção àquelas imagens pavorosas, me ajudaria a esclarecer certas coisas. Em Naltchik, fui primeiro aos escritórios do Sonderkommando. Persterer estava ausente, mas apresentei Weseloh a Wolfgang Reinholz, oficial do Kommando que também cuidava da questão dos *Bergjuden*. Reinholz explicou que os peritos da Wehrmacht e do Ostministerium já haviam passado. "Eles estiveram com Chabaev, o velho que de certa forma representa os *Bergjuden*, o qual lhes fez discursos grandiloquentes e os levou para visitar a *kolonka*." — "*Kolonka*?", perguntou Weseloh. "Que é isso?" — "O bairro dos judeus. Fica um pouco ao sul do centro, entre a estação e o rio. Vamos levá-los até lá. Pelas minhas informações", disse ele, virando-se para mim, "Chabaev mandou retirar todos os tapetes, camas e poltronas das casas para eles esconderem suas riquezas e ofereceu *chachliks* aos peritos. Eles não perceberam nada." — "Por que não interferiu?", perguntou Weseloh. — "É um pouco complicado, Fräulein Doktor", respondeu Reinholz. "Existem questões de jurisdição. Por ora, estamos proibidos de nos intrometer nos problemas desses judeus." — "Seja como for", ela retorquiu um pouco contrariada, "posso lhe garantir que não vou me deixar levar por essas manipulações."

Reinholz despachou dois Orpo para convocar Chabaev e ofereceu chá a Weseloh; telefonei para a Ortskommandantur a fim de combinar alguma coisa com Voss, mas ele saíra; prometeram-me que ele me ligaria de volta quando chegasse. Reinholz, que, como todo mundo, ouvira falar da chegada de Jünger, indagava Weseloh acerca das convicções nacional-socialistas do escritor; Weseloh, visivelmente alheia ao assunto, julgava ter ouvido dizer que ele não era membro do Partido. Pouco depois, Chabaev apareceu: "Markel Avgadulovich", apresentou-se. Ostentava uma roupa montanhesa tradicional e uma barba imponente, mantendo um ar firme e seguro. Ele falava russo com um sotaque pronunciado, mas o *Dolmetscher* não dava mostras de dificuldade ao traduzir. Weseloh pediu que ele se sentasse e encetou a conversa em uma língua que nenhum de nós compreendia. "Conheço dialetos mais ou menos próximos do tata", declarou. "Vou conversar com ele dessa forma e em seguida explico aos senhores." Deixei-os e fui tomar um chá com Reinholz em outra sala. Ele me falou da situação local; os êxitos soviéticos em torno de Stalingrado haviam provocado agitações entre os kabardianos e os balkars, e as atividades dos rebeldes, nas montanhas, ganhavam força. O OKHG planejava proclamar em breve o Distrito Autônomo e contava com a supressão dos *kolkhozy* e dos *sovkhozy* em zonas montanhesas (os das planícies do Baksan e do Terek, considerados russos, não iam ser dissolvidos) e a distribuição de terras aos autóctones para acalmar os espíritos. Weseloh reapareceu uma hora e meia depois: "O velho quer nos mostrar seu bairro e sua casa. O senhor vem?" — "Com prazer. E o senhor?", dirigi-me a Reinholz. — "Já estive no local, mas sempre se come bem por lá." Requisitou uma escolta de três Orpo e nos levou de carro até a casa de Chabaev. A casa, de tijolos, compunha-se de um amplo pátio interno e grandes aposentos sem mobília e sem corredores. Depois de pedirem para tirarmos nossas botas, fomos convidados a nos sentar em almofadas puídas e duas velhas abriram uma grande toalha de lona à nossa frente. Um punhado de crianças havia se insinuado na sala e se encolhido num canto, olhando-nos com olhos arregalados e cochichando e rindo entre si. Chabaev sentou-se em uma almofada diante de nós enquanto uma mulher da idade dele, a cabeça apertada num pano colorido, nos servia chá. Fazia frio no aposento e não tirei o casaco. Chabaev pronunciou algumas palavras na língua dele. "Está se desculpando pela recepção precária", traduziu Weseloh, "mas não nos esperava. A mulher dele vai preparar o chá. Ele também convidou uns vizinhos para que pudéssemos conversar." — "Chá", esclareceu Reinholz, "quer dizer comer até explodir. Espero que esteja com fome." Um moleque entrou e disparou algumas frases rápidas para Chabaev antes de sair correndo. "Isso eu não entendi", irritou-se Weseloh. Ela trocou algumas palavras com Chabaev. "Ele diz que é o filho de um vizinho, estavam falando em kabardiano." Da cozinha, uma bela moça de túnica e pano na cabeça trouxe vários pães grandes, redondos e achatados, que dispôs sobre a toalha. Em seguida a mulher de Chabaev e ela serviram tigelas com queijo branco, frutas secas e bombons em papel prateado. Chabaev abriu um dos pães e foi distribuindo os pedaços: ainda estava quente, crocante, delicioso. Outro velho de *papakha* e botinas flexíveis entrou e se sentou ao lado de Chabaev, depois mais um. Chabaev apresentou-os. "Ele diz que o da sua esquerda é um tata muçulmano", explicou Weseloh. "Desde o começo está tentando me dizer que apenas alguns tatas abraçam a religião judaica. Vou interrogá-lo." Lançou-se num longo diálogo com o segundo velho. Vagamente entediado, eu mastigava e estudava o aposento. As paredes, sem qualquer decoração, pareciam recém-caiadas. As crianças escutavam e nos examinavam em silêncio. A mulher de Chabaev e a moça trouxeram então pratos de carne de carneiro cozida com um molho de alho e croquetes de farinha cozidos na água. Comecei a comer; Weseloh continuava seu diálogo. Depois serviram *chachliks* de galinha picada depositados fartamente sobre um dos pães; Chabaev abriu os outros e distribuiu as fatias à guisa de pratos, depois, com uma longa faca caucasiana, um *kinjal*, serviu-nos os croquetes tirados diretamente do espeto. Trouxeram também folhas de parreira recheadas com arroz e carne. Preferi estas à carne assada, e comecei a comer com entusiasmo; Reinholz me imitava, enquanto Chabaev parecia fustigar Weseloh, que, por sua vez, não comia nada. A mulher de Chabaev também veio sentar-se ao nosso lado para criticar com gestos largos a falta de apetite de Weseloh. "Fräulein Doktor", eu lhe disse, entre duas garfadas, "poderia perguntar onde eles dormem?" Weseloh dirigiu-se à mulher de Chabaev: "Segundo ela", respondeu finalmente, "aqui mesmo no chão, em cima da lenha." — "Na minha opinião", disse Reinholz, "está mentindo." — "Ela diz que antes tinham colchões, mas que os bolcheviques pegaram tudo antes da retirada." — "Talvez seja verdade", eu disse para Reinholz, que mordia seu *chachlik* e se contentou em dar de ombros. A moça nos servia mais chá quente à medida que bebíamos, segundo uma técnica curiosa: primeiro despejava um extrato escuro em uma pequena chaleira, depois acrescentava água quente por cima. Quando terminamos de comer, as mulheres levaram as sobras e tiraram a toalha; foi a vez de Chabaev sair e voltar com alguns homens portando instrumentos, os quais ele mandou sentar ao longo da parede, em frente ao canto das crianças. "Ele diz que agora vamos escutar música tradicional tata e ver suas danças para constatarmos que são iguais às dos outros povos montanheses", explicou Weseloh. Os instrumentos incluíam banjos de braço comprido chamados *tar*, longas flautas chamadas *saz* — uma palavra turca, esclareceu Weseloh por dever de consciência profissional —, um recipiente de barro no qual sopravam com um bambu e tambores de mão. Tocaram várias peças e a moça que nos servira dançou para nós, bem modestamente, mas com uma graça e flexibilidade extraordinárias. Os homens que não tocavam marcavam o ritmo junto com os percussionistas. Outras pessoas entravam e se sentavam ou ficavam de pé contra as paredes, mulheres de saias compridas com filhos entre as pernas, homens em trajes montanheses, velhos ternos puídos ou macacões e capacetes de trabalhadores soviéticos. Uma das mulheres sentadas dava de mamar para um bebê, indiferente. Um rapaz tirou o casaco e foi dançar também. Era esbelto, distinto, elegante, altivo. Música e danças pareciam-se muito com as dos karatchais, que eu vira em Kislovodsk; a maioria das peças, com ritmos sincopados curiosíssimos para os meus ouvidos, eram animadas e frenéticas. Um dos velhos músicos entoou um longo lamento, acompanhado apenas por um banjo de duas cordas que ele próprio pinçava com uma palheta. A comida e o chá me haviam mergulhado numa placidez sonolenta, eu me deixava levar pela música, achando toda aquela cena pitoresca e aquelas pessoas, calorosas e simpáticas. Quando a música parou, Chabaev pronunciou uma espécie de discurso que Weseloh não traduziu; em seguida ganhamos presentes: um grande tapete oriental tecido a mão para Weseloh, que dois homens desenrolaram à nossa frente antes de o enrolarem novamente, e belos *kinjali* trabalhados, em estojos de madeira escura e prata, para Reinholz e eu. Weseloh também ganhou brincos de prata e um anel da mulher de Chabaev. Toda aquela gente nos escoltou até a rua, e Chabaev apertou solenemente nossas mãos: "Está nos agradecendo por lhe ter dado a oportunidade de poder nos mostrar a hospitalidade tata", traduziu secamente Weseloh. "Desculpa-se pela pobreza da recepção, mas diz que a culpa é dos bolcheviques, que lhes roubaram tudo."

"Que circo!", exclamou ela no veículo. — "Não é nada comparado ao que fizeram para a comissão da Wehrmacht", comentou Reinholz. — "E esses presentes!", continuou ela. "Que pensam eles? Que podem comprar oficiais SS? Uma estratégia típica de judeus." Eu não dizia nada: Weseloh me irritava, parecia partir de uma ideia preconcebida; da minha parte, não achava correto aquele procedimento. Nos escritórios do Sonderkommando, ela nos explicou que o velho com quem ela conversara conhecia bem o Corão, as preces e os costumes muçulmanos; mas, segundo ela, isso não provava nada.

Um ordenança entrou e se dirigiu a Reinholz: "Uma ligação telefônica da Ortskommandantur. Estão dizendo que alguém tinha telefonado para um certo Leutnant Voss." — "Ah, fui eu", falei. Segui o ordenança até a sala de comunicações e peguei o aparelho. Uma voz desconhecida me dirigiu a palavra: "Foi o senhor que deixou um recado para o Leutnant Voss?" — "Sim", respondi, perplexo. — "Sinto muito dizer-lhe que ele foi ferido e não pode falar com o senhor", disse o homem. Senti um nó na garganta repentino: "É grave?" — "É, muito." — "Onde ele está?" — "Aqui, no posto médico." — "Estou indo." Desliguei e fui até a sala onde estavam Weseloh e Reinholz. "Tenho que dar um pulo na Ortskommandantur", eu disse, pegando meu casaco. — "Que houve?", perguntou Reinholz. Meu rosto devia estar branco, esquivei-me rapidamente. "Volto daqui a pouco", falei ao sair.

Anoitecia e fazia frio do lado de fora. Fui a pé, na pressa esqueci minha *chapka*, logo estava tiritando. Andava velozmente e quase escorreguei numa placa de gelo; consegui me segurar num poste, mas machuquei o braço. O frio cingia minha cabeça nua; meus dedos, no fundo dos bolsos, estavam dormentes. Fortes arrepios percorriam meu corpo. Subestimara a distância até a Ortskommandantur: quando cheguei, já era noite escura e eu tremia como uma folha. Chamei um oficial de operações. "Foi com o senhor que falei?", ele me perguntou ao chegar na entrada, onde eu tentava em vão me aquecer. — "Sim. Que aconteceu?" — "Ainda não temos certeza. Foram montanheses que o trouxeram num carro de boi. Ele estava num *aul* kabardiano, no sul. Segundo as testemunhas, entrava nas casas e interrogava as pessoas sobre a língua delas. Um dos vizinhos acha que ele deve ter ficado a sós com uma jovem e foi flagrado pelo pai dela. Ouviram-se tiros: quando chegaram, encontraram o Leutnant ferido, e a moça, morta. O pai sumira. Foi então trazido para cá. Claro, foi o que nos contaram. Temos que abrir um inquérito." — "Como está ele?" — "Receio que mal. Levou uma descarga na barriga." — "Posso vê-lo?" O oficial hesitou um instante, depois disse bruscamente: "Nesse caso, venha. Mas aviso desde já, ele está num estado lastimável."

Conduziu-me através dos corredores recém-pintados de cinza e verde-claro até um salão onde alguns doentes e feridos leves jaziam numa fileira de camas. Nem sinal de Voss. Um médico, com um guarda-pó branco meio sujo sobre o uniforme, veio em nossa direção: "Sim?" — "Ele gostaria de ver o Leutnant Voss", explicou o oficial de operações apontando para mim. "Despeço-me do senhor. Tenho um compromisso." — "Obrigado", eu lhe disse. — "Venha", disse o médico. "Ele foi isolado." Levou-me por uma porta e me fez passar na frente. Voss jazia sob um lençol, o rosto mortiço, esverdeado. Tinha os olhos fechados e gemia baixinho. Aproximei-me. "Voss", eu disse. Não reagiu. Apenas alguns sons continuavam a sair de sua boca, não gemidos de fato, sons articulados mas incompreensíveis, como uma algaravia de criança, a tradução, numa língua privada e misteriosa, do que acontecia dentro dele. Voltei-me para o médico: "Ele vai sair dessa?" O médico balançou a cabeça: "Não entendo nem como chegou até aqui. Não pudemos operá-lo, não adiantaria nada." Voltei-me para Voss. Os sons prosseguiam, ininterruptos, uma descrição de sua agonia aquém da língua. Aquilo me deixou gelado, eu tinha dificuldade para respirar, como num sonho em que alguém fala e não entendemos. Mas ali não havia nada para entender. Afastei uma mecha que lhe caíra na pálpebra. Abriu os olhos e me fitou, mas seus olhos não expressavam reconhecimento. Chegara àquele lugar privado e fechado do qual nunca voltamos à superfície, mas no qual tampouco ainda soçobrara. Como um animal, seu corpo lutava com o que lhe acontecia, e os sons, também, também eram de animal. Vez por outra esses sons eram interrompidos para que ele pudesse ofegar, aspirando o ar entre os dentes com um barulho quase líquido. Então, recomeçava. Encarei o médico: "Ele está sofrendo. Poderia lhe aplicar morfina?" O médico parecia constrangido: "Já aplicamos." — "Sim, mas não o bastante." Fuzilei-o com os olhos; ele vacilava, tamborilava os dentes com uma unha. "Não sobrou quase nada", disse finalmente. "Tivemos que enviar todo o nosso estoque para Millerovo, para o 6º Exército. Sou obrigado a reservar o que tenho para os casos cirúrgicos. De toda forma, ele vai morrer daqui a pouco." Continuei a encará-lo fixamente. "O senhor não tem ordens a me dar", acrescentou. — "Não estou dando uma ordem, estou exigindo", eu disse friamente. Ele ficou branco. "Bem, Hauptsturmführer. Tem razão... vou aplicar." Não me mexi, não sorri. "Vamos fazer isso agora. Vou assistir." Um tique fugaz deformou os lábios do médico. Ele saiu. Olhei para Voss: sons estranhos, assustadores, como que formados automaticamente, continuavam a emanar de sua boca, que se agitava convulsivamente. Uma voz antiga, saída do recôndito das eras; mas, se por um lado era de fato uma linguagem, ela não dizia nada, expressando apenas sua própria extinção. O médico voltou com uma seringa, descobriu o braço de Voss, deu um tapinha para a veia saltar e injetou. Pouco a pouco os sons se espaçaram, sua respiração se acalmou. Seus olhos haviam se fechado de novo. De tempos em tempos ainda vinha uma massa sonora, como uma boia no oceano. O médico saíra novamente. Toquei suavemente a face de Voss com o dorso dos dedos, e saí também. O médico andava de um lado para outro com um ar que exprimia ao mesmo tempo embaraço e ressentimento. Agradeci-lhe secamente, depois estalei os calcanhares erguendo o braço. O médico não me retribuiu a saudação e saí sem dizer palavra.

Uma viatura da Wehrmacht me levou de volta ao Sonderkommando. Lá encontrei Weseloh e Reinholz ainda no calor da discussão, Reinholz apresentando argumentos em prol de uma origem turca dos *Bergjuden*. Ao me ver, interrompeu-se: "Ah, Herr Hauptsurmführer. Perguntávamo-nos por onde andava. Mandei preparar alojamentos para o senhor. Está chegando um pouco tarde." — "De toda forma", disse Weseloh, "terei de permanecer aqui para prosseguir minhas investigações." — "Volto esta noite para Piatigorsk", repliquei numa voz sem tonalidade. "O dever me chama. Não há rebeldes aqui e posso viajar à noite." Reinholz deu de ombros: "Isso vai contra as instruções do Grupo, Herr Hauptsurmführer, mas faça como quiser." — "Deixo aos seus cuidados a doutora Weseloh. Entre em contato comigo se precisar de alguma coisa." Weseloh, com as pernas cruzadas sobre a cadeira de madeira, parecia inteiramente à vontade e entusiasmada com sua aventura; minha partida era-lhe indiferente. "Obrigada por sua assistência, Hauptsurmführer", ela disse. "A propósito, será que eu poderia me encontrar com esse Dr. Voss?" Eu estava na soleira da porta, *chapka* na mão. "Não." Não esperei sua reação e saí. Meu motorista parecia insatisfeito com a ideia de viajar à noite, mas não insistiu quando repeti a ordem num tom quase imperioso. A viagem foi longa: Lemper, esse motorista, dirigia muito lentamente por causa das placas de gelo. Exceto o fino halo dos faróis, parcialmente disfarçados em virtude dos aviões, não dava para enxergar nada; de vez em quando um posto de controle militar emergia da escuridão à nossa frente. Eu brincava distraidamente com o *kinjal* que ganhara de Chabaev e fumava um cigarro atrás do outro, contemplando irrefletidamente a noite vasta e vazia.

O inquérito confirmou as declarações dos aldeões sobre a morte do Leutnant Dr. Voss. Na casa onde o drama ocorrera, foi encontrada sua caderneta, manchada de sangue e recheada de consoantes kabardianas e notações gramaticais. A mãe da moça, histérica, jurava que não vira seu marido depois do incidente; segundo os vizinhos, ele certamente embrenhara-se nas montanhas com a arma do crime, uma velha espingarda de caça, para fazer o *abrek*, como se diz no Cáucaso, isto é, juntar-se a um bando de rebeldes. Dias depois, uma delegação de veneráveis da aldeia foi até o general Von Mackensen: apresentaram solenemente suas desculpas em nome do *aul*, reafirmaram sua profunda amizade pelo Exército alemão e depositaram no chão uma pilha de tapetes, peles de carneiro e joias, que ofereceram à família do defunto. Juraram que eles mesmos iriam encontrar o criminoso e matá-lo ou entregá-lo; declararam que os poucos homens válidos que restavam no *aul* tinham ido fazer buscas nas montanhas. Temiam as represálias: Von Mackensen tranquilizou-os, prometendo que não haveria punição coletiva. Eu sabia que Chadov discutira o assunto com Köstring. O exército queimou a casa do culpado, promulgou uma nova ordem do dia reiterando as proibições relativas à confraternização com as mulheres das montanhas e encerrou o assunto sumariamente.

  A comissão da Wehrmacht concluía seu estudo sobre os *Bergjuden* e Köstring queria fazer uma reunião em Naltchik sobre isso. Era um assunto urgente, visto que o Conselho Nacional Kabardiano-Balkar estava em vias de se formar e o OKHG queria resolver a questão antes da instauração do distrito autônomo, previsto para 18 de dezembro, por ocasião do Kurman Bairam. Weseloh terminara seu trabalho e redigia seu relatório; Bierkamp nos convocou para uma reunião em Vorochilovsk a fim de tomar ciência da nossa posição. Após alguns dias relativamente amenos, em que nevara novamente, a temperatura caíra para cerca de –20º; eu finalmente recebera minha *chuba* e minhas botas; incomodavam bastante, mas me mantinham aquecido. Fiz o trajeto com Weseloh; de Vorochilovsk, ela voltaria diretamente para Berlim. No Gruppenstab, encontrei Persterer e Reinholz, que Bierkamp também convocara; além deles, Leetsch, Prill e o Sturmbannführer Holste, o Leiter IV/V do Grupo, assistiam à reunião. "Pelo que sei", começou Bierkamp, "a Wehrmacht e esse Dr. Bräutigam pretendem isentar os *Bergjuden* das medidas antijudaicas a fim de não prejudicar as boas relações com os kabardianos e balkars. Portanto, vão tentar sugerir que não se trata de judeus autênticos, de maneira a se protegerem das críticas de Berlim. A nosso ver, isso seria um grave erro. Na condição de judeus e *Fremdkörper* em convívio com os povos dos arredores, essa população constituirá uma fonte de perigo permanente para nossas forças: um ninho de espionagem e sabotagem e um viveiro para os rebeldes. Não resta dúvida quanto à necessidade de medidas radicais. Mas antes temos que ter provas sólidas para fazer face às manhas da Wehrmacht." — "Penso, Herr Oberführer, que não será difícil demonstrar a correção do nosso ponto de vista", afirmou Weseloh com sua vozinha fina. "Sinto não poder fazê-lo pessoalmente, mas antes de partir deixarei um relatório completo com todos os pontos importantes. Isso lhes permitirá responder a todas as objeções da Wehrmacht ou do Ostministerium." — "Excelente. A senhora repassará os argumentos científicos com o Hauptsturmführer Aue, que apresentará essa parte. Eu mesmo apresentarei a posição concreta da Sicherheitspolizei do ponto de vista da segurança." Enquanto ele falava, percorri rapidamente a lista de citações estabelecida por Weseloh, que tendia a atribuir uma origem puramente judaica e antiquíssima aos *Bergjuden*. "Se me permite, Herr Oberführer, gostaria de fazer uma observação acerca do dossiê estabelecido pela doutora Weseloh. É um trabalho notável, mas ela simplesmente omitiu a citação de todos os textos que contradizem nosso ponto de vista. Os peritos da Wehrmacht e do Ostministerium, por sua vez, não deixarão de fazer uso deles. Por conseguinte, penso que a base científica da nossa posição continua muito fraca." — "Hauptsturmführer Aue", interveio Prill, "suas conversas sem fim com seu amigo, o Leutnant Voss, parecem ter influenciado sua opinião." Cravei-lhe um olhar furibundo: então era isso, ele estava tramando com Turek. "Está enganado, Hauptsturmführer. Eu simplesmente tentava apontar que a documentação científica existente não é conclusiva e que fundamentar nosso parecer em cima dela seria um erro." — "Dizem que esse Voss foi assassinado...", interrompeu Leetsch. — "Sim", respondeu Bierkamp. "Por rebeldes, talvez até por esses judeus. Claro, é uma pena. Mas tenho razões para crer que ele trabalhava ativamente contra nós. Hauptsturmführer Aue, entendo suas dúvidas; mas deve se ater ao essencial, não aos detalhes. Os interesses da SP e da SS aqui são claros, eis o que conta." — "Em todo caso", disse Weseloh, "o caráter judaico deles é cristalino. Suas maneiras são insinuantes, tentaram inclusive nos corromper." — "Exatamente", confirmou Persterer. "Foram diversas vezes ao Kommando e nos ofereceram casacos de pele, cobertores, baterias de cozinha. Dizem que é para ajudar nossas tropas, mas também nos deram tapetes, belas facas e joias." — "Não podemos ser otários", disse Holste, que parecia entediado. — "Sim", disse Prill, "mas saiba que eles fazem a mesma coisa com a Wehrmacht." A discussão foi adiante. Bierkamp concluiu: "O Brigadeführer Korsemann virá pessoalmente para a reunião de Naltchik. Se expusermos bem a coisa, não creio que o Grupo de Exércitos ousará nos contradizer abertamente. Afinal de contas, a segurança deles também está em jogo. Sturmbannführer Persterer, o senhor está encarregado de fazer todos os preparativos para uma *Aktion* rápida e eficaz. Quando recebermos o sinal verde, teremos que agir com presteza. Quero que tudo esteja terminado até o Natal, para que eu possa incluir os números no meu relatório retrospectivo de fim de ano."

Encerrada a reunião, fui me despedir de Weseloh. Ela apertou minha mão calorosamente. "Hauptsturmführer Aue, não imagina como fiquei feliz com o cumprimento dessa missão. Para os senhores, aqui no Leste, a guerra é uma atividade cotidiana; mas em Berlim, nos gabinetes, as pessoas não demoram a esquecer o perigo mortal em que se acha a *Heimat* e as dificuldades e os sofrimentos do front. Estar aqui me permitiu compreender tudo isso no fundo de mim mesma. A lembrança de todos os senhores permanecerá uma coisa preciosa para mim. Boa sorte, boa sorte. Heil Hitler!" Seu rosto brilhava, sugerindo grande exaltação. Retribuí-lhe a saudação e a deixei.

Jünger ainda estava em Vorochilovsk, e ouvi dizer que recebia os admiradores que o solicitassem; logo partiria para inspecionar as divisões de Ruoff no cerco a Tuapse. Mas eu perdera toda a vontade de encontrar Jünger. Voltei para Piatigorsk pensando em Prill. Não compreendia bem por quê, mas visivelmente ele tentava me prejudicar: embora nunca tivesse procurado confusão com ele, escolhera o partido de Turek. Em contato permanente com Bierkamp e Leetsch, não devia ser difícil para ele, usando de pequenas insinuações, voltá-los contra mim. Aquele caso dos *Bergjuden* podia me colocar em maus lençóis: eu não tinha nenhum a priori, desejava simplesmente respeitar uma certa honestidade intelectual, não entendendo direito a insistência de Bierkamp em querer liquidá-los a todo custo; estaria sinceramente convencido de seu pertencimento racial judaico? Para mim, aquilo não ressaltava nitidamente da documentação; quanto ao seu pertencimento ou comportamento, não se assemelhavam em nada aos judeus que conhecemos; vendo-os em sua terra, pareciam iguaizinhos aos kabardianos, balkars ou karatchais. Estes também nos ofereciam presentes suntuosos, era uma tradição, não havia por que ver corrupção nisso. Mas eu tinha que abrir o olho: uma indecisão poderia ser interpretada como fraqueza, e Prill e Turek se aproveitariam do menor passo em falso.

Em Piatigorsk, encontrei novamente a sala dos mapas fechada: o Exército Hoth, formado a partir das sobras reforçadas do 4º Exército Blindado, lançava sua ofensiva, a partir de Kotelnikovo, em direção ao *Kessel*. Os oficiais, porém, desfilavam um ar otimista, e seus comentários me ajudaram a complementar os comunicados oficiais e os boatos; mais uma vez, tudo levava a crer que o Führer, como diante de Moscou no ano precedente, tivera razão em resistir. De toda forma, eu tinha que me preparar para a reunião sobre os *Bergjuden* e não dispunha de muito tempo para outras coisas. Ao reler os relatórios e minhas anotações, pensava nas palavras de Voss durante nossa última conversa; e, examinando as diferentes provas acumuladas, me perguntava: Que teria ele pensado sobre isso, teria aceitado ou rejeitado? O dossiê, no fim das contas, era pífio. Parecia-me sinceramente que a hipótese khazar não se sustentava, que apenas a origem persa fazia sentido; quanto ao que isso queria dizer, estava menos seguro que nunca. A morte de Voss me abalara; ele era claramente, naquela situação, a única pessoa com quem eu teria podido discutir o assunto seriamente; os outros, tanto os da Wehrmacht quanto os da SS, pouco lhes importava, no fundo, a verdade e o rigor científico: para eles, tratava-se meramente de uma questão política.

    A reunião realizou-se em meados do mês, dias antes do Grande Bairam. Havia muita gente, a Wehrmacht mandara estucar às pressas uma ampla sala de reuniões na ex-sede do Partido Comunista, com uma imensa mesa oval ainda marcada pelos estilhaços dos *shrapnels* que haviam esburacado o teto. Travou-se uma breve e animada discussão sobre um aspecto regulamentar: Köstring queria agrupar as diferentes delegações, administração militar, Abwehr, AOK, Ostministerium e SS, o que parecia lógico, mas Korsemann batia o pé para que cada um se instalasse de acordo com a respectiva patente; Köstring acabou cedendo, o que fez com que Korsemann se sentasse à sua direita, Bierkamp um pouco adiante, e que eu me visse quase na ponta da mesa, em frente a Bräutigam, que não passava de um Hauptmann da reserva, e ao lado do perito civil do instituto do ministro Rosenberg. Köstring abriu a sessão, em seguida apresentou Chadov, chefe do Conselho Nacional Kabardiano-Balkar, que pronunciou um longo discurso sobre as antiquíssimas relações de boa vizinhança, ajuda mútua, amizade e, inclusive às vezes, casamento entre os povos kabardiano, balkar e tata. Era um homem gorducho, num terno reluzente, rosto um tanto flácido rematado por um bigode cheio e que falava um russo lento e enfático; o próprio Köstring traduzia suas palavras. Quando Chadov terminou, Köstring levantou-se e lhe garantiu, em russo (dessa vez, um *Dolmetscher* traduzia para nós), que a opinião do Conselho Nacional seria levada em conta e que ele esperava que a questão fosse resolvida de maneira satisfatória para todos. Olhei para Bierkamp, sentado do outro lado da mesa, a quatro assentos de Korsemann; colocara seu quepe sobre a mesa ao lado de seus papéis e escutava Köstring tamborilando os dedos; quanto a Korsemann, esfregava um estilhaço de *shrapnel* com a caneta. Após a resposta de Köstring, fizeram Chadov se retirar e o general tomou assento sem comentar o diálogo. "Proponho que comecemos pelos relatórios dos peritos", disse. "Doktor Bräutigam?" Bräutigam apontou o homem sentado à minha esquerda, um civil com a pele amarelada, bigodinho pendente e cabelos gordurosos, cuidadosamente penteados e infestados, assim como seus ombros, que ele espanava nervosamente, por uma camada de caspa. "Permitam-me apresentar-lhes o Dr. Rehrl, especialista em judaísmo oriental do Instituto para Questões Judaicas de Frankfurt." Rehrl descolou ligeiramente as nádegas do assento dando uma pequena empinada e se pronunciou numa voz monocórdia e anasalada: "Penso que estamos lidando com um resíduo de tribo turca, que teria adotado a religião mosaica por ocasião da conversão da nobreza khazar e que mais tarde teria se refugiado a leste do Cáucaso, por volta dos séculos X ou XI, durante a destruição do Império Khazar. Ali teriam se miscigenado por casamento com uma tribo montanhesa iranófona, os tatas, e parte do grupo teria se convertido ou reconvertido ao islã, enquanto os demais preservam um judaísmo gradualmente corrompido." Começou a expor as provas: em primeiro lugar, as palavras em língua tata para alimentos, pessoas e animais, ou seja, o substrato fundamental da língua, eram principalmente de origem turca. Em seguida passou em revista o pouco que era conhecido a respeito da história da conversão dos khazars. Havia pontos dignos de interesse, mas sua exposição tendia a apresentar as coisas de cambulhada, um pouco difícil de acompanhar. Fiquei todavia impressionado com seu argumento sobre os nomes próprios: encontravam-se, entre os *Bergjuden*, nomes de festas judaicas como Hanukah ou Pessah utilizados como nomes próprios, por exemplo no nome russificado Khanukaiev, uso que não vigora nem entre os judeus asquenazes, nem entre sefarditas, mas que é atestado nos khazars: o nome próprio Hanukah, por exemplo, aparece duas vezes na *Carta de Kiev*, carta de recomendação escrita em hebraico pela comunidade khazar dessa cidade no início do século X; uma vez em uma pedra tumular na Crimeia; e uma vez na lista dos reis khazars. Dessa forma, para Rehrl, os *Bergjuden*, a despeito da língua, eram mais assimiláveis do ponto de vista racial aos nogais, aos kumyks e aos balkars que aos judeus. O chefe da comissão de inquérito da Wehrmacht, um oficial rubicundo chamado Weintrop, tomou a palavra por sua vez: "Minha opinião não é tão conclusiva como a do respeitável colega. A meu ver, os vestígios de uma influência judaico-caucásica sobre esses famosos khazars — acerca dos quais sabemos efetivamente pouca coisa — são tão numerosas quanto as provas de uma influência contrária. Por exemplo, no documento conhecido como *Carta Anônima de Cambridge*, e que deve datar igualmente do século X, está escrito que *judeus da Armênia casaram-se com os habitantes dessa terra* — ele quer dizer os khazars —, *misturaram-se aos gentios, aprenderam suas práticas e saíam constantemente para guerrear com eles; e tornaram-se um único povo*. O autor fala aqui dos judeus do Oriente Médio e dos khazars: quando menciona a Armênia, não é a Armênia moderna que conhecemos, mas a Grande Armênia antiga, isto é, quase toda a Transcaucásia e boa parte da Anatólia..." Weintrop continuou nessa linha; cada elemento de prova que apresentava parecia se opor ao precedente. "Se considerarmos agora a observação etnológica, constatamos poucas diferenças em relação a seus vizinhos convertidos ao islã, até mesmo em relação aos que se tornaram cristãos, como os óssios. A influência pagã permanece muito forte: os *Bergjuden* praticam a demonologia, portam talismãs para se protegerem dos maus espíritos e assim por diante. Isso se assemelha às práticas supostamente sufis dos montanheses muçulmanos, como o culto aos túmulos ou as danças rituais, que também são remanescentes pagãos. O nível de vida dos *Bergjuden* é idêntico ao dos outros montanheses, seja na cidade ou nos *aul* que visitamos: impossível dizer se os *Bergjuden* teriam se aproveitado do judeu-bolchevismo para se promoverem. Ao contrário, parecem em geral quase tão pobres quanto os kabardianos. Na refeição do *shabbat*, mulheres e crianças sentam-se separadas dos homens: isso é contrário à tradição judaica, mas é a tradição montanhesa. Inversamente, em casamentos como o que pudemos presenciar, com centenas de convidados kabardianos e balkars, os homens e mulheres dos *Bergjuden* dançavam juntos, o que é estritamente proibido pelo judaísmo ortodoxo." — "Suas conclusões?", perguntou Von Bittenfeld, ajudante de campo de Köstring. Weintrop esfregou seus cabelos brancos, cortados bem curtos: "Quanto à origem, difícil dizer: as informações são contraditórias. Mas tudo indica que estão completamente assimilados e integrados e, se preferirmos, *vermischlingt*, 'mischlinguizados'. Os traços de sangue judeu que subsistem devem ser desprezíveis." — "Em contrapartida", interveio Bierkamp, "agarram-se obstinadamente à religião judaica, que preservaram intacta durante séculos." — "Oh, não intacta, Herr Oberführer, não intacta", disse Weintrop sem malícia. "Ao contrário, bastante corrompida. Perderam integralmente todo o saber talmúdico, se é que um dia o detiveram. Com sua demonologia, são quase heréticos, como os caraítas. Por sinal, os judeus asquenazes os desprezam e os chamam de *Byky*, 'touros', termo pejorativo." — "Qual é então", replicou mansamente Köstring, voltando-se para Korsemann, "a opinião da SS sobre o assunto?" — "Esta é decerto uma questão importante", opinou Korsemann. "Passo a palavra ao Oberführer Bierkamp." Bierkamp já reunia seus papéis: "Infelizmente, nossa especialista, a Dra. Weseloh, foi obrigada a regressar à Alemanha. Mas ela preparou um relatório completo, que já lhe enviei, Herr General, e que sustenta vigorosamente nossa opinião: esses *Bergjuden* são *Fremdkörper* extremamente perigosos, representando uma ameaça à segurança das tropas, ameaça a que devemos reagir com disposição e energia. Esse ponto de vista, que, ao contrário do defendido pelos pesquisadores, leva em conta a questão vital da segurança, apoia-se também em um estudo dos documentos científicos realizado pela Dra. Weseloh, cujas conclusões diferem das dos outros especialistas aqui presentes. Delego ao Hauptsturmführer Dr. Aue a tarefa de apresentá-las." Inclinei a cabeça: "Obrigado, Herr Oberführer. Penso que, para ser claro, o melhor é diferenciar o nível das provas. Em primeiro lugar temos os documentos históricos, depois esse documento vivo que é a língua; em seguida, os resultados da antropologia física e cultural; e finalmente as pesquisas etnológicas de campo, como as realizadas pelo Dr. Weintrop ou a Dra. Weseloh. Se nos pautarmos pelos documentos históricos, parece estabelecido que judeus viviam no Cáucaso muito antes da conversão dos khazars." Citei Benjamin de Tudela e algumas outras fontes antigas como o *Derbent-Nameh*. "No século IX, Eldad ha-Dani visitou o Cáucaso e observou que os judeus das montanhas possuíam um excelente conhecimento do Talmude..." — "Perderam-no totalmente!", interrompeu Weintrop. — "Correto, mas subsiste o fato de que em determinada época os talmudistas de Derbent e de Chemakha, no Azerbaijão, eram muito reputados. O que, aliás, pode ter sido fenômeno um pouco tardio: com efeito, um viajante judeu dos anos 80 do século passado, um tal de Judas Tchorny, achava que os judeus tinham chegado ao Cáucaso não depois, mas antes da destruição do Primeiro Templo, tendo vivido isolados de tudo, sob proteção persa, até o século IV. Apenas mais tarde, quando os tártaros invadiram a Pérsia, os *Bergjuden* encontraram judeus da Babilônia que lhes ensinaram o Talmude. Portanto, apenas nessa época eles teriam adotado a tradição e os ensinamentos rabínicos. Mas isso não está comprovado. Para provas de sua antiguidade, seria preciso antes voltar-se para os vestígios arqueológicos, como as ruínas abandonadas do Azerbaijão denominadas *Chifut Tebe*, 'Colina dos Judeus', ou *Chifut Kabur*, 'Túmulo dos Judeus'. São muito antigas. Quanto à língua, as observações da Dra. Weseloh corroboram as do falecido Dr. Voss: é um dialeto irânico ocidental moderno — isto é, não anterior ao século VIII ou IX, até mesmo X —, o que parece contradizer uma ascendência caldeia direta, tal como propõe Pantyukov a partir de Quatrefages. Quatrefages, aliás, achava que os lesguianos, alguns svanos e khevsurs também tinham origens judaicas; em georgiano, *khevis uria* quer dizer 'judeu do vale'. O barão Peter Uslar, mais sensatamente, sugere uma migração judaica frequente e regular para o Cáucaso ao longo de dois mil anos, cada leva integrando-se mais ou menos às tribos locais. Uma explicação do problema da língua seria que os judeus trocaram mulheres com uma tribo irânica, os tatas, que chegaram mais tarde; eles próprios teriam vindo na época dos Aquemênidas como colonos militares para defender o desfiladeiro de Derbent contra os nômades das planícies do Norte." — "Judeus, colonos militares?", indagou um Oberst do AOK. "Isso me parece ridículo." — "Nem tanto", retorquiu Bräutigam. "Os judeus de antes da Diáspora têm uma longa tradição guerreira. Basta ir à Bíblia. E lembre-se de como eles enfrentaram os romanos." — "É verdade, isso está em Flávio Josefo", acrescentou Korsemann. — "Com efeito, Herr Brigadeführer", aprovou Bräutigam. — "Resumindo", prossegui, "esse conjunto de fatos parece opor-se a uma origem khazar. Ao contrário, a hipótese de Vsevolod Miller, de que os *Bergjuden* é que teriam levado o judaísmo aos khazars, soa mais plausível." — "É exatamente o que eu dizia", interveio Weintrop. "Mas mesmo o senhor, com seu argumento linguístico, não nega a possibilidade da 'mischlinguização'." — "É realmente uma pena que o Dr. Voss não esteja mais entre nós", disse Köstring. "Ele certamente teria esclarecido esse ponto." — "Sim", disse tristemente Von Gilsa. "Lamentamos muito. É uma grande perda." — "A ciência alemã", pronunciou sentenciosamente Rehrl, "também paga um pesado tributo ao judeu-bolchevismo." — "Sim, mas pensando bem, no caso desse infeliz Voss, tratar-se-ia antes de um mal-entendido, digamos, cultural", sugeriu Bräutigam. — "Meine Herren, Meine Herren", cortou Köstring. "Não estamos nos afastando do assunto, Hauptsturmführer?" — "Obrigado,

General. Infelizmente, a antropologia física dificilmente nos permite decidir entre as hipóteses. Permitam-me citar-lhes os dados coletados pelo grande cientista Erckert em *Der Kaukasus und Seine Völker*, publicado em 1887. No que se refere ao índice cefálico, ele atribui 79,4 (mesocéfalo) para os tártaros do Azerbaijão, 83,5 (braquicéfalo) para os georgianos, 85,6 (hiperbraquicéfalo) para os armênios e 86,7 (hiperbraquicéfalo) para os *Bergjuden*." — "Rá!", exclamou Weintrop. "Como os mecklemburgueses!" — "Shh...", impôs Köstring. "Deixemos o Hauptsturmführer falar." Continuei: "Altura da cabeça: calmucos, 62; georgianos, 67,9; *Bergjuden*, 67,9; armênios, 71,1. Índice facial: georgianos, 86,5; calmucos, 87; armênios, 87,7; e *Bergjuden*, 89. Por fim, índice nasal: os *Bergjuden* estão no fim da escala com 62,4, e os calmucos no topo com 75,3, discrepância relevante. Os georgianos e os armênios estão entre os dois." — "Que significa tudo isso?", perguntou o Oberst do AOK. "Não estou entendendo." — "Isso significa", explicou Bräutigam, rabiscando os números e fazendo às pressas uma conta de cabeça, "que, se considerarmos a forma da cabeça como indicador de uma raça mais ou menos elevada, os *Bergjuden* formam o mais belo tipo dos povos caucasianos." — "É exatamente o que diz Erckert", continuei. "Mas, claro, essa abordagem, embora não tenha sido inteiramente refutada, é raramente adotada nos dias de hoje. A ciência fez alguns progressos." Levantei fugazmente os olhos em direção a Bierkamp: ele me observava com ar severo, batendo com a caneta na mesa. Fez-me sinal para continuar, com a ponta dos dedos. Tornei a mergulhar nos documentos: "A antropologia cultural, por sua vez, fornece um grande manancial de dados. Eu precisaria de tempo para passá-los todos em revista. No conjunto, tendem a apresentar os *Bergjuden* como plenamente assimilados aos costumes dos montanheses, inclusive os relativos ao *kanly* ou *ichkil*, a vingança do sangue. Sabemos que grandes guerreiros tatas lutaram ao lado do imã Chamil contra os russos. Assim, antes da colonização russa, os *Bergjuden* praticavam essencialmente a agricultura, cultivando uvas, arroz, tabaco e grãos diversos." — "Esse não é um comportamento judaico", observou Bräutigam. "Os judeus têm horror a trabalhos pesados como a lavoura." — "Com certeza, Herr Doktor. Mais tarde, sob o Império Russo, as circunstâncias econômicas transformaram-nos em artesãos, especializados em tanoaria e bijuteria; fabricantes de armas e tapetes; e também comerciantes. Mas esta foi uma evolução recente, e alguns *Bergjuden* continuam fazendeiros." — "Como os que foram mortos perto de Mozdok, não é?", lembrou Köstring. "Nunca esclarecemos essa história." O olhar de Bierkamp escurecia. Continuei: "Em contrapartida, um fato bastante convincente é que, afora alguns rebeldes que se juntaram a Chamil, a maioria dos *Bergjuden* do Daguestão, talvez em virtude das perseguições muçulmanas, escolheu o lado russo durante as guerras do Cáucaso. Depois da vitória, as autoridades czaristas os recompensaram concedendo-lhes igualdade de direitos em relação às outras tribos caucasianas e acesso a postos na administração. Isso, naturalmente, assemelha-se aos métodos de parasitismo judaicos que conhecemos. Mas convém notar que grande parte desses direitos foi anulada sob o regime bolchevique. Em Naltchik, como se tratava de uma república autônoma kabardiana-balkar, todos os postos não reservados para russos ou judeus soviéticos eram distribuídos aos dois povos titulares; os *Bergjuden*, então, praticamente não participavam da administração, exceto alguns arquivistas e funcionários subalternos. Seria interessante examinar a situação no Daguestão." Terminei citando as observações etnológicas de Weseloh. "Elas não parecem contradizer as nossas", balbuciou Weintrop. — "Não, Herr Major. São complementares." — "Em contrapartida", balbuciou pensativamente Rehrl, "boa parte de suas informações não bate com a tese de uma origem khazar ou turca. Entretanto, julgo-a sólida. Até o seu Miller...", Köstring interrompeu-o com um pigarro: "Estamos todos muito impressionados com a erudição demonstrada pelos especialistas", disse persuasivamente, dirigindo-se a Bierkamp, "mas a meu ver suas conclusões não são muito diferentes das da Wehrmacht, não é mesmo?" Bierkamp parecia agora furioso e preocupado; mordiscava a língua: "Como constatamos, Herr General, as observações puramente científicas continuam muito abstratas. Precisamos cruzá-las com as observações fornecidas pelo trabalho da Sicherheitspolizei, o que nos permite concluir que se trata de um inimigo racialmente perigoso." — "Perdão, Herr Oberführer", interveio Bräutigam. "Não estou convencido disso." — "É porque o senhor é um civil e tem um ponto de vista civil, Herr Doktor", retorquiu secamente Bierkamp. "Não foi por acaso que o Führer achou por bem confiar as funções de segurança do Reich à SS. Sem falar que há nisso uma questão de *Weltanschauung*." — "Ninguém aqui põe em dúvida a competência da Sicherheitspolizei ou da SS, Oberführer", prosseguiu Köstring com sua voz lenta e paternal. "Suas forças são uma ajuda preciosa para a Wehrmacht. Entretanto, a administração militar, que também emana de uma decisão do Führer, deve considerar todos os aspectos da questão. Politicamente, uma ação não plenamente justificada contra os *Bergjuden* nos prejudicaria na região. Portanto, teríamos que tomar medidas urgentes para compensar isso. Oberst Von Gilsa, qual é a opinião da Abwehr sobre o nível de risco representado por essa população?" — "A questão já foi levantada durante nossa primeira reunião sobre o assunto, Herr General, em Vorochilovsk. Desde então, a Abwehr vem observando atentamente os *Bergjuden*. Até hoje não conseguimos detectar o menor vestígio de atividade subversiva. Nenhum contato com os rebeldes, nenhuma sabotagem, nenhuma espionagem, nada. Se todos os outros povos se mantivessem tão tranquilos quanto eles, nossa tarefa aqui seria muito facilitada." — "Justamente, a SP julga desaconselhável esperar a ocorrência do crime para preveni-lo", objetou furiosamente Bierkamp. — "Com certeza", disse Von Bittenfeld, "porém, devemos ponderar riscos e benefícios de uma intervenção preventiva." — "Em suma", continuava Köstring, "se houver risco por parte dos *Bergjuden*, ele é imediato?" — "Não, Herr General", confirmou Von Gilsa. "Não do ponto de vista da Abwehr." — "Resta portanto a questão racial", disse Köstring. "Ouvimos muitos argumentos. Mas acho que todos os senhores concordam que nenhum deles é plenamente conclusivo, nem num sentido, nem no outro." Marcou uma pausa e coçou a bochecha. "Creio que os dados que temos são insuficientes. A verdade é que Naltchik não é o habitat natural desses *Bergjuden*, o que sem dúvida distorce a perspectiva. Proponho então que adiemos o problema para depois que ocuparmos o Daguestão. No terreno, em seu habitat de origem, nossos pesquisadores estarão em melhores condições de descobrir elementos mais sólidos. Formaremos então uma nova comissão." Virou-se para Korsemann. "Que acha disso, Brigadeführer?" Korsemann hesitou, olhou para Bierkamp de viés, hesitou novamente e disse: "Não vejo objeção, Herr General. Isso me parece satisfazer os interesses de todas as partes, inclusive da SS. Concorda, Oberführer?" Bierkamp levou um tempo para responder: "Se pensa dessa maneira, Herr Brigadeführer." — "Naturalmente", acrescentou Köstring com seu ar simplório, "enquanto isso os vigiaremos de perto. Oberführer, conto também com a vigilância do seu Sonderkommando. Se eles se tornarem insolentes ou entrarem em contato com os rebeldes, clac. Doktor Bräutigam?" A voz de Bräutigam estava mais anasalada que nunca: "O Ostministerium não tem objeção alguma à sua proposta, perfeitamente razoável, Herr General. Acho que não deveríamos deixar de agradecer aos especialistas, alguns dos quais se deslocaram desde o Reich para realizar um trabalho notável." —

"Perfeito, perfeito", aprovou Köstring. "Doktor Rehrl, Major Weintrop, Hauptsturmführer Aue, nossas felicitações, bem como a seus colegas." Todos os presentes aplaudiram. As pessoas levantavam-se num rebuliço de cadeiras e papéis. Bräutigam contornou a mesa e veio apertar a minha mão: "Excelente trabalho, Hauptsturmführer." Voltou-se para Rehrl: "Claro, a tese khazar ainda pode ser defendida." — "Oh", respondeu este, "veremos no Daguestão. Tenho certeza de que lá encontraremos novas provas, como disse o General. Em Derbent, sobretudo, haverá documentos, vestígios arqueológicos." Dirigi o olhar para Bierkamp, que avançara para Korsemann e lhe falava rapidamente e em voz baixa, fazendo gestos com a mão. Köstring conversava de pé com Von Gilsa e o Oberst do AOK. Troquei algumas frases com Bräutigam, juntei meus dossiês e me encaminhei para o vestíbulo, onde já estavam Bierkamp e Korsemann. Bierkamp me interpelou, colérico: "Eu achava que os interesses da SS lhe eram mais caros, Hauptsturmführer." Não me deixei desconcertar: "Herr Oberführer, não omiti uma única prova da judeidade deles." — "Poderia tê-las exposto com mais clareza. Com menos ambiguidade." Korsemann interveio no seu estilo atabalhoado: "Não vejo por que criticá-lo, Oberführer. Ele se saiu muito bem. Aliás, o General felicitou-o por duas vezes." Bierkamp fez um ar de desprezo: "Pergunto-me se Prill não tinha razão no fim das contas." Não respondi. Atrás de nós, os demais participantes saíam. "Tem outras instruções para mim, Herr Oberführer?", perguntei finalmente. Fez um gesto vago com a mão: "Não. Agora não." Saudei-o e saí atrás de Von Gilsa.

Do lado de fora, a atmosfera estava seca, agressiva. Inspirei profundamente e senti o frio queimar o interior dos meus pulmões. Tudo parecia gelado, mudo. Von Gilsa entrou em seu carro com o Oberst do AOK, me oferecendo o assento da frente. Trocamos mais algumas palavras, depois todos se calaram pouco a pouco. Pensei na reunião: era compreensível a cólera de Bierkamp. Köstring nos pregara uma peça. Todos, na sala, sabiam pertinentemente que não havia chance de a Wehrmacht chegar ao Daguestão. Alguns inclusive suspeitavam — à exceção, talvez, de Korsemann e Bierkamp — que, ao contrário, o Grupo de Exércitos A não tardaria a evacuar o Cáucaso. Ainda que Hoth conseguisse fazer sua junção com Paulus, seria apenas para recuar o 6º Exército para o Tchir, quem sabe para o baixo Don. Bastava examinar um mapa para compreender que a posição do Grupo de Exércitos A ia se tornando insustentável. Köstring devia ter algumas certezas em relação a isso. Logo, era impensável encrespar-se com os povos montanheses por questão tão irrelevante quanto a dos *Bergjuden*: assim que estes percebessem o retorno do Exército Vermelho, haveria distúrbios — ainda que para provar, um pouco tardiamente decerto, sua lealdade e seu patriotismo —, e era preciso evitar a todo custo que a coisa degenerasse. Uma retirada através de um ambiente francamente hostil, propício à guerrilha, podia resultar em catástrofe. Por conseguinte, era preciso dar garantias às populações amigas. A meu ver, Bierkamp era incapaz de compreender isso; sua mentalidade policialesca, exacerbada por sua obsessão por números e relatórios, fazia com que não enxergasse longe. Recentemente, um dos Einsatzkommandos liquidara um sanatório para crianças tuberculosas numa zona remota da região de Krasnodar. A maior parte das crianças era de origem montanhesa, os conselhos nacionais protestaram vigorosamente, escaramuças custaram a vida de vários soldados. Bairamukov, o líder karatchai, ameaçara Von Kleist com um levante generalizado se aquilo se repetisse; Von Kleist enviara uma carta furiosa a Bierkamp, mas este, pelo que eu soube, a recebera com estranha indiferença: não via onde estava o problema. Korsemann, mais sensível à influência dos militares, teve que intervir e o obrigara a enviar novas instruções aos Kommandos. Portanto, Köstring não tivera escolha. Ao chegar à reunião, Bierkamp supunha que os jogos ainda não estavam feitos; mas Köstring, com Bräutigam decerto, já viciara os dados, e a mudança de ponto de vista não passava de teatro, uma encenação dirigida aos não iniciados. Ainda que Weseloh estivesse presente, ou eu me houvesse atido a uma argumentação abertamente tendenciosa, não teria mudado nada. O golpe do Daguestão era brilhante, incontornável: resultava naturalmente do que fora dito, e Bierkamp não podia opor nenhuma objeção sensata; quanto a dizer a verdade, que não haveria ocupação do Daguestão, era simplesmente impensável; nesse caso, Köstring teria triunfado facilmente, destituindo Bierkamp por derrotismo. Não era à toa que os militares chamavam Köstring de "a velha raposa": fora, pensei com um prazer amargo, um golpe de mestre. Eu sabia que aquilo ia me trazer aborrecimentos: Bierkamp tentaria fazer recair em alguém a crítica por sua derrota, e eu era a vítima perfeita. Entretanto, eu realizara meu trabalho com disposição e rigor; ora, aquilo me fazia recordar da minha missão em Paris, eu não havia compreendido as regras do jogo, buscara a verdade quando não se queria a verdade, mas uma vantagem política. Prill e Turek teriam agora o jogo a seu favor para me caluniar. Voss, pelo menos, não teria desaprovado minha exposição. Infelizmente Voss estava morto, e eu estava de novo sozinho.

Anoitecia. Uma geada espessa cobria tudo: os galhos retorcidos das árvores, os fios e postes das barreiras, o capim abundante, a terra dos campos quase nus. Era como um mundo de horríveis formas brancas, angustiantes, feéricas, um universo cristalino de onde a vida parecia banida. Olhei para as montanhas: o vasto paredão azul obstruía o horizonte, guardião de outro mundo, este, oculto. O sol, possivelmente para as bandas da Abkházia, caía por trás das cristas, mas sua luz ainda vinha roçar os cumes, depositando sobre a neve suntuosas e delicadas centelhas cor-de-rosa, amarelas, laranja, fúcsia, que corriam delicadamente de um pico ao outro. Era de uma beleza cruel, de tirar o fôlego, quase humana mas ao mesmo tempo transcendendo todas as mazelas humanas. Pouco a pouco, bem ao fundo, o mar tragava o sol e as cores apagavam-se uma a uma, fazendo a neve passar de azul a um cinza alvar que reluzia serenamente na noite. As árvores incrustadas pela geada apareciam nos feixes dos faróis como criaturas em pleno movimento. Eu me sentia do outro lado, naquele país tão bem conhecido das crianças, do qual não se volta mais.

Eu não me enganara quanto a Bierkamp: o cutelo caiu ainda mais rápido que o esperado. Quatro dias depois da reunião, fui convocado por ele em Vorochilovsk. Na antevéspera, o Distrito Autônomo Kabardiano-Balkar havia sido proclamado durante a celebração do Kurman Bairam, em Naltchik, mas eu não assistira à cerimônia; parece que Bräutigam fizera um grande discurso, com os montanheses cumulando os oficiais de presentes, *kinjali*, tapetes, exemplares do Corão copiados à mão. Quanto à frente de Stalingrado, segundo os rumores, os panzers de Hoth lutavam para avançar e acabavam de esbarrar no Mychkova, a sessenta quilômetros do *Kessel*; nesse ínterim, os soviéticos, mais ao norte do Don, lançavam nova ofensiva contra o front italiano; falava-se em debandada, e os tanques russos agora ameaçavam os aeródromos a partir dos quais a Luftwaffe, bem ou mal, abastecia o *Kessel*! Os oficiais da Abwher continuavam negando-se a dar informações precisas, e era difícil ter uma ideia exata do estado crítico da situação, ainda que peneirando os diversos boatos. Eu relatava ao Gruppenstab o que conseguia compreender ou confirmar, mas tinha a impressão de que não levavam meus relatórios muito a sério: nos últimos dias eu recebera do estado-maior de Korsemann uma lista dos SSPF e outros responsáveis SS nomeados para os diferentes distritos do Cáucaso, incluindo Groznyi, o Azerbaijão e a Geórgia, e um estudo sobre a planta *kok-sagyz*, encontrada nos arredores de Maikop e cujo cultivo em larga escala o Reichsführer desejava empreender a fim de produzir um substituto para a borracha. Eu me perguntava se Bierkamp pensava de maneira tão irrealista; em todo caso, sua convocação me preocupava. No caminho, tentava reunir argumentos em minha defesa, preparar uma estratégia, mas, como não sabia o que ia ouvir, confundia-me.

A entrevista foi breve. Bierkamp não me ofereceu um assento e permaneci em posição de sentido enquanto ele me estendia uma folha. Olhei-a sem entender muita coisa: "Que é isso?", perguntei. — "Sua transferência. O encarregado das estruturas de polícia em Stalingrado solicitou um oficial SD com urgência. O dele foi morto há duas semanas. Notifiquei Berlim de que o Gruppenstab era capaz de suportar uma redução de pessoal, e eles aprovaram sua transferência. Parabéns, Hauptsturmführer. É uma oportunidade para o senhor." Permaneci rígido: "Posso lhe perguntar por que sugeriu meu nome, Herr Oberführer?" Bierkamp manteve o estilo desagradável mas sorriu ligeiramente: "No meu estado-maior, quero oficiais que compreendam o que se espera deles sem que tenhamos que lhes explicar os detalhes; senão, era melhor nós mesmos fazermos o trabalho. Espero que o trabalho SD em Stalingrado constitua um aprendizado útil para o senhor. Além disso, permita-me assinalar que sua conduta pessoal foi bastante duvidosa, dando margem a rumores desagradáveis no seio do Grupo. Alguns chegaram inclusive a cogitar uma intervenção do SS-Gericht. Recuso-me por princípio a dar crédito a tais boatos, ainda mais tendo por objeto oficial tão politicamente formado como o senhor, mas não aceitarei que um escândalo venha manchar a reputação do meu grupo. Fique à vontade." Trocamos uma saudação alemã e me retirei. No corredor, passei em frente ao gabinete de Prill; a porta estava aberta e percebi que ele me fitava com um sorrisinho. Parei na soleira e o encarei por minha vez, enquanto um sorriso radioso, um sorriso de criança, alargava-se no meu rosto. Pouco a pouco seu sorriso se extinguiu e ele me contemplou com um ar abatido, perplexo. Não falei nada, sem deixar de sorrir. Continuava a segurar minha ordem de missão na mão. Por fim, saí.

O frio não abrandara, mas minha peliça me protegia e fui em frente. A neve, mal recolhida, estava congelada e escorregadia. Na esquina da rua, perto do Hotel Kavkaz, assisti a um insólito espetáculo: soldados alemães saíam de um prédio carregando manequins vestindo uniformes napoleônicos. Havia hussardos em *shakos* e dólmãs grená, pistache ou amarelo-ouro, dragões verdes com galões escarlates, veteranos em casacos azuis com botões dourados, hanoverianos em vermelho-camarão, um lanceiro croata todo de branco com uma gravata vermelha. Os soldados colocavam esses manequins, eretos, em caminhões-caçamba, enquanto outros os amarravam com cordas. Aproximei-me do Feldwebel que supervisionava a operação: "O que está havendo?" Ele me saudou e respondeu: "É o Museu Regional, Herr Haupsturmführer. Estamos evacuando a coleção para a Alemanha. Ordem do OKHG." Observei-os por um momento, depois voltei para o meu carro, sem largar o mapa rodoviário. *Finita la commedia.*

Courante

Peguei então o trem em Minvody e me dirigi com dificuldades para o norte. O tráfego estava bem confuso, tive que trocar várias vezes de comboio. Nas salas de espera imundas, centenas de soldados aguardavam, de pé ou refestelados em cima de seu equipamento, que lhes servissem sopa ou um pouco de um suposto chá antes que fossem embarcados rumo ao desconhecido. Cederam-me um cantinho de banco e fiquei ali, vegetando, até que um chefe de estação esgotado veio me sacudir. Em Salsk, finalmente, puseram-me num trem que vinha de Rostov com homens e material para o Exército Hoth. Essas unidades heteróclitas haviam sido formadas às pressas, um pouco de qualquer jeito, com recrutas licenciados interceptados ao longo de todo o caminho do Reich, até Lublin e mesmo Posen, depois reenviados para a Rússia, convocados fora da idade para treinamento acelerado e intensivo, convalescentes recolhidos nos lazaretos, remanescentes do 6º Exército encontrados fora do *Kessel* depois da debandada. Poucos pareciam fazer ideia da gravidade da situação; isso não era de espantar, os comunicados militares permaneciam obstinadamente mudos quanto ao assunto, mencionando no máximo *atividade no setor de Stalingrado*. Não me dirigi a esses homens, peguei meu equipamento e me instalei no canto de um compartimento, ensimesmado, estudando distraidamente as grandes formas vegetais, ramificadas e precisas, depositadas no vidro pela geada. Eu não queria pensar, mas pensamentos afluíam, amargos, cheios de autopiedade. Bierkamp, latejava em mim uma vozinha íntima, teria feito melhor cumprindo seu dever e me colocando diante de um pelotão, teria sido mais humano, em vez de me fazer discursos hipócritas sobre o valor educativo de um cerco em pleno inverno russo. Graças a Deus, gemia outra voz, pelo menos tenho minha peliça e minhas botas. Francamente, era difícil conceber o valor educativo de pedaços de metal em brasa projetados através de minha carne. Quando fuzilávamos um judeu ou um bolchevique, aquilo não tinha nenhum valor educativo, aquilo os matava, ponto-final, embora tivéssemos diversos belos eufemismos para isso também. Os soviéticos, por sua vez, quando queriam punir alguém, enviavam-no para um *Chtrafbat,* onde a expectativa de vida raramente superava poucas semanas: método brutal, mas franco, como em geral tudo o que fazem. A propósito, eu julgava esta uma de suas grandes vantagens sobre nós (afora suas divisões e seus tanques aparentemente incontáveis): pelo menos, com eles, a gente sabia que música dançar.

As ferrovias estavam obstruídas, passávamos horas esperando em áreas de escape, segundo indecifráveis regras de prioridade fixadas por instâncias misteriosas e distantes. Às vezes, eu me obrigava a sair para respirar o ar penetrante e esticar as pernas: na frente do trem não havia nada, uma vasta extensão branca, vazia, varrida pelo vento, depurada de vida. Sob meus passos, a neve, dura e seca, estalava como casca; o vento, quando eu o desafiava, rachava minha face; então dava-lhe as costas e contemplava a estepe, o trem com os vidros brancos da geada, os raros outros homens empurrados para fora como eu pelo tédio ou pelas diarreias. Anseios insensatos invadiam-me: deitar na neve, enrolado como uma bola na minha peliça, e ali permanecer quando o trem partisse, já coberto por uma fina camada branca, um casulo que eu imaginava suave, cálido, acolhedor, como aquele ventre de onde fora um dia tão cruelmente expulso. Esses acessos de *spleen* me deixavam assustado; quando conseguia me recuperar, perguntava-me sua origem. Afinal, não fazia parte dos meus hábitos. Medo, talvez, eu ruminava. Muito bem, medo, mas medo de quê, então? A morte, julgava tê-la domesticado dentro de mim, e não apenas desde as hecatombes da Ucrânia, mas muito tempo antes. Seria uma ilusão, uma cortina puxada pelo meu espírito sobre o sujo instinto animal, que, por sua vez, permanecia dissimulado? Era possível, claro. Mas talvez fosse também a ideia do cerco: entrar vivo naquela vasta prisão a céu aberto, como num exílio sem volta. Eu quisera servir, realizara, para minha nação e meu povo, coisas difíceis, pavorosas, a contragosto. E eis que me exilavam de mim mesmo e da vida comum e me despachavam para junto aos já mortos, aos abandonados. A ofensiva de Hoth? Stalingrado não era Demiansk, e já antes de 19 de novembro estávamos esgotados, em fôlego e armas, atingíramos os limites mais recuados, nós, tão poderosos que acreditávamos estar apenas no começo. Stálin, aquele osseta astucioso, utilizara conosco táticas dos seus ancestrais citas: a recuada sem fim, penetrando cada vez mais no interior, *o joguinho*, como o chamava Heródoto, *a infernal perseguição*; jogando com o vazio, manipulando-o

Quando os persas deram os primeiros sinais de esgotamento e abatimento, os citas imaginaram um meio de lhes reinsuflar alguma coragem e, assim, fazer com que bebessem a taça até a borra. Sacrificavam voluntariamente alguns rebanhos, que deixavam vagar acintosamente e sobre os quais os persas lançavam-se com avidez. Recuperavam dessa forma um pouco de otimismo. Dario caiu diversas vezes nessa armadilha, mas acabou vendo-se acuado pela escassez. Foi então (conta Heródoto) que os citas enviaram a Dario sua misteriosa mensagem sob forma de oferenda: uma ave, um rato, uma rã e cinco flechas. Ora, para nós, não havia oferenda nem mensagem, mas: a morte, a destruição, o fim da esperança. Será possível que eu tenha pensado tudo isso? Essas ideias teriam ocorrido a mim bem mais tarde, quando o fim se aproximava, ou quando já estava tudo terminado? É possível, mas também é possível que eu já tivesse pensado isso entre Salsk e Koltenikovo, pois as provas estavam ali, bastava abrir os olhos para vê-las, e que minha tristeza talvez já tivesse começado a me abrir os olhos. É difícil julgar, como um sonho que pela manhã deixa apenas vestígios vagos e desagradáveis, como desenhos codificados que eu, qual uma criança, traçava com a unha nos vidros enregelados do trem.

    Em Kotelnikovo, área de partida da ofensiva de Hoth, estavam descarregando um trem à nossa frente, tivemos que esperar várias horas para desembarcar. Era uma estaçãozinha do interior com tijolos carcomidos, algumas plataformas de cimento vagabundo por entre os trilhos; de ambos os lados, os vagões, com o emblema alemão impresso, tinham marcações tchecas, francesas, belgas, dinamarquesas e norueguesas: para acumular tanto material quanto homens, raspávamos agora os confins da Europa. Eu me mantinha apoiado na portinhola aberta do meu vagão, fumava e contemplava a agitação confusa da estação. Havia ali militares alemães de todas as armas, Polizei russos ou ucranianos portando braçadeiras com a cruz gamada e velhos fuzis, hiwis com os rostos esburacados, camponesas vermelhas de frio querendo vender ou trocar mirrados legumes marinados ou uma galinha esquálida. Os alemães usavam casacos ou peliças; os russos, casacos de malha, a maioria em farrapos, de onde fugiam tufos de palha ou folhas de jornal; e aquela multidão eclética conversava, se mexia e acotovelava na altura das minhas botas, em grande sobressalto. Na minha cara, por sinal, dois grandes soldados tristes davam-se o braço; um pouco mais além, um russo magricela, sujo, trêmulo, vestindo apenas um leve casaco de algodão, avançava ao longo da plataforma com um acordeão nas mãos; aproximava-se dos grupos de soldados ou de Polizei, que o mandavam passear com um xingamento ou um dedo obsceno, ou ainda lhe viravam as costas. Quando chegou perto de mim, peguei uma cédula pequena no meu bolso e lhe estendi. Achava que ele seguiria adiante, mas ficou por ali e me perguntou num misto de russo e mau alemão: "Quer o quê? Uma popular, uma tradicional ou uma cossaca?" Eu não entendia o que ele falava e dei de ombros: "Como preferir." Ele matutou aquilo por um instante e entoou uma canção cossaca que eu conhecia por tê-la ouvido frequentemente na Ucrânia, aquela cujo refrão chega tão alegremente, *Oï ty Galia, Galia molodaia...*, e que narra a atroz história de uma moça sequestrada pelos cossacos, amarrada pelas compridas tranças louras a um abeto e queimada viva. E era magnífico. O homem cantava, o rosto voltado para mim: seus olhos, de um azul evanescente, brilhavam suaves através do álcool e da sujeira; suas bochechas, comidas por uma barba ruiva, chacoalhavam; e sua voz de baixo, esgarçada pelo tabaco vagabundo e pela bebida, subia clara, pura e firme, e ele cantava estrofe atrás de estrofe, como se nunca mais fosse parar. Sob seus dedos, as teclas do acordeão retiniam. Na plataforma, a agitação cessara, as pessoas olhavam para ele e escutavam, um pouco espantadas, mesmo aquelas que momentos antes haviam-no tratado com rispidez, tomadas pela beleza singela e deslocada da canção. Do outro lado, três enormes kolkhozianas vinham em fila como três gansas gordas numa estradinha de aldeia, com um grande triângulo branco sobre o rosto e um xale de lã de tricô. O acordeonista bloqueava o caminho delas e elas escoaram por ele qual um arroubo do mar contorna um rochedo, enquanto ele girava ligeiramente no outro sentido sem interromper a canção, então elas continuaram ao longo do trem enquanto a multidão dava uns trocados para o músico e o escutava; atrás de mim, no tambor, vários soldados haviam saído dos compartimentos para ouvi-lo. Aquilo parecia não ter fim, ele atacava uma estrofe atrás da outra, e ninguém queria que parasse. Quando finalmente terminou, sem esperar que lhe dessem mais dinheiro, foi adiante até o vagão seguinte, e sob as minhas botas as pessoas se dispersavam ou retomavam suas atividades ou sua espera.

    Chegou enfim nossa vez de descer. Na plataforma, Feldgendarmes examinavam os documentos e orientavam os homens para os diversos pontos de agrupamento. Encaminharam-me a um escritório da estação onde um funcionário esgotado fitou-me com um olhar apagado: "Stalingrado? Não faço ideia. Aqui é o Exército Hoth." — "Disseram-me que viesse para cá a fim de ser transferido para um dos aeródromos." — "Os aeródromos ficam do outro lado do Don. Informe-se no QG." Outro Feldgendarme me fez subir num caminhão com destino ao AOK. Lá finalmente encontrei um oficial de operações que sabia de alguma coisa: "Os voos para Stalingrado partem de Tatsinskaia. Normalmente, porém, os oficiais que vão se juntar ao 6º Exército partem de Novotcherkassk, sede do QG do Grupo de Exércitos Don. Temos uma ligação com Tatsinskaia a cada três dias. Não entendo por que o mandaram para cá. Enfim, vamos tentar encontrar alguma coisa para o senhor." Instalou-me num dormitório com vários beliches. Reapareceu algumas horas depois. "Tudo certo. Tatsinskaia está lhe enviando um Storch. Venha." Um motorista me levou para fora do burgo até uma pista improvisada na neve. Esperei ainda em uma casinhola aquecida por uma estufa, bebendo chá falsificado com alguns suboficiais da Luftwaffe. A ideia da ponte aérea com Stalingrado deprimia-os profundamente: "Perdemos entre cinco e dez aparelhos diariamente, e parece que estão morrendo de fome em Stalingrado. Se o General Hoth não conseguir passar, eles estão fodidos." — "Se eu fosse o senhor", acrescentou amigavelmente um outro, "não estaria com tanta pressa de me juntar a eles." — "Não pode se perder um pouco por aí?", provocou o primeiro. Em seguida o pequeno Fieseler Storch aterrissou abanando. O piloto nem se deu o trabalho de desligar o motor, fez meia-volta no fim da pista e veio se alinhar na posição de decolagem. Um dos homens da Luftwaffe me ajudou a carregar meu equipamento. "Pelo menos está agasalhado", gritou para mim por cima do zumbido da hélice. Icei-me a bordo e me instalei atrás do piloto. "Obrigado por ter vindo!", berrei para ele. — "De nada", respondeu, gritando para ser ouvido. "Estamos acostumados a fazer corridas de táxi." Decolou antes mesmo que eu conseguisse apertar o cinto e embicou para o norte. Anoitecia, mas o céu estava limpo e pela primeira vez eu via a terra dos ares. Uma superfície plana, branca e uniforme subia até o horizonte; de tempos em tempos, uma estradinha de terra estriava pateticamente o solo, como traçada a régua. As *balki* apareciam como longos buracos de sombra aninhados sob a luz poente que afagava a estepe. Nas encruzilhadas das estradinhas viam-se vestígios de aldeias, já soterradas pela metade, as casas sem telhado e entupidas de neve. Depois foi o Don, uma enorme serpente branca enrolada na alvura da estepe, visível pelas margens azuladas e pela sombra das colinas sobranceiras na margem direita. O sol, ao fundo, morria no horizonte como uma bola vermelha e obesa, mas esse vermelho não coloria nada, a neve permanecia branca e azul. Após a decolagem, o Storch voava reto, a baixa altitude, suavemente, um zumbido tranquilo; subitamente cambou para a esquerda e desceu, e sob mim eram fileiras de aviões de carga e as rodas já tocavam o solo e o Storch saltitava sobre a neve endurecida e taxiava até o fim do aeródromo. O piloto desligou o motor e me apontou um prédio comprido e baixo: "É lá. Estão à sua espera." Agradeci e caminhei rapidamente com meu equipamento para uma porta iluminada por uma lâmpada pendurada. Um Junker acabava de aterrissar pesadamente na pista. A temperatura caía à medida que o dia terminava, o frio golpeava meu rosto como uma bofetada e me queimava os pulmões. Do lado de dentro, um suboficial me sugeriu que deixasse meu equipamento e me conduziu a uma sala de operações barulhenta como uma colmeia. Um Oberleutnant da Luftwaffe me saudou e verificou meus papéis. "Infelizmente", terminou por dizer, "os voos para esta noite estão lotados. Posso colocá-lo num voo da manhã. Há um outro passageiro aguardando também." — "Vocês voam à noite?" Olhou para mim, pasmo: "Naturalmente. Por quê?" Balancei a cabeça. Fez com que eu levasse minhas coisas para um dormitório instalado em outro prédio: "Tente dormir", disse ao se despedir. O dormitório estava vazio, mas outro equipamento repousava numa cama. "É o oficial que irá com o senhor", apontou o Spiess que me acompanhava. "Deve estar na cantina. Quer comer, Herr Hauptsturmführer?" Segui-o até outra sala, com algumas mesas e bancos iluminados por uma lâmpada amarelada, onde comiam conversando em voz baixa pilotos e pessoal de solo. Hohenegg estava sentado sozinho no canto de uma mesa; abriu um largo sorriso ao me ver: "Meu caro Hauptsturmführer! Qual foi a fria em que se meteu agora?" Fiquei corado de prazer, e fui pegar um prato de sopa grossa de ervilha, pão e uma xícara de um suposto chá antes de me sentar à sua frente. "De toda forma, não é o seu duelo frustrado que me proporciona o prazer de sua companhia, ou é?", perguntou ainda com sua voz jovial e agradável. "Eu não me perdoaria por isso." — "Por que diz isso?" Fez uma cara ao mesmo tempo encabulada e divertida: "Devo confessar que fui eu quem denunciei o seu plano." — "O senhor!" Eu não sabia se devia explodir de raiva ou rir. Hohenegg parecia um menino flagrado no erro. "Sim. Em primeiro lugar, permita-me dizer que aquilo era realmente uma ideia idiota, de um romantismo alemão desproposítado. E depois, lembre-se, eles planejavam uma emboscada para nós. Eu não tinha intenção alguma de ser massacrado com o senhor." — "Doutor, o senhor é um homem de pouca fé. Juntos, teríamos acabado com a armadilha deles." Contei-lhe rapidamente minhas desavenças com Bierkamp, Prill e Turek. "Não devia se queixar", concluiu. "Tenho certeza de que será uma experiência das mais interessantes." — "Foi o que me disse o meu Oberführer. Mas não estou convencido disso." — "É porque ainda não recorreu à filosofia. Julgava-o de outra têmpera." — "Talvez eu tenha mudado. E o senhor, doutor? O que o traz aqui?" — "Um burocrata médico na Alemanha resolveu que devíamos aproveitar a oportunidade para estudar os efeitos da má nutrição em nossos soldados. Não era a opinião do AOK 6, mas o OKH insistiu. Pediram então que eu me encarregasse desse fascinante estudo. Admito que, apesar das circunstâncias, a coisa desperta minha curiosidade." Apontei minha colher para sua barriga redonda: "Esperemos que o senhor não se torne objeto de estudo para si mesmo." — "Hauptsturmführer, está ficando grosseiro. Espere chegar à minha idade para rir. A propósito, como vai o nosso jovem amigo linguista?" Olhei para ele com calma: "Morreu." Seu rosto entristeceu: "Ah, realmente sinto muito." — "Eu também." Terminei minha sopa e bebi o chá. Estava malcheiroso e amargo, mas dava para o gasto. Acendi um cigarro. "Sinto falta do seu *riesling*, doutor", falei sorrindo. "Ainda tenho uma garrafa de conhaque", respondeu. "Mas deixemos para mais tarde. Vamos bebê-la juntos no *Kessel*." — "Doutor, nunca diga que no dia seguinte fará isto ou aquilo sem acrescentar: Se Deus quiser." Ele balançou a cabeça: "O senhor errou em sua vocação, Hauptsturmführer. Vamos nos deitar."

    Um suboficial me tirou do meu sono ruim por volta das seis horas. A cantina estava fria e quase vazia, dispensei o amargor do chá, mas me concentrei para absorver seu calor, as duas mãos em volta da xícara de lata. Em seguida, fomos encaminhados com nossos pertences até um hangar glacial onde nos fizeram esperar longamente, perambulando em meio a máquinas cheias de graxa e caixas de peças de reposição. Minha respiração formava um vapor pesado diante do meu rosto e mantinha-se suspensa no ar úmido. Finalmente o piloto se apresentou: "Estamos enchendo o tanque e partimos", explicou. "Infelizmente, não tenho paraquedas para os senhores." — "E serve de alguma coisa?", perguntei. Ele riu: "Teoricamente, se fôssemos abatidos pelos caças soviéticos, teríamos tempo de saltar. Na prática, isso nunca acontece." Conduziu-nos até um furgão que nos levou até um Junker-52 posicionado no fim da pista. O céu nublara durante a noite; a leste, a massa de algodão ganhava luminosidade. Alguns homens terminavam de carregar o aparelho com caixotes, o piloto nos fez subir e mostrou como nos prendermos num banquinho estreito. Um mecânico atarracado veio se sentar à nossa frente; lançou-nos um sorriso irônico, depois nos esqueceu. Fiapos de interferência e vozes saíam do rádio. O piloto voltou à carlinga para verificar alguma coisa no fundo, escalando a pilha de caixas e sacos amarrados por uma sólida rede. "Fazem bem em partir hoje", disse-nos ao retornar. "Os vermelhos estão quase em Skassirskaia, logo ao norte. Daqui a pouco vamos fechar para balanço." — "Vão evacuar o aeródromo?", perguntei. Fez uma careta e voltou ao seu posto. "O senhor conhece nossas tradições, Hauptsturmführer", comentou Hohenegg. "Só evacuamos depois que todos estão mortos." Um por um, os motores tossiam e espocavam. Um zumbido agudo tomou a carlinga; tudo sacolejava, o banquinho sob mim, a parede às minhas costas; uma chave canelada esquecida no assoalho tremelicava. Lentamente, o avião pôs-se a deslizar em direção à pista, girou sobre si mesmo, ganhou velocidade; a cauda se ergueu; depois a massa inteira se desprendeu do solo. Nossas bolsas, que não estavam amarradas, escorregaram para trás; Hohenegg chocou-se comigo. Olhei pela janelinha: estávamos perdidos na bruma e nas nuvens, eu mal percebia o motor. As vibrações penetravam no meu corpo de forma desagradável. O avião saiu então da camada de nuvens, o céu estava azul metálico e o sol nascente esparramava sua luz fria sobre a imensa paisagem de nuvens, rasgada por *balki* como a estepe. O ar estava agressivo, a parede da carlinga, enregelada, embrulhei-me na minha peliça e me encolhi. Hohenegg parecia dormir, mãos nos bolsos, a cabeça caída para a frente; as vibrações e os sobressaltos do avião incomodavam-me, não conseguia imitá-lo. Finalmente o avião começou a descer; deslizou sobre o topo das nuvens, mergulhou e novamente tudo voltou a ser cinza e escuro. Através do zumbido monótono das hélices julguei ouvir uma detonação surda, mas não era possível ter certeza. Decorridos alguns minutos, o piloto berrou da cabine: "Pitomnik!" Sacudi Hohenegg, que acordou sem sobressalto e esfregou a janela embaçada. Acabávamos de passar sob as nuvens, e a estepe branca, quase informe, estendia-se sob a asa. À nossa frente, tudo estava revirado: crateras marrons borravam a neve como grandes manchas de sujeira; montes de ferro jaziam retorcidos, salpicados de branco. O avião descia rapidamente, mas eu continuava sem conseguir ver a pista. Tocou em seguida bruscamente o solo, quicou, pousou. O mecânico já se desvencilhava das correias: "Rápido, rápido!", gritava. Ouvi uma explosão e um bloco de neve veio se chocar contra a janelinha e a parede da carlinga. Febril, soltei-me. O avião parara um pouco atravessado, o mecânico abriu a porta e lançou a escada. O piloto não desligara os motores. O mecânico pegou nossas bolsas, atirou-as de qualquer jeito pela abertura, depois fez um sinal enérgico para sairmos. Um vento sibilante, carregando uma neve fina e dura, golpeou meu rosto. Homens envolvidos em agasalhos esfalfavam-se em torno do avião, instalavam calços, abriam o bagageiro. Deslizei pela escada e recuperei minhas coisas. Um Feldgendarme armado com uma submetralhadora me saudou e fez sinal para segui-lo; gritei para ele: "Espere, espere!" Hohenegg descia por sua vez. Um obus explodiu na neve a poucas dezenas de metros, mas ninguém parecia dar atenção a isso. Na beirada da pista havia uma rampa desobstruída de neve; um grupo de homens esperava ali, vigiado por vários Feldgendarmes armados, com suas sinistras placas metálicas levantadas sobre seus casacos. Hohenegg e eu, atrás da nossa escolta, nos aproximávamos; chegando mais perto, eu via que a maioria daqueles homens estava enfaixada ou apoiava-se em muletas improvisadas; dois deles descansavam em macas; todos portavam o cartão de feridos bem à vista em suas capas de chuva. A um sinal, precipitaram-se para o avião. Atrás, uma balbúrdia: Feldgendarmes bloqueavam uma brecha no arame farpado atrás do qual se aglomerava uma multidão de homens ferozes que berravam, suplicavam, agitavam membros enfaixados, comprimiam-se contra os Feldgendarmes, que também berravam e brandiam suas submetralhadoras. Uma nova detonação, mais próxima, fez chover neve; feridos haviam se atirado ao solo, mas os Feldgendarmes permaneciam impávidos; atrás de nós gritavam, alguns dos homens que descarregavam o avião pareciam ter sido atingidos, jaziam no solo e outros os puxavam lateralmente, os feridos admitidos acotovelavam-se para subir a escada, outros homens ainda terminavam de descarregar o avião atirando sacos e caixas no chão. O Feldgendarme que nos acompanhava disparou uma breve rajada para cima, depois mergulhou na multidão histérica e suplicante abrindo caminho à base de cotoveladas; segui-o na medida do possível, arrastando Hohenegg atrás de mim. Ao longe viam-se fileiras de tendas cobertas pela geada, as aberturas amarronzadas de bunkers; mais além, caminhões-rádio estavam estacionados em grupo cerrado em meio a uma floresta de postes, antenas e fios; no fim da pista começava um vasto ferro-velho de carcaças, aviões rasgados ou retalhados, caminhões queimados, tanques, motores despedaçados amontoados uns sobre os outros, semienterrados na neve. Diversos oficiais avançavam em nossa direção; trocamos saudações. Dois médicos militares recebiam Hohenegg; meu interlocutor era um jovem Leutnant da Abwehr que se apresentou e me deu as boas-vindas: "Minha tarefa é recebê-lo e encontrar um veículo para levá-lo para a cidade." Hohenegg afastava-se: "Doutor!" Apertei-lhe a mão. "Vamos nos reencontrar com certeza", disse-me amavelmente. "O *Kessel* não é tão grande. Quando estiver triste, venha me procurar e beberemos meu conhaque." Fiz um gesto largo com a mão: "Na minha opinião, doutor, seu conhaque não vai durar muito tempo." Segui o Leutnant. Perto das tendas notei uma série de grandes montes salpicados de neve. De vez em quando, através da área do aeródromo, repercutia uma detonação surda. O Junker que nos trouxera já partia de novo lentamente para o fim da pista. Parei para vê-lo decolar e o Leutnant me imitou. O vento soprava bem forte, era preciso ficar piscando os olhos para não se deixar cegar pela neve fina levantada da superfície do solo. Em posição, o avião girou sobre si mesmo e, sem fazer a menor pausa, acelerou. Deu uma guinada, depois outra, perigosamente próximo à rampa coberta de neve; depois as rodas deixaram o solo e ele subiu gemendo, dando grandes solavancos, antes de desaparecer na massa opaca das nuvens. Olhei novamente o monte de neve ao meu lado e percebi que era formado de cadáveres, empilhados como feixes de lenha, seus rostos congelados estampando um bronze um pouco esverdeado, semeado por barbas volumosas, com cristais de neve nas comissuras dos lábios, nas narinas, nas órbitas. Devia haver centenas deles. Perguntei ao Leutnant: "Não os enterram?" Bateu com o pé: "Como quer que os enterremos? O solo é como ferro. Não podemos desperdiçar explosivos. Nem trincheiras cavamos." Caminhávamos; onde o tráfego formara trilhas, o solo estava liso, escorregadio, era melhor andar pela lateral, pela neve fofa. O Leutnant me conduzia em direção a uma linha baixa e comprida, coberta de neve. Eu achava que se tratava de bunkers, mas, ao me aproximar, constatei serem na verdade vagões semienterrados, com as paredes e os tetos protegidos por sacos de areia e degraus escavados diretamente no solo levando até as portas. O Leutnant me fez entrar; no interior, oficiais azafamavam-se pelo corredor, os compartimentos haviam sido transformados em escritórios; lâmpadas fracas espalhavam uma luz suja e amarelada, e deviam alimentar uma estufa em algum lugar, pois não fazia muito frio. O Leutnant sugeriu que eu esperasse em um dos compartimentos, após ter tirado uma pilha de papéis de cima dos assentos. Percebi decorações de Natal, grosseiramente recortadas em papel colorido e coladas no vidro atrás do qual se amontoavam terra, neve e os sacos de areia enregelados. "Quer chá?", perguntou o Leutnant. "Não posso lhe oferecer nada além disso." Aceitei e ele se retirou. Tirei minha *chapka*, abri minha peliça, depois me sentei no banco. O Leutnant voltou com duas xícaras de um arremedo de chá e me estendeu uma; bebeu a sua de pé na entrada do compartimento. "Não teve sorte", disse ele timidamente, "em ter sido enviado para cá logo antes do Natal." Dei de ombros e soprei meu chá pelando: "Pois fique sabendo que estou me lixando para o Natal." — "Para nós, aqui, é muito importante." Apontou a decoração. "Os homens prezam muito isso. Espero que os vermelhos nos deixem em paz. Mas não se pode contar com isso." Eu estava achando aquilo curioso: Hoth, a princípio, avançava para fazer sua junção, parecia-me que os oficiais deveriam estar preparando a retirada em vez de o Natal. O Leutnant consultou seu relógio: "Os deslocamentos são rigorosamente controlados e não podemos levá-lo à cidade imediatamente. O senhor terá uma ligação esta tarde." — "Pois não. Sabe para onde devo ir?" Estampou um ar de surpresa: "Para a Kommandantur da cidade, imagino. Todos os oficiais da SP estão lá." — "Tenho que me apresentar ao Feldpolizeikommissar Möritz." — "É, é isso." Hesitou: "Descanse. Venho buscá-lo." Um pouco mais tarde, entrou outro oficial, saudou-me distraidamente e pôs-se a bater vigorosamente numa máquina de escrever. Saí para o corredor, mas havia muita gente passando. Comecei a sentir fome, não me haviam oferecido nada e eu não queria pedir. Saí para fumar um cigarro do lado de fora, onde se ouvia o ronco dos aviões em meio a detonações mais ou menos espaçadas, depois voltei para esperar sob a percussão monótona da máquina de escrever.

 O Leutnant voltou no meio da tarde. Eu estava faminto. Apontou para o meu equipamento e disse: "A ligação vai partir." Segui-o até um Opel munido de correntes e dirigido, estranhamente, por um oficial. "Boa sorte", disse o Leutnant ao me saudar. — "Feliz Natal", respondi. Tivemos que caber cinco no carro; com nossos agasalhos, mal havia lugar e tive a sensação de sufocar. Apoiei minha cabeça no vidro frio e soprei para desembaçá-lo. O carro partiu chacoalhando. A pista, balizada por painéis táticos fixados em postes, tábuas e até mesmo pernas de cavalos congeladas, fincadas com os cascos para cima, estava escorregadia, e mesmo com as correntes o Opel derrapava com frequência nas curvas; em geral o oficial o realinhava, mas às vezes enfiava o carro na neve fofa e tínhamos que sair e empurrar para desvencilhá-lo. Eu sabia que Pitomnik situava-se no centro do *Kessel*, mas a ligação não se destinava diretamente a Stalingrado, seguia um trajeto irregular, parando em diversos PC; a cada parada, oficiais deixavam o carro, outros ocupavam seu lugar; o vento aumentara ainda mais e aquilo ia se tornando uma tempestade de neve: avançávamos lentamente, como às apalpadelas. Finalmente surgiram as primeiras ruínas, chaminés de tijolo, bases de paredes alinhadas ao longo da estrada. Entre duas pancadas de chuva, avistei um painel: STALINGRADO — ENTRADA PROIBIDA — PERIGO DE MORTE. Voltei-me para o meu vizinho: "É uma piada?" Ele me fitou com um olhar apagado: "Não. Por quê?" A estrada descia, serpenteando, uma espécie de penhasco. Embaixo, começavam as ruínas da cidade: grandes prédios perfurados por projéteis, incendiados, com as janelas escancaradas e sem vidraças. As ruas estavam atravancadas pelos escombros, às vezes removidos às pressas para abrir passagem aos veículos. Os buracos causados por projéteis e cobertos pela neve infligiam choques brutais aos amortecedores. De ambos os lados desfilava um caos de carcaças de carros, caminhões, tanques, alemães e russos misturados, às vezes até mesmo incrustados uns nos outros. Aqui e ali cruzávamos com uma patrulha, ou, para minha surpresa, com civis em andrajos, sobretudo mulheres, carregando baldes ou sacos. Tilintando suas correntes, o Opel atravessava uma ponte comprida, reparada com peças pré-fabricadas da engenharia, por cima de uma ferrovia: embaixo, estendiam-se centenas de vagões imóveis, cobertos pela neve, intactos ou esmagados pelas explosões. Em contraste com o silêncio da estepe, perturbado apenas pelo barulho do motor, das correntes e do vento, reinava ali um ruído constante, detonações mais ou menos abafadas, o grito seco dos PAK, o crepitar das metralhadoras. Depois da ponte, o carro virou à esquerda, acompanhando a via férrea e os trens de mercadorias abandonados. À nossa direita perfilava-se um parque deserto e comprido; mais além, outros prédios em ruínas, encardidos, mudos, suas fachadas enfiadas na rua ou voltadas contra o céu como um cenário. A estrada contornava a estação, um grande edifício da época czarista, antigamente, ao que tudo indicava, amarelo e branco; na praça, em frente, aglomerava-se um novelo de veículos queimados, rasgados por impactos diretos, formas retorcidas que a neve mal amenizava. O carro enveredou por uma longa avenida diagonal: o barulho dos tiros intensificava-se, à frente eu percebia lufadas de fumaça preta, mas não fazia a menor ideia da localização da linha de frente. A avenida desembocava numa imensa praça vazia, atulhada de escombros, cercando uma espécie de parque delimitado pelos postes de luz. O oficial estacionou o carro em frente a um prédio amplo, com, na esquina, um peristilo em semicírculo com colunas destruídas por disparos, sobrepujado por grandes sacadas quadradas vazias e escuras e, bem no topo, uma bandeira com a cruz gamada, pendendo frouxamente de uma vara. "O senhor chegou", ele me disse acendendo um cigarro. Saí do veículo, abri o porta-malas e retirei meu equipamento. Alguns soldados armados com submetralhadoras mantinham-se sob o peristilo, mas não avançavam. Assim que fechei o porta-malas, o Opel partiu, fez uma rápida manobra e subiu a avenida em direção à estação, chacoalhando ruidosamente suas correntes. Observei a praça desolada: no centro, uma roda de crianças de pedra ou gesso, provavelmente restos de uma fonte, parecia zombar das ruínas em volta. Quando avancei em direção ao peristilo, os soldados me saudaram, mas barraram o caminho; vi com espanto que todos usavam a braçadeira branca dos hiwis. Um deles me pediu os documentos num alemão estropiado e lhe estendi minha caderneta de soldo. Examinou-a, devolveu-a com uma saudação e deu uma ordem lacônica, em ucraniano, a um de seus companheiros. Este me fez sinal para segui-lo. Subi os degraus entre as colunas, com o vidro e o estuque rangendo sob minhas botas, e penetrei no prédio escuro por uma ampla abertura sem portas. Logo em seguida alinhava-se uma fileira de manequins de plástico cor-de-rosa vestindo os mais diversos trajes: vestidos femininos, macacões de trabalho, ternos completos; as figuras, algumas delas com o crânio arrebentado por projéteis, ainda sorriam idiotamente, as mãos erguidas ou apontadas num gestual juvenil e desordenado. Atrás, na penumbra, viam-se prateleiras ainda repletas de utensílios domésticos, vitrines espatifadas ou derrubadas, balcões cobertos de gesso e escombros, cabides de vestidos de poá ou sutiãs. Segui o jovem ucraniano através dos corredores dessa loja fantasma até uma escada vigiada por dois outros hiwis; a uma ordem da minha escolta, afastaram-se para me dar passagem. Fui guiado até um subsolo iluminado pela luz amarela e difusa de lâmpadas racionadas: corredores, recintos fervilhando de oficiais e soldados da Wehrmacht, vestindo uniformes díspares, casacos regulamentares, agasalhos cinzentos de malha, capas russas com insígnias alemãs. Quanto mais avançávamos, mais a atmosfera tornava-se quente, úmida, opressiva, eu suava abundantemente sob minha peliça. Continuamos a descer, depois atravessamos uma ampla sala de operações iluminada por um lustre de cristal, com móveis estilo Luís XVI e taças de cristal espalhadas por entre mapas e dossiês; uma ária de Mozart crepitava de um gramofone portátil instalado sobre duas caixas de vinho francês. Os oficiais trabalhavam de calça esporte, de sandálias e até de short; ninguém me dava a mínima. Além da sala abria-se outro corredor, e vi finalmente um uniforme SS: o ucraniano me deixou ali e um Untersturmführer me levou até Möritz.

O Feldpolizeikommissar, um buldogue corpulento de óculos, usando como uniforme uma calça com suspensórios e uma camiseta manchada, recebeu-me secamente: "Já era tempo. Faz três semanas que peço alguém. Até que enfim, Heil Hitler!" Um anel espalhafatoso de prata brilhava em sua mão esticada até quase a altura da lâmpada pendurada em cima de sua cabeça maciça. Reconheci-o vagamente: em Kiev, o Kommando cooperava com a Feldpolizei secreta, devo ter cruzado com ele em algum corredor. "Recebi a ordem de destacamento há apenas quatro dias, Herr Kommissar. Era impossível vir mais rápido." — "Não estou lhe criticando. São essas porras desses burocratas. Sente-se." Tirei minha peliça e minha *chapka*, coloquei-as em cima do meu equipamento e procurei um lugar no gabinete atulhado. "Como sabe, não sou um oficial SS, e meu grupo da Geheime Feldpolizei está sob o controle do AOK. Por outro lado, na condição de Kriminalrat da Kripo, tenho sob minha responsabilidade todas as estruturas de polícia do *Kessel*. É uma combinação um pouco delicada, mas nos entendemos bem. O trabalho executivo fica a cargo dos Feldgendarmes ou então dos meus ucranianos. Eu tinha oitocentos no total, mas, bem, houve perdas. Estão distribuídos em duas Kommandanturen, esta e outra ao sul de Tsaritsa. O senhor é o único oficial SD do *Kessel*, portanto suas tarefas serão bastante diversificadas. Meu Leiter IV lhe explicará com mais detalhes, bem como se encarregará dos seus problemas de intendência. É um SS-Sturmbannführer; portanto, salvo uma urgência, preste-lhe contas de tudo, que ele me fará um resumo. Boa sorte."

Peliça e equipamento embaixo do braço, saí no corredor e encontrei o Untersturmführer: "O Leiter IV, por favor?" — "Por aqui." Segui-o até uma saleta juncada de mesas, papéis, caixas, dossiês, com velas fincadas sobre todas as superfícies livres. Um oficial ergueu a cabeça: era Thomas. "E então", disparou alegremente, "já era hora." Levantou-se, contornou a mesa e apertou calorosamente minha mão. Eu olhava para ele, não dizia nada. Depois, falei: "Mas o que faz por aqui?" Abriu os braços; como sempre, estava impecavelmente uniformizado, recém-barbeado, os cabelos penteados com brilhantina, a túnica fechada até o pescoço, com todas as condecorações. "Apresentei-me como voluntário, meu caro. O que trouxe para comer?" Arregalei os olhos: "Para comer? Nada, por quê?" Seu rosto fez uma expressão de horror: "Você chega de fora de Stalingrado e não traz nada para comer? Deveria ter vergonha. Não lhe explicaram a situação por aqui?" Eu mordia o lábio, não conseguia saber se ele estava brincando: "Para dizer a verdade, nem pensei nisso. Achei que a SS teria o necessário." Sentou-se de repente e sua voz tornou-se irônica: "Procure um self-service. A SS, você devia saber, não controla nem os aviões nem o que eles trazem. Recebemos tudo do AOK, e eles nos distribuem nossas rações pela tarifa sindical, ou seja, neste momento..." — remexeu na escrivaninha e pegou um papel —, "duzentos gramas de carne, geralmente de cavalo, por homem e por dia, duzentos gramas de pão e vinte gramas de margarina ou substância gordurosa. Desnecessário dizer", prosseguiu, deixando a folha de lado, "que isso não alimenta um homem." — "Não parece estar passando muito mal", observei. — "Sim, felizmente há quem seja mais previdente que você. Além disso, nossos pequenos ucranianos são bastante safos, sobretudo se não lhes fizermos perguntas." Tirei um maço de cigarros do bolso do meu dólmã e acendi um. "Pelo menos", eu disse, "trouxe o que fumar." — "Ah! O que mostra que não é tão ingênuo assim. Então, parece que teve problemas com Bierkamp?" — "De certa maneira. Um mal-entendido." Thomas projetou-se um pouco para a frente e agitou um dedo: "Max, não é de hoje que lhe digo para tratar bem as pessoas. Um dia isso vai acabar mal." Fiz um gesto vago em direção à porta: "Digamos que já acabou mal. A propósito, chamo sua atenção para o fato de que você também está aqui." — "Aqui? Aqui, afora a gororoba, está tudo muito bem. Depois, serão promoções, condecorações e *tutti quanti*. Seremos verdadeiros heróis e poderemos desfilar nos melhores salões com nossas medalhas. Até suas aventuras serão esquecidas." — "Acho que você está omitindo um detalhe: entre você e seus salões, há alguns exércitos soviéticos. *Der Manstein kommt*, mas ainda não chegou." Thomas fez uma careta de desprezo: "Você, derrotista como sempre. Além disso, mal informado: *der Manstein kommt* não vem mais; faz algumas horas que deu ordens para Hoth recuar. Com o front italiano se desmilinguindo, precisamos dele em outros lugares. Caso contrário, será Rostov que vamos perder. De toda forma, ainda que ele tivesse chegado até nós, não teria havido ordem de evacuação. E, sem ordens, Paulus jamais teria se mexido. Toda essa história de Hoth, se quer minha opinião, era para os fregueses de sempre. Para que Manstein pudesse ficar com a consciência tranquila. E o Führer também, aliás. Tudo isso para lhe dizer que nunca contei com Hoth. Um cigarro, por favor." Estendi-lhe um e acendi. Soltou uma longa baforada e se esticou para trás na cadeira: "Os homens indispensáveis e os especialistas serão evacuados imediatamente antes do fim. Möritz está na lista, eu também, claro. Naturalmente, alguns terão que permanecer até o fim para tomar conta da loja. Chama-se a isso falta de sorte. Mesma coisa para nossos ucranianos: estão fodidos e sabem disso. Isso os torna malvados, e eles se vingam antecipadamente." — "Você pode morrer antes. Ou até mesmo ao partir: percebi que vários aviões ficaram por aqui." Abriu um enorme sorriso: "Isso, meu caro, são ossos do ofício. Também podemos ser esmagados por um carro atravessando a Prinz-Albrechtstrasse." — "Fico feliz ao ver que não perdeu o seu cinismo." — "Meu caro Max, já lhe expliquei cem vezes que o nacional-socialismo é uma selva, que funciona segundo princípios rigorosamente darwinistas. É a sobrevivência do mais forte ou do mais esperto. Mas isso você nunca vai entender." — "Digamos que tenho outra visão das coisas." — "Sim, e veja o resultado: você está em Stalingrado." — "E você, pediu mesmo para vir?" — "Era antes do cerco, claro. As coisas não pareciam ir tão mal no início. E depois, no Grupo, estava um marasmo. A última coisa que eu queria era encontrar KdS num buraco miserável da Ucrânia. Stalingrado oferecia possibilidades interessantes. E, se eu conseguir meu alfinete nesse jogo, terá valido a pena. Senão..." — ria com todos os dentes —, *"c'est la vie"*, concluiu em francês. — "Seu otimismo é admirável. E, quanto a mim, quais são minhas perspectivas?" — "Você? Periga ser um pouco mais complicado. Se mandaram você para cá, é porque não o consideram indispensável: tem de concordar comigo. Então, para um lugar nas listas de evacuação, verei o que posso fazer, mas não garanto nada. Na pior das hipóteses, você não está livre de uma *Heitmatschuss*. Nesse caso, podemos dar um jeito de fazê-lo sair com prioridade. Mas, atenção! Nada de ferimento muito grave; são repatriados apenas os que podem ser remendados para retomar o serviço. A propósito, começamos a ter uma baita experiência em ferimentos autoinfligidos. Você deveria ver o que esses caras inventam, às vezes é muito engenhoso. Desde o fim de novembro, fuzilamos mais homens nossos que russos. Para encorajar os outros, como dizia Voltaire a respeito do almirante Byng." — "Você não estaria me sugerindo..." Thomas agitou as mãos: "De jeito nenhum, de jeito nenhum! Não seja tão suscetível. Estava falando à toa.

Já comeu?" Não havia pensado nisso desde minha chegada à cidade; meu estômago roncou. Thomas riu. "Para dizer a verdade, nada desde a manhã. Em Pitomnik, não me ofereceram nada." — "O senso de hospitalidade está morrendo. Venha, vamos arrumar suas coisas. Mandei que o instalassem no meu quarto, para vigiá-lo de perto."

Alimentado, estava me sentindo melhor. Enquanto eu engolia uma espécie de caldo no qual boiavam vagos pedaços de carne, Thomas me explicara o essencial das minhas funções: coletar rumores, boatos e *Latrinenparolen* e verificar o moral dos soldados; lutar contra a propaganda derrotista russa; e manter alguns informantes, civis, não raro crianças, que se insinuavam em ambas as linhas. "É uma faca de dois gumes", ele dizia, "porque elas tanto fornecem informações aos russos quanto a nós. Além disso, mentem muito. Mas às vezes é útil." No quarto, um cômodo estreito mobiliado com um beliche de ferro e uma caixa de munições vazia, com um tacho esmaltado e um espelho rachado para a barba, ele havia me dado um uniforme de inverno reversível, produto típico do gênio alemão, branco de um lado, *feldgrau* do outro. "Pegue isso para quando tiver que sair", ele disse. "Sua peliça é boa para a estepe; na cidade, é muito desconfortável." — "Podemos dar uma volta?" — "Será obrigado a isso. Mas vou arranjar-lhe um guia." Levou-me até uma sala de guarda onde auxiliares ucranianos jogavam cartas tomando chá. "Ivan Vassilievitch!" Três ergueram a cabeça; Thomas apontou um deles, que saiu para nos encontrar no corredor. "Este é Ivan. Um dos nossos melhores. Ele vai cuidar de você." Voltou-se para ele e lhe explicou alguma coisa em russo. Ivan, um rapaz louro e franzino, maçãs salientes, escutava-o com atenção. Thomas voltou-se para mim: "Ivan não é nenhum modelo de disciplina, mas conhece a cidade como a palma da mão e é bastante confiável. Nunca saia sem ele e, do lado de fora, faça tudo que ele disser, ainda que não compreenda por quê. Ele fala um pouco de alemão, vocês vão se entender. *Capisce?* Eu disse para ele que agora ele era seu guarda-costas pessoal e que respondia com a cabeça pela sua vida." Ivan me saudou e voltou para a sala. Eu me sentia esgotado. "Vá, vá dormir", disse Thomas. "Amanhã à noite festejaremos o Natal."

Na minha primeira noite em Stalingrado, ainda me lembro, tive um sonho com o metrô. Era uma estação de diversos níveis, mas que se comunicavam entre si, um labirinto imenso de vigas de aço, passarelas, escadas metálicas abruptas, escadarias em espiral. Os trens chegavam nas plataformas e partiam fazendo um estrépito ensurdecedor. Eu não tinha bilhete e estava angustiado com a possibilidade de ser importunado. Desci alguns níveis e entrei num trem que saiu da estação e em seguida empinou quase verticalmente sobre os trilhos, como numa arremetida; mais adiante, freou, deu um cavalo de pau e, passando novamente pela plataforma sem parar, mergulhou no outro sentido, num vasto abismo de luz e barulho feroz. Ao despertar, sentia-me esvaziado, tive que fazer um esforço imenso para lavar o rosto e me barbear. Minha pele estava irritada. Esperava não pegar pulgas. Passei algumas horas estudando um mapa da cidade e dossiês; Thomas tentava me orientar: "Os russos ainda detêm uma faixa estreita ao longo do rio. Estavam cercados, sobretudo quando o rio carregava gelo e não estava completamente congelado; agora, embora estejam de costas para o rio, são eles que nos cercam. Aqui, no alto, é a Praça Vermelha; no mês passado conseguimos, um pouco mais embaixo, nesse ponto, rasgar a frente deles em duas, e portanto pusemos um pé no Volga, aqui na altura da antiga área de desembarque deles. Se tivéssemos munições, poderíamos praticamente impedir seu abastecimento, mas só podemos atirar em caso de ataque iminente, e eles passam como querem, até de dia, por estradas de gelo. Toda a logística deles, hospitais e artilharia estão do outro lado. De vez em quando despachamos alguns Stukas, mas apenas para azucriná-los. Perto daqui, estão incrustados num bloco de casas ao longo do rio, e também ocupam toda a grande refinaria, até a base da colina 102, que é um antigo *kurgan* tártaro que conquistamos e perdemos dezenas de vezes. É a 100ª Jägerdivision que cuida desse setor, austríacos, com um regimento croata também. Atrás da refinaria, há uns penhascos que dão para o rio, e os russos têm toda uma infraestrutura lá dentro, intocável também, uma vez que nossos obuses passam por cima. Tentamos liquidá-los explodindo os reservatórios de petróleo, mas eles reconstruíram tudo assim que o fogo foi debelado. Além disso, ocupam também boa parte da fábrica de produtos químicos Lazur, com toda a zona conhecida como 'raquete de tênis' devido à forma dos acessos. Mais ao norte, a maioria das fábricas está em nossas mãos, exceto um setor da siderúrgica Outubro Vermelho. A partir desse ponto, estamos no rio, até Spartakovka, no limite norte do *Kessel*. A cidade em si é controlada pelo 51º Corpo do General Seydlitz; mas o setor das fábricas pertence ao 11º Corpo. A mesma coisa no sul: os vermelhos ocupam apenas uma faixa, uns cem metros de largura. São esses cem metros que nunca conseguimos encurtar. A cidade está mais ou menos dividida em duas pela ravina de Tsaritsa; herdamos ali uma bela infraestrutura escavada nos penhascos, virou nosso hospital principal. Atrás da estação, há um Stalag, administrado pela Wehrmacht; quanto a nós, temos um pequeno KL no *kolkhoz* Vertiashii, para os civis que prendemos e não executamos e assim por diante. Que mais? Há bordéis nas grutas, mas terá de achá-los sozinho, caso se interesse. Ivan os conhece bem. Dito isto, as moças estão cheias de pulgas." — "E por falar em pulgas..." — "Ah, terá que se acostumar. Veja." Desabotoou a túnica, passou a mão por baixo, procurou e a revirou: estava tomada por pequenas bestiolas cinzentas que ele lançou na estufa, onde começaram a estalar. Thomas continuava tranquilamente: "Temos problemas enormes de combustível. Schmidt, chefe de estado-maior, o que substituiu Heim, lembra-se?, Schmidt controla todas as reservas, até mesmo as nossas, e vai liberando no conta-gotas. De toda forma, você vai ver: Schmidt controla tudo por aqui. Paulus não passa de uma marionete. O resultado é que os deslocamentos em veículo estão *verboten*. Entre a colina 102 e a estação do sul, fazemos tudo a pé; para ir mais longe, é preciso pegar carona com a Wehrmacht. Eles têm ligações mais ou menos regulares entre os setores." Ainda havia muito para absorver, mas Thomas era paciente. No meio da manhã soubemos que Tatsinskaia caíra de madrugada; a Luftwaffe dera tempo para que os tanques russos tomassem as laterais da pista para evacuarem e perdera 72 aparelhos, quase dez por cento da sua frota de transporte. Thomas me mostrara os números do abastecimento: eram catastróficos. No sábado anterior, 19 de dezembro, 154 aviões conseguiram aterrissar com 289 toneladas; mas havia também dias com 15 ou 20; o AOK 6, no início, exigira 700 toneladas diárias no mínimo, e Göring prometera 500. "Este merecia", comentou secamente Möritz na reunião em que anunciou a notícia da perda de Tatsinskaia aos seus oficiais, "um regime de algumas semanas no *Kessel*." A Luftwaffe previa reinstalar-se em Salsk, a 300 quilômetros do *Kessel*, limite da autonomia dos Ju-52. Aquele prometia ser um Natal alegre.

No fim da manhã, após uma sopa com torradas secas, eu disse comigo: Vamos, já é hora de pegar no batente. Mas por onde? Pelo moral das tropas? Pronto, pelo moral das tropas. Eu concebia muito bem que ele não devia ser nada bom, mas cabia-me pôr à prova minhas opiniões. Estudar o moral dos soldados da Wehrmacht significava sair; eu não achava que Möritz desejasse um relatório sobre o moral dos nossos ascaris ucranianos, únicos soldados que eu teria ao meu alcance. A ideia de abandonar a segurança provisória do bunker me angustiava, mas era preciso. Além disso, eu tinha que visitar a cidade. Talvez também me habituasse, e as coisas melhorassem. Na hora de me vestir, hesitei; optei pelo lado cinzento, mas vi pela cara de Ivan que cometera um erro. "Está nevando hoje. Você devia usar o branco." Fingi não perceber o "você" descabido e fui me trocar. Pedi também, Thomas insistira nesse ponto, um capacete: "Vai ver, é muito útil." Ivan me entregou uma submetralhadora; considerei a máquina na dúvida, achando que não ia saber usar aquilo, mas a instalei assim mesmo no ombro. Do lado de fora, um vento forte continuava a soprar, carregando grossas volutas de flocos: na entrada da Univermag, não se via sequer a fonte das crianças. Depois da umidade sufocante do bunker, o ar frio e vivo me revigorava. "*Kuda*?", perguntou Ivan. Eu não fazia ideia. "Para junto dos croatas", eu disse ao acaso; Thomas, pela manhã, mencionara efetivamente os croatas. "É longe?" Ivan resmungou e pegou a direita, por uma rua comprida que parecia subir para a estação. A cidade parecia relativamente calma; de tempos em tempos, uma detonação surda ressoava através da neve, até isso me deixava nervoso; não hesitava em imitar Ivan, que caminhava margeando os prédios, colei nas paredes. Sentia-me assustadoramente nu, vulnerável, como um caranguejo fora da carapaça; dava-me conta de maneira aguda que, nos dezoito meses que eu estava na Rússia, era a primeira vez que me encontrava de fato *no fogo*; e uma angústia aflitiva oprimia meus membros e entorpecia meus pensamentos. Falei de medo: não chamaria de medo o que eu sentia na ocasião, em todo caso não um medo aberto e consciente, mas um desconforto quase físico, como um prurido que não conseguimos coçar, concentrado nas partes cegas do corpo, a nuca, o dorso, as nádegas. Para tentar me distrair, observava os prédios do outro lado da rua. Várias fachadas estavam desmoronadas, revelando o interior dos apartamentos, uma série de slides da vida comum, salpicados de neve e às vezes insólitos: no terceiro andar, uma bicicleta presa na parede; no quarto, papel de parede florido, um espelho intacto e uma reprodução emoldurada da altiva *Desconhecida* em azul de Kramskoi; no quinto, um sofá verde com um cadáver deitado em cima, sua mão feminina solta no vazio. Um obus, ao atingir o telhado de um prédio, desfez a ilusão de placidez: encolhi-me e compreendi por que Thomas insistira no capacete: recebi uma chuva de escombros, fragmentos de telhas e tijolos. Quando ergui a cabeça, observei que Ivan sequer se inclinara, apenas cobrira os olhos com a mão. "Venha", ele disse, "não é nada." Calculei a direção do rio e do front e compreendi que os prédios que margeávamos nos protegiam parcialmente: os obuses, para caírem nessa rua, tinham que passar por cima dos telhados, havia poucas chances de explodirem no solo. Mas esse pensamento me tranquilizou mediocremente. A rua desembocava em depósitos e instalações ferroviárias em ruínas; Ivan, à minha frente, atravessou correndo a comprida praça e penetrou em um dos depósitos por uma porta de ferro enrolada em si mesma como a tampa de uma lata de sardinha. Hesitei, depois fui atrás dele. Lá dentro, atravessei as montanhas de caixotes empilhados ali fazia tempo, contornei uma parte do telhado desmoronado e saí ao ar livre por um buraco escavado numa parede de tijolos, de onde partiam diversas pegadas na neve. A trilha acompanhava as paredes dos depósitos; na rampa, mais além, estendiam-se as linhas de vagões de mercadorias que na véspera eu percebera da ponte, suas paredes crivadas de impactos de balas e obuses e cobertas de pichações em russo e alemão, indo do cômico ao obsceno. Uma excelente caricatura em cores mostrava Stálin e Hitler fornicando enquanto Roosevelt e Churchill se masturbavam em torno deles: mas eu não conseguia determinar quem a pintara, se um dos nossos, se um dos deles, o que a tornava de pouca utilidade para o meu relatório. Mais além, uma patrulha vindo em sentido contrário passou por nós sem uma palavra, uma saudação. Os homens tinham o rosto macilento, amarelo, carcomido pela barba, mantinham as mãos enfiadas nos bolsos e arrastavam botas envolvidas em farrapos ou embrulhadas em enormes tamancos de palha trançada, bastante desconfortáveis. Desapareceram atrás de nós na neve. Aqui e ali, dentro de um vagão ou na ferrovia, sobressaía um cadáver congelado, de nacionalidade indistinta. Não se ouviam mais explosões e tudo parecia calmo. Depois, à nossa frente, recomeçou: detonações, tiros, rajadas de metralhadoras. Havíamos passado pelos últimos depósitos e atravessado outra zona de habitação: a paisagem abria-se para uma superfície coberta pela neve dominada, à esquerda, por uma grande colina redonda como um vulcão em miniatura, o cume cuspindo de tempos em tempos a fumaça preta das explosões. "Mamaev Kurgan", apontou Ivan antes de virar à esquerda e entrar num prédio.

Alguns soldados estavam sentados nos cômodos vazios, recostados nas paredes, joelhos dobrados contra o peito. Olhavam-nos com olhos vazios. Ivan me fez atravessar diversas construções, passando por pátios internos ou vielas; então, provavelmente nos afastáramos um pouco das linhas, continuou por uma rua. Os prédios nesse trecho eram baixos, dois andares no máximo, talvez dormitórios de operários; em seguida vinham casas esmagadas, desmoronadas, reviradas, embora mais reconhecíveis que as que eu vira na entrada da cidade. De vez em quando, um movimento ou um barulho indicavam que algumas daquelas ruínas ainda eram habitadas. O vento continuava a assobiar; agora eu ouvia o estrépito das detonações no *kurgan* que se perfilava à nossa direita, atrás das casas. Ivan me arrastava por pequenos quintais, demarcados sob a neve pelos destroços de alambrados ou cercas. O lugar parecia deserto, mas a trilha que percorríamos era frequentada, os passos dos homens tinham varrido a neve. Em seguida ela mergulhava numa *balka*, descendo pelo flanco. O *kurgan* desapareceu da minha vista; ao fundo, o vento soprava menos forte, a neve caía suavemente, e, de repente, as coisas ganharam vida, dois Feldgendarmes bloqueavam a trilha, atrás deles soldados iam e vinham. Apresentei meus papéis aos Feldgendarmes, que me saudaram e se afastaram para nos deixar passar; vi então que o flanco leste da *balka*, recostada no *kurgan* e no front, estava crivado de bunkers, dutos escuros escorados por vigas ou tábuas de onde saíam pequenas chaminés fumegantes feitas com latas de conserva fixadas umas nas outras. Os homens entravam e saíam de joelhos dessa cidade troglodita, em geral de costas. No fundo da ravina, sobre um cepo de lenha, dois soldados esquartejavam um cavalo a machadadas; os pedaços, cortados ao acaso, eram jogados num caldeirão onde a água esquentava. Depois de uns vinte minutos, a trilha ramificava-se numa outra *balka* que abrigava bunkers semelhantes; trincheiras rudimentares, a intervalos, subiam para o *kurgan*, que contornávamos; de quando em quando, um tanque soterrado até a torre servia como peça de artilharia fixa. Obuses russos caíam vez por outra em torno dessas ravinas, projetando imensos blocos de neve, eu escutava seu assobio, um som estridente, lancinante, que embrulhava minhas entranhas; a cada vez, eu tinha que resistir ao impulso de me jogar no chão, obrigando-me a imitar Ivan, que os ignorava soberanamente. Ao cabo de certo tempo consegui recuperar a confiança: deixei-me invadir pelo sentimento de que tudo aquilo era uma grande brincadeira de crianças, um formidável quintal para aventuras, como sonhamos aos oito anos, com sonoplastia, efeitos especiais, passagens misteriosas, e eu quase ria de prazer, tomado que estava por essa ideia que me remetia às minhas mais remotas brincadeiras, quando Ivan mergulhou em cima de mim sem uma palavra e me colou no chão. Uma detonação ensurdecedora rasgou o mundo, era tão próxima que senti o ar rebentar nos meus tímpanos e uma chuva de neve e terra misturadas abateu-se sobre nós. Tentei me encolher, mas Ivan já me puxava pelo ombro e me erguia: a uns trinta metros, uma fumaça preta erguia-se preguiçosamente do fundo da *balka*, a poeira levantada vinha depositar-se lentamente sobre a neve; um cheiro acre de cordite impregnava o ar. Meu coração estava disparado, eu sentia uma aflição tão intensa nas coxas que chegava a doer, queria me sentar, como uma massa inerte. Mas Ivan parecia não levar aquilo a sério; espanava o uniforme com a mão conscienciosamente. Fez-me então virar-lhe as costas e me esfregou vigorosamente enquanto eu espanava minhas mangas. Fomos em frente. Eu começava a achar aquela escapada idiota: afinal, que tinha ido fazer ali? Parecia incapaz de ver que não estava mais em Piatigorsk. Nossa trilha emergia das *balki*: ali começava um longo platô deserto, selvagem, dominado pelos fundos do *kurgan*. A frequência das detonações no cume, que eu sabia ocupado por nossas tropas, me fascinava: como era possível que homens permanecessem ali, sofrendo aquela chuva de fogo e metal? Eu estava distante uns dois ou três quilômetros, e sentia medo. Nossa trilha serpenteava por entre montículos de neve que o vento, aqui e ali, esboroara para revelar um canhão apontado para o céu, a porta retorcida de um caminhão, as rodas de um carro capotado. À nossa frente encontramos novamente a ferrovia, vazia dessa vez, que desaparecia ao longe na estepe. Ela vinha de trás do *kurgan* e fui tomado pelo medo irracional de ver surgir uma coluna de T-34 ao longo dos trilhos. Em seguida, outra ravina rasgava o platô, e escorreguei pelo seu flanco atrás de Ivan, como se mergulhasse na cálida segurança de uma casa de infância. Ali também havia bunkers, soldados transidos e assustados. Eu poderia ter parado em qualquer lugar, falado com os homens e regressado, mas seguia docilmente Ivan, como se ele soubesse o que eu tinha a fazer. Finalmente emergimos dessa longa *balka*: novamente estendia-se uma zona residencial; mas as casas estavam arrasadas, queimadas até o chão, até as chaminés haviam desabado. Os destroços atravancavam as ruazinhas, tanques, veículos de assalto, peças de artilharia soviéticas, nossas também. Carcaças de cavalos jaziam em posições absurdas, às vezes petrificadas nas armações de carroças volatilizadas como fetos; sob a neve, ainda distinguíamos os cadáveres, eles também surpreendidos em curiosas contorções, congelados pelo frio até o próximo degelo. De vez em quando uma patrulha passava por nós; também havia postos de controle, onde Feldgendarmes um pouco mais privilegiados que os soldados esmiuçavam nossos papéis antes de nos deixarem avançar até o setor seguinte. Ivan entrou numa rua mais larga; uma mulher vinha em nossa direção, afunilada em dois casacos e um xale, uma bolsinha quase vazia no ombro. Observei seu rosto: impossível dizer se tinha vinte ou cinquenta anos. Mais adiante, uma ponte desabada obstruía o leito de uma ravina profunda; a leste, na direção do rio, outra ponte, bem alta, espantosamente intacta, dominava a embocadura dessa mesma ravina. Era preciso descer agarrando-se aos escombros, depois, contornando ou escalando as pontas de cimento quebrado, subir pelo outro lado. Um posto de Feldgendarmes operava num abrigo formado por um canto desmoronado da plataforma da ponte. "*Khorvati*?", perguntou-lhes Ivan. "Os croatas?" O Feldgendarme informou: não faltava muito. Entrávamos num quarteirão residencial: por toda parte, percebíamos ex-instalações de tiro, havia painéis vermelhos: ACHTUNG! MINEN, restos de arame farpado, trincheiras atulhadas de neve até a metade por entre os prédios; aquilo fora um setor do front em determinada época. Ivan conduziu-me por uma série de becos, mais uma vez colado nas paredes; numa esquina, acenou para mim: "Quem você quer encontrar?" Era difícil me acostumar com aquele você. "Não sei. Um oficial." — "Espere." Entrou num prédio mais adiante, de onde saiu com um soldado que lhe apontou alguma coisa na rua. Fez um sinal para mim e juntei-me a ele. Ivan levantou o braço na direção do rio, de onde chegava o barulho pontual de morteiros e metralhadoras: "Ali, *Krasnyi Oktiabr. Russki*." Havíamos andado um bom pedaço: estávamos perto de uma das últimas fábricas ainda nas mãos dos soviéticos, além dos limites do *kurgan* e da "raquete de tênis". Os prédios deviam ter sido os alojamentos coletivos dos operários. Ao chegar a um daqueles blocos, Ivan subiu os três degraus da escadinha da entrada e trocou algumas palavras com uma sentinela. O soldado saudou-me, entrei no corredor. Cada aposento, escuro, com janelas vedadas incipientemente por tábuas, tijolos empilhados sem argamassa e cobertores, abrigava um grupo de soldados. A maioria dormia, apertados uns contra os outros, às vezes vários sob uma coberta. As respirações formavam pequenas nuvens de condensação. Reinava um cheiro nauseabundo, uma fedentina gerada por todas as secreções do corpo humano, predominando a urina e o cheiro agridoce da diarreia. Num recinto comprido, provavelmente o antigo refeitório, diversos homens amontoavam-se ao redor de uma estufa. Ivan me mostrou um oficial sentado num banquinho; como os demais, ostentava, no braço do seu *feldgrau* alemão, um tabuleiro vermelho e branco. Vários desses homens conheciam Ivan: encetaram a conversa numa espécie de sabir composto de ucraniano e croata, engrossado com os piores palavrões (*pitchka*, *pizda*, *pizdets*, isso se diz em todas as línguas eslavas e se aprende bem rápido). Dirigi-me ao oficial, que se levantou para me saudar. "Fala alemão?", perguntei após ter estalado os calcanhares e erguido o braço. — "Sim, sim." Observou-me com curiosidade; é verdade que meu novo uniforme não exibia nenhum sinal de distinção. Apresentei-me. Atrás dele, presas na parede, míseras decorações de Natal: guirlandas em papel de jornal em torno de uma árvore desenhada a carvão diretamente na parede, estrelas recortadas de lata e outros frutos da engenhosidade dos soldados. Havia também um grande e belo desenho do presépio: mas em vez de se passar num estábulo, a cena era representada numa casa destruída, em meio a ruínas calcinadas. Sentei-me com o oficial. Era um jovem Oberleutnant, comandava uma das companhias daquela unidade croata, o 369º Regimento de Infantaria: uma parte de seus homens montava guarda num setor do front, diante da fábrica Outubro Vermelho; os outros descansavam por ali. Fazia alguns dias que os russos estavam relativamente calmos; de vez em quando, disparavam tiros de morteiro, mas os croatas percebiam muito bem que era para irritá-los. Também haviam instalado alto-falantes em frente às trincheiras e ao longo do dia reproduziam músicas tristes, ou alegres, intercaladas por propaganda encorajando os soldados a desertarem ou se renderem. "Os homens não dão muita bola para a propaganda, porque foi gravada por um sérvio; mas a música os deprime profundamente." Indaguei acerca das tentativas de deserção. Respondeu muito vagamente: "Acontece... mas fazemos de tudo para impedir." Foi bem mais prolixo a respeito da festa de Natal que estavam preparando; o comandante da divisão, um austríaco, prometera-lhes uma ração suplementar; ele próprio conseguira preservar uma garrafa de *lozavitsa*, destilada por seu pai, que esperava dividir com seus homens. Porém, acima de tudo, queria notícias de Von Manstein. "Então ele está para chegar?" Naturalmente, o fracasso da ofensiva de Hoth não fora anunciado às tropas, e foi minha vez de ser vago: "Mantenha-se preparado", respondi lamentavelmente. Aquele jovem oficial devia ter sido um homem elegante e simpático; naquele momento era tão patético quanto um cachorro escorraçado. Falava lentamente, escolhendo as palavras com cuidado, como se pensasse retardatariamente. Ainda conversamos um pouco sobre problemas de abastecimento, depois me levantei para partir. Voltei a me perguntar: que diabos eu fuçava ali que já não houvesse lido num relatório? Tudo bem, estava vendo com meus olhos a miséria dos homens, seu cansaço, sua aflição, mas disso eu também já sabia. A caminho cogitara vagamente uma discussão acerca do engajamento político dos soldados croatas ao lado da Alemanha, acerca da ideologia ustacha: compreendia agora que aquilo não fazia sentido nenhum; era pior que inútil, e aquele Oberleutnant provavelmente não teria o que responder, não havia mais lugar em sua cabeça senão para a comida, sua casa, sua família, o cativeiro ou uma morte próxima. Eu estava totalmente exausto e enojado, sentia-me hipócrita, idiota. "Feliz Natal", disse-me um oficial, apertando minha mão e sorrindo. Alguns de seus homens olhavam para mim sem o menor fulgor de curiosidade. "Feliz Natal", eu me obrigava a responder. Recuperei Ivan e saí, respirando avidamente o ar frio. "E agora?", perguntou Ivan. Refleti: se tinha ido até ali, pensei, devia pelo menos visitar uma das posições de frente. "Podemos ir até o front?" Ivan deu de ombros: "Como quiser, chefe. Mas precisamos pedir a um oficial." Voltei para o salão: o oficial não se mexera, continuava a olhar para a estufa com um ar ausente. "Oberleutnant? Posso inspecionar uma das posições avançadas?" — "Como quiser." Chamou um de seus homens e deu-lhe uma ordem em croata. Então me disse: "É o Hauptfeldwebel Nišić. Irá guiá-lo." De repente tive a ideia de lhe oferecer um cigarro: seu rosto se iluminou e ele esticou lentamente a mão para pegar um. Sacudi o maço: "Pegue mais de um." — "Obrigado, obrigado. Feliz Natal também." Ofereci um também ao Hauptfeldwebel, que me disse "*Hvala*" e o guardou precavidamente num estojo. Olhei novamente para o jovem oficial: continuava segurando seus três cigarros na mão, o rosto radiante, como o de uma criança. Daqui a quanto tempo, eu me perguntava, serei como ele? Esse pensamento me dava vontade de chorar. Saí com o Hauptfeldwebel, que nos conduziu inicialmente pela rua, depois por pátios até o interior de um depósito. Devíamos estar no terreno da fábrica; eu não tinha visto muro, mas tudo estava tão desordenado e revirado que era comum não se reconhecer nada. O chão do depósito era sulcado por uma trincheira à qual o Hauptfeldwebel nos fez descer. A parede, defronte, estava crivada de buracos, a luz e a neve derramavam-se com uma claridade glauca naquele grande espaço vazio; pequenas trincheiras auxiliares partiam da trincheira central para irem se juntar aos ângulos do depósito; não eram retas e eu não via ninguém. Passamos em fila sob o muro do depósito: a trincheira atravessava um pátio e desaparecia nas ruínas de um prédio administrativo de tijolos vermelhos. Nišić e Ivan caminhavam abaixados para permanecerem no nível da trincheira, e os imitei metodicamente. À nossa frente, tudo estava estranhamente silencioso; mais além, à direita, ouviam-se rajadas curtas, tiros. O interior do prédio administrativo estava às escuras e fedia mais que a casa onde os soldados dormiam. "Aqui estamos", disse calmamente Nišić. Estávamos num porão, a única luz vinha de pequenos respiradouros ou buracos no tijolo. Um homem surgiu da escuridão e se dirigiu em croata a Nišić. "Tivemos uma escaramuça. Russos querendo se infiltrar. Matamos alguns", traduziu Nišić num alemão bem tosco. Explicou-me detidamente o dispositivo deles: onde ficavam o morteiro, a Spandau, as pequenas metralhadoras, o perímetro de alcance que isso cobria, onde se situavam os pontos cegos. Aquilo não me interessava, mas deixei-o falar; de toda forma eu não sabia exatamente o que me interessava. "E a propaganda deles?", perguntei. Nišić falou com o soldado: "Depois do combate eles pararam." Ficamos em silêncio por um instante. "Posso ver as linhas deles?", acabei perguntando, provavelmente para me dar a impressão de ter vindo por alguma coisa. — "Siga-me." Atravessei o subsolo e subi uma escada atulhada de estuque e fragmentos de tijolo. Ivan, submetralhadora embaixo do braço, fechava a fila. No térreo, um corredor nos levou até um cômodo, nos fundos. Todas as janelas estavam obstruídas por tijolos e tábuas, mas a luz era filtrada por milhares de orifícios. No último recinto, dois soldados estavam recostados na parede com uma Spandau. Nišić apontou um buraco rodeado de sacos de areia escorados por tábuas. "Pode olhar por aqui. Mas não por muito tempo. Os *snipers* deles são de primeira. Parece que são mulheres." Ajoelhei perto do buraco, depois estiquei lentamente a cabeça; a brecha era estreita, eu via apenas uma paisagem de ruínas informes, quase abstrata. Foi então que ouvi o grito, da esquerda: um longo uivo rouco, bruscamente interrompido. Então o grito voltou. Não havia mais nenhum outro barulho e eu o ouvi nitidamente. Vinha de um rapazola e eram longos gritos dilacerantes, terrivelmente débeis; devia, pensei, estar ferido na barriga. Me debrucei e olhei de viés: percebi sua cabeça e uma parte do torso. Gritava até perder o fôlego, parava para inspirar e recomeçava. Sem saber russo, eu compreendia o que ele gritava: *"Mama! Mama!"* Era insuportável. "Que é isso?", perguntei estupidamente a Nišić. — "É um dos sujeitos de agorinha." — "Não pode acabar com ele?" Nišić fitou-me com um olhar duro, cheio de desprezo: "Não temos munição para desperdiçar", grunhiu finalmente. Sentei-me contra a parede, como os soldados. Ivan apoiara-se no batente da porta. Ninguém falava. Fora, o garoto continuava a gritar: *"Mama! Ia ne khatchu! Mama! Ia khatchu domoi!"*, e outras palavras que eu não conseguia distinguir. Dobrei os joelhos e os enlacei com os braços. Nišić, agachado, continuava a olhar para mim. Eu queria tapar o ouvido, mas seu olhar de chumbo me petrificava. Os gritos do garoto perfuravam meu cérebro, uma colher de pedreiro remexendo uma lama grossa e viscosa, recheada de vermes e de uma vida imunda. E eu, pensei, será que chegado o momento vou implorar pela minha mãe? Entretanto, pensar nessa mulher me enchia de ódio e aversão. Fazia anos que não a via, e não queria vê-la; a ideia de invocar seu nome, sua ajuda, parecia-me inconcebível. Contudo, eu devia desconfiar que por trás dessa mãe havia outra, a mãe da criança que eu havia sido antes que alguma coisa se houvesse irremediavelmente rompido. Provavelmente também vou me retorcer e berrar por essa mãe. E, se não fosse por ela, seria pelo seu ventre, o de antes da luz, a malsã, a sórdida, a doentia luz do dia. "Não devia ter vindo aqui", disse brutalmente Nišić. "Isso não serve para nada. E é perigoso. Ocorrem muitos acidentes." Fitava-me com um olhar abertamente mau. Segurava sua submetralhadora pela coronha, dedo no gatilho. Olhei para Ivan: segurava sua arma da mesma maneira, apontada na direção de Nišić e dos dois soldados. Nišić acompanhou meu olhar, observou a arma de Ivan, seu rosto, e cuspiu no chão: "Fariam melhor indo embora." Uma detonação seca me fez sobressaltar, uma pequena explosão, possivelmente uma granada. Os gritos cessaram por um momento, depois recomeçaram, monótonos, lancinantes. Fiquei de pé: "É verdade. De toda forma, tenho que voltar para o centro. Está ficando tarde." Ivan afastou-se para nos deixar passar e nos seguiu, sem tirar os olhos dos dois soldados até que estivesse no corredor. Regressamos pela mesma trincheira, sem uma palavra; na casa em que a companhia se alojava, Nišić foi embora sem me saudar. Não nevava mais e o céu estava limpando, dava para ver a lua, branca e inchada no céu que escurecia rapidamente. "Podemos voltar à noite?", perguntei a Ivan. — "Sim. É até mais rápido. Uma hora e meia." Devia ser possível pegar atalhos. Eu me sentia vazio, velho, fora do lugar. No fundo, o Hauptfeldwebel tinha razão.

    O pensamento da minha mãe voltou com violência enquanto eu andava, chacoalhando, chocando-se na minha cabeça como uma mulher bêbada. Há tempos eu não tinha pensamentos daquele tipo.

Quando toquei no assunto com Partenau, na Crimeia, eu me mantivera no nível dos fatos, dos menos relevantes. Agora, era outra ordem de pensamentos, amargos, odiosos, tingidos pela vergonha. Quando aquilo começara? Quando nasci? Será que eu nunca lhe perdoara o fato do meu nascimento, esse direito arrogantemente insensato que ela se arrogara de me pôr no mundo? Coisa estranha, eu me revelara mortalmente alérgico ao leite de seu peito. Como ela própria me contara frivolamente mais tarde, não tive direito senão a mamadeiras, vendo minha irmã gêmea mamar com um olhar melancólico. Entretanto, ainda bebê devo tê-la amado, como todas as crianças amam sua mãe. Ainda me lembro do cheiro carinhoso e feminino de seu banheiro, que me fazia mergulhar num fascínio entorpecido, como um retorno ao ventre perdido: devia ser, se eu refletisse, um misto do vapor úmido do banho, perfume, sabonetes, talvez também o cheiro do outro sexo e talvez também o da sua merda; mesmo quando não deixava eu entrar no banho com ela, eu não me cansava de ficar sentado na bacia, perto dela, com beatitude. Depois tudo mudara. Mas quando, precisamente, e por quê? Não a culpei imediatamente pelo desaparecimento do meu pai: essa ideia impusera-se mais tarde, quando ela se prostituiu com aquele Moreau. Ora, já antes de o conhecer, ela começara a se comportar de uma maneira que me deixava fora de mim. Seria a partida do meu pai? Difícil dizer, mas às vezes o sofrimento parecia enlouquecê-la. Uma noite, em Kiel, ela entrara sozinha num bar para proletários, perto das docas, e se embebedara, cercada de estranhos, estivadores e marinheiros. Inclusive é possível que tenha sentado em cima da mesa e subido a saia, expondo o sexo. Seja como for, as coisas degeneraram escandalosamente e a burguesa foi jogada na rua, onde caiu numa poça. Um policial levou-a de volta para casa, ensopada, desalinhada, vestido todo manchado; achei que ia morrer de vergonha. Pequeno como eu era — devia ter dez anos —, queria bater nela e ela inclusive não teria condições de se defender, mas minha irmã interferiu: "Tenha pena dela. Ela está triste. Ela não merece o seu ódio." Levei um tempão para me acalmar. Mas mesmo naquele momento eu talvez não a odiasse, ainda não, sentia-me apenas humilhado. O ódio deve ter vindo mais tarde, quando ela esqueceu o marido e sacrificou os filhos para se entregar a um estrangeiro. Isso, claro, não se deu em um dia, houve diversas etapas nesse caminho. Moreau, como eu disse, não era um mau sujeito, e no início fez grandes esforços para ser aceito por nós; mas era um indivíduo limitado, prisioneiro de grosseiras concepções burguesas e liberais, escravo de seu desejo pela minha mãe, que se revelou mais viril que ele; assim, tornou-se voluntariamente cúmplice de seus disparates. Houve aquela grande catástrofe, e fui mandado para o colégio; houve também conflitos mais tradicionais, como o que eclodiu quando eu estava terminando o liceu. Eu ia fazer a prova para a faculdade, tinha que tomar uma decisão para o futuro; queria estudar filosofia e literatura, mas minha mãe foi taxativa: "Você precisa de uma profissão. Acha que viveremos sempre da bondade dos outros? Depois faça o que quiser." E Moreau, que zombava: "Quê? Professorzinho num fim de mundo durante dez anos? Escritorzinho de dez tostões, morto de fome? Você não é Rousseau, meu garoto, bote os pés no chão." Deus, como eu os odiava. "Você tem que ingressar numa carreira", dizia Moreau. "Depois, se quiser escrever poemas nas horas vagas, problema seu. Mas pelo menos terá com que alimentar sua família." Isso durou mais de uma semana; fugir não teria adiantado nada, eu teria sido alcançado, como quando tentara sair de casa. Era obrigado a ceder. Ambos resolveram matricular-me na Escola Livre de Ciências Políticas, a partir da qual eu poderia ingressar em uma das grandes repartições do governo: o Conselho de Estado, o Tribunal de Contas, a Inspetoria Geral de Finanças. Eu seria um funcionário público, um mandarim: um membro, era a expectativa deles, da *elite*. "Vai ser difícil", explicava Moreau, "precisa aguentar firme"; mas ele tinha relações em Paris, me ajudaria. Ah, as coisas não se deram como eles esperavam: os mandarins da França agora serviam meu país; quanto a mim, soçobrara nas ruínas geladas de Stalingrado, provavelmente para ali morrer. Já minha irmã teve mais sorte: era mulher, e o que fazia contava menos; era apenas uma questão de retoques de acabamento, para desfrute de seu futuro marido. Foi liberada para ir a Zurique estudar psicologia com um tal de Dr. Carl Jung, que viria a ser muito famoso.

    O mais atroz já acontecera. Por volta da primavera de 1929, eu ainda estava na faculdade, recebi uma carta da minha mãe. Anunciava que, como nunca mais tivera notícia dele e como suas repetidas solicitações junto a diversos consulados alemães haviam dado em nada, ela fizera um requerimento no sentido de declarar o meu pai legalmente morto. Sete anos haviam transcorrido desde seu desaparecimento, o tribunal dera o parecer que ela queria; agora, ia se casar com Moreau, homem bom e generoso, que era como um pai para nós. Essa carta odiosa precipitou-me num paroxismo de raiva. Respondi-lhe numa carta repleta de insultos violentos: Meu pai, escrevia, não estava morto, e o profundo desejo que ambos tinham de que isso fosse verdade não bastaria para matá-lo. Se ela quisesse se vender a um medíocre comerciantezinho francês, era problema dela; quanto a mim, considerava o casamento deles ilegítimo e bígamo. Esperava ao menos que não tentassem me infligir um bastardo, que eu só poderia detestar. Minha mãe, sensatamente, não replicou a essa filípica. Naquele ano, consegui ser convidado pelos pais de um amigo rico e não pus os pés em Antibes. Casaram-se em agosto; rasguei o convite e o joguei na latrina; nas férias escolares seguintes teimei em não voltar; finalmente conseguiram me fazer regressar, mas aí já é outra história. Enquanto isso, meu ódio já vigorava, integral, desabrochado, uma coisa plena e quase saborosa dentro de mim, uma fogueira à espera de um fósforo. Mas eu só sabia me vingar de maneira baixa e vergonhosa: guardara uma foto da minha mãe; masturbava-me ou chupava meus amantes diante dela e os fazia ejacular em cima. Fazia pior. No casarão de Moreau, entregava-me a jogos eróticos barrocos, fantasticamente elaborados. Inspirado pelos romances marcianos de Burroughs (autor do *Tarzan* da minha infância), que eu devorava com a mesma paixão que os clássicos gregos, fechava-me no grande banheiro de cima, deixando a água correr para não chamar atenção, e criava encenações extravagantes do meu mundo imaginário. Capturado por um exército de homens verdes com quatro braços de Barsoom, era despido, amarrado e levado perante uma soberba princesa marciana com pele de cobre, altiva e impassível em seu trono. Ali, usando um cinto para as correias de couro e com uma vassoura ou garrafa enfiada no ânus, eu me retorcia nas lajes frias enquanto meia dúzia de seus guarda-costas corpulentos e mudos me estuprava sucessivamente diante dela. Mas as vassouras ou as garrafas podiam me machucar: procurei alguma coisa mais conveniente. Moreau adorava salsichão alemão; à noite eu pegava um na geladeira, esfregava-o nas mãos para aquecê-lo e o lubrificava com azeite de oliva; em seguida, lavava-o com cuidado, secava-o e o recolocava no lugar onde o encontrara. No dia seguinte, observava Moreau e minha mãe cortando-o e comendo prazerosamente, e recusava meu pedaço com um sorriso sob o pretexto de falta de apetite, folgando em ficar de barriga vazia para vê-los comer aquilo. É verdade que isso era antes do casamento deles, quando eu ainda frequentava regularmente a casa. Portanto, sua união não era a única coisa em questão. Mas isso não passava de míseras, tristes lembranças de criança impotente. Mais tarde, com a maioridade, separei-me deles, que foram para a Alemanha, e deixei de responder às cartas da minha mãe. Ora, surdamente, essa história persistia, e bastava um nadinha, o grito de um agonizante, para que tudo ressurgisse em bloco, pois assim sempre fora, aquilo vinha de alhures, de um mundo que não era o dos homens e do trabalho de todo dia, um mundo normalmente fechado mas cujas portas podiam ser subitamente escancaradas pela guerra, liberando, num grito rouco e inarticulado de selvagem, seu vazio, um pântano pestilento, invertendo a ordem estabelecida, os costumes e as leis, obrigando os homens a se matarem uns aos outros, substituindo-os sob o jugo do que tão penosamente haviam se libertado, da opressão do que havia antes. Voltamos a seguir os trilhos ao longo dos vagões abandonados: perdido nos meus pensamentos eu mal notara o longo contorno do *kurgan*. A neve dura, que rangia sob minhas botas, ganhava tons azulados sob a lua baça que iluminava nosso caminho. Outro quarto de hora foi suficiente para estarmos de volta à Univermag; o cansaço diminuíra, sentia-me revigorado pela caminhada. Ivan saudou-me displicentemente e foi se juntar aos seus compatriotas, levando minha submetralhadora. Na grande sala de operações, sob o enorme lustre arrebanhado num teatro, os oficiais da Stadtkommandantur, bebiam e cantavam em coro *O du fröliche* e *Stille Nacht, heilige Nacht*. Um deles ofereceu-me uma taça de vinho tinto; esvaziei-o de uma talagada, embora fosse um bom vinho francês. No corredor, encontrei Möritz, que olhou perplexo para mim: "O senhor saiu?" — "Sim, Herr Kommissar. Fui reconhecer parte de nossas posições para ter uma noção da cidade." Fechou a cara: "Não vá se arriscar inutilmente. Tive uma dificuldade dos diabos para tê-lo aqui, se morrer agora nunca conseguirei substituí-lo." — "*Zu Befehl*, Herr Kommissar." Saudei-o e fui mudar de roupa. Um pouco mais tarde, Möritz ofereceu uma rodada aos seus oficiais, com duas garrafas de conhaque ciosamente guardadas; apresentou-me aos meus novos colegas, Leibbrandt, Dreyer, Vopel, o encarregado da informação, o Hauptsturmführer Von Ahlfen, Herzog e Zumpe. Zumpe e Vopel, o Untersturmführer que eu conhecera na véspera, trabalhavam com Thomas. Tinha também Weidner, o Gestapoleiter da cidade (Thomas, por sua vez, era Leiter IV para o conjunto do *Kessel*, logo superior de Weidner). Bebemos ao Führer e à *Endsieg* e nos desejamos Feliz Natal; tudo era sóbrio e cordial, eu preferia muito mais aquilo às efusões sentimentais ou religiosas dos militares. Thomas e eu, por curiosidade, fomos assistir à missa do galo, celebrada num salão. O padre e o pastor de uma das divisões oficiavam alternadamente, num perfeito espírito ecumênico, e os crentes das duas confissões rezavam juntos. O General Von Seydlitz Kurbach, que comandava o 51º Corpo, estava presente com diversos generais de divisão e seus chefes de estado-maior; Thomas me mostrou Sanne, que comandava a 100ª Jägerdivision, Korfes, Von Hartmann. Alguns dos nossos ucranianos também rezavam, Thomas me explicou que eram uniatas da Galícia, que festejavam o Natal no mesmo dia que nós, diferentemente de seus primos ortodoxos. Observei-os, mas não reconheci Ivan entre eles. Depois da missa, voltamos para beber conhaque; subitamente esgotado, fui me deitar. Sonhei mais uma vez com metrôs: dessa vez, duas linhas paralelas miravam-se entre plataformas feericamente iluminadas, depois juntavam-se adiante num túnel, após uma bifurcação sinalizada por dois postes de cimento grossos e redondos; mas essa agulha não funcionava, e uma equipe de mulheres de uniforme laranja, entre elas uma negra, trabalhava febrilmente para repará-la enquanto o trem, apinhado de passageiros, já deixava a estação.

Comecei finalmente a trabalhar de maneira mais estruturada e rigorosa. Na manhã de Natal, uma ventania glacial violenta pôs fim às esperanças de uma provisão especial; ao mesmo tempo, os russos lançavam um assalto contra o setor Nordeste e também na direção das fábricas, conquistando de volta alguns quilômetros de terreno e matando mais de mil e duzentos dos nossos. Os croatas, registrei num relatório, tinham passado por uma dura prova e o Hauptfeldwebel Nišić figurava na lista dos mortos. *Carpe diem!* Eu esperava que ele pelo menos tivesse tido tempo de fumar seu cigarro. Já eu digeria relatórios e escrevia outros. O Natal parecia não influenciar o moral dos homens: a maioria, de acordo com os relatórios ou as cartas abertas pelos censores, mantinha intacta sua fé no Führer e na vitória; contudo, desertores ou homens acusados de automutilação eram executados diariamente. Algumas divisões fuzilavam seus próprios condenados; outras os entregavam a nós; isso acontecia num pátio, atrás da Gestapostelle. Entregavam-nos também civis flagrados pela Feldgendarmerie saqueando, ou suspeitos de repassar mensagens aos russos. Alguns dias depois do Natal, cruzei num corredor com dois moleques sujos e petulantes que os ucranianos levavam para fuzilar após interrogatório: eles engraxavam as botas dos oficiais dos diversos PC e observavam mentalmente os detalhes; à noite, enfiavam-se por um esgoto para informar aos soviéticos. Com um deles haviam encontrado uma medalha russa escondida; ele afirmava ter sido condecorado, mas talvez tivesse simplesmente roubado ou a pilhado de um morto. Deviam andar pelos doze ou treze anos, mas pareciam ter menos de dez, e, enquanto Zumpe, que ia comandar o pelotão, me explicava o caso, ambos fitavam-me com olhos arregalados, como se eu fosse salvá-los. Aquilo me deixou furioso: Que querem de mim?, eu tinha vontade de gritar. Vão morrer, e daí? Eu também, provavelmente vou morrer aqui, todo mundo vai morrer aqui. É o imposto sindical. Levei alguns minutos para me acalmar; mais tarde, Zumpe me contou que eles tinham chorado, mas, apesar de tudo, gritado também: "Viva Stálin!" e "*Urra pobieda!*", antes de serem abatidos. "É para ser uma história edificante?", disparei para ele; saiu um pouco desconcertado.

Eu começava a conhecer alguns dos meus supostos informantes, a mim encaminhados por Ivan ou outro ucraniano, ou que vinham espontaneamente. Eram mulheres e homens num estado lamentável, malcheirosos, cobertos de sujeira e pulgas; pulgas, eu já tinha, mas o cheiro daquelas pessoas me dava náuseas. Pareciam bem mais mendigos que agentes; as informações que me forneciam eram invariavelmente inúteis ou inverificáveis; em troca, eu tinha que lhes dar uma cebola ou uma batata-doce congelada que guardava para esse fim numa arca, verdadeira *caixa-preta* de divisas locais. Não fazia a mínima ideia de como tratar os boatos contraditórios que me eram relatados; a Abwehr, se eu lhes houvesse comunicado, teria zombado de nós; acabei por estabelecer um boletim intitulado *Informações diversas sem confirmação*, que eu transmitia a Möritz a cada dois dias.

As informações relativas aos problemas de abastecimento, que afetavam o moral, interessavam-me particularmente. Todo mundo sabia, sem comentar, que os prisioneiros soviéticos do nosso Stalag, que não alimentávamos, por assim dizer, havia certo tempo, tinham descambado para o canibalismo. "É a verdadeira natureza deles que se revela", declarara Thomas quando tentei discutir o assunto com ele. Ouvira dizer que o Landser alemão, no desespero por sua vez, estava se comportando bem. O choque causado por um relatório sobre um caso de canibalismo no seio de uma companhia instalada na franja oeste do *Kessel* repercutiu mais ainda nos altos escalões. As circunstâncias tornavam o caso particularmente atroz. Quando a fome os compeliu a esse recurso, os soldados da companhia, ainda ciosa da *Weltanschauung*, haviam discutido o seguinte aspecto: comeriam um russo ou um alemão? O problema ideológico era o da legitimidade ou não de se comer um eslavo, um *Untermensch* bolchevique. Aquela carne não corromperia seus estômagos alemães? Mas comer um companheiro morto seria desonroso; embora não fosse possível enterrá-los, ainda deviam respeito aos que haviam caído pela *Heimat*. Entraram então num acordo para comer um dos hiwis, compromisso no fim das contas razoável, considerando os termos da discussão. Mataram-no e um Obergefreite, ex-açougueiro em Mannheim, procedeu ao esquartejamento. Os hiwis sobreviventes sucumbiram ao pânico: três deles foram mortos tentando desertar, mas um outro conseguira alcançar o PC do regimento, onde denunciara a história a um oficial. Ninguém acreditara; após um inquérito, tiveram que se render à evidência, pois a companhia não conseguira se descartar dos restos da vítima, e toda a sua caixa torácica e uma parte de suas vísceras, julgadas impróprias ao consumo, foram encontradas. Detidos, os soldados confessaram tudo; a carne, segundo eles, teria sabor de porco, rivalizando com a de cavalo. Haviam fuzilado discretamente o açougueiro e depois quatro líderes abafaram o caso, mas aquilo dera o que falar nos estados-maiores. Möritz me pediu para elaborar um relatório global sobre a situação nutricional das tropas desde o fechamento do *Kessel*; ele tinha os números do AOK 6, mas desconfiava serem em grande parte teóricos. Planejei um encontro com Hohenegg.

Dessa vez, preparei meu deslocamento um pouco melhor. Já tinha saído com Thomas para visitar alguns Ic/AO de divisão; após a minha escapada croata, Möritz me ordenara, no caso de eu querer sair sozinho, que preenchesse um formulário de movimento. Telefonei para Pitomnik, para o gabinete do Generalstabsarzt Dr. Renoldi, médico-chefe do AOK 6, onde me disseram que Hohenegg estava baseado no hospital de campanha central em Gumrak; lá me informaram que estava se deslocando para o *Kessel* a fim de proceder a observações; acabei localizando-o em Rakotino, uma *stanitsa* ao sul do bolsão, no setor da 376ª Divisão. Em seguida precisei telefonar para os diferentes PC para organizar as ligações. O deslocamento levaria metade de um dia e eu certamente passaria a noite em Rakotino mesmo ou em Gumrak; mas Möritz aprovou a expedição. Ainda faltavam alguns dias para o Ano-Novo, fazia em torno de −25° desde o Natal, e decidi ressuscitar minha peliça, apesar do risco de as pulgas virem nela se aninhar. De toda forma, já estava cheio de pulgas, minhas caçadas minuciosas por entre as costuras, à noite, de nada adiantavam: minha barriga, minhas axilas, minhas virilhas estavam vermelhas de picadas, que eu não conseguia parar de coçar até sangrar. Além disso, sofria de diarreias, provavelmente em virtude da água de má qualidade e da alimentação irregular, uma mistura, dependendo do dia, de presunto em lata ou patê francês e *Wassersuppe* de cavalo. No PC, isso ainda funcionava, as latrinas dos oficiais eram nauseabundas mas pelo menos acessíveis, porém, com o deslocamento, isso poderia vir a constituir um problema.

  Parti sem Ivan: não precisava dele no *Kessel*; em todo caso, os lugares nos veículos de ligação eram rigorosamente limitados. Um primeiro carro nos levou a Gumrak, um outro a Pitomnik, onde tive de esperar várias horas por uma ligação para Rakotino. Não nevava, mas o céu permanecia de um cinza leitoso, opaco, e os aviões, que agora decolavam de Salsk, chegavam irregularmente. Na pista reinava um caos ainda mais terrível que na semana precedente; cada avião que chegava provocava arruaças, feridos caíam e eram esmagados por outros, os Feldgendarmes eram obrigados a disparar rajadas para cima para fazer a horda de desesperados recuar. Troquei umas palavras com um piloto de Heinkel 111 que se afastara do seu aparelho para fumar; estava lívido, olhava a cena com uma expressão feroz, murmurando: "Não é possível, não é possível… Sabe", disse-me antes de se afastar, "que todas as noites que chego vivo a Salsk choro como uma criança?" Essa simples frase me deu vertigem; dando as costas ao piloto e à malta furiosa, comecei a soluçar: lágrimas enregelavam no meu rosto, eu chorava pela minha infância, pela época em que a neve era um prazer que não tinha fim, quando uma cidade era um espaço maravilhoso para se viver e uma floresta ainda não era um lugar confortável para se matar as pessoas. Atrás de mim, os feridos berravam como possessos, cães raivosos, chegando a cobrir com seus gritos o zumbido dos motores. Aquele Heinkel, pelo menos, decolou sem contratempos; não foi o caso do Junker seguinte. Obuses recomeçavam a cair, deviam ter fechado mal o reservatório de querosene, ou talvez um dos motores estivesse defeituoso por causa do frio: alguns segundos depois que as rodas deixaram o solo, o motor esquerdo pifou; o aparelho, que ainda não ganhara velocidade suficiente, cambou; o piloto tentou corrigir, mas o avião já estava desequilibrado demais e de repente a asa balançou e ele foi se espatifar algumas centenas de metros além da pista, numa gigantesca bola de fogo que iluminou a estepe por um instante. Eu me refugiara num bunker por causa do bombardeio, mas vi tudo da entrada, novamente meus olhos encheram-se de lágrimas, mas consegui me controlar. Finalmente vieram me buscar para a ligação, mas não antes de um obus de artilharia ter caído sobre uma das tendas de feridos perto da pista, espalhando membros e retalhos de carne por toda a área de descarregamento. Estando nas proximidades, tive que participar das buscas aos sobreviventes por entre os escombros ensanguentados; ao me flagrar estudando as vísceras, esparramadas sobre a neve avermelhada, de um jovem soldado com a barriga perfurada para nelas descobrir vestígios do meu passado ou indícios do meu futuro, dei-me conta de que, definitivamente, aquilo tudo caminhava para uma farsa medíocre. Eu continuava abalado, fumava cigarro atrás de cigarro apesar das minhas reservas limitadas, e a cada quinze minutos tinha que correr para a latrina para deixar escapar um fino filete de merda líquida; dez minutos depois da partida, tive que mandar o carro parar e correr para trás de um monte de neve; minha peliça era um estorvo e ficou suja. Tentei limpá-la com neve, mas só fiz enregelar os dedos; de volta ao carro, colei na porta e fechei os olhos para tentar apagar tudo aquilo. Esquadrinhava as imagens do meu passado como num baralho viciado, tentando extrair dali uma que pudesse ganhar vida à minha frente durante alguns instantes; mas elas fugiam, dissolviam-se ou permaneciam mortas. Até mesmo a imagem da minha irmã, meu último recurso, parecia uma figura de madeira. Apenas a presença dos outros oficiais me impediu de chorar de novo.

  Enquanto rumávamos para nosso destino, a neve recomeçara a cair e os flocos dançavam no ar cinzento, alegres e imponderáveis; mais um pouco e seríamos levados a crer que a imensa estepe vazia e branca era um país de fadas cristalinas, alegres e leves como os flocos, cujo riso fundia-se suavemente ao sussurrar do vento; mas sabê-la manchada pelos homens e por sua desgraça e sua angústia sórdida desfazia minha ilusão. Em Rakotino, finalmente, encontrei Hohenegg em uma pequena isbá miserável enterrada até a metade na neve, batendo numa máquina de escrever portátil à luz de uma vela enfiada em uma conexão de PAK. Levantou a cabeça sem manifestar a menor surpresa: "Veja só. O Hauptsturmführer. Que bons ventos o trazem?" — "O senhor." Passou a mão em seu crânio calvo: "Não sabia que era tão desejável. Mas aviso desde já: se estiver doente, veio à toa. Só cuido daqueles para quem já é tarde demais." Fiz um esforço para me recobrar e encontrar uma réplica: "Doutor, sofro apenas de uma doença, sexualmente transmissível e irremediavelmente fatal: a vida." Fez uma careta: "Você não só está um pouco pálido, como está caindo no lugar-comum. Conheci-o em melhores condições. O estado de sítio não lhe faz bem." Tirei minha peliça, pendurei-a num prego; depois, sem ser convidado, sentei-me num banco tosco, de costas para a divisória. O recinto estava mal aquecido, justo o suficiente para quebrar um pouco o frio; os dedos de Hohenegg pareciam azuis. "Como vai nosso trabalho, doutor?" Sacudiu os ombros: "Indo. O General Renoldi não me recebeu com cara de bons amigos; aparentemente acha essa missão inútil. Não me retraí com isso, mas teria preferido que ele exprimisse sua opinião quando eu ainda estava em Novotcherkassk. Dito isto, ele está errado: ainda não terminei, mas meus resultados preliminares já são extraordinários." — "É justamente sobre isso que vim conversar." — "O SD se interessa por nutrição agora?" — "O SD se interessa por tudo, doutor." — "Então permita que eu termine o meu relatório. Depois irei buscar uma suposta sopa na suposta cantina, e conversaremos fingindo comer." Bateu com a mão na barriga redonda: "Por enquanto é um regime saudável para mim. Mas não pode durar muito." — "Pelo menos tem reservas." — "Isso não quer dizer nada. Parece que os magros nervosos, como o senhor, resistem muito mais tempo que os gordos e fortes. Deixe-me trabalhar. Não está com pressa, está?" Levantei as mãos: "Sabe, doutor, considerando a importância crítica do que faço pelo futuro da Alemanha e do 6º Exército..." — "Era o que eu pensava. Nesse caso, passe a noite aqui e voltaremos juntos para Gumrak amanhã de manhã."

A aldeia de Rakotino permanecia estranhamente silenciosa. Estávamos a menos de um quilômetro do front, mas desde que chegara ouvira poucos disparos. O retinir da máquina de escrever ressoava nesse silêncio tornando-o ainda mais angustiante. Minhas cólicas, pelo menos, haviam se acalmado. Finalmente, Hohenegg arrumou seus papéis numa pasta, levantou-se e enfiou uma *chapka* esfarrapada na cabeça redonda. "Preciso de sua caderneta", ele disse, "para pegar a sopa. Encontrará um pouco de lenha ao lado da estufa: rache-a, mas use o mínimo possível. Temos que aguentar até amanhã com isso." Saiu; fui pôr mãos à obra perto da estufa. A reserva de lenha era de fato escassa: alguns moirões de cerca úmidos, com pedaços de fios de arame farpado. Enfim consegui acender um pedaço depois de rachá-lo. Hohenegg voltou com uma gamela de sopa e uma fatia grossa de *Kommissarbrot*. "Sinto muito", disse ele, mas recusam-se a lhe dar a ração sem uma ordem escrita do QG do Corpo Blindado. Vamos dividir." — "Não se incomode", respondi, "eu tinha previsto isso." Fui até a minha peliça e tirei dos bolsos um pedaço de pão, torradas secas e uma conserva de carne. "Magnífico!", exclamou. "Guarde a conserva para esta noite, tenho uma cebola: será um festim. Para o almoço, tenho isso." Tirou de sua sacola um pedaço de toucinho embrulhado num jornal soviético.

Com uma faca de bolso, cortou o pão em diversas fatias e cortou também duas grossas fatias de toucinho; colocou tudo diretamente na estufa, com a gamela de sopa. "Vai me desculpar, mas não tenho panela." Enquanto o toucinho crepitava, ele guardou a máquina de escrever e estendeu a folha de jornal sobre a mesa. Comemos o toucinho sobre as fatias requentadas de pão preto; a gordura um pouco derretida embebia o imenso pão, estava delicioso. Hohenegg me ofereceu sua sopa; recusei mostrando minha barriga. Ergueu as sobrancelhas: "*Cocô-com-sangue?*" Balancei a cabeça. "Cuidado com a disenteria. Em tempos normais, a gente se recupera, mas aqui isso leva os homens em poucos dias. Esvaziam-se e morrem." Explicou-me as medidas de higiene a serem observadas. "Aqui, isso pode ser um pouco complicado", observei. — "É verdade", reconheceu tristemente. Enquanto terminávamos nossas torradas com toucinho, falou-me das pulgas e do tifo. "Já temos alguns casos, que isolamos o melhor possível", explicou. "Mas uma epidemia é inevitável. E então será uma catástrofe. Os homens vão cair como moscas." — "Na minha opinião, já morrem com bastante rapidez." — "Sabe o que fazem nossos *tovarichtchi*, agora, no front da divisão? Reproduzem uma gravação com o *tique-taque, tique-taque* de um relógio bem alto, depois uma voz sepulcral anuncia em alemão: 'A cada sete segundos morre um alemão na Rússia!' Em seguida volta o *tique-taque*. Põem isso horas a fio. É impressionante." Para homens apodrecendo de frio e fome, roídos pelos vermes, enterrados no fundo de seus bunkers de neve e terra congelada, eu podia conceber que isso era apavorante, ainda que o cálculo, como vimos logo no início dessas recordações, fosse um pouco exagerado. Eu, por minha vez, contei a Hohenegg a história dos canibais salomônicos. Seu único comentário foi: "A julgar pelos hiwis que examinei, não ficaram saciados." Isso nos levou ao objeto da minha missão. "Não terminei a ronda por todas as divisões", esclareceu, "e há diferenças para as quais ainda não encontrei explicação. Mas já fiz cerca de trinta autópsias e os resultados são irrefutáveis: mais da metade apresenta sintomas de má nutrição aguda. De um modo geral, quase todos com mais tecido adiposo sob a pele e em torno dos órgãos internos; fluido gelatinoso no mesentério; fígado congestionado, órgãos pálidos e exangues; medula óssea vermelha e amarela substituída por uma substância vítrea; músculo cardíaco atrofiado, mas com um inchamento do ventrículo e da aurícula direita. Em linguagem comum, o corpo deles, não tendo mais com que sustentar as funções vitais, devora-se a si próprio para encontrar as calorias necessárias;

quando não tem mais nada, tudo se interrompe, como um carro em pane seca. É um fenômeno conhecido: mas o que é curioso, aqui, é que, a despeito da redução dramática das rações, ainda é cedo demais para termos tantos casos assim. Todos os oficiais me garantem que o abastecimento é centralizado pelo AOK e que os soldados recebem efetivamente a ração oficial. Esta, por enquanto, contém pouco menos de mil calorias por dia. É pouquíssimo, mas ainda é alguma coisa; os homens deveriam estar fracos, mais vulneráveis às doenças e às infecções oportunistas, mas ainda não deveriam morrer de fome. É para isso que meus colegas buscam outra explicação: falam de *esgotamento, estresse, choque psíquico*. Mas tudo isso é vago e pouco convincente. Minhas autópsias, por sua vez, não mentem." — "E o senhor, que acha?" — "Não sei. Deve haver um complexo de razões, dificilmente dissociáveis nessas condições. Suspeito que a capacidade de certos organismos de decompor adequadamente os alimentos, digeri-los, se preferir, é alterada por outros fatores, como a tensão ou a falta de sono. Há, claro, casos mais que evidentes: homens com diarreias tão graves que o pouco que absorvem não fica muito tempo em seu estômago e sai praticamente tal e qual; este é particularmente o caso dos que praticamente só tomam essa *Wassersuppe*. Alguns dos alimentos distribuídos às tropas são inclusive nocivos; por exemplo, a carne em conserva como a sua, muito gordurosa, às vezes mata homens que passaram a pão e água semanas a fio; o organismo deles não suporta o choque, o coração bombeia muito rápido e fraqueja de repente. Sem falar na manteiga, que continua a chegar: ela vem em blocos congelados, e, na estepe, como os Landser não têm nada para fazer fogo, quebram-na a machadadas e chupam os pedaços. Isso provoca diarreias assustadoras que acabam com eles rapidamente. Se quer saber tudo, boa parte dos corpos que recebo tem as calças ainda cheias de merda, felizmente congelada: no fim, não têm força sequer para abaixar as calças. E note que são corpos recolhidos nas linhas, e não nos hospitais. Em suma, para voltar à minha teoria, ela será difícil de demonstrar, mas me parece plausível. O próprio metabolismo é atingido pelo frio e pela fadiga e não funciona mais adequadamente." — "E o medo?" — "O medo também, claro. Isso foi visível na Grande Guerra: sob certos bombardeios particularmente intensos, o coração não resiste; encontramos homens jovens, bem nutridos, saudáveis, mortos sem o menor ferimento. Mas aqui eu diria antes que este é um fator agravante, não uma causa primordial. Repito, preciso prosseguir minhas pesquisas. Provavelmente não serão de grande utilidade para o 6º

Exército, mas gabo-me de que serão proveitosas para a ciência, é isso que me ajuda a levantar de manhã; isso e o inevitável *saliut* dos nossos amigos defronte. Esse *Kessel*, na verdade, é um gigantesco laboratório. Um verdadeiro paraíso para um pesquisador. Tenho à minha disposição tantos corpos quanto poderia desejar, perfeitamente conservados, ainda que, justamente, às vezes seja um pouco difícil descongelá-los. Tenho que obrigar os coitados dos meus auxiliares a passarem a noite com eles junto à estufa, para virá-los de tempos em tempos. Outro dia, em Baburkin, um deles tinha dormido; no dia seguinte, encontrei meu indivíduo congelado de um lado e assado do outro. Agora venha, está na hora." — "Hora? Hora de quê?" — "Vai ver." Hohenegg juntou sua pasta e sua máquina de escrever e colocou o casaco nas costas; antes de sair, soprou a vela. Do lado de fora, era noite. Segui-o até uma *balka* atrás da aldeia, onde ele penetrou, antepondo os pés, num bunker quase invisível sob a neve. Três oficiais achavam-se sentados em banquinhos em torno de uma vela. "Meine Herren, boa noite", disse Hohenegg. "Apresento-lhes o Hauptsturmführer Dr. Aue, que veio muito amavelmente nos fazer uma visita." Apertei as mãos dos oficiais e, como não houvesse mais banquinho, sentei-me direto no chão gelado, estendendo antes minha peliça. Apesar das peles, sentia frio. "O comandante soviético que temos diante de nós é um homem de uma pontualidade notável", explicou Hohenegg. "Todos os dias, desde meados do mês, rega esse setor três vezes por dia, às cinco e meia, às onze e às dezesseis horas em ponto. Nos intervalos, nada, afora alguns disparos de morteiro. É muito prático para trabalhar." Com efeito, três minutos depois ouvi o silvo estridente, seguido por uma série intensa de enormes deflagrações e de uma carga de "órgãos de Stálin". O bunker inteiro estremeceu, a neve cobriu a entrada até a metade, blocos de terra choviam do teto. A tênue luz da vela vacilava, projetando sombras monstruosas sobre os rostos esgotados, mal barbeados dos oficiais. Outras cargas se sucederam, pontuadas por detonações mais secas dos obuses de tanques ou de artilharia. O barulho tornara-se enlouquecedor, absurdo, vivendo sua própria vida, ocupando o ar e se comprimindo contra a entrada parcialmente obstruída do bunker. Fiquei aterrorizado pela ideia de ser enterrado vivo, mais um pouco teria tentado fugir, mas me controlava. Ao cabo de dez minutos, o ataque cessou abruptamente. O barulho, porém, sua presença e sua pressão, demorou mais a se retirar e dissipar. O cheiro acre da cordite irritava o nariz e os olhos. Um dos oficiais desobstruiu a entrada do bunker com a mão e saímos rastejando. Em cima da *balka*, a aldeia parecia ter sido esmagada, varrida como por uma tempestade; isbás ardiam em chamas, mas percebi rapidamente que apenas as casas haviam sido atingidas: a massa dos obuses devia visar as posições. "O único problema", comentou Hohenegg, espanando a terra e a neve da minha peliça, "é que eles nunca miram precisamente no mesmo lugar. Seria ainda mais prático. Vamos ver se o nosso humilde refúgio sobreviveu." A cabana resistia de pé; a estufa ainda aquecia um pouco. "Não querem vir tomar um chá?", propôs um dos oficiais que nos acompanhava. Fomos atrás dele até uma outra isbá, dividida ao meio por uma divisória; o primeiro cômodo, onde já estavam sentados os outros dois, era igualmente equipado com uma estufa. "Aqui, na aldeia, tudo bem", observou o oficial. "Encontramos lenha depois de cada bombardeio. Mas os homens na linha não têm nada. Ao menor ferimento, morrem do choque e das frieiras causados pela perda do sangue. Raramente temos tempo de evacuá-los para um hospital." Um outro preparava um "chá", imitação de um Schlüter. Eram todos três Leutnant ou Oberleutnant muito jovens; moviam-se e falavam com lentidão, quase com apatia. O que estava preparando o chá exibia a Cruz de Ferro. Ofereci-lhes cigarros: aquilo produziu neles o mesmo efeito que no oficial croata. Um deles sacou um baralho sebento: "Jogam?" Fiz sinal que não, mas Hohenegg aceitou, distribuindo as cartas para uma partida de *skat*. "Cartas, cigarros, chá...", zombou o terceiro, que ainda não dissera nada. "Parece que estamos em casa." — "Antes", explicou o primeiro, dirigindo-se a mim, "jogávamos xadrez. Mas não temos mais força." O oficial da Cruz de Ferro servia o chá em cumbucas deformadas. "Sinto muito, não temos leite. Açúcar tampouco." Bebemos e começaram a jogar. Um suboficial entrou e falou em voz baixa com o oficial da Cruz de Ferro. "Na aldeia", anunciou este, num tom mal-humorado, "quatro mortos, treze feridos. A 2ª e a 3ª Companhias levaram também." Voltou-se para mim com um aspecto ao mesmo tempo furioso e desamparado: "O senhor, que se ocupa da informação, Herr Hauptsturmführer, pode me explicar alguma coisa? Onde eles arranjam todas essas armas, esses canhões e esses obuses? Faz um ano e meio que os encurralamos e perseguimos. Expulsamos eles do Bug ao Volga, destruímos suas cidades, arrasamos suas fábricas... Então onde é que eles pegam todas essas porras de tanques e canhões?" Estava praticamente à beira das lágrimas. "Não cuido desse tipo de informação", expliquei calmamente. "O potencial militar inimigo é da alçada da Abwehr e do Fremde Heere Ost. Na minha opinião, ele foi subestimado desde o início. Além disso, eles conseguiram evacuar muitas fábricas. Sua capacidade de produção no Ural parece considerável." O oficial parecia querer continuar a conversa, mas estava visivelmente muito cansado. Voltou ao carteado em silêncio. Passado um tempo, perguntei-lhes acerca da propaganda derrotista russa. Aquele que nos convidara levantou-se, passou para trás da divisória e me trouxe dois folhetos. "Eles nos mandam isso." Um deles trazia um simples poema redigido em alemão intitulado *Pensa no teu filho!* e assinado por um certo Erich Weinert; o outro terminava com uma citação: *No caso de soldados ou oficiais alemães se renderem, o Exército Vermelho deve fazê-los prisioneiros e poupar-lhes as vidas (ordem nº 55 do comissário do povo para a Defesa, J. Stálin).* Tratava-se de um trabalho bem sofisticado; a linguagem e a tipografia eram excelentes. "E isso funciona?", perguntei. Os oficiais entreolharam-se. "Infelizmente, sim", acabou dizendo o terceiro. — "Impossível impedir os homens de lerem isso", comentou o da Cruz de Ferro. — "Recentemente", retomou o terceiro, "durante um ataque, uma seção inteira rendeu-se sem dar um tiro. Felizmente, outra seção conseguiu intervir e bloquear a investida. Acabamos rechaçando os vermelhos, que não levaram os prisioneiros com eles. Vários tinham sido mortos durante o combate; os demais foram fuzilados." O Leutnant com a Cruz de Ferro dirigiu-lhe um olhar severo e se calou. "Posso ficar com isso?", perguntei, apontando os folhetos. — "Como quiser. Damos outro uso para isso." Dobrei-os e os enfiei no bolso do meu dólmã. Hohenegg terminava a partida e se levantou: "Vamos?" Agradecemos aos três oficiais e retornamos à isbá de Hohenegg, onde preparei uma refeição frugal com a minha conserva e fatias de cebola grelhadas. "Sinto muito, Hauptsturmführer, mas deixei meu conhaque em Gumrak." — "Ah, fica para outra ocasião." Falamos dos oficiais; Hohenegg me contou as estranhas obsessões de que alguns eram presa, aquele Oberstleutnant da 44ª Divisão que mandara demolir uma isbá inteira, onde uma dezena de seus homens abrigava-se, a fim de esquentar água para um banho, e que em seguida, depois de ter longamente se banhado e barbeado, vestira seu uniforme e disparara uma bala na boca. "Mas doutor", observei, "o senhor certamente sabe que em latim *sitiar* diz-se *obsidere*. Stalingrado é uma cidade obsedada." — "Pois é. Vamos nos deitar. O despertador é um pouco brutal." Hohenegg dispunha de um catre e um saco de dormir; arranjou dois cobertores e me enrolei na minha peliça. "Devia ver meus alojamentos em Gumrak", disse ele ao se deitar; "tenho um bunker com paredes de madeira, aquecido, e lençóis limpos. Um luxo." Lençóis limpos: eis, pensei, com que sonhar. Um banho quente e lençóis limpos. Será que eu poderia vir a morrer sem nunca mais ter tomado banho? Sim, poderia, e, considerando a isbá de Hohenegg, parecia até bem provável. Novamente uma imensa vontade de chorar tomava conta de mim. Isso então me acontecia muito.

De volta a Stalingrado, redigi, com os números a mim fornecidos por Hohenegg, um relatório que, segundo Thomas, deixou Möritz perplexo: ele o lera de cabo a rabo, contou-me, depois o devolvera sem comentários. Thomas queria transmiti-lo diretamente a Berlim. "Pode fazer isso sem a autorização de Möritz?", perguntei-lhe, espantado. Thomas deu de ombros: "Sou um oficial da Staatspolizei, não da Geheime Feldpolizei. Faço o que bem entender." Com efeito, eu me dava conta de que éramos todos mais ou menos autônomos. Möritz raramente me transmitia instruções precisas, e em geral eu ficava à deriva. Perguntava-me efetivamente por que ele me fizera vir. Thomas, por sua vez, mantinha contatos diretos com Berlim, eu não sabia muito por qual canal, e parecia sempre ciente da etapa seguinte. Nos primeiros meses da ocupação da cidade, a SP, com a Feldgendarmerie, liquidara os judeus e os comunistas; depois haviam procedido à evacuação da maioria dos civis e ao envio para a Alemanha daqueles em idade de trabalhar, quase sessenta e cinco mil no total, para a *Aktion* Sauckel. Mas eles também não tinham muito a fazer agora. Thomas, porém, parecia ocupado; dia após dia, cativava seus Ic na base de cigarros e latas de conserva. Decidi, na falta de algo melhor, reorganizar a rede de informantes civis que eu herdara. Cortei sumariamente os víveres dos que me pareciam inúteis e declarei aos outros que esperava mais deles. Por sugestão de Ivan, fui visitar com um *Dolmetscher* os porões dos prédios destruídos do centro: lá havia velhas que sabiam muito, mas não se deslocavam. A maioria nos odiava e aguardava com impaciência a volta dos *nashi*, "os nossos"; mas algumas batatas-doces e, sobretudo, o prazer de ter alguém com quem falar soltavam-lhes a língua. Do ponto de vista militar elas não contribuíam em nada, mas tinham vivido meses bem atrás das linhas soviéticas e falavam com eloquência do moral dos soldados, de sua coragem, de sua fé na Rússia e também das imensas esperanças que a guerra suscitara junto ao povo, tema discutido abertamente pelos homens, até mesmo com oficiais: liberalização do regime, abolição dos *sovkhozy* e dos *kolkhozy*, supressão da caderneta de trabalho que impedia a livre circulação. Uma dessas velhas, Macha, descreveu-me com emoção o General Tchuikov, que ela já chamava de "herói de Stalingrado": ele não arredara da margem direita desde o início dos combates; na noite em que havíamos incendiado os reservatórios de petróleo, refugiara-se por um triz num cume rochoso e passara a noite entre os rios de fogo, impávido; os homens só praguejavam por ele; quanto a mim, era a primeira vez que ouvia aquele nome. Com essas mulheres também fiquei sabendo muito sobre nossos próprios Landser: vários deles refugiavam-se algumas horas na casa delas, para comer um pouco, falar, dormir. Essa zona do front era um caos absurdo de prédios arrasados, permanentemente devassada pela artilharia russa, cujas descargas podíamos às vezes ouvir da outra margem do Volga; guiado por Ivan, que parecia conhecer os menores recantos, eu me deslocava praticamente sob a terra, de um porão a outro, às vezes inclusive trafegando por canalizações de esgotos. Em outros trechos, ao contrário, passávamos pelos andares dos prédios, e Ivan, por razões misteriosas, achava aquilo mais seguro, atravessávamos apartamentos com farrapos de cortinas queimadas, tetos esburacados e chamuscados, o tijolo nu visível por trás do papel de parede e do estuque soltos, ainda atulhados com carcaças niqueladas de camas, sofás rasgados, cômodas e brinquedos de crianças; passamos depois por tábuas instaladas por cima dos buracos abertos, corredores expostos pelos quais era preciso rastejar e, por toda parte, tijolos varados como renda. Ivan parecia indiferente à artilharia, mas tinha um medo supersticioso dos *snipers*, eu não dava atenção a isso, era por ignorância, e Ivan tinha a todo momento que me puxar de um lugar decerto mais exposto, mas que, para mim, era igual a todos os outros. Ele também afirmava que a maioria daqueles *snipers* era formada por mulheres, além de sustentar ter visto com os próprios olhos o cadáver da mais célebre de todas, uma campeã dos jogos pan-soviéticos de 1936; em contrapartida, jamais ouvira falar dos sármatas do baixo Volga, oriundos, segundo Heródoto, de casamentos entre citas e amazonas, que enviavam suas mulheres para lutar ao lado dos homens e erigiam imensos *kurgans*, como o dos mamais. Também encontrei soldados nessas paisagens devastadas; alguns dirigiam-se a mim com hostilidade, outros educadamente, outros ainda com indiferença; contavam sobre a *Rattenkrieg*, a "guerra dos ratos" pela tomada daquelas ruínas, onde um corredor, um teto e uma parede serviam de linha de frente, onde se bombardeava cegamente à base de granadas em meio à poeira e à fumaça, onde os vivos sufocavam no calor dos incêndios, onde os mortos atravancavam as escadas, os andares, as soleiras dos apartamentos, onde se perdia toda noção de tempo e espaço e onde a guerra tornava-se quase um jogo de xadrez abstrato, tridimensional. Nossas forças, por sinal, chegaram às vezes a três, duas ruas do Volga, não mais longe que isso. Agora era a vez dos russos: todos os dias, geralmente de madrugada e à noite, lançavam investidas ferozes contra nossas posições, sobretudo no setor das fábricas, mas também no centro; as munições das companhias, rigorosamente racionadas, esgotavam-se, e, depois do ataque, os sobreviventes prostravam-se, arrasados; de dia, os russos passeavam a descoberto, sabendo que nossos homens não tinham condições de atirar. Nos porões, amontoados, viviam sob tapetes de ratos, que, tendo perdido todo o medo, corriam tanto atrás dos vivos como dos mortos e, à noite, vinham lambiscar as orelhas, o nariz ou os dedos dos que se entregavam ao sono. Certo dia, encontrava-me no segundo andar de um prédio quando um pequeno obus de morteiro explodiu na rua; instantes depois, escutei uma risada ensandecida. Olhei pela janela e vi um torso humano pousado no meio do entulho: um soldado alemão, as duas pernas arrancadas pela explosão, ria desbragadamente. Olhei e ele não parava de rir no centro de uma poça de sangue que ia se ampliando por entre os escombros. Esse espetáculo me deixou arrepiado, deu um nó nas minhas entranhas; fiz Ivan sair e abaixei minha calça no meio da sala. Quando a cólica me atacava durante alguma incursão, eu cagava em qualquer lugar, em corredores, cozinhas, quartos, até mesmo, dependendo das ruínas, acocorado numa pia de banheiro, nem sempre conectada a um cano, aliás. Esses grandes prédios destruídos, onde ainda no verão anterior milhares de famílias viviam a vida do dia a dia, banal, de todas as famílias, sem desconfiar que em breve homens dormiriam em grupos de seis em seu leito conjugal, se limpariam com suas cortinas ou lençóis, se massacrariam a golpes de pá em suas cozinhas e amontoariam os cadáveres dos mortos em suas banheiras, esses prédios me enchiam de uma angústia vã e amarga; e através dessa angústia imagens do passado emergiam como afogados após um naufrágio, sucessivamente, cada vez mais frequentes. Eram recordações às vezes ridículas. Por exemplo, dois meses após a nossa chegada à casa de Moreau, um pouco antes dos meus onze anos, minha mãe, na volta às aulas, colocara-me num internato em Nice sob o pretexto de que não havia bons colégios em Antibes. Não era um estabelecimento terrível, os professores eram pessoas comuns (mais tarde, no meio dos padres, como sentiria saudade desse lugar!); eu voltava para casa todas as quintas-feiras à tarde e no fim de semana; contudo, eu o odiava. Estava determinado a não me tornar o alvo privilegiado da inveja e da maldade das outras crianças, como em Kiel; o fato de que no início tivesse conservado um ligeiro sotaque alemão me deixava ainda mais preocupado; em casa nossa mãe falava sempre em francês conosco, mas antes de chegar a Antibes não tínhamos quase nenhuma outra prática. Além disso, eu era franzino e pequeno para minha idade. Para compensar, cultivei um pouco à revelia uma atitude depravada e sarcástica, decerto artificial, que dirigi contra os professores. Virei o palhaço da turma; interrompia as aulas com comentários ou perguntas destrambelhadas que faziam meus colegas uivarem de uma alegria perversa; encenava farsas malucas e às vezes cruéis. Um professor, em especial, tornou-se minha vítima, um homem bom e um pouco efeminado que ensinava inglês, usava gravata-borboleta e a quem os boatos atribuíam práticas que, como todas as outras, eu então considerava infames, sem todavia fazer a mínima ideia do assunto. Por essas razões, e porque ele era de natureza frágil, transformei-o no meu capacho e o humilhava regularmente perante a classe, até que um dia, tomado por uma fúria louca e impotente, ele me esbofeteou. Muitos anos mais tarde, essa lembrança me enche de vergonha, pois há muito compreendi que abusara daquele coitado como os brutamontes de mim, sem pudor, pelo odioso prazer de demonstrar uma superioridade ilusória. Esta é certamente a imensa vantagem dos chamados fortes sobre os fracos: uns e outros são minados pela angústia, o medo, a dúvida, mas aqueles sabem disso e disso padecem, enquanto estes não o enxergam e, a fim de escorarem melhor o muro que os protege desse vazio sem fundo, voltam-se contra os primeiros, cuja fragilidade excessivamente visível ameaça sua frágil segurança. É assim que os fracos ameaçam os fortes e suscitam a violência e o assassinato que os golpeiam sem piedade. E é somente quando a violência cega e irresistível golpeia por sua vez os mais fortes que a parede de sua certeza racha: somente então eles percebem o que os espera e veem que chegaram ao fim. Era o que acontecia a todos aqueles homens do 6º Exército, tão orgulhosos, tão arrogantes quando esmagavam as divisões russas, espoliavam os civis, eliminavam os suspeitos como esmagamos moscas: agora, assim como a artilharia e os *snipers* soviéticos, o frio, as doenças e a fome, era a lenta subida da maré interior que os matava. Em mim ela também subia, acre e fétida como a merda com cheiro doce que escorria aos borbotões das minhas tripas. Uma curiosa entrevista que Thomas agendou para mim demonstrou-me isso de maneira flagrante. "Gostaria que você conversasse com uma pessoa", ele me pediu, roçando a cabeça no cantinho exíguo que me servia de gabinete. Isso aconteceu, tenho certeza, no último dia do ano de 1942. — "Quem seria?" — "Um *politruk* que prendemos ontem perto das fábricas. Já apertamos tudo que pudemos, a Abwehr também, mas achei que seria interessante você conversar com ele, discutir ideologia, ver um pouco o que se passa na cabeça deles, por esses dias, do outro lado. Você é um espírito sutil, fará isso melhor que eu. Ele fala alemão muito bem." — "Se julga que vai ser útil." — "Não perca tempo com as questões militares: já tratamos disso." — "Ele falou?" Thomas sacudiu os ombros sorrindo suavemente: "Não exatamente. Ele não é mais jovem, mas é um touro. Talvez o peguemos de novo, depois." — "Ah, entendi: quer que eu o amacie." — "Exatamente. Pregue moral, fale do futuro dos filhos dele."

Um dos ucranianos conduziu-me até o homem algemado. Usava uma jaqueta amarela de frentista, suja de graxa, a manga direita rasgada na costura; seu rosto estava inteiramente em carne viva de um lado, como raspado a sangue-frio; do outro, uma contusão azulada quase fechava seu olho; mas ele devia ter feito a barba imediatamente antes de ser capturado. O ucraniano o jogou com brutalidade numa pequena carteira escolar em frente à minha mesa. "Tire as algemas dele", ordenei. "E espere no corredor." O ucraniano deu de ombros, soltou as algemas e saiu. O comissário massageou os pulsos. "Simpáticos, nossos traidores nacionais, não é mesmo?", disse ele jocosamente. Apesar do sotaque, seu alemão era claro. "Podem levá-los com vocês quando forem embora." — "Não vamos embora", repliquei secamente. — "Ah, melhor assim. Evitará que tenhamos que correr atrás deles para fuzilá-los." — "Sou o Hauptsturmführer Dr. Aue", eu disse. "E o senhor?" Fez uma ligeira mesura na cadeira. "Pravdin, Ilia Seminovich, para servi-lo." Peguei um dos meus últimos maços de cigarro: "Fuma?" Sorriu, revelando a falta de dois dentes: "Por que os tiras oferecem sempre cigarros? Todas as vezes em que fui preso, me ofereceram cigarros. Dito isto, aceito." Estendi-lhe um e ele se debruçou para que eu acendesse. "E sua patente?", perguntei. Exalou uma longa baforada de fumaça com um suspiro de satisfação: "Seus soldados estão morrendo de fome, mas vejo que os oficiais ainda têm bons cigarros. Sou comissário de regimento. Mas recentemente nos deram patentes militares e recebi a de tenente-coronel." — "Mas o senhor é membro do Partido, não é oficial do Exército Vermelho." — "Exatamente. E o senhor? Também é da Gestapo?" — "Do SD. Não é exatamente a mesma coisa." — "Conheço a diferença. Já fui interrogado suficientemente por vocês." — "E como um comunista como o senhor pôde ser capturado?" Seu rosto se entristeceu: "Durante um ataque, um obus explodiu perto de mim e recebi estilhaços na cabeça." Apontou a parte sem pele do rosto. "Fiquei desacordado. Imagino que meus colegas me deram por morto. Quando recuperei a consciência, estava nas mãos de vocês. Não havia nada a fazer", concluiu tristemente. — "Um *politruk* de alto escalão subindo para a linha de frente, isso é raro, não acha?" — "O comandante tinha sido morto e tive que reagrupar os homens. Mas no geral concordo com o senhor: os homens não veem muito os responsáveis do Partido no fogo. Alguns abusam dos privilégios. Mas esses abusos serão corrigidos." Apalpava delicadamente, com a ponta dos dedos, a carne arroxeada e contundida em torno do olho inchado. "Isso também foi a explosão?", perguntei. Abriu outro sorriso desdentado: "Não, isso foram seus colegas. O senhor deve conhecer muito bem esse tipo de método." — "Seu NKVD usa os mesmos." — "Precisamente. Não estou me queixando." Marquei uma pausa: "Quantos anos tem, se me permite?", perguntei finalmente. — "Quarenta e dois. Nasci junto com o século, como o Himmler de vocês." — "Conheceu então a Revolução?" Riu: "Claro! Aos quinze anos era militante bolchevique. Fiz parte de um soviete de operários em Petrogrado. Não pode imaginar que época, aquela! Um grande vento de liberdade." — "As coisas mudaram muito." Ficou pensativo. "Sim. É verdade. Provavelmente o povo russo não estava preparado para liberdade tão imensa e imediata. Mas isso virá aos poucos. É preciso primeiro educá-lo." — "E o alemão, onde aprendeu?" Sorriu novamente: "Sozinho, aos dezesseis anos, com prisioneiros de guerra. Mais tarde, o próprio Lênin me delegou uma missão junto aos comunistas alemães. Imagine que conheci Liebknecht, Luxemburgo! Pessoas extraordinárias. E, depois da guerra civil, voltei diversas vezes à Alemanha, clandestinamente, para fazer contatos com Thälmann e outros. O senhor não imagina o que foi a minha vida. Em 1929, servi como intérprete para os oficiais alemães que vinham treinar na Rússia soviética, testar suas novas armas e suas novas táticas. Aprendemos muito com vocês." — "Sim, mas não usufruíram disso. Stálin liquidou todos os oficiais que haviam adotado nossos conceitos, a começar por Tukhatchevski." — "Lamento muito por Tukhatchevski.

Pessoalmente, quero dizer. Politicamente, não posso julgar Stálin. Talvez tenha sido um erro. Os bolcheviques também cometem erros. Mas o importante é que não hesitamos em expurgar regularmente nossas próprias fileiras, eliminar os dissidentes, os que se deixam corromper. É uma força que falta a vocês: seu Partido apodrece a partir de dentro."
— "Também temos nossos problemas. No SD, sabemos disso melhor que ninguém, e trabalhamos para tornar o Partido e o *Volk* melhores." Sorriu serenamente: "Enfim, nossos dois sistemas não são tão diferentes assim. No princípio, pelo menos." — "Afirmação curiosa, para um comunista." — "Nem tanto, se pensar bem. No fundo, que diferença há entre um nacional-socialismo e o socialismo num único país?" — "Nesse caso, por que travamos luta tão mortífera?" — "Foram vocês que quiseram, não nós. Estávamos dispostos a conciliações. Mas é como antigamente com os cristãos e judeus: em vez de se unirem ao Povo de Deus, com o qual têm tudo em comum, para formar uma frente comum contra os pagãos, os cristãos preferiram, provavelmente por inveja, paganizar-se e se insurgir, para infelicidade deles, contra as testemunhas da verdade. Foi uma tremenda confusão." — "Imagino que, na sua comparação, o termo 'judeus' se refira a vocês." — "Naturalmente. Afinal de contas, vocês nos tiraram tudo, ainda que apenas superficialmente. E não falo apenas dos símbolos, como a bandeira vermelha e o 1º de maio. Falo dos conceitos mais caros à *Weltanschauung* de vocês." — "Pode explicar melhor?" Começou a contar nos dedos à maneira russa, dobrando-os um a um e partindo do mínimo: "Onde o comunismo visa uma sociedade sem classes, vocês pregam a *Volksgemeinschaft*, o que no fundo é rigorosamente a mesma coisa, limitada às suas fronteiras. Onde Marx via o proletário como portador da verdade, vocês decidiram que a suposta raça alemã é uma raça proletária, encarnação do Bem e da moralidade; por conseguinte, substituíram a luta de classes pela guerra proletária alemã contra os Estados capitalistas. Em economia também, suas ideias não passam de distorções dos nossos valores. Conheço bem sua economia política, pois antes da guerra traduzi para o Partido artigos de suas publicações especializadas. Onde Marx estabeleceu uma teoria do valor fundada no trabalho, seu Hitler declara: *Nosso marco alemão, que não é lastreado pelo ouro, vale mais que o ouro*. Essa frase um pouco obscura foi comentada pelo braço direito de Goebbels, Dietrich, que explicava que o nacional-socialismo havia compreendido que o melhor lastro para uma divisa é a confiança nas forças produtivas da Nação e na direção do Estado. O

resultado disso é que o dinheiro, para vocês, tornou-se um fetiche que representa o poder de produção do seu país, logo uma aberração total. As relações de vocês com seus grandes capitalistas são grosseiramente hipócritas, sobretudo depois das reformas do ministro Speer: os responsáveis continuam a pregar a livre-iniciativa, mas as indústrias são todas submetidas a um plano, e seus lucros, limitados a 6%, com o Estado apropriando-se do resto, além da produção." Calou-se. "O nacional-socialismo também tem seus desvios", respondi finalmente. Expliquei-lhe brevemente as teses de Ohlendorf. "Sim", ele disse, "conheço bem seus artigos. Mas ele também se perde. Na medida em que vocês não imitaram o marxismo, vocês o perverteram. A substituição da classe pela raça, que resulta no racismo proletário, é um disparate absurdo." — "Assim como sua noção de luta de classes perpétua. As classes são um dado histórico; pertenceram a um determinado momento e irão desaparecer da mesma forma, fundindo-se harmoniosamente com a *Volksgemeinschaft* em vez de esvaziá-la. Ao passo que a raça é um dado biológico, natural e, portanto, incontornável." Ele levantou a mão: "Veja bem, não vou insistir nesse aspecto, pois é uma questão de fé e portanto as demonstrações lógicas, a razão, de nada servem. Mas há de concordar comigo pelo menos num ponto: ainda que a análise das categorias em jogo seja diferente, nossas ideologias têm o seguinte de fundamental em comum: ambas são essencialmente deterministas; determinismo racial, para vocês, determinismo econômico para nós, mas de toda forma determinismo. Ambos acreditamos que o homem não escolhe livremente seu destino, mas que este lhe é imposto pela natureza ou a história. E ambos concluímos que existem *inimigos objetivos*, que determinadas categorias de seres humanos podem e devem ser legitimamente eliminadas não pelo que fizeram ou até mesmo pensaram, mas pelo que são. Nisto, diferimos apenas pela definição das categorias: para vocês, os judeus, os ciganos, os poloneses e inclusive, ouvi dizer, os doentes mentais; para nós, os *kulaks*, os burgueses, os dissidentes do Partido. No fundo, é a mesma coisa; ambos recusamos o *homo economicus* dos capitalistas, o homem egoísta, individualista, enganado em sua ilusão de liberdade, em prol de um *homo faber: Not a self-made man but a made man*, poderíamos dizer em inglês, ou seja, um homem a ser feito, pois o homem comunista ainda está para ser construído e educado, assim como o seu nacional-socialista perfeito. E esse homem a ser feito justifica a liquidação impiedosa de tudo que é ineducável, o que portanto justifica o NKVD e a Gestapo, jardineiros do corpo social, que arrancam as ervas daninhas e obrigam as saudáveis a seguir seus tutores." Estendi-lhe outro cigarro e acendi um para mim: "O senhor tem ideias abrangentes para um *politruk* bolchevique." Sorriu, meio ressentido: "É que meus velhos amigos, alemães e outros, ficaram em desvantagem. Quando se fica isolado, tem-se tempo e sobretudo uma perspectiva para refletir." — "É o que explica que um homem com seu passado tenha um posto em suma tão modesto?" — "Possivelmente. Houve um tempo, veja o senhor, em que eu era íntimo de Radek — mas não de Trotski, o que faz com que eu esteja aqui. Mas meu pequeno salário não me atrapalha, fique sabendo. Não tenho nenhuma ambição pessoal. Sirvo meu Partido e meu país, e fico feliz em morrer por eles. Mas isso não me impede de refletir." — "Mas se acha que nossos dois sistemas são idênticos, por que luta contra nós?" — "Nunca disse que eram idênticos! E é suficientemente inteligente para ter compreendido isso. Procurei mostrar-lhe que os modos de funcionamento das nossas ideologias se assemelham. O conteúdo, naturalmente, difere: classe e raça. Para mim, o seu nacional-socialismo é uma heresia do marxismo." — "Em que medida, na sua opinião, a ideologia bolchevique é superior à do nacional-socialismo?" — "Na medida em que ela quer o bem de toda a humanidade, enquanto a sua é egoísta, quer o bem apenas dos alemães. Não sendo alemão, é impossível eu aderir, ainda que quisesse." — "Sim, mas se tivesse nascido burguês, como eu, seria impossível tornar-se um bolchevique: o senhor permaneceria, fossem quais fossem suas convicções íntimas, um *inimigo objetivo.*" — "É verdade, mas isso é resultado da educação. Um filho de burguês ou um neto de burguês, educado desde o nascimento num país socialista, seria um autêntico e bom comunista, acima de qualquer suspeita. Quando a sociedade sem classes for uma realidade, todas as classes irão dissolver-se no comunismo. Na teoria, isso pode ser compreendido no mundo inteiro, o que não é o caso do nacional-socialismo." — "Na teoria, talvez. Mas não podem provar isso, e na realidade vocês cometem crimes atrozes em nome dessa utopia." — "Não vou responder que os crimes de vocês são piores. Direi simplesmente que, se não podemos provar a razão das nossas esperanças a alguém que se nega a acreditar na verdade do marxismo, podemos e vamos provar concretamente a vacuidade das suas. Seu racismo biológico postula que as raças são desiguais entre si, que algumas são mais fortes e mais saudáveis que outras, e que a mais forte e a mais saudável é a raça alemã. Mas quando Berlim ficar parecida com esta cidade aqui" — apontou o braço para o teto — "e quando nossos bravos soldados acamparem na sua Unter den Linden, então vocês serão obrigados, se quiserem salvar sua fé racista, a reconhecer que a raça eslava é mais forte que a raça alemã." Não me deixei desarmar: "Acredita sinceramente que, quando mal conseguem segurar Stalingrado, vão tomar Berlim? É uma piada." — "Não acredito, sei. Basta olhar os respectivos potenciais militares. Sem contar a segunda frente de batalha que nossos aliados vão abrir na Europa, logo, logo. Vocês estão fodidos." — "Lutaremos até o último cartucho." — "Sem dúvida, mas morrerão de qualquer jeito. E Stalingrado ficará como o símbolo de sua derrota. Equivocadamente, por sinal. Na minha opinião, vocês já perderam a guerra no ano passado, quando estacaram diante de Moscou. Nós perdemos território, cidades, homens; tudo isso é substituível. Mas o Partido não rachou, e esta era a única esperança de vocês. Sem isso, vocês poderiam até ter conquistado Stalingrado, não teria mudado nada. Aliás, *poderiam* ter conquistado Stalingrado se não tivessem cometido tantos erros, se não nos tivessem subestimado tanto. Não era inevitável que vocês perdessem aqui, que seu 6º Exército fosse inteiramente destruído. Mesmo assim, se tivessem vencido em Stalingrado, e daí? Teríamos continuado em Ulianovsk, em Kuibyshev, em Moscou, em Sverdlovsk. E teríamos acabado por lhes infligir a mesma coisa mais adiante. Claro, o simbolismo não teria sido o mesmo, não teria sido a cidade de Stálin. Mas quem é Stálin no fundo? E que temos a ver, nós, bolcheviques, com sua grandeza e sua glória? Para nós, aqui, que morremos todos os dias, que nos importam seus telefonemas diários para Jurkov? Não é Stálin que dá coragem aos homens para investirem contra as metralhadoras de vocês. Claro, é preciso um chefe, é preciso alguém para coordenar tudo, mas poderia ter sido qualquer outro homem de valor. Stálin não é mais insubstituível que Lênin ou que eu. Nossa estratégia aqui foi a estratégia do bom senso. E nossos soldados e nossos bolcheviques teriam mostrado a mesma coragem em Kuibyshev. Apesar de todas as nossas derrotas militares, nosso Partido e nosso povo permaneceram invencíveis. Agora as coisas caminharão no outro sentido. Vocês já estão começando a evacuar o Cáucaso. Nossa vitória final não deixa nenhuma dúvida." — "Talvez", retorqui. "Mas a que preço para o seu comunismo? Stálin, desde o início da guerra, recorre aos valores nacionais, os únicos que inspiram realmente os homens, não aos valores comunistas. Ele reintroduziu as ordens czaristas de Suvorov e de Kutuzov, bem como as dragonas douradas para os oficiais, que em 17 seus camaradas de Petrogrado lhes pregavam nos ombros. Nos bolsos dos seus mortos, mesmo dos oficiais superiores, encontramos ícones escondidos. Melhor ainda, nossos interrogatórios indicam que os valores raciais despontam abertamente nas mais altas esferas do Partido e do Exército, um espírito grão-russo, antissemita, cultivado por Stálin e pelos dirigentes do Partido. Vocês também estão começando a desconfiar dos seus judeus; entretanto, eles não são uma classe." — "O que diz certamente é verdade", reconheceu com tristeza. "Sob a pressão da guerra, os atavismos sobem à superfície. Mas não se deve esquecer o que era o povo russo antes de 1917, seu estado de ignorância, de atraso. Não tivemos nem vinte anos para educá-lo e corrigi--lo, é pouco. Depois da guerra, prosseguiremos nessa tarefa, e pouco a pouco todos esses erros serão corrigidos." — "Creio que está enganado. O problema não é o povo: são seus líderes. O comunismo é uma máscara colada no rosto imutável da Rússia. Seu Stálin é um czar, seu Politburo, boiardos ou nobres ávidos e egoístas, seus quadros do Partido, os mesmos *tchinovniki* de Pedro ou Nicolau. É o mesmo autocratismo russo, a mesma insegurança permanente, a mesma paranoia do estrangeiro, a mesma incapacidade de governar corretamente, a mesma substituição do senso comum, logo do verdadeiro poder, pelo terror, a mesma corrupção desenfreada, sob outras formas, a mesma incompetência, a mesma bebedeira. Leia a correspondência entre Kurbsky e Ivan, leia Karamzin, leia Custin. O dado central da história de vocês nunca foi modificado: a humilhação, de pai para filho. Desde o início, mas sobretudo desde os mongóis, tudo humilha vocês, e toda a política dos seus governantes consiste não em corrigir essa humilhação e suas causas, mas em escondê-las ao resto do mundo. A Petersburgo de Pedro não passa de outra aldeia ao estilo de Potemkin: não é uma janela aberta para a Europa, mas um cenário de teatro montado para mascarar aos olhos do Ocidente toda a miséria e sujeira sem fim que se esparramam nos bastidores. Ora, só podemos humilhar os humilháveis; e, por sua vez, apenas os humilhados humilham. Os humilhados de 1917, de Stálin ao mujique, só fazem infligir aos demais seu medo e sua humilhação. Pois, nesse país de humilhados, o czar, tenha a força que tiver, é impotente, sua vontade perde-se nos pântanos de lodo de sua administração, ele é rapidamente relegado, como Pedro, a dar ordens para que obedeçam suas ordens; à sua frente, fazem-se mesuras, e, às suas costas, rouba-se ou conspira-se contra ele; todos enaltecem os superiores e oprimem os subordinados, todos têm uma mentalidade de escravos, de *raby* como vocês dizem, e esse espírito de escravo vai até o topo; o maior escravo de todos é o czar, que nada pode contra a covardia e a humilhação de seu povo de escravos e que portanto, em sua impotência, os mata, aterroriza e humilha ainda mais. E sempre que há uma real ruptura na história de vocês, uma oportunidade concreta de sair desse ciclo infernal para começar uma nova história, vocês a perdem: diante da liberdade, daquela liberdade de 1917 mencionada pelo senhor, todo mundo, o povo e os dirigentes, recua e se curva aos velhos e batidos reflexos. O fim da NEP, a declaração do socialismo num único país, tudo se resume a isso. E depois, como as esperanças não haviam se extinguido totalmente, fizeram-se necessários expurgos. O grão-russismo atual não passa do desenlace lógico desse processo. O russo, eterno humilhado, só sai desse dilema de uma maneira, identificando-se com a glória abstrata da Rússia. Ele pode trabalhar quinze horas por dia numa fábrica glacial, não comer nada a vida inteira senão pão preto e repolho e servir a um patrão barrigudo que se diz marxista-leninista mas que desliza de limusine com suas galinhas de luxo e seu champanhe francês, a ele isso pouco importa, contanto que a Terceira Roma advenha. E essa Terceira Roma pode dizer-se cristã ou comunista, isso não tem a menor importância. Quanto ao diretor da fábrica, tremerá o tempo todo pelo posto que ocupa, bajulará o chefe e lhe dará presentes suntuosos, e, se for demitido, outro, idêntico, será nomeado em seu lugar, tão ávido, ignaro e humilhado quanto ele, e menosprezando seus operários porque afinal de contas serve um Estado proletário. Um dia, sem dúvida, a fachada comunista cairá, com ou sem violência. Descobriremos então essa mesma Rússia, intacta. Se porventura um dia ganharem, sairão dessa guerra mais nacional-socialistas e mais imperialistas que nós, mas seu socialismo, ao contrário do nosso, não será senão um nome vazio e só lhes restará o nacionalismo a que se agarrar. Na Alemanha, e nos países capitalistas, afirma-se que o comunismo arruinou a Rússia; quanto a mim, acredito no oposto: foi a Rússia que arruinou o comunismo. Poderia ter sido uma bela ideia, e quem é capaz de dizer o que teria acontecido se a Revolução tivesse se dado na Alemanha em vez de na Rússia? Se tivesse sido realizada por alemães convictos, como seus amigos Rosa Luxemburgo e Karl Liebknecht? Da minha parte, penso que teria sido um desastre, pois isso teria exacerbado nossos conflitos psíquicos, os quais o nacional-socialismo busca resolver. Mas quem sabe? O certo é que, tentada aqui, a experiência comunista só poderia ser um fracasso. É como um experimento médico realizado em ambiente contaminado: os resultados são desprezados."

— "O senhor é um excelente dialético, e o felicito, dir-se-ia que passou por uma formação comunista. Mas estou cansado e não vou discutir. De toda forma, isso são meras palavras. Nenhum de nós dois verá o futuro que o senhor descreve." — "Quem sabe? O senhor é um comissário de alto escalão. Talvez o despachemos para algum campo a fim de interrogá-lo." — "Não zombe de mim", replicou duramente. "Os lugares, nos aviões de vocês, são limitados demais para evacuarem um peixinho. Sei perfeitamente que serei fuzilado, agora ou amanhã. Isso não me altera." Voltou a mostrar animação: "Conhece o escritor francês Stendhal? Então certamente terá lido esta frase: *A meu ver, apenas a condenação à morte enobrece um homem. É a única coisa que não se compra.*" Fui tomado por uma risada irresistível; ele também ria, mas com menos vigor. "Mas onde foi pescar isso?", articulei enfim. Balançou os ombros: "Ora. Não li apenas Marx, o senhor sabe." — "Pena que eu não tenha nada para beber", falei. "Teria lhe oferecido um trago com prazer." Tornei a ficar sério: "Pena também que sejamos inimigos. Em outras circunstâncias, talvez pudéssemos ter nos entendido." — "Talvez sim", disse ele pensativamente, "talvez não." Levantei-me, fui até a porta e chamei o ucraniano. Depois voltei para trás da minha mesa. O comissário levantara-se e tentava endireitar sua manga rasgada. Ainda de pé, dei-lhe o resto do meu maço de cigarros. "Ah, obrigado", ele disse. "Tem fósforos?" Dei-lhe também a caixa de fósforos. O ucraniano esperava na soleira da porta. "Permita-me não lhe apertar a mão", disse o comissário com um sorrisinho irônico. — "Pois não", repliquei. O ucraniano pegou-o pelo braço e ele saiu, enfiando o maço de cigarros e a caixa de fósforos no bolso do casaco. Eu não deveria ter dado o maço inteiro, pensei; ele não terá tempo de terminá-lo e os ucranianos fumarão o que sobrar.

Não escrevi relatório a respeito dessa entrevista; que haveria a relatar? À noite, os oficiais reuniram-se para se desejar Feliz Ano-Novo e terminar as últimas garrafas que alguns poucos guardavam. Mas a comemoração foi chocha: após os brindes de praxe, meus colegas não falaram muito, cada um no seu canto bebendo e pensando; a confraternização dispersou-se rapidamente. Eu tentara descrever para Thomas o meu diálogo com Pravdin, mas ele me cortou: "Compreendo que isso tenha interesse para você, mas elucubrações teóricas não são a minha maior preocupação." Por um pudor curioso não lhe perguntei o destino do comissário. Na manhã seguinte acordei, muito antes de um alvorecer invisível sob a terra, percorrido por arrepios de febre. Ao fazer a barba, examinei meticulosamente meus olhos, mas não vi marcas vermelhas; na cantina, tive que me obrigar a engolir a sopa e o chá; não consegui tocar no pão. Ficar sentado, ler, redigir relatórios tornou-se insuportável para mim; eu tinha a impressão de sufocar; decidi, embora sem autorização de Möritz, sair para tomar ar: Vopel, assessor de Thomas, acabava de ser ferido, e eu iria visitá-lo. Ivan, como de costume, colocou a arma no ombro sem titubear. Do lado de fora estava singularmente ameno e úmido, a neve, no solo, transformava-se em lama, uma grossa camada de nuvens ocultava o sol. Vopel devia estar no hospital instalado no teatro municipal, perto dali. Obuses haviam esmagado os degraus e destroçado as pesadas portas de madeira; no interior do grande saguão, entre fragmentos de mármore e colunas estilhaçadas, amontoavam-se dezenas de cadáveres que enfermeiros traziam dos porões e colocavam ali, esperando para incinerá-los. Um mau cheiro abominável refluía dos acessos aos subterrâneos, impregnando o saguão. "Vou esperar aqui", declarou Ivan postando-se perto das portas principais para enrolar um cigarro. Contemplei-o e meu espanto diante de sua fleuma transmutou-se em uma tristeza súbita e aguda: com efeito, eu tinha toda a probabilidade de ali permanecer, mas ele não tinha nenhuma de sair. Fumava tranquilamente, indiferente. Encaminhei-me para o subsolo. "Não se aproxime muito dos corpos", disse um enfermeiro perto de mim. Apontou com o dedo e olhei: uma procissão escura e indistinta corria por cima dos cadáveres empilhados, saía deles, movia-se por entre os escombros. Olhei mais de perto e meu estômago revirou. As pulgas deixavam os corpos frios, em massa, em busca de novos hóspedes. Contornei-os cuidadosamente e desci; atrás de mim, o enfermeiro ria. Na cripta, o mau cheiro me envolveu como um pano molhado, uma coisa viva e multiforme que grudava nas narinas e na garganta, feita de sangue, gangrena, feridas putrefatas, fumaça de lenha úmida, lã molhada ou empapada de urina, diarreia quase caramelada, vômitos. Respirei pela boca assobiando, tentando segurar o enjoo. Os feridos e doentes haviam sido alinhados sobre cobertores ou diretamente no chão, em meio a todos os vastos porões frios e cimentados do teatro; os gemidos e gritos ressoavam nas abóbadas; uma grossa camada de lama cobria o chão. Alguns médicos ou enfermeiros com aventais imundos evoluíam lentamente por entre as fileiras de moribundos, procurando precavidamente onde pisar para evitar esmagar um membro. Eu não fazia a mínima ideia de como encontrar Vopel naquele caos. Finalmente localizei o que parecia ser uma sala de cirurgia e entrei sem bater. O chão ladrilhado estava sujo de lama e sangue; à minha esquerda, um homem com um só braço estava sentado num banco, olhos abertos e vazios. Na mesa jazia uma mulher loura — provavelmente uma civil, pois já havíamos evacuado todas as nossas enfermeiras —, nua, com queimaduras terríveis na barriga e embaixo dos seios e as duas pernas cortadas acima dos joelhos. Esse espetáculo me fulminou; fui obrigado a desviar os olhos, a não fitar seu sexo inchado exposto entre os cotos. Um médico entrou e lhe pedi para me designar o ferido SS. Fez-me sinal para segui-lo e me levou até uma salinha onde Vopel, semidespido, estava sentado numa cama dobrável. Um estilhaço o atingira no braço, parecia muito satisfeito, pois sabia que agora podia partir. Pálido, com inveja, olhei seu ombro enfaixado como outrora devo ter olhado minha irmã sugar o seio da nossa mãe. Vopel fumava e falava sem parar, tinha sua *Heitmatschuss*, e sua sorte tornava-o eufórico como uma criança, não conseguia dissimular, era insuportável. Não parava de manipular, como se fosse um fetiche, uma etiqueta VERWUNDETE presa na abotoadura de seu dólmã, jogado nas costas. Despedi-me prometendo conversar com Thomas a respeito de sua evacuação. A sorte dele era incrível: considerando sua patente, não tinha esperança alguma de figurar nas listas de evacuação dos especialistas indispensáveis; e todos sabíamos que para nós, SS, não haveria sequer campo de prisioneiros, os russos tratariam os SS como tratávamos os comissários e homens do NKVD. Na saída, pensei novamente em Pravdin e me perguntei se teria tanta fleuma quanto ele; o suicídio ainda me parecia preferível ao que me aguardava junto aos bolcheviques. Mas eu não sabia se teria coragem. Mais que nunca me sentia encurralado como um rato; e não podia aceitar que aquilo terminasse daquele jeito, naquela sujeira e naquela miséria. Os arrepios da febre voltavam, pensei horrorizado que bastaria um nadinha para que eu também me visse deitado naquele porão nauseabundo, caído na armadilha do meu próprio corpo, até que chegasse minha vez de ser carregado para a entrada, enfim livre das pulgas. Ao chegar no saguão, não saí para encontrar Ivan mas subi a grande escadaria em direção à sala do teatro. Havia sido uma bela sala, com balcões e poltronas de veludo; o teto, agora, destroçado pelos obuses, desmoronara quase por inteiro, o lustre viera esmagar-se no meio dos assentos, uma espessa camada de escombros e neve os recobria. Tomado pela curiosidade, mas talvez também pelo medo súbito de voltar a sair, subi para explorar os andares. Ali também lutara-se: haviam esburacado as paredes para instalar posições de tiro; bocais de lâmpadas e caixas de munições vazias cobriam os corredores; em um camarote dois cadáveres russos, que ninguém se dera o trabalho de descer, permaneciam refestelados nas poltronas, como se esperassem o início de uma peça incessantemente adiada. Por uma porta arrombada nos fundos de um corredor, alcancei uma passarela que dominava o palco: a maior parte das lampadinhas e das máquinas de cenário estava em pedaços, mas uma coisa ou outra continuava no lugar: alcancei o madeiramento superior: ali onde mais abaixo abria-se a sala não passava de um buraco vazio, mas acima do palco o assoalho permanecia intacto, e o telhado, totalmente perfurado, ainda repousava em sua rede de caibros. Arrisquei espiar por um dos buracos: via ruínas escuras, fumaça subindo em diversos pontos; um pouco ao norte, um ataque violento estava em curso, e, atrás, eu ouvia o zunido característico de Sturmovik invisíveis. Procurei o Volga, que eu teria desejado ver pelo menos uma vez, mas ele permanecia encoberto pelas ruínas; aquele teatro não era muito alto. Voltei-me e contemplei o último andar: lembrava-me o sótão do casarão de Moreau em Antibes. Todas as vezes que eu voltava do internato de Nice, com minha irmã, de quem agora era inseparável, explorava os recantos daquela casa heteróclita e acabava invariavelmente no sótão. Içávamos para lá um gramofone de manivela capturado no salão e um jogo de marionetes que era da minha irmã, representando diferentes animais, um gato, uma rã, um ouriço; estendendo um lençol nos caibros, encenávamos, apenas para nós, peças e óperas. Nosso espetáculo predileto era *A flauta mágica*, de Mozart: a rã então representava Papageno, o ouriço, Tamino, o gato, Pamina, e uma boneca com feições humanas, a Rainha da Noite. De pé naqueles escombros, os olhos esbugalhados, eu julgava ouvir a música, captar o desempenho feérico das marionetes. Senti uma fisgada violenta na barriga, abaixei minhas calças e fiquei de cócoras, e enquanto a merda escorria, líquida, eu já estava longe, pensava nas ondas, no mar sob a quilha do barco, duas crianças sentadas de frente para esse mar, eu próprio e minha irmã gêmea Una, o olhar e as duas mãos que se tocam sem que ninguém perceba, e o amor ainda mais vasto e sem fim que aquele mar azul e que a amargura e a dor dos anos funestos, um esplendor solar, um abismo voluntário. As fisgadas, a diarreia, os acessos de febre branca, o medo também, tudo isso se apagara, se diluíra naquele retorno insólito. Sem sequer me dar o trabalho de vestir de novo as calças, deitei-me na poeira e nos escombros e o passado se desenrolou como uma flor na primavera. O que gostávamos no sótão é que, ao contrário dos porões, neles há sempre luz. Mesmo quando o teto não está crivado de *shrapnels*, seja porque o dia é filtrado por janelinhas ou brechas por entre as telhas, seja porque sobe pelo alçapão de acesso, ali nunca está completamente escuro. E era naquela luz difusa, instável e fragmentada que brincávamos e aprendíamos as coisas que devíamos aprender. Quem sabe como aquilo se originou? Teríamos descoberto, escondidos atrás de outros na biblioteca de Moreau, determinados livros proibidos, ou aquilo teria nascido naturalmente, ao sabor das brincadeiras e das descobertas? Naquele verão, permanecemos em Antibes, mas aos sábados e domingos íamos para uma casa alugada por Moreau, perto de Saint-Jean-Cap--Ferrat, à beira-mar. Ali, nossas brincadeiras invadiam os campos, os bosques de pinheiros negros e o *maquis* bem próximo, vibrando com o estrilo das cigarras e o zumbido das abelhas na lavanda, cuja fragrância vinha cobrir os eflúvios do alecrim, do tomilho e da resina, misturados também, no fim do verão, ao dos figos que devorávamos até o fastio, atingindo, mais além, o mar e os rochedos caóticos que formavam aquela costa acidentada, até uma ilhota íngreme que alcançávamos a nado ou de canoa. Lá, nus como selvagens, mergulhávamos com uma colher de ferro para desgrudar os gordos ouriços agarrados nas paredes submarinas; quando havíamos coletado vários, usávamos um canivete para abri-los e avaliávamos a massa laranja de pequenos ovos aglutinados diretamente na concha, antes de jogarmos os resíduos no mar e extrairmos pacientemente os espinhos quebrados dos dedos, rasgando a pele com a ponta do canivete e depois urinando na ferida. Às vezes, sobretudo quando o mistral soprava, as ondas engrossavam, vindo quebrar-se contra os rochedos; voltar à margem transformava-se numa brincadeira perigosa, em que exibíamos habilidade e ardor infantis: certa vez, enquanto eu me içava para fora d'água, aguardando uma marola para alcançar a rocha, uma onda inesperada me varreu em direção à pedra, minha pele ficou escoriada pelas asperezas, o sangue escorria por múltiplos filetes diluídos pela água do mar; minha irmã correu em minha direção e me deitou na relva para beijar os arranhões um por um, lambendo o sangue e o sal como um gatinho ávido. Em nosso delírio soberano, havíamos inventado um código que nos permitia, diante da nossa mãe e de Moreau, combinar abertamente atitudes e atos precisos. Era a idade da pura inocência, fascinante, magnífica. A liberdade possuía nossos corpinhos estreitos, delgados, bronzeados, nadávamos como focas, deslizávamos através dos bosques como raposas, rolávamos, nos retorcíamos juntos na poeira, nossos corpos nus indissociáveis, nem um nem outro especificamente menina ou menino, mas um casal de serpentes entrelaçadas.

À noite, a febre subia, eu tremia na cama, em cima da de Thomas, encolhido sob as cobertas, devorado pelas pulgas, dominado por essas imagens remotas. Na volta às aulas, depois do verão, quase nada mudou. Separados, sonhávamos um com o outro, esperávamos o momento que nos reuniria. Tínhamos nossa vida pública, vivida abertamente como todas as outras crianças, e nossa vida privada, que pertencia exclusivamente a nós, um espaço mais vasto que o mundo, limitado tão-somente pelas possibilidades dos nossos espíritos unidos. Com o passar do tempo, os cenários mudavam, mas a pavana do nosso amor continuava a marcar seu ritmo, elegante e furioso. Nas férias de inverno, Moreau nos levou para a montanha; o que, na época, era bem mais raro que em nossos dias. Alugou um chalé que pertencera a um nobre russo: esse moscovita transformara um anexo em sauna a vapor, o que nenhum de nós nunca vira, mas o proprietário nos explicou o funcionamento e Moreau, em particular, apaixonou-se por aquela invenção. No fim da tarde, após voltarmos do esqui, do trenó ou da caminhada, ele passava ali uma boa hora a suar; não tinha, entretanto, coragem para sair e rolar na neve como fazíamos, vestidos, infelizmente, da cabeça aos pés, com um maiô de banho que nossa mãe nos obrigava a usar. Ela, por sua vez, não gostava daquele quarto a vapor e o evitava. Mas quando estávamos sozinhos em casa, fosse de dia, enquanto saíam para um passeio na cidade, fosse à noite, enquanto dormiam, ocupávamos o recinto esfriado, tirávamos finalmente nossas roupas, e nossos corpinhos tornavam-se espelho um para o outro. Aninhávamo-nos assim nos grandes armários embutidos e vazios, construídos sob o grande telhado inclinado do chalé, onde não conseguíamos ficar de pé, mas onde ficávamos sentados ou deitados, rastejando, nos encolhendo, pele contra pele, escravos um do outro e senhores de tudo.

De dia, eu procurava restaurar minha base frágil no seio daquela cidade devastada; mas a febre e as diarreias me corroíam, me subtraíam da realidade não obstante opressiva e cheia de dor que me cercava. Também sentia dor no ouvido esquerdo, uma dor surda, insistente, bem embaixo da pele, no interior do pavilhão. Distraído, passei assim longas horas cinzentas no meu gabinete, embrulhado na minha peliça suja, cantarolando uma melodiazinha mecânica e desentoada, tentando redescobrir as sendas perdidas. O anjo abria a porta do meu gabinete e entrava, trazendo o carvão em brasa que queima todos os pecados; porém, em vez de com ele tocar os meus lábios, enfiou-o inteiro na minha boca; e, se porventura eu saísse na rua, ao contato com o ar fresco, eu queimava vivo. Eu continuava de pé, não sorria, mas meu olhar, sei disso, continuava tranquilo, sim, mesmo quando as labaredas mordiam minhas pálpebras, esburacavam minhas narinas, ocupavam minhas mandíbulas e velavam meus olhos. Debelados esses incêndios, eu via coisas surpreendentes, inauditas. Em uma rua ligeiramente em declive, os meios-fios ocupados por carros e caminhões destruídos, observei um homem na calçada, apoiando-se num poste com uma das mãos. Era um soldado encardido e com a barba por fazer, vestindo andrajos presos com barbantes e alfinetes, a perna direita seccionada abaixo do joelho, um ferimento recente e aberto que se esvaía em sangue; o homem segurava uma lata de conserva ou um copinho de estanho sob o coto e tentava recolher esse sangue e bebê-lo rapidamente, para evitar perdê-lo em demasia. Realizava esses gestos metodicamente, com precisão, e o horror me dava um nó na garganta. Não sou médico, eu me dizia, não posso intervir. Felizmente estávamos perto do teatro, e corri pelos compridos porões vazios e cheios de escombros, pondo em fuga os ratos que corriam por cima dos feridos: "Um médico! Preciso de um médico!", gritei; os enfermeiros me olhavam com um olhar opaco e apagado, ninguém respondia. Finalmente encontrei um médico sentado num banquinho perto de uma estufa, bebericando seu chá. Levou certo tempo para responder à minha agitação, parecia cansado, ligeiramente irritado com a minha insistência; mas acabou me acompanhando. Na rua, o homem com a perna cortada caíra. Permanecia calmo e impassível, mas fraquejava visivelmente. O coto espumava agora uma substância esbranquiçada que se misturava ao sangue, talvez pus; a outra perna também sangrava e parecia querer soltar-se parcialmente. O médico ajoelhou-se perto dele e começou a tratar os ferimentos mais atrozes com gestos frios e profissionais; sua postura me deixava pasmo, não apenas sua capacidade de tocar naqueles núcleos de horror, mas também a de trabalhar sem emoção nem aversão; isto, ao contrário, me deixava doente. Ao mesmo tempo que trabalhava, o médico olhava para mim e eu compreendia seu olhar: o homem não ia durar muito, não havia nada a fazer senão simular ajudá-lo para suavizar um pouco sua angústia e os últimos momentos de sua vida fugaz. Tudo isso é real, acreditem. Em outra ocasião, Ivan levara-me até um grande prédio, não muito distante do front, na Prospekt Respublikanskii, onde um desertor russo estava supostamente escondido. Não o encontrei; eu estava vasculhando os cômodos, arrependido de ter ido, quando a risada aguda de uma criança ressoou no corredor. Saí do apartamento e não vi nada; passados alguns instantes, porém, a escada foi invadida por uma horda de garotinhas selvagens e impudicas, esfregando-se em mim e deslizando entre as minhas pernas antes de levantarem as saias para me mostrar seus traseiros imundos e desaparecerem saltitantes pelo corredor do andar; depois voltaram a despencar escada abaixo aos magotes, às gargalhadas. Lembravam pequenas ratazanas ávidas, possuídas por um frenesi sexual: uma delas plantou-se num degrau na altura da minha cabeça e abriu as pernas, exibindo sua vulva nua e lisa, outra mordeu meus dedos; agarrei-a pelos cabelos e a puxei para mim a fim de esbofeteá-la, mas uma terceira garota enfiou a mão entre minhas pernas por trás enquanto a que eu segurava se retorcia, se desvencilhava e desmaiava num corredor. Corri atrás dela, mas o corredor estava deserto. Passei os olhos pelas portas fechadas dos apartamentos, apinhados, abri uma: tive que me lançar para trás a fim de não cair no vazio, não havia nada atrás daquela porta e a fechei batendo-a imediatamente antes que uma rajada de metralhadora russa viesse crivá-la de buracos. Joguei-me no chão: um obus antitanque explodiu sobre a divisória, me deixando surdo e me cobrindo de reboco, fragmentos de madeira e jornais velhos. Rastejei furiosamente e rolei para um apartamento, do outro lado do corredor, que não tinha mais porta de entrada. Na sala, arquejante e tentando recuperar o fôlego, ouvi distintamente um piano; submetralhadora em punho, abri a porta do quarto; no interior, um cadáver soviético jazia numa cama desfeita, e um Hauptmann de *chapka*, sentado com as pernas cruzadas sobre um banquinho, escutava um disco num gramofone colocado no chão. Não reconheci a melodia e perguntei o que era. Ele esperou o fim da passagem, uma peça ligeira com um pequeno e recorrente refrão, e ergueu o disco para olhar o rótulo: "Daquin. *Le coucou*." Voltou a dar corda na manivela do gramofone, tirou outro disco de um saquinho de papel alaranjado e colocou a agulha. "Isso, o senhor vai reconhecer." Com efeito, era a *Marcha turca*, de Mozart, numa interpretação rápida e alegre mas ao mesmo tempo imbuída de gravidade romântica; um pianista eslavo, certamente. "Quem está tocando?", perguntei. — "Rachmaninov, o compositor. Conhece?" — "Pouco. Não sabia que ele tocava também." Estendeu-me uma pilha de discos. "Devia ser um grande melômano, nosso amigo", disse ele, apontando para a cama. "E, pela procedência dos discos, devia ter bons contatos no Partido." Examinei os rótulos: eram impressos em inglês, os discos vinham dos Estados Unidos; neles, Rachmaninov interpretava Gluck, Scarlatti, Bach, Chopin, bem como uma peça de sua autoria; as gravações datavam da primeira metade dos anos 20, mas pareciam recém-editadas. Havia também discos russos. A peça de Mozart terminou e o oficial colocou o Gluck, uma transcrição da melodia de *Orfeu e Eurídice*, delicada, lancinante, terrivelmente triste. Com o queixo, fiz um sinal na direção da cama: "Por que não se livra dele?" — "Para quê? Ele está muito bem onde está." Esperei o fim da passagem para perguntar: "Diga-me, não viu por aí uma adolescente?" — "Não, por quê? Está precisando de uma? Música é melhor." Dei-lhe as costas e saí do apartamento. Abri a porta seguinte: a garota que me mordera estava de cócoras, mijando num tapete. Quando me viu, olhou para mim com olhos faiscantes, esfregou a virilha com a mão e mergulhou entre as minhas pernas antes que eu pudesse reagir, degringolando novamente escada abaixo às gargalhadas. Fui me sentar no sofá e contemplei a mancha molhada no tapete florido; eu ainda estava atordoado com a explosão do obus, a música do piano tilintava no meu ouvido infeccionado, o que me fazia sofrer. Apalpei-o delicadamente com o dedo e este veio coberto de um pus amarelado, que enxuguei displicentemente no tecido do sofá. Depois me assoei nas cortinas e saí. Quanto à garota, paciência, receberia de um outro o corretivo que merecia. No porão da Univermag, fui consultar um médico, que me confirmou a infecção, limpou-a o melhor possível e fez um curativo no meu ouvido, não podendo me dar nada além disso, pois nada mais tinha. Eu não saberia dizer em que dia estávamos, não saberia dizer sequer se já começara a grande ofensiva russa a oeste do *Kessel*; tinha perdido toda a noção do tempo e dos detalhes técnicos da nossa agonia coletiva. Quando falavam comigo, as palavras chegavam a mim de muito longe, uma voz submarina, e eu não entendia nada do que tentavam me dizer. Thomas decerto percebia que eu estava perdendo controle rapidamente e tentava me guiar, me reconduzir para caminhos menos abertamente delirantes. Mas ele também tinha dificuldade em preservar um senso de continuidade e da importância das coisas. Para me ocupar, fazia-me sair: alguns dos Ic que ele frequentava ainda tinham uma garrafa de conhaque armênio ou *schnaps*, e enquanto ele conversava com eles eu bebericava um copo e voltava a mergulhar no meu zumbido interior. Ao voltar de um programa desses, percebi uma boca de metrô na esquina de uma rua: eu não sabia que Stalingrado tinha metrô. Por que nunca haviam me mostrado um mapa? Peguei Thomas pela manga apontando-lhe os degraus que desapareciam na escuridão e lhe disse: "Venha, Thomas, vamos ver esse metrô mais de perto." Ele me respondeu muito educadamente, mas com firmeza: "Não, Max, agora não. Vamos." Insisti: "Por favor. Quero ver." Minha voz soava queixosa, uma angústia surda me percorria, aquela boca me atraía irresistivelmente, mas Thomas continuava a negar. Eu ia começar a chorar como uma criança de quem se tira um brinquedo. Nesse momento um obus de artilharia explodiu nas proximidades e o deslocamento do ar me derrubou. Quando a fumaça se dissipou, sentei-me novamente e balancei a cabeça; Thomas, eu vi, permanecia deitado na neve, seu sobretudo encharcado de sangue misturado a pedaços de terra; os intestinos irrompiam da barriga como longas serpentes viscosas, deslizantes, fumegantes. Enquanto eu o observava, estupefato, ele se soergueu com movimentos espasmódicos, descoordenados, como os de um bebê que acaba de aprender a andar, e enfiou a mão enluvada dentro da barriga para dela retirar fragmentos pontiagudos de *shrapnel*, lançando-os na neve. Os estilhaços ainda estavam quase incandescentes e, apesar da luva, queimavam-lhe os dedos, que ele chupava tristemente após cada pedaço; quando estes tocavam a neve, sumiam nela crepitando, soltando uma nuvenzinha de vapor. Os poucos últimos estilhaços deviam estar alojados profundamente, pois Thomas teve que enfiar até o punho para extraí-los. Ao mesmo tempo que começava a reunir suas vísceras, puxando-as para si com cuidado e enrolando-as em volta de uma das mãos, exibiu um sorriso atravessado: "Acho que ainda faltam alguns pedaços. Mas são muito pequenos." Enfiava de volta os anéis de intestinos e espanava por cima os fiapos de carne da barriga. "Será que poderia me emprestar seu cachecol?", perguntou; sempre dândi, estava apenas com um pulôver de gola rulê. Lívido, estendi-lhe meu cachecol sem uma palavra. Passando-o sob os farrapos do seu uniforme, ele o enrolou cuidadosamente em torno da barriga e deu um nó apertado na frente. Depois, segurando com firmeza sua obra com uma das mãos, empertigou-se e ficou de pé titubeando, apoiando-se no meu ombro. "Merda", murmurava, vacilante, "está doendo." Ergueu-se na ponta dos pés e flexionou várias vezes, depois arriscou uns pulinhos. "Bom, parece que vai aguentar." Com toda a dignidade de que era capaz, juntou em torno de si os fiapos do uniforme e os puxou para a barriga. O sangue pegajoso colava-os e os mantinha mais ou menos no lugar. "Tudo que eu precisava. Naturalmente, achar agulha e linha, aqui, nem pensar." Sua risadinha rouca transformou-se num esgar de dor. "Que bosta", suspirava. "Meu Deus", acrescentou, percebendo meu rosto, "você está um pouco verde."

Não insisti mais em pegar o metrô, mas acompanhei Thomas até a Univermag, esperando pelo final. A ofensiva russa, a oeste do *Kessel*, rompeu completamente nossas linhas. Dias depois, Pitomnik era evacuada num caos indescritível, que deixou milhares de feridos espalhados na estepe gelada; tropas e PC saíam da cidade, até mesmo o OAK, em Gumrak, preparava sua retirada, e a Wehrmacht nos expulsou do bunker da Univermag para nos realojar provisoriamente na antiga sede do NKVD, antes um belo prédio, com uma grande cúpula de vidro agora estilhaçada e um chão de granito reluzente, mas cujos porões já estavam ocupados por uma unidade médica, o que nos obrigou a nos entocar novamente nos gabinetes devastados do primeiro andar, do que aliás reclamamos ao estado-maior de Seydlitz (como num hotel com vista para o mar, todo mundo queria ficar de um lado, não do outro). Mas todos esses acontecimentos frenéticos continuavam indiferentes para mim, pois eu fizera um achado maravilhoso, uma edição de Sófocles. O livro estava rasgado ao meio, alguém provavelmente quis dividi-lo, e não passava, infelizmente, de traduções, mas *Electra*, minha predileta, estava ali. Esquecendo os arrepios de febre que sacudiam meu corpo, o pus que escapava sob meu curativo, perdia-me jubilosamente nos versos. Para fugir da brutalidade reinante no internato em que minha mãe me enclausurara, eu me refugiara nos estudos, e gostava particularmente de grego, graças ao nosso professor, aquele jovem padre de quem já falei. Eu ainda não tinha quinze anos, mas já passava minhas horas livres na biblioteca, decifrando a *Ilíada* linha a linha, com uma paixão e uma paciência ilimitadas. No fim do ano escolar, nossa turma promoveu a encenação de uma tragédia, *Electra* justamente, no ginásio da escola, adaptado para o evento; e eu fui escolhido para o papel principal. Vestia uma longa túnica branca, sandálias e uma peruca cujos cachos negros dançavam nos meus ombros: quando me vi no espelho, julguei estar diante de Una e quase desmaiei. Estávamos separados havia quase um ano. Quando entrei em cena estava a tal ponto possuído pelo ódio, o amor e a sensação do meu corpo de jovem virgem que não via nada, não ouvia nada; e quando gemi *Ó meu Orestes, tua morte me mata*, as lágrimas escorriam dos meus olhos. Orestes reapareceu, possuído pela Erínia, eu gritava, vociferando minhas injunções nessa língua tão bela e soberana. *Vai então, mais um golpe, se tiveres a força,* eu berrava, encorajava-o, induzia-o ao assassinato, *Mata-o o mais rápido possível, depois expõe seu corpo; dessa forma ele terá os coveiros que merece.* E quando aquilo terminou, eu não ouvia os aplausos, não ouvia as palavras do padre Labourie me parabenizando, eu chorava, e a carnificina no palácio dos Átridas era o sangue da minha própria casa.

Thomas, que parecia completamente recuperado do acidente, recriminava-me de forma amistosa, mas eu não lhe dava atenção. Para alfinetá-lo, quando eu tirava o nariz do meu Sófocles, citava-lhe Joseph de Maistre: *Que é uma batalha perdida? É uma batalha que julgamos ter perdido.* Thomas, fascinado, mandou pintar um cartaz com aquelas palavras, que foi afixado no nosso corredor: recebeu, parece, congratulações de Möritz, e o novo slogan chegou até o General Schmidt, que quis adotá-lo como divisa para o Exército; mas Paulus, disseram, opôs-se. De comum acordo, nem Thomas nem eu falávamos mais de evacuação; entretanto, todo mundo sabia que era simples questão de dias, e os felizes eleitos da Wehrmacht já partiam. Eu soçobrava em uma indiferença sórdida; apenas a obsessão do tifo me abalava de vez em quando, e, não satisfeito em esquadrinhar meus olhos e meus lábios, eu despia-me para procurar manchas escuras no torso. Nas diarreias, sequer pensava mais, ao contrário, acocorado nas latrinas fétidas encontrava certa tranquilidade, e teria gostado muito, como nos tempos de criança, de me trancar ali horas a fio para ler, mas não havia luz nem porta, e eu tinha que me contentar com um cigarro, um dos meus últimos. Minha febre, agora quase crônica, tornara-se como um casulo quente no qual eu podia me aninhar, e eu me deliciava loucamente com a minha imundície, meu suor, minha pele ressecada, meus olhos minados. Não me barbeava havia dias e uma rala barba ruiva contribuía para minha voluptuosa sensação de sujeira e negligência. Meu ouvido doente supurava, ressoando às vezes como um sino ou uma sirene ensurdecedora; em outras ocasiões eu simplesmente não escutava nada. A queda de Pitomnik fora seguida por uma calmaria de alguns dias; então, por volta de 20 de janeiro, o esmagamento metódico do *Kessel* recomeçou (para essas datas, cito os livros e não minha memória, pois o calendário tornara-se uma noção abstrata para mim, lembrança de um mundo morto). A temperatura, depois de uma subida no início do ano, caíra catastroficamente, devia estar fazendo −25° ou −30°. As tênues fogueiras acendidas nos tonéis de petróleo vazios não bastavam para aquecer os feridos; até mesmo na cidade, os soldados tinham que enrolar o pau em um pano para mijar, um farrapo nojento, ciosamente guardado no bolso; outros aproveitavam essas ocasiões para estender as mãos inchadas de frieiras sob o jato quente. Todos esses detalhes chegavam a mim pelos mecanismos sonambúlicos do Exército; sonambulicamente também, eu lia e classificava esses relatórios, depois de lhes ter atribuído um número de dossiê; mas já fazia um tempo que não os redigia mais de punho próprio. Quando Möritz queria informações, eu surrupiava alguns relatórios da Abwehr ao acaso e levava para ele; talvez Thomas lhe houvesse explicado que eu estava doente, ele me olhava bizarramente e não dizia nada. Thomas, para falar dele mais um pouquinho, nunca me devolvera meu cachecol e, quando eu saía para tomar ar, sentia frio no pescoço: mas saía, o mau cheiro cerrado dos prédios tornava-se insuportável. A cura rápida de Thomas me intrigava: já parecia completamente restabelecido, e, quando eu lhe perguntava, franzindo a sobrancelha de maneira significativa e olhando para sua barriga: "E aí, tudo bem?", ele fazia cara de espanto e respondia: "Tudo bem, por que não estaria?" Já minhas feridas e febres não curavam, eu bem queria conhecer aquele segredo. Num desses dias, 20 ou 21 sem dúvida, saí para fumar na rua e logo depois Thomas veio ao meu encontro. O céu estava claro e limpo, o frio, dilacerante, e o sol, irrompendo de todos os lados através das aberturas livres das fachadas, refletia-se na neve seca, brilhava, fascinava, e ali por onde não conseguia passar projetava sombras de aço. "Está ouvindo?", perguntou Thomas, mas meu ouvido louco zumbia, não escutava nada. "Venha." Puxou-me pela manga. Contornamos o prédio e demos com um espetáculo insólito: dois ou três Landser, embrulhados em capas ou cobertores, mantinham-se junto a um piano vertical no meio do beco. Um soldado, empoleirado numa cadeirinha, tocava, e os outros pareciam escutá-lo com atenção, mas eu não ouvia nada, era curioso, e isso me entristecia; eu também gostaria de estar ouvindo aquela música, julgava ter o mesmo direito de qualquer um. Alguns ucranianos vinham em nossa direção; reconheci Ivan, que acenou discretamente com a mão. Meu ouvido comichava terrivelmente, eu não escutava mais nada; até mesmo as palavras de Thomas, bem ao meu lado, chegavam a mim como um gorgolejo indistinto. Eu tinha a horrível e angustiante impressão de estar vivendo um filme mudo. Irritado, arranquei o curativo e enfiei o dedo mínimo no duto; alguma coisa cedeu, uma onda de pus jorrou na minha mão e escorreu sobre a gola da minha peliça. Isso me aliviou um pouco, mas eu continuava sem ouvir quase nada; o piano, se eu virasse o ouvido para ele, parecia emitir um barulho de água; o outro ouvido não funcionava melhor; decepcionado, esquivei-me e me afastei lentamente. A luz do sol estava realmente esplêndida, cinzelando cada detalhe das fachadas rendadas. Julguei perceber uma agitação atrás de mim; voltei-me, Thomas e Ivan faziam-me sinais ostensivos, os demais me observavam. Eu não sabia o que eles queriam, mas estava com vergonha de ser olhado daquele jeito, acenei-lhes amistosamente e continuei a andar. Voltei-me mais uma vez: Ivan corria na minha direção, mas fui distraído por um leve choque na testa: uma pedrinha, talvez, ou um inseto, pois quando me apalpei, uma gotinha de sangue brilhava no meu dedo. Enxuguei-a e segui adiante rumo ao Volga, que devia ficar daquele lado. Era um setor onde eu sabia que nossas forças dominavam a situação; ora, eu nunca vira aquele famoso Volga, e, para contemplá-lo pelo menos uma vez antes de deixar a cidade, tomei resolutamente sua direção. As ruas deixavam-se adivinhar entre uma mixórdia de ruínas tranquilas e desertas, iluminadas pelo sol frio de janeiro, estava tudo sossegado e eu achava aquilo extraordinariamente agradável; se havia tiros, eu não os escutava. O ar glacial me revigorava. O pus não escorria mais do meu ouvido, o que me permitia esperar que o núcleo infeccioso estivesse definitivamente perfurado; sentia-me disposto e em forma. Depois dos últimos prédios, erguidos no topo dos penhascos que dominam o grande rio, passava uma ferrovia, abandonada e com os trilhos já corroídos pela ferrugem. Adiante estendia-se a superfície branca do rio aprisionado no gelo; depois, do outro lado, a outra margem, a que nunca atingíramos, completamente plana e branca também e como vazia de qualquer vida. Não havia ninguém ao meu redor, eu não via trincheiras nem posições, as linhas deviam estar mais acima. Encorajado, deslizei pelo íngreme declive arenoso e me vi na beira do rio. A princípio hesitante, depois com mais confiança, pus um pé após o outro no gelo salpicado de neve: estava caminhando sobre o Volga, o que me deixava feliz como uma criança. Os flocos de gelo levantados por uma corrente de ar dançavam ao sol, um caleidoscópio ao redor dos meus pés. À minha frente, abria-se um buraco escuro no gelo, bastante largo, provavelmente produzido por um obus de grosso calibre caído bruscamente; no fundo do buraco a água corria celeremente, quase verde sob o sol, viçosa, sedutora; debrucei-me e mergulhei a mão, não parecia fria: apanhei-a com as duas mãos, lavei o rosto, o ouvido, a nuca, depois bebi várias vezes. Tirei minha peliça, dobrei-a cuidadosamente, coloquei-a com meu quepe sobre o gelo, depois, inspirando profundamente, mergulhei. A água estava clara e acolhedora, de uma tepidez maternal. A correnteza rápida criava turbilhões que me deslocaram velozmente sob o gelo. Perto de mim passava todo tipo de coisas, que eu distinguia nitidamente naquela água verde: cavalos cujas patas a correnteza movia como se galopassem, peixes grandes e achatados que se alimentavam de dejetos, cadáveres russos com o rosto inchado enlaçados em suas curiosas capas marrons, pedaços de roupas e uniformes, estandartes esburacados flutuando em seus mastros, uma roda de charrete que, provavelmente encharcada de petróleo, ainda queimava rodopiando sob a água. Esbarrei num corpo, que seguiu adiante; vestia um uniforme alemão; enquanto ele se afastava notei seu rosto e seus cachos louros dançantes, era Voss, sorridente. Tentei alcançá-lo, mas um turbilhão nos separou ainda mais e, quando voltei à minha posição, ele desaparecera. Em cima de mim, o gelo formava uma tela opaca, mas o ar durava nos meus pulmões, eu não me preocupava e continuei a nadar, passando por balsas naufragadas cheias de belos rapazes sentados em fila, ainda de arma na mão, com peixinhos insinuando-se em suas cabeleiras agitadas pela correnteza. Foi quando a água clareou lentamente à minha frente, colunas de luz verde mergulhavam pelos buracos no gelo, transformavam-se numa floresta, depois fundiam-se umas com as outras à medida que os blocos de gelo espacejavam. Finalmente emergi para respirar um pouco. Esbarrei num pequeno iceberg, mergulhei novamente, me aprumei com uma braçada, subi de novo. Naquele trecho, o rio quase não carreava mais gelo. A montante, à minha esquerda, uma lançadeira russa estava à deriva na correnteza, deitada de lado, queimando suavemente. Apesar do sol, alguns flocos de neve grandes e luminosos caíam e sumiam ao tocar a água. Espadanando com as mãos, voltei-me: a cidade, estendida ao longo da ribanceira, desaparecia atrás de uma espessa cortina de fumaça preta. Em cima da minha cabeça, alcatrazes rodopiavam grasnando, lançando-me olhares intrigados ou mal-intencionados, depois iam pousar num bloco de gelo; no entanto, o mar ficava bem distante; teriam vindo desde Astrakhan? Pardais também ciscavam e roçavam a superfície da água. Comecei a nadar calmamente para a margem esquerda. Finalmente pisei o fundo e emergi da água. A praia, naquela margem, era feita de uma areia fina que se elevava suavemente, formando pequenas dunas; depois era tudo plano. Pela lógica eu devia estar na altura da Krasnaia Sloboda, mas não via nada, nem artilharia posicionada, nem trincheiras, nem vila, nem soldados, ninguém. Algumas árvores franzinas enfeitavam o cume das dunas ou se vergavam para o Volga, que corria atrás de mim vigorosamente; um pintarroxo cantava em algum lugar; uma cobra coleou por entre meus pés e desapareceu na areia. Escalei as dunas e olhei: diante de mim estendia-se uma estepe quase nua, uma terra cor de cinza ligeiramente salpicada de neve, com, aqui e ali, um capim marrom, rente e basto, e alguns tufos de artemísia; ao sul, um renque de choupos obstruía o horizonte, ladeando o que devia ser um canal de irrigação; não havia mais nada para ver. Vasculhei no bolso do meu dólmã e tirei meu maço de cigarros, que estavam encharcados. Minhas roupas molhadas colavam na pele, mas eu não sentia frio, o ar estava ameno e clemente. Tive então um acesso de cansaço, provavelmente efeito do nado: caí de joelhos e enfiei os dedos na terra seca, ainda tomada pelo inverno. Acabei arrancando uns torrões, que enfiei avidamente na boca. Embora tivesse um gosto acre, mineral, ao se misturar à minha saliva aquela terra suscitava sensações quase vegetais, uma vida fibrosa, malgrado decepcionante: minha vontade era que fosse mole, quente e gordurosa, que derretesse na minha boca e que eu pudesse enfiar meu corpo inteiro nela, naufragar como num túmulo. No Cáucaso, os povos montanheses têm uma curiosa maneira de cavar túmulos: fazem primeiro um fosso vertical, com dois metros de profundidade; depois, no fundo, abrem, na extensão de toda uma lateral, um nicho abobadado; o morto, sem caixão, enrolado numa mortalha branca, é depositado de lado nessa reentrância, com o rosto voltado para Meca; depois muram o recinto com tijolos, ou tábuas se a família for pobre, e tapam o fosso, a terra excedente formando um montículo oblongo; ora, o morto não repousa sob esse montículo, mas precisamente ao lado. Eis, eu me dissera quando me descreveram esse costume, um túmulo que me conviria, pelo menos o horror frio da coisa é claro, além disso deve ser mais confortável, mais íntimo talvez. Mas ali não havia ninguém para me ajudar a cavar e eu não tinha nenhuma ferramenta, sequer uma faca: então comecei a andar, mais ou menos na direção do nascente. Era uma vasta planície onde não se via ninguém, nem vivo sobre a terra, nem morto sob a terra; e eu caminhava incessantemente sob um céu sem cor, de maneira que não podia saber a hora (meu relógio de pulso, acertado como todos os da Wehrmacht pela hora de Berlim, não resistira ao banho e marcava um eterno treze para meio-dia). Aqui e ali crescia uma papoula bem vermelha, meras manchas de cor naquela paisagem opaca; porém, ao tentar colher uma, ela ficou cinzenta e se esboroou numa tênue lufada de cinzas. Finalmente, ao longe, percebi formas. Ao me aproximar, constatei que se tratava de um dirigível branco e comprido, flutuando por cima de um grande *kurgan*. Vários indivíduos passeavam pelos flancos da elevação: três deles destacaram-se do grupo e vieram em minha direção. Quando estavam bem próximos, vi que vestiam guarda-pós brancos por cima de ternos, com falsos colarinhos altos um pouco fora de moda e gravatas pretas; um deles exibia, além disso, um chapéu-coco. "*Guten Tag, meine Herren*", eu disse educadamente quando chegaram à minha frente. — "*Bonjour, monsieur*", respondeu em francês o de chapéu. Perguntou o que eu fazia por ali, e, respondendo na mesma língua, expliquei o melhor que pude. Os outros dois balançavam a cabeça. Quando terminei meu relato, o homem de chapéu disse: "Nesse caso, deve vir conosco; o doutor vai querer conversar com o senhor." — "Como quiserem. Quem é esse doutor?" — "O Dr. Sardine, líder da nossa expedição." Levaram-me até o pé do *kurgan*; três grossos cabos ancoravam o dirigível, um zepelim que balouçava lentamente na brisa a mais de cinquenta metros acima das nossas cabeças, sua longa massa oval carregando uma barquinha metálica de dois andares. Outro cabo, mais fino, parecia fornecer uma linha telefônica: um dos homens falou brevemente num aparelho colocado sobre uma mesa dobrável. Em cima do *kurgan*, os outros sujeitos escavavam, sondavam, mediam. Levantei novamente a cabeça: uma espécie de cesto descia lentamente da barquinha, jogando bastante sob efeito do vento. Quando chegou perto do solo, dois homens o dominaram e direcionaram. Esse grande cesto era feito com traves abauladas e vime trançado; o homem de chapéu-coco abriu uma portinhola e me fez sinal para ocupar um lugar; então juntou-se a mim e fechou. O cabo começou a subir e com um forte solavanco o cesto desprendeu-se do chão; lastreado pelo nosso peso, jogava menos, mas assim mesmo senti um pouco de enjoo e me agarrei na amurada; meu acompanhante, por sua vez, mantinha a mão pousada sobre o chapéu. Observei a estepe: tão longe quanto eu podia enxergar, nenhuma árvore, nenhuma casa, apenas, no horizonte, uma espécie de corcova, provavelmente outro *kurgan*.

  O cesto entrava por um alçapão em um compartimento da barquinha; dali, meu acompanhante fez com que eu subisse por uma escada em espiral, depois seguisse por um longo corredor. Tudo ali era em alumínio, estanho, latão, madeira de lei polida; uma belíssima máquina, inegável. Ao chegar a uma porta acolchoada, o homem apertou um botãozinho. A porta se abriu, ele me fez sinal para entrar, sem me seguir.

Era um grande aposento, circundado por uma bancada e uma comprida sacada envidraçada, e mobiliado com aparadores, tendo no centro uma mesa comprida tomada por um bricabraque inverossímil: livros, mapas, globos, animais empalhados, maquetes de veículos fantásticos, instrumentos de astronomia, de óptica, de navegação. Um gato branco com olhos garços deslizava silenciosamente por entre esses objetos. Um homenzinho, também de guarda-pó branco, mantinha-se encolhido em uma cadeira na ponta da mesa; quando entrei, virou-se fazendo o assento girar. Seus cabelos, com listras grisalhas e penteados para trás, tinham um aspecto sujo e fibroso; um par de óculos com armação grossa os segurava, preso no alto da testa. Seu rosto um pouco abatido tinha a barba por fazer e revestia-se de uma expressão antipática, desagradável. "Entre! Entre!...", grunhiu com uma voz rouca. Apontou a bancada comprida: "Sente-se." Contornei a mesa e me sentei cruzando as pernas. Lançava perdigotos ao falar; restos de comida manchavam sua blusa. "O senhor é bastante jovem!...", exclamava. Desviei ligeiramente a cabeça e contemplei a estepe nua pela vidraça, depois olhei de novo para o homem. "Sou o Hauptsturmführer Dr. Maximilien Aue, às suas ordens", respondi enfim, inclinando educadamente a cabeça. — "Ah!", coaxou, "um doutor! um doutor! Doutor em quê?" — "Em direito, cavalheiro." — "Um advogado!" Pulou da cadeira. "Um advogado! Laia odiosa... maldita! Vocês são piores que os judeus! Piores que os *banksters*! Piores que os monarquistas!..." — "Não sou advogado, cavalheiro. Sou jurista, perito em direito constitucional, e oficial da Schutzstaffel." Acalmou-se subitamente e voltou a sentar de um pulo: suas pernas, muito curtas para a cadeira, pendiam a alguns centímetros do chão. "É um pouquinho melhor...", refletiu. "Também sou doutor. Mas... em coisas úteis. Sardine, sou Sardine, o Dr. Sardine." — "Encantado, doutor." — "Eu, ainda não. Que faz aqui?" — "Em sua aeronave? Seus colegas me convidaram para subir." — "Convidaram... convidaram... palavra grandiosa. Quero dizer aqui, nessa região." — "Ora, estava caminhando." — "Caminhando... seja como for! Mas com que objetivo?" — "Caminhava ao acaso. Para dizer a verdade, estou um pouco perdido." Projetou-se com um ar desconfiado, agarrando os braços da cadeira com as duas mãos: "Tem certeza disso?... Não tinha um objetivo preciso?!" — "Devo admitir que não." Mas ele continuava a resmungar: "Confesse, confesse... não está procurando alguma coisa... não está justamente... no meu encalço?! Enviado pelos meus concorrentes invejosos?!..." Ele se excitava sozinho. "Como então encontrou precisamente a nós?" — "Seu aparelho é avistado de longe nessa planície." Mas ele não se dava por vencido: "Não é um comparsa de Finkelstein...?! de Kraschild?! Esses judeuzinhos invejosos... que arrotam sua própria importância... odres! Anões! Lambedores de botas! Falsificadores de diplomas e resultados..." — "Permita-me observar, doutor, que o senhor não deve ler jornais com frequência. Caso contrário, saberia que um alemão, ainda mais um oficial SS, raramente põe-se a serviço dos judeus. Não conheço os cavalheiros de quem fala, mas, se os encontrasse, minha primeira providência seria prendê-los." — "É... é...", disse ele, coçando o lábio inferior, "pode ser, realmente..." Remexeu no bolso do guarda-pó e tirou uma bolsinha de couro; com os dedos amarelados pela nicotina, nela pescou um punhado de tabaco e começou a enrolar um cigarro. Como não parecia disposto a me oferecer um, peguei novamente o meu próprio maço: estava seco, e, enrolando e apertando um pouco um dos cigarros, consegui produzir uma coisa razoável. Meus fósforos, em contrapartida, estavam perdidos; olhei para a mesa, mas não vi outros no meio da confusão. "Tem fogo, doutor?", perguntei. — "Um instante, rapaz, um instante..." Terminou de enrolar seu cigarro, pegou na mesa um cubo enorme de estanho, introduziu o cigarro num buraco e apertou um botãozinho. Então esperou. Ao cabo de alguns minutos que achei bem longos, um pequeno *ping* se fez ouvir; retirou o cigarro, cuja ponta incandescia, e deu pequenas tragadas: "Engenhoso, não?" — "Muito. Um pouco lento, talvez." — "É a resistência que leva tempo para esquentar. Dê-me o seu cigarro." Obedeci-lhe e ele repetiu a operação ao mesmo tempo em que soprava a fumaça intermitentemente; dessa vez, o *ping* soou um pouco mais rápido. "É meu único vício...", resmungava, "o único! Todo o resto... terminado! O álcool... um veneno... Quanto às fornicações... Todas essas fêmeas ávidas! Pintadas! Sifilíticas! Dispostas a sugar o talento de um homem... a circuncidar sua alma!... Sem falar no perigo da procriação... onipresente... Por mais que façamos, é inescapável, elas dão sempre um jeito... uma abominação! Ignomínias de tetas! Escandalosas! Marranas vaidosas, que esperam para dar o golpe de misericórdia! O cio permanente! Os odores! O ano inteiro! Um homem de ciência deve saber dar as costas para tudo isso. Construir para si uma carapaça de indiferença... de vontade... *Noli me tangere*." Fumando, deixava cair as cinzas no chão; como eu não via cinzeiro, fazia o mesmo. O gato branco esfregava a nuca num sextante. De repente, Sardine ajeitou as lentes nos olhos e se curvou para me examinar: "O senhor também está procurando o fim do mundo?" — "Perdão?" — "O fim do mundo! O fim do mundo! Não se faça de inocente. Que mais poderia trazê-lo aqui?" — "Não sei o que está dizendo, doutor." Contraiu os lábios, saltou da cadeira, contornou a mesa, pegou um objeto e atirou na minha cabeça. Agarrei-o por pouco. Era um cone, montado sobre um suporte, pintado como um globo com os continentes desenrolados em cima; a base plana era cinzenta e trazia a menção: TERRA INCOGNITA. "Não me diga que nunca viu isso?" Sardine voltara ao seu lugar e enrolava outro cigarro. "Nunca, doutor", respondi. "Do que se trata?" — "Da Terra! Imbecil! Hipócrita! Mistificador!" — "Realmente sinto muito, doutor. Aprendi na escola que a Terra era redonda." Emitiu um grunhido feroz: "Baboseiras! Conversa fiada!... Teorias medievais... batidas... Superstição! Aqui está!", berrou apontando com o cigarro o cone que eu continuava segurando. "A verdade está aqui. E vou provar! Neste momento estamos rumando para a Borda." Com efeito, observei que a cabine vibrava suavemente. Olhei pelo vidro: o dirigível levantara âncora e lentamente ganhava altitude. "E quando chegarmos", perguntei precavidamente, "seu aparelho passará por cima?" — "Não se faça de idiota! Ignaro. E diz que é um homem instruído... Reflita! É óbvio que para além da Borda não existe campo gravitacional. Caso contrário, há muito tempo a evidência o teria provado!" — "Mas então como espera fazer?..." — "Aí é que entra todo o meu gênio", replicou maliciosamente. "Este aparelho esconde um outro." Levantou-se e veio sentar-se perto de mim. "Vou lhe contar. De toda forma, vai ficar conosco. O senhor, o Incrédulo, será a Testemunha. Na Borda do mundo, pousaremos, desinflaremos o balão, ali em cima, que será dobrado e guardado num compartimento previsto para esse fim. Embaixo, há patas desdobráveis, articuladas, oito ao todo, que terminam em pinças robustas." Enquanto falava, imitava as pinças com os dedos. "Essas pinças podem se agarrar a qualquer coisa. Portanto, atravessaremos a Grande Borda à maneira de um inseto, de uma aranha. Mas vamos atravessá-la! É um orgulho imenso... Pode imaginar?! As dificuldades... em tempos de guerra... para construir uma máquina dessas?... As negociações com o ocupante? Com esses asnos estúpidos de Vichy, bêbados de água mineral? Com as facções... Toda essa sopa de letrinhas, formada por cretinos, microcéfalos, arrivistas? Inclusive com os judeus! Sim, senhor oficial alemão, os judeus também! Um homem de ciência não pode ter escrúpulos... Tem que estar disposto a pactuar com o diabo, se for preciso." Uma sirene soou em algum lugar no interior da nave, interrompendo-o. Levantou-se: "Tenho que ir. Espere-me aqui." Na porta, voltou-se: "Não toque em nada!" Sozinho, levantei-me também e dei alguns passos. Estendi os dedos para acariciar o gato de olhos garços, mas ele ficou arrepiado e silvou mostrando os dentes. Então passei os olhos pelos objetos amontoados sobre a mesa comprida, examinei um ou dois, folheei um livro, depois fui me ajoelhar na bancada e contemplar a estepe. Um rio a atravessava, serpenteando suavemente, cintilando ao sol. Julguei distinguir um objeto sobre a água. Ao fundo da sala, uma luneta montada num tripé erguia-se diante da sacada envidraçada. Colei um olho nela, girei a roseta para ajustar e procurei o rio; localizado, acompanhei seu curso para procurar o objeto. Era uma barca com algumas pessoas. Ajustei de novo o foco. Uma moça nua estava sentada no centro da barca, flores nos cabelos; em frente e atrás dela, duas criaturas pavorosas, de forma humana e nuas também, remavam. A mulher tinha longos cabelos negros. Com o coração subitamente disparado, tentei discernir seu rosto, mas tinha dificuldade em distinguir seus traços. Aos poucos instalou-se em mim a seguinte certeza: era Una, minha irmã. Ora, para onde se dirigia? Outras canoas seguiam a sua, engalanadas de flores, parecia uma procissão nupcial. Eu precisava alcançá-la. Mas, como? Corri para fora da cabine, desci como um louco a escada em espiral: no compartimento do cesto, havia um homem. "O doutor?", arquejei. "Onde está? Preciso vê-lo." Fez-me sinal para segui-lo e me conduziu até a proa da nave, introduzindo-me na cabine de controle, onde, diante de uma vasta vidraça circular, trabalhavam homens de guarda-pós brancos. Sardine reinava em uma poltrona alta diante de um painel de comandos. "Que quer?", perguntou abruptamente ao me ver. — "Doutor... preciso descer. É uma questão de vida ou morte." — "Impossível!", gritou com uma voz estridente. "Impossível! Agora entendo tudo! O senhor é um espião! Um acólito!" Voltou-se para aquele que me conduzira até ali. "Prenda-o! Ponha-o a ferros!" O homem colocou a mão no meu braço; sem refletir, desferi-lhe um *uppercut* no queixo e pulei em direção à porta. Vários homens vieram em minha direção, mas a porta era muito estreita para que todos pudessem passar, o que os retardou. Subi novamente a escada em espiral de três em três degraus e aguardei no topo: quando a primeira cabeça apareceu atrás de mim, coroada por um chapéu-coco, dei-lhe um chute que arremessou o homem para trás; ele despencou pelos degraus, arrastando seus colegas, que o seguiam num grande estrépito. Eu ouvia Sardine berrar. Abria portas ao acaso; eram cabines, uma sala de mapas, um refeitório. No fundo do corredor saí num cubículo com uma escada que subia; o alçapão no topo devia se abrir para o interior do casco, para os reparos; havia ali armários metálicos, abri-os, continham paraquedas. Meus perseguidores aproximavam-se; enfiei um e comecei a subir. O alçapão abria-se com facilidade; em cima, uma imensa gaiola cilíndrica de lona encerada, esticada sobre arcos, estendia-se através do corpo do dirigível. Uma luz difusa atravessava o tecido, havia também lâmpadas fixadas a intervalos; por escotilhas transparentes distinguiam-se as formas maleáveis dos balonetes de hidrogênio. Comecei a ascensão. O poço, amparado por sólidas estruturas, tinha umas boas dezenas de metros, e me esgotei rapidamente. Arrisquei uma olhadela sob meus pés: o primeiro chapéu-coco surgia pelo alçapão, seguido pelo corpo do homem. Vi que agitava uma pistola e continuei minha ascensão. Não atirou, provavelmente temia perfurar os balonetes. Outros homens o seguiam; subiam tão lentamente quanto eu. A cada quatro metros um patamar aberto cortava o poço, para permitir uma pausa, mas eu não podia parar, continuei a subir, trave após trave, ofegante. Não levantei os olhos e me parecia que aquela escada incomensurável não terminaria nunca. Enfim minha cabeça bateu no alçapão do topo. Embaixo de mim, soavam ruídos metálicos dos homens que subiam. Girei a manivela da escotilha, empurrei-a e coloquei a cabeça para fora: um vento frio me golpeou o rosto. Eu estava no topo da carena do dirigível, uma grande superfície curva, parecendo bem resistente. Icei-me para fora e fiquei de pé; infelizmente, não havia meio de fechar o alçapão a partir do exterior. O vento e as vibrações da aeronave tornavam meu equilíbrio muito instável. Dirigi-me vacilante para a cauda, ao mesmo tempo que verificava as correias do paraquedas. Uma cabeça surgiu no alçapão e comecei a correr; a superfície do casco era ligeiramente elástica e eu quicava; um disparo de fogo soou e uma bala sibilou no meu ouvido; tropecei, rolei, mas, em vez de parar, aproveitei o impulso. Ouvi outro disparo. O declive ia ficando cada vez mais abrupto, eu escorregava rapidamente, tentando colocar os pés na frente, depois ficou quase vertical e caí no vazio como um boneco desarticulado, agitando braços e pernas ao vento. A estepe marrom e cinzenta subia em minha direção como uma parede. Eu nunca saltara de paraquedas, mas sabia que precisava puxar um cordão; com um esforço, levei os braços para junto ao corpo, encontrei o manete e puxei; o choque foi tão brusco que machucou minha nuca. Descia agora bem mais lentamente, com os pés para baixo; agarrei as alças e ergui a cabeça; a corola do paraquedas tapava o céu, escondendo o dirigível. Procurei o rio com os olhos: parecia estar a poucos quilômetros. O cortejo de barcas reluzia ao sol e planejei mentalmente o caminho a fazer para poder me juntar a ele. O solo aproximava-se e estiquei as pernas fechadas, inquieto. Então senti um choque violento que me atravessou o corpo todo, vacilei, fui arrastado pelo paraquedas carregado pelo vento, finalmente consegui me recuperar e me aprumar. Me desafivelei e deixei ali o paraquedas, que estufava ao vento e rolava sobre o solo barrento. Olhei para o céu: o dirigível afastava-se impassível. Procurei me localizar e tomei a direção do rio.

  O dirigível desapareceu. A estepe parecia subir imperceptivelmente: eu estava ficando cansado, mas me obriguei a continuar. Meus pés tropeçavam nos tufos de capim seco. Ofegante, cheguei ao rio; encontrava-me, porém, constatava apenas naquele momento, no topo de um penhasco alto e íngreme que dominava o rio ao longo de uns vinte metros; embaixo, a água formava corredeiras; impossível saltar, impossível também escalar aquele penhasco. Devia ter aterrissado na outra margem: ali, a ribanceira quase lisa descia suavemente até a água. À minha esquerda, a montante, vinha a procissão das barcas. Músicos enfeitados com guirlandas, que seguiam a gôndola esculpida que carregava minha irmã, tocavam uma música estridente e solene em flautas, instrumentos de cordas e tambores. Eu divisava nitidamente minha irmã, altiva entre as duas criaturas que remavam; sentada em posição de lótus, seus compridos e negros cabelos caíam sobre seus seios. Fechei as mãos em concha e berrei seu nome por diversas vezes. Ela levantou a cabeça e me olhou, mas sem mudar de expressão nem dizer nada, seu olhar cravado no meu enquanto a embarcação passava lentamente; gritei seu nome como um louco, mas ela não reagia; finalmente passou. A procissão afastava-se lentamente na direção da jusante enquanto eu ficava ali, arrasado. Quis então me lançar em sua perseguição; mas naquele momento cólicas violentas me comprimiram o estômago; febrilmente, abri a calça e fiquei de cócoras; ora, em vez de merda, foram abelhas, aranhas e escorpiões vivos que esguicharam do meu ânus. Ardia de forma atroz, mas eu precisava evacuá-los de qualquer jeito; fiz força, as aranhas e escorpiões dispersavam-se correndo, as abelhas voejavam, eu tinha que apertar o maxilar para não berrar de dor. Ouvi alguma coisa e virei a cabeça: dois adolescentes, gêmeos idênticos, olhavam para mim em silêncio. De onde haviam saído, diabos? Recompus-me e me vesti; mas eles já haviam dado meia-volta e se iam. Disparei atrás deles chamando-os de longe. Mas não conseguia alcançá-los. Persegui-os durante um bom tempo.

Havia mais um *kurgan* na estepe. Os dois garotos o escalaram e a seguir desceram do outro lado. Dei a volta correndo, mas tinham desaparecido. "Onde estão, meninos?", gritei. Constatei que, mesmo do cume do *kurgan*, eu perdera o rio de vista; o cinzento do céu escondia o sol, eu não sabia como me orientar; portanto, havia-me deixado distrair como um idiota! Era preciso encontrar aqueles meninos. Contornei novamente o *kurgan* e descobri uma depressão: tateei e uma porta apareceu. Bati, ela se abriu e entrei; um longo corredor estendia-se à minha frente, com outra porta ao fundo. Bati de novo e ela se abriu da mesma forma. Dei numa vasta sala, bem alta, iluminada por lamparinas de azeite: do exterior, entretanto, o *kurgan* não me parecera tão amplo. Nos fundos da sala erguia-se uma espécie de pálio forrado com tapetes e almofadas, e um anão ventripotente que jogava um jogo; de pé, ao lado, estava um homem comprido e magro, com um triângulo preto num olho; uma velha encarquilhada, de xale, mexia um imenso caldeirão trabalhado pendurado no teto, num canto. Das duas crianças, nem sinal. "Bom dia", disse eu, com delicadeza. "Não teriam visto dois meninos? Gêmeos", esclareci. — "Ah!", exclamou o anão, "um visitante! Sabe jogar o *nardi*?" Aproximei-me do pálio e vi que estava jogando gamão, fazendo sua mão direita enfrentar a esquerda: cada uma lançava os dados sucessivamente, em seguida avançava as peças, vermelhas ou brancas. "Na verdade", eu disse, "estou à procura da minha irmã. Uma linda moça de cabelos negros. Estava sendo levada numa canoa." O anão, sem parar de jogar, olhou para o caolho, depois dirigiu-se a mim: "Essa moça está sendo trazida para cá. Vamos nos casar com ela, meu irmão e eu. Espero que seja tão bela como dizem." Fez um trejeito lúbrico e enfiou incontinenti uma das mãos na calça. "Se é irmão dela, então vamos ser cunhados. Sente-se e tome um chá." Sentei em uma almofada, pernas cruzadas, de frente para o jogo; a velha me trouxe uma tigela de um bom chá quente, chá verdadeiro e não imitação, que bebi com prazer. "Prefiro que não se casem com ela", falei finalmente. O anão continuava a jogar, mão contra mão. "Se não quer que nos casemos, jogue comigo. Ninguém quer jogar comigo." — "Por que será?" — "Por causa das minhas condições." — "E quais são suas condições?", perguntei educadamente. "Diga-me, não as conheço." — "Se eu ganhar, mato você, se perder, mato você." — "Bom, não interessa, joguemos." Observei como ele jogava: não se parecia com o gamão que eu conhecia. No início da partida, as peças, em vez de dispostas em colunas de duas, três e cinco, eram todas colocadas nas extremidades do tabuleiro; e, ao longo da partida, não podiam ser comidas, mas bloqueavam o lugar que ocupavam. "Estas não são as regras do gamão", ponderei. — "Note bem, rapaz, aqui não é Munique." — "Não sou de Munique." — "Berlim, então. Estamos jogando *nardi*." Observei mais uma vez: o princípio não parecia difícil de captar, mas devia haver sutilezas. "Bom, então joguemos." Com efeito, era mais complicado que parecia, mas compreendi rapidamente e ganhei a partida. O anão levantou-se, sacou uma longa faca e disse: "Bom, vou matá-lo." — "Acalme-se. Se eu tivesse perdido, poderia me matar, mas ganhei, então por que me mataria?" Refletiu e sentou-se: "Tem razão. Joguemos de novo." Dessa vez, foi o anão que ganhou. "Que me diz agora? Vou matá-lo." — "Bom, não digo mais nada, perdi, mate-me. Mas não acha que deveríamos jogar uma terceira partida para desempatar?" — "Tem razão." Jogamos mais uma vez, e ganhei. "Agora", eu disse, "tem que me devolver minha irmã." O anão ergueu-se de um pulo, deu-me as costas, curvou-se e soltou um enorme peido na minha cara. "Ah, mas isso é nojento!", exclamei. O anão dava uma série de pulos no lugar e soltava um peido a cada salto, cantarolando: "Sou um Deus, faço o que quero, sou um Deus, faço o que quero. Agora", acrescentou interrompendo-se, "vou matá-lo." — "Decididamente, é melhor desistir com o senhor, o senhor é muito mal-educado." Levantei-me, dei meia-volta e saí. Uma grande nuvem de poeira despontava ao longe. Subi no *kurgan* para ver melhor: eram cavaleiros. Aproximaram-se, dividiram-se em duas fileiras e vieram postar-se, face a face, dos dois lados da entrada do *kurgan* para formar uma espécie de passagem comprida. Eu percebia claramente os mais próximos; os cavalos pareciam montados sobre rodas. Observando mais de perto, constatei que haviam sido empalados na frente e atrás em grandes vigas que repousavam numa base munida de rodas. As patas pendiam livremente; e os cavaleiros também estavam empalados, eu via a ponta das estacas ultrapassar suas cabeças ou bocas: um trabalho bem porco, para dizer a verdade. Cada carroça ou aparato era empurrado por escravos nus, que, assim que os colocaram na posição, foram sentar-se em grupo um pouco mais adiante. Examinei os cavaleiros e julguei reconhecer os ucranianos de Möritz. Então eles também haviam chegado até ali e sofrido o destino que os aguardava? Mas talvez fosse uma falsa impressão. O caolho alto e magro juntara-se a mim. "Não é conveniente", repreendi-o, "dizer que, perdendo ou ganhando, vocês matarão qualquer um que jogue com vocês." — "Tem razão. É que não recebemos muitos hóspedes. Mas mandarei meu irmão suspender essa prática." Um vento leve se erguera novamente e varria a poeira levantada pelos carros. "Que é isso?", perguntei apontando-os. — "É a guarda de honra. Para o nosso casamento." — "Sim, mas ganhei duas partidas em três. Portanto, vocês têm que me devolver minha irmã." O homem me encarava tristemente com seu olho único: "Nunca conseguirá recuperar sua irmã." Uma angústia desagradável tomava conta de mim. "Por quê?", exclamei. — "Não é conveniente", respondeu. Ao longe, eu via indivíduos aproximando-se a pé, levantando muita poeira, logo expulsa pelo vento. Minha irmã caminhava no meio, ainda nua, escoltada pelas duas pavorosas criaturas e os músicos. "É conveniente que ela ande desse jeito, nua, na frente de todos?", perguntei furioso. Seu olho único não se despregava de mim: "Por que não? Afinal, não é mais uma virgem. Vamos ficar com ela assim mesmo." Eu quis descer do *kurgan* para me juntar a ela, mas os dois gêmeos, que haviam reaparecido, fechavam a passagem. Tentei contorná-los, mas se deslocavam para me impedir. Possesso de raiva, levantei a mão para eles. "Não bata neles!", ladrou o caolho. Voltei-me para ele, fora de mim: "Sabe então o que eles são para mim?", explodi furioso. Não obtive resposta. Ao fundo da alameda, entre as fileiras de cavaleiros empalados sobre suas montarias, minha irmã avançava impávida.

Sarabande

Por que estava tudo tão branco? A estepe nunca estivera tão branca. Eu descansava numa superfície de brancura. Talvez houvesse nevado, talvez eu jazesse como um soldado abatido, um estandarte deitado na neve. Em todo caso, não sentia frio. Verdade seja dita, difícil julgar, sentia-me completamente dissociado do meu corpo. De longe, tentava identificar uma situação concreta: na minha boca, um gosto de lama. Mas aquela boca flutuava ali, sem sequer um maxilar para sustentá-la. Quanto ao meu peito, parecia esmagado sob toneladas de pedra; eu as procurava com os olhos, mas percebê-las, impossível. Decididamente, pensei, estou em maus lençóis. Coitado do meu corpo. Queria me apertar em cima dele, como nos apertamos com uma criança querida, à noite, no frio.

  Naquelas regiões brancas, sem fim, uma bola de fogo rodopiava, agredia o meu olhar. Estranhamente, porém, suas chamas não imprimiam calor à alvura. Impossível fixá-la, impossível esquivar-se dela também, ela me perseguia com sua presença desagradável. O pânico me dominava; e se nunca mais encontrasse os meus pés, como controlá-lo? Como tudo aquilo era difícil! Quanto tempo passei desse jeito? Não saberia dizê-lo, no mínimo um ano gravídico. Isso me dava tempo para observar as coisas e foi assim que lentamente constatei que todo aquele branco não era uniforme; havia gradações, nenhuma provavelmente mereceria a denominação de cinza-claro, mas variações, de toda forma; para descrevê-las, teria sido preciso um novo vocabulário, tão sutil e preciso quanto o dos esquimós para descrever os aspectos da neve. Também devia ser questão de textura; mas a minha visão, nesse aspecto, parecia tão pouco sensível quanto meus dedos inertes. Remotos estrondos chegavam a mim. Resolvi me agarrar a um detalhe, a uma descontinuidade do branco, até que ele se rendesse a mim. Dediquei pelo menos um século ou dois a esse esforço imenso, mas finalmente compreendi por que ele revirava: era um ângulo reto. Vamos, mais um esforço. Prolongando esse ângulo, acabei descobrindo um outro, depois mais um; assim, eureca, era de um quadrado que se tratava, agora estava indo mais rápido, eu descobria outros quadrados, mas todos esses quadrados eram brancos, e, fora dos quadrados, era tudo branco e, no interior dos quadrados, também: pouca esperança, eu me afligia, de alcançar logo o fim. Sem dúvida era preciso proceder por hipóteses. Seria arte moderna? Mas aqueles quadrados regulares eram às vezes emaranhados por outras formas, igualmente brancas, mas fluidas, moles. Ah, que interpretação laboriosa, que trabalho sem fim... Mas minha obstinação me proporcionava continuamente novos resultados: a superfície branca que se estendia ao longe era de fato estriada, ravinada, uma estepe talvez, vista de avião (mas não de um dirigível, não tinha o mesmo aspecto). Que sucesso! Estava orgulhoso de mim. Mais um último esforço, parecia, e terminaria com aqueles mistérios. Mas uma catástrofe imprevista pôs um fim brutal às minhas buscas: a bola de fogo extinguiu-se e mergulhei na escuridão, em trevas densas, asfixiantes. Inútil debater-se; eu berrava, mas nenhum som saía dos meus pulmões esmagados. Sabia que não estava morto, pois nem a morte podia ser assim tão negra; era bem pior que a morte, uma cloaca, um pântano opaco; e a eternidade parecia um mero instante comparada ao tempo que eu ali passava.

Enfim, a sentença foi suspensa: lentamente, o breu infinito do mundo se dissipou. E, com o retorno mágico da luz, eu via as coisas com mais clareza; então, novo Adão, a capacidade de nomear as coisas me foi restituída (ou talvez simplesmente dada): a parede, a janela, o céu lácteo por trás dos vidros. Contemplei esse espetáculo extraordinário, maravilhado; em seguida detalhei tudo que meu olhar podia encontrar: a porta, a maçaneta da porta, a luz fraca sob o abajur, o pé da cama, os lençóis, mãos com veias saltadas, provavelmente as minhas. A porta se abriu e uma mulher apareceu, vestida de branco; com ela, porém, irrompeu uma cor naquele mundo, uma forma vermelha, viva, como o sangue na neve, e aquilo me afligiu além da conta, e explodi em soluços. "Por que chora?", disse ela com uma voz melodiosa, e seus dedos pálidos e frios acariciaram minha face. Fui me acalmando aos poucos. Ela ainda disse alguma coisa que não entendi; sentia que ela manipulava o meu corpo; aterrado, fechei os olhos, o que me deu finalmente um certo poder sobre aquele branco ofuscante. Mais tarde, um homem já maduro apareceu por sua vez, devia ser o que se chama entrar, portanto um homem já maduro, de cabelos brancos, entrou por sua vez: "Ah, então acordou!", exclamou num tom animado. Por que dizia aquilo? Fazia uma eternidade que eu estava acordado; sono, nem me lembrava dessa palavra. Mas talvez ele e eu estivéssemos pensando na mesma coisa. Sentou-se perto de mim, repuxou minha pálpebra sem cerimônia, enfiou uma luz no meu olho: "Excelente, excelente", repetia, satisfeito com sua inspeção cruel. Acabou indo embora também.

Levei ainda algum tempo para articular essas impressões fragmentárias e compreender que eu caíra nas mãos de representantes da profissão médica. Tive que ter paciência e aprender a me deixar triturar: não apenas mulheres, enfermeiras, tomavam liberdades inauditas com meu corpo, como os médicos, homens graves e sérios, com vozes paternais, entravam a todo momento, cercados por uma nuvem de jovens, todos de guarda-pó, que, erguendo-me sem acanhamento, deslocavam minha cabeça e discorriam a meu respeito, como se eu fosse um manequim. Eu achava aquilo muito pouco delicado, mas não podia protestar: a articulação dos sons, a exemplo de outras faculdades, ainda não voltara. Mas no dia em que pude enfim chamar claramente um daqueles cavalheiros de porco, ele não se zangou; ao contrário, sorriu e aplaudiu: "Bravo, bravo." Encorajado, fui adiante e nas visitas seguintes recomecei: "Miserável, canalha, esterco, judeu, veado!" Os médicos balançavam gravemente a cabeça, os jovens tomavam notas em formulários presos em pranchetas; finalmente, uma enfermeira me admoestou: "Mesmo assim, podia ser mais educado." — "É, é verdade, tem razão. Devo chamá-la de *meine Dame*?" Agitou uma bonita mãozinha nua diante dos meus olhos: "*Mein Fräulein*", respondeu e sumiu. Para uma moça, aquela enfermeira tinha um punho firme e hábil: quando eu tinha que me aliviar, ela me virava, me ajudava, depois me limpava com uma eficiência ponderada, gestos seguros e agradáveis, isentos de qualquer aversão, de uma mãe limpando o filho; como se, talvez fosse virgem, tivesse feito aquilo a vida toda. Eu decerto sentia prazer e gostava de lhe pedir aquele favor. Ela ou outras também me alimentavam, deslizando colheres de caldo entre meus lábios; eu teria preferido um bife sangrento, mas não ousava pedir, afinal aquilo não era um hotel, mas, finalmente eu compreendera, um hospital: e ser um paciente é isso também, a palavra significa precisamente o que significa.

Portanto, possivelmente eu tivera um problema de saúde, em circunstâncias que ainda me escapavam; e, a crer no frescor dos lençóis e na calma, na limpeza do local, eu não devia estar em Stalingrado; ou então as coisas haviam mudado muito. Efetivamente, não me encontrava mais em Stalingrado, mas, como vim a saber, em Hohenlychen, ao norte de Berlim, no hospital da Cruz Vermelha alemã. Como chegara ali, ninguém era capaz de me dizer; tinha sido entregue num furgão, disseram-lhes para cuidarem de mim, não faziam perguntas, cuidavam de mim, e eu tampouco tinha perguntas a fazer, restava-me voltar a ficar de pé.

Certo dia, houve um rebuliço: a porta se abriu, meu quartinho ficou cheio de gente, a maioria, dessa vez, não de branco, mas de preto. Reconheci o menor deles após um esforço, minha memória voltava em sua plenitude: era o Reichsführer-SS, Heinrich Himmler. Estava cercado por outros oficiais SS; a seu lado achava-se um gigante que eu não conhecia, de rosto equino como esculpido a foice e repleto de cicatrizes. Himmler plantou-se ao meu lado e pronunciou uma breve alocução com sua voz fanhosa e professoral; do outro lado da cama, homens fotografavam e filmavam a cena. Pouco compreendi das palavras do Reichsführer: termos isolados chapinhavam na superfície de suas frases, *oficial heroico, honra da SS, relatórios lúcidos, corajosos*, mas aquilo claramente não formava uma narrativa em que eu pudesse me reconhecer, eu tinha dificuldade em me aplicar aquelas palavras; e, entretanto, o sentido da cena era claro, era efetivamente de mim que falavam, era por minha causa que todos aqueles oficiais e dignitários rutilantes achavam-se reunidos naquele exíguo recinto. Na multidão, ao fundo, reconheci Thomas; acenou amistosamente para mim, mas lamentavelmente eu não conseguia falar com ele. Terminado seu discurso, o Reichsführer voltou-se para um oficial de óculos redondos, bem grandes, de aro preto, que lhe estendeu alguma coisa afobadamente; depois se debruçou sobre mim, e vi com um pânico crescente aproximarem-se seu pincenê, seu bigodinho grotesco, seus dedos gordos e curtos com as unhas sujas; ele queria prender alguma coisa sobre o meu peito. Percebi um alfinete, estava aterrado pela ideia de que me espetasse; em seguida, seu rosto desceu ainda mais baixo, ele não dava absolutamente atenção nenhuma à minha angústia, seu hálito de verbena me sufocava, e ele depositou um beijo úmido no meu rosto. Reergueu-se e lançou o braço para cima aos brados; toda a plateia o imitava, e minha cama viu-se cercada por uma floresta de braços levantados, pretos, brancos, morenos; timidamente, para não me fazer notar, levantei meu braço também; isso causou efeito, pois todo mundo retrocedeu e correu para a porta; a multidão escoou rapidamente, e fiquei sozinho, esgotado, incapaz de retirar aquela curiosa coisa fria que pesava sobre meu peito.

Podia agora dar alguns passos, se me amparassem; isso era prático, permitia ir ao banheiro. Meu corpo, caso me concentrasse, recomeçava a obedecer às minhas ordens, a princípio renitente, depois com mais docilidade; apenas a mão esquerda continuava defasada da articulação geral; eu podia mexer os dedos, mas eles não aceitavam fechar-se ou formar um punho. Num espelho, vi meu rosto pela primeira vez: a bem da verdade, não reconhecia nada, não via como aquela combinação de traços tão díspares compunha um conjunto, e, quanto mais os considerava, mais se me tornavam estranhos. Pelo menos as ataduras brancas que enfaixavam meu crânio não permitiam que ele explodisse, já era alguma coisa, inclusive considerável, mas isso não fazia minhas especulações avançarem, aquele rosto assemelhava-se a uma coleção de peças bem ajustadas, mas oriundas de quebra-cabeças díspares. Finalmente um médico veio me informar que eu ia partir: estava curado, explicou, não podiam fazer mais nada por mim, iam enviar-me para outro lugar a fim de recuperar as forças. Curado! Que palavra espantosa, eu sequer sabia que havia sido ferido. Na verdade, tivera a cabeça atravessada por uma bala. Por um acaso menos raro do que se imagina, explicou-me pacientemente, eu não apenas tinha sobrevivido, como não teria nenhuma sequela; a rigidez da minha mão esquerda, um ligeiro distúrbio neurológico, persistiria ainda por um tempo, mas também desapareceria. Essa informação científica precisa me deixou pasmo; assim, aquelas sensações inusitadas e misteriosas tinham então uma causa, explicável e racional; ora, ainda que me esforçasse, eu não conseguia relacioná-las àquela explicação, que me parecia vazia, controversa; se a razão era essa, eu também, qual Lutero, gostaria de chamá-la de *Hure*, de puta; e, com efeito, obedecendo às ordens calmas e pacientes dos médicos, a razão levantava a saia para mim, revelando que embaixo não havia nada. Dela, poder-se-ia dizer a mesma coisa que da minha pobre cabeça: um buraco é um buraco é um buraco. A ideia de que um buraco pudesse também ser um todo não me haveria ocorrido. Retiradas as bandagens, pude constatar por mim mesmo que ali não havia quase nada para ver: na minha testa, uma minúscula cicatriz redonda, bem em cima do olho direito; atrás do crânio, quase invisível, era o que me diziam, uma protuberância; entre os dois, meus cabelos que voltavam a crescer já escondiam os vestígios da operação que eu sofrera. Porém, a crer em médicos tão confiantes na ciência, um buraco estava atravessado na minha cabeça, um estreito corredor circular, um poço fabuloso, fechado, inacessível ao pensamento, e, se aquilo era verdade, então nada mais era igual àquilo, como poderia sê-lo? Agora meu pensamento do mundo tinha que se organizar em torno daquele buraco. Mas tudo de concreto que eu podia dizer era: Despertei, e nada será como antes. Enquanto refletia nessa questão fascinante, vieram me buscar e me puseram na maca de um veículo hospitalar; uma das enfermeiras enfiara gentilmente no meu bolso o escrínio com a minha medalha, a que o Reichsführer me dera. Levaram-me para a Pomerânia, para a ilha de Usedom, perto de Swinemünde; ali, à beira-mar, havia uma casa de repouso da SS, um belo e gracioso solar; meu quarto, bem claro, dava para o mar, e de dia, empurrado na cadeira de rodas por uma enfermeira, podia postar-me diante de uma grande sacada envidraçada e contemplar as águas pesadas e cinzentas do Báltico, o vaivém estridente das gaivotas, a areia fria e molhada da praia, salpicada de cascalho. Os corredores e as salas comuns eram regularmente lavados com fenol, e eu apreciava aquele odor acre e equívoco, que me lembrava rudemente as dissipações tão saborosas da minha adolescência; as mãos compridas, quase azuis em virtude da transparência, das enfermeiras, moças louras e delicadas do Norte, também cheiravam a fenol, e os convalescentes, entre si, chamavam-nas de *Karbol Maüschen*. Esses odores e sensações fortes suscitavam-me ereções, surpreendentes, de tal modo pareciam dissociadas de mim; a enfermeira que me lavava ria daquilo e passava a esponja com a mesma indiferença que no resto; às vezes, elas resistiam, com uma paciência resignada; eu teria sido incapaz de me aliviar. Que houvesse dia já era para mim uma coisa inesperada, louca, impossível de decifrar; um corpo era ainda muito mais complexo, precisava lidar pouco a pouco com as coisas.

    Eu gostava muito da vida organizada naquela bela ilha fria e nua, toda de tons cinzentos, amarelos e azul-claros; havia ali asperezas suficientes a que se agarrar para não ser levado pelo vento, mas não em excesso, não havia risco de se esfolar nelas. Thomas veio me visitar; trazia presentes, uma garrafa de conhaque francês e uma bela edição encadernada de Nietzsche; ora, eu estava proibido de beber, e de ler decerto teria sido incapaz, o sentido fugia, o alfabeto zombava de mim; agradeci-lhe e guardei os presentes em uma cômoda. A insígnia de gola de seu belo uniforme preto exibia agora, além dos quatro losangos bordados em fio de prata, duas barras, e um manteler ornava o centro de suas dragonas: havia sido promovido a SS-Obersturmbannführer, e, haviam me informado, eu também, o Reichsführer me explicara durante a entrega da medalha mas eu não me lembrava desse detalhe. Agora eu era um herói alemão, o *Schwarzes Korps* publicara um artigo a meu respeito; minha condecoração, que eu nunca vira, era a Cruz de Ferro, 1ª classe (simultaneamente recebera também a 2ª classe, retroativamente). Não fazia a mínima ideia do que fizera para merecer aquilo, mas Thomas, alegre e volúvel, já passava às novidades e mexericos: Schellenberg finalmente assumira o posto de Jost à frente do Amt VI, Best fora exonerado da França pela Wehrmacht, mas o Führer nomeara-o plenipotenciário na Dinamarca; e o Reichsführer finalmente resolvera nomear um substituto para Heydrich, o Obergruppenführer Kaltenbrunner, o grande ogro lanhado que eu entrevira ao seu lado no quarto. O nome não me dizia quase nada, sabia que havia sido HSSPF-Danúbio, geralmente considerado um homem insignificante; já Thomas estava fascinado com a escolha, Kaltenbrunner era quase seu "país", falavam o mesmo dialeto, e já o convidara para jantar. Ele próprio vira-se nomeado Gruppenleiter adjunto do IV A, sob a direção de Panzinger, substituto de Müller. Esses detalhes, francamente, despertavam pouco interesse de minha parte, mas eu reaprendera a ser educado e dei-lhe os parabéns, pois ele parecia contentíssimo, com sua sorte e sua pessoa. Narrou-me com excelente bom humor os grandiosos funerais do 6º Exército; oficialmente, todos, de Paulus ao último Gefreiter, *resistiram até a morte*; na verdade, apenas um general, Hartmann, morrera em combate, e um único (Stempel) julgara de bom alvitre se suicidar; os outros vinte e dois, entre eles Paulus, terminaram nas mãos dos soviéticos. "Vão revirá-los como luvas", disse displicentemente Thomas. "Você vai ver." Durante três dias, todas as rádios do Reich haviam suspendido seus programas para tocarem música fúnebre. "O pior era Bruckner. A Sétima. Sem parar. Impossível esquivar-se. Achei que ia enlouquecer." Contou-me também, mas quase en passant, como eu chegara até ali: escutei seu relato com atenção, podendo então reproduzi-lo; porém, menos ainda que o resto, eu não conseguia associá-lo a nada, aquilo permanecia um relato, verídico sem dúvida, mas mesmo assim um relato, nada além de uma série de frases agenciadas segundo uma ordem misteriosa e arbitrária, regidas por uma lógica que pouco tinha a ver com a que me permitia, a mim, respirar o ar salgado do Báltico, sentir, quando me levavam para passear, o vento no meu rosto, levar colheres de sopa da tigela à minha boca, depois abrir o meu ânus chegado o momento de evacuar seus dejetos. Segundo esse relato, que em nada modifico, eu teria me afastado das proximidades de Thomas e dos demais em direção às linhas russas, a uma zona exposta, sem dar a menor atenção aos seus gritos; antes que pudessem me alcançar, houvera um disparo, um único, e eu desabara como uma pedra. Ivan expusera-se corajosamente para puxar meu corpo para o abrigo, também fora alvo de um tiro, mas a bala atravessara a manga de seu casaco sem tocá-lo. No meu caso — e nisso a versão de Thomas coincidia com as explicações do médico de Hohenlychen —, o tiro atingira a cabeça; porém, para surpresa dos que se aglomeravam ao meu redor, eu ainda respirava. Transportaram-me para um posto de socorro; lá, o médico declarou que nada podia fazer, mas, uma vez que eu teimava em respirar, encaminhou-me para Gumrak, onde se encontrava a melhor equipe cirúrgica do *Kessel*. Thomas requisitara um veículo e me levou pessoalmente; depois, julgando ter feito o possível, me deixou. Naquela mesma noite recebera ordens para partir. No dia seguinte, entretanto, Gumrak, principal pista desde a queda de Pitomnik, também devia evacuar diante do avanço russo. Ele foi então para Stalingradski, de onde ainda partiam alguns aviões; enquanto esperava, para passar o tempo, visitou o hospital improvisado instalado em barracas e lá me encontrou, inconsciente, a cabeça enfaixada, mas continuando a respirar como um fole de forja. Em troca de um cigarro, um enfermeiro contou-lhe que me haviam operado em Gumrak, ele não sabia muito, houvera uma altercação e, logo depois, o cirurgião tinha sido morto por um obus de morteiro que atingira o prédio, mas eu continuava vivo, e, na condição de oficial, tinha direito a regalias; na evacuação, enfiaram-me num veículo e me levaram. Thomas quisera me colocar no seu avião, mas os Feldgendarmes se recusaram, pois o contorno vermelho da minha etiqueta VERWUNDETE significava "Intransportável". "Eu não podia esperar, pois meu avião estava de saída. Enfim, o bombardeio recomeçou. Topei então com um sujeito todo estropiado, mas com uma etiqueta comum, e troquei-a pela sua. De toda forma, ele não se sairia daquela. Em seguida deixei você com os feridos na beira da pista e parti. Eles o puseram no avião seguinte, um dos últimos. Precisava ter visto as caras em Melitopol quando cheguei. Ninguém queria apertar a minha mão, estavam morrendo de medo das pulgas. À exceção de Manstein, que apertava a mão de todos. Afora eu, havia praticamente apenas oficiais dos panzers. Isso não é de espantar, considerando que é Hube que elabora as listas para Milch. Não se pode confiar em ninguém." Fui conduzido até as almofadas e fechei os olhos. "Sem ser a gente, quem mais se safou?" — "Sem ser a gente? Apenas Weidner, lembra-se?, da Gestapostelle. Möritz também recebeu ordens, mas nunca mais encontramos seu rastro. Sequer temos certeza se conseguiu partir." — "E aquele moço? Seu colega, que ficou feliz da vida quando foi atingido por um estilhaço?" — "Vopel? Foi evacuado antes mesmo que você fosse ferido, mas o Heinkel em que ele estava foi abatido na decolagem por um Sturmovik." — "E Ivan?" Sacou uma cigarreira de prata: "Posso fumar? Sim? Ivan? Ora, ficou, claro. Acha que iam ceder o lugar de um alemão para um ucraniano?" — "Não sei. Ele também lutava por nós." Pegou o cigarro e disse sorrindo: "Isso é idealismo caduco. Vejo que o tiro na sua cabeça não lhe deu jeito. Devia julgar-se feliz por estar vivo." Feliz por estar vivo? Aquilo me parecia tão sem sentido quanto ter nascido.

Todos os dias, chegavam novos feridos: de Kursk, de Rostov, de Kharkov, retomadas uma a uma pelos soviéticos, de Kasserin também; e algumas palavras trocadas com os recém-chegados diziam muito mais que os comunicados militares. Esses comunicados, transmitidos nas áreas comuns por pequenos alto-falantes, eram introduzidos pela abertura da cantata *Ein Feste Burg ist unser Gott*, de Bach; ora, a Wehrmacht usava o arranjo de Wilhelm Friedmann, filho depravado de Bach, que acrescentara três trompetes e um timbale na orquestração depurada de seu pai; pretexto amplamente suficiente, a meu ver, para fugir da sala a cada transmissão, evitando assim embriagar-me com aquela onda de eufemismos lenientes, que às vezes durava uns bons vinte minutos. Eu não era o único a manifestar certa aversão por aqueles comunicados; uma enfermeira que eu encontrava com frequência, naqueles momentos ostensivamente ocupada em uma varanda, explicou-me um dia que a maioria dos alemães soubera simultaneamente do cerco do 6º Exército e de sua destruição, o que pouco contribuíra para compensar o choque moral. Isso tivera consequências para a vida da *Volksgemeinschaft*; as pessoas comentavam e criticavam abertamente; um arremedo de revolta estudantil chegara a se declarar em Munique. Isto, naturalmente, eu não soubera nem pelo rádio, nem pelas enfermeiras, nem pelos pacientes, mas por Thomas, agora bem situado para ser informado desse tipo de acontecimento. Haviam distribuído panfletos subversivos, pichado slogans derrotistas nos muros; a Gestapo tivera que intervir vigorosamente, e haviam condenado e executado os líderes, na maior parte jovens aloprados. Dentre as consequências decorrentes da catástrofe podia-se incluir, infelizmente, o retorno bombástico do Dr. Goebbels ao cenário político: sua declaração de guerra total, no Sportpalast, fora integralmente retransmitida para nós no rádio, sem chance de escapar; numa casa de repouso da SS, infelizmente levava-se a sério esse tipo de coisa.

Os esbeltos Waffen-SS que ocupavam os quartos achavam-se em grande parte em estado lastimável: frequentemente, faltavam-lhes pedaços de braços ou pernas, às vezes um maxilar, o ambiente nem sempre era muito alegre. Mas eu notava com interesse que quase todos, a despeito do que podiam sugerir a mais banal consideração dos fatos ou o estudo de um mapa, conservavam integralmente a fé na *Endsieg* e a veneração ao Führer. Mas já não havia unanimidade; alguns, na Alemanha, começavam lucidamente, a partir dos fatos e dos mapas, a tirar conclusões objetivas; eu discutira isso com Thomas; e ele me dera a entender que havia quem, como Schellenberg, refletisse nas consequências lógicas de suas conclusões e agisse sobre essas bases. Naturalmente, eu não comentava nada disso com meus colegas de infortúnio: desmoralizá-los ainda mais, retirar-lhes levianamente o que constituía o chão de suas vidas aflitas, não faria o menor sentido. Eu recuperava as forças: agora podia me vestir, andar sozinho pela praia, ao vento e ao grito rouco das gaivotas; minha mão esquerda começava a me obedecer. Perto do fim do mês (tudo isso se passava em fevereiro de 1943), o médico-chefe do estabelecimento, após me haver examinado, perguntou se eu me sentia em condições de partir: com tudo que chegava, precisavam de espaço, e eu podia muito bem terminar minha convalescença em família. Expliquei educadamente que voltar para minha família não estava na ordem do dia, mas que, se ele quisesse, eu partiria. Iria para a cidade, para o hotel. Os papéis que ele me entregou davam-me três meses de licença. Assim, tomei o trem e fui para Berlim. Lá, aluguei um quarto num bom hotel, o Eden, na Budapesterstrasse: uma suíte espaçosa, com sala, quarto e um belo banheiro ladrilhado; a água quente não era racionada, e todos os dias eu me enfiava na banheira, saindo uma hora depois com a pele vermelha e desabando nu na cama, o coração disparado. Havia também uma porta envidraçada e uma sacada estreita que dava para o Zoológico: de manhã, enquanto me levantava e tomava meu chá, era grande o prazer de observar os tratadores fazerem suas rondas e alimentarem os animais. Claro, tudo isso custava caro; mas eu recebera de uma só vez meu soldo acumulado durante vinte e um meses; com os adicionais, dava uma bela soma, e eu decerto podia me divertir gastando um pouco. Portanto, encomendei ao alfaiate de Thomas um magnífico uniforme preto, no qual mandei costurar meus novos galões de Sturmbannführer e prendi minhas medalhas (além da Cruz de Ferro e da minha Cruz do Serviço de Guerra, recebi medalhas menores: pelo meu ferimento, pela campanha de inverno de 41-42, com um pouco de atraso, e uma medalha do NSDAP, que davam a qualquer um); devo admitir, eu que não gosto muito de uniformes, que fazia uma figura altiva, sendo uma alegria passear pela cidade daquele jeito, o quepe um pouco de lado, segurando displicente as luvas em uma das mãos; ao me ver, quem acharia que, no fundo, eu era um burocrata? A cidade, desde a minha partida, mudara um pouco de aspecto. Por toda parte as medidas tomadas contra os ataques aéreos dos ingleses a desfiguravam: uma enorme lona de circo, feita de redes camufladas com pedaços de pano e galhos de pinheiro, cobria a Charlottenburgstrasse desde o Portão de Brandemburgo até o fim do Tiergarten, escurecendo a avenida até mesmo à luz do dia; a Coluna da Vitória perdera sua folha dourada para dar lugar a uma pavorosa pintura marrom e redes; na Adolf-Hitler Platz e em outros locais, haviam construído simulacros de prédios, vastos cenários de teatro sob os quais circulavam carros e ônibus; e uma construção fantástica dominava o Zoológico perto do meu hotel como saída de um sonho de angústia, um imenso fortim medieval cimentado cheio de canhões espetados, supostamente para proteger humanos e animais dos *Luftmörder* britânicos; eu estava curiosíssimo para ver aquela monstruosidade em ação. Mas convém reconhecer que os ataques, que já nessa época aterrorizavam a população, nada eram comparados ao que estava por vir. Quase todos os bons restaurantes tinham sido fechados por motivos de mobilização total; Göring bem que tentara proteger o Horcher, seu estabelecimento favorito, e instalara ali uma guarda, mas Goebbels, em sua qualidade de Gauleiter de Berlim, organizara uma *manifestação espontânea da cólera do povo*, durante a qual todas as janelas foram quebradas; e Göring tivera que se curvar. Thomas e eu não fomos os únicos a rir desse incidente: na falta de um regime "Stalingrado", um pouco de abstinência não faria mal ao Reichsmarschall. Thomas, felizmente, conhecia clubes *privés*, que passavam ao largo das novas normas: ali era possível degustar lagostas ou ostras, que custavam caro mas não eram racionadas, e beber champanhe, rigorosamente controlado na própria França, mas não na Alemanha; o peixe, infelizmente, tinha sumido, assim como a cerveja. Esses lugares às vezes davam mostras de um espírito curioso, considerando o ambiente geral: no Fer à Cheval Doré havia uma recepcionista negra e as freguesas podiam montar a cavalo numa pequena pista de circo para exporem as pernas; no Jockey Club, a orquestra tocava música americana; não se podia dançar, mas o bar continuava decorado com fotografias das estrelas de Hollywood e até de Leslie Howard.

Logo me dei conta de que a alegria que me invadira ao chegar a Berlim permanecia incrustada na superfície; embaixo fragilizava-se terrivelmente, eu me sentia feito de uma substância quebradiça, que se desagregava ao menor sopro. Para onde dirigisse meu olhar, o espetáculo da vida cotidiana, a multidão nos bondes ou no S-Bahn, a risada de uma mulher elegante ou o farfalhar satisfeito de um jornal golpeavam-me como o contato de uma lâmina de vidro afiada. Eu tinha a sensação de que o buraco na minha testa abrira-se sobre um terceiro olho, um olho pineal, não voltado para o sol, capaz de contemplar a luz ofuscante do sol, mas dirigido para as trevas, dotado do poder de contemplar o semblante nu da morte, e de captá-lo, esse semblante, por trás de cada semblante de carne, sob os sorrisos, através das peles mais brancas e mais saudáveis, os olhos mais sorridentes. O desastre já se fazia presente e eles não se davam conta disso, pois o desastre é a própria ideia do desastre ainda por vir, que a tudo corrói muito antes do prazo. No fundo, repetia para mim com uma vã amargura, é só nos nove primeiros meses que nos sentimos tranquilos, depois o arcanjo da espada de fogo nos expulsa para todo o sempre pela porta que diz *Lasciate ogni speranza*, e passamos a querer apenas uma coisa, voltar atrás, embora o tempo continue a nos empurrar impiedosamente à frente e no fim não haja nada, rigorosamente nada. Esses pensamentos nada tinham de original, estavam ao alcance de qualquer soldado perdido nas neves do Leste, o qual, por sua vez, escutando o silêncio, sabe que a morte está próxima e percebe o valor infinito de cada inspiração, de cada batida do coração, do aroma frio e fustigante do ar, do milagre da luz do dia. Mas a distância do front é como uma camada de gordura moral, e, ao ver aquelas pessoas satisfeitas, eu às vezes ficava sem fôlego, queria gritar. Eu ia ao barbeiro: ali, repentinamente, diante do espelho, despropositado, o medo. Era um aposento branco, limpo, esterilizado, moderno, um salão razoavelmente caro; um ou dois fregueses ocupavam as outras cadeiras. O barbeiro me paramentara com um grande avental preto, e, sob aquele vestido, meu coração disparava, minhas vísceras naufragavam num frio úmido, o pânico asfixiava meu corpo inteiro, a ponta dos meus dedos comichava. Mirei meu rosto: estava calmo, mas por trás dessa calma o medo apagara tudo. Fechei os olhos: *snip, snip*, fazia no meu ouvido a tesourinha paciente do barbeiro. Na saída, ocorreu-me o seguinte pensamento: Sim, continua a repetir que tudo irá bem, nunca se sabe, acabarás por convencer-te. Mas eu não conseguia me convencer, vacilava. Entretanto, não tinha nenhum sintoma físico, como os que manifestara na Ucrânia ou em Stalingrado: não sentia náuseas, não vomitava, minha digestão permanecia regulada. Simplesmente, na rua, eu tinha impressão de andar sobre vidro prestes, a qualquer momento, a quebrar sob meus pés. Viver exigia uma atenção constante às coisas, o que me esgotava. Numa das ruazinhas tranquilas perto do Landwehrkanal, encontrei, no parapeito de uma janela, no térreo, uma comprida luva feminina de seda preta. Imaginei a mão que devia usar aquela luva: esse pensamento me perturbou. Não ia ficar com ela; só que, pasmem, para me livrar dela eu precisava de outra janela, com um pequeno trilho de ferro no parapeito, e de preferência num prédio antigo; ora, naquela rua, não havia senão barracas de comércio, com expositores mudos e fechados. Finalmente encontrei a janela adequada um pouco antes do meu hotel. As persianas estavam puxadas; depositei suavemente a luva no meio do parapeito, qual uma oferenda. Dois dias depois, as persianas permaneciam fechadas, e a luva ali permanecia, sinal opaco, discreto, que decerto procurava me dizer alguma coisa, mas o quê?

    Thomas parecia começar a adivinhar meu estado de espírito, pois, passados os primeiros dias, eu não lhe telefonava mais, não saía mais para jantar com ele; na verdade, preferia vagar pela cidade, ou então contemplar da minha sacada os leões, girafas e elefantes do Zoo, ou ainda flutuar na minha luxuosa banheira, desperdiçando água quente sem um pingo de vergonha. Manifestando uma louvável preocupação de me distrair, Thomas me pediu que saísse com uma moça, uma secretária do Führer que passava sua licença em Berlim, onde não conhecia muita gente; por polidez, não quis recusar. Levei-a para jantar no Hotel Kempinski: apesar de os pratos ali serem ornados com nomes patrióticos idiotas, a cozinha continuava excelente, e, à vista das minhas medalhas, ninguém se apoquentava com boatos de racionamento. A moça, que se chamava Grete V., precipitou-se com avidez em cima das ostras, deslizando-as uma atrás da outra por entre suas fileiras de dentes: pelo visto, comia-se muito mal em Rastenburg. "Mais!", exclamava ela. "Ainda bem que não somos obrigados a comer a mesma coisa que o Führer." Enquanto eu completava seu vinho, ela me contou que Zeitzler, novo chefe de estado-maior do OKH, escandalizado com as mentiras grosseiras de Göring relativas ao abastecimento aéreo do *Kessel*, passara em dezembro a consumir abertamente, no cassino, a mesma ração que os soldados do 6º Exército. Perdera peso rapidamente, e o Führer deve tê-lo obrigado a parar com aquelas *demonstrações doentias*; em contrapartida, o champanhe e o conhaque estavam proibidos. Enquanto ela falava, eu observava: sua aparência era pouco comum. Tinha o maxilar forte, prolongado; seu rosto buscava a normalidade mas parecia mascarar um desejo opressivo, secreto, que raiava da risca sangrenta de seu batom. Suas mãos mostravam-se cheias de vida, seus dedos, avermelhados por uma má circulação; ela possuía articulações de pássaro, finas, ossudas, agudas; marcas estranhas cortavam-lhe o pulso esquerdo, como um vestígio de pulseira ou cordão. Achei-a elegante e animada, embora velada por uma falsidade muda. Como o vinho a tornava volúvel, fiz com que falasse da intimidade do Führer, por ela descrita com surpreendente despudor: todas as noites, ele falava horas a fio e seus monólogos eram tão repetitivos, tão tediosos, tão estéreis que as secretárias, assessores e auxiliares haviam estabelecido um sistema de revezamento para escutá-lo; aqueles a quem cabia a vez só iam se deitar de madrugada. "Naturalmente", acrescentou, "é um gênio, o salvador da Alemanha. Mas essa guerra o deixa esgotado." À noite, por volta das cinco horas, depois das reuniões mas antes do jantar, dos filmes e do chá noturno, havia um café para as secretárias; nessas ocasiões, cercado exclusivamente por mulheres — pelo menos antes de Stalingrado —, ele brincava, mexia com as moças e não se falava de política. "Teria ele flertado com a senhorita?", perguntei divertido. Ela ficou séria: "Oh, não, jamais!" Indagou-me acerca de Stalingrado; fiz-lhe uma descrição feroz e contundente, que a princípio levou-a às gargalhadas, mas depois causou-lhe tamanho mal-estar que parou imediatamente. Acompanhei-a de volta ao seu hotel, perto da Anhalter Bahnhof; convidado para uma taça, recusei graciosamente; minha cortesia tinha limites. Após me despedir, fui invadido por um sentimento febril, inquieto: para que perder meu tempo daquele jeito? Que me importava, a mim, as fofocas e mexericos de bastidores sobre nosso Führer? Que interesse havia para mim em me pavonear assim diante de uma rufiã pintada que no fundo só queria uma coisa de mim? Era melhor ficar no meu canto. Porém, até mesmo no hotel, não obstante de primeira classe, o sossego me escapava: no andar de baixo desenrolava-se uma festa barulhenta, e música, gritos e risadas subiam pelo teto, levando-me à loucura. Na penumbra, deitado na cama, pensava nos homens do 6º Exército: essa noite de que estou falando situava-se no início de março, fazia mais de um mês que as últimas unidades haviam se rendido; os sobreviventes, apodrecidos pelos vermes e a febre, deviam estar a caminho da Sibéria ou do Cazaquistão naquele exato momento em que eu respirava tão penosamente o ar noturno de Berlim, e, para eles, nada de música, risadas ou gritos de qualquer tipo. E só havia eles, em toda parte, o mundo inteiro se retorcia de dor, e tudo isso não era para que as pessoas se divertissem, não imediatamente em todo caso, era preciso esperar um pouco, um tempo decente devia passar. Uma angústia fétida e perversa me percorria e me sufocava. Levantei-me, vasculhei a gaveta da escrivaninha, peguei minha pistola de serviço, verifiquei se estava carregada, recoloquei-a no lugar. Consultei meu relógio: duas da madrugada. Vesti o casaco do uniforme (eu não tirara o resto) e desci sem abotoá-lo. Na recepção, pedi um telefone e liguei para Thomas no apartamento que ele alugava: "Sinto muito perturbá-lo tão tarde." — "Não tem problema. O que há?" Expliquei-lhe meus impulsos homicidas. Para minha surpresa, não reagiu ironicamente, adotando um tom grave: "É normal. Essas pessoas são canalhas, aproveitadoras. Mas, se atirar nesse monte de gente, com certeza terá problemas." — "Que sugere, então?" — "Fale com eles. Se não se acalmarem, daremos um jeito. Eu chamo uns amigos." — "Bom, vou até lá." Desliguei e subi até o andar debaixo do meu; achei com facilidade uma porta e bati. Quem abriu foi uma mulher bonita e alta em trajes de *soirée* bem informais, os olhos cintilantes. "Pois não?" Atrás dela, a música bramia, dava para ouvir copos tilintando, gargalhadas. "O quarto é seu?", perguntei, com o coração a mil. — "Não, espere." Virou-se: "Dicky! Dicky! Um oficial quer falar com você." Um homem de casaca, um tanto embriagado, veio até a porta; a mulher olhava-nos sem esconder a curiosidade. "Pois não, Herr Sturmbannführer", disse ele. "Que posso fazer pelo senhor?" Sua voz afetada, cordial, quase confusa, refletia uma aristocracia de velha cepa. Inclinei-me ligeiramente e articulei no tom mais neutro possível: "Meu quarto fica o andar em cima do seu. Estou voltando de Stalingrado, onde fui gravemente ferido e onde quase todos os meus companheiros foram mortos. Suas festas me incomodam. Quis descer para matá-lo, mas telefonei para um amigo, que me aconselhou falar primeiro com o senhor. Então aqui estou, vim falar com o senhor. Seria melhor para todos nós que eu não tivesse que descer de novo." O homem empalidecera: "Não, não..." Virou-se para trás: "Gofi! Pare a música! Pare!" Olhou para mim: "Desculpe-nos. Vamos parar imediatamente." — "Obrigado." Enquanto eu subia, vagamente satisfeito, ouvi-o gritar: "Todo mundo para fora! Terminou. Debandar!" Eu havia tocado num nervo, e não era questão de medo: subitamente ele também compreendera, e tivera vergonha. No meu quarto, agora, tudo estava tranquilo; os únicos ruídos eram a passagem ocasional de um carro ou o barrido de um elefante insone. Entretanto, eu não me acalmava: minha atitude me parecia uma encenação, movida por um sentimento verdadeiro e obscuro, mas em seguida falseada, transmutada numa raiva exibicionista, convencional. Mas era justamente aí que residia o problema: com aquela câmera crítica me observando daquele jeito, permanentemente, com seu olhar exterior, como pronunciar uma palavra verdadeira que fosse, fazer um gesto verdadeiro? Tudo que eu fazia se tornava um espetáculo para mim mesmo; minha própria reflexão não passava de outra forma de me contemplar, infeliz Narciso encarnando continuamente o belo para si, mas por ele não se deixando iludir. O impasse em que eu me debatia desde o fim da minha infância era isso: antes não existira senão Una para me tirar de mim mesmo, me fazer esquecer um pouco de mim, e desde que eu a perdera não parava de me observar com um olhar que, em pensamento, confundia-se com o dela, embora permanecendo, sem escapatória, meu. Sem você não sou ninguém: e isso era o terror puro, mortal, sem relação alguma com os terrores deliciosos da infância, um decreto inapelável, sem julgamento também.

Foi também durante esses primeiros dias de março de 1943 que o Dr. Mandelbrod me convidou para um chá.

Eu conhecia Mandelbrod e seu sócio, Herr Leland, havia certo tempo. Antigamente, depois da Grande Guerra — talvez até antes, mas não tenho como verificar —, meu pai trabalhara para eles (parece que meu tio tinha sido seu agente por um tempo). As relações entre eles, como fui compreendendo aos poucos, iam além da simples relação entre empregador e empregado: depois do desaparecimento de meu pai, o Dr. Mandelbrod e Herr Leland haviam ajudado minha mãe em suas buscas, e talvez inclusive a sustentado financeiramente, mas isso é menos certo. E tinham continuado a desempenhar um papel na minha vida; em 1934, quando eu preparava meu rompimento com a minha mãe para vir para a Alemanha, entrei em contato com Mandelbrod, que já era uma figura respeitada no seio do Movimento; ele me encorajou, oferecendo-me ajuda; foi ele também quem me levou — mas, no caso, para a Alemanha, não mais para a França — a prosseguir meus estudos e quem articulou meu ingresso em Kiel, bem como na SS. Apesar do nome de ressonância judaica, era, como o ministro Rosenberg, um puro alemão de velha cepa prussiana, talvez com uma gota de sangue eslavo; Herr Leland, por sua vez, era de origem britânica, mas suas convicções germanófilas levaram-no a renegar seu país natal muito antes do meu nascimento. Eram industriais, mas sua atividade exata seria delicada de definir. Tinham assento em diversos conselhos de administração, em particular o da IG Farben, e participavam financeiramente de outras empresas também, sem que seus nomes fossem associados especificamente a uma delas; eram considerados muito influentes no setor químico (ambos integravam o Reichsgruppe para assuntos da indústria química) e também no setor dos metais. Além disso, eram simpatizantes do Partido desde o *Kampfzeit* e haviam contribuído para financiá-lo em seus primórdios; segundo Thomas, com quem eu tocara no assunto uma vez antes da guerra, detinham postos na chancelaria do Reich, sem todavia serem subordinados a Philipp Bouhler; e tinham acesso às mais altas esferas da chancelaria do Partido. Enfim, o Reichsführer-SS fizera deles SS-Gruppenführer honorários e membros do Freundeskreis Himmler; mas Thomas, misteriosamente, afirmava que isso não dava à SS nenhuma influência sobre eles, e que, se influência houvesse, era antes no outro sentido. Ficara impressionado quando lhe falei das minhas relações com eles e, visivelmente, chegava a ter inveja de mim por eu ter aqueles protetores. Entretanto, o interesse deles pela minha carreira variara ao longo do tempo: quando me vi, por assim dizer, num beco sem saída, depois do meu relatório de 1939, eu procurara por eles; mas era um período conturbado, eu levara meses para obter uma resposta, e foi só no momento da invasão da França que me convidaram para jantar: Herr Leland, como de hábito, mostrava-se taciturno, com o Dr. Mandelbrod preocupando-se sobretudo com a situação política; meu trabalho não havia sido evocado, e eu, por minha vez, não ousara abordar o assunto. Nunca mais os vira desde então. O convite de Mandelbrod me pegou desprevenido: que podia querer de mim? Para a ocasião, coloquei meu uniforme novo e todas as minhas condecorações. Seus escritórios particulares ocupavam os dois últimos andares de um belo prédio na Unter den Linden, ao lado da Academia de Ciências e da sede do Reichsvereinigung Kohle, a Associação do Carvão, onde aliás tinham voz ativa. Não havia nenhuma placa na entrada. No saguão, meus papéis foram checados por uma moça de longos cabelos castanhos puxados para trás, trajando roupas cinza-escuras sem insígnias, mas cortadas como uniforme, com calças masculinas e botas em vez de saia. Satisfeita, escoltou-me até um elevador privado, por ela acionado com uma chave presa em uma longa corrente pendurada no pescoço, e me acompanhou até o último andar, sem uma palavra. Era a primeira vez que eu ia ali: nos anos 30, eles tinham outro endereço, e, de toda forma, encontrava-os geralmente num restaurante ou em grandes hotéis. O elevador abriu para uma ampla sala de espera mobiliada em madeira e couro escuro, engastados com elementos decorativos em estanho polido e vidro opaco, elegantes e discretos. A mulher que me escoltava me deixou ali; uma outra, vestida identicamente, pegou meu casaco e foi pendurá-lo num cabideiro. Pediu-me também que lhe entregasse minha arma de serviço, e, manejando-a com espantosa naturalidade em seus belos dedos cuidadosamente tratados, colocou-a numa gaveta, que fechou a chave. Não me fizeram esperar muito, e ela me introduziu por uma porta dupla acolchoada. O Dr. Mandelbrod me aguardava no fim de um imenso aposento em acaju com reflexos avermelhados, de costas para uma comprida sacada envidraçada também opaca, que deixava passar uma luz pálida, leitosa. Parecia-me ainda mais obeso que em nosso último encontro. Vários gatos perambulavam pelos tapetes ou dormiam sobre os móveis de couro ou sua mesa de trabalho. Apontou com os dedos roliços um sofá instalado à esquerda diante de uma mesa de centro: "Bom dia, bom dia. Sente-se, já venho." Eu nunca compreendera como voz tão bonita e melodiosa podia emanar de tantas camadas de gordura; e continuava a me surpreender com isso. Sobraçando o quepe, atravessei o recinto e me sentei, deslocando um gato meio branco, meio tigrado, que não foi rigoroso comigo e deslizou sob a mesa para se reinstalar em outro lugar. Examinei a sala: todas as paredes eram estofadas de couro, e, afora elementos estilísticos como os do vestíbulo, não havia nenhuma decoração, nem quadros nem fotografias, sequer um retrato do Führer. O tampo da mesa de centro, em compensação, era trabalhado numa soberba marchetaria, um labirinto complexo em madeira de lei, protegido por uma espessa placa de vidro. Apenas os pelos de gatos colados nos móveis e nos tapetes destoavam desse cenário discreto e aveludado. Reinava um cheiro vagamente desagradável. Um dos gatos esfregou-se nas minhas botas ronronando, o rabo levantado; tentei expulsá-lo com o pé, mas ele não dava a mínima. Mandelbrod, nesse ínterim, deve ter apertado um botão escondido: uma porta quase invisível abriu-se na parede à direita de sua escrivaninha e outra mulher entrou, vestida como as duas primeiras, mas com os cabelos completamente louros. Passou por trás de Mandelbrod, puxou-o para trás, girou-o e o empurrou ao longo de seu gabinete em minha direção. Levantei-me. Mandelbrod realmente engordara; se antes circulava numa cadeira de rodas comum, agora instalava-se numa ampla poltrona giratória montada sobre uma pequena plataforma, como um imenso ídolo oriental, elefantino, impávido. A mulher empurrava aquele aparato estorvador sem nenhum esforço visível, provavelmente acionando e controlando um sistema elétrico. Veio colocá-lo diante da mesa de centro, que contornei para lhe apertar a mão; ele apenas roçou a ponta dos dedos, enquanto a mulher se ia por onde tinha vindo. "Sente-se, por favor", murmurou com sua bela voz. Vestia um terno de lã grossa marrom; o nó de sua gravata desaparecia sob um plastrão de carne que lhe pendia do pescoço. Um barulho desagradável ressoou embaixo dele e senti um cheiro pavoroso; tentei permanecer impassível. Ao mesmo tempo um gato saltava em seus joelhos e ele espirrou, depois começou a acariciá-lo antes de espirrar mais uma vez: cada espirro eclodia como uma pequena explosão, fazendo o gato sobressaltar-se. "Sou alérgico a essas criaturinhas", fungou, "mas as adoro." A mulher reapareceu com uma bandeja: veio até nós num passo uniforme e seguro de si, colocou um serviço de chá sobre a mesa de centro, fixou uma mesinha nos braços da poltrona de Mandelbrod, serviu-nos duas xícaras e desapareceu novamente, tudo isso tão discreta e silenciosamente quanto os gatos. "Temos açúcar e leite", disse Mandelbrod. "Sirva-se. Não quero não." Examinou-me por alguns instantes: um fulgor malicioso faiscava em seus olhinhos quase afogados no fundo das pregas de gordura. "Você mudou", declarou. "O Leste lhe fez bem. Amadureceu. Seu pai teria ficado orgulhoso." Essas palavras tocaram-me profundamente. "Acha?" — "Claro. Fez um trabalho notável: o próprio Reichsführer se impressionou com seus relatórios. Mostrou-nos o álbum que você preparou em Kiev: seu chefe quis atribuir-se todo o crédito por ele, mas sabíamos que a ideia era sua. De toda forma, isso era o de menos. Mas os relatórios que você redigiu, sobretudo nestes últimos meses, eram excelentes. A meu ver, tem um brilhante futuro à sua frente." Calou-se e me observou: "Como vai seu ferimento?", perguntou finalmente. — "Bem, Herr Doktor. Está curado, só preciso descansar mais um pouco." — "E depois?" — "Retomarei o serviço, naturalmente." — "E que espera fazer?" — "Não sei ao certo. Vai depender do que me oferecerem." — "Só depende de você oferecerem o que quer. Se fizer a escolha certa, as portas se abrirão, eu lhe asseguro." — "Em que está pensando, Herr Doktor?" Lentamente, ergueu a xícara de chá, soprou e bebeu ruidosamente. Bebi um pouco também. "Fiquei sabendo que na Rússia você se ocupou sobretudo da questão judaica, estou certo?" — "Sim, Herr Doktor", respondi, ligeiramente embaraçado. "Mas não apenas disso." Mandelbrod já prosseguia com sua voz uniforme e melodiosa: "Da posição em que você se encontrava, certamente não podia apreciar a amplitude do problema, nem a solução que foi sugerida para ele. Provavelmente ouviu rumores: eles são verdadeiros. Na medida do possível, essa solução foi estendida a todos os países da Europa a partir do final de 1941. O programa está operacional desde a primavera do ano passado. Já registramos sucessos consideráveis, mas falta muito para ele ser concluído. Nele, há lugar para homens enérgicos e dedicados como você." Percebi que eu estava ficando vermelho: "Agradeço-lhe a confiança, Herr Doktor. Mas tenho que lhe dizer: eu achava extremamente difícil, além das minhas forças, esse aspecto do meu trabalho. Gostaria agora de me concentrar em alguma coisa que correspondesse mais aos meus talentos e conhecimentos, como o direito constitucional ou até mesmo as relações jurídicas com os outros países europeus. A construção da nova Europa é um campo que me atrai muito." Durante minha réplica, Mandelbrod terminara seu chá; a amazona loura reaparecera e atravessara o recinto, servira-lhe outra xícara e se fora de novo. Mandelbrod deu mais um gole. "Compreendo suas hesitações", disse finalmente. "Por que se encarregar das tarefas árduas se pode fazer outras coisas? É o espírito do tempo. Na outra guerra, era diferente. Quanto mais difícil ou perigosa uma tarefa, mais homens acorriam para realizá-la. Seu pai, por exemplo, considerava a dificuldade em si uma razão para fazer uma coisa, e fazê-la com perfeição. Seu avô era homem de mesma têmpera. Em nossos dias, apesar de todos os esforços do Führer, os alemães soçobram na preguiça, na indecisão, no compromisso." Recebi o insulto indireto como uma bofetada; mas outra coisa no que ele dizia era mais importante: "Desculpe, Herr Doktor. Julguei entender que conheceu meu avô?" Mandelbrod descansou a xícara: "Claro. Ele também trabalhava conosco no início. Um homem espantoso." Esticou a mão inchada na direção da escrivaninha. "Veja, ali." Obedeci. "Está vendo a pasta em marroquim? Pegue-a para mim." Fui até ele e lha entreguei. Colocou-a no colo, abriu-a e retirou uma fotografia, que me estendeu. "Veja." Era uma velha fotografia sépia, um tanto amarelecida: três figuras lado a lado contra um fundo de árvores tropicais. A mulher, no meio, tinha um rostinho de boneca, ainda marcado pelos arredondamentos da adolescência; os dois homens usavam ternos claros de verão: o da esquerda, de traços delgados e um pouco difusos e a testa tomada por uma franja, também usava gravata; o colarinho do homem da direita estava aberto sob um rosto anguloso, como gravado na pedra preciosa; nem os óculos escuros conseguiam esconder a intensidade alegre e cruel de seus olhos. "Qual é o meu avô?", perguntei, fascinado, angustiado também. Mandelbrod designou o homem de gravata. Examinei-o novamente: ao contrário do outro homem, tinha olhos misteriosos, quase transparentes. "E a mulher?", perguntei ainda, já adivinhando. — "Sua avó. Chamava-se Eva. Uma mulher soberba, magnífica." Na verdade eu não conhecia nenhum dos dois: minha avó morrera bem antes de eu nascer, e as raras visitas ao meu avô, eu era muito pequeno, não me haviam deixado nenhuma lembrança. Ele morrera pouco depois do desaparecimento do meu pai. "E quem é então o outro homem?" Mandelbrod fitou-me com um sorriso seráfico. "Não adivinha?" Concentrei-me: "Não é possível!", exclamei. Ele não desfez o sorriso: "Por quê? Acha que sempre fui assim?" Confuso, gaguejei: "Não, não, não é o que eu queria dizer, Herr Doktor! Mas sua idade... Na foto, parece que o senhor tem a mesma idade do meu avô." Outro gato, que passeava pelo tapete, pulou agilmente sobre o espaldar da poltrona e subiu no ombro dele, esfregando nele sua cabeçorra. Mandelbrod espirrou de novo. "Na verdade", disse, entre dois espirros, "eu era mais velho que ele. Mas sou bem conservado." Eu continuava a esquadrinhar a foto avidamente: quantas coisas ela podia me ensinar! Timidamente, perguntei: "Posso ficar com ela, Herr Doktor?" — "Não." Decepcionado, devolvi-lha; ele a enfiou na pasta e me mandou recolocá-la na escrivaninha. Voltei para me sentar. "Seu pai era um autêntico nacional-socialista", declarou Mandelbrod, "e isso antes mesmo que o Partido existisse. Os homens dessa época viviam influenciados por notícias falsas: para eles, nacionalismo queria dizer um patriotismo cego e estreito, um patriotismo oco, acrescido de uma imensa injustiça interna; o socialismo, para os adversários, significava uma falsa igualdade internacional de classe e uma luta entre as classes no seio de cada nação. Na Alemanha, seu pai esteve entre os primeiros a compreender a necessidade de um papel igual, com respeito mútuo, para todos os membros da nação, mas apenas no seio da nação. À sua maneira, todas as grandes sociedades da história têm nacionalistas e socialistas. Veja Temudjin, o excluído: foi só quando ele conseguiu impor essa ideia e unificar as tribos sobre essas bases que os mongóis puderam conquistar o mundo, em nome do desqualificado que se tornou Imperador Oceânico, Gêngis Khan. Emprestei um livro sobre ele ao Reichsführer, que ficou muito impressionado. Com uma sabedoria imensa e feroz, os mongóis arrasaram tudo à sua frente para reconstruir em seguida sobre bases saudáveis. Toda a infraestrutura do Império Russo, todas as fundações sobre as quais os alemães vieram a edificar, em seus países, sob czares na verdade igualmente alemães, foram os mongóis que lhes apresentaram: as estradas, o dinheiro, o correio, as alfândegas, a administração. Foi apenas quando os mongóis comprometeram sua pureza, possuindo gerações e gerações de mulheres estrangeiras, frequentemente, aliás, entre os nestorianos, isto é, os mais judeus dos cristãos, que seu império se dissolveu e desmoronou. Os chineses refletem um caso contrário mas igualmente instrutivo: não saem do seu Império do Centro, mas absorvem e achinesam irremediavelmente qualquer povo que por lá apareça, por mais poderoso que seja, afogando-o num oceano sem limites de sangue chinês. São muito fortes. Aliás, depois que terminarmos com os russos, continuaremos a ter os chineses diante de nós. Os japoneses nunca lhes irão resistir, ainda que atualmente cantem de galo. De toda forma, se não for imediatamente, um dia teremos de nos confrontar com eles nos próximos cem, duzentos anos. Melhor então mantê-los fracos, se possível impedi-los de compreender o nacional-socialismo e aplicá-lo à sua própria situação. A propósito, sabe que o termo 'nacional-socialismo' foi forjado por um judeu, um precursor do sionismo, Moses Hess? Leia o livro dele um dia, *Roma e Jerusalém*, e verá. É muito instrutivo. E isso não foi um acaso: o que existe de mais *völkish* que o sionismo? Assim como nós, eles reconheceram que não pode haver *Volk* e *Blut* sem *Boden*, sem terra, e portanto que é preciso conduzir os judeus de volta à terra. *Eretz Israël* depurada de toda outra raça. Claro, essas são antigas ideias judaicas. Os judeus são os primeiros nacional-socialistas de verdade em quase três mil e quinhentos anos desde que Moisés lhes deu uma Lei para separá-los para sempre dos outros povos. Todas as nossas grandes ideias vêm dos judeus, e devemos ter a lucidez de o reconhecer: a Terra como promessa e como realização, a noção de povo eleito dentre todos, o conceito de pureza do sangue. Era por isso que os gregos, abastardados, democratas, viajantes, cosmopolitas, os odiavam tanto, e foi por isso que tentaram primeiro destruí-los, depois, pelo viés de Paulo, corromper sua religião a partir de dentro, extirpando-a do solo e do sangue, tornando-a católica, isto é, universal, suprimindo todas as leis que servem de barreira à preservação da pureza do sangue judeu: os interditos alimentares, a circuncisão. Logo, é por isso que, de todos os nossos inimigos, os judeus são os piores de todos, os mais perigosos; os únicos que justificam o trabalho de serem odiados. São de fato nossos únicos verdadeiros concorrentes. Nossos únicos rivais sérios. Os russos são fracos, uma horda privada de centro apesar das tentativas desse georgiano arrogante de lhes impor um 'nacional-comunismo'. E os insulares, britânicos ou americanos, estão podres, gangrenados, corrompidos. Mas os judeus! Quem então, na época científica, redescobriu, fundamentando-se na intuição milenar de seu povo, humilhado mas invicto, a verdade da raça? Disraeli, um judeu. Gobineau aprendeu tudo com ele. Não acredita? Veja." Apontou as estantes ao lado da escrivaninha: "Ali, veja." Levantei-me de novo e fui até as estantes: vários livros de Disraeli conviviam com os de Gobineau, Vacher de Lapouge, Drumont, Chamberlain, Herzl e outros mais. "Qual, Herr Doktor? Há muitos." — "Qualquer um, qualquer um. Todos dizem a mesma coisa. Pegue *Coningsby*, pronto. Lê inglês, não lê? Página 203. Comece por *But Sidonia and his brethren...* Leia em voz alta." Encontrei a passagem e li: "*Mas Sidônia e seus irmãos podiam reivindicar uma distinção que o saxão e o grego, e o resto das nações caucasianas, haviam abandonado. O hebreu é uma raça sem misturas... Uma raça sem misturas... com uma organização de primeira classe, é a aristocracia da Natureza.*" — "Muito bem! Página 231, agora. *The fact is, you cannot destroy...* Ele está falando dos judeus, claro." — "Pois não. *O fato é que não se pode destruir uma raça pura de organização caucasiana. É um fato fisiológico; uma simples lei da natureza, que pôs em xeque reis egípcios e assírios, imperadores romanos e inquisidores cristãos. Nenhuma lei penal, nenhuma tortura física pode fazer com que uma raça superior seja absorvida por uma inferior, ou por ela destruída. As raças perseguidoras misturadas desaparecem; a raça pura perseguida continua.*" — "Veja você! Não esqueça que esse homem, esse judeu, foi primeiro-ministro da rainha Vitória! Que ele fundou o Império Britânico! Que, ainda desconhecido, emitia teses similares perante um Parlamento cristão! Volte aqui. Sirva-me chá, pegue." Fui até ele e lhe servi outra xícara. "Por amor e respeito ao seu pai, Max, ajudei você, acompanhei sua carreira e o apoiei quando pude. Sua obrigação é honrá-lo, e à raça dele e à sua. Não há lugar nesta terra senão para um único povo eleito, chamado para dominar os outros: ou serão eles, como querem o judeu Disraeli e o judeu Herzl, ou seremos nós. Portanto, temos que abatê-los até o último, extirpar sua linhagem. Pois restem apenas dez deles, um quorum intacto, restem apenas dois, um homem e uma mulher, daqui a cem anos teremos o mesmo problema, e voltaremos à estaca zero." — "Posso lhe fazer uma pergunta, Herr Doktor?" — "Faça, faça, meu rapaz." — "Qual é exatamente seu papel nisso tudo?" — "Meu e de Leland, quer dizer. É um pouco difícil de explicar. Não temos um posto burocrático. Estamos... ao lado do Führer. Veja, o Führer teve a coragem e a lucidez de tomar essa decisão histórica, fatal; mas, naturalmente, o lado prático das coisas não o preocupa. Ora, entre essa decisão e sua realização, que foi confiada ao Reichsführer-SS, há uma grande distância. Nossa tarefa específica consiste em reduzir essa distância. Nesse sentido, não respondemos sequer ao Führer, mas antes a essa distância." — "Não tenho certeza se compreendo bem. Mas que espera então de mim?" — "Nada a não ser que siga o caminho que você mesmo traçou, e até o fim." — "Francamente não estou certo quanto ao meu caminho, Herr Doktor. Tenho que refletir." — "Oh, reflita! Reflita. E depois me telefone. Voltaremos a falar sobre isso." Um outro gato tentava subir no meu colo, deixando pelos brancos no tecido preto antes que eu o expulsasse. Mandelbrod, sem pestanejar, sempre impassível, quase sonolento, soltou outra enorme flatulência. O traque me pegou em cheio e respirei a intervalos por entre os lábios. A entrada principal se abriu e a moça que trabalhava na recepção entrou, aparentemente insensível ao cheiro. Levantei-me: "Obrigado, Herr Doktor. Meus respeitos a Herr Leland. Até breve, então." Mas Mandelbrod parecia ter cochilado; apenas uma de suas mãos carnudas, que acariciava lentamente um gato, mostrava o contrário. Esperei por um instante, mas não fez menção de querer dizer mais nada, e saí, seguido pela garota que fechou as portas sem barulho.

Ao comentar com o Dr. Mandelbrod meu interesse pelos problemas das relações europeias, eu não estava mentindo, mas também não dissera tudo: de fato, eu tinha uma ideia na cabeça, uma ideia precisa do que queria. Não sei exatamente como aquilo me ocorrera: durante uma noite insone no Hotel Eden, provavelmente. Tenho que fazer, pensei, tenho que fazer alguma coisa por mim também, pensar em mim mesmo. E o que me propunha Mandelbrod não correspondia à ideia que me ocorrera. Mas eu não tinha certeza de estar em condições de colocá-la em prática. Dois ou três dias depois da minha entrevista nos escritórios da Unter den Liden, telefonei para Thomas, que sugeriu que nos encontrássemos. Não tive que ir ao seu escritório, na Prinz-Albrechtstrasse, marcou comigo na direção do SP e do SD, na Wilhelmstrasse, ali perto. Situado um pouco depois do Ministério da Aviação, de Göring — uma imensa estrutura angulosa de cimento de um neoclassicismo estéril e pomposo —, o Prinz-Albrecht-Palais era o contrário disso: um elegante e pequeno *palazzo* clássico do século XVIII, reformado no século XIX por Schinkel, mas com bom gosto e delicadeza, e alugado à SS pelo Estado desde 1934. Eu o conhecia bem;

meu departamento, antes da minha partida para a Rússia, alojava-se ali e ali eu passara muitas horas passeando pelos jardins, uma pequena obra-prima de assimetria e tranquila variedade da autoria de Lenné. Uma grande colunata e árvores escondiam a fachada da rua; os guardas, em suas guaritas vermelhas e brancas, me saudaram na passagem; outra equipe, porém, mais discreta, verificou meus papéis num pequeno escritório ao lado da entrada, antes de me escoltar até a recepção. Thomas estava à minha espera: "E se fôssemos até o parque? Está agradável." O jardim, ao qual chegávamos por alguns degraus ladeados por vasos de flores de arenito, estendia-se do palácio até o Europahaus, um grande clube modernista instalado na Askanischer Platz e contrastando singularmente com os meandros calmos e sinuosos das alamedas que recortavam os canteiros remexidos, os pequenos lagos redondos e as árvores ainda nuas sobre as quais despontavam os primeiros brotos. Não havia ninguém. "Kaltenbrunner nunca vem aqui", comentou Thomas, "então é calmo." Já Heydrich gostava de passear por ali; mas então ninguém podia ter acesso, exceto os convidados. Caminhamos por entre as árvores e contei a Thomas o essencial da minha conversa com Mandelbrod. "Ele está exagerando", concluiu quando terminei. "Os judeus são efetivamente um problema e precisamos dar um jeito neles, mas não são um fim em si. O objetivo não é matar pessoas, é administrar uma população; a eliminação física faz parte das ferramentas de gestão. Não se deve fazer disso uma obsessão, há outros problemas igualmente graves. Acha mesmo que ele acredita em tudo que diz?" — "Foi a minha impressão. Por quê?" Thomas refletiu por um instante; o gelo rangia sob minhas botas. "Veja", continuou finalmente, "o antissemitismo é um instrumento para muita gente. Como é um assunto particularmente caro ao Führer, tornou-se um dos melhores meios para aproximar-se dele: se você conseguir desempenhar um papel na solução da questão judaica, sua carreira avançará muito mais rapidamente do que se lidasse, digamos, com as testemunhas de jeová ou os homossexuais. Nesse sentido, pode-se dizer que o antissemitismo tornou-se a divisa do poder do Estado nacional-socialista. Lembra-se do que eu lhe disse em novembro de 38, depois da *Reichskristallnacht?*" Sim, eu me lembrava. Eu encontrara Thomas no dia seguinte ao ataque dos SA, provocado por uma raiva fria. "Burros!", ele vociferava ao penetrar no reservado do bar onde eu o esperava. "Muito burros." — "Quem, os SA?" — "Não seja idiota. Os SA não fizeram isso sozinhos." — "Então quem deu a ordem?" — "Goebbels, aquele manquitola nojento. Faz anos que ele baba

de vontade de enfiar o nariz na questão judaica. Mas agora fez merda."
— "Apesar disso, não acha que já era hora de alguém fazer alguma coisa de concreto? Afinal de contas..." Esboçou um sorriso breve e amargo: "Claro que é preciso fazer alguma coisa. Os judeus beberão seu cálice, e até a borra. Mas não desse jeito. Assim é simplesmente *idiota*. Faz ideia do que isso vai custar?" Meu olhar vazio deve tê-lo encorajado, pois ele continuou quase sem pausa. "Na sua opinião, todas essas vitrines quebradas pertencem a quem? Aos judeus? As lojas dos judeus são alugadas. E é sempre o proprietário o responsável em caso de sinistro. Além disso, há as companhias de seguro. Companhias alemãs, que vão ter que reembolsar proprietários de imóveis alemães, bem como os proprietários judeus. Caso contrário, será o fim do seguro alemão. Depois, tem o vidro. A Alemanha, pense bem, não produz vidraçaria desse tipo. Tudo vem da Bélgica. Ainda estamos avaliando os estragos, mas já passa da metade da produção anual total deles. E isso terá que ser pago em divisas. Justamente no momento em que a nação empenhava todas as suas forças na direção da autarquia e do rearmamento. Não resta dúvida, há realmente cretinos consumados neste país." Seus olhos faiscavam enquanto ele cuspia as palavras: "Mas preciso desabafar. Agora tudo isso acabou. O Führer acaba de confiar oficialmente a questão ao Reichsmarschall. Mas a verdade é que o núcleo vai nos delegar tudo, a Heydrich e a nós. Daqui para a frente, as coisas serão feitas da maneira correta. Faz anos que clamam por uma solução global. Agora poderemos pô-la em prática. Adequadamente, eficientemente. Racionalmente. Enfim vamos poder fazer as coisas como deve ser."

Thomas se sentara num banco e, de pernas cruzadas, estendia sua cigarreira de prata para me oferecer um cigarro de luxo, com o filtro dourado. Acendi um, ele acendeu o seu, mas permaneci de pé. "A solução global sugerida por você na época era a emigração. As coisas evoluíram muito de lá para cá." Thomas soltou uma longa baforada antes de responder: "É verdade. Também é verdade que é preciso evoluir com sua época. Isso não quer dizer que é preciso virar um cretino. A retórica destina-se em grande parte ao segundo time, ao terceiro, eu diria." — "Não é disso que estou falando. Quero dizer que ninguém é forçosamente obrigado a se intrometer nisso." — "Gostaria de fazer outra coisa?" — "Sim. Isso me cansa." Foi minha vez de tragar longamente meu cigarro. Era delicioso, um tabaco gostoso e delicado. "Sua inflexível falta de ambição sempre me impressionou", disse enfim Thomas. "Conheço dez homens que degolariam pai e mãe para obter uma entrevista privada com um homem como Mandelbrod. Pense que ele almoça com o Führer! E você se faz de difícil. Pelo menos sabe o que quer?" — "Sei. Gostaria de voltar para a França." — "Para a França!", refletiu. "É verdade, com seus contatos, seu conhecimento da língua, não é despropositado. Mas não será fácil. É Knochen que é o BdS, conheço-o bem, mas as vagas com ele são limitadas e muito disputadas." — "Também conheço Knochen. Mas não quero ficar com o BdS. Quero um posto em que possa me dedicar às relações políticas." — "Isso quer dizer um posto na embaixada ou no Militärbefehlshaber. Mas ouvi dizer que, desde a saída de Best, a SS não é mais muito bem vista na Wehrmacht, e tampouco por Abetz. Poderíamos encontrar alguma coisa para você com Oberg, o HSSPF. Mas, para isso, o Amt I não pode fazer muita coisa: convém passar diretamente pelo SS-Personal Hauptamt, e ali não conheço ninguém." — "E acha que pode funcionar se viesse uma proposta do Amt I?" — "É possível." Deu uma última tragada e jogou displicentemente a guimba no canteiro. "Se ainda fosse Streckenbach, não haveria problema. Mas ele é como você, pensa demais e está de saco cheio." — "Onde está ele agora?" — "Na Waffen-SS. Comanda uma divisão letã no front, a 19ª." — "E quem o substituiu? Não me disseram nada." — "Schulz." — "Schulz? Qual?" — "Não se lembra? O Schulz que dirigia um Kommando no Grupo C, que pediu para dar o fora logo no início. O que peidava, com um bigodinho ridículo." — "Ah, sei! Nunca mais estive com ele. Parece um sujeito correto." — "Pode até ser, mas não o conheço pessoalmente, e as coisas desandaram entre o Gruppenstab e ele. Antes era banqueiro, para você ver o tipo. Servi com ele na Polônia, junto com Streckenbach. Além disso, Schulz acaba de ser nomeado, então vai querer dar mostras de zelo. Sobretudo porque tem do que ser perdoado. Conclusão: se você fizer um pedido oficial, vão mandá-lo para qualquer lugar, menos para a França." — "Que me sugere então?" Thomas levantara-se e voltamos a caminhar. "Calma, vou ver. Mas não será fácil. Não pode ver do seu lado também? Você se dava bem com Best: ele passa regularmente por Berlim, veja o que ele acha. Pode entrar em contato com ele sem dificuldades por intermédio do Auswärtiges Amt. Mas se eu fosse você, tentaria pensar em outras opções. Afinal, é a guerra. Nem sempre temos escolha."

Antes de se despedir, Thomas me pedira um favor: "Gostaria que visitasse uma pessoa. Um estatístico." — "Da SS?" — "Oficialmente, é inspetor para assuntos estatísticos junto ao Reichsführer-SS. Mas é um funcionário, sequer é membro da Allgemeine-SS." — "Curioso, não?" — "Nem tanto. O Reichsführer certamente queria alguém de fora." — "E o que gostaria que eu dissesse ao estatístico?" — "Atualmente ele prepara um novo relatório para o Reichsführer. Uma visão de conjunto da redução da população judaica. Mas está contestando os números dos relatórios dos Einsatzgruppen. Já estive com ele, mas seria bom que o encontrasse. Você estava mais próximo do terreno que eu." Rabiscou um endereço e um número de telefone numa caderneta e arrancou a folha: "O escritório fica bem aqui ao lado, na SS-Haus, mas ele passa o tempo enfurnado no IV B, com Eichmann, vê como é? É lá que arquivamos tudo que se refere a essa questão. Agora eles têm um prédio inteiro." Observei o endereço, era na Kurfürstenstrasse: "Ah, é bem próximo do meu hotel. Excelente." A conversa com Thomas me deprimira, eu tinha a impressão de chafurdar num pântano. Mas não queria afundar, precisava voltar à tona. Tive que fazer um esforço para ligar para o estatístico, o Dr. Korherr. Seu assistente marcou um encontro. O edifício que sediava o IV B 4 era um belo prédio de quatro andares, de pedra polida, do fim do século passado: nenhuma outra seção da Staatspolizei, ao que eu soubesse, dispunha de escritórios daquele porte, suas atividades deviam ser colossais. Chegava-se ao saguão principal, um salão cavernoso e mal iluminado, por uma escadaria de mármore; Hofmann, o assistente, aguardava para me levar até Korherr. "Isso aqui é enorme", comentei, subindo com ele outra escada. — "É. É uma antiga loja judaico-maçônica, confiscada, claro." Introduziu-me no gabinete de Korherr, um aposento minúsculo atulhado de caixas e dossiês: "Desculpe a bagunça, Herr Sturmbannführer. É um gabinete temporário." O Dr. Korherr, um homenzinho antipático, estava à paisana e apertou minha mão em vez de saudar. "Sente-se, por favor", disse, enquanto Hofmann se retirava. Tentou abrir um pouco de espaço entre os papéis de uma mesa, depois se resignou e deixou as coisas como estavam. "O Obersturmführer foi muito generoso com sua papelada", resmungou, "mas a verdade é que está tudo desorganizado." Parou de remexer, tirou os óculos e esfregou os olhos. "O Obersturmbannführer Eichmann se encontra aqui?", perguntei. — "Não, está em missão. Voltará dentro de alguns dias. O Obersturmbannführer Hauser explicou-lhe o que faço?" — "Mais ou menos." — "Em todo caso, está chegando um pouco tarde. Estou para terminar o meu relatório, que devo entregar daqui a alguns dias." — "Que posso então fazer pelo senhor?", retorqui, com uma ponta de enfado. — "O senhor estava no Einsatz, é isso?" — "Sim. Primeiro num Kommando..." — "Qual?", interrompeu. — "O 4a." — "Ah, sim. Blobel. Grande placar." Eu não conseguia discernir se falava sério ou ironicamente. "Em seguida servi no Gruppenstab, no Cáucaso." Fez uma careta: "É, isso me interessa menos. Os números são ínfimos. Fale-me do 4a." — "Que deseja saber?" Abaixou-se atrás da escrivaninha e ressurgiu com uma caixa de papelão que colocou à minha frente. "Eis os relatórios do Grupo C. Dissequei-os minuciosamente, com meu assessor, o Dr. Plate. Ora, constatamos coisas curiosas: às vezes há números extremamente precisos, 218, 1472 ou 33 771, como em Kiev; outras vezes, são números redondos. Inclusive no caso de um mesmo Kommando. Também encontramos números contraditórios. Por exemplo, uma cidade onde supostamente moram 1200 judeus, mas acerca da qual os relatórios registram 2000 pessoas conduzidas para as medidas especiais. E assim por diante. O que me interessa, portanto, são os métodos de contagem. Quero dizer os métodos práticos, aplicados no local." — "Poderia ter falado diretamente com o Standartenführer Blobel. Creio que ele estaria melhor situado que eu para informá-lo." — "Infelizmente, o Standartenführer Blobel encontra-se novamente no Leste, inacessível. Porém, como sabe, tenho minha hipótese. Acredito que seu testemunho só irá confirmá-la. Fale-me de Kiev, por exemplo. Uma cifra igualmente imensa, mas precisa, curioso." — "Absolutamente. Ao contrário, quanto maior a envergadura da *Aktion* e mais recursos disponíveis, mais era fácil obter um total preciso. Em Kiev, havia cordões bem cerrados. Imediatamente antes do local em si da operação, os... os pacientes, enfim, os condenados, eram divididos em grupos iguais, sempre um número redondo, vinte ou trinta, não me lembro mais. Um suboficial designado contava o número de grupos que passavam diante de sua mesa e anotava. No primeiro dia, paramos em exatos 20 000." — "E todos que passavam diante da mesa eram submetidos ao tratamento especial?" — "A rigor, sim. Claro, alguns conseguiram, digamos, fingir, depois escapar aproveitando a noite. Mas seria no máximo um punhado de indivíduos." — "E as ações menores?" — "Eram responsabilidade de um Teilkommandoführer encarregado de contar e encaminhar os números para o Kommandostab. O Standartenführer Blobel sempre fazia questão de contagens precisas. No caso citado pelo senhor, ou seja, aquele em que levavam mais judeus do que havia originalmente, julgo poder fornecer-lhe uma explicação: quando chegávamos, muitos judeus fugiam para os bosques ou a estepe. O Teilkommando cuidava de maneira apropriada dos que permaneciam no local, depois ia embora. Mas os judeus não podiam continuar escondidos: os ucranianos os expulsavam das aldeias, os insurgentes, às vezes, os matavam. Então, pouco a pouco, acossados pela fome, eles voltavam para suas cidades ou aldeias, frequentemente com outros refugiados. Ao sermos informados disso, fazíamos uma segunda operação, que tornava a suprimir determinado número. Mas eis que outros mais voltavam. Algumas aldeias foram declaradas *judenfrei* três, quatro, cinco vezes, mas sempre aparecia mais." — "Entendo. É uma explicação interessante." — "Se estou entendendo", disparei, um pouco ofendido, "acredita que os Grupos incharam os números?" — "Para ser franco com o senhor, sim. Talvez por várias razões, o avanço sendo apenas uma delas. Sem falar nos automatismos burocráticos. Em estatística, temos o costume de ver organismos fixarem-se num número, ninguém sabe muito bem como, e depois esse número é reproduzido e retransmitido como um fato, sem nenhuma crítica ou modificação no tempo. Chamamos a isso um *número-casa*. Mas ele difere também de Grupo para Grupo e de Kommando para Kommando. O pior caso é visivelmente o do Einsatzgruppe B. Há também grandes irregularidades entre certos Kommandos do Grupo D." — "Em 41 ou 42?" — "Sobretudo em 1941. No início, depois também na Crimeia." — "Estive brevemente na Crimeia, mas não tinha nada a ver com as ações naquele momento." — "E na sua passagem pelo 4a?" Refleti um instante antes de responder: "Acho que todos os oficiais eram honestos. Mas no começo as coisas eram mal organizadas, e alguns números talvez sejam um pouco arbitrários." — "De toda forma, isso não é grave", disse sentenciosamente Korherr. "Os Einsatzgruppen representam apenas uma fração dos números globais. Até uma discrepância de 10% não distorceria os resultados de conjunto." Senti alguma coisa me apertando na altura do diafragma. "Tem números para toda a Europa, Herr Doktor?" — "Sim, toda ela. Até 31 de dezembro de 1942." — "Pode me dizer quanto isso dá?" Contemplou-me através de suas lentes miúdas: "Claro que não. É um segredo, Herr Sturmbannführer." Ainda conversamos um pouco sobre o trabalho do Kommando; Korherr fazia perguntas precisas, meticulosas. No fim, agradeceu-me. "Meu relatório irá diretamente para o gabinete do Reischsführer", explicou. "Se suas atribuições o exigirem, o senhor tomará conhecimento." Acompanhou-me até a entrada do prédio. "Boa sorte! E Heil Hitler."

Por que eu lhe fizera aquela pergunta, idiota e inútil? Em que aquilo me dizia respeito? Não fora senão uma curiosidade mórbida, e estava arrependido. Agora só queria me interessar pelas coisas positivas: o nacional-socialismo tinha muito ainda a construir, eis para onde queria dirigir meus esforços. Ora, os judeus, *unser Unglück*, perseguiam-me como um pesadelo ao amanhecer, colado no fundo da cabeça. Entretanto, em Berlim, não restavam muitos mais: todos os trabalhadores judeus supostamente "protegidos" nas fábricas de armamentos acabavam de ser detidos. Mas estava escrito que eu devia encontrá-los nos lugares mais improváveis.

Em 21 de março, dia da Lembrança dos Heróis, o Führer iria fazer um discurso. Era sua primeira aparição em público desde a derrota de Stalingrado, e, como todo mundo, eu esperava suas palavras com impaciência e ansiedade: que iria ele dizer, como aparentaria? A onda de choque da catástrofe ainda era intensamente sentida, os rumores mais diversos corriam céleres. Eu queria assistir àquele discurso. Não vira o Führer em pessoa senão uma vez, uns dez anos antes (desde então o escutara regularmente no rádio e o vira no noticiário); fora por ocasião da minha primeira viagem de volta à Alemanha, no verão de 1930, antes da Tomada do Poder. Eu extorquira essa viagem da minha mãe e de Moreau em troca do meu consentimento em prosseguir os estudos, o que eles exigiam. Depois de passar nos exames para a faculdade (mas sem louvor, o que me obrigava a ingressar num curso preparatório para fazer o concurso da ELSP), eles me deixaram partir. Foi uma viagem maravilhosa, da qual voltei seduzido, deslumbrado. Tinha ido em companhia de dois colegas do liceu, Pierre e Fabrice, e nós, que não sabíamos sequer o que eram os *Wandervögel*, seguimos seu rastro como por instinto, dirigindo-nos para as florestas, caminhando durante o dia, conversando à noite ao redor de pequenas fogueiras, dormindo ao ar livre sob as agulhas de pinheiros. Depois descemos para visitar as cidades do Reno e terminamos em Munique, onde passei longas horas na Pinacoteca ou batendo perna pelas ruas. Naquele verão, a Alemanha voltava a ficar tumultuada: o contragolpe do crack americano do ano precedente era sentido duramente; eleições para o Reichstag, previstas para setembro, deviam decidir o futuro da Nação. Todos os partidos políticos promoviam agitações, com discursos, passeatas, às vezes brigas ou escaramuças violentíssimas. Em Munique, um partido destacava-se nitidamente dos demais: o NSDAP, de que ouvia falar pela primeira vez. Eu já tinha visto fascistas italianos no noticiário, e aqueles nacional-socialistas pareciam se inspirar em seu estilo; mas a mensagem deles era especificamente alemã, e seu líder, um soldado de carreira veterano da Grande Guerra, falava de uma renovação alemã, da glória alemã, de um futuro alemão rico e vibrante. Tinha sido para aquilo, pensava comigo vendo-os desfilar, que meu pai lutara durante quatro anos, para ser finalmente traído, ele e todos os seus companheiros, e para perder sua terra, sua casa, nossa casa. Era também tudo que Moreau, aquele bom *radical* e patriota francês, que todos os anos bebia à saúde de Clemenceau, Foch e Pétain, execrava. O líder do NSDAP devia fazer um discurso num *Braukeller*: deixei meus amigos franceses no nosso hotelzinho. Fiquei no fundo, atrás da multidão, mal escutava os oradores; quanto ao Führer, lembro-me apenas de seus gestos, que a emoção tornava frenéticos, e da forma como seu cabelo não parava de cair sobre sua testa. Mas ele dizia, eu sabia disso com uma certeza absoluta, as coisas que meu pai teria dito se estivesse presente; se ele ainda estivesse por ali, decerto estaria no palanque como íntimo daquele homem e um de seus primeiros seguidores; poderia inclusive, se tivesse tido essa sorte, quem sabe, estar em seu lugar. O Führer, aliás, quando ficava imóvel, parecia-se com ele. Voltei dessa viagem pela primeira vez com a ideia de que havia uma alternativa ao caminho estreito e mortífero traçado para mim por minha mãe e seu marido, e que meu futuro estava ali, com aquele povo infeliz, o povo do meu pai, meu povo também.

    Muitas coisas haviam mudado desde então. O Führer preservava toda a confiança do *Volk*, mas a certeza na vitória final começava a erodir junto às massas. As pessoas culpavam o Alto-Comando, os aristocratas prussianos, Göring e sua Luftwaffe; mas eu sabia também que no seio da Wehrmacht culpavam as ingerências do Führer. Na SS, corria à boca pequena que, depois de Stalingrado, ele mergulhara numa depressão nervosa e não falava mais com ninguém; quando Rommel no início do mês tentara convencê-lo a evacuar a África do Norte, ele ouvira sem compreender. Os boatos populares, por sua vez, nos trens, bondes e filas, tornavam-se francamente delirantes: segundo os relatórios do SD recebidos por Thomas, dizia-se que a Wehrmacht designara Berchtesgaden como residência para o Führer, que ele perdera a razão e estava vigiado, drogado, num hospital SS, que o Führer que se via era um simples sósia. O discurso seria pronunciado no Zeughaus, antigo arsenal no fim da Unter den Linden, bem ao lado do canal do Spree. Como veterano de Stalingrado, ferido e condecorado, não tive dificuldade em obter um convite; sugeri a Thomas que viesse, mas ele respondeu rindo: "Não estou de licença como você, tenho trabalho." Fui então sozinho. Haviam tomado consideráveis precauções de segurança; o convite esclarecia que as armas de serviço seriam proibidas. A possibilidade de um ataque aéreo britânico assustava alguns: em janeiro, os ingleses haviam desfrutado da satisfação perversa de lançar um ataque de Mosquito no dia do aniversário da Tomada do Poder, fazendo muitas vítimas; as cadeiras, entretanto, haviam sido instaladas no pátio do Zeughaus, sob a grande cúpula de vidro. Vi-me sentado mais ou menos no meio, entre um Oberstleutnant coberto de condecorações e um civil ostentando na lapela a Insígnia de Ouro do Partido. Após os discursos introdutórios, o Führer fez sua aparição. Arregalei os olhos: na cabeça e nos ombros, por cima de seu simples uniforme *feldgrau*, parecia-me perceber o grande xale listrado azul e branco dos rabinos. O Führer não esperou para se lançar com sua voz rápida e monótona. Observei a cúpula envidraçada: seria uma miragem da luz? Eu via nitidamente seu quepe; mas embaixo julgava distinguir longos papelotes, desenrolados ao longo de suas têmporas por cima das lapelas, e em sua testa, filactérios e o *tefillin*, a caixinha de couro contendo versículos da Torá. Quando ele ergueu o braço, julguei discernir em sua manga outros filactérios de couro; e, sob sua casaca, não seriam as franjas brancas do que os judeus denominam *pequeno talit* que despontavam? Eu não sabia o que pensar. Examinei meus vizinhos: ouviam o discurso com uma atenção solene, o funcionário balançava calculadamente a cabeça. Então não notavam nada? Era eu o único a ver aquele espetáculo insólito? Percorri com os olhos a tribuna oficial: atrás do Führer, reconhecia Göring, Goebbels, Ley, o Reichsführer, Kaltenbrunner, outros dirigentes conhecidos, altas patentes da Wehrmacht; todos contemplavam impassíveis as costas do Führer ou o salão. Talvez, pensei, enlouquecido, seja a história do rei nu: todo mundo sabe que ele está nu mas não diz, esperando que o vizinho aja da mesma forma. Não, raciocinei, provavelmente estou tendo uma alucinação, com um ferimento como o meu isso é perfeitamente possível. Ora, minha cabeça estava boa. Eu estava muito longe do palanque, e o Führer estava iluminado lateralmente; seria mera ilusão de óptica? Entretanto, eu continuava a ver aquilo. Estaria meu "olho pineal" me pregando uma peça? Mas aquilo nada tinha da qualidade dos sonhos. Também podia ser que eu estivesse enlouquecendo. O discurso foi breve e me vi de pé no meio da multidão tentando me apressar em direção à saída, chafurdando nos meus pensamentos. O Führer ainda ia passar pelas salas do Zeughaus para visitar uma exposição de troféus de guerra tomados aos bolcheviques, antes de fazer uma revista a uma guarda de honra e plantar uma muda no Neue Wache; eu deveria ter ido atrás dele, meu convite incluía isso, mas estava abalado e desorientado demais, desvencilhei-me o mais rápido possível da multidão e subi a avenida em direção à estação de S-Bahn. Atravessei a avenida e fui me sentar num café, sob a arcada da Kaiser Gallerie, onde pedi um *schnaps* que engoli de um trago, depois um segundo. Eu precisava refletir, mas o sentido da reflexão me escapava, tinha dificuldade para respirar, desabotoei o colarinho e bebi mais. Havia um meio de pôr os pingos nos is: à noite, no cinema, o noticiário mostraria trechos do discurso; eu poderia então esclarecer as coisas. Pedi um jornal com a lista das sessões: às dezenove horas, não muito longe, iam apresentar *O presidente Krüger*. Pedi um sanduíche, depois fui caminhar no Tiergarten. Ainda fazia frio e poucas pessoas passeavam sob as árvores nuas. As interpretações entrechocavam-se na minha cabeça, eu estava ansioso pelo início da sessão, ainda que a perspectiva de não ver nada não fosse mais tranquilizadora que o oposto. Às dezoito horas, fui para o cinema e entrei na fila para comprar o ingresso. À minha frente, um grupo debatia o discurso, que provavelmente tinham escutado no rádio; escutei-os avidamente. "Ele colocou de novo tudo nas costas dos judeus", dizia um senhor magérrimo, de chapéu. "O que não entendo é que não há mais judeus na Alemanha, como pode então ser culpa deles?" — "Não, *Dummkopf*", respondeu uma mulher bem vulgar, de cabelos oxigenados e armados num permanente elaborado, "são os judeus internacionais." — "Sim", retorquiu o homem, "mas se esses judeus internacionais são tão poderosos, por que não conseguiram salvar seus irmãos de raça daqui?" — "Estão nos castigando com os bombardeios", disse outra mulher um pouco grisalha, atabalhoada. "Viram o que fizeram em Münster, outro dia? É apenas para nos fazer sofrer. Como se já não sofrêssemos o suficiente com todos os nossos homens no front." — "O que achei escandaloso", afirmou um homem avermelhado, gorducho, vestindo um terno cinza listrado, "foi ele não ter mencionado Stalingrado. É uma vergonha." — "Oh, não me fale de Stalingrado", disse a falsa loura. "Hans, o filho da coitada da minha irmã, estava lá, na 76ª Divisão. Ela está feito louca, não sabe nem se ele está vivo ou morto." — "No rádio", interveio a mulher grisalha, "disseram que estavam todos mortos. Que lutaram até o último cartucho, disseram." — "E você acredita em tudo que eles dizem no rádio, tolinha?", interveio o homem de chapéu. "Meu primo, que é Oberst, diz que houve muitos prisioneiros. Milhares. Talvez até uma centena de milhares." — "Então Hans talvez seja um prisioneiro?", perguntou a loura. — "É possível." — "Por que será que não escrevem então?", perguntou o burguês obeso. "Nossos prisioneiros na Inglaterra ou na América escrevem, isso passa inclusive pela Cruz Vermelha." — "É verdade", disse a mulher com cara de camundongo. — "Como quer que eles escrevam se estão todos oficialmente mortos? Eles escrevem, mas os nossos não transmitem as cartas." — "Com licença", comentou um outro, "mas isso é verdade. Minha cunhada, irmã da minha mulher, recebeu uma carta do front assinada apenas: *Um patriota alemão*, dizendo-lhe que seu marido, que é Leutnant nos panzers, continua vivo. Os russos lançaram folhetos sobre nossas linhas, perto de Smolensk, com listas de nomes e endereços, impressos bem miudinho, e mensagens para as famílias. Então os soldados que os recolhem escrevem cartas anônimas, ou enviam até mesmo o folheto inteiro." Um homem com corte de cabelo militar entrou na conversa: "De toda forma, mesmo que haja prisioneiros, não sobreviverão por muito tempo. Os bolcheviques vão mandá-los para a Sibéria e obrigá-los a cavar canais até morrerem. Não voltará um. Além do mais, depois do que fizemos com eles, isso será mera questão de justiça." — "Que quer dizer com depois do que fizemos com eles?", perguntou o gordo com veemência. A falsa loura me notara e examinava meu uniforme. O homem de chapéu falou antes do militar: "O Führer disse que tivemos 542 000 mortos desde o início da guerra. Acreditam nisso? Da minha parte, acho que está simplesmente mentindo." A loura deu-lhe uma cotovelada e relanceou na minha direção. O homem acompanhou seu olhar, corou e gaguejou: "Enfim, talvez não lhe revelem todos os números..." Os outros também olhavam para mim e se calavam. Eu mantinha um olhar neutro, ausente. Em seguida o gordo fez menção de mudar de assunto, mas a fila moveu-se em direção ao guichê. Comprei meu ingresso e fui me sentar. Logo as luzes se apagaram e passaram o noticiário, que abria com o discurso do Führer. O filme estava granulado, engasgava e sumia intermitentemente, deve ter sido revelado e copiado às pressas. Parecia-me continuar a ver o grande xale listrado na cabeça e nos ombros do Führer, eu não distinguia mais nada, exceto seu bigode, impossível ter certeza do que fosse. Meu pensamento fugia em todas as direções, como um cardume diante de um mergulhador, mal reparei no filme principal, uma bobagem anglófoba, continuava a pensar no que vira, aquilo não fazia sentido. Que fosse real me parecia impossível, mas não podia estar delirando. O que aquela bala fizera então na minha cabeça? Emaranhara o mundo ou abrira um terceiro olho, aquele que vê através da opacidade das coisas? Do lado de fora, na saída, anoitecia, era hora do jantar, mas eu não queria comer. Voltei ao hotel e me tranquei no quarto. Não saí durante três dias.

* * *

Bateram e fui abrir: um recruta vinha me anunciar que o Obersturmbannführer Hauser deixara uma mensagem. Mandei que levasse os restos da refeição que eu pedira na véspera, e aproveitei para tomar uma chuveirada e me pentear antes de descer até a recepção para telefonar para Thomas. Este me informou que Werner Best estava em Berlim e que aceitava me encontrar àquela noite no bar do Hotel Adlon. "Você vai?" Subi de novo para preparar um banho, o mais quente possível, e mergulhei até que meus pulmões parecessem me esmagar. Depois pedi que um barbeiro subisse para fazer minha barba. Na hora marcada, estava no Adlon, brincando nervosamente com o pé de uma taça de martíni, contemplando os Gauleiter, os diplomatas, os SS de alto escalão, os aristocratas abastados que ali se encontravam ou hospedavam quando estavam de passagem por Berlim. Pensei em Best. Como um homem como Werner Best reagiria se eu lhe dissesse que acreditava ter visto o Führer vestindo o xale dos rabinos? Provavelmente me daria o endereço de um bom médico. Mas talvez também me explicasse friamente por que *era preciso* que fosse daquele jeito. Sujeito curioso. Eu o conhecera no verão de 1937, depois que ele me ajudou, por intermédio de Thomas, no episódio da minha detenção no Tiergarten; nunca aludira ao assunto depois. Após o meu alistamento, embora eu fosse dez anos mais novo, pareceu se interessar por mim e me convidou diversas vezes para jantar, geralmente em companhia de Thomas e de um ou dois outros oficiais do SD, uma vez com Ohlendorf, que bebeu muito café e falou pouco, e às vezes também apenas nós dois. Era um homem extraordinariamente preciso, frio e objetivo, e ao mesmo tempo apaixonadamente aferrado aos seus ideais. Apesar de mal conhecê-lo, parecia-me evidente que Thomas Hauser imitava seu estilo, e mais tarde constatei que era o caso da maioria dos jovens oficiais SD, que, com certeza, o admiravam mais que a Heydrich. Best, nessa época, ainda gostava de pregar o que chamava de *realismo heroico*: "O que me interessa", afirmava citando Jünger, que era avidamente lido, "não é por que se luta, mas como se luta." Para esse homem, o nacional-socialismo não era uma opinião política, mas antes um modo de vida, árduo e radical, que misturava uma capacidade de análise objetiva e uma aptidão para agir. A mais elevada moralidade, explicava, consiste em superar as inibições tradicionais na busca do bem do *Volk*. Nisso, a *Kriegsjugendgeneration*, a "geração da juventude de guerra", à qual ele pertencia, assim como Ohlendorf, Six, Knochen e também Heydrich, distinguia-se nitidamente da geração precedente, a *junge Frontgeneration*, "a juventude do front", que conhecera a guerra. A maioria dos Gauleiter e líderes do Partido, como Himmler e Hans Frank e também Goebbels e Darré, pertencia a essa geração, mas Best julgava-os idealistas demais, sentimentais demais, ingênuos e pouco realistas. Os *Kriegsjungen*, muito jovens para terem conhecido a guerra ou mesmo os combates dos Freikorps, haviam crescido nos anos turbulentos de Weimar, e contra esse caos forjaram uma abordagem *völkisch* e radical dos problemas da Nação. Tinham se filiado ao NSDAP não porque sua ideologia diferisse da dos outros partidos *völkish* dos anos 20, mas porque, em vez de se enlamear nas ideias, querelas de elites e discussões estéreis e sem fim, ele se concentrara na organização, na propaganda de massa e no ativismo, tendo assim naturalmente emergido para assumir uma posição de guia. O SD encarnava essa abordagem dura, objetiva e realista. Quanto à nossa geração — Best, nessas conversas, queria dizer a de Thomas e a minha —, ainda não se definira plenamente: chegara à idade viril sob o nacional-socialismo, mas ainda não se confrontara com verdadeiros desafios. Era para isso que devíamos nos preparar, cultivar uma disciplina severa, aprender a lutar pelo nosso *Volk* e, se necessário, destruir nossos adversários, sem ódio e sem animosidade, não como aqueles fanfarrões teutônicos que ainda se julgavam em peles de animais, mas de uma maneira sistemática, eficiente, racional. Assim era, sem tirar nem pôr, o humor do SD nessa época, por exemplo o do Prof. Dr. Alfred Six, meu primeiro chefe de departamento, que dirigia ao mesmo tempo a faculdade de economia internacional na universidade: era um homem taciturno, quando não antipático, que falava muito mais de política racial-biológica que de economia; porém, preconizava os mesmos métodos que Best, mesmo caso de todos os jovens recrutados ao longo dos anos por Höhn, os jovens lobos do SD, Schellenberg, Knochen, Behrends, d'Alquen, Ohlendorf, claro, mas também homens menos conhecidos agora como Melhorn, Gürke, morto em combate em 1943, Lemmel, Taubert. Era uma raça à parte, pouco apreciada no seio do Partido, mas lúcida, atuante, disciplinada, e, após meu ingresso no SD, eu não aspirara a nada senão a me tornar um deles. Agora, não sabia mais. Tinha a impressão, depois das minhas experiências no Leste, de que os idealistas do SD haviam sido passados para trás pelos policiais, os funcionários da violência. Eu me perguntava o que Best achava da *Endlösung*. Mas não tinha nenhuma intenção de lhe perguntar, sequer de tocar no assunto, muito menos na minha estranha visão.

Best chegou com meia hora de atraso, vestindo um extraordinário uniforme preto com uma dupla fileira de botões dourados e imensas lapelas cruzadas de veludo branco. Após uma troca formal de saudações, apertou minha mão vigorosamente, desculpando-se pelo atraso: "Estava com o Führer. Não tive tempo de trocar de roupa." Enquanto nos congratulávamos por nossas respectivas promoções, um maître se apresentou, saudou Best e nos levou para um reservado. Pedi um segundo martíni, e Best, uma taça de vinho tinto. Indagou-me então a respeito da minha jornada na Rússia: respondi sem entrar em detalhes; de toda forma, Best sabia melhor que ninguém o que era um Einsatzgruppe. "E agora?" Expus então minha ideia. Ele me escutava pacientemente, balançando a cabeça; sua fronte alta e inchada, luzindo sob os lustres, ainda trazia a marca vermelha do quepe que colocara num banquinho. "Sim, estou me lembrando", disse finalmente. "O senhor começava a se interessar por direito internacional. Por que não publicou nada?" — "Nunca tive uma chance concreta. No RSHA, após sua partida, confiaram-me apenas questões de direito constitucional e penal; além disso, onde eu me encontrava, era impossível. Em contrapartida, adquiri boa experiência prática dos nossos métodos de ocupação." — "Não tenho certeza de que a Ucrânia seja o melhor exemplo." — "Certamente que não", respondi. "Ninguém no RSHA compreende como deixam Koch perder a cabeça desse jeito. É uma catástrofe." — "É uma das disfunções do nacional-socialismo. Nesse aspecto, Stálin é bem mais rigoroso que nós. Mas homens como Koch, espero, não têm futuro. Leu o *Festgabe* que editamos para o quadragésimo aniversário do Reichsführer?" Balancei a cabeça: "Infelizmente, não." — "Vou lhe arranjar um exemplar. Meu ensaio desenvolve uma teoria do *Grossraum* fundamentada numa base *völkisch*; seu ex-professor Höhn escreveu um artigo a respeito, bem como Stuckart, do Ministério do Interior. Lemmel, lembra-se dele?, também publicou seus conceitos, mas em outro lugar. Tratava-se ao mesmo tempo de concluir nossa leitura crítica de Carl Schmitt e promover a SS como força motriz na construção da Nova Ordem europeia. O Reichsführer, cercado por homens como nós, poderia ter sido seu arquiteto principal. Mas deixou a oportunidade escapar." — "Que aconteceu então?" — "Difícil dizer. Não sei se o Reischsführer estava obcecado pelos planos que tinha em relação à reconstrução do leste alemão ou se estava sobrecarregado com a multiplicidade de tarefas. Certamente o envolvimento da SS nos processos de realocação demográfica, no Leste, foi um fator importante. Foi um pouco por isso que preferi deixar o RSHA." Essa última afirmação, eu sabia, carecia de franqueza. Na época em que eu terminara minha tese (que tratava da reconciliação do direito estatal positivo com a noção de *Volksgemeinschaft*) e entrava em tempo integral no SD para ajudar a redigir pareceres jurídicos, Best já começava a ter problemas, especialmente com Schellenberg, que, em particular e também por escrito, acusava Best de ser excessivamente burocrático e limitado, um *advogado acadêmico*, um *esmiuçador de irrelevâncias*. De acordo com os boatos, esta também era a opinião de Heydrich; pelo menos Heydrich entregara as rédeas a Schellenberg. Best, por sua vez, criticava a "desoficialização" da Polícia: concretamente, sustentava que todos os funcionários do SD destacados para a SP, como Thomas e eu próprio, deviam ser submetidos às normas e procedimentos ordinários da administração de Estado; os chefes de serviço deviam todos ter formação jurídica. Mas Heydrich zombava desse *jardim de infância para espiões* e Schellenberg não parava de lançar impropérios. Um dia, a propósito, Best me fizera uma observação impressionante: "Sabe, apesar de todo o meu ódio por 1793, sinto-me às vezes próximo de Saint-Just, que dizia: *Temo menos a austeridade ou o delírio de alguns que a flexibilidade de outros.*" Tudo isso se passava durante a última primavera antes da guerra; já relatei o que se seguiu ao outono, a partida de Best, minhas preocupações pessoais: mas entendia perfeitamente que Best preferisse ver o lado positivo desses desdobramentos. "Na França, e agora na Dinamarca", ele dizia, "tentei trabalhar com os aspectos práticos dessas teorias." — "E como isso se dá?" — "Na França, a ideia de uma administração supervisionada era boa. Mas havia interferências demais da Wehrmacht, que seguia sua própria política, e de Berlim, que estragava um pouco as coisas com aquelas histórias de reféns. Então, claro, o 11 de novembro pôs fim a tudo isso. Era, a meu ver, um erro grosseiro. Pois bem! Em compensação tenho toda a esperança de fazer da Dinamarca um Protektorat modelo." — "Só falam bem do seu trabalho." — "Ah, também tenho meus críticos! Depois, como sabe, estou apenas no começo. Porém, mais além desses desafios precisos, o importante é empenhar-se em desenvolver uma visão global para o pós-guerra. Por ora, todas as nossas medidas são *ad hoc* e incoerentes. E o Führer emite sinais contraditórios quanto às suas intenções. Logo, é muito difícil fazer promessas concretas." — "Compreendo perfeitamente o que quer dizer." Falei brevemente de Lippert, das esperanças que ele suscitara durante nossa conversa em Maikop. "É, é um bom exemplo", disse Best. "Mas veja, outras pessoas prometem a mesma coisa aos flamengos. Além de tudo, agora o Reichsführer, estimulado pelo Obergruppenführer Berger, está lançando sua própria política, com a criação de legiões Waffen-SS nacionais, o que é incompatível ou em todo caso não coordenado com a política do Auswärtiges Amt. Todo o problema reside nisto: enquanto o Führer não intervém pessoalmente, cada um vai promovendo sua política individual. Não há nenhuma visão de conjunto e, portanto, nenhuma política realmente *völkisch*. Os autênticos nacional-socialistas são incapazes de fazer o trabalho deles, que é orientar e guiar o *Volk*; em vez disso, são os *Parteigenossen*, os homens do Partido, que ficam esculpindo feudos para governá-los ao seu bel-prazer." — "Acha que os membros do Partido não são autênticos nacional-socialistas?" Best ergueu um dedo: "Atenção. Não confunda membro do Partido com homem do Partido. Todos os membros do Partido, como o senhor e eu, não são forçosamente 'PG'. Um nacional-socialista deve acreditar na sua opinião. E como forçosamente a opinião é única, todos os autênticos nacional-socialistas só podem trabalhar numa direção, que é a do *Volk*. Mas acredita que todas essas pessoas" — fez um gesto largo em direção à sala — "sejam autênticos nacional-socialistas? Um homem do Partido é alguém que deve sua carreira ao Partido, que tem uma posição a defender no seio do Partido, portanto alguém que defende os interesses do Partido nas controvérsias com as demais hierarquias, sejam quais forem os interesses reais do *Volk*. O Partido, no início, era concebido como um movimento, um agente de mobilização do *Volk*; agora virou uma burocracia como as outras. Por muito tempo, alguns de nós esperavam que a SS pudesse assumir o bastão. E ainda não é tarde para isso. Mas a SS também vem sucumbindo a perigosas tentações." Bebemos um pouco; eu queria voltar ao assunto que me preocupava: "Que acha da minha ideia?", perguntei finalmente. "Acredito que, com meu passado, meu conhecimento do país e das diversas correntes de ideias francesas, é na França que posso ser mais útil." — "Talvez tenha razão. O problema, como sabe, é que, exceto no terreno estritamente policial, a SS está um pouco à margem na França. E não penso que meu nome lhe seja útil junto ao Militärbefehlshaber. Com Abetz tampouco consigo alguma coisa, está muito cioso da lojinha dele. Mas, se é realmente importante, entre em contato com Knochen. Ele deve lembrar do senhor." — "É, é uma ideia", falei a contragosto.

Não era o que eu queria. Best continuava: "Pode dizer que o recomendei. E a Dinamarca? Não lhe diz nada? Lá, eu poderia arranjar um bom posto para o senhor." Tentei não demonstrar meu crescente mal-estar: "Agradeço muito por essa proposta. Mas tenho ideias precisas referentes à França e gostaria de explorá-las, se fosse possível." — "Compreendo. Mas, se mudar de ideia, volte a falar comigo." — "Naturalmente." Consultou seu relógio. "Vou jantar com o ministro e preciso realmente trocar de roupa. Se me ocorrer alguma outra coisa para a França ou se ouvir falar de um posto interessante, eu lhe comunico." — "Eu ficaria muito grato. Agradeço-lhe também o tempo que gastou comigo." Terminou a taça e replicou: "Foi um prazer. É disso que sinto mais falta desde que deixei o RSHA: a possibilidade de discutir abertamente ideias com homens de convicções. Na Dinamarca, tenho que estar o tempo todo com um pé atrás. Então, boa noite!" Acompanhei-o até a rua e me despedi em frente à ex-embaixada da Grã-Bretanha. Vi seu carro sumir na Wilhelmstrasse, depois, perturbado pelas últimas palavras dele, fui em direção ao Portão de Brandemburgo e ao Tiergarten. Um homem de convicções? Em outros tempos, provavelmente, eu fora um, mas, agora, onde estava a clareza das minhas convicções? Aquelas convicções, eu percebia, planavam tranquilamente ao meu redor: mas, se tentasse agarrar uma que fosse, ela me escapava por entre os dedos como uma enguia nervosa e cheia de músculos.

Thomas, em contrapartida, era manifestamente um homem de convicções; convicções, era visível, inteiramente compatíveis com suas ambições e prazeres. De volta ao hotel, encontrei um bilhete seu me convidando para o balé. Telefonei a fim de me desculpar; sem me dar tempo, disparou: "Então, como foi?", em seguida pôs-se a explicar por quê, do lado dele, não conseguia nada. Escutei pacientemente e, na primeira oportunidade, tentei recusar seu convite. Mas ele não queria saber de nada: "Você está ficando selvagem. Sair vai lhe fazer bem." A ideia, para dizer a verdade, me aborrecia profundamente, mas acabei cedendo. Proscritos naturalmente todos os russos, o programa consistia de divertimentos de Mozart, os balés do *Idomeneo* seguidos por uma *Gavotte* e *Petits riens*. A orquestra era regida por Karajan, então jovem estrela ascendente cuja glória ainda não ofuscava a do Führer. Encontrei Thomas perto da entrada dos artistas: um de seus amigos lhe arranjara um camarote privado. Estava tudo soberbamente organizado. Funcionárias solícitas pegaram nossos casacos e quepes e nos conduziram até um bufê, onde tomamos um aperitivo em companhia de músicos e *starlets* dos estúdios de Goebbels, logo enfeitiçadas pela verve e a elegância de Thomas. Quando nos levaram ao nosso camarote, situado no pé do palco, em cima da orquestra, sussurrei: "Por que não tenta convidar uma?" Thomas deu de ombros: "Está brincando? Para passar na frente do bom doutor, é necessário no mínimo ser Gruppenführer." Eu lançara aquele chiste mecanicamente, sem convicção; continuava recolhido em mim mesmo, fechado, hostil a tudo; porém, assim que o espetáculo começou, fiquei fascinado. Os bailarinos achavam-se a apenas alguns metros de mim, e, observando-os, eu me sentia pobre, mirrado e miserável, como se ainda não tivesse espanado do corpo o frio e o medo do front. Eles, esplêndidos, e como para marcar uma distância intransponível, saltavam em seus figurinos brilhantes, e seus corpos rutilantes e suntuosos me petrificavam e me deixavam louco de excitação (mas era uma excitação vã, sem propósito, desamparada). O ouro, o cristal dos lustres, o filó, a seda, as joias opulentas, as rendas faiscantes dos artistas, seus músculos luzidios, tudo me atormentava. No primeiro entreato, suando sob o uniforme, corri até o bar e bebi vários copos, depois levei a garrafa comigo para o camarote. Thomas me fitava divertido e bebia também, mais lentamente. Do outro lado da plateia, sentada num camarote no balcão, uma mulher me observava com binóculos de teatro. Estava longe demais, eu não conseguia discernir seus traços e não dispunha de binóculos, mas visivelmente ela me fitava, e aquele joguinho acabou me irritando prodigiosamente; no segundo entreato, não fiz nenhuma tentativa para encontrá-la, refugiei-me no bufê privado e continuei a beber com Thomas; porém, assim que o balé recomeçou, fiquei como uma criança. Aplaudia, cogitava inclusive mandar flores para uma das bailarinas, mas não sabia qual escolher, além disso não sabia seus nomes, não sabia como agir e tinha medo de me enganar. A mulher continuava a me observar, mas eu zombava dela. Continuei a beber e a rir. "Você tinha razão", eu disse a Thomas, "era uma boa ideia." Tudo me deslumbrava e me aterrorizava. Era incapaz de compreender a beleza dos corpos dos bailarinos, uma beleza quase abstrata, assexuada, sem distinção entre homens e mulheres: aquela beleza quase me escandalizava. Depois do balé, Thomas me levou até um beco de Chalottenburg; para meu horror, ao entrar, vi que se tratava de um bordel, mas era tarde demais para dar marcha a ré. Bebi mais e comi sanduíches enquanto Thomas dançava com as moças despidas, que visivelmente o conheciam bem. Havia também outros oficiais e alguns civis. Um gramofone tocava discos americanos, um jazz frenético e obsedante, que atravessava o riso cansativo e perdido das putas. A maioria usava apenas roupas íntimas de seda colorida, e suas carnes, moles, flácidas, entorpecidas, que Thomas segurava com ambas as mãos, me davam nojo. Uma garota tentou sentar no meu colo, repeli-a suavemente, minha mão em sua barriga nua, mas ela insistia e mandei-a passear com brutalidade, ela sumiu. Eu estava pálido, desfeito, tudo reluzia, estalava e me fazia mal. Thomas veio me servir outro copo rindo: "Se ela não é do seu agrado, não vale a pena fazer um escândalo, há outras." Agitava a mão, o rosto vermelho. "Escolha, escolha, sou eu que convido." Eu não estava com vontade alguma, mas ele insistia; finalmente, para que me deixasse em paz, peguei pelo pescoço a garrafa que eu estava bebendo e subi com uma das garotas, apontada ao acaso. No quarto dela estava mais calmo. Ela me ajudou a tirar minha túnica; mas quando quis desabotoar minha camisa, interrompi-a e a fiz sentar. "Como se chama?", perguntei. — "Émilie", respondeu, utilizando a forma francesa do nome. "Conte uma história para mim, Émilie." — "Que tipo de história, Herr Offizier?" — "Conte-me sua infância." Suas primeiras palavras me deixaram gelado: "Eu tinha uma irmã gêmea. Ela morreu há dez anos. Tínhamos a mesma doença, reumatismos articulares, agudos, e depois ela morreu de uremia, a água que subia, subia... Morreu sufocada." Remexeu numa gaveta e tirou duas fotografias emolduradas. A primeira mostrava as duas gêmeas, lado a lado, com olhos arregalados e fitas nos cabelos, por volta dos dez anos; a outra, a morta no caixão, rodeada de tulipas. "Em casa penduramos esta foto. Desde esse dia minha mãe não suporta mais as tulipas, o aroma das tulipas. Ela dizia: *Perdi o anjo e conservei o diabo*. Depois disso, quando eu me olhava por acaso num espelho, achava que estava vendo minha irmã morta. E se eu voltasse da escola correndo, minha mãe tinha crises de nervos terríveis, acreditava ver minha irmã, eu me obrigava sempre a voltar calmamente da escola." — "E como acabou aqui?", perguntei. Mas a garota, exausta, adormecera no sofá. Acotovelei-me na mesa e a contemplei, bebendo de tempos em tempos. Ela acordou: "Oh, perdão, vou tirar a roupa imediatamente." Sorri e lhe respondi: "Não vale a pena." Sentei-me no sofá, segurei sua cabeça no meu colo e acariciei seus cabelos. "Vamos, durma mais um pouco."

Um novo recado me esperava no Hotel Eden: "Frau Von Üxküll", explicou o porteiro. "Aqui está o telefone em que poderá achá-la." Subi e me sentei no sofá sem sequer desabotoar a túnica, arrasado. Por que entrar em contato comigo daquele jeito depois de todos esses anos? Por que agora? Eu teria sido incapaz de dizer se desejava revê-la; mas sabia que, se ela o desejasse, não revê-la seria tão impossível para mim quanto parar de respirar. Naquela noite não dormi, ou pouco dormi. As lembranças afluíam brutalmente; ao contrário daquelas que se aglomeravam caudalosamente em Stalingrado, não eram mais as lembranças escolares, explosivas, do poder da felicidade, mas lembranças já matizadas pela luz fria da lua cheia, branca e triste. Na primavera, de volta dos esportes de inverno, tínhamos recomeçado nossas brincadeiras no sótão, nus, brilhando na luz carregada de poeira, entre as bonecas e as pilhas de malas e cabideiros cheios de roupa velha atrás dos quais nos aninhávamos. Desde o inverno eu estava pálido, e ainda sem um pelo; quanto a ela, a sombra de um tufo aparecia entre suas pernas, e seios minúsculos começavam a deformar seu peito que eu gostava bem achatado e liso. Mas não havia meio de voltar atrás. Ainda fazia frio, nossas peles estavam esticadas e arrepiadas. Ela estava montada em mim, mas já um fio de sangue corria ao longo da virilha. Ela chorava: "Está começando, a decrepitude está começando." Tomei-a nos meus braços magros e chorei com ela. Não tínhamos treze anos. Não era justo, eu queria ser como ela; por que não podia sangrar também, dividir aquilo com ela? Por que não podíamos ser iguais? Eu ainda não tinha ejaculações, mas nossas brincadeiras continuavam; mas talvez agora nos observássemos um ao outro um pouco mais, e isso já introduzia uma distância, sem dúvida ínfima, mas que talvez nos obrigasse a forçar as coisas às vezes. Seguiu-se o inevitável: um dia, o creme esbranquiçado na minha mão, minhas coxas. Contei a Una e lhe mostrei. Ficou fascinada, mas com medo, haviam lhe explicado as leis da mecânica. E pela primeira vez o sótão nos parecia triste, empoeirado, cheio de teias de aranha. Eu queria beijar os seios dela, agora redondos, mas isso não a interessou e ela se pôs de joelhos, apresentando-me suas estreitas nádegas de adolescente. Ela trouxera um *cold-cream* que pegara no banheiro da nossa mãe: "Pegue", explicou. "Assim, não pode acontecer nada." Mais ainda que a sensação, lembro-me do cheiro acre e enjoativo do creme. Estávamos entre a Idade de Ouro e a Queda.

Quando telefonei para ela no fim da manhã, sua voz estava perfeitamente calma. "Estamos no Kaiserhof." — "Está livre?" — "Sim.

Podemos nos ver?" — "Passo para pegá-la." Estava à minha espera no saguão da entrada e se levantou ao me ver. Tirei meu quepe e ela me beijou delicadamente na face. Depois deu um passo atrás e me contemplou. Esticou um dedo e deu um batidinha com a ponta da unha num dos botões com a cruz gamada da minha túnica: "Realmente esse uniforme lhe cai bem." Olhei-a sem nada dizer: ela não mudara, um pouco madura decerto, mas ainda bela. "Que faz por aqui?", perguntei. — "Berndt tinha negócios a tratar com o tabelião. Achei que talvez você estivesse em Berlim, e tive vontade de encontrá-lo." — "Como me achou?" — "Um amigo de Berndt no OKW telefonou para a Prinz-Albrechtstrasse e eles disseram onde estava hospedado. Que quer fazer?" — "Está com tempo?" — "O dia inteiro." — "Então vamos a Potsdam. Comeremos e iremos passear no parque."

Era um dos primeiros dias bonitos do ano. O ar estava tépido, as árvores zumbiam sob um sol ainda fraco. No trem trocamos poucas palavras; ela parecia distante e, para resumir, aterrada. Com o rosto voltado para o vidro, observava a passagem das árvores ainda nuas da floresta de Grunewald; quanto a mim, contemplava seu rosto. Sob sua volumosa cabeleira de azeviche, ele parecia quase translúcido, longas veias azuis desenhavam-se claramente sob a pele leitosa. Uma delas saía da têmpora, tocava o canto do olho e então, numa longa curva, atravessava a maçã do rosto como um corte. Eu imaginava o sangue pulsando lentamente sob aquela superfície tão densa e profunda quanto as telas opalescentes de um mestre flamengo. Na base do pescoço, outra rede de veias nascia, expandia-se por sobre a delicada clavícula e ia sob sua suéter, eu sabia, irrigar seus seios como duas grandes mãos espalmadas. Quanto aos seus olhos, eu os via refletidos no vidro, contra o fundo marrom dos troncos cerrados, sem cor, distantes, ausentes. Em Potsdam eu conhecia um pequeno restaurante perto da Garnisonskirche. Os sinos do carrilhão repicavam sua arieta melancólica sobre uma melodia de Mozart. O restaurante estava aberto: "As ideias fixas de Goebbels não vigoram em Potsdam", comentei; mas mesmo em Berlim a maioria dos restaurantes já reabria. Pedi vinho e quis saber da minha irmã notícias sobre a saúde de seu marido. "Está tudo bem", respondeu laconicamente. Estavam em Berlim apenas por alguns dias; a seguir, iriam para um sanatório na Suíça, onde Von Üxküll faria um tratamento. Hesitante, quis fazê-la falar de sua vida na Pomerânia. "Não tenho do que me queixar", afirmou, olhando-me com seus grandes olhos claros. "Os arrendatários de Berndt nos trazem o que comer, temos tudo que precisamos. Chegamos inclusive a ter peixe. Leio muito, passeio. A guerra me parece muito distante." — "Está se aproximando", eu disse duramente. — "Acha mesmo que eles vão chegar à Alemanha?" Dei de ombros: "Tudo é possível." Eu percebia que nossas palavras continuavam frias, artificiais, mas não sabia como romper aquela frieza, à qual ela parecia indiferente. Bebemos e comemos um pouco. Finalmente ela se atreveu, mais carinhosamente: "Ouvi dizer que você foi ferido. Por intermédio de amigos militares de Berndt. Vivemos uma vida bem retirada, mas ele mantém contatos. Não soube dos detalhes e fiquei preocupada. Mas pelo jeito não deve ter sido muito sério." Então, calmamente, contei-lhe o ocorrido e lhe mostrei o buraco. Ela largou os talheres e empalideceu; levantou a mão, pousando-a em seguida. "Desculpe. Eu não sabia." Estendi os dedos e toquei o dorso de sua mão; ela retirou-a lentamente. Eu não dizia nada. De toda forma, não sabia o que dizer: tudo que eu queria dizer, tudo que eu deveria ter dito, não podia dizê-lo. Não tinha café; terminamos nossa refeição e paguei. As ruas de Potsdam estavam tranquilas; militares, mulheres com carrinhos de bebê, poucos carros. Tomamos a direção do parque, sem falar. O Marlygarten, por onde entrávamos, prolongava, adensando-a ainda mais, a calma das ruas; de tempos em tempos, percebíamos um casal ou alguns feridos convalescentes, em muletas, cadeiras de rodas. "É terrível", murmurou Una. "Que estrago." — "É necessário", eu disse. Ela não replicou: continuávamos a conversar lado a lado. Esquilos corriam sem medo pela relva; à nossa direita, um deles acelerava para pegar pedacinhos de pão na mão de uma garotinha, recuava, voltava para mordiscar, e a garotinha se ia num riso alegre. Nos espelhos d'água, patos-reais e outros patos nadavam ou vinham pousar: logo antes do impacto, batiam rapidamente as asas, inclinadas na vertical, para frear, e apontavam as patas espalmadas na direção da água; assim que tocavam a superfície, recolhiam as patas e terminavam em cima de suas barrigas abauladas, lançando um pequeno esguicho. O sol brilhava através dos pinheiros e dos galhos nus dos carvalhos; nas encruzilhadas das aleias, pequenos anjinhos ou ninfas em pedra cinzenta, supérfluos e insignificantes, erguiam-se sobre pedestais. Em Mohrenrondell, num círculo de bustos reclinados sobre arbustos esculpidos sob patamares de terraços com parreiras e estufas de plantas, Una puxou a saia para si e sentou-se num banco, com a agilidade de uma adolescente. Acendi um cigarro, ela o pegou e deu algumas tragadas antes de me devolver. "Fale-me da Rússia." Expliquei, em frases curtas e secas, em que consistia o trabalho de segurança na retaguarda do front. Ela escutou sem interromper. No fim perguntou: "E você, matou gente?" — "Uma vez tive que ministrar golpes de misericórdia. Na maior parte do tempo cuidava da informação, escrevia relatórios." — "E quando atirou nessa gente, sentiu o quê?" Respondi sem hesitar: "A mesma coisa que olhando outros atirarem. A partir do momento em que é preciso fazer, não interessa quem faz. Além disso, acredito que olhar faça tanto parte da minha responsabilidade quanto fazer." — "Mas será preciso fazer?" — "Se quisermos ganhar essa guerra, sim, sem dúvida." Refletiu, depois disse: "Fico feliz por não ser homem." — "E eu frequentemente quis ter sua sorte." Ela esticou o braço e passou a mão no meu rosto, pensativa: julguei que ia sufocar de felicidade, que me encolheria em seus braços, como uma criança. Mas ela se levantou e fui atrás. Ela subia calmamente os terraços em direção ao castelinho amarelo. "Teve notícias da mamãe?", perguntou por cima do ombro. — "Nenhuma. Não nos escrevemos há anos. Por onde ela anda?" — "Continua em Antibes, com Moreau. Ele fazia negócios com o Exército alemão. Agora, estão sob controle italiano: parece que se comportam bem, mas Moreau está furioso porque está convencido de que Mussolini quer anexar a Côte d'Azur." Chegáramos ao último terraço, uma superfície de cascalho que ia até a fachada do castelo. Dali, descortinávamos o parque, os telhados e os campanários de Potsdam perfilando-se por trás das árvores. "Papai gostava muito desse lugar", disse Una tranquilamente. O sangue me subiu ao rosto e segurei seu braço: "Como sabe disso?" Deu de ombros: "Sei, ponto-final." — "Você nunca..." Ela me olhou com tristeza: "Max, ele está morto. Você tem que enfiar isso na cabeça." — "Então você também é dessa opinião", disparei odiosamente. Mas ela continuou calma: "Sim, também sou dessa opinião." Recitou estes versos em inglês:

> *Full fathom five thy father lies;*
> *Of his bones are coral made;*
> *Those are pearls that were his eyes:*
> *Nothing of him that doth fade,*
> *But doth suffer a sea-change*
> *Into something rich and strange.*

Saturado, esquivei-me e me afastei. Ela me alcançou e me pegou pelo braço. "Venha. Vamos visitar o castelo." O cascalho rangia sob nossos passos, contornamos a construção e passamos sob a rotunda. No interior, contemplei com um olho distraído as douraduras, os moveizinhos rebuscados, os voluptuosos quadros do século XVIII; meu pensamento só se deixou abalar na sala de música, quando vi o pianoforte e me perguntei se era o mesmo em que o velho Bach improvisara para o rei a futura *Oferenda musical*, no dia em que ele fora até ali: não fosse o guarda, eu teria esticado a mão e tangido suas teclas, que talvez houvessem sentido os dedos de Bach. O famoso quadro de Von Menze, que representa Frederico II, iluminado por catedrais de velas, tocando, assim como no dia em que recebera Bach, sua flauta transversa, estava fora da parede, provavelmente por receio dos bombardeios. Mais adiante, a visita passava pelo quarto de hóspedes, dito quarto de Voltaire, com uma cama minúscula, onde o grande homem teria, dizem, dormido durante os anos em que ensinava a Frederico o Iluminismo e o ódio aos judeus; na realidade, parece que se hospedava no castelo da cidade de Potsdam. Una, divertida, estudava as decorações frívolas: "Para um rei que não conseguia tirar as botas, menos ainda as calças, ele apreciava as mulheres nuas. O palácio inteiro parece erotizado." — "É para lembrar o que ele havia esquecido." Na saída, ela apontou a colina onde se destacavam as ruínas artificiais produzidas pela mania desse príncipe um tanto extravagante: "Quer subir lá em cima?" — "Não. Em vez disso, vamos ver a estufa." Perambulamos preguiçosamente, sem nos deter muito no que nos cercava. Sentamo-nos por um momento no terraço da estufa, então descemos os degraus que emolduram os grandes lagos e canteiros em uma disposição regular, clássica, perfeitamente simétrica. Depois o parque recomeçava e continuamos ao acaso, por uma das longas aleias. "Você é feliz?", ela me perguntou. — "Feliz? Eu? Não. Mas conheci a felicidade. Agora estou saciado, não me queixo. Por que me pergunta isso?" — "À toa. Sem motivo." Um pouco adiante, ela prosseguiu: "Pode me dizer por que não nos falamos há mais de oito anos?" — "Você se casou", repliquei, segurando uma explosão de raiva. — "Sim, mas isso foi mais tarde. Além disso, não é motivo." — "Para mim, é. Por que se casou com ele?" Ela parou e me fitou detidamente: "Não tenho contas a lhe prestar. Mas se quer saber, eu o amo." Fitei-a por minha vez: "Você mudou." — "Todo mundo muda. Você também mudou." Retomamos a caminhada. "E você, não amou ninguém?", perguntou. — "Não, eu cumpro minhas promessas." — "Nunca lhe fiz promessas." — "É verdade", reconheci. — "De toda forma", continuou, "o apego obstinado a promessas antigas não é uma virtude. O mundo muda, é bom saber mudar com ele. Você permanece prisioneiro do passado." — "Prefiro falar de lealdade e fidelidade." — "O passado acabou, Max." — "O passado nunca acaba."

Havíamos chegado ao pavilhão chinês. Um mandarim, sob seu guarda-sol, reinava no topo da cúpula, bordada por um alpendre em azul e ouro sustentado por colunas douradas em forma de palmeiras. Dei uma olhadela no interior: uma sala circular, pinturas orientais. Do lado de fora, ao pé de cada palmeira, sentavam-se figuras exóticas, também douradas. "Uma verdadeira *loucura*", comentei. "Eis com que sonhavam os grandes, antigamente. É um pouco ridículo." — "Não mais que os delírios dos poderosos de hoje em dia", respondeu calmamente. "Da minha parte, gosto muito desse século. É o único do qual se pode dizer que pelo menos não foi um século de fé." — "De Watteau a Robespierre", retorqui ironicamente. Ela fez uma careta: "Robespierre já é século XIX. É quase um romântico alemão. Você continua a adorar aquela música francesa, Rameau, Forqueray, Couperin?" Senti meu rosto entristecer: sua pergunta me lembrara brutalmente Yakov, o pianistazinho judeu de Jitomir. "Sim", respondi finalmente. "Mas faz um bom tempo que não tenho oportunidade de escutá-los." — "Berndt toca de tempos em tempos. Sobretudo Rameau. Diz que não é mal, que há coisas que quase se equivalem a Bach, no cravo."— "É o que penso também." Tive quase a mesma conversa com Yakov. Não disse mais nada. Estávamos no limite do parque; demos meia-volta, depois, de comum acordo, nos encaminhamos para a Friedenskirche e a saída. "E você?", perguntei. "É feliz na sua toca pomeraniana?" — "Sim, sou feliz." — "Não se entedia? Deve se sentir um pouco sozinha às vezes." Ela me fitou de novo, longamente, antes de responder: "Não preciso de nada." Essa frase me deixou gelado. Tomamos um ônibus até a estação. Enquanto esperávamos o trem, comprei o *Völkische Beobachter*; Una riu ao me ver de volta. "Por que está rindo?" — "Estou pensando numa piada de Berndt. Ele chama o *VB* de *Verblödungsblatt*, a Folha do Embrutecimento." Fechei a cara: "Ele devia prestar atenção no que diz." — "Não se preocupe. Ele não é idiota, e os amigos dele são homens inteligentes." — "Não fiquei preocupado. Estava avisando-a, só isso." Olhei a primeira página: os ingleses haviam bombardeado Colônia mais uma vez, fazendo inúmeras vítimas civis. Mostrei-lhe a reportagem: "Esses *Luftmörder* não têm realmente nenhuma vergonha", comentei. "Dizem que defendem a liberdade e matam mulheres e crianças." — "Também matamos mulheres e crianças", ela replicou com brandura. Suas palavras deixaram-me envergonhado, mas imediatamente minha vergonha transformou-se em raiva: "Matamos nossos inimigos para defender nosso país." — "Eles também defendem o país deles." — "Eles matam civis inocentes!" Eu estava ficando vermelho, mas ela continuava calma. "Vocês não pegaram todas as pessoas que vocês executavam de armas na mão. Vocês também, vocês também mataram crianças." O furor me sufocava, eu não sabia como lhe explicar; a diferença me parecia evidente, mas ela se fazia de obstinada, de cega. "Está me chamando de assassino!", exclamei. Ela pegou minha mão: "De jeito nenhum. Acalme-se." Me acalmei e saí para fumar; em seguida embarcamos no trem. Como na vinda, ela contemplava o Grunewald passar, e, olhando-a, eu esbarrava, devagar a princípio, depois vertiginosamente, na lembrança do nosso último encontro. Era em 1934, imediatamente antes do nosso vigésimo primeiro aniversário. Eu enfim conquistara minha liberdade, anunciara à minha mãe que estava deixando a França; a caminho da Alemanha, fiz um desvio por Zurique; aluguei um quarto num hotelzinho e fui encontrar Una, que estudava nessa cidade. Levou um susto ao me ver: entretanto, já estava a par da cena de Paris, com Moreau e nossa mãe, e da minha decisão. Levei-a para jantar num restaurante bem modesto, mas tranquilo. Ela estava contente em Zurique, explicou, tinha amigos, Jung era um homem magnífico. Essas últimas palavras me arrepiaram, devia ser alguma coisa no tom, mas me calei. "E você?", me perguntou. Revelei então minhas esperanças, minha matrícula em Kiel, minha adesão ao NSDAP também (que já datava da minha segunda viagem à Alemanha, em 1932). Ela me escutava bebendo vinho; eu bebia também, porém mais lentamente. "Não estou certa de partilhar do seu entusiasmo por esse Hitler", comentou. "Ele me parece neurótico, atormentado por complexos não resolvidos, frustrações e ressentimentos perigosos." — "Como pode dizer uma coisa dessas!" Lancei-me numa longa réplica. Mas ela se encolhia, fechando-se em si mesma. Interrompi enquanto ela servia um copo e peguei sua mão sobre a toalha xadrez. "Una. É o que *quero* fazer, é o que *devo* fazer. Nosso pai era alemão. Meu futuro está na Alemanha, não com a burguesia corrupta da França." — "Talvez você tenha razão. Mas receio que perca sua alma com esses homens." Fiquei vermelho de raiva e dei um soco na mesa. "Una!" Era a primeira vez que eu levantava o tom com ela. O impacto derrubou sua taça, que rolou e se espatifou aos seus pés, explodindo numa poça de vinho tinto. Um garçom veio com uma vassoura e Una, que até então mantinha os olhos baixos, ergueu-os para mim. Seu olhar estava claro, quase transparente. "Sabe", eu disse, "finalmente li o Proust. Lembra-se dessa passagem?" Recitei, a garganta apertada: *"Esta taça será, como no Templo, o símbolo da nossa união indestrutível."* Ela agitou a mão. "Não, não. Max, você não entende nada, nunca entendeu nada." Estava vermelha, devia ter bebido muito. "Você sempre levou as coisas muito a sério. Eram brincadeiras, brincadeiras de criança. Éramos crianças." Meus olhos e minha garganta inchavam. Fiz um esforço para controlar a voz. "Está enganada, Una. Você é que não entendeu nada." Bebeu mais. "É preciso crescer, Max." Fazia então sete anos que estávamos separados. "Nunca", articulei, "nunca." E cumpri aquela promessa, ainda que ingrata para mim.

No trem de Potsdam, eu a observava, dominado pelo sentimento da perda, como se tivesse afundado e jamais voltado à tona. E ela, em que pensava? Seu rosto não mudara desde aquela noite em Zurique, apenas se arredondara um pouco; mas permanecia fechado, inacessível para mim; por trás, havia outra vida. Passávamos pelos elegantes palacetes de Charlottenburg; depois vieram o Zoológico e o Tiergarten. "Sabe", eu disse, "ainda não fui ao Zoo desde que cheguei a Berlim." — "Mas você adorava zoológicos." — "É. Preciso dar uma volta por lá." Desembarcamos na Lehrter Hauptbahnhof e peguei um táxi para acompanhá-la até a Wilhelmplatz. "Quer jantar comigo?", perguntei-lhe em frente à entrada do Kaiserhof. — "Com prazer", respondeu, "mas agora tenho que ver Berndt." Marcamos um encontro para dali a duas horas e voltei ao hotel para tomar banho e mudar de roupa. Sentia-me esgotado. Suas palavras confundiam-se com minhas lembranças, minhas lembranças com meus sonhos e meus sonhos com meus pensamentos mais loucos. Rememorei sua famosa citação de Shakespeare: havia ela também bandeado para o lado da nossa mãe? Era provavelmente influência do marido, o barão balto. Pensei furioso: A obrigação dela era ter permanecido virgem, como eu. A inconsequência desse pensamento me fez cair na risada, uma longa risada selvagem; ao mesmo tempo, queria chorar. Na hora marcada, eu estava no Kaiserhof. Una me encontrou no saguão, em meio a confortáveis poltronas quadradas e vasos com palmeirinhas; usava a mesma roupa que à tarde. "Berndt está descansando." Também estava cansada e decidimos comer no hotel. Depois que os restaurantes reabriram, uma nova diretriz de Goebbels intimava que oferecessem *Feldküchengerichte*, cozinha de campanha, aos fregueses em solidariedade às tropas no front; o olhar do maître, quando nos explicou isso, estava atraído pelas minhas medalhas, e minha expressão o fez engasgar; a risada alegre de Una pôs fim ao seu embaraço: "Acho que meu irmão já comeu o suficiente disso." — "Sim, claro", apressou-se a dizer. "Também temos carne de caça da Floresta Negra. Com molho de ameixas. Está excelente." — "Muito bem", concordei. "E vinho francês." — "Borgonha, com a caça?" Durante a refeição passamos por vários assuntos, contornando o que mais nos dizia respeito. Falei novamente da Rússia, não dos horrores, mas das minhas experiências mais humanas: a morte de Hanika e, sobretudo, de Voss: "Você realmente gostava dele." — "Gostava. Era um sujeito ótimo." Ela, por sua vez, falava-me das matronas que a aborreciam desde que chegara a Berlim. Fora com o marido a uma recepção e a alguns jantares sociais; neles, mulheres de altos dignitários do Partido depreciavam *os desertores do front da reprodução*, as mulheres sem filhos, culpadas de *traição à natureza por sua greve do ventre*. Ela riu: "Claro, ninguém teve o desplante de me atacar diretamente, afinal todos podem ver o estado de Berndt. Ainda bem, aliás, porque as teria esbofeteado. Mas elas morriam de curiosidade, ficavam rondando em torno de mim sem se atreverem a me perguntar francamente se *funciona*." Riu de novo e tomou um pouco de vinho. Eu continuava em silêncio; também me fizera a mesma pergunta. "Tinha até uma, imagine você a cena, uma esposa de Gauleiter gorda e gotejante de diamantes, com um permanente azulado, que teve a coragem de me oferecer — *se um dia se fizesse necessário* — um belo SS para me fecundar. Um homem, como foi que ela disse?, *decente, dolicocéfalo, portador de uma vontade* völkisch, *física e psiquicamente saudável*. Explicou que havia um escritório SS que se encarregava de uma tal de *assistência eugênica* e que eu podia recorrer a ele. É verdade?" — "Dizem. É um projeto do Reichsführer chamado *Lebensborn*. Mas não sei como funciona." — "Eles realmente estão doentes. Tem certeza de que não é apenas um bordel para SS e prostitutas?" — "Não, não, é outra coisa." Ela balançou a cabeça. "Resumindo, você vai adorar o final: *A senhora não vai receber seu filho do Espírito Santo*, ela me disse. Tive que me segurar para não responder que em todo caso não conhecia nenhum SS suficientemente patriótico para engravidá-la." Riu de novo e continuou a beber. Mal tocara seu prato, mas já bebera sozinha quase uma garrafa de vinho; todavia, seu olhar continuava claro, não estava bêbada. Na sobremesa, o maître sugeriu toranjas: "Você divide o quarto com ele?" — "Não", respondeu, "seria muito complicado." Hesitou, depois tocou o dorso da minha mão com suas unhas ovais: "Se quiser, suba para tomar um copo. Mas não banque o idiota. Tem que ir embora depois." No quarto, coloquei meu quepe sobre um móvel e me sentei numa poltrona. Una tirou os sapatos e, atravessando o carpete em meias de seda, serviu-me conhaque; em seguida instalou-se na cama com os pés cruzados e acendeu um cigarro. "Não sabia que fumava." — "De vez em quando", respondeu. "Quando bebo." Achei-a mais bela que tudo no mundo. Contei o meu projeto de um posto na França e das dificuldades que estava encontrando para conseguir isso. "Você devia falar com Berndt", disse ela. "Ele tem muitos amigos graduados na Wehrmacht, seus companheiros da outra guerra. Talvez ele possa fazer alguma coisa por você." Essas palavras acabaram deflagrando minha raiva reprimida: "Berndt! Você só fala dele." — "Calma, Max. É meu marido." Levantei-me e comecei a zanzar pelo quarto. "Foda-se! É um intruso, não tem nada que fazer entre nós." — "Max." Ela continuou falando com tranquilidade, seus olhos permaneciam serenos. "Ele não está entre nós. O nós de que você fala não existe, não existe mais, sumiu. Berndt é a minha vida de todo dia, você tem que entender." Nessa hora minha raiva misturara-se a tal ponto com meu desejo que eu não sabia mais onde começava uma e onde terminava o outro. Aproximei-me e segurei seus dois braços: "Beije-me." Ela balançou a cabeça; pela primeira vez percebi um olhar duro. "Não vai recomeçar." Eu estava me sentindo mal, sem ar; arrasado, caí ao lado da cama. Minha cabeça tombada contra seus joelhos como sobre um cepo. "Em Zurique você me beijou", eu soluçava. "Em Zurique eu estava bêbada." Ela se mexeu e colocou a mão sobre o cobertor. "Venha. Deite-se ao meu lado." Ainda encolhido, subi na cama e deitei embolado em suas pernas. Julgava sentir seu cheiro através das meias. Ela acariciou meus cabelos. "Meu pobre irmãozinho", murmurou. Rindo através das lágrimas, consegui dizer: "Você me chama assim porque nasceu quinze minutos antes de mim, porque foi no seu pulso que amarraram a fita vermelha." — "Sim, mas há outra diferença: agora sou uma mulher, enquanto você continua um garotinho." Em Zurique, as coisas tinham se passado de outra forma. Ela bebera muito, eu também bebera. Havíamos saído depois da refeição. Do lado de fora, fazia frio e ela ficou arrepiada; titubeou um pouco, segurei-a sob o braço e ela se agarrou em mim. "Venha comigo", eu lhe disse. "Para o meu hotel." Ela protestou com uma voz densa: "Não seja tolo, Max. Não somos mais crianças." — "Venha", insisti. "Para conversar um pouco." Mas estávamos na Suíça e mesmo naquele gênero de hotel os empregados criavam dificuldades: "Sinto muito, mein Herr. Apenas os hóspedes do estabelecimento são admitidos nos quartos. Podem ir para o bar, se quiser."

Una virou-se para a direção por ele indicada, mas a segurei: "Não, não quero ver gente. Vamos para sua casa." Ela não resistiu e me levou ao seu quarto de estudante, pequeno, atulhado de livros, glacial. "Por que não se aquece mais?", perguntei, raspando o interior do forno para preparar um fogo. Ela deu de ombros e me apontou uma garrafa de vinho branco, um *fendant* do Valais. "É tudo que tenho. Está bom para você?" — "Qualquer coisa está boa para mim." Abri a garrafa e enchi até em cima duas tacinhas que ela segurava rindo. Ela bebeu, sentou-se na cama. Fiquei tenso, crispado; fui até a mesa e examinei a lombada dos livros empilhados. A maioria dos nomes me era desconhecida. Peguei um ao acaso. Una percebeu e riu de novo, uma risada aguda, que fez os meus nervos rangerem. "Ah, Rank! Rank é ótimo." — "Quem é?" — "Um ex-discípulo de Freud, um amigo de Ferenczi. Escreveu um belo livro sobre o incesto." Voltei-me para ela e a fitei. Ela parou de rir. "Por que pronuncia essa palavra?", falei finalmente. Ela balançou os ombros e esticou sua taça. "Pare com suas tolices", ela disse. "Em vez disso, dê-me mais vinho." Deixei o livro de lado e peguei a garrafa: "Mas não são tolices." Ela balançou novamente os ombros. Coloquei vinho em sua taça e ela bebeu. Aproximei-me dela, a mão esticada para tocar seus cabelos, seus belos cabelos pretos e frondosos. "Una..." Ela afastou minha mão. "Pare, Max." Ela oscilava ligeiramente e passei minha mão sob seus cabelos, acariciei-lhe a face, o pescoço. Ela se enrijeceu mas não repeliu minha mão, e bebeu mais. "Que está querendo, Max?" — "Quero que tudo seja como antes", respondi suavemente, o coração disparado. — "Isso é impossível." Ela tiritava um pouco e voltou a beber. "Mesmo antes não era como antes. O antes nunca existiu." Ela divagava, seus olhos se fechavam. "Quero mais vinho." — "Não." Tirei sua taça e me debrucei para beijar seus lábios. Ela me repeliu duramente, mas o gesto lhe fez perder o equilíbrio e ela caiu de costas na cama. Larguei sua taça e me aproximei dela. Ela não se mexia mais, suas pernas encasuladas nas meias pendiam fora da cama, sua saia subira acima dos joelhos. O sangue pulsava em minhas têmporas, estava fora de mim, amava-a mais que nunca naquele momento, mais até que a amara no ventre da nossa mãe, e ela, por sua vez, devia me amar também, assim e para sempre. Debrucei-me sobre ela, ela não resistiu.

Devo ter adormecido; quando acordei, o quarto estava às escuras. Eu não sabia mais onde estava, Zurique ou Berlim. Nenhuma luz atravessava as cortinas pretas da defesa passiva. Distingui vagamente uma forma ao meu lado: Una entrara sob os lençóis e dormia. Então, com uma lentidão infinita, afastei um cacho de sua orelha e me inclinei sobre seu rosto. Fiquei ali sem tocá-la, umedecendo sua pele e seu hálito ainda matizado pelo cheiro de cigarro. Finalmente levantei-me e, dando pequenos passos no tapete, saí. Na rua me dei conta de que esquecera meu quepe, mas não subi de novo, pedi ao porteiro que chamasse um táxi. No meu quarto, no hotel, as lembranças continuavam a afluir, a alimentar minha insônia, mas agora eram lembranças brutais, difusas, hediondas. Adultos, visitávamos uma espécie de Museu das Torturas; havia ali todo tipo de chicotes, tenazes, uma "virgem de Nuremberg" e uma guilhotina na sala dos fundos. À vista desse instrumento, minha irmã ficou vermelha: "Quero me deitar ali." A sala estava vazia; fui até o guarda e lhe passei uma cédula: "Aqui tem para nos deixar sozinhos por vinte minutos." — "Tudo bem, cavalheiro", aquiesceu com um leve sorriso. Fechou a porta e ouvi o giro da chave. Una deitara-se sob uma alavanca; abri a luneta, fiz com que passasse a cabeça e a fechei sobre seu longo pescoço, após ter cuidadosamente levantado sua cabeleira. Ela arquejava. Prendi suas mãos nas costas com meu cinto, depois levantei sua saia. Sequer me dei o trabalho de abaixar a calcinha, arregacei lateralmente a renda e abri suas nádegas com as mãos espalmadas: no rego, aninhado nos pelos, seu ânus contraía-se suavemente. Cuspi em cima. "Não", ela protestava. Coloquei o pau para fora, deitei-me sobre ela e enfiei. Ela soltou um longo uivo abafado. Esmaguei-a com todo meu peso; em virtude da posição incômoda — a calça comprida travava minhas pernas —, só conseguia me mexer sacolejando. Debruçado por cima da luneta, meu próprio pescoço sob a lâmina, murmurava para ela: "Vou puxar o manete, vou soltar o cutelo." Ela me suplicava: "Por favor, beije minha xoxota." — "Não." Gozei de supetão, um abalo que me esvaziou a cabeça como uma colher raspando o interior de um ovo cozido. Mas essa lembrança é duvidosa, depois da infância só nos víramos uma vez, justamente em Zurique, e em Zurique não existira guilhotina, não sei, deve ter sido um sonho, um sonho antigo talvez, do qual, em minha confusão, sozinho no meu quarto às escuras no Hotel Eden, me lembrei, ou até mesmo um sonho sonhado naquela noite, durante um breve momento de sono, quase desapercebido. Eu estava de mau humor, pois aquele dia, apesar de toda a minha aflição, permanecera para mim uma travessia de pureza, e agora aquelas imagens perversas vinham maculá--lo. Isso me repugnava, mas ao mesmo tempo me deixava perturbado, porque eu sabia que, lembrança ou imagem ou fantasia ou sonho, aquilo vivia dentro de mim, e que meu amor também devia ser feito daquilo.

De manhã, por volta das dez horas, um mensageiro bateu à minha porta: "Herr Sturmbannführer, telefone para o senhor." Desci até a recepção e peguei o aparelho: a voz alegre de Una ressoou no outro lado da linha: "Max! Quer almoçar conosco? Diga que sim. Berndt quer conhecê-lo." — "Tudo bem. Onde?" — "No Borchardt. Conhece? Na Französisischestrasse. Às treze horas. Se chegar antes, dê o nome, reservei uma mesa." Subi para fazer a barba e tomar um chuveirada. Como estava sem o meu quepe, vesti-me à paisana, com minha Cruz de Ferro no bolso da casaca. Cheguei antes e perguntei pelo Freiherr Von Üxküll: levaram-me até uma mesa discreta e pedi uma taça de vinho. Pensativo, ainda entristecido pelas imagens da noite, pensei no estranho casamento da minha irmã, em seu estranho marido. Acontecera em 1938, quando eu terminava meus estudos. Minha irmã, depois da noite de Zurique, escrevia-me apenas raramente; na primavera daquele ano eu recebera uma longa carta sua. Contava-me que no outono de 1935 caíra muito doente. Fizera uma análise, mas sua depressão apenas piorava e a internaram em um sanatório perto de Davos para descansar e recuperar as forças. Lá permanecera durante vários meses e, no início de 1936, conhecera um homem, um compositor. Desde então encontraram-se regularmente e iam se casar. *Espero que fique feliz por mim*, escrevia ela.

Essa carta me deixara prostrado dias a fio. Não ia mais à universidade, não saía mais do quarto, ficava na cama, com a cara virada para a parede. Aí está, eu pensava, o resultado disso tudo. Elas falam de amor com você, mas na primeira oportunidade, a perspectiva de um casamento burguês, hop, caem de quatro e abrem as pernas. Sim, minha amargura era imensa. Aquilo parecia o fim inevitável de um caso antigo, que me perseguia sem tréguas: meu caso familiar, que praticamente desde sempre se obstinava em destruir todo traço de amor na minha vida. Eu nunca me sentira tão sozinho. Quando me recuperei um pouco, escrevi-lhe uma carta seca e convencional, parabenizando-a e lhe desejando toda a felicidade.

Nessa época eu começava a ficar amigo de Thomas, já estávamos no *du*, e pedi a ele que se informasse sobre o noivo, Karl Berndt Egon Wilhelm, Freiherr Von Üxküll. Era nitidamente mais velho que eu; e esse aristocrata, um balto alemão, era paralítico. Eu não compreendia. Thomas me contou detalhes: ele distinguira-se na Grande Guerra, da qual saíra Oberst, com a Medalha do Mérito; em seguida, liderara um regimento da Landeswehr, na Curlândia, contra os letões vermelhos. Lá, em suas terras, recebera uma bala na coluna vertebral, e de sua maca, antes de ser obrigado a debandar, ateara fogo ao seu solar ancestral, *para que os bolcheviques não o conspurquem com suas esbórnias e sua merda*. Sua ficha no SD era volumosa: sem ser considerado precisamente um dissidente, parece que era visto com desconfiança por certas autoridades. Durante os anos de Weimar, adquirira notoriedade na Europa como compositor de música moderna, todos o sabiam amigo e adepto de Schoenberg, e se correspondera com músicos e escritores da União Soviética. Além do mais, depois da Tomada do Poder recusara um convite de Strauss para se inscrever na Reichsmusikkammer, o que pusera fim à sua carreira pública, bem como preferira não se tornar membro do Partido. Vivia recluso na propriedade da família de sua mãe, um solar na Pomerânia, para onde se mudara após a derrota do exército de Bermondt e a evacuação da Curlândia. Só tirava os pés de lá para fazer tratamentos na Suíça; os relatórios do Partido e do SD local diziam que recebia pouco e saía menos ainda, evitando misturar-se à sociedade do *Kreis*. "Um sujeito estranho", resumiu Thomas. "Um aristocrata ressentido e entocado, um dinossauro. E por que sua irmã está se casando com um estropiado? Ela tem complexo de enfermeira?" Com efeito, por quê? Quando recebi o convite de casamento, a ser realizado na Pomerânia, respondi que meus estudos me impediriam de comparecer. Tínhamos então vinte e cinco anos, e me parecia que tudo que havia sido realmente nosso morrera.

  O restaurante ia sendo tomado: um garçom empurrava a cadeira de rodas de Von Üxküll, e Una segurava meu quepe sob o braço. "Pegue!", disse ela alegremente, me beijando no rosto. "Você esqueceu isso." — "Obrigado", respondi ruborizando. Apertei a mão de Von Üxküll enquanto o garçom retirava uma cadeira e declarei cerimoniosamente: "Muito prazer em conhecê-lo, Freiherr." — "Igualmente, Sturmbannführer. Igualmente." Una conduziu-o até o lugar dele e me sentei à sua frente; Una veio sentar-se entre nós. Von Üxküll tinha uma fisionomia severa, lábios bem finos, cabelos grisalhos cortados à escovinha: às vezes, porém, seus olhos castanhos, com pés de galinha, pareciam curiosamente galhofeiros. Estava vestido com simplicidade, num terno de lã cinza com uma gravata de tricô, sem medalhas, e sua única joia era um anel de monograma de ouro, que notei quando pousou a mão sobre a de Una: "Que vai beber, minha querida?" — "Vinho." Una parecia bastante alegre e feliz; eu me perguntava se estava forçando. A postura empertigada de Von Üxküll, por sua vez, era manifestamente natural. Trouxeram vinho e Von Üxküll me fez perguntas sobre meu ferimento e minha convalescença. Bebeu escutando minha resposta, mas muito lentamente, em pequenos goles. Em seguida, como eu não sabia muito o que dizer, perguntei-lhe se havia ido a algum concerto depois que chegara a Berlim. "Não há nada que me interesse", respondeu. "Esse jovem Karajan não me agrada muito. Ainda está muito cheio de si, muito arrogante." — "Então prefere Furtwängler?" — "Raramente nos surpreendemos com Furtwängler. Mas é muito sólido. Infelizmente, estamos proibidos de reger as óperas de Mozart, e é o que ele faz melhor. É como se Lorenzo Da Ponte fosse meio-judeu, e *A flauta mágica*, uma ópera maçônica." — "Não acredita nisso?" — "Talvez, mas o desafio a me apontar um espectador alemão que consiga perceber isso por si só. Minha mulher me disse que o senhor gosta da música francesa?" — "Sim, sobretudo das obras instrumentais." — "Tem bom gosto. Rameau e o grande Couperin ainda são muito ignorados. Existe também todo um tesouro de música para viola da gamba do século XVII, ainda inexplorado, mas cujos manuscritos tive ensejo de consultar. É soberbo. Mas a primeira fase do século XVIII francês é realmente um auge. Ninguém mais sabe compor daquele jeito. Os românticos estragaram tudo, ainda pelejamos para nos livrar deles." — "Saiba, por coincidência, que Furtwängler estava regendo esta semana. No Admiralpalast. Tinha também aquela baixinha, Tiana Lemnitz, que não é de todo má. Mas não fomos. Era Wagner, e Berndt não gosta de Wagner." — "Isso é dizer pouco. Detesto-o. Tecnicamente, há achados extraordinários, coisas de fato novas, objetivas, mas tudo isso se perde na ênfase, no gigantismo e também na manipulação rudimentar das emoções, como a maior parte da música alemã depois de 1815. É escrita para pessoas cuja referência musical mais importante permanece, no fundo, a fanfarra militar. Ler as partituras de Wagner me fascina, mas eu seria incapaz de escutá-lo." — "Não há nenhum compositor alemão a quem conceda sua misericórdia?" — "Depois de Mozart e Beethoven? Algumas peças de Schubert, passagens de Mahler. E tem mais, estou sendo indulgente. No fundo, praticamente só existe Bach... e agora, claro, Schoenberg." — "Perdoe-me, Freiherr, mas parece-me difícil qualificar a música de Schoenberg de música alemã." — "Rapaz", retorquiu secamente Von Üxküll, "não tente me dar lições de antissemitismo. Eu era antissemita antes de o senhor nascer, embora continue reacionário o bastante para acreditar que o sacramento do batismo é suficientemente poderoso para lavar a tara do judaísmo. Schoenberg é um gênio, o maior desde Bach.

Se os alemães não o querem, problema deles." Una soltou uma gargalhada cristalina: "Até mesmo o *VB* ainda fala de Berndt como um dos melhores representantes da cultura alemã. Mas se fosse escritor, estaria ou nos Estados Unidos com Schoenberg e os Mann ou em Sachsenhausen." — "Foi por isso que não apresentou nada durante dez anos?", perguntei. Von Üxküll agitou o garfo ao responder: "Em primeiro lugar, como não sou membro da Musikkammer, não posso. E não permito que toquem minha música no estrangeiro enquanto não puder apresentá-la no meu próprio país." — "Então, por que não se candidata?" — "Por princípio. Por causa de Schoenberg, justamente. Quando o expulsaram da Academia e ele teve de deixar a Alemanha, vieram me oferecer seu lugar: mandei eles se foderem. Strauss em pessoa veio me visitar. Acabava de assumir o lugar de Bruno Walter, um grande regente. Disse a ele que deveria ter vergonha, que era um governo de gângsteres e de proletários rancorosos e que ele não duraria. Por sinal, acabaram com Strauss dois anos mais tarde, em virtude de sua nora judia." Obriguei-me a sorrir: "Não vou entrar numa discussão política. Mas para mim é difícil, escutando suas opiniões, entender como pode se considerar um antissemita." — "E no entanto é simples", respondeu Von Üxküll com altivez. "Lutei contra os judeus e os vermelhos na Curlândia e em Memel. Militei pela exclusão dos judeus das universidades alemãs e da vida política e econômica alemã. Bebi à saúde dos homens que mataram Rathenau. Mas música é outra coisa. Basta fechar os olhos e escutar para imediatamente saber se é bom ou não. Isso nada tem a ver com sangue, e todas as grandes músicas se equivalem, sejam alemãs, francesas, inglesas, italianas, russas ou judaicas. Meyerbeer não vale nada não porque era judeu, mas porque não vale nada. E Wagner, que odiava Meyerbeer porque era judeu e o ajudara, tampouco vale alguma coisa para o meu gosto." — "Se Max repetir o que você está dizendo para os colegas dele", disse Una rindo, "você vai ter problemas." — "Você me disse que ele era um homem inteligente", replicou fitando-a. "Faço-lhe a honra de acreditar na sua palavra." — "Não sou músico", eu disse, "portanto é difícil responder. O que pude ouvir de Schoenberg, achei inaudível. Mas uma coisa é certa: o senhor claramente não está no diapasão do humor do seu país." — "Rapaz", retorquiu erguendo a cabeça, "não procuro estar. Não me envolvo mais com a coisa pública há muito tempo, esperando ao mesmo tempo que a coisa pública não se envolva comigo." Nem sempre temos escolha, eu queria replicar; mas segurei a língua.

No fim da refeição, estimulado por Una, eu havia comentado com Von Üxküll meu desejo de obter um posto na França. Una acrescentara: "Não pode ajudá-lo?" Von Üxküll refletira: "Posso ver. Mas meus amigos da Wehrmacht não carregam a SS no coração." Isso, eu começava a entender, pensando às vezes que no fundo era Blobel, ao perder a cabeça em Kharkov, quem estava com a razão. Todas as minhas pistas pareciam desembocar em becos sem saída: Best efetivamente me enviara seu *Festgabe*, mas sem tocar na França; Thomas tentava mostrar confiança, mas não conseguia nada para mim. E eu, inteiramente absorvido pela presença e o pensamento da minha irmã, não tentava mais nada, chafurdava no meu abatimento, rígido, petrificado, uma triste estátua de sal às margens do mar Morto. Aquela noite, minha irmã e seu marido tinham convite para uma recepção, e Una me sugeriu que os acompanhasse; recusei: não queria vê-la daquele jeito, no meio de aristocratas levianos, arrogantes, bêbados, bebendo champanhe e fazendo piada com tudo que eu considerava mais sagrado. No meio daquela gente, isso era certo, eu me sentiria impotente, envergonhado, um garotinho estúpido; seus sarcasmos me magoariam e minha angústia me impediria de responder; o mundo deles permanecia fechado para gente como eu, e eles sabiam muito bem como sugerir isso. Enclausurei-me no meu quarto; tentei folhear o *Festgabe*, mas as palavras não faziam sentido para mim. Entreguei-me então ao doce acalanto das ilusões loucas: Una, cheia de remorsos, abandonava o sarau, ia para o meu hotel, a porta se abria, ela me sorria, e o passado, naquele momento, estava redimido. Tudo isso era completamente idiota e eu sabia, mas quanto mais o tempo passava, mais eu conseguia me convencer de que aquilo ia acontecer num passe de mágica. Eu ficava na penumbra, sentado no sofá, meu coração sobressaltava-se a cada ruído no corredor, a cada tilintar do elevador, eu esperava. Mas era sempre outra porta que se abria e fechava, e o desespero subia como uma água preta, como a água fria e impiedosa que envolve os afogados e rouba sua respiração, o ar tão precioso da vida. No dia seguinte, Una e Üxküll partiam para a Suíça. Pela manhã, imediatamente antes de embarcar no trem, ela me telefonou. Sua voz estava serena, terna, calorosa. A conversa foi breve, eu realmente não prestava atenção no que ela dizia, escutava aquela voz, agarrado ao aparelho, perdido em minha aflição. "Podemos nos encontrar de novo", ela dizia. "Você pode nos visitar." — "Veremos", respondeu o outro que falava pela minha boca. Estava sendo novamente tomado pelas náuseas, achei que ia vomitar, engoli convulsivamente minha saliva respirando pelo nariz e consegui me segurar. Em seguida ela desligou e voltei a ficar sozinho.

Thomas acabou conseguindo para mim uma entrevista com Schulz. "Visto que a coisa não está andando, acho que vale a pena. Procure tratá-lo com delicadeza." Não tive que me esforçar muito: Schulz, um homenzinho franzino que resmungava pelo bigode, a boca atravessada por uma feia cicatriz de duelo, exprimia-se em perífrases às vezes difíceis de acompanhar e, ao mesmo tempo que folheava obstinadamente meu dossiê, não me dava muita abertura para falar. Consegui introduzir duas palavras acerca do meu interesse pela política externa do Reich, mas ele pareceu não notar. Deduzia-se da conversa que *interessavam-se por mim nos altos escalões* e *que veriam o que fazer no fim da minha convalescença*. Era pouco encorajador, e Thomas confirmou minha interpretação: "É preciso que o requisitem de lá, para um posto específico. Caso contrário, se o mandarem para algum lugar, será para a Bulgária. É tranquilo, vá lá, mas o vinho não é dos melhores." Best sugerira recorrer a Knochen, mas as palavras de Thomas me deram uma ideia melhor: afinal, eu estava de licença, nada me obrigava a ficar em Berlim.
Embarquei no expresso noturno e cheguei a Paris pouco depois do amanhecer. Os controles de fronteira não criaram nenhum empecilho. Em frente à estação, contemplei com prazer as pedras claras e cinzentas dos prédios e a agitação das ruas; em virtude das restrições, poucos veículos circulavam, mas as calçadas estavam cheias de bicicletas e triciclos de carga, através dos quais os automóveis alemães abriam caminho com dificuldade. Subitamente alegre, entrei no primeiro café e bebi um conhaque, de pé, no balcão. Estava à paisana, e ninguém tinha razão para me tomar por outra coisa senão um francês, eu sentia um prazer curioso nisso. Caminhei tranquilamente até Montmartre e me instalei num hotelzinho discreto, no flanco da colina, em cima de Pigalle; já conhecia o lugar: os quartos eram simples e limpos, e o dono, desprovido de curiosidade, o que me convinha. Não quis ver ninguém nesse primeiro dia. Fui passear. Estávamos em abril, a primavera adivinhava-se por toda parte, no azul sereno do céu, nos brotos e nas flores despontando dos galhos, num certo júbilo e, até mesmo, no passo cadenciado das pessoas. A vida, eu sabia, era dura ali, a tez amarelada de

diversas fisionomias traía as dificuldades de abastecimento. Mas nada parecia ter mudado desde a minha última visita, exceto o tráfego e as pichações: nos muros, via-se agora STALINGRADO ou 1918, frequentemente apagados e às vezes substituídos por 1763, provavelmente uma brilhante iniciativa dos nossos serviços. Desci flanando em direção ao Sena, depois fui percorrer os buquinistas ao longo dos cais: para minha surpresa, ao lado de Céline, Drieu, Mauriac, Bernanos ou Montherland, vendiam-se abertamente Kafka, Proust e até mesmo Thomas Mann; o relaxamento parecia de regra. Quase todos os vendedores tinham um exemplar do livro de Rebatet, *Les décombres*, publicado no ano precedente: folheei com curiosidade, mas deixei a compra para mais tarde. Decidi-me finalmente por uma coletânea de ensaios de Maurice Blanchot, um crítico da NRF cujos artigos eu apreciara antes da guerra; eram provas encadernadas manualmente, possivelmente revendidas por um jornalista, e com o título *Faux pas*; o buquinista explicou que a publicação do livro fora adiada por falta de papel, ao mesmo tempo me garantindo que ainda era o que de melhor se escrevera recentemente, a menos que eu gostasse de Sartre, mas ele não gostava de Sartre (na época eu ainda não ouvira falar dele). Na Place Saint-Michel, perto da fonte, instalei-me numa varanda e pedi um sanduíche e uma taça de vinho. O proprietário anterior do livro só abrira o primeiro caderno; pedi que me trouxessem uma faca e, enquanto esperava o sanduíche, soltei as páginas restantes, um ritual lento, plácido, que eu sempre saboreava. O papel era de péssima qualidade; eu tinha que prestar atenção para não rasgar as folhas trabalhando muito rápido. Depois de comer, subi em direção ao Luxemburgo. Sempre gostara daquele parque frio, geométrico, luminoso, perpassado por uma agitação tranquila. Em torno do grande círculo do laguinho central, pelas retas das alamedas em feixe que atravessavam canteiros e árvores ainda nus, as pessoas caminhavam, murmuravam, conversavam, liam ou, de olhos fechados, bronzeavam-se sob o sol fraco, um burburinho longo e sossegado. Instalei-me em uma cadeira de ferro com a pintura verde descascada e li alguns ensaios ao acaso, o sobre Orestes primeiro, que aliás falava mais de Sartre; este último aparentemente escrevera uma peça em que usava a imagem do desafortunado parricida para expor ideias sobre a liberdade do homem no crime. Mas fiquei seduzido principalmente por um artigo sobre *Moby Dick*, de Melville, em que Blanchot falava desse *livro impossível*, que marcara um momento da minha juventude, desse *equivalente escrito do universo*, misteriosamente, uma obra que *preserva o caráter irônico de um enigma, revelando-se apenas pela interrogação que propõe*. Para dizer a verdade, eu não entendia muita coisa do que ele queria dizer. Mas aquilo despertava em mim a nostalgia de uma vida que eu poderia ter tido: o prazer do livre jogo do pensamento e da linguagem em lugar do rigor opressivo da Lei; e deixava-me carregar com alegria pelos meandros daquele pensamento pesado e paciente, que desbravava as ideias como um rio subterrâneo abre lentamente caminho através da pedra. Finalmente fechei o livro e retomei a caminhada, primeiro em direção ao Odéon, onde proliferavam as pichações nos muros, depois pelo bulevar Saint-Germain, quase vazio, em direção à Assembleia Nacional. Cada lugar despertava em mim lembranças precisas, meus anos de preparatório e depois, quando ingressei na ELSP; eu devia então estar bastante atormentado, e me lembrava da rápida escalada do meu ódio pela França, mas essas lembranças, com a distância, chegavam a mim como atenuadas, quase felizes, aureoladas por uma luz serena, provavelmente enganadora. Continuei rumo à esplanada dos Invalides, onde passantes se comprimiam para observar os trabalhadores, que, com cavalos robustos, remexiam o gramado para plantar legumes; mais adiante, perto de um tanque leve de fabricação tcheca estampando a cruz gamada, crianças indiferentes jogavam bola. Atravessei então a ponte Alexandre III. No Grand Palais, os cartazes anunciavam duas exposições; uma, intitulada *Pourquoi le Juif a-t-il voulu la guerre?*, outra, uma coleção de obras gregas e romanas. Não senti nenhuma necessidade de polir minha educação antissemita, mas a Antiguidade me atraía, comprei um ingresso e entrei. Havia lá peças soberbas, a maioria certamente do Louvre. Admirei longamente a beleza fria, calma, inumana de um Apolo Citarídeo de Pompeia, um grande bronze agora esverdeado. Tinha um corpo grácil, não plenamente formado, com um sexo de criança e nádegas estreitas e salientes. Zanzei pela exposição, mas não parava de voltar para diante dele: sua beleza me fascinava. Poderia não passar de um adolescente delicado e banal, mas o verde-acinzentado que lhe corroía a pele e o descascava conferia-lhe uma profundidade estarrecedora. Um detalhe me impressionou: qualquer que fosse o ângulo do qual eu examinasse seus olhos, pintados de maneira realista diretamente no bronze, ele nunca me olhava nos olhos; impossível captar seu olhar, afogado, perdido no vazio de sua eternidade. A lepra metálica empolava-lhe o rosto, o peito, as nádegas, praticamente devorava-lhe a mão esquerda, a que devia segurar o instrumento desaparecido. Seu semblante parecia vaidoso, quase pretensioso. Observando-o, sentia-me tomado pelo desejo e pela vontade de lambê-lo; e ele se decompunha aos meus olhos numa lentidão tranquila e infinita. Depois disso, evitando os Champs-Élysées, perambulei pelas ruazinhas silenciosas do oitavo *arrondissement*, depois tornei a subir lentamente para Montmartre. Anoitecia, o ar estava perfumado. No hotel, o dono me indicou um pequeno restaurante de mercado negro onde eu podia comer sem tíquetes: "É cheio de heréticos, mas a cozinha é boa." A clientela parecia realmente formada por colaboracionistas e negociantes do mercado negro; serviram-me bife com cebolinha e vagem e um bom bordeaux na garrafa; para sobremesa, uma torta Tatin com *crème fraîche* e, luxo supremo, café de verdade. Mas o Apolo do Grand Palais despertara outras vontades. Desci para Pigalle e encontrei um barzinho que eu já conhecia bem: sentado no balcão, pedi um conhaque e esperei. Não demorou, e arrastei um garoto comigo para o hotel. Sob seu gorro, havia cabelos cacheados, despenteados; uma leve penugem cobria-lhe a barriga e escurecia em anéis no peito; sua pele baça despertava em mim um desejo furioso de boca e de cu. Ele era como eu gostava, calado e disponível. Meu cu abriu-se como uma flor para ele, e, quando finalmente ele me enfiou, uma bola de luz branca começou a crescer na base da minha espinha dorsal, subiu lentamente pelas minhas costas e anulou minha cabeça. E naquela noite parecia que eu respondia assim diretamente à minha irmã, incorporando-a em mim, ela aceitasse ou não. O que se passava no meu corpo, sob as mãos e o pau daquele garoto desconhecido, me transtornava. Quando terminou, mandei-o embora mas não dormi, fiquei deitado ali sobre lençóis amarfanhados, nu e esticado como uma criança aniquilada de felicidade.

No dia seguinte, passei na redação do *Je Suis Partout*. Quase todos os meus amigos parisienses trabalhavam lá ou gravitavam em torno. Era coisa antiga. Quando eu fora a Paris fazer meu curso preparatório, aos dezessete anos, não conhecia ninguém. Eu entrara em Janson-de-Sailly como interno; Moreau destinara-me uma pequena soma mensal, sob a condição de tirar boas notas, e eu era relativamente livre; depois do pesadelo carcerário dos três anos precedentes, não era preciso muito para me fazer perder a cabeça. Entretanto eu me segurava, não cometia nenhuma tolice. Depois das aulas, corria para o Sena para bisbilhotar nos buquinistas ou encontrava meus colegas num boteco do Quartier Latin para beber um tinto vagabundo e reconstruir o mundo. A verdade é que eu achava aqueles colegas muito sem graça. Quase todos pertenciam à alta burguesia e se preparavam para seguir cegamente as pegadas dos pais. Tinham dinheiro, e aprenderam muito cedo como o mundo era feito e o lugar que ocupariam nele: o dominante. Em relação aos operários, sentiam apenas desprezo, ou medo; as ideias que eu trouxera da minha primeira viagem à Alemanha, de que os operários faziam parte da Nação assim como a burguesia, de que a ordem social devia ser organizada organicamente para o bem de todos e não apenas de alguns abastados, de que os trabalhadores deviam ser não reprimidos, mas antes aquinhoados com uma vida digna e um lugar naquela ordem, a fim de enfrentar as seduções do bolchevismo, tudo isso ainda lhes escapava. Suas opiniões políticas eram tão tacanhas quanto sua concepção do decoro burguês, e me parecia ainda mais inútil discutir com eles o fascismo ou o nacional-socialismo alemão (que acabava justamente em setembro daquele ano de obter uma vitória eleitoral esmagadora, tornando-se assim o segundo partido do país e enviando ondas de choque através da Europa dos vencedores) que os ideais dos movimentos de juventude pregados por Hans Blüher. Freud, para eles (caso soubessem de quem se tratava), era um erotomaníaco, Spengler, um prussiano louco e finório, Jünger, um belicista flertando perigosamente com o bolchevismo; até mesmo Péguy era suspeito para eles. Apenas alguns bolsistas de fora de Paris pareciam um pouco diferentes, e foi sobretudo em torno deles que gravitei. Um desses rapazes, Antoine F., tinha um irmão mais velho na ENS, onde eu sonhara estudar, e foi ele quem me levou até lá pela primeira vez, para tomar um trago e discutir Nietzsche e Schopenhauer, que eu descobria, com seu irmão e seus colegas de quarto. Esse Bertrand F. era um *carré*, isto é, um estudante de segundo ano; os melhores quartos, com sofás, gravuras na parede e estufa, eram em sua maior parte ocupados pelos *cubes*, os estudantes de terceiro ano. Um dia, ao passar por um desses quartos, observei uma inscrição grega pintada no parapeito: "Neste quarto trabalham seis belos e bons (*hex kaloi kagathou*) — e um outro (*kai tis allos*)." A porta estava aberta, empurrei-a e perguntei em grego: "E quem é então esse outro?" Um rapaz com o rosto redondo ergueu do livro as lentes grossas e respondeu na mesma língua: "Um hebreu, que não sabe grego. E você, quem é?" — "Um outro também, mas feito de melhor metal que o seu hebreu: um alemão." — "Um alemão que sabe grego?" — "Existe língua melhor para falar com um francês?" Caiu na gargalhada e se apresentou: era Robert Brasillach. Expliquei que, na realidade, eu era meio francês, morando na França desde 1924; ele perguntou se eu voltara à Alemanha desde então, e contei-lhe minha viagem de verão; logo estávamos discutindo nacional-socialismo. Ele escutou atentamente minhas descrições e explicações. "Passe de novo quando quiser", disse no fim. "Tenho amigos que gostarão de conhecê-lo." Por intermédio dele, descobri um outro mundo, que nada tinha a ver com o dos futuros funcionários do Estado. Aqueles jovens cultivavam visões do futuro do país deles e da Europa acerca das quais discutiam calorosamente, não obstante alimentando-as com um rico estudo do passado. Suas ideias e interesses disparavam em todas as direções. Brasillach, com seu futuro cunhado Maurice Bardèche, estudava cinema com paixão e me fez descobrir não apenas o de Chaplin ou René Clair, como também Eisenstein, Lang, Pabst, Dreyer. Introduziu-me na redação de *L'Action Française* e em sua gráfica, na rua Montmartre, uma bela casa estreita com uma escadaria Renascença, tomada pelo barulho das rotativas. Estive com Maurras algumas vezes, chegava invariavelmente tarde, por volta das onze, meio surdo e taciturno, mas sempre disposto a abrir o coração e descarregar sua bile contra os marxistas, os burgueses, os republicanos e os judeus. Brasillach, nessa época, ainda estava completamente sob sua influência, mas o ódio obstinado de Maurras pela Alemanha formava um obstáculo incontornável para mim, e Robert e eu não cutucávamos muito esse assunto. Se Hitler chegasse ao poder, afirmei, e unisse o trabalhador alemão à classe média, acuando definitivamente o perigo vermelho, e se a França fizesse o mesmo, e se os dois reunidos conseguissem eliminar a influência perniciosa dos judeus, então o coração da Europa, ao mesmo tempo nacionalista e socialista, formaria, com a Itália, um bloco de interesses comuns invencível. Mas os franceses ainda patinhavam em seus interesses de pequenos corretores, em seu revanchismo atrasado. Naturalmente, Hitler varreria as cláusulas iníquas de Versalhes, era uma simples necessidade histórica; mas, se as forças saudáveis da França conseguissem liquidar a República corrupta e seus marionetistas judeus, então uma aliança franco-alemã não apenas seria uma possibilidade, como se tornaria uma realidade inevitável, uma nova Entente europeia que cortaria as asas dos plutocratas e dos imperialistas britânicos e que logo estaria preparada para enfrentar os bolcheviques e reconduzir a Rússia ao seio do concerto das nações civilizadas (como se vê, minha viagem à Alemanha fora muito útil à minha educação intelectual; Moreau teria ficado estarrecido se soubesse o partido que tirei do seu dinheiro). Brasillach, em geral, concordava comigo: "Sim", dizia, "o pós-guerra já terminou. Temos que ser rápidos se quisermos evitar uma nova guerra. Seria um desastre, o fim da civilização europeia, o triunfo dos bárbaros." A maioria dos jovens discípulos de Maurras pensava da mesma forma. Um dos mais brilhantes e corrosivos era Lucien Rebatet, que assinava a crítica literária e cinematográfica de *L'Action Française* como François Vinneuil. Era dez anos mais velho que eu, mas nos entendemos rapidamente, irmanados por sua atração pela Alemanha. Havia também Maxence, Blond, Jacques Talagrand, futuro Thierry Maulnier, Jules Supervielle e muitos outros. Nosso lugar de encontro era a *brasserie* Lipp quando alguém estava com o bolso forrado, caso contrário um restaurante para estudantes no Quartier Latin. Discutíamos febrilmente literatura e procurávamos definir uma literatura "fascista": Rebatet sugeria Plutarco, Corneille, Stendhal. "O fascismo", lançou um dia Brasillach, "é a própria poesia do século XX", e eu não podia senão concordar com ele: *fascista, fascio, fascinação* (mais tarde, porém, mais sensato ou prudente, ele discerniria o mesmo título ao comunismo).

Na primavera de 1932, quando passei no concurso, a maioria dos meus amigos normalianos terminava seus estudos; após o verão, dispersaram-se através da França, fosse para fazerem o serviço militar, fosse para assumirem o posto de professor obtido. Passei mais uma vez as férias na Alemanha, então em plena efervescência: a produção alemã caíra à metade do nível de 1929, e Brüning governava, com o apoio de Hindenburg, a golpes de decretos de urgência. Uma situação daquela não podia durar. Da mesma forma, aliás, a ordem estabelecida vacilava. Na Espanha, a monarquia fora derrubada por uma conspiração de franco-maçons, revolucionários e padres. A América estava quase de joelhos. Na França, os efeitos diretos da crise eram menos perceptíveis, mas a situação não era cor-de-rosa, com os comunistas realizando discreta e obstinadamente seu trabalho de sabotagem. Sem dizer a ninguém, postulei minha candidatura ao NSDAP, seção Ausland (para os *Reichsdeutschen* que moravam no estrangeiro), e fui rapidamente aceito. Quando entrei na ELSP, no outono, continuei a encontrar meus amigos da École Normale e da Action Française, que vinham regularmente passar o fim de semana em Paris. Meus colegas de classe continuavam praticamente os mesmos que em Janson, mas, para minha surpresa, eu achava as aulas interessantes. Foi também por essa época, provavelmente sob a influência de Rebatet e de seu novo amigo Louis Destouches, uma celebridade recente (o *Viagem* acabava de ser publicado, mas o entusiasmo não fora além do círculo dos iniciados, e Céline ainda gostava de frequentar os jovens), que me apaixonei pela música francesa para cravo, que começavam a redescobrir e tocar; na companhia de Céline, fui escutar Marcelle Meyer; e lamentei mais amargamente que nunca minha preguiça e minha leviandade, que me haviam feito abandonar tão rapidamente o piano. Passado o Ano-Novo, o presidente Hindenburg convidou Hitler para formar um governo. Meus colegas de classe tremiam, meus amigos esperavam para ver, eu exultava. Mas, enquanto o Partido esmagava os vermelhos, varria o lixo da plutodemocracia e, para rematar, dissolvia os partidos burgueses, eu estava bloqueado na França. Tratava-se, diante dos nossos olhos e da nossa época, de uma verdadeira revolução nacional, e eu não podia acompanhá-la senão a distância, pelos jornais e pelo noticiário no cinema. Na França, o assunto também fervia. Muitos foram até lá para ver, todos escreviam e sonhavam com um soerguimento igual para seu país. Buscava-se contato com os alemães, os alemães oficiais agora, que clamavam por uma reaproximação franco-alemã; Brasillach me apresentou Otto Abetz, o homem de Von Ribbentropp (na época ainda consultor do Partido para Relações Exteriores): suas ideias não diferiam das que eu vinha expondo desde meu primeiro retorno da Alemanha. Porém, em grande parte, Maurras permanecia um obstáculo; apenas os melhores admitiam já ser hora de superar seus vaticínios hipocondríacos, e mesmo esses, diante do carisma e fascínio que ele exercia, hesitavam. Ao mesmo tempo o caso Stavisky revelava publicamente os subterrâneos policiais da corrupção no poder, fazendo com que a Action Française resgatasse uma autoridade moral que não conhecia mais desde 1918. Tudo isso terminou em 6 de fevereiro de 1934. Na verdade, foi um negócio confuso; eu também estava na rua, com Antoine F. (que ingressara junto comigo na ELSP), Blond e alguns outros. Dos Champs-Élysées, ouvimos vagamente alguns disparos; mais adiante, no nível da Concorde, pessoas corriam. Passamos o resto da noite caminhando pelas ruas, declamando slogans quando cruzávamos com outras pessoas. No dia seguinte soubemos que houvera mortos. Maurras, para quem todos instintivamente se voltaram, abaixara os braços. Tudo se resumia a um tiro pela culatra. "Inação francesa!", espumava Rebatet, que nunca perdoou Maurras. Para mim, tanto fazia: minha decisão estava tomando forma e eu não via mais futuro na França.

Foi justamente com Rebatet que topei na redação de *Je Suis Partout*. "Caramba! Um fantasma." — "Como vê", respondi. "Parece que agora você é famoso." Abriu os braços e fez um trejeito: "Não entendo. Fiz de tudo para ter certeza de não esquecer ninguém em minhas invectivas. No início, por sinal, estava funcionando: Grasset recusou meu livro porque nele eu *ofendia muitos amigos da casa*, como ele disse, e Gallimard queria fazer cortes significativos. Acabou que foi o belga que me quis, lembra-se, aquele que publicava Céline? Resultado: ele fez fortuna e eu também. Na livraria Rive Gauche, na noite de lançamento, me confundiram com uma estrela de cinema. Na verdade, os alemães foram os únicos que não gostaram." Dirigiu-me um olhar desconfiado: "Você leu?" — "Ainda não, estou esperando que me dê um exemplar. Por quê? Quer me ofender também?" Riu: "Não tanto quanto você merece, boche patife. De toda forma, todo mundo achava que você tinha morrido no campo de batalha. Vamos beber alguma coisa?" Rebatet tinha um compromisso mais tarde, perto de Saint-Germain, e me levou ao Flore. "Nunca me canso de zombar da cara de idiota dos nossos *antifascistas* de plantão, sobretudo quando me veem." Ao entrar, com efeito, foi dardejado com olhares de ódio; mas diversas pessoas também se levantaram para cumprimentá-lo. Lucien, visivelmente perturbado, gozava de seu sucesso. Vestia um terno claro, bem cortado, e uma gravata-borboleta de poá um pouco fora do lugar; uma crista de cabelo rebelde coroava seu rosto estreito e cambiante. Escolheu uma mesa à direita, sob as vidraças, um pouco afastada, e eu pedi vinho branco. Quando fez menção de enrolar um cigarro, ofereci-lhe um holandês, que ele aceitou com satisfação. Mas mesmo quando sorria, seus olhos continuavam preocupados. "Vamos, conte", disse ele. Não nos víamos desde 1939, ele sabia apenas que eu estava na SS: comentei rapidamente a campanha da Rússia, sem entrar em detalhes. Arregalou os olhos: "Então estava em Stalingrado? Que merda." Tinha um olhar estranho, misto de medo e inveja talvez. "Foi ferido? Mostre." Mostrei-lhe o buraco e ele deu um longo assobio: "Logo, podemos dizer que teve uma sorte daquelas." Não respondi. "Robert está indo para a Rússia", continuou. "Com Jeantet. Mas não é a mesma coisa." — "Que vão fazer?" — "É uma viagem oficial. Vão acompanhar Doriot e Brinon, vão inspecionar a Legião dos Voluntários Franceses, perto de Smolensk, acho." — "Como vai Robert?" — "Justamente, estamos um pouco estremecidos ultimamente. Ele virou um pétainista radical. Se continuar assim, vai ser escorraçado do *JSP*." — "A esse ponto?" Pediu dois copos novos e lhe dei outro cigarro. "Escute", disse com mau humor, "faz tempo que você não vem à França: acredite, isso aqui mudou muito. Todos agem como cães famintos, engalfinhando-se pelos pedaços do cadáver da República. Pétain está senil, Laval comporta-se pior que um judeu, Déat quer criar o social-fascismo, Doriot, o nacional-bolchevismo. Uma cadela não reconheceria mais as suas crias. O que nos faltou foi um Hitler. Eis o drama." — "E Maurras?" Rebatet fez uma careta de nojo: "Maurras? É a Ação Marrana. Caracterizei-o muito bem no meu livro; parece que ficou lívido. Depois, vou dizer outra coisa: Stalingrado provocou uma debandada. Os ratos estão escapulindo. Viu as pichações? Não há um vichysta que não tenha um resistente ou um judeu em casa, como seguro de vida." — "Entretanto, ainda não terminamos." — "Oh, sei muito bem disso. Mas que quer? É um mundo de covardes. Quanto a mim, fiz minha escolha, e não a renegarei. Se o barco afundar, afundo com ele." — "Em Stalingrado, interroguei um comissário que me citou Mathilde de la Molle, lembra-se, em *O vermelho e o negro*, perto do fim?" Repeti-lhe a frase e ele deu uma gargalhada: "Inacreditável. Foi em francês que ele soltou essa?" — "Não, em alemão. Era um velho bolchevique, um militante, um sujeito inteligentíssimo. Teria gostado dele." — "Que fez com ele?" Dei de ombros. "Desculpe", ele disse. "Pergunta idiota. Mas ele tinha razão. Como sabe, admiro os bolcheviques. Com eles, nada de confusão. É um sistema organizado. Ou você se curva, ou morre. Stálin é um sujeito extraordinário. Se não houvesse Hitler, quem sabe eu não seria comunista?" Bebemos um pouco e observei as pessoas que entravam e saíam. De uma mesa no fundo da sala, vários indivíduos fitavam Rebatet e sussurravam, mas eu não os conhecia. "Continua envolvido com cinema?", perguntei-lhe. — "Não muito. Agora estou interessado em música." — "Ah, é? Conhece Berndt von Üxküll?" — "Claro. Por quê?" — "É meu cunhado. Estive com ele outro dia, pela primeira vez." — "Está brincando! Você anda com cada um... O que ele anda fazendo?" — "Nada demais, pelo que entendi. Resmunga na casa dele, na Pomerânia." — "Pena. Era bom o que ele fazia." — "Não conheço sua música. Tivemos uma grande discussão sobre Schoenberg, que ele defende." — "Isso não me espanta. Nenhum compositor sério pode pensar de outra forma." — "Também é dessa opinião?" Balançou os ombros: "Schoenberg nunca se envolveu com política. Além disso, seus grandes discípulos, como Webern ou Üxküll, são autênticos arianos, não são? O que Schoenberg descobriu, a série, é uma potencialidade sonora que estava o tempo todo ali, um rigor encoberto, digamos, pela bruma das escalas temperadas, e, depois dele, qualquer um pode usá-la para fazer o que quiser. É o primeiro avanço de peso em música desde Wagner." — "Justamente, Von Üxküll detesta Wagner." — "Impossível!", exclamou num tom horrorizado. "Impossível!" — "Mas é verdade." E citei as palavras de Von Üxküll. — "É um absurdo", retorquiu Rebatet. "Bach, claro... não há nada que se aproxime de Bach. É intocável, imenso. O que ele realizou é a síntese definitiva do horizontal e do vertical, da arquitetura harmônica com o impulso melódico. Com isso, põe fim a tudo que o precede e estabelece uma estrutura à qual tudo que lhe segue tenta de uma maneira ou de outra escapar, até que finalmente Wagner a faça explodir. Como pode um alemão, um compositor alemão, não ajoelhar-se diante de Wagner?" — "E a música francesa?" Fez uma careta: "Seu Rameau? É *divertido*." — "Você nem sempre disse isso." — "A gente cresce, não é mesmo?" Terminou a taça, reflexivo. Pensei por um instante em lhe falar de Yakov, depois mudei de ideia. "E na música moderna, à exceção de Schoenberg, do que gosta?", perguntei. "De muita coisa. De trinta anos para cá a música vem despertando e se tornando loucamente interessante. Stravinsky, Debussy, é fabuloso." — "E Milhaud, Satie?" — "Não seja idiota." Nesse momento, Brasillach entrou. Rebatet chamou-o no meio do bar: "Ei, Robert! Veja quem está aqui!" Brasillach nos examinou através de suas grossas lentes redondas, fez um pequeno aceno com a mão e foi se sentar em outra mesa. "Ele está ficando realmente insuportável", resmungou Rebatet. "Não quer mais sequer ser visto com um boche. No entanto, até onde sei, você não está de uniforme." Mas não era só isso, e eu sabia. "Tive uma rusga com ele na última vez que estive em Paris", eu disse para tranquilizar Rebatet. Uma noite, depois de uma festa em que ele bebera um pouco mais que de costume, Brasillach encontrara coragem e me convidara para ir até a casa dele, e eu o acompanhara. Mas ele era desse gênero de invertido enrustido que no máximo masturba-se frouxamente contemplando seu *eromenos* com languidez; quanto a mim, achava aquilo maçante e até mesmo ligeiramente repugnante e tinha dado um fim abrupto aos seus arroubos. Dito isto, julgava que continuássemos amigos. Provavelmente eu o magoara sem me dar conta, e em um de seus pontos mais vulneráveis: Robert nunca conseguira enfrentar a realidade sórdida e amarga do desejo, permanecendo, à sua maneira, o grande escoteiro do fascismo. Desventurado Brasillach! Tão rapidamente fuzilado, depois que tudo terminou, a fim de que tanta gente honesta, com a consciência tranquila, pudesse se submeter à disciplina. A propósito, perguntei-me frequentemente se minhas inclinações não o influenciaram: o colaboracionismo, afinal, continuava sendo assunto de família, enquanto a pederastia era diferente, tanto para De Gaulle como para os bons operários do júri. Brasillach, de toda forma, teria certamente preferido morrer por suas ideias em vez de por suas inclinações. Mas não fora ele quem descrevera a colaboração com esta frase inesquecível: *Fomos para cama com a Alemanha, e a lembrança disso permanecerá doce?* Já Rebatet, não obstante sua admiração por Julien Sorel, foi mais esperto: foi condenado e indultado ao mesmo tempo; não se tornou comunista; e achou tempo, tudo terminado, para escrever uma bela *História da música* e sumir um pouco de circulação.

Despediu-se sugerindo nos encontrarmos, à noite, com Cousteau, lá para os lados de Pigalle. Quando saí, apertei a mão de Brasillach, que estava sentado com uma mulher que eu não conhecia; fiz como se ele não me houvesse reconhecido e ele me recebeu com um sorriso, mas não me apresentou à sua companheira. Pedi-lhe notícias de sua irmã e seu cunhado; ele se inteirou educadamente das condições de vida na Alemanha; combinamos vagamente de nos encontrar, sem marcar nada. Voltei para meu quarto no hotel, vesti meu uniforme, redigi um bilhete para Knochen e fui postá-lo na avenida Foch. Em seguida voltei a ficar à paisana e saí para dar uma volta até a hora combinada. Encontrei Rebatet e Cousteau no Liberty, uma boate gay, Place Blanche. Cousteau, apesar de um pouco visado naquele pedaço, conhecia o gerente, Tonton, e visivelmente pelo menos a metade das bichas, que tratava intimamente; várias delas, vaidosas e extravagantes com suas perucas, sua maquiagem e suas bijuterias, trocavam piadinhas com ele e Rebatet enquanto bebíamos martínis. "Esta, veja", apontava Cousteau, "apelidei-a de Bomba Fúnebre. Porque chupa até morrer." — "Você roubou isso de Maxime Du Camp, cretino", retorquia Rebatet com uma careta, antes de mergulhar em seu vasto saber literário para tentar superá-lo. "E você, querido, que faz?", me lançou uma das bichonas agitando em minha direção uma piteira de um comprimento impressionante. "É um gestapista", ironizou Cousteau. A bicha pousou os dedos envolvidos em renda nos lábios e deixou escapar um longo "Ohhhh...". Mas Cousteau já começara uma longa anedota sobre os pupilos de Doriot, que iam chupar o pau dos soldados alemães nas *xícaras* do Palais Royal; os tiras parisienses que efetuavam batidas regulares naqueles mictórios, ou nos do subterrâneo dos Champs-Élysées, às vezes tinham ali péssimas surpresas; mas, se a Prefeitura reclamava, o Majestic parecia estar se lixando completamente. Aquelas réplicas ambíguas me causavam mal-estar: que jogo estavam jogando aqueles dois? Outros companheiros, eu sabia, contavam menos bravatas e praticavam mais. Mas nenhum deles tinha o menor escrúpulo em publicar denúncias anônimas nas colunas de *Je Suis Partout*; e se alguém não tivesse o infortúnio de ser judeu, então fazia-se dele um homossexual; mais de uma carreira, de uma vida, viu-se assim arruinada. Cousteau e Rebatet, eu pensava, buscavam demonstrar que seu radicalismo revolucionário superava todos os preconceitos (exceto os que eram *científicos e racialistas*, como devia ser o pensamento francês); no fundo, também queriam apenas *épater le bourgeois*, como os surrealistas e André Gide, a quem tanto execravam. "Sabe, Max", disse Rebatet, "que o falo propício que os romanos desfilavam pelas *Liberalia*, na primavera e nas vindimas, era chamado de *fascinus*? Mussolini talvez tenha se lembrado disso." Dei de ombros: tudo aquilo me parecia falso, um teatro precário, uma encenação, enquanto por toda parte as pessoas morriam de verdade. Quanto a mim, estava realmente a fim de um garoto, mas não para ostentar, apenas pelo calor de sua pele, o sal do seu suor, a suavidade de seu sexo encolhido entre as pernas como um pequeno animal. Rebatet, por sua vez, tinha medo de sua sombra, dos homens e das mulheres, da presença da própria carne, de tudo exceto das ideias abstratas, que não podiam lhe opor resistência. Mais que nunca, eu queria ficar tranquilo, mas isso me parecia impossível: eu esfolava minha pele no mundo como no vidro quebrado; não parava de engolir deliberadamente os anzóis e me apavorar quando arrancava as entranhas pela boca.

 Minha entrevista com Helmut Knochen, no dia seguinte, apenas reforçou essa impressão. Ele me recebeu com uma curiosa mistura de camaradagem ostentosa e altivez condescendente. Na época em que ele trabalhava no SD, não convivíamos fora do escritório; naturalmente ele devia saber que na época eu me encontrava muito com Best (mas talvez esta não fosse uma recomendação). Seja como for, disse-lhe que estivera com Best em Berlim e que ele me pedira notícias suas. Mencionei também que servira, como ele, sob o comando do Dr. Thomas; ele então me pediu que lhe contasse minhas experiências na Rússia, ao mesmo tempo que demarcava sutilmente a distância entre nós: ele, o Standartenführer responsável por um país inteiro; eu, um convalescente de futuro incerto. Ele me recebera em seu gabinete, em torno de uma mesa de centro enfeitada com um vaso de flores secas; instalou-se no sofá, cruzando suas pernas compridas apertadas em culotes de montaria, deixando-me afundado em uma poltroninha baixa: de onde eu estava, seu joelho praticamente encobria seu rosto e o vazio de seus olhos. Eu não sabia como abordar o assunto que me preocupava. Acabei por dizer, um pouco ao acaso, que estava preparando um livro sobre o futuro das relações internacionais da Alemanha, e discorri sobre ideias que havia colhido a esmo no *Festgabe* de Best (e à medida que eu falava, ia me entusiasmando e me convencendo de que realmente tinha intenção de escrever um livro daqueles, que impressionaria as inteligências e garantiria o meu futuro). Finalmente, deixei subentendido que pensava em aceitar um posto na França para ali coletar experiências concretas, suscetíveis de complementar as da Rússia." — "Ofereceram-lhe alguma coisa?", perguntou com um fulgor de curiosidade. "Não estou a par." — "Ainda não, Herr Standartenführer, está em vias de discussão. Isso não coloca problemas de princípio, mas conviria que um posto adequado fosse liberado ou criado." — "No meu âmbito, o senhor sabe, não há nada por ora. Pena, o posto de especialista para Assuntos Judaicos estava livre em dezembro, mas foi preenchido." Obriguei-me a sorrir: "Não é o que procuro." — "Entretanto, ao que me consta, o senhor adquiriu uma boa experiência nesse domínio. E a questão judaica, na França, toca de perto nossas relações diplomáticas com Vichy. Mas é verdade que sua patente é muito elevada: é um posto mais para Hauptsturmführer. E Abetz? Esteve com ele? Se me lembro bem, o senhor mantinha contatos pessoais com os protofascistas parisienses. Isso pode interessar ao embaixador."

Vi-me numa calçada larga e quase deserta da avenida Foch, num estado de profundo desencorajamento: eu tinha a sensação de estar enfrentando uma parede, mas uma parede maleável, intangível, difusa e, contudo, tão intransponível quanto uma alta muralha de blocos de pedra. No fim da avenida, o Arco do Triunfo ainda escondia o sol da manhã e lançava sombras compridas no calçamento. Procurar Abetz? É verdade, claro que eu teria podido me valer do nosso breve encontro de 1933, ou ser apresentado por alguém do círculo de *Je Suis Partout*. Mas estava sem coragem. Pensava na minha irmã, na Suíça: será que uma nomeação para a Suíça era bom negócio? Eu poderia revê-la de tempos em tempos, quando ela acompanhasse o marido ao sanatório. Mas quase não havia postos SD na Suíça, todos brigavam por eles. O Dr. Mandelbrod poderia derrubar todos aqueles obstáculos, tanto para a França como para a Suíça; mas o Dr. Mandelbrod, eu percebera, nutria uma ideia própria a meu respeito.

    Voltei para me vestir à paisana e fui até o Louvre: ali, pelo menos, cercado por aquelas figuras imóveis e serenas, eu me sentia mais calmo. Sentei-me longamente diante do Cristo deitado de Philippe de Champaigne; mas foi sobretudo uma pequena tela de Watteau que me reteve, *O indiferente*: um personagem ataviado para uma festa que avança dançando, quase num *entrechat*, os braços abertos e equilibrados como à espera da primeira nota de uma abertura, feminino, mas visivelmente de pau em riste sob sua malha de seda verde-pistache, e com um rosto indefinivelmente sombrio, quase perdido, já tendo esquecido tudo e não procurando mais sequer se lembrar por que ou por quem posava daquela forma. Aquilo me impressionou como um comentário bastante pertinente à minha situação, e não havia nada ali, nem o título, que não fosse seu contraponto: indiferente? Não, não era indiferença, bastava eu passar diante de um quadro de mulher com uma volumosa cabeleira negra para sentir como uma machadada da imaginação; e, mesmo quando as fisionomias não se assemelhavam em nada à sua, sob os ricos ouropéis do Renascimento ou da Regência, sob aqueles tecidos multicoloridos, carregados de matizes e pedrarias, tão espessos quanto o óleo reluzente dos pintores, era seu corpo que eu adivinhava, seus seios, seu ventre, seus quadris, puros, colados nos ossos ou levemente projetados, confinando a única fonte de vida que eu sabia onde achar. Furiosamente, saí do museu, mas isso não era mais suficiente, pois cada mulher por quem eu passava ou que via rir atrás de um vidro me causava o mesmo efeito. Eu bebia um copo atrás do outro ao sabor dos bares, mas quanto mais bebia, mais me julgava lúcido, meus olhos abriam-se e o mundo era por eles tragado, rugindo, sangrando, voraz, respingando humores e excrementos dentro da minha cabeça. Meu olho pineal, vagina aberta no meio da testa, projetava sobre esse mundo uma luz crua, monótona, implacável, e me permitia ler cada gota de suor, cada botão de acne, cada pelo mal raspado dos rostos gritantes que me atacavam como uma emoção, o grito de angústia infinito da criança para todo o sempre prisioneira do corpo atroz de um adulto desajeitado e incapaz, mesmo matando, de se vingar do fato de viver. Enfim, já era tarde da noite, um garoto me abordou num bistrô para me pedir um cigarro: ali, talvez, eu conseguisse me afogar por alguns instantes. Ele aceitou subir ao meu quarto. Mais um, eu me dizia, subindo a escada, mais um, mas isso nunca será suficiente.

Despimo-nos um de cada lado da cama; ridiculamente, ele não tirou nem as meias nem o relógio. Pedi-lhe que me pegasse de pé, apoiado na cômoda, em frente ao espelho estreito que dominava o quarto. Quando o prazer me arrebatou, mantive os olhos abertos, examinei meu rosto avermelhado e horrivelmente inchado, procurando ver ali, rosto verdadeiro preenchendo meus traços por trás, os traços da face de minha irmã. Mas então aconteceu uma coisa espantosa: entre esses dois rostos e sua fusão perfeita veio intrometer-se, liso, translúcido como uma lâmina de vidro, um outro rosto, o rosto ácido e plácido de nossa mãe, infinitamente fino, porém mais opaco, mais denso que a parede mais espessa. Tomado por um furor ignóbil, soltei um rugido e arrebentei o espelho com um soco; o garoto, cheio de medo, deu um pulo para trás e desabou na cama enquanto gozava aos borbotões. Eu também estava gozando, mas, por reflexo, sem sentir, já brochando. O sangue respingava dos meus dedos sobre o assoalho. Fui ao banheiro, lavei a mão, retirei um pedaço de vidro e enrolei-a numa toalha. Quando saí, o garoto se vestiu, visivelmente inquieto. Vasculhei no bolso da calça e atirei para ele algumas cédulas sobre a cama: "Chispa." Ele pegou o dinheiro e deu o fora. Eu queria me deitar, mas primeiro recolhi cuidadosamente os cacos de vidro, jogando-os na cesta de lixo e examinando o assoalho para ter certeza de nada ter esquecido, depois esfreguei as gotas de sangue e fui me lavar. Finalmente pude me deitar; mas a cama era para mim um crucifixo, um cavalete de tortura. Que vinha ela fazer ali, a *cadela odiosa*? Eu já não sofrera o suficiente por sua causa? Precisava novamente me perseguir assim? Sentei-me em posição de lótus sobre os lençóis e fumei um cigarro atrás do outro, refletindo. O fulgor da luz de um poste, baço, penetrava pelas persianas fechadas. Meu pensamento desembestado, enlouquecido, transmutara-se em velho e sinistro assassino; novo Macbeth, degolava meu sono. Parecia-me estar perpetuamente prestes a compreender alguma coisa, mas essa compreensão permanecia na ponta dos meus dedos escoriados, zombando de mim, recuando imperceptivelmente à medida que eu avançava. Finalmente, um pensamento se deixou agarrar: contemplei-o com repugnância, mas, como nenhum outro queria ocupar seu lugar, tive que lhe abrir caminho. Depositei-o na mesinha de cabeceira qual uma pesada e velha moeda: se eu batesse em cima com a unha, ressoava corretamente, mas se tirasse cara ou coroa, nunca me apresentava senão o mesmo semblante impassível.

De manhã bem cedinho paguei a conta e peguei o primeiro trem para o Sul. Os franceses tinham que reservar seus lugares com dias, até mesmo semanas de antecedência; mas os compartimentos para alemães estavam sempre vazios. Desci até Marselha, no limite da zona alemã. O trem parava muito; nas estações, como na Rússia, camponesas acorriam para oferecer aos passageiros alimentos, ovos cozidos, coxinhas de galinha, batatas cozidas e salgadas; quando eu sentia fome, pegava alguma coisa ao acaso, pela janela. Não lia, olhava distraidamente a paisagem desfilar e remexia nas minhas falanges esfoladas, meu pensamento vagava, isolado tanto do passado quanto do presente. Em Marselha, fui até a Gestapostelle para me informar sobre as condições de passagem para a zona italiana. Um jovem Obersturmführer me recebeu: "As relações estão um pouco delicadas neste momento. Os italianos não compreendem nossos esforços para resolver a questão judaica. A zona sob controle deles tornou-se um verdadeiro paraíso para os judeus. Quando lhes pedimos para, no mínimo, interná-los, alojaram-nos nas melhores estações de esqui dos Alpes." Mas os problemas desse Obersturmführer não me diziam respeito. Expliquei o que queria: fez uma cara preocupada, mas garanti-lhe que o eximiria de qualquer responsabilidade. Enfim ele aceitou redigir para mim uma carta solicitando às autoridades italianas que *facilitassem meus deslocamentos por razões pessoais*. Já estava tarde e peguei um quarto para a noite, no Vieux Port. Na manhã seguinte, embarquei num ônibus com destino a Toulon; na linha de demarcação, os *bersaglieri*, com seus grotescos chapéus de plumas, nos fizeram passar sem controle. Em Toulon, mudei de ônibus, depois novamente em Cannes; finalmente, à tarde, cheguei a Antibes. O ônibus me deixou na praça da cidade; com a bolsa no ombro, contornei o porto Vauban, passei pelo bloco atarracado do forte Carré e tomei o caminho à beira-mar. Uma leve brisa salgada vinha da baía, marolas lambiam a faixa de areia, o grito das gaivotas ressoava por cima da rebentação e do barulho dos raros veículos; afora alguns soldados italianos, a praia estava deserta. Com meu terno à paisana, ninguém prestava atenção em mim: um policial italiano me interpelou, mas para pedir fogo. A casa situava-se a alguns quilômetros do centro. Caminhei lentamente, não sentia pressa; a visão e o cheiro do Mediterrâneo deixavam-me indiferente, mas eu não sentia mais nenhuma angústia. Cheguei finalmente à estradinha de terra batida que levava à propriedade. Uma aragem corria por entre os galhos dos pinheiros guarda-chuva, ao longo da estradinha, e sua fragrância misturava-se à do mar. O portão gradeado, com a pintura descascada, estava entreaberto. Uma longa trilha cortava um belo parque reflorestado com pinheiros negros; não a segui, deslizei ao longo do interior do muro em direção ao fundo do parque; ali, tirei a roupa e enfiei meu uniforme. Estava um pouco amassado por ter ficado dobrado em minha mala, alisei-o com a mão, nada grave. O solo arenoso, nos intervalos entre as árvores, estava atapetado com agulhas de pinheiro; mais além dos troncos esguios, percebia-se a lateral ocre da casa, com a varanda; o sol, por trás do muro circundante, brilhava confusamente através das copas das árvores. Voltei até o portão e segui a trilha; na porta principal, toquei. Percebi algo como uma risada abafada à minha direita, entre as árvores: olhei, não vi nada. Depois uma voz de homem chamou do outro lado da casa: "Olá! Por aqui." Reconheci imediatamente a voz de Moreau. Ele esperava em frente à entrada da sala, sob o terraço, cachimbo apagado na mão; usava um velho colete de tricô e uma gravata-borboleta, parecendo-me lamentavelmente velho. Franziu o cenho ao ver meu uniforme: "O que quer? Quem está procurando?" Avancei tirando o quepe: "Não me reconhece?" Arregalou os olhos, ficou boquiaberto: depois deu um passo à frente e apertou vigorosamente a minha mão, dando tapinhas no meu ombro. "Claro, claro!" Recuou novamente e me contemplou, constrangido: "Mas o que é esse uniforme?" — "Aquele sob o qual eu sirvo." Virou-se e chamou na casa: "Héloïse! Venha ver quem está aqui!" O salão estava mergulhado na penumbra; vi uma forma avançar, ligeira, cinzenta; depois uma velha mulher apareceu atrás de Moreau e me contemplou em silêncio. Então minha mãe era aquilo? "Sua irmã nos escreveu dizendo que você foi ferido", disse ela finalmente. "Você poderia ter escrito também. Deveria pelo menos ter avisado que viria." Sua voz, em comparação com o rosto amarelecido e os cabelos grisalhos severamente presos atrás, ainda parecia jovem; mas para mim era como se os tempos mais remotos se pusessem a falar, com uma voz imensa que me apequenava, me reduzindo a quase nada, a despeito da proteção do meu uniforme, talismã insignificante. Moreau deve ter percebido minha perturbação: "Claro", disse rapidamente, "é uma satisfação revê-lo. Você está sempre em casa aqui." Minha mãe ainda me fitava com um ar enigmático: "Pois bem, adiante-se", pronunciou finalmente. "Venha beijar sua mãe." Coloquei minha bolsa no chão, fui até ela e, me inclinando, beijei-a na face. Em seguida peguei-a nos braços e a abracei. Senti que ela enrijecia; era como um galho nos meus braços, um passarinho que eu poderia asfixiar com facilidade. Suas mãos subiram e pousaram nas minhas costas. "Deve estar cansado. Venha, vamos instalá-lo." Soltei-a e me recompus. Ouvi novamente, atrás de mim, uma leve risada. Me virei e vi dois pequenos gêmeos idênticos, vestindo calças curtas e casacos combinando, os quais, de pé um ao lado do outro, fitavam-me com grandes olhos curiosos e divertidos. Deviam ter sete ou oito anos. "Quem são vocês?", perguntei. — "Filhos de uma amiga", respondeu minha mãe. "Estão conosco por um tempo." Um deles levantou a mão e me apontou com um dedo: "E ele, quem é?" — "É um alemão", disse o outro. "Não está vendo?" — "É meu filho", declarou minha mãe. "Chama-se Max. Venham dizer bom-dia." — "Seu filho é um soldado alemão, tia?", perguntou o primeiro. — "É. Apertem a mão dele." Hesitaram, em seguida avançaram juntos e me estenderam suas mãozinhas. "Como é o nome de vocês?", perguntei. Não responderam. "Apresento-lhe Tristan e Orlando", disse minha mãe. "Mas confundo sempre. Adoram se fazer passar um pelo outro. Nunca temos certeza." — "É porque não há diferença entre nós, tia", disse uma das crianças. "Um nome bastaria para os dois." — "Aviso a vocês", falei, "que sou policial. As identidades são importantíssimas para nós." Os olhos deles se arregalaram: "Puxa, legal", disse um. — "O senhor veio prender alguém?", perguntou o outro. — "Talvez", eu disse. — "Pare de dizer tolices", falou minha mãe.

Ela me instalou no meu antigo quarto: mas nele não havia mais nada que me ajudasse a reconhecê-lo. Meus cartazes e as coisas ali deixadas haviam desaparecido; tinham mudado a cama, a cômoda, o papel de parede. "Onde estão minhas coisas?", perguntei. — "No sótão", ela respondeu. "Guardei tudo. Pode ver depois." Ela me olhava, as duas mãos à frente do vestido. "E o quarto de Una?", continuei. — "Os gêmeos estão instalados lá provisoriamente." Ela saiu e fui até o grande banheiro lavar o rosto e a nuca. Em seguida voltei para o quarto e mudei novamente de roupa, guardando meu uniforme no armário. Ao sair, hesitei por um instante diante da porta de Una, depois segui adiante. Passei ao terraço. O sol recolhia-se por trás dos grandes pinheiros, projetando sombras compridas através do parque, imprimindo uma bela e rica tonalidade de açafrão sobre os muros de pedra da casa. Vi os gêmeos passando: corriam pelo gramado, desapareceram por entre as árvores. Um dia, daquele terraço, irritado por alguma bobagem, eu atirara uma flecha (com a ponta achatada, mas mesmo assim...) sobre minha irmã, mirando em seu rosto; ela fora atingida bem em cima do olho, quase ficando caolha. Pensando bem, acho que depois fui severamente castigado pelo meu pai: se ele ainda estivesse presente, pois o incidente acontecera em Kiel, e não ali. Mas em Kiel não havia terraço em nossa casa, e eu julgava nitidamente me lembrar, associados a esse gesto, dois grandes vasos de flores de arenito espalhados em torno da área de cascalho onde Moreau e minha mãe acabavam de me receber. Eu não tinha mais tanta certeza e, contrariado por essa dúvida, dei meia-volta e entrei em casa. Passei pelos corredores, inalando o aroma da cera da madeira, abrindo portas ao acaso. Poucas coisas, afora meu quarto, pareciam ter mudado. Cheguei ao pé da escada que subia para o sótão; hesitei ali também, dei meia-volta. Desci a escadaria da entrada e saí pela porta principal. Deixando rapidamente a trilha, penetrei de novo sob as árvores, roçando seus troncos cinzentos e rugosos, suas excreções de seiva endurecida mas ainda espessa, viscosa, e chutando as pinhas caídas no solo. O cheiro agudo e inebriante do pinheiral impregnava o ar, eu queria fumar mas desistia para continuar a senti-lo. Ali, o solo estava careca, sem relva, sem arbustos, sem brotos: entretanto, aquilo me trazia poderosamente à memória a floresta perto de Kiel onde eu me deliciava com minhas curiosas brincadeiras. Tentei recostar-me a uma árvore, mas o tronco estava grudento, então fiquei de pé, os braços balançando, rodopiando loucamente nos meus pensamentos.

  O jantar decorreu sob falas breves, constrangidas, quase perdidas em meio ao tilintar de talheres e pratos. Moreau queixava-se dos negócios e dos italianos, insistindo pateticamente em suas boas relações com a administração econômica alemã em Paris. Enquanto ele tentava entabular uma conversa, eu, educadamente, espicaçava-o com chistes agressivos. "Essa patente aí no seu uniforme, que significa?", perguntou. — "SS-Sturmbannführer. É o equivalente de um major no Exército de vocês." — "Ah, major, excelente, foi promovido, parabéns." Em troca, perguntei-lhe onde ele servira antes de junho de 40; sem se dar conta do ridículo, ele lançou os braços para cima: "Ah, meu rapaz! Eu bem queria ter servido! Mas não me quiseram, disseram que eu era velho demais. Claro", apressou-se a acrescentar, "os alemães nos derrotaram lealmente. E aprovo plenamente a política de colaboração do marechal." Minha mãe nada dizia; acompanhava aquele joguinho com olhos alertas. Os gêmeos comiam alegremente; mas de tempos em tempos mudavam inteiramente de expressão, como se um véu de gravidade descesse sobre eles. "E seus amigos judeus lá? Como se chamavam? Benahum, acho. Por onde andam?" Moreau corou. "Partiram", respondeu secamente minha mãe. "Para a Suíça." — "Isso deve ter atrapalhado seus negócios", continuei, dirigindo-me a Moreau. "Vocês eram sócios, não eram?" — "Comprei a parte dele", disse Moreau. — "Ah, muito bem. Por um preço judeu ou um preço ariano? Espero que não tenha sido passado para trás." — "Chega", disse minha mãe. "Os negócios de Aristide não são da sua conta. Em vez disso, fale-me sobre suas experiências. Esteve na Rússia, é isso?" — "É", falei, subitamente humilhado. "Fui combater o bolchevismo." — "Muito louvável!", comentou sentenciosamente Moreau. — "Sim, mas os vermelhos estão avançando agora", disse minha mãe. — "Oh, não se preocupe!", exclamou Moreau. "Não chegarão até aqui." — "Tivemos reveses", eu disse. "Mas isso é temporário. Estamos preparando novas armas. E vamos esmagá-los." — "Excelente, excelente", murmurou Moreau balançando a cabeça. "Espero que depois cuidem dos italianos." — "Os italianos são nossos irmãos de luta de primeira hora", retorqui. "Quando a nova Europa for construída, serão os primeiros a ter o seu quinhão." Moreau levou isso a sério e se zangou: "São covardes! Nos declararam guerra quando já estávamos derrotados, para poderem nos saquear. Mas tenho certeza de que Hitler respeitará a integridade da França. Dizem que ele admira o marechal." Dei de ombros: "O Führer tratará a França como ela merece." Moreau ficou todo vermelho: "Max, chega", disse novamente minha mãe. "Pegue a sobremesa."

Depois do jantar, minha mãe me fez subir até o seu toucador. Era um aposento contíguo ao seu quarto, que ela decorara com bom gosto; ninguém entrava ali sem sua autorização. Não mediu as palavras. "Que veio fazer aqui? Vou logo avisando, se era apenas para nos perturbar, não valia a pena." Senti-me novamente diminuído; naquela voz imperiosa, naqueles olhos frios, eu perdia todos os meus recursos, voltava a ser uma criança medrosa, menor que os gêmeos. Tentei me controlar, mas era trabalho perdido. "Não", consegui articular, "eu queria vê-los, só isso. Estava na França a trabalho, e pensei em vocês. Depois, quase fui morto, você sabe, mamãe. Talvez eu não sobreviva a essa guerra. E temos tantas coisas para consertar." Ela se tranquilizou um pouco e me tocou com o dorso da mão, com o mesmo gesto de minha irmã: suavemente, retirei a mão, mas ela pareceu não notar. "Tem razão. Mesmo assim você poderia ter escrito; não lhe teria custado nada. Sei que desaprova minhas escolhas. Mas desaparecer assim, quando se é filho de alguém, isso não se faz. É como se estivesse morto. Pode entender?" Ela refletiu, depois continuou, precipitando-se, como se o tempo lhe fosse faltar. "Sei que tem raiva de mim por causa do desaparecimento do seu pai. Mas é dele que deve ter raiva, não de mim. Ele me abandonou com vocês, me deixou sozinha; não preguei os olhos durante mais de um ano, sua irmã me acordava todas as noites, chorava com pesadelos. Você não chorava, mas era quase pior. Tive que cuidar de vocês sozinha, alimentá-los, vesti-los, educá-los. Não pode imaginar como era duro. Então, quando conheci Aristide, por que eu diria não? É um homem bom, me ajudou. Que acha que eu deveria ter feito? Seu pai, onde estava? Mesmo quando ainda estava presente, nunca estava presente. Era eu que tinha que fazer tudo, limpá-los, dar-lhes banho, alimentá-los. Seu pai passava para vê-los quinze minutos por dia, brincava um pouco com vocês, depois voltava aos livros ou ao trabalho. Mas é a mim que você odeia." A emoção fazia eu engasgar: "De jeito nenhum, mamãe. Não odeio você." — "Sim, você me odeia, eu sei, eu vejo." — "Por que meu pai foi embora?" Ela inspirou longamente: "Isso ninguém sabe, a não ser ele. Talvez pura e simplesmente por tédio." — "Não acredito! O que fez a ele?" — "Não fiz nada, Max. Não o expulsei. Ele se foi, só isso. Talvez estivesse cansado de mim. Talvez estivesse cansado de vocês." A angústia inchava o meu rosto: "Não! É impossível. Ele nos amava!" — "Não sei se ele soube o que amar quer dizer", respondeu com uma grande delicadeza. "Se nos amasse, se os amasse, teria pelo menos escrito. Nem que fosse para dizer que não voltaria. Não nos teria deixado na dúvida, na ansiedade." — "Você o declarou morto." — "Fiz isso em grande parte por vocês. Para proteger seus interesses. Ele nunca mais deu sinal de vida, nunca mais tocou em sua conta bancária, deixou todos esses negócios em aberto, tive que acertar tudo, as contas estavam bloqueadas, foi muito difícil. E eu não queria que vocês dependessem de Aristide. O dinheiro que você levou para a Alemanha, de onde acha que vinha? Era dinheiro seu, sabe muito bem, e você o pegou e se serviu dele. Sem dúvida ele morreu em algum lugar." — "É como se você o tivesse matado." Minhas palavras a faziam sofrer, eu via, mas ela continuava calma. "Ele se matou a si mesmo, Max. Era a escolha dele. Você tem que entender isso."

Mas eu não queria entender. Naquela noite caí no sono como em uma água escura, espessa, agitada, mas sem sonhos. A risada dos gêmeos, subindo do parque, me despertou. Era dia claro, o sol brilhava pelas brechas das persianas. Enquanto me lavava e me vestia, pensava nas palavras de minha mãe. Uma delas me ferira dolorosamente: minha partida da França, meu rompimento com minha mãe, tudo isso havia sido possível graças à herança do meu pai, um pequeno capital que Una e eu devíamos dividir em nossa maioridade. Ora, nessa época eu nunca associara os procedimentos tão odiosos da minha mãe àquele dinheiro que me permitira me libertar dela. Eu preparara longamente aquela partida. Nos meses que se haviam seguido ao levante de fevereiro de 1934, eu entrara em contato com o Dr. Mandelbrod para lhe pedir ajuda e apoio; e, como contei, ele tinha sido generoso comigo; no meu aniversário, estava tudo organizado. Minha mãe e Moreau foram até Paris para as formalidades relativas à minha herança: no jantar, com os papéis do tabelião no bolso, anunciei-lhes minha decisão de abandonar a ELSP e partir para a Alemanha. Moreau engolira sua cólera e permanecera em silêncio enquanto minha mãe tentava me chamar à razão. Na rua, Moreau voltara-se para minha mãe: "Não vê que seu filho virou um fascistoide? Que vá desfilar em passo de ganso, se lhe agrada." Eu estava feliz demais para me zangar, e me despedi deles no bulevar Montparnasse. Foram necessários nove anos e uma guerra para revê-los novamente.

Embaixo, encontrei Moreau sentado em uma cadeira de jardim, num quadrado de sol, em frente à porta envidraçada do salão. Fazia bastante frio. "Bom dia", ele me disse com seu jeito cauteloso. "Dormiu bem?" — "Sim, obrigado. Minha mãe já está de pé?" — "Está acordada, mas ainda está descansando. Há café e torradas na mesa." — "Obrigado." Fui me servir e voltei para junto dele, uma xícara de café na mão. Contemplei o parque. Não ouvia mais os gêmeos. "Onde estão as crianças?", perguntei a Moreau. — "Na escola. Voltam à tarde." Tomei um pouco de café. "Saiba", ele disse, "que sua mãe está contente por você ter vindo." — "Sim, é possível", comentei. Mas ele prosseguia placidamente seu pensamento: "Você deveria escrever com mais frequência. Os tempos vão ser duros. Todo mundo vai precisar da família. A família é a única coisa com que podemos contar." Eu não disse nada, olhava distraidamente para ele; ele olhava para o jardim. "Veja, mês que vem é a Festa das Mães. Você poderia enviar umas palavras." — "Que festa é essa?" Ele me lançou um olhar pasmo: "Foi o marechal que a instituiu, há dois anos. Para homenagear a maternidade. É em maio, este ano cai no dia 30." Ele continuava a me fitar: "Você poderia mandar um cartão." — "Vou tentar." Ele se calou e se voltou para o jardim. "Se tiver um tempinho", falou, ao cabo de um longo momento, "será que podia rachar uma lenha na despensa, para o forno? Estou ficando velho." Olhei novamente para ele, afundado na cadeira: com efeito, envelhecera. "Pois não", respondi. Voltei para a casa, deixei a xícara vazia na mesa, mordi uma torrada e subi; dessa vez fui direto ao sótão. Fechei o alçapão atrás de mim e caminhei lentamente por entre os móveis e caixotes, fazendo estalar as ripas do assoalho sob meus pés. Minhas lembranças erguiam-se ao meu redor, agora tácteis junto com o ar, o cheiro, a luz e a poeira: e eu mergulhei nessas sensações como mergulhara no Volga, com um abandono total. Parecia-me perceber a sombra dos nossos corpos nos recantos, o brilho das nossas peles brancas. Depois me concentrei e encontrei as pastas contendo minhas coisas. Espalhei-as num grande espaço vazio, perto de uma viga, agachei-me e comecei a remexer. Havia ali carrinhos de lata, cadernetas de anotações e cadernos escolares, livros de juventude, fotografias em envelopes grossos, outros envelopes, lacrados, contendo cartas da minha irmã, todo um passado, estranho e brutal. Não me atrevia a olhar as fotos, abrir os envelopes, sentia crescer em mim um terror animal; até mesmo os objetos mais anódinos, mais inocentes, carregavam a marca do passado, de um passado determinado, e o fato em si desse passado me gelava até a medula; cada objeto novo, não obstante tão familiar, inspirava-me um misto de repulsa e fascinação, como se estivesse segurando uma mina prestes a explodir nas mãos. Para me acalmar, examinei os livros: era a biblioteca de um adolescente típico da minha época, Júlio Verne, Paul de Kock, Hugo, Eugène Sue, os americanos E.R. Burroughs e Mark Twain, as aventuras do Fantasma ou de Rouletabille, relatos de viagem, algumas biografias de homens ilustres. Fiquei com vontade de reler alguns e, após refletir, separei os três primeiros volumes da série marciana de Burroughs, os que haviam excitado minhas fantasias no banheiro do andar de baixo, curioso para ver se ainda responderiam à intensidade das minhas lembranças. Em seguida dediquei-me aos envelopes lacrados. Sopesei-os, revirei-os entre os dedos. No início, após o escândalo e nossa ida para o colégio, minha irmã e eu ainda tínhamos o direito de nos escrever; quando eu recebia uma carta sua, tinha que abri-la diante de um dos padres e entregar-lhe para que a lesse antes de eu mesmo poder fazê-lo; ela também, imagino, devia fazer a mesma coisa por sua vez. Suas cartas, curiosamente datilogradas, eram longas, edificantes e solenes: *Meu querido irmão: Tudo vai bem por aqui, tratam-me com delicadeza. Venho despertando através de uma renovação espiritual etc.*

Mas, à noite, eu me trancava no banheiro com um pedaço de vela, tremendo de angústia e excitação, e segurava a carta em cima da chama até que aparecesse uma segunda mensagem, rabiscada com leite nas entrelinhas: SOCORRO! TIRE-ME DAQUI, SUPLICO! Tínhamos tido aquela ideia ao ler, às escondidas naturalmente, uma biografia de Lênin, que achamos num sebo perto da Prefeitura. Essas mensagens desesperadas me deixaram em pânico e resolvi fugir e salvá-la. Mas meu plano estava mal preparado, fui logo recapturado. Castigaram-me severamente, tive direito a vara e a uma semana a pão seco, e os maus-tratos dos maiores só pioraram, mas tudo isso me era indiferente; porém, haviam-me proibido de receber cartas e isso me mergulhava na fúria e no desespero. Eu não sabia mais sequer se conservara essas últimas missivas, se também estavam naqueles envelopes; e não desejava abri-los para verificar. Arrumei tudo nas pastas, peguei os três livros e tornei a descer.

    Levado por uma força muda, entrei no ex-quarto de Una. Havia ali agora um beliche de madeira, pintado de vermelho e azul, e brinquedos bem alinhados, entre os quais reconheci com raiva alguns dos meus. Todas as roupas estavam dobradas e arrumadas em gavetas e no cabideiro. Vasculhei rapidamente em busca de indícios, cartas, mas não encontrei nada. O nome de família inscrito nas cadernetas de anotações me era desconhecido, e parecia ariano. Aquelas cadernetas remontavam a alguns anos: logo, fazia um bom tempo que moravam ali. Ouvi minha mãe atrás de mim: "Que está fazendo?" — "Estou olhando", eu disse sem me voltar. — "Seria melhor se descesse e fosse rachar lenha como Aristide lhe pediu. Vou preparar alguma coisa para comer." Voltei-me: ela estava na soleira da porta, severa, impassível. "Quem são essas crianças?" — "Já lhe disse: filhos de uma amiga íntima. Ficamos com eles depois que ela se viu impossibilitada de cuidar deles. Não tinham pai." — "Há quanto tempo estão aqui?" — "Há um certo tempo. Você também partiu há um certo tempo, meu filho." Olhei à minha volta, depois a fitei novamente: "São judeuzinhos, é isso? Confesse. São judeus, hein?" Ela não se deixou desarmar: "Não comece a delirar. Não são judeus. Se não acredita em mim, basta examiná-los quando estiverem no banho. É assim que vocês fazem, não é?" — "É. Às vezes é assim que fazemos." — "Mas e se fossem judeus, isso mudaria alguma coisa? Que faria com eles?" — "Não faria absolutamente nada." — "O que vocês fazem com os judeus?", continuou. "Conta-se todo tipo de horrores. Até mesmo os italianos dizem que não é aceitável o que vocês fazem." Senti-me subitamente velho, cansado: "São despachados para trabalhar no Leste. Constroem estradas, casas, trabalham nas fábricas." Ela não se conformou: "Vocês também despacham crianças para construir estradas? Pegam crianças também, não é mesmo?" — "As crianças vão para campos especiais. Ficam com as mães que não podem trabalhar." — "Por que faz isso?" Mostrei indiferença: "Alguém tinha que fazer. Os judeus são parasitas, exploradores: agora estão servindo aqueles a quem exploravam. Os franceses, chamo sua atenção, estão nos ajudando muito: na França, é a polícia francesa que os prende e despacha para nós. É a lei francesa que decide sobre isso. Um dia a história julgará que estávamos com a razão." — "Estão completamente loucos. Vá rachar a lenha." Deu meia-volta e se dirigiu para a escada de serviço. Fui guardar os três livros de Burroughs na minha bolsa, depois fui até a despensa. Tirei o casaco, peguei o machado, coloquei uma tora no cepo e a rachei. Era bem difícil, eu não estava acostumado àquele tipo de trabalho, tive que me equilibrar diversas vezes. Enquanto erguia o machado, pensava nas palavras da minha mãe; não era sua falta de compreensão política que me atormentava, era o olhar que dirigia a mim: que via ela quando me fitava? Percebi a que ponto eu sofria sob o peso do passado, das mágoas reais ou quiméricas, dos erros irreparáveis, da inexorabilidade do tempo. Debater-se de nada servia. Quando consegui alguma lenha, empilhei os pedaços em meus braços e os levei para a cozinha. Minha mãe descascava batatas. Depositei a lenha no local apropriado, perto do forno, e saí em silêncio para rachar mais. Fiz assim várias idas e vindas. Enquanto trabalhava, pensava: no fundo, o problema coletivo dos alemães é igual ao meu; eles também lutavam para se libertar de um passado doloroso, para fazer tábula rasa e começar coisas novas. Fora assim que haviam chegado à solução mais radical de todas, o assassinato, o horror doloroso do assassinato. Mas o assassinato era uma solução? Eu pensava nas diversas conversas que tive a esse respeito na Alemanha, eu não era o único a duvidar. E se o assassinato não fosse uma solução definitiva, e se, ao contrário, esse fato novo, ainda menos notório que o precedente, abrisse por sua vez novos abismos? Então o que restaria como saída? Na cozinha, percebi que ainda estava com o machado. O recinto estava vazio: minha mãe devia estar na sala. Olhei o monte de lenha, parecia suficiente. Eu estava encharcado; coloquei o machado no canto, ao lado da lenha, e subi para me lavar e trocar a camisa.

    A refeição desenrolou-se num silêncio sombrio. Os gêmeos almoçavam na escola, éramos apenas três. Moreau tentava comentar as últimas notícias — os anglo-americanos avançavam rapidamente sobre Túnis; em Varsóvia, houve distúrbios —, mas eu mantinha o silêncio obstinadamente. Olhava para ele e pensava: "É um homem astuto, também deve manter contato com os terroristas, ajudá-los um pouco; se as coisas piorarem, dirá que esteve sempre do lado deles, que só trabalhou para os alemães dando cobertura. Aconteça o que acontecer, esse velho leão covarde e desdentado saberá preparar seu covil. Ainda que os gêmeos não fossem judeus, eu tinha certeza de que ele escondera judeus: belíssima oportunidade, a um baixo custo (com os italianos, ele não arriscava nada), de arranjar um álibi para o futuro. Porém, ocorria-me então esse pensamento furioso, vamos mostrar-lhes, a ele e a seus pares, o que a Alemanha tem no ventre; ainda chegamos lá. Minha mãe também se calava. Depois da refeição, declarei que ia passear. Atravessei o parque, passei pelo portão gradeado sempre entreaberto e desci até a praia. No caminho, o cheiro do sal marinho vinha se misturar fortemente ao dos pinheiros, e mais uma vez o passado retornava, o passado feliz que se banhara naqueles aromas, o passado infeliz também. Na praia, tomei a direita, em direção ao porto e à cidade. Ao pé do forte Carré, sobre uma faixa de terra que dominava o mar e cercada de pinheiros-guarda-chuva, estendia-se um campo de esportes onde crianças jogavam bola. Criança, eu era franzino, não gostava de esportes, preferia ler; mas Moreau, que me achava fraquinho, aconselhara minha mãe a me inscrever num clube de futebol; assim, eu também jogara naquele campo. Não foi um grande sucesso. Como eu não gostava de correr, fui escalado no gol; um dia, uma criança me mandou a bola tão forte no peito que fui projetado para dentro da meta. Lembro-me de ter ficado deitado, olhando através das redes as pontas dos pinheiros agitadas pela brisa, até que o monitor finalmente viesse verificar se eu estava machucado. Tempos depois aconteceu nossa primeira partida contra outro clube. O capitão do time não queria que eu jogasse; finalmente, no segundo tempo, me deixou entrar em campo. Vi-me, não sei como, com a bola nos pés e comecei a correr em direção ao gol. À minha frente, o campo vazio escancarava-se, os espectadores gritavam, assobiavam, eu não via mais nada a não ser aquele gol, o goleiro impotente que tentava me deter agitando os braços, eu triunfando sobre tudo e marcando, mas era o gol da minha própria equipe: nos vestiários fui moído pelos outros garotos, e abandonei o futebol nesse ponto. Depois do forte, encurva-se o porto Vauban, uma grande enseada natural adaptada, onde balouçavam barcos de pesca e avisos da Marinha italiana. Sentei-me num banco e acendi um cigarro, observando as gaivotas rodopiarem em torno dos pesqueiros. Ali era outro lugar aonde eu ia muito. Houve um passeio, em 1930, logo antes dos exames para a faculdade, durante as férias de Páscoa. Fazia quase um ano que eu evitava Antibes, desde o casamento da minha mãe com Moreau, mas naquelas férias ela usou de um truque que deu certo: escreveu-me, sem nenhuma alusão ao que acontecera, nem à minha carta insultuosa, para me dizer que Una vinha para as festas e ficaria encantada em me ver. Já havia três anos que éramos mantidos separados: Canalhas, pensei, mas não podia recusar, e eles contavam com isso. Nosso reencontro foi constrangedor, falávamos pouco; naturalmente minha mãe e Moreau não nos deixavam quase nunca a sós. Quando cheguei, Moreau me segurou pelo braço: "Nada de pouca vergonha, hein? Estou de olho em você." Para ele, burguês chucro, era evidente que eu a seduzira. Eu não disse nada, mas quando ela finalmente chegou, soube que a amava mais que nunca. Quando, no meio da sala, ela roçou por mim ao passar, o dorso de sua mão tocando a minha numa fração de segundo, foi como se um choque elétrico me cravasse no teto, tive que morder o lábio para não gritar. Depois fomos passear nos arredores do porto. Nossa mãe e Moreau andavam à nossa frente, ali, a alguns passos do lugar onde eu ficava sentado e que me rememorava esse momento; conversei com minha irmã sobre minha escola, os padres, a corrupção e os costumes depravados dos meus colegas de classe. Também lhe contei que tinha ido com meninos. Ela sorriu suavemente e me deu um beijo rápido no rosto. Suas próprias experiências não haviam sido muito diferentes, ainda que a violência fosse mais moral que física. As bondosas irmãs, ela me declarou, eram todas *neuróticas, inibidas e frígidas*. Ri e lhe perguntei onde havia aprendido aquelas palavras; as garotas do internato, respondeu com um leve sorriso de alegria, subornavam as empregadas para lhes passar às escondidas não mais volumes de Voltaire e Rousseau, mas sim de Freud, Spengler e Proust, e, se eu ainda não os lera, já era tempo de começar. Moreau parou para comprar casquinhas de sorvete. Mas assim que voltou para junto da nossa mãe retomamos a conversa: dessa vez, falei do nosso pai. "Ele não está morto", sussurrei com paixão. — "Eu sei", disse ela. "E, mesmo se estiver, não cabe a eles enterrá-lo." — "Não é questão de enterro. É como se eles o houvessem assassinado. Assassinado com papel. Que ignomínia! Em nome de seus desejos escusos." — "Sabe", ela disse então, "acho que ela o ama." — "Dane-se!", sibilei. "Ela desposou nosso pai e é mulher dele. A verdade é essa. Um juiz não pode mudar nada."

Ela parou e me fitou: "Provavelmente tem razão." Mas nossa mãe já nos chamava e avançamos em sua direção, lambendo nossas casquinhas de baunilha.

    Na cidade, tomei uma taça de vinho branco num balcão, continuava a pensar naquelas coisas e me disse que vira o que tinha ido ver, ainda que continuasse a não saber o que era; já pensava em ir embora. Fui até o guichê, perto do ponto de ônibus, e comprei uma passagem para o dia seguinte, com destino a Marselha; na estação, bem ao lado, comprei uma passagem de trem para Paris, a baldeação era rápida, chegaria antes do anoitecer. Em seguida voltei para a casa da minha mãe. O parque, em volta da casa, estendia-se tranquilo e silencioso, percorrido pelo doce rumor das agulhas acariciadas pela brisa do mar. A porta envidraçada do salão ficara aberta: aproximei-me e chamei, mas ninguém respondeu. Talvez, pensei, estejam fazendo a sesta. Eu também me sentia cansado, sem dúvida em função do vinho e do sol; contornei a casa e subi pela escada principal, sem encontrar ninguém. Meu quarto estava escuro e frio. Deitei-me e dormi. Quando acordei, a luz mudara, já estava bem escuro: na soleira da porta, distingui os dois gêmeos, de pé lado a lado, que me olhavam fixamente com seus grandes olhos redondos. "Que querem?", perguntei. A essas palavras, recuaram numa mesma passada e sumiram. Ouvi seus passinhos ressoarem no assoalho, depois descerem a escadaria num tropel. A porta principal bateu e fez-se novamente silêncio. Sentei-me na beira da cama e percebi que estava nu; entretanto não tinha nenhuma lembrança de haver levantado para me despir. Meus dedos machucados doíam e chupei-os distraidamente. Depois girei o comutador da luminária e, franzindo os olhos, procurei a hora: meu relógio de pulso, na mesinha de cabeceira, estava parado. Olhei ao redor mas não vi minhas roupas. Onde será que estavam então? Peguei roupa branca limpa na minha bolsa e tirei meu uniforme do armário. Minha barba espetava um pouco, mas decidi me barbear mais tarde e me vesti. Desci pela escada de serviço. A cozinha estava vazia, o forno, frio. Fui até a entrada dos fornecedores: do lado de fora, para as bandas do mar, a alvorada começava a despontar e matizava levemente de cor-de-rosa a parte inferior do céu. Curioso os gêmeos terem se levantado tão cedo, pensei. Será que eu dormira durante o jantar? Eu devia estar mais cansado do que pensava. Meu ônibus saía cedinho, eu precisava me arrumar. Dei meia-volta fechando a porta, subi os três degraus que levavam à sala e entrei, dirigindo-me às apalpadelas para a porta envidraçada. Na penumbra, esbarrei em alguma coisa mole, deitada no tapete. Esse contato me deixou gelado. Recuei até o comutador do lustre, passei a mão atrás de mim sem me virar, e girei. A luz irrompeu de várias luminárias, viva, crua, quase baça. Olhei a forma com que me chocara: era um corpo, como instintivamente senti, e agora vi que o tapete estava embebido em sangue, que eu caminhava numa poça de sangue que transbordava do tapete e ia se estender sobre as lajes de pedra, sob a mesa, até a porta envidraçada. O horror e o pavor me davam uma vontade louca de fugir, de me esconder em um lugar escuro; fiz um esforço para me controlar e saquei minha arma de mão, presa no meu cinto. Tentei desarmar a trava de segurança com o dedo. Depois me aproximei do corpo. Queria evitar caminhar no sangue, mas era impossível. Quando cheguei mais perto, constatei que se tratava, mas isso eu já sabia, de Moreau, o peito destroçado, o pescoço cortado pela metade, os olhos ainda abertos. O machado que eu deixara na cozinha jazia no sangue ao lado do corpo; aquele sangue quase negro ensopava suas roupas, respingava em seu rosto um pouco caído, em seu bigode grisalho. Olhei ao redor, não vi nada. A porta envidraçada parecia fechada. Voltei à cozinha, abri o quarto de despejo, não havia ninguém. Minhas botas deixavam grandes rastros de sangue no ladrilho: abri a porta de serviço, saí e limpei-as no capim, ao mesmo tempo que examinava o fundo do parque, em alerta máximo. Mas não havia nada. O céu clareava, as estrelas começavam a desaparecer. Contornei a casa, abri a porta principal e subi. Meu quarto estava vazio; o dos gêmeos também. Ainda empunhando a pistola, vi-me diante da porta do quarto de minha mãe. Estiquei a mão esquerda para o puxador da porta: meus dedos tremiam. Controlei-me e abri. As persianas estavam fechadas, estava escuro; sobre a cama, eu podia distinguir uma forma cinzenta. "Mamãe?", murmurei. Procurando às apalpadelas, minha arma apontada, encontrei o botão do comutador e acendi a luz. Minha mãe, de camisola com gola de renda, jazia atravessada na cama; seus pés saíam um pouco para fora, um ainda calçava um chinelo cor-de--rosa, o outro, que pendia, estava descalço. Petrificado de horror, não esqueci de olhar atrás da porta e me abaixar rapidamente para verificar embaixo da cama: afora o chinelo caído, não havia nada. Tremendo, aproximei-me. Seus braços descansavam na colcha, a camisola, meticulosamente puxada até os pés, não estava amassada, não parecia ter se defendido. Debrucei e coloquei meu ouvido perto de sua boca aberta; não havia nenhuma respiração. Não ousei tocá-la. Ela tinha os olhos saltados e marcas vermelhas no pescoço descarnado. Senhor, pensei, ela foi estrangulada, estrangularam minha mãe. Examinei o quarto. Nada havia sido revirado, as gavetas dos móveis estavam todas fechadas, os armários também. Fui até o toucador, estava vazio, tudo parecia no lugar, voltei para o quarto. Sobre a colcha, sobre o tapete, sobre a camisola, vi então, havia manchas de sangue: o assassino devia ter matado Moreau primeiro e depois subido. A angústia me sufocava, eu não sabia o que fazer. Vasculhar a casa? Encontrar os gêmeos e interrogá-los? Chamar a polícia? Eu não tinha tempo, tinha que pegar o ônibus. Lentamente, bem lentamente, peguei o pé que pendia e o recoloquei sobre a cama. Eu deveria ter calçado o chinelo caído mas não tinha coragem de tocar em minha mãe de novo. Saí do quarto, quase de costas. No meu quarto, enfiei meus poucos pertences na minha bolsa e deixei a casa, fechando a porta da entrada. Minhas botas ainda carregavam vestígios de sangue, lavei-as em uma bacia abandonada com um pouco de água da chuva. Não via sinal dos gêmeos: deviam ter fugido. De toda forma, aquelas crianças não me diziam respeito.

  A viagem desenrolou-se como um filme, eu não pensava, os meios de transporte se sucediam, eu entregava meus bilhetes quando solicitavam, as autoridades não me causavam problemas. Quando deixei a casa a caminho da cidade, o sol plenamente erguido sobre o mar que ronronava, eu cruzara com uma patrulha italiana que lançou um olhar curioso para o meu uniforme, mas não disse nada; imediatamente antes de embarcar no ônibus, um policial francês acompanhado de dois *bersaglieri* me abordou para pedir meus documentos: quando lhe mostrei e traduzi a carta do Einsatzkommando de Marselha, fez a saudação e me deixou partir. Melhor assim, eu teria sido incapaz de discutir, estava petrificado pela angústia, meus pensamentos como congelados. No ônibus me dei conta de que esquecera meu terno e todas as minhas roupas da véspera. Na estação de Marselha tive que esperar uma hora, pedi um café e o tomei no balcão, no burburinho do saguão. Eu precisava raciocinar um pouco. Deve ter havido gritos, barulho; como era possível que eu não tivesse despertado? Eu bebera apenas uma taça de vinho. Além disso, o homem não matara os gêmeos, eles devem ter gritado. Por que não vieram me procurar? Que faziam ali, mudos, quando eu acordara? O assassino não vasculhara a casa, em todo caso não entrara no meu quarto. E quem era ele? Um bandido? Um ladrão? Mas nada parecia ter sido tocado, deslocado, revirado. Talvez os gêmeos o tivessem surpreendido e ele fugira. Mas isso não fazia sentido, eles não haviam gritado, não haviam me procurado. O matador estava sozinho? Meu trem partia, sentei-me e continuei o raciocínio. Se não era um ladrão, ou ladrões, então que seria? Um ajuste de contas? Um caso de Moreau que acabara mal? Terroristas do *maquis*, para darem um exemplo? Mas os terroristas não massacravam as pessoas com um machado, como selvagens, levavam-nas até uma floresta para um simulacro de processo, depois as fuzilavam. E, repito, eu não despertara, eu que tenho sono tão leve, não entendo, a angústia retorcia meu corpo, eu sugava meus dedos semicicatrizados, meus pensamentos rodopiavam, derrapavam loucamente, prisioneiros do ritmo intermitente do trem, eu não tinha certeza de nada, nada fazia sentido. Em Paris, embarquei sem problemas no expresso da meia-noite para Berlim; ao chegar, hospedei-me num quarto no mesmo hotel. Tudo estava tranquilo, silencioso, alguns carros passavam, os elefantes, a quem eu continuava devendo uma visita, barriam na luz da madrugada. Eu dormira algumas horas no trem, um sono escuro, sem sonhos; ainda estava esgotado, mas impossível voltar para a cama. Minha irmã, pensei finalmente, preciso avisar Una. Fui até o Kaiserhof: o Freiherr Von Üxküll deixara um endereço? "Não estamos autorizados a transmitir os endereços dos nossos clientes, Herr Sturmbannführer", foi a resposta. Mas podiam pelo menos expedir um telegrama? Tratava-se de um caso urgente de família. Isso já era possível. Pedi um formulário e redigi no balcão da recepção: MAMÃE MORTA ASSASSINADA STOP MOREAU IDEM STOP ESTOU EM BERLIM TELEFONE STOP, seguido pelo número do Hotel Eden. Estendi-o ao recepcionista junto com uma cédula de dez reichsmarks; ele o leu com ar grave e me disse inclinando ligeiramente a cabeça: "Meus pêsames, Herr Sturmbannführer." — "Pode enviá-lo imediatamente?" — "Estou chamando o correio agora mesmo, Herr Sturmbannführer." Peguei o troco e voltei para o Eden, deixando instruções para que viessem me chamar imediatamente em caso de recado, à hora que fosse. Tive que esperar até a noite. Atendi em uma cabine ao lado da recepção, felizmente isolada. A voz de Una estava em pânico: "O que aconteceu?" Dava para perceber que tinha chorado. Comecei o mais calmamente possível: "Eu estava em Antibes, tinha ido visitá-los. Ontem pela manhã..." Minha voz tropeçou. Limpei a garganta e prossegui: "Ontem pela manhã acordei..." Minha voz travou e não consegui continuar. Eu ouvia minha irmã falar: "O que há? O que aconteceu?" — "Espere", eu disse duramente e abaixei o aparelho na altura da minha coxa enquanto tentava me recuperar. Aquilo nunca me acontecera, perder assim o controle da voz; até nos piores momentos, sempre soube me comportar de maneira ordenada e precisa. Pigarreei, pigarreei de novo, depois trouxe o aparelho até a altura do meu rosto e lhe expliquei em poucas palavras o ocorrido. Ela fez apenas uma pergunta, frenética, aflita: "E os gêmeos? Onde estão os gêmeos?" Foi então que fiquei como um louco, me arremessei na cabine, batendo nas paredes com as costas, os pulsos, o pé e berrando no aparelho: "Quem são esses gêmeos?! Essas porras de garotos, são de quem?" Um soldado, alertado pela berraria, detivera-se em frente à cabine e me observava através do vidro. Com um esforço, me acalmei. Minha irmã, do outro lado da linha, continuava muda. Respirei e disse no bocal: "Estão vivos. Não sei aonde se meteram." Ela não dizia nada, eu julgava ouvir sua respiração ao fundo da interferência da linha internacional. "Continua aí?" Nenhuma resposta. "Eles são de quem?", perguntei de novo, suavemente. Ela continuava em silêncio. "Merda!", gritei, e desliguei com uma batida seca. Saí tempestuosamente da cabine e me plantei diante da recepção. Peguei meu caderninho de endereços, encontrei um número, rabisquei num pedaço de papel e o entreguei ao funcionário. Ao cabo de alguns instantes o telefone tocou na cabine. Peguei o aparelho e ouvi uma voz de mulher. "Boa noite", eu disse. "Gostaria de falar com o Dr. Mandelbrod. É o Sturmbannführer Aue." — "Sinto muito, Herr Sturmbannführer. O Dr. Mandelbrod não pode atender no momento. Quer deixar recado?" — "Eu queria encontrá-lo." Deixei o número do hotel e subi para o quarto. Uma hora mais tarde um mensageiro do andar trouxe-me um bilhete: o Dr. Mandelbrod me receberia no dia seguinte, às dez horas. As mesmas mulheres, ou outras similares, me conduziram até ele. No amplo e claro gabinete, percorrido pelos gatos, Mandelbrod esperava diante da mesa de centro; Herr Leland, reto e magro num traje completo de risca de giz, estava sentado ao seu lado. Apertei suas mãos e me sentei por meu turno. Daquela vez, não serviram chá. Mandelbrod tomou a palavra: "Fico muito contente em vê-lo. Teve um bom descanso?" Parecia sorrir em sua gordura. "Teve tempo de refletir sobre minha proposta?" — "Sim, Herr Doktor. Mas eu queria outra coisa. Queria ser destacado para a Waffen-ss e partir para o front." Mandelbrod fez um pequeno movimento, como se desse de ombros. Leland me fitava com um olhar duro, frio, lúcido. Eu sabia que ele tinha um olho de vidro, mas nunca conseguira distinguir qual. Foi ele quem respondeu, numa voz pedregosa, com um ínfimo vestígio de sotaque: "É impossível. Vimos sua ficha médica: seu ferimento é considerado invalidez grave, e você foi classificado para o trabalho de escritório." Olhei para ele e balbuciei: "Mas eles precisam de homens. Estão recrutando em toda parte." — "Sim", disse Mandelbrod, "mas mesmo assim não se pega qualquer um. Normas são normas." — "Nunca vão chamá-lo de novo para voltar à ativa", repisou Leland. — "Sim", prosseguiu Mandelbrod, "e para a França há pouca esperança também. Não, você devia confiar em nós." Levantei-me: "Meine Herren, obrigado por me haverem recebido. Sinto muito tê-los importunado." — "Mas não há nenhum problema, meu rapaz", sussurrou Mandelbrod. "Vá devagar, reflita mais um pouco." — "Mas lembre-se", acrescentou severamente Leland": um soldado no front não pode escolher seu lugar. Tem que cumprir seu dever, seja qual for o posto."

Do hotel, mandei um telegrama para Werner Best, na Dinamarca, dizendo-lhe que estava disposto a aceitar um cargo em sua administração. Depois esperei. Minha irmã não ligava de volta, tampouco tentei entrar em contato com ela. Três dias mais tarde, recebi uma mensagem do Auswärtiges Amt; era a resposta de Best: a situação na Dinamarca mudara, ele nada tinha a me sugerir por enquanto. Amassei o papel e joguei fora. A amargura e o medo aumentavam, eu precisava fazer alguma coisa para não desmoronar. Telefonei para o escritório de Mandelbrod e deixei um recado.

Menuet (en rondeaux)

Foi Thomas, e isso não será surpresa para vocês, quem me trouxe o comunicado. Eu tinha descido para ouvir as notícias no bar do hotel em companhia de alguns oficiais da Wehrmacht. Devia ser meados de maio: em Túnis, nossas tropas haviam efetuado um *encurtamento voluntário da frente de batalha segundo o plano preestabelecido*; em Varsóvia, a eliminação dos bandos terroristas *prosseguia sem obstáculos*. Os oficiais que me cercavam escutavam com o semblante abatido, em silêncio; apenas um Hauptmann maneta gargalhou ruidosamente ao ouvir os termos *freiwillige Frontverkürzung* e *planmässig*, mas deteve-se ao se deparar com meu olhar angustiado; como ele e os outros também, eu sabia o bastante para poder interpretar esses eufemismos: os judeus amotinados do gueto resistiam às nossas melhores tropas havia semanas, e a Tunísia estava perdida. Procurei o garçom com os olhos para pedir outro conhaque. Thomas entrou. Atravessou a sala com um passo marcial, lançou-me cerimoniosamente uma saudação alemã estalando os calcanhares, depois me pegou pelo braço e me puxou para um reservado; ali, afundou na bancada jogando displicentemente seu quepe na mesa e brandindo um envelope que segurava delicadamente entre dois dedos enluvados. "Sabe o que tem dentro?", perguntou franzindo o cenho. Fiz sinal que não. O envelope, eu percebia, estampava o timbre do Persönlicher Stab des Reichsführer-SS. "Porque eu sei", continuou no mesmo tom. Sua fisionomia se iluminou: "Parabéns, querido amigo. Você esconde bem o jogo. Eu sempre soube que era mais astuto do que aparentava." Continuava segurando o papel. "Pegue, pegue." Peguei-o, rompi o lacre e tirei uma folha, uma ordem para me apresentar assim que pudesse ao Obersturmbannführer Dr. Rudolf Brandt, assessor pessoal do Reichsführer-SS. "É uma convocação", eu disse bem estupidamente. — "Sim, é uma convocação." — "E que significa isso?" — "Significa que seu amigo Mandelbrod tem o braço comprido. Você foi destacado para o estado-maior pessoal do Reichsführer, meu velho. Vamos comemorar?"

Patrocinar a festa não me atraía muito, mas me deixei arrastar. Thomas passou a noite me pagando uísques americanos e dissertando com entusiasmo sobre a obstinação dos judeus em Varsóvia. "Você se dá conta? *Judeus!*" No que se referia à minha nova função, parecia achar que eu dera um golpe de mestre; quanto a mim, não fazia ideia do que se tratava. Na manhã seguinte, apresentei-me na SS-Haus, instalada na Prinz-Albrechtstrasse bem ao lado da Staatspolizei, num amplo ex-hotel transformado em escritórios. O Obersturmbannführer Brandt, um homenzinho curvado, de aspecto incolor e meticuloso, o rosto escondido atrás de lentes grandes e redondas com armação de tartaruga, recebeu-me prontamente: parecia-me tê-lo visto em Hohenlychen, quando o Reichsführer me condecorara no leito do hospital. Com algumas frases lapidares e precisas, deu-me ciência do que esperavam de mim. "A passagem do sistema dos campos de concentração com finalidade puramente corretiva para a função de provisão de força de trabalho, iniciada, veja, há mais de um ano, não vem sendo feita sem sobressaltos." O problema dizia respeito tanto às relações entre a SS e os interventores externos quanto às relações internas no seio da própria SS. O Reichsführer gostaria de entender mais precisamente a fonte dessas tensões a fim de reduzi-las, e assim maximizar a capacidade produtiva desse considerável manancial humano. Por conseguinte, decidira nomear um oficial, já experiente, como seu delegado pessoal para o Arbeitseinsatz ("operação" ou "organização do trabalho"). "Após estudarmos os dossiês e recebermos diversas recomendações, o senhor foi o escolhido. O Reichsführer deposita plena confiança na sua capacidade de realizar essa tarefa, que exigirá grande força de análise, senso de diplomacia e espírito de iniciativa SS como o de que deu provas na Rússia." Os escritórios SS envolvidos receberiam ordens para cooperar comigo; mas a mim caberia garantir que essa cooperação se desse da melhor forma possível. "Todas as suas perguntas, bem como seus relatórios", concluiu Brandt, "deverão ser encaminhados à minha pessoa. O Reichsführer só o verá quando estimar necessário. Ele o receberá hoje para lhe explicar o que espera do senhor." Eu ouvira sem piscar; não percebia do que ele falava, mas por ora julgava mais político guardar minhas perguntas comigo. Brandt me pediu para esperar no térreo, em uma sala; ali encontrei revistas, com chá e bolo. Logo me cansei de folhear velhos números do *Schwarzes Korps* na luz filtrada do recinto; infelizmente não era possível fumar no prédio, o Reichsführer proibira por causa do cheiro, e tampouco sair para fumar na rua, pois podiam chamar. Vieram me buscar no final da tarde. Na sala de espera, Brandt me deu suas últimas recomendações: "Não faça comentários, não faça perguntas, não fale a menos que ele solicite." Em seguida, introduziu-me. Heinrich Himmler estava sentado atrás de sua mesa de trabalho: avancei num passo militar, seguido por Brandt, que me apresentou; saudei-o, e Brandt, depois de entregar um dossiê ao Reichsführer, retirou-se. Himmler fez sinal para que eu me sentasse e consultou o dossiê. Sua fisionomia parecia estranhamente vaga, sem cor, seu bigodinho e seu pincenê só faziam ressaltar o caráter escorregadio de seus traços. Olhou para mim com um sorrisinho amistoso; quando ergueu a cabeça, a luz, refletida nas lentes de seu pincenê, tornava-as opacas, escondendo seus olhos atrás de dois espelhos redondos: "Parece em melhor forma que da última vez que o encontrei, Sturmbannführer." Surpreendeu-me que se lembrasse; talvez houvesse uma anotação no dossiê. Continuou: "Está plenamente recuperado do ferimento? Ótimo." Folheou algumas páginas. "Pelo que vejo, sua mãe é francesa..." Isso me parecia uma pergunta e tentei uma resposta: "Nascida na Alemanha, meu Reichsführer. Na Alsácia." — "Sim, mas francesa, mesmo assim." Levantou a cabeça e dessa vez o pincenê não refletiu a luz, revelando olhos miúdos bem aproximados, um olhar surpreendentemente manso. "Saiba que, por princípio, jamais aceito homens com sangue estrangeiro no meu estado-maior. É uma roleta-russa: muito arriscado. Nunca se sabe o que vai se manifestar, mesmo com excelentes oficiais. Mas o Dr. Mandelbrod convenceu-me a fazer uma exceção. É um homem muito sensato, cujo ponto de vista respeito." Marcou uma pausa. "Eu tinha cogitado num outro candidato ao posto. O Sturmbannführer Gerlach. Infelizmente, morreu há um mês. Em Hamburgo, durante um bombardeio inglês. Não se protegeu a tempo e recebeu um vaso de flores na cabeça. Begônias, acho. Ou tulipas. Morreu com o baque. Esses ingleses são uns monstros. Bombardear civis, à toa, sem discriminação. Depois da vitória teremos que organizar processos para crimes de guerra. Os responsáveis por essas atrocidades irão responder por isso." Calou-se e voltou a mergulhar no meu dossiê. "O senhor vai fazer trinta anos e não se casou", disse, levantando novamente a cabeça. "Por quê?" O tom era severo, professoral. Ruborizei: "Ainda não tive oportunidade, meu Reichsführer. Terminei os estudos logo antes da guerra." — "Devia pensar nisso seriamente, Sturmbannführer. Seu sangue é valioso. Se o senhor morrer na guerra, ele não deve ser perdido para a Alemanha." Minhas palavras vieram sozinhas aos lábios: "Meu Reichsführer, peço-lhe que me desculpe, porém minha abordagem espiritual do meu engajamento nacional-socialista e do meu serviço na SS não me permite pensar em casamento enquanto meu *Volk* não controlar os perigos que o ameaçam. A afeição por uma mulher não pode senão enfraquecer um homem. Minha entrega é total, impossível dividir minha devoção antes da vitória final." Himmler escutava enquanto examinava meu rosto; seus olhos se haviam arregalado ligeiramente. "Sturmbannführer, apesar do sangue estrangeiro, suas qualidades germânicas e nacional-socialistas não deixam de impressionar. Não sei se posso aceitar seu raciocínio: continuo a achar que o dever de todo SS-Mann é perpetuar a raça. Mas vou refletir nas suas palavras." — "Obrigado, meu Reichsführer." — "O Obersturmbannführer Brandt explicou-lhe o trabalho?" — "Em linhas gerais, meu Reichsführer." — "Não tenho muita coisa a acrescentar. Delicadeza acima de tudo. Não quero provocar conflitos inúteis." — "Sim, meu Reichsführer." — "Seus relatórios são muito bons. O senhor tem um excelente senso de síntese, que repousa em uma *Weltanschauung* apurada. Foi o que me fez escolhê-lo. Mas atenção! Quero soluções práticas, nada de lengalenga." — "Sim, meu Reichsführer." — "O Dr. Mandelbrod certamente vai pedir ao senhor que lhe mande cópias de seus relatórios. Não me oponho. Boa sorte, Sturmbannführer. Disponha." Levantei-me, fiz a saudação e me preparei para sair. De repente Himmler interpelou-me com sua vozinha seca: "Sturmbannführer!" — "Sim, meu Reichsführer?" Ele hesitou: "Nada de sentimentalismo, hein?" Permaneci rígido, em posição de sentido. "Naturalmente que não, meu Reichsführer." Saudei novamente e saí. Brandt, na sala de espera, lançou-me um olhar inquisidor: "Correu tudo bem?" — "Acho que sim, Herr Obersturmbannführer." — "O Reichsführer leu com grande interesse seu relatório sobre os problemas de nutrição dos nossos soldados em Stalingrado." — "Fico surpreso que esse relatório tenha chegado até ele." — "O Reichsführer se interessa muito pelas coisas. O Gruppenführer Ohlendorf e os demais Amtchefs transmitem-lhe frequentemente relatórios interessantes." Brandt entregou-me da parte do Reichsführer um livro intitulado *O assassinato ritual judaico*, de Helmut Schramm. "O Reichsführer mandou imprimi-lo para todos os oficiais SS com patente a partir de Standartenführer. Mas também pediu que fosse distribuído aos oficiais subalternos envolvidos na questão judaica. Verá que é muito interessante." Agradeci: um livro a mais para ler, eu que quase não lia mais. Brandt aconselhou-me tirar uns dias para me instalar: "Não conseguirá nada de bom se seus negócios pessoais não estiverem em ordem. Volte a me procurar depois."

Logo percebi que o mais delicado seria a questão do alojamento: eu não podia permanecer indefinidamente no hotel. O Obersturmbannführer do ss-Personal Hauptamt sugeriu duas opções: um alojamento ss para oficiais solteiros, nada caro, com refeições incluídas; ou um quarto na casa de algum morador, pelo qual deveria pagar um aluguel. Thomas, por sua vez, alojava-se num apartamento de três cômodos, espaçoso e bastante confortável, com pé-direito alto e móveis antigos e caros. Considerando a grave crise habitacional em Berlim — as pessoas que dispunham de um cômodo vazio eram a princípio obrigadas a aceitar um locatário —, era um apartamento luxuoso, sobretudo para um Obersturmbannführer solteiro; um Gruppenführer casado, com filhos, não o recusaria. Ele me explicou, rindo, como conseguira: "No entanto, não é muito complicado. Se quiser, posso ajudá-lo a encontrar um, talvez não tão grande, mas com pelo menos dois cômodos." Graças a um conhecido que trabalhava na Generalbauinspektion de Berlim, ele conseguira obter, por medida especial, um apartamento de judeu, liberado com vistas à reconstrução da cidade. "O único problema é que eu era obrigado a pagar a renovação, cerca de 500 reichsmarks. Não os tinha, mas consegui alugá-lo por intermédio de Berger a título de ajuda excepcional." Recostado no sofá, passeou um olhar satisfeito ao redor: "Nada mal, não acha?" — "E o carro?", perguntei rindo. Thomas possuía um pequeno conversível, no qual adorava sair e no qual às vezes passava para me pegar à noite. "Isso, meu velho, é outra história, que fica para outro dia. Eu bem lhe disse em Stalingrado que se nos safássemos, teríamos vida boa. Não há razão para se privar." Refleti sobre sua proposta, mas finalmente me decidi por um mobiliado na casa de um morador. Residir num prédio destinado à ss, eu não ia aguentar, queria poder escolher quem eu frequentasse fora do trabalho; e a ideia de permanecer sozinho, viver na minha própria companhia, me dava, para dizer a verdade, um pouco de medo. Senhorios constituiriam pelo menos uma presença humana, eu prepararia minhas refeições, haveria barulho no corredor. Entrei então com um requerimento esclarecendo que queria dois cômodos e que devia ter uma mulher para a cozinha e a faxina. Ofereceram-me alguma coisa em Mitte, na casa de uma viúva, a seis estações de U-Bahn da Prinz-Albrechtstrasse sem baldeação, e a um preço razoável; aceitei sem sequer visitá-los e me entregaram uma carta. Frau Gutknecht, uma mulher gorda e afogueada já passada dos sessenta, seios volumosos e cabelos pintados, me esquadrinhou com um olhar comprido e astucioso ao abrir: "Então é o senhor o oficial?", perguntou, com um forte sotaque berlinense. Transpus a soleira e apertei-lhe a mão: empesteava o ambiente com um perfume barato. Retrocedeu no longo corredor e me apontou as portas: "Aqui é minha casa; ali é a sua. Aqui está a chave. Claro, também tenho uma." Abriu e me fez visitar: móveis de fábrica cheios de bibelôs, um papel de parede amarelecido e estufado, um cheiro de fechado. Depois da saleta vinha o quarto, isolado do resto do apartamento. "A cozinha e os banheiros ficam nos fundos. A água quente é racionada, então nada de banhos." Na parede estavam pendurados dois retratos com molduras pretas: um homem de uns trinta anos, com um bigodinho de funcionário, e um rapagão louro, sólido, de uniforme da Wehrmacht. "É seu marido?", perguntei respeitosamente. Uma careta deformou o rosto dela: "É. E meu filho Franz, meu pequeno Franzi. Caiu no primeiro dia da campanha da França. O Feldwelb dele me escreveu dizendo que ele morreu como herói, para salvar um colega, mas não ganhou medalha. Queria vingar o pai dele, meu Bubi, ali, que morreu asfixiado com gás em Verdun." — "Todos os meus pêsames." — "Oh, quanto ao Bubi, estou acostumada, o senhor sabe. Mas meu pequeno Franzi ainda me faz falta." Cravou-me um olhar calculista. "Pena que eu não tenha uma filha. O senhor poderia desposá-la. Eu teria gostado, um genro oficial. Meu Bubi era Unterfeldwebel, e meu Franzi, ainda Gefreiter." — "Realmente", respondi educadamente, "é uma pena." Apontei os bibelôs: "Será que posso lhe pedir para tirar tudo isso? Vou precisar de lugar para as minhas coisas." Ela se fez de indignada: "E onde quer que eu os coloque? No meu quarto não cabe mais nada. Além disso, é bonito. Só tem que empurrar um pouco. Mas cuidado, hein? Quem quebra, paga." Apontou os retratos: "Se quiser, posso pegar isso. Não gostaria que se afligisse com meu luto." — "Isso não é importante", falei. — "Bom, então vou deixá-los. Era o quarto preferido de Bubi." Fizemos um acordo com relação às refeições e lhe dei parte dos meus tíquetes de racionamento.

  Instalei-me o melhor que pude; de toda forma, não tinha muita coisa comigo. Amontoando os bibelôs e os maus romances de antes da outra guerra, consegui liberar algumas prateleiras nas quais coloquei meus próprios livros, que mandei trazerem do porão em que os guardara antes de partir para a Rússia. Foi um prazer desembalá-los e folheá-los, ainda que vários deles estivessem estragados pela umidade. Arrumei ao lado da edição de Nietzsche que Thomas me dera e que eu nunca abrira os três Burroughs trazidos da França e o Blanchot, cuja leitura tinha abandonado; os Stendhal que eu levara para a Rússia haviam ficado por lá, assim como seus diários de 1812, e um pouco da mesma forma, no fundo. Eu lamentava não ter pensado em substituí-los durante minha passagem por Paris, mas haveria sempre uma ocasião, se eu ainda estivesse vivo. O livreto sobre o assassinato ritual me deixou num dilema: se por um lado eu podia facilmente classificar o *Festgabe* entre meus livros de economia e ciência política, aquele livro tinha um pouco de dificuldade para encontrar seu lugar. Acabei misturando-o com os livros de história, entre Von Treitschke e Gustav Kossinna. Esses livros e minhas roupas, eis tudo que eu possuía, afora um gramofone e alguns discos; o *kinjal* de Naltchik, infelizmente, também ficara em Stalingrado. Quando arrumei tudo, coloquei umas árias de Mozart, afundei numa poltrona e acendi um cigarro. Frau Gutknecht entrou sem bater e logo se zangou: "Não vai querer fumar aqui! As cortinas vão feder." Levantei-me e retirei os apliques da minha túnica: "Frau Gutknecht. Eu lhe pediria que fizesse a gentileza de bater e esperar minha resposta antes de entrar." Ela ficou roxa: "Desculpe, Herr Offizier! Mas estou na minha casa, não acha? Além disso, com todo o respeito, eu podia ser sua mãe. Qual é o problema se eu entrar? Não pretende trazer garotas aqui para cima, ou pretende? Esta é uma casa respeitável, uma casa de família." Percebi que era urgente esclarecer as coisas: "Frau Gutknecht, estou alugando seus dois cômodos; portanto, não é mais em sua casa, mas na minha, que a senhora está. Não tenho intenção alguma de trazer garotas para cá, como diz, mas prezo a minha vida privada. Se esses termos não lhe convierem, pegarei minhas coisas e meu aluguel e irei embora. Deu para entender?" Ela se acalmou: "Não leve a mal, Herr Offizier... Não estou acostumada, só isso. Pode inclusive fumar, se quiser. Peço apenas que abra as janelas..." Olhou meus livros: "Vejo que é culto..." Interrompi-a: "Frau Gutknecht. Se não tem mais nada a me pedir, eu ficaria muito grato se me deixasse sozinho." — "Oh, claro, perdão, claro." Saiu e fechei a porta atrás dela, mantendo a chave na fechadura.

Pus meus papéis em ordem junto ao departamento de pessoal e voltei para me encontrar com Brandt. Ele havia liberado para mim um dos pequenos e claros gabinetes instalados no topo do antigo hotel. Eu tinha à minha disposição uma saleta com telefone e um gabinete de trabalho com um sofá; uma jovem secretária, Fräulein Praxa; e os serviços de um plantão, que atendia a três escritórios, e de uma equipe de datilógrafas disponíveis para todo o andar. Meu motorista chamava-se Piontek, um *Volksdeutscher* da Alta Silésia, que também seria meu ordenança nos meus deslocamentos; o carro ficava à minha disposição, mas o Reichsführer insistia para que todo deslocamento de ordem pessoal fosse contabilizado à parte, e o gasto com a gasolina descontado do meu salário. Eu achava que aquilo tudo beirava a extravagância. "Isso não é nada. Precisamos ter recursos para trabalhar corretamente", me tranquilizou Brandt com um sorrisinho. Não consegui encontrar o chefe do Persönlicher Stab, o Obergruppenführer Wolff; restabelecia-se de uma grave doença, e havia meses Brandt exercia de fato todas as suas funções. Deu-me alguns esclarecimentos suplementares acerca do que esperavam de mim: "Em primeiro lugar, é importante que se familiarize com o sistema e seus problemas. Todos os relatórios encaminhados ao Reichsführer referentes a esse assunto estão arquivados aqui: mande alguém subi-los para o senhor e passe os olhos neles. Eis uma lista dos oficiais SS à frente dos diferentes departamentos concernidos pelo seu mandato. Marque reuniões e vá conversar com eles, estão à sua espera e vão lhe falar com franqueza. Quando houver formado uma visão de conjunto razoável, fará uma viagem de inspeção." Consultei a lista: tratava-se sobretudo de oficiais do Wirtschafts-Verwaltungshauptamt (o escritório central SS para Economia e Administração) e do RSHA. "A Inspeção dos Campos agora é da alçada do WVHA?", perguntei. — "É", respondeu Brandt, "há pouco mais de um ano. Veja sua lista, agora é o Amtsgruppe D. Designaram para o senhor o Brigadeführer Glücks, chefe da direção, e seu assessor, o Obersturmbannführer Liebehenschel, que, cá entre nós, lhe será provavelmente de mais utilidade que seu superior, e alguns chefes de departamento. Mas os campos são apenas uma faceta do problema; há também as iniciativas SS. O Obergruppenführer Pohl, que dirige o WVHA, irá recebê-lo para falar sobre isso. Naturalmente, se quiser entrevistar outros oficiais para aprofundar alguns pontos, não se acanhe: mas primeiro converse com esses. No RSHA, o Obersturmbannführer Eichmann lhe explicará o sistema dos transportes especiais e lhe apresentará também o estado de evolução da resolução da questão judaica e suas perspectivas futuras." — "Posso fazer uma pergunta, Herr Obersturmbannführer?" — "Pois não." — "Se entendi bem, terei acesso a todos os documentos relativos à solução definitiva da questão judaica?" — "Na medida em que a resolução judaica afeta diretamente a questão do desenvolvimento maximal da mão de obra, sim. Mas devo esclarecer que isso fará do senhor, e num nível muito superior às suas funções na Rússia, um *Geheimnisträger*, um detentor de segredos. Está rigorosamente proibido de conversar com quem quer que seja fora do serviço, incluindo aí os funcionários dos ministérios e do Partido com quem estará em contato. O Reichsführer pronuncia apenas uma sentença para qualquer violação dessa regra: a pena de morte." Apontou novamente a folha que havia me dado: "Pode falar livremente com todos os oficiais dessa lista; já com os subordinados, informe-se antes." — "Certo." — "No que se refere aos seus relatórios, o Reichsführer mandou elaborar *Sprachregelungen*, normas de linguagem. Estude-as e siga-as rigorosamente. Todo relatório fora do padrão lhe será devolvido." — "*Zu Befehl*, Herr Obersturmbannführer."

Mergulhei no trabalho como num banho reparador, uma das fontes sulfurosas de Piatigorsk. Dias a fio, sentado no sofazinho do meu gabinete, eu devorava relatórios, correspondências, ordens, organogramas, fumando de vez em quando discretamente um cigarro na janela. Fräulein Praxa, uma sudeta um pouco desmiolada que visivelmente teria preferido passar o tempo fofocando no telefone, tinha que subir e descer arquivos constantemente e se queixava de que seus tornozelos inchavam. "Obrigado", eu lhe dizia sem fitá-la quando ela entrava na minha sala com um novo maço de papéis. "Coloque esses ali e pegue estes, terminei, pode levá-los." Ela suspirava e saía tentando fazer o máximo de barulho possível. Frau Gutknecht não demorou a se revelar uma cozinheira execrável, conhecendo no máximo três pratos, todos com repolho, em geral estragados por ela; à noite, adquiri o hábito de dispensar Fräulein Praxa e descer até a cantina para comer alguma coisa, trabalhar mais no escritório, até tarde da noite, e só voltar para dormir. Para não reter Piontek, eu tomava o U-Bahn; nessas horas, a linha C estava quase vazia, e eu gostava de ficar observando os raros passageiros, rostos calejados, cansados, o que me desligava um pouco de mim mesmo e do meu trabalho. Mais de uma vez achei-me num vagão com o mesmo homem, um funcionário que, como eu, devia trabalhar até tarde; ele nunca me observava, pois estava sempre mergulhado num livro. Ora, esse homem, não obstante tão pouco peculiar, lia de uma maneira peculiar: enquanto seus olhos percorriam as linhas, seus lábios mexiam-se como se pronunciasse as palavras, mas sem um som audível, sequer um murmúrio; senti então uma coisa parecida com o espanto de Agostinho ao perceber pela primeira vez Ambrósio de Milão lendo em silêncio, unicamente com os olhos, ele, o provinciano que não sabia ser aquilo possível, que só sabia ler em voz alta, escutando-se.

    No decorrer das minhas leituras, topei com um relatório entregue em fins de março ao Reichsführer pelo Dr. Korherr, aquele estatístico antipático que contestava nossos números: os dele, devo admitir, me estarreceram. Ao cabo de uma argumentação estatística difícil de ser acompanhada por um não especialista, ele concluía que, na data de 31 de dezembro de 1942, 1 873 549 judeus, sem contar a Rússia e a Sérvia, tinham sido mortos, "transportados para o Leste" ou "represados nos mais diversos campos" (*durchgeschleust*, termo curioso imposto, imagino, pelos *Sprachregelungen* do Reichsführer). No total, estimava como conclusão, a influência alemã, desde a Tomada do Poder, reduzira a população judaica da Europa em quatro milhões, cifra que incluía, se eu bem entendia, a emigração de antes da guerra. Mesmo depois do que eu vira na Rússia, era impressionante: o nível artesanal dos Einsatzgruppen já fora superado havia tempos. Por meio de toda uma série de ordens e instruções, pude dessa forma fazer uma ideia da difícil adaptação da Inspeção dos Campos às exigências da guerra total. Enquanto a formação mesma do WVHA e sua absorção do IKL, supostamente para assinalar e empreender a transição para a produção de guerra máxima, datavam de março de 1942, medidas sérias para reduzir a mortalidade dos detentos e melhorar seu rendimento só haviam sido promulgadas em outubro; ainda em dezembro, Glücks, chefe do IKL, ordenava aos médicos dos *Konzentrationslager* que melhorassem as condições sanitárias, baixassem a mortalidade e aumentassem a produtividade, mas de novo sem determinar medidas concretas. Segundo as estatísticas do D II que consultei, a mortalidade, expressa em porcentagens mensais, havia caído bastante: a taxa global para o conjunto dos KL passara de 10% em perdas em dezembro para 2,8% em abril. Mas essa queda ainda era bastante relativa, uma vez que a população dos campos não parava de crescer; o número exato das perdas, por sua vez, não evoluía. Um relatório semestral do D II apontava que, de julho a dezembro de 1942, 57 503 detentos entre 96 770, ou seja, 60% do total, haviam morrido; ora, desde janeiro, as perdas continuavam a girar em torno de seis ou sete mil por mês. Nenhuma das medidas tomadas parecia capaz de reduzi-las. Além disso, alguns campos pareciam nitidamente piores que outros; a taxa de mortalidade em março em Auschwitz, um KL da Alta Silésia de que eu ouvia falar pela primeira vez, havia sido de 15,4%. Eu estava começando a perceber aonde o Reichsführer pretendia chegar.

Contudo, sentia-me muito pouco seguro. Seria consequência dos recentes acontecimentos ou pura e simplesmente minha carência inata de instinto burocrático? Em todo caso, após deduzir uma noção de conjunto do problema a partir dos documentos, decidi, antes de viajar para Oranienburg, onde o pessoal do IKL estava sediado, consultar Thomas. Eu gostava muito de Thomas, mas nunca teria comentado meus problemas pessoais com ele; todavia, para minhas dúvidas profissionais, era o melhor confidente que eu conhecia. Uma vez expusera de forma luminosa para mim o princípio de funcionamento do sistema (deve ter sido em 1939, ou talvez até no fim de 1938, por ocasião dos conflitos internos que haviam abalado o movimento depois da *Kristallnacht*): "Que as ordens sejam sempre vagas, é normal, inclusive deliberado, e isso decorre da própria lógica do *Führerprinzip*. Cabe ao destinatário reconhecer as intenções do remetente e agir em consequência disso. Aqueles que insistem em ter ordens claras ou querem medidas legislativas não compreenderam que é a vontade do chefe, e não suas ordens, o que conta, cabendo ao recebedor de ordens saber decifrar e, de preferência, antecipar essa vontade. O que sabe agir assim é um excelente nacional-socialista e, ainda que cometa erros, nunca será recriminado por seu excesso de zelo; os demais são aqueles que, nas palavras do Führer, *têm medo de saltar por cima da própria sombra*." Isso, eu tinha entendido; mas também tinha entendido que me faltava talento para penetrar as fachadas, adivinhar os propósitos ocultos; ora, esse talento era justamente o que Thomas possuía em altíssimo grau, e eis por que ele deslizava num conversível esporte enquanto eu voltava de U-Bahn. Encontrei-o no Neva Grill, um dos bons restaurantes que ele gostava de frequentar. Comentou cinicamente e em tom de piada o moral da população, tal como transparecia nos relatórios confidenciais de Ohlendorf, de que recebia cópias: "É impressionante a que ponto as pessoas estão bem informadas sobre os pretensos segredos, o programa de eutanásia, a destruição dos judeus, os campos da Polônia, o gás, tudo. Você, na Rússia, nunca tinha ouvido falar dos KL de Lublin ou da Silésia, mas qualquer condutor de bonde de Berlim ou de Düsseldorf sabe que lá os detentos são incinerados. E, mesmo com a intoxicação da propaganda de Goebbels, as pessoas continuam capazes de formar opiniões. As rádios estrangeiras não são a única explicação, pois muitas pessoas ainda têm medo de escutá-las. Não, hoje toda a Alemanha é um vasto tecido de rumores, uma teia de aranha que se estende a todos os territórios sob nosso controle, à frente russa, aos Bálcãs, à França. As informações circulam numa velocidade louca. E os mais espertos são capazes de cruzar essas informações para às vezes chegarem a conclusões espantosamente precisas. Sabe o que fizemos recentemente? Lançamos um boato em Berlim, um verdadeiro falso boato, alicerçado em informações autênticas mas distorcidas, para estudarmos em quanto tempo e por que meios ele se transmitia. Foi recolhido em Munique, Viena, Königsberg e Hamburgo em vinte e quatro horas, em Linz, Breslau, Lübeck e Iena em quarenta e oito. Fico tentado a testar a mesma coisa a partir da Ucrânia, para ver. Mas o encorajador é que, apesar de tudo, toda essa gente continua a apoiar o Partido e as autoridades, mantêm a fé no nosso Führer e acreditam na *Endsieg*. Isso demonstra o quê? Que quase dez anos após a Tomada do Poder, o espírito nacional--socialista tornou-se *a* verdade da vida cotidiana do *Volk*, penetrando nos menores recantos. Logo, ainda que percamos a guerra, ele sobreviverá." — "Em vez disso, falemos da forma de ganharmos a guerra, pode ser?" Enquanto comia, expus as instruções que eu recebera e o estado geral da situação tal como eu a *compreendia*. Ele me escutava bebendo vinho e cortando seu *rumpsteak*, grelhado no ponto, o miolo da carne róseo e suculento. Terminou seu prato e serviu-se de mais vinho antes de responder. "Você arranjou um posto interessantíssimo, mas não o invejo. Tenho a impressão de que caiu no meio de um ninho de serpentes e logo vai estar exaurido. O que sabe sobre a situação política? Interna, quero dizer." Também terminei de comer: "Não sei muita coisa sobre a situação política interna." — "Pois deveria. Ela evoluiu radicalmente desde o início da guerra. *Primo*, o Reichsmarschall, está *out*, definitivamente, na minha opinião. Com o fracasso da Luftwaffe contra os bombardeios, sua corrupção homérica e seu uso imoderado de drogas, ninguém mais lhe dá atenção; ele faz figuração, é tirado do armário quando precisam de alguém para falar no lugar do Führer. O estimado Dr. Goebbels, apesar de seus corajosos esforços depois de Stalingrado, está de regra-três. A estrela ascendente, hoje, é Speer. Quando o Führer o nomeou, ninguém lhe dava mais de seis meses; desde então triplicou nossa produção de armamentos, e o Führer lhe dá tudo que ele pede. Enfim, esse arquitetozinho do qual tanto zombávamos revelou-se um político notável e arranjou sólidos apoios: Milch, que administra o Ministério da Aviação para Göring, e Fromm, patrocinador do *Ersatzheer*. Qual o interesse de Fromm? Cabe a Fromm fornecer homens à Wehrmacht; portanto, cada trabalhador alemão substituído por um trabalhador estrangeiro ou um detento é um soldado a mais para Fromm. Speer, por sua vez, só pensa nos meios de aumentar a produção, e Milch faz o mesmo para a Luftwaffe. Todos pedem apenas uma coisa: homens, homens e homens. E é aí que o Reichsführer tem um problema. Claro, ninguém pode criticar o programa *Endlösung* em si mesmo: é uma ordem direta do Führer, portanto só resta aos ministérios comer pelas beiradas, jogando com a transferência de parte dos judeus para o trabalho. Mas depois que Thierack aceitou esvaziar suas prisões em prol dos KL, estes vieram a representar um manancial de mão de obra nada desprezível. Isso não é nada, claro, ao lado dos trabalhadores estrangeiros, mas não deixa de ser alguma coisa. Ora, o Reichsführer é muito cioso da autonomia da SS, e é disso que Speer tira proveito. Quando o Reichsführer quis que as indústrias viessem se implantar nos KL, Speer foi ter com o Führer e *presto*! Os detentos é que partiram para as fábricas. Sinta o problema: o Reichsführer percebe que está numa posição frágil, sendo obrigado a dar garantias a Speer, dar mostras de boa vontade. Claro, se conseguir efetivamente despejar mais mão de obra na indústria, todos vão ficar satisfeitos. Mas é aí que, na minha opinião, entra uma questão interna: a SS, veja bem, é como o Reich em miniatura, cada um puxa um pouquinho para o seu lado. Pegue o exemplo do RSHA: Heydrich é um gênio, uma força da natureza e um nacional-socialista admirável; mas estou convencido de que o Reichsführer ficou secretamente aliviado com a morte dele. Despachá-lo para Praga já era brilhante: Heydrich tomou isso como uma promoção, mas percebia muito bem que se veria obrigado a ceder um pouco de terreno para o RSHA, simplesmente porque não estava mais em Berlim. Sua tendência à autonomização era muito forte, foi por isso que o Reichsführer não quis substituí-lo. E então foi a vez de os Amtchefs começarem a ir embora cada um por si. Foi quando o Reichsführer nomeou Kaltenbrunner para controlá-los, esperando que Kaltenbrunner, que é uma besta quadrada, permanecesse controlável por sua vez. Mas dá para ver que vai começar tudo de novo: é a função que o exige, mais que o homem. E é a mesma coisa para todos os outros departamentos e divisões. O IKL é particularmente rico em *alte Kämpfer*: nesse ponto, até o Reichsführer fica cheio de dedos." — "Pelo que entendo, o Reichsführer quer propor reformas sem agitar muito o IKL?" — "Ou então zomba das reformas, mas quer utilizá-las como instrumento para apertar os recalcitrantes. Ao mesmo tempo, tem que demonstrar a Speer que está cooperando com ele, mas sem lhe dar a possibilidade de tocar na SS ou podar seus privilégios." — "Muito delicado, de fato." — "Ah! Brandt disse-lhe com todas as letras: análise e diplomacia." — "Também disse iniciativa." — "Certamente! Se encontrar soluções, ainda que para problemas que não lhe forem diretamente submetidos, mas relativos aos interesses vitais do Reichsführer, sua carreira está feita. Mas, se começar a fazer romantismo burocrático e quiser virar tudo de cabeça para baixo, logo se verá substituto em uma SS-Stelle pulguenta nos rincões da Galícia. Portanto, preste atenção: se repetir a mesma asneira que na França, vou me odiar por tê-lo tirado de Stalingrado. Permanecer vivo é questão de mérito."

Essa advertência ao mesmo tempo sarcástica e temível foi dolorosamente sublinhada por uma breve carta da minha irmã. Como eu desconfiava, ela partira para Antibes depois da nossa conversa ao telefone:

Max, a polícia suspeita de um psicopata ou um ladrão ou até mesmo de um ajuste de contas. Na realidade, não sabem nada. Me disseram que estavam se inteirando dos negócios de Aristide. Foi odioso. Fizeram-me todo tipo de perguntas sobre a família: falei de você, mas, não sei por quê, evitei comentar que você estava no local. Não sei em que estava pensando, mas tive medo de lhe causar aborrecimentos. Além do mais, para quê? Fui embora logo depois do enterro. Queria que você estivesse lá e ao mesmo tempo ficaria horrorizada se estivesse. Estava triste, pobre e horrível. Foram sepultados juntos no cemitério municipal. Afora eu e um policial que tinha ido xeretar e assistia ao funeral, não havia senão alguns poucos amigos de Aristide e um padre. Fui embora logo depois. Não sei mais o que lhe escrever. Estou terrivelmente triste. Cuide-se.

A respeito dos gêmeos, nenhuma palavra: depois da reação violenta ao telefone, eu achava aquilo espantoso. O que me parecia ainda mais espantoso era minha própria falta de reação: aquela carta assustada e enlutada causava-me o efeito de uma folha amarelada de outono, solta e morta antes mesmo de haver tocado o solo. Alguns minutos depois de a ler, voltei a pensar nos problemas do trabalho. As perguntas que, um punhado de semanas antes, me atormentavam incansavelmente, se me apresentavam agora como uma fileira de portas fechadas e mudas; o pensamento de minha irmã, uma fornalha extinta cheirando a cinzas frias, e o pensamento de minha mãe, um túmulo tranquilo há muito abandonado. Essa estranha apatia estendia-se a todos os demais aspectos da minha vida: as bisbilhotices da minha locadora deixavam-me indiferente, o desejo sexual era como uma velha lembrança abstrata, e a angústia do futuro, um luxo frívolo e vão. É aliás um pouco nesse estado que me encontro hoje, e estou bem assim. Apenas o trabalho ocupava meus pensamentos. Eu meditava nos conselhos de Thomas: parecia-me que ele tinha ainda mais razão do que imaginava. Perto do fim do mês, com o Tiergarten florindo e as árvores cobrindo a cidade ainda privada de seu verdor insolente, fui visitar os escritórios do Amtsgruppe D, o ex-IKL, em Oranienburg, perto do KL Sachsenhausen: construções compridas, brancas e limpas, alamedas traçadas a régua, platibandas meticulosamente cultivadas e capinadas por detentos bem alimentados em uniformes limpos, oficiais dinâmicos, atarefados, motivados. Fui recebido com cortesia pelo Brigadeführer Glücks. Glücks falava muito e rápido, e aquele fluxo de palavras difusas apresentava um contraste marcante com a aura de eficiência que caracterizava seu reino. Carecia totalmente de visão de conjunto e demorava-se longa e obstinadamente em detalhes administrativos irrelevantes, citando-me estatísticas ao acaso e frequentemente falsas, que eu anotava por educação. A cada pergunta um pouco precisa, ele respondia invariavelmente: "Ah, o senhor faria melhor vendo isso com Liebehenschel." Não obstante, era cordial, servindo-me conhaque francês e bolos. "Preparados pela minha mulher. Apesar das restrições, ela sabe se virar, é uma fada." Desejava claramente livrar-se de mim o mais rápido possível, sem correr com isso o risco de ofender o Reichsführer, a fim de voltar ao seu torpor e aos seus bolinhos. Resolvi abreviar a visita; assim que marquei uma pausa, ele chamou seu auxiliar e me serviu um último conhaque: "À saúde do nosso querido Reichsführer." Molhei os lábios, larguei o copo e segui meu guia. "O senhor verá", acrescentou Glücks quando eu passava pela porta, "Liebehenschel pode responder a todas as suas perguntas." Ele tinha razão, e seu assessor, um homenzinho com a cara triste e cansada que também dirigia o Escritório Central do Amtsgruppe D, me fez uma exposição concisa, lúcida e realista da situação e do estágio de andamento das reformas empreendidas. Eu já sabia que a maioria das ordens emitidas sob a assinatura de Glücks era na verdade preparada por Liebehenschel, o que não surpreendia muito. Para Liebehenschel, boa parte dos problemas estava nos Kommandanten: "Falta-lhes imaginação e eles não sabem como aplicar nossas ordens. Basta um Kommandant um pouquinho motivado, e a situação muda de figura. Mas falta-nos cruelmente pessoal e não há nenhuma perspectiva de substituir esses quadros." — "E as estruturas médicas não conseguem amenizar as deficiências?" — "Quando conversar com o Dr. Lolling, vai entender." Com efeito, se a hora que passei com o Standartenführer Dr. Lolling não me informou muita coisa sobre os problemas das unidades médicas dos KL, permitiu-me ao menos, apesar do meu enfado, compreender por que só restava a estas a opção de funcionar de maneira autônoma. Velho, olhos fundos, espírito confuso e enrolado, Lolling, cujo departamento controlava todas as estruturas sanitárias dos campos, não apenas era alcoólatra, como, segundo o boato corrente, visitava diariamente seus estoques de morfina. Eu não compreendia como um homem daqueles podia permanecer na SS, ainda menos ocupar um posto de responsabilidade. Provavelmente beneficiava-se de proteções dentro do Partido. Mesmo assim arranquei dele uma pilha de relatórios bastante úteis: Lolling, à falta de algo melhor e para disfarçar a incompetência, passava o tempo encomendando relatórios aos seus subordinados; nem todos eram homens como ele, havia ali material substancial.

  Faltava Maurer, criador e chefe do Arbeitseinsatz, designado no organograma do WVHA como Departamento D II. Para dizer a verdade, eu teria podido dispensar as outras visitas, até mesmo a de Liebehenschel. O Standartenführer Maurer, homem ainda jovem, sem diplomas, mas dotado de sólida experiência profissional em contabilidade e administração, fora tirado da obscuridade de um escritório da antiga administração SS por Oswald Pohl e logo se distinguira por sua capacidade administrativa, espírito de iniciativa e compreensão aguda das realidades burocráticas. Pohl, quando voltara a abrigar o IKL sob suas asas, pedira-lhe para montar o D II a fim de centralizar e racionalizar a exploração da mão de obra dos campos. Eu iria estar com ele em diversas oportunidades na sequência e me corresponder com ele regularmente, sempre com a mesma satisfação. Para mim, ele representava um pouco um certo ideal do nacional-socialista, que, se deve ser um homem de *Weltanschauung*, também deve ser um homem de resultados. Ora, resultados concretos e mensuráveis constituíam a própria vida de Maurer. Não bastasse ter ele mesmo planejado todas as soluções implantadas pelo Arbeitseinsatz, criara sozinho o impressionante sistema de coleta de dados estatísticos que agora devassava o conjunto de campos do WVHA. Explicou pacientemente esse sistema, detalhando os formulários padronizados e pré-impressos que cada campo era obrigado a preencher e enviar, assinalando para mim os números mais importantes e a maneira correta de interpretá-los: assim considerados, esses números tornavam-se mais transparentes que um relato narrativo. Comparáveis entre si e portanto veiculando uma massa de informações, eles permitiam a Maurer acompanhar com precisão, sem deixar o gabinete, o grau de execução de suas ordens e seu sucesso. Esses dados permitiam-lhe ratificar o diagnóstico de Liebehenschel. Fez um discurso severo sobre a atitude reacionária do corpo dos Kommandanten, "formados pelo método Eicke", competentes no que dizia respeito às antigas funções repressoras e policiais, mas no conjunto limitados e ineptos, incapazes de assimilar técnicas de gestão modernas, adaptadas às novas exigências: "Esses homens não são maus, mas não dão conta das atuais exigências." O próprio Maurer tinha um único objetivo: extrair o máximo de capacidade de trabalho dos KL. Não me ofereceu conhaque, porém, quando me despedi, apertou calorosamente minha mão: "Acho estupendo o Reichsführer dedicar-se um pouco mais a esses problemas. Meu escritório está à sua disposição, Sturmbannführer, conte sempre comigo."

Retornei a Berlim e marquei um encontro com meu velho conhecido Adolf Eichmann. Este veio me receber pessoalmente no amplo saguão de entrada de seu departamento, na Kurfürstenstrasse, caminhando com passos miúdos em suas pesadas botas de cavalaria sobre as lajes de mármore polido, e me congratulou calorosamente pela minha promoção. "O senhor também", cumprimentei-o por minha vez, "foi promovido. Em Kiev, o senhor ainda era Sturmbannführer." — "Sim", disse ele com satisfação, "é verdade, mas o senhor, enquanto isso, ganhou duas insígnias... Venha, venha." Apesar de sua patente superior, achei-o curiosamente solícito e afável; talvez o fato de eu vir da parte do Reichsführer o impressionasse. Em seu escritório refestelou-se de pernas cruzadas em sua cadeira, colocou displicentemente o quepe sobre uma pilha de dossiês, tirou seus grandes óculos e começou a limpá-los com um lenço ao mesmo tempo que chamava a secretária: "Frau Werlmann! Café, por favor." Divertido, observei aquele comportamento: Eichmann estava mais senhor de si depois de Kiev. Levantou os óculos para a janela, inspecionou-os meticulosamente, esfregou-os de novo, recolocou-os. Tirou uma caixa de um arquivo e me ofereceu um cigarro holandês. Isqueiro na mão, gesticulou em direção ao meu peito: "O senhor recebeu muitas condecorações, congratulo-o mais uma vez. É a vantagem de estar no front. Aqui, na retaguarda, não temos nenhuma chance de receber uma condecoração. Meu Amtchef conseguiu que eu recebesse a Cruz de Ferro, mas na verdade era para que eu tivesse alguma coisa. Sabia que eu tinha me inscrito como voluntário para os Einsatzgruppen? Mas C. (era assim que Heydrich, querendo atribuir-se um toque inglês, fazia chamar-se por seus fiéis) ordenou que eu ficasse. *O senhor me é indispensável*, ele me disse. *Zu Befehl*, eu disse, em todo caso eu não tinha escolha." — "Mesmo assim, o senhor tem uma boa posição. Seu Referat é um dos mais importantes da Staatspolizei." — "Sim, mas no que se refere à promoção, estou completamente bloqueado. Um Referat deve ser dirigido por um Regierungsrat ou um Oberreigierungsrat ou uma patente SS equivalente. Logo, em princípio, neste posto, não posso ir além de Obersturmbannführer. Queixei-me ao meu Amtchef: ele respondeu que eu merecia ser promovido, mas que ele não queria criar problemas com seus outros chefes de serviço." Fez uma careta vincada que deformou seus lábios. Sua testa desguarnecida reluzia sob a luz do teto, acesa apesar do dia claro. Uma secretária de certa idade entrou com uma bandeja e duas xícaras fumegantes que colocou à nossa frente. "Leite? Açúcar?", indagou Eichmann. Fiz sinal que não e inalei a xícara: era café de verdade. Enquanto eu soprava, Eichmann me perguntou à queima-roupa: "O senhor foi condecorado pela *Einsatzaktion*?" Sua lengalenga começava a me cansar; eu queria chegar logo ao objetivo da minha visita. "Não", respondi. "Estive em ação em Stalingrado, depois." O rosto de Eichmann se assombreou e ele tirou os óculos com um gesto seco. *"Ach so"*, disse erguendo-se. "Esteve em Stalingrado. Meu irmão Helmut foi morto lá." — "Sinto muito. Meus pêsames. Foi o irmão mais velho?" — "Não, o caçula. Tinha trinta e três anos. Nossa mãe ainda não se recuperou. Ele caiu como herói, cumprindo seu dever pela Alemanha. Lamento", acrescentou cerimoniosamente, "não ter tido essa mesma chance." Aproveitei a brecha: "Sim, mas a Alemanha exige outros sacrifícios do senhor." Recolocou os óculos e bebeu um pouco de café. Depois esmagou o cigarro num cinzeiro: "Tem razão. Um soldado não escolhe seu posto. Então, que posso fazer pelo senhor? Se entendi bem a carta do Obersturmbannführer Brandt, está encarregado de estudar o Arbeitseinsatz, é isso? Não vejo muito o que isso tem a ver com meus serviços." Puxei algumas folhas da minha pasta que imitava couro. (Eu era presa de uma sensação desagradável sempre que manipulava aquela pasta, mas não conseguira encontrar nenhuma outra por causa das restrições. Tinha pedido um conselho a Thomas, mas ele rira na minha cara: "O que eu queria mesmo era um conjunto de mesa de couro, com uma papeleira e um porta-caneta. Escrevi a um amigo, em Kiev, um sujeito que estava no grupo que permaneceu no BdS, perguntando se podia fazer um para mim. Ele respondeu que, depois que haviam eliminado todos os judeus, não conseguiam sequer trocar a sola de um par de botas na Ucrânia.") Eichmann observava-me franzindo a sobrancelha: "Atualmente os judeus sob sua jurisdição constituem um dos principais mananciais com que o Arbeitseinsatz pode contar para renovar seus efetivos", expliquei. "Afora eles, há somente trabalhadores estrangeiros condenados por pequenos delitos e os deportados políticos dos países sob nosso controle. Todas as outras fontes possíveis, prisioneiros de guerra ou criminosos transferidos pelo Ministério da Justiça, estão em grande parte esgotadas. Meu propósito é ter uma visão de conjunto do funcionamento de suas operações e sobretudo de suas perspectivas para o futuro." Enquanto ele me escutava, um tique curioso deformava o canto esquerdo de sua boca; dava a impressão de que mascava a língua. Jogou-se novamente para trás na cadeira, suas mãos compridas e cheias de veias unidas em triângulo, os indicadores esticados: "Muito bem, muito bem. Explico. Como sabe, em cada país concernido pela *Endlösung*, há um representante do meu Referat subordinado seja ao BdS, no caso de um país ocupado, seja ao adido da Polícia na embaixada, no caso de um país aliado. Esclareço desde já que a URSS está fora da minha jurisdição; quanto ao meu representante no governo-geral, tem uma função irrelevante." — "Como isso se dá?" — "A questão judaica, no GG, é da responsabilidade do SSPF de Lublin, o Gruppenführer Globocnik, que responde diretamente ao Reichsführer. Portanto, de um modo geral, a Staatspolizei não está envolvida." Apertou os lábios: "Salvo algumas exceções que ainda precisam ser acertadas, o próprio Reich pode ser considerado *judenrein*. Quanto aos outros países, tudo depende do grau de compreensão diante da resolução da questão judaica demonstrado pelas autoridades nacionais. Daí cada país constituir de certa forma um caso particular, que posso lhe explicar." Notei que, assim que começava a falar do seu trabalho, sua mistura já curiosa de sotaque austríaco e linguajar berlinense complicava-se com uma sintaxe burocrática particularmente enrolada. Falava lenta e claramente, procurando as palavras, mas às vezes eu tinha dificuldade em acompanhar suas frases. Ele mesmo parecia perder-se um pouco nelas. "Pegue o caso da França, onde começamos por assim dizer a trabalhar no verão passado depois que as autoridades francesas, orientadas pelo nosso especialista, e também pelos conselhos e desejos do Auswärtiges Amt, ehh, digamos, aceitaram cooperar, e sobretudo depois que a Reichsbahn consentiu em nos fornecer o transporte necessário. Dessa forma pudemos começar, e no início foi inclusive um sucesso, pois os franceses mostravam muita compreensão, e depois graças ao auxílio da polícia francesa, sem a qual nada poderíamos ter feito, claro, pois não temos recursos e o Militärbefehlshaber certamente não ia fornecê-los, logo a ajuda da polícia francesa era um elemento vital, pois são eles que recolhem os judeus e os transferem para nós, aliás inclusive fazem isso zelosamente, pois tínhamos pedido oficialmente apenas judeus com mais de dezesseis anos — para começar, naturalmente —, mas eles não queriam ficar com crianças sem pais, o que é compreensível, e portanto nos entregavam todas, até mesmo órfãos — resumindo, logo percebemos que na verdade estavam nos entregando apenas judeus estrangeiros, tive inclusive que anular um frete de Bordeaux porque não tínhamos o suficiente para completá-lo, desses judeus estrangeiros, um verdadeiro escândalo, pois no que se referia aos judeus deles, os que portanto eram cidadãos franceses, isto é, de longa data, veja só, era um não. Não queriam e não havia nada a fazer. Segundo o Auswärtiges Amt, era o próprio marechal Pétain quem criava obstáculos, em vão explicamos a ele, não adiantou nada. Então, depois de novembro, claro, a situação mudou completamente, porque não estávamos mais obrigatoriamente amarrados por todos esses acordos e pelas leis francesas, mas mesmo assim, como lhe disse, havia o problema da polícia francesa, que não queria mais cooperar, não quero me queixar de Herr Bousquet, mas ele também tinha suas ordens, e de toda forma não era possível enviar a polícia alemã para bater em todas as portas, portanto, de fato, na França a coisa não anda. Como se não bastasse, muitos judeus passaram para o setor italiano, e isso é realmente um problema, pois os italianos, por sua vez, não têm nenhuma compreensão, e temos o mesmo problema em todo lugar, na Grécia e na Croácia, onde são eles os responsáveis, lá eles protegem os judeus e não somente os deles, mas todos. E isso é um verdadeiro problema, que escapa completamente à minha competência, e aliás fiquei sabendo que ele foi discutido no escalão mais alto, no mais alto de todos, e Mussolini teria respondido que ia cuidar do assunto, mas visivelmente isso não é uma prioridade, realmente não é, e, nos níveis inferiores, aqueles com que lidamos, ali o que vemos é nitidamente obstrução burocrática, manobras dilatórias e, sei como é, nunca dizem não, mas são como areia movediça e nada acontece. É esse o ponto em que estamos com os italianos." — "E os outros países?", perguntei. Eichmann levantou-se, pôs o quepe e me fez sinal para acompanhá-lo: "Venha. Vou lhe mostrar." Segui-o até um outro gabinete. Suas pernas, eu notava pela primeira vez, eram arqueadas como as de um cavaleiro. "Pratica hipismo, Herr Obersturmbannführer?" Fez de novo um trejeito: "Na mocidade. Agora não tenho mais tempo." Bateu numa porta e entrou. Alguns oficiais se levantaram e o saudaram; retribuiu-lhes a saudação, atravessou a sala, bateu em outra porta e entrou. No fundo do recinto, atrás de uma mesa, estava um Sturmbannführer; havia também uma secretária e um oficial subalterno. Todos se ergueram à nossa entrada; o Sturmbannführer, um belo animal, louro, grande e musculoso, num uniforme cortado sob medida, levantou o braço emitindo um "Heil!" marcial. Retribuímos a saudação antes de nos aproximar. Eichmann me apresentou, depois voltou-se para mim: "O Sturmbannführer Günther é meu suplente oficial." Günther olhou para mim com uma expressão grave e perguntou a Eichmann: "Que posso fazer pelo senhor, Herr Obersturmbannführer?" — "Desculpe incomodá-lo, Günther. Queria mostrar o quadro a ele." Günther afastou-se da mesa sem uma palavra. Atrás dele, na parede, estendia-se um imenso gráfico em diversas cores. "Veja", explicou Eichmann, "é organizado por país e atualizado todos os meses. À esquerda, temos os objetivos e em seguida os totais acumulados de realização do objetivo. Pode ver, passando os olhos, que estamos nos aproximando do objetivo na Holanda, 50% na Bélgica, mas que na Hungria, na Romênia ou na Bulgária estamos próximos do zero. Na Bulgária, conseguimos alguns milhares, mas isso é enganador: eles permitiram que evacuássemos os dos territórios ocupados por eles em 1941, na Trácia e na Macedônia, mas não podemos tocar nos da Velha Bulgária. Pedimos isso oficialmente há alguns meses, em março, acho, houve uma pressão do AA, mas eles recusaram de novo. Como é uma questão de soberania, todos querem garantias de que seu vizinho fará a mesma coisa, isto é, os búlgaros querem que sejam os romenos a começar, os romenos os húngaros e os húngaros os búlgaros, ou algo parecido. Considere que, depois de Varsóvia, chegamos a lhes explicar o perigo que isso representa, ter tantos judeus em casa é um foco de insurgência, e acho que na ocasião isso os impressionou. Mas não estamos sequer no fim das nossas dificuldades. Na Grécia, começamos em março, tenho um Sonderkommando lá, em Tessalônica neste momento, e pode ver que a coisa está andando rápido, tendo praticamente terminado. Em seguida, teremos Creta e Rodes, nenhum problema, mas, no que se refere à zona italiana, Atenas e o resto, já lhe expliquei. Além disso, naturalmente, temos todos os problemas técnicos combinados, e não são apenas problemas diplomáticos, isso seria mais fácil, não, é sobretudo o problema de transporte, isto é, do material com rodas e portanto da mobilização dos vagões e também, como dizer, do tempo nas ferrovias, ainda que tenhamos os vagões. Isso acontece, por exemplo negociamos um acordo com um governo, temos os judeus nas mãos, e, hop, *Transportsperre*, tudo bloqueado porque há uma ofensiva no Leste ou alguma outra coisa e não se pode mais entrar na Polônia. Então, em contrapartida, quando tudo está calmo corremos com a coisa. Na Holanda e na França, centralizamos tudo nos campos de trânsito e escoamos pouco a pouco, quando temos transporte e ainda dependendo da capacidade de recebimento, que também é limitada. No caso de Tessalônica, em compensação, decidimos fazer tudo de uma tacada, um, dois, três, quatro e pronto. Na realidade, de fevereiro para cá temos realmente muito trabalho, o transporte está disponível e recebi ordens para acelerar as coisas. O Reichsführer quer que tudo esteja terminado antes do fim do ano e que depois não se fale mais nisso." — "E isso é possível?" — "No que depende de nós, sim. Quero dizer que o transporte continua um problema, as finanças também, porque temos que pagar a Reichsbahn, o senhor sabe, por cada passageiro, e não tenho orçamento para isso, tenho que me virar. Fazem os judeus contribuírem, muito bem, mas a Reichsbahn, por sua vez, só aceita pagamento em reichsmarks, ou, a rigor, em zlotys, se eles estiverem sendo despachados para o GG, mas em Tessalônica eles têm dracmas, e arranjar troco no local é impossível. Temos então que nos virar, mas isso sabemos fazer. Além disso, claro, há as questões diplomáticas, mas, se os húngaros dizem não, não posso fazer nada, não depende de mim, cabendo ao Herr Minister Von Ribbentrop examinar o caso com o Reichsführer, não a mim." — "Percebo." Estudei o quadro por um momento: "Se compreendo, a diferença entre os números, ali na coluna abril, e os números da esquerda representa o contingente potencial, sujeito às diversas complicações que o senhor me explicou." — "Precisamente. Mas observe que estes são números globais, isto é, que uma grande parte, de toda forma, não envolve o Arbeitseinsatz, porque trata-se de velhos ou crianças ou sei lá o quê, então dá para subtrair boa parte disso." — "Quantos são, em sua opinião?" — "Não sei. O senhor tem que ver isso com o WVHA, recebimento e seleção é problema deles. Minha responsabilidade termina na partida do trem, do resto não posso falar. O que posso lhe dizer é que, na opinião do RSHA, o número de judeus temporariamente reservados para o trabalho deveria ser igualmente o mais restrito possível: criar fortes concentrações de judeus, veja bem, é estimular uma repetição de Varsóvia, é perigoso. Acho que posso lhe dizer que esta é a opinião do Gruppenführer Müller, meu Amtchef, e do Obergruppenführer Kaltenbrunner." — "Entendo. Poderia mandar uma cópia desses números para mim?" — "Claro, claro. Amanhã mesmo. Mas não disponho dos números referentes à URSS e ao GG, como lhe disse." Günther, que não dissera palavra, nos lançou outro "Heil Hitler" retumbante enquanto nos preparávamos para sair. Voltei com Eichmann até seu gabinete para que me explicasse outros detalhes. Quando me aprontei para ir embora, ele me acompanhou até a saída. No saguão de entrada, fez uma mesura: "Sturmbannführer, gostaria de convidá-lo para ir à minha casa uma noite desta semana. Oferecemos às vezes música de câmara. Meu Hauptscharführer Boll toca o primeiro violino." — "Ah. Excelente. E o senhor, toca o quê?" — "Eu?" Esticou o pescoço e a cabeça como um pássaro. "Violino também, segundo violino. Não toco tão bem quanto Boll, infelizmente, então lhe cedi o lugar. C..., quero dizer o Obergruppenführer Heydrich, não o Obergruppenführer Kaltenbrunner, que conheço bem, e eu somos da mesma região e aliás foi ele quem me fez entrar na SS e ainda se lembra disso — não, *der Chef* tocava violino magnificamente. Sim, era realmente belíssimo, tinha um talento enorme. Era um homem excelente, que eu respeitava muito. Muito... atencioso, um homem que sofria do coração. Sinto falta dele." — "Conheci-o muito pouco. E o que tocam?" — "Neste momento? Sobretudo Brahms. Um pouco de Beethoven." — "Bach, não?" Apertou novamente os lábios: "Bach? Não é muito do meu gosto. Acho seco, excessivamente... calculado. Estéril, se preferir, belíssimo, claro, mas sem alma. Prefiro a música romântica, que às vezes me abala, me arrasta para fora de mim mesmo." — "Não estou muito certo de compartilhar sua opinião sobre Bach. Mas aceito seu convite com prazer." A ideia na verdade me aborrecia profundamente, mas não queria ofendê-lo. "Muito bem", ele disse, apertando minha mão. "Vou ver com a minha mulher e lhe telefono. E não se preocupe com seus documentos. O senhor os terá amanhã, tem a minha palavra de oficial SS."

Ainda faltava eu visitar Oswald Pohl, o grande feiticeiro do WVHA. Recebeu-me, em seus escritórios da Unter den Eichen, com uma cordialidade expansiva e trocou impressões comigo sobre Kiel, onde passara muitos anos na Kriegsmarine. Tinha sido lá, no Cassino, que o Reichsführer o observara e recrutara, no verão de 1933. Ele começara por centralizar a administração e as finanças da SS, depois, pouco a pouco, montou a rede de empresas. "Como qualquer multinacional, somos bem diversificados. Estamos no material de construção, na madeira, na cerâmica, nos móveis, na edição e até na água mineral." — "Água mineral?" — "Ah! É importantíssimo. Permite abastecer com água potável nossos Waffen-SS através de todos os territórios do Leste." Dizia-se particularmente orgulhoso de uma de suas mais recentes criações: a Osti, as Indústrias do Leste, uma corporação montada no distrito de Lublin para colocar o trabalho dos judeus remanescentes a serviço da SS. Porém, apesar da boa vontade, ficava rapidamente evasivo quando eu fazia menção de falar no Arbeitseinsatz em geral; segundo ele, as medidas eficazes mais importantes estavam tomadas, era preciso simplesmente dar-lhes tempo de surtir efeito. Indaguei-o sobre os critérios de seleção, mas ele me reportou aos responsáveis de Oranienburg: "Eles conhecem melhor os detalhes. Mas posso lhe garantir, depois que a seleção passou a contar com um exame médico, tudo corre bem." Asseverou que o Reichsführer tinha plena ciência de todos aqueles problemas. "Não duvido, Herr Obergruppenführer", respondi. "Mas fui encarregado pelo Reichsführer de verificar onde estão os gargalos e quais são as melhorias possíveis. O fato de ter sido integrado ao WVHA, sob suas ordens, acarretou modificações consideráveis em nosso sistema de campos nacional-socialistas, e as medidas que o senhor ordenou ou suscitou, bem como os subordinados que escolheu, tiveram um impacto profundamente positivo. Imagino que o Reichsführer queira simplesmente um panorama. Suas sugestões para o futuro serão muito importantes, não me resta a menor dúvida." Pohl sentia-se ameaçado pela minha missão? Depois desse pequeno discurso lisonjeador, mudei de assunto; passado um instante, porém, ele voltou a ficar animado, inclusive saindo comigo para me apresentar alguns de seus colaboradores. Convidou-me para visitá-lo quando eu retornasse da inspeção (eu partiria em breve para a Polônia e também visitaria alguns campos do Reich); ele me acompanhava no corredor, segurando levemente o meu ombro; do lado de fora, quando me virei, ele ainda agitava a mão, sorrindo: "Boa viagem!"

Eichmann cumprira o prometido: ao voltar de Lichtenfeld, no fim da tarde, encontrei no meu escritório um grande envelope lacrado e carimbado GEHEIME REICHSSACHE! Continha um maço de documentos acompanhado de uma carta datilografada; havia também um bilhete manuscrito de Eichmann me convidando para ir à sua casa no dia seguinte à noite. Levado por Piontek, parei no caminho para comprar flores — um número ímpar, como aprendera a fazer na Rússia — e chocolate. Depois pedi que ele me deixasse na Kurfürstenstrasse. Eichmann tinha seu apartamento numa ala anexa ao seu gabinete, adaptada também para oficiais solteiros de passagem. Abriu a porta ele mesmo, à paisana: "*Ach!* Sturmbannführer Aue. Queria ter dito para o senhor não vir de uniforme. É uma noite muito simples. Enfim, não faz mal. Entre, entre." Apresentou-me à sua mulher, Vera, uma austriacazinha de personalidade murcha, mas que corou de prazer e deu um sorriso encantador quando lhe estendi as flores com uma mesura. Eichmann mandou dois de seus filhos se alinharem, Dieter, que devia ter seis anos, e Klaus. "O pequeno Horst já está dormindo", disse Frau Eichmann. — "É nosso último", acrescentou seu marido. "Ainda não fez um ano. Venha, vou lhe apresentar." Conduziu-me ao salão, onde já havia diversos homens e mulheres, de pé ou sentados em sofás. Estavam presentes, se bem me lembro, o Hauptsturmführer Novak, um austríaco de origem croata com traços rígidos e alongados, muito bonito mas curiosamente desprezível; Boll, o violinista; e alguns outros cujo nome infelizmente esqueci, todos colegas de Eichmann, com suas esposas. "Günther vai dar uma passada também, mas só para um chá. Ele raramente junta-se a nós." — "Noto que cultiva o espírito de camaradagem no seio de sua seção." — "Como pode ver. Gosto de ter relações cordiais com meus subordinados. Que quer beber? Um pequeno *schnaps*? *Krieg ist Krieg*..." Ri e ele me acompanhou: "Tem boa memória, Herr Obersturmbannführer." Peguei o copo e o ergui: "Desta vez, bebo à saúde de sua encantadora família." Ele estalou os calcanhares e inclinou a cabeça: "Obrigado." Conversamos um pouco, depois Eichmann me levou até o aparador para mostrar uma fotografia com uma moldura preta, representando um homem ainda jovem de uniforme. "Seu irmão?", perguntei. — "É." Fitou-me com seu curioso aspecto de pássaro, particularmente acentuado sob aquela luz pelo nariz adunco e as orelhas de abano. "Imagino que nunca o tenha visto por lá..." Citou uma divisão e balancei a cabeça: "Não. Cheguei bem tarde, depois do cerco. E conheci pouca gente." — "Ah, entendo. Helmut caiu durante uma das ofensivas de outono. Não sabemos as circunstâncias exatas, mas recebemos uma notificação oficial." — "Aquilo foi um árduo sacrifício", eu disse. Ele esfregou os lábios: "Sim. Esperamos que não tenha sido em vão. Mas acredito no gênio do Führer."

Frau Eichmann servia bolos e chá; Günther chegou, pegou uma xícara e se aninhou num canto para beber, sem falar com ninguém. Eu o observava furtivamente enquanto os outros conversavam. Era um homem visivelmente muito orgulhoso e cioso de sua postura opaca e fechada, que ele erigia como uma crítica muda perante seus colegas mais loquazes. Diziam-no filho de Hans F.K. Günther, decano da antropologia racial alemã, cuja obra tinha então imensa influência; se era verdade, este podia sentir-se orgulhoso de seu rebento, que passara da teoria à prática. Foi embora no fim de trinta minutos, despedindo-se displicentemente. Era hora da música: "Sempre antes do jantar", Eichmann fez questão de me dizer. "Depois de comer nos concentramos demais na digestão para poder tocar bem." Vera Eichmann pegou a viola e outro oficial tirou um violoncelo do estojo. Tocaram dois dos três quartetos de cordas de Brahms, agradáveis mas de pouco interesse para o meu gosto; a execução era convencional, sem grandes surpresas: apenas o violoncelista tinha um talento especial. Eichmann tocava lenta e metodicamente, os olhos focados na sua partitura; não cometia erros, mas parecia não compreender que aquilo não bastava. Lembrei então do seu comentário da antevéspera: "Boll toca melhor que eu, e Heydrich tocava melhor ainda." Enfim, talvez ele reconhecesse isso e aceitasse seus limites, extraindo prazer do pouco de que era capaz.

Aplaudi entusiasticamente; Frau Eichmann pareceu particularmente lisonjeada com isso. "Vou colocar as crianças para dormir", disse. "Depois iremos para a mesa." Pegamos uma taça enquanto a esperávamos: as mulheres comentavam o racionamento ou os boatos, os homens as últimas notícias, pouco interessantes, pois o front permanecia estável e nada acontecera desde a queda de Túnis. O ambiente era informal, *gemütlich* à moda austríaca, um pouquinho exagerado. Depois Eichmann nos convidou para passarmos à sala de jantar. Designou pessoalmente os lugares, colocando-me à sua direita, na ponta da mesa.

Abriu algumas garrafas de vinho do Reno, e Vera Eichmann trouxe um assado com um molho de bagas e ervilhas. Isso me fez esquecer a cozinha intragável de Frau Gutknecht e até mesmo a cantina frugal da ss-Haus. "Delicioso", cumprimentei Frau Eichmann. "A senhora é uma cozinheira fora de série." — "Ah, tenho sorte. Volta e meia Dolfi encontra iguarias raras. As lojas estão quase vazias." Inspirado, empolguei-me e fiz um retrato caricato da minha locadora, começando pela culinária, depois derivando outras facetas. "Stalingrado?", eu perguntava imitando seu linguajar e sua voz. "Mas por que foi se meter lá? Não estamos bem aqui? Aliás, onde fica isso?" Eichmann ria e se engasgava com o vinho. Eu prosseguia: "Um dia, de manhã, saio junto com ela. Vemos passar um portador de estrela, provavelmente um *Mischling* privilegiado. E eis que ela exclama: *Oh! Veja, Herr Offizier, um judeu! Ainda não usou o gás com esse aí?*" Todos riam, Eichmann chorava de rir e escondia o rosto no guardanapo. Apenas Frau Eichmann mantinha a seriedade: quando me dei conta, parei. Ela parecia querer fazer uma pergunta, mas se conteve. Para me recompor, servi mais vinho a Eichmann: "Beba, vamos." Ele ainda ria. A conversa mudou de tom e comi; um dos convidados contava uma história engraçada sobre Göring. Eichmann assumiu um ar grave e dirigiu-se a mim: "Sturmbannführer Aue, o senhor estudou. Queria fazer-lhe uma pergunta, uma pergunta séria." Fiz-lhe sinal com o garfo para continuar: "Leu Kant, suponho... Neste momento", prosseguiu esfregando os lábios, "estou lendo a *Crítica da razão prática*. Naturalmente, um homem como eu, quero dizer, sem formação universitária, não consegue entender tudo. Mas mesmo assim dá para entender determinadas coisas. E refleti muito na questão do imperativo kantiano. Estou certo de que concorda comigo quando digo que todo homem honesto deve viver segundo esse imperativo." Bebi um gole de vinho e concordei. Eichmann continuava: "O imperativo, tal como o compreendo, diz: O princípio da minha vontade individual deve ser tal que possa se tornar o princípio da Lei moral. Agindo, o homem legisla." Limpei a boca: "Acho que sei aonde quer chegar. Está se perguntando se nosso trabalho é pautado pelo imperativo kantiano." — "Não é só isso. Mas um dos meus amigos, que também se interessa por esse gênero de questões, afirma que em tempos de guerra, em virtude, digamos, do estado de exceção decorrente do perigo, o imperativo kantiano é suspenso, pois, naturalmente, o que desejamos fazer ao inimigo não desejamos que o inimigo nos faça, e portanto o que fazemos não pode se tornar a base de uma lei geral. É a opinião dele, veja bem.

Ora, eu, da minha parte, sinto que ele está errado e que na verdade, por nossa fidelidade ao dever, de certa forma por obediência às ordens superiores... precisamos justamente empenhar ainda mais nossa vontade no sentido de cumprir as ordens. Para vivê-las de maneira positiva. Mas ainda não descobri o argumento indefensável para provar o erro do meu amigo." — "No entanto, penso que é muito simples. Todos concordamos que em um Estado nacional-socialista o fundamento último da lei positiva é a vontade do Führer. É o princípio, bastante difundido, *Führerworte haben Gesetzeskraft*. Naturalmente, na prática reconhecemos que o Führer não pode cuidar de tudo e que portanto outros devem agir e legislar em seu nome. A rigor, essa ideia devia ser estendida ao *Volk* inteiro. Nessa linha, o Dr. Frank, em seu tratado de direito constitucional, estendeu a definição do *Führerprinzip* da seguinte forma: *Aja de maneira a que o Führer, se conhecesse sua ação, a aprovasse*. Não há nenhuma contradição entre esse princípio e o imperativo de Kant." — "Percebo, percebo. *Frei sein ist Knechtsein*, ser livre é ser um vassalo, como diz o velho provérbio alemão." — "Precisamente. Esse princípio é aplicável a qualquer membro da *Volksgemeinschaft*. É preciso viver seu nacional-socialismo vivendo sua própria vontade como a do Führer e, portanto, para repetir os termos de Kant, como fundamento da *Volksrecht*. Aquele que apenas obedece às ordens como um autômato, sem examiná-las de maneira crítica para penetrar sua necessidade íntima, não trabalha na direção do Führer; na maior parte do tempo, afasta-se dela. Naturalmente, o próprio princípio do direito constitucional *völkisch* é o *Volk*: ele não se aplica fora do *Volk*. O erro do seu amigo é recorrer a um direito supranacional inteiramente mítico, uma invenção aberrante da Revolução Francesa. Todo direito deve repousar em um fundamento. Historicamente, este sempre foi uma ficção ou uma abstração, Deus, o Rei ou o Povo. Nosso grande avanço foi fundamentar o conceito jurídico de Nação sobre algo concreto e inalienável: o *Volk*, cuja vontade coletiva exprime-se pelo Führer que o representa. Quando o senhor diz *Frei sein ist Knechtsein*, é preciso entender que o primeiro vassalo de todos é precisamente o Führer, pois ele nada é senão puro serviço. Não servimos o Führer enquanto tal, mas enquanto representante do *Volk*, servimos o *Volk* e devemos servi-lo como o serve o Führer, com total abnegação. Eis por que, diante de tarefas dolorosas, precisamos nos curvar e controlar nossos sentimentos para realizá-las com firmeza." Eichmann escutava atentamente, o pescoço esticado, os olhos parados atrás das lentes grossas. "Sim, sim", disse ele com ardor, "compreendo-o perfeitamente. Nosso dever, nosso cumprimento do dever, é a mais elevada expressão da nossa liberdade humana." — "Exatamente. Se a nossa vontade é servir nosso Führer e nosso *Volk*, logo, por definição, somos também portadores do princípio da lei do *Volk*, tal como expressa pelo Führer ou derivada de sua vontade." — "Com licença", interveio um dos comensais, "mas, a propósito, Kant não era antissemita?" — "Decerto", respondi. "Mas seu antissemitismo era puramente religioso, tributário de sua crença na vida futura. Estas são concepções que superamos amplamente." Frau Eichmann, ajudada por uma das convidadas, tirava a mesa. Eichmann servia *schnaps* e acendia um cigarro. Durante alguns minutos o falatório prosseguiu. Bebi meu *schnaps* e fumei também. Frau Eichmann serviu o café. Eichmann me fez um sinal: "Venha comigo. Quero lhe mostrar uma coisa." Acompanhei-o até o seu quarto. Acendeu a luz, me apontou uma cadeira, pegou uma chave no bolso e, enquanto eu me sentava, abriu uma gaveta da escrivaninha e dela tirou um álbum bem grosso encapado em couro preto enrugado. Com os olhos brilhando, estendeu-me o álbum e sentou-se na cama. Folheei-o: tratava-se de uma série de relatos, alguns em papel brístol, outros em papel comum, e fotografias, o conjunto encadernado como o álbum que eu concebera em Kiev após a *Grosse Aktion*. A folha de rosto, impressa em letras góticas, anunciava: O BAIRRO JUDEU DE VARSÓVIA NÃO EXISTE MAIS! "Que é isso?", perguntei. — "São os relatórios do Brigadeführer Stroop sobre a repressão ao levante judeu. Ele deu esse álbum ao Reichsführer, que me encaminhou para que o estudasse." Irradiava orgulho. "Veja, veja, é espantoso." Examinei as fotos: havia algumas impressionantes. Bunkers fortificados, prédios incendiados, judeus pulando de telhados para escapar das chamas; em seguida os escombros do bairro depois da batalha. A Waffen-SS e as forças auxiliares tiveram que subjugar os bolsões de resistência com uso da artilharia, à queima-roupa. "Isso durou quase um mês", sussurrou Eichmann, roendo uma cutícula. "Um mês! Com mais de seis batalhões. Veja no início, a lista das perdas." A primeira página enumerava dezesseis mortos, entre eles um policial polonês. Seguia-se uma longa lista de feridos. "O que eles tinham como armas?" — "Nada demais, felizmente. Algumas metralhadoras, granadas e pistolas, garrafas incendiárias." — "Como será que as obtiveram?" — "Possivelmente junto aos insurgentes poloneses. Lutaram como lobos, o senhor viu? Judeus com uma fome de três anos. Os Waffen-SS estavam chocados." Era quase a mesma reação de Thomas, mas Eichmann parecia mais assustado que admirado. "O Brigadeführer Stroop afirma que até mulheres escondiam granadas sob as saias para se fazerem explodir com um alemão quando se rendiam." — "É compreensível", eu disse. "Elas sabiam o que as esperava. O bairro foi completamente esvaziado?" — "Sim. Todos os judeus capturados vivos foram encaminhados para Treblinka. É um dos centros dirigidos pelo Gruppenführer Globocnik." — "Sem seleção." — "Claro! Perigoso demais. Como vê, mais uma vez é o Obergruppenführer Heydrich quem tinha razão. Ele comparava isso a uma doença: o resíduo final é sempre o mais difícil de destruir. Os fracos e os velhos morrem logo; no fim, sobram apenas os jovens, os fortes, os espertos. O que preocupa sobremaneira, porque é o produto da seleção natural, o manancial biológico mais forte: se estes sobrevivem, daqui a cinquenta anos começa tudo de novo. Eu já lhe disse que esse motim nos preocupou muito. Caso se repita, pode ser uma catástrofe. Não podemos dar nenhuma oportunidade a eles. Imagine uma revolta dessas num campo de concentração! Impensável!" — "Por outro lado, precisamos dos trabalhadores, como sabe." — "Claro, não sou eu quem decide. Eu queria apenas ressaltar os riscos. A questão do trabalho, como já lhe disse, está completamente fora da minha alçada, e cada um tem suas ideias. Em todo caso: como diz frequentemente o Amtchef, *é impossível aplainar uma tábua sem tirar lascas*. É tudo que tenho a dizer." Devolvi-lhe o álbum. "Agradeço por ter me mostrado isso, muito interessante." Juntamo-nos aos demais; os primeiros convidados já se despediam. Eichmann me reteve para uma última taça, depois me despedi agradecendo a Frau Eichmann e beijando-lhe a mão. No corredor da entrada, Eichmann me deu um tapinha amistoso nas costas: "Se me permite, Sturmbannführer, o senhor é um bom sujeito. Não é desses aristocratas de luvas de cervo do SD. Não, o senhor é correto." Parecia ter bebido em excesso, o que o deixava sentimental. Agradeci e apertei sua mão, deixando-o na soleira da porta, mãos nos bolsos, sorrindo com um canto da boca.

Se descrevi tão longamente esses encontros com Eichmann, não foi em virtude de me recordar deles melhor que de outros: mas aquele pequeno Obersturmbannführer, nesse ínterim, tornou-se de certa forma uma celebridade, e achei que minhas recordações, ao lançar luzes sobre seu personagem, poderiam ser de interesse do público. Escreveu-se muita tolice a seu respeito: não era certamente *o inimigo do gênero humano* descrito em Nuremberg (como ele não estava presente, era fácil jogar tudo nas suas costas, ainda mais que os juízes não conheciam quase nada do funcionamento dos nossos serviços); tampouco era uma encarnação do *mal banal*, um robô sem alma e sem rosto, como quiseram apresentá-lo em seu processo. Era um burocrata de grande talento, extremamente competente em suas funções, com uma envergadura incontestável e um considerável senso de iniciativa pessoal, mas unicamente no âmbito de tarefas delimitadas: num posto de responsabilidade, em que tivesse que tomar decisões, por exemplo no lugar de seu Amtchef Müller, estaria perdido; mas como quadro médio teria sido o orgulho de qualquer empresa europeia. Nunca percebi se alimentava um ódio particular contra os judeus: simplesmente construíra sua carreira em cima deles, que se tornaram não somente sua especialidade, como de certa forma sua moeda de troca, e, mais tarde, quando lhe quiseram tomá-la, defendeu-a com unhas e dentes, o que é compreensível. Mas poderia igualmente ter feito outra coisa, e, quando diz aos seus juízes que achava um erro o extermínio dos judeus, podemos acreditar nele; muitos, no RSHA e sobretudo no SD, pensavam da mesma forma, como relatei; porém, uma vez a decisão tomada, devíamos levá-la a cabo, e disso ele estava bem consciente: afinal, sua carreira dependia disso. Não era certamente o tipo de pessoa que eu gostasse de frequentar, sua capacidade de pensar por si só era das mais limitadas, e, ao voltar para casa naquela noite eu me perguntava por que fora tão expansivo, por que penetrara com tanta facilidade num ambiente familiar e sentimental que em geral tanto me repugna. Porém, a despeito de toda sua cordialidade, eu sabia que ele me considerava um estranho em seu departamento, e portanto uma ameaça potencial à sua autoridade. E pressentia que ele enfrentaria com astúcia e obstinação qualquer obstáculo ao que considerava seu objetivo, que não era homem de se deixar acuar facilmente. Eu compreendia muito bem sua apreensão diante do perigo colocado pelas concentrações de judeus: mas para mim, caso necessário, esse perigo podia ser minimizado, convinha simplesmente refletir e tomar as medidas adequadas. Por enquanto eu mantinha o espírito aberto, não chegara a nenhuma conclusão, guardava meu julgamento para quando minha análise estivesse concluída.

E o imperativo kantiano? Para dizer a verdade, eu não sabia muito sobre ele, dissera qualquer coisa ao pobre-diabo do Eichmann. Na Ucrânia ou no Cáucaso, questões dessa ordem ainda não me preocupavam, eu me afligia com as dificuldades e as discutia com seriedade, com o sentimento de que se tratava de problemas vitais. Mas esse sentimento parecia ter-se perdido. Onde isto, em que momento? Em Stalingrado? Ou depois? Por um momento acreditei naufragar, submergido pelas histórias remontadas do fundo do meu passado. Depois, com a morte estúpida e incompreensível de minha mãe, essas angústias haviam desaparecido também: o sentimento que me dominava então era uma vasta indiferença, não apática, mas leve e precisa. Só conseguia me concentrar no trabalho, percebendo que me haviam proposto um desafio estimulante, que exigiria todas as minhas habilidades, e eu queria triunfar — não com vistas a uma promoção ou a ambições posteriores, eu não tinha nenhuma, mas simplesmente para gozar da satisfação da coisa bem-feita. Foi nesse estado de espírito que parti para a Polônia, na companhia de Piontek, deixando Fräulein Praxa em Berlim cuidando da minha correspondência, do meu aluguel e de suas unhas. Escolhera um momento oportuno para dar início à minha viagem: meu ex-superior no Cáucaso, Walter Bierkamp, substituía o Oberführer Schöngarth como BdS do governo-geral, e, ao saber disso por intermédio de Brandt, consegui ser convidado para a apresentação. Isso se dava em meados de junho de 1943. A cerimônia seria realizada em Cracóvia, no pátio interno do Wawel, um edifício magnífico, mesmo com suas esguias e delicadas colunatas encobertas pelas bandeiras. Hans Frank, o governador-geral, pronunciou um longo discurso do alto de um estrado erguido no fundo do pátio, cercado por notáveis e uma guarda de honra, um pouco ridículo em seu uniforme marrom da SA com seu quepe alto e tubular cuja correia serrilhava suas bochechas caídas. A franqueza crua do discurso me surpreendeu, ainda me lembro disso, pois havia ali uma plateia considerável, não apenas de representantes da SP e do SD, mas também de Waffen-SS, funcionários do GG e oficiais da Wehrmacht. Frank parabenizava Schöngarth, que se mantinha de pé atrás dele, empertigado e superando Bierkamp em uma cabeça, por seus *êxitos na implantação de aspectos difíceis do nacional-socialismo*. Esse discurso subsistiu nos arquivos, eis um trecho dele que dá bem o tom: *Num estado de guerra, em que a vitória está em jogo, em que olhamos a eternidade nos olhos, este é um problema extremamente difícil. Como, pergunta-se com frequência, a necessidade de cooperar com uma cultura estrangeira pode conciliar-se com o objetivo ideológico — digamos — de eliminar o* Volkstum *polonês? Como a necessidade de manter uma produção industrial é compatível com a necessidade, por exemplo, de destruir os judeus?* Eram boas perguntas, mas eu achava espantoso serem expostas tão abertamente. Mais tarde um funcionário do GG me garantiu que Frank falava sempre daquele jeito, e que de toda forma o extermínio de judeus não era segredo para ninguém na Polônia. Frank, que devia ter sido um homem bonito antes de a gordura asfixiar-lhe o rosto, falava alto com uma voz de apito, um pouco histérica; não parava de se erguer na ponta dos pés, projetando a pança por cima da tribuna, e de agitar as mãos. Schöngarth, homem de testa alta e quadrada que falava com uma voz lenta e um pouco pedante, também fez um discurso, seguido por Bierkamp, cujas proclamações de fé nacional-socialistas não pude deixar de achar um pouco hipócritas (mas provavelmente eu estava de má vontade com ele pela peça que me havia pregado). Quando fui cumprimentá-lo durante a recepção, desfez-se em amabilidades: "Sturmbannführer Aue! Ouvi dizer que o senhor se comportou heroicamente em Stalingrado. Minhas congratulações. Nunca duvidei do senhor." Seu sorriso, em seu focinho de lontra, parecia uma careta; mas era perfeitamente possível que tivesse se esquecido de suas últimas palavras, em Vorochilovsk, pouco compatíveis com minha nova situação. Fez-me algumas perguntas sobre minhas funções e me ofereceu a cooperação integral de seus serviços, prometendo-me uma carta de recomendação para seus subordinados de Lublin, onde eu pretendia dar início à minha inspeção; contou-me também, entre duas taças, como conduzira o Grupo D através da Bielorrússia, onde este, renomeado como Kampfgruppe Bierkamp, estivera às voltas com a luta antirrebelde, sobretudo ao norte dos pântanos de Pripet, participando das grandes operações pente-fino, como a denominada "Cottbus", que acabava de se concluir na época de sua transferência para a Polônia. Quanto a Korsemann, sussurrou-me em tom confidencial, meteu os pés pelas mãos e estava prestes a perder o posto; falava-se em julgá-lo por covardia perante o inimigo, seria no mínimo rebaixado e despachado para tomar jeito no front. "Ele deveria ter tomado como exemplo alguém como o senhor. Mas sua complacência com a Wehrmacht custa-lhe caro." Essas palavras me fizeram sorrir: para um homem como Bierkamp, visivelmente, o sucesso era tudo. Ele próprio não se saíra tão mal; BdS era um posto importante, sobretudo no governo-geral. Eu, por minha vez, tampouco toquei no passado. O que contava era o presente, e, se Bierkamp pudesse me ajudar, tanto melhor.

Passei alguns dias em Cracóvia para participar de reuniões e também para desfrutar um pouco dessa belíssima cidade. Visitei o ex-bairro judeu, o Kasimierz, agora ocupado por poloneses franzinos, enfermiços e sarnentos, deslocados pela germanização dos "territórios incorporados". As sinagogas tinham sido destruídas: dizia-se que Frank fazia questão, para edificação das gerações futuras, de que subsistissem vestígios materiais do judaísmo polonês. Algumas serviam de depósitos, outras continuavam fechadas; pedi para abrirem as duas mais antigas, que davam para a comprida praça Szeroka. A sinagoga dita "Velha", que datava do século XV, com seu longo anexo com telhado chanfrado acrescentado pelas mulheres no século XVI ou início do XVII, servia para a Wehrmacht estocar víveres e peças avulsas; a fachada de tijolinhos, por diversas vezes remodelada, com janelas cegas, arcos em calcário branco e pedras de arenito encaixadas um pouco ao acaso, tinha um charme quase veneziano, e aliás devia muito aos arquitetos italianos que trabalhavam na Polônia e na Galícia. A sinagoga Remuh, na outra extremidade da praça, era uma pequena construção exígua e encardida, sem interesse arquitetônico; do grande cemitério judaico que a cercava, que certamente teria valido a pena visitar, não restava senão um terreno baldio e desolado, as antigas lápides tendo sido aproveitadas como material de construção. O jovem oficial da Gestapostelle que me acompanhava conhecia muito bem a história do judaísmo polonês, indicando-me a localização da sepultura do rabino Moshe Isserles, um célebre talmudista. "Assim que o príncipe Mieszko começou, no século X, a impor a fé católica na Polônia", explicou, "os judeus apareceram para negociar sal, trigo, peles e vinho. Como eles enriqueciam os reis, obtinham concessão atrás de concessão. O povo, nessa época, ainda era pagão, saudável e aberto, afora alguns ortodoxos no Leste. Dessa forma, os judeus ajudaram a implantar o catolicismo em terras polonesas, e, em troca, o catolicismo protegia os judeus. Muito tempo depois da conversão do povo, os judeus mantiveram essa posição de agentes dos poderosos, ajudando os *pan* a sangrar os camponeses de tudo que é jeito, servindo-lhes como intendentes, usurários, segurando todo o comércio firmemente nas mãos. Daí a persistência e a força do antissemitismo polonês: para o povo polonês, o judeu sempre foi um explorador, e se de um lado os poloneses nos odeiam profundamente, de outro, aprovam nossa solução para o problema judaico do fundo do coração. Isso também é verdade para os insurgentes do Armia Krajowa, que são todos católicos e carolas, embora um pouco menos para os rebeldes comunistas, que às vezes são obrigados, a contragosto, a seguir a linha do Partido e de Moscou." — "Mesmo assim, o AK vendeu armas aos judeus de Varsóvia." — "Suas piores armas, em quantidades ridículas, a preços exorbitantes. Pelas nossas informações, só aceitaram nos vender por ordem direta de Londres, onde os judeus manipulam seu suposto governo no exílio." — "E quantos judeus restam agora?" — "Não conheço o número exato. Mas posso lhe garantir que antes do fim do ano todos os guetos estarão liquidados. Fora dos nossos campos e exceto por um punhado de rebeldes, não restarão mais judeus na Polônia. Então terá chegado o momento de tratarmos seriamente da questão polonesa. Eles também terão que se submeter a uma redução demográfica significativa." — "Total?" — "Total, não sei. Os escritórios de economia estão examinando o assunto e fazendo cálculos. Mas ela será consequente, o superpovoamento é de fato drástico. Sem isso, essa região nunca será capaz de prosperar e florescer."

A Polônia nunca será um belo país, mas algumas de suas paisagens possuem um encanto melancólico. Gastava-se metade de um dia para ir de Cracóvia a Lublin. Ao longo da estrada, grandes e monótonos campos de batata-doce, entrecortados por canais de irrigação, alternavam com bosques de pinheiros silvestres e de carvalhos, no solo liso, sem vegetação rasteira, escuros e mudos e como fechados à bela luz de junho. Piontek dirigia com firmeza, mantendo uma velocidade constante. Esse pai de família sisudo era um excelente companheiro de viagem: só falava quando lhe dirigiam a palavra, desempenhando suas tarefas com calma e método. Todas as manhãs eu encontrava minhas botas engraxadas e meu uniforme escovado e passado; quando eu saía, o Opel esperava, lavado da poeira ou da lama da véspera. Nas refeições, Piontek comia com apetite e bebia pouco e, entre as duas, nunca pedia nada. Logo deixei em suas mãos os formulários de viagem, e ele mantinha meticulosamente atualizado o caderno contábil, anotando cada pfennig gasto com um toco de lápis umedecido nos lábios. Falava um alemão áspero com forte sotaque, mas correto, e se virava também em polonês. Nascera perto de Tarnowitz; em 1919, depois da divisão, sua família e ele viram-se cidadãos poloneses, mas preferiram ficar por lá para não perder seu pedaço de terra; depois seu pai morrera num motim, durante os dias turbulentos que haviam precedido a guerra: Piontek garantia que se tratara de um acidente, e não criticava seus ex-vizinhos poloneses, na maioria expulsos ou presos durante a reincorporação dessa parte da Alta Silésia. Novamente cidadão do Reich, fora mobilizado e acabara na Polícia, e dali, não sabia muito como, fora destacado para o serviço do Persönlicher Stab em Berlim. Sua mulher, suas duas filhinhas e sua velha mãe continuavam a morar na chácara deles, e ele, embora não as visitasse com frequência, remetia-lhes a maior parte do salário; em contrapartida, elas lhe enviavam com que complementar o básico, uma galinha, metade de um ganso, o suficiente para fazer a festa de alguns colegas. Uma vez perguntei-lhe se não sentia falta da família: Sobretudo das garotinhas, respondeu, lamentava não as ver crescer; mas não se queixava; sabia que tinha sorte e que aquilo era bem melhor que congelar o rabo na Rússia. "Com todo o respeito, Herr Sturmbannführer."

Em Lublin, como em Cracóvia, instalei-me na Deutsche Haus. O recinto do bar estava animado quando chegamos; eu me precavera, meu quarto estava reservado; Piontek, por sua vez, dormia num dormitório para homens de tropa. Subi minhas coisas e pedi água quente para tomar banho. Cerca de vinte minutos depois bateram à minha porta e uma jovem empregada polonesa entrou com dois baldes fumegantes. Apontei-lhe o banheiro, onde ela foi deixá-los. Como ela não saía, fui ver o que estava fazendo: encontrei-a seminua, despida até a cintura. Pasmo, contemplei suas faces vermelhas, seus seios minúsculos mas encantadores; de mãos na cintura, fitava-me com um sorriso despudorado. "Que está fazendo?", perguntei severamente. — "Eu... dar banho... você", respondeu num alemão estropiado. Peguei a blusa dela no banquinho onde ela deixara e lhe estendi. "Vista-se e saia." Obedeceu com a mesma naturalidade. Era a primeira vez que me acontecia uma coisa desse tipo: as Deutsche Häuser que eu conhecia eram rigorosamente controladas; ora, visivelmente aquilo devia ser uma prática comum ali, e eu não duvidava um instante de que não se limitasse ao banho. Dispensada a garota, tirei a roupa, me lavei e, vestindo um uniforme social (para os longos deslocamentos, por causa da poeira, eu usava um uniforme cinzento de campanha), desci. Uma multidão ruidosa enchia agora o bar e a sala do restaurante. Saí para o pátio dos fundos para fumar e encontrei Piontek de pé, cigarro na boca, observando dois adolescentes lavando nosso veículo. "Onde foi que os encontrou?", perguntei. — "Não sou eu, Herr Sturmbannführer. É a Haus. O manobrista, por sinal, se queixou, dizia que podia ter judeus de graça, mas que os oficiais criavam caso se um judeu tocasse em seus carros. Então ele paga poloneses como esses, um reichsmark por dia." (Mesmo na Polônia, era uma soma ridícula. Uma noite na Deutsche Haus, não obstante subvencionada, com três refeições, me saía por cerca de doze reichsmarks; um moka em Cracóvia custava um reichsmark e cinquenta.) Fiquei a observar com ele os jovens poloneses lavando o carro. Depois convidei-o para jantar. Tivemos que abrir caminho através da confusão para encontrar um canto de mesa livre. Os homens bebiam, berravam como se pelo prazer de ouvirem a própria voz. Estavam ali SS Orpo, homens da Wehrmacht e da organização Todt; quase todos de uniforme, inclusive diversas mulheres, possivelmente datilógrafas ou secretárias. Garçonetes polonesas avançavam com dificuldade com bandejas cheias de cervejas e petiscos. A refeição era copiosa: assado em fatias, beterrabas, batatas temperadas. Enquanto comia, observava a multidão. Muitos apenas bebiam. As garçonetes penavam: os homens, já bêbados, apalpavam seios e traseiros à sua passagem, e elas, como estavam com as mãos ocupadas, não podiam defender-se. Perto do comprido balcão achava-se um grupo em uniforme da "SS-Totenkopf", provavelmente da equipe do campo de Lublin, com duas mulheres no meio, *Aufseherinnen*, imagino. Uma delas, que bebia conhaque, tinha um rosto masculino e ria muito; segurava um chicote com que vergastava suas botas altas. Num dado momento, uma das garçonetes viu-se bloqueada perto deles: a *Aufseherin* esticou seu chicote e, lentamente, sob risadas dos companheiros, levantou a saia dela por trás até as nádegas. "Sei que gosta disso, Erich!", exclamou. No entanto, como todas as polonesas, tinha as nádegas imundas. Os outros riam gaiatamente: ela deixou a saia cair de volta e chicoteou o traseiro da garota, que soltou um grito e teve que fazer um esforço para não derrubar as cervejas. "Vamos, fora daqui, sua porca!", gritou a *Aufseherin*. "Está fedendo." A outra mulher dava gritinhos, esfregando-se desavergonhadamente em um dos suboficiais. No fundo da sala, sob um arco, Orpo jogavam bilhar soltando berros estridentes; perto deles, avistei a jovem garçonete que me levara água quente, estava sentada no colo de um engenheiro da OT que lhe enfiara a mão sob o avental e a bolinava enquanto ela ria e acariciava sua fronte calva. "Decididamente", eu disse a Piontek, "o clima é quente aqui em Lublin." — "Pois é. É conhecida por isso." Depois da refeição, tomei um conhaque e fumei um charuto holandês; na Haus havia uma vitrine cheia no bar, podia-se escolher entre diversas marcas de boa qualidade. Piontek tinha ido se deitar. Haviam colocado música e pares dançavam; a segunda *Aufseherin*, visivelmente bêbada, segurava seu cavaleiro pelas nádegas; uma secretária SS era beijada nos seios por um Leutnant da intendência. Essa atmosfera sufocante, gordurosa e lúbrica, além de barulhenta, tensionava meus nervos, arruinava meu prazer de viajar, a alegre sensação de liberdade que eu experimentara durante o dia nas grandes estradas quase desertas. Impossível escapar daquela atmosfera rangente, sórdida, aquilo continuava até na latrina. Entretanto, era tudo notavelmente limpo, com ladrilhos brancos até o teto, portas em carvalho bruto, espelhos, pias de porcelana e torneiras de latão para água corrente; os boxes também eram brancos e limpos, os banheiros deviam ser regularmente higienizados à moda turca. Desabotoei a calça e me abaixei; quando terminei, procurei papel, parecia não haver; então senti alguma coisa me cutucar por trás; dei um pulo e me voltei, tremendo, já procurando minha arma de serviço, as calças ridiculamente arriadas: a mão esticada de um homem penetrava por um buraco na parede e esperava, a palma para cima. Um pouco de merda fresca já manchava a ponta dos seus dedos, ali onde me haviam tocado. "Fora!", gritei. "Fora!" Lentamente, a mão recolheu-se no buraco. Caí numa gargalhada nervosa: era imundo, tinham realmente enlouquecido em Lublin. Felizmente, eu reservava sempre alguns quadrados de papel-jornal na minha túnica, uma boa precaução em viagens. Limpei-me a toda pressa e chispei, sem dar descarga. Ao entrar na sala, tive a impressão de que todo mundo ia olhar para mim, mas ninguém prestava atenção, bebiam e berravam, com risadas brutais ou histéricas, cruas, como uma corte medieval. Transtornado, descansei os cotovelos no bar e pedi outro conhaque; enquanto bebia, observava o gordo Spiess do KL, com a *Aufseherin*, e, pensamento repugnante, imaginava-o acocorado, uma mão polonesa limpando seu cu. Perguntei-me também se os banheiros das mulheres se beneficiavam de dispositivo similar: olhando para elas, eu me dizia que sim. Terminei meu conhaque de um trago e subi para me deitar; dormi mal, por causa do barulho, mas mesmo assim melhor que Piontek, coitado: os Orpo haviam levado polonesas para o dormitório e passaram a noite fornicando nas camas ao lado da sua; sem constrangimento trocavam de garotas zombando dele porque não queria. "Elas são pagas com latas de conservas", explicou laconicamente para mim no café da manhã.

De Cracóvia eu já tinha, por telefone, marcado um encontro com o Gruppenführer Globocnik, o SSPF do distrito de Lublin. Globocnik dispunha na realidade de dois escritórios: um para seu estado-maior de SSPF e outro na rua Pieradzki, de onde dirigia o Einsatz Reinhard e onde combinara me encontrar. Globocnik era um homem poderoso, muito mais que o sugerido por sua patente; seu superior hierárquico, o HSSPF do governo-geral (o Obergruppenführer Krüger), não tinha praticamente nenhum controle sobre o Einsatz, que cobria todos os judeus do GG e estendia-se muito além de Lublin; nesse aspecto, Globocnik dependia diretamente do Reichsführer. Detinha também importantes funções no seio do Comissariado do Reich para o Fortalecimento da Germanidade. O QG do Einsatz achava-se instalado em uma antiga escola de medicina, uma construção ocre amarelada, compacta, com telhado vermelho chanfrado, característico dessa região onde a influência alemã sempre fora forte, cuja entrada se dava por uma grande porta dupla sob um arco em meia-lua, ainda encimado pela inscrição COLLEGIUM ANATOMICUM. Um ordenança me recebeu e me levou até Globocnik. O Gruppenführer, apertado num uniforme tão justo que parecia um número menor do que o exigido por sua imponente compleição, recebeu minha saudação distraidamente, brandindo minha ordem de missão na minha cara: "Então é isso, o Reichsführer me mandou um espião!" Deu uma grande gargalhada. Odilo Globocnik era da Caríntia, nascido em Trieste, e provavelmente de origem croata; Altkämpfer do NSDAP austríaco, tinha sido Gauleiter de Viena por um breve tempo, depois do Anschluss, antes de cair devido a uma história de tráfico de divisas. Sob Dollfuss, cumprira pena de prisão pelo assassinato de um joalheiro francês: oficialmente, isso fazia dele um mártir do *Kampfzeit*, mas as más línguas sugeriam abertamente que os diamantes do judeu haviam desempenhado papel mais importante que a ideologia no episódio. Continuava a agitar meu papel: "Confesse, Sturmbannführer! O Reichsführer não confia mais em mim, é isso?" Sempre com um pé atrás, tentei me justificar: "Herr Gruppenführer, minha missão..." Soltou novamente uma risada homérica: "Estou brincando, Sturmbannführer! Sei melhor que ninguém que gozo da plena confiança do Reichsführer! Não é que ele me chama de seu *amigo Globus*? E não é só o Reichsführer! O Führer em pessoa veio me congratular pela nossa grande obra. Sente-se. São palavras dele, *uma grande obra*. 'Globocnik', ele me disse, 'o senhor é um dos heróis ignorados da Alemanha. Gostaria que todos os jornais pudessem publicar seu nome e suas façanhas! Daqui a cem anos, quando pudermos falar de tudo isso, seus altos feitos serão ensinados às crianças desde a escola primária! O senhor é um bravo, e admiro ter se mantido tão modesto, tão discreto, tendo realizado essas coisas.' E eu — o Reichsführer estava lá também —, 'Meu Führer, apenas cumpri com o meu dever'.

Sente-se, sente-se." Sentei-me na poltrona designada por ele; acomodou-se ao meu lado dando um tapinha na coxa, depois pegou atrás de si uma cigarreira e me ofereceu um cigarro. Quando recusei, insistiu: "Nesse caso, guarde para mais tarde." Acendeu um para si. Seu rosto lunar irradiava satisfação. Na mão que segurava o isqueiro, seu grande anel ss de ouro parecia enfiado num chouriço. Soltou fumaça com ar de satisfação. "Se entendi bem a carta do Reichsführer, o senhor seria um desses chatos que querem salvar os judeus sob pretexto de que precisamos de mão de obra?" — "De forma alguma, Herr Gruppenführer", respondi com cortesia. "O Reichsführer me deu ordens para analisar os problemas do Arbeitseinsatz em seu conjunto, com vistas a evoluções futuras." — "Imagino que queira visitar nossas instalações?" — "Se fala das estações de gás, Herr Gruppenführer, isso não me diz respeito. É antes a questão da seleção e do uso dos *Arbeitjuden* que me preocupa. Gostaria portanto de começar pela Osti e a DAW." — "A Osti! Mais uma ideia grandiosa de Pohl! Recolhemos milhões, aqui, para o Reich, milhões, e Pohl quer que eu cuide de farrapos, como um judeu. Ostindustrie, e eu lá quero saber de uma coisa dessas! Mais uma bela patifaria que me infligiram." — "É possível, Herr Gruppenführer, mas..." — "Nada de mas! De toda forma, os judeus terão que morrer, todos, com indústria ou sem indústria. Claro, podemos preservar alguns, o tempo de formar poloneses para substituí-los. Os poloneses são cães, mas sabem cuidar de panos, se isso puder ser útil à *Heimat*. Desde que dê lucro, não tenho nada contra. Enfim, o senhor vai ver. Vou deixá-lo aos cuidados do meu assessor, o Sturmbannführer Höfle. Ele vai lhe explicar como a coisa funciona e o senhor se vira com ele." Levantou-se, o charuto encaixado entre dois dedos, e apertou minha mão. "Pode ver tudo que quiser, claro. Se o Reichsführer o enviou, é porque o senhor sabe segurar a língua. Os linguarudos, aqui, eu mando fuzilar. Acontece todas as semanas. Mas o seu caso não me preocupa. Se tiver algum problema, me procure. Até logo."

Höfle, o assessor do Einsatz Reinhard, também era austríaco, mas nitidamente mais ponderado que seu chefe. Recebeu-me com uma cara mal-humorada, cansada: "Muito abalado? Não ligue, ele é assim com todo mundo." Mordeu o lábio e empurrou uma folha de papel na minha direção: "Devo lhe pedir que assine isto." Percorri o texto: era uma declaração de sigilo em diversos itens. "Não obstante", eu disse, "julgo ser compelido ao sigilo pela minha própria posição." — "Sei muito bem disso. Mas é uma regra imposta pelo Gruppenführer. Todos têm que assinar." Dei de ombros: "Se ele quer assim." Assinei. Höfle guardou a folha em uma pastinha e cruzou as mãos sobre a mesa. "Por onde quer começar?" — "Não sei. Explique-me o sistema de vocês." — "Na realidade, é muito simples. Dispomos de três estruturas, duas no Bug e uma na fronteira da Galícia, em Belzec, que estamos fechando, pois a Galícia, à exceção dos campos de trabalho, está em grande parte *judenrein*. Treblinka, que escoava principalmente Varsóvia, também vai ser fechado. Mas o Reichsführer acaba de dar ordens no sentido de transformar Sobibor em KL, o que será feito no fim do ano." — "E todos os judeus passam por esses três centros?" — "Não, por razões de ordem logística não era possível ou prático evacuar todas as cidadezinhas da região. Para isso, o Gruppenführer recebeu batalhões Orpo que cuidaram desses judeus lá mesmo, pouco a pouco. Sou eu quem dirige o Einsatz no dia a dia, com meu inspetor para os campos, o Sturmbannführer Wirth, que está aqui desde o início. Também temos um campo de treinamento para hiwis, sobretudo ucranianos e letões, em Travniki." — "E, afora eles, toda sua equipe é SS?" — "Aí é que está, não. Em cerca de quatrocentos e cinquenta homens, sem contar os hiwis, temos quase cem que foram destacados pela Chancelaria do Führer. Quase todos os nossos chefes de campo estão entre eles. Taticamente, estão sob o controle do Einsatz, porém, administrativamente, dependem da Chancelaria. São eles que supervisionam tudo que diz respeito a salários, folgas, promoções e assim por diante. Parece que é um acordo especial entre o Reichsführer e o Reichsleiter Bouhler. Alguns desses homens sequer são membros da Allgemeine-SS ou do Partido. Mas são todos veteranos dos centros de eutanásia do Reich; quando fechamos a maioria desses centros, uma parte do pessoal, com Wirth à frente, foi deslocada para cá a fim de o Einsatz assimilar a experiência deles." — "Compreendo. E a Osti?" — "A Osti é uma criação recente, resultado de uma parceria entre o Gruppenführer e o WVHA. Desde o início do Einsatz, tivemos que criar centros para cuidar dos bens confiscados; pouco a pouco, estes se dispersaram em oficinas de diversos tipos, visando o esforço de guerra. A Ostindustrie é uma empresa de responsabilidade limitada, criada em novembro passado para agrupar e racionalizar todas essas oficinas. O conselho de administração entregou sua direção a um administrador do WVHA, o Dr. Horn, bem como ao Gruppenführer. Horn é um burocrata bastante meticuloso, mas imagino que competente." — "E o KL?" Höfle abanou a mão: "O KL não tem nada a ver conosco. É um campo regular do

WVHA; naturalmente, o Gruppenführer é responsável por ele na condição de SS- und Polizeiführer, mas ele é completamente independente do Einsatz. Eles também administram empresas, em particular uma oficina da DAW, mas isso é responsabilidade do economista SS designado para o SSPF. Naturalmente cooperamos estreitamente; uma parte dos nossos judeus foi transferida para eles, seja para trabalhar, seja para *Sonderbehandlung*. E ultimamente, como estamos sobrecarregados, eles criaram instalações próprias para o 'tratamento especial'. Além disso, pode acrescentar todas as empresas de armamentos da Wehrmacht, que também utilizam judeus fornecidos por nós; mas isso é responsabilidade da Inspeção dos Armamentos do GG, dirigida pelo Generalleutnant Schindler, em Cracóvia. Enfim, temos a rede econômica civil, sob controle do novo governador do distrito, o Gruppenführer Wendler. Talvez possa encontrá-lo, mas, cuidado, ele não se entende com o Gruppenführer Globocnik." — "A economia local não me interessa; meu objeto são os circuitos de distribuição dos detentos para a economia em seu conjunto." — "Acho que compreendo. Procure Horn, então. Ele anda um pouco com a cabeça nas nuvens, mas provavelmente consegue arrancar-lhe alguma coisa."

    Achei aquele Horn nervoso, agitado, transbordante de zelo, mas também de frustrações. Era contador, formado na Universidade Politécnica de Stuttgart; com a guerra, havia sido convocado pela Waffen-SS, mas, em vez de ser enviado para o front, foi designado para o WVHA. Pohl o escolhera para montar a Osti, uma filial das Empresas Econômicas Alemãs, holding criada pelo WVHA para agrupar as companhias SS. Era muito motivado; porém, ao lado de um homem como Globocnik, era insignificante e sabia disso. "Quando cheguei, estava um caos... inimaginável", explicava. "Havia de tudo: uma fábrica de cestos e oficinas de marcenaria em Radom, uma fábrica de escovas aqui em Lublin, uma fábrica de vidro. De cara o Gruppenführer insistiu para reservarmos um campo de trabalho para ele, para se autoabastecer, como ele diz. Muito bem, isso dava para fazer. Tudo era administrado atabalhoadamente. As contas não estavam em dia. E a produção estava próxima de zero. O que é plenamente compreensível, considerando o estado da mão de obra. Então arregacei as mangas: aqui, porém, fizeram de tudo para complicar minha vida. Eu formo especialistas; eles são roubados de mim e desaparecem Deus sabe onde. Peço uma alimentação melhor para os trabalhadores; respondem-me que não dispõem de alimentação suplementar para os judeus. Peço que pelo menos parem de espancá-los em todos os cantos do campo; sou informado de que não devo me intrometer no que não me diz respeito. Como quer que eu trabalhe corretamente nessas condições?" Dava para entender por que Höfle não gostava muito de Horn: com queixas, raramente chegava-se a algum lugar. Por outro lado, Horn tinha uma boa análise dos dilemas: "Outro problema é que o WVHA não me apoia. Eu mando relatório atrás de relatório para o Obergruppenführer Pohl. Pergunto o tempo todo: Qual é o fator que deve prevalecer? O fator político-policial? Nesse caso, sim, a concentração dos judeus é o objetivo principal, e os fatores econômicos passam a segundo plano. Ou o fator econômico? Se for isso, convém racionalizar a produção, organizar os campos de maneira flexível de modo a poder dar conta de um leque de encomendas à medida que forem sendo feitas e, sobretudo, garantir um mínimo vital de subsistência para os trabalhadores. E o Obergruppenführer Pohl me responde: Os dois. É de arrancar os cabelos." — "E acha que se lhe dessem meios poderia criar empresas modernas e lucrativas com trabalho forçado judeu?" — "Claro. Os judeus, é óbvio, são pessoas inferiores, e seus métodos de trabalho são completamente arcaicos. Estudei a organização do trabalho no gueto de Litzmannstadt, é uma catástrofe. Toda a supervisão, desde o recebimento das matérias-primas até a entrega do produto final, é feita por judeus. Naturalmente, não existe nenhum controle de qualidade. Mas com supervisores arianos, bem formados, e uma divisão e organização do trabalho racional e moderna, podemos conseguir coisas excelentes. É preciso uma decisão nesse sentido. Aqui só esbarro com obstáculos, e percebo muito bem que não tenho nenhum apoio."

Visivelmente, ele estava procurando um. Fez com que eu visitasse várias de suas empresas, mostrando-me com franqueza o estado de subnutrição e de falta de higiene dos detentos colocados sob sua responsabilidade, mas também as mudanças que conseguira introduzir, a melhor qualidade dos artigos, que serviam principalmente para abastecer a Wehrmacht, o crescimento quantitativo também. Tive que reconhecer que sua exposição era totalmente convincente: talvez fosse perfeitamente possível combinar as exigências da guerra com um aumento de produtividade. Horn, naturalmente, não estava informado acerca do Einsatz, pelo menos de sua amplitude, e evitei tocar no assunto com ele; dessa forma, era difícil explicar-lhe as causas da obstrução de Globocnik; este devia ter dificuldade para conciliar os pedidos de Horn com o que considerava sua missão principal. No fundo, porém, Horn tinha razão: selecionando os judeus mais fortes ou mais especializados, concentrando-os e vigiando-os de maneira adequada, podíamos com certeza dar uma contribuição nada desprezível à economia de guerra.

Visitei o KL. Ele se estendia ao longo de uma colina ondulada, logo no limite da cidade, a oeste da estrada de Zamosc. Era um estabelecimento enorme, com longas seções de galpões de madeira alinhadas até o fundo, delimitadas por arame farpado e cercadas de guaritas. A Kommandantur ficava fora do campo, perto da estrada, ao pé da colina. Fui recebido por Florstedt, o Kommandant, um Sturmbannführer de rosto inusitadamente estreito e comprido, que esmiuçou minhas ordens de missão com uma evidente desconfiança: "Aqui não está dito que o senhor tem acesso ao campo." — "Minhas ordens permitem acesso a todas as estruturas controladas pelo WVHA. Se não acredita, entre em contato com o Gruppenführer, que ele confirmará." Continuou a folhear os papéis. "Que pretende ver?" — "Tudo", respondi com um sorriso amável. Finalmente, ele designou um Untersturmführer para me acompanhar. Era a primeira vez que eu visitava um campo de concentração e fiz com que me mostrassem tudo. Dentre os detentos ou *Häftlinge* havia todo tipo de nacionalidades: russos, poloneses, claro, bem como judeus, mas também políticos e criminosos alemães, franceses, holandeses, entre outros. Os galpões, compridos estábulos de campanha da Wehrmacht, modificados pelos arquitetos SS, eram encardidos, malcheirosos, apinhados; os detentos, a maior parte em andrajos, amontoavam-se em grupos de três ou quatro nos estrados, em vários níveis. Discuti problemas sanitários e higiênicos com o médico-chefe: foi ele, sempre com o Untersturmführer na cola, que me mostrou o galpão Banho e Desinfecção, onde se procedia, de um lado, ao banho dos recém-chegados e, de outro, à morte por gás dos inaptos ao trabalho. "Até a primavera", esclareceu o Untersturmführer, "isso aqui era apenas para *tirar a poeira*. Mas, depois que o Einsatz transferiu para cá uma parte de sua carga, ficamos com gente demais." O campo não sabia mais que fazer com tantos cadáveres e encomendara um crematório, equipado com cinco fornos monomufla concebidos pela Kori, uma empresa especializada de Berlim. "Eles disputam o mercado com a Topf und Söhne, de Erfurt", acrescentou. "Em Auschwitz, eles só trabalham com a Topf, mas julgamos as condições da Kori mais competitivas." A morte por gás, curiosamente, não se efetuava por monóxido de carbono como nos furgões que utilizávamos na Rússia ou, de acordo com o que eu lera, nas instalações fixas do Einsatz Reinhard; ali usavam hidrocianeto, sob a forma de pastilhas que, em contato com o ar, expeliam o gás. "É muito mais eficaz que monóxido de carbono", me garantiu o médico-chefe. "É rápido, os pacientes sofrem menos, é infalível." — "De onde vem o produto?" — "É na realidade um desinfetante industrial, utilizado para fumigações, contra pulgas e outros vermes. Parece que foi Auschwitz que teve a ideia de testá-lo para o tratamento especial." Inspecionei a cozinha e os depósitos de abastecimento; apesar das garantias dos SS-Führer e mesmo dos funcionários detentos que distribuíam a sopa, as rações pareciam-me insuficientes, impressão que aliás me foi confirmada pelas indiretas do médico-chefe. Voltei vários dias sucessivos para estudar os dossiês do Arbeitseinsatz; cada *Häftling* tinha sua ficha individual, classificada pelo que se chamava de *Arbeitstatistik*, e era destacado, se não estivesse doente, para um Kommando de trabalho. Alguns, no interior do campo, para a manutenção, outros, no exterior; os Kommandos mais importantes ficavam no local de trabalho, como o da DAW, Empresas de Armamento Alemãs, em Lipowa. No papel, o sistema parecia sólido; mas a diminuição dos efetivos permanecia considerável; e as críticas de Horn me ajudavam a ver que a maioria dos detentos empregados, mal alimentados, sujos e regularmente espancados, era incapaz de um trabalho consistente e produtivo.

Passei várias semanas em Lublin e também visitei a região. Fui a Himmlerstadt, a ex-Zamosc, joia excêntrica da Renascença construída *ex nihilo*, no fim do século XVI, por um chanceler polonês um tanto megalomaníaco. A cidade florescera graças à sua posição vantajosa nas rotas comerciais entre Lublin e Lemberg e também Cracóvia e Kiev. Era agora o centro do projeto mais ambicioso do RKF, organismo SS encarregado, desde 1939, de efetuar o repatriamento dos *Volksdeutschen* da URSS e do Banat, depois de trabalhar na germanização do Leste: a criação de um enclave germânico nos desfiladeiros das regiões eslavas, ao lado da Galícia Oriental e da Volínia. Discuti esses detalhes com o delegado de Globocnik, um burocrata do RKF que tinha sua oficina na Prefeitura, uma elevada torre barroca na beira da praça quadrada, com uma entrada no segundo andar, acessada por uma escadaria dupla majestosa, na forma de crescente. De novembro a março, explicou, mais de cem mil pessoas haviam sido expulsas — os poloneses válidos foram encaminhados para fábricas alemãs por intermédio da *Aktion* Sauckel, os demais para Auschwitz, e todos os judeus para Belzec. O RKF pretendia substituí-los por *Volksdeutschen*; ora, apesar de todos os estímulos e riquezas naturais da região, encontravam dificuldades para atrair colonos em quantidade suficiente. Quando lhe perguntei se nossos reveses no Leste não os desencorajavam — essa conversa acontecera no início de julho, a grande batalha de Kursk acabava de se deflagrar —, esse administrador consciencioso me olhou com espanto e me garantiu que nem mesmo os *Volksdeutschen* eram derrotistas, e que, de toda forma, nossa brilhante ofensiva ia rapidamente restabelecer a situação, pôr Stálin de joelhos. Porém, às vezes esse homem tão otimista disparava a falar da economia local com desânimo: a despeito dos subsídios, a região ainda estava longe da autossuficiência, dependendo inteiramente das injeções financeiras e alimentares do RKF; a maioria dos colonos, mesmo os que haviam recuperado fazendas inteiras, de chave na mão, não conseguia alimentar suas famílias; e, quanto àqueles que ambicionavam montar empresas, levaria anos até conseguirem se sustentar. Depois dessa visita, pedi que Piontek me levasse ao sul de Himmlerstadt: era, com efeito, uma bela região, feita de colinas suaves com pradarias e pequenos bosques cheios de árvores frutíferas, e com um aspecto já mais galiciano que polonês, com plantações ricas esparramadas sob um céu azul-claro, monótono, amenizado apenas por bolinhas de nuvens brancas. Por curiosidade, estiquei até Belzec, uma das últimas cidades antes do limite do distrito. Parei perto da estação, onde reinava certa animação: carros e carroças trafegavam pela rua principal, oficiais de diversas armas, assim como colonos em ternos puídos, aguardavam um trem, camponesas de aspecto mais romeno que alemão vendiam maçãs em caixotes virados ao contrário na beira da estrada. Do outro lado da ferrovia, erguiam-se depósitos de tijolo, uma espécie de fabriqueta; e bem atrás, algumas centenas de metros adiante, uma densa fumaça preta saía de um bosque de bétulas. Mostrei meus papéis a um suboficial SS que estava por ali e perguntei onde ficava o campo: apontou o bosque. Entrei de novo no carro e percorri cerca de trezentos metros na autoestrada que acompanhava a ferrovia em direção a Rawa Ruska e Lemberg; o campo ficava do outro lado dos trilhos, cercado por uma mata de abetos e bétulas. Haviam colocado galhos de árvores na cerca de arame farpado para disfarçar o interior; mas uma parte já tinha sido levada e percebíamos por aquelas brechas equipes de detentos, atarefados como formigas, demolindo galpões e em certos lugares a própria cerca; a fumaça provinha de uma zona encoberta, um pouco elevada, ao fundo do campo; apesar da ausência de vento, um cheiro adocicado e nauseabundo empesteava o ar, propagando-se até o carro. Depois de tudo que me haviam dito e mostrado, eu achava que os campos do Einsatz situavam-se em locais ermos e de difícil acesso; ora, este ficava nas proximidades de uma movimentada cidadezinha de colonos alemães com suas famílias; a ferrovia principal ligando a Galícia ao resto do GG, e pela qual circulavam diariamente civis e militares, passava bem embaixo do arame farpado, atravessando o terrível mau cheiro e a fumaça; e todas aquelas pessoas, a negócios, em viagem, indo numa ou noutra direção, tagarelavam, faziam comentários, escreviam cartas, espalhavam boatos ou piadas.

Porém, de toda forma, apesar das proibições, das promessas de sigilo e das ameaças de Globocnik, os homens do Einsatz continuavam falando demais. Bastava vestir um uniforme SS e frequentar o bar da Deutsche Haus, pagando uma rodada como quem não quer nada, para ser informado de tudo. O desânimo perceptível causado pelas notícias militares, claramente decifráveis pelo otimismo exuberante dos comunicados, contribuía para soltar as línguas. Quando se trombeteava que na Sicília *nossos corajosos aliados italianos, apoiados por nossas forças, resistem*, todo mundo compreendia que o inimigo não fora repelido para o mar e, enfim, abrira uma nova frente de batalha na Europa; quanto a Kursk, a preocupação aumentava com o passar dos dias, pois a Wehrmacht, consumados os primeiros triunfos, continuava obstinadamente, excepcionalmente muda: e, quando acabaram aludindo à *adoção planejada de táticas elásticas* em torno de Orel, até os mais limitados entenderam tudo de cara. Vários eram aqueles que ruminavam esses desdobramentos; e, entre os exaltados que vociferavam todas as noites, nunca era difícil encontrar um homem calado bebendo sozinho e entabular a conversa. Um dia, por exemplo, puxei conversa com um homem de uniforme de Untersturmführer, acotovelado no bar diante de uma caneca de cerveja. Döll, era este seu nome, parecia lisonjeado com a familiaridade com que era tratado por um oficial superior; apesar disso, era pelo menos uns dez anos mais velho que eu. Apontou minha "ordem da carne congelada" e me perguntou onde eu passara aquele inverno; quando respondi Kharkov, relaxou completamente. "Eu também estava lá, entre Kharkov e Kursk. Operações especiais." — "Mas não estava com o Einsatzgruppe?" — "Não, era outra coisa. Na realidade, não sou da SS." Era um daqueles famosos funcionários da Chancelaria do Führer. "Entre nós, dizemos T-4. É como chamamos isso." — "E o que fazia para os lados de Kharkov?" — "O senhor sabe, eu estava em Sonnestein, um dos centros para doentes, lá..." Fiz um sinal com a cabeça para assinalar que sabia do que ele estava falando e ele continuou. "No verão de 41, fecharam. E uma parte de nós, éramos considerados especialistas, eles quiseram manter e nos mandaram para a Rússia. Éramos uma delegação inteira, era o próprio Oberdienstleiter Brack que comandava, havia os médicos do hospital e tudo mais, e pronto, realizávamos ações especiais. Com caminhões de gás. Todos nós tínhamos um adendo especial na nossa caderneta de soldo, um papel vermelho assinado pelo OKW, que proibia que fôssemos enviados para muito perto do front: tinham medo que caíssemos nas mãos dos russos." — "Não entendo muito bem. As medidas especiais, nessa região, todas as medidas de SP, eram responsabilidade do meu Kommando. Diz que tinham caminhões de gás, mas como podiam ser encarregados das mesmas tarefas que a gente sem que ninguém soubesse?" Sua fisionomia assumiu um aspecto mal-humorado, quase cínico: "Não éramos encarregados das mesmas tarefas. Lá não tocávamos nem em judeus nem em bolcheviques." — "E então?" Hesitou e bebeu mais, em goles demorados, depois enxugou, com as costas dos dedos, a espuma dos lábios. "A gente cuidava dos feridos." — "Dos feridos russos?" — "Não está entendendo. Dos nossos feridos. Os que estavam estropiados demais para terem uma vida útil eram mandados para nós." Compreendi e ele sorriu ao perceber: produzira seu efeito. Virei para o bar e pedi outra rodada. "O senhor falava dos feridos alemães", eu disse delicadamente. — "Como estou lhe dizendo. Uma verdadeira sacanagem. Sujeitos como o senhor e eu, que haviam dado tudo pela *Heimat*, e crac! Era assim que lhes agradeciam. Posso dizer que fiquei contente quando me mandaram para cá. Tampouco é muito alegre, mas pelo menos não é aquilo." Nossos copos chegavam. Falou-me de sua juventude: tinha cursado uma escola técnica, queria ser fazendeiro, mas, com a crise, ingressou na Polícia: "Meus filhos tinham fome, era o único jeito de colocar um prato na mesa todos os dias." No fim de 1939, fora destacado em Sonnestein para o Einsatz Euthanasie. Não sabia como fora escolhido. "Por um lado, não era muito agradável. Mas, por outro, aquilo me poupava do front, depois o salário era correto, minha mulher estava contente. Então não disse nada." — "E Sobibor?" Era lá, como ele me contara, que trabalhava atualmente. Balançou os ombros: "Sobibor? É igual a tudo, a gente se acostuma." Fez um gesto estranho, que me impressionou profundamente: com a ponta da bota, esfregou o assoalho, como se esmagasse alguma coisa. "Homenzinhos e femeazinhas, é tudo igual. É como pisar numa barata."

Muito se discorreu, depois da guerra, para tentar explicar o que acontecera, a desumanidade. Mas a desumanidade, me desculpem, não existe. Existe apenas o humano e mais o humano: e esse Döll é um bom exemplo disso. Quem é Döll senão um bom pai de família que queria alimentar os filhos e que obedecia ao seu governo, ainda que em seu foro íntimo não concordasse plenamente com aquilo? Se houvesse nascido na França ou nos Estados Unidos, teria sido considerado um pilar de sua comunidade e um patriota; mas nasceu na Alemanha, então é um criminoso. A necessidade, os gregos já sabiam disso, é uma deusa não apenas cega, como cruel. Não era que faltassem criminosos nessa época. Lublin inteira, como tentei mostrar, estava mergulhada numa atmosfera escusa de corrupção e excessos; o Einsatz, bem como a colonização e a exploração dessa região isolada, fazia mais de um perder a cabeça. Refleti, a partir das observações do meu amigo Voss sobre isso, na diferença entre o colonialismo alemão, tal como foi praticado no Leste durante anos, e o colonialismo dos britânicos e franceses, manifestamente mais civilizado. Há, como assinalara Voss, fatos objetivos: depois da perda de suas colônias em 1919, a Alemanha foi obrigada a chamar de volta seus quadros e fechar seus escritórios de administração colonial; as escolas de formação permaneceram abertas, mas a rigor não atraíam ninguém por falta de perspectiva; vinte anos mais tarde, toda uma metodologia estava perdida. Dito isto, o nacional-socialismo dera impulso a toda uma geração, cheia de ideias novas e ávida de novas experiências, que, em matéria de colonização, equivaliam talvez às antigas. Quanto aos excessos — exageros aberrantes como os que se podiam ver na Deutsche Haus, ou, mais sistematicamente, a impossibilidade em que nossas administrações pareciam se achar de negociar com os povos colonizados, entre os quais alguns se teriam disposto a nos servir de boa vontade se lhes tivéssemos dado certas garantias, sem ser com violência e desprezo —, tampouco se deve esquecer que nosso colonialismo, até mesmo o africano, era um fenômeno recente, e que os outros, quando começaram, não fizeram nada melhor: pensem nos copiosos extermínios belgas no Congo, em sua política de mutilação sistemática, ou então na política americana, precursora e modelo da nossa, da criação de espaço vital por meio do assassinato e dos deslocamentos forçados — os Estados Unidos, tende-se a esquecer, não eram nada mais que um "espaço virgem", mas os americanos foram bem-sucedidos ali onde fracassamos, o que faz toda a diferença. Até mesmo os ingleses, tão frequentemente citados como exemplo, e a quem Voss tanto admirava, precisaram do trauma de 1858 para começar a desenvolver ferramentas de controle com alguma sofisticação; e, se aos poucos aprenderam a jogar habilmente com a alternância entre o afago e a bofetada, não devemos esquecer que a bofetada, justamente, estava longe de ser desprezada, como pudemos ver pelo massacre de Amritsar, o bombardeio de Cabul e outros casos mais, numerosos e esquecidos.

Mas eis que me afasto das minhas primeiras reflexões. O que queria dizer é que, se o homem não é, como pretenderam certos poetas e filósofos, naturalmente bom, tampouco é naturalmente mau: o bem e o mal são categorias que podem servir para qualificar o efeito das ações de um homem sobre outro; mas a meu ver são intrinsecamente inadequadas, até mesmo inúteis, para julgar o que se passa no coração desse homem. Döll matava ou mandava matar pessoas, logo é o Mal; mas em si era um homem bom com seus familiares, indiferente aos outros e, como se não bastasse, obediente às leis. Pede-se algo mais ao anônimo das nossas cidades, civilizadas e democráticas? E quantos filantropos, mundo afora, célebres por sua generosidade extravagante, não são, ao contrário, monstros de egoísmo e aridez, sequiosos de glória pública, inchados de vaidade, tirânicos com seus próximos? Todo homem deseja satisfazer suas necessidades, permanecendo indiferente às dos outros. E para que os homens possam viver juntos, para evitar o estado hobbesiano do "Todos contra todos" e, ao contrário, graças à ajuda mútua e ao crescimento da produção daí decorrente, satisfazer uma maior soma de seus desejos, são necessárias instâncias reguladoras que tracem limites para esses desejos e arbitrem os conflitos: esse mecanismo é a Lei. Mas também é preciso que os homens, egoístas e frouxos, aceitem a coerção da Lei. Esta, portanto, deve reportar-se a uma instância exterior ao homem, fundamentar-se numa força que o homem sinta como superior a ele próprio. Como eu sugerira a Eichmann durante nosso jantar, essa referência suprema e imaginária foi por muito tempo a ideia de Deus; desse Deus invisível e todo-poderoso, ela deslizou para a pessoa física do rei, soberano de direito divino; e, quando esse rei perdeu a cabeça, a soberania foi transmitida ao Povo ou à Nação, fundamentando-se num "contrato" fictício, sem base histórica ou biológica, e portanto tão abstrata quanto a ideia de Deus.

O nacional-socialismo alemão quis enraizá-la no *Volk*, uma realidade histórica: o *Volk* é soberano, e o Führer exprime, representa ou encarna essa soberania. Dessa soberania deriva a Lei, e, para a maioria dos homens, de todos os países, a moral não é outra coisa senão a Lei: nesse sentido, a lei moral kantiana, que tanto preocupava Eichmann, derivada da razão e idêntica para todos os homens, é uma ficção como todas as leis (mas talvez uma ficção útil). A Lei bíblica diz: Não matarás, e não prevê exceção alguma. Mas todo judeu ou cristão aceita a suspensão dessa lei em tempos de guerra, achando justo matar o inimigo de seu povo, não vendo pecado nenhum nisso; terminada a guerra, as armas novamente na parede, a antiga lei retoma seu curso tranquilo, como se a interrupção jamais houvesse acontecido. Por exemplo, para um alemão, ser um bom alemão significa obedecer às leis e, logo, ao Führer: moralidade, não pode existir uma coisa dessas, pois nada seria capaz de fundamentá-la (e não é um acaso os raros oponentes ao poder terem sido crentes na maior parte: eles conservavam outra referência moral, podiam arbitrar o Bem e o Mal segundo outra referência que não o Führer, e usavam Deus como ponto de apoio para traírem seu chefe e seu país: sem Deus, isso lhes teria sido impossível, pois de onde extrair a justificação? Que homem sozinho, por vontade própria, pode bater o martelo e dizer: Isso é bom, aquilo é mau? Que arrogância seria, e que caos também, se todos se outorgassem fazer a mesma coisa: se cada homem vivesse segundo sua Lei privada, por mais kantiana que fosse, e eis que voltamos a Hobbes). Por conseguinte, se querem julgar as ações alemãs durante essa guerra como criminosas, é toda a Alemanha que deve prestar contas, e não apenas os Döll. Se Döll viu-se em Sobibor e seu vizinho, não, isso é um acaso, e Döll não é mais responsável por Sobibor que seu vizinho mais afortunado; ao mesmo tempo, seu vizinho é tão responsável por Sobibor quanto ele, pois ambos servem com integridade e dedicação o mesmo país, o país que criou Sobibor. Quando é mandado para o front, um soldado não protesta; não apenas está arriscando a vida, como obrigam-no a matar, ainda que não queira; ele abdica de sua vontade; se permanece no posto, é um homem virtuoso; se foge, é um desertor, um traidor. O homem destacado para um campo de concentração, como o designado para um Einsatzkommando ou um batalhão da Polícia, em geral não raciocina de outra forma: ele sabe intimamente que sua vontade não tem peso algum e que só o acaso faz dele um assassino e não um herói ou um morto. Ou então tudo isso deve ser considerado de um ponto de vista moral não mais judaico-cristão (ou laico e democrático, o que dá exatamente no mesmo), mas grego: os gregos abriam espaço para o acaso nos negócios dos homens (um acaso, convém dizer, frequentemente disfarçado de intervenção dos deuses), mas não consideravam de forma alguma que esse acaso diminuísse sua responsabilidade. O crime refere--se ao ato, não à vontade. Édipo, quando mata o pai, não sabe que está cometendo um parricídio; matar na estrada um estrangeiro que insultou alguém, pela consciência e lei gregas, é uma ação legítima, não há nenhuma infração nesse caso; mas esse alguém era Laertes, e a ignorância não muda nada no crime: isto, Édipo reconhece, e, quando finalmente sabe a verdade, ele próprio escolhe sua punição e a autoinflige. O elo entre vontade e crime é uma noção cristã que persiste no direito moderno; a lei penal, por exemplo, considera crime o homicídio involuntário ou por negligência, mas mais brando que o homicídio premeditado; a mesma coisa no caso dos conceitos jurídicos que atenuam a responsabilidade em caso de loucura; e o século XIX terminou de escorar a noção de crime na de anormalidade. Para os gregos, pouco importa se Héracles mata os filhos num acesso de loucura, ou se Édipo mata o pai acidentalmente: isso não muda nada, é um crime, eles são culpados; podemos lastimá-los, mas não absolvê-los — e isso não obstante sua punição fosse atribuição dos deuses, e não dos homens. Nessa óptica, o princípio dos processos do pós-guerra, que julgavam os homens por suas ações concretas, sem levar em conta o acaso, era justo; mas agiram com muita inabilidade; julgados por estrangeiros cujos valores negavam (ao mesmo tempo que lhes reconheciam os direitos de vencedor), os alemães podiam sentir-se aliviados de seu fardo, e portanto inocentes: como aquele que não era julgado considerava quem o era como uma vítima do azar, absolvia-o e, simultaneamente, absolvia-se a si próprio; e quem mofava numa cadeia inglesa, ou num *gulag* russo, fazia a mesma coisa. Mas podia ser diferente? Como, para um homem comum, uma coisa pode ser correta hoje e um crime amanhã? Os homens precisam ser guiados, não é culpa deles. São questões complexas, e não há respostas simples. Quem sabe onde está a Lei? Todos devem procurá-la, mas isso é difícil, e é normal curvar--se ao consenso. Nem todos podem ser legisladores. Foi provavelmente meu encontro com um juiz que me fez refletir sobre tudo isso.

Para quem não gostava das bebedeiras da Deutsche Haus, as distrações eram raras em Lublin. Em minhas horas à toa, eu visitava a cidade velha e o castelo; à noite, pedia minha refeição no quarto e lia. Eu deixara em Berlim, na minha prateleira, o *Festgabe* de Best e o volume sobre o assassinato ritual; mas trouxera a coletânea de Maurice Blanchot comprada em Paris, que recomecei desde o início, e, após dias de árduas discussões, eu tinha grande prazer em mergulhar naquele mundo diferente, feito de luz e pensamento. Incidentes miúdos continuavam a erodir minha tranquilidade; naquela Deutsche Haus, não podia ser diferente. Uma noite, um pouco agitado, muito distraído para ler, eu havia descido até o bar para beber um *schnaps* e jogar conversa fora (eu agora conhecia a maioria dos frequentadores). Ao subir de novo, estava escuro, me enganei de quarto; a porta estava aberta e entrei: na cama, dois homens copulavam simultaneamente com uma garota, um curvado nas costas dela, o outro de joelhos, a garota, ajoelhada também, entre os dois. Levei um instante para compreender o que via, e quando finalmente, como num sonho, as coisas voltaram ao lugar, resmunguei uma desculpa e quis sair. Mas o homem de joelhos, nu a não ser pelas botas, desvencilhou-se e ficou de pé. Segurando o pau duro com uma das mãos e esfregando-o suavemente, apontou, como se me convidasse a ocupar seu lugar, as nádegas da garota, onde o ânus, aureolado de cor-de-rosa, abria-se como uma boca marinha entre os dois hemisférios brancos. Do outro homem eu via apenas as pernas hirsutas, os testículos e o pênis desaparecendo na vagina peluda. A garota gemia frouxamente. Sem uma palavra, sorrindo, balancei a cabeça e saí, fechando a porta bem devagar. Depois disso, fiquei ainda menos inclinado a deixar o meu quarto. Mas, quando Höfle me convidou para uma recepção ao ar livre oferecida por Globocnik para festejar o aniversário do comandante da guarnição do distrito, aceitei sem hesitação. A festa desenrolava-se na Julius Schreck Kaserne, o QG da SS: atrás da ala de um velho casarão estendia-se um belíssimo parque, com um gramado viçoso, grandes árvores espalhadas, inclusive nos canteiros de flores; ao fundo, percebíamos algumas casas, depois o campo. Mesas de madeira haviam sido armadas em estrados, e os convidados bebiam em grupos pela grama; em frente às árvores, sobre fossos adaptados para esse fim, um cervo inteiro e dois leitões assavam no espeto, vigiados por homens da tropa. O Spiess que me escoltara desde o portão levou-me direto a Globocnik, que se entretinha com seu convidado de honra, o Generalleutnant Moser, e alguns funcionários civis. Mal dera meio--dia, e Globocnik já bebia conhaque e fumava um grande charuto, o rosto vermelho suando por cima da gola abotoada. Estalei os calcanhares diante do grupo, fiz a saudação, em seguida Globocnik apertou a minha mão e me apresentou aos demais; parabenizei o general pelo aniversário. "E então, Sturmbannführer", Globocnik indagou, "seus inquéritos estão avançando? O que descobriu?" — "Ainda é um pouco cedo para tirar conclusões, Herr Gruppenführer. Por sinal, são problemas essencialmente técnicos. Mas não resta dúvida de que, em termos de exploração da mão de obra, poderíamos introduzir algumas melhorias." — "Tudo pode ser melhorado! De toda forma, um autêntico nacional-socialista conhece apenas o movimento e o progresso. O senhor devia conversar aqui com o Generalleutnant: ele estava justamente se queixando de que houvessem retirado alguns judeus das fábricas da Wehrmacht. Explique a ele que basta substituí-los por poloneses." O general interveio: "Meu caro Gruppenführer, eu não estava me queixando; compreendo essas medidas como qualquer um. Eu simplesmente dizia que os interesses da Wehrmacht deviam ser levados em conta. Muitos poloneses foram enviados para trabalhar no Reich, e é preciso tempo para formar os que ficam; agindo unilateralmente, o senhor atrapalha a produção de guerra." Globocnik deu uma risada untuosa: "O que o senhor quer dizer, meu caro Generalleutnant, é que os polacos são uns paspalhões incapazes de aprender a trabalhar corretamente, e que a Wehrmacht prefere os judeus. Isso é verdade, os judeus são mais espertos que os poloneses. É por isso que são mais perigosos também." Parou e se voltou para mim: "Mas, Sturmbannführer, não quero reter o senhor. As bebidas estão nas mesas, sirva-se, divirta-se!" — "Obrigado, Herr Gruppenführer." Saudei-o e me dirigi para uma das mesas, envergada sob as garrafas de vinho, cerveja, *schnaps* e conhaque. Enchi um copo de cerveja e olhei à minha volta. Novos convidados chegavam, mas eu não reconhecia muita gente. Havia mulheres, algumas funcionárias do SSPF de uniforme, mas sobretudo esposas de oficiais, à paisana. Florstedt conversava com seus colegas do campo; Höfle fumava sozinho num banco, cotovelos na mesa, uma garrafa de cerveja aberta à sua frente, ar pensativo, vagando no vazio. Na primavera, eu soube pouco antes, ele perdera seus dois filhos, gêmeos, levados pela difteria; na Deutsche Haus contava-se que no enterro tivera uma crise, vendo em seu infortúnio um castigo divino, e que desde então não era mais o mesmo (por sinal, viria a se suicidar vinte anos mais tarde, na casa de detenção de Viena, sem sequer esperar o veredicto da Justiça austríaca, decerto, e apesar de tudo, mais clemente que a de Deus). Decidi deixá-lo tranquilo e me reuni ao pequeno grupo que cercava o KdS de Lublin, Johannes Müller. Eu conhecia de vista o KdO Kintrup; Müller me apresentou seu outro interlocutor: "Este é o Sturmbannführer Dr.

Morgen. Como o senhor, ele trabalha diretamente sob as ordens do Reichsführer." — "Excelente. Em que atividade?" — "O Dr. Morgen é um juiz ss, vinculado à Kripo." Morgen continuou a explicação: "Por enquanto, dirijo uma comissão especial instalada pelo Reichsführer para investigar os campos de concentração. E o senhor?" Expliquei-lhe minha missão em poucas palavras. "Ah, então também está às voltas com os campos", comentou. Kintrup afastara-se. Müller me deu um tapinha no ombro: "Meine Herren, se vão conversar sobre trabalho, peço licença. É domingo." Saudei-o e me voltei para Morgen. Ele me esquadrinhava com seus olhos vivos e inteligentes, ligeiramente velados pelos óculos de aro fino. "Em que precisamente consiste sua missão?", perguntei. — "É essencialmente um tribunal da ss e da Polícia 'com prerrogativas especiais'. Tenho delegação direta do Reichsführer para investigar a corrupção nos KL." — "Muito interessante. Muitos problemas?" — "Isso é dizer pouco. A corrupção é generalizada." Fez um sinal com a cabeça para alguém atrás de mim e sorriu sutilmente: "Se o Sturmbannführer Florstedt o vê comigo, seu trabalho não vai ser nada facilitado." — "Está investigando Florstedt?" — "Entre outros." — "E ele sabe disso?" — "Naturalmente. É um inquérito oficial, já o fiz comparecer diversas vezes." Ele segurava na mão uma taça de vinho branco; bebeu um pouco, bebi também, esvaziando meu copo. "O que está dizendo me interessa imensamente", prossegui. Contei-lhe minhas impressões em relação à defasagem entre as normas alimentares oficiais e o que os detentos efetivamente recebiam. Ele escutava balançando a cabeça: "É, com toda a certeza a comida é roubada também." — "Por quem?" — "Por todo mundo. Do menos ao mais graduado. Os cozinheiros, os *kapos*, os ss-Führer, os chefes de depósito e o topo da hierarquia também." — "Se for verdade, é um escândalo." — "Exatamente. O Reichsführer sente-se pessoalmente muito afetado por isso. Um homem da ss deve ser um idealista: não pode fazer seu trabalho e ao mesmo tempo fornicar com detentas e forrar as algibeiras. Mas acontece." — "E seus inquéritos, estão correndo bem?" — "É muito difícil. Essas pessoas se articulam e a resistência é enorme." — "Mas, se conta com total apoio do Reichsführer..." — "Isso é bem recente. Esse tribunal especial foi constituído há apenas um mês. Meus inquéritos, por sua vez, arrastam-se há dois anos e topei com obstáculos consideráveis. Começamos — na época eu era membro do tribunal da ss e da Polícia XII, em Kassel — com o KL Buchenwald, perto de Weimar. Mais precisamente com o Kommandant desse campo, um tal de Koch. As diligências foram obstruídas: o Obergruppenführer Pohl então escreveu uma carta de congratulações a Koch, em que dizia entre outras coisas que se colocaria como *escudo sempre que um jurista ocioso quisesse novamente esticar suas mãos de carrasco para o corpo branco de Koch*. Sei disso porque Koch fez essa carta circular amplamente. Mas não aliviei. Koch foi transferido para cá, para comandar o KL, e vim atrás dele. Descobri uma rede de corrupção estendida entre os diferentes campos. Finalmente, no verão passado, Koch foi suspenso. Mas ele tinha mandado assassinar a maioria das testemunhas, incluindo um Hauptscharführer em Buchenwald, um de seus cúmplices. Aqui, mandou matar todas as testemunhas judias; abrimos um inquérito para apurar isso também, mas então todos os judeus do KL foram executados; quando quisemos reagir, alegaram-nos *ordens superiores*." — "Mas essas ordens existem, o senhor deve saber." — "Soube naquele momento. E está claro que nesse caso não temos nenhuma competência. Ainda assim, porém, existe uma diferença: se um membro da SS manda matar um judeu no âmbito das ordens superiores, é uma coisa; mas se manda matar um judeu para encobrir suas malversações, ou seu prazer pervertido, como acontece também, é diferente, é crime. E isso, aliás, ainda que o judeu devesse morrer." — "Concordo plenamente. Mas deve ser difícil fazer a distinção." — "Juridicamente, claro: podemos ter dúvidas, mas para indiciar alguém é preciso provas e, como lhe disse, esses sujeitos se ajudam entre si, somem com as testemunhas. Às vezes, naturalmente, não existe ambiguidade: por exemplo, também estou investigando a mulher de Koch, uma biruta sexual que mandava matar detentos tatuados para arrancar suas peles; curtidas, estas serviam para ela fazer abajures e objetos do gênero. Assim que todas as provas estiverem reunidas, ela será presa, e não duvido que seja condenada à morte." — "E como terminou sua investigação sobre Koch?" — "Está em curso; quando tiver concluído meu trabalho aqui e tiver todas as provas comigo, espero prendê-lo novamente. Ele também merece a pena de morte." — "Então ele foi solto? Não estou acompanhando muito bem." — "Foi absolvido em fevereiro. Mas eu não era mais o responsável pelo caso. Tive problemas com outro sujeito, não com um oficial dos campos, mas da Waffen-SS, um tal de Dirlewanger. Um louco furioso, à frente de uma unidade de criminosos e caçadores ilegais indultados. Em 1941, recebi a informação de que ele realizava pretensos experimentos científicos com seus amigos, aqui no GG; assassinava garotas com estricnina e as observava morrer enquanto fumava. Porém, quando eu quis persegui-lo, ele e suas unidades foram transferidos para a Bielorrússia. Posso lhe afirmar que ele se beneficia de proteções num escalão altíssimo da SS. Acabei sendo destituído e exonerado das minhas funções, rebaixado à patente de SS-Sturmann e enviado para um batalhão de marcha, depois para a SS-'Wiking', na Rússia. Foi nesse período que o processo contra Koch desmoronou. Mas em maio o Reichsführer mandou me chamar, nomeou-me Sturmbannführer da reserva e me destacou para a Kripo. Após uma nova queixa das autoridades do distrito de Lublin referente a roubos de pertences dos detentos, ele me ordenou que formasse essa comissão." Eu balançava a cabeça, admirado. "O senhor não teme a adversidade." Morgen deu uma risadinha seca: "Mais ou menos. Antes da guerra, quando eu era juiz no Landgericht de Stettin, fui destituído porque discordava de uma sentença. Foi assim que acabei no SS-Gericht." — "Posso lhe perguntar onde fez seu estudos?" — "Ah, pulei de um lugar para outro. Fiz meus estudos em Frankfurt, Berlim e Kiel, depois em Roma e Haia também." — "Kiel! No Instituto de Economia Mundial? Também fiz parte dos meus estudos lá. Com o professor Jessen." — "Conheço bem. Já eu, estudava direito internacional com o professor Ritterbusch." Conversamos mais um pouco, trocando recordações de Kiel; descobri que Morgen falava um excelente francês, além de quatro outras línguas. Voltei ao assunto inicial: "Por que começou por Lublin?" — "Em primeiro lugar, para encurralar Koch. Estou quase lá. Além disso, a queixa do distrito dava-me um bom pretexto. Mas acontece todo tipo de coisas esquisitas por aqui. Antes de vir, recebi um relatório do KdS sobre um casamento judeu num campo de trabalho. Teriam havido mais de mil convidados." — "Não compreendo." — "Um judeu, um *kapo* importante, tinha se casado nesse *Judenlager*. Havia quantidades astronômicas de comida e álcool. Guardas SS participaram. Claramente, deve ter havido infrações criminais." — "Onde foi isso?" — "Não sei. Quando cheguei a Lublin, perguntei a Müller, que foi muito evasivo. Ele me encaminhou para o campo da DAW, mas lá não sabiam de nada. Depois aconselharam-me a conversar com Wirth, um Kriminalkommissar, o senhor o conhece? E Wirth me disse que era verdade, e que este era seu método de extermínio dos judeus: concedia privilégios a alguns, que o ajudavam a matar os outros; em seguida, matava esses também. Eu quis saber mais, mas o Gruppenführer me proibiu o acesso aos campos do Einsatz, e o Reichsführer ratificou essa proibição." — "Não tem então nenhuma jurisdição sobre o Einsatz?" — "Sobre a questão do extermínio, não.

Mas ninguém me proibiu de investigar o que acontece com os bens apreendidos. O Einsatz gera somas colossais, em ouro, divisas e objetos. Tudo isso pertence ao Reich. Fui ver os depósitos deles, aqui, na rua Chopin, e espero investigar mais a fundo." — "Tudo que está dizendo", comentei, animado, "é prodigiosamente interessante para mim. Espero que possamos conversar mais detidamente sobre isso. Num certo sentido, nossas missões são complementares." — "Entendo o que quer dizer: o Reichsführer quer pôr ordem nisso tudo. Aliás, é possível que, por desconfiarem menos do senhor, consiga desencavar coisas que me ocultarão. Ainda vamos nos rever."

Enquanto isso, Globocnik chamava os convidados para passarem à mesa. Vi-me em frente a Kurt Claasen, um colega de Höfle, e ao lado de uma falante secretária SS. Felizmente, quando ela já ia me contar suas desventuras, Globocnik começou um discurso em homenagem ao general Moser, o que a obrigou a ter paciência. Ele concluiu rapidamente e a plateia inteira ergueu-se para beber à saúde de Moser; em seguida o general disse algumas palavras de agradecimento. Trouxeram a comida: os animais assados haviam sido metodicamente trinchados, os pedaços acomodados em bandejas de madeira distribuídas pelas mesas, todos podiam servir-se à vontade. Havia também saladas e legumes frescos, estava delicioso. A garota mordia uma cenoura e tentou imediatamente prosseguir sua história: escutei com um ouvido distraído, sem deixar de comer. Ela falava do noivo, um Hauptscharführer em missão na Galícia, em Drohobycz. Era uma história trágica: por ele, ela havia rompido o noivado com um soldado vienense, e, quanto a ele, era casado, mas com uma mulher que não amava. "Ele queria se divorciar, mas cometi uma tolice, revi o soldado com quem eu tinha rompido, foi ele que me pediu e eu disse sim, e Lexi" — era o noivo — "soube disso e voltou para a Galícia. Mas felizmente continua me amando." — "E que faz ele em Drohobycz?" — "Está na SP, é como um general para os judeus da Durchgangstrasse." — "Entendo. E a senhorita o vê com frequência?"— "Quando conseguimos uma licença. Ele quer que eu vá morar com ele, mas não sei. Parece que lá é muito sujo. Mas diz que eu não teria que ver os judeus, que ele pode arranjar uma casa boa. Mas sem casar, não sei, ele teria que se divorciar. Que acha disso?" Eu estava com a boca cheia de cervo e me contentei em dar de ombros. Depois conversei um pouco com Claasen. Uma orquestra apareceu perto do fim da refeição, instalou-se nos degraus que levavam ao jardim e introduziu uma valsa. Diversos casais levantaram-se para dançar no gramado. A jovem secretária, provavelmente decepcionada com a minha falta de interesse por seus infortúnios sentimentais, foi dançar com Claasen. Na outra mesa, observei Horn, que chegara tarde, e me levantei para trocar algumas palavras com ele. Um dia, ao notar minha pasta imitando couro, ele me ofereceu, sob o pretexto de mostrar a qualidade do trabalho de seus judeus, mandar fazer uma de couro legítimo para mim; eu tinha acabado de recebê-la, uma bela pasta em marroquim com zíper metálico. Agradeci-lhe calorosamente, porém, a fim de evitar qualquer mal-entendido, insisti para pagar o couro e a mão de obra. "Sem problema", consentiu Horn. "Vamos providenciar uma fatura." Morgen parecia ter ido embora. Bebi outra cerveja, fumei um cigarro, observei os dançarinos. Estava calor, e, com as carnes pesadas e o álcool, eu suava no meu uniforme. Olhei ao redor: várias pessoas tinham afrouxado ou até mesmo desabotoado as túnicas; abri minha gola. Globocnik não perdia uma dança, convidando sempre uma das mulheres à paisana ou uma secretária; minha vizinha de mesa também se viu em seus braços. Poucas pessoas tinham sua desenvoltura: após alguns passos de valsa e outras danças, fizeram a orquestra mudar de música e um coro de oficiais da Wehrmacht e da SS reuniu-se para cantar "*Drei Lilien, Kommt ein Reiter, bringt die Lilien*" e outras. Claasen veio até mim com um copo de conhaque; estava em mangas de camisa, o rosto vermelho e inchado; ria ferinamente e, enquanto a orquestra tocava "*Es geht alles vorüber*", ele cantarolava uma variante cínica:

Es geht alles vorüber
Es geht alles vorbei
Zwei Jahre in Russland
Und nix ponimai.

"Se o Gruppenführer escutar, Kurt, você vai acabar Sturmann em Orel e nada de *nix ponimai*." Wippern, outro chefe de departamento do Einsatz, aproximara-se e repreendia Claasen. "Bom, vamos nadar, você vem?" Claasen olhou para mim: "O senhor vai? Há uma piscina nos fundos do parque." Peguei outra cerveja num balde de gelo e os segui através das árvores: à nossa frente, eu ouvia risadas e respingos de água. À esquerda, arames farpados corriam por trás dos pinheiros: "Que é isso?", perguntei a Claasen. — "Um pequeno campo de *Arbeitjuden*. O Gruppenführer guarda-os ali para trabalhos de manutenção, como o jardim, os veículos, coisas desse tipo." A piscina era separada do campo por uma ligeira saliência do terreno; várias pessoas, entre elas duas mulheres de maiô, nadavam ou se bronzeavam na relva. "Claasen ficou apenas de ceroulas e mergulhou. "O senhor vem?", gritou, subindo à superfície. Bebi mais um pouco; em seguida, dobrando meu uniforme ao lado das botas, tirei a roupa e entrei na água. Estava fria, cor de chá, nadei um pouco, depois fiquei no meio boiando e contemplando o céu e as copas das árvores a tremelicar. Atrás de mim, ouvia duas mulheres tagarelando, sentadas na beira da piscina, batendo os pés na água. Percebi sinais de algazarra: oficiais tinham empurrado Wippern, que não queria tirar a roupa, na água, ele xingava e vociferava alçando-se da piscina em seu uniforme encharcado. Enquanto eu observava os outros rindo, mantendo minha posição no meio da piscina com suaves braçadas, dois Orpo de capacete apareceram atrás da saliência do terreno, fuzis no ombro, empurrando à frente deles dois homens magérrimos de roupa listrada. Claasen, de pé na beira da piscina, ainda de ceroulas e gotejando, chamou: "Franz! Algum problema?" Os dois Orpo fizeram a saudação; os detentos, que caminhavam com os olhos no chão, gorros nas mãos, pararam. "São judeuzinhos que pegamos roubando cascas de batata, Herr Sturmbannführer", explicou um dos Orpo num patoá tosco de *Volksdeutschen*. "Nosso Scharführer nos disse para fuzilá-los." Claasen fechou a cara: "Bem, espero que não façam isso aqui. O Gruppenführer tem convidados." — "Não, não, Herr Sturmbannführer, vai ser lá na frente, lá na vala." Fui instantaneamente invadido por uma angústia insana: os Orpo iam fuzilar judeus ali mesmo e jogá-los na piscina, e iríamos nadar em sangue, entre os corpos boiando de bruços. Examinei os judeus; um deles, que devia andar pelos quarenta, observava as mulheres furtivamente, o outro, mais jovem, pele amarelada, mantinha os olhos apontados para o chão. Em vez de me tranquilizar com as últimas palavras do Orpo, senti uma tensão fortíssima, minha angústia não fazia senão aumentar. Enquanto os Orpo seguiam adiante, permaneci no meio da piscina, obrigando-me a respirar profundamente e a boiar. Mas agora a água me parecia uma chapa pesada e sufocante. Essa sensação estranha durou até que eu ouvisse dois disparos ao longe, quase inaudíveis, como o *pop! pop!* de garrafas de champanhe espocando. Pouco a pouco, minha angústia refluiu para desaparecer completamente quando vi os Orpo voltarem com suas passadas lentas e pesadas. Saudaram-nos novamente ao passar e continuaram em direção ao campo. Claasen conversava com uma das moças, Wippern tentava torcer seu uniforme. Fiquei de costas e flutuei.

* * *

Voltei a encontrar Morgen. Ele estava prestes a indiciar Koch e sua mulher, bem como vários outros oficiais e suboficiais de Buchenwald e Lublin; sigilosamente, revelou-me que Forstedt também seria indiciado. Mostrou-me com detalhes as astúcias empregadas por aqueles homens corruptos para ocultar suas malversações, e o método que empregava para desmascará-los. Comparava a letra dos *Abteilungen* do campo: mesmo quando os culpados falsificavam uma série, não se davam o trabalho de fazer coincidir suas falsificações com os documentos e relatórios dos outros departamentos. Em Buchenwald, por exemplo, recolhera as primeiras provas concretas dos assassinatos cometidos por Koch quando constatara que o mesmo detento achava-se registrado em dois lugares diferentes ao mesmo tempo: em determinada data, o registro da prisão da Politische Abteilung trazia ao lado do nome do detento a menção "Liberado, meio-dia", ao passo que o livro de registro do Revier indicava: "Paciente falecido às 9h15." O detento fora na realidade assassinado na prisão da Gestapo, mas queriam sugerir que tinha morrido de doença. Da mesma forma, Morgen me explicou como era possível comparar diferentes livros da administração ou do Revier com os dos *blocks* para tentar encontrar provas de desvio de comida, remédios ou pertences. Meu plano de ir a Auschwitz despertou seu interesse; várias das pistas seguidas por ele apontavam de fato para aquele campo. "É provavelmente o Lager mais rico, já que agora é para lá que é encaminhada a maioria dos transportes especiais do RSHA. Como aqui, com o Einsatz, eles têm imensos entrepostos para triagem e condicionamento de todos os bens confiscados. Desconfio que isso deva gerar malversações e roubos colossais. Fomos alertados por um pacote enviado do KL pelo posto militar: em virtude do peso incomum, foi aberto; dentro, encontramos três pedaços de ouro dentário, cada um do tamanho de um punho, enviados por um enfermeiro do campo à sua mulher. Calculei que um volume desses de ouro representa mais de cem mil mortos." Soltei uma exclamação. "Imagine só!", continuava ele. "Isso é tão-somente o que um único homem conseguiu desviar. Quando terminarmos aqui, vou instalar uma comissão em Auschwitz."

Da minha parte, eu praticamente terminara com Lublin. Fiz uma breve rodada de despedidas. Passei para quitar a pasta com Horn e o encontrei ainda deprimido e agitado, debatendo-se com suas dificuldades administrativas, suas perdas financeiras, suas diretrizes contraditórias. Globocnik recebeu-me com muito mais calma que da primeira vez: tivemos uma conversa curta, mas séria, sobre os campos de trabalho, que Globocnik queria desenvolver mais à frente; tratava-se, explicou, de liquidar os últimos guetos a fim de que não restasse mais um único judeu no governo-geral fora de campos sob controle SS; esta era, afirmava, a vontade inflexível do Reichsführer. No conjunto do GG restavam cento e trinta mil judeus, principalmente em Lublin, Radom e na Galícia, com Varsóvia e Cracóvia achando-se, se excluirmos os clandestinos, inteiramente *judenrein*. Ainda era muito. Mas os problemas seriam resolvidos com determinação.

    Eu tinha pensado em ir até a Galícia para inspecionar um campo de trabalho, como aquele do desventurado Lexi; mas meu tempo era contado, eu tinha que fazer escolhas e sabia que, afora diferenças irrelevantes decorrentes das condições locais ou das personalidades, os problemas seriam os mesmos. Minha intenção naquele momento era me concentrar nos campos da Alta Silésia, o "Ruhr do Leste": o KL Auschwitz e suas numerosas dependências. De Lublin, o mais rápido era passar por Kielce e depois pela região industrial de Kattowitz, uma paisagem achatada, opaca, semeada de bosquezinhos de pinheiros ou bétulas e desfigurada pelas altas chaminés das fábricas e dos altos-fornos, que, contra o fundo azul do céu, vomitavam uma fumaça acre e sinistra. Trinta quilômetros antes de Auschwitz, postos de controle SS já verificavam minuciosamente nossos papéis. Atingimos então o Vístula, largo e nervoso. Ao longe avistava-se a linha branca dos Besquides, pálida, tremeluzindo na bruma de verão, menos espetacular que no Cáucaso, mas aureolada por uma beleza suave. Ali também chaminés fumegavam, na planície e no sopé das montanhas; não ventava e a fumaça subia em linha reta antes de se curvar sob o próprio peso, turvando fugazmente o céu. A pista pavimentada desembocava na estação e na Haus der Waffen-SS, onde ficaríamos alojados. A recepção estava praticamente vazia, mostraram-me um quarto simples e limpo; larguei minha bagagem, tomei um banho e troquei de uniforme, depois saí para me apresentar na Kommandantur. A estrada do campo acompanhava o Sola, um afluente do Vístula; semiencoberto por árvores frondosas, mais verde que o grande rio onde se ia lançar, ele corria em meandros tranquilos, ao pé de uma ribanceira íngreme e coberta de capim; na água, belos patos de cabeça verde deixavam-se levar pela correnteza, depois se arremessavam tensionando o corpo inteiro, pescoço esticado, patas dobradas, as asas projetando essa massa para cima, antes de irem cair preguiçosamente logo adiante, perto da margem. Um posto de controle barrava o acesso à Kasernestrasse; do outro lado, atrás de uma guarita de madeira, erguia-se o comprido muro de cimento cinza do campo, com arames farpados em cima, atrás do qual se perfilavam os telhados vermelhos dos galpões. A Kommandantur ocupava a primeira das três construções entre a rua e o muro, uma construção atarracada com a fachada de estuque, com uma grande escadaria ladeada por luminárias de ferro fundido. Fui imediatamente conduzido até o Kommandant do campo, o Obersturmbannführer Höss. Depois da guerra esse oficial adquiriu certa notoriedade em razão do número colossal de pessoas condenadas à morte sob sua responsabilidade e também pelas memórias francas e lúcidas que redigiu na prisão, durante seu processo. Entretanto, era um oficial absolutamente típico do IKL, trabalhador, obstinado e limitado, sem fantasia nem imaginação, mostrando apenas, em seus movimentos e seu linguajar, um pouco daquele tom viril, já diluído pelo tempo, dos que conheceram as escaramuças dos Freikorps e as cargas de cavalaria. Recebeu-me com uma saudação alemã, em seguida apertou minha mão: ele tinha uma estrebaria no campo e cavalgava frequentemente, sendo encontrado, diziam em Oranienburg, muito mais no lombo de um cavalo que atrás de sua mesa. Ao falar, mantinha fixados no meu rosto seus olhos espantosamente claros e vagos, eu achava aquilo desconcertante, como se ele estivesse permanentemente prestes a captar alguma coisa que lhe acabava de escapar. Recebera do WVHA um telex a meu respeito: "O campo está à sua disposição." Na realidade, os campos, pois Höss administrava toda uma rede de KL: o Stammlager, o campo principal atrás da Kommandantur, mas também Auschwitz II, um campo para prisioneiros de guerra transformado em campo de concentração e situado poucos quilômetros depois da estação, na planície, perto da antiga aldeia polonesa de Birkenau; um grande campo de trabalho do outro lado do Sola e da cidade, criado para abastecer a fábrica de borracha sintética IG Farben em Dwory, e cerca de uma dezena de campos auxiliares ou Nebenlager espalhados, criados para projetos agrícolas ou empresas de mineração ou metalurgia. Enquanto falava, Höss me mostrava tudo isso num grande mapa afixado na parede de seu gabinete: e desenhava com o dedo a zona de interesses do campo, que cobria toda a região compreendida entre o Vístula e o Sola, a mais de dez quilômetros ao sul, à exceção de terrenos nos arredores da estação de passageiros, terrenos controlados pela municipalidade. "Em relação a esse ponto", explicava, "tivemos um desentendimento no ano passado. A cidade queria construir ali um novo bairro, para alojar caminhoneiros, enquanto nós pretendíamos comprar parte do terreno para construir uma vila para nossos SS casados e suas famílias. Acabou que nada foi feito. Mas o campo continua em expansão."

Höss, quando saía de carro, e não a cavalo, gostava de dirigir pessoalmente e passou para me pegar, na manhã seguinte, na porta da Haus. Piontek, vendo que eu não precisaria dele, me pedira um dia de folga, queria embarcar num trem para visitar a família em Tarnowitz; dei-lhe a noite também. Höss sugeriu-me começar por Auschwitz II: um comboio RSHA estava chegando da França, ele queria me mostrar o processo de seleção. Ela acontecia na rampa da estação de mercadorias, a meio caminho entre os dois campos, sob a direção de um médico da guarnição, o Dr. Thilo. Este, à nossa chegada, esperava na ponta da plataforma, com guardas Waffen-SS, cães e equipes de detentos listrados que, à nossa vista, tiravam os quepes dos crânios raspados. O dia estava ainda mais bonito que na véspera, as montanhas, ao sul, brilhavam ao sol: o trem, depois de passar pelo Protektorat e pela Eslováquia, chegava daquela direção. Enquanto esperávamos, Höss explicava o procedimento. Em seguida trouxeram o trem e abriram as portas dos vagões de mercadorias. Eu esperava uma irrupção caótica: apesar dos gritos e dos latidos dos cães, as coisas se passaram de maneira relativamente organizada. Os recém-chegados, visivelmente desorientados e esgotados, surgiam dos vagões em meio a um abominável fedor de excrementos; os *Häftlinge* do Kommando de trabalho, gritando numa mistura de polonês, iídiche e alemão, faziam com que abandonassem suas bagagens e formassem filas, homens de um lado, mulheres e crianças do outro. E, enquanto essas filas avançavam se arrastando em direção a Thilo, e Thilo separava os aptos ao trabalho dos inaptos, enviando as mães para o mesmo lado que seus filhos, para caminhões que aguardavam ali perto — "Sei que elas poderiam trabalhar", Höss explicou, "mas tentar separá-las dos filhos seria se expor a todo tipo de desordem" —, caminhei lentamente por entre as filas. A maioria das pessoas falava em voz baixa, em francês, outras, provavelmente judeus naturalizados ou estrangeiros, em diversas línguas: prestei atenção nas palavras que compreendia, nas perguntas, nos comentários; aquelas pessoas não faziam ideia nem do lugar onde estavam nem do que as esperava. Os *Häftlinge* do Kommando, obedecendo às normas, tranquilizavam-nas: "Não se preocupem, mais tarde vocês se reunirão, vamos devolver as bagagens, o chá e a sopa esperam vocês depois do banho." As colunas avançavam lentamente. Uma mulher, ao me ver, perguntou-me num alemão capenga, apontando seu filho: "Herr Offizier! Poderemos ficar juntos?" — "Não se preocupe, senhora", respondi em francês num tom polido, "não irão separá-los." Logo as perguntas dispararam de todos os lados: "Vamos trabalhar? As famílias poderão ficar juntas? Que vão fazer com os velhos?" Antes que eu pudesse responder, um suboficial acorrera e distribuía golpes de *schlag*. "Basta, Rottenführer!", exclamei. Fez uma cara envergonhada: "É porque não podemos permitir que se excitem, Herr Sturmbannführer." Alguns sangravam, crianças choravam. O cheiro de fezes que emanava dos vagões e até das roupas dos judeus me sufocava, eu sentia a velha e familiar náusea voltar e respirava profundamente pela boca para controlá-la. De dentro dos vagões, equipes de detentos arremessavam sobre a rampa as bagagens abandonadas; os cadáveres das pessoas mortas durante a viagem tinham o mesmo destino. Algumas crianças brincavam de esconde-esconde: os Waffen-SS permitiam, mas berravam se porventura alguma delas se aproximasse do trem, com medo de que escapulissem sob os vagões. Atrás de Thilo e Höss, os primeiros caminhões já partiam. Caminhei em direção aos dois e observei Thilo em ação: em alguns casos, bastava-lhe uma passada de olhos; em outros, fazia perguntas, traduzidas por um *Dolmetscher*, examinava os dentes, apalpava os braços, mandava desabotoarem as camisas. "Em Birkenau, como verá", comentou Höss, "temos apenas duas estações de espulgamento ridículas. Nos dias cheios, isso limita consideravelmente a capacidade de recebimento. Para um único comboio, ainda dá para o gasto." — "Como faz se houver mais de um?" — "Depende. Podemos mandar alguns para o centro de recebimento do Stammlager. Caso contrário, somos obrigados a reduzir a cota. Planejamos construir uma nova sauna central para remediar esse problema. As plantas estão prontas, espero a aprovação do orçamento pelo Amtsgruppe C. Mas temos problemas financeiros constantes. Querem que eu aumente o campo, que receba mais detentos, que selecione mais, mas esbravejam quando se trata de recursos. Frequentemente sou obrigado a improvisar." Franzi o cenho: "O que chama de improvisar?" Ele me olhou com seus olhos afogados: "Todo tipo de coisas. Faço acordos com firmas que abastecemos com trabalhadores: às vezes eles me pagam *in natura*, com material de construção ou outra coisa qualquer. Arranjei até caminhões desse jeito. Uma firma me mandou alguns para transportar seus trabalhadores, mas nunca me pediu para devolvê-los. Tem que ser esperto." A seleção chegava ao fim: tudo havia durado menos de uma hora. Quando os últimos caminhões foram carregados, Thilo somou rapidamente os números e nos mostrou: de mil que chegaram, conservou 369 homens e 191 mulheres. "Cinquenta e cinco por cento", comentou. "Obtemos boas médias com os comboios do Oeste. Em compensação, os comboios poloneses são uma catástrofe. Nunca passamos dos 25% e, às vezes, afora 2% ou 3%, não há realmente nada aproveitável." — "A que atribui isso?" — "Quando chegaram, o estado deles era deplorável. Os judeus do GG moram há anos em guetos, são subnutridos, carregam todo tipo de doença. Mesmo entre os selecionados, e atentamos para isso, há muitos que morrem na quarentena." Voltei-me para Höss: "O senhor recebe muitos comboios do Oeste?" — "Da França, este era o quinquagésimo sétimo. Tivemos vinte da Bélgica. Da Holanda, não me lembro mais. Mas nesses últimos meses tivemos sobretudo comboios da Grécia. Não são muito bons. Venha, vou lhe mostrar o processo de recebimento." Dirigi uma saudação a Thilo e entrei no carro. Höss corria muito. No caminho, continuava a me explicar suas dificuldades: "Depois que o Reichsführer resolveu designar Auschwitz para a destruição dos judeus, não tivemos senão problemas. Fomos obrigados a trabalhar o ano passado inteiro com instalações improvisadas. Tudo de qualquer jeito. Só consegui começar a construir instalações permanentes, com uma capacidade de recebimento adequada, em janeiro deste ano. Mas nem tudo está ainda no ponto. Houve adiamentos, sobretudo no transporte do material de construção. Além disso, por causa da pressa, surgiram defeitos de fabricação: o forno do Crematório III quebrou duas semanas depois de começar a funcionar, esquentou demais. Fui obrigado a fechá-lo para reparos. Mas não podemos ficar nervosos, temos que ser pacientes. Estamos de tal maneira atribulados que fomos obrigados a desviar um grande número de comboios para os campos do Gruppenführer Globocnik, onde naturalmente não é efetuada nenhuma seleção. Agora está mais calmo, mas daqui a dez dias vai esquentar de novo: o GG quer esvaziar seus últimos guetos." À nossa frente, abaixo da estrada, estendia-se uma construção comprida de tijolo vermelho, perfurada em uma extremidade por um arco e encimada por uma torre de vigia pontiaguda; de suas laterais partiam as estacas de cimento do arame farpado e uma série de guaritas regularmente espaçadas; e atrás, a perder de vista, repetiam-se fileiras de galpões de madeira, idênticos. O campo era imenso. Grupos de detentos de roupas listradas circulavam pelas alamedas, minúsculos, como insetos numa colônia. Sob a torre, em frente à grade do arco, Höss virou à direita. "Os caminhões seguem em frente. Os Kremas e as estações de espulgamento estão ao fundo. Mas vamos primeiro passar na Kommandantur." O carro cruzava as estacas caiadas e as guaritas; os galpões desfilavam e seu alinhamento perfeito se desdobrava em longas perspectivas castanhas, diagonais fugazes que se abriam e depois se confundiam com a seguinte. "Os fios são eletrificados?" — "Há pouco tempo. Isso também era um problema, mas resolvemos." Nos fundos, Höss preparava um novo setor. "Será o Häftlingskrankenbau, um enorme hospital que atenderá a todos os campos da região." Ele acabava de parar em frente à Kommandantur e apontava com a mão um vasto campo vazio, cercado de arame farpado. "O senhor se incomodaria de me esperar uns cinco minutos? Tenho que dizer uma palavrinha ao Lagerführer." Saí do carro e fumei um cigarro. O prédio em que Höss acabava de entrar também era construído com tijolos vermelhos, com um telhado inclinado e uma torre de três andares no centro; dali, uma longa estrada passava diante do novo setor e desaparecia em direção a um bosque de bétulas visível atrás dos acampamentos. Havia muito pouco barulho, apenas, de vez em quando, uma ordem breve ou um grito rouco. Um Waffen-SS saiu de bicicleta de uma das seções do setor central e veio na minha direção; ao se aproximar, saudou-me sem parar e embicou para a entrada do campo, pedalando lentamente, sem pressa, ao longo do arame farpado. As guaritas estavam vazias: os guardas, de dia, posicionavam-se como uma "grande corrente" em torno dos dois campos. Olhei distraidamente para o carro empoeirado de Höss: então ele não tinha nada mais importante a fazer do que levar um visitante para passear? Um subalterno, como no KL Lublin, poderia ter realizado essa tarefa com a mesma competência. Mas Höss sabia que meu relatório iria para o Reichsführer, talvez fizesse questão de me explicar direito a extensão de suas realizações. Quando voltou, joguei fora a ponta do cigarro e entrei ao seu lado; ele tomou a estrada em direção às bétulas, apontando de tempos em tempos os "campinhos", ou subcampos, do setor central: "Estamos em vias de reorganizar tudo com vistas a uma aceleração máxima do trabalho. Quando estiver terminado, todo esse campo servirá apenas para alimentar com operários as indústrias da região e até mesmo do Altreich. Os únicos detentos permanentes serão os encarregados da manutenção e da administração do campo. Todos os detentos políticos, em especial os poloneses, ficarão no Stammlager. Desde fevereiro, tenho também um campo familiar para os ciganos." — "Um campo familiar?" — "Isso. É uma ordem do Reichsführer. Quando ele decidiu pela deportação dos ciganos do Reich, optou por não selecioná-los, para que pudessem ficar juntos, em família, e não trabalhassem. Mas muitos morrem de doença. Não resistem." Havíamos chegado a uma cancela. Atrás, uma longa sebe de árvores e de arbustos escondia uma cerca de arame farpado, isolando duas compridas construções de cimento, idênticas, cada uma delas com duas altas chaminés. Höss estacionou perto da construção da direita, no meio de um pinheiral arejado. Em frente, num gramado bem conservado, mulheres e crianças judias terminavam de se despir, vigiadas por guardas e detentos de listrado. As roupas formavam pilhas um pouco por toda parte, metodicamente separadas, cada pilha com uma placa de madeira impressa com um número. Um dos detentos gritava: "Vamos, rápido, rápido, para o banho." Os últimos judeus entravam no prédio; dois meninos endiabrados divertiam-se trocando os números das pilhas; chisparam quando um Waffen-SS ergueu o cassetete. "É como em Treblinka ou Sobibor", comentou Höss. "Até o último minuto fazemos eles acreditarem que estão indo para retirar as pulgas. Em geral, tudo corre com bastante tranquilidade." Começou a explicar os procedimentos: "Perto daqui temos outros dois crematórios, mas bem maiores: as câmaras de gás são subterrâneas e recebem até duas mil pessoas. Aqui as câmaras são menores e há duas delas por Krema: é muito mais prático para os pequenos comboios." — "Qual é a capacidade máxima?" — "Em termos de asfixia por gás, praticamente ilimitada; a restrição maior é a capacidade dos fornos. Foram concebidos especialmente para nós pela firma Topf. Têm oficialmente capacidade para 768 corpos por instalação por um período de vinte e quatro horas. Mas podemos expandi-la até mil ou mil e quinhentos, se for preciso." Uma ambulância com uma cruz vermelha estampada estacionou ao lado do carro de Höss; um médico SS, um guarda-pó sobre o uniforme, veio nos cumprimentar. "Apresento-lhe o Hauptsturmführer Dr. Mengele", disse Höss. "Juntou-se a nós há dois meses. É o médico-chefe do campo cigano." Apertei sua mão. "É o senhor que está na supervisão hoje?", perguntou Höss. Mengele balançou a cabeça. Höss voltou-se para mim: "Quer ver?" — "Não vale a pena", eu disse. "Já conheço." — "Mas é muito mais eficaz que o método de Wirth." — "Eu sei. Já me explicaram isso no KL Lublin. Eles adotaram seu método." Como Höss parecia se zangar, perguntei, para ser educado: "Leva quanto tempo ao todo?" Mengele respondeu com sua voz melodiosa e suave: "O Sonderkommando abre as portas daqui a meia hora. Mas damos um tempo para que o gás se espalhe. Em princípio, a morte intervém em menos de dez minutos. Quinze, se estiver úmido."

Já havíamos passado para o "Canadá", onde os bens confiscados passavam por uma triagem e eram armazenados antes de serem distribuídos, quando as chaminés do crematório que havíamos deixado começaram a fumegar, espalhando aquele mesmo cheiro adocicado e nauseabundo que eu conhecera em Belzec. Höss, notando meu mal-estar, comentou: "Estou acostumado a esse cheiro desde pequeno. É o cheiro das velas ruins de igreja. Meu pai era muito crente e me levava regularmente à igreja. Queria que eu fosse padre. Como faltava dinheiro para a cera, fazíamos velas com gordura animal, e elas soltavam o mesmo cheiro. É por causa de um componente químico, mas esqueci o nome; foi Wirths, nosso médico-chefe, quem me explicou isso." Insistiu mais uma vez para me mostrar os dois outros crematórios, estruturas colossais, inativas naquele momento; o Frauenlager, ou campo das mulheres; e a estação de tratamento de esgoto, construída depois de repetidas queixas do distrito, que alegava que o campo contaminava o Vístula e o espelho aquífero dos arredores. Depois me levou ao Stammlager, que me fez visitar de ponta a ponta; enfim, conduziu-me ao outro lado da cidade para me mostrar rapidamente o campo de Auschwitz III, onde já moravam os detentos que trabalhavam para a IG Farben: apresentou-me a Max Faust, um dos engenheiros da fábrica, com quem combinei voltar outro dia. Não vou descrever todas essas instalações: elas são mais que conhecidas e detalhadas em diversos livros, nada tenho a acrescentar. De volta ao campo, Höss quis me convidar para fazer um pouco de equitação; mas eu mal me sustinha de pé, sonhando principalmente com um banho, e consegui convencê-lo a me deixar no meu alojamento.

Höss reservara para mim um gabinete vazio na Kommandantur do Stammlager. Eu tinha uma vista para o Sola e para uma graciosa casa quadrada cercada de árvores, do outro lado da Kasernestrasse, que não era outra senão a residência do Kommandant e sua família. A Haus onde eu me alojava revelou-se bem mais tranquila que a de Lublin: os homens que dormiam ali eram profissionais sóbrios, em trânsito por diversas razões; à noite, oficiais do campo vinham beber e jogar bilhar, mas se comportavam sempre corretamente. Comia-se muito bem, porções copiosas, acompanhadas de vinho búlgaro, com *schlivovitz* croata como digestivo e às vezes até mesmo sorvete de baunilha. Meu interlocutor principal, além de Höss, era o médico-chefe da guarnição, o Sturmbannführer Dr. Eduard Wirths. Seu gabinete ficava no hospital ss do Stammlager, no fim da Kasernestrasse, em frente à sede da Politische Abteilung e de um crematório prestes a ser desativado. Vivo, inteligente, os traços finos, olhos claros e cabelos ralos, Wirths parecia esgotado pelo trabalho, mas motivado para superar as dificuldades. Sua obsessão era a luta contra o tifo: o campo já vivia sua segunda epidemia do ano, que dizimara o campo cigano e também atingira, às vezes mortalmente, guardas ss ou suas famílias. Passamos longas horas conversando. Ele dependia, em Oranienburg, do Dr. Lolling, e se queixava da falta de apoio; quando dei a entender que eu era da mesma opinião, abriu o jogo e revelou sua impossibilidade de trabalhar de forma construtiva com aquele homem incompetente e imbecilizado pelas drogas. Ele próprio não era um profissional do IKL. Servia no front desde 1929, na Waffen-ss, e ganhara a Cruz de Ferro, 2ª classe; mas havia sido reformado em virtude de uma doença grave e destacado para o serviço dos campos. Encontrara Auschwitz num estado catastrófico: há quase um ano alimentava o desejo de melhorar as coisas.

Wirths mostrou-me os relatórios que encaminhava mensalmente a Lolling: a situação das diferentes partes do campo, a incompetência de determinados médicos e oficiais, a brutalidade dos subalternos e dos *kapos*, os entraves diários que enfrentava no trabalho, tudo ali era descrito numa linguagem crua e sem artifícios. Prometeu mandar datilografar para mim cópias dos seis últimos relatórios. Estava particularmente contrariado com o uso de criminosos nos postos de responsabilidade do campo. "Discuti o assunto dezenas de vezes com o Obersturmbannführer Höss. Esses 'verdes' são brutos, às vezes psicopatas, são corruptos, reinam pelo terror sobre os demais detentos, tudo isso com a concordância da ss. É inadmissível, sem falar que os resultados são lamentáveis." — "Prefere presos políticos, comunistas?" — "Claro!" Pôs-se a enumerar nos dedos: "Um: são por definição homens que têm uma consciência social. Ainda que se deixem corromper, nunca vão cometer as atrocidades dos presos comuns. Sabia que no campo das mulheres as *Blockältelsen* são prostitutas, degeneradas? E a maioria dos chefes dos blocos masculinos reserva para si o que aqui é conhecido como um *Pipel*, um adolescente que lhes serve como escravo sexual. Eis em que nos apoiamos! Ao passo que os 'vermelhos', sem exceção, recusam-se a frequentar o bordel para funcionários detentos. E mesmo assim alguns estão em campos há dez anos. Mantêm uma disciplina impressionante. Dois: a prioridade agora está na organização do trabalho. Ora, que melhor organizador que um comunista ou um militante SD? Os 'verdes' sabem apenas datilografar e datilografar. Três: me contrariam dizendo que os 'vermelhos' sabotarão deliberadamente a produção. Ao que respondo, em primeiro lugar, que nada poderia ser pior que a produção atual e que, além disso, há meios de controle: os presos políticos não são idiotas, compreenderão muito bem que ao menor problema serão destituídos e que os detentos comuns retornarão. Portanto é totalmente do interesse deles e do conjunto dos *Häftlinge* que garantam uma boa produção. Posso inclusive citar um exemplo, o de Dachau, onde trabalhei por um curto período: ali, os 'vermelhos' controlam tudo e posso lhe garantir que as condições são incomparavelmente melhores que em Auschwitz. Aqui mesmo, no meu próprio serviço, só faço uso de políticos. Não tenho do que me queixar. Meu secretário particular é um comunista austríaco, um rapaz sério, calmo, eficiente. Às vezes temos conversas bastante francas, e isso é de grande utilidade para mim, pois, pelos outros detentos, ele sabe das coisas que me escondem e me transmite. Tenho muito mais confiança nele que em certos colegas meus da SS." Nossa conversa também abordou a seleção. "Julgo o princípio odioso", admitiu francamente. "Mas, se tem que ser feito, então que o seja por médicos. Antes era o Lagerführer e seus homens que se encarregavam disso. Faziam de qualquer maneira e com uma brutalidade inimaginável. Agora pelo menos tudo acontece dentro da ordem e segundo critérios racionais." Wirths ordenara que todos os médicos do campo se revezassem na rampa. "Eu próprio vou até lá, embora ache horripilante. Mas tenho que dar o exemplo." Parecia um pouco perdido dizendo isso. Não era a primeira vez que alguém se abria comigo daquela maneira: desde o início da minha missão, alguns indivíduos, fosse porque compreendiam instintivamente que eu me interessava pelos seus problemas, fosse porque esperavam encontrar em mim um canal para veicular suas críticas, falavam muito além das exigências do serviço. Verdade que Wirths não devia encontrar por ali um ouvido amigo com frequência: Höss era um bom profissional, mas sem nenhuma sensibilidade, e o mesmo devia ocorrer com a maioria de seus subordinados.

Inspecionei minuciosamente os diferentes setores do campo. Voltei diversas vezes a Birkenau e vistoriei os sistemas de inventário dos bens confiscados no "Canadá". Era uma desordem inacreditável: podiam-se ver ali caixas de divisas não contabilizadas e pisava-se em letras de câmbio, rasgadas e misturadas à imundície das alamedas. Teoricamente, os detentos eram revistados na saída da zona; mas eu supunha não ser difícil subornar um guarda com um relógio de pulso ou alguns reichsmarks. O *kapo* "verde" que segurava a papelada me confirmou isso, aliás indiretamente: depois de me haver feito visitar o cafarnaum deles — as montanhas movediças de roupas esfarrapadas, que tinham suas estrelas amarelas descosturadas por equipes para depois serem reparadas, selecionadas e reempilhadas; estojos de óculos, de relógios, de canetas a granel; as fileiras bem organizadas de carrinhos de bebê de todos os tamanhos; tufos de cabelos de mulheres, destinados em lotes inteiros a firmas alemãs que os transformavam em meias para nossos submarinistas, ou estofamento para colchões e material isolante; e as pilhas heteróclitas de objetos de culto, de que ninguém sabia o que fazer —, aquele funcionário detento, ao se ir, deixou escapar displicentemente em seu linguajar debochado de Hamburgo: "Se precisar de alguma coisa, é só dizer, faço para o senhor." — "Que quer dizer?" — "Ah, às vezes não é complicado. Fazer um servicinho, o senhor sabe, a gente gosta." Era daquilo que falava Morgen: os SS do campo, com a cumplicidade dos detentos, chegavam a considerar aquele "Canadá" sua reserva privada. Morgen me aconselhara a visitar os dormitórios dos guardas: ali encontrei os SS prostrados em sofás em tecido de primeira, semibêbados, olhos no vazio; algumas detentas judias, vestindo não o listrado regulamentar, mas vestidos singelos, cozinhavam salsichas e bolinhos de batata numa grande panela de ferro fundido; eram todas autênticas beldades, e haviam conservado os cabelos; quando serviam os guardas, levando-lhes o que comer ou servindo-lhes o álcool contido em garrafões de cristal, dirigiam-se a eles familiarmente, por você, por diminutivos. Nenhum dos guardas levantou-se para me saudar. Lancei um olhar pasmo para o Spiess que me acompanhava em meus deslocamentos; ele deu de ombros: "Estão cansados, Herr Sturmbannführer. Tiveram um dia duro, o senhor sabe. Dois transportes já." Minha vontade era mandar que abrissem suas gavetas, mas minha posição não me autorizava a tal: eu não tinha dúvida de que teria encontrado neles todo tipo de valores e divisas. Essa corrupção generalizada, aliás, parecia alcançar o alto escalão, como sugeriam comentários ouvidos ao acaso. No bar da Haus der Waffen-SS, eu surpreendera uma conversa entre um Oberscharführer do campo e um civil; o suboficial, rindo, explicava que mandara entregar a Frau Höss "um cesto cheio de calcinhas, e da melhor qualidade, de seda e rendadas. Ela queria substituir suas calcinhas velhas, veja só." Ele não esclareceu a proveniência, mas adivinhei com facilidade. Eu próprio recebia propostas, tentavam me oferecer garrafas de conhaque ou víveres, para *melhorar meu ordinário*. Recusei, mas com polidez: não queria que aqueles oficiais desconfiassem de mim, teria prejudicado meu trabalho.

Como combinado, fui visitar a grande fábrica da IG Farben, conhecida como Buna, do nome da borracha sintética que ela supostamente viria a produzir um dia. A construção, aparentemente, avançava com dificuldade. Como Faust estava ocupado, designou para me acompanhar na visita um de seus assistentes, o engenheiro Schenke, homem de uns trinta anos, de terno cinza com a insígnia do Partido. Esse Schenke parecia fascinado pela minha Cruz de Ferro; seus olhos, enquanto falava comigo, não paravam de deslizar para ela; finalmente me perguntou, timidamente, em que circunstâncias eu a conquistara. "Eu estava em Stalingrado." — "Ah! Teve sorte." — "De ter saído de lá?", perguntei rindo. "É, também acho." Schenke ficou confuso: "Não, não é o que eu queria dizer. De ter estado lá, de ter podido lutar desse jeito, pela *Heimat*, contra os bolcheviques." Olhei para ele com curiosidade e ele corou. "Tenho uma deformidade de infância, na perna. Um osso quebrado e mal calcificado. Isso me impediu de ir para o front. Mas minha vontade era ter servido o Reich." — "Serve-o aqui", observei. — "Claro. Mas não é a mesma coisa. Todos os meus amigos de infância estão no front. A gente se sente... excluído." Schenke realmente mancava, mas isso não o impedia de saltitar com um passo nervoso e rápido a tal ponto que eu tinha que me apressar para acompanhá-lo. Enquanto caminhávamos, ele me contava a história da fábrica: a direção do Reich insistira para que a Farben construísse uma fábrica de borracha sintética — produto vital para os armamentos — no Leste, por causa dos bombardeios que já devastavam o Ruhr. O local fora escolhido por um dos diretores da IG, o Dr. Ambros, em razão de um grande número de aspectos favoráveis: a confluência de três rios fornecendo o considerável volume de água exigido pela produção dessa borracha; a existência de um grande platô, quase vazio (à exceção da aldeia polonesa que fora arrasada) e geologicamente ideal, por se situar em uma colina; a interseção de diversas redes ferroviárias; e a proximidade de várias minas de carvão. A presença do campo também fora um fator positivo: a SS dissera-se orgulhosa de apoiar o projeto e prometera fornecer detentos. Mas a construção da fábrica se arrastava, em parte por causa das dificuldades de abastecimento, em parte porque o rendimento dos *Häftlinge* revelara-se fraco, e a direção estava furiosa. A fábrica em vão devolvera regularmente os detentos incapazes de trabalhar e exigira, como permitia o contrato, sua substituição. Mas os novos chegavam num estado não muito melhor. "Que acontece com os que vocês devolvem?", perguntei num tom neutro. Schenke me fitou surpreso: "Não faço a mínima ideia. Não tenho nada com isso. Imagino que os recuperem no hospital. O senhor não sabe?" Contemplei pensativamente aquele jovem engenheiro tão motivado: será que não sabia mesmo? As chaminés de Birkenau fumegavam diariamente, a oito quilômetros dali, e eu sabia como qualquer um como os boatos corriam céleres. Mas, pensando bem, se ele não quisesse saber, isso também era possível. As regras do sigilo e da camuflagem também tinham essa utilidade.

Porém, considerando o tratamento dispensado aos detentos funcionários, não parecia que seu destino final fosse uma grande preocupação para Schenke e seus colegas. No meio do imenso canteiro de obras lamacento que era a fábrica, colunas de *Häftlinge* raquíticos, em andrajos, carregavam correndo, sob gritos e golpes de *schlag* dos *kapos*, vigas ou sacos de cimento excessivamente pesados para eles. Se um trabalhador, com seus grandes tamancos de madeira, tropeçasse e deixasse a carga cair ou ele próprio desmoronasse, os golpes redobravam, e sangue fresco, vermelho, aspergia a lama gordurosa. Alguns não voltavam a se levantar. A algazarra era infernal; os detentos espancados gritavam por misericórdia. Schenke me guiava através daquela geena sem lhe dar a menor atenção. Aqui e ali, parava e conversava com outros engenheiros em ternos bem passados, munidos de trenas amarelas e pequenas cadernetas imitando couro, onde anotavam números; comentava-se o progresso da construção de um muro, depois um deles sussurrava algumas palavras a um Rottenführer, que se punha a berrar e espancar perversamente o *kapo* com botinadas ou coronhadas; o *kapo*, por sua vez, mergulhava na massa dos detentos, distribuindo golpes ferozes, mugindo; os *Häftlinge* tentavam então um espasmo de atividade, que arrefecia por si mesmo, pois mal se mantinham de pé. Esse sistema me parecia altamente ineficaz, e comentei isso com Schenke; ele deu de ombros e olhou à sua volta como se estivesse vendo aquela cena pela primeira vez: "De toda forma, eles só entendem as bordoadas. Qual é a alternativa para uma mão de obra dessas?" Contemplei de novo os *Häftlinge* subnutridos, seus andrajos sujos de lama, graxa preta, disenteria. Um "vermelho" polonês parou um instante à minha frente e vi uma mancha marrom aparecer nos fundilhos de sua calça e atrás de sua perna; depois ele prosseguiu sua corrida frenética antes que um *kapo* pudesse se aproximar. Apontando-o com a mão, eu disse a Schenke: "Não acha que seria importante controlar melhor a higiene deles? Não estou falando somente do cheiro, mas isso é perigoso, é desse jeito que as epidemias se alastram." Schenke respondeu um tanto altivamente: "Tudo isso é responsabilidade da ss. Da nossa parte pagamos ao campo para termos detentos em condições de trabalho. Mas cabe ao campo dar-lhes banho, alimentá-los e cuidar deles. Isso faz parte do trato." Outro engenheiro, um suábio gordo e transpirando em seu paletó, soltou uma gargalhada: "De toda forma, os judeus são como carne de caça, ficam melhores um pouquinho podres." Schenke esboçou um sorriso; retorqui secamente: "Nem todos os seus trabalhadores são judeus." — "Ah! Os outros não são melhores." Schenke começava a demonstrar contrariedade: "Sturmbannführer, se acha insatisfatória a condição dos *Häftlinge*, deveria se queixar ao campo, não a nós. Já lhe disse que é o campo que é responsável pela manutenção deles. Tudo isso está detalhado em nosso contrato." — "Entendo muito bem, acredite." Schenke tinha razão: até mesmo as pancadas eram ministradas pelos guardas ss e seus *kapos*. "Parece-me entretanto que um melhor rendimento poderia ser obtido com um tratamento mais ameno. Não acha?" Schenke sacudiu os ombros: "Idealmente, talvez. E nos queixamos ao campo com frequência acerca do estado dos trabalhadores. Mas temos outras prioridades, não podemos ficar barganhando o tempo todo." Atrás dele, derrubado por uma estocada, um detento agonizava; sua cabeça ensanguentada estava enfiada na lama espessa; apenas o tremor mecânico de suas pernas mostrava que ainda estava vivo. Schenke, ao sair, passou por cima dele sem olhá-lo. Ele ainda pensava nas minhas palavras com irritação: "Não podemos ter uma atitude sentimental, Sturmbannführer. Estamos em guerra. A produção é mais importante que tudo." — "Não estou dizendo o contrário. Meu objetivo é justamente sugerir meios para aumentar a produção. Isso devia preocupá-los. Afinal, faz quanto tempo? Dois anos que vocês construem e continuam sem produzir um quilo de borracha." — "Sim. Mas não se esqueça de que a fábrica de metanol já está funcionando há um mês."

Apesar de sua réplica, minha última observação deve ter aborrecido Schenke; durante o resto da visita, ele se ateve a comentários secos e breves. Fiz com que me mostrasse o KL vinculado à fábrica, um retângulo cercado de arame farpado, plantado ao sul do complexo em lavouras abandonadas, no local da aldeia arrasada. Julguei as condições de vida deploráveis ali; o Lagerführer parecia achar aquilo normal. "De toda forma, os que o IG nos recusa, encaminhamos para Birkenau, que nos envia novos." Entrando no Stammlager, notei, num muro da cidade, esta surpreendente pichação: KATYN = AUSCHWITZ. Desde março, com efeito, a imprensa de Goebbels não parava de trombetear a descoberta de cadáveres poloneses na Bielorrússia, milhares de oficiais assassinados pelos bolcheviques depois de 1939. Mas quem poderia ter escrito aquilo? Fazia tempo que Auschwitz não tinha mais poloneses, tampouco judeus. A própria cidade parecia cinzenta, abatida, opulenta, como todas as velhas cidades alemãs do Leste, com sua praça do mercado quadrada, sua igreja dominicana com telhados pintados e, bem na entrada, dominando a ponte sobre o Sola, o antigo castelo do duque da região. Por anos a fio o Reichsführer fomentara planos para expandir a cidade e fazer dela uma comunidade-modelo do Estado alemão; depois, com a intensificação da guerra, esses projetos ambiciosos haviam sido deixados de lado, e aquilo permanecia um lugarejo triste e sem graça, quase esquecido entre o campo e a fábrica, um apêndice supérfluo.

A vida do campo, por sua vez, revelava-se rica em fenômenos singulares. Piontek me deixara em frente à Kommandantur e dava marcha a ré para estacionar o Opel; eu ia subir quando minha atenção foi atraída por um barulho no jardim da casa de Höss. Acendi um cigarro e me aproximei discretamente: pela grade, vi crianças brincando de *Häftlinge*. A maior, que estava de costas para mim, usava uma braçadeira com a inscrição KAPO e gritava com uma voz estridente ordens padronizadas: *"Ach... tung! Mützen... auf! Mützen... ab! Zu fünf!"* As outras quatro, três meninas, uma das quais bem pequena, e um menino, mantinham-se em formação de frente para mim e, desajeitadamente, tentavam obedecer; cada uma, costurado no peito, exibia um triângulo de cor diferente: verde, vermelho, preto, roxo. A voz de Höss reverberou atrás de mim: "Bom dia, Sturmbannführer! Que está olhando?" Voltei-me: Höss avançava na minha direção, mão estendida; perto da cancela, uma ordenança segurava as rédeas de seu cavalo. Saudei-o, apertei sua mão e, sem uma palavra, apontei para o jardim. Höss corou bruscamente, pulou a grade e se precipitou para as crianças. Sem nada dizer, sem molestá-las, arrancou os triângulos e a braçadeira e as mandou para casa. Depois voltou na minha direção, ainda vermelho, com os pedaços de pano na mão. Olhou para mim, observou as insígnias, olhou de novo para mim, depois, sempre em silêncio, passou ao meu lado e entrou na Kommandantur, jogando as insígnias numa lixeira de metal colocada perto da porta. Peguei de volta meu cigarro, que eu jogara no chão para saudá-lo e que ainda estava aceso. Um detento jardineiro, num uniforme listrado limpo e bem passado, com um ancinho na mão, saiu ao meu lado tirando o boné e foi procurar a lixeira para esvaziá-la no cesto que ele carregava; depois voltou para o jardim.

De dia eu me sentia novo, bem-disposto; comia bem na Haus, e à tarde pensava com satisfação na minha cama, nos lençóis limpos; mas à noite, desde que eu chegara, os sonhos vinham como rajadas, às vezes breves e secos e rapidamente esquecidos, outras como um longo verme desenrolando-se na minha cabeça. Uma sequência em particular se repetia e ampliava de noite para noite, um sonho obscuro e difícil de descrever, sem nenhum senso narrativo, mas que se desdobrava segundo uma lógica espacial. Nesse sonho eu percorria, mas como se estivesse nos ares, em diferentes alturas, e antes como um puro olhar ou mesmo uma câmera que como ser vivo, uma cidade imensa, sem fim visível, com uma topografia monótona e repetitiva, dividida em setores geométricos e animada por um tráfego intenso. Milhares de criaturas iam e vinham, entravam e saíam de prédios idênticos, subiam longas avenidas retilíneas, desciam para baixo da terra por bocas de metrô para saírem em outro lugar, incessantemente e sem objetivo aparente. Se eu, ou melhor, esse olhar que eu me tornara, descesse até as avenidas para examiná-las de perto, constataria que aqueles homens e mulheres não se distinguiam uns dos outros por nenhum traço particular, todos tinham a pele branca, os cabelos claros, os olhos azuis, pálidos, perdidos, os olhos de Höss, os olhos do meu ex-ordenança Hanika, também, no momento de sua morte em Kharkov, olhos cor do céu. Trilhos sulcavam a cidade, trenzinhos avançavam e faziam paradas regulares para vomitar uma horda de passageiros, logo substituídos, a perder de vista. Nas noites seguintes, entrei em alguns dos prédios: filas de pessoas moviam-se por entre longas mesas comuns e latrinas, comendo e defecando sucessivamente; em beliches, outros fornicavam, depois nasciam crianças, que brincavam por entre os estrados, e, quando haviam crescido o suficiente, saíam para ocupar seu lugar nas vagas humanas daquela cidade da felicidade perfeita. Aos poucos, à força de contemplá-lo de diferentes pontos de vista, uma tendência resultava daquele frenesi aparentemente arbitrário: imperceptivelmente, um certo número de pessoas terminava sempre do mesmo lado, acabando por entrar em construções sem janelas onde se deitavam para morrer sem uma palavra. Especialistas chegavam e retiravam delas o que ainda pudesse contribuir para alimentar a economia da cidade; em seguida, seus corpos eram incinerados em fornos que serviam igualmente para aquecer a água distribuída através dos setores por meio de canalizações; os ossos eram empilhados, a fumaça, saindo das chaminés, juntava-se, como afluentes, à fumaça das chaminés vizinhas para formar um longo rio tranquilo e solene. E, quando o ponto de vista do sonho voltava a ganhar altitude, eu podia perceber um equilíbrio naquilo tudo: a quantidade de nascimentos, nos dormitórios, era igual ao número de mortes, e a sociedade se autorreproduzia num equilíbrio perfeito, sempre em movimento, sem produzir nenhum excedente e sem sofrer nenhuma redução. Ao despertar, parecia-me evidente que aqueles sonhos serenos, desprovidos de qualquer angústia, representavam o campo, mas então um campo perfeito, tendo atingido um ponto de estase impossível, sem violência, autorregulado, funcionando perfeitamente e de maneira igualmente inútil, visto que, apesar de todo esse movimento, não produzia nada. Porém, pensando bem, como eu tentava fazer bebendo meu pretenso chá na sala da Haus der Waffen-SS, aquilo não era uma representação da vida social em seu conjunto? Livre de seus ouropéis e de sua vã agitação, a vida humana não passava disso; depois que reproduzíamos, havíamos atingido a finalidade da espécie; e, quanto à nossa própria finalidade, era um mero engodo, um mero estímulo para nos levantarmos de manhã; porém, se examinássemos a coisa objetivamente, como eu julgava fazê-lo, a inutilidade de todos esses esforços era patente, assim como o era a própria reprodução, já que servia apenas para produzir novas inutilidades. E assim concluí: o campo em si, com toda a rigidez de sua organização, sua violência absurda, sua hierarquia meticulosa, não seria apenas uma metáfora, uma *reductio ad absurdum* da vida de todo dia?

Mas eu não tinha ido a Auschwitz para filosofar. Inspecionei alguns Nebenlager: a estação agrícola experimental de Rajsko, tão cara ao Reichsführer, onde o Dr. Caesar me explicou como continuavam a tentar resolver o problema do cultivo em grande escala da planta *kok-sagyz*, descoberta, vocês se lembram, perto de Maikop, e produtora de borracha; e ainda a fábrica de cimento de Golleschau, a aciaria de Eintrachthütte, as minas de Jawizowitz e de Neu-Dachs. À exceção de Rajsko, de certa forma um caso particular, as condições nesses locais pareciam, se possível, piores que em Buna: a ausência de quaisquer medidas de segurança acarretava acidentes sem conta, a falta de higiene fustigava permanentemente os sentidos, a violência dos *kapos* e dos contramestres civis desencadeava-se ao menor pretexto, selvagem e destruidora. Desci até o fundo dos poços das minas por elevadores gradeados e sacolejantes; em cada nível, as perspectivas das galerias, fracamente iluminadas por lâmpadas amareladas, perfuravam a escuridão; o detento que descia ali devia perder toda esperança de um dia rever a luz do sol. No fundo, a água transpirava das paredes, ruídos metálicos e gritos ressoavam através das galerias baixas e malcheirosas. Tonéis de gasolina serrados ao meio e atravessados por uma tábua serviam de latrina; alguns *Häftlinge* estavam tão fracos que caíam lá dentro. Outros, esqueléticos, as pernas inchadas por edemas, extenuavam-se empurrando vagonetes abarrotados por trilhos mal instalados, amparando companheiros quase desmaiados e carregando seus mortos em macas improvisadas, à espera de subirem para a superfície para serem transportados para Birkenau; eles, pelos menos, voltariam a ver o céu, ainda que por algumas horas. Não me surpreendia o fato de que em quase toda parte os trabalhos progredissem menos rapidamente que as previsões dos engenheiros: em geral, culpava-se *a má qualidade da mercadoria fornecida pelo campo*. Um jovem engenheiro da Hermann-Göring Werke bem que tentara, segundo afirmara com ar resignado, obter uma ração suplementar para os detentos de Jawizowitz; mas a direção desaprovara o gasto extra. Quanto a espancar menos, até mesmo aquele homem de ideias progressistas reconhecia tristemente ser difícil: se espancássemos, os detentos avançavam lentamente, porém, se não espancássemos, simplesmente não avançavam.

    Tive uma conversa interessante com o Dr. Wirths a respeito, justamente, dessa questão da violência física, pois ela me lembrava problemas já encontrados nos Einsatzgruppen. Wirths concordava comigo, dizendo que até mesmo os homens que a princípio batiam unicamente por obrigação acabavam por tomar gosto daquilo. "Longe de corrigir os criminosos empedernidos", ele afirmava com veemência, "nós homologamos sua perversidade ao lhes conceder todos os direitos sobre os outros prisioneiros. Chegamos inclusive a criar novos entre nossos SS. Esses campos, com os métodos atuais, são um foco de doenças mentais e desvios sádicos; depois da guerra, quando esses homens voltarem à vida civil, teremos um problema considerável nos ombros." Expliquei-lhe que, pelas minhas informações, a decisão de transferir o extermínio para os campos decorria em parte dos problemas psicológicos que suscitava no seio das tropas designadas para as execuções de massa. "Tudo bem", respondeu Wirths, "mas eles apenas deslocaram o problema, principalmente ao misturar as funções do extermínio com as funções correcionais e econômicas dos campos comuns. A mentalidade engendrada pelo extermínio transborda e afeta todo o resto. Tive muita dificuldade para dar fim a essas práticas. Quanto às derivas sádicas, são frequentes, sobretudo entre os guardas, e frequentemente ligadas a distúrbios sexuais." — "O senhor tem exemplos concretos?" — "É raro virem me consultar. Mas acontece. Há um mês, conversei com um guarda que está aqui há um ano. Um homem de Breslau, trinta e sete anos, casado, três filhos. Ele me confessou que espancava detentos até ejacular, até mesmo sem se masturbar. Ele não tinha mais nenhuma relação sexual normal; quando recebia uma licença, não voltava para casa, tamanha sua vergonha. Mas antes de vir para Auschwitz, ele me disse, era perfeitamente normal." — "E que fez por ele?" — "Nas condições vigentes, não posso fazer muita coisa. Ele precisaria de um tratamento psiquiátrico contínuo. Tentei transferi-lo para fora do sistema dos campos, mas é difícil: não posso dizer tudo, senão ele será preso. Ora, é um doente, precisa de tratamento." — "E como acha que esse sadismo se desenvolve?", perguntei. "Quero dizer em homens normais, sem nenhuma predisposição que se revelasse apenas nessas condições?" Wirths olhava pela janela, pensativo. Levou um longo momento para responder: "Esta é uma questão sobre a qual refleti muito, e resolvê-la é muito difícil. Uma solução fácil seria culpar nossa propaganda, por exemplo aquela com que o Oberscharführer Knittel, que dirige a Kulturabteilung, catequiza nossas tropas aqui: o *Häftling* é um sub-homem, sequer é humano, logo é absolutamente legítimo espancá-lo. Mas não é simplesmente isso: afinal de contas, animais tampouco são humanos, mas nenhum dos nossos guardas trataria um animal como trata os *Häftlinge*. A propaganda é um fator importante, mas a questão é um pouco mais complexa. Cheguei à conclusão de que o guarda SS não se torna violento ou sádico por julgar que o detento não é um ser humano; ao contrário, seu furor cresce e descamba para o sadismo quando ele percebe que o detento, longe de ser um sub-homem como lhe ensinaram, é, afinal de contas, um homem como ele, e é essa resistência, veja, que o guarda acha insuportável, essa persistência muda do outro, logo o guarda o espanca para tentar destruir a humanidade comum de ambos. Naturalmente, isso não funciona: quanto mais o guarda bate, mais é obrigado a constatar que o detento se recusa a se reconhecer como não humano. No fim, a única solução que lhe resta é matá-lo, o que é uma constatação definitiva do fracasso." Wirths se calou. Continuava a olhar para a janela. Rompi o silêncio: "Posso lhe fazer uma pergunta pessoal, doutor?" Wirths respondeu sem olhar para mim; seus longos dedos finos tamborilavam na mesa: "Pois não." — "O senhor é crente?" Levou um momento para responder. Continuava a olhar para o lado de fora, para a rua e o crematório. "Sim, já fui", disse finalmente.

Despedi-me de Wirths e estava subindo a Kasernestrasse em direção à Kommandantur. Um pouco antes do posto de controle com sua cancela vermelha e branca, notei um dos filhos de Höss, o mais velho, agachado na rua diante do portão de casa. Aproximei-me e o cumprimentei: "Bom dia!" O menino ergueu para mim olhos francos e inteligentes e se levantou: "Bom dia, Herr Sturmbannführer." — "Qual é o seu nome?" — "Klaus." — "Está olhando o quê, Klaus?" Klaus apontou um dedo para o portão: "Veja." A terra batida em frente à porta da entrada estava preta de formigas, uma profusão de uma densidade incrível. Klaus agachou-se novamente para observá-las e me debrucei perto dele. À primeira vista, aqueles milhares de formigas pareciam correr na desordem mais frenética, absoluta, sem objetivo. Examinei, porém, mais de perto, tentei acompanhar uma, depois outra. Notei então que o aspecto arrítmico daquele formigueiro resultava do fato de que cada inseto parava a todo instante para tocar com suas antenas as daqueles com que esbarrava. Pouco a pouco percebi que parte das formigas enveredava pela esquerda enquanto outras chegavam carregando restos de comida: um trabalho extenuante, desmesurado. As que chegavam provavelmente informavam às outras, graças ao jogo das antenas, a origem da comida. O portão da casa se abriu e um *Häftling*, o jardineiro que eu vira antes, saiu por ele. Ao me ver, empertigou-se e tirou o boné. Era um homem um pouco mais velho que eu, um político polonês, de acordo com seu triângulo. Observou o formigueiro e disse: "Vou destruir tudo isso, Herr Offizier." — "De jeito nenhum. E, por favor, não toque nele." — "Por favor, Stani", reforçou Klaus, "deixe-as em paz. Elas não lhe fizeram nada." Voltou-se para mim: "Para onde elas estão indo?" — "Não sei. Mas podemos ver." As formigas acompanhavam o muro do jardim e contornavam a ponta da rua, passando por trás dos veículos e das motos estacionados em frente à Kommandantur; em seguida, continuavam reto, uma linha comprida perpassada por sobressaltos, para além do prédio da administração do campo. Nós as seguíamos passo a passo, admirando sua incansável determinação. Ao chegar na altura da Politische Abteilung, Klaus olhou para mim, nervoso: "Desculpe, Herr Sturmbannführer, meu pai não quer que eu venha para esse lado." — "Então espere aqui e lhe direi." Atrás das casinholas do departamento político erguia-se o bloco atarracado do crematório, um velho bunker de munições coberto de terra e que lembrava vagamente, exceto pela chaminé, um *kurgan* achatado. As formigas prosseguiam em direção ao bloco escuro; subiam pelo flanco inclinado, insinuando-se pela relva; depois desviavam e voltavam a descer a aba de um muro de cimento, bem no lugar onde a entrada do bunker formava um recuo entre as encostas de terra. Continuei a segui-las e vi que passavam pela porta entreaberta e penetravam no interior do crematório. Olhei tudo em volta: à exceção de um guarda que me fitava com curiosidade e de uma coluna de detentos empurrando carrinhos de mão um pouco adiante no pátio do campo, não havia ninguém. Aproximei-me da porta emoldurada por duas aberturas semelhantes a janelas; do lado de dentro, estava tudo escuro e silencioso. As formigas passavam pelo canto do umbral. Dei meia-volta e fui ter com Klaus. "Elas se enfiaram por ali", eu disse vagamente. "Encontraram comida." Seguido pelo menino, voltei até a Kommandantur. Nos despedimos em frente à entrada. "O senhor virá hoje à noite, Herr Sturmbannführer?", perguntou Klaus. Höss oferecia uma pequena recepção e me convidara. "Sim." — "Então até a noite!" Passando por cima do formigueiro, entrou no jardim.

    No fim do dia, depois de ter passado pela Haus der Waffen--SS para tomar banho e mudar de roupa, voltei à casa de Höss. Em frente ao portão restavam poucas dúzias de formigas, que sulcavam rapidamente a superfície. Os milhares de outras deviam estar agora no subsolo, escavando, varrendo, escorando, invisíveis mas incansáveis naquele trabalho insensato. Höss me recebeu na escada, um copo de conhaque na mão. Apresentou-me sua esposa, Hedwig, uma mulher loura de sorriso congelado e olhos duros, usando um vistoso *soirée* com gola e mangas de renda, e suas duas filhas mais velhas, Kindi e Püppi, graciosamente vestidas como a mãe. Klaus apertou minha mão amistosamente; vestia um paletó de *tweed*, de corte inglês, com apliques de cervo nos cotovelos e grandes botões de chifre. "É um belo casaco", comentei. "Onde o descobriu?" — "Foi o papai que trouxe do campo para mim", respondeu, radiante de prazer. "Os sapatos também." Eram botinas de couro marrom, engraxadas, com botões na lateral. "Muito elegante", eu disse. Wirths estava lá e me apresentou a mulher; os outros convidados eram todos oficiais do campo, entre eles Hartjenstein, comandante da guarnição, Grabner, chefe do departamento político, o Lagerführer Aumeier, o Dr. Caesar e alguns outros. O ambiente era bem formal, em todo caso mais que na casa de Eichmann, mas não deixava de ser cordial. A esposa de Caesar, uma mulher ainda jovem, ria muito; Wirths me explicou que se tratava de uma de suas assistentes, que ele pedira em casamento pouco depois que sua segunda mulher morrera de tifo. A conversa girava em torno da recente queda e prisão de Mussolini, que impressionara a todos; os protestos de lealdade de Badoglio, o novo primeiro-ministro, inspiravam pouca confiança. Em seguida falou-se dos planos do Reichsführer para o desenvolvimento do Leste alemão. As mais contraditórias ideias voavam entre os convidados; Grabner tentou me atrair para uma conversa sobre o plano de colonização de Himmlerstadt, mas respondi evasivamente. Uma coisa estava clara: quaisquer que fossem os pontos de vista de uns e de outros sobre o futuro da região, o campo era parte integrante dele. Höss achava que ele duraria pelo menos dez ou vinte anos. "A expansão do Stammlager está prevista nessa óptica. Quando acabarmos com os judeus e com a guerra, Birkenau desaparecerá, devolveremos a terra à agricultura. Mas a indústria da Alta Silésia, sobretudo com as perdas alemãs no Leste, não poderá prescindir de mão de obra polonesa; durante muito tempo o campo permanecerá vital para o controle dessas populações." Duas detentas, vestindo vestidos simples, mas limpos e confeccionados com tecido de qualidade, circulavam com bandejas por entre os convidados; portavam o triângulo roxo dos IBV, conhecidos como "testemunhas de jeová". Os aposentos eram elegantes, com tapetes, sofás e poltronas de couro, móveis trabalhados em madeira de lei, vasos com flores frescas colocados sobre descansos de renda. As lâmpadas irradiavam uma luz amarela, discreta, quase prismática. Ampliações de fotografias com dedicatórias do Reichsführer visitando o campo com Höss ou com os filhos dele no colo decoravam as paredes. Os conhaques e vinhos eram de alta qualidade; Höss oferecia também bons cigarros iugoslavos aos seus convidados, da marca Ibar. Contemplei com curiosidade aquele homem tão rígido e consciencioso, que vestia os filhos com as roupas das crianças judias mortas sob sua responsabilidade. Pensaria nisso ao vê-las? Provavelmente a ideia sequer lhe ocorria. Sua mulher, por sua vez, segurava-o pelo cotovelo e soltava gargalhadas estridentes, agudas. Olhei para ela e pensei na sua boceta, sob o vestido, aninhada dentro da calcinha de renda de uma jovem e bonita judia asfixiada com gás pelo seu marido. A judia estava havia muito tempo incinerada com sua própria boceta, e partira como fumaça para se juntar às nuvens; sua calcinha predileta, que ela talvez tivesse colocado especialmente para a deportação, enfeitava e protegia agora a boceta de Hedwig Höss. Será que Höss pensava naquela judia quando tirava os culotes para honrar a mulher? Mas podia ser que não se interessasse muito pela boceta de Frau Höss, por mais delicadamente protegida que estivesse: o trabalho nos campos, quando não deixava os homens malucos, tornava-os frequentemente impotentes. Será que ele escondia sua própria judia em algum lugar do campo, limpa, bem alimentada, uma felizarda, a puta do Kommandant? Não, ele não: se Höss tivesse uma amante entre as detentas, seria uma alemã, não uma judia.

    Sei muito bem que ter pensamentos desse tipo nunca é saudável. Naquela noite meu sonho recorrente conheceu uma intensificação final. Eu me aproximava daquela imensa cidade por uma ferrovia desativada; ao longe, a linha das chaminés fumegava tranquilamente; e eu me sentia perdido, isolado, um vira-lata, e a necessidade da companhia dos homens me fustigava. Misturei-me à multidão e vaguei longamente, irresistivelmente atraído pelos crematórios que vomitavam no céu espirais de fumaça e nuvens de fagulhas, ... *like a dog, both attracted and repell'd/ By the stench of his own kind/ Burning*. Mas eu não conseguia chegar até lá e entrei num dos amplos prédios-galpões, onde ocupei um colchonete, repelindo uma desconhecida que queria ficar comigo. Adormeci instantaneamente. Quando despertei, notei um pouco de sangue no travesseiro. Olhei mais de perto e percebi que também havia nos lençóis. Levantei-os, estavam lambuzados de sangue misturado com esperma, grandes aglomerações de esperma grossas demais para escorrerem pelo tecido. Eu estava dormindo num quarto da casa dos Höss, no segundo andar, ao lado do quarto das crianças; e não fazia a menor ideia de como levar aqueles lençóis imundos até o banheiro, para lavá-los, sem que Höss notasse. Esse problema causava-me uma aflição terrível, angustiante. Em seguida Höss entrou no quarto com outro oficial. Tiraram as calças, sentaram-se cruzando as pernas junto à minha cama e começaram a se masturbar vigorosamente, suas glandes arroxeadas desaparecendo e reaparecendo sob a pele do prepúcio, até lançarem grandes jatos de esperma na minha cama e no tapete. Queriam que eu os imitasse, recusei; visivelmente, aquela cerimônia tinha um significado preciso, mas ignoro qual.

Esse sonho brutal e obsceno marcou o fim da minha primeira passagem pelo KL Auschwitz: meu trabalho estava concluído. Retornei a Berlim e de lá fui visitar alguns campos do Altereich, os KL Sachsenhausen, Buchenwald e Neuengamme, bem como vários de seus campos anexos. Não me estenderei mais a respeito dessas visitas: todos esses campos foram amplamente descritos na literatura histórica, e melhor do que eu poderia fazê-lo; além do mais, não há como negar, quando alguém vê um campo, já viu todos: é sabido que todos eles se assemelham. Nada do que eu via, a despeito das variações locais, modificava sensivelmente minha opinião ou minhas conclusões. Voltei direto para Berlim em meados de agosto, aproximadamente entre a recuperação de Orel pelos soviéticos e a conquista final da Sicília pelos anglo-americanos. Redigi meu relatório em pouco tempo; já sintetizara minhas anotações no caminho, faltava apenas organizar os capítulos e datilografar tudo, trabalho de alguns dias. Apurei minha prosa, bem como a lógica de minha argumentação: o relatório era endereçado ao Reichsführer, e Brandt me prevenira que provavelmente eu teria que defendê-lo verbalmente. Despachei a versão final corrigida e datilografada e esperei.

Eu reencontrara, sem grande satisfação, devo admitir, minha locadora Frau Gutknecht. Deslumbrada, querendo a todo custo preparar um chá para mim, não entendia como, se eu voltava do Leste, *onde tem de tudo para comer*, eu não pensara em trazer uns dois gansos para a casa, claro. (A bem da verdade, ela não era a única: Piontek voltara de Tarnowitz com um caixote de víveres, sugerindo-me, a propósito, que comprasse uma parte sem cupões.) Além do mais, eu tinha a impressão de que ela se aproveitara da minha ausência para bisbilhotar minhas coisas. Minha indiferença por seus faniquitos e suas criancices começava, infelizmente, a não bastar. Fräulein Praxa, por sua vez, mudara de penteado, mas não a cor do esmalte das unhas. Thomas ficou contente em me rever: grandes mudanças estavam em curso, afirmava, era bom que eu estivesse em Berlim, eu tinha que estar preparado.

Que sensação curiosa ver-me de repente, depois de uma viagem daquelas, sem nada para fazer! O Blanchot, eu terminara há muito tempo; abri o tratado sobre assassinato ritual para voltar a fechá-lo imediatamente, espantado que o Reichsführer pudesse se interessar por aquelas baboseiras; eu não tinha negócios privados; todos os meus dossiês estavam arquivados. Com a janela do meu gabinete aberta para o parque do Prinz-Albrecht-Palais, luminoso mas já um pouco ressecado pelos calores de agosto, e os pés cruzados no sofá, ou então debruçado na janela para fumar um cigarro, eu pensava na vida; e, quando a imobilidade começava a me afligir, descia para passear no jardim, perambulando pelas alamedas empoeiradas de cascalho, amplamente tentado pelos recantos sombreados da grama. Eu pensava no que vira na Polônia, mas, por uma razão que não saberia explicar, meu pensamento escorregava nas imagens, vinha se agarrar às palavras. As palavras me atormentavam. Eu já me perguntara em que medida as diferenças entre alemães e russos, em termos de reação aos assassinatos em massa, e que acabaram nos obrigando a mudar de método, para atenuar um pouco a coisa, ao passo que os russos pareciam, passado um quarto de século, permanecer impermeáveis, podiam resumir-se a diferenças de vocabulário: a palavra *Tod*, afinal, tem a rigidez de um cadáver já frio, limpo, quase abstrato, em suma a finalidade do pós-morte, enquanto *smiert'*, a palavra russa, é pesada e adiposa como a própria coisa. E o francês, nesse caso? Essa língua, para mim, continuava tributária da feminilização da morte pelo latim: afinal, que abismo entre *la Mort*, e todas as imagens quase cálidas e ternas por ela suscitadas, e o terrível Tânatos dos gregos! Os alemães, por sua vez, tinham pelo menos preservado o masculino (*smiert'*, a propósito, também é feminino). Ali, na claridade do verão, eu pensava na decisão que havíamos tomado, naquela ideia extraordinária de matar todos os judeus, fossem quem fossem, jovens ou velhos, bons ou maus, de destruir o judaísmo na pessoa de seus portadores, decisão que recebera o nome, agora mais que conhecido, de *Endlösung*: "solução final". Mas que bela palavra! Entretanto, nem sempre ela havia sido sinônimo de extermínio: desde o início, reivindicava-se para os judeus uma *Endlösung*, ou uma *völlige Lösung* (solução completa) ou ainda uma *allgemeine Lösung* (solução geral), e dependendo da época isso significava exclusão da vida pública, exclusão da vida econômica, enfim, deportação. E pouco a pouco o significado havia deslizado para o abismo, mas sem que o significante, por sua vez, mudasse, e era quase como se esse sentido definitivo tivesse sempre vivido no coração da palavra e a coisa tivesse sido atraída, abocanhada por ele, pelo seu peso e sua opressão desmesurada, nesse buraco negro do espírito, até a singularidade: e então transpuséssemos o horizonte de eventos a partir do qual não existe mais volta. Ainda se acredita nas ideias, nos conceitos, acredita-se que as palavras designam ideias, mas isso não é obrigatoriamente verdade, talvez não haja efetivamente ideias, talvez não haja realmente senão palavras, e o peso próprio das palavras. E assim talvez tivéssemos nos deixado arrastar por uma palavra e sua inevitabilidade. Então não teríamos tido nenhuma ideia, nenhuma lógica, nenhuma coerência? Teria havido apenas palavras em nossa língua tão particular, apenas essa palavra, *Endlösung*, sua beleza escorregadia? Pois, a rigor, como resistir à sedução de uma palavra dessa? Teria sido igualmente inconcebível resistir à palavra *obedecer*, à palavra *servir*, à palavra *lei*. E talvez fosse esta, no fundo, a razão de ser dos nossos *Sprachregelungen*, afinal bastante transparentes em termos de camuflagem (*Tarnjargon*), mas úteis para manter aqueles que se serviam dessas palavras e dessas expressões — *Sonderbehandlung* (tratamento especial), *abtransportiert* (transportado para mais longe), *entsprechend behandelt* (tratado de maneira apropriada), *Wohnsitzverlegung* (mudança de domicílio), ou *Executivmassnahmen* (medidas executivas) — entre as pontas afiadas de sua abstração. Essa tendência estendia-se a toda nossa linguagem burocrática, nossa *burökratisches Amtsdeutsch*, como dizia meu colega Eichmann: nas correspondências, nos discursos também, predominavam as estruturas na voz passiva, "foi decidido que...", "os judeus foram transportados para as medidas especiais", "essa difícil tarefa foi realizada", e assim as coisas faziam-se por si só, ninguém nunca fazia nada, ninguém agia, eram atos sem atores, o que é sempre tranquilizador, e sob certo aspecto não eram sequer atos, pois, pelo uso particular que a nossa língua nacional-socialista fazia de certos substantivos, era possível, se não eliminar inteiramente os verbos, pelo menos reduzi-los ao estado de apêndices inúteis (mas não obstante decorativos), prescindindo-se dessa forma inclusive da ação, havia apenas fatos, realidades brutas já presentes, seja à espera de sua inevitável consumação, como o *Einsatz*, ou o *Einbruch* (o ataque), a *Verwertung* (a utilização), a *Entpolonisierung* (a despolonização), a *Ausrottung* (o extermínio), mas também, em sentido contrário, a *Vesteppung*, a "estepização" da Europa pelas hordas bolcheviques, que, ao contrário de Átila, arrasavam a civilização a fim de fazer pastos para cavalos. *Man lebt in seiner Sprache*, escrevia Hanns Johst, um dos nossos melhores poetas nacional-socialistas: "O homem vive em sua língua." Voss, eu tinha certeza, não o teria negado.

Eu ainda esperava minha convocação pelo Reichsführer quando os ingleses reiniciaram, e com um vigor considerável, seus intensos ataques aéreos sobre Berlim. Era 23 de agosto, uma segunda-feira, me lembro bem, tarde da noite: eu estava deitado no meu quarto, provavelmente ainda não dormia, quando as sirenes dispararam. Eu ia tentar permanecer deitado, mas Frau Gutknecht já fazia minha porta tremer à base de socos. Gritava tão alto que mal dava para ouvir as sirenes: "Herr Offizier! Herr Offizier!... Doktor Aue! Levante-se! Os *Lufmörder*!!! Socorro!" Enfiei uma calça e destranquei a porta: "Muito bem, Frau Gutknecht. É a RAF. Que quer que eu faça?" Suas bochechas caídas tremiam, ela empalidecia sob os olhos e se benzia convulsivamente, murmurando: "Jesus-Maria-José, Jesus-Maria-José, que vamos fazer?" — "Vamos descer para o abrigo, como todo mundo." Empurrei a porta e me vesti, depois desci calmamente, fechando a porta a chave por causa dos saqueadores. Ouviam-se descargas da Flak, sobretudo na direção sul e do Tiergarten. O porão do prédio fora adaptado como abrigo antiaéreo: não resistiria a um ataque certeiro, mas era melhor que nada. Eu deslizava por entre as malas e as pernas e me instalei num canto, o mais distante possível de Frau Gutknecht, que partilhava seus terrores com algumas vizinhas. Crianças choravam de angústia, outras corriam por entre as pessoas vestidas, algumas de terno, outras ainda de roupão. Apenas duas velas iluminavam o porão, pequenas chamas vacilantes, bruxuleantes, que registravam as detonações próximas como sismógrafos. O alerta durou várias horas; infelizmente, era proibido fumar nesses abrigos. Devo ter cochilado, acho que nenhuma bomba atingiu nosso bairro. Quando terminou, subi para me deitar sem sequer ir à rua para dar uma olhada. No dia seguinte, em vez de pegar o metrô, telefonei para a SS-Haus e pedi que me mandassem Piontek. Ele me explicou que os bombardeiros vinham do sul, provavelmente da Sicília, e que os alvos haviam sido especialmente Steglitz, Lichterfelde e Marienfelde, sem falar nos prédios destruídos na Tempelhof e até no Zoológico. "Os nossos utilizaram uma nova tática, *Wilde Sal*, chamaram assim no rádio, mas não explicaram muito o que era, Herr Sturmbannführer. Parece que funciona, derrubamos mais de sessenta aparelhos daqueles canalhas. Que azar o do Herr Jeschonnek, podia ter esperado mais um pouquinho." O General Jeschonnek, chefe de estado-maior da Luftwaffe, acabava de se suicidar em virtude dos repetidos fracassos de seu serviço em rechaçar os ataques anglo-americanos. E, com efeito, antes mesmo de atravessar o Spree, Piontek foi obrigado a fazer um desvio para evitar uma rua obstruída pelo entulho, escombros de um prédio atingido em cheio por um avião de bombardeio, um Lancaster, creio: sua cauda despontava acima das ruínas, desolada, como a popa de um navio no instante do naufrágio. Uma fumaça escura e densa escondia o sol. Ordenei a Piontek que me levasse para o sul da cidade: quanto mais avançávamos, mais numerosos eram os prédios ainda em chamas, as ruas atulhadas de escombros. Pessoas tentavam tirar seus móveis das residências dilaceradas para amontoá-los no meio das ruas inundadas pelas mangueiras de incêndio; cozinhas móveis de campanha serviam sopa a filas de sobreviventes chocados, esgotados, sujos; perto dos caminhões de bombeiros, formas alinhavam-se nas calçadas, eventualmente com pés, descalços ou ainda calçando um sapato estropiado, arrastando um pano imundo. Algumas ruas estavam obstruídas por bondes tombados de lado pelo impacto das detonações ou enegrecidos pelo fogo; fios elétricos esparramavam-se pelo calçamento, as árvores jaziam, aos pedaços, ou ainda se mantinham de pé mas nuas, sem uma folha. Os bairros mais atingidos estavam intransponíveis; mandei Piontek dar meia-volta e fui até a SS-Haus. A construção não fora atingida, mas impactos próximos haviam estilhaçado várias janelas, e o vidro quebrado, na escada da entrada, rangeu sob meus passos. No saguão, topei com Brandt, aspecto terrivelmente excitado, animado por uma alegria bastante surpreendente, considerando-se as circunstâncias. "Que está acontecendo?" Ele se deteve por um instante: "Ah, Sturmbannführer, ainda não sabe da notícia. Uma grande notícia! O Reichsführer foi nomeado ministro do Interior." Então era essa a mudança de que falava Thomas, pensei, enquanto Brandt entrava no elevador. Subi pela escada: Fräulein Praxa estava em seu lugar, maquiada, fresca como uma rosa. "Dormiu bem?" — "Ah, Herr Sturmbannführer, moro na Weissensee, não ouvi nada." — "Melhor para a senhorita." A janela do meu gabinete estava intacta: eu adquirira o hábito de deixá-la aberta à noite. Refleti no alcance da notícia anunciada por Brandt, mas faltavam-me elementos para analisá-la a fundo. A princípio não achava que aquilo mudasse muita coisa para nós: embora Himmler, como chefe da Polícia alemã, fosse tecnicamente subordinado ao ministro do Interior, tinha na prática plena autonomia, e isso pelo menos desde 1936; nunca, nem

Frick, nem o ministro anterior, nem seu Staatsekretär Stuckart tiveram a menor influência sobre o RSHA, menos ainda sobre o Hauptamt Orpo. A única coisa sobre a qual haviam conseguido manter o controle tinha sido a administração civil e o funcionalismo; agora isso também seria da competência do Reichsführer; mas eu não podia acreditar que fosse um desafio maior. Evidentemente, ter status de ministro só podia fortalecer o poder do Reichsführer em relação a seus rivais; mas eu não estava suficientemente a par das querelas na cúpula do Estado para apreciar esse dado em sua justa medida.

 Imaginei que aquela nomeação adiaria a apresentação do meu relatório para as calendas gregas: isso era conhecer mal o Reichsführer. Fui convocado ao seu escritório dois dias depois. Na noite precedente, os ingleses haviam retornado, em menor número que da primeira vez, mas mesmo assim eu pouco dormira. Esfreguei o rosto com água fria antes de descer para recuperar uma tez humana. Brandt, fitando-me com sua cara de coruja, fez como de hábito alguns comentários preliminares: "O Reichsführer, como pode supor, está extremamente ocupado no momento. Entretanto, fez questão de o receber, pois se trata de um dossiê que ele quer que ande. Seu relatório foi considerado excelente, um pouco direto demais, talvez, mas conclusivo. O Reichsführer certamente lhe pedirá uma prestação de contas. Seja conciso. O tempo dele é curto." O Reichsführer, dessa vez, recebeu-me quase cordialmente: "Meu caro Sturmbannführer Aue! Peço desculpas por tê-lo feito esperar nesses últimos dias." Agitou sua mãozinha mole de veias saltadas na direção de uma poltrona: "Sente-se." Brandt, como da primeira vez, lhe entregara um dossiê para consulta. "Esteve então com o simpático Globus. Como vai ele?" — "O Gruppenführer Globocnik parecia em excelente forma, meu Reichsführer. Bastante entusiasmado." — "E que acha o senhor de sua gestão dos produtos do Einsatz? Pode falar francamente." Seus olhinhos frios brilhavam atrás de seu pincenê. Me lembrei de repente das primeiras palavras de Globocnik; claro que ele conhecia seu Reichsführer melhor que eu. Escolhi as palavras com cuidado: "O Gruppenführer é um nacional-socialista fervoroso, meu Reichsführer, não resta dúvida quanto a isso. Mas aquelas riquezas podem engendrar tentações sedutoras em seu círculo. Tive a impressão de que o Gruppenführer poderia ter sido mais rigoroso nesse nível, talvez ele deposite uma confiança excessiva em seus subordinados." — "O senhor fala muito em corrupção em seu relatório. Acha que é um problema real?" — "Estou convencido disso, meu Reichsführer. Além de certas proporções, isso afeta o trabalho dos campos e também do Arbeitseinsatz. Um SS que rouba é um SS que o detento pode comprar." Himmler tirou o pincenê, sacou um lenço do bolso e começou a limpar as lentes: "Resuma suas conclusões. Seja sucinto." Peguei uma folha de anotações na minha pasta e comecei. "No sistema dos KL como funciona atualmente, meu Reichsführer, vejo três obstáculos a uma utilização maximizada e racional da mão de obra disponível. Primeiro obstáculo, acabamos de comentar, a corrupção entre os SS dos campos. Isso não apenas é uma questão moral, como coloca problemas práticos e de diversos níveis. Porém, já existe remédio para isso, é a comissão especial que o senhor acaba de instaurar e que deveria intensificar seus trabalhos. Segundo obstáculo, uma incoerência burocrática obstinada, que os esforços do Obergruppenführer Pohl ainda não solucionaram. Permita-me, meu Reichsführer, dar-lhe um exemplo dentre os citados no meu relatório: a ordem do Brigadeführer Glücks de 28 de dezembro de 1942, endereçada a todos os médicos-chefes dos KL, incumbia-lhes, entre outras coisas, com vistas a uma redução da mortalidade, melhorar a alimentação dos *Häftlinge*. Ora, nos campos, a cozinha depende do departamento administrativo, que é subordinado ao Departamento D IV do WVHA; as rações, por sua vez, são determinadas centralmente pelo D IV 2 articulado com o SS-Hauptamt. Nem os médicos no local, nem o Departamento D III têm direito a interferir nesse procedimento. Essa parte da ordem, portanto, simplesmente não surtiu efeito; as rações permanecem idênticas às do ano passado." Marquei uma pausa; Himmler, que me ouvia educadamente, balançou a cabeça: "Por outro lado, parece-me que a mortalidade está em queda." — "Certamente, meu Reichsführer, mas por outras razões. Houve progressos no domínio dos cuidados e da higiene, que os médicos controlam diretamente. Mas poderia cair ainda mais. No estado atual das coisas, se me permite a observação, meu Reichsführer, cada *Häftling* morto prematuramente representa uma perda efetiva para a produção de guerra do Reich." — "Sei disso melhor que ninguém", sibilou num tom descontente de professor pedante. "Prossiga." — "Bem, meu Reichsführer. Terceiro obstáculo, a mentalidade dos oficiais superiores veteranos do IKL. Essas observações não desmerecem em nada suas consideráveis qualidades como homens, oficiais SS e nacional-socialistas. Mas a maioria deles, isso é um fato, formou-se numa época em que a função dos campos era completamente diversa, seguindo as diretrizes do falecido Obergruppenführer Eicke." — "O senhor conheceu

Eicke?", interrompeu Himmler. — "Não, meu Reichsführer. Não tive essa honra." — "Pena. Era um grande homem. Faz muita falta. Mas, perdão, eu o interrompi. Prossiga." — "Obrigado, meu Reichsführer. O que eu queria dizer é que esses oficiais acabaram adotando uma óptica voltada para a função política e policial dos campos, tal como predominava naquela época. Apesar de toda a experiência que tinham nesse domínio, muitos deles foram incapazes de evoluir e se adaptar às novas funções econômicas dos campos. Esse é um problema ao mesmo tempo de estado de espírito e de formação: são raros os que têm um mínimo de experiência de gestão comercial, além de trabalharem muito mal com os administradores das empresas do WVHA. Observo que se trata de um problema de conjunto, um problema de geração, se é que podemos dizer, e não o resultado de personalidades individuais, ainda que eu tenha citado algumas a título de exemplo." Himmler instalara as mãos em ponta sob seu queixo irrequieto. "Bem, Sturmbannführer. Seu relatório será difundido no WVHA e acredito que dará munição ao meu amigo Pohl. Mas a fim de não se indispor com ninguém, o senhor primeiro efetuará algumas correções. Brandt lhe passará a lista. O mais importante é não citar ninguém pelo nome. O senhor compreende." — "Naturalmente, meu Reichsführer." — "Em contrapartida, autorizo-o, a título confidencial, a transmitir uma cópia não corrigida do seu relatório ao Dr. Mandelbrod." "*Zu Befehl*, meu Reichsführer." Himmler tossiu, hesitou, tirou um lenço e tossiu de novo cobrindo a boca. "Desculpe", disse, guardando o lenço. "Tenho uma nova tarefa para o senhor, Sturmbannführer. A questão da alimentação nos campos, mencionada pelo senhor, é um problema que volta regularmente. Parece-me um domínio que o senhor começa a conhecer." — "Meu Reichsführer..." Fez um sinal com mão: "Sim, sim. Lembro-me do seu relatório de Stalingrado. Eis o que quero: embora o Departamento D III cubra todos os problemas médicos e sanitários, não temos, como o senhor apontou, instância centralizada para a alimentação dos detentos. Portanto, decidi criar um grupo de trabalho interdepartamental para resolver esse problema. O senhor será o coordenador. Envolverá todos os departamentos competentes do IKL; Pohl também indicará um representante das empresas SS que dará seu ponto de vista. Além disso, quero que o RSHA também dê um parecer. Enfim, gostaria que o senhor consultasse os outros ministérios envolvidos, sobretudo o de Speer, que não para de nos abarrotar com reclamações das empresas privadas. Pohl colocará os especialistas necessários à sua disposição.

Quero uma solução consensual, Sturmbannführer. Quando houver elaborado sugestões concretas, submeta-as a mim; se forem procedentes e realistas, serão adotadas. Brandt providenciará para o senhor os recursos necessários. Perguntas?" Aprumei-me: "Meu Reichsführer, sua confiança me honra e lhe sou grato. Gostaria de me certificar de um ponto." — "De quê?" — "De que o aumento da produção é de fato o objetivo principal." Himmler jogara-se para trás com as mãos soltas nos braços da poltrona; seu rosto recuperara a expressão maliciosa: "Na medida em que não lese os demais interesses da SS e não interfira com os programas em curso, a resposta é sim." Marcou uma pausa. "Os *desiderata* dos outros ministérios são importantes, mas saiba que há pressões que eles não controlam. Não deixe de levar isso em conta. Se tiver dúvidas, veja com Pohl. Ele sabe o que quero. Bom dia, Sturmbannführer."

Ao sair do gabinete de Himmler, devo admitir, sentia-me flutuando em minhas botas. Finalmente confiavam-me uma responsabilidade, uma autêntica responsabilidade! Reconheceram, portanto, meu justo valor. Além disso, era uma tarefa positiva, um meio de fazer as coisas avançarem na direção certa, uma forma de contribuir para o esforço de guerra e a vitória da Alemanha sem ser pelo assassinato e a destruição. Antes mesmo de discutir com Rudolf Brandt, acariciei quimeras gloriosas e ridículas qual um adolescente: convencidos pela minha argumentação sem falhas, os departamentos passavam para o meu lado; os criminosos eram derrubados, devolvidos ao seu covil; em alguns meses, progressos consideráveis eram realizados, os detentos recuperavam a força, a saúde, e vários deles, entusiasmados de coração pela força do nacional-socialismo desobstruído, acabavam trabalhando com alegria para ajudar a Alemanha em sua luta; a produção aumentava mês a mês; eu obtinha um posto mais importante, uma influência real, que me permitia melhorar as coisas segundo os princípios da verdadeira *Weltanschauung*, e o próprio Reichsführer escutava meus conselhos, os de um dos melhores nacional-socialistas. Grotesco, pueril, sei muito bem, mas embriagador. Naturalmente, nada se daria exatamente dessa forma. Mas no início eu estava realmente inchado de entusiasmo. Até mesmo Thomas parecia impressionado: "Veja o resultado quando você segue meus conselhos em vez de fazer o que lhe dá na veneta", comentou com um sorriso matreiro. Por outro lado, pensando bem, eu não agira de outra forma durante nossa missão comum de 1939: eu também escrevera a pura verdade, sem refletir muito nas consequências; mas acontece que tivera mais sorte, e que a verdade, dessa vez, correspondia ao que queriam ouvir.

Lancei-me com obstinação a esse trabalho. Como não havia espaço suficiente na SS-Haus, Brandt ofereceu-me uma ala de escritórios na Zentralabteilung do Ministério do Interior, na Königsplatz, em uma curva do Spree, no último andar; das minhas janelas, eu ficava de costas para o Reichstag, mas avistava de um lado, atrás da Ópera Kroll, toda a extensão verde e serena do Tiergarten, e do outro, além do rio e da ponte Moltke, a estação aduaneira de Lehrter, com sua vasta rede de trilhos de garagem, permanentemente animados por um tráfego lento, chacoalhante, tranquilizador, um perpétuo prazer de criança. O melhor é que o Reichsführer nunca nos visitava: eu podia finalmente fumar em paz no meu gabinete. Fräulein Praxa, que no final das contas não me desagradava tanto assim e que pelo menos sabia falar ao telefone e pegar recados, transferiu-se comigo; ainda consegui manter Piontek. Brandt me forneceu ainda um Hauptscharführer, Walser, para cuidar do arquivamento, duas datilógrafas, e me autorizou a escolher um assistente administrativo com patente de Untersturmführer; pedi a Thomas que me indicasse um, Asbach, rapaz recentemente incorporado à Staatspolizei após estudos de direito e um estágio na Junkerschule de Bad Tölz.

Os aviões britânicos haviam retornado diversas noites seguidas, mas eram cada vez menos numerosos: a Wilde Sau, que permitia aos nossos caças abater de cima os aparelhos inimigos ao mesmo tempo que eles próprios permaneciam acima do nível da Flak, fazia estragos, e a Luftwaffe também começara a utilizar foguetes sinalizadores para iluminar seus alvos como se fosse dia; depois de 3 de setembro, os ataques cessaram completamente: nossas novas táticas os haviam desencorajado. Fui visitar Pohl em sua base em Lichterfelde para discutir a composição do grupo de trabalho. Pohl parecia muito satisfeito, finalmente alguém se concentrava de maneira sistemática naquele problema; estava cheio, disse francamente, de transmitir ordens de efeito inócuo aos seus Kommandanten. Combinamos que o Amtsgruppe D destacaria três representantes, um por departamento; Pohl também me sugeriu um administrador da DWB, Empresas Econômicas Alemãs, para nos aconselhar sobre os aspectos econômicos e as pressões das firmas que utilizavam mão de obra dos campos; finalmente, destacou seu inspetor para Nutrição, o professor Weinrowski, homem de cabelos já brancos e olhos úmidos, com o queixo esburacado por uma covinha profunda, na qual se aninhavam pelos ásperos que escapavam ao aparelho de barba. Weinrowski, já havia quase um ano, tentava melhorar a alimentação dos *Häftlinge* sem sucesso; mas tinha boa experiência dos obstáculos e Pohl desejava que ele participasse dos nossos trabalhos. Após uma troca de correspondência com os departamentos envolvidos, convoquei uma primeira reunião para esclarecer a situação. A meu pedido, o professor Weinrowski preparara com seu assistente, o Hauptsturmführer Dr. Isenbeck, uma pequena dissertação, que foi distribuída aos participantes e sobre a qual fez uma exposição oral. Era um belo dia de setembro, o fim do verão inclemente; o sol brilhava sobre as árvores do Tiergarten e acabava de depositar grandes fachos de luz em nossa sala de reunião, iluminando como um halo a cabeleira do professor. A situação nutricional dos *Häftlinge*, explicou Weinrowski com sua voz escandida e didática, era muito confusa. As diretrizes centrais fixavam normas e orçamentos, mas os campos se abasteciam, naturalmente, no local, o que gerava variações às vezes consideráveis. Como ração-modelo, sugeriu o exemplo do KL Auschwitz, onde um *Häftling* incumbido de trabalhos pesados receberia, por dia, 350 gramas de pão, meio litro de um suposto chá e um litro de sopa de batata ou nabo, com um suplemento, quatro vezes por semana, de 20 gramas de carne na sopa. Evidentemente, os detentos encarregados de trabalhos leves ou da enfermaria recebiam menos; havia ainda todo tipo de rações especiais, como as das crianças do campo familiar ou dos detentos selecionados para experimentos médicos. Se pudéssemos resumir a situação, de modo geral um detento do setor de trabalhos pesados recebia oficialmente cerca de 2150 quilocalorias por dia, e os encarregados de trabalhos leves, 1700. Ora, ainda que essas normas fossem aplicadas, revelavam-se desde já insuficientes: um homem em repouso precisa, dependendo da compleição e do peso e levando em conta o ambiente circundante, de um mínimo de 2100 quilocalorias por dia para permanecer saudável, e um homem no trabalho, de 3000. Os detentos, por conseguinte, só podiam se enfraquecer, ainda mais que o equilíbrio entre lipídios, glucídios e protídeos estava longe de ser respeitado: 6,4% da ração, no máximo, consistiam em proteínas, ao passo que teriam sido necessários pelo menos 10%, a rigor 15%. Terminada sua exposição, Weinrowski sentou-se com um ar satisfeito e eu li excertos da série de ordens do Reichsführer para Pohl no sentido de melhorar a alimentação nos campos, que eu pedira para o meu novo assistente, Asbach, analisar. A primeira dessas ordens, que remontava a março de 1942, continuava muito vaga: o Reichsführer simplesmente solicitava a Pohl, alguns dias depois da incorporação do IKL pelo WVHA, que *desenvolvesse gradualmente um regime que, como o dos soldados romanos ou escravos egípcios, contivesse todas as vitaminas e permanecesse simples e barato.* As cartas seguintes eram mais precisas: *mais vitaminas, grandes quantidades de legumes crus e cebolas, cenouras, couve-rábano, nabos* e, em seguida, *alho,* muito alho, *sobretudo no inverno, para melhorar o estado de saúde.* "Conheço essas ordens", declarou o professor Weinrowski quando terminei. "Mas na minha opinião isso não é o essencial." Para um homem que trabalha, o importante são as calorias e as proteínas; as vitaminas e os micronutrientes são, de modo geral, secundários. O Hauptsturmführer Dr. Alicke, que representava o D III, aprovava esse ponto de vista; o jovem Isenbeck, em contrapartida, tinha dúvidas: a nutrição clássica, ele parecia pensar, subestima a importância das vitaminas, e argumentava em favor dessa opinião, como se isso resolvesse tudo, citando um artigo publicado em um periódico especializado britânico de 1938, referência que pareceu pouco impressionar Weinrowski. Foi a vez do Hauptsturmführer Gorter, representante do Arbeitseinsatz, tomar a palavra: No que se referia às estatísticas globais dos detentos registrados, a situação continuava a mostrar uma melhora progressiva; de 2,8% em abril, a taxa média de mortalidade passara para 2,23% em julho, depois para 2,09% em agosto. Até mesmo em Auschwitz, ela girava em torno de 3,6%, uma queda notável desde março. "Neste momento o sistema dos KL abrange cerca de 160 000 detentos; desse total, apenas 35 000 estão classificados pelo Arbeitseinsatz como inaptos ao trabalho, e 100 000, o que já é alguma coisa, trabalham no exterior, em fábricas ou empresas." Com os programas de construção do Amtsgruppe C, a superpopulação, fonte de epidemias, diminuía; se o vestuário continuava problemático a despeito dos contingentes confiscados dos judeus, o aspecto médico fizera grandes progressos; em suma, a situação parecia estabilizar-se. O Obersturmführer Jedermann, da administração, inclinava-se a essa opinião; e depois, lembrou, o controle dos gastos permanecia um problema vital: os pacotes orçamentários eram coercitivos. "Tudo isso é verdade", interveio então o Sturmbannführer Rizzi, especialista em economia escolhido por Pohl, "mas ainda assim há diversos fatores a serem levados em conta." Era um oficial da minha idade, com cabelos ralos e um nariz em trombeta, quase eslavo; quando falava, seus lábios finos e exangues mal se moviam, mas suas palavras eram claras e precisas. De um modo geral, a produtividade de um detento podia ser expressa em termos de uma porcentagem da produtividade de um trabalhador alemão ou de um trabalhador estrangeiro; ora, essas duas categorias acarretavam gastos muito mais consideráveis que um *Häftling*, sem falar que sua oferta era cada vez mais limitada. Claro, depois que as grandes empresas e o Ministério do Armamento se haviam queixado da concorrência desleal, a SS não podia mais fornecer detentos por um custo real às suas próprias empresas, devendo faturá-los pelo mesmo custo das empresas externas, ou seja, entre 4 e 6 reichsmarks por dia, o custo de manutenção de um detento continuando obviamente inferior a essa soma. Ora, um ligeiro aumento do custo real de manutenção, bem administrado, podia gerar um aumento considerável do índice de produtividade, o que era bom para todos. "Explico: o WVHA gasta atualmente, digamos, 1,5 reischmark por dia com um detento capaz de realizar 10% do trabalho diário de um trabalhador alemão. Logo, são necessários dez detentos, ou seja, 15 reichsmarks por dia, para substituir um alemão. Porém, e se, gastando 2 reichsmarks diários por detento, pudéssemos renovar suas forças, aumentar a duração de sua aptidão ao trabalho e, assim, formá-lo corretamente? Nesse caso, seria desejável que um detento pudesse, no fim de alguns meses, fornecer 50% do trabalho de seu homólogo alemão: assim, bastariam dois detentos, ou seja, 4 reichsmarks por dia, para realizar a tarefa de um alemão. Estão me acompanhando? Naturalmente, esses números são aproximados. Seria preciso fazer um estudo." — "Pode se encarregar disso?", perguntei com interesse. — "Espere, espere", interrompeu Jedermann. "Se tenho que pagar 2 reichsmarks por dia para cem mil detentos, em vez de 1,5, isso representa um adicional de 50 000 reichsmarks redondos por dia. O fato de que produzam mais ou menos dá na mesma. Meu orçamento, por sua vez, não muda." — "É verdade", respondi. "Mas quero ver aonde quer chegar o Sturmbannführer Rizzi. Se a ideia dele for pertinente, os lucros globais da SS aumentarão, uma vez que os detentos produzirão mais sem aumento de custo para as firmas que os empregam. Bastaria, caso isso possa ser demonstrado, convencer o Obergruppenführer Pohl a destinar uma parte desses lucros maiores ao orçamento de manutenção do Amtsgruppe D." — "É, faz sentido", opinou Gorter, o homem de Maurer. "E, se os detentos esgotam-se menos rapidamente, enfim, os efetivos, na realidade, crescem mais rápido. Daí a importância da redução da mortalidade, no fim das contas."

A reunião terminou com esse comentário, e eu sugeri uma divisão de tarefas para preparar a reunião seguinte. Rizzi tentaria estudar a validade de sua ideia; Jedermann exporia em detalhe suas coerções orçamentárias; quanto a Isenbeck, encarreguei-o, com a concordância de Weinrowski (que visivelmente não queria se deslocar muito), de inspecionar rapidamente quatro campos: os KL Ravensbrück, Sachsenhausen, Gross-Rosen e Auschwitz, tendo como objetivo relacionar todas as tabelas de rações, os cardápios efetivamente preparados para as categorias principais de detentos no mês precedente, e sobretudo amostras de rações, que mandaríamos analisar: eu queria comparar os cardápios teóricos com os alimentos efetivamente servidos.

A essa última observação, Rizzi lançara-me um olhar curioso; quando a reunião foi suspensa, levei-o até o meu gabinete. "O senhor tem razões para crer que os *Häftlinge* não recebem o que deveriam?", perguntou, em seu estilo seco e brusco. Parecia ser um homem inteligente, e sua proposta me levava a pensar que nossas ideias e nossos objetivos poderiam confluir: decidi fazer dele um aliado; de toda forma, não via riscos em me abrir com ele. "Sim, tenho", declarei. "A corrupção é um problema primordial nos campos. Boa parte da comida comprada pelo D IV é desviada. Difícil colocar em números, mas os *Häftlinge* no fim da cadeia — não estou falando dos *kapos* e dos *Prominenten* — devem ser lesados em 20% a 30% de sua ração. Como esta já não é suficiente, apenas os detentos que conseguem um suplemento, legal ou ilegal, têm chance de continuar vivos depois de alguns meses."
— "Percebo." Ele refletiu, coçando a base do nariz sob seus óculos. "Seria preciso calcular precisamente a expectativa de vida e modulá-la em função do grau de especialização." Marcou mais uma pausa antes de concluir: "Bom, vou ver."

Logo constatei, infelizmente, que meu entusiasmo inicial ia ser um tanto frustrado. As reuniões seguintes estagnaram numa massa de detalhes técnicos tão volumosa quanto contraditória. Isenbeck fizera uma boa análise dos cardápios, mas parecia incapaz de demonstrar a relação entre eles e as rações efetivamente distribuídas. Rizzi parecia focado na ideia de acentuar a divisão entre trabalhadores especializados e não especializados e concentrar nossos esforços nos primeiros; Weinrowski não conseguia se entender com Isenbeck e Alicke sobre a questão das vitaminas. Para tentar estimular o debate, convidei um representante do Ministério Speer; Schmelter, que dirigia o departamento deles para alocação de mão de obra, respondeu-me que já era tempo de alguém cuidar daquele problema e me despachou um Oberregierungsrat com uma longa lista de queixas. O Ministério de Speer acabava de absorver parte das atribuições do Ministério da Economia e de ser rebatizado como Ministério do Armamento e da Produção de Guerra, RMfRuk, de acordo com o acrônimo bárbaro, a fim de refletir seus poderes ampliados nesse domínio; e essa reorganização parecia refletir-se na segurança impávida do Dr. Kühne, o enviado de Schmelter. "Não falo apenas em nome do Ministério", começou quando o apresentei aos meus colegas, "mas também em nome das empresas que utilizam mão de obra fornecida pela SS, cujas repetidas queixas chegam a nós diariamente." Esse Oberregierungsrat usava terno marrom, gravata-borboleta e um bigode prussiano cortado à escovinha; seus raros cabelos fibrosos eram meticulosamente penteados para o lado a fim de cobrir o domo oblongo de seu crânio. Mas a firmeza de seu discurso desmentia seu aspecto algo ridículo. Como sabíamos inquestionavelmente, em geral os detentos chegavam às fábricas num estado de grande fraqueza e frequentemente, ao cabo de apenas algumas semanas, esgotados, tinham que ser devolvidos ao campo. Ora, sua formação exigia um mínimo de várias semanas; faltavam instrutores, e não dispúnhamos de meios para formar novos grupos todos os meses. Além disso, para qualquer trabalho que exigisse um mínimo de qualificação, eram necessários pelo menos seis meses para o rendimento atingir um nível satisfatório: e poucos detentos duravam tanto assim. O Reichsminister Speer estava bastante decepcionado com esse estado de coisas e julgava que, nesse aspecto, a contribuição da SS para o esforço de guerra ganharia se fosse incrementada. Concluiu remetendo-nos a uma compilação com trechos de cartas das empresas. Depois que ele se foi, enquanto eu folheava a compilação, Rizzi balançou os ombros e lambeu seus lábios finos: "É o que digo desde o início. Os trabalhadores qualificados." Eu também solicitara ao gabinete de Sauckel, o plenipotenciário geral para o Arbeitseinsatz ou GBA, que enviasse alguém para expor seus pontos de vista: um assistente de Sauckel me respondera muito causticamente que, a partir do momento em que a SP julgava de bom alvitre encontrar um pretexto para prender trabalhadores estrangeiros e enviá-los para engordar os efetivos dos campos, cabia à SS cuidar de sua manutenção, com o GBA não se julgando mais envolvido. Brandt me telefonara para lembrar que o Reichsführer atribuía grande importância à opinião do SS

RSHA; então eu também escrevera a Kaltenbrunner, que me encaminhara a Müller, que por sua vez me dissera para entrar em contato com o Obersturmbannführer Eichmann. Em vão protestei dizendo que o problema não se limitava exclusivamente aos judeus, único domínio de competência de Eichmann; Müller insistira. Telefonei então para a Kurfürstenstrasse e pedi a Eichmann que enviasse um colega seu; respondeu que preferia comparecer pessoalmente. "Meu assessor Günther está na Dinamarca", explicou quando o recebi. "De toda forma, prefiro cuidar eu mesmo de questões dessa importância." Em nossa mesa comum, lançou-se num libelo impiedoso contra os detentos judeus, que, segundo ele, representavam uma ameaça cada vez maior; depois de Varsóvia, as revoltas multiplicavam-se; um levante num campo especial, no Leste (tratava-se de Treblinka, mas Eichmann não foi explícito), fizera vários mortos entre os SS, e centenas de detentos haviam fugido; nem todos tinham sido recapturados. O RSHA, assim como o próprio Reichsführer, temia que incidentes daquele tipo proliferassem; e, considerando a situação tensa no front, não podíamos permitir uma coisa dessas. Lembrou, além disso, que os judeus transportados para os campos em comboios RSHA encontravam-se, todos, sob sentença de morte: "Não podemos mudar nada nisso, nem que queiramos. No máximo temos o direito de extrair deles, de certa forma, sua capacidade de trabalho para o Reich antes que morram." Em outras palavras, ainda que alguns objetivos políticos estivessem adiados por razões econômicas, outros tantos continuavam em vigor; logo, não se tratava de distinguir entre detentos especializados ou não — eu expusera brevemente o andamento das nossas discussões —, mas entre as diferentes categorias político-policiais. Os trabalhadores russos ou poloneses detidos por roubo, por exemplo, eram enviados para um campo, mas sua pena tampouco durava muito; o WVHA então podia dispor deles a seu bel-prazer. Quanto aos condenados por "mácula racial", já era mais delicado. Mas no caso dos judeus e dos associais transferidos pelo Ministério da Justiça, era preciso que todo mundo fosse claro: de certa forma, eles eram apenas emprestados ao WVHA, pois o RSHA mantinha jurisdição sobre eles até sua morte; para eles, a política do *Vernichtung durch Arbeit*, a destruição pelo trabalho, devia ser rigorosamente aplicada; inútil portanto desperdiçar comida pensando neles. Essas declarações causaram forte impressão em alguns dos meus colegas, e, quando Eichmann foi embora, passamos a sugerir rações diferentes para os detentos judeus e para os demais; cheguei inclusive a estar de novo com o

Oberregierungsrat Kühne para lhe comunicar essa sugestão; ele me respondeu por escrito que, nesse caso, as empresas certamente recusariam os detentos judeus, o que ia contra o acordo entre o Reichsminister Speer e o Führer, bem como contra o decreto de janeiro de 1943 sobre a mobilização da mão de obra. Meus colegas, contudo, não abandonaram completamente a ideia. Rizzi perguntou a Weinrowski se era tecnicamente possível calcular rações apropriadas para fazer um homem morrer num tempo determinado; uma ração, por exemplo, que desse três meses a um judeu não qualificado, outra que desse nove a um operário especializado associal. Weinrowski teve que lhe explicar que não, não era daquele jeito; sem sequer mencionar outros fatores como o frio e as doenças, tudo dependia do peso e da resistência do indivíduo; com uma determinada ração, um indivíduo podia morrer em três semanas, outro duraria indefinidamente; ainda mais que o detento em forma descobriria sempre um extra, ao passo que aquele já debilitado e apático apenas morreria mais rápido. Esse raciocínio deu uma brilhante ideia ao Hauptsturmführer Dr. Alicke: "O que está dizendo", murmurou como se pensasse em voz alta, "é que os detentos mais fortes sempre arranjarão um jeito de subtrair uma parte das rações dos mais fracos, logo, de durar mais. Mas de certa maneira não é do nosso interesse que os detentos mais fracos não recebam sequer sua ração completa? Depois que entram num certo nível de fraqueza, eles permitem que suas rações sejam roubadas, comem menos e morrem mais rápido, portanto economizamos sua comida. Quanto ao que lhes é roubado, fortalece os detentos mais válidos que passam a trabalhar melhor. É pura e simplesmente o mecanismo natural da sobrevivência do mais forte; da mesma forma, um animal doente sucumbe rapidamente diante dos predadores." Isso já era um pouco demais, e reagi duramente: "Hauptsturmführer, o Reichsführer não implantou o sistema de campos de concentração para realizar experimentos a portas fechadas sobre as teorias do darwinismo social. Seu raciocínio não me parece, portanto, muito procedente." Voltei-me para os outros: "O problema central é determinar onde fixar nossa prioridade. Nos imperativos políticos? Ou nas necessidades econômicas?" — "Com certeza não é no nosso escalão que isso pode ser decidido", disse Weinrowski calmamente. — "De acordo", interveio Gorter, "mas ainda assim, para o Arbeitseinsatz, as instruções são claras: tudo deve ser posto em prática para aumentar a produtividade dos *Häftlinge*." — "Do ponto de vista das nossas empresas SS", confirmou Rizzi por sua vez, "é a mesma coisa. Mas nem por isso podemos ignorar certos imperativos ideológicos." — "Em todo caso, meine Herren", concluí, "não temos que resolver essa questão. O Reichsführer me pediu para emitir recomendações que satisfaçam os interesses dos diferentes departamentos dos senhores. No pior dos casos, podemos preparar diversas opções para ele escolher; de toda forma, cabe a ele a decisão final."

Eu começava a perceber que aquelas discussões estéreis poderiam continuar indefinidamente, e essa perspectiva me assustava; decidi então mudar de tática: preparar uma proposta concreta e submetê-la à avaliação dos demais, disposto a alterá-la um pouco, se necessário. Para isso, resolvi me entender primeiro com os especialistas, Weinrowski e Isenbeck. Weinrowski, quando o abordei, compreendeu rapidamente minhas intenções e me prometeu apoio; quanto a Isenbeck, faria o que dissessem para fazer. Mas faltavam-nos ainda dados concretos. Weinrowski achava que o IKL já realizara pesquisas sobre o assunto; despachei Isenbeck para Oranienburg com uma ordem de missão; triunfante, ele me trouxe uma pilha de dossiês: no fim dos anos 30, o departamento médico do IKL realizara efetivamente uma série de experimentos no KL Buchenwald sobre a alimentação de detentos submetidos a trabalhos forçados; com a motivação exclusiva de punição ou ameaça de punição, um grande número de fórmulas havia sido testado, mudando-se frequentemente as rações e pesando-se regularmente os indivíduos; daí deduziu-se toda uma série de números. Enquanto Isenbeck dissecava esses relatórios, eu discutia com Weinrowski o que chamávamos de "fatores secundários", como a higiene, o frio, a doença, os espancamentos. Solicitei ao SD que me enviasse uma cópia do meu relatório de Stalingrado, que tratava justamente daquele tema; ao percorrê-lo, Weinrowski exclamou: "Ah, mas o senhor cita Hohenegg!" A essas palavras, a lembrança desse homem, embutida em mim como uma bolha de vidro, soltou-se do fundo e subiu, ganhando velocidade a cada segundo antes de vir explodir na superfície: é curioso, disse comigo, fazia tempo que não pensava nele. "Conhece-o?", perguntei a Weinrowski, tomado por intensa agitação. — "Claro! É um dos meus colegas da Faculdade de Medicina de Viena." — "Então ainda está vivo?" — "Sim, provavelmente, por que não?"

Pus-me imediatamente à sua procura: estava vivo de fato, e não tive dificuldade alguma para encontrá-lo; também estava trabalhando em Berlim, no Departamento Médico da Bendlerstrasse. Feliz, liguei para ele sem dizer meu nome; sua voz gorda e musical parecia um pouco amuada ao responder: "Sim?" — "Professor Hohenegg?" — "Ele mesmo. Qual é o assunto?" — "Estou lhe telefonando da SS. É a respeito de uma velha dívida." Sua voz assumiu um tom ainda mais aborrecido. "De que se trata? Quem é o senhor?" — "Trata-se de uma garrafa de conhaque que me prometeu nove meses atrás." Hohenegg soltou uma longa gargalhada: "Infelizmente, infelizmente, tenho que lhe confessar uma coisa: julgando-o morto, bebi à sua saúde." — "Homem de pouca fé." — "Então está vivo." — "E promovido: Sturmbannführer." — "Bravo! Pois bem, só me resta desencavar outra garrafa." — "Dou-lhe vinte e quatro horas: vamos bebê-la amanhã à noite. Em troca, ofereço-lhe o jantar. No Borchardt, às oito horas, está bom para o senhor?" Hohenegg emitiu um longo assobio: "Deve ter recebido um aumento também. Mas permita-me observar que ainda não entramos totalmente na temporada das ostras." — "Isso não é grave; comeremos patê de javali. Até amanhã."

Hohenegg, assim que me viu, quis a todo custo apalpar minhas cicatrizes; deixei-o fazer graciosamente sob o olhar espantado do maître que viera nos sugerir a carta de vinhos. "Belo trabalho", dizia Hohenegg, "belo trabalho. Se tivesse isso antes de Kislovodsk, eu o teria citado no meu seminário. Enfim, fiz bem em insistir." — "Que quer dizer?" — "O cirurgião, em Gumrak, tinha desistido de operá-lo, o que é compreensível. Puxara um pano sobre o seu rosto e sugerira aos enfermeiros, como então se fazia, que o instalassem na neve, para terminar mais rápido. Eu estava passando, observei aquele pano se mexendo na altura da boca, e claro que achei aquilo curioso, um morto respirando como um boi sob a mortalha. Levantei o pano: imagine minha surpresa. Então disse comigo que o mínimo a fazer seria exigir que alguém cuidasse do senhor. O cirurgião não queria, discutimos um pouco, mas eu era seu superior hierárquico e ele teve de se curvar. Não parava de dizer que era uma perda de tempo. Eu estava um pouco apressado, deixei-o agir, imagino que se contentou com uma hemostasia. Mas fico feliz que isso tenha servido para alguma coisa." Eu estava imóvel, como pregado em suas palavras; ao mesmo tempo sentia-me incomensuravelmente longe de tudo aquilo, como se aquilo dissesse respeito a outro homem, que eu mal teria conhecido. O maître trazia o vinho. Hohenegg o interrompeu antes que o servisse: "Um instante, por favor. Poderia nos trazer dois copos de conhaque?" — "Pois não, Herr Oberst." Com um sorriso, Hohenegg puxou uma garrafa de Hennesy de sua pasta e pousou-a sobre a mesa: "Pronto. Promessa é dívida." O maître voltou então com os copos, abriu a garrafa e serviu uma dose para cada um de nós. Hohenegg assumira de repente um ar grave e observei que envelhecera sensivelmente em relação à minha lembrança: sua pele, amarela e flácida, pendia sob seus olhos e sobre suas faces abauladas; todo seu corpo, ainda gordo, parecia como encurtado sobre sua estrutura. "Proponho", ele disse, "que bebamos a todos os nossos companheiros de infortúnio que não tiveram a mesma sorte que nós. E sobretudo aos que ainda vivem, em algum lugar." Bebemos e voltamos a nos sentar. Hohenegg ainda permaneceu em silêncio durante alguns instantes, brincando com sua faca, depois recuperou a simpatia. Contei-lhe como eu me safara, o que Thomas me relatara pelo menos, e pedi que me contasse sua história. "Comigo, foi mais simples. Eu tinha terminado meu trabalho, entregado o relatório ao general Renoldi, que já preparava suas malas para a Sibéria e se lixava completamente para o resto, e percebi que me haviam esquecido. Felizmente eu conhecia um homem que devia favores ao AOK; graças a ele, pude enviar um sinal para o OKHG com uma cópia para minha faculdade, dizendo simplesmente que estava pronto para despachar meu relatório. Então eles se lembraram de mim e no dia seguinte recebi ordens para abandonar o *Kessel*. Aliás, foi esperando um avião em Gumrak que topei com o senhor. Eu bem queria tê-lo trazido comigo, mas naquele estado o senhor estava intransportável, e de toda forma eu não podia esperar sua operação, os voos escasseavam. Acho inclusive que peguei um dos últimos a sair de Gumrak. O avião logo antes do meu espatifou-se na minha frente; eu ainda estava zonzo com o barulho da explosão quando cheguei a Novorossisk. Decolamos diretamente através da fumaça e das labaredas que subiam da fuselagem, era muito impressionante. Então obtive uma licença, e, em vez de me encaixarem no novo 6º Exército, eles me deram um posto no OKW. E por onde anda o senhor?" Enquanto comíamos, descrevi-lhe os problemas do meu grupo de trabalho. "Realmente", comentou, "isso me parece delicado. Conheço bem Weinrowski, é um homem honesto e um cientista íntegro; mas não tem nenhum senso político e comete erros frequentes." Divaguei: "Não poderia encontrá-lo na minha companhia? Para nos dar uma orientação." — "Meu caro Sturmbannführer, lembro que sou um oficial da Wehrmacht. Duvido que seus superiores — e os meus — apreciem meu envolvimento nessa história sinistra." — "Oficialmente, não, é claro. Uma simples conversa privada, com seu velho amigo da faculdade?" — "Nunca disse que era meu amigo." Hohenegg passou a mão pensativamente no dorso de sua calva; seu pescoço cheio de dobras transbordava do colarinho abotoado. "Claro, como anatomopatologista, fico sempre feliz em poder ajudar o gênero humano; afinal, nunca me faltam clientes. Se quiser, podemos terminar essa garrafa de conhaque a três."

Weinrowski nos convidou para irmos até a sua casa. Morava com a mulher num apartamento de três cômodos, em Kreuzberg. Sobre o piano, mostrou-nos duas fotos de rapazes, uma delas com uma moldura preta e uma fita: seu primogênito, Egon, morto na Dinamarca; o caçula, por sua vez, servia na França e estivera tranquilo até então, mas sua divisão acabava de ser enviada urgentemente para a Itália a fim de reforçar o novo front. Enquanto Frau Weinrowski servia-nos chá e bolos, comentávamos a situação italiana: como quase todos esperavam, Badoglio procurava apenas uma oportunidade para mudar de lado, e, assim que os anglo-americanos pisaram em solo italiano, a agarrara. "Felizmente, felizmente, o Führer foi mais esperto que ele!", exclamou Weinrowski. — "Como pode dizer isso", resmungou tristemente Frau Weinrowski oferecendo-nos açúcar, "é o seu Karl que está lá, não o Führer." Era uma mulher um tanto pesada, com os traços inchados e cansados; mas o desenho de sua boca e sobretudo a luz dos olhos deixavam entrever uma beleza passada. "Oh, cale-se", resmungou Weinrowski, "o Führer sabe o que faz. Veja esse Skorzeny! Se não fosse um golpe de mestre..." O ataque aéreo sobre Gran Sasso, para libertar Mussolini, era primeira página do jornal de Goebbels havia dias. Desde então, nossas forças haviam ocupado a Itália do Norte, aprisionado 650 000 soldados italianos e instalado uma república fascista em Salo; e tudo isso era apresentado como uma vitória considerável, uma antecipação brilhante do Führer. Mas a retomada dos ataques aéreos sobre Berlim também era consequência direta disso, o novo front drenava nossas divisões e em agosto os americanos conseguiram bombardear Ploesti, nossa última fonte de petróleo. A Alemanha estava efetivamente no fogo cruzado.

Hohenegg sacou seu conhaque e Weinrowski foi pegar os copos; sua mulher desaparecera na cozinha. O apartamento estava na penumbra, com aquele cheiro almiscarado e embolorado de apartamentos de velhos. Eu sempre me perguntara de onde vinha aquele cheiro. Será que eu também cheiraria daquele jeito se porventura vivesse muito tempo? Ideia curiosa. Hoje, em todo caso, não sinto nada; mas dizem que nunca sentimos nosso próprio cheiro. Quando Weinrowski voltou, Hohenegg serviu três doses e bebemos à memória do filho morto. Weinrowski parecia um pouco emocionado. Então peguei os documentos que havia preparado e os mostrei a Hohenegg, após ter pedido a Weinrowski uma luz mais forte. Weinrowski sentara-se ao lado de seu ex-colega e comentava documentos e tabelas à medida que Hohenegg os examinava; inconscientemente, haviam adotado um dialeto vienense que eu tinha certa dificuldade para acompanhar. Afundei ainda mais na poltrona e bebi o conhaque de Hohenegg. Na verdade, ambos agiam curiosamente: como Hohenegg me explicara, Weinrowski era mais antigo que ele na faculdade; porém, na condição de Oberst, sua patente era superior à de Weinrowski, que na SS era Sturmbannführer da reserva, correspondente a um Major. Pareciam não saber qual dos dois devia primazia ao outro e, por conseguinte, haviam adotado uma atitude peculiar, cheia de "Pois não", "Não, não, claro, o senhor tem razão", "Sua experiência...", "Sua prática...", o que era engraçadíssimo. Hohenegg ergueu a cabeça e me fitou: "Se bem compreendo, segundo o senhor, os detentos não recebem sequer as rações completas aqui descritas?" — "Afora alguns privilegiados, não. Perdem no mínimo 20% delas." Hohenegg mergulhou novamente em sua conversa com Weinrowski. "Isso é ruim." — "Com certeza. Isso lhes dá entre 1300 e 1700 quilocalorias por dia." — "Continua sendo mais que nossos homens em Stalingrado." Fitou-me novamente: "Afinal de contas, que pretende?" — "O ideal seria uma ração mínima normal." Hohenegg deu um tapinha nos papéis: "Sim, mas, se entendi bem, isso é impossível. Falta de recursos." — "Até certo ponto, sim. Mas poderíamos sugerir melhorias." Hohenegg refletia: "Na verdade, seu verdadeiro problema é a argumentação. O detento que deveria receber 1700 calorias recebe apenas 1300; para que receba efetivamente 1700..." — "O que não deixa de ser insuficiente", interpolou Weinrowski — "... seria preciso que a ração fosse de 2100. Porém, se pedir 2100, tem que justificar 2100. Não pode dizer que está pedindo 2100 para receber 1700." — "Doutor, como sempre, é um prazer conversar com o senhor", eu disse sorrindo. "O senhor nunca deixa de ir direto à raiz do problema." Hohenegg prosseguia sem se deixar interromper: "Espere. Para pedir 2100, o senhor deveria demonstrar que 1700 não bastam, o que não pode fazer, pois eles não recebem efetivamente 1700. E, claro, não pode recorrer ao fator desvio em sua argumentação." — "Não é bem assim. A direção sabe que o problema existe, mas não temos que nos intrometer. Há outras instâncias para isso." — "Percebo." — "Na verdade, a solução seria obter um aumento do orçamento global. Mas aqueles que administram esse orçamento estimam que ele *deveria* bastar, e é difícil provar o contrário. Mesmo se demonstrarmos que os detentos continuam a morrer muito rapidamente, receberemos como resposta que não é jogando dinheiro no problema que se vai resolvê-lo." — "O que não está forçosamente errado." Hohenegg coçava a cabeça; Weinrowski se calara e escutava. "Será que não poderíamos alterar as proporções?", perguntou finalmente Hohenegg. — "Como assim?" — "Ora, sem aumentar o orçamento global, beneficiar um pouco mais os detentos que trabalham e um pouco menos os que não trabalham." — "A rigor, caro doutor, não existem detentos que não trabalham. Apenas os doentes: mas se os alimentarmos ainda menos que o fazemos, eles não terão chance alguma de se recuperar e voltar a ficar aptos. Nesse caso, seria o mesmo que simplesmente não alimentá-los; mas então a mortalidade subirá de novo." — "Sim, mas o que quero dizer é... as mulheres e crianças, vocês guardam elas em algum lugar? Então elas têm quer ser bem alimentadas também?" Olhei para os dois sem responder. Weinrowski também permanecia mudo. Acabei por dizer: "Não, doutor. Não conservamos mulheres, velhos e crianças." Hohenegg arregalou os olhos e olhou para mim sem responder como se quisesse que eu confirmasse que efetivamente dissera o que dissera. Afinal, entendeu. Deu um longo suspiro e coçou a nuca: "Pois então..." Weinrowski e eu continuávamos em silêncio. "Ah, claro... claro. Ah, isso é radical." Respirou profundamente: "Bem. Estou percebendo. Imagino que no fim das contas, sobretudo depois de Stalingrado, não tenhamos muita escolha." — "Não, doutor, realmente." — "Assim mesmo, é impressionante. Todos?" — "Todos que não podem trabalhar." — "Pois então..." Recobrava-se: "No fundo, é normal. Não há razão para tratarmos nossos inimigos melhor que nossos próprios soldados. Depois do que vi em Stalingrado... Até mesmo essas rações são um luxo. Nossos homens resistiam com muito menos. E quanto aos que sobreviveram, o que lhes damos para comer agora? Nossos companheiros, na Sibéria, que recebem eles? Não, não, o senhor tem razão." Fitou-me com um ar pensativo: "Não deixa de ser uma *Schweinerei*, uma verdadeira sacanagem. Mas ainda assim o senhor tem razão."

Eu também tinha razão em lhe pedir sua opinião: Hohenegg compreendera prontamente o que Weinrowski não conseguia enxergar, que se tratava de um problema político, e não técnico. O aspecto técnico devia servir para justificar uma escolha política, mas não podia ditá-la. Nosso debate não chegou a uma conclusão naquele dia; mas me fez refletir e, no fim, encontrei a solução. Como Weinrowski parecia incapaz de acompanhá-la, pedi que se dedicasse a outro relatório, e recorri a Isenbeck para o apoio técnico necessário. Eu subestimara aquele moço: muito inteligente, mostrou-se plenamente capaz de compreender meu pensamento, até mesmo de antecipá-lo. Em uma noite de trabalho, sozinhos em nosso grande gabinete no Ministério do Interior, bebendo café trazido por um ordenança sonolento, traçamos juntos as grandes linhas do projeto. Parti do conceito de Rizzi que fazia uma distinção entre operários qualificados e operários não qualificados; todas as rações seriam aumentadas, mas as dos operários não qualificados apenas um pouco, ao passo que os operários qualificados poderiam receber toda uma nova série de vantagens. O plano não se detinha nas diferentes categorias de detentos, mas permitia, se o RSHA insistisse, destinar as categorias que queríamos desfavorecer, como os judeus, unicamente a trabalhos não qualificados: de toda forma, as opções permaneciam em aberto. A partir dessa distinção central, Isenbeck me ajudou a inferir outras: trabalho pesado, trabalho leve, hospitalização; no fim, formamos uma grade na qual bastava indexar as rações. Em vez de nos debatermos com rações fixas, que de toda forma não seriam respeitadas em virtude das restrições e das dificuldades de abastecimento, pedi a Isenbeck que calculasse — partindo, em todo caso, de cardápios-padrão — um pacote orçamentário diário correspondente a cada categoria, depois, em anexo, que sugerisse variações de cardápios que correspondessem a esses orçamentos. Isenbeck insistia para que essas sugestões incluíssem também opções qualitativas, como distribuir cebolas cruas em vez de cozidas, em razão das vitaminas; deixei-o fazer. Examinado de perto, o projeto nada tinha de revolucionário: reproduzia práticas em vigor e as modificava ligeiramente para tentar arrancar um aumento expressivo; a fim de justificá-lo, fui procurar Rizzi, expus-lhe o conceito e lhe pedi para redigir uma argumentação econômica em termos de rendimento; ele aceitou prontamente, visto que eu lhe atribuía generosamente a paternidade das ideias-chave. Para mim mesmo, eu reservava a redação do projeto, assim que tivesse em mãos todos os elementos técnicos.

O importante, eu percebia muito bem, era que o RSHA não tivesse muitas objeções; se o projeto fosse aceitável para eles, o Departamento D IV do WVHA não poderia se opor. Telefonei então para Eichmann a fim de sondá-lo: "Ah, meu caro Sturmbannführer Aue! Me encontrar? É que estou muito atarefado neste momento. Sim, a Itália, e outra coisa também. À noite então? Para um trago. Há um pequeno café não muito longe do meu escritório, na esquina da Potsdamerstrasse. É, ao lado da entrada do U-Bahn. Até à noite então." Quando ele chegou, desabou num banco com um suspiro e lançou o quepe na mesa, esfregando a base do nariz. Eu já pedira dois *schnaps* e lhe ofereci um cigarro que ele pegara com prazer, jogando-se para trás no banco com as pernas cruzadas, um braço por cima do dossiê. Entre duas tragadas mordiscava o lábio inferior; sua testa alta e lisa refletia as luminárias do café. "É a Itália?", perguntei. — "O problema não é tanto a Itália — bom, ali, claro, encontraremos oito ou dez mil —, é sobretudo as zonas que eles ocupavam e que, devido à sua política imbecil, tornaram-se paraísos para os judeus. Tem judeu em tudo que é canto! No sul da França, na costa dálmata, em suas zonas na Grécia. Enviei imediatamente equipes um pouco em todas as direções, mas vai ser um trabalhão; com os problemas de transporte, além do mais, não faremos isso em um dia. Em Nice, com o efeito surpresa, conseguimos prender alguns milhares; mas a polícia francesa vem se tornando cada vez menos cooperativa, e isso complica as coisas. Precisamos urgentemente de recursos. Além do mais, a Dinamarca nos preocupa muito." — "A Dinamarca?" — "Sim. Era para ser muito simples e se tornou um verdadeiro pesadelo. Günther está furioso. Já lhe disse que ele foi enviado para lá?" — "Sim. Que aconteceu?" — "Não sei ao certo. De acordo com Günther, é esse Dr. Best, o embaixador, que joga um jogo estranho. Conhece-o, não?" Eichmann esvaziou seu *schnaps* de um trago e pediu outro. "Era meu superior", respondi. "Antes da guerra." — "Pois bem, não sei o que ele tem na cabeça agora. Durante meses a fio, fez tudo para nos frear sob o pretexto de que aquilo..." — fez um gesto de alto a baixo, repetido — "chocava-se com sua política de cooperação. Ora, em agosto, depois dos motins, quando impuseram o estado de urgência, nós dissemos, tudo bem, vá lá. No local, há um novo BdS, é o Dr. Mildner, mas ele já está sobrecarregado; além do mais, a Wehrmacht recusou-se de cara a cooperar, foi por isso que despachei Günther, para ativar as coisas. Então preparamos tudo, um navio para os quatro mil que estão em Copenhague, trens para os demais, e agora Best não pára de criar dificuldades. Tem sempre uma objeção: os dinamarqueses, a Wehrmacht *e tutti quanti*. Além de tudo, isso devia permanecer em sigilo para que os surpreendêssemos e pudéssemos juntar todos de uma vez, mas Günther disse que eles já estão sabendo. Isso não cheira nada bem." — "E em que pé está a situação?" — "Está previsto para daqui a uns dias. Vamos fazer de uma só vez, em todo caso não são muito numerosos. Quanto a mim, chamei Günther e lhe disse: Günther, meu amigo, se for assim, diga a Mildner para adiantar a data, mas Best se opôs. Muito suscetível, ainda tinha que discutir com os dinamarqueses. Günther acha que ele fez de propósito, para dar merda." — "No entanto, conheço bem o Dr. Best: é tudo menos amigo dos judeus. É difícil encontrar um nacional-socialista melhor que ele." Eichmann fez uma careta: "Pode ser. O senhor sabe, a política muda as pessoas. Enfim, veremos. Quanto a mim, estou coberto, preparamos tudo, previmos tudo, se a coisa der com os burros n'água não será sobre mim que isso vai cair, posso garantir. E seu projeto, então, está andando?"

Pedi outra rodada: já tivera a oportunidade de observar que a bebida tinha uma tendência a relaxar Eichmann, a despertar seu lado sentimental e amistoso. Eu não estava tentando enganá-lo, longe disso, mas queria que ele confiasse em mim e visse que minhas ideias não eram incompatíveis com sua visão das coisas. Expus-lhe as linhas gerais do projeto; como eu previra, ele mal escutou. Apenas uma coisa o interessava: "Como conciliar tudo com o princípio do *Vernichtung durch Arbeit*?" — "É muito simples: as melhorias dizem respeito somente aos trabalhadores qualificados. Basta garantir que os judeus e os associais sejam destinados a tarefas pesadas, mas não qualificadas." Eichmann coçou a bochecha. Naturalmente eu sabia que, na realidade, as decisões acerca da distribuição dos trabalhadores individuais eram tomadas pelo Arbeitseinsatz no âmbito de cada campo; porém, se quisessem conservar judeus qualificados, seria problema deles. Após um minuto de reflexão, ele deixou escapar: "Bom, está ótimo", e pôs-se a falar do sul da França. Eu o escutava, bebendo e fumando. Passado um tempo, num momento oportuno, disse educadamente: "Voltando ao meu projeto, Herr Obersturmbannführer, ele está quase pronto e gostaria de encaminhá-lo ao senhor para que o estudasse." Eichmann varreu o ar com a mão: "Se faz questão. Já recebo tanto papel." — "Não quero incomodá-lo. É simplesmente para ter certeza de que não tem objeções." — "Se é como diz..." — "Ouça, se tiver tempo dê uma olhada e depois faça uma cartinha para mim. Dessa maneira poderei mostrar que levei em conta sua opinião." Eichmann deu um sorrisinho irônico e agitou um dedo na minha direção: "Ah, o senhor é esperto, Sturmbannführer Aue. Também quer uma cobertura." Mantive a fisionomia impassível: "O Reichsführer exige que as opiniões de todos os departamentos envolvidos sejam levadas em conta. O Obergruppenführer Kaltenbrunner sugeriu-me que, para o RSHA, devia me dirigir ao senhor. Acho isso normal." Eichmann franziu o cenho: "Naturalmente, não sou eu quem decide: eu deveria submeter isso ao meu Amtchef. Mas se eu der uma recomendação positiva, não há razão para que ele se recuse a assinar. Em princípio, claro." Ergui meu copo: "Ao sucesso do seu Einsatz dinamarquês, então?" Ele sorriu; quando sorria assim, suas orelhas pareciam ainda mais de abano e ele se assemelhava mais que nunca a um pássaro; ao mesmo tempo, um tique nervoso deformava seu sorriso, tornando-o quase um esgar. "Sim, obrigado, ao Einsatz. Ao seu projeto também."

Redigi o texto em dois dias; Isenbeck preparara meticulosamente vistosas tabelas detalhadas para os anexos, e reproduzi os argumentos de Rizzi sem interferir muito. Ainda não tinha terminado tudo, quando Brandt me convocou. O Reichsführer ia até o Warthegau para pronunciar importantes discursos; em 6 de outubro, realizava-se uma reunião entre Reichsleiter e Gauleiter, à qual o Dr. Mandelbrod estaria presente; e este último solicitara que eu fosse convidado. Em que pé estava o meu projeto? Garanti que estava praticamente no fim. Tinha simplesmente, antes de enviá-lo articuladamente aos escritórios envolvidos, de apresentá-lo aos meus colegas. Já o discutira com Weinrowski, apresentando-lhe as escalas de Isenbeck como uma simples elaboração técnica de suas ideias: ele parecia achar tudo ótimo. A reunião geral se deu sem choques; deixei principalmente Rizzi falar e me contentei em destacar que eu tinha a anuência oral do RSHA. Gorter parecia contente, perguntando-se apenas se tínhamos ido suficientemente longe; Alicke demonstrava tédio com as conversas econômicas de Rizzi; Jedermann resmungou que de toda forma aquilo ia custar caro, e de onde tirar o dinheiro? Mas logo se tranquilizou quando lhe assegurei que, se fosse aprovado, o projeto seria financiado graças a créditos suplementares. Pedi a cada um uma resposta escrita de seu Amtchef para o dia 10, esperando estar de volta a Berlim até lá; encaminhei também uma cópia para Eichmann. Brandt aventara a possibilidade de eu apresentar o projeto ao Reichsführer em pessoa, depois que os departamentos tivessem dado sua aprovação.

No dia da partida, no fim da tarde, fui até o Prinz-Albrecht-Palais. Brandt me convidara para assistir a um discurso de Speer antes do meu encontro com o Dr. Mandelbrod no trem especial reservado para os manda-chuvas. No saguão da entrada, fui recebido por Ohlendorf, que eu não via desde que se fora da Crimeia. "Doktor Aue! É uma alegria revê-lo. Ouvi dizer que está em Berlim há meses. Por que não me telefonou? Teria sido um prazer encontrá-lo." — "Desculpe, Herr Brigadeführer. Estive terrivelmente ocupado. O senhor também, imagino." Ele parecia irradiar intensidade, matéria escura, concentrada. "Brandt o enviou para o nosso congresso, é isso? Se entendi bem, o senhor é o responsável pelas questões de produtividade." — "Sim, mas exclusivamente no que se refere aos detentos dos campos de concentração." — "Entendo. Esta noite vamos propor um novo acordo de cooperação entre o SD e o Ministério do Armamento. Mas o tema é bem mais amplo; vai cobrir o tratamento dos trabalhadores estrangeiros, entre outras coisas." — "Está agora no Ministério da Economia, Herr Brigadeführer?" — "Sim. Meus quepes se multiplicam. Pena que o senhor não seja economista: com esses acordos, todo um novo domínio se abrirá para o SD, espero. Vamos, suba, vai começar daqui a pouco."

O congresso realizava-se em um dos salões de lambris do palácio, onde a decoração nacional-socialista destoava um pouco das madeiras e candelabros dourados do século XVIII. Mais de uma centena de oficiais do SD estavam presentes, entre eles vários de meus ex-colegas ou superiores: Siebert, com quem eu servira na Crimeia, o Regierungsrat Neifend, que trabalhava no Amt II mas passara a Gruppenleiter no Amt III, e outros mais. Ohlendorf ocupava um lugar perto da tribuna, ao lado de um homem em uniforme de SS-Obergruppenführer, com uma testa grande e lisa e traços firmes e decididos: Karl Hanke, Gauleiter da Baixa Silésia, que representava o Reichsführer naquela cerimônia. O Reichsminister Speer chegou um pouco atrasado. Pareceu-me espantosamente jovem, a despeito da calva nascente, alto, forte; usava um terno completo simples, tendo como insígnia apenas o Emblema de Ouro do Partido. Acompanhavam-no alguns civis, os quais se sentaram em cadeiras alinhadas atrás de Ohlendorf e Hanke, enquanto ele subia à tribuna e começava seu discurso. No início falava com uma voz quase sedosa, precisa, envernizada, sem tentar disfarçar uma autoridade que ele parecia extrair antes de si mesmo que de sua posição. Seus olhos escuros e vivos permaneciam fixados na plateia e só desgrudavam dos nossos rostos, de quando em quando, para consultar suas anotações; quando baixavam, quase desapareciam sob suas sobrancelhas grossas e rebeldes. As anotações serviam apenas para orientar seu discurso, quase não as consultava, parecendo puxar todos os números, que destrinchava à medida de suas necessidades, diretamente da cabeça, como se estivessem ali permanentemente à sua disposição. Suas palavras eram de uma franqueza brutal e, a meu ver, bem simples: se tudo não fosse rapidamente preparado para uma produção militar total, a guerra estava perdida. Não se tratava de advertências à moda de Cassandra; Speer comparava nossa produção de momento com as estimativas de que dispúnhamos da produção soviética e, sobretudo, americana; naquele ritmo, demonstrava, não resistiríamos sequer um ano. Ora, nossos recursos industriais estavam longe de ser plenamente explorados; e um dos principais entraves, afora os problemas de mão de obra, era o obstrucionismo, em nível regional, decorrente de interesses particulares: esta era a principal razão de ele recorrer ao SD, e este era um dos principais itens dos acordos que ia firmar com a SS. Acabava de assinar uma convenção importante com o ministro da Economia francês, Bichellone, visando transferir a maior parte da nossa produção de bens de consumo para a França. Isso decerto daria uma vantagem comercial à França do pós-guerra, mas não tínhamos escolha: se quiséssemos a vitória, o sacrifício cabia a nós. Essa medida permitiria alocar um milhão e meio de trabalhadores suplementares no armamento. Mas era previsível a oposição de numerosos Gauleiter ao inevitável fechamento de certas empresas: este era um terreno prioritário em que o SD poderia interferir. Após esse discurso, Ohlendorf levantou-se, agradeceu-lhe e apresentou rapidamente o teor do acordo: o SD estaria autorizado a examinar as condições de recrutamento e tratamento dos trabalhadores estrangeiros; da mesma forma, qualquer recusa por parte dos *Gaue* de seguir as instruções do ministro seria objeto de um inquérito SD. O acordo foi cerimoniosamente assinado, em uma mesa disposta para esse fim, por Hanke, Ohlendorf e Speer; em seguida todos trocaram uma saudação alemã, Speer apertou suas mãos e foi embora. Consultei meu relógio: eu tinha menos de quarenta e cinco minutos, mas já estava com a bolsa de viagem. Na confusão, insinuei-me junto a Ohlendorf, que falava com Hanke: "Herr Brigadeführer, com licença; estou embarcando no mesmo trem que o Reichsminister, tenho que ir." Ohlendorf, um pouco espantado, ergueu a sobrancelha: "Telefone quando voltar", ele me disse.

O trem especial partia não de uma das estações principais, mas da estação S-Bahn da Friedrichstrasse. A plataforma, delimitada por um anel das forças da Polícia e da Waffen-SS, pululava de altos funcionários e Gauleiter, em uniformes SA ou SS, saudando-se ruidosamente. Enquanto um Leutnant da Schupo verificava sua lista e minhas ordens, passei os olhos pela multidão: não avistava o Dr. Mandelbrod, com quem devia me encontrar ali. Pedi ao Leutnant que me indicasse seu compartimento; ele consultou a lista: "Herr Doktor Mandelbrod, Mandelbrod... Aqui está, é o carro especial, no fim do trem." Esse vagão tinha um aspecto particular: em vez de uma portinhola comum, tinha, ocupando cerca de um terço de seu comprimento, uma porta dupla, como em um furgão utilitário; cortinas de aço fechavam todas as janelas. Uma das amazonas de Mandelbrod mantinha-se junto à porta, em uniforme SS com insígnias de Obersturmführer; vestia não a saia regulamentar, mas culotes de montaria masculino, e era pelo menos alguns centímetros mais alta que eu. Indaguei-me onde Mandelbrod conseguia recrutar todas aquelas auxiliares: devia ter uma combinação especial com o Reichsführer. A mulher me saudou: "Herr Sturmbannführer, o Dr. Mandelbrod está à sua espera." Parecia ter me reconhecido; entretanto, eu não a reconhecia; verdade que todas se assemelhavam um pouco. Pegou minha bolsa e me introduziu numa antessala atapetada, de onde partia um corredor à esquerda. "Sua cabine é a segunda à direita", apontou. "Vou colocar suas coisas lá. O Dr. Mandelbrod é por aqui." Uma porta dupla corrediça, do outro lado do corredor, abria-se automaticamente. Entrei. Mandelbrod, impregnado do seu horrível cheiro habitual, estava instalado em sua enorme poltrona-plataforma, que a disposição das portas permitia subir; perto dele, numa poltroninha rococó, as pernas cruzadas displicentemente, estava o ministro Speer. "Ah, Max, é você!", exclamou Mandelbrod com sua voz musical. "Venha, venha." Um gato escorreu por entre minhas botas no momento em que fiz menção de avançar e quase tropecei; recompus-me e saudei Speer, depois Mandelbrod. Este voltou a cabeça para o ministro: "Meu caro Speer, apresento-lhe um dos meus jovens protegidos, o Dr. Aue." Speer me examinou sob suas grossas sobrancelhas e se desprendeu de sua cadeira; para minha surpresa, adiantou-se para apertar minha mão: "Muito prazer, Sturmbannführer." — "O Dr. Aue trabalha para o Reichsführer", esclareceu Mandelbrod. "Está tentando melhorar a produtividade dos nossos campos de concentração." — "Ah", disse Speer, "isso é ótimo. Vai conseguir?" — "Estou às voltas com essa questão apenas há alguns meses, Herr Reichsminister, e meu papel é secundário. Mas no conjunto já há muitas iniciativas tomadas. Creio que pôde constatar os resultados." — "Sim, claro. Discuti esse assunto recentemente com o Reichsführer. Ele concordou comigo que poderia ser ainda melhor." — "Sem dúvida alguma, Herr Reichsminister. Estamos trabalhando com afinco." Fez uma pausa; Speer visivelmente procurava alguma coisa para dizer. Seus olhos recaíram nas minhas medalhas: "Esteve no front, Sturmbannführer?" — "Sim, Herr Reichsminister. Em Stalingrado." Seu olhar entristeceu, baixou os olhos; um frêmito percorreu seu maxilar. Então me fitou novamente com seus olhos precisos e penetrantes, cingidos, eu observava pela primeira vez, por pesadas sombras de cansaço. "Meu irmão Ernst desapareceu em Stalingrado", disse com uma voz calma, ligeiramente tensa. Inclinei a cabeça: "Sinto muito, Herr Reichsminister. Meus pêsames sinceros. Sabe em que circunstâncias ele caiu?" — "Não sei nem se morreu." Sua voz parecia distante, como solitária. "Nossos pais receberam cartas, ele estava doente, em um dos hospitais. As condições eram... terríveis. Em sua antepenúltima carta, ele dizia que não aguentava mais e que estava voltando para se reunir aos companheiros no posto de artilharia. Mas estava praticamente inválido." — "O Dr. Aue foi gravemente ferido em Stalingrado", interveio Mandelbrod. "Mas teve sorte, conseguiu ser evacuado." — "Sim...", disse Speer. Tinha uma expressão reflexiva agora, quase perdida. "Sim... o senhor teve sorte. Quanto a ele, sua unidade inteira desapareceu durante a ofensiva russa de janeiro. Deve ter morrido. Sem dúvida alguma. Meus pais continuam inconsoláveis." Seus olhos mergulharam novamente nos meus. "Era o filho predileto do meu pai." Constrangido, murmurou outra fórmula de polidez. Atrás de Speer, Mandelbrod dizia: "Nossa raça está sofrendo, meu amigo. Precisamos garantir o futuro dela." Speer assentiu com a cabeça e consultou seu relógio: "Vamos partir. Vou para o meu compartimento." Estendeu-me de novo a mão: "Até logo, Sturmbannführer." Estalei os calcanhares e saudei-o, mas ele já apertava a mão de Mandelbrod, que o puxava para si dizendo-lhe alguma coisa que não ouvi. Speer escutou com atenção, balançou a cabeça e saiu. Mandelbrod apontou para a poltrona que ele deixara: "Sente-se, sente-se. Jantou? Está com fome?" Uma segunda porta dupla, no fundo do recinto, abriu-se silenciosamente e uma moça em uniforme SS, que podia ser confundida com a primeira mas devia ser outra, apresentou-se — a menos que a que me recebera tivesse contornado o vagão pelo lado de fora. "Quer tomar alguma coisa, Herr Sturmbannführer?", perguntou. O trem engasgara ligeiramente e deixara a estação. Cortinas escondiam as janelas, o recinto era iluminado pela luz quente e dourada de vários pequenos lustres; em uma curva, uma das cortinas entreabriu-se, percebi através do vidro a persiana metálica e calculei que o vagão fosse totalmente blindado. A moça reapareceu e depositou uma bandeja com sanduíches e cerveja sobre uma mesa dobrável que ela, habilidosamente, abriu ao meu lado com uma das mãos. Enquanto eu comia, Mandelbrod me interrogou acerca do meu trabalho; tinha apreciado muito meu relatório de agosto e aguardava com satisfação o projeto que eu estava em vias de concluir; parecia já estar a par da maioria dos detalhes. Herr Leland em particular, acrescentou, interessava-se pelas questões de rendimento individual. "Herr Leland viaja conosco, Herr Doktor?", perguntei. — "Irá juntar-se a nós em Posen", respondeu Mandelbrod. Ele já estava no Leste, na Silésia, em lugares que eu visitara e onde ambos tinham consideráveis interesses. "Achei ótimo você ter conhecido o Reichsminister Speer", disse quase distraidamente. "É um homem com quem é importante se entender. A SS e ele deveriam aproximar-se mais." Conversamos mais um pouco, terminei de comer e bebi minha cerveja; Mandelbrod acariciava um gato que se enfiara entre seus joelhos. Em seguida permitiu que eu me retirasse. Atravessei a antessala e encontrei minha cabine. Era espaçosa, com uma caminha confortável, já arrumada, uma escrivaninha e uma pia com um espelho em cima. Abri a janela: ali também uma persiana de aço a vedava, parecendo não haver meio de abri-la. Desisti de fumar e tirei a túnica e a camisa para me lavar. Mal ensaboara o rosto, com um bonito sabonetinho perfumado colocado junto à torneira — tinha inclusive água quente —, quando bateram à porta. "Um momento!" Enxuguei-me, alisei a camisa, vesti a túnica sem abotoá-la, depois abri. Uma das assistentes estava no corredor e me fitava com seus olhos claros, a sombra de um sorriso nos lábios, delicado como seu perfume, que eu sentia bem perto. "Boa noite, Herr Sturmbannführer", disse ela. "A cabine está do seu agrado?" — "Perfeitamente." Ela me olhou quase piscando. "Se desejar", continuou, "posso fazer-lhe companhia à noite." Essa oferta inesperada, pronunciada no mesmo tom de alguém que me perguntasse se eu queria comer, pegou-me, devo admitir, um pouco de surpresa: senti o rubor na minha face e, hesitante, procurei uma resposta. "Não creio que o Dr. Mandelbrod aprovasse", disse finalmente. — "Ao contrário", respondeu no mesmo tom amável e tranquilo, "seria uma satisfação para ele. O Dr. Mandelbrod está firmemente convencido de que todas as oportunidades de perpetuar nossa raça devem ser aproveitadas. Naturalmente, se eu viesse a engravidar, seu trabalho não seria em nada prejudicado: a SS dispõe de instituições previstas para esse fim." — "Sim, eu sei", falei. Eu me perguntava o que ela faria se eu aceitasse: tinha a impressão de que entraria, tiraria a roupa sem nenhum comentário e esperaria, nua, na cama, que eu terminasse minha toalete. "É uma proposta muito tentadora", acabei dizendo, "e realmente não imagina o quanto lastimo ter de recusá-la. Mas estou muito cansado e amanhã será um dia pesado. Uma outra ocasião, com um pouco de sorte." Sua expressão não acusou nenhuma mudança; talvez apenas houvesse feito menção de piscar. "Como quiser, Herr Sturmbannführer", respondeu. "Se precisar de qualquer coisa, pode tocar. Estarei ao lado. Boa noite." — "Boa noite", eu disse me esforçando para sorrir. Fechei a porta. Terminada minha toalete, apaguei a luz e me deitei. O trem corria pela noite invisível, jogando levemente ao ritmo dos solavancos. Custei a dormir.

Do discurso de uma hora e meia pronunciado pelo Reichsführer na noite de 6 de outubro diante dos Reichsleiter e Gauleiter reunidos, tenho pouco a dizer. Esse discurso é menos conhecido que o outro, quase duas vezes mais longo, lido por ele em 4 de outubro para os seus Obergruppenführer e seus HSSPF; porém, afora algumas diferenças decorrentes da natureza dos respectivos auditórios e o tom menos informal, menos sardônico, menos carregado de jargão do segundo discurso, o Reichsführer dizia essencialmente a mesma coisa. Pelo acaso da sobrevivência fortuita de arquivos e da justiça dos vencedores, esses discursos tornaram-se célebres muito além dos círculos fechados aos quais eram destinados; vocês não encontrarão uma obra sobre a SS, sobre o Reichsführer ou sobre a destruição dos judeus em que eles não sejam citados; caso seu conteúdo lhes interesse, podem consultá-lo com facilidade e em várias línguas; o discurso de 4 de outubro figura na íntegra no protocolo do grande processo de Nuremberg, sob a cota 1919--PS (foi evidentemente sob essa forma que acabei por estudá-lo detalhadamente depois da guerra, embora em linhas gerais tivesse tomado conhecimento dele em Posen mesmo); aliás, ele foi gravado, ou em disco ou em uma fita magnética com zarcão, os historiadores não estão de acordo quanto a esse ponto e não posso esclarecê-lo, não tendo sido apresentado a esse discurso, mas de toda forma a gravação subsistiu, e, se o coração lhes ordenar, podem escutá-lo e assim ouvir a voz monótona, pedante, didática e precisa do Reichsführer, um pouco mais apressada quando ironiza, inclusive com pitadas de cólera, evidentes sobretudo com o recuo, quando toca em temas sobre os quais devia sentir que não tinha controle, a corrupção generalizada, por exemplo, de que falou também no dia 6 diante dos notáveis do regime, mas na qual insistiu principalmente, soube disso na época por intermédio de Brandt, por ocasião de seu discurso aos Gruppenführer pronunciado no dia 4. Ora, se esses discursos entraram na história, não foi naturalmente por causa disso, mas sobretudo porque o Reichsführer, com uma franqueza que, ao que eu saiba, jamais igualou nem antes nem depois, com uma franqueza portanto e um estilo que podemos dizer cru, nele expunha o programa de destruição dos judeus. Até eu, quando ouvi isso em 6 de outubro, a princípio não acreditei nos meus ouvidos, a sala estava cheia, o suntuoso Salão Dourado do castelo de Posen, eu estava bem no fundo, atrás de uns cinquenta dirigentes do Partido e dos *Gaue*, sem falar em alguns industriais, dois chefes de serviço e três (ou talvez dois) ministros do Reich; e achei aquilo, considerando as regras do sigilo às quais estávamos amarrados, quase indecente, e no início aquilo me causou um mal-estar e eu com certeza não era o único, via Gauleiter suspirarem e enxugarem suas nucas ou suas testas, não era que estivessem sabendo de uma novidade, era impossível alguém, naquele salão com luzes aveludadas, ignorar, ainda que alguns provavelmente já houvessem tentado pensar a coisa até o fim, discernir toda sua extensão, pensar, por exemplo, nas mulheres e nas crianças, e foi provavelmente por isso que o Reichsführer insistiu nesse ponto, nitidamente mais, por sinal, diante do Reichsleiter e do Gauleiter que de seus Gruppenführer, que, por sua vez, não alimentavam mais nenhuma ilusão, foi provavelmente por isso que ele repetiu que sim, que matávamos efetivamente mulheres e crianças também, para não deixar transparecer nenhuma ambiguidade, e era justamente isso que era tão desconfortável, aquela ausência total, inédita, de ambiguidade, era como se ele violasse uma regra não escrita, mais forte ainda que suas próprias regras promulgadas visando seus subordinados, suas *Sprachregelungen* não obstante absolutamente rigorosas, a regra do tato talvez, daquele tato de que ele falou em seu primeiro discurso ao evocá-lo no contexto da execução de Röhm e de seus colegas SA, *uma espécie de tato natural entre nós, graças a Deus*, ele disse, *uma consequência desse tato que fez com que jamais falássemos disso entre nós*, mas talvez se tratasse ainda de outra coisa que não a questão do tato e dessas regras, e foi aí que comecei a compreender, acho, a razão profunda dessas declarações e também por que os chefões suspiravam e suavam tanto, era porque eles também, assim como eu, começavam a compreender, a compreender que não era um acaso o

Reichsführer, daquela forma e no início do quinto ano da guerra, evocar abertamente diante deles a destruição dos judeus, sem eufemismos, sem piscadelas, com palavras simples e brutais como *matar — exterminar*, ele disse, *quero dizer matar ou dar ordens para matar —*, que, *pela primeira vez, o Reichsführer lhes falasse abertamente dessa questão... para lhes dizer como são as coisas*, não, não era decerto um acaso, e se o permitia fazê-lo, então o Führer tinha conhecimento daquilo; pior, o Führer o quisera, daí a angústia deles, o Reichsführer falava obrigatoriamente ali em nome do Führer, e dizia aquilo, aquelas palavras que não deviam ser ditas, e as gravava, em disco ou fita, tanto faz, e tomava nota meticulosamente dos presentes e ausentes — dos chefes da SS, só não assistiam ao discurso de 4 de outubro Kaltenbrunner, que estava com flebite, Daluege, com um problema sério no coração e de licença por um ou dois anos, Wolff, recém-nomeado HSSPF para a Itália e plenipotenciário junto a Mussolini, e Globocnik, que acabava, eu ainda não sabia e só vim a saber depois de Posen, de ser transferido de seu pequeno reino de Lublin para sua cidade natal, Trieste, como SSPF para a Ístria e a Dalmácia, sob as ordens justamente de Wolff, acompanhado aliás, mas isso eu soube ainda mais tarde, de quase toda a equipe do Einsatz Reinhard, inclusive T-4, liquidava-se tudo, Auschwitz seria o suficiente agora, e a bela costa adriática daria um ótimo vazadouro para todas as pessoas sem serventia para nós, até Blobel viria se juntar a eles um pouco mais tarde, quem sabe fossem mortos pelos guerrilheiros de Tito, isso nos pouparia parte do trabalho; e, quanto às personalidades do Partido, também foram notadas algumas ausências, mas nunca vi a lista — tudo isso, portanto, o Reichsführer o fazia deliberadamente, sob instruções, e isso só podia ter uma razão: fazer com que mais tarde nenhum deles pudesse dizer que não sabia, pudesse tentar fingir, em caso de derrota, que era inocente do pior, pudesse jamais sonhar em tirar o corpo fora; era para amaciá-los, e eles percebiam isso muito bem, daí sua angústia. A Conferência de Moscou, em cujo desfecho os Aliados juraram perseguir os "criminosos de guerra" *até o rincão mais remoto do planeta*, ainda não acontecera, seria dali a algumas semanas, antes do fim do mês de outubro de 1943, mas a BBC já difundia, desde o verão sobretudo, uma propaganda maciça com esse tema, dando nomes, aliás com certa precisão, pois às vezes citava oficiais e até suboficiais de KL específicos, estava muito bem informada, a Staatspolizei por sinal se indagava como, e isso, é absolutamente exato observar, provocava um certo nervosismo nos envolvidos, ainda mais que as notícias do front não eram boas, para preservar a Itália fôramos obrigados a desguarnecer a frente do Leste e havia poucas chances de que conseguíssemos permanecer no Donets, já perdêramos Briansk, Smolensk, Poltava e Krementchug, a Crimeia estava ameaçada, em suma, qualquer um podia ver que a coisa ia mal, e certamente vários deviam ser os que se perguntavam sobre o futuro, o da Alemanha de um modo geral, naturalmente, mas o deles em particular também, daí uma certa eficácia dessa propaganda inglesa, que não apenas desmoralizava alguns, citados, mas também outros, ainda não citados, encorajando-os a pensar que o fim do Reich não significaria automaticamente seu próprio fim, tornando, por conseguinte, o espectro da derrota um pouquinho menos inconcebível, daí, portanto, isso é plausível, em todo caso no que se referia aos quadros do Partido, da SS e da Wehrmacht, a necessidade de os fazer compreender que uma eventual derrota também lhes dizia respeito pessoalmente, uma tentativa de remotivá-los um pouco, que os pretensos crimes de alguns seriam aos olhos dos Aliados crimes de todos, no nível do aparelho em todo caso, que todos os navios, ou pontes, como quiserem, ardiam em chamas, que não existia possibilidade de voltar atrás, e que a única salvação era a vitória. E, com efeito, a vitória teria colocado tudo nos eixos, pois, se tivéssemos vencido, imaginem por um instante, se a Alemanha houvesse esmagado os vermelhos e destruído a União Soviética, nunca teria existido essa balela sobre crimes, ou melhor, teria, mas sobre crimes bolcheviques, devidamente documentados graças aos arquivos confiscados (os arquivos do NKVD de Smolensk, evacuados para a Alemanha e recuperados no fim da guerra pelos americanos, desempenharam exatamente esse papel quando enfim chegou a hora em que foi preciso quase de um dia para o outro explicar aos bons eleitores democráticos por que os monstros infames da véspera deviam agora servir de muralha contra os heroicos aliados da véspera, então revelados como monstros ainda piores), até mesmo, quem sabe, retomando, por meio de normas legais, por que não, o processo dos líderes bolcheviques, imaginem só, para bancarmos os sérios como pretenderam os anglo-americanos (Stálin, como sabemos, zombava daqueles processos, tomava-os pelo que eram, uma hipocrisia, ainda por cima inútil), e depois todo mundo, ingleses e americanos à frente, teria composto conosco, as diplomacias se realinhariam de acordo com novas realidades, e, apesar da inevitável gritaria dos judeus de Nova York, os da Europa, que de toda forma não iriam fazer falta a ninguém, teriam sido considerados perdas e danos, como todos os outros mortos aliás, ciganos, poloneses, sei lá mais o quê, o capim cresce seco nos túmulos dos vencidos e ninguém toma satisfação do vencedor, não digo isso para tentar nos justificar, não, é a simples e terrível verdade, basta olhar para Roosevelt, esse homem de Bem, com seu querido amigo Uncle Joe, quantos milhões então Stálin já matara, em 1941, ou mesmo antes de 1939, muito mais que nós, isso é certo, e, ainda que fizéssemos um balanço definitivo, ele teria tudo para ficar à frente, somando coletivização, deskulakização, grandes expurgos e deportações de nativos em 1943 e 1944, e, como sabemos, na época, todo mundo sabia mais ou menos, durante os anos 30, o que acontecia na Rússia, Roosevelt sabia também, esse amigo dos homens, mas isso nunca o impediu de enaltecer a lealdade e humanidade de Stálin, a despeito aliás das repetidas advertências de Churchill, um pouco menos ingênuo sob certo ponto de vista, um pouco menos realista de outro, e se portanto tivéssemos feito a nossa parte e efetivamente vencido essa guerra, teria decerto acontecido a mesma coisa, aos poucos os empedernidos, que não teriam deixado de nos chamar de inimigos do gênero humano, na falta de público, teriam se matado um a um e os diplomatas teriam aparado as arestas, pois, afinal de contas, não é mesmo, *Krieg ist Krieg und Schnaps ist Schnaps*, e assim a vida continua. E talvez inclusive, no fim das contas, nossas iniciativas tivessem sido aplaudidas, como previu frequentemente o Führer, ou talvez não, de toda forma muitas pessoas teriam aplaudido, mas acabaram sendo mortas nesse meio-tempo; pois perdemos a guerra, essa é a dura realidade. E ainda que certa tensão houvesse persistido sobre isso, por dez ou quinze anos a fio, cedo ou tarde teria se dissipado, quando, por exemplo, nossos diplomatas houvessem condenado com veemência, mas ao mesmo tempo reservando--se a possibilidade de dar provas de certo grau de compreensão, as duras medidas, suscetíveis de atentarem contra os direitos humanos, que um dia ou outro a Grã-Bretanha ou a França viram-se obrigadas a tomar a fim de restaurar a ordem em suas colônias insurgentes ou, no caso dos Estados Unidos, de garantir a estabilidade do comércio mundial e combater os focos de revolta comunistas, como, aliás, sempre acabaram por fazer, com os resultados que conhecemos. Pois seria um erro, grave a meu ver, pensar que o senso moral das potências ocidentais difere tão fundamentalmente do nosso: afinal, uma potência é uma potência, e não se torna uma por acaso, ou tampouco permanece como tal. Os monegascos, ou os luxemburgueses, podem se dar ao luxo de uma certa retidão política; é um pouco diferente no caso dos ingleses. Não era um administrador britânico, educado em Oxford ou em Cambridge, que já em 1922 preconizava *massacres administrativos* para garantir a segurança das colônias, lamentando amargamente que a situação política *in the Home Islands* tornasse impossíveis essas medidas salutares? Ou, se quiséssemos, como alguns, colocar todos os nossos erros na conta exclusiva do antissemitismo — um equívoco grotesco, na minha opinião, mas sedutor para muitos —, não conviria reconhecer que a França, na véspera da Grande Guerra, atuava com muito mais intensidade nesse domínio (sem falar na Rússia dos pogroms!)? Espero, aliás, que não fiquem muito surpresos se desvalorizo dessa forma o antissemitismo como causa fundamental do massacre dos judeus: isso seria esquecer que nossas políticas de extermínio foram muito mais longe. Na derrota — e longe de querer reescrever a História, eu seria o primeiro a admitir — já havíamos, além dos judeus, levado a cabo a destruição de todos os deficientes físicos e mentais incuráveis alemães, da maior parte dos ciganos e de milhões de russos e poloneses. E os planos, como sabemos, eram ainda mais ambiciosos: para os russos, o *enxugamento natural* necessário deveria atingir, segundo os especialistas do Plano Quadrienal e do RSHA, trinta milhões, quando não situar-se entre quarenta e seis e cinquenta e um milhões segundo o parecer dissidente de um Dezernent um tanto zeloso do Ostministerium. Se a guerra houvesse durado mais alguns anos, teríamos certamente encetado uma redução em massa dos poloneses. A ideia já estava no ar havia um tempo: consultem a volumosa correspondência entre o Gauleiter Greiser do Warthegau e o Reichsführer, em que Greiser pede, a partir de maio de 1942, permissão para usar as instalações de gás de Kulmhof para destruir 35 000 poloneses tuberculosos, que constituíam, segundo ele, grave ameaça de saúde para o seu *Gau*; o Reichsführer, transcorridos sete meses, fez-lhe então compreender que sua proposta era interessante, mas prematura. Vocês devem achar que os entretenho com demasiada frieza acerca de tudo isso: é simplesmente a fim de demonstrar que a destruição, sob nossos auspícios, do povo de Moisés não procedia unicamente de um ódio irracional pelos judeus — acredito já ter mostrado a que ponto os antissemitas do tipo emocional eram malvistos no SD e na SS em geral —, mas principalmente de uma aceitação firme e racional do recurso à violência como solução para os mais variados problemas sociais, no que, por sinal, não diferíamos dos bolcheviques a não ser por nossas respectivas apreciações das categorias de problemas a serem resolvidos: a abordagem deles fundamentando-se em uma grade de leitura social horizontal (as classes), a nossa, em uma vertical (as raças), mas ambas igualmente deterministas (creio já ter enfatizado isso) e chegando a conclusões similares em termos de remédio prescrito. E, se pensarmos bem, podemos deduzir que essa vontade, ou pelo menos essa capacidade de aceitar a necessidade de uma abordagem muito mais radical dos problemas que afligem qualquer sociedade, não pode ter nascido senão das nossas derrotas durante a Grande Guerra. Todos os países (exceto talvez os Estados Unidos) sofreram; mas a vitória, bem como a arrogância e o conforto moral resultantes da vitória, sem dúvida permitiu aos ingleses e franceses, e até aos italianos, esquecerem com mais facilidade seus sofrimentos e suas perdas e se recuperarem, às vezes até mesmo se comprazerem em sua autossatisfação e, portanto, se atemorizarem com mais facilidade, receando ver compromisso tão frágil desagregar-se. Quanto a nós, não tínhamos mais nada a perder. Lutáramos tão honrosamente quanto nossos inimigos; fomos tratados como criminosos, humilhados e despedaçados, e nossos mortos foram aviltados. Objetivamente, a sorte dos russos não foi nada melhor. Nada mais lógico, então, que pensar: Ora bolas, se é assim, se é justo sacrificar o melhor da nação, enviar para a morte os homens mais patriotas, mais inteligentes, mais devotados, mais leais da nossa raça, e tudo isso em nome da salvação da nação — e isso não servir para nada — e escarrarem em seu sacrifício —, então que direito à vida preservariam os piores elementos, os criminosos, os loucos, os débeis, os associais, os judeus, sem falar nos nossos inimigos externos? Os bolcheviques, estou convencido disso, raciocinaram da mesma forma. Uma vez que respeitar as regras da pretensa humanidade não nos serviu de nada, por que insistir nesse respeito, que nem ao menos nos é reconhecido? Daí, inevitavelmente, uma abordagem um pouco mais rígida, mais dura, mais radical dos nossos problemas. Em todas as sociedades, em todos os tempos, os problemas sociais foram arbitrados considerando-se tanto as necessidades da coletividade como os direitos do indivíduo, o que acabou por acarretar um número de respostas limitadíssimo: esquematicamente, a morte, a caridade ou a exclusão (sobretudo, historicamente, sob a forma do exílio para o exterior). Os gregos abandonavam suas crianças disformes; os árabes, reconhecendo que elas constituíam, economicamente falando, um fardo muito pesado para suas famílias, mas não desejando matá-las, entregavam-nas aos cuidados da comunidade, pelo mecanismo da *zakat*, a caridade religiosa obrigatória (um imposto para obras beneficentes); ainda em nossos dias, em nosso país, existem estabelecimentos especializados para esses casos, a fim de que sua desgraça não agrida a vista dos saudáveis. Ora, se adotarmos tal visão de conjunto, poderemos constatar que pelo menos na Europa, a partir do século XVIII, todas as diferentes soluções para os diferentes problemas — o suplício para os criminosos, o exílio para os doentes contagiosos (leprosários), a caridade cristã para os imbecis — convergiram, sob a influência do Iluminismo, para um tipo de solução única, aplicável a todos os casos e declinável à vontade: o confinamento institucionalizado, financiado pelo Estado, uma forma de exílio interior se quisermos, às vezes com pretensões pedagógicas, mas sobretudo com finalidade prática: os criminosos na prisão, os doentes no hospital, os loucos no hospício. Quem não consegue enxergar que essas soluções tão humanas também resultavam de compromissos e eram possibilitadas pela riqueza, permanecendo, no fim das contas, contingentes? Depois da Grande Guerra muitos compreenderam que elas não eram apropriadas, que não eram mais suficientes para fazer face à nova amplitude dos problemas, em virtude da restrição dos recursos econômicos e também do nível, outrora impensável, dos problemas (os milhões de mortos da guerra). Faziam-se necessárias novas soluções, nós as descobrimos, como o homem sempre descobre as soluções de que necessita, como também os países ditos democráticos as teriam encontrado caso necessitassem. Mas por que então, seria a pergunta de hoje, os judeus? O que os judeus têm a ver com seus loucos, seus criminosos, seus contagiosos? Entretanto, não é difícil enxergar que, historicamente, os próprios judeus constituíram-se como "problema", querendo permanecer isolados a todo custo. Os primeiros escritos contra os judeus, os dos gregos de Alexandria, muito antes de Cristo e do antissemitismo teológico, não os acusavam de ser associais, de violar as leis da hospitalidade, fundamento e princípio político primordial do mundo antigo, em nome de seus interditos alimentares, que os impediam de comer na casa dos outros ou mesmo de recebê-los, ser seus anfitriões? Em seguida, naturalmente, houve a questão religiosa. Não procuro aqui, como poderiam achar, transformar os judeus em responsáveis por sua catástrofe; procuro simplesmente dizer que uma certa história da Europa, lamentável na visão de alguns, inevitável na de outros, fez de modo com que, mesmo em nossos dias, em tempos de crise, seja natural voltar-se contra os judeus e que, se empreendêssemos uma refundação da sociedade pela violência, cedo ou tarde os judeus receberiam seu quinhão — cedo, no nosso caso, tarde, no dos soviéticos —, e isso não seria em absoluto um acaso. Alguns judeus também, afastada a ameaça do antissemitismo, soçobram na desmedida.

Vocês devem estar achando estas reflexões muito interessantes, não duvido disso um instante; mas me perdi um pouco, continuo sem falar daquela famosa jornada de 6 de outubro, que eu desejava descrever rapidamente. Algumas batidas secas na porta do meu compartimento haviam me arrancado do sono; com as persianas abaixadas, impossível saber a hora, eu sem dúvida mergulhara num sonho, me lembro de ter ficado completamente desorientado por ele. Depois ouvi a voz da assistente de Mandelbrod, delicada mas firme: "Herr Sturmbannführer. Chegaremos daqui a meia hora." Lavei-me, me vesti e saí para esticar as pernas na antessala. A moça estava ali: "Bom dia, Sturmbannführer. Dormiu bem?" — "Sim, obrigado. O Dr. Mandelbrod está acordado?" — "Não sei, Herr Sturmbannführer. Quer café? Um café da manhã completo será servido na chegada." Voltou com uma bandejinha. Tomei o café de pé, as pernas ligeiramente abertas em função do balanço do trem; ela sentou-se numa poltroninha, as pernas cruzadas discretamente — vestia agora, observei, uma saia comprida em lugar dos culotes pretos da véspera. Seus cabelos estavam presos num coque severo. "Não quer?", perguntei. "Não, obrigado." Ficamos em silêncio até que o ranger dos freios se fizesse ouvir. Entreguei-lhe a xícara e peguei minha bolsa de viagem. O trem diminuía a marcha. "Bom dia", ela me disse. "O Dr. Mandelbrod o encontrará mais tarde." Na plataforma, reinava certa confusão; os Gauleiter, cansados e bocejando, saíam um a um do trem, sendo recebidos por um destacamento de funcionários à paisana ou em uniforme SA. Um deles viu meu uniforme SS e franziu o cenho. Apontei o vagão de Mandelbrod e sua fisionomia se iluminou: "Desculpe", disse, adiantando-se. Dei-lhe meu nome e ele consultou uma lista: "Sim, perfeitamente. O senhor está com os membros da Reichsführung, no Hotel Posen. Há um quarto para o senhor. Vou chamar um carro. Eis o programa." No hotel, um prédio atarracado e um pouco triste datando do período prussiano, tomei uma chuveirada, fiz a barba, troquei de roupa e engoli algumas torradas com geleia. Por volta das oito horas desci para o saguão. Pessoas começavam a ir e vir. Acabei encontrando um auxiliar de Brandt, um Hauptsturmführer, e mostrei-lhe o programa que me haviam dado. "Pronto, agora o senhor tem apenas que ir para lá. O Reichsführer chegará à tarde, mas alguns oficiais já estão por lá." O automóvel emprestado pelo *Gau* continuava à disposição e pedi para me levarem ao Schloss Posen, admirando no caminho o campanário azul e a loggia com arcadas da Prefeitura, depois as fachadas multicoloridas das estreitas casas burguesas amontoadas na Praça Velha, reflexo de vários séculos de arquitetura discretamente fantasista, até que esse fugaz prazer matinal viesse chocar-se com o próprio castelo, um vasto amontoado de blocos ao lado de uma grande praça vazia, descascado e espetado por telhados pontiagudos, com uma elevada torre com ogiva apoiada diretamente em cima, compacto, digno, severo, monótono, e defronte do qual vinham se alinhar um a um os Mercedes com bandeirinhas dos dignitários. O programa abria com uma série de conferências de especialistas do círculo de Speer, entre eles Walter Rohland, magnata do aço, que expuseram sucessivamente, com uma precisão aflitiva, a situação da produção de guerra. Na primeira fila, escutando gravemente essas tristes notícias, achava-se uma boa parte da elite do Estado: o Dr. Goebbels, o ministro Rosenberg, Axmann, o Führer da Juventude do Reich, o almirante Dönitz, o Feldmarschall Milch da Luftwaffe e um homem gordo, com pescoço de touro, cabelos grossos penteados para trás, que pedi para me identificarem em uma das pausas: era o Reichsleiter Bormann, secretário pessoal do Führer e diretor da Chancelaria do NSDAP. Eu o conhecia de nome, claro, mas pouco sabia a seu respeito; os jornais e o noticiário do cinema nunca o mencionavam, e não me lembrava de ter visto sua foto. Depois de Rohland, foi a vez de Speer: sua apresentação, que durou menos de uma hora, retomava os mesmos temas abordados na véspera no Prinz-Albrecht-Palais, numa linguagem espantosamente direta, quase brusca. Só então avistei Mandelbrod: um lugar especial fora preparado em um dos lados para sua espaçosa plataforma, e ele escutava com os olhos semicerrados, numa desatenção budística, ladeado por duas de suas auxiliares — logo, eram de fato duas — e pela esguia figura esculpida a machado de Herr Leland. As últimas palavras de Speer provocaram tumulto: voltando ao tema da obstrução dos *Gaue*, mencionou seu acordo com o Reichsführer, ameaçando reprimir os recalcitrantes. Assim que desceu do estrado, vários Gauleiter o cercaram vociferando; eu estava muito longe, no fundo do recinto, para ouvir suas palavras, mas podia imaginá-las. Leland se debruçara e murmurava alguma coisa no ouvido de Mandelbrod. Em seguida, fomos convidados a voltar para a cidade, para o Hotel Ostland, onde os dignitários estavam hospedados, para uma recepção com bufê. As auxiliares conduziram Mandelbrod por uma saída secundária, mas o encontrei no corredor e fui saudá-lo, assim como a Herr Leland. Pude então ver como ele viajava: seu Mercedes especial, no salão imenso, estava equipado com um dispositivo graças ao qual sua poltrona, desacoplada da plataforma, deslizava no automóvel; um segundo veículo transportava a plataforma, além das duas auxiliares. Mandelbrod fez-me entrar com ele e ocupei lugar num banquinho dobrável; Leland sentou-se na frente, ao lado do motorista. Lamentei não ter ido com as moças: Mandelbrod parecia não se dar conta das flatulências nauseabundas que emitia do corpo; felizmente, o trajeto era curto. Mandelbrod não falava, parecia cochilar. Perguntei-me se ele se levantava alguma vez daquela poltrona, ou, se não, como se vestia, como fazia suas necessidades? Suas auxiliares, em todo caso, tinham que estar dispostas a tudo. Durante a recepção, conversei com dois oficiais do Persönlicher Stab, Werner Grothmann, que não se continha por ter sido nomeado no lugar de Brandt (Brandt, promovido a Standartenführer, ocupava o de Wolff), e um assessor responsável pela Polícia. Foram eles, creio, que me falaram pela primeira vez da forte impressão causada entre os Gruppenführer, dois dias antes, pelo discurso do Reichsführer. Comentamos também a saída de Globocnik, verdadeira surpresa para todo mundo; mas não nos conhecíamos muito bem para especular sobre os motivos dessa mudança. Uma das duas amazonas — decididamente era difícil distingui-las, eu não conseguia sequer dizer qual se oferecera a mim, na véspera — surgiu ao meu lado. "Com licença, meine Herren", disse com um sorriso. Pedi licença por minha vez e a segui através da multidão. Mandelbrod e Leland conversavam com Speer e Rohland. Saudei-os e congratulei Speer por seu discurso; ele assumiu uma expressão melancólica: "Visivelmente, não foi do agrado de todos." — "Isso não quer dizer nada", retorquiu Leland. "Se conseguir se entender com o Reichsführer, nenhum desses idiotas bêbados poderá lhe resistir." Eu estava espantado: nunca ouvira Herr Leland falar com tanta brutalidade. Speer balançava a cabeça. "Tente manter contato regular com o Reichsführer", sussurrou Mandelbrod. "Não perca essa abertura. Para questões menores, se não quiser incomodar pessoalmente o Reichsführer, basta contatar meu jovem amigo aqui presente. Respondo por sua lealdade." Speer contemplou-me distraidamente: "Já tenho um oficial de ligação no Ministério." — "Claro", disse Mandelbrod. "Mas possivelmente o Sturmbannführer Aue terá um acesso mais direto ao Reichsführer. Não receie incomodá-lo." — "Bem, bem", fez Speer. Rohland voltara-se para Leland: "Então estamos de acordo, em relação a Mannheim..." Com uma breve pressão no cotovelo, a auxiliar de Mandelbrod me fazia compreender que não precisavam mais de mim. A moça me seguira e servira-se um chá enquanto eu beliscava um salgadinho. "Acho que o Dr. Mandelbrod está muito satisfeito com o senhor", ela disse com sua bela voz sem relevo. — "Não vejo por quê, mas, se está dizendo, vou acreditar. Trabalha para ele há muito tempo?" — "Há muitos anos." — "E antes?" — "Estava terminando um doutorado em filosofia latina e alemã, em Frankfurt." Levantei a sobrancelha: "Nunca teria imaginado. Não é muito difícil, trabalhar em tempo integral para o Dr. Mandelbrod? Ele me parece bem exigente." — "Cada um serve onde deve servir", respondeu sem hesitar. "Sinto-me extremamente honrada com a confiança do Dr. Mandelbrod. Será graças a homens como ele e Herr Leland que a Alemanha será salva." Examinei seu rosto liso, oval, quase sem maquiagem. Devia ser muito bonita, mas nenhum detalhe, nenhuma particularidade, permitia apegar-se àquela beleza completamente abstrata. "Posso fazer-lhe uma pergunta?", eu disse. — "Claro." — "O corredor do vagão não estava muito bem iluminado. Foi a senhorita que veio bater à minha porta?" Ela soltou uma risadinha perolada: "O corredor não é tão mal iluminado assim. Mas a resposta é não: era minha colega Hilde. Por quê? Teria preferido que fosse eu?" — "Não, estava bom daquele jeito", falei estupidamente. — "Se a oportunidade se reapresentar", ela me disse olhando direto nos meus olhos, "será com prazer. Espero que esteja menos cansado." Corei: "Como se chama, então? Para que eu saiba." Estendeu-me sua mãozinha com as unhas esmaltadas; sua palma era seca e suave e seu aperto de mão tão firme quanto o de um homem. "Hedwig. Bom fim de dia, Herr Sturmbannführer."

O Reichsführer, cercado por uma nuvem silenciosa de oficiais e tendo ao lado Rudolf Brandt, fez sua aparição por volta das três da tarde, pouco depois do nosso retorno ao Schloss. Brandt me viu e fez um pequeno sinal com a cabeça; já usava as novas insígnias, mas não me deu tempo de felicitá-lo quando me aproximei: "Depois do discurso do Reichsführer, partimos para Cracóvia. O senhor virá conosco." — "Entendido, Herr Standartenführer." Himmler estava sentado na primeira fila, ao lado de Bormann. Antes tivemos um discurso de Dönitz, que justificou a cessação temporária da guerra submarina, ao mesmo tempo esperando que esta logo recomeçasse; de Milch, que esperava que as novas táticas da Luftwaffe logo pusessem fim aos bombardeios terroristas sobre nossas cidades; e de Schepmann, novo chefe de estado-maior da SA, que não esperava nada que tivesse chamado minha atenção. Por volta das cinco e meia, o Reichsführer subiu à tribuna. Bandeiras vermelho-sangue e capacetes pretos da guarda de honra emolduravam, sobre aquele estrado alto, sua pequena silhueta; os tubos dos microfones quase escondiam seu rosto; a luz do recinto brincava em suas lentes. A amplificação dava uma tonalidade intensamente metálica à sua voz. Das reações da plateia, já falei; lamentava, estando no fundo da sala, ter que contemplar nucas em vez de rostos. A despeito do meu pavor e da minha surpresa, eu poderia acrescentar que algumas palavras suas tocaram-me pessoalmente, em especial as que se referiam ao efeito daquela decisão sobre os encarregados de executá-la, do perigo que corriam em seu espírito *de se tornarem cruéis e indiferentes e não mais respeitarem a vida humana, ou relaxarem e sucumbirem à fraqueza e às depressões nervosas* — sim, eu conhecia bem aquela *passagem terrivelmente estreita entre Caribde e Cila*, aquelas palavras poderiam dirigir-se a mim, e em certa medida, modéstia à parte, o eram, a mim e aos que como eu estavam desolados com aquela monstruosa responsabilidade, pelo nosso Reichsführer, que tão bem compreendia o que enfrentaríamos. Não que ele se deixasse contagiar por algum sentimentalismo; como disse brutalmente perto do fim do discurso: *Muitos vão chorar, mas isso não adianta nada; já há lágrimas demais*, palavras, aos meus ouvidos, de um sopro shakespeariano, mas talvez isso tivesse sido no outro discurso, o que li mais tarde, não tenho certeza, mas não importa. Depois do discurso, deviam ser sete horas, o Reichsleiter Bormann nos convidou para um bufê numa sala vizinha. Os dignitários, sobretudo os Gauleiter mais velhos, tomaram o bar de assalto; como eu ia viajar com o Reichsführer, abstive-me de beber. Vi-o num canto, de pé em frente a Mandelbrod, com Bormann, Goebbels e Leland; estava de costas para a sala e não dava a mínima para o efeito produzido por suas palavras. Os Gauleiter bebiam sem parar e conversavam em voz baixa; de tempos em tempos um deles ladrava uma trivialidade; seus colegas balançavam solenemente a cabeça e bebiam mais. Devo admitir que, da minha parte, eu estava mais preocupado com a discreta cena do meio-dia: percebia claramente que Mandelbrod estava em vias de me encaixar, mas não via como, nem junto a quem; eu sabia muito pouco acerca de suas relações com o Reichsführer, ou com Speer, a propósito, para poder julgar, e me preocupava perceber que aquelas questões estavam fora do meu alcance. Perguntava-me se Hilde, ou Hedwig, teria podido me esclarecer; ao mesmo tempo sabia muito bem que, mesmo na cama, elas não teriam dito nada que Mandelbrod desejasse que eu não soubesse. E Speer? Por muito tempo julguei recordar, mas irrefletidamente, que ele também conversava com o Reichsführer por ocasião desse coquetel. Depois, um dia, faz um tempo, li num livro que há anos ele vem negando ter estado lá, que afirma ter saído na hora do almoço com Rohland e não ter assistido ao discurso do Reichsführer. Tudo que posso dizer é que é possível: quanto a mim, depois da nossa conversa na recepção do meio-dia, não prestei mais atenção específica nele, estava mais concentrado no Dr. Mandelbrod e no Reichsführer, além do mais, havia de fato muita gente; entretanto, julgava tê-lo visto à noite, e ele mesmo descreveu a bebedeira desenfreada dos Gauleiter, ao fim da qual, segundo seu próprio livro, vários deles tiveram que ser carregados para o trem especial, nesse momento eu já saíra com o Reichsführer, então eu mesmo não o vi, mas ele descreve a coisa como se tivesse estado lá, então é difícil dizer e de toda forma é uma minúcia um tanto inútil: tivesse ou não ouvido as palavras do Reichsführer naquele dia, o Reichsminister Speer sabia, como todo mundo; no mínimo, nessa época, *sabia o suficiente para saber que era preferível não saber mais*, para citar um historiador, e posso afirmar que um pouco mais tarde, quando o conheci melhor, ele sabia de tudo, inclusive no que se referia às mulheres e crianças, que, afinal de contas, não poderiam ser armazenadas sem que ele soubesse, ainda que jamais falasse disso, é verdade, e ainda que estivesse a par de todos os detalhes técnicos, que em suma não concerniam ao seu domínio de competência específico. Não nego que teria provavelmente preferido não saber; o Gauleiter Von Schirach, que vi naquele dia afundado em uma cadeira, a gravata desfeita e o colarinho aberto, bebendo conhaque atrás de conhaque, certamente tampouco teria preferido saber, e muitos outros com ele, seja porque a coragem de suas convicções lhes tivesse faltado, seja porque já temessem as represálias dos Aliados, mas cumpre ressaltar que esses homens, os Gauleiter, pouco fizeram para o esforço de guerra, e inclusive atrapalharam em certos casos, ao passo que Speer, todos os especialistas afirmam agora, deu pelo menos dois anos suplementares à Alemanha nacional-socialista, mais que qualquer um ele contribuiu para prolongar o negócio, e o teria prolongado mais se pudesse, e claro que queria a vitória, esperneou como um diabo pela vitória, a vitória daquela Alemanha nacional-socialista que destruía os judeus, inclusive mulheres e crianças, e os ciganos também e muitos outros aliás, e eis por que me atrevo a julgar de certa forma indecente, malgrado o imenso respeito que tenho por aquele que tanto realizou como ministro, seu arrependimento tão publicamente ostentado depois da guerra, arrependimento que lhe salvou a pele, decerto, ao passo que não merecia a vida nem mais nem menos que os outros, como Sauckel, ou Jodl, sendo mais tarde obrigado, para manter a pose, a contorções cada vez mais barrocas, enquanto teria sido tão simples, sobretudo após ter cumprido sua pena, dizer: Sim, eu sabia, e daí? Como afirmou tão bem Eichmann em Jerusalém, com toda a simplicidade direta dos homens simples: "Arrependimento é coisa de criança."

Saí da recepção por volta das oito da noite, por ordem de Brandt, sem ter conseguido cumprimentar o Dr. Mandelbrod, entretido em suas conversas. Junto com vários outros oficiais, levaram-me até o Hotel Posen para que eu pudesse pegar minhas coisas, depois para a estação, onde nos esperava o trem especial do Reichsführer. Mais uma vez eu dispunha de uma cabine privada, mas de dimensões bem mais modestas que no vagão do Dr. Mandelbrod, com uma caminha exígua. Esse trem, batizado de *Heinrich*, era extraordinariamente bem concebido: na frente ficavam, além dos vagões blindados pessoais do Reichsführer, carros adaptados como escritórios e centro de comunicação móvel, o conjunto protegido por plataformas equipadas com baterias antiaéreas; a Reichsführung-SS inteira, se necessário, podia trabalhar em trânsito. Não vi o Reichsführer embarcar; pouco depois da nossa chegada, o trem se mexeu; dessa vez, minha cabine tinha uma janela de vidro, eu podia apagar a luz e, sentado no escuro, contemplar a noite, uma bela e clara noite de outono, iluminada pelas estrelas e um crescente de lua que derramava um delicado luar metálico sobre a pobre paisagem da Polônia. De Posen a Cracóvia são cerca de 400 quilômetros; com as numerosas paradas impostas pelos alertas e os escombros, a chegada deu-se bem depois da madrugada; já acordado, sentado na minha caminha, eu admirava calmamente o orvalho nas planícies cinzentas e nas plantações de batata-doce. Na estação de Cracóvia, uma guarda de honra nos esperava, o governador-geral à frente, com tapete vermelho e banda de música; de longe vi Frank, cercado por jovens poloneses em trajes nacionais, carregando cestas de flores de estufa, lançar ao Reichsführer uma saudação alemã que quase arrebentou as costuras de seu uniforme, depois trocar com ele algumas palavras animadas antes de se enfiar num enorme sedã. Tínhamos quartos reservados num hotel ao pé do Wawel; tomei banho, fiz a barba com esmero e mandei um dos meus uniformes para a lavanderia. Depois me dirigi, passeando pelas belas e antigas ruas ensolaradas de Cracóvia, aos escritórios do HSSPF, de onde mandei um telex para Berlim, a fim de saber notícias sobre o andamento do meu projeto. No meio do dia, participei de um almoço oficial como membro da delegação do Reichsführer; estava sentado a uma mesa com vários oficiais da SS e da Wehrmacht e alguns funcionários subalternos do governo-geral; na mesa principal, Bierkamp estava entre o Reichsführer e o governador-geral, mas não tive oportunidade de cumprimentá-lo. A conversa girou sobretudo em torno de Lublin, os homens de Frank confirmando o boato que corria no GG segundo o qual Globocnik tinha sido afastado em função de suas homéricas falcatruas; segundo uma versão, o Reichsführer teria inclusive cogitado prendê-lo e julgá-lo, para servir de exemplo, mas Globocnik, prudentemente, reunira um grande número de documentos comprometedores e servira-se deles para barganhar uma aposentadoria quase dourada em sua costa natal. Depois da refeição haveria discursos, mas não esperei e voltei à cidade para fazer meu relatório para Brandt, que se instalara no HSSPF. Não havia muito a dizer: à exceção do D III, que prontamente dissera sim, continuávamos a esperar o parecer dos outros departamentos, bem como do RSHA. Brandt encarregou-me de acelerar as coisas na minha volta: o Reichsführer queria o projeto pronto para meados do mês.

  Frank não se fez de rogado para a recepção da noite. Uma guarda de honra, espadas em punho, uniformes reluzentes com galões dourados, formava uma sebe em diagonal no grande pátio do Wawel; na escadaria, outros soldados apresentavam armas a cada três degraus; na entrada do salão de baile, o próprio Frank, em uniforme SA e ao lado da mulher, uma matrona de carnes brancas transbordantes de um monstruoso modelo de veludo verde, recebia os convidados. O Wawel brilhava com todas as suas luzes; era avistado desde a cidade, luzindo no topo da colina; guirlandas de lâmpadas elétricas decoravam as altas colunatas em torno do pátio, soldados, postados atrás da sebe de honra, seguravam tochas na mão; e, se saíssemos do salão de baile para passearmos nas loggias, o pátio parecia cingido por anéis flamejantes, um poço de luz no fundo do qual crepitavam suavemente os renques paralelos de archotes; do outro lado do palácio, da imensa sacada agarrada a seu flanco, a cidade, aos pés dos convidados, esparramava-se negra e silenciosa. No fundo do salão principal, uma orquestra tocava valsas vienenses em cima de um estrado; os homens em serviço no GG haviam levado suas mulheres, alguns casais dançavam, outros bebiam, riam, beliscavam salgadinhos em mesas fartas, ou, como no meu caso, estudavam a multidão. Afora alguns colegas da delegação do Reichsführer, eu conhecia pouca gente. Observei os quadrados do teto talhados em madeira de lei de todas as cores, com uma cabeça esculpida e pintada engastada em cada compartimento, soldados de barba, burgueses de chapéu, cortesãs emplumadas, mulheres elegantes, todos contemplando na vertical, impassíveis, os estranhos invasores que éramos. Seguindo-se à escadaria principal, Frank mandara abrir outros aposentos, cada um com um bufê, poltronas e sofás para os que desejassem descansar ou ficar sossegados. Grandes e belos tapetes antigos quebravam as perspectivas harmoniosas do lajeado de losangos pretos e brancos, amortecendo os passos, que, a propósito, ressoavam no mármore. Duas sentinelas de capacete, espada desembainhada e levantada à frente do nariz como cães de guarda ingleses, ladeavam cada porta que levava de um aposento a outro. Com uma taça de vinho na mão, perambulei através daquelas salas, admirando frisos, tetos, quadros; infelizmente no início da guerra os poloneses carregaram consigo as famosas tapeçarias alemãs de Sigismundo Augusto: dizia-se que estavam na Inglaterra, ou até mesmo no Canadá, e Frank denunciara várias vezes o que considerava uma pilhagem do patrimônio cultural polonês. Cansado, acabei me juntando a um grupo de oficiais SS que conversavam a respeito da queda de Nápoles e das façanhas de Skorzeny. Escutei-os distraidamente, pois um barulho curioso acabara de captar minha atenção, uma espécie de arranhão rítmico. Aquilo se aproximava, eu olhava ao meu redor; senti um choque contra minha bota e abaixei os olhos: um carrinho multicolorido com pedais, conduzido por uma bonita criança loura, acabava de colidir comigo. O menino me olhava com um ar severo, sem dizer nada, as mãozinhas rechonchudas agarradas ao volante; devia ter quatro ou cinco anos e vestia um galante terninho *pied-de-poule*. Sorri, mas ele continuava sem dizer nada. Então entendi e me esquivei com um meneio; ainda calado, ele recomeçou a pedalar furiosamente, escapulindo para uma sala vizinha e desaparecendo por entre as cariátides. Alguns minutos mais tarde, ouvi-o de volta: investia reto à sua frente, sem prestar atenção nas pessoas, que tinham que se afastar à sua passagem. Ao chegar perto do bufê, parou e saltou de seu veículo para ir pegar um pedaço de bolo; mas seu bracinho era curto demais, em vão ele se punha na ponta dos pés, não conseguia alcançar nada. Fui até ele e perguntei: "Qual você quer?" Sempre calado, apontou com o dedo uma *Sacher Torte*. "Fala alemão?", perguntei-lhe. Fez uma expressão indignada: "Claro que falo alemão!" — "Então deve ter aprendido a dizer *bitte*." Balançou a cabeça: "Eu não preciso dizer *bitte*!" — "E por que isso?" — "Porque papai é rei da Polônia e todo mundo aqui tem que obedecer a ele!" Balancei a cabeça: "Até aí, tudo bem. Mas você tem que aprender a identificar os uniformes. Eu não sirvo ao seu pai, sirvo ao Reichsführer-SS. Portanto, se quiser bolo, tem que me dizer *bitte*." O menino, mordendo os lábios, hesitava; não devia estar acostumado àquela resistência. Finalmente cedeu: "Pode me dar aquele bolo, *bitte*?" Peguei um pedaço de *Torte* e lhe dei. Enquanto ele comia, lambuzando a boca de chocolate, examinava meu uniforme. Apontou então um dedo para minha Cruz de Ferro: "O senhor é um herói?" — "De certa forma." — "O senhor lutou na guerra?" — "Lutei." — "Meu pai manda, mas não luta na guerra." — "Sei disso. Você mora aqui o tempo todo?" Fez sinal de que sim. "E gosta de morar num castelo?" Balançou os ombros: "Tanto faz. Mas aqui não tem outras crianças." — "Não tem irmãos e irmãs?" Balançou a cabeça: "Tenho. Mas não brinco com eles." — "Por que não?" — "Não sei. É assim." Eu queria perguntar seu nome, mas começou uma grande confusão na entrada do salão: um grupo grande vinha em nossa direção, Frank e o Reichsführer à frente. "Ah, você está aí!", exclamou Frank para a criança. "Venha, venha conosco. O senhor também, Sturmbannführer." Frank pegou o filho nos braços e me apontou o carrinho: "Poderia levá-lo?" Levantei o carro e fui atrás deles. A multidão atravessou todas as salas e se aglomerou diante de uma porta, que Frank mandou abrir. Afastou-se então para dar passagem a Himmler: "Antes o senhor, meu caro Reichsführer. Entre, entre." Colocou o filho no chão e o empurrou à sua frente, hesitou, procurou-me com os olhos e sussurrou para mim: "Largue isso em qualquer canto. Pegamos depois." Entrei com eles na sala e fui me livrar do carro. Uma grande mesa, com alguma coisa em cima sob um pano preto, ocupava o centro da sala. Frank, com o Reichsführer ao seu lado, aguardava os demais convidados e os distribuía em torno da mesa, que media pelo menos três metros por quatro. O menino já estava de novo junto à mesa na ponta dos pés, mas mal alcançava o tampo. Frank olhou à volta, me viu um pouco retraído e me chamou: "Com licença, Herr Sturmbannführer. Pelo que vejo, já são amigos. Será que poderia levantá-lo para que ele pudesse ver?" Abaixei-me e peguei o menino nos braços; Frank abriu um lugar para mim perto dele e, enquanto os últimos convidados entravam, passava as pontas finas de seus dedos nos cabelos e dedilhava uma de suas medalhas; parecia não se conter de impaciência. Quando todos estavam instalados, Frank voltou-se para Himmler e declarou numa voz solene: "Meu caro Reichsführer, o que o senhor vai ver agora é uma ideia que ocupa minhas horas livres de um tempo para cá. É um projeto que, espero, engrandecerá a cidade de Cracóvia, capital do governo-geral da Polônia, e constituirá uma atração para toda a Alemanha depois da guerra. Espero, quando ele estiver concretizado, dedicá-lo ao Führer pelo seu aniversário. Mas, uma vez que o senhor nos dá o prazer de sua visita, não quero guardar segredo por mais tempo." Seu rosto intumescido, de traços débeis e sensuais, brilhava de prazer; o Reichsführer, mãos cruzadas nas costas, contemplava-o através de seu pincenê com um ar entre sarcástico e entediado. Quanto a mim, esperava sobretudo que ele se apressasse: a criança começava a pesar. Frank fez um sinal e alguns soldados puxaram o pano, revelando uma grande maquete arquitetônica, uma espécie de parque, com árvores e caminhos sinuosos, traçados por entre casas de diferentes estilos, protegidas por cercados. Enquanto Frank se regozijava, Himmler estudava a maquete: "Que é isso?", perguntou finalmente. "Parece um zoológico." — "Quase, meu caro Reichsführer", cacarejou Frank, polegares enfiados nos bolsos da túnica. "É, para falar como os vienenses, um *Menschengarten*, um jardim antropológico que quero criar aqui, em Cracóvia." Fez um gesto largo por cima da maquete. "Lembra-se, meu caro Reichsführer, na nossa mocidade, antes da guerra, daquelas *Völkerschauen* de Hagenbeck? Com famílias de samoanos, lapões, sudaneses? Teve uma em Munique, meu pai me levou; o senhor deve ter visto também. Tinha também em Hamburgo, Frankfurt, na Basileia, era um grande sucesso." O Reichsführer coçava o queixo: "Sim, sim, estou me lembrando. Eram exposições ambulantes, não é?" — "É. Mas esta será permanente, como um zoológico. E não será um entretenimento popular, meu caro Reichsführer, mas um instrumento pedagógico e científico. Reuniremos espécies de todos os povos extintos ou em vias de extinção na Europa para, dessa forma, delas preservar um fóssil vivo. Os estudantes alemães virão de ônibus instruir-se aqui! Veja, veja." Apontou uma das casas: estava aberta pela metade, em corte; no interior, viam-se bonequinhos sentados em torno de uma mesa com um castiçal de sete braços. "Por exemplo, escolhi o judeu da Galícia como o mais representativo dos *Ostjuden*. A casa é típica de seu habitat imundo; naturalmente, será preciso desinfetar regularmente e submeter os espécimes a controle médico para não contaminar os visitantes. Para esses judeus, quero que sejam devotos, devotíssimos, e vamos lhes dar um Talmude e os visitantes poderão vê-los murmurando suas preces ou observar a mulher preparando alimentos *kosher*. Aqui, são camponeses poloneses da Mazúria; ali, kolkhozianos bolchevizados; lá, rutênios, e, acolá, ucranianos, veja, com as camisas bordadas. Esse grande edifício, aqui, abrigará um instituto de pesquisas antropológicas; eu próprio dotarei uma cátedra; cientistas poderão vir estudar aqui, *in loco*, esses povos outrora tão numerosos. Será uma oportunidade única para eles." — "Fascinante", murmurou o Reichsführer. "E os visitantes comuns?" — "Poderão passear livremente em torno dos cercados, apreciar os espécimes trabalhando no jardim, batendo os tapetes, estendendo a roupa. Além disso, haverá visitas guiadas e comentadas às casas, o que lhes permitirá observar o habitat e os costumes." — "E como manteria a instituição com o passar do tempo? Pois seus espécimes vão envelhecer, alguns morrerão." — "É justamente nesse ponto, meu caro Reichsführer, que vou precisar do seu apoio. Para cada povo, precisaríamos efetivamente de algumas dezenas de espécimes. Eles se casarão entre si e se reproduzirão. Uma única família por vez será exposta; os outros servirão para substituí-los em caso de doença e para procriar e ensinar às crianças os costumes, as preces e o resto. Minha ideia era que eles ficassem guardados nas proximidades de um campo, sob vigilância SS." — "Se o Führer autorizasse, isso seria possível. Mas temos que discutir o assunto. Em todo caso, tenho minhas dúvidas se seria desejável preservar determinadas raças da extinção. Pode ser perigoso." — "Naturalmente, serão tomadas todas as precauções. Creio que uma instituição desse tipo irá revelar-se preciosa e insubstituível para a ciência. Como quer que as gerações futuras compreendam a amplitude da nossa obra se não tiverem uma ideia mínima acerca dos que reinavam antes?" — "O senhor tem toda a razão, meu caro Frank. É uma belíssima ideia. E como pensa em financiar esse... *Völkerschauplatz*?" — "Em bases comerciais. Apenas o instituto de pesquisas irá se beneficiar de subsídios. Para o jardim em si, criaremos uma AG para levantar capitais para subscrições. Uma vez amortecido o investimento inicial, as bilheterias cobrirão os custos de manutenção. Documentei-me sobre as exposições de Hagenbeck: geravam lucros consideráveis. O Jardim de Aclimação, em Paris, perdia dinheiro regularmente até que seu diretor, em 1877, passasse a organizar exposições etnológicas de núbios e esquimós. Venderam um milhão de ingressos só no primeiro ano. Isso continuou até a Grande Guerra." O Reichsführer balançava a cabeça: "Belíssima ideia." Examinava a maquete de perto; de vez em quando Frank assinalava um detalhe para ele. O menino começou a ficar irrequieto e eu o pusera no chão: ele entrou de novo no carrinho de pedais e saiu pedalando porta afora. Os convidados também saíam. Numa das salas, encontrei Bierkamp, sempre melífluo, com quem conversei um pouco. Em seguida, saí para fumar sob a colunata, admirando o esplendor barroco das iluminações e daquela guarda marcial e bárbara que parecia inventada para valorizar as graciosas formas do palácio. "Boa noite", disse uma voz perto de mim. "Impressionante, não acha?" Voltei-me e reconheci Osnabrugge, aquele simpático engenheiro de Pontes e Calçadas que eu encontrara em Kiev. "Boa noite! Que surpresa boa." — "Ah, correu muita água sob as pontes destruídas do Dniepr." Segurava na mão uma taça de vinho tinto e brindamos ao nosso reencontro. "Então", perguntou, "que o traz ao *Frank-Reich*?" — "Acompanho o Reichsführer. E o senhor?" Seu bondoso rosto oval assumiu uma fisionomia ao mesmo tempo maliciosa e atarefada: "Segredo de Estado!" Espremeu os olhos e sorriu: "Mas, para o senhor, posso contar: estou em missão para o OKH. Preparo os programas de demolição das pontes dos distritos de Lublin e da Galícia." Olhei para ele, perplexo: "Por que motivo, diabos?" — "No caso de avanço soviético, ora essa." — "Mas os bolcheviques estão no Dniepr!" Coçou seu nariz achatado; observei que sua calvície progredira. "Atravessaram hoje", disse finalmente. "Também tomaram Nevel." — "Mesmo assim, ainda é bem longe. Vamos detê-los muito antes. Não acha que seus preparativos têm um lado derrotista?" — "De forma alguma: é precaução. Qualidade ainda prezada pelos militares, chamo sua atenção. De toda forma, faço o que mandam. Fiz a mesma coisa em Smolensk na primavera e na Bielorrússia durante o verão." — "Em que consiste um programa de demolição de pontes, o senhor poderia me explicar?" Fez uma cara triste: "Ah, não é muito complicado. Os engenheiros locais fazem um estudo para cada ponte a ser demolida; reviso-os, aprovo-os, e depois calculamos o volume de explosivos necessário para o conjunto do distrito, o número de detonadores etc., depois decidimos onde e como estocá-los no local; enfim, definimos fases que em seguida permitirão aos comandantes locais saberem precisamente se devem colocar as cargas, quando devem instalar os detonadores e em que condições podem apertar o botão. Um plano, ora essa. Assim, em caso de imprevisto, não precisaremos abandonar as pontes ao inimigo só porque não preparamos sua explosão." — "E continua sem construir uma que seja?" — "Infelizmente, sim! Minha missão na Ucrânia foi minha perdição: meu relatório sobre as demolições soviéticas agradou tanto ao engenheiro-chefe do OKHG Sul que ele o encaminhou para o OKH. Fui convocado a Berlim e promovido a chefe do Departamento de Demolições — exclusivamente para pontes, há outras seções que cuidam das fábricas, ferrovias e estradas; os aeródromos são com a Luftwaffe, mas de tempos em tempos fazemos reuniões comuns. Em suma, desde então não faço outra coisa. Todas as pontes do Manytch e do baixo Don são minhas. O Donets, o Desna, o Oka, sou eu também. Já explodi centenas. É de chorar. Minha mulher está satisfeita por causa da patente" — deu uma batidinha nas insígnias: com efeito, fora promovido diversas vezes desde Kiev — "mas isso me parte o coração. Tenho sempre a impressão de estar assassinando um filho." — "Não deveria levar a coisa para esse lado, Herr Oberst. Afinal de contas, ainda são pontes soviéticas." — "Perdão. Às vezes sinto-me desencorajado. Criancinha, eu já gostava de construir, enquanto todos os meus colegas de classe queriam apenas quebrar." — "Não existe justiça. Venha, vamos encher nossas taças." No salão, a orquestra tocava Liszt e alguns pares ainda dançavam. Frank ocupava um canto de mesa com Himmler e seu Staatsekretär Bühler, conversavam com animação e tomavam café e conhaque; até mesmo o Reichsführer, que fumava um grande charuto, tinha, contrariando seus hábitos, um copo cheio diante de si. Frank caía para a frente, o olhar úmido já embaçado pelo álcool; Himmler franzia as sobrancelhas mal-humorado: devia desaprovar a música. Brindei mais uma vez com Osnabrugge enquanto terminava a passagem. Quando a orquestra parou, Frank, copo de conhaque na mão, levantou-se. Olhando para Himmler, declarou numa voz alta e fina: "Meu caro Reichsführer, o senhor deve conhecer essa quadrinha popular: *Clarum regnum Polonorum/ Est cœlum Nobiliorum/ Paradisum Judeorum/ Et infernum Rusticorum*. Os nobres, veja, desapareceram há muito tempo, e, graças aos nossos esforços, os judeus também; o campesinato, no futuro, não fará senão enriquecer e nos abençoará; e a Polônia será o Céu e o Paraíso do povo alemão, *Cœlum et Paradisum Germanorium*." Seu latim claudicante fez uma mulher nas proximidades segurar o riso; Frau Frank, refestelada não distante do marido como um ídolo hindu, fuzilou-a com o olhar. Impassível, olhos frios e inescrutáveis por trás do minúsculo pincenê, o Reichsführer molhou os lábios no copo. Frank contornou a mesa, atravessou o salão e pulou com um passo quase lesto sobre o estrado. O pianista ergueu-se de um pulo e desapareceu; Frank deslizou para o seu lugar e, inspirando profundamente, agitou suas compridas mãos brancas em concha sobre o teclado e começou a tocar um noturno de Chopin. O Reichsführer suspirou; piscava incessantemente e tragou com força seu charuto que ameaçava apagar. Osnabrugge debruçou na minha direção: "Na minha opinião, o governador-geral está azucrinando o seu Reichsführer de propósito. Não acha?" — "Seria um pouco infantil, não?" — "Ele está ofendido. Dizem que no mês passado tentou se exonerar e o Führer recusou novamente." — "Se entendi bem, ele não controla muita coisa aqui." — "De acordo com meus colegas da Wehrmacht, absolutamente nada. A Polônia é um *Frankreich ohne Reich*. Ou melhor, *ohne Frank*." — "Resumindo, um pequeno príncipe em vez de um rei." Dito isto, salvo a escolha da passagem — liberado para tocar Chopin, poderia ter escolhido algo melhor que os noturnos —, Frank na realidade tocava bem, mas era visível o excesso de ênfase. Observei sua mulher, cujos ombros e peito, gordos e avermelhados, luziam de suor no colete do vestido: os olhinhos, afundados no rosto, irradiavam orgulho. O menino, por sua vez, parecia ter sumido, eu não ouvia mais o barulho exasperador do seu carrinho de pedais havia algum tempo. Estava ficando tarde, convidados despediam-se; Brandt aproximara-se do Reichsführer e, contemplando calmamente a cena com sua fisionomia perspicaz de pássaro, pôs-se à sua disposição. Rabisquei numa agenda meus números de telefone, arranquei a folha e a entreguei a Osnabrugge. "Tome. Se estiver em Berlim, telefone, vamos tomar um trago." — "Está de saída?" Apontei Himmler com o queixo e Osnabrugge levantou a sobrancelha: "Ah. Boa noite, então. Foi um prazer revê-lo." No palco, Frank terminava sua música tremelicando a cabeça. Torci o nariz, mesmo para Chopin aquilo não caía bem, o governador-geral efetivamente abusava do legato.

O Reichsführer partia na manhã seguinte. Em Warthegau, uma chuva de outono encharcara os campos arados, deixando poças do tamanho de lagoas, opacas e como tendo absorvido toda a luz sob o céu imutável. Os bosques de pinheiros, que me pareciam sempre esconder atos terríveis e obscuros, escureciam a paisagem lamacenta e fugidia; apenas, aqui e ali, raras naquelas bandas, bétulas flamejantes erguiam ainda um último protesto contra a chegada do inverno. Em Berlim, chovia, as pessoas se apressavam em suas roupas molhadas; às vezes, nas calçadas esburacadas pelas bombas, a água formava superfícies intransponíveis, e os pedestres tinham que fazer meia-volta e passar por outra rua. No dia seguinte fui até Oranienburg tocar meu projeto. Estava convencido de que seria o novo Sturmbannführer Burger, novo Amtchef do D IV, quem me daria mais trabalho; mas Burger, após me escutar uns minutos, declarou simplesmente: "Se é financiado, para mim tanto faz", e ordenou ao seu assistente que redigisse uma carta de apoio. Maurer, em contrapartida, criou muitas dificuldades. Longe de ficar satisfeito com o progresso que meu projeto representava para o Arbeitseinsatz, estimava que ele teria vida curta e me declarou francamente que, se o aprovasse, tinha medo de fechar as portas para qualquer melhoria futura. Durante mais de uma hora usei de todos os meus argumentos com ele, explicando-lhe que, sem a concordância do RSHA, não poderíamos fazer nada, e que o RSHA, com medo de beneficiar os judeus e outros inimigos poderosos, não apoiaria projeto tão oneroso. Nesse ponto, entretanto, era particularmente difícil entender-se com ele: ele se confundia, não parava de repetir que, justamente, para os judeus, em Auschwitz, os números não batiam, que, segundo as estatísticas, apenas 10% deles trabalhavam, para onde então iam os outros? Não era possível, apesar de tudo, que tantos fossem inaptos ao trabalho. Enviava carta atrás de carta sobre o assunto para Höss, mas este último respondia vagamente, ou simplesmente não respondia. Visivelmente buscava uma explicação, mas não achei que coubesse a mim fornecê-la; contentei-me em sugerir que uma inspeção no local esclareceria um pouco as coisas. Mas Maurer não tinha tempo para realizar inspeções. Acabei arrancando dele um consentimento limitado: ele não se oporia à classificação, mas, por sua vez, exigiria que as escalas fossem aumentadas. De volta a Berlim, prestei contas a Brandt. Dei a entender que, segundo minhas informações, o RSHA aprovaria o projeto, ainda que eu não tivesse a confirmação escrita disso. Ordenou-me que lhe encaminhasse o relatório, com cópia para Pohl; o Reichsführer tomaria uma decisão final posteriormente, mas isso serviria como base provisória de trabalho. Pediu-me então que estudasse os relatórios SD sobre os trabalhadores estrangeiros e começasse a refletir nesse problema.

Era dia do meu aniversário: o trigésimo. Como em Kiev, eu convidara Thomas para jantar, não queria ver mais ninguém. Eu até que tinha vários conhecidos em Berlim, ex-colegas de universidade ou do SD, mas ninguém à exceção dele que considerasse um amigo. Desde a minha convalescença, eu me isolara resolutamente; mergulhado no trabalho, não tinha, salvo relações profissionais, quase nenhuma vida social, e nenhuma vida afetiva ou sexual. Aliás, não sentia nenhuma necessidade disso; e, quando pensava nos meus excessos de Paris, aquilo me deixava mal, não queria recair naquelas escusas aventuras de antes. Não pensava na minha irmã, nem, por sinal, na minha finada mãe; pelo menos, não me lembro de ter pensado. Talvez, após o terrível choque do meu ferimento (embora estivesse plenamente curado, eu ficava sempre apavorado quando pensava nele, desamparado, como se fosse de vidro, cristal, podendo estilhaçar ao menor choque) e os traumas da primavera, meu espírito aspirasse a uma calma monótona e rejeitasse tudo capaz de perturbá-lo. Ora, naquela noite — eu havia chegado antes da hora para ter tempo de refletir um pouco e bebia um conhaque no bar —, eu pensava de novo na minha irmã: afinal, era seu trigésimo aniversário também. Onde estaria festejando: na Suíça, num sanatório cheio de estrangeiros? Em seu misterioso solar da Pomerânia? Fazia tempo que não comemorávamos nosso aniversário juntos. Eu tentava rememorar a última vez: devia ter sido na nossa infância, em Antibes, mas, para minha grande angústia, em vão eu me concentrava, era incapaz de me lembrar, de rever a cena. Podia calcular a data: pela lógica, teria sido em 1926, uma vez que em 1927 já estávamos no colégio; tínhamos então treze anos, eu fazia de tudo para lembrar, mas impossível, não via nada. Será que havia fotografias dessa festa nas pastas de papelão ou nas caixas do sótão de Antibes? Arrependia-me de não tê-las vasculhado melhor. Quanto mais eu refletia sobre esse detalhe no fim das contas idiota, mais lastimava os lapsos da minha memória. Felizmente, Thomas chegou para me tirar do meu *spleen*. Provavelmente já o disse, mas posso repetir: o que eu gostava em Thomas era seu otimismo espontâneo, sua vitalidade, sua inteligência, seu cinismo impassível; seus mexericos e sua tagarelice recheada de subentendidos sempre me deleitavam, pois parecia assim penetrar os subterrâneos da vida, invisíveis aos olhares leigos, que não veem senão as ações evidentes dos homens, mas como voltados para o sol graças ao seu conhecimento das conexões dissimuladas, dos telefonemas sigilosos, das conversas a portas fechadas. Ele era capaz de deduzir um realinhamento das forças políticas do simples fato de um encontro, mesmo não sabendo o que fora dito; e, se às vezes se enganava, sua avidez por colher novas informações permitia-lhe corrigir continuamente as elaborações temerárias que, dessa forma, arquitetava. Ao mesmo tempo, não tinha nenhuma imaginação, e eu sempre pensara, a despeito de sua capacidade de esboçar um quadro complexo em poucas linhas, que teria dado um medíocre romancista: em seus raciocínios e intuições, seu polo norte era sempre o interesse pessoal; e, embora orientando-se por este, raramente se enganasse, era incapaz de ver outra motivação para os atos e palavras dos homens. Sua paixão — e nesse ponto era o oposto de Voss (e eu me lembrava do meu aniversário precedente e sentia falta daquela amizade tão breve) —, sua paixão não era uma paixão pelo conhecimento puro, pelo conhecimento em si mesmo, mas unicamente pelo conhecimento prático, provedor de ferramentas para a ação. Naquela noite, ele me falou muito de Schellenberg, mas de uma maneira curiosamente alusiva, como se eu devesse compreender por mim mesmo: Schellenberg tinha dúvidas, Schellenberg refletia em alternativas, mas sobre o que incidiam essas dúvidas, em que consistiam essas alternativas, ele não queria falar. Eu pouco conhecia Schellenberg, mas não podia dizer que o apreciasse. No RSHA, ele tinha uma posição especial, graças sobretudo, creio, à sua relação privilegiada com o Reichsführer. Da minha parte, não o considerava um nacional-socialista genuíno, mas antes um técnico do poder, seduzido pelo poder em si e não pelo seu objeto. Ao me reler, percebo que minhas palavras podem levá-los a achar a mesma coisa de Thomas; mas Thomas era diferente; embora se mostrasse visceralmente alérgico a discussões teóricas e ideológicas — o que explicava, por exemplo, sua aversão por Ohlendorf — e continuasse a zelar intensamente pelo seu futuro pessoal, suas menores ações eram como guiadas por um nacional-socialismo instintivo. Schellenberg, por sua vez, era um camaleão, e não era difícil imaginá-lo trabalhando para o Secret Service britânico ou o OSS, o que no caso de Thomas era impensável. Schellenberg tinha o hábito de referir-se àqueles de quem não gostava como *putas*, termo que caía como uma luva nele, e, pensando bem, não deixa de ser verdade que os insultos prediletos das pessoas, os que lhes vêm mais espontaneamente aos lábios, revelam no fim das contas frequentemente seus próprios defeitos ocultos, pois elas odeiam por natureza aquilo com que mais se assemelham. Essa ideia não me abandonou aquela noite, e, de volta em casa, já tarde, um pouco bêbado talvez, peguei em uma prateleira uma coletânea dos discursos do Führer pertencente à Frau Gutknecht e comecei a folhear, procurando as passagens mais virulentas, sobretudo sobre os judeus, e ao lê-las eu me perguntava se, vociferando: *Faltam aos judeus capacidade e criatividade em todos os domínios da vida, menos um: mentir e trapacear,* ou *O edifício inteiro do Judeu irá desmoronar se nos recusarmos a segui-lo,* ou ainda *São mentirosos, falsários, hipócritas. Só chegaram aonde estão graças à ingenuidade dos que os cercam*, ou ainda *Podemos viver sem o judeu. Mas ele não pode viver sem nós*, o Führer, à sua revelia, não descrevia a si próprio. Ora, aquele homem nunca falava em seu próprio nome, os acidentes da sua personalidade não contavam muito: seu papel era quase o de uma lente, captava e concentrava a vontade do *Volk* para dirigi-la para um foco óptico, sempre no ponto mais correto. Assim, se com essas palavras falava de si mesmo, não falava de todos nós? Mas isso, só agora posso dizê-lo.

Durante o jantar, Thomas voltara a me criticar pela minha insociabilidade e meus horários impossíveis: "Sei muito bem que todo mundo deve dar o máximo de si, mas desse jeito você vai acabar arruinando a sua saúde. Além do mais, para o seu governo, a Alemanha não perderá a guerra se você aproveitar suas noites e seus domingos. Ainda temos que aguentar por um tempo, recupere o seu ritmo, senão você vai desabar. A propósito, veja, está ganhando barriga." Era verdade: não é que eu engordasse, mas meus músculos abdominais distendiam-se. "Venha pelo menos praticar um esporte", insistia Thomas. "Faço esgrima duas vezes por semana e aos domingos vou à piscina. Vai ver, vai lhe fazer bem." Como sempre, ele tinha razão. Logo retomei o gosto pela esgrima, que eu praticara um pouco na universidade; comecei com o sabre, gostava muito do lado vivo e nervoso dessa arma. O que me agradava, nesse esporte, era que, apesar de sua agressividade, não era um esporte brutal: tanto quanto os reflexos e a flexibilidade exigidos pelo manejo da arma, contam o trabalho mental antes da passagem, a antecipação intuitiva dos movimentos do outro, o cálculo rápido das respostas possíveis, jogo de xadrez físico em que devemos prever diversos golpes, pois, uma vez iniciado o embate, não se tem mais tempo de refletir, e pode-se dizer frequentemente que a passagem está ganha ou perdida antes mesmo de começar, segundo calculemos certo ou não, as próprias estocadas não vindo senão confirmar ou desmentir o cálculo. Esgrimíamos na sala de armas do RSHA, no Prinz-Albrecht-Palais; mas para a natação frequentávamos uma piscina pública, em Kreuzberg, em vez de a da Gestapo: em primeiro lugar, ponto capital para Thomas, lá havia mulheres (diferentes das perpétuas secretárias); em segundo, era maior e, depois de nadarmos, podíamos nos sentar de roupão diante de mesas de madeira numa ampla sacada, no andar de cima, e beber cerveja gelada contemplando os nadadores cujos gritos de alegria e braçadas ressoavam através do vasto recinto. A primeira vez que fui até lá tive um choque violento, que me deixou numa angústia aflitiva pelo resto do dia. Estávamos tirando a roupa no vestiário: olhei para Thomas e constatei que uma grande cicatriz bífida atravessava-lhe a barriga. "Onde arranjou isso?", exclamei. Thomas olhou para mim, pasmo: "Ora, em Stalingrado. Não se lembra? Você estava lá." Uma lembrança, sim, eu tinha uma lembrança, e a escrevi junto com as outras, mas a enfurnara na minha cabeça, no sótão das alucinações e dos sonhos; agora, aquela cicatriz vinha abalar tudo, subitamente eu tinha a impressão de não poder mais ter certeza de nada. Eu continuava a fitar a barriga de Thomas; ele golpeou os abdominais com a palma da mão, sorrindo com todos os dentes: "Está tudo bem, não se preocupe, estou recuperado. Além do mais, isso deixa as mulheres loucas, deve excitá-las." Fechou um olho e apontou um dedo para minha cabeça, o polegar levantado, como uma criança brincando de caubói: "Pam!" Quase senti o tiro na minha testa, minha angústia crescia como uma coisa cinzenta, flácida e sem limites, um corpo monstruoso que ocupava o espaço exíguo dos vestiários e me tolhia os movimentos, Gulliver aterrado encurralado numa casa de liliputianos. "Não faça essa cara", exclamava Thomas alegremente, "venha nadar!" A água, aquecida mas ainda assim um pouco fria, me fez bem; cansado após nadar algumas piscinas — eu realmente me animara —, estiquei-me numa *chaise longue*, enquanto Thomas divertia-se gritando e deixando que garotas entusiasmadas enfiassem sua cabeça na água. Eu observava aquelas pessoas esbaldando-se, divertindo-se, sentindo prazer com as próprias forças, e me sentia muito longe daquilo. Os corpos, mesmo os mais belos, não me deixavam mais em pânico, como meses antes os dos bailarinos; deixavam-me indiferente, tanto os dos rapazes quanto os das moças. Podia admirar com isenção o jogo dos músculos sob as peles brancas, a curva de um quadril, o brilho da água em uma nuca: o Apolo em bronze carcomido de Paris me excitara muito mais que toda aquela jovem musculatura insolente, que se desdobrava despreocupadamente, como zombando das carnes flácidas e amarelecidas de alguns idosos que frequentavam o local. Minha atenção foi atraída por uma jovem mulher que contrastava com as outras por sua calma; enquanto suas amigas corriam ou se esbaforiam ao redor de Thomas, ela permanecia imóvel, os dois braços dobrados na beira da piscina, o corpo boiando na água, e a cabeça oval sob uma elegante touca de borracha preta, apoiada nos antebraços, com seus grandes olhos escuros dirigidos serenamente para mim. Eu não podia julgar se ela estava me observando de fato; sem se mover, parecia contemplar com prazer tudo que se achava em seu campo de visão; no fim de um longo momento, levantou os braços e se deixou lentamente afundar. Esperei que emergisse, mas os segundos passavam; finalmente, reapareceu na outra ponta da piscina, que atravessara por baixo d'água tão calmamente quanto eu um dia atravessara o Volga. Fiquei por ali na *chaise longue* e fechei os olhos, concentrando-me na sensação da água clorada que se evaporava lentamente de minha pele. Minha angústia, naquele dia, demorou para relaxar seu abraço asfixiante. Apesar disso, voltei à piscina com Thomas no domingo seguinte.

Nesse ínterim, eu fora novamente convocado pelo Reichsführer, que me pediu para lhe explicar como havíamos chegado aos nossos resultados; lancei-me numa explicação detalhada, pois era difícil sintetizar determinados aspectos técnicos; ele me deixou falar, expressão fria e pouco amistosa, e, quando terminei, perguntou secamente: "E o Reichssicherheitshauptamt?" — "O especialista deles a princípio concorda, meu Reichsführer. Continua aguardando a confirmação do Gruppenführer Müller." — "É preciso atenção, Sturmbannführer, muita atenção", martelou com sua voz mais doutoral. Uma nova revolta judaica, eu sabia, acabava de estourar no GG, em Sobibor dessa vez; mais uma vez SS tinham sido mortos, e apesar de uma grande batida, parte dos evadidos não havia sido recapturada; ora, tratava-se de *Geheimnisträger*, testemunhas das operações de extermínio: se conseguissem juntar-se aos insurgentes do Pripet, havia boas chances de que viessem a cair nas mãos dos bolcheviques. Eu compreendia a preocupação do Reichsführer, mas ele precisava se decidir. "Creio que esteve com o Reichsminister Speer...", disse de repente. — "Sim, meu Reichsführer. Fui apresentado a ele pelo Dr. Mandelbrod." — "Falou com ele do seu projeto?" — "Não entrei em detalhes, meu Reichsführer. Mas ele sabe que trabalhamos para melhorar o estado de saúde dos *Häftlinge.*" — "E qual foi a reação dele?" — "Parecia satisfeito, meu Reichsführer." Folheou uns papéis sobre a mesa: "O Dr. Mandelbrod me escreveu uma carta. Disse que o Reichsminister Speer pareceu gostar do senhor. É verdade?" — "Não sei, meu Reichsführer." — "O Dr. Mandelbrod e Herr Leland querem a todo custo que eu me aproxime de Speer. A princípio, não é má ideia, pois temos interesses em comum. Todo mundo continua achando que eu e Speer não nos entendemos. Mas não é nada disso. Criei a Dest e implantei campos especialmente para ele já em 1937, para lhe fornecer material de construção, tijolos e granito para a nova capital que ele ia construir para o Führer. Nessa época, a Alemanha inteira só podia lhe fornecer 4% de suas necessidades em granito. Ele estava muito satisfeito com a minha ajuda e radiante em cooperar. Porém, naturalmente, convém desconfiar dele. Não é um idealista e não compreende a SS. Eu quis fazer dele um dos meus Gruppenführer, ele recusou. No ano passado ele cismou de criticar nossa organização do trabalho junto ao Führer: queria obter a jurisdição sobre nossos campos. Ainda hoje sonha controlar nosso funcionamento interno. Entretanto, continua sendo importante cooperar com ele. O senhor consultou alguém do Ministério para a preparação do seu projeto?" — "Sim, meu Reichsführer. Um dos seus funcionários veio nos fazer uma exposição." O Reichsführer balançou lentamente a cabeça: "Bem, bem..." Depois pareceu decidir-se: "Não temos muito tempo a perder. Direi a Pohl que aprovo o projeto. Envie uma cópia para o Reichsminister Speer, diretamente, com um bilhete pessoal lembrando-lhe o encontro dos senhores e enfatizando que o projeto será levado adiante. E, naturalmente, envie uma cópia para o Dr. Mandelbrod também." — "*Zu Befehl*, meu Reichsführer. E, no caso dos trabalhadores estrangeiros, que quer que eu faça?" — "Por enquanto, nada. Estude a questão do ponto de vista da nutrição e da produtividade, mas fique nisso. Veremos como as coisas evoluem. E, se Speer ou um de seus parceiros entrar em contato com o senhor, informe a Brandt e reaja favoravelmente."

    Segui ao pé da letra as instruções do Reichsführer. Não sei o que Pohl fez do nosso projeto, que não obstante eu tão amorosamente concebera: alguns dias mais tarde, perto do fim do mês, ele enviava uma nova ordem a todos os KL, exigindo que diminuíssem a mortalidade e a morbidez em 10%, mas sem a menor instrução concreta; ao que eu saiba, as rações de Isenbeck nunca foram adotadas. Por outro lado, recebi uma carta lisonjeadora de Speer, que se regozijava com a aceitação do projeto, *prova concreta da nossa recém-inaugurada cooperação*. Terminava assim: *Espero ter a oportunidade de recebê-lo em breve para discutirmos esses problemas. Seu, Speer.* Encaminhei essa carta a Brandt. No início de novembro, recebi uma segunda: o Gauleiter do Westmark escrevera a Speer para exigir que quinhentos trabalhadores judeus entregues pela SS a uma fábrica de armamentos na Lorena fossem retirados imediatamente: *Com as providências que tomei, a Lorena está Judenfrei e assim permanecerá*, escrevia o Gauleiter. Speer me pedia que transmitisse essa carta à instância competente para esclarecer a questão. Consultei Brandt; dias depois, ele me enviava um memorando interno pedindo que eu mesmo respondesse ao Gauleiter em nome do Reichsführer, e negativamente. *Tom: seco*, escrevera Brandt. Pus mãos à obra, feliz da vida:

> *Caro companheiro do partido Bürkel!*
> *Seu pedido é inoportuno e não pode ser aceito. Nesta hora difícil para a Alemanha, o Reichsführer está consciente da necessidade de utilizar ao máximo a força de trabalho dos inimigos da nossa Nação. As decisões sobre o assentamento dos trabalhadores são tomadas em articulação com o RMfRuK, única instância competente no trato dessa questão. Como a proibição atualmente em vigor de usar trabalhadores detentos judeus diz respeito apenas ao Altreich e à Áustria, só posso presumir que seu requerimento decorra sobretudo de seu desejo de se ver consultado no âmbito do ajuste global da questão judaica. Heil Hitler! Seu etc.*

Mandei uma cópia para Speer, que me agradeceu. Aos poucos aquilo foi se repetindo: Speer me encaminhava solicitações e requerimentos irritantes, e eu respondia em nome do Reichsführer; para os casos mais complicados, reportava-me ao SD, passando mais por contatos que pela via oficial, para acelerar as coisas. Reencontrei então Ohlendorf, que me convidou para jantar e me infligiu uma longa réplica contra o sistema de autogestão da indústria implantado por Speer, que ele considerava uma mera usurpação dos poderes do Estado por capitalistas irresponsáveis perante a comunidade. Se o Reichsführer aprovava, segundo ele, era porque não entendia nada de economia e, também, porque estava influenciado por Pohl, ele próprio um consumado capitalista obcecado pela expansão do seu império industrial SS. Para dizer a verdade, tampouco eu entendia muito de economia, nem, aliás, dos raciocínios ferozes de Ohlendorf nesse domínio. Mas era sempre um prazer escutá-lo: sua franqueza e honestidade intelectual refrescavam como um copo de água fresca, e ele tinha razão em sublinhar que a guerra causara ou acentuara numerosos equívocos; mais tarde precisaríamos reformar profundamente as estruturas do Estado.

Eu voltava a tomar gosto pela vida fora do trabalho: talvez os efeitos benéficos do esporte, talvez outra coisa, não sei. Um dia percebi que fazia tempo que Frau Gutknecht era insuportável para mim; no dia seguinte, comecei a procurar outro apartamento. Foi um pouco complicado, mas Thomas me ajudou e achei um pequeno mobiliado para solteiro, no último andar de um prédio recém-construído. Pertencia a um Hauptsturmführer que acabava de se casar e partia em missão para a Noruega. Entramos logo num acordo quanto a um aluguel razoável, e, numa tarde, com a ajuda de Piontek e sob o fogo dos trinados e súplicas de Frau Gutknecht, transportei minhas coisas para lá. Não era um apartamento muito grande: dois cômodos quadrados separados por uma porta dupla, uma cozinha pequena e um banheiro; mas tinha uma sacada, e, como a sala compunha o ângulo do prédio, as janelas abriam-se para dois lados; a sacada dava para um pequeno parque, eu podia observar as crianças brincando e, o principal, era tranquilo, eu não era perturbado pelo barulho dos carros; das minhas janelas, tinha uma bela vista para uma paisagem de telhados, um emaranhamento de formas reconfortante, mudando constantemente com o tempo e a luz. Nos dias em que fazia sol, o apartamento era iluminado desde a manhã até a noite: aos domingos, eu via o sol nascer do meu quarto e se pôr da sala. Para clarear ainda mais, mandei, com permissão do proprietário, arrancar os papéis de parede velhos e desbotados e pintar as paredes de branco; isso era pouco comum em Berlim, mas eu conhecera apartamentos assim em Paris e aquilo me agradava, com o assoalho liso, era quase ascético, correspondendo ao meu estado de espírito: fumando tranquilamente no meu sofá, eu me perguntava por que diabos não pensara em me mudar antes. De manhã, levantava-me bem cedo, antes do nascer do sol naquela estação, comia algumas torradas e tomava do genuíno café preto; Thomas mandava vir da Holanda por um conhecido e me revendia uma parte. Para ir para o trabalho, pegava o bonde. Gostava de ver o desfile das ruas, contemplar os rostos dos meus vizinhos à luz do dia, tristes, fechados, indiferentes, cansados, mas às vezes também espantosamente felizes, e, se vocês prestarem atenção, verão que é raro ver um rosto feliz na rua ou num bonde, mas, quando isso acontecia, eu ficava feliz também, sentia que me juntava à comunidade dos homens, aquelas pessoas para quem eu trabalhava mas de quem tanto me havia separado. Por diversos dias seguidos observei uma mulher loura e bonita que usava a mesma linha que eu. Tinha um rosto tranquilo e grave, do qual notei primeiramente a boca, sobretudo o lábio superior, duas asas musculosas e agressivas. Ao perceber o meu olhar, ela me fitou: sob sobrancelhas com arcadas altas e finas, ela tinha os olhos fundos, quase pretos, assimétricos e assírios (mas provavelmente esta última comparação ocorreu-me por mera assonância). De pé, segurava numa alça e me examinava com um olhar calmo e sério. Eu tinha impressão de já tê-la visto em algum lugar, pelo menos o seu olhar, mas não conseguia me lembrar onde. No dia seguinte, dirigiu-me a palavra: "Bom dia. O senhor não se lembra de mim", acrescentou, "mas já nos encontramos. Na piscina." Tratava-se da moça apoiada na beira da piscina. Eu não a via todos os dias; quando a via, cumprimentava-a amavelmente e ela sorria, delicadamente. À noite, eu saía com mais frequência: ia jantar com Hohenegg, que apresentei a Thomas, revia ex-colegas de universidade, aceitava convites para ceias e festinhas onde bebia e conversava com prazer, sem horror, sem angústia. Era a vida normal, a vida de todo dia, e, afinal de contas, aquilo também valia a pena ser vivido.

Pouco tempo depois de minha ceia com Ohlendorf, eu recebera um convite do Dr. Mandelbrod para passar o fim de semana em uma propriedade campestre pertencente a um dos diretores da IG Farben, no norte do distrito de Brandemburgo. A carta esclarecia que o programa consistia em uma caçada e um jantar informal. Massacrar aves era coisa que não me tentava, mas eu não era obrigado a atirar, poderia simplesmente caminhar pelos bosques. O tempo estava chuvoso: Berlim penetrava no outono, os belos dias de outubro haviam chegado ao fim, as árvores acabavam de perder as folhas; às vezes, o tempo clareava, era possível sair, desfrutar do ar, já frio. No dia 18 de novembro, na hora do jantar, as sirenes ressoaram e as baterias de Flak começaram a disparar, pela primeira vez desde o fim de agosto. Eu estava no restaurante com amigos, entre eles Thomas, acabávamos de sair da nossa sessão de esgrima, tivemos que descer para o porão sem sequer comer; o alerta durou duas horas, mas nos serviram vinho e o tempo passou em meio a piadas. O bombardeio aéreo causou sérios estragos no centro da cidade; os ingleses enviaram mais de quatrocentos aparelhos: tinham resolvido desafiar nossas novas táticas. Isso se dava na noite de quinta-feira; na manhã de sábado, ordenei a Piontek que me levasse na direção de Prenzlau, até a aldeia indicada por Mandelbrod. A casa situava-se a alguns quilômetros dali, no fim de uma longa aleia bordada por carvalhos antigos mas de que faltava boa parte, dizimada por doenças ou tempestades; era um antigo solar, adquirido por esse diretor, encostado a uma floresta mista dominada por pinheiros mesclados com faias e bordos, e rodeado por um belo parque ao ar livre, depois, mais além, por extensas glebas desertas e alagadiças. Havia chuviscado no caminho, mas o céu, vergastado por uma forte ventania do norte, clareara. No chão de cascalho, em frente à escada da entrada, várias limusines estavam estacionadas lado a lado e um motorista de uniforme removia a lama dos para-choques. Fui recebido nos degraus por Herr Leland, que naquele dia exibia um aspecto bastante militar, apesar do casaco de tricô de lã marrom: o proprietário estava ausente, ele me explicou, mas lhes haviam emprestado a casa; Mandelbrod chegaria apenas à noite, depois da caçada. A seu conselho, mandei Piontek de volta para Berlim: os convidados voltariam juntos, não faltaria lugar em um dos carros. Uma empregada de uniforme preto, com um avental de renda, conduziu-me até o quarto a mim destinado. Um fogo crepitava na lareira. Do lado de fora, começara a garoar. Como sugerira o convite, eu não vestia uniforme, mas um traje campestre, uma calça de lã, botas e um paletó austríaco sem gola, com botões de osso, impermeável; para a noite, levara um terno simples, que desdobrei, escovei e pendurei no cabide antes de descer. No salão, vários convidados tomavam chá ou conversavam com Leland; Speer, sentado em frente a uma janela, reconheceu-me prontamente e se levantou com um sorriso amistoso para apertar minha mão. "Sturmbannführer, é um prazer revê-lo. Herr Leland me disse que o senhor viria. Venha, vou apresentar-lhe minha esposa." Margret Speer estava sentada perto da lareira com outra mulher, uma Frau Von Wrede, esposa de um general que se encontrava a caminho; ao chegar diante delas, estalei os calcanhares e lancei uma saudação alemã, que Frau Von Wrede me retribuiu. Frau Speer, por sua vez, não fez senão estender-me uma mãozinha enluvada e elegante: "Encantada, Sturmbannführer. Ouvi falar no senhor: meu marido me disse que o senhor lhe foi de grande auxílio na SS." — "Faço o que posso, meine Dame." Era uma mulher esbelta, loura, uma beleza quase nórdica, com um maxilar forte e quadrado e olhos de um azul cristalino sob sobrancelhas louras; mas parecia cansada e isso dava um tom amarelado à sua pele. Serviram-me chá e conversei um pouco com ela enquanto seu marido ia ter com Leland. "Seus filhos não vieram?", perguntei gentilmente. "Oh! Se os tivesse trazido, não seria um feriado. Ficaram em Berlim. Já tive tanta dificuldade para arrancar Albert do Ministério, e, justamente quando ele aceita, não quero que o perturbem. Ele precisa muito de repouso." A conversa girou sobre Stalingrado, pois Frau Speer sabia que eu voltara de lá; Frau Von Wrede, por sua vez, deixara lá um primo, um Generalmajor que comandava uma divisão e provavelmente fora capturado pelos russos: "Deve ter sido terrível!" Sim, confirmei, havia sido terrível; por cortesia, porém, acrescentei que devia ter sido menos para um general de divisão que para um homem de tropa, como o irmão de Speer, que, se por milagre ainda vivia, decerto não se beneficiava do tratamento especial que os bolcheviques, muito pouco igualitários nesse aspecto, concediam segundo nossas informações aos oficiais superiores. "Albert sentiu muito a perda do irmão", disse pensativamente Margret Speer. "Ele não demonstra, mas eu sei. Deu seu nome para o nosso último recém-nascido."

Aos poucos fui apresentado aos outros convidados: industriais, oficiais superiores da Wehrmacht ou da Luftwaffe, um colega de Speer, outros altos funcionários. Eu era o único membro da SS e também o mais subalterno do grupo; mas ninguém parecia dar atenção a isso, e Herr Leland me apresentava como "Dr. Aue", às vezes acrescentando que eu exercia "funções importantes junto ao Reichsführer-SS"; assim, tratavam-me com toda a cordialidade, e meu nervosismo, grande no início, diminuía paulatinamente. Por volta do meio-dia, serviram-nos sanduíches, patê de fígado e cerveja. "Um lanche ligeiro", declarou Leland, "para não cansar os senhores." A caçada começava depois; ofereceram-nos café, depois cada um recebeu uma bolsa de caçador, chocolate suíço e uma garrafinha de *brandy*. Tinha parado de chover, uma luminosidade fraca parecia querer atravessar a bruma; segundo um general que se dizia conhecedor, era um tempo perfeito. Íamos caçar o galo-montês, privilégio aparentemente raríssimo na Alemanha: "Esta casa foi adquirida por um judeu depois da guerra", explicava Leland aos seus hóspedes. "Queria dar-se ares de grão-senhor e mandou vir galos--monteses da Suécia. A mata era muito propícia e o proprietário atual limita severamente as caçadas." Eu não sabia nada sobre aquilo e não tinha intenção alguma de me iniciar; todavia, por educação, decidira acompanhar os caçadores em vez de sair sozinho e me separar. Leland nos reuniu na escada da entrada e empregados nos distribuíram fuzis, munições e cães. Como o galo-montês era caçado individualmente ou a dois, seríamos divididos em pequenos grupos; para evitar acidentes, foi atribuído um setor da floresta a cada grupo, e ninguém podia sair da sua área; além disso, as partidas seriam escalonadas. O general diletante partiu primeiro, sozinho com um cachorro, depois dele algumas duplas de homens. Margret Speer, para minha surpresa, juntara-se ao grupo e também pegara um fuzil, pondo-se a caminho com o colega do marido, Hettlage. Leland voltou-se para mim: "Max, e se você acompanhasse o Reichsminister? Vá por ali. Irei com Herr Ströhlein." Abri as mãos: "Pois não." Speer, fuzil já debaixo do braço, sorriu para mim: "Boa ideia! Venha." Atravessamos o parque em direção ao bosque. Speer usava um casaco bávaro de couro, com lapelas arredondadas, e um chapéu; eu também pegara com que me cobrir. Na franja do bosque, Speer carregou sua arma, um fuzil de cano duplo. Eu mantinha a minha no ombro, descarregada. O cão que nos haviam confiado agitava-se, postado na orla do bosque, a língua pendente, apontando. "Já caçou o galo-montês?", perguntou Speer. — "Nunca, Herr Reichsminister. Na verdade, não pratico a caça. Se não considerar uma desfeita, vou apenas acompanhá-lo." Exprimiu um ar de espanto: "Como quiser." Apontou para a floresta: "Se entendi bem, temos que caminhar um quilômetro até um riacho e atravessá-lo. Tudo que estiver do outro lado, até o limite da floresta, é nosso. Herr Leland ficará deste lado." Enveredou pelo sobosque. Estava bem fechado, precisávamos contornar os arbustos, impossível andar em linha reta; as gotas d'água escorriam das folhas e vinham explodir em nossos chapéus ou nossas mãos; no solo, folhas mortas, encharcadas, exalavam um cheiro forte de terra e de húmus, embriagador, rico e vivificante, mas que me trazia recordações infelizes. Fui varrido por uma lufada de tristeza: Eis o que fizeram de mim, eu me dizia, um homem que não pode ver uma floresta sem pensar em uma vala comum. Um galho seco estalou sob minha bota. "É surpreendente o senhor não gostar de caçadas", comentou Speer. Às voltas com os meus pensamentos, respondi sem refletir: "Não gosto de matar, Herr Reichsminister." Ele me lançou um olhar curioso, e esclareci: "Às vezes é necessário matar por dever, Herr Reichsminister. Matar por prazer é uma escolha." Ele sorriu: "Quanto a mim, graças a Deus, matei apenas por prazer. Não conheci a guerra." Caminhamos um pouco mais em silêncio, em meio a estalos de galhos e murmúrios de água, suaves e discretos. "Que fazia na Rússia, Sturmbannführer?", perguntou Speer. "Servia na Waffen-SS?" — "Não, Herr Reichsminister. Eu estava com o SD. Exercendo funções de segurança." — "Entendo." Hesitou. Depois disse com uma voz calma e clara: "Ouvem-se muitos rumores sobre o destino dos judeus no Leste. Saberia alguma coisa sobre isso?" — "Conheço os rumores, Herr Reichsminister. O SD os recolhe e li relatórios. Têm todo tipo de origem." — "O senhor certamente deve fazer uma ideia da verdade, em sua posição." Curiosamente, ele não fazia nenhuma alusão ao discurso de Posen (na época eu estava convencido de que ele comparecera, mas talvez houvesse efetivamente saído antes). Respondi com cortesia: "Herr Reichsminister, no que se refere a grande parte das minhas funções, estou preso ao sigilo. Creio que pode entender. Se deseja realmente esclarecimentos, sugiro que se reporte ao Reichsführer ou ao Standartenführer Brandt. Tenho certeza de que eles terão prazer em lhe enviar um relatório detalhado." Havíamos chegado ao riacho: o cão, feliz, entretinha-se na água pouco profunda. "É aqui", disse Speer. Apontou uma zona um pouco à frente: "Veja, ali, naquela depressão, a floresta muda. Há resiníferas e menos amieiros, além de arbustos com bagas. É o melhor lugar para desentocar galos-monteses. Se não vai atirar, fique atrás de mim." Atravessamos o riacho em grandes passadas; no meio da depressão, Speer armou seu fuzil e o colocou no ombro. Em seguida começou a avançar, à espreita. O cão permanecia perto dele, rabo erguido. Após alguns minutos ouvi um grande estrépito e vi uma grande forma marrom correr por entre as árvores; no mesmo instante, Speer atirou, mas deve ter errado pois através do eco eu ainda ouvia o bater das asas. Uma fumaça grossa e o cheiro acre da cordite impregnaram a mata. Speer ainda não abaixara seu fuzil; mas o silêncio já se reinstalara. Outro grande estrépito de asas entre os galhos úmidos se fez ouvir, mas Speer não atirou; eu tampouco vira alguma coisa. A terceira ave decolou bem no nosso nariz, vi-a nitidamente, tinha as asas bem espessas, o pescoço com penas bufantes, e fazia as curvas por entre as árvores com uma agilidade espantosa para sua massa, acelerando e desviando; Speer atirou, mas a ave era muito veloz, ele não tivera tempo de se refrear e o tiro se perdeu. Abriu o fuzil, ejetou as cápsulas, soprou para expulsar a fumaça e tirou dois cartuchos do bolso do casaco. "O galo-montês é dificílimo de ser caçado", comentou. "É justamente por isso que é interessante. É preciso escolher bem a arma. Esta está equilibrada, mas é um pouco comprida demais para o meu gosto." Olhou para mim sorrindo: "Na primavera, é muito bonito, a estação dos amores. Os galos batem o bico, reúnem-se nas clareiras para se exibir e cantar, exibem as cores. As fêmeas, como sempre, são completamente sem graça." Terminou de carregar o fuzil e o colocou no ombro antes de partirmos novamente. Nos trechos mais fechados, ele abria passagem entre os galhos com o cano do fuzil, sem jamais abaixá-lo. Quando desalojou outra ave, atirou sem titubear, um pouco à sua frente; ouvi a ave cair e ao mesmo tempo o cão deu um salto e desapareceu nas moitas. Reapareceu instantes depois, a ave no focinho, cabeça pendente. Depositou-a aos pés de Speer que a guardou em sua bolsa de caçador. Enfim desembocamos num descampado coberto de tufos de relva amarelados que dava para as glebas. Speer sacou seu tablete de chocolate: "Quer?" — "Não, obrigado. Atrapalho se pedir um tempo para fumar um cigarro?" — "De forma alguma. É um bom lugar para descansar." Abriu seu fuzil, colocou-o no chão e sentou-se ao pé de uma árvore, mordiscando seu chocolate. Bebi um trago de *brandy*, estendi-lhe o frasco e acendi um cigarro. A relva, sob minhas nádegas, molhava minhas calças, mas eu não ligava: com o chapéu nos joelhos, descansei minha cabeça contra a casca enrugada do pinheiro no qual eu estava recostado e contemplei a superfície tranquila da relva e os bosques silenciosos. "Saiba", disse Speer, "que compreendo perfeitamente os imperativos da segurança. Porém, estes entram cada vez mais em conflito com as necessidades da indústria de guerra. Muitos trabalhadores potenciais não foram aproveitados." Soltei a fumaça antes de responder: "É possível, Herr Reichsminister. Mas na situação atual, com nossas dificuldades, penso que os conflitos de prioridade são inevitáveis." — "Entretanto é fundamental resolvê-los." — "Naturalmente. De toda forma, Herr Reichsminister, a decisão final cabe ao Führer, não é mesmo? O Reichsführer apenas obedece às suas diretrizes." Trincou novamente sua barra de chocolate: "Não acha que a prioridade, tanto para o Führer como para nós, é vencer a guerra?" — "Certamente, Herr Reichsminister." — "Então por que nos privarmos de recursos preciosos? Todas as semanas a Wehrmacht vem reclamar que estamos lhes tirando trabalhadores judeus. Que não são reencaminhados para outros lugares, senão eu saberia. Isso é ridículo! A questão judaica está resolvida na Alemanha; quanto ao resto, que importância tem agora? Primeiro ganhemos a guerra; depois teremos tempo de sobra para resolver os outros problemas." Escolhi as palavras com cautela: "Talvez, Herr Reichsminister, alguns julguem que, tendo em vista a demora em ganhar a guerra, determinados problemas devam ser resolvidos imediatamente..." Voltou a cabeça para mim e me fitou com seus olhos aguçados: "Acha?" — "Não sei. É uma possibilidade. Posso lhe perguntar o que disse o Führer quando falou com ele?" Mascou a língua com uma expressão pensativa: "O Führer nunca fala dessas coisas. Pelo menos comigo." Levantou-se e espanou a calça. "Continuamos?" Joguei fora o cigarro, bebi mais um pouco de *brandy* e guardei o frasco: "Por onde?" — "Boa pergunta. Se passarmos para o outro lado, tenho medo de esbarrar em um dos nossos amigos." Olhou para o fundo do descampado, à direita: "Se formos por aqui, acho que sairemos no riacho. Depois poderemos retroceder." Pusemo-nos novamente a caminho, margeando a orla do bosque; o cão nos seguia a alguns passos de distância, na relva molhada do prado. "A propósito", disse Speer, "ainda não lhe agradeci por suas intervenções. Gosto muito delas." — "É um prazer, Herr Reichsminister. Espero que isso seja de alguma utilidade. Está satisfeito com sua nova cooperação com o Reichsführer?" — "Para dizer a verdade, Sturmbannführer, eu esperava mais da parte dele. Já lhe enviei vários relatórios sobre os Gauleiter que se recusam a fechar empresas inúteis em prol da produção de guerra. Mas, pelo que vejo, o Reichsführer contenta-se em encaminhar esses relatórios ao Reichsleiter Bormann. E Bormann, claro, dá sempre razão aos Gauleiter. O Reichsführer parece aceitar isso passivamente." Tínhamos chegado ao fim da clareira e entrávamos no bosque. Recomeçou a chover, uma chuva fina, leve, que impregnava nossas roupas. Speer se calara e caminhava com o fuzil ereto, concentrado nos arbustos à sua frente. Avançamos assim durante cerca de meia hora até o riacho, depois retrocedemos na diagonal, antes de embicarmos novamente para o riacho. De vez em quando, ao longe, eu ouvia um disparo de fogo isolado, um estampido na chuva. Speer atirou mais quatro vezes e abateu um galo-montês preto com um belo colar de plumas com reflexos metálicos. Encharcados até os ossos, voltamos a atravessar o riacho em direção à casa. Um pouco antes do parque, Speer dirigiu-se a mim mais uma vez: "Sturmbannführer, tenho um pedido. O Brigadeführer Kammler está em vias de construir uma instalação subterrânea, no Harz, para a produção de foguetes. Eu gostaria de visitar essas instalações, verificar em que pé estão os trabalhos. Poderia arranjar isso para mim?" Pego de surpresa, respondi: "Não sei, Herr Reichsminister. Isso não chegou aos meus ouvidos. Mas farei a solicitação." Riu: "Há alguns meses, o Obergruppenführer Pohl me mandou uma carta queixando-se de que eu nunca visitara um campo de concentração e que formara minha opinião sobre a exploração do trabalho dos detentos com base em informações insuficientes. Vou enviar-lhe uma cópia. Se lhe criarem dificuldades, terá apenas de mostrá-la."

Eu estava cansado, mas era aquele cansaço intenso e feliz, decorrente do exercício físico. Havíamos caminhado um bom pedaço. Na entrada do solar, devolvi fuzil e bolsa, raspei a lama das botas e subi para o meu quarto. Alguém renovara a lenha da lareira, estava agradável; tirei minhas roupas molhadas e fui inspecionar o banheiro contíguo: não apenas havia água corrente, como era aquecida; aquilo parecia um milagre, em Berlim a água quente era uma raridade; o proprietário provavelmente instalara uma caldeira. Deixei correr uma água quase em ebulição e afundei na banheira: tive que trincar os dentes, mas, depois de me acostumar, todo retesado, era aconchegante como o líquido amniótico. Fiquei ali o máximo de tempo possível; ao sair, escancarei as janelas e fiquei nu diante do vão, como fazem na Rússia, até que minha pele se marmorizasse de vermelho e branco; depois bebi um copo de água gelada e deitei de bruços na cama.

No início da noite, vesti meu terno, sem gravata, e desci. Havia pouca gente no salão, mas o Dr. Mandelbrod estava em sua grande poltrona em frente à lareira, de perfil, como se quisesse aquecer um lado e não o outro. Tinha os olhos fechados e não o incomodei. Uma de suas auxiliares, em traje campestre severo, veio apertar minha mão: "Boa noite, Doktor Aue. É um prazer revê-lo." Observei seu rosto: não adiantava, todas elas eram muito parecidas. "Desculpe, a senhorita é Hilde ou Hedwig?" Soltou um risinho cristalino: "Nem uma nem outra! O senhor é realmente um péssimo fisionomista. Meu nome é Heide. Nos vimos no gabinete do Dr. Mandelbrod." Inclinei-me com um sorriso e pedi desculpas. "A senhorita não veio para a caçada?" — "Não. Chegamos ainda há pouco." — "Pena. Imagino perfeitamente a senhorita com um fuzil debaixo do braço. Uma Ártemis alemã." Mediu-me com o olhar: "Espero que não leve a comparação longe demais, Doktor Aue." Senti que ruborizava: decididamente, Mandelbrod recrutava auxiliares bastante curiosas. Não restava dúvida, aquela também ia me pedir para engravidá-la. Felizmente, Speer chegava com a esposa. "Rá! Sturmbannführer", exclamou alegremente. "Somos caçadores lastimáveis. Margret trouxe cinco aves, Hettlage três." Frau Speer deu um sorrisinho: "Oh! Você devia estar ocupado falando de trabalho." Speer foi se servir de chá num grande bule trabalhado, parecido com um samovar russo; peguei um copo de conhaque. O Dr. Mandelbrod abriu os olhos e chamou Speer, que foi cumprimentá-lo. Leland entrou e juntou-se a eles. Voltei para conversar com Heide; ela, por sua vez, tinha uma sólida formação em filosofia e me explicou de maneira quase clara as teorias de Heidegger, que eu ainda conhecia muito mal. Os outros convidados chegavam um a um. Um pouco mais tarde, Leland nos convidou para passarmos para outra sala, onde as aves abatidas haviam sido dispostas sobre uma mesa comprida, em grupos, como uma natureza morta flamenga. Frau Speer fora a recordista; o General diletante de caçadas, por sua vez, matara apenas uma, e se queixava mal-humorado do setor do bosque que lhe fora atribuído. Eu achava que pelo menos íamos comer as vítimas daquela hecatombe, mas não: os animais iam apodrecer, com Leland comprometendo-se a expedi-los para uns e outros quando estivessem no ponto. Contudo, o jantar foi variado e suculento, carne de caça com molhos de bagas, batatas assadas com gordura de ganso, aspargos e abobrinhas, tudo regado com borgonha de excelente safra. Eu estava sentado em frente a Speer, perto de Leland; Mandelbrod ocupava a cabeceira da mesa. Herr Leland, pela primeira vez desde que eu o conhecia, mostrava-se bastante loquaz: ao mesmo tempo que bebia taça em cima de taça, falava de seu passado de administrador colonial na África do Sudoeste. Tinha conhecido Rhodes, por quem professava uma admiração sem limites, mas era vago sobre sua passagem pelas colônias alemãs. "Certa ocasião Rhodes disse: *O colonizador nada pode fazer de mal, o que ele faz torna-se justo. É seu dever fazer o que bem entende.* Foi esse princípio, rigorosamente aplicado, que proporcionou à Europa suas colônias e a dominação dos povos inferiores. Foi somente quando as democracias corruptas quiseram introduzir, por desencargo de consciência, princípios de moral hipócritas que a decadência começou. Os senhores verão: seja qual for o desfecho da guerra, a França e a Grã-Bretanha perderão suas colônias. Seus dedos se afrouxaram. Não conseguirão mais fechar o punho. Agora é a vez de a Alemanha tomar o archote. Em 1907, trabalhei com o general Von Trotha. Os hereros e os namas haviam se amotinado, mas Von Trotha era um homem que compreendera a ideia de Rhodes em toda a sua força. Dizia sem rodeios: *Esmago as tribos rebeldes com rios de sangue e rios de dinheiro. Só depois dessa limpeza alguma coisa poderá emergir.* Mas naquela época a Alemanha já estava se enfraquecendo, e Von Trotha foi lembrado. Sempre achei que isso era um prenúncio de 1918. Felizmente, o curso das coisas se inverteu. Atualmente a Alemanha domina o mundo com uma cabeça de vantagem. Nossa mocidade não tem medo de nada. Nossa expansão é um processo irresistível." — "Entretanto", interveio o general Von Wrede, que chegara um pouco antes de Mandelbrod, "os russos..." Leland tamborilou na mesa com a ponta do dedo: "Justamente, os russos. Hoje é o único povo à nossa altura. É por isso que a nossa guerra contra eles é tão terrível, tão impiedosa. Apenas um dos dois sobreviverá. Os outros não contam. Conseguem imaginar os ianques, com seu *corned-beef* e seu *chewing-gum*, suportando um décimo das perdas russas? Um centésimo? Eles fariam as malas e voltariam para casa, e que a Europa se danasse. Não, o que precisamos é mostrar aos ocidentais que uma vitória bolchevique não é do interesse deles, que Stálin pegará a metade da Europa à guisa de butim, se não for tudo. Se os anglo-saxões nos ajudassem a dar cabo dos russos, poderíamos deixar as migalhas para eles, ou então, quando tivéssemos renovado as forças, esmagá-los por sua vez, tranquilamente. Vejam o que nosso Parteigenosse Speer realizou em menos de dois anos! E isso é apenas um começo. Imaginem se nossas mãos estivessem desimpedidas, se todos os recursos do Leste estivessem à nossa disposição. O mundo então poderia ser refeito como deve ser."

Depois do jantar joguei xadrez com Hettlage, o colaborador de Speer. Heide nos observava jogar, em silêncio; Hettlage ganhou com facilidade. Tomei um último conhaque e conversei um pouco com Heide. Os convidados subiam para se deitar. Finalmente ela se levantou e, tão diretamente quanto suas colegas, me disse: "Agora tenho que ajudar o Dr. Mandelbrod. Se não quiser dormir sozinho, meu quarto fica duas portas à esquerda do seu. Pode vir tomar uma bebida, um pouco mais tarde." — "Obrigado", respondi. "Vamos ver." Subi para o meu quarto, pensativo, tirei a roupa e me deitei. Os restos do fogo incandesciam na lareira. Deitado na penumbra, eu me dizia: Afinal, por que não? Era uma mulher bonita, tinha um corpo soberbo, o que me impedia de aproveitar? Não se tratava de relações contínuas, era uma proposta simples e clara. E mesmo que eu tivesse apenas uma prática limitada daquilo, devia ser agradável também, suave e macio, devia ser possível esquecer-se ali como num travesseiro. Mas havia aquela promessa, e, se eu era alguma coisa na vida, era um homem que mantinha suas promessas. Nem tudo ainda estava acertado.

O domingo foi um dia tranquilo. Dormi até tarde, até umas nove horas — levantava-me geralmente às cinco e meia — e desci para o café da manhã. Sentei-me diante de um dos janelões e folheei uma antiga edição de Pascal, em francês, que encontrara na biblioteca. No fim da manhã, acompanhei Frau Speer e Frau Von Wrede num passeio pelo parque; o marido desta última, por sua vez, jogava cartas com um industrial conhecido por ter construído seu império a golpes de hábeis arianizações, o General e caçador Hettlage. A relva, ainda molhada, brilhava, poças pontuavam as alamedas de cascalho e de terra batida; o ar úmido estava frio, estimulante, e nossos bafejos formavam pequenas nuvens em frente aos nossos rostos. O céu continuava uniformemente cinza. Ao meio-dia, tomei um café com Speer, que acabava de fazer sua aparição. Falou-me em detalhe da questão dos trabalhadores estrangeiros e de seus problemas com o Gauleiter Sauckel; depois a conversa se desviou para o caso de Ohlendorf, que Speer parecia considerar um romântico. Minhas noções de economia eram demasiado lacunares para que eu pudesse apoiar as teses de Ohlendorf; Speer, por sua vez, defendia com vigor o princípio de autorresponsabilidade da indústria. "No fim das contas, vale apenas um argumento: está funcionando. Depois da guerra, o Dr. Ohlendorf poderá fazer as reformas que quiser, se quiserem lhe dar ouvidos; mas, enquanto isso, como lhe disse ontem, ganhemos a guerra."

Leland ou Mandelbrod, quando eu me achava perto deles, conversavam comigo sobre um ou outro assunto, mas nenhum dos dois parecia ter algo especial a me dizer. Eu começava a me perguntar por que me haviam feito vir: decerto não era para desfrutar dos encantos de Fräulein Heide. Mas ao refletir novamente sobre a questão, no fim da tarde, no carro dos Von Wrede que me levava para Berlim, a resposta me pareceu evidente: era para que eu estivesse com Speer, para que me aproximasse dele. E isso parecia ter causado seu efeito. Speer, na hora das despedidas, cumprimentara-me muito cordialmente e me prometera que voltaríamos a nos ver. Porém, uma pergunta me atormentava: quem lucraria com aquilo? No interesse de quem Herr Leland e o Dr. Mandelbrod me faziam *subir* daquele jeito? Pois não restava dúvida de que se tratava de uma ascensão planejada: ministros, em geral, não passam seu tempo tagarelando com simples majores. Isso me preocupava, pois eu não dispunha de elementos para avaliar as relações precisas entre Speer, o Reichsführer e meus dois protetores: estes, visivelmente, maquinavam, mas em que direção e em benefício de quem? Eu queria efetivamente jogar o jogo; mas qual? Se não fosse o da SS, seria muito perigoso. Eu tinha que permanecer discreto, prestar muita atenção; provavelmente eu fazia parte de um plano; se este fracassasse, precisariam de um bode expiatório.

Eu conhecia Thomas muito bem para, sem lhe perguntar, saber o que ele teria me aconselhado: Cubra-se. Na manhã de segunda-feira pedi uma entrevista com Brandt, fui recebido durante o dia. Descrevi-lhe meu fim de semana e lhe contei minhas conversas com Speer, das quais registrara o essencial num bloquinho que lhe entreguei. Brandt parecia não desaprovar o encontro. "Ele pediu ao senhor que lhe providenciasse uma visita a Dora, então?" Era o nome de código da instalação de que Speer me falara, oficialmente conhecida como Mittelbau, "construções centrais". "O Ministério de Speer protocolou um requerimento. Ainda não respondemos." — "E qual seu ponto de vista, Herr Standartenführer?" — "Não sei. A decisão cabe ao Reichsführer. Mesmo assim, fez muito bem em me contar." Conversou também um pouco sobre o meu trabalho e lhe expus as primeiras sínteses inferidas dos documentos que eu estudara. Quando me levantei para sair, ele disse: "O Reichsführer parece satisfeito com o curso das coisas. Continue assim."

Depois dessa entrevista, voltei para trabalhar no meu gabinete. Chovia a cântaros, eu mal enxergava as árvores do Tiergarten através da tromba d'água que fustigava os galhos ainda com folhas. Por volta das sete da noite, dispensei finalmente Fräulein Praxa; Walser e o Obersturmführer Elias, outro especialista enviado por Brandt, saíram por volta das seis com Isenbeck. Uma hora mais tarde, fui me encontrar com Asbach, que ainda trabalhava: "O senhor vem, Untersturmführer? Convido-o para um trago." Consultou seu relógio: "Não acha que vão voltar? Daqui a pouco é hora deles." Olhei pela janela: estava escuro e ainda chovia um pouco. "Pense bem. Com esse tempo?" Mas no saguão da entrada o porteiro nos deteve: "*Luftgefahr* 15, meine Herren", previsão de bombardeio aéreo pesado. Deviam ter detectado os aviões a caminho. Voltei-me para Asbach e falei alegremente: "No fim das contas, o senhor tinha razão. Que vamos fazer: arriscamo-nos do lado de fora ou esperamos aqui?" Asbach parecia um pouco preocupado: "É que tenho esposa..." — "Na minha opinião, o senhor não tem tempo para voltar. Eu lhe teria emprestado Piontek, mas ele já foi." Refleti. "O melhor é ficarmos aqui e esperar isso passar, o senhor pode ir depois. Sua mulher irá para um abrigo, vai dar tudo certo." Hesitou: "Escute, Herr Sturmbannführer, vou telefonar para ela. Ela está grávida, receio que se preocupe." — "Muito bem. Espero pelo senhor." Saí para a escadaria da entrada e acendi um cigarro. As sirenes começaram a soar e os transeuntes na Königsplatz apertaram o passo, correndo em busca de um abrigo. Eu não estava preocupado: aquele anexo do Ministério dispunha de um excelente bunker. Terminei meu cigarro enquanto a Flak abria fogo e voltei para o saguão. Asbach vinha subindo a escada: "Tudo bem, ela vai para a casa da mãe. Fica ao lado da nossa." — "Abriram as janelas?", perguntei. Descemos para o abrigo, um bloco de cimento sólido e bem iluminado, com cadeiras, camas dobráveis e grandes tonéis cheios d'água. Não havia muita gente: a maioria dos funcionários saía cedo por causa das filas nas lojas e dos ataques aéreos. Ao longe, as explosões tiveram início. Depois ouvi detonações espaçadas, maciças: aproximavam-se uma a uma, como passos monumentais de gigante. A cada estrondo a pressão do ar aumentava, comprimindo dolorosamente os ouvidos. Houve um enorme impacto, bem próximo, eu sentia as paredes do bunker tremer. As luzes vacilaram, depois se apagaram de repente, mergulhando o abrigo no escuro. Uma garota soltou um guincho de terror. Alguém acionou uma lanterna, vários outros riscavam fósforos. "Há um gerador de emergência?", começou outra voz, mas foi interrompida por uma detonação ensurdecedora, reboco caía do teto, diversas pessoas gritavam. Eu sentia o cheiro da fumaça, o cheiro da pólvora me irritando o nariz: possivelmente o prédio fora atingido. As explosões distanciavam-se; através da percussão nos ouvidos eu ouvia debilmente o zumbido das esquadrilhas. Uma mulher chorava; uma voz de homem rosnava palavrões; acendi meu isqueiro e me dirigi para a porta blindada. Tentei abri-la junto com o porteiro: estava bloqueada, a escada devia estar obstruída por escombros. Com mais um, nos precipitamos sobre ela com os ombros e conseguimos movê-la, o suficiente para conseguir passar. Tijolos atulhavam a escada; escalei-os até o térreo, seguido por um funcionário: a grande porta da entrada fora expelida de suas dobradiças e projetada no saguão; labaredas lambiam os lambris e a cabine do porteiro. Subi a escada correndo, enveredei por um corredor cheio de portas arrancadas e molduras de janelas, depois subi mais um andar até o meu gabinete: queria tentar resgatar os papéis mais importantes. O balaústre de ferro das escadas cedera: o bolso da minha túnica se agarrou a uma ponta metálica e se rasgou. Em cima, os escritórios estavam em chamas e tive que dar meia-volta. No corredor, um funcionário carregava uma pilha de dossiês; um outro juntou-se a nós, o rosto pálido sob vestígios negros de fumaça ou poeira: "Larguem isso! A ala oeste está pegando fogo. Uma bomba atravessou o telhado." Eu achara que o ataque havia terminado, mas mais uma vez esquadrões rugiam no céu; uma série de detonações aproximava-se numa velocidade estonteante, corremos para o porão, uma explosão violenta me suspendeu e me projetou para a escada. Devo ter ficado grogue por um momento; voltei a mim ofuscado por uma luz branca, crua, que se revelou na verdade a de uma lanterna de bolso; ouvia Asbach gritar: "Sturmbannführer! Sturmbannführer!" — "Tudo bem", resmunguei levantando. Sob a luz do incêndio da entrada, examinei minha túnica: a ponta de metal cortara o tecido, estava furado. "O Ministério está pegando fogo", disse outra voz. "Precisamos sair." Com diversos homens, desobstruímos na medida do possível a entrada do bunker para permitir que todo mundo subisse. As sirenes continuavam a gemer, mas a Flak emudecera, os últimos aviões se afastavam. Eram oito e meia, o ataque durara uma hora. Alguém apontou para os baldes e formamos uma corrente para lutar contra o incêndio: era ridículo, em vinte minutos tínhamos esgotado a água estocada no porão. As torneiras não funcionavam, os projéteis deviam ter destruído a tubulação; o porteiro tentou chamar os bombeiros, mas o telefone estava cortado. Recuperei meu sobretudo no abrigo e saí na praça para examinar os estragos. A ala leste parecia intacta, afora as janelas sem vidros, mas uma parte da ala oeste desmoronara e as janelas vizinhas vomitavam uma espessa fumaça negra. Nossos escritórios deviam ter queimado também. Asbach veio ao meu encontro, o rosto coberto de sangue. "Que houve com o senhor?", perguntei. — "Não foi nada. Um tijolo." Eu estava surdo, meus ouvidos assobiavam dolorosamente. Olhei para o Tiergarten: as árvores, iluminadas por vários focos de incêndio, tinham sido destroçadas, quebradas, derrubadas, aquilo parecia um bosque das Flandres depois de um ataque, nos livros que eu lia quando criança. "Vou para casa", disse Asbach. A angústia deformava seu rosto ensanguentado. "Vou encontrar minha mulher." — "Vá. Cuidado com a queda dos muros." Dois caminhões de bombeiro chegavam e se posicionavam, mas parecia haver um problema com a água. Os empregados do Ministério saíam; muitos carregavam dossiês que iam colocar a salvo, nas calçadas: durante meia hora, ajudei-os a carregar arquivos e papéis; de toda forma meu gabinete pessoal estava inacessível. Irrompera um vento poderoso, e, ao norte, a leste, e mais distante ao sul, do outro lado do Tiergarten, o céu noturno flamejava. Um oficial passou para nos dizer que o fogo estava se alastrando, mas o Ministério e os prédios vizinhos pareciam protegidos, de um lado, pela curva do Spree, e, do outro, pelo Tiergarten e a Königsplatz. O Reichstag, às escuras e fechado, não parecia danificado.

 Hesitei. Estava com fome, mas não havia chance de encontrar algo para comer. Em casa eu tinha alguma coisa para mastigar, mas não sabia se meu apartamento ainda existia. Acabei decidindo ir para a SS-Haus e me colocar à disposição. Desci a Friedensallee em passo acelerado: à minha frente, o Portão de Brandemburgo erguia-se sob suas redes de camuflagem, incólume. Atrás dele, porém, quase toda a Unter den Linden parecia vítima das chamas. O ar estava denso de fumaça e poeira, espesso e quente, eu começava a ter dificuldade para respirar. Nuvens de fagulhas eclodiam crepitando dos prédios em chamas. O vento soprava cada vez mais forte. Do outro lado da Pariser

Platz, o Ministério do Armamento estava em chamas, parcialmente esmagado sob os impactos. Secretárias usando capacetes de ferro da defesa civil moviam-se por entre os escombros para, ali também, evacuar documentos. Um Mercedes credenciado estava estacionado na lateral; no meio da massa dos funcionários, reconheci Speer, desgrenhado, rosto preto de fuligem. Fui saudá-lo e oferecer minha ajuda; quando me viu, gritou alguma coisa que não compreendi. "O senhor está pegando fogo!", repetiu. — "Quê?" Veio até mim, segurou-me pelo braço, virou-me e bateu com a palma da mão nas minhas costas. Fagulhas deviam ter ateado fogo no meu sobretudo, eu nada sentira. Confuso, agradeci e perguntei em que podia ser útil. "Em nada, na verdade. Acho que tiramos o que pudemos. Meu gabinete pessoal foi atingido em cheio. Não sobrou nada." Olhei à minha volta: a embaixada da França, a ex-embaixada da Grã-Bretanha, o Hotel Bristol, os escritórios da IG Faben, tudo estava gravemente danificado ou em chamas. As elegantes fachadas das mansões de Schinkel, ao lado do Portão, recortavam-se contra um fundo de incêndio. "Que desgraça", murmurei. — "É terrível falar isso", disse pensativamente Speer, "mas é até melhor eles se concentrarem nas cidades." — "Que quer dizer com isso, Herr Reichsminister?" — "Durante o verão, quando cismaram com o Ruhr, eu tremi. Em agosto, atacaram Schweinfurt, onde toda a nossa produção de rolamentos está concentrada. Depois, de novo em outubro. Tivemos uma queda de 67% na nossa produção. Não se iluda, Sturmbannführer, sem rolamentos, não existe guerra. Se eles se concentrarem em Schweinfurt, nós capitularemos daqui a dois meses, três no máximo. Aqui" — agitou a mão em direção aos incêndios — "eles matam gente e desperdiçam recursos com monumentos culturais." Deu uma risadinha seca e dura: "De toda forma, íamos reconstruir tudo. Rá!" Saudei-o: "Se não precisa de mim, Herr Reichsminister, vou continuar. Mas gostaria de dizer que seu requerimento está em estudo. Entro em contato para lhe informar em que pé está." Apertou minha mão: "Ótimo. Boa noite, Sturmbannführer."

Eu mergulhara meu lenço num balde e o segurava na boca para avançar; também molhara os ombros e o quepe. Na Wilhelmstrasse, o vento rugia por entre os ministérios e chicoteava as labaredas que lambiam os vãos das janelas. Soldados e bombeiros corriam de um lado para outro, com poucos resultados. O Auswärtiges Amt parecia seriamente afetado, mas a Chancelaria, um pouco adiante, se saíra melhor. Eu caminhava sobre um tapete de cacos: em toda a rua não havia mais um único vidro intacto. Na Wilhelmplatz alguns cadáveres jaziam perto de um caminhão capotado da Luftwaffe; civis perplexos ainda saíam da estação de U-Bahn e olhavam à volta, com a expressão pasma e perdida; de vez em quando ouvia-se uma detonação, uma bomba de retardo ou então o ruído surdo de um prédio desmoronando. Eu observava os corpos: um homem sem calça, as nádegas sangrando grotescamente expostas; uma mulher com a parte de baixo intacta, mas sem cabeça. Achei particularmente obsceno deixá-los daquele jeito, mas ninguém parecia ligar. Um pouco mais adiante, haviam postado guardas em frente ao Ministério da Aviação; passantes gritavam palavrões ou lançavam piadas acerca de Göring, mas sem se deterem; não havia aglomeração. Mostrei minha carteira do SD e atravessei o cordão. Cheguei finalmente à esquina da Prinz-Albrechtstrasse: a SS-Haus estava sem uma vidraça, mas não parecia mais danificada que isso. No saguão, soldados removiam os escombros; oficiais instalavam tábuas ou colchões nas janelas desguarnecidas. Encontrei Brandt, que dava instruções numa voz calma e neutra num corredor: sua preocupação maior era restabelecer o telefone. Saudei-o e contei sobre a destruição do meu escritório. Balançou a cabeça: "Bom. Veremos isso amanhã." Como parecia não haver muita coisa a fazer por ali, passei na Staatspolizei, ao lado; lá, bem ou mal, estavam fixando de volta as portas arrancadas; algumas bombas tinham chegado bem perto, uma enorme cratera desfigurava a rua um pouco adiante, deixando escapar água de um cano furado. Encontrei Thomas em seu escritório, bebendo *schnaps* com três outros oficiais, desmazelado, imundo, hílare. "Veja só!", exclamou. "Você está uma beleza. Beba um trago. Onde estava?" Narrei-lhe brevemente minhas peripécias no Ministério. "Rá! Pois eu estava em casa, desci para o porão com os vizinhos. Uma bomba atravessou o telhado e o prédio pegou fogo. Tivemos que derrubar as paredes dos porões vizinhos, várias de enfiada, para sairmos no fim da rua. A rua inteira pegou fogo e metade do meu prédio, incluindo meu apartamento, veio abaixo. Para cúmulo do azar, encontrei meu bem-amado conversível debaixo de um ônibus. Resumindo, estou a zero." Serviu-me outro copo. "Já que a desgraça nos aflige, bebamos, como dizia minha avó Ivona."

Para concluir, passei a noite na Staatspolizei. Thomas encomendou sanduíches, chá e sopa. Emprestou-me um dos seus uniformes suplementares, um pouco grande para mim, mas mais apresentável que meus farrapos; uma datilógrafa sorridente encarregou-se da troca dos galões e das insígnias. Haviam instalado camas dobráveis no ginásio para cerca de quinze oficiais desabrigados; encontrei ali Eduard Holste, que eu conhecera rapidamente como Leiter IV/V do Grupo D, no fim de 1942; perdera tudo e quase chorava de tristeza. Infelizmente os chuveiros continuavam desativados e pude apenas lavar as mãos e o rosto. Minha garganta doía, eu tossia, mas o *schnaps* de Thomas cortava um pouco o gosto das cinzas. Do lado de fora, as detonações continuavam. O vento zunia, desenfreado e obsedante.

Bem cedinho, sem esperar Piontek, peguei o carro na garagem e fui até minha casa. As ruas, obstruídas por bondes calcinados ou tombados, árvores caídas, escombros, estavam praticamente intransitáveis. Uma nuvem de fumaça preta e pungente tapava o céu e diversos transeuntes ainda seguravam guardanapos ou lenços molhados na boca. Continuava a chuviscar. Passei por filas de pessoas empurrando carrinhos de bebês ou carretas abarrotadas, ou então carregando ou puxando malas afobadamente. Por toda parte, escapava água da canalização, eu tinha que atravessar poças com detritos que a qualquer momento podiam rasgar meus pneus. Ainda assim, muitos carros trafegavam, a maioria sem vidros e alguns até sem portas, mas apinhados: os que tinham lugar recolhiam desabrigados, e fiz o mesmo com uma mãe esgotada, com dois bebês, que queria visitar os pais. Cortei pelo Tiergarten devastado; a Coluna da Vitória, ainda de pé como por desafio, erguia-se no meio de um grande lago formado pela água das canalizações furadas, e tive que fazer um desvio considerável para contorná-lo. Deixei a mulher nos escombros da Händelallee e continuei em direção ao meu apartamento. Por toda parte, equipes empenhavam-se em reparar os estragos; diante dos prédios destruídos, batedores bombeavam ar nos porões desmoronados e cavavam para libertar sobreviventes, auxiliados por prisioneiros italianos com as letras KGF pintadas em vermelho nas costas, agora chamados simplesmente de "badoglios". A estação do S-Bahn na Brückenallee jazia em ruínas; eu morava um pouco mais longe, na Flensburgerstrasse; meu prédio parecia milagrosamente intacto: cento e cinquenta metros adiante, havia apenas reboco e fachadas esburacadas. O elevador, naturalmente, estava desativado, subi os oito andares a pé, meus vizinhos varriam o vão da escada ou tentavam pregar suas portas de volta na base do improviso. Encontrei a minha arrancada das dobradiças e atravessada na soleira; no interior, uma grossa camada de vidro quebrado e reboco cobria tudo; havia pegadas no chão e meu gramofone desaparecera, mas pareciam não ter levado mais nada. Um vento frio e cortante soprava pelas janelas. Enchi rapidamente uma mala, depois desci para combinar com a vizinha, que de tempos em tempos fazia a faxina, que subisse para limpar; dei-lhe dinheiro para mandar consertar a porta naquele mesmo dia e as janelas quando possível; ela prometeu entrar em contato comigo na SS quando o local estivesse razoavelmente habitável. Saí à procura de um hotel: sonhava acima de tudo com um banho. O mais próximo ainda era o Eden, onde eu já me hospedara tempos atrás. Estava com sorte, toda a Budapesterstrasse parecia arrasada, mas o Eden mantinha as portas abertas. A recepção fora tomada de assalto, desabrigados ricos e oficiais disputavam os quartos. Quando invoquei minha patente, minhas medalhas, minha invalidez e menti exagerando o estado de meu apartamento, o gerente, que me reconhecera, aceitou me dar uma cama, com a condição de que eu dividisse o quarto. Estendi uma cédula para o menino do andar para que subisse água quente: finalmente, por volta das dez horas, consegui imergir num banho morno, mas delicioso. A água enegreceu de repente, mas não me importei. Mergulhei de novo, meu companheiro de quarto chegara. Desculpou-se gentilmente através da porta fechada do banheiro, dizendo que esperaria lá embaixo até que eu terminasse. Assim que me vesti, desci para procurá-lo: era um aristocrata georgiano, sofisticadíssimo, que fugira do seu palacete em chamas com suas coisas e acabara ali.

Todos os meus colegas tiveram a ideia de se reunir na SS-Haus. Ali encontrei Piontek, imperturbável; Fräulein Praxa, coquetemente vestida, embora seu guarda-roupa tivesse pegado fogo; todo contente porque seu bairro mal fora atingido, Walser; e, um pouco abalado, Isenbeck, cuja idosa vizinha sucumbira a um ataque cardíaco ao lado dele, durante o alerta, imperceptivelmente, no escuro. Weinrowski retornara um pouco antes para Oranienburg. Quanto a Asbach, mandara um recado: sua mulher estava ferida, viria assim que pudesse. Despachei Piontek para lhe dizer que tirasse alguns dias, se precisasse: de toda forma, havia poucas chances de podermos retomar o trabalho de imediato. Mandei Fräulein Praxa para casa e, em companhia de Walser e Isenbeck, fui para o Ministério ver o que ainda podia ser salvo. O incêndio estava controlado, mas a ala oeste permanecia fechada; um bombeiro nos escoltou através dos escombros. A maior parte do último andar tinha sido destruída pelo fogo, assim como as mansardas: dos nossos escritórios, restava apenas uma sala com um arquivo de documentos que sobrevivera ao incêndio, mas que tinha sido inundado pelas mangueiras das equipes de resgate. Por um vão na parede destruída, avistávamos uma parte do Tiergarten devastada. Debruçando, constatei que a Lehrter Bahnhof também sofrera, mas a fumaça grossa que oprimia a cidade não deixava ver mais longe; no fundo, porém, ainda se distinguiam as linhas das avenidas incendiadas. Combinei com meus colegas de tirar dali a papelada resgatada, bem como uma máquina de escrever e um telefone. Era uma tarefa delicada, pois o incêndio havia esburacado o teto em determinados lugares e os corredores estavam obstruídos por escombros que era preciso remover. Quando Piontek juntou-se a nós, abarrotamos o carro e mandei que ele levasse tudo para a ss-Haus. Ali, designaram para mim um armário com escaninhos, mas nada além disso; Brandt continuava atarefado demais para me dar atenção. Como eu não tinha mais nada para fazer, dispensei Walser e Isenbeck e pedi a Piontek que me deixasse no Hotel Eden, combinando com ele que me pegasse na manhã seguinte: sem família, ele podia dormir na garagem. Desci até o bar e pedi um conhaque. Meu colega de quarto, o georgiano, paramentado com um chapéu de feltro e um lenço branco, tocava Mozart ao piano, num estilo notavelmente apurado. Quando parou, ofereci uma bebida e trocamos algumas palavras. Era vagamente filiado a um desses grupos de emigrados que se agitavam em vão nos antros do Auswärtiges Amt e da ss; o nome Micha Kedia, que ele pronunciou, dizia-me confusamente alguma coisa. Quando ele soube que estive no Cáucaso, pulou de entusiasmo, pediu outra rodada, ergueu (embora eu nunca tivesse posto os pés perto de suas montanhas) um brinde solene e interminável, obrigou-me a engolir a bebida de um trago e, num arroubo, me convidou, quando nossas forças a tivessem libertado, para passar uma temporada em sua propriedade ancestral. Aos poucos o bar foi enchendo. Por volta das sete da noite, as conversas diminuíram, as pessoas começaram a espiar o relógio acima do balcão: dez minutos depois, as sirenes eram deflagradas e logo em seguida a Flak, violenta e próxima. O gerente veio nos garantir que o bar também servia como abrigo, todos os clientes do hotel desceram para lá, logo não havia mais lugar. O ambiente ficou alegre e animado: enquanto as primeiras bombas se aproximavam, o georgiano pôs-se ao piano e atacou um jazz; mulheres em trajes de *soirée* levantaram-se para dançar, paredes e lustres tremiam, copos caíam do balcão e se espatifavam, mal se ouvia a música sob as detonações, a pressão do ar tornava-se insustentável, eu bebia, mulheres, histéricas, riam, uma outra tentou me beijar, depois explodiu em soluços. Quando terminou, o gerente ofereceu uma rodada geral. Saí: o Zoológico tinha sido atingido, bandeiras queimavam, viam-se novamente incêndios um pouco por toda parte; fumei um cigarro, lamentando não ter ido ver os animais quando ainda era tempo. Um trecho de muro viera abaixo; me aproximei, homens corriam em todas as direções, alguns carregavam fuzis, falava-se em leões e tigres em liberdade. Várias bombas incendiárias haviam caído e, do outro lado da avalanche de tijolos, eu avistava as galerias em chamas; o grande templo hindu estava rasgado ao meio; dentro, explicou-me um sujeito que passava por perto, haviam encontrado cadáveres de elefantes dilacerados pelas bombas, bem como um rinoceronte aparentemente intacto mas igualmente morto, de medo talvez. Atrás de mim, boa parte dos prédios da Budapesterstrasse ardia em chamas também. Fui dar um apoio aos bombeiros; por horas a fio ajudei na remoção dos escombros; a cada cinco minutos, a um toque de apito, os trabalhos eram interrompidos para que os membros da equipe de resgate pudessem escutar as batidas surdas das pessoas presas na armadilha e dela retirassem alguns sobreviventes, feridos e até sãos e salvos. Era mais ou menos meia-noite quando voltei para o Eden; a fachada estava danificada, mas a estrutura escapara de um impacto direto; no bar, a festa continuava. Meu novo amigo georgiano me obrigou a beber vários copos de enfiada; o uniforme que Thomas me emprestara estava coberto de sujeira e fuligem, o que não impedia que mulheres da mais alta classe flertassem comigo; poucas, obviamente, pretendiam passar a noite sozinhas. O georgiano fez tanto e tão bem que fiquei completamente bêbado: na manhã seguinte, acordei na minha cama sem nenhuma lembrança de ter subido para o quarto, a túnica e a camisa despidas, mas não as botas. O georgiano roncava na cama ao lado. Esfreguei a sujeira na medida do possível, vesti um dos meus próprios uniformes e mandei o de Thomas para lavar; deixando ali meu vizinho adormecido, tomei um café ruim, pedi um comprimido para dor de cabeça e voltei para a Prinz-Albrechtstrasse.

Os oficiais da Reichsführung tinham todos uma expressão desvairada: vários deles não haviam dormido à noite; muitos viram-se desabrigados e outros tantos haviam perdido alguém da família. No saguão da entrada e nas escadarias, detentos de listrado, vigiados por "ss-Totenkopf", varriam o chão, pregavam tábuas, pintavam paredes. Brandt me pediu para ajudar alguns oficiais a fazer um balanço provisório dos estragos para o Reichsführer, entrando em contato com as autoridades municipais. O trabalho era bem simples: cada um de nós escolhia um setor — vítimas, prédios de moradia, prédios públicos, infraestrutura, indústria — e requisitava os respectivos números às autoridades competentes. Deram-me um escritório com um telefone e um catálogo; algumas linhas ainda funcionavam, e ali instalei Fräulein Praxa — que desencavara outra roupa em algum lugar — para que telefonasse para os hospitais. Resolvi, para não tê-lo no meu pé, mandar Isenbeck juntar-se ao seu chefe Weinrowski em Oranienburg, com os dossiês recuperados, e pedi a Piontek para levá-lo. Walser não viera. Quando Fräulein Praxa conseguia ligação para um hospital, eu perguntava o número de mortos e feridos recebidos por eles. Quando acumulávamos três ou quatro instituições inacessíveis, eu mandava um motorista e um ordenança colherem os dados. Asbach chegou perto do meio-dia, rosto cansado, fazendo um esforço visível para demonstrar presença de espírito. Levei-o até a cantina para pegar sanduíches e chá. Lentamente, entre duas mastigadas, ele me contou o que acontecera: na primeira noite, o prédio em que sua mulher encontrara a mãe fora atingido em cheio e desmoronara sobre o abrigo, que resistira apenas parcialmente. A sogra de Asbach aparentemente morrera em decorrência do impacto ou, em todo caso, logo depois; sua mulher fora soterrada viva e só conseguiram resgatá-la na manhã seguinte, sã e salva afora um braço quebrado, mas incoerente; abortara durante a noite e ainda não caíra em si, oscilando entre um balbucio infantil e gritos histéricos. "Vou ser obrigado a enterrá-la sem ela", disse tristemente Asbach bebendo seu chá em pequenos goles. "Queria esperar um pouco, que ela se recuperasse, mas os necrotérios estão abarrotados e as autoridades médicas temem epidemias. Parece que todos os corpos não reivindicados em vinte e quatro horas serão enterrados em valas comuns. É terrível." Tentei consolá-lo o melhor que pude, mas, devo reconhecer, não tenho muito talento para esse tipo de coisa: em vão evoquei sua futura felicidade conjugal, devia soar muito falso. Entretanto pareceu confortá-lo. Mandei-o para casa com um motorista da Reichsführung, prometendo-lhe arranjar uma caminhonete para os funerais do dia seguinte.

  O ataque aéreo de terça-feira, ainda que não houvesse envolvido senão metade do número de aparelhos em relação ao de segunda, prometia revelar-se ainda mais calamitoso. Os bairros operários, especialmente Wedding, haviam sido duramente atingidos. No fim da tarde, tínhamos reunido informações suficientes para elaborar um breve relatório: contavam-se cerca de 2000 mortos, além das centenas ainda sob os escombros; 3000 prédios incendiados ou destruídos; e 175 000 desabrigados, dos quais 100 000 já haviam conseguido deixar a cidade, dirigindo-se para aldeias próximas ou para outras cidades da Alemanha. Por volta das seis horas, mandamos embora todos os que não realizavam serviços essenciais; fiquei um pouco mais e ainda estava a caminho, com um motorista da garagem, quando as sirenes recomeçaram a uivar. Resolvi não continuar até o Eden: o bar-abrigo inspirava-me pouca confiança, e eu preferia evitar uma repetição da bebedeira da noite anterior. Ordenei ao motorista que contornasse o Zoo para nos abrigarmos no grande bunker. Uma multidão comprimia-se nas portas, estreitas demais e em número insuficiente; carros vinham estacionar ao pé da fachada de cimento; em frente a eles, numa área reservada, dezenas de carrinhos de bebê desdobravam-se em feixes concêntricos. Do lado de dentro, soldados e policiais ladravam ordens para fazer as pessoas subirem; a cada andar formava-se uma aglomeração, ninguém queria subir muito, mulheres gritavam enquanto seus filhos corriam através da multidão brincando de guerra. Dirigimo-nos para o segundo andar, mas os bancos, alinhados como na igreja, já estavam lotados e fui me recostar numa parede de cimento. Meu motorista sumira na multidão. Pouco depois, as baterias de 88, sobre o telhado, abriram fogo: toda a imensa estrutura vibrava, jogando como um navio em alto-mar. As pessoas, projetadas contra seus vizinhos, gritavam ou gemiam. As luzes caíram mas não se apagaram. Nos cantos e na escuridão das escadas em espiral que atravessavam os andares, casais de adolescentes agarravam-se, abraçados; alguns pareciam inclusive fazer amor, em meio às detonações ouviam-se gemidos de uma tonalidade diversa dos das donas de casa apavoradas, velhos protestavam indignados, os Schupo esbravejavam, obrigando as pessoas a permanecerem sentadas. Eu queria fumar, mas era proibido. Observava a mulher sentada no banco à minha frente: ela mantinha a cabeça baixa, eu não via senão seus cabelos louros, generosos, cortados na altura dos ombros. Uma bomba explodiu nas proximidades, fazendo o bunker tremer e projetando uma nuvem de pó de cimento. A moça levantou a cabeça e a reconheci imediatamente: era ela quem eu via às vezes, de manhã, no bonde. Ela também me reconheceu e um sorriso delicado iluminou seu rosto enquanto ela me estendia sua mão branca: "Boa noite! Estava preocupada com o senhor." — "Por quê?" Com os disparos da Flak e as deflagrações, mal nos escutávamos, agachei-me e me debrucei para ela. "O senhor não estava na piscina no domingo", ela me disse no ouvido.

"Temi que lhe houvesse acontecido uma desgraça." Domingo já me parecia uma outra vida; entretanto, haviam transcorrido apenas três dias. "Eu estava fora da cidade. A piscina continua a existir?" Sorriu de novo: "Não sei." Uma outra detonação, poderosa, abalou a estrutura e ela pegou minha mão apertando-a com força; quando passou, soltou-a pedindo desculpas. Apesar da luz amarelada e da poeira, eu tinha impressão de que ela ruborizava ligeiramente: "Perdão", perguntei, "como se chama?" — "Hélène", respondeu. "Hélène Anders." Apresentei-me por minha vez. Ela trabalhava no serviço de imprensa do Auswärtiges Amt; seu escritório, como a maior parte do Ministério, fora destruído na noite de segunda, mas a casa de seus pais, em Alt Moabit, onde morava, ainda estava de pé. "Antes desse ataque, pelo menos. E o senhor?" Ri: "Meu escritório ficava no Ministério do Interior, mas pegou fogo. Por enquanto, estou na SS-Haus." Continuamos a conversar assim até o final do alerta. Ela viera a pé a Charlottenburg para consolar uma amiga desabrigada; as sirenes a tinham surpreendido no caminho de volta e se refugiara ali, no bunker. "Eu não achava que eles voltariam uma terceira noite seguida", falou serenamente. — "Para dizer a verdade, eu também não", repliquei, "mas fico contente porque isso nos deu a oportunidade de nos revermos." Eu dizia isso para ser amável; mas percebia que não era apenas para ser amável. Dessa vez, ela corou visivelmente; seu tom permaneceu todavia sincero e claro: "Eu também. Nosso bonde corre o risco de ficar desativado por um tempo." Quando as luzes voltaram, ela se levantou e espanou seu casaco. "Se quiser", eu disse, "posso levá-la. Se ainda tiver carro", acrescentei rindo. "Não recuse. Não está muito longe."

Encontrei meu motorista todo aborrecido próximo ao veículo: tinha ficado sem os vidros e toda a lateral tinha sido amassada pelo carro vizinho, projetado pelo impacto de uma explosão. Dos carrinhos de bebê não restavam senão fragmentos amontoados no local. O Zoológico estava novamente em chamas, ouviam-se sons atrozes, mugidos, barridos, bramidos de animais agonizantes. "Os animais, coitados", murmurou Hélène, "não sabem o que está acontecendo." O motorista, por sua vez, só pensava no carro. Fui à procura de alguns Schupo para que nos ajudassem a desvencilhá-lo. A porta do passageiro estava emperrada; fiz Hélène entrar atrás, depois me enfiei por cima do assento do motorista. O trajeto verificou-se um pouco complicado, foi preciso fazer um desvio pelo Tiergarten, por causa das ruas bloqueadas, mas tive o prazer de ver, passando pela Flensburgerstrasse, que meu prédio sobrevivera. Alt Moabit, afora algumas bombas desgarradas, havia sido mais ou menos poupado, e deixei Hélène em frente ao seu prédio. "Agora", falei, ao me despedir, "sei onde a senhorita mora. Se me permitir, virei visitá-la quando as coisas estiverem um pouco mais calmas." — "Será um prazer", respondeu mais uma vez com aquele lindo sorriso calmo que ela tinha. Voltei então para o Hotel Eden, onde encontrei apenas uma carcaça rasgada ao meio, vítima das labaredas. Três ogivas haviam atravessado o telhado, não sobrara nada. Felizmente o bar resistira, os residentes do hotel haviam sido salvos e foram evacuados. Meu vizinho georgiano bebia conhaque diretamente do gargalo com alguns outros desabrigados; assim que me viu, obrigou-me a tomar um copo cheio. "Perdi tudo! Tudo! O que mais lamento são os sapatos. Quatro pares novos em folha!" — "Tem para onde ir?" Deu de ombros: "Tenho amigos não muito longe daqui. Na Rauchstrasse." — "Venha, levo o senhor até lá." A casa que o georgiano me indicou não tinha mais janelas, mas ainda parecia habitada. Esperei alguns minutos enquanto ele ia colher informações. Voltou com um ar animado: "Perfeito! Eles vão para Marienbad, vou junto. Quer tomar um trago?" Recusei educadamente, mas ele insistiu: "Vamos! Pelo *possochok*." Eu me sentia esvaziado, esgotado. Desejei-lhe boa sorte e arranquei. Na Staatspolizei, um Untersturmführer me informou que Thomas refugiara-se na casa de Schellenberg. Comi alguma coisa, arranjei uma cama num dormitório improvisado e dormi.

  Na manhã seguinte, quinta-feira, continuei a coletar estatísticas para Brandt. Walser continuava sem aparecer, mas eu não me preocupava muito com isso. Para remediar a falta de linhas telefônicas, dispúnhamos agora de um destacamento de Hitlerjugend emprestados por Goebbels. Nós os despachávamos em todas as direções, de bicicleta ou a pé, para transmitir ou recuperar mensagens e correspondência. No centro da cidade, o trabalho incansável dos serviços municipais já dava resultados: a água voltava em certos bairros, a eletricidade também, trechos de linhas de bonde eram reativados e o U-Bahn e o S-Bahn onde era possível. Sabíamos também que Goebbels estudava uma evacuação parcial da cidade. Por toda parte, sobre as ruínas, espalhavam-se inscrições a giz, as pessoas tentavam encontrar pais, amigos, vizinhos. Lá pelo meio-dia, requisitei uma caminhonete da Polícia e fui ajudar Asbach a enterrar a sogra no cemitério de Plötzensee ao lado de seu marido morto de câncer, quatro anos antes. Asbach parecia um pouco melhor: sua mulher recobrava os sentidos, reconhecera-o; mas ele ainda não lhe contara nada, nem com relação à mãe, nem com relação ao bebê. Fräulein Praxa nos acompanhou e deu inclusive um jeito de arranjar flores; Asbach ficou visivelmente tocado com o gesto. Além de nós, havia apenas três amigos dele, um casal e um pastor. O caixão era feito com tábuas toscas, mal lixadas; Asbach repetia que assim que possível solicitaria uma autorização para exumar o corpo a fim de dar à sogra um funeral adequado: nunca tinham se entendido, acrescentou, ela não escondia o desprezo pelo seu uniforme SS, mas, apesar de tudo, era a mãe de sua esposa, e Asbach amava a esposa. Eu não invejava sua situação: ser sozinho no mundo às vezes é uma vantagem, sobretudo em tempos de guerra. Deixei-o no hospital militar onde estava sua mulher e voltei para a SS-Haus. Não houve bombardeio aquela noite; um alerta foi lançado no início da noite, gerando um movimento de pânico, mas eram apenas aviões de reconhecimento enviados para fotografar os estragos. Depois do alerta, que passei no bunker da Staatspolizei, Thomas levou-me a um pequeno restaurante que já reabria as portas. Estava de bom humor: Schellenberg dera um jeito para que lhe emprestassem uma singela mansão em Dahlem, num bairro chique perto do Grunewald, e ele ia comprar um pequeno conversível Mercedes da viúva de um Hauptsturmführer morto durante o primeiro bombardeio e que precisava de dinheiro. "Felizmente, meu banco está intacto. É o que conta." Fechei a cara: "Há outra coisa que conta também." — "O quê, por exemplo?" — "Nossos sacrifícios. O sofrimento das pessoas, aqui, em volta da gente, no front." Na Rússia, as coisas iam mal; depois de perder Kiev, conseguíramos recuperar Jitomir, mas apenas para perder Tcherkassy no dia em que eu caçava galos-monteses com Speer; em Rovno, os insurgentes ucranianos do UPA, tanto antialemães quanto antibolcheviques, atiravam nos nossos desgarrados como coelhos. "Eu sempre lhe disse, Max", continuava Thomas, "você leva as coisas muito a sério." — "É uma questão de *Weltanschauung*", eu disse, erguendo meu copo. Thomas deu uma risadinha zombeteira. "*Weltanschauung* aqui, *Weltanschauung* ali, dizia Schnitzler. Todo mundo tem uma *Weltanschauung* nos dias de hoje, todo padeiro ou bombeiro tem sua *Weltanschauung*, meu mecânico superfatura meus consertos em 30%, mas também tem sua *Weltanschauung*. Eu também tenho uma..." Calou-se e bebeu; bebi também. Era um vinho búlgaro, um pouco rascante, mas, em vista das circunstâncias, não havia do que reclamar. "Vou dizer o que conta", prosseguiu Thomas furiosamente. "Servir seu país, morrer se preciso, mas aproveitar a vida o máximo possível enquanto isso. Sua

Ritterkreuz talvez venha a consolar sua velha mãe a título póstumo, mas, para você, será um frio conforto." — "Minha mãe está morta", eu disse serenamente. — "Eu sei. Desculpe." Uma noite, depois de vários copos, eu lhe contara sobre a morte da minha mãe, sem dar muitos detalhes; desde então não voltamos a tocar no assunto. Thomas bebeu mais, depois explodiu de novo: "Sabe por que odiamos os judeus? Vou lhe dizer. Odiamos os judeus porque é um povo parcimonioso e prudente, avaro não apenas de dinheiro e segurança, mas de suas tradições, de seu saber e de seus livros, incapaz de doação e dissipação, um povo que não conhece a guerra. Um povo que sabe apenas acumular, nunca desperdiçar. Em Kiev você dizia que o assassinato dos judeus era um desperdício. Ora, justamente, desperdiçando suas vidas como se joga arroz num casamento, ensinamo-lhes a despesa, ensinamo-lhes a guerra. E a prova de que isso funciona, de que os judeus começam a aprender a lição, é Varsóvia, é Treblinka, Sobibor, Bialystok, são os judeus voltando a ser guerreiros, tornando-se cruéis, tornando-se, por sua vez, matadores. Acho isso belíssimo. Refizemos um inimigo digno de nós. A *Pour le Sémite*" — bateu no peito no lugar do coração, onde a estrela é costurada — "resgata seu valor. E, se os alemães não reagirem como os judeus, em vez de se lamentar, eles terão apenas o que merecem. *Vœ victis.*" Esvaziou o copo de um trago, olhar distante. Percebi que estava bêbado. "Vou para casa", falou. Ofereci uma carona, mas ele recusou: arrumara um carro na garagem. Na rua, apenas parcialmente desobstruída, apertou distraidamente a minha mão, bateu a porta e arrancou a toda. Voltei para a Staatspolizei a fim de me deitar; a calefação estava funcionando e os chuveiros, pelo menos, haviam sido reparados.

Na noite seguinte houve um novo bombardeio, o quinto e último dessa série. Os prejuízos foram terríveis: o centro da cidade jazia em ruínas, bem como boa parte de Wedding. Contavam-se mais de 4000 mortos e 400 000 desabrigados, muitas fábricas e vários ministérios haviam sido destruídos, as comunicações e os transportes públicos levariam semanas para ser restabelecidos. As pessoas viviam em apartamentos sem janelas nem calefação: uma parte considerável das reservas de carvão, estocadas nos quintais para o inverno, tinha queimado. Era impossível encontrar pão, as lojas continuavam vazias, e a NSV instalara cozinhas de campanha nas ruas devastadas para servir sopa de repolho. No complexo da Reichsführung e do RSHA, saíam-se melhor: havia o que comer e onde dormir, roupas e uniformes eram fornecidos aos que haviam perdido tudo. Quando Brandt me recebeu, sugeri transferir parte de minha equipe para Oranienburg, para a sede do IKL, e manter um pequeno gabinete em Berlim para as funções de ligação. A ideia lhe pareceu boa, mas ele queria consultar o Reichsführer. Este último, ele me informou, aceitara que Speer visitasse Mittelbau: eu estava encarregado de organizar tudo. "Faça de modo com que o Reichsminister fique... satisfeito", especificou. Havia uma surpresa para mim: eu tinha sido promovido a Obersturmbannführer. Estava contente, mas surpreso: "Por que isso?" — "O Reichsführer assim decidiu. Suas funções já adquiriram certa importância e irão adquirir ainda mais. A propósito, que acha da reorganização de Auschwitz?" No início do mês, o Obersturmbannführer Liebehenschel, assessor de Glücks no IKL, trocara de lugar com Höss; em seguida, Auschwitz fora dividido em três campos distintos: o Stammlager, o complexo de Birkenau e Monowitz com todos os Nebenlager. Liebehenschel continuava Kommandant do I e também Standortälteste para os três, o que lhe conferia competência para supervisionar o trabalho dos outros dois novos Kommandanten, Hartjenstein e o Hauptsturmführer Schwarz, até então Arbeitskommandoführer, depois Lagerführer sob Höss. "Herr Standartenführer, creio que a reestruturação administrativa é uma excelente iniciativa: o campo era grande demais e estava ficando impossível de administrar. Quanto ao Obersturmbannführer Liebehenschel, pelo que pude verificar, é uma boa escolha, ele entendeu tudo acerca das novas prioridades. Mas confesso minha dificuldade, quando considero a nomeação do Obersturmbannführer Höss no IKL, em captar a política de pessoal dessa organização. Tenho o maior respeito pelo Obersturmbannführer Höss; julgo-o um excelente soldado; mas, se quer saber minha opinião, ele deveria estar à frente de um regimento de Waffen-SS no front. Não é um administrador. Liebehenschel cuidava da maior parte das tarefas rotineiras do IKL. Certamente não foi Höss quem se interessou por esses detalhes administrativos." Brandt me estudava através de seus óculos de coruja. "Agradeço-lhe pela franqueza de sua opinião. Mas não creio que o Reichsführer concorde com o senhor. E, de toda forma, ainda que o Obersturmbannführer Höss tenha talentos diferentes dos de Liebehenschel, o Standartenführer Maurer continua a postos." Balancei a cabeça; Brandt partilhava a opinião generalizada sobre Glücks. Isenbeck, quando me encontrei com ele na semana seguinte, me colocou a par do que se dizia em Oranienburg: todo mundo percebia muito bem que Höss tivera sua época em Auschwitz, exceto o próprio Höss; aparentemente, o Reichsführer em pessoa informara-o sobre sua transferência, durante uma visita ao campo, usando como pretexto — era o que Höss contava em Oranienburg — os programas da BBC sobre os extermínios; sua promoção à chefia do D I tornava isso plausível. Mas por que era tratado com tanta delicadeza? Para Thomas, a quem eu fazia a pergunta, havia apenas uma explicação: Höss estivera na prisão com Bormann, nos anos 20, por um assassinato vêmico; possivelmente haviam permanecido ligados e Bormann protegia Höss.

Assim que o Reichsführer aprovou minha sugestão, procedi à reorganização do meu gabinete. A unidade responsável pelas pesquisas, com Asbach à frente, foi transferida para Oranienburg. Asbach parecia aliviado por deixar Berlim. Com Fräulein Praxa e dois outros auxiliares reinstalei-me em meu antigo escritório da SS-Haus. Walser não voltara mais: Piontek, que eu acabara despachando para saber notícias, me informou que o abrigo do seu prédio havia sido atingido na noite de terça-feira. Estimava-se em cento e vinte e três o número de mortos, a população inteira do prédio, não havia sobreviventes e a maioria dos cadáveres resgatados estava irreconhecível. Por desencargo de consciência, registrei-o como desaparecido: dessa forma, a polícia procuraria nos hospitais; mas eu tinha poucas esperanças de encontrá-lo vivo. Piontek parecia aflito com isso. Thomas, superada sua fase de *spleen*, transbordava de energia; agora que éramos novamente vizinhos de escritório eu o via com mais frequência. Em vez de informá-lo acerca da minha promoção, esperei, para lhe fazer uma surpresa, a chegada da notificação oficial ao mesmo tempo que mandava costurar meus novos galões e insígnias de gola. Quando me apresentei em seu gabinete, caiu na risada, remexeu em sua mesa, puxou uma folha, agitou-a no ar e exclamou: "Ah! miserável. Achou que ia me alcançar!" Fez um aviãozinho com o documento e o lançou na minha direção; o bico veio se chocar com minha Cruz de Ferro e desdobrei para ler que Müller indicava Thomas como Standartenführer. "E pode ter certeza de que não será recusado. Mas", acrescentou com boa vontade, "antes que seja oficializado, sou eu quem paga os jantares."

Minha promoção também não causou grande efeito sobre a imperturbável Fräulein Praxa, mas ela não escondeu o espanto ao atender um telefonema direto de Speer: "O Reichsminister gostaria de falar com o senhor", me disse com uma voz emocionada, estendendo-me o aparelho. Depois do último bombardeio, eu lhe enviara uma mensagem para informá-lo das minhas novas coordenadas.

"Obersturmbannführer?", enunciou sua voz firme e agradável. "Como vai? Muitos estragos?" — "Meu arquivista provavelmente morreu, Herr Reichsminister. Afora isso, tudo bem. E o senhor?" — "Me transferi para gabinetes provisórios e mandei minha família para fora da cidade. E então?" — "Sua visita a Mittelbau acaba de ser aprovada, Herr Reichsminister. Fui encarregado de organizá-la. Assim que possível entro em contato com sua secretária para marcar uma data." Para as questões importantes, Speer me pedira para telefonar para sua secretária pessoal, em vez de um assistente. "Ótimo", ele disse. "Até logo." Eu já escrevera para Mittelbau para preveni-los da visita. Telefonei para o Obersturmbannführer Förschner, o Kommandant de Dora, para confirmar os preparativos. "Escute", resmungou com voz cansada do outro lado da linha, "faremos o melhor possível." — "Não estou pedindo para fazer o melhor possível, Obersturmbannführer. Estou pedindo que as instalações estejam apresentáveis para a visita do Reichsminister. O Reichsführer insistiu pessoalmente nesse ponto. O senhor me entendeu?" — "Bem, bem. Darei outras ordens."

Meu apartamento havia sido razoavelmente restaurado. Eu finalmente conseguira encontrar vidro para duas janelas; as demais permaneciam vedadas com uma lona. Minha vizinha não apenas mandara consertar a porta, como arranjara lamparinas a óleo enquanto a corrente não era restabelecida. Eu encomendara carvão e, uma vez acesa a grande estufa de cerâmica, não fazia mais frio. Eu ruminava que pegar um apartamento no último andar não fora muito inteligente: eu tivera uma sorte incomum de escapar dos bombardeios da semana, mas, se eles voltassem, e não deixariam de fazê-lo, aquilo não ia durar. No fundo, recusava-me a me preocupar: meu alojamento não me pertencia e eu tinha poucos objetos pessoais; convinha manter a atitude serena de Thomas em relação a essas coisas. Comprei apenas um gramofone novo, com discos das Partitas para piano de Bach, bem como árias de ópera de Monteverdi. À noite, sob a delicada e arcaica iluminação da lamparina a óleo, um copo de conhaque e alguns cigarros ao alcance da mão, eu me espalhava no sofá para escutá-los e esquecer todo o resto.

No entanto, um pensamento novo vinha ocupar meu espírito com uma frequência cada vez maior. No domingo seguinte aos bombardeios, por volta do meio-dia, eu pegara o carro na garagem e fora até a casa de Hélène Anders. Estava um tempo frio, úmido, o céu continuava encoberto, mas não chovia. Eu conseguira encontrar um buquê de flores no caminho, vendidas na rua por uma velha, perto de uma estação de S-Bahn. Chegando ao prédio, constatei que não sabia qual era seu apartamento. O nome não figurava nas caixas de correio. Uma mulher gorda, que saía naquele momento, parou e me avaliou da cabeça aos pés antes de me lançar, num típico linguajar berlinense: "Está atrás de quem?" — "Fräulein Anders." — "Anders? Não tem Anders aqui." Descrevi-a. "O senhor quer dizer a filha dos Winnefeld. Mas não é uma *Fräulein*." Indicou-me o apartamento e subi para tocar. Uma senhora de cabelos brancos abriu, franziu a sobrancelha. "Frau Winnefeld?" — "Sim." Estalei os calcanhares e inclinei a cabeça. "Meus respeitos, meine Dame. Vim visitar sua filha." Estendi-lhe as flores e me apresentei. Hélène apareceu no corredor, um suéter nos ombros, e seu rosto ganhou uma ligeira cor: "Oh!", sorriu. "É o senhor." — "Vim lhe perguntar se pretende nadar hoje." — "A piscina resistiu?", perguntou. — "Infelizmente, não." Eu tinha passado lá: uma bomba incendiária atingira em cheio a abóbada, e a zeladora que tomava conta das ruínas me assegurara que, considerando as prioridades, certamente não seria reaberta antes do fim da guerra. "Mas eu conheço outra." — "Então será um prazer. Vou pegar minhas coisas." Embaixo, abri a porta do carro para ela e arrancamos. "Eu não sabia que a senhora era uma *Frau*", eu disse ao cabo de alguns instantes. Ela me fitou com uma expressão pensativa: "Sou viúva. Meu marido foi morto na Iugoslávia no ano passado, por rebeldes. Não havíamos completado um ano de casados." — "Sinto muito." Ela olhava pela janela. "Eu também", disse. Voltou-se para mim: "Mas é preciso viver, não é mesmo?" Não falei nada. "Hans, meu marido", prosseguiu, "gostava muito da costa dálmata. Nas cartas, falava em se mudar para lá depois da guerra. Conhece a Dalmácia?" — "Não. Servi na Ucrânia e na Rússia. Mas não gostaria de me mudar para lá." — "Onde gostaria de morar?" — "Não sei dizer. Não em Berlim, acho. Não sei." Contei-lhe brevemente minha infância na França. Ela mesma era berlinense de velha cepa: seus avós já moravam em Moabit. Chegamos à Prinz-Albrechtstrasse, estacionei em frente ao número 8. "Mas é a Gestapo!", ela exclamou assustada. Ri: "Pois é. Eles têm uma pequena piscina aquecida no subsolo." Olhou para mim: "O senhor é policial?" — "De jeito nenhum." Pelo vidro, apontei o antigo Hotel Prinz-Albrecht ao lado: "Eu trabalho aí, nos escritórios do Reichsführer. Sou jurista, lido com questões econômicas." Isso pareceu tranquilizá-la. "Não se preocupe. A piscina é muito mais usada pelas datilógrafas e secretárias que pelos policiais, que têm mais o que fazer." Na realidade, a piscina era tão pequena que era preciso inscrever-se previamente. Lá, encontramos Thomas, já em trajes de banho. "Ah, conheço a senhora!", exclamou, beijando galantemente a mão branca de Hélène. "A senhora é amiga de Liselotte e de Mina Wehde." Mostrei-lhe os vestiários femininos e fui me trocar, enquanto Thomas sorria para mim zombeteiramente. Quando saí, Thomas, na água, conversava com uma garota, mas Hélène ainda não voltara. Mergulhei e dei algumas braçadas. Hélène saía dos vestiários. Seu maiô de corte moderno modelava formas ao mesmo tempo cheias e salientes; sob as curvas, os músculos deixavam-se adivinhar com nitidez. Seu rosto, cuja beleza não se alterava com a touca de banho, estava alegre: "Duchas quentes! Que luxo!" Mergulhou por sua vez, atravessou a metade da piscina por baixo d'água e começou a nadar. Eu já estava cansado; saí, vesti um roupão e me sentei em uma das cadeiras dispostas em volta da piscina para fumar e observá-la nadando. Thomas, gotejando, veio sentar ao meu lado. "Já era tempo de você se mexer." — "Gostou dela?" Os respingos da água ressoavam na abóbada do recinto. Hélène nadou quarenta piscinas sem parar, um quilômetro. Depois veio apoiar-se na beirada, como da primeira vez em que eu a vira, e sorriu para mim: "O senhor não nada muito." — "É o cigarro. Não tenho mais fôlego." — "Pena." Mais uma vez levantou os braços e deixou-se afundar; mas dessa vez emergiu no mesmo lugar, içando-se para fora da piscina num movimento elástico. Pegou uma toalha, enxugou o rosto e veio se sentar à nossa frente tirando a touca e sacudindo a cabeleira úmida. "E o senhor", dirigiu-se a Thomas, "também lida com questões econômicas?" — "Não", respondeu. "Deixo isso para Max, que é muito mais inteligente que eu." — "Ele é policial", acrescentei. Thomas fechou a cara: "Digamos que sou da segurança." — "Brrr...", fez Hélène. "Deve ser sinistro." — "Oh, nem tanto." Terminei o cigarro e fui nadar mais um pouco. Hélène ainda fez vinte piscinas; Thomas flertava com uma das datilógrafas. Em seguida, tirei o cloro na ducha e troquei de roupa; deixando Thomas ali, convidei Hélène para um chá. "Onde pode ser?" — "Boa pergunta. Na Unter den Linden não há mais nada. Mas acharemos alguma coisa." Acabei levando-a ao Hotel Esplanade, na Bellevuestrasse: estava um pouco avariado, mas resistira ao pior; no interior do salão de chá, a não ser pelas tábuas nas janelas, disfarçadas por cortinas de brocado, parecia que era antes da guerra. "É um belo lugar", murmurou Hélène. "Nunca vim aqui." — "Parece que os bolos são excelentes. E não servem falsificações." Pedi um café, e ela, um chá; escolhemos também um pequeno sortimento de bolos.

Mereciam realmente a fama. Quando acendi um cigarro, ela me pediu um. "Fuma?" — "Às vezes." Mais tarde, ela disse pensativamente: "É uma pena que haja essa guerra. As coisas poderiam ter sido tão boas..." — "Talvez. Confesso que não sou dessa opinião." Olhou para mim: "Diga-me francamente: vamos perder, não é?" — "Não!", eu disse, chocado. "Claro que não." Ela voltou a fitar o vazio, dando a última tragada no cigarro. "Vamos perder", ela disse. Levei-a em casa. Na entrada, ela apertou minha mão com uma expressão séria. "Obrigada", disse. "Foi um grande prazer." — "Espero que não seja a última vez." — "Eu também. Até logo." Observei-a atravessar a calçada e desaparecer no prédio. Depois voltei para casa para escutar Monteverdi.

Eu não sabia o que queria com aquela moça, nem tentava saber. O que me agradava nela era a delicadeza, uma delicadeza que eu julgava existir apenas nos quadros de Vermeer de Delft, através da qual transparecia claramente a força elástica de uma lâmina de aço. Eu tinha apreciado muito aquela tarde, e por ora não analisava muito, não queria pensar. Pensar, eu pressentia, teria suscitado simultaneamente questões e exigências dolorosas: por uma vez na vida eu não sentia necessidade disso, sentia-me feliz deixando-me carregar pelo curso das coisas, assim como pela música ao mesmo tempo soberanamente lúcida e emotiva de Monteverdi, e depois veríamos. Durante a semana seguinte, nos momentos ociosos do trabalho, ou à noite, em casa, a imagem de sua fisionomia grave ou da tranquilidade de seu sorriso me voltava à mente, quase calorosa, um pensamento amigo, afetuoso, que não me assustava.

Mas o passado, quando crava seus dentes em nossa carne, não larga mais. No meio da semana que se seguiu aos bombardeios, Fräulein Praxa veio bater na porta do meu gabinete. "Herr Obersturmbannführer? Há dois cavalheiros da Kripo querendo falar com o senhor." Eu estava mergulhado num dossiê particularmente volumoso; entediado, respondi: "Ora, que façam como todo mundo, que marquem uma hora." — "Muito bem, Herr Obersturmbannführer." Fechou a porta. Um minuto depois, bateu de novo: "Desculpe, Herr Obersturmbannführer. Eles insistem. Disseram-me para lhe dizer que é um assunto pessoal. Dizem que diz respeito à sua mãe." Inspirei profundamente e fechei o dossiê: "Então faça-os entrar."

Os dois homens que se comprimiram no meu gabinete eram policiais de verdade, não policiais honorários como Thomas. Vestiam casacos cinzentos, de lã dura e grosseira, provavelmente tecida com polpa de madeira, e seguravam seus chapéus nas mãos. Hesitaram, depois ergueram o braço dizendo: "Heil Hitler!" Retribuí-lhes a saudação e os convidei a se sentarem no sofá. Apresentaram-se: Kriminalkommissar Clemens e Kriminalkommissar Weser, do Referat V B 1, "Einsatz/Homicídios". "Na realidade", disse um deles, talvez Clemens, à guisa de introdução, "trabalhamos por solicitação do V A 1, que cuida da cooperação internacional. Eles receberam um pedido de auxílio judiciário da Polícia francesa..." — "Desculpe", interrompi secamente, "posso ver seus papéis?" Estenderam-me carteiras de identidade, bem como uma ordem de missão assinada por um Regierungsrat Galzow, incumbindo-lhes a tarefa de responder às perguntas transmitidas à Polícia alemã pelo governador dos Alpes-Marítimes no âmbito do inquérito sobre os assassinatos de Moreau, Aristide, e sua esposa Moreau, Héloïse, viúva Aue, *née* C. "Então estão investigando a morte de minha mãe", falei, devolvendo-lhes os documentos. "E em que isso diz respeito à Polícia alemã? Eles foram mortos na França." — "Perfeitamente, perfeitamente", disse o segundo, provavelmente Weser. O primeiro tirou um bloquinho espiralado do bolso e passou as folhas. "Aparentemente foi um assassinato violentíssimo", disse. "Um louco, talvez um sádico. O senhor deve ter ficado muito abalado." Minha voz ficou seca e ríspida: "Kriminalkommissar, estou a par do ocorrido. Minhas reações pessoais dizem respeito apenas a mim. O que querem comigo?" — "Queríamos fazer algumas perguntas", disse Weser. — "Como testemunha potencial", acrescentou Clemens. — "Testemunha de quê?", perguntei. Ele olhou direto nos meus olhos: "Esteve com eles por essa época, não é mesmo?" Também continuei a fitá-lo: "Isso é exato. Estão bem informados. Fui visitá-los. Não sei exatamente quando foram mortos, mas foi pouco depois." Clemens examinou seu bloquinho e o mostrou a Weser. Weser prosseguiu: "Segundo a Gestapo de Marselha, emitiram um salvo-conduto para o senhor para a zona italiana em 26 de abril. Quanto tempo ficou na casa de sua mãe?" — "Somente um dia." — "Tem certeza?", perguntou Clemens. — "Acho que sim. Por quê?" Weser consultou novamente o bloquinho de Clemens: "Segundo a Polícia francesa, um gendarme viu um oficial SS deixar Antibes de ônibus na manhã do dia 29. Não havia muitos oficiais SS no setor, e certamente eles não passeavam de carro." — "É possível que eu tenha ficado duas noites. Viajei muito por essa época. Isso é importante?" — "Talvez. Os corpos foram descobertos em 1º de maio, por um leiteiro. Não estavam mais muito frescos. O médico-legista estimou que a morte remontava a um período entre sessenta ou oitenta e quatro horas, ou seja, entre 28 à noite e 29 à noite." — "Da minha parte, posso lhe dizer que estavam bem vivos quando os deixei." — "Então", disse Clemens, "se o senhor partiu na manhã do 29, eles teriam sido mortos durante o dia." — "É possível. Não me fiz essa pergunta." — "Como soube da morte deles?" — "Fui informado pela minha irmã." — "Com efeito", disse Weser continuando a se curvar para consultar as anotações de Clemens, "ela chegou quase imediatamente. No dia 2 de maio, para ser preciso. Sabe como a notícia chegou até ela?" — "Não." — "Esteve com ela recentemente?", perguntou Weser. — "Ela mora com o marido na Pomerânia. Posso lhes fornecer o endereço, mas não sei se os irão encontrar por lá. Viajam regularmente para a Suíça." Weser pegou o bloquinho das mãos de Clemens e anotou alguma coisa. Clemens me perguntou: "Não mantém contato com ela?" — "Não com muita frequência." — "E visitava muito sua mãe?", perguntou Weser. Pareciam alternar-se sistematicamente em suas falas, e aquele joguinho me exasperava. "Raramente", respondi o mais secamente possível. "Resumindo", disse Clemens, "não é muito próximo de sua família." — "Meine Herren, já lhes disse que não tenho por que lhes falar dos meus sentimentos íntimos. Não vejo em que minhas relações com minha família podem lhes interessar." — "Quando há assassinato, Herr Obersturmbannführer", disse Weser sentenciosamente, "tudo pode vir a interessar à Polícia." Pareciam realmente uma dupla de tiras de filmes americanos. Mas acho que faziam de propósito. "Esse Herr Moreau é seu padrasto legal, não?", retomou Weser. — "Sim. Casou-se com minha mãe em... 1929, acho. Ou talvez 28." — "1929, exatamente", disse Weser, estudando seu bloquinho. — "Tem ciência de suas disposições testamentárias?", perguntou Clemens bruscamente. Balancei a cabeça: "Nenhuma. Por quê?" — "Herr Moreau não era pobre", disse Weser. "Talvez o senhor herde uma bela soma." — "Isso me surpreenderia. Meu padrasto e eu não nos entendíamos." — "É possível", prosseguiu Clemens, "mas ele não tinha filhos, nem irmãos ou irmãs. Se morreu sem fazer um testamento, o senhor e sua irmã dividirão tudo." — "Não tinha pensado nisso", eu disse sinceramente. "Porém, em vez de especular no vazio, falem logo: encontraram um testamento?" Weser folheava o bloquinho: "Para dizer a verdade, ainda não sabemos." — "Quanto a mim, em todo caso", declarei, "ninguém me procurou para falar a respeito disso." Weser rabiscou uma observação no bloquinho. "Outra pergunta, Herr Obersturmbannführer: havia dois meninos na casa de Herr Moreau. Gêmeos. Vivos." — "Vi esses meninos. Minha mãe me disse que eram de uma amiga. Sabe quem são?" — "Não", rosnou Clemens. "Aparentemente os franceses também não." — "Eles foram testemunhas do crime?" — "Nunca abriram a boca", disse Weser. — "É possível que tenham visto alguma coisa", acrescentou Clemens. — "Mas não queriam falar", repetiu Weser. — "Talvez estivessem em estado de choque", explicou Clemens. — "E qual é o paradeiro deles?", perguntei. — "Justamente", respondeu Weser, "isso é que é curioso. Sua irmã os levou com ela." — "Ninguém sabe muito bem por quê", disse Clemens. "Nem como." — "Além do mais, isso parece altamente irregular", comentou Weser. — "Altamente", repetiu Clemens. "Mas na época eram os italianos. Com eles, é tudo possível." — "É, tudo mesmo", enfatizou Weser. "Exceto uma investigação dentro das regras." — "É a mesma coisa com os franceses, aliás", prosseguiu Clemens. — "É, são iguais", confirmou Weser. "Não é nada agradável trabalhar com eles." — "Meine Herren", acabei por interrompê-los. "Tudo isso está muito bem, mas o que eu tenho a ver com isso?" Clemens e Weser entreolharam-se. "Vejam, estou ocupadíssimo neste momento. A menos que tenham outras perguntas precisas, não podemos parar por aqui?" Clemens assentiu com a cabeça; Weser folheou o bloquinho e entregou para ele. Em seguida levantou-se: "Desculpe-nos, Herr Obersturmbannführer." — "Sim", disse Clemens levantando-se por sua vez. "Desculpe-nos. É tudo por ora." — "Sim", repetiu Weser, "é tudo. Obrigado pela cooperação." Estendi a mão: "Pois não. Se tiverem outras perguntas, não hesitem em me procurar." Peguei cartões de visita na bandejinha à minha frente e dei um para cada um. "Obrigado", disse Weser, guardando-o no bolso. Clemens examinou o seu: *Representante especial do Reichsführer-SS para o Arbeitseinsatz*", leu. "Que é isso?" — "É um segredo de Estado, Kriminalkommissar", respondi. "Oh, desculpe." Ambos me saudaram e se dirigiram para a porta. Clemens, que era uma cabeça mais alto que Weser, abriu-a e saiu; Weser parou na soleira e se voltou: "Desculpe, Herr Obersturmbannführer. Esqueci um detalhe." Virou-se para a porta: "Clemens! As anotações." Folheou o bloquinho de novo. "Ah, sim, aqui está: quando foi visitar sua mãe, estava de uniforme ou à paisana?" — "Não me lembro mais. Por quê? É importante?" — "Provavelmente não. O Obersturmbannführer de Marselha que emitiu seu salvo-conduto achava que o senhor estava à paisana." — "É possível. Eu estava de folga." Balançou a cabeça: "Obrigado. Se houver mais alguma coisa, telefonaremos. Perdoe-nos por ter vindo assim. Da próxima vez, marcaremos uma hora."

Essa visita me deixou com um gosto amargo na boca. Que queriam de mim aquelas duas caricaturas? Pareceram-me excessivamente agressivos e enxeridos. Claro, eu mentira para eles; mas se lhes houvesse dito que vira os corpos, isso teria criado todo tipo de complicação. Não achava que suspeitassem de mim a esse ponto; sua suspeição parecia sistemática, um vício profissional, provavelmente. Eu julgara bastante desagradáveis suas perguntas sobre a herança de Moreau: pareciam sugerir que poderia ter havido uma motivação, um interesse pecuniário, era ridículo. Será que me consideravam suspeito de assassinato? Tentei rememorar a conversa e fui obrigado a reconhecer que era possível. Achava aquilo estarrecedor, mas a mente de um policial de carreira devia ser feita assim. Uma outra pergunta me preocupava mais: por que minha irmã levara os gêmeos? Que relação havia entre eles e ela? Tudo isso, devo dizê-lo, me perturbava profundamente. Achava aquilo quase injusto: exatamente quando minha vida parecia enfim tender para uma forma de equilíbrio, uma sensação de normalidade, quase como a dos demais, aqueles tiras imbecis vinham despertar questões, suscitar inquietudes, interrogações sem respostas. O mais lógico, a bem da verdade, teria sido telefonar ou escrever para minha irmã, para lhe perguntar o destino daqueles malditos gêmeos e também para ter certeza, se um dia aqueles policiais viessem a interrogá-la, de que sua história coincidiria com a minha no ponto em que eu julgara necessário dissimular parte da verdade. Porém, não sei bem por quê, não o fiz imediatamente; não é que alguma coisa me retivesse, simplesmente aquilo não me apetecia no momento. Telefonar não era uma coisa difícil, eu poderia fazê-lo quando quisesse, não havia necessidade de pressa.

Além do mais, eu estava muito ocupado. Minha equipe de Oranienburg, que, sob a direção de Asbach, continuava a crescer, enviava-me regularmente sínteses de seus estudos sobre os trabalhadores estrangeiros, que chamávamos de *Ausländereinsatz*. Esses trabalhadores eram distribuídos em diversas categorias, por critérios raciais, com níveis de tratamento diferentes; também eram contabilizados prisioneiros de guerra dos países ocidentais (mas não os KGF soviéticos, uma categoria à parte, inteiramente sob controle do OKW). No dia seguinte à visita dos dois investigadores, fui convocado pelo Reichsführer, que se interessava pelo assunto. Fiz uma exposição bem longa, pois o problema era complexo, mas completa: o Reichsführer escutava praticamente calado, insondável atrás de suas lentes de aro de aço. Ao mesmo tempo, eu tinha que preparar a visita de Speer a Mittelbau, e fui até Lichterfelde — depois dos bombardeios, as más línguas berlinenses chamavam o bairro de Trichterfelde, "o prado das crateras" — para explicar o projeto ao Brigadeführer Kammler, chefe do Amtsgruppe C ("Construções") do WVHA. Kammler, homem seco, nervoso, preciso, cuja dicção e gestos rápidos disfarçavam uma vontade inflexível, conversou comigo, e era a primeira vez que eu ouvia algo sobre o assunto que não fosse um rumor, sobre o foguete A-4, arma milagrosa que, segundo ele, mudaria irreversivelmente o curso da guerra assim que pudesse ser fabricada em série. Os ingleses tomaram conhecimento de sua existência e, em agosto, haviam bombardeado as instalações secretas onde ele estava em vias de elaboração, no norte da ilha de Usedom, onde se dera minha convalescença. Três semanas depois, o Reichsführer sugeria ao Führer e a Speer a transferência das instalações para o subsolo, e que o sigilo fosse assegurado empregando-se na construção exclusivamente detentos dos campos de concentração. O próprio Kammler escolhera o local, galerias subterrâneas do Harz utilizadas pela Wehrmacht para estocar reservas de óleo cru. Uma companhia fora criada para administrar o projeto, a Mittelwerke GmbH, sob controle do Ministério de Speer; a SS, todavia, continuava sendo totalmente responsável tanto pela organização como pela segurança do local. "A montagem dos foguetes já começou, mesmo com as instalações não concluídas; acho que o Reichsminister vai ficar satisfeito." — "Espero simplesmente que as condições de trabalho dos detentos sejam adequadas, Herr Brigadeführer", repliquei. "Sei que esta é uma preocupação constante do Reichsminister." — "As condições são as que são, Obersturmbannführer. Afinal de contas, é a guerra. Mas posso lhe garantir que o Reichsminister não terá do que se queixar quanto ao nível de produtividade. A fábrica está sob minha supervisão pessoal, eu mesmo escolhi o Kommandant, um homem eficiente. O RSHA tampouco vai me criar problemas: coloquei um homem meu, o Dr. Bischoff, para zelar pela segurança da produção e prevenir sabotagens. Até agora não houve contratempos. De toda forma", acrescentou, "inspecionei vários KL com subordinados do Reichsminister Speer em abril e em maio; eles não fizeram muitas queixas, e Mittelbau não é muito diferente de Auschwitz."

A visita aconteceu numa sexta-feira de dezembro. Fazia um frio lancinante. Speer estava acompanhado por especialistas do seu Ministério. Seu avião especial, um Heinkel, nos transportou até Nordhausen; ali, uma delegação do campo liderada pelo Kommandant Förschner nos recebeu e escoltou até o local. A estrada, controlada por diversos postos de controle SS, acompanhava a vertente sul do Harz; Förschner nos explicava que o maciço inteiro fora declarado zona interditada, outros projetos subterrâneos estavam em andamento um pouco mais ao norte, em campos auxiliares de Mittelbau; em Dora mesmo, a seção norte dos dois túneis havia sido reservada para a construção de motores de avião Junker. Speer escutava as explicações sem dizer nada. A estrada desembocava numa esplanada de terra batida; de um lado alinhavam-se os galpões dos guardas SS e da Kommandantur; defronte, protegida por pilhas de material de construção e coberta por redes de camuflagem, incrustada numa crista semeada com abetos, abria-se a entrada do primeiro túnel. Entramos atrás de Förschner e diversos engenheiros de Mittelwerke. O pó de gipsita e a fumaça agressiva dos explosivos industriais me sufocaram; misturados a eles flutuavam outros cheiros indefiníveis, enjoativos e nauseabundos, que me lembravam minhas primeiras visitas aos campos. À medida que avançávamos, os *Häftlinge*, alertados pelo Spiess que precedia a delegação, postavam-se em sentido e tiravam seus gorros. A maioria era de uma magreza pavorosa; suas cabeças, pousadas em equilíbrio precário sobre pescoços descarnados, pareciam bolhas hediondas enfeitadas com enormes narizes e orelhas recortados em cartolina nas quais teriam incrustado um par de olhos imensos, vazios, que se recusavam a nos fitar. Perto deles, os cheiros que eu sentira ao entrar tornavam-se um fedor abjeto, que emanava de suas roupas imundas, de suas feridas, de seus próprios corpos. Vários dos homens de Speer, verdes, seguravam lenços no rosto; Speer mantinha as mãos nas costas e examinava tudo com uma expressão tensa e fechada. Ligando os dois túneis principais, o A e o B, galerias transversais escalonavam-se a cada vinte e cinco metros: a primeira delas mostrou-nos fileiras de estrados de madeira grosseira superpostos em quatro níveis, dos quais, sob golpes de cassetete de um suboficial SS, descia para se perfilar em posição de sentido uma horda fervilhante de detentos esfarrapados, na maioria nus ou quase, alguns com as pernas sujas de merda. As abóbadas de cimento nu respingavam com a umidade. Em frente às camas, na interseção do túnel principal, grandes tonéis metálicos, serrados ao meio no sentido do comprimento e dispostos de lado, serviam como latrinas; deles transbordava um líquido viscoso, amarelo, verde, marrom, fétido. Um dos assistentes de Speer exclamou: "Mas é o inferno de Dante!"; outro, um pouco atrás, vomitava perto da parede. Eu também sentia a velha náusea voltar, mas me segurava e respirava assobiando, entre os dentes, longamente. Speer voltou-se para Förschner: "Os detentos vivem aqui?" — "Sim, Herr Reichsminister." — "Não saem nunca?" — "Não, Herr Reichsminister." Enquanto continuávamos a avançar, Förschner explicava a Speer que havia escassez de tudo e que era incapaz de garantir as condições sanitárias exigidas; as epidemias dizimavam os detentos. Mostrou-nos inclusive alguns cadáveres amontoados na entrada de galerias perpendiculares, nus ou sob uma lona qualquer, esqueletos humanos com a pele devastada. Em uma das galerias-dormitórios, estavam servindo a sopa: Speer pediu para prová-la. Engoliu uma colherada, depois fez com que eu provasse; tive que me obrigar a não cuspir de volta; era um caldo amargo, infecto; parecia que haviam fervido capim; mesmo no fundo da tigela não havia quase nenhuma substância sólida. Visitamos assim toda a extensão do túnel, até a fábrica Junker, escorregando na lama e nos excrementos, respirando com dificuldade, em meio a milhares de *Häftlinge*, que mecanicamente tiravam os gorros uns após os outros, rostos inexpressivos. Examinei suas identificações: além dos alemães, sobretudo "verdes", havia ali "vermelhos" de todos os países da Europa, franceses, belgas, italianos, holandeses, tchecos, poloneses, russos e até mesmo espanhóis, republicanos presos na França após a derrota (mas, claro, não havia judeus: nessa época, os trabalhadores judeus ainda estavam proibidos na Alemanha). Nas galerias transversais, depois dos dormitórios, detentos orientados por engenheiros civis trabalhavam nos componentes e na montagem dos foguetes; mais adiante, num barulho infernal e em meio a um pó opaco, um verdadeiro exército de formigas cavava novas galerias e retirava as pedras em trenzinhos empurrados por outros detentos sobre trilhos improvisados. Ao sair, Speer quis ver o Revier; era uma instalação das mais sumárias, com capacidade para uns quarenta homens no máximo. O médico-chefe mostrou-lhe as estatísticas de mortalidade e doença; a disenteria, o tifo e a tuberculose eram as principais causas do número de baixas. Do lado de fora, diante de toda a delegação, Speer explodiu numa fúria contida mas virulenta: "Oberstumbannführer Förschner! Essa fábrica é um verdadeiro escândalo! Nunca vi nada igual. Como pode esperar trabalhar corretamente com homens nesse estado?" Förschner, sob a invectiva, perfilara-se instintivamente. "Herr Reichsminister", replicou, "estou disposto a melhorar as condições, mas não me fornecem recursos. Não posso ser considerado responsável." Speer estava branco como um lençol. "Muito bem", disparou. "Ordeno que construa imediatamente um campo, aqui, do lado de fora, com chuveiros e sanitários. Mande preparar imediatamente formulários de alocação de material para eu assinar antes de partir. Förschner nos levou até os galpões da Kommandantur e deu as ordens necessárias. Enquanto Speer conversava com seus auxiliares e engenheiros, furioso, chamei Förschner à parte: "Eu lhe pedi expressamente em nome do Reichsführer que fizesse de maneira a que o campo ficasse apresentável. Isso é uma *Schweinerei*." Förschner não se deixou desarmar: "Obersturmbannführer, sabe tão bem quanto eu que uma ordem sem os meios de executá-la não vale grande coisa. Desculpe, mas não tenho varinha de condão. Mandei lavar as galerias esta manhã, mas não podia fazer mais nada. Se o Reichsminister nos fornecer material de construção, tanto melhor." Speer juntara-se a nós: "Farei com que o campo receba rações suplementares." Voltou-se para um engenheiro civil que estava atrás dele: "Sawatsky, não preciso dizer que os detentos sob suas ordens terão prioridade. Não se pode pedir um trabalho de montagem complexo a doentes e moribundos." O civil balançou a cabeça: "Naturalmente, Herr Reichsminister. É sobretudo a rotatividade que é inadministrável. Temos que substituí-los com tanta frequência que é impossível formá-los corretamente." Speer voltou-se para Förschner: "Isso não significa que o senhor deva negligenciar os que foram designados para a construção das galerias. Aumente suas rações também, na medida do possível. Conversarei sobre isso com o Brigadeführer Kammler." — "*Zu Befehl*, Herr Reichsminister", disse Förschner. Sua expressão continuava baça, fechada; Sawatsky, por sua vez, parecia feliz. Do lado de fora, alguns dos homens de Speer nos esperavam, rabiscando em bloquinhos e aspirando avidamente o ar frio. Eu estava arrepiado: o inverno instalava-se.

Em Berlim, vi-me novamente atribulado com as demandas do Reichsführer. Prestei-lhe contas da visita com Speer e ele fez apenas um comentário: "O Reichsminister Speer tem de decidir o que quer." Agora eu o via regularmente para discutir questões de mão de obra: ele queria a todo custo aumentar a quantidade de trabalhadores disponíveis nos campos para abastecer as indústrias SS, as empresas privadas e, sobretudo, os novos projetos de construção subterrânea que Kammler queria desenvolver. A Gestapo multiplicava as detenções, mas, por outro lado, com a chegada do outono e, depois, do inverno, a mortalidade, nitidamente em queda durante o verão, estava novamente em alta, o que afligia o Reichsführer. Entretanto, quando eu lhe propunha diversas medidas, a meu ver realistas, que estava planejando com a minha equipe, ele não reagia, e as medidas concretas aplicadas por Pohl e o IKL pareciam acidentais e imprevisíveis, não correspondendo a nenhum plano. Uma ocasião, aproveitei o ensejo de um comentário do Reichsführer para criticar o que eu considerava iniciativas arbitrárias e sem nexo entre si: "Pohl sabe o que faz", observou ele secamente. Pouco depois, Brandt me convocou e me repreendeu num tom cortês, mas firme: "Escute, Obersturmbannführer, o senhor está fazendo um bom trabalho, mas vou lhe dizer o que já disse cem vezes ao Brigadeführer Ohlendorf: em vez de aborrecer o Reichsführer com críticas negativas e estéreis e questões complicadas que de toda forma ele não compreende, o senhor faria melhor se tentasse estreitar as relações. Traga para ele, sei lá, um tratado medieval sobre plantas medicinais, bem encadernado, e procure conversar um pouco. Ele vai adorar, e isso lhe permitirá relacionar-se com ele, fazer-se compreender melhor. Isso facilitará muito as coisas. Além disso, me desculpe, o senhor é muito frio e presunçoso na apresentação dos seus relatórios, o que o irrita ainda mais. Não é assim que vai arrumar as coisas." Ele continuou um pouco nessa veia; eu não dizia nada, refletia: provavelmente ele tinha razão. "Mais um conselho: faria bem em se casar. Sua atitude a esse respeito aborrece profundamente o Reichsführer." Empertiguei-me: "Herr Standartenführer, já expus minhas razões ao Reichsführer. Se ele não as aprova, deveria comunicar-me pessoalmente." Um pensamento absurdo me fez reprimir um sorriso. Brandt, por sua vez, não sorria e me fitava como uma coruja através dos seus grandes óculos redondos. Suas lentes me devolviam minha própria imagem duplicada, o reflexo me impedia de distinguir seu olhar. "Está errado, Obersturmbannführer, está errado. Enfim, a escolha é sua."

  Fiquei ressentido com a atitude de Brandt, na minha opinião completamente injustificada: ele não tinha nada que se intrometer daquele jeito na minha vida privada. Esta, justamente, ganhava contornos agradáveis; e fazia muito tempo que eu não me distraía tanto. No domingo, ia à piscina com Hélène, às vezes também com Thomas e uma ou outra de suas namoradinhas; em seguida, saíamos para tomar chá ou chocolate quente, depois eu levava Hélène ao cinema, se houvesse alguma coisa que prestasse, ou então à sala de concerto para ver Karajan ou Furtwängler, em seguida jantávamos, antes que eu a deixasse em casa. Também a via de vez em quando durante a semana: alguns dias depois de minha visita a Mittelbau, eu a convidara para ir até a nossa sala de esgrima, no Prinz-Albrecht-Palais, onde ela nos observou terçar aplaudindo as estocadas, e depois, na companhia de sua amiga Liselotte e de Thomas, que flertava acintosamente com esta última, fomos a um restaurante italiano. Em 19 de dezembro, estávamos juntos durante o último bombardeio inglês; no abrigo público onde nos havíamos refugiado, ela permaneceu sentada ao meu lado sem nada dizer, seu ombro encostado ao meu, estremecendo ligeiramente às detonações mais próximas. Depois do bombardeio, levei-a até o Esplanade, único restaurante que achei aberto; sentada à minha frente, suas compridas mãos brancas sobre a mesa, ela me fitava em silêncio com seus belos olhos escuros e profundos, um olhar penetrante, curioso, sereno. Naqueles momentos, eu me dizia que, se as coisas tivessem sido diferentes, eu poderia ter me casado com aquela mulher, ter tido filhos com ela como fiz bem mais tarde com outra mulher que não lhe chegava aos pés. Isso não teria sido decerto para agradar Brandt ou o Reichsführer, para cumprir um dever, satisfazer as convenções: teria sido uma parte da vida de todos os dias e de todos os homens, simples e natural. Mas minha vida tomara outro rumo, e era tarde demais. Ela também, quando me olhava, devia ter pensamentos similares, ou melhor, pensamentos de mulher, diferentes daqueles dos homens, em sua tonalidade e cor sem dúvida mais que em seu teor, difíceis de imaginar para um homem, até mesmo para mim. Imaginava-os assim: Será que vou para a cama com esse homem, será que me dou a ele? Dar-se, fórmula curiosa na nossa língua; mas que o homem que não capte seu pleno alcance experimente por sua vez deixar-se penetrar, isso lhe abrirá os olhos. Esses pensamentos, em geral, não refletiam arrependimento, antes um sentimento de amargura, quase delicado. Mas às vezes, na rua, sem refletir, com um gesto natural, ela me dava o braço, e então, sim, eu me surpreendia carente daquela outra vida que poderia ter sido, se alguma coisa não a houvesse rompido tão cedo. Não era apenas a questão da minha irmã; era mais vasto que isso, era o curso inteiro dos acontecimentos, a miséria do corpo e do desejo, as decisões que tomamos e de que não podemos voltar atrás, o próprio sentido que escolhemos para essa coisa a que chamamos, erradamente, talvez, de nossa vida.

Começara a nevar, uma neve tépida, que não resistia. Quando resistia por uma noite ou duas, conferia uma breve e estranha beleza às ruínas da cidade, depois derretia e vinha engrossar a lama que assolava as ruas caóticas. Com minhas botas grossas de cavaleiro, eu me deslocava sem prestar atenção, um ordenança as limparia no dia seguinte; mas Hélène calçava sapatos simples, e, quando chegávamos a uma superfície cinza e grossa de neve derretida, eu procurava uma tábua e a lançava atravessada, depois segurava sua mão delicada para que ela passasse; e, se até assim fosse impossível, eu a carregava, levíssima, nos braços. Na véspera de Natal, Thomas organizou uma festinha em sua nova casa de Dahlem, uma elegante mansão: como sempre, soubera como se virar. Schellenberg estava lá com a mulher, bem como vários outros oficiais; eu convidara Hohenegg, mas não consegui localizar Osnabrugge, que ainda devia estar na Polônia. Thomas parecia ter chegado ao seu objetivo com Liselotte, a amiga de Hélène; quando cheguei, ela o beijava ardentemente. Hélène, por sua vez, usava um vestido novo — Deus sabe onde arranjara o tecido, as restrições ficavam cada vez mais severas —, tinha um sorriso encantador, parecia feliz. Todos os homens, por uma vez na vida, estavam de roupa esporte. Mal chegáramos quando as sirenes começaram a soar. Thomas nos tranquilizou explicando que os aviões que vinham da Itália nunca despejavam suas primeiras bombas antes de Schöneberg e Tempelhof, e os da Inglaterra passavam ao norte de Dahlem. Mesmo assim, diminuímos as luzes; grossas cortinas pretas disfarçavam as janelas. A Flak começava a descarregar, Thomas colocou um disco, um jazz americano frenético, e arrastou Liselotte numa dança. Hélène bebia vinho branco e os olhava dançar; em seguida, Thomas colocou uma música lenta, e ela me convidou para dançar. Em cima, as esquadrilhas rugiam; a Flak ladrava sem parar, os vidros tremiam, mal se ouvia o disco; mas Hélène dançava como se estivéssemos sozinhos num salão de baile, levemente apoiada em mim, a mão firme na minha. Em seguida dançou com Thomas enquanto eu bebia com Hohenegg. Thomas tinha razão: ao norte, pressentíamos mais que ouvíamos uma imensa vibração abafada, mas à nossa volta nada caía. Olhei para Schellenberg; ganhara peso, seus sucessos não o inclinavam à moderação. Discorria bem à vontade com seus especialistas sobre nossos reveses na Itália. Schellenberg, eu acabara percebendo por algumas observações que Thomas às vezes deixava escapar, pensava deter a chave do futuro da Alemanha; estava persuadido de que se o escutassem, a ele e a suas análises indiscutíveis, ainda haveria tempo de salvar os móveis. Aquelas palavras, *salvar os móveis*, bastavam para me deixar irritado: mas diziam que era confidente do Reichsführer, e eu me perguntava em que pé podiam estar suas maquinações. Findo o alerta, Thomas tentou telefonar para o RSHA, mas as linhas estavam cortadas. "Esses pulhas fizeram de propósito para estragar o nosso Natal", ele me disse. "Mas não vamos deixar." Olhei para Hélène: estava sentada com Liselotte e conversava animadamente: "Essa moça é ótima", declarou Thomas, que acompanhara meu olhar. "Por que não se casa com ela?" Sorri: "Thomas, cuide da sua vida." Ele deu de ombros: "Pelo menos espalhe o boato de que está noivo. Assim Brandt vai parar de ficar no seu pé." Eu lhe contara sobre os comentários de Brandt. "E você?", retorqui. "Você é um ano mais velho que eu. Não o atormentam, não?" Riu: "Eu? Não é a mesma coisa. Em primeiro lugar, minha incapacidade inata de ficar mais de um mês com a mesma garota é amplamente conhecida. Mas principalmente" — baixou a voz — "mantenha segredo, despachei duas para o *Lebensborn*. Parece que o Reichsführer adorou." Foi colocar um outro disco de jazz; deduzi que devia se abastecer nos estoques de discos confiscados da Gestapo. Segui-o e tirei Hélène para outra dança. À meia-noite, Thomas apagou as luzes. Ouvi um grito feminino de alegria, uma risada abafada. Hélène estava perto de mim: durante um breve instante senti seu hálito suave e quente no meu rosto, seus lábios roçaram os meus. Meu coração estava acelerado. Quando a luz voltou, ela me disse com uma expressão profunda e tranquila: "Tenho que ir. Não avisei meus pais, o alerta vai deixá-los preocupados." Eu estava com o carro de Piontek. Subimos para o centro pela Kurfürstendamm; à direita, brilhavam os incêndios provocados pelo bombardeio. Começara a nevar. Algumas bombas haviam caído sobre o Tiergarten e Moabit, mas os estragos pareciam menores, se comparados aos grandes ataques do mês precedente. Em frente ao seu prédio, ela pegou minha mão e me beijou fugazmente na face: "Feliz Natal! Até logo." Retornei para me embriagar em Dahlem e terminei a noite no carpete, tendo cedido o sofá a uma desconsolada secretária que havia sido tocada do quarto do dono da casa por Liselotte.

  Clemens e Weser voltaram alguns dias mais tarde, dessa vez tinham agendado uma hora com Fräulein Praxa, que os introduziu no meu gabinete resmungando. "Tentamos entrar em contato com sua irmã", disse Clemens, o alto, à guisa de introdução. "Mas ela não está em casa." — "É perfeitamente possível", eu disse. "O marido dela é inválido. Ela o acompanha regularmente à Suíça, onde tem feito um tratamento." — "Pedimos à embaixada em Berna que tentasse encontrá-la", disse maldosamente Weser, contorcendo os ombros estreitos. "Gostaríamos muito de falar com ela." — "É tão importante assim?", perguntei. "É ainda aquela maldita história dos meninos gêmeos", despejou Clemens com sua sonora voz de berlinense. — "Não compreendemos muito bem", acrescentou Weser com cara de fuinha. Clemens sacou seu bloquinho e leu: "A Polícia francesa investigou." — "Um pouco tarde", interrompeu Weser. — "Sim, mas antes tarde do que nunca. Aparentemente, esses gêmeos moravam na casa da sua mãe pelo menos desde 1938, quando começaram a ir à escola. Sua mãe apresentava-os como sobrinhos-netos órfãos. E alguns de seus vizinhos parecem pensar que talvez eles tenham chegado mais cedo, bebês, em 1936 ou 1937." — "Mesmo assim, é curioso", disse acidamente Weser. "Nunca os tinha visto antes?" — "Não", respondi secamente. "Mas isso nada tem de curioso. Eu nunca ia na casa da minha mãe." — "Nunca?", resmungou Clemens. "Nunca?" — "Nunca." — "Exceto precisamente naquele momento", sibilou Weser. "Algumas horas antes de sua morte violenta. Há de convir que é curioso." — "Meine Herren", retorqui, "suas insinuações são completamente absurdas. Não sei onde aprenderam seu ofício, mas julgo ridícula a atitude dos senhores. Além do mais, os senhores não têm autoridade para me investigar sem uma ordem do SS-Gericht." — "É verdade", admitiu Clemens, "mas não estamos investigando o senhor. Por enquanto é como testemunha que o escutamos." — "Sim", repetiu Weser, "como testemunha, só isso." — "Devemos dizer", repetiu Clemens, "que há muitas coisas que não compreendemos e que gostaríamos de compreender." — "Por exemplo, essa história dos gêmeos", acrescentou Weser. "Vamos admitir que sejam efetivamente sobrinhos-netos de sua mãe..." — "Não encontramos vestígio de irmãos ou irmãs, mas vamos admitir", cortou Clemens. "Ora, francamente, o senhor não sabe de nada?", perguntou Weser. "O quê?" — "Se porventura sua mãe tinha um irmão ou uma irmã?" — "Escutei falar de um irmão, mas nunca o vi. Deixamos a Alsácia em 1918, e, depois disso, ao que eu saiba, minha mãe não teve mais contato com sua família radicada na França." — "Vamos então admitir", prosseguiu Weser, "que sejam efetivamente sobrinhos-netos. Não encontramos um único documento provando isso, nenhuma certidão de nascimento, nada." — "E sua irmã", martelou Clemens, "não apresentou nenhum papel quando os levou com ela." Weser sorria com um ar sagaz: "Para nós, são testemunhas potenciais, importantíssimas, que desaparecem." — "Não sabemos onde", resmungou Clemens. "É inadmissível a Polícia francesa tê-los deixado escapar desse jeito." — "Sim", disse Weser olhando para ele, "mas o que está feito, está feito. Não vale a pena remoer os fatos." Clemens continuava, sem interrupção: "De toda forma, depois, os problemas caem todos na nossa cabeça." — "Em suma", Weser dirigiu-se a mim, "se falar com ela, peça-lhe para entrar em contato conosco. Sua irmã, naturalmente." Assenti com a cabeça. Pareciam não ter mais nada a dizer e dei fim à entrevista. Eu continuava sem tentar falar com minha irmã; aquilo começava a se tornar importante, pois, se eles a encontrassem e o relato dela contradissesse o meu, suas suspeitas se acentuariam; poderiam inclusive, pensei com horror, me acusar. Mas onde encontrá-la? Thomas, eu disse comigo, deve ter contatos na Suíça, poderia perguntar a Schellenberg. Era preciso fazer alguma coisa, aquela situação ia se tornando ridícula. E o mistério dos gêmeos era preocupante.

Três dias antes do Ano-Novo nevou forte, e, dessa vez, a neve resistiu. Inspirado pelo sucesso de sua festa de Natal, Thomas decidiu convidar todo mundo de novo: "Melhor aproveitar esse barraco antes que queime também." Pedi a Hélène para avisar aos seus pais que voltaria tarde, e foi uma festa animadíssima. Um pouco antes da meia-noite, toda a congregação muniu-se de champanhe e cestas de ostras do Báltico e saiu a pé em direção ao Grunewald. A neve repousava virgem e pura sob as árvores; o céu estava límpido, iluminado por uma lua quase cheia que derramava um luar azulado sobre as superfícies brancas. Numa clareira, Thomas decepou a rolha do champanhe — munira-se de um autêntico sabre de cavalaria, removido da parede da nossa sala de armas — e os menos desajeitados esgrimiram-se abrindo as ostras, arte delicada e perigosa para os que não têm o jeito. À meia-noite, em vez de fogos de artifício, os artilheiros da Luftwaffe acenderam seus projetores, lançaram foguetes sinalizadores e dispararam algumas salvas de 88. Dessa vez, Hélène me beijou sinceramente, não longamente, mas um beijo intenso e alegre que imprimiu como uma descarga de medo e prazer em todos os meus membros. Incrível, eu me dizia bebendo para esconder minha perturbação, eu, que achava que nenhuma sensação me era estranha, eis que o beijo de uma mulher me pertuba. Os outros riam, atiravam bolas de neve uns nos outros e engoliam ostras diretamente da concha. Hohenegg, que mantinha uma *chapka* roída pela traça em sua cabeça oval e calva, revelara-se o mais hábil dos abridores: "Isso e um tórax é mais ou menos a mesma coisa", ria. Schellenberg, por sua vez, rasgara toda a base do polegar e sangrava tranquilamente sobre a neve, bebendo champanhe sem que ninguém cogitasse fazer-lhe um curativo. Contagiado pela alegria, também comecei a correr e a atirar bolas de neve; à medida que bebíamos, o jogo tornava-se cada vez mais endiabrado, agarrávamo-nos uns aos outros pelas pernas como no rúgbi, enfiávamos punhados de neve pelo pescoço, nossos casacos estavam encharcados mas não sentíamos frio. Empurrei Hélène na neve fofa, tropecei e me joguei ao lado dela; deitada de barriga para cima, os braços abertos em cruz na neve, ela ria; ao cair, sua saia comprida subira e sem refletir levei minha mão até o seu joelho descoberto, protegido apenas pela meia. Ela voltou a cabeça para mim e ficou me olhando sem parar de rir. Então retirei a mão e a ajudei a pôr-se de pé. Só regressamos depois de esvaziada a última garrafa, tivemos que segurar Schellenberg, que queria começar a atirar para cima; caminhando na neve, Hélène apoiava-se no meu braço. Em casa, Thomas cedeu galantemente seu quarto, bem como o quarto de convidados, para as moças cansadas, que adormeceram em grupos de três por cama, vestidas. Terminei a noite jogando xadrez e discutindo *A Trindade*, de Agostinho, com Hohenegg, que molhara a cabeça na água fria e tomava chá. Assim começou o ano de 1944.

Speer não me procurara mais desde a visita a Mittelbau; no início de janeiro, telefonou para desejar Feliz Ano Novo e me pedir um favor. Seu Ministério entrara com um requerimento junto ao RSHA no sentido de poupar a deportação de alguns judeus de Amsterdã especializados na compra de metais preciosos e com contatos importantes nos países neutros; o RSHA indeferira o requerimento, alegando a deterioração da situação na Holanda e a necessidade de se mostrar *especialmente severo nesse país*. "Isso é ridículo", Speer me disse com uma voz pesada de cansaço. "Que risco podem oferecer à Alemanha três judeus traficantes de metais preciosos? Os serviços deles são valiosos para nós neste momento." Pedi-lhe para me enviar uma cópia da correspondência, prometendo fazer o possível. O indeferimento do

RSHA fora assinado por Müller, mas trazia a marca de ditado do IV B 4a. Telefonei para Eichmann e comecei por lhe desejar um Feliz Ano Novo. "Obrigado, Obersturmbannführer", ele disse com sua curiosa mistura de sotaques austríaco e berlinense. "Meus parabéns pela promoção, a propósito." Expus o caso de Speer. "Não participei dessa combinação", disse Eichmann. "Deve ter sido o Hauptsturmführer Moes, que é quem cuida dos casos individuais. Mas, claro, ele tem toda a razão. Sabe quantos pedidos desse gênero recebemos? Se disséssemos sim para todos os casos, só nos restaria fechar a loja, não poderíamos mais tocar em nenhum judeu." — "Compreendo muito bem, Obersturmbannführer. Mas nesse caso trata-se de um requerimento pessoal do ministro do Armamento e da Produção de Guerra." — "Pode ser. Parece-me coisa do sujeito deles lá na Holanda querendo mostrar serviço e depois o negócio subiu até o ministro. Mas isso não passa de rusgas interdepartamentais. Não, como sabe, não podemos aceitar. Além do mais, a situação na Holanda está podre. Há todo tipo de grupos zanzando em liberdade, o que não é nada bom." Insisti mais uma vez, mas Eichmann teimava. "Não. Se aceitarmos, como sabe, dirão novamente que, à exceção do Führer, não existe mais antissemita convicto entre os alemães. É impossível."

Que pretenderia dizer com aquilo? De toda forma, Eichmann não podia decidir por si mesmo e sabia muito bem. "Escute, mande isso por escrito", acabou dizendo a contragosto. Decidi escrever diretamente a Müller, mas Müller me respondeu a mesma coisa, não podíamos abrir exceção. Hesitei em solicitar ao Reichsführer; decidi falar novamente com Speer para ver até que ponto ele fazia questão daqueles judeus. Mas no Ministério me disseram que estava de licença, doente. Fui me informar: estava hospitalizado em Hohenlychen, no hospital SS em que recebi cuidados depois de Stalingrado. Encontrei um buquê de flores e fui visitá-lo. Ele requisitara uma suíte inteira na ala privada e ali se instalara com sua secretária pessoal e alguns assessores. A secretária me explicou que uma antiga inflamação no joelho voltara a se manifestar após uma viagem de Natal para a Lapônia; seu estado piorava, o Dr. Gebhardt, célebre especialista em joelho, julgava tratar-se de uma inflamação reumatoide. Encontrei Speer num humor execrável: "Obersturmbannführer, é o senhor. Feliz Ano Novo. E então?" Expliquei-lhe que o RSHA mantinha-se inflexível; talvez, sugeri, se ele consultasse o Reichsführer, este pudesse ajudá-lo. "Acho que o Reichsführer tem mais o que fazer", respondeu brutalmente. "Eu também. Tenho que administrar meu Ministério daqui, imagine só. Se não puder se virar sozinho, desista." Fiquei ainda uns minutos, depois me retirei: senti que estava sobrando.

Sua saúde, por sinal, degradava-se rapidamente; quando telefonei alguns dias mais tarde para ter notícias suas, a secretária me informou que ele não estava recebendo chamadas. Dei uns telefonemas: diziam-no em coma, a dois passos da morte. Achei estranho que uma inflamação no joelho, mesmo reumatoide, evoluísse daquele jeito. Hohenegg, com quem comentei o assunto, não tinha opinião formada. "Mas se ele entregar a alma", acrescentou, "e me permitirem fazer a autópsia, direi qual era sua doença." Eu também tinha mais o que fazer. Na noite de 30 de janeiro, os ingleses nos infligiram o pior ataque aéreo desde os de novembro; perdi minhas vidraças outra vez, e parte da sacada desmoronou. No dia seguinte, Brandt me convocava para me informar, delicadamente, que o SS-Gericht pedira permissão ao Reichsführer para me investigar a respeito do assassinato da minha mãe. Fiquei vermelho e pulei da cadeira: "Herr Standartenführer! Essa história é uma infâmia nascida no cérebro doente de policiais carreiristas. Estou disposto a me submeter a uma investigação para limpar o meu nome de toda suspeita. Mas, nesse caso, solicito uma licença até ser inocentado. Seria inaceitável o Reichsführer manter em seu estado-maior pessoal um homem suspeito de tal horror." — "Acalme-se, Obersturmbannführer. Nenhuma decisão ainda foi tomada. Pelo menos me conte o que aconteceu." — "Foi minha visita a Antibes que os deixou loucos. É verdade que as relações entre minha mãe e eu haviam esfriado. Mas o senhor está a par do ferimento que recebi em Stalingrado. A proximidade da morte faz refletir: julguei por bem resolver nossas diferenças de uma vez por todas. Infelizmente, foi ela quem morreu, de uma maneira atroz, insólita." — "E como acha que aconteceu?" — "Não faço a mínima ideia, Herr Standartenführer. Comecei a trabalhar para o Reichsführer logo em seguida, e não voltei mais lá. Minha irmã, que foi ao enterro, me falou de terroristas, de um ajuste de contas; meu padrasto era fornecedor da Wehrmacht." — "É uma lástima, mas perfeitamente possível. Esse tipo de coisa vem acontecendo com uma frequência cada vez maior na França." Mordeu o lábio e curvou a cabeça, fazendo a luz brincar em seus óculos. "Ouça, acho que o Reichsführer vai querer falar com o senhor antes de tomar uma decisão. Enquanto isso, recomendo que faça uma visita ao juiz que formulou o pedido. Trata-se do juiz Baumann, do tribunal da SS e da Polícia de Berlim. É um homem íntegro: se de fato estiver sendo vítima de uma perversidade qualquer, talvez possa convencê-lo pessoalmente."

Marquei prontamente um encontro com esse juiz Baumann. Ele me recebeu em seu gabinete de trabalho no Tribunal: era um jurista de certa idade, em uniforme de Standartenführer, rosto quadrado e nariz torto, cara de boxeador. Eu colocara o meu melhor uniforme e todas as minhas medalhas. Depois que o saudei, ele me convidou para sentar. "Obrigado por me haver recebido, Herr Richter", eu disse fazendo uso do tratamento de praxe em vez de sua patente SS. — "Pois não, Obersturmbannführer. É o mínimo que posso fazer." Abriu uma gaveta em sua mesa. "Pedi seu dossiê pessoal. Espero que o senhor não me leve a mal por isso." — "De forma alguma, Herr Richter. Peço licença para expor o que pretendo dizer ao Reichsführer: considero essas acusações, que me afetam de forma tão pessoal, odiosas. Estou disposto a cooperar com o senhor em tudo que for possível para que sejam integralmente refutadas." Baumann pigarreou: "Compreenda que ainda não ordenei um inquérito. Não posso fazê-lo sem autorização do Reichsführer. O dossiê de que disponho é bem minguado. Fiz o pedido com base num requerimento da Kripo, que afirma dispor de indícios que seus investigadores desejariam aprofundar." — "Herr Richter, falei duas vezes com esses investigadores. Tudo que eles me forneceram em matéria de indícios foram insinuações sem provas e sem fundamento, uma construção — me desculpe — delirante da cabeça deles." — "Com efeito, é possível", disse afavelmente. "Vejo aqui que teve uma excelente formação. Se tivesse continuado no direito, poderíamos ter acabado colegas. Conheço muito bem o Dr. Jessen, seu ex-professor. Excelente jurista." Continuou a folhear meu dossiê. "Perdão, mas seu pai não teria duelado com o Freikorps Rossbach, na Curlândia? Lembro-me de um oficial chamado Aue." Ele disse o prenome. Meu coração começou a bater violentamente. "É com efeito o nome do meu pai, Herr Richter. Mas não sei nada do que me pergunta. Meu pai desapareceu em 1921, nunca mais tive notícias dele. É possível que seja o mesmo homem. Sabe do seu paradeiro?" — "Infelizmente, não. Perdi-o de vista durante a retirada, em dezembro de 1919. Ainda estava vivo na ocasião. Ouvi dizer que ele tinha participado do *putsch* de Kapp. Muitos *Baltikumer* o fizeram." Refletiu. "O senhor poderia fazer uma busca. Continuam a existir associações de veteranos dos Freikorps." — "Sim, Herr Richter. É uma ótima ideia." Pigarreou de novo e se encaixou no fundo da poltrona. "Bom. Se não se importa, voltemos ao seu caso. Que pode me dizer a respeito?" Fiz-lhe o mesmo relato que a Brandt. "É uma história horripilante", ele disse finalmente. "Deve ter ficado transtornado." — "Naturalmente, Herr Richter. E mais ainda com as acusações desses dois defensores da ordem pública que nunca, tenho certeza, passaram um dia sequer no front e que se atrevem a difamar um oficial SS." Baumann coçou a testa: "Entendo perfeitamente que seja doloroso para o senhor, Obersturmbannführer. Mas talvez a melhor solução seja lançar todas as luzes sobre o caso." — "Nada tenho a recear, Herr Richter. Deixarei a decisão com o Reichsführer." — "Tem razão." Levantou-se e me acompanhou até a porta. "Ainda tenho algumas velhas fotos da Curlândia. Se quiser, posso olhar e ver se não há nenhuma desse Aue." — "Eu ficaria muito feliz, Herr Richter." No corredor, apertou minha mão. "Não se preocupe, Obersturmbannführer. Heil Hitler!" Minha conversa com o Reichsführer aconteceu logo no dia seguinte e foi breve e conclusiva. "Que história ridícula é essa, Obersturmbannführer?" — "Estão me acusando de assassinato, meu Reichsführer. Seria cômico se não fosse trágico." Detalhei sucintamente as circunstâncias para ele. Himmler tomou prontamente uma decisão: "Obersturmbannführer, começo a conhecê-lo. O senhor tem seus defeitos: é, desculpe-me dizê-lo, teimoso e, às vezes, pedante. Mas não vejo no senhor o menor vestígio de tara moral. Racialmente, o senhor é um espécime nórdico perfeito, entrando talvez uma gotinha de sangue alpino. Só nações racialmente degeneradas, poloneses, ciganos, cometem o matricídio. Ou então um italiano de sangue quente, durante uma discussão, sem frieza. Não, isso é ridículo. A Kripo dá mostras de uma total falta de discernimento. Preciso instruir o Gruppenführer Nebe para formar seus homens com base na análise racial, perderiam muito menos tempo. Naturalmente, não vou autorizar o inquérito. Só me faltava essa."

Baumann me telefonou alguns dias depois. Devia ser meados de fevereiro, pois lembro que foi logo depois do pesado bombardeio que atingiu o Hotel Bristol durante um banquete oficial: sessenta pessoas morreram esmagadas sob os escombros, entre elas uma constelação de generais conhecidos. Baumann parecia de bom humor e me congratulou vivamente: "Pessoalmente", disse sua voz do outro lado da linha, "achei esse caso um absurdo. Fico contente pelo senhor que o Reichsführer tenha dado um basta no assunto. Isso evitará mexericos." Quanto às fotografias, encontrara uma em que aquele Aue aparecia, mas sem definição e apagado; não tinha sequer certeza de que fosse ele, mas prometeu tirar uma cópia e me mandar.

Os únicos descontentes com a decisão do Reichsführer foram Clemens e Weser. Certa noite encontrei-os na rua em frente à SS-Haus, mãos nos bolsos de seus longos casacos, ombros e chapéus cobertos por uma neve fina. "Ora essa", eu disse caçoando, "Laurel e Hardy. Que os traz aqui?" Dessa vez, não me saudaram. Weser respondeu: "Queríamos dar-lhe boa noite, Obersturmbannführer. Mas sua secretária negou-se a marcar uma hora." Fingi não notar a omissão do *Herr*. "No que fez muito bem", eu disse com insolência. "Creio que não temos mais nada a nos dizer." — "Pois veja o senhor, Obersturmbannführer", tartamudeou Clemens, "pensamos justamente o contrário." — "Nesse caso, meine Herren, sugiro que peçam uma autorização ao juiz Baumann." Weser balançou a cabeça: "Já percebemos que o senhor é, por assim dizer, um intocável." — "De toda forma", prosseguiu Clemens, com o vapor da respiração toldando sua grande cara amassada, "tem que admitir que isso não é normal, Obersturmbannführer. De toda forma, confiamos na justiça." — "Concordo plenamente com os senhores. Mas suas calúnias sem sentido não têm nada a ver com a justiça." — "Calúnias, Obersturmbannführer?", lançou Weser, levantando a sobrancelha. "Calúnias? Tem tanta certeza disso? Na minha opinião, se tivesse efetivamente lido o dossiê, o juiz Baumann poderia ter se indagado sobre as roupas." — "As roupas? De que roupas está falando?" Weser respondeu em seu lugar: "Roupas que a Polícia francesa encontrou na banheira do toalete do primeiro andar. Roupas civis..." Voltou-se para Clemens: "Bloco." Clemens sacou o bloquinho de um bolso interno e lhe estendeu. Weser o folheou: "Ah, sim, aqui está: *roupas com manchas de sangue.* Manchas. Era essa a palavra que me fugia." — "Isso quer dizer encharcadas", esclareceu Clemens. — "O Obersturmbannführer sabe o que isso quer dizer, Clemens", rangeu Weser. "O Obersturmbannführer é esclarecido. Tem bom vocabulário." Mergulhou novamente no bloquinho. "Roupas civis, então, com manchas, atiradas na banheira. Havia também sangue no ladrilho do chão, nas paredes, na pia, nas toalhas. E, embaixo, na sala e na entrada, pegadas um pouco por toda parte, por causa do sangue. Foram encontradas pegadas de sapatos, que foram encontrados com as roupas, mas também pegadas de botas. Botas pesadas." — "Ora", eu disse dando de ombros, "o assassino deve ter trocado de roupa antes de sair, para evitar chamar atenção." — "Veja você, Clemens, quando lhe digo que o Obersturmbannführer é um homem inteligente. Você devia me escutar." Voltou-se para mim e me procurou por baixo do seu chapéu.

"Todas essas roupas eram de marca alemã, Obersturmbannführer." Folheou de novo o bloquinho: *Um terno marrom de duas peças, de lã, boa qualidade, etiqueta de alfaiate alemão. Uma camisa branca, fabricação alemã. Uma gravata de seda, fabricação alemã, um par de meias de algodão, fabricação alemã, uma ceroula, fabricação alemã. Um par de sapatos esporte de couro marrom, número 42, fabricação alemã.* Ergueu os olhos para mim: "Que número o senhor calça, Obersturmbannführer? Se me permite a pergunta. Qual é o manequim do seu terno?" Sorri: "Meine Herren, não sei de que buraco os senhores saíram, mas aconselho-os a voltarem para lá rapidinho. A escória, na Alemanha, perdeu a cidadania." Clemens franziu o cenho: "Não acha que estão nos insultando, Weser?" — "Acho. Estão nos insultando. Ameaçando também. Enfim, pode ser que você tenha razão. Talvez ele seja menos inteligente do que parece, o Obersturmbannführer." Weser pôs um dedo no chapéu: "Boa noite, Obersturmbannführer. Até breve, talvez."

    Observei-os afastando-se sob a neve rumo à Zimmerstrasse. Thomas, com quem eu marcara um encontro, aparecera. "Quem é?", perguntou com um meneio da cabeça na direção das duas silhuetas. — "Uns chatos. Uns loucos. Não pode mandá-los para um campo de concentração para acalmá-los?" Deu de ombros: "Se você tiver um motivo plausível, podemos arranjar. Vamos comer?" Se Thomas se interessava pouquíssimo pelos meus problemas, interessava-se muito pelos de Speer. "Isso está dando o que falar por lá", ele me disse no restaurante. "No OT também. É difícil acompanhar. Mas, visivelmente, há os que veem a hospitalização dele como uma oportunidade." — "Uma oportunidade?" — "Para substituí-lo. Speer fez muitos inimigos. Bormann está contra ele, Sauckel também, todos os Gauleiter, exceto Kaufmann e talvez Hanke." — "E o Reichsführer?" — "O Reichsführer o apoiou mais ou menos até agora. Mas isso pode mudar." — "Devo confessar que não entendo muito bem o sentido dessas tramas", eu disse lentamente. "Basta olhar os números: sem Speer, provavelmente já teríamos perdido a guerra. A situação agora chegou a um ponto crítico. Toda a Alemanha deveria estar unida diante desse perigo." Thomas sorriu: "Continua o mesmo idealista! Isso é ótimo! Mas a maioria dos Gauleiter não vê nada além de seus interesses pessoais, ou dos de seu *Gau*." — "Ora, em vez de se oporem aos esforços de Speer no sentido de aumentar a produção, eles fariam melhor se lembrassem que, se perdermos, acabarão todos, eles também, com a corda no pescoço. Eu chamaria isso de interesse pessoal, concorda?" — "Plenamente. Mas você tem que ver que existe outra coisa em tudo isso. Há também uma questão de visão política. O diagnóstico de Schellenberg não é aceito por todo mundo, nem as soluções que ele preconiza." Bom, chegamos ao ponto essencial, pensei. Acendi um cigarro. "E qual é o diagnóstico do seu amigo Schellenberg? E as soluções?" Thomas olhou ao redor. Pela primeira vez, ao que eu me lembrasse, mostrava uma expressão vagamente preocupada. "Schellenberg acha que, se continuarmos assim, a guerra está perdida, sejam quais forem as proezas industriais de Speer. Acha que a única solução viável é uma paz em separado com os ocidentais." — "E você? Que pensa disso?" Refletiu: "Ele não está errado. Aliás estou começando a ser muito malvisto na Staatspolizei, em certos círculos, por causa dessa história. Schellenberg é respeitado pelo Reichsführer, mas ainda não o convenceu. E muitos outros são completamente contrários à ideia, como Müller e Kaltenbrunner. Kaltenbrunner está tentando se aproximar de Bormann. Se conseguir, poderá criar problemas para o Reichsführer. Nesse nível, Speer é um problema secundário." — "Não estou dizendo que Schellenberg esteja com a razão. Mas os outros, o que veem como solução? Considerando o potencial industrial dos americanos, independentemente do que Speer faça, o tempo joga contra nós." — "Não sei", disse Thomas pensativamente. "Imagino que eles acreditam em armas-milagre. Você as viu. Que achou?" Dei de ombros: "Não sei. Não sei o que valem." Os pratos chegavam, a conversa descambou para outra coisa. Na sobremesa, Thomas voltou a Bormann com um sorriso malicioso. "Como sabe, Kaltenbrunner está montando um dossiê sobre Bormann. Estou cuidando um pouco disso para ele." — "Sobre Bormann? Você acaba de me dizer que ele queria se aproximar." — "Uma coisa nada tem a ver com a outra. Bormann também tem dossiês sobre todo mundo, sobre o Reichsführer, sobre Speer, sobre Kaltenbrunner, sobre você, se bobear." Pusera um palito na boca e se divertia girando-o sobre a língua. "Então, o que eu queria lhe contar... Entre nós, hein? Sério... Kaltenbrunner, então, interceptou diversas cartas de Bormann e sua mulher. E nelas encontramos pérolas. Trechos antológicos." Debruçou para frente, sarcástico. "Bormann perseguia a coitada de uma atriz. Você sabe que ele é um homem temperamental, principal garanhão das secretárias do Reich. Schellenberg apelidou-o de *Comedor de datilógrafas*. Resumindo, ele a conseguiu. Mas o que é sensacional é que ele escreveu para a mulher, que é filha de Buch, sabe, juiz supremo do Tribunal do Partido? Ela já lhe deu nove ou dez pirralhos, perdi a conta. E ela respondeu mais ou menos assim:

Está tudo bem, não estou com raiva, não sou ciumenta. E sugere que leve a garota para casa. E depois escreve: *Considerando a terrível queda na produção de filhos em função da guerra, colocaremos em ação um sistema de maternidade rotativa, para que você tenha sempre uma mulher em condições de uso."* Thomas marcou a pausa com um sorriso, enquanto eu caía na gargalhada: "Que piada! Ela escreveu realmente isso?" — "Juro para você. *Uma mulher em condições de uso.* Pode imaginar?" Ele também ria. "E Bormann, conhece a resposta dele?", perguntei. — "Oh, felicitou-a, claro. Em seguida levou-a na conversa com alguns clichês ideológicos. Acho que a chamou de *filha pura do nacional-socialismo*. Mas é evidente que dizia isso para agradá-la. Bormann, por sua vez, não acredita em nada. Exceto na eliminação definitiva de tudo que puder intrometer-se entre o Führer e ele." Eu o observava ironicamente: "E você, acredita em quê?" Não fiquei decepcionado com a resposta. Se aprumando no banquinho, declarou: "Para citar um texto de juventude do nosso ilustre ministro da Propaganda: *O importante não é tanto no que se acredita; o importante é acreditar.*" Sorri; Thomas, às vezes, me impressionava. A propósito, disse-lhe: "Thomas, você me impressiona." — "Que quer? Acha que gosto de ficar apodrecendo nos subterrâneos? Sou um autêntico nacional-socialista. E Bormann também, à sua maneira. Seu Speer é que não tenho certeza. Tem talento, mas não creio que seja muito escrupuloso com o regime que serve." Sorri de novo pensando em Schellenberg. Thomas continuava: "Quanto mais difíceis as coisas, mais teremos de contar exclusivamente com os autênticos nacional-socialistas. Quanto aos ratos, vão todos começar a abandonar o navio. Você vai ver."

Com efeito, nos porões do Reich, os ratos agitavam-se, guinchavam, espremiam-se, arrepiados por uma grande inquietação. Desde a defecção italiana, as tensões com nossos outros aliados deixavam transparecer redes de finas fissuras na superfície de nossas relações. À sua maneira, cada um começava a procurar portas de saída, e essas portas não eram alemãs. Schellenberg, segundo Thomas, calculava que os romenos estavam negociando com os soviéticos em Estocolmo. Mas falava-se sobretudo dos húngaros. As forças russas haviam tomado Lutsk e Rovno; se a Galícia caísse em suas mãos, eles se veriam nas portas da

Hungria. Fazia mais de um ano que o primeiro-ministro Kállay forjava conscienciosamente uma reputação de amiguinho da Alemanha para os círculos diplomáticos. A atitude húngara em relação à questão judaica também colocava problemas: não apenas eles não desejavam ir além de uma legislação discriminatória particularmente inadequada, tendo em vista as circunstâncias — os judeus da Hungria preservavam cargos importantes na indústria e os meio-judeus, ou homens casados com judias, no governo —, como, ainda de posse de um considerável manancial de trabalho judaico e em grande parte especializado, recusavam todas as petições alemãs no sentido de disponibilizarem uma parcela desse contingente para o esforço de guerra. Desde o início de fevereiro, em reuniões que envolviam peritos de diversos departamentos, já se discutiam essas questões: eu mesmo às vezes comparecia ou enviava um dos meus especialistas. O RSHA preconizava uma mudança de governo; minha participação limitava-se a estudos sobre o possível uso de trabalhadores judeus húngaros no caso de uma evolução favorável da situação. Nesse contexto, fiz uma série de consultas a colaboradores de Speer. Mas suas posições eram estranhamente contraditórias e difíceis de conciliar. O próprio Speer continuava inacessível; diziam que estava péssimo. Era desanimador: eu tinha a impressão de fazer planejamento no vazio, de acumular estudos que não passavam de meras ficções. Entretanto, meu gabinete estava abarrotado, eu agora dispunha de três oficiais especialistas e Brandt me prometera um quarto; mas o desconforto da minha posição era visível; para fazer minhas propostas avançarem, eu tinha pouco apoio, tanto, a despeito dos meus laços com o SD, do lado do RSHA como do WVHA, com a eventual exceção de Maurer quando era de seu interesse.

No início de março as coisas começaram a se acelerar, mas não a clarear. Speer, eu soubera por um telefonema de Thomas no fim de fevereiro, se salvara, e, ainda que por ora permanecesse em Hohenlychen, retomava lentamente as rédeas do Ministério. Com o Feldmarschall Milch, ele decidira criar um Jägerstab, um estado-maior especial para coordenar a produção dos aviões de caça; de certo ponto de vista, era um grande passo para unificar o último setor da produção de guerra que ainda escapava ao seu Ministério; por outro lado, as conspirações proliferavam, dizia-se que Göring opusera-se à criação do Jägerstab, que Saur, assessor de Speer nomeado para liderá-lo, não seria o escolhido por ele, e outras coisas mais. Além disso, agora os homens do Ministério de Speer discutiam abertamente uma ideia fabulosa, extravagante: enterrar toda a produção de aviões para protegê-la dos bombardeiros anglo-americanos. Isso implicaria a construção de centenas de milhares de metros quadrados de galerias subterrâneas. Diziam que Kammler apoiava com ardor esse projeto, e seu escritório já estava praticamente no fim dos estudos requeridos: estava claro para todo mundo que, na situação vigente, apenas a SS podia levar a cabo concepção tão louca. Mas aquilo extrapolava amplamente as reservas de mão de obra disponível: faziam-se necessárias novas fontes, e, naquelas circunstâncias — ainda mais que o acordo entre Speer e o ministro Bichelonne proibia novas punções na mão de obra francesa —, restava apenas a Hungria. A solução do problema húngaro adquiria então uma nova urgência. Os engenheiros de Speer e de Kammler, imperceptivelmente, já incorporavam os judeus húngaros em seus cálculos e previsões, ao passo que nenhum acordo fora firmado com o governo Kállay. No RSHA, estudavam-se agora soluções de reposição: eu não dispunha de muitos detalhes, mas Thomas às vezes me punha a par do andamento do plano, a fim de que eu pudesse ajustá-lo ao meu. Schellenberg estava intimamente envolvido com esses projetos. Em fevereiro, uma história obscura de tráfico de divisas com a Suíça provocara a queda do almirante Canaris; a Abwehr inteira vira-se então incorporada pelo RSHA, fundindo-se com o Amt VI para formar um Amt Mil sob controle de Schellenberg, que se via assim à frente de todos os serviços de informação externos do Reich. Ele não tinha muito tempo para explorar essa posição: os oficiais de carreira da Abwehr não carregavam a SS no coração, e o controle exercido sobre eles estava longe de ser efetivo. A Hungria, nessa óptica, serviria para ele testar os limites de sua nova ferramenta. Quanto à mão de obra, uma mudança de política abriria perspectivas consideráveis: os otimistas falavam em quatrocentos mil trabalhadores disponíveis e rapidamente mobilizáveis, cuja maior parcela seria de operários já qualificados ou especializados. Tendo em vista nossas necessidades, aquilo representaria uma contribuição notável. Mas sua distribuição, eu previa, seria objeto de renhidas controvérsias: eu escutava vários peritos contrários a Kammler e Saur, homens sóbrios e ponderados, declararem que o conceito de fábricas subterrâneas, por mais sedutor que fosse, era ilusório, pois elas nunca ficariam prontas cedo o suficiente para mudar o curso dos acontecimentos; e, nesse ínterim, representariam um desperdício inadmissível de mão de obra, trabalhadores que seriam muito mais úteis, formados em brigadas, no reparo das fábricas atingidas, na construção de alojamentos para nossos operários ou desabrigados ou auxiliando a descentralizar algumas indústrias vitais. Speer, segundo esses homens, também era dessa opinião; eu, porém, não tinha acesso a Speer naquele momento. A meu ver, esses argumentos pareciam sensatos, mas, a bem da verdade, nada disso me dizia respeito.

No fundo, quanto mais claro eu conseguia enxergar no turbilhão de intrigas das altas esferas de Estado, menos interesse eu tinha em participar delas. Antes de chegar à minha posição, eu achava, ingenuamente sem dúvida, que as grandes decisões eram tomadas com base na correção ideológica e na racionalidade. Via agora que, embora isso continuasse em parte verdade, entravam em jogo muitos outros fatores, os conflitos de prioridade burocrática, a ambição pessoal de alguns, os interesses particulares. O Führer, naturalmente, não podia resolver pessoalmente todas as questões; e, longe dos seus olhos, boa parte dos mecanismos para se chegar a um consenso parecia falseada, até mesmo viciada. Thomas, nessas situações, sentia-se um peixe dentro d'água; eu, por minha vez, não me sentia à vontade, e não apenas porque me faltava talento para conspirar. Sempre acreditei nos versos de Coventry Patmore: *The truth is great, and shall prevail,/ When none cares whether it prevail or not*; e no nacional-socialismo exclusivamente como a busca em comum, de boa-fé, dessa verdade. Para mim, isso era tanto mais necessário na medida em que as circunstâncias da minha vida movimentada, dividida entre dois países, me distanciavam dos outros homens: eu também queria acrescentar minha pedra ao edifício comum, também queria me sentir parte do todo. Infelizmente, em nosso Estado nacional-socialista, e sobretudo fora dos círculos do SD, poucas pessoas pensavam como eu. Nesse sentido, eu era capaz de admirar a franqueza brutal de um Eichmann: ele pelo menos tinha sua ideia sobre o nacional-socialismo, sobre seu próprio lugar e sobre o que havia a ser feito, e não largava essa ideia, punha a serviço dela todo o seu talento e obstinação, e, enquanto seus superiores o ratificassem nessa ideia, estava tudo bem e Eichmann era um homem feliz, seguro de si, realizando suas tarefas com mão firme. Estava longe de ser o meu caso. Meu azar, talvez, era que me haviam confiado tarefas que não correspondiam à minha inclinação natural. Desde a Rússia eu já vinha me sentindo à margem, capaz de fazer o que me pediam mas de certa forma pessoalmente restrito em termos de iniciativa, pois essas tarefas, policiais e depois econômicas, eu decerto as estudara e dominara, mas ainda não conseguira me convencer de sua pertinência, não conseguira agarrar com as mãos a necessidade profunda que as guiava e, portanto, encontrar meu caminho *com a precisão e segurança de um sonâmbulo*, como o Führer e tantos colegas e companheiros mais dotados que eu. Haveria existido um outro domínio de atividade mais compatível comigo, em que eu teria me sentido à vontade? É possível, mas difícil dizer, uma vez que isso não aconteceu, e, no fim, conta apenas o que aconteceu, não o que poderia ter acontecido. Foi desde o início que as coisas não saíram como eu pretendia; para isso, arranjei uma explicação há muito tempo (e, simultaneamente, é o que acho, nunca aceitei as coisas como são, falsas e más, no máximo acabei reconhecendo minha impotência em modificá-las). Por outro lado, é verdade que mudei. Jovem, me sentia transparentemente lúcido, tinha ideias precisas sobre o mundo, sobre o que ele devia ser e o que realmente era, bem como sobre o meu próprio lugar nesse mundo; e, com toda a loucura e arrogância dessa juventude, pensara que seria sempre assim; porém, tinha esquecido, ou melhor, ainda não conhecia a força do tempo, do tempo e do cansaço. E, mais ainda que a minha indecisão, meu distúrbio ideológico, minha incapacidade de tomar uma decisão clara sobre as questões com que eu lidava e de a ela me ater, era isso que me destruía, que abria o chão aos meus pés. Um cansaço desses não tem fim, apenas a morte pode acabar com ele, ele subsiste ainda nos dias de hoje e, para mim, irá durar para sempre.

Eu nunca conversava sobre isso com Hélène. Quando a via, à noite ou aos domingos, comentávamos o noticiário, as dificuldades da vida e os bombardeios ou então discutíamos arte, literatura e cinema. Em certas horas eu lhe contava minha infância, minha vida; mas não falava de tudo, evitava os fatos dolorosos e difíceis. Às vezes ficava tentado a lhe falar de maneira mais franca: mas alguma coisa me detinha. Por que isso? Não sei. Poderiam dizer: eu tinha medo de chocá-la, indispô-la. Mas não era isso. Embora no fundo eu ainda conhecesse muito pouco daquela mulher, conhecia o suficiente para perceber que ela sabia escutar, escutar sem julgar (ao escrever isto, penso nas vicissitudes de minha vida; no que poderia ter sido sua reação ao saber toda a extensão e as implicações de meu trabalho, naquela época eu não tinha nenhum meio de prever essa reação, mas, em todo caso, estava fora de questão falar sobre isso, em primeiro lugar em virtude da regra do sigilo, mas também por um acordo tácito entre nós, creio, uma espécie de "tato" também). O que bloqueava então as palavras na minha garganta quando, à noite após o jantar, num acesso de cansaço e tristeza, elas me ocorriam? Medo, não de sua reação, mas simplesmente de me revelar? Ou simplesmente de deixá-la aproximar-se ainda mais do que já o fizera e do que eu a deixara fazer, sem sequer o querer? Pois tornava-se claro que, se a nossa relação era a de bons mas recentes amigos, nela, lentamente, passava-se alguma coisa, o pensamento da cama e talvez outra coisa além disso. Às vezes isso me entristecia, minha impotência em lhe oferecer o quer que fosse ou mesmo em aceitar o que ela tinha a me oferecer me exasperava: ela me observava com aquele olhar intenso e paciente que tanto me impressionava, e eu ruminava, com uma violência que se estimulava a cada pensamento. À noite, quando você se deita, você pensa em mim, talvez alise seu corpo e seus seios pensando em mim, talvez enfie a mão entre as pernas pensando em mim, talvez soçobre no pensamento de mim, e eu, enquanto isso, amo apenas uma pessoa, aquela dentre todas que não posso possuir, aquela cujo pensamento nunca me larga e nunca abandona minha cabeça senão para se instilar nos meus ossos, aquela que estará sempre entre o mundo e eu e portanto entre você e eu, aquela cujos beijos sempre zombarão dos seus, aquela cujo próprio casamento faz com que eu nunca possa me casar com você senão para sentir o que ela sente no casamento, aquela cuja simples existência faz com que você nunca possa existir plenamente para mim, e, quanto ao resto, pois o resto também existe, ainda prefiro ter o cu arrombado por garotos desconhecidos, pagos se for o caso, o que também me aproxima dela, à minha maneira, e ainda prefiro o medo, o vazio e a esterilidade do meu pensamento a recuar.

    O plano para a Hungria ganhava forma; no início de março, o Reichsführer me convocou. Na véspera, os americanos haviam lançado sobre Berlim seu primeiro ataque aéreo à luz do dia; foi um ataque de pequeno porte, apenas uns trinta bombardeiros, e a imprensa de Goebbels gabara-se dos poucos danos, mas aqueles bombardeiros vinham pela primeira vez acompanhados de caças de longo alcance, uma arma nova e terrível em suas implicações, pois nossos próprios caças haviam sido rechaçados com baixas, e era preciso ser muito idiota para não ver que aquele ataque era apenas um teste, um teste bem-sucedido, e que dali em diante não haveria mais trégua, nem dia, nem noites de lua cheia, e que o front agora estava em toda parte e em tempo integral.

O fracasso da nossa Luftwaffe, incapaz de armar uma resposta definitiva, era manifesto. Essa análise me foi confirmada pelas palavras secas e precisas do Reichsführer: "A situação na Hungria", ele me informou sem mais detalhes, "irá evoluir rapidamente. O Führer está decidido a intervir, se necessário. Surgirão novas oportunidades, que deverão ser aproveitadas vigorosamente. Uma dessas oportunidades refere-se à questão judaica. No momento desejado, o Obergruppenführer Kaltenbrunner enviará seus homens. Eles saberão o que fazer, não cabendo ao senhor interferir. Mas quero que os acompanhe para defender os interesses do Arbeitseinsatz. O Gruppenführer Kammler (Kammler acabava de ser promovido no fim de janeiro) vai precisar de homens, de grandes contingentes. Os anglo-americanos estão inovando" — com o dedo, apontou para o céu —, "e temos que reagir rápido. O RSHA deve levar isso em conta. Dei instruções nesse sentido ao Obergruppenführer Kaltenbrunner, mas quero que zele para que sejam rigorosamente aplicadas por seus especialistas. Mais que nunca, os judeus nos devem sua força de trabalho. Estou sendo claro?" Sim, estava. Brandt, depois dessa reunião, forneceu-me os detalhes: o grupo de intervenção especial seria dirigido por Eichmann, que teria uma espécie de carta branca no que se referia ao desenrolar do plano; assim que os húngaros tivessem aceitado seu princípio e sua colaboração estivesse garantida, os judeus seriam encaminhados para Auschwitz, que serviria de centro de triagem; dali, todos os aptos ao trabalho seriam distribuídos em função das necessidades. A cada etapa, era preciso maximizar o número de trabalhadores potenciais.

  Uma nova rodada de reuniões preparatórias foi realizada no RSHA, muito mais precisas que as do mês precedente; agora só faltava a data. A excitação era visível; pela primeira vez em muito tempo os oficiais envolvidos tinham a clara sensação de retomar a iniciativa. Estive com Eichmann várias vezes, em suas reuniões e em privado. Ele me garantiu que as instruções do Reichsführer haviam sido perfeitamente compreendidas. "Fico contente que seja o senhor a cuidar desse lado da questão", ele me disse mascando o interior de sua bochecha esquerda. "Com o senhor, pode-se trabalhar, se me permite dizer. O que não é o caso com todo mundo." A questão da guerra aérea dominava todos os pensamentos. Dois dias depois do primeiro ataque, os americanos enviaram mais de 800 bombardeiros, protegidos por cerca de 650 caças, para alvejar Berlim na hora do almoço. Graças ao mau tempo, o ataque careceu de precisão e os danos foram limitados; além disso, nossos caças e a Flak abateram 80 aparelhos inimigos, um recorde; mas esses caças eram pesados e pouco apropriados para enfrentar os novos Mustang, e nossas perdas elevaram-se a 66 aparelhos, uma catástrofe, os pilotos mortos sendo ainda mais difíceis de substituir que os aviões. De forma alguma desencorajados, os americanos voltaram vários dias seguidos; a cada vez, a população passava horas nos abrigos, todo trabalho era interrompido; à noite, os ingleses enviavam os Mosquito, que faziam poucos estragos mas obrigavam as pessoas a voltarem para os abrigos, arruinavam seu descanso, esgotavam suas forças. Felizmente, as perdas humanas foram bem menores que as de novembro: Goebbels decidira evacuar uma grande área do centro; com isso, a maioria dos funcionários dos escritórios passou a ter que sair diariamente da periferia para chegar ao trabalho, o que acarretava horas de deslocamento estressantes. A qualidade do trabalho ressentia-se disso: na correspondência, nossos especialistas de Berlim, agora insones, acumulavam equívocos, eu tinha que refazer as cartas três, cinco vezes antes de poder enviá-las.

  Uma noite, fui convidado para ir à casa do Gruppenführer Müller. O convite me foi transmitido após uma sugestão por parte de Eichmann, nos escritórios onde nesse dia se desenrolava uma importante reunião de planejamento. "Todas as quintas-feiras", ele veio me dizer, "o Amtchef gosta de reunir em sua casa alguns dos seus especialistas, para conversar. Ele ficaria encantado se pudesse ser um dos nossos." Aquilo me obrigava a desmarcar minha sessão de esgrima, mas aceitei: eu mal conhecia Müller, seria interessante vê-lo de perto. Müller morava num apartamento funcional um pouco fora do centro, poupado pelas bombas. Uma mulher bastante apagada, de coque e olhos bem juntinhos, abriu a porta; achei que se tratava de uma doméstica, mas era Frau Müller. Era a única mulher, o próprio Müller estava à paisana; e em vez de retribuir minha saudação, apertou minha mão com seu punho maciço de dedos gordos e quadrados; afora essa demonstração de intimidade, o ambiente era nitidamente menos *gemütlich* que na casa de Eichmann. Eichmann também estava à paisana, mas a maioria dos oficiais tinha ido, como eu, de uniforme. Müller, um homem baixinho de pernas curtas, atarracado, com o crânio quadrado do camponês, mas não obstante bem vestido, quase com esmero, usava um *cardigan* de crochê sobre uma camisa de seda com o colarinho aberto. Serviu-me conhaque e me apresentou aos demais convidados, quase todos dos Gruppenleiter ou dos Referenten do Amt IV: lembro-me de dois homens do IV D, que supervisionavam os serviços da Gestapo nos países ocupados e de um tal Regierungsrat Berndorff, que dirigia o Schutzhaftreferat. Havia também um oficial da Kripo e Litzenberg, um colega de Thomas. Este último, exibindo com desembaraço suas novas insígnias de Standartenführer, chegou um pouco mais tarde e foi cordialmente recebido por Müller. A conversa girava em torno do problema húngaro: o RSHA já identificara personalidades magiares dispostas a cooperar com a Alemanha; a grande questão permanecia em saber como o Führer faria para derrubar Kállay. Müller, quando não participava da conversa, vigiava os convidados com seus olhinhos irrequietos, ágeis e penetrantes. Intervinha então com frases curtas e frias, mas relaxadas por seu forte sotaque bávaro num semblante de cordialidade que não disfarçava completamente sua frieza inata. De vez em quando, todavia, dava vazão aos pensamentos. Com Thomas e o Dr. Frey, um veterano do SD que se transferira, como Thomas, para a Staatspolizei, eu tinha começado a discutir as origens intelectuais do nacional-socialismo. Na opinião de Frey, até o nome era mal escolhido, pois o termo "nacional", para ele, referia-se à tradição de 1789, que o nacional-socialismo rejeitava. "Que proporia no lugar?", perguntei. — "Na minha opinião teria que ter sido *Völkisch*-socialismo. É muito mais preciso." O homem da Kripo juntara-se a nós: "Se seguíssemos Möller van der Bruck", declarou, "poderia ter sido imperial-socialismo." — "Sim, mas estaria mais perto da dissidência de Strasser, não acha?", retorquiu Frey fechando a cara. Foi quando observei Müller: mantinha-se atrás de nós, um copo apertado na mãozorra, e nos escutava pestanejando. "O que devíamos fazer era empurrar todos os intelectuais dentro de uma mina de carvão e explodi-la...", arrotou com uma voz rangente e rude. — "O Gruppenführer está coberto de razão", disse Thomas. "Meine Herren, os senhores são ainda piores que os judeus. Deem o exemplo: ação, em vez de palavras." Seus olhos faiscavam de tanto rir. Müller balançava a cabeça, Frey parecia confuso: "Não resta dúvida de que o senso de iniciativa dos alemães sempre esteve a reboque da elaboração teórica...", balbuciou o homem da Kripo. Afastei-me e fui ao bufê pegar um prato de salada e defumados. Müller me seguiu. "E como vai o Reichsminister Speer?", perguntou. — "Para dizer a verdade, Herr Gruppenführer, não sei. Não tive contato com ele desde o início da doença. Dizem que melhorou." — "Parece que vai sair em breve." — "É possível. Seria uma boa coisa. Se conseguirmos a mão de obra da Hungria, isso logo abrirá novas possibilidades para nossas indústrias de armamento." — "Talvez", rosnou

Müller. "Mas serão sobretudo judeus, e os judeus estão interditados no território do Altreich." Engoli uma salsichinha e disse: "Então precisamos mudar essa regra. Estamos atualmente no máximo da nossa capacidade. Sem esses judeus, não podemos ir mais longe." Eichmann aproximara-se e escutara minhas últimas palavras bebendo seu conhaque. Manifestou-se sem sequer dar tempo de Müller responder: "Acredita sinceramente que, entre a vitória e a derrota, o equilíbrio dependa do trabalho de alguns milhares de judeus? E, se fosse este o caso, gostaria que a vitória da Alemanha se devesse aos judeus?" Eichmann bebera, seu rosto estava vermelho, seus olhos reluziam; estava orgulhoso de pronunciar aquelas palavras perante seu superior. Escutei-o beliscando rodelas de salame do meu prato, que segurava na mão. Permaneci calmo, mas suas inépcias me irritavam. "Como sabe, Obersturmbannführer", respondi à altura, "em 1941 tínhamos o exército mais moderno do mundo. Agora, retrocedemos quase meio século. Todos os nossos transportes, no front, são feitos a cavalo. Os russos, por sua vez, avançam em Studebaker americanos. E nos Estados Unidos milhões de homens e mulheres constroem esses caminhões dia e noite. E constroem também embarcações para transportá-los. Nossos peritos afirmam que eles produzem um navio cargueiro por dia. É muito mais do que os nossos submarinos podem afundar, quando nossos submarinos ainda se atreviam a sair. Agora estamos numa guerra de desgaste. Mas nossos inimigos não sofrem esse desgaste. Tudo que destruímos é substituído imediatamente, os cem aparelhos que derrubamos esta semana já estão em vias de substituição. Ao passo que nós, nossas perdas em material não são repostas, exceto talvez os tanques, por enquanto." Eichmann empertigou-se: "Esta noite o senhor está com um humor bem derrotista!" Müller nos observava em silêncio, sem sorrir; seus olhos móveis esvoaçavam entre nós. "Não sou derrotista", retorqui. "Sou realista. Precisamos ver onde estão os nossos interesses." Mas Eichmann, um pouco bêbado, recusava-se a ser lógico: "O senhor raciocina como um capitalista, um materialista... Essa guerra não é uma questão de interesses. Se fosse apenas uma questão de interesses, jamais teríamos atacado a Rússia." Eu não o acompanhava mais, ele parecia estar completamente à deriva, mas não parava, continuando com os saltos do seu pensamento. "Não estamos em guerra para que cada alemão tenha uma geladeira e um rádio. Estamos em guerra para purificar a Alemanha, para criar uma Alemanha onde queiramos viver. Acha que meu irmão Helmut foi morto por uma geladeira? O senhor, o senhor lutou em Stalingrado por uma geladeira?" Balancei os ombros sorrindo: naquele estado, não valia mais a pena discutir com ele. Müller pôs a mão em seu ombro: "Tem toda a razão, meu amigo Eichmann." Voltou-se para mim: "Eis por que o nosso querido Eichmann é tão dotado para o seu trabalho: ele enxerga apenas o essencial. É isso que faz dele um especialista tão bom. E foi por isso que o designei para a Hungria: em assuntos judaicos, é o nosso *Meister*." Eichmann, diante desses elogios, corava de prazer; quanto a mim, julgava-o na realidade limitado naquele momento. O que não impedia Müller de ter razão: era de fato muito eficiente, e, no fim das contas, em geral são os limitados que são eficientes. Müller prosseguia: "A única ressalva, Eichmann, é que não deve pensar apenas nos judeus. Os judeus estão entre os nossos grandes inimigos, é verdade. Mas a questão judaica está quase resolvida na Europa. Depois da Hungria, não restarão muitos mais. É preciso pensar no futuro. E temos muitos inimigos." Falava mansamente, sua voz monótona, embalada por seu sotaque rústico, parecia escorrer pelos seus lábios finos e nervosos. "Precisamos pensar no que vamos fazer dos poloneses. Eliminar os judeus mas deixar os poloneses não faz o menor sentido. E aqui também, na Alemanha. Já começamos, mas precisamos ir até o fim. Precisamos também de uma *Endlösung der Sozialfrage*, uma solução final para a questão social. Ainda restam muitos criminosos, associais, vagabundos, ciganos, alcoólatras, prostitutas, homossexuais. Precisamos pensar nos tuberculosos, que contaminam as pessoas saudáveis. Nos cardíacos, que propagam um sangue alterado e que custam fortunas em tratamentos médicos; estes, precisamos no mínimo esterilizar. Teremos que cuidar de tudo isso, categoria por categoria. Todos os nossos bons alemães opõem-se a isso, têm sempre boas razões. É nesse ponto que Stálin é muito forte, sabe fazer-se obedecer e sabe ir até o fim." Fitou-me: "Conheço muito bem os bolcheviques. Desde as execuções de reféns em Munique durante a Revolução. Depois disso, combati-os durante quatorze anos, até a Tomada do Poder, ainda os combato. Mas, saiba, respeito-os. São pessoas que têm um senso inato de organização, de disciplina, e que não recuam diante de nada. Poderíamos ter aulas com eles. Não acha?" Müller não esperava resposta para sua pergunta. Pegou Eichmann pelo braço e o arrastou até uma mesa de centro onde arrumou um jogo de xadrez. Eu os observava jogar de longe, terminando meu prato. Eichmann jogava bem, mas não se impunha diante de Müller: Müller, eu pensava, joga como trabalha, metodicamente, com obstinação e uma brutalidade fria e refletida. Jogaram várias partidas, tive tempo de observá-los. Eichmann tentava combinações insidiosas e calculistas, mas Müller nunca caía na armadilha e suas defesas continuavam tão fortes quanto seus ataques, sistematicamente planejados, e que se revelavam irresistíveis. E Müller ganhava sempre.

Na semana seguinte, formei uma pequena equipe com vistas ao Einsatz na Hungria. Designei um especialista, o Obersturmführer Elias; alguns funcionários, ordenanças e assistentes administrativos; e, naturalmente, Piontek. Deixei meu gabinete sob a responsabilidade de Asbach, com instruções precisas. Por ordem de Brandt, em 17 de março me dirigi para o KL Mauthausen, onde estava reunido um Sondereinsatzgruppe da SP e do SD, sob o comando do Oberführer Dr. Achamer-Pifrader, antes BdS da Ostland. Eichmann já estava lá, à frente do seu próprio Sondereinsatzkommando. Apresentei-me ao Oberführer Dr. Geschke, o oficial responsável, que me instalou junto com minha equipe num dormitório. Ao deixar Berlim, eu já sabia que o dirigente húngaro, Horthy, conferenciava com o Führer no Palácio de Klessheim, perto de Salzburgo. Depois da guerra, os acontecimentos de Klessheim são conhecidos: pressionado por Hitler e Von Ribbentrop, que lhe impuseram a escolha cruel entre a formação de um novo governo pró-alemão ou a invasão de seu país, Horthy — almirante em um país sem Marinha, regente de um reino sem rei — resolveu, após uma breve crise cardíaca, evitar o pior. Na época, contudo, não sabíamos de nada disso: Geschke e Achamer-Pifrader contentaram-se em convocar os oficiais superiores na noite do dia 18 para nos informar que estávamos de partida para Budapeste no dia seguinte. Os rumores, naturalmente, corriam céleres; muitos esperavam por uma resistência húngara na fronteira, fizeram-nos vestir uniformes de campanha e distribuíram submetralhadoras. O ambiente efervescia: para muitos daqueles funcionários da Staatspolizei ou do SD, era a primeira experiência de campo; e até eu, depois de quase um ano em Berlim, e da monotonia da rotina burocrática, da tensão permanente das conspirações dissimuladas, do cansaço dos bombardeios que devíamos sofrer sem reagir, fui contagiado pela empolgação geral. À noite, fui beber alguma coisa com Eichmann, que encontrei rodeado por seus oficiais, radiante e se exibindo num novo uniforme *feldgrau*, cortado tão elegantemente quanto um uniforme de parada. Eu conhecia apenas parte de sua equipe; ele me explicou que, para aquela operação, mandara vir seus melhores especialistas de toda a Europa, da Itália, da Croácia, de Litzmannstadt, de Theresienstadt. Apresentou-me seu amigo, o Hauptsturmführer Wisliceny, padrinho de seu filho Dieter, homem assustadoramente gordo, plácido, sereno, que chegava, por sua vez, da Eslováquia. Todos estavam de bom humor, bebia-se pouco, a impaciência era visível. Voltei ao meu alojamento a fim de dormir um pouco, pois partiríamos por volta da meia-noite, mas tive dificuldade para conciliar o sono. Pensei em Hélène: despedira-me dela na antevéspera dizendo que não sabia quando voltaria a Berlim; tinha sido bem seco, dei poucas explicações e não fiz nenhuma promessa; ela aceitara docilmente, gravemente, sem preocupação visível, e, entretanto, estava claro, creio, para nós dois, um vínculo se formara, tênue talvez, mas sólido, e que não se dissolveria por si só; já era um caso.

  Devo ter cochilado um pouco: Piontek me sacudiu perto da meia-noite. Eu me deitara vestido, meu equipamento estava pronto; saí para tomar ar enquanto os veículos eram verificados, comi um sanduíche e tomei o café que um ordenança, Fischer, preparara para mim. Fazia um frio cortante de fim de inverno e respirei com alegria o ar puro da montanha. Um pouco à frente, ouvi o barulho de motores: o Vorkommando, liderado por um auxiliar de Eichmann, punha-se a caminho. Eu decidira integrar o comboio do Sondereinsatzkommando, que incluía, além de Eichmann e seus oficiais, mais de cento e cinquenta homens, na maioria Orpo e representantes do SD e da SP, bem como alguns Waffen-SS. O comboio de Geschke e Achamer-Pifrader fecharia a marcha. Quando nossos dois carros ficaram prontos, mandei-os para a zona de partida e fui a pé ao encontro de Eichmann. Este usava óculos de condutor de tanque em torno do quepe e sobraçava um PM Steyr: com seus culotes de montaria, aquilo dava-lhe um aspecto quase ridículo, um pouco como se estivesse fantasiado. "Obersturmbannführer", exclamou ao me ver. "Seus homens estão prontos?" Fiz sinal de que sim e fui me reunir a eles. Na zona de concentração, era sempre aquela confusão de última hora, aqueles gritos e comandos antes que uma ala de veículos pudesse mover-se organizadamente. Finalmente, Eichmann apresentou-se, cercado de vários de seus oficiais, entre eles o Regierungsrat Hunsche, que eu conhecia de Berlim, e depois de ter dado mais algumas ordens contraditórias, subiu em seu *Schwimmwagen*, espécie de carro-anfíbio, dirigido por um Waffen-SS: perguntei-me divertido se ele temia que as pontes estivessem dinamitadas, se planejava atravessar o Danúbio em sua canoa, com seu Steyr e seu motorista, para varrer sozinho as hordas magiares. Piontek, por sua vez, ao volante do meu carro, respirava sobriedade e gravidade. Finalmente, sob a luz crua dos projetores do campo, em meio a um trovejar de motores e uma nuvem de poeira, a coluna se mexeu. Eu colocara Elias e Fischer atrás com as armas que nos haviam distribuído; entrei na frente, ao lado de Piontek, enquanto ele arrancava. O céu estava limpo, as estrelas brilhavam, mas não havia lua; ao descermos a estrada sinuosa para o Danúbio, eu via claramente, aos meus pés, a superfície reluzente do rio. O comboio atravessou para a margem direita e tomou a direção de Viena. Deslizávamos em fila, faróis baixos por causa dos caças inimigos. Não demorei a dormir. De tempos em tempos um alerta me despertava, obrigando os veículos a parar e apagar os faróis, mas ninguém saía do carro, esperávamos no escuro. Não houve ataque. No meu torpor intermitente eu tinha sonhos estranhos, intensos e evanescentes, que se desfaziam como bolhas de sabão assim que um solavanco ou uma sirene me despertavam. Por volta das três horas, quando contornávamos Viena pelo sul, despertei totalmente e bebi café de uma garrafa térmica preparada por Fischer. A lua nascera, um crescente difuso que fazia brilhar as amplas águas do Danúbio quando as percebíamos do nosso lado esquerdo. Os alertas ainda nos obrigavam a parar, uma longa linha de veículos díspares que agora conseguíamos discernir ao luar. A leste, o céu avermelhava, recortando, sobre as encostas, as cristas dos Pequenos Cárpatos. Uma dessas paradas nos encontrou acima do Neusiedler-See, a apenas alguns quilômetros da fronteira húngara. O gordo Wisliceny passou ao lado do meu carro e bateu no vidro: "Pegue seu rum e venha." Ele nos dera algumas doses de rum para a marcha, mas eu não tocara nelas. Segui Wisliceny, que, de carro em carro, mandava outros oficiais saírem. À nossa frente, a bola vermelha do sol pesava sobre os cumes, o céu estava claro, um azul luminoso tingido de amarelo, sem uma nuvem. Quando nosso grupo alcançou o *Schwimmwagen* de Eichmann, perto da frente da coluna, nós o cercamos e Wisliceny o fez sair. Estavam ali oficiais do IV B 4, bem como os comandantes dos destacamentos. Wisliceny ergueu sua garrafinha, deu os parabéns a Eichmann e bebeu à sua saúde: Eichmann celebrava naquele dia seu trigésimo oitavo aniversário. Soluçava de prazer: "Meine Herren, estou comovido, comovidíssimo. Hoje é meu sétimo aniversário como oficial SS. Não posso imaginar presente melhor que a companhia dos senhores." Estava radiante, todo vermelho, sorria para todos, bebendo em pequenos goles sob os vivas.

A passagem da fronteira deu-se sem incidentes: na beira da estrada, agentes alfandegários ou soldados do Honvéd nos olhavam passar, desconfiados ou indiferentes, sem nada manifestar. A manhã anunciava-se luminosa. A coluna fez pausa numa aldeia para um desjejum de café, rum, pão branco e vinho húngaro comprado no local. Em seguida voltou a partir. Deslizávamos agora muito mais lentamente, a estrada estava apinhada de veículos alemães, caminhões de tropas e blindados, cujo ritmo éramos obrigados a acompanhar por quilômetros antes de ultrapassá-los. Mas aquilo não se assemelhava a uma invasão, tudo se passava na calma e na ordem, os civis, na beira das estradas, alinhavam-se para nos ver passar, alguns faziam inclusive gestos amistosos.

Chegamos a Budapeste no meio da tarde e estabelecemos nossa caserna na margem direita, atrás do castelo, no Schwabenberg, onde a SS requisitara os grandes hotéis. Achei-me provisoriamente numa suíte do Astoria, com duas camas e dois sofás para oito homens. Na manhã seguinte, fui atrás de informações. A cidade fervilhava de pessoal alemão, oficiais da Wehrmacht e da Waffen-SS, diplomatas do Auswärtiges Amt, funcionários da Polícia, engenheiros do OT, economistas do WVHA, agentes da Abwehr com nomes frequentemente cambiantes. Com toda aquela confusão eu sequer sabia a quem estava subordinado, fui procurar Geschke, que me informou que fora designado como BdS, mas que o Reichsführer também nomeara um HSSPF, o Obergruppenführer Winkelmann, e que Winkelmann me explicaria tudo. Ora, Winkelmann, um policial de carreira um pouco gordo, cabelos cortados à escovinha e maxilar saliente, não fazia a mínima ideia da minha existência. Explicou que, apesar das aparências, não havíamos ocupado a Hungria, e sim atendido a um convite de Horthy para aconselhar e apoiar os serviços húngaros: não obstante a presença de um HSSPF, de um BdS, de um BdO e de todas as respectivas estruturas, não tínhamos nenhuma função executiva, e as autoridades húngaras mantinham todas as prerrogativas de sua soberania. Toda desavença séria devia ser submetida ao novo embaixador, o Dr. Veesenmayer, SS-Brigadeführer honorário, ou a seus colegas do Auswärtiges Amt. Kaltenbrunner, segundo Winkelmann, também estava em Budapeste; viera no vagão especial de Veesenmayer, acoplado ao trem de Horthy em seu retorno de Klessheim, e negociava com o tenente-general Döme Sztójay, ex-embaixador da Hungria em Berlim, a respeito da formação de um novo governo (Kállay, o ministro derrubado, refugiara-se na legação da Turquia). Eu não tinha motivo algum para procurar Kaltenbrunner, em vez disso passei na legação alemã para me apresentar: Veesenmayer estava ocupado, e fui recebido pelo seu adido comercial, o Legationsrat Feine, que tomou nota da minha missão, sugeriu que eu esperasse a situação se esclarecer e me recomendou ficar em contato com eles. Uma grande bagunça.

No Astoria, consultei o Obersturmbannführer Krumey, assessor de Eichmann, que já fizera uma reunião com os líderes da comunidade judaica e saíra muito satisfeito. "Eles vieram com malas", explicou dando uma boa gargalhada. "Mas eu os tranquilizei e disse que ninguém ia ser preso. Estavam aterrorizados com a *histeria de extrema direita*. Prometemos a eles que, se cooperassem, não aconteceria nada, isso os acalmou." Riu de novo. "Devem estar achando que vamos protegê-los dos húngaros." Os judeus foram obrigados a formar um conselho: para não assustá-los — o termo *Judenrat*, difundido na Polônia, era bem conhecido ali para provocar certa angústia —, seria chamado *Zentralrat*. Nos dias que se seguiram, enquanto os membros do novo conselho traziam colchões e cobertores para o Sondereinsatzkommando — requisitei vários para a nossa suíte —, depois, de acordo com a demanda, máquinas de escrever, espelhos, água-de-colônia, lingerie feminina e alguns belíssimos quadrinhos de Watteau ou, pelo menos, da sua escola, fiz, sobretudo ao presidente da Comunidade Judaica, o Dr. Samuel Stern, uma série de consultas a fim de ter uma noção dos recursos disponíveis. Havia judeus, homens e mulheres, empregados nas fábricas de armamentos húngaros, e Stern pôde me fornecer números aproximados. Mas um problema capital surgiu desde o início: todos os homens judeus válidos, sem emprego básico e em idade de trabalhar, estavam mobilizados havia vários anos pelo Honvéd para servir nos batalhões de trabalho, na retaguarda. E aquilo era verdade, eu me lembrava, depois que entramos em Jitomir, ainda controlada pelos húngaros, eu ouvira falar daqueles batalhões de judeus, que enlouqueciam meus colegas do Sk 4a. "Esses batalhões estão completamente fora do nosso controle", Stern me explicava. "Veja isso com o governo."

Dias depois da formação do governo de Sztójay, em uma única sessão legislativa de onze horas de duração, o novo gabinete promulgava uma série de leis antijudaicas, as quais a Polícia húngara começou a aplicar incontinenti. Eu pouco via Eichmann: estava sempre enfurnado com oficiais ou em visita aos judeus; segundo Krumey, interessava-se pela cultura deles, pedia para ver sua biblioteca, seu museu, suas sinagogas. No fim do mês falou diretamente com o Zentralrat. Todo o seu SEk acabava de se mudar para o Hotel Majestic, eu tinha ficado no Astoria, onde conseguira arranjar dois quartos extras para instalar escritórios. Não fui convidado para a reunião, mas estive com ele depois: parecia satisfeito e me garantiu que os judeus iam cooperar e se submeter às exigências alemãs. Discutimos a questão dos trabalhadores; as novas leis iam permitir aos húngaros aumentar os batalhões de trabalho civis — todos os funcionários, jornalistas, tabeliães, advogados e contadores judeus que fossem perder seus empregos poderiam ser mobilizados, o que fazia Eichmann caçoar: "Imagine, meu caro Obersturmbannführer, advogados judeus cavando fossos antitanque!" — mas não fazíamos a menor ideia do que eles aceitariam nos dar; Eichmann, como eu, temia que não abrissem mão da melhor parte. Mas Eichmann encontrara um aliado, um funcionário do condado de Budapeste, o Dr. László Endre, um antissemita feroz que ele esperava nomear para o Ministério do Interior. "Não podemos repetir o erro da Dinamarca", me explicava, com a cabeça apoiada em sua mãozorra cheia de veias, roendo o dedinho. "Temos que deixar os húngaros fazerem tudo sozinhos, eles têm que nos entregar seus judeus em uma bandeja." O SEk, junto com a Polícia húngara e as forças do BdS, já prendia judeus que violavam as novas regras; um campo de trânsito, vigiado pela gendarmeria húngara, fora instalado em Kistarcsa, perto da cidade, e já havíamos confinado ali mais de três mil judeus. Também pus mãos à obra: por intermédio da legação, entrara em contato com os Ministérios da Indústria e da Agricultura para sondar seus pontos de vista; e estudava novas legislações em companhia de Herr Von Adamovic, perito da legação, homem afável e inteligente, mas quase paralítico por conta da ciática e da artrite. Nesse ínterim, eu continuava em contato com o meu gabinete de Berlim. Speer, que por coincidência comemorava aniversário no mesmo dia que Eichmann, deixara Hohenlychen para passar sua convalescença em Merano, na Itália; eu lhe enviara um telegrama de felicitações e flores, mas não recebera resposta. Também o convidara para assistir a um congresso, na Silésia, sobre a questão judaica, presidido pelo Dr. Franz Six, meu primeiro chefe de departamento no SD. Embora na ocasião ele trabalhasse no Auswärtiges Amt, de vez em quando ainda interferia no RSHA. Thomas também tinha sido convidado, assim como Eichmann e alguns de seus especialistas. Dei um jeito de viajar com eles. Nosso grupo partiu de trem, passando por Pressburg e fazendo baldeação em Breslau para Hirschberg; o congresso realizava-se em Krummhübel, conhecida estação de esqui dos Sudetos silesianos, então em grande parte ocupada por escritórios do AA, entre os quais o de Six, evacuados de Berlim em virtude dos bombardeios. Fomos alojados numa *Gasthaus* abarrotada; os novos galpões construídos pelo AA ainda não estavam prontos. Foi com prazer que reencontrei Thomas, que chegara um pouco antes e aproveitava a oportunidade para esquiar na companhia de jovens e belas secretárias ou assistentes, entre elas uma de origem russa a quem me apresentou; todas, parecia, com pouquíssimo trabalho. Quanto a Eichmann, encontrava colegas de toda a Europa e se pavoneava. O congresso começou no dia seguinte ao da nossa chegada. Six abriu os debates com um discurso sobre "As tarefas e objetivos das operações antijudaicas no estrangeiro". Discorreu sobre a estrutura política do judaísmo mundial, afirmando que *a judalhada na Europa já desempenhara seu papel político e biológico*. Fez também uma digressão interessante sobre o sionismo, nessa época ainda mal conhecido naqueles círculos; para Six, a questão dos judeus remanescentes na Palestina devia ser subordinada à questão árabe, que ganharia importância depois da guerra, sobretudo se os britânicos abandonassem parte de seu Império. Sua intervenção foi seguida pela do especialista do Auswärtiges Amt, um certo Von Thaden, que expôs o ponto de vista do seu Ministério sobre "A situação política dos judeus na Europa e a situação relativa às medidas executivas antijudaicas". Thomas falou dos problemas de segurança criados pelas revoltas judaicas do ano precedente. Outros especialistas ou conselheiros expuseram a situação nos países onde estavam em missão. Mas a qualucheiraluche do dia foi o discurso de Eichmann. O Einsatz húngaro parecia tê-lo inspirado e ele pintou para nós um quadro do conjunto das operações antijudaicas tais como haviam se desenrolado desde o início. Passou rapidamente em revista o fracasso da guetização e criticou a ineficiência e a confusão das operações móveis: "Sejam quais forem os sucessos registrados, eles permanecem esporádicos, permitindo a fuga de muitos judeus, que se embrenham nas matas e engrossam as fileiras dos rebeldes, e minando o moral dos homens." O sucesso, nos países estrangeiros, dependia de dois fatores: a mobilização das autoridades locais e a cooperação, até mesmo a colaboração dos líderes comunitários judeus. "Quanto ao que acontece quando tentamos nós mesmos prender os judeus, em países onde dispomos de recursos insuficientes, basta ver o exemplo da Dinamarca, um fracasso total, do sul da França, onde obtivemos resultados mirradíssimos, mesmo depois de ocuparmos a antiga zona italiana, e da Itália, onde a população e a Igreja escondem milhares de judeus que não conseguimos encontrar... Quanto aos *Judenräte*, permitem uma considerável economia de pessoal e atrelam os próprios judeus à tarefa de sua destruição. Claro, esses judeus têm objetivos pessoais, sonhos pessoais. Mas os sonhos dos judeus também são úteis para nós. Eles sonham com uma corrupção grandiosa, oferecem-nos seu dinheiro, seus bens. Nós pegamos esse dinheiro e esses bens e prosseguimos nossa tarefa. Eles sonham com as necessidades econômicas da Wehrmacht, com a proteção fornecida pelos certificados de trabalho, nós então utilizamos esses sonhos para abastecer nossas fábricas de armamentos, para nos proporcionar a mão de obra necessária à construção dos nossos complexos subterrâneos e também para nos livrar dos fracos e dos velhos, das bocas inúteis. Mas compreendam o seguinte: a eliminação dos primeiros cem mil judeus é muito mais fácil que a dos últimos cinco mil. Vejam o que aconteceu em Varsóvia, ou por ocasião das outras revoltas de que nos falou o Standartenführer Hauser. Quando o Reichsführer me encaminhou o relatório sobre os combates de Varsóvia, observou que não conseguia acreditar que judeus num gueto pudessem lutar daquele jeito. Entretanto, nosso saudoso *Chef*, o Obergruppenführer Heydrich, já tinha enxergado isso havia muito tempo. Ele sabia que os judeus mais fortes, mais vigorosos, mais astuciosos, mais espertos burlariam todas as seleções e seriam os mais difíceis de ser destruídos. Ora, são precisamente eles que formam a reserva vital a partir da qual o judaísmo pode se reconstituir, *a célula bacteriana da regeneração judaica*, como dizia o finado Obergruppenführer. Nossa luta continua a de Koch e de Pasteur, precisamos ir até o fim..." Uma torrente de aplausos acolheu essas palavras. Eichmann acreditava mesmo nelas? Era a primeira vez que eu o ouvia falar assim, e tinha impressão de que se empolgara, deixando-se arrastar pelo seu novo papel, de que o ator o agradava de tal forma que havia se confundido com ele. Por outro lado, seus comentários práticos estavam longe de ser idiotas, via-se muito bem que havia analisado atentamente todas as experiências pregressas para delas tirar as lições essenciais. No jantar — Six, por gentileza e para rememorar o passado, convidara a mim e a Thomas para uma pequena ceia privada —, comentei favoravelmente seu discurso. Mas Six, que nunca perdia a expressão fechada e deprimida, julgava-o muito mais negativamente: "Nenhum interesse intelectual. É um homem relativamente simplório, sem dons que chamem a atenção. Claro, tem presença, além de capacidade no âmbito de sua especialização." — "Justamente", eu disse, "é um bom oficial, motivado e talentoso à sua maneira. Na minha opinião, pode ir ainda mais longe." — "Isso me surpreenderia", interveio Thomas secamente. "É muito teimoso. É um buldogue, um executivo dotado. Mas sem um pingo de imaginação. É incapaz de reagir aos acontecimentos fora da sua alçada, de evoluir. Construiu sua carreira sobre os judeus, sobre a destruição dos judeus, e, nesse aspecto, é muito forte. Porém, depois que terminarmos com os judeus — ou, se o vento virar, quando a destruição dos judeus sair da ordem do dia —, ele não conseguirá se adaptar, ficará perdido."

No dia seguinte, o congresso continuou com os participantes secundários. Eichmann não pôde ficar, tinha outras tarefas: "Tenho que inspecionar Auschwitz, depois retornar a Budapeste. A coisa está fervendo por lá." Parti por minha vez em 5 de abril. Na Hungria, soube que o Führer acabava de dar seu consentimento para a utilização dos operários judeus no território do Reich: eliminada a ambiguidade, os homens de Speer e do Jägerstab volta e meia vinham me procurar para perguntar quando poderíamos enviar-lhes o primeiro lote. Eu lhes dizia para terem paciência, a operação ainda não estava fechada. Eichmann voltou furioso de Auschwitz, fulminando os Kommandanten: "Estúpidos, incapazes. Não têm nada pronto para o recebimento." Em 9 de abril... ah, mas para que narrar todos esses detalhes? Isso me esgota, além disso me aborrece, e a vocês também, provavelmente. Quantas páginas já alinhei sobre essas peripécias burocráticas sem interesse? Continuar dessa maneira, não, não consigo mais: a pena me cai dos dedos, a caneta, melhor dizendo. Talvez possa voltar ao assunto num outro dia; mas para que retomar essa sórdida história da Hungria? Ela está amplamente documentada nos livros, por historiadores que têm uma visão de conjunto mais coerente que a minha. Afinal, desempenhei papel meramente secundário nela. Embora tenha esbarrado com alguns de seus personagens, não tenho muito a acrescentar às suas próprias lembranças. Das grandes conspirações que se seguiram, sobretudo das negociações entre Eichmann, Becher e os judeus, todas as histórias de aquisição de judeus em troca de dinheiro, caminhões, sim, eu tinha ciência de tudo, conversava sobre o assunto, estive inclusive com alguns dos judeus envolvidos, e com Becher também, um homem perturbador, que fora à Hungria comprar cavalos para a Waffen-SS e que recuperara rapidamente, em nome do Reichsführer, a maior fábrica de armamentos do país, a Manfred-Weiss Werke, sem avisar a ninguém, nem a Veesenmayer, nem a Winkelmann, nem a mim, e a quem o Reichsführer em seguida confiara tarefas que ora duplicavam ora contradiziam as minhas e as de Eichmann também, o que, acabei percebendo, era um método típico do Reichsführer, mas que no local servia apenas para semear cizânia e confusão, ninguém coordenava nada, Winkelmann não tinha ascendência alguma nem sobre Eichmann nem sobre Becher, que não o informava de nada, e devo confessar que eu não agia em absoluto melhor que eles, negociava com os húngaros sem que Winkelmann soubesse, com o Ministério da Defesa sobretudo, onde conseguira contatos por meio do General Greiffenberg, adido militar de Veesenmayer, para verificar se o Honvéd realmente não podia nos fornecer seus batalhões de trabalho judaicos, ainda que com garantias extraordinárias de um regime especial, o que, obviamente, o Honvéd recusou categoricamente, reservando, como operários potenciais, apenas os civis recrutados no início do mês, os que podiam ser retirados das fábricas e suas famílias, em suma um potencial humano de pouca serventia, o que configurou uma das causas de eu ter sido obrigado a considerar aquela missão um fiasco total, mas não a única causa, voltarei a isso, e talvez até conte um pouco das negociações com os judeus, pois isso também, no fim das contas, de certa forma fazia parte das minhas atribuições, ou, para ser mais preciso, eu me aproveitei, não, tentei me aproveitar dessas negociações visando meus próprios objetivos, com pouco sucesso, reconheço tranquilamente, por todo um conjunto de razões, não apenas a já mencionada, havia também a atitude de Eichmann, que se tornava cada vez mais difícil, Becher também, o WVHA, a Gendarmeria húngara, todo mundo se intrometia, imaginem só — independentemente do que eu queira dizer mais exatamente, se quisermos analisar as razões pelas quais a operação húngara deu resultados tão pífios para o Arbeitseinsatz, minha preocupação primordial no fim das contas, precisamos levar em consideração todas essas pessoas e todas essas instituições, que desempenhavam cada uma o seu papel, mas também rejeitavam entre si a culpa, e me culpavam também, ninguém se privava disso, podem acreditar, resumindo, era uma mixórdia, uma verdadeira bagunça, que fez com que, no fim das contas, a maioria dos judeus deportados morresse, imediatamente, quero dizer, asfixiados com gás antes mesmo de poderem começar a trabalhar, pois muito poucos dos que chegavam a Auschwitz estavam aptos, perdas consideráveis, setenta por cento talvez, ninguém tem muita certeza, e por causa delas acreditou-se depois da guerra, o que é compreensível, que era este o único objetivo da operação, matar todos aqueles judeus, aquelas mulheres, aqueles velhos, aquelas crianças saudáveis com rosto de boneca, portanto ninguém entendia por que os alemães, quando estavam perdendo a guerra (mas o espectro da derrota talvez não fosse tão claro na época, do ponto de vista alemão, pelo menos), ainda teimavam em matar judeus, em mobilizar recursos consideráveis, em homens e trens sobretudo, em exterminar mulheres e crianças, e portanto, como ninguém entendia, atribuiu-se essa atitude à loucura antissemita dos alemães, a um delírio de assassinato bem distante do pensamento da maioria dos envolvidos, pois de fato, tanto para mim como para outros funcionários e especialistas, o que estava em jogo era fundamental, crucial, arranjar mão de obra para nossas fábricas, algumas centenas de milhares de trabalhadores que talvez nos permitissem inverter o curso das coisas, queríamos judeus não mortos, mas bem vivos, válidos, machos de preferência, ora, os húngaros queriam conservar os machos ou pelo menos boa parte deles, logo a coisa já tinha começado mal, e depois havia as condições de transporte, deploráveis, Deus sabe como discuti com Eichmann a respeito, o qual me respondia sempre a mesma coisa, "Isso não é responsabilidade minha, é a Gendarmeria húngara que carrega e abastece os trens, não somos nós", isso sem falar na teimosia de Höss, em Auschwitz, porque nesse ínterim, talvez depois do relatório de Eichmann, Höss voltara como Standortälteste no lugar de Liebehenschel, que tínhamos colocado na geladeira em Lublin, havia então essa incapacidade crônica de Höss de mudar de método, mas disso talvez eu fale mais à frente e com mais detalhe, em suma, poucos de nós desejávamos deliberadamente o que aconteceu, e no entanto, dirão vocês, aconteceu, é verdade, e também é verdade que todos esses judeus eram enviados para Auschwitz, não apenas os que podiam trabalhar, mas todos, sabíamos portanto com conhecimento de causa que os velhos e crianças iriam para a câmara de gás, voltamos então à pergunta inicial, por que essa obstinação em escoar os judeus da Hungria, tendo em vista as condições da guerra e tudo o mais, e da minha parte, claro, só posso sugerir hipóteses, pois este não é o meu objetivo, ou melhor, falta-me precisão aqui, sei por que queriam deportar (na época dizia-se *evacuar*) todos os judeus da Hungria e matar imediatamente os inaptos ao trabalho, era porque nossas autoridades, o Führer e o Reichsführer, tinham decidido matar todos os judeus da Europa, disso, é claro, sabíamos, como sabíamos que mesmo os destinados ao trabalho morreriam cedo ou tarde, e a razão de tudo isso é uma pergunta mais que batida e para a qual continuo sem resposta, as pessoas, na época, acreditavam em todo tipo de coisas sobre os judeus, teoria dos bacilos como o Reichsführer e Heydrich, teoria citada no congresso de Krummhübel por Eichmann mas que na minha opinião era uma quimera, tese de levantes judeus, espionagem e quinta-coluna em benefício dos inimigos que se aproximavam, tese esta que obcecava boa parte do RSHA e que preocupava inclusive o meu amigo Thomas, medo também da onipotência judaica, que alguns ainda julgavam dura como ferro, o que, por sinal, dava ensejo a bate-bocas cômicos, como no início de abril em Budapeste, quando fomos obrigados a transferir muitos judeus a fim de esvaziar seus apartamentos e a SP pedia a criação de um gueto, o que os húngaros recusaram, pois receavam que os Aliados bombardeassem as cercanias desse gueto e o poupassem (os americanos já tinham atacado Budapeste enquanto eu estava em Krummhübel), e então os húngaros espalhavam judeus perto dos alvos estratégicos, militares e industriais, o que deixou preocupadíssimos alguns dos nossos chefes, pois, se os americanos ainda assim bombardeassem os alvos, estaria provado que o judaísmo mundial não era tão poderoso quanto se pensava, e, devo acrescentar, para ser justo, que os americanos bombardearam efetivamente os alvos, matando na ocasião muitos civis judeus, mas já fazia muito tempo que eu não acreditava mais na onipotência do judaísmo mundial, senão, por que todos os países teriam se recusado a aceitar os judeus em 1937, 38, 39, quando queríamos apenas uma coisa, que eles deixassem a Alemanha, no fundo a única solução racional? O que quero dizer, voltando à questão por mim levantada, pois me afastei um pouco dela, é que embora, objetivamente, a meta final não deixasse dúvidas, não era com vistas a essa meta que trabalhava a maioria dos envolvidos, não era isso que os motivava e portanto os levava a trabalhar com tanta energia e obsessão, era toda uma gama de motivações, e até mesmo Eichmann, estou convencido disso, embora se mostrasse inflexível, no fundo era-lhe indiferente matarmos os judeus ou não, tudo que lhe interessava era mostrar do que era capaz, valorizar-se, além de utilizar as habilidades que desenvolvera, quanto ao resto, era-lhe indiferente, tanto a indústria quanto, aliás, as câmaras de gás, a única coisa a que não era indiferente era que o tratassem com indiferença, e era por isso que barganhava tanto nas negociações com os judeus, mas voltarei a isso, apesar de tudo é interessante, e com os outros era igual, cada um tinha suas razões, o aparelho húngaro que nos ajudava queria ver os judeus fora da Hungria mas estava se lixando para o que lhes iria acontecer, e Speer, Kammler e o Jägerstab queriam trabalhadores e pressionavam intensamente a SS para os fornecer, mas estavam se lixando para o que aconteceria com os que não pudessem trabalhar, e depois havia também todo tipo de razões de ordem prática, por exemplo, eu me concentrava unicamente no Arbeitseinsatz, mas ele estava longe de ser o único problema econômico, como fiquei sabendo ao encontrar um perito do nosso Ministério da Alimentação e Agricultura, um rapaz muito inteligente, apaixonado pelo trabalho, que uma noite me explicou, num velho café de Budapeste, o aspecto alimentar da questão, que revelava que, com a perda da Ucrânia, a Alemanha fazia face a um grave déficit de abastecimento, sobretudo de trigo, e portanto voltara-se para a Hungria, grande produtor, era esta aliás segundo ele a principal causa da nossa pseudoinvasão, garantir aquela fonte de trigo, e então em 1944 pedíamos aos húngaros 450 000 toneladas de trigo, 360 000 a mais que em 1942, ou seja, um aumento de 80%. Ora, os húngaros precisavam de fato retirar esse trigo de algum lugar, afinal de contas tinham que alimentar sua própria população, mas, justamente, essas 360 000 toneladas correspondiam às rações de cerca de um milhão de pessoas, um pouco mais que o total de judeus húngaros, e então os especialistas do Ministério da Alimentação, por sua vez, viam a evacuação dos judeus pelo RSHA como uma medida que permitiria à Hungria liberar um excedente de trigo com destinação à Alemanha, correspondente às nossas necessidades, e, quanto ao destino dos judeus evacuados, os quais a princípio precisavam ser alimentados em algum outro lugar se não os matássemos, isso não era da conta daquele jovem e em suma simpático perito, apesar de um pouco fascinado pelos números, pois havia outros departamentos do Ministério da Alimentação para cuidar disso, a alimentação dos detentos e dos outros trabalhadores estrangeiros na Alemanha não lhe interessava; para ele, evacuar os judeus era a solução para o seu problema, mesmo que em contrapartida isso transferisse o problema para um outro qualquer. E ele não era o único, esse homem, todo mundo era como ele, eu também era como ele, e vocês também, no lugar dele, seriam como ele.

Mas é possível que no fundo vocês estejam desprezando tudo isso. Talvez preferissem, em vez das minhas reflexões obscuras e malsãs, algumas anedotas, histórias picantes. Pois tenho cá minhas dúvidas. Eu bem que gosto de contar essas histórias: mas, agora, apenas escarafunchando um pouco aqui e ali minhas lembranças e anotações; já lhes disse, estou cansado, é preciso começar a chegar ao final. Além do mais, se tivesse que contar ainda o resto do ano de 1944 em detalhes, como fiz até aqui, não acabaria nunca. Como podem ver, penso em vocês também, e não apenas em mim; um pouquinho, admito, claro que há limites, se me inflijo tantos sofrimentos não é para lhes proporcionar prazer, reconheço, é acima de tudo para minha própria higiene mental, assim como uma hora ou outra precisamos evacuar os excrementos depois de comermos e isso cheire bem ou não, nem sempre temos escolha; em último caso, vocês contam com um poder inapelável, o de fechar este livro e jogá-lo no lixo, derradeiro recurso contra o qual nada posso, assim não vejo por que ficar cheio de dedos. Eis por que, reconheço, se mudo um pouco de método é sobretudo por mim, agrade ou não a vocês, mais uma marca do meu egoísmo sem limites, decerto fruto da minha má educação. Eu talvez devesse ter feito outra coisa, vocês me dirão, é verdade, talvez eu devesse ter feito outra coisa, teria adorado me dedicar à música se houvesse aprendido a alinhar duas notas e reconhecer uma clave de sol, mas, bem, já expliquei minha limitação na matéria, ou então pintura, por que não, parece-me de fato uma ocupação agradabilíssima a pintura, uma ocupação tranquila, perder-se assim nas formas e nas cores, mas, que querem, talvez em outra vida, pois, nesta, eu nunca tive escolha, um pouco, claro, uma certa margem de manobra, mas restrita, em virtude de fatalidades tirânicas, o que faz com que, pronto, nos vejamos no ponto de partida. Mas tratemos de voltar à Hungria.

Dos oficiais que cercavam Eichmann, não há muito a dizer. Eram, em sua maioria, homens pacíficos, bons cidadãos cumpridores do dever, orgulhosos e felizes portadores do uniforme SS, mas acanhados, sem espírito de iniciativa, sempre se perguntando "Sim, mas", e admirando seu chefe como um gênio grandioso. O único que se destacava um pouco da massa era Wisliceny, um prussiano da minha idade, que falava inglês muito bem e tinha excelentes conhecimentos históricos, com quem eu gostava de passar as noites conversando sobre a Guerra dos Trinta Anos, a reviravolta de 1848 ou a falência moral da era guilhermina. Embora suas opiniões nem sempre fossem originais, eram solidamente documentadas e ele sabia inseri-las num relato coerente, o que é a primeira qualidade do imaginário histórico. Em outros tempos tinha sido superior de Eichmann, em 1936, acho, em todo caso na época do SD-Hauptamt, quando o setor das Questões Judaicas ainda se chamava Abteilung II 112; mas sua preguiça e indolência fizeram com que fosse rapidamente ultrapassado por seu discípulo, de quem aliás não guardava mágoa, haviam permanecido bons amigos, Wisliceny era um íntimo da família, tratavam-se informalmente mesmo em público (mais tarde, por razões que ignoro, brigaram. Wisliceny, testemunha em Nuremberg, carregou nas tintas ao falar de seu ex-colega, retrato que por muito tempo contribuiu para embaralhar a imagem que historiadores e escritores faziam de Eichmann, alguns chegando a sustentar de boa-fé que esse simplório Obersturmbannführer dava ordens a Adolf Hitler. Não se pode culpar Wisliceny: sua pele estava em jogo, e Eichmann, por sua vez, desaparecera, naquela época era praxe acusar os ausentes, o que aliás não deu certo para o coitado do Wisliceny; acabou com a corda no pescoço em Presburg, a Bratislava dos eslovacos, e sólida devia ter sido essa corda para aguentar sua corpulência). Outra razão que me fazia apreciar Wisliceny era que nunca extrapolava os limites, ao contrário de alguns outros, especialmente os burocratas de Berlim, que, em ação pela primeira vez na vida e vendo-se subitamente tão poderosos em relação aos dignitários judeus, homens instruídos, às vezes com o dobro da idade deles, ignoravam todo senso de equilíbrio. Alguns insultavam os judeus da maneira mais grosseira e mal-educada; outros resistiam com dificuldade à tentação de abusar de sua posição; todos mostravam-se de uma arrogância insuportável e aos meus olhos inteiramente despropositada. Lembro-me de Hunsche, por exemplo, um Regierungsrat, isto é, um funcionário de carreira, jurista com mentalidade de tabelião, homenzinho banal que passa despercebido atrás das escrivaninhas de um banco onde pacientemente enche papel esperando a aposentadoria para ir de colete de lã de tricô cultivar tulipas holandesas ou pintar soldadinhos de chumbo da época napoleônica, que alinhará amorosamente em fileiras impecáveis, lembrança da ordem perdida de sua mocidade, diante de uma maquete de gesso do Portão de Brandemburgo, que sei eu dos sonhos acalentados por esse tipo de homem; e ali, em Budapeste, ridículo num uniforme com culotes de montaria ultrabufantes, fumava cigarros caros e recebia os notáveis judeus com as botas sujas apoiadas numa poltrona de veludo, propiciando-se despudoradamente qualquer capricho seu. Logo nos primeiros dias depois da nossa chegada, pedira aos judeus que lhe arranjassem um piano, dizendo-lhes displicentemente: "Sempre sonhei ter um piano"; os judeus, apavorados, trouxeram-lhe oito; e Hunsche, à minha frente, enfiado em suas botas de cano longo, recriminava-os com uma voz presumidamente irônica: "Mas meine Herren! Não quero abrir uma loja, quero apenas tocar piano!" Um piano! A Alemanha geme sob as bombas, nossos soldados, no front, lutam com membros enregelados e dedos a menos, mas o Hauptsturmführer Regierungsrat Dr. Hunsche, que nunca pôs os pés fora do seu escritório de Berlim, precisa de um piano, provavelmente para acalmar seus nervos em frangalhos. Quando o via preparando ordens para os homens nos campos de trânsito — as evacuações haviam começado —, eu me perguntava se, no momento de colocar sua assinatura, ele não tinha uma ereção sob a mesa. Era, sou o primeiro a reconhecer, um espécime lastimável do *Herrenvolk*: e, se alguém tem que julgar a Alemanha por esse gênero de homem, infelizmente muito comum, então sim, não posso negar, merecemos nossa sorte, o julgamento da história, nossa *dikê*.

E que dizer então do Obersturmbannführer Eichmann? Desde que eu o conhecia, nunca o vira tão cioso do seu papel. Quando recebia os judeus, era o *Übermensch* da cabeça aos pés, tirava os óculos, falava-lhes com uma voz maçante, entrecortada, mas educada, fazia-os sentar e se dirigia a eles com um "Meine Herren", chamava o Dr. Stern de "Herr Hofrat", e então explodia em grosserias, deliberadamente, para chocá-los, antes de voltar àquela polidez glacial que parecia hipnotizá-los. Era também extremamente generoso com as autoridades húngaras, ao mesmo tempo afável e cortês, impressionava-os e aliás fizera sólidas amizades com alguns deles, em especial Lászlo Endre, que lhe fez descobrir uma vida social em Budapeste até então desconhecida para ele e que terminou por deslumbrá-lo convidando-o para visitar os castelos e apresentando-o às condessas. Tudo isto, o fato de que todos se deixassem engambelar com prazer, judeus e húngaros, pode explicar por que também ele caía no exagero (mas nunca com a estupidez de um Hunsche), acabando por acreditar que era realmente *der Meister*, o Senhor. Tomava-se na realidade por um *condottiere*, um Von dem Bach--Zelewski, esquecendo sua natureza profunda, a de um burocrata de talento, até mesmo de grande talento em seu domínio restrito. Entretanto, quando se via a sós em seu escritório, se tivesse bebido um pouco, voltava a ser o velho Eichmann, o que percorria os escritórios da Staatspolizei, respeitoso, atarefado, impressionado com a menor insígnia superior à sua e ao mesmo tempo devorado pela inveja e a ambição, o Eichmann que arranjava cobertura por escrito de Müller ou Heydrich ou Kaltenbrunner para cada ação e cada decisão, e que guardava todas essas ordens no cofre, cuidadosamente classificadas, o Eichmann que teria sido igualmente feliz — e não menos eficaz — seja comprando e transportando cavalos ou caminhões, se esta tivesse sido sua tarefa, seja concentrando e evacuando dezenas de milhares de seres humanos fadados à morte. Quando conversávamos em particular sobre o Arbeitseinsatz, ele me escutava, sentado atrás da sua bela escrivaninha, em seu quarto luxuoso do Hotel Majestic, com uma expressão entediada, crispada, brincando com os óculos ou uma caneta esferográfica que ele acionava fazendo *clique-claque, clique-claque* compulsivamente, e, antes de responder, arrumava seus dossiês cobertos de anotações e pequenos rabiscos, soprava o pó de cima da escrivaninha, depois, coçando a calva já um tanto adiantada, lançava-se a uma de suas longas respostas, tão enrolada que ele próprio logo se perdia em meio a ela. No início, quando o Einsatz foi de fato deslanchado, depois que os húngaros, no fim de abril, deram sua aprovação às evacuações, ele estava quase eufórico, transbordante de energia; ao mesmo tempo, e à medida que as dificuldades se acumulavam, tornava-se cada vez mais difícil, intransigente, inclusive comigo, a quem não obstante apreciava, e começava a ver inimigos em toda parte. Winkelmann, que não era seu superior senão no papel, não gostava nada dele, mas era quem, na minha opinião, aquele policial severo e rude, com seu bom senso inato de campônio austríaco, o julgava melhor. O aspecto arrogante e no limite da impertinência de Eichmann deixava-o fora de si, mas ele o desnudava: "Ele tem uma mentalidade de subalterno", me explicou uma vez, quando fui visitá-lo para perguntar se podia intervir ou pelo menos fazer pressão no sentido de melhorar as péssimas condições de transporte dos judeus. "Ele usa a autoridade que tem sem contenção, não mostra o menor equilíbrio moral ou mental no exercício do poder. Tampouco tem o menor escrúpulo em exceder os limites de sua autoridade quando julga estar agindo no espírito daquele que lhe dá as ordens e o acoberta, como fazem o Gruppenführer Müller e o Obergruppenführer Kaltenbrunner." Isto é provavelmente certíssimo, sobretudo se considerarmos que Winkelmann não negava a capacidade de Eichmann. Este, na época, não morava mais no hotel, ocupando a bela mansão de um judeu na rua Apostol, com vista para o Rosenberg, uma casa de dois andares com uma torre, dominando o Danúbio e cercada por um soberbo pomar infelizmente desfigurado pelas trincheiras do abrigo escavado para os casos de ataque aéreo. Levava uma vida opulenta e passava a maior parte do tempo com seus novos amigos húngaros. As evacuações já haviam começado amplamente, zona por zona segundo um plano bem amarrado, e queixas afluíam de todo lado, do Jägerstab, dos escritórios de Speer, do próprio Saur, irrompiam em todos os sentidos, na direção de Himmler, Pohl, Kaltenbrunner, mas no fim vinha tudo para mim, e com efeito era uma catástrofe, um verdadeiro escândalo, os canteiros de obras recebiam apenas raparigas franzinas ou homens já semimortos, eles, que esperavam um afluxo de rapazes saudáveis, robustos, habituados ao trabalho, ficavam exasperados, ninguém entendia o que estava acontecendo. Uma parte da culpa, já expliquei, cabia ao Honvéd, que, ignorando todas as reclamações, conservava ciosamente seus batalhões de trabalho. Mas dentre os que sobravam havia de todo modo homens que pouco antes viviam uma vida normal, comiam de acordo com a fome, era para estarem saudáveis. Ora, verificava-se que as condições dos pontos de concentração, onde os judeus às vezes eram obrigados a esperar dias ou semanas, mal alimentados, antes de serem transportados, enfiados nos vagões de gado superlotados, sem água, sem comida, com um balde higiênico por vagão, essas condições eram extremas para suas forças, as doenças se disseminavam, várias pessoas morriam no caminho, e as que chegavam tinham um aspecto lastimável, poucos passavam na seleção, e mesmo estes vinham a ser recusados ou rapidamente devolvidos pelas empresas e os canteiros de obras, sobretudo os do Jägerstab, que bramiam que lhes haviam enviado garotinhas incapazes de catar um piolho. Quando eu transmitia essas queixas a Eichmann, como disse, ele as rechaçava secamente, afirmava que aquilo não era atribuição sua, que só os húngaros podiam mudar alguma coisa naquelas condições. Fui então falar com o major Baky, secretário de Estado encarregado da Gendarmeria; Baky varreu minhas queixas com uma frase: "Vocês só têm que pegá-los com mais rapidez", e me encaminhou para o tenente-coronel Ferenczy, oficial encarregado da gestão técnica das evacuações, homem melancólico, de difícil acesso, que falou mais de uma hora para me explicar que adoraria alimentar melhor os judeus, se lhe dessem comida, e abarrotar menos os vagões, se lhe dessem mais trens, mas que sua principal missão era evacuá-los, e não tratá-los a pão de ló. Com Wisliceny, dirigi-me a um desses "pontos de concentração", não sei mais onde, talvez na região de Kaschau: era um espetáculo doloroso, os judeus estavam instalados por famílias em uma olaria a céu aberto, sob a chuva da primavera, as crianças de calças curtas brincavam nas poças d'água, e os adultos, apáticos, ficavam sentados sobre as malas ou caminhavam de um lado para outro. Impressionou-me o contraste entre esses judeus e aqueles, os únicos que eu conhecera efetivamente até então, da Galícia e da Ucrânia; estes eram pessoas bem-educadas, frequentemente burgueses, e até mesmo os artesãos e fazendeiros, bem numerosos, exibiam um aspecto limpo e digno. As crianças tomavam banho, andavam penteadas, bem vestidas malgrado as condições, às vezes com roupas nacionais verdes, com galões pretos e pequenos quepes. Tudo isso tornava a cena ainda mais opressiva; apesar de suas estrelas amarelas, poderiam ter sido aldeões alemães ou mesmo tchecos, o que me incutia pensamentos sinistros, eu imaginava aqueles meninos limpinhos ou aquelas moças de charme discreto imersos nos gases, pensamentos que me enojavam, mas não havia nada a fazer, observava as mulheres grávidas e as imaginava nas câmaras de gás, suas mãos sobre suas barrigas abauladas, perguntava-me horrorizado o que acontecia ao feto de uma mulher asfixiada, se morria instantaneamente com a mãe ou se sobrevivia por um pouco mais de tempo, aprisionado em seu invólucro morto, seu paraíso sufocante, daí brotavam as lembranças da Ucrânia, e pela primeira vez em muito tempo eu sentia vontade de vomitar, vomitar minha impotência, minha tristeza e minha vida inútil. Ali cruzei por acaso com o Dr. Grell, um Legationsrat encarregado por Feine de identificar os judeus estrangeiros detidos por engano pela polícia húngara, sobretudo os dos países aliados ou neutros, e retirá-los dos centros de trânsito para eventualmente mandá-los de volta para casa. Grell, coitado, um "inválido", desfigurado por um ferimento na cabeça e terríveis queimaduras, que aterrorizava as crianças e as enxotava berrando, patinhava na lama de um grupo a outro com o chapéu gotejando, perguntava educadamente se havia titulares de passaportes estrangeiros, examinava seus papéis, ordenava aos gendarmes húngaros que isolassem alguns. Eichmann e seus colegas o detestavam, acusavam-no de indulgência, de falta de discernimento, mas não deixa de ser verdade que muitos judeus húngaros, por alguns milhares de pengö, compravam um passaporte estrangeiro, sobretudo romeno, o mais fácil de obter, mas Grell fazia apenas o seu trabalho, não lhe cabendo julgar se aqueles passaportes haviam sido obtidos legalmente ou não, e se além de tudo os adidos romenos eram corruptos, isso era problema das autoridades de Bucareste, não nosso, se quisessem aceitar ou tolerar todos aqueles judeus, pior para eles. Eu conhecia um pouco Grell, pois em Budapeste costumávamos tomar um trago ou jantar juntos; quase todos os oficiais alemães o evitavam ou fugiam dele, até mesmo seus próprios colegas, provavelmente em virtude de sua aparência atroz, mas também de seus surtos de depressão graves e desconcertantes; talvez aquilo me incomodasse menos porque seu ferimento era no fundo bem parecido com o meu, ele também recebera uma bala na cabeça, mas com consequências bem piores, não falávamos, por acordo tácito, das circunstâncias, mas quando bebia um pouco ele dizia que eu tinha sorte, e tinha razão, eu tinha uma sorte louca, de ter um rosto intacto e uma cabeça de certa forma também, ao passo que ele, se bebesse muito, e bebia com frequência, explodia em crises de fúria inauditas, no limite da crise epilética, mudava de cor, começava a berrar. Uma vez, com um garçom de um café, eu tive inclusive que segurá-lo à força para impedi-lo de quebrar toda a louça, ele viera pedir desculpas no dia seguinte, contrito, deprimido, e tentei tranquilizá-lo, entendia aquilo perfeitamente. Ali, no centro de trânsito, ele veio me visitar, olhou para Wisliceny, a quem também conhecia, e me disse simplesmente: "Negócio sujo, hein?" Ele tinha razão, mas havia pior. Para tentar compreender o que acontecia nas seleções, fui até Auschwitz. Cheguei à noite, pelo Viena-Cracóvia; muito antes da estação, à esquerda do trem, via-se uma linha de pontos de luz branca, os projetores das cercas de arame farpado de Birkenau empoleirados sobre as estacas caiadas e, atrás dessa linha, a continuação da escuridão, um abismo que exalava aquele abominável cheiro de carne incinerada, cujas lufadas atravessavam o vagão. Os passageiros, sobretudo militares ou funcionários que retornavam a seus postos, grudavam nos vidros, frequentemente com suas mulheres. Logo se ouviam comentários: "Que bela queimada", disse um civil à esposa. Na estação, fui recebido por um Untersturmführer, que providenciou um quarto para mim na Haus der Waffen-SS. Na manhã seguinte encontrei Höss. No início de maio, depois da inspeção de Eichmann, como eu disse, o WVHA tinha novamente virado de cabeça para baixo a organização do complexo de Auschwitz. Liebehenschel, certamente o melhor Kommandant que o campo conheceu, vira-se substituído por uma nulidade, o Sturmbannführer Bar, um ex-pasteleiro que fora por um tempo auxiliar de Pohl; Hartjenstein, em Birkenau, tinha trocado de lugar com o Kommandant de Natzweiler, o Hauptsturmführer Kramer; e Höss, finalmente, ao longo de toda a duração do Einsatz húngaro, supervisionava os outros.

Pareceu-me evidente, ao conversarmos, que ele julgava que sua nomeação visava unicamente o extermínio: enquanto os judeus chegavam num ritmo de às vezes quatro trens com três mil unidades cada um por dia, ele não apenas não mandara construir novos alojamentos para recebê-los, como, ao contrário, tinha desperdiçado toda a sua considerável energia reativando os crematórios e levando uma ferrovia até o meio de Birkenau, do que tinha especial orgulho, para poder descarregar os vagões na boca das câmaras de gás. Depois do primeiro comboio do dia, ele me levou para ver a seleção e o restante das operações. A rampa de descarga agora passava sob a torre de vigia do prédio de entrada de Birkenau e continuava, com três ramificações, até os crematórios dos fundos. Uma grande multidão aglomerava-se na plataforma de terra batida, ruidosa, mais pobre e morena que a que eu vira no centro de trânsito, aqueles judeus deviam estar vindo da Transilvânia, as mulheres e meninas usavam xales multicoloridos, os homens, ainda de casaco, exibiam bigodões compridos e barba por fazer. Não se verificava muita desordem, observei longamente os médicos que efetuavam a seleção (Wirths não estava lá), concediam de um a três segundos a cada caso, a menor dúvida era *não*, pareciam também recusar diversas mulheres que me pareciam perfeitamente válidas; Höss, quando lhe fiz essa observação, me sugeriu que eram suas instruções, os galpões estavam abarrotados, não havia mais lugar aonde enfiar aquelas pessoas, as empresas hesitavam, não recolhiam os judeus suficientemente rápido e eles se amontoavam, as epidemias recomeçavam, e, como a Hungria continuava a enviá-los todos os dias, ele acabava se vendo obrigado a arranjar lugar, já havia efetuado diversas seleções entre os detentos, também tentara liquidar o campo cigano, mas ali tivera problemas e a coisa fora adiada para mais tarde, pedira permissão para esvaziar o "campo familiar" de Theresienstadt e não o recebera ainda, então, enquanto isso, a única coisa a fazer era selecionar os melhores, de toda forma, se pegasse mais, eles logo morreriam doentes. Explicava tudo isso calmamente, seus olhos azuis e vazios apontados para a multidão e a rampa, ausentes. Eu estava desesperado, era mais difícil fazer aquele homem ouvir a voz da razão do que a Eichmann. Insistiu em me mostrar as instalações de destruição e explicar tudo: passara os Sonderkommandos de 220 para 860 homens, mas haviam superestimado a capacidade dos Kremas; não era tanto o procedimento do gás que criava problemas, os fornos é que estavam sobrecarregados, e, para remediar isso, ele mandara cavar fossos de incineração, pressionando os

Sonderkommandos para executarem o negócio, fazia uma média de seis mil unidades por dia, o que significava que às vezes alguns tinham que esperar o dia seguinte se estivessem particularmente assoberbados. Era terrível, a fumaça e as labaredas dos fossos, alimentadas com petróleo e com a gordura dos corpos, deviam ser vistas a quilômetros de distância, perguntei se não achava aquilo constrangedor: "Ah, as autoridades do Kreiss ficam preocupadas, mas não é problema meu." A se crer nisso, nada do que deveria sê-lo o era. Atarantado, pedi para visitar os galpões. O novo setor, planejado como campo de trânsito para os judeus húngaros, continuava inacabado; milhares de mulheres, já esquálidas e magras não obstante recém-chegadas, amontoavam-se naqueles estábulos compridos e nauseabundos; muitas não arranjavam lugar e dormiam do lado de fora, na lama; quando não tínhamos uniformes listrados suficientes para vesti-las, não as deixávamos com as próprias roupas, mas as fantasiávamos com trapos confiscados no "Canadá"; e eu via mulheres inteiramente nuas, ou vestindo unicamente uma camisa ultrapassada por duas pernas amarelas e flácidas, às vezes sujas de excrementos. Não surpreende que o Jägerstab se queixasse! Höss eximia-se vagamente da culpa pelos outros campos, que, segundo ele, recusavam os contingentes por falta de lugar. Durante todo o dia eu percorria o campo, setor por setor, galpão por galpão; os homens não estavam em melhor estado que as mulheres. Chequei os registros: ninguém, claro, pensara em respeitar a regra elementar de todo entreposto, *primeiro a entrar, primeiro a sair*; enquanto alguns recém-chegados não passavam sequer vinte e quatro horas no campo antes de serem reenviados, outros mofavam ali por três semanas, definhavam e depois frequentemente morriam, o que aumentava ainda mais as perdas. Porém, para cada problema que eu assinalava, Höss, incansável, achava uma pessoa em quem jogar a culpa. Sua mentalidade, formada pelos anos de antes da guerra, não se adequava em absoluto à tarefa, estava na cara; mas ele não era o único culpado, era culpa também dos que o haviam nomeado como substituto de Liebehenschel, o qual, por pouco que eu o conhecesse, teria agido de maneira bem diferente. Corri assim até a noite. Choveu várias vezes durante o dia, breves e refrescantes chuvas de primavera, que assentavam a poeira mas também aumentavam o sofrimento dos detentos que ficavam ao relento, embora o que passasse na cabeça da maioria fosse acima de tudo recolher algumas gotas para beber. Todo o fundo do campo estava dominado pelo fogo e pela fumaça, para além mesmo da superfície tranquila de Birkenwald. À noite, colunas intermináveis de mulheres, crianças e velhos ainda subiam a rampa por uma longa passagem entre arames farpados, em direção aos Kremas III e IV, onde pacientemente aguardavam a vez sob as bétulas, e a bela luz do sol poente roçava os cimos do Birkenwald, esticava ao infinito as sombras das fileiras de galpões, fazia brilhar de um amarelo opalescente de pintura holandesa o cinza-escuro das fumaças, lançava reflexos suaves sobre as poças e reservatórios de água, vinha tingir de um amarelo vivo e alegre os tijolos da Kommandantur, e subitamente fiquei farto, deixei Höss ali plantado e voltei para a Haus, onde passei a noite redigindo um virulento relatório sobre as deficiências do campo. Ainda irritado, fiz um outro sobre a parte húngara da operação e, na minha raiva, não hesitei em qualificar a atitude de Eichmann de obstrucionismo. (As negociações com os judeus húngaros já estavam em curso havia dois meses, a oferta pelos caminhões devia então remontar a um mês, pois minha visita a Auschwitz dera-se alguns dias antes do desembarque na Normandia; Becher queixava-se há muito tempo da atitude pouco cooperativa de Eichmann, que nos parecia a ambos entabular negociações apenas pró-forma.) *Eichmann está perturbado por sua mentalidade de perito em logística*, eu escrevia. *É incapaz de compreender e integrar finalidades complexas em seu procedimento.* E sei de fonte segura que, depois desses relatórios, que enviei a Brandt para o Reichsführer e diretamente a Pohl, Pohl convocou Eichmann no WVHA e o admoestou em termos diretos e brutais acerca do estado das cargas e do número inaceitável de mortos e doentes; mas Eichmann, em sua teimosia, contentou-se em responder que aquilo era jurisdição dos húngaros. Contra tal inércia, não restava nada a fazer. Eu afundava na depressão e, aliás, meu organismo dava mostras disso: dormia mal, um sono perturbado por sonhos desagradáveis e interrompido três ou quatro vezes à noite pela sede ou por uma vontade de urinar que se transformava em insônia; pela manhã, acordava com enxaquecas atrozes, que minavam minha concentração pelo resto do dia, obrigando-me às vezes a interromper o trabalho e a me esticar num sofá durante uma hora com uma compressa fria na testa. Porém, por mais cansado que eu estivesse, temia a volta da noite: insônias durante as quais eu remoía em vão meus problemas, sonhos cada vez mais angustiantes, não sei o que me atormentava mais. Eis um desses sonhos, que me impressionou particularmente: o rabino de Bremen emigrara para a Palestina. Mas quando ouviu dizer que os alemães estavam matando os judeus, recusou-se a acreditar. Dirigiu-se ao Consulado alemão e pediu um visto ao Reich para verificar por si mesmo se os boatos tinham fundamento. Naturalmente, terminava mal. Nesse ínterim, a cena mudava: via-me especialista em assuntos judaicos à espera de uma audiência com o Reichsführer, que quer saber algumas coisas de mim. Estou muito nervoso, pois é patente que ele não está satisfeito com as minhas respostas, sou um homem morto. Esta cena se passa num grande e sombrio castelo. Encontro Himmler em um dos cômodos; ele aperta a minha mão, homenzinho calmo e insípido, vestindo um casaco comprido, com seu eterno pincenê de lentes redondas. Em seguida conduzo-o por um longo corredor cujas paredes estão cobertas de livros. Esses livros devem me pertencer, pois o Reichsführer parece muito impressionado com a biblioteca e me felicita. Depois nos vemos em outro recinto discutindo coisas que ele quer saber. Mais tarde um pouco, parece-me que estamos do lado de fora, em meio a uma cidade em chamas. Meu medo de Heinrich Himmler passou, sinto-me em completa segurança com ele, mas agora tenho medo das bombas, do fogo. Temos que atravessar em disparada um pátio de um prédio em chamas. O Reichsführer segura minha mão: "Tenha confiança em mim. Aconteça o que acontecer, não vou soltá-lo. Atravessaremos juntos ou morreremos juntos." Não compreendo por que ele quer proteger o *Judelein*, o judeuzinho que eu sou, mas confio nele, sei que é sincero, poderia inclusive sentir amor por esse homem estranho.

Bom, não adianta, preciso contar a vocês sobre essas famosas negociações. Não participei diretamente delas: uma vez encontrei Kastner com Becher, quando Becher negociava um daqueles acordos privados que deixavam Eichmann fora de si. Mas me interessei muito por elas, pois uma das propostas consistia em colocar um certo número de judeus "na geladeira", isto é, despachá-los para trabalhar sem passar por Auschwitz, o que viria bem a calhar para mim. Becher era filho de um homem de negócios da melhor sociedade de Hamburgo, um fidalgo que terminara oficial na Reiter-SS e se distinguira em diversas ocasiões no Leste, sobretudo no início de 1943 na frente do Don, onde obtivera a Cruz Alemã de ouro; desde então, exercia funções logísticas importantes no SS-Führungshauptamt, o FHA, que supervisionava toda a Waffen-SS. Depois que ele espoliou as Manfred-Weiss Werke — nunca comentou isso comigo, e sei como aconteceu exclusivamente pelos livros, mas parece que a coisa começou por mero acaso —, o Reichsführer ordenou-lhe que prosseguisse as negociações com os judeus ao mesmo tempo que dava instruções similares a Eichmann, possivelmente de propósito, para que ambos competissem. E Becher podia prometer muito, era ouvido pelo Reichsführer, mas a princípio não era responsável pelas Questões Judaicas e não tinha nenhuma autoridade direta na matéria, menos que eu, até. Havia todo tipo de gente envolvida nessa história: uma equipe de rapazes de Schellenberg, barulhentos e indisciplinados, alguns do ex-Amt VI, como Höttl, que posteriormente passou a se chamar Klages e mais tarde publicou um livro sob um outro nome ainda, outros da Abwehr de Canaris, Gefrorener (*vulgo* Dr. Schmidt), Durst (*vulgo* Winniger), Laufer (*vulgo* Schröder), mas talvez eu esteja confundindo nomes e pseudônimos, havia também aquele odioso Paul Carl Schmidt, futuro Paul Carrell, que já mencionei, e que julgo não confundir com Gefrorener, *vulgo* Dr. Schmidt, mas não tenho certeza. E os judeus davam dinheiro e joias a todas essas pessoas, e todas aceitavam, em nome de seus respectivos serviços ou então para si próprias, impossível saber; Gefrorener e seus colegas, que em março tinham colocado Joel Brandt em estado de detenção para o "proteger" de Eichmann, haviam lhe pedido muitos milhares de dólares para apresentá-lo a Wisliceny, e na sequência, antes que alguém viesse a falar em caminhões, Wisliceny, Krumey e Hunsche receberam muito dinheiro dele. Mas Brandt, nunca o encontrei, era Eichmann quem lidava com ele, depois partiu às pressas para Istambul e nunca mais voltou. Vi sua mulher uma vez no Majestic com Kastner, uma moça de tipo judaico pronunciado, não exatamente bonita, mas com muita personalidade, foi Kastner quem me apresentou a ela, dizendo que era a mulher de Brandt. Não sei muito bem quem teve a ideia dos caminhões, Becher disse que foi ele, mas estou convencido de que foi Schellenberg quem soprou a ideia para o Reichsführer, ou então, se foi realmente ideia de Becher, Schellenberg a desenvolveu, em todo caso o fato é que no início de abril o Reichsführer convocou Becher e Eichmann em Berlim (foi Becher quem me contou isso, não Eichmann) e deu ordens para que Eichmann motorizasse as 8ª e 22ª Divisões de Cavalaria SS com caminhões, cerca de dez mil, que ele devia adquirir dos judeus. Daí o famoso episódio da proposta batizada como "Sangue por material", dez mil caminhões equipados para o inverno contra um milhão de judeus, que fez correr muita tinta e ainda fará correr. Não tenho muita coisa a acrescentar ao que já foi dito: os principais envolvidos, Becher, Eichmann, a dupla Brandt e Kastner, todos sobreviveram à guerra e foram testemunhas desse caso (sendo que o infeliz Kastner foi assassinado três anos antes da prisão de Eichmann, em 1957, por extremistas judeus em Tel Aviv — por sua "colaboração" conosco, o que é tristemente irônico). Uma das cláusulas da proposta feita aos judeus esclarecia que os caminhões seriam utilizados exclusivamente na frente do Leste, contra os soviéticos, mas não contra as potências ocidentais; e a origem desses caminhões, naturalmente, só podia ser os judeus americanos. Eichmann, estou convencido disso, entendeu a proposta ao pé da letra, ainda mais que o comandante da 22ª Divisão, o SS-Brigadeführer August Zehender, era um de seus bons amigos: ele realmente imaginara que o objetivo era motorizar aquelas divisões, e, embora espernease por ter de "soltar" tantos judeus, queria ajudar seu amigo Zehender. Como se alguns caminhões fossem capazes de mudar o curso da guerra. Quantos caminhões ou tanques ou aviões um milhão de judeus poderia ter fabricado se um dia tivéssemos tido um milhão de judeus nos campos? Desconfio que os sionistas, Kastner à frente, devem ter percebido imediatamente que se tratava de um ardil, mas um ardil que também podia servir aos seus interesses, fazê-los ganhar tempo. Eram homens lúcidos, realistas, deviam saber tanto quanto o Reichsführer que não apenas nenhum país inimigo aceitaria fornecer dez mil caminhões à Alemanha, como tampouco país algum, mesmo naquele momento, estava disposto a receber um milhão de judeus. A meu ver, é na precisão segundo a qual os caminhões não seriam utilizados no Ocidente que está a mão de Schellenberg. Para ele, como Thomas insinuara a mim, não restava mais senão uma solução, romper a aliança antinatural entre as democracias capitalistas e os stalinistas e jogar abertamente a carta do *baluarte da Europa contra o bolchevismo*. A história do pós-guerra, por sinal, provou que ele estava coberto de razão, estando apenas à frente de seu tempo. A proposta dos caminhões tinha vários significados. Claro, nunca se sabia, um milagre podia acontecer, os judeus e os Aliados podiam aceitar a transação, e então teria sido fácil usar aqueles caminhões para criar dissensões entre russos e anglo-americanos, quem sabe levá-los ao rompimento. Himmler talvez sonhasse com isso; mas Schellenberg era realista demais para depositar suas esperanças nesse roteiro. Para ele, o negócio devia ser bem mais simples, tratava-se de enviar um sinal diplomático, por intermédio dos judeus que ainda gozavam de certa influência, de que a Alemanha estava disposta a discutir tudo, uma paz em separado, uma cessação do programa de extermínio, e depois estudar como reagiriam ingleses e americanos para então tomar outras iniciativas: resumindo, um balão de ensaio. E os anglo-americanos aliás interpretaram a coisa exatamente desse jeito, como comprova sua reação: a notícia sobre a proposta foi publicada em seus jornais e denunciada. Também é possível que Himmler tenha pensado que, se os Aliados recusassem nossa oferta, isso demonstraria que pouco se importavam com a vida dos judeus, ou até mesmo que aprovariam secretamente nossas medidas; no mínimo, isso jogaria parte da responsabilidade sobre eles, poderia *amaciá-los*, como Himmler já amaciara os Gauleiter e outros figurões do regime. De toda forma, Schellenberg e Himmler não largariam o osso, e as negociações prosseguiram até o fim da guerra, como se sabe, tendo sempre os judeus como massa de manobra; Becher chegou a conseguir, graças à intermediação dos judeus, encontrar na Suíça McClellan, o homem de Roosevelt, uma violação por parte dos americanos dos acordos de Teerã, o que não nos beneficiou em nada. Quanto a mim, fazia tempo que não lidava mais com aquilo: de vez em quando eu ouvia rumores, por intermédio de Thomas ou Eichmann, mas era só. Até na Hungria, como expliquei, meu papel continuava periférico. Interessei-me por essas negociações sobretudo depois de minha visita a Auschwitz, na época do desembarque anglo-americano, no início de junho. O prefeito de Viena, o SS-Brigadeführer (honorário) Blaschke, pedira a Kaltenbrunner que lhe enviasse *Arbeitjuden* para suas fábricas, que precisavam desesperadamente de trabalhadores; vi nisso uma oportunidade paralela para fazer as negociações de Eichmann avançarem — aqueles judeus fornecidos a Viena podiam ser considerados postos "na geladeira" — e para obter mão de obra. Empenhava-me portanto em orientar as negociações nesse sentido. Foi nesse momento que Becher me apresentou a Kastner, uma figura impressionante, sempre de uma elegância perfeita, que tratava conosco de igual para igual, pondo em risco a própria vida, o que aliás lhe conferia certa força aos nossos olhos: não podíamos incutir-lhe medo (houve tentativas, foi preso várias vezes pela SP ou pelos húngaros). Sentou-se sem que Becher o tivesse convidado, tirou um cigarro aromatizado de uma cigarreira de prata e acendeu sem nos pedir permissão, tampouco sem nos oferecer um. Eichmann dizia-se muito impressionado com sua frieza e seu rigor ideológico e estimava que, se Kastner tivesse sido alemão, teria dado um excelente oficial da Staatspolizei, o que para ele era incontestavelmente o maior elogio possível. "Kastner pensa como nós", ele me disse um dia. "Pensa apenas no potencial biológico da sua raça. Eu lhe disse: 'Pois eu, se fosse judeu, teria sido sionista, um sionista fanático, como o senhor.'" A oferta vienense interessava a Kastner: ele estava disposto a colocar dinheiro se a segurança dos judeus transportados pudesse ser garantida. Transmiti essa oferta a Eichmann, que se roía por dentro porque Joel Brandt sumira e não havia resposta para os caminhões. Becher, nesse intervalo, negociava por conta própria, evacuando judeus por pequenos grupos, sobretudo pela Romênia, por dinheiro, claro, ouro, mercadorias, Eichmann estava furioso, inclusive deu ordens a Kastner para não negociar mais com Becher; Kastner, naturalmente, o ignorou, e Becher inclusive despachou a família dele. Eichmann, no cúmulo da indignação, me contou que Becher lhe mostrara um colar de ouro que pretendia oferecer ao Reichsführer para ele dar à amante, uma secretária com quem tivera um filho: "Becher tem o Reichsführer nas mãos, não sei mais o que fazer", ele gemia. No fim, minhas manobras tiveram certo sucesso: Eichmann recebeu 65 000 reischsmarks e café um pouco mofado, o que ele considerava um adiantamento sobre os cinco milhões de francos suíços que pedira, e dezoito mil jovens judeus partiram para trabalhar em Viena. Prestei contas disso ao Reichsführer orgulhosamente, mas não recebi nenhuma resposta. Em todo caso, o Einsatz estava prestes a terminar, embora ainda não o soubéssemos. Horthy, aparentemente assustado com os programas da BBC e cabogramas diplomáticos americanos interceptados pelos seus serviços, convocara Winkelmann para perguntar o que acontecia com os judeus evacuados, os quais, afinal de contas, continuavam cidadãos húngaros; Winkelmann, sem saber o que responder, convocara Eichmann por sua vez. Eichmann nos contou esse episódio, que achava engraçadíssimo, uma noite no bar do Majestic; estavam presentes Wisliceny e Krumey, além de Trenker, o KdS de Budapeste, um simpático austríaco, amigo de Höttl. "Eu lhe respondi: vamos levá-los para trabalhar um pouquinho", contava Eichmann, rindo. "Ele não fez mais perguntas." Horthy não se satisfez com essa resposta um tanto dilatória: em 30 de junho, adiou a evacuação de Budapeste, que devia começar no dia seguinte; decorridos alguns dias, proibiu-a completamente. Eichmann ainda conseguiu, apesar da proibição, esvaziar Kistarcsa e Szarva: mas era um gesto *pela honra*. As evacuações haviam chegado ao fim. Houve outras peripécias: Horthy destituiu Endre e Baky, mas foi obrigado, sob pressão alemã, a readmiti-los; um pouco mais tarde, no fim de agosto, depunha Sztójay e o substituía por Lakatos, um general conservador. Mas fazia tempo que eu não estava mais lá: doente, esgotado, voltara para Berlim, onde terminei de desmoronar. Eichmann e seus colegas haviam conseguido evacuar quatrocentos mil judeus; destes, apenas cinquenta mil foram selecionados para a indústria (mais os dezoito mil de Viena). Eu estava abismado, horrorizado com tanta incompetência, obstrucionismo e má vontade. Eichmann, a propósito, não estava nada melhor que eu. Vi-o pela última vez em seu gabinete no início de julho, antes de partir: estava ao mesmo tempo exaltado e assaltado por dúvidas. "A Hungria, Obersturmbannführer, é a minha obra-prima. Mesmo que pare por aqui. Sabe quantos países já esvaziei? A França, a Holanda, a Bélgica, a Grécia, uma parte da Itália, a Croácia. A Alemanha também, claro, mas isso era fácil, era simplesmente uma questão de técnica de transporte. Meu único fracasso é a Dinamarca. Em contrapartida, porém, dei mais judeus a Kastner do que deixei escapar na Dinamarca. Que são mil judeus? Pó. Agora, tenho certeza, os judeus nunca irão se recuperar. Aqui, foi magnífico, os húngaros livraram-se deles como cerveja azeda, não conseguimos trabalhar suficientemente rápido. Pena que tivemos que parar, quem sabe possamos recomeçar." Eu o escutava sem nada dizer. Os tiques agitavam seu rosto ainda mais que de costume, ele coçava o nariz, retorcia o pescoço. Apesar dessas orgulhosas palavras, parecia bastante abatido. De repente, perguntou: "E eu em tudo isso? Que vai ser de mim? Que vai ser da minha família?" Dias antes, o RSHA interceptara um programa de rádio de Nova York que dava o número de judeus mortos em Auschwitz, número bem próximo da verdade. Eichmann devia estar a par, como devia saber que seu nome figurava em todas as listas dos nossos inimigos. "Quer minha opinião sincera?", falei calmamente. — "Sim", respondeu Eichmann. "O senhor sabe muito bem que, apesar das nossas diferenças, sempre respeitei sua opinião." — "Pois bem, se perdermos a guerra, o senhor está fodido." Ergueu a cabeça: "Isso eu sei. Não espero sobreviver. Se formos vencidos, meto uma bala na cabeça, orgulhoso de ter cumprido meu dever de SS. Mas, e se não perdermos?" — "Se não perdermos, o senhor não poderá continuar desse jeito. A Alemanha do pós-guerra será diferente, muitas coisas vão mudar, haverá novas tarefas. O senhor terá que se adaptar." Eichmann permaneceu em silêncio e me despedi para voltar ao Astoria. Além das insônias e das enxaquecas, comecei a ter intensos acessos de febre, que iam embora como tinham vindo. O que terminou por me deprimir completamente foi a visita dos dois buldogues, Clemens e Weser, que apareceram no hotel sem avisar. "Que diabos fazem aqui?", exclamei. — "Ora, Obersturmbannführer", disse Weser, ou talvez Clemens, não me lembro mais, "viemos conversar." — "Mas conversar sobre o quê?", eu disse, exasperado. "O caso está encerrado." — "Ah, justamente, não está, não", disse Clemens, creio. Ambos haviam tirado os chapéus e sentado sem pedir permissão, Clemens em uma cadeira rococó minúscula para sua massa, Weser empoleirado num sofá comprido. "O senhor não está sendo interrogado, aceitamos isso plenamente. Mas a investigação sobre os assassinatos prossegue. Por exemplo, continuamos atrás da sua irmã e desses gêmeos." — "Imagine, Obersturmbannführer, que os franceses nos informaram a marca das roupas que eles encontraram, lembra-se? No banheiro. Graças a isso, conseguimos nos reportar a um conhecido alfaiate, um tal de Pfab. Já encomendou ternos a Herr Pfab, Obersturmbannführer?" Sorri: "Naturalmente. É um dos melhores alfaiates de Berlim. Mas aviso aos senhores: se continuarem a me investigar, pedirei ao Reichsführer que os demita por insubordinação." — "Oh!", exclamou Weser. "Não vale a pena nos ameaçar, Obersturmbannführer. Não estamos no seu encalço. Queremos apenas continuar a ouvi-lo como testemunha." — "Exatamente", soltou Clemens com sua voz grossa. "Como testemunha." Passou seu bloquinho para Weser, que o folheou, depois o devolveu apontando uma página. Clemens leu, depois passou o bloquinho de volta a Weser. "A Polícia francesa", sussurrou este último, "descobriu o testamento do finado Herr Moreau. Tranquilizo-o desde já, o senhor não é citado. Nem sua irmã. Herr Moreau deixa tudo, sua fortuna, suas empresas e sua casa, para os dois gêmeos." — "Achamos isso esquisito", rosnou Clemens. — "Totalmente", continuou Weser. "Afinal de contas, pelo que entendemos, são crianças adotadas, talvez da família da sua mãe, talvez não, em todo caso não da dele." Dei de ombros: "Já lhes disse que Moreau e eu não nos entendíamos. Não me surpreende que não tenha deixado nada para mim. Mas ele não tinha filhos, não tinha família. Deve ter criado laços com esses gêmeos." — "Admitamos", disse Clemens. "Admitamos. Mas, considere uma coisa: talvez eles tenham sido testemunhas do crime, são os herdeiros, e desaparecem pelas mãos da sua irmã, que aparentemente não voltou para a Alemanha. O senhor não poderia nos esclarecer algo em relação a esse ponto? Mesmo não tendo nada a ver com tudo isso?" — "Meine Herren", respondi, limpando a garganta, "já lhes disse tudo que sei. Se vieram até Budapeste para me perguntar isso, perderam seu tempo." — "Ah, cavalheiro", Weser disse meliflumente, "nunca perdemos completamente o nosso tempo. Sempre extraímos alguma coisa de útil. E, o principal, gostamos de conversar com o senhor." — "Pois é", arrotou Clemens. "É muito agradável.

Aliás, vamos continuar." — "Porque, veja o senhor", disse Weser, "quando se começa uma coisa, é preciso ir até o fim." — "Exatamente", aprovou Clemens, "senão a coisa não faria sentido." Eu não dizia nada, olhava friamente para eles e, ao mesmo tempo, estava apavorado, pois, percebia, aqueles indivíduos estavam convencidos de que eu era o culpado. Mas e daí? Eu estava deprimido demais para reagir. Ainda me fizeram algumas perguntas a respeito da minha irmã e seu marido, que respondi displicentemente. Em seguida levantaram-se para ir embora. "Obersturmbannführer", disse Clemens, já com o chapéu na cabeça, "é um grande prazer conversar com o senhor. O senhor é um homem sensato." — "Esperamos realmente que não seja a última vez", disse Weser. "Pretende retornar em breve a Berlim? Então vai levar um susto: a cidade não é mais o que era."

Weser não estava errado. Voltei para Berlim na segunda semana de julho para prestar contas das minhas atividades e aguardar novas instruções. Lá encontrei os escritórios do Reichsführer e do RSHA duramente atingidos pelos bombardeios de março e abril. O Prinz-Albrecht--Palais fora inteiramente destruído por bombas com explosivos concentrados; a SS-Haus ainda se mantinha de pé, mas apenas em parte, e meu escritório teve que ser novamente transferido para outro anexo do Ministério do Interior. Uma ala inteira da sede da Staatspolizei estava carbonizada, grandes rachaduras riscavam os muros, tábuas vedavam as janelas vazias; a maioria dos departamentos e seções fora descentralizada para a periferia ou mesmo lugarejos distantes. *Häftlinge* ainda trabalhavam pintando corredores e escadas e varrendo os detritos dos gabinetes destruídos; vários deles, aliás, haviam sido mortos durante um ataque aéreo, no início de maio. Na cidade, a vida era dura para as pessoas que ficavam. Quase não havia mais água corrente, soldados forneciam dois baldes diários às famílias pobres, nem eletricidade, nem gás. Os funcionários que ainda se dirigiam penosamente para o trabalho envolviam o rosto em cachecóis para se protegerem da fumaça perpétua dos incêndios. Obedecendo à propaganda patriótica de Goebbels, as mulheres não usavam mais chapéus nem roupas elegantes; as que se aventuravam maquiadas na rua eram hostilizadas. Os maciços ataques de centenas de aparelhos tinham cessado havia algum tempo; mas os pequenos ataques continuavam com os Mosquito, imprevisíveis, irritantes. Finalmente conseguimos lançar nossos primeiros foguetes sobre Londres, não os de Speer e de Kammler, mas os pequenos da Luftwaffe, que Goebbels apelidara V-1 para *Vergeltungswaffen*, "armas de retaliação"; tinham pouquíssimo efeito sobre o moral inglês, menos ainda sobre os nossos próprios civis, já prostrados pelos bombardeios na Alemanha central e as notícias desastrosas do front, o desembarque bem-sucedido na Normandia, a rendição de Cherbourg, a perda de Monte Cassino e a derrocada de Sebastopol, no fim de maio. A Wehrmacht ainda abafava a terrível investida soviética na Bielorrússia, pouca gente sabia disso, embora os rumores já disparassem, ainda aquém da verdade, eu, porém, sabia de tudo, especialmente que os russos haviam alcançado o mar em três semanas, que o Grupo de Exércitos Norte estava isolado no Báltico e que o Grupo de Exércitos Centro simplesmente não existia mais. Nesse ambiente pessimista, Grothmann, assessor de Brandt, reservou-me uma fria acolhida, quase desdenhosa, parecia querer culpar-me pessoalmente pelos pífios resultados do Einsatz húngaro, deixei-o falar, estava desmoralizado demais para protestar. Brandt, por sua vez, encontrava-se em Rastenburg com o Reichsführer. Meus colegas pareciam desarvorados, ninguém sabia muito aonde ir ou o que fazer. Speer, depois da doença, não tentara mais entrar em contato comigo, mas eu continuava a receber cópias de suas cartas furiosas para o Reichsführer: desde o início do ano, a Gestapo detivera, pelas mais diversas infrações, mais de trezentas mil pessoas, das quais duzentos mil trabalhadores estrangeiros que iam engrossar os efetivos dos campos; Speer acusava Himmler de escamotear sua mão de obra e ameaçava recorrer ao Führer. Nossos outros interlocutores acumulavam reclamações e críticas, sobretudo o Jägerstab, que se estimava deliberadamente lesado. Nossas próprias cartas ou requerimentos recebiam apenas respostas indiferentes. Mas eu não me abalava, percorria essa correspondência sem entender metade dela. No meio da pilha de correspondência que me esperava, encontrei uma carta do juiz Baumann: rasguei o envelope às pressas e dele retirei um bilhete anódino e uma fotografia. Era a reprodução de um velho clichê, granulado, um pouco tremido, com muito contraste; viam-se homens a cavalo na neve em uniformes díspares, capacetes de ferro, quepes da Marinha, gorros de astracã; Baumann riscara uma cruz a tinta sobre um desses homens, que usava um sobretudo com insígnias de oficial; seu rosto oval e minúsculo estava completamente indistinto, irreconhecível. No verso, Baumann incluíra a menção CURLÂNDIA, SOB WOLMAR, 1919. Seu amável bilhete nada me dizia de novo.

Tive sorte: meu apartamento sobrevivera. Mais uma vez não restava mais nenhuma vidraça, minha vizinha vedara as janelas na medida do possível com tábuas e pedaços de lona; na sala, a vitrine do aparador estava estilhaçada, o teto rachara e o lustre caíra; no meu quarto reinava um cheiro de queimado insuportável, pois o apartamento vizinho pegara fogo quando uma bomba incendiária atravessara a janela; mas estava habitável e de certa forma limpo: minha vizinha, Frau Zempke, limpara tudo e caiara as paredes para disfarçar os vestígios de fumaça, as lamparinas a óleo, polidas e reluzentes, repousavam em fila sobre o aparador, um tonel e vários galões cheios d'água ocupavam o banheiro. Abri a porta da sacada e todas as janelas cujo vão não fora vedado para aproveitar a luz do fim do dia, depois desci para agradecer Frau Zempke, a quem dei um dinheirinho pelo trabalho — ela provavelmente teria preferido charcutaria húngara, mas isso sequer passou pela minha cabeça —, além de cupons, a fim de que ela pudesse preparar alguma coisa para eu comer: aqueles, ela me explicou, não serviam para muita coisa, a loja onde podiam ser usados não existia mais, mas se eu lhe desse um pouco mais de dinheiro ela daria um jeito. Subi de novo. Puxei uma poltrona deixando a sacada aberta, era uma calma e bela noite de verão, da metade dos prédios vizinhos não restavam mais senão fachadas vazias e mudas ou pilhas de escombros, e contemplei longamente aquela paisagem de fim de mundo, o parque, diante do prédio, permanecia silencioso, possivelmente as crianças haviam sido retiradas da cidade. Nem música coloquei, a fim de gozar um pouco daquele sossego e tranquilidade. Frau Zempke trouxe salsicha, pão e um pouco de sopa, desculpando-se por não poder fazer melhor, mas aquilo estava ótimo para mim, eu pegara cerveja no bar da Staatspolizei e comi e bebi com satisfação, presa da curiosa ilusão de flutuar sobre uma ilha, um porto seguro no meio do desastre. Depois de ter arrumado as cobertas, engoli um copo grande de *schnaps* de segunda, acendi um cigarro e me sentei apalpando o bolso para sentir o envelope de Baumann. Mas não o peguei imediatamente, observei os jogos da luz noturna sobre as ruínas, aquela intensa luz oblíqua que amarelava o calcário das fachadas e atravessava as janelas escancaradas para ir iluminar o caos de vigas calcinadas e paredes desmoronadas. Em alguns apartamentos, percebiam-se vestígios da vida que neles se desenrolara: uma moldura com uma fotografia ou uma reprodução ainda pregada na parede, papel de parede rasgado, uma mesa suspensa pela metade no vazio com sua toalha de xadrez azul e branca, uma coluna de fornos de cerâmica ainda embutidos na parede de cada andar, ao passo que todos os pisos haviam desaparecido. Aqui e ali pessoas continuavam a viver; viam-se roupas penduradas numa janela ou numa sacada, vasos de flores, a fumaça de uma chaminé de forno. O sol punha-se rapidamente atrás dos prédios retalhados, projetando grandes sombras monstruosamente deformadas. Eis, eu me dizia, a que se reduziu a capital do nosso Reich milenar; aconteça o que acontecer, não teremos muito tempo de vida para reconstruir. Em seguida instalei algumas lamparinas a óleo perto de mim e tirei finalmente a fotografia do bolso. Aquela imagem, devo confessar, me assustava: em vão a esquadrinhei, eu não reconhecia aquele homem cuja fisionomia, sob o quepe, reduzia-se a uma mancha branca, não completamente informe, podiam-se adivinhar um nariz, uma boca, dois olhos, mas sem traços característicos, sem nada peculiar, aquilo poderia ser o rosto de qualquer um, e eu não compreendia, bebendo meu *schnaps*, como, ao olhar aquela péssima fotografia, mal reproduzida, eu não pudesse afirmar instantaneamente e sem hesitar: Sim é o meu pai, ou: Não, não é o meu pai, uma dúvida desse tipo me parecia intolerável, eu terminara meu copo e servira outro, continuava a examinar a foto, vasculhava na minha memória para reunir fiapos sobre o meu pai, sobre sua aparência, mas era como se os detalhes expulsassem uns aos outros e me escapassem, a mancha branca na fotografia rechaçava-os como duas pontas de ímã de mesma polaridade, dispersava-os, erodia-os. Eu não possuía retrato do meu pai: pouco tempo depois de sua partida, minha mãe destruíra todos. E agora aquela foto ambígua e intangível minava o que me restava de lembranças, substituía sua presença viva por um rosto turvo e um uniforme. Enfurecido, rasguei a fotografia em pedacinhos e os atirei pela sacada. Em seguida esvaziei o copo e me servi de outra dose. Suava, tinha vontade de pular para fora da minha pele, exígua demais para minha cólera e minha angústia. Tirei a roupa e me sentei nu em frente à sacada aberta, sem sequer me dar o trabalho de soprar as lamparinas. Segurando meu sexo e meus testículos em uma das mãos, como um pequeno pardal ferido que recolhemos no quintal, esvaziei copo atrás de copo e fumei furiosamente; esvaziada a garrafa, peguei-a pelo gargalo e a arremessei longe, na direção do parque, sem me preocupar com eventuais transeuntes. Queria continuar a atirar coisas, esvaziar o apartamento, me livrar dos móveis. Fui passar um pouco de água no rosto e, erguendo uma lamparina, mirei-me no espelho: meus traços estavam lívidos, desfeitos, eu tinha a impressão de que meu rosto derretia como uma cera distorcida pelo calor da minha feiúra e do meu ódio, de que meus olhos cintilavam como duas pedras pretas enfiadas no meio daquelas formas hediondas e absurdas, nada mais me mantinha coeso. Joguei o braço para trás e atirei a lamparina contra o espelho, que se volatilizou, um pouco de óleo quente escorreu, queimando meu ombro e meu pescoço. Voltei para a sala e me encolhi no sofá. Tremia, tiritava. Não sei onde encontrei forças para passar para a cama, decerto porque morria de frio, me enrolei nos cobertores, mas não adiantou muito. Minha pele formigava, arrepios sacudiam minha espinha, cãibras estriavam minha nuca e me faziam gemer de desconforto, e todas essas sensações subiam em grandes ondas, arrastavam-me por uma água glauca e turva, e a cada momento eu achava que não podia ser pior, depois era novamente arrastado e me via num lugar de onde as dores e sensações anteriores me pareciam quase agradáveis, um exagero de criança. Minha boca estava seca, eu não conseguia descolar a língua do invólucro pastoso que a envolvia, mas teria sido igualmente incapaz de me levantar para ir pegar água. Vaguei assim por muito tempo pelos bosques fechados da febre, meu corpo tomado por velhas obsessões: com os arrepios e as cãibras, uma espécie de furor erótico atravessava o meu corpo paralisado, meu ânus me pinicava, eu tinha ereções dolorosas, mas não conseguia fazer o menor gesto para me aliviar, era como se eu me masturbasse com a mão cheia de vidro moído, deixava-me arrastar por isso como por todo o resto. Em certos momentos, aquelas marés violentas e contraditórias mergulhavam-me no sono, pois imagens angustiantes invadiam meu espírito, eu era um garotinho que cagava de cócoras na neve e levantava a cabeça para me ver cercado por cavaleiros com rosto de pedra, vestindo casacos da Grande Guerra, mas carregando lanças compridas em vez de fuzis e me julgando silenciosamente pelo meu comportamento inadmissível, eu queria fugir, mas era impossível, eles formavam um círculo à minha volta, e no meu terror eu patinava na merda e me emporcalhava enquanto um dos cavaleiros de traços difusos destacava-se do grupo e avançava na minha direção. Mas essa imagem desaparecia, possivelmente eu entrava e saía do sono e desses sonhos opressivos qual um nadador, na superfície do mar, atravessa em ambos os sentidos a linha entre o ar e a água, às vezes eu achava meu corpo inútil, dele querendo me desfazer como de um casaco molhado, depois engatava num outro episódio enrolado e confuso, em que uma

Polícia estrangeira me perseguia e embarcava num furgão que atravessava um penhasco, não sei muito bem, havia uma aldeia, casas de pedra escalonadas numa encosta e em volta pinheiros e *maquis*, uma aldeia talvez do interior provençal, e eu almejava aquilo, uma casa naquela aldeia e a paz que ela podia me proporcionar, e ao cabo de longas peripécias minha aventura encontrava sua solução, os policiais ameaçadores desapareciam, eu tinha comprado a casa mais baixa da aldeia, com um jardim e um terraço, depois a floresta de pinheiros das cercanias, oh doce utopia, e então anoitecia, havia uma chuva de estrelas cadentes no céu, meteoritos que ardiam de uma luz cor-de-rosa ou vermelha e caíam lentamente, na vertical, como centelhas agonizantes de fogos de artifício, uma grande cortina luminescente, e eu observava aquilo, e os primeiros desses projéteis cósmicos tocavam a terra e nesse lugar estranhas plantas começavam a crescer, organismos multicoloridos, vermelhos, brancos, manchados, espessos e gelatinosos como certas algas, cresciam e subiam para o céu numa velocidade louca, a uma altura de várias centenas de metros, projetando nuvens de sementes que por sua vez davam origem a plantas similares, que ganhavam terreno e cresciam na vertical mas esmagando tudo ao redor com a força de seu impulso irresistível, árvores, casas e veículos, e eu, aterrado, olhava aquilo, um muro gigantesco dessas plantas ocupava agora o horizonte da minha visão e se estendia em todas as direções, e eu compreendia que aquele acontecimento que me parecera tão insípido era de fato a catástrofe final, aqueles organismos, originários do cosmo, tinham encontrado em nossa terra e nossa atmosfera um meio ambiente que lhes era mais que favorável e se multiplicavam numa velocidade louca, ocupavam todo o espaço livre e pulverizavam tudo sob eles, cegamente, sem animosidade, simplesmente pela força de sua pulsão de vida e de crescimento, nada conseguiria freá-los, e em poucos dias a terra desapareceria sob eles, tudo que havia feito nossa vida, nossa história e nossa civilização ia ser apagado por aqueles vegetais ávidos, era idiota, um acidente lamentável, mas nunca teríamos tempo para encontrar uma resposta, a humanidade ia ser eliminada. Os meteoritos continuavam a cair faiscantes, as plantas, movidas por uma vida louca, desembestada, galgavam o céu, buscando ocupar toda aquela atmosfera, tão embriagadora para elas. E então compreendi, mas talvez tivesse sido mais tarde, saindo desse sonho, que aquilo era justo, é a lei de todo ser vivo, cada organismo busca apenas viver e se reproduzir, sem malícia, os bacilos de Koch que haviam roído os pulmões de Pergolèse e de Purcell, de Kafka e de

Tchekhov não nutriam nenhuma hostilidade contra suas vítimas, não queriam mal a seus hospedeiros, mas era a lei de sua sobrevivência e de seu desenvolvimento, exatamente como nós combatemos esses bacilos com remédios que inventamos todos os dias, sem ódio, pela nossa própria sobrevivência, e, assim, nossa vida inteira é construída sobre o assassinato de outras criaturas que também gostariam de viver, os animais que comemos, as plantas também, os insetos que exterminamos, sejam eles efetivamente perigosos, como os escorpiões e as pulgas, ou simplesmente incômodos, como as moscas, essa praga, quem não matou uma mosca cujo zumbido irritante atrapalhava sua leitura, isso não é crueldade, é a lei da nossa vida, somos mais fortes que os outros seres vivos e dispomos ao nosso bel-prazer de sua vida e de sua morte, as vacas, as galinhas, as espigas de milho estão sobre a terra para nos servir, e é normal que entre nós nos comportemos da mesma forma, que cada grupo humano queira exterminar aqueles que lhe contestam a terra, a água, o ar, com efeito, por que tratar melhor um judeu que uma vaca ou um bacilo de Koch, se pudéssemos, e se o judeu pudesse faria o mesmo conosco, ou com outros, para garantir sua própria vida, é a lei de todas as coisas, a guerra permanente de todos contra todos, e sei que esse pensamento nada tem de original, que é quase um lugar-comum do darwinismo biológico ou social, mas naquela noite na minha febre sua força de verdade me impressionou como nunca antes ou depois, estimulado por esse sonho em que a humanidade sucumbia a um outro organismo cuja potência de vida era maior que a sua, e naturalmente eu compreendia que essa regra valia para todos, que se outros se revelassem mais fortes fariam conosco por sua vez o que havíamos feito com outros e que contra esses impulsos as débeis barreiras erigidas pelos homens para tentar regular a vida comum, leis, justiça, moral, ética, pouco contam, que o menor medo ou a menor pulsão um pouco mais forte as fazem explodir como uma barreira de palha, mas então, da mesma forma, que aqueles que deram o primeiro passo não esperem que os outros, chegada sua vez, respeitem a justiça e as leis, e eu estava com medo, pois perdíamos a guerra.

  Eu deixara as janelas abertas e a madrugada invadia o apartamento pouco a pouco. Lentamente, as oscilações da febre me reconduziam para a consciência do meu corpo, dos lençóis encharcados que o encerravam. Uma necessidade violenta acabou de me despertar. Não sei muito como, mas consegui me arrastar até o banheiro, me instalar na latrina para me aliviar, uma longa diarreia que parecia sem fim. Quando finalmente cessou, limpei-me na medida do possível, peguei o copo um pouco sujo onde eu guardava minha escova de dentes e o enchi diretamente no balde para beber com avidez aquela péssima água que me parecia da fonte mais pura; mas faltaram-me forças para despejar o resto do balde na latrina cheia de excrementos (fazia tempo que a descarga não funcionava mais). Voltei a me enrolar nas cobertas e tiritava violentamente, longamente, extenuado pelo esforço. Mais tarde ouvi baterem à porta; devia ser Piontek, que em geral eu encontrava na rua, mas não tinha mais forças para me levantar. A febre ia e vinha, ora seca e quase suave, ora um fogaréu ateado no meu corpo. O telefone tocou várias vezes, cada toque me perfurava o tímpano como uma facada, mas eu não podia fazer nada, nem responder, nem cortar o fio. A sede voltara instantaneamente e absorvia grande parte da minha atenção, a qual, agora distanciada de tudo, estudava meus sintomas sem paixão, como do exterior. Eu sabia que, se não fizesse nada e ninguém viesse, morreria ali, naquela cama, no meio de poças de fezes e urina, pois, incapaz de ficar de pé, ia acabar fazendo ali mesmo. Mas aquela ideia não me afligia, não me inspirava piedade nem medo, eu não sentia senão desprezo pelo que me tornara e não desejava nem que aquilo cessasse, nem que continuasse. Em meio às divagações do meu espírito doente, o dia iluminou o apartamento, a porta se abriu e Piontek entrou. Tomei-o por uma alucinação e apenas sorri estupidamente quando me dirigiu a palavra. Aproximou-se da minha cama, tocou minha testa, pronunciou claramente a palavra "Merda" e chamou Frau Zempke, que devia ter aberto para ele. "Traga alguma coisa para beber", ele lhe disse. Depois eu o ouvi telefonar. Voltou para me ver: "O senhor pode me ouvir, Herr Obersturmbannführer?" Fiz sinal que sim. "Liguei para o escritório. Um médico está a caminho. A não ser que o senhor prefira que eu o leve a um hospital." Fiz sinal que não. Frau Zempke retornou com uma garrafa d'água; Piontek encheu um copo, ergueu minha cabeça e me fez beber um pouco. Metade do copo escorreu sobre o meu peito e os lençóis. "Mais", pedi. Bebi assim vários copos, o que me despertava para a vida. "Obrigado", eu disse. Frau Zempke fechava as janelas. "Deixe-as abertas", ordenei. — "Quer comer alguma coisa?", perguntou Piontek. — "Não", respondi e me joguei no meu travesseiro molhado. Piontek abriu o armário, tirou lençóis limpos e começou a refazer a cama. Os lençóis secos estavam frios, ásperos demais para minha pele agora hipersensível, eu não conseguia encontrar posição cômoda. Um pouco mais tarde, um médico ss chegou, um Hauptsturmführer que eu não conhecia. Examinou-me da cabeça aos pés, me apalpou, me auscultou — o metal frio do estetoscópio queimava minha pele —, tirou minha temperatura, deu umas batidinhas no meu peito. "O senhor deveria estar no hospital", declarou finalmente. — "Não quero", falei. Respondeu contrariado: "Tem alguém que possa cuidar do senhor? Vou lhe aplicar uma injeção, mas tem que tomar comprimidos, suco de frutas, sopa." Piontek foi conversar com Frau Zempke, que havia descido mas voltara para dizer que providenciaria o necessário. O médico me explicou o que eu tinha, mas, seja porque não compreendi nada de suas palavras, seja porque tivesse esquecido mais tarde, não entendi nada do diagnóstico. Aplicou-me uma injeção, abominavelmente dolorosa. "Voltarei amanhã", falou. "Se a febre não baixar, vou hospitalizá-lo." — "Não quero ser hospitalizado", rosnei. — "Garanto-lhe que para mim tanto faz", ele me disse severamente. Em seguida se despediu. Piontek parecia constrangido. "Bom, Herr Obersturmbannführer, vou ver se consigo encontrar alguma coisa para Frau Zempke." Fiz um sinal com a cabeça e ele se foi por sua vez. Um pouco mais tarde, Frau Zempke apareceu com uma tigela de sopa da qual me obrigou a tomar algumas colheradas. O caldo morno transbordava da minha boca, escorria pelo meu queixo invadido por uma barba áspera, Frau Zempke me limpava pacientemente e recomeçava. Depois me deu água para beber. O médico me ajudara a urinar, mas as cólicas voltavam; depois da minha passagem por Hohenlychen, eu perdera toda timidez a esse respeito. Pedi, desculpando-me, a Frau Zempke para me ajudar, e aquela mulher já de idade o fez sem aversão, como se eu fosse um bebê. Finalmente saiu e flutuei na cama. Sentia-me leve, calmo, a injeção deve ter me aliviado um pouco, mas estava drenado de toda energia, vencer o peso do lençol para levantar o braço teria estado além das minhas forças. Isso me era indiferente, eu me deixava levar, soçobrava tranquilamente na minha febre e na suave luz de verão, no céu azul que ocupava o vão das janelas abertas, vazio e sereno. Em pensamento, eu puxava à minha volta não apenas meus lençóis e cobertas, mas o apartamento inteiro, envolvia meu corpo com tudo, era quente e apaziguador, como um útero do qual nunca quis sair, paraíso escuro, mudo, elástico, agitado apenas pelo ritmo dos batimentos do coração e do sangue fluindo, uma imensa sinfonia orgânica, não era de Frau Zempke que eu precisava, mas de uma placenta, eu boiava no meu suor como num líquido amniótico, queria que o nascimento não existisse. A espada de fogo que me expulsou desse éden foi a voz de Thomas: "Que coisa! Você não parece muito em forma." Também me soergueu e me fez beber um pouco. "Deveria estar no hospital", ele me disse, como os outros. — "Não quero ir para o hospital", repeti estupidamente, obstinadamente. Ele olhou ao redor, saiu na sacada, voltou. "Que vai fazer em caso de alerta? Não conseguiria nunca descer para o porão." — "Estou me lixando." — "Então pelo menos venha para minha casa. Estou em Wannsee agora, você ficará tranquilo. Minha governanta cuidará de você." — "Não." Ele deu de ombros: "Como preferir." Quis mijar de novo, aproveitei que ele estava ali para utilizar seus serviços. Ele queria conversar mais, mas eu não respondia. Acabou indo embora. Um pouco mais tarde, Frau Zempke veio zanzar ao meu redor, resignei-me com uma indiferença taciturna. À noite, Hélène apareceu no quarto. Carregava uma maleta que deixou na porta; depois, lentamente, tirou o broche do seu chapéu e sacudiu os cabelos louros e cheios, ligeiramente crespos, sem desprender os olhos de mim. "Que veio bisbilhotar por aqui?", perguntei grosseiramente. "Thomas me avisou. Vim cuidar do senhor." — "Não quero que cuidem de mim", falei mal-humorado. "Frau Zempke me basta." — "Frau Zempke tem família e não pode ficar aqui o tempo todo. Vou ficar com o senhor até que melhore." Fitei-a perversamente: "Vá embora!" Ela veio sentar-se junto à cama e pegou minha mão; eu queria retirá-la, mas não tinha força. "O senhor está ardendo." Levantou-se, tirou o casaco, pendurou-o nas costas de uma cadeira, depois foi molhar uma toalha e voltou para colocá-la na minha testa. Calado, deixei-a agir. "De toda forma", ela disse, "não tenho muito que fazer no trabalho. Posso dispor desse tempo. Alguém precisa ficar com o senhor." Eu não dizia nada. O dia morria. Ela me fez beber, tentou me dar um pouco de sopa fria, depois foi sentar-se perto da janela e abriu um livro. O céu de verão empalidecia, anoiteceu. Olhei para ela: era como uma estranha. Desde a minha partida para a Hungria, mais de três meses antes, não tinha tido nenhum contato com ela, não lhe escrevera uma linha e me parecia tê-la quase esquecido. Examinei seu perfil meigo e sério e admiti que era bonito; mas aquela beleza não tinha o menor sentido ou utilidade para mim. Dirigi os olhos para o teto e relaxei por um tempo, estava muito cansado. Finalmente, talvez uma hora depois, disse sem lhe dirigir o olhar: "Vá chamar Frau Zempke para mim." — "Para quê?", perguntou, fechando o livro. — "Preciso de uma coisa", eu disse. — "De quê? Estou aqui para ajudá-lo." Olhei para ela: a meiguice dos seus olhos castanhos me irritava como uma ofensa. "Preciso cagar", eu disse brutalmente. Mas provocá-la parecia impossível: "Me diga o que devo fazer", ela disse calmamente. "Vou ajudá-lo." Expliquei, sem palavras grosseiras mas sem eufemismos, e ela fez o que precisava ser feito. Pensei amargamente que era a primeira vez que ela me via nu, eu não tinha pijama, e que nunca devia ter imaginado ver-me nu naquelas condições. Eu não sentia vergonha, mas estava com nojo de mim mesmo e esse nojo estendia-se a ela, à sua paciência e à sua meiguice. Queria xingá-la, masturbar-me diante dela, pedir-lhe favores obscenos, mas era apenas uma ideia, eu teria sido incapaz de ter uma ereção, incapaz de fazer um gesto que exigisse um pouco de força. De toda forma, a febre subia de novo, eu recomeçava a tremer, a suar. "O senhor está com frio", disse quando terminou de me limpar. "Espere." Saiu do apartamento e voltou ao cabo de alguns minutos com um cobertor, que estendeu sobre mim. Eu me enrolara como um novelo, batia os dentes, tinha a impressão de que meus ossos entrechocavam-se como um punhado de pedrinhas. A noite não chegava nunca, o interminável dia de verão prolongava-se, isso me enlouquecia, mas ao mesmo tempo eu sabia que a noite não me daria trégua nem paz. Mais uma vez, com grande delicadeza, ela me obrigou a beber. Mas aquela delicadeza me deixava louco: que diabos aquela moça queria comigo? Em que pensava, com sua gentileza e sua bondade? Esperava me convencer de alguma coisa daquela maneira? Tratava-me como se eu fosse seu irmão, seu amante, seu marido. Mas ela não era nem minha irmã nem minha mulher. Eu tremia, as ondas da febre me sacudiam, e ela, enquanto isso, secava minha testa. Quando sua mão se aproximava da minha boca, eu não sabia se devia mordê-la ou beijá-la. Então tudo simplesmente se embaralhou. Imagens me assaltavam, eu não saberia dizer se eram sonhos ou pensamentos, as mesmas que tanto me haviam preocupado nos primeiros meses do ano, eu me via vivendo com aquela mulher, organizando minha vida, deixava a SS e todos os horrores que me cercavam havia tantos anos, minhas próprias imperfeições caíam de mim como a pele de uma serpente durante a muda, minhas obsessões dissolviam-se como uma nuvem de verão, eu me juntava ao rio comum. Mas esses pensamentos, longe de me apaziguarem, me revoltavam: Que ideia! Degolar meus sonhos para enfiar meu pau na sua vagina loura, beijar sua barriga, que incharia carregando belas crianças saudáveis? Eu revia as moças grávidas, sentadas sobre suas malas no monturo de Kachau ou de Munkacs, pensava em seus sexos discretamente aninhados entre as pernas, sob as barrigas protuberantes, aqueles sexos e aquelas barrigas de mulheres que elas carregariam para o gás como uma medalha de honra. É sempre na barriga das mulheres que há crianças, isso é que é tão terrível. Por que esse atroz privilégio? Por que as relações entre os homens e as mulheres tinham sempre que se resumir, no fim das contas, à fecundação? Um saco de sêmen, uma poedeira, uma vaca leiteira, ei-la, a mulher no sacramento do matrimônio. Por menos sedutores que fossem meus modos, pelo menos eles continuavam puros dessa corrupção. Um paradoxo talvez, percebo agora ao escrever, mas que naquele momento, nas vastas espirais descritas pelo meu espírito exaltado, parecia-me perfeitamente lógico e coerente. Minha vontade era me levantar e sacudir Hélène para lhe explicar aquilo tudo, mas pode ser que tivesse sonhado essa vontade, pois teria sido de fato incapaz de esboçar um gesto. Pela manhã, a febre baixava um pouco. Não sei onde Hélène dormia, provavelmente no sofá, mas sei que vinha me ver a todo instante, enxugar meu rosto e me fazer beber um pouco. Com a doença, toda energia se retirara do meu corpo, eu jazia com *os membros prostrados e sem força*, oh bela lembrança da escola. Meus pensamentos tresloucados haviam finalmente se dissipado, não deixando atrás de si senão uma profunda amargura, uma vontade ácida de morrer logo para pôr fim àquilo. No início da manhã, Piontek chegou com uma cesta cheia de laranjas, tesouro impensável na Alemanha dessa época. "Foi Herr Mandelbrod que mandou para o escritório", explicou. Hélène pegou duas e desceu até a casa de Frau Zempke para espremê-las; depois, ajudada por Piontek, me ergueu nos travesseiros e me fez beber em pequenos goles; a laranja deixava um gosto estranho, quase metálico, na boca. Piontek teve com ela uma breve conversa que não escutei, depois foi embora. Frau Zempke subiu, tinha lavado e secado meus lençóis da véspera, e ajudou Hélène a mudar a roupa de cama, novamente encharcada dos suores da noite. "Suar é ótimo", disse ela, "espanta a febre." Aquilo me era indiferente, queria apenas descansar, mas não tinha um instante de paz, o Hauptsturmführer da véspera estava de volta e me examinou com uma expressão grave: "Continua sem querer ir para o hospital?" — "Sim, sim, sim." Passou para a sala para conversar com Hélène, depois apareceu novamente: "Sua febre baixou um pouco", comentou. "Eu disse à sua amiga para tirar regularmente sua temperatura: se passar de 41º, precisará se transferir para o hospital. Entendido?" Aplicou uma injeção na minha nádega, tão dolorosa quanto a da véspera. "Vou deixar outra aqui, sua amiga fará o mesmo à noite, isso baixará a febre durante a noite. Tente comer um pouco." Quando foi embora, Hélène trouxe sopa: pegou um pedaço de pão, partiu, mergulhou no líquido, tentou me fazer engolir, mas balancei a cabeça, era impossível. Mesmo assim, consegui tomar um pouco de sopa. Como depois da primeira injeção, minha cabeça estava mais lúcida, mas eu estava drenado, esvaziado. Sequer resisti quando Hélène lavou pacientemente meu corpo com uma esponja e água morna e me vestiu com um pijama emprestado de Herr Zempke. Foi só quando passou ao meu lado e fez menção de se sentar para ler que explodi. "Por que está fazendo tudo isso?", deixei escapar cruelmente. "Que quer de mim?" Ela voltou a fechar o livro e me fitou com seus grandes olhos calmos: "Não quero nada. Quero apenas ajudá-lo." — "Por quê? Espera alguma coisa?" — "Absolutamente nada." Mexeu ligeiramente os ombros. "Vim ajudá-lo por amizade, é tudo." Dava as costas para a janela, seu rosto estava na sombra, examinei-o avidamente, mas nada consegui ler nele. "Por amizade?", ladrei. "Que amizade? Que sabe de mim? Saímos juntos algumas vezes, só isso, e agora a senhora vem se instalar na minha casa como se morasse aqui." Ela sorriu: "Não se exalte. Vai se cansar." Aquele sorriso me tirou do sério: "Ora, que sabe sobre o cansaço? Hein! Que sabe sobre isso?" Eu me soerguera, caí para trás, esgotado, a cabeça contra a parede. "Você não faz ideia, você não sabe nada sobre o cansaço, vive a delicada vida da moça alemã, de olhos fechados, não enxerga nada, vai para o trabalho, procura um marido novo, não enxerga nada do que acontece à sua volta." Seu rosto continuava calmo, ela não reagira à brusquidão do você, eu continuava, cuspindo através dos meus gritos: "Você não sabe nada de mim, nada do que faço, nada do meu cansaço, há três anos que matamos as pessoas, sim, eis o que fazemos, matamos, matamos os judeus, matamos os ciganos, os russos, os ucranianos, os poloneses, os doentes, os velhos, as mulheres, as moças como você, as crianças!" Ela apertava os dentes, continuava sem dizer nada, mas eu estava fora de mim: "E os que não matamos, despachamos para trabalhar em nossas fábricas, como escravos, é isso, está entendendo, que são questões econômicas. Não banque a inocente! Suas roupas, de onde acha que vêm? E os obuses da Flak que a protegem dos aviões inimigos, de onde vêm eles? Os tanques que seguram os bolcheviques no Leste? Quantos escravos morreram para fabricá-los? Nunca se fez esse tipo de pergunta?" Ela continuava sem reagir, e, quanto mais calma e silenciosa permanecia, mais eu perdia a cabeça: "Ou será que não sabia? É isso? Como todos os outros bons alemães. Ninguém sabe de nada, apenas os que fizeram o trabalho sujo. Onde foram parar seus vizinhos judeus de

Moabit? Nunca se perguntou? No Leste? Foram despachados para trabalhar no Leste? Onde, isso? Se houvesse seis ou sete milhões de judeus trabalhando no Leste, teríamos construído cidades inteiras! Não escuta a BBC? Pois eles sabem! Todo mundo sabe, exceto os bons alemães que nada querem saber." Eu estava furioso, devia estar lívido, ela parecia escutar atentamente, não se mexia. "E seu marido na Iugoslávia, que acha que ele fazia? Na Waffen-SS? Lutando contra os rebeldes? Sabe o que é a luta contra os rebeldes? Como ninguém vê os rebeldes, destruímos o ambiente em que eles sobrevivem. Compreende o significado disso? Concebe o seu Hans matando mulheres, matando crianças na frente delas, queimando as casas com os cadáveres dentro?" Pela primeira vez, ela reagiu: "Cale-se! Não tem o direito!" — "E por que não teria o direito?", grunhi. "Por acaso acha que sou melhor? Quer cuidar de mim, acredita que sou um homem educado, um doutor em direito, um perfeito cavalheiro, um bom partido? Matamos gente, entenda, é o que fazemos, todos, seu marido era um assassino, eu sou um assassino, e você, você é cúmplice de assassinos, você carrega e come o fruto do nosso trabalho." Ela estava lívida, mas sua fisionomia não refletia mais que uma infinita tristeza: "O senhor é um desgraçado." — "E por que seria? Eu gosto do que sou. Estou subindo. Claro, isso não vai durar. Não adianta querer matar todo mundo, eles são muito numerosos, vamos perder a guerra. Em vez de desperdiçar seu tempo brincando de enfermeira e doente bonzinho, deveria pensar em dar no pé. E, se eu fosse você, iria para o Ocidente. Os ianques terão a vara menos atrevida que os Ivan. Pelo menos usarão preservativo: esses valorosos rapazes têm medo de doenças. A menos que prefira o mongol fedorento... Será que é com isso que sonha à noite?" Ela continuava branca, mas sorriu a essas palavras: "Está delirando. Deveria se ouvir." — "Eu me ouço muito bem." Estava ofegante, o esforço me esgotara. Ela foi molhar uma compressa e voltou para enxugar minha testa. "Se eu lhe pedisse para ficar nua, você ficaria? Para mim? Se masturbaria na minha frente? Chuparia meu pau? Faria isso?" — "Acalme-se", disse ela. "Vai fazer a febre subir de novo." Não havia nada a fazer, aquela moça era obstinada demais. Fechei os olhos e me entreguei à sensação da água fria na minha testa. Ela arrumou os travesseiros, puxou a coberta. Eu respirava assobiando, queria novamente espancá-la, chutar-lhe a barriga, por sua obscena e inadmissível bondade.

À noite ela veio me aplicar a injeção. Virei penosamente de bruços; quando tirei a calça, a lembrança de alguns adolescentes vigorosos me passou brevemente pela cabeça, depois se pulverizou, eu estava muito cansado. Ela hesitou, nunca tinha aplicado uma injeção, porém, quando enfiou a agulha, foi com a mão firme e segura. Tinha um algodãozinho embebido em álcool e esfregou minha nádega depois da injeção, achei comovente, deve ter lembrado que as enfermeiras faziam daquele jeito. Deitado de lado, enfiei eu mesmo um termômetro no ânus para tirar a temperatura, sem dar atenção a ela mas tampouco sem procurar provocá-la especialmente. Eu devia estar com um pouco mais de 40°. Então a noite voltou, a terceira daquela eternidade de pedra, eu delirava novamente em meio às moitas e aos penhascos desmoronados do meu pensamento. No meio da noite, comecei a suar em bicas, o pijama encharcado colava na minha pele, eu mal tinha consciência, lembro-me da mão de Hélène na minha testa e na minha face, afastando meus cabelos molhados, roçando minha barba, ela me disse mais tarde que eu começara a falar em voz alta, o que a havia tirado do sono e trazido para junto de mim, fiapos de frases, em sua maioria incoerentes, me afirmou, mas nunca quis me dizer o que captou. Não insisti, pressentia que assim era melhor. Na manhã seguinte, a febre descera para menos de 39°. Quando Piontek passou para saber notícias, mandei-o ao escritório pegar um café que eu tinha de reserva, para Hélène. O médico, quando veio me examinar, me felicitou: "Acho que o pior passou. Mas ainda não terminou e tem que recuperar as forças." Eu me sentia um náufrago que, após uma luta encarniçada e estafante contra o mar, finalmente rola na areia de uma praia: resumindo, eu não ia morrer. Mas essa comparação é ruim, uma vez que o náufrago nada, debate-se para sobreviver, e eu nada fizera, deixara-me arrastar e fora apenas a morte que não me quisera. Bebi avidamente o suco de laranja que Hélène me trouxe. Por volta do meio-dia, me soergui um pouco: Hélène, no vão entre o meu quarto e a sala, apoiada no portal, um xale de verão nos ombros, olhava-me distraidamente, uma xícara de café fumegante na mão. "Invejo-a por poder beber café", eu disse. — "Oh! Espere, vou ajudá-lo." — "Não vale a pena." Eu estava mais ou menos sentado, conseguira puxar um travesseiro para as minhas costas. "Peço-lhe que perdoe minhas palavras de ontem. Fui odioso." Ela fez um sinalzinho com a cabeça, deu um gole no café e dirigiu o rosto para a porta-balcão da sacada. Ao fim de um instante, olhou para mim de novo: "O que o senhor dizia... sobre os mortos. Era verdade?" — "Quer mesmo saber?"

— "Quero." Seus belos olhos me esquadrinhavam, parecia-me perceber neles um fulgor inquieto, mas ela permanecia calma, senhora de si. "Tudo que eu disse é verdade." — "As mulheres, as crianças também?" — "Também." Ela desviou a cabeça, mordeu o lábio superior; quando me olhou de novo seus olhos estavam cheios de lágrimas: "É triste", ela disse. — "Sim. É pavorosamente triste." Ela refletiu antes de falar: "O senhor sabe que vamos pagar por isso." — "Sim. Se perdermos a guerra, a vingança dos nossos inimigos será impiedosa." — "Não estava falando disso. Mesmo se não perdermos a guerra, vamos pagar. Teremos que pagar." Hesitou de novo. "Lamento pelo senhor", concluiu. Não tocou mais no assunto, continuou a me dispensar cuidados, mesmo os mais humilhantes. Mas seus gestos pareciam ter outra qualidade, eram mais frios, mais funcionais. Assim que consegui andar, pedi-lhe que voltasse para casa. Ela suplicou um pouco, mas insisti: "A senhora deve estar esgotada. Vá descansar. Frau Zempke providenciará o que preciso." Finalmente aceitou e arrumou suas coisas na maleta. Liguei para Piontek para que a levasse em casa. "Eu telefono", falei. Quando Piontek chegou, acompanhei-a até a porta do apartamento. "Obrigado pela ajuda", eu disse apertando-lhe a mão. Ela balançou a cabeça mas não disse nada. "Até logo", adicionei, friamente.

Passei os dias seguintes dormindo. Ainda tinha febre, em torno de 38º, às vezes 39º; mas tomava suco de laranja e caldo de carne, comia pão, um pouco de frango. À noite, havia muitos alertas e eu os ignorava (pode ser que tenha havido outros durante minhas três noites de delírio, não sei). Eram ataques de pequeno porte, um punhado de aviões Mosquito largando bombas aleatoriamente, principalmente sobre o centro administrativo. Uma noite, porém, Frau Zempke e seu marido me obrigaram a descer para o porão, depois de terem me passado meu roupão; o esforço me esgotou de tal modo que tiveram que me carregar para cima de novo. Dias depois da partida de Hélène, Frau Zempke irrompeu no início da noite, vermelha, de rolinhos no cabelo e penhoar: "Herr Obersturmbannführer! Herr Obersturmbannführer!" Ela tinha me acordado e eu estava irritado: "Que há, Frau Zempke?" — "Tentaram matar o Führer!" Ela me explicou com palavras picotadas o que ouvira no rádio: houvera um atentado, no QG do Führer, na Prússia Oriental, ele saíra ileso, recebera Mussolini à tarde e já voltara ao trabalho. "E daí?", perguntei. — "Ora, mas é terrível!" — "Com certeza", retorqui secamente. "Mas a senhora diz que o Führer está vivo, é o essencial. Obrigado." Voltei a me deitar; ela esperou um momento, um tanto desamparada, depois bateu em retirada. Confesso que sequer pensei naquela notícia: eu não pensava em mais nada. Alguns dias depois, Thomas passou para me ver. "Você parece melhor." — "Um pouco", respondi. Eu finalmente fizera a barba, devia estar recuperando uma vaga aparência humana; mas tinha dificuldade em formular pensamentos sucessivos, eles fragmentavam-se sob o esforço, restavam-me apenas pedaços, sem elo entre si, Hélène, o Führer, meu trabalho, Mandelbrod, Clemens e Weser, um caos inextricável. "Você ouviu a notícia", disse Thomas, que se sentara perto da janela e fumava. — "Ouvi. Como vai o Führer?" — "O Führer vai bem. Mas era mais que uma tentativa de assassinato. A Wehrmacht, uma parte em todo caso, quis dar um golpe de Estado." Gaguejei de surpresa e Thomas me forneceu os detalhes do caso. "No início, pensamos que se limitasse a uma conspiração de oficiais. Na verdade irradiava-se em todas as direções: havia células na Abwehr, no Auswärtiges Amt, entre os velhos aristocratas. Até Nebe, parece, estava envolvido. Desapareceu ontem depois de tentar acobertar-se prendendo os conspiradores. Como Fromm. Em suma, está tudo uma confusão. O Reichsführer foi nomeado à frente do Ersatzheer no lugar de Fromm. Agora está claro que a SS vai ter um papel crucial a desempenhar." Sua voz estava tensa, mas firme e determinada. "Que aconteceu no Auswärtiges Amt?", perguntei. — "Está pensando na sua amiga? Já prendemos muita gente, inclusive alguns dos superiores dela; Von Trott zu Solz deve ser preso a qualquer momento. Mas acho que não precisa se preocupar por ela." — "Não estou preocupado. Era apenas uma pergunta. Está cuidando de tudo isso?" Thomas fez sinal que sim. "Kaltenbrunner criou uma comissão especial para investigar as ramificações do negócio. Huppenkothen é o encarregado, vou assessorá-lo. Panzinger provavelmente vai substituir Nebe na Kripo. De toda forma, começamos a reorganizar tudo na Staatspolizei, o que só vai acelerar as coisas." — "E que pretendiam seus conspiradores?" — "Não são meus conspiradores", sibilou. "E isso varia. A maioria aparentemente achava que, sem o Führer e o Reichsführer, os ocidentais aceitariam uma paz em separado. Queriam desmontar a SS. Não pareciam se dar conta de que era apenas um novo *Dolchstoss*, uma facada nas costas, como em 18. Como se a Alemanha fosse acompanhá-los, traidores. Tenho a impressão de que muitos deles estavam um pouco no mundo da lua: alguns inclusive acreditavam que deixaríamos que mantivessem a Alsácia e a Lorena, depois de terem sofrido uma derrota humilhante. Assim como os Territórios Incorporados, claro. Sonhadores, sei lá. Mas logo saberemos com clareza o que ocorreu: eram tão burros, sobretudo os civis, que punham quase tudo por escrito. Encontramos pilhas de projetos, listas de ministros para o novo governo. Chegaram inclusive a colocar o nome do seu amigo Speer em uma das listas: posso dizer que de certa forma ele está se cagando nas calças neste momento." — "E quem seria o cabeça?" — "Beck. Mas está morto. Suicidou-se. Fromm também mandou fuzilar uma porção de gente, para tentar se acobertar." Explicou os detalhes do atentado e do *putsch* frustrado. "Foi por pouco. Nunca passamos tão perto. Você precisa se restabelecer: vamos ter trabalho."

Apesar de tudo, eu não estava com vontade de me restabelecer imediatamente, agradava-me vegetar um pouco. Recomeçava a escutar música. Lentamente, recuperava as forças, reaprendia gestos. O médico ss me concedera um mês de licença para minha convalescença e eu pretendia aproveitá-la plenamente, acontecesse o que acontecesse. No início de agosto, Hélène veio me visitar. Eu ainda estava fraco, mas conseguia andar, recebi-a de pijama e roupão e fiz um chá. Estava um calor terrível, nenhuma corrente de ar circulava pelas janelas abertas. Hélène estava muito pálida e tinha um ar desamparado que eu nunca tinha visto. Pediu notícias da minha saúde; percebi então que chorava: "É horrível", ela dizia, "horrível." Eu estava constrangido, não sabia o que dizer. Vários colegas seus haviam sido presos, pessoas com quem ela trabalhava havia anos. "Não é possível, devem ter cometido um engano... Ouvi dizer que seu amigo Thomas era o responsável pelos inquéritos, não poderia falar com ele?" — "Não adiantaria nada", eu disse delicadamente. "Thomas está cumprindo seu dever. Mas não se preocupe muito com seus amigos. Talvez queiram apenas lhes fazer perguntas. Se forem inocentes, serão liberados." Não chorava mais, enxugara os olhos, mas seu rosto continuava tenso. "Desculpe", ela disse. "Mas mesmo assim", prosseguiu, "precisamos tentar ajudá-los, não acha?" Apesar do meu cansaço, continuei paciente: "Procure entender a situação. Tentaram matar o Führer, esses homens quiseram trair a Alemanha. Se tentar interferir, só vai despertar suspeitas. Não há nada que possa fazer. Está nas mãos de Deus." — "Da Gestapo, o senhor quer dizer", ela replicou com um movimento de raiva. Recobrou-se: "Desculpe, estou... estou..." Toquei sua mão: "Vai dar tudo certo." Deu um gole no chá, contemplei-a. "E o senhor?", perguntou. "Vai retomar seu... trabalho?" Olhei pela janela, as ruínas emudecidas, o céu azul-claro, embaçado pela fumaça onipresente. "Não imediatamente. Preciso recuperar as forças." Ela mantinha a xícara erguida nas mãos. "O que vai acontecer?" Dei de ombros: "De um modo geral? Vamos continuar a lutar, as pessoas vão continuar a morrer e depois um dia isso terminará e os que ainda estiverem vivos tentarão esquecer tudo." Ela baixava a cabeça: "Sinto saudades dos dias em que íamos nadar na piscina", murmurou. — "Se quiser", sugeri, "quando eu estiver melhor, voltaremos lá". Foi sua vez de olhar pela janela: "Não há mais piscina em Berlim", disse ela calmamente.

Ao ir embora, parou na soleira da porta e olhou para mim mais uma vez. Eu ia falar, mas ela colocou um dedo nos meus lábios: "Não diga nada." Aquele dedo, ela o deixou um instante a mais. Em seguida girou os calcanhares e desceu a escada com passos rápidos. Eu não compreendia o que ela queria, parecia rodopiar em torno de uma coisa sem ousar se aproximar nem se afastar. Essa ambiguidade me desagradava, teria preferido que se declarasse francamente; então eu poderia escolher, dizer sim ou não, e teríamos acertado as coisas. Mas ela mesma não devia sabê-lo. E o que eu lhe falara durante minha crise não devia facilitar as coisas para ela; nenhum banho, nenhuma piscina bastariam para lavar aquelas palavras.

Eu tinha voltado a ler. Mas de ler livros sérios, literatura, teria sido totalmente incapaz, repetia dez vezes a mesma frase antes de constatar que não a compreendera. Foi assim que reencontrei nas minhas estantes as aventuras marcianas de E.R. Burroughs, que eu havia trazido do porão da casa de Moreau e cuidadosamente arrumado sem jamais abrir. Li os três volumes de uma tacada só; mas, para minha infelicidade, não revivi nada da emoção que me dilacerava durante minhas leituras de adolescente, quando, trancado no banheiro ou enfiado na cama, esquecia por horas a fio o mundo exterior para me perder com volúpia nos meandros daquele universo bárbaro, de um erotismo difuso, povoado de guerreiros e princesas vestidos unicamente com armas e joias, toda uma confusão barroca de monstros e máquinas. Em contrapartida, fiz descobertas surpreendentes, insuspeitadas pelo menino deslumbrado que eu havia sido: com efeito, certas passagens daqueles romances de ficção científica revelaram-me esse prosador americano como um desconhecido precursor do pensamento *völkisch*. Suas ideias, durante o meu ócio, ditaram-me outras: lembrando-me dos conselhos de Brandt, os quais até então eu estivera ocupado demais para seguir, mandei vir uma máquina de escrever e redigi um breve memorial para o Reichsführer, citando Burroughs como um modelo para *reformas so-*

ciais em profundidade que a SS terá que planejar depois da guerra. Assim, para aumentar a natalidade do pós-guerra e obrigar os homens a se casarem jovens, eu pegava como exemplo os marcianos vermelhos, que recrutavam seus trabalhadores forçados não apenas entre os criminosos e prisioneiros de guerra, mas também entre *os solteiros convictos pobres demais para pagar o alto imposto sobre o celibato cobrado por qualquer governo marciano-vermelho*; e dediquei todo um desenvolvimento a esse *imposto sobre o celibato*, que, se um dia fosse criado, oneraria minhas próprias finanças. Mas eu reservava propostas ainda mais radicais para a elite da SS, que deveria tomar como exemplo os marcianos verdes, monstros de três metros de altura providos de quatro braços e cerdas: *Toda propriedade entre os marcianos verdes é possuída em comum pela comunidade, exceto as armas pessoais, os ornamentos e as sedas e roupas de cama dos indivíduos... As mulheres e crianças do clã de um homem podem ser comparadas a uma unidade militar pela qual ele é responsável em matéria de formação, disciplina e provisão... Suas mulheres não são absolutamente esposas... Seu coito é assunto exclusivo de interesse comunitário, sendo orientado sem referência à seleção natural. O conselho dos chefes de cada comunidade controla esse negócio com a mesma firmeza que um proprietário de um puro-sangue do Kentucky orienta a reprodução científica de sua prole para o aprimoramento da raça inteira.* Inspirei-me nisso para sugerir reformas progressivas no *Lebensborn*. Era na verdade cavar minha própria sepultura, e uma parte de mim quase ria ao escrever essas linhas, que me pareciam decorrer logicamente da nossa *Weltanschauung*; além disso, eu sabia que aquilo agradaria ao Reichsführer; as passagens de Burroughs me lembravam obscuramente a utopia profética que ele expusera em Kiev, em 1941. Com efeito, dez dias depois de enviar o meu memorial, eu recebia uma resposta assinada de próprio punho (grande parte de suas instruções era assinada por Brandt ou mesmo Grothmann):

> *Caríssimo Dr. Aue!*
> *Li com vivo interesse seu arrazoado. Fico feliz em saber que está melhor e que dedica sua convalescença a pesquisas úteis; não sabia que se interessava por questões tão vitais para o futuro da nossa raça. Pergunto-me se a Alemanha, mesmo depois da guerra, estará preparada para aceitar ideias tão profundas e necessárias. Decerto ainda será preciso um longo trabalho sobre as mentalidades. De*

toda forma, quando estiver curado, terei prazer em discutir mais detidamente com o senhor esses projetos e esse autor visionário.
Heil Hitler!
Seu,
Heinrich Himmler

Lisonjeado, esperei a visita de Thomas para lhe mostrar essa carta, bem como meu memorial; porém, para minha surpresa, ele recebeu a coisa com raiva: "Acredita que é realmente hora para essas brincadeiras?" Parecia ter perdido todo senso de humor; quando começou a enumerar as últimas prisões, comecei a compreender por quê. Até mesmo no meu próprio círculo havia homens implicados: dois dos meus colegas de universidade e meu ex-professor de Kiel, Jessen, que naqueles últimos anos aparentemente se aproximara de Goerdeler. "Temos provas também contra Nebe, mas ele sumiu. Evaporou na natureza. Convenhamos que, se alguém é capaz disso, esse alguém é ele. Devia estar um pouco alterado: em sua casa encontramos o filme de uma asfixia a gás no Leste, você imagina ele projetando isso à noite?" Eu raramente vira Thomas tão nervoso. Dei-lhe uma bebida, ofereci-lhe cigarros, mas ele não deixou escapar muita coisa; só pude presumir que, antes do atentado, Schellenberg mantivera contatos com alguns círculos de oposição. Ao mesmo tempo, Thomas esbravejava contra os conspiradores: "Matar o Führer! Como puderam chegar ao cúmulo de achar que isso seria uma solução? Que tivessem lhe tirado o comando da Wehrmacht, tudo bem, de toda forma ele está doente. Poderiam até mesmo pensar em, sei lá, empurrá-lo para a aposentadoria, se realmente fosse necessário, deixá-lo presidente, mas entregar o poder ao Reichsführer... Prestaram-lhe juramento e tentam matá-lo." Aquilo parecia realmente atormentá-lo: quanto a mim, nem a ideia de que Schellenberg ou o Reichsführer tivessem pensado em descartar o Führer me chocava. Eu não via muita diferença entre isso ou matá-lo, mas não disse a Thomas, ele já estava deprimido demais.

Ohlendorf, que encontrei no fim do mês, quando finalmente voltei a sair, parecia pensar como eu. Achei-o, ele já tão taciturno, ainda mais abatido que Thomas. Confessou-me que na noite precedente à execução de Jessen, com quem mantivera laços apesar de tudo, não conseguira pregar o olho. "Não parava de pensar em sua mulher e seus filhos. Tentarei ajudá-los, pretendo dar-lhes uma parte do meu salário." Contudo, em sua opinião Jessen merecia a pena de morte. Anos atrás, explicou, nosso professor rompera seus vínculos com o nacional-socialismo. Tinham continuado a se encontrar, a trocar ideias, e Jessen inclusive tentara recrutar seu ex-aluno. Ohlendorf concordava com ele em muitos pontos: "É claro, a corrupção generalizada no Partido, a erosão do direito formal, a anarquia pluralista que substituiu o *Führerstaat*, tudo isso é inaceitável. E as medidas contra os judeus, essa *Endlösung* foi um equívoco. Mas derrubar o Führer e o NSDAP, isso é impensável. Precisamos expurgar o Partido, trazer os veteranos do front, que têm uma visão realista das coisas, os quadros da Hitlerjugend, talvez os únicos idealistas que nos restam. São esses jovens que terão que motivar o Partido depois da guerra. Mas não podemos pensar em retroceder, voltar ao conservadorismo burguês dos militares de carreira e dos aristocratas prussianos. Esse gesto desqualifica-os para sempre. Aliás, o povo entendeu isso muito bem." Era verdade: todos os relatórios SD mostravam que as pessoas e os soldados comuns, apesar de suas preocupações, seu cansaço, suas angústias, sua desmoralização, até mesmo seu derrotismo, estavam escandalizados com a traição dos conjurados. O esforço de guerra e a campanha de austeridade viam um suplemento de energia nessa reação; Goebbels, enfim autorizado a declarar a "guerra total", coisa que era doido para fazer, não poupava meios para estimulá-la, sem que isso fosse de fato necessário. A situação, entretanto, só piorava: os russos haviam retomado a Galícia e atravessado sua fronteira de 1929, Lublin caía, e a onda viera finalmente morrer nos subúrbios de Varsóvia, onde visivelmente o comando bolchevique esperava que esmagássemos para eles a insurreição polonesa deflagrada no início do mês. "Nesse caso, estamos fazendo o jogo de Stálin", comentava Ohlendorf. "Teria sido preferível explicar ao AK que os bolcheviques representam um perigo maior que a gente. Se os poloneses lutassem do nosso lado, ainda poderíamos frear os russos. Mas o Führer não quer ouvir falar nisso. E os Bálcãs vão cair como um castelo de cartas." Na Bessarábia, com efeito, o 6º Exército reconstituído sob o comando de Fretter-Pico estava por sua vez se desmilinguindo: as portas da Romênia estavam abertas, escancaradas. A França, a olhos vistos, estava perdida; após haverem aberto outra frente na Provença e tomado Paris, os anglo-americanos preparavam-se para varrer o resto do país enquanto nossas tropas esgotadas retrocediam em direção ao Reno. Ohlendorf estava muito pessimista: "Segundo Kammler, os novos foguetes estão quase prontos. Ele está convencido de que isso mudará o curso da guerra. Mas não vejo como. Um foguete transporta menos explosivos que um B-17 americano e é utilizável apenas uma vez." Ao contrário de Schellenberg, de quem se recusava a falar, não tinha planos nem soluções concretas: só conseguia falar de um "último impulso nacional-socialista, uma grande sacudida", o que para mim lembrava de certa forma a retórica de Goebbels. Eu tinha impressão de que secretamente ele se resignava à derrota. Mas acho que ainda não o admitira para si.

Os acontecimentos de 20 de julho tiveram outra sequela, secundária, mas desagradável para mim: em meados de agosto, a Gestapo prendia o juiz Baumann, do Tribunal SS de Berlim. Soube disso rapidamente por intermédio de Thomas, mas não medi toda a série de consequências daí resultantes. No início de setembro, fui convocado por Brandt, que acompanhava o Reichsführer em inspeção ao Schleswig-Holstein. Embarquei no trem especial, perto de Lübeck. Brandt começou por me anunciar que o Reichsführer queria conceder a 1ª classe à minha Cruz do Serviço de Guerra. "A despeito do seu ponto de vista, sua ação na Hungria foi muito positiva. O Reichsführer está muito satisfeito. Ficou favoravelmente impressionado com sua última iniciativa." Depois me informou que a Kripo pedira ao substituto de Baumann que reexaminasse o dossiê que me citava; ele escrevera ao Reichsführer; a seu ver, as acusações mereciam investigação. "O Reichsführer não mudou de opinião, e o senhor continua a gozar de sua confiança. Mas ele acha que impedir uma nova investigação seria prestar-lhe um desserviço. A boataria já começou, deve saber. O melhor seria que se defendesse e provasse sua inocência: assim, poderemos encerrar o caso de uma vez por todas." Essa ideia não me agradava em nada, eu começava a sentir na carne a obstinação maníaca de Clemens e Weser, mas não tinha escolha. De volta a Berlim, apresentei-me espontaneamente no Tribunal perante o juiz Von Rabingen, um nacional-socialista fanático, e expus-lhe minha versão dos fatos. Retorquiu que o dossiê montado pela Kripo continha elementos perturbadores, voltava sobretudo àquelas roupas alemãs ensanguentadas e ao meu número, também estava intrigado com a história dos gêmeos, que queria absolutamente esclarecer. A Kripo afinal interrogara minha irmã, de volta à Pomerânia; ela entregara os gêmeos a uma instituição privada, na Suíça, afirmando tratar-se dos nossos primos de segundo grau, nascidos na França, mas cujas certidões de nascimento haviam desaparecido durante a derrocada francesa de 1940. "Talvez seja verdade", declarou severamente Von Rabingen. "Mas por ora isso é inverificável."

Essa suspeita permanente me assombrava. Durante vários dias quase sucumbi a uma recaída da minha doença, ficava trancado em casa numa prostração sombria, a ponto de não abrir a porta para Hélène, que fora me visitar. À noite, Clemens e Weser, marionetes animadas, mal esculpidas e mal pintadas, saltitavam com os dois pés em cima do meu sono, rangiam os dentes através dos meus sonhos, zumbiam em torno de mim como minúsculas bestiolas sarcásticas. Às vezes minha própria mãe juntava-se a esse coro, e na minha angústia eu acabava por acreditar que aqueles dois *clowns* tinham razão, que eu enlouquecera e efetivamente a assassinara. Mas eu não estava louco, percebia isso, e o caso todo resumia-se a um monstruoso mal-entendido. Quando me recobrei um pouco, tive a ideia de entrar em contato com Morgen, aquele juiz íntegro que eu conhecera em Lublin. Ele trabalhava em Oranienburg: convidou-me imediatamente para visitá-lo e me recebeu com afabilidade. Primeiro, deu-me notícias de suas atividades: depois de Lublin, instalara uma comissão em Auschwitz e indiciara Grabner, chefe da Politische Abteilung, por dois mil assassinatos ilegais; Kaltenbrunner mandara soltar Grabner; Morgen fizera com que fosse preso de novo e o processo seguia seu curso, bem como o de vários cúmplices e outros subalternos corruptos; mas em janeiro um incêndio de origem criminosa destruíra o galpão onde a comissão depositava todas as provas de acusação e uma parte dos dossiês, o que complicava muito as coisas. Agora, admitiu confidencialmente, visava o próprio Höss: "Estou convencido de que ele é culpado de desvio de bens do Estado e de assassinatos; mas vai ser difícil provar; Höss conta com protetores importantes. E o senhor? Ouvi dizer que estava com problemas." Expliquei o meu caso. "Não basta eles acusarem", disse pensativamente, "eles têm que provar. Pessoalmente, confio em sua sinceridade: conheço bem a escória da ss, e sei que o senhor é diferente. De toda forma, para indiciá-lo, eles têm que provar coisas concretas, que o senhor encontrava-se no local no momento do assassinato, que essas famosas roupas eram do senhor. Onde estão essas roupas? Se ficaram na França, acho que a acusação não dispõe de muita coisa. Além disso, as autoridades francesas que emitiram a solicitação de ajuda judiciária estão agora sob controle da potência inimiga: aconselho-o a pedir a um perito em direito internacional que estude esse aspecto das coisas." Saí dessa conversa um pouco aliviado: a teimosia doentia dos dois investigadores me deixava paranoico, eu não conseguia mais enxergar onde estava a verdade, onde estava a mentira, mas o bom senso jurídico de Morgen me ajudava a pisar de novo em terra firme.

No fim das contas, e como sempre com a Justiça, essa história ainda durou meses. Não vou narrar suas peripécias em detalhe. Tive diversos embates com Von Rabingen e os dois investigadores; minha irmã, na Pomerânia, foi convocada para depor: tinha desconfiado e nunca revelou que fora eu quem a informara do assassinato, declarando ter recebido um telegrama de Antibes, de um sócio de Moreau. Clemens e Weser foram obrigados a admitir que nunca tinham visto as famosas roupas: todas as suas informações provinham de cartas da Polícia Judiciária francesa, que tinham pouco valor jurídico, sobretudo naquele momento. Além disso, como o assassinato havia sido cometido na França, um indiciamento teria servido apenas para me extraditar, o que evidentemente tornara-se impossível — embora um advogado, por sinal muito simpaticamente, houvesse aventado que perante um tribunal SS eu poderia ser condenado à pena de morte por atentado à honra, à revelia do Código Penal Civil.

Essas considerações pareciam não abalar a boa vontade que o Reichsführer me manifestava. Durante uma de suas passagens relâmpago por Berlim, fez-me subir a bordo do seu trem e, após uma cerimônia em que recebi uma nova condecoração em companhia de uma dezena de outros oficiais, a maioria da Waffen-SS, convidou-me para ir até o seu gabinete privado para comentar o meu memorial, cujas ideias, segundo ele, eram saudáveis, mas exigiam aprofundamento. "Por exemplo, a Igreja católica. Se criarmos um imposto sobre o celibato, eles certamente vão exigir uma isenção para o clero. E se a concedermos, será uma nova vitória para eles, uma nova demonstração de sua força. Logo, penso que uma precondição para toda evolução positiva, depois da guerra, será equacionar a *Kirchenfrage*, a questão das duas Igrejas. De maneira radical, se necessário: esses *Pfaffen*, esses monjezinhos, são quase piores que judeus. Não acha? Nesse ponto estou inteiramente de acordo com o Führer: a religião cristã é uma religião judaica, fundada por um rabino judeu, Saul, como veículo para levar o judaísmo a outro nível, o mais perigoso ao lado do bolchevismo. Eliminar os judeus e preservar os cristãos seria parar no meio do caminho." Eu escutava aquilo gravemente, tomando notas. Somente no fim da entrevista o

Reichsführer tocou no meu caso: "Eles não produziram nenhuma prova, creio..." — "Não, meu Reichsführer. Não há nenhuma." — "Excelente. Logo vi que isso era uma tolice. Enfim, é melhor eles se convencerem eles mesmos, não acha?" Acompanhou-me até a porta e apertou minha mão depois que o saudei: "Estou muito satisfeito com seu trabalho, Obersturmbannführer. O senhor é um oficial com um grande futuro."

Grande futuro? O futuro antes me parecia encolher a cada dia, tanto o meu como o da Alemanha. Quando eu me virava, contemplava apavorado o longo corredor escuro, o túnel que levava do fundo do passado até o momento presente. Que haviam sido das planícies infinitas que se abriam à nossa frente quando, saídos da infância, abordávamos o futuro com energia e confiança? Toda essa força parecia não ter servido senão para construirmos uma prisão para nós mesmos, ou um patíbulo. Desde a minha doença, eu não via ninguém, o esporte, deixara para os outros. Em geral comia sozinho em casa, a porta da varanda aberta, aproveitando o clima ameno do fim do verão, as últimas folhas verdes que, lentamente, em meio às ruínas da cidade, preparavam sua última explosão de cor. De tempos em tempos, saía com Hélène, mas um constrangimento doloroso pairava sobre esses encontros; ambos procurávamos a meiguice, a intensa delicadeza dos primeiros meses, mas ela sumira e não sabíamos de seu paradeiro. Ora, ao mesmo tempo, fingíamos que nada mudara, era estranho. Eu não compreendia por que ela teimava em ficar em Berlim: seus pais haviam ido para a casa de um primo na região de Bade, mas quando — com sinceridade, e não com minha inexplicável crueldade de doente — eu a pressionava para partir, ela se opunha com pretextos ridículos, seu trabalho, tomar conta do apartamento dos pais. Nos meus momentos de lucidez, eu me dizia que ela não partira por minha causa e me perguntava se, justamente, o horror que minhas palavras deviam ter-lhe inspirado não a encorajava, se não esperava, talvez, me *salvar* de mim mesmo, ideia mais que ridícula, mas quem sabe o que se passa na cabeça de uma mulher? Devia ter outra coisa, e às vezes eu percebia isso. Um dia, caminhávamos pela rua, um carro passou por uma poça perto de nós: os respingos entraram por baixo da saia de Hélène, sujando-a até a coxa. Ela caiu numa gargalhada aparvalhada, quase estridente. "O que a faz rir assim, o que é tão engraçado?" — "O senhor, é o senhor", lançou através de sua risada. "O senhor nunca me tocou tão em cima." Não respondi nada, que poderia ter dito? Poderia tê-la feito ler, para colocá-

-la em seu lugar, o memorial que eu encaminhara ao Reichsführer; mas percebia claramente que nem isso, nem mesmo uma franca explicação sobre meus hábitos a teria desencorajado, ela era daquele jeito, cabeçuda, como se a própria escolha fosse mais importante que o seu objeto. Por que não a mandava passear? Não sei. Eu não tinha muito mais gente com quem conversar. Thomas trabalhava quatorze, dezesseis horas por dia, eu mal o via. A maioria dos meus colegas havia sido *deslocalizada*. Hohenegg, eu soube disso telefonando para o OKW, havia ido para o front em julho, e continuava em Königsberg com um destacamento do OKHG Centro. Profissionalmente, e a despeito dos encorajamentos do Reichsführer, eu atingira um ponto morto: Speer pusera uma cruz no meu nome, eu não tinha mais contatos senão com subalternos, e meu gabinete, ao qual não solicitavam mais nada, servia quase unicamente de caixa postal para as queixas de múltiplas empresas, organismos ou ministérios. De vez em quando Asbach e os outros membros da equipe expeliam um estudo que eu encaminhava para tudo que é lado; respondiam-me com delicadeza, ou simplesmente não me respondiam. Mas só compreendi plenamente a que ponto eu me desviara do caminho no dia em que Herr Leland me convidou para tomar chá. Era no bar do Adlon, um dos únicos bons restaurantes ainda abertos, uma verdadeira torre de Babel, falava-se uma dezena de línguas, todos os membros do corpo diplomático estrangeiro pareciam ter marcado encontro ali. Encontrei Herr Leland em uma mesa discreta. Um maître veio me servir chá com gestos precisos, e Leland esperou que ele se afastasse para me dirigir a palavra. "Como vai de saúde?", inquiriu. — "Bem, mein Herr. Estou completamente recuperado." — "E seu trabalho?" — "Vai bem, mein Herr. O Reichsführer parece satisfeito. Fui condecorado recentemente." Ele não dizia nada, bebericava seu chá. "Mas faz vários meses que não vejo o Reichsminister Speer", continuei. Ele fez um sinal brusco com a mão: "Isso não tem mais importância. Speer nos decepcionou muito. Temos que passar para outra coisa, agora." — "O quê, mein Herr?" — "Está em vias de elaboração", disse lentamente, com seu sotaque bem peculiar. —"E como vai o Dr. Mandelbrod, mein Herr?" Fitou-me com seu olhar frio e severo. Como sempre eu era incapaz de distinguir seu olho de vidro do outro. "Mandelbrod vai bem. Mas devo dizer que você o decepcionou um pouco." Não falei nada. Leland deu mais um gole no chá antes de continuar: "Devo dizer que você não correspondeu a todas as nossas expectativas. Não deu suficiente prova de iniciativa nestes últimos tempos. Seu desempenho na Hungria foi decepcionante." — "Mein Herr... fiz o melhor que pude. E o Reichsführer me congratulou pelo meu trabalho. Mas há tanta rivalidade entre os departamentos, todo mundo cria empecilhos..." Leland parecia não prestar atenção às minhas palavras. "Temos a impressão", disse finalmente, "de que não compreendeu o que esperamos de você." — "Que esperam de mim, mein Herr?" — "Mais energia, mais criatividade. Tem que produzir soluções, não levantar problemas. Além disso, permita-me dizer-lhe, você está se perdendo. O Reichsführer nos deu ciência do seu memorial: em vez de gastar tempo com criancices, deveria pensar na salvação da Alemanha." Eu sentia minhas faces arderem e fiz um esforço para dominar a voz. "É o meu único pensamento, mein Herr. Mas, como sabe, fiquei doente. Tenho... outros problemas." Dois dias antes tivera uma entrevista árdua com Von Rabingen. Leland não dizia nada, fez um sinal e o maître reapareceu para servi-lo. No balcão, um rapaz de cabelos crespos, de terno xadrez e gravata-borboleta, ria alto. Um rápido olhar bastou para avaliá-lo: fazia muito tempo que eu não pensava naquilo. Leland retomava a palavra: "Estamos a par dos seus problemas. É inadmissível que as coisas tenham ido tão longe. Se precisava matar essa mulher, tudo bem, mas deveria ter feito um trabalho limpo." O sangue retirara-se do meu rosto. "Mein Herr...", consegui articular com uma voz neutra. "Não a matei. Não fui eu." Ele me contemplou calmamente. "Que seja", disse. "Saiba que para nós isso é completamente indiferente. Se o fez, é seu direito, seu direito soberano. Como velhos amigos do seu pai, compreendemos isso perfeitamente. Mas o que você não tinha o direito de fazer era se comprometer. Isso reduz drasticamente sua utilidade para nós." Eu ia protestar de novo, mas ele me cortou a palavra com um gesto. "Vamos aguardar o desenrolar das coisas. Esperamos que você se recupere." Eu não disse nada e ele ergueu o dedo. O maître reapareceu; Leland sussurrou algumas palavras e se levantou. Levantei-me também. "Até logo", disse com sua voz monocórdia. "Se precisar de alguma coisa, entre em contato conosco." Foi embora sem apertar minha mão, seguido pelo maître. Eu não tocara no meu chá. Fui até o balcão e pedi um conhaque, que tomei de um trago. Uma voz agradável, arrastada, com forte sotaque, fez-se ouvir perto de mim: "É um pouco cedo para beber desse jeito. Aceita outro?" Era o rapaz de gravata-borboleta. Aceitei; ele pediu dois e se apresentou: Mihaï I., terceiro-secretário da legação da Romênia. "Como vão as coisas na SS?", perguntou, depois de ter brindado. — "Na SS? Vão bem. E no corpo diplomático?" Sacudiu os ombros: "Um tédio só. Restaram apenas" — fez um gesto largo em direção à sala — "os últimos dos moicanos. Não podemos organizar coquetéis de verdade por causa das restrições, então nos encontramos aqui uma vez por dia. De toda forma, não tenho mais sequer governo para representar." A Romênia, após ter declarado guerra à Alemanha, no fim de agosto, acabava de capitular diante dos soviéticos. "É verdade. Sua legação representa o quê, então?" — "A princípio, Horia Sima. Mas isso é uma ficção, Herr Sima se representa muito bem sozinho. Em todo caso" — apontou novamente várias pessoas —, "estamos todos quase na mesma situação. Sobretudo meus colegas franceses e búlgaros. Os finlandeses partiram quase todos. Sobraram apenas os suíços e os suecos como autênticos diplomatas." Olhou sorridente para mim: "Venha jantar conosco, vou apresentá-lo a outros amigos fantasmas."

 Nos meus relacionamentos, talvez já o tenha dito, sempre tomei cuidado para evitar intelectuais ou homens da minha classe social: eles queriam sempre falar e tinham uma aborrecida tendência a se apaixonar. Com Mihaï, abri uma exceção, mas não havia muitos riscos, era um cínico, frívolo e amoral. Tinha uma casinha a oeste de Charlottenburg, deixei que me convidasse na primeira noite, depois do jantar, a pretexto de tomar um último drinque, e passei a noite lá. Sob seu aspecto excêntrico, tinha o corpo rijo e nodoso de um atleta, provavelmente herança das origens camponesas, pelos castanhos, anelados, luxuriantes, um cheiro rude de macho. Achava divertidíssimo ter seduzido um SS: "A Wehrmacht ou o Auswärtiges Amt, é muito fácil." De vez em quando nos encontrávamos. Às vezes eu ia visitá-lo depois de ter jantado com Hélène, servia-me dele brutalmente, como para expurgar da minha cabeça os desejos mudos da minha amiga, ou minha própria ambiguidade.

 Em outubro, logo depois do meu aniversário, fui mandado para a Hungria. Horthy fora derrubado por um golpe de Von dem Bach e Skorzeny, e o Cruz de Flechas de Szálasi estava no poder. Kammler fazia barulho reclamando mão de obra para suas fábricas subterrâneas e seus V-2, cujos primeiros modelos acabavam de ser lançados em setembro. As tropas soviéticas já penetravam na Hungria, pelo sul, bem como no próprio território do Reich, na Prússia Oriental. Em Budapeste, o SEk fora dissolvido em setembro, mas Wisliceny continuava lá e Eichmann voltou a entrar em cena rapidamente. Mais uma vez, foi um desastre. Os húngaros aceitaram nos fornecer cinquenta mil judeus de Budapeste (em novembro, Szálasi já insistia no fato de que eram apenas "emprestados"), mas seria preciso transportá-los até Viena, para Kammler e para a construção de um *Ostwall*, e não havia mais transporte disponível: Eichmann, provavelmente com o consentimento de Veesenmayer, decidiu expedi-los a pé. A história é conhecida: muitos morreram no caminho, e o oficial encarregado do recebimento, o Obersturmbannführer Höse, recusou a maioria dos que chegaram, pois era impossível, de novo, usar mulheres para trabalhos de terraplenagem. Não pude fazer rigorosamente nada, ninguém escutava minhas sugestões, nem Eichmann, nem Winkelmann, nem Veesenmayer, nem os húngaros. Quando o Obergruppenführer Jüttner, chefe da SS-FHA, chegou a Budapeste com Becher, tentei intervir junto a ele; Jüttner cruzara com os caminhantes, que caíam como moscas na lama, na chuva, na neve; aquele espetáculo o escandalizara e ele foi efetivamente protestar com Winkelmann; mas Winkelmann o encaminhou a Eichmann, dizendo que não mandava em nada, e Eichmann recusou-se taxativamente a receber Jüttner, despachando-lhe um de seus subordinados, que rebateu suas queixas com insolência. Eichmann, era visível, estava fora de si, não escutava mais ninguém, exceto a Müller e Kaltenbrunner, e Kaltenbrunner parecia não escutar mais sequer o Reichsführer. Falei com Becher, que iria encontrar-se com Himmler, pedi que interviesse, ele prometeu fazer o possível. Szálasi, por sua vez, não demorou a ficar com medo: os russos avançavam; em meados de novembro ele pôs fim às marchas, não tínhamos enviado ainda sequer trinta mil, prejuízo absurdo, mais um. Ninguém mais parecia saber o que fazia, ou melhor, cada um fazia estritamente o que queria, sozinho e isolado, impossível trabalhar em tais condições. Intercedi pela última vez junto a Speer, que em outubro assumira o controle total do Arbeitseinsatz, incluindo o controle sobre a utilização dos detentos do WVHA; aceitou finalmente me receber, mas desmarcou a entrevista, na qual não via interesse. É verdade que eu não tinha muita coisa de concreto a lhe oferecer. A posição do Reichsführer era incompreensível para mim. No fim de outubro, ele deu ordens a Auschwitz para interromper a execução dos judeus e, no fim de novembro, declarando a questão judaica resolvida, ordenou a destruição das instalações de extermínio do campo; ao mesmo tempo, no RSHA e no Persönlicher Stab, discutia-se diligentemente a criação de um novo campo de extermínio em Alteist-Hartel, perto de Mauthausen. Dizia-se também que o Reichsführer entabulava negociações com os judeus, na Suíça e na Suécia; Becher parecia ciente, mas esquivava-se das minhas perguntas quando eu lhe pedia esclarecimentos. Soube também que ele acabou conseguindo que o Reichsführer convocasse Eichmann (era mais tarde, em dezembro); porém, somente dezessete anos depois soube do que fora dito nessa ocasião, durante o processo desse valente Obersturmbannführer em Jerusalém: Becher, que se tornara homem de negócios e milionário em Bremen, explicou em seu depoimento que o encontro tivera lugar no trem especial do Reichsführer, na Floresta Negra, perto de Trimberg, e que o Reichsführer falara com Eichmann com *bondade e cólera ao mesmo tempo*. Desde então os livros citam frequentemente uma frase que o Reichsführer teria, segundo Becher, lançado na ocasião ao seu subordinado teimoso: "Se até agora o senhor exterminou os judeus, de agora em diante ordeno-lhe que seja uma babá para eles. Lembro que em 1933 fui eu quem criei o RSHA, e não o Gruppenführer Müller ou tampouco o senhor. Se não pode me obedecer, fale!" É possível que seja verdade. Mas o depoimento de Becher é eminentemente suspeito; ele se atribui, por exemplo, graças à sua influência sobre Himmler, a cessação das marchas forçadas de Budapeste — ao passo que a ordem vinha dos húngaros em pânico — e também, pretensão ainda mais exagerada, a iniciativa da ordem de interrupção da *Endlösung*: ora, se alguém soprou isso para o Reichsführer, não foi certamente esse especulador ardiloso (talvez, Schellenberg).

    Meu processo penal seguia adiante; regularmente o juiz Rabingen me convocava para esclarecer um ponto ou outro. De vez em quando me encontrava com Mihaï; quanto a Hélène, parecia cada vez mais transparente, não de medo, mas de emoção contida. Quando, na minha volta da Hungria, contei-lhe das atrocidades de Nyíregyháza (o 3º Corpo Blindado reconquistara a cidade dos russos, no fim de outubro, e encontrara mulheres de todas as idades estupradas, pais pregados vivos nas portas diante de filhos mutilados; e, no caso, tratava-se de húngaros, não de alemães), ela me olhou longamente, depois perguntou com brandura: "E na Rússia, era muito diferente?" Eu não disse nada. Olhava para seus pulsos, extraordinariamente finos, que ultrapassavam a manga; dizia-me que podia enlaçá-los facilmente com o polegar e o indicador. "Sei que a vingança deles será terrível", ela disse. "Mas a teremos merecido." No início de novembro, meu apartamento até então milagroso desapareceu durante um bombardeio: uma bomba atravessou o telhado e levou consigo os dois andares superiores; Herr Zempke, coitado, sucumbiu a um ataque do coração ao sair do porão soterrado pela metade. Felizmente, eu tinha adquirido o hábito de guardar parte das minhas roupas e roupa de baixo no escritório. Mihaï me convidou para mudar para sua casa; preferi me instalar em Wannsee, na casa de Thomas, que para lá se transferira, depois do incêndio, em maio, de sua casa de Dahlem. Levava uma vida social frenética, havia sempre alguns energúmenos do Amt VI por lá, um ou dois colegas de Thomas, Schellenberg, e garotas, claro. Schellenberg conversava regularmente com Thomas em particular, mas visivelmente desconfiava de mim. Um dia, voltei mais cedo e ouvi uma conversa animada na sala de estar, cacos de vozes, a entonação cacarejante e insistente de Schellenberg: "Se aquele Bernadotte aceitar..." Interrompeu-se assim que me viu na soleira da porta e me saudou simpaticamente: "Aue, que satisfação." Mas não prosseguiu sua conversa com Thomas. Quando eu me cansava das festinhas do meu amigo, às vezes deixava-me arrastar por Mihaï. Ele não perdia uma das festas de despedida diárias do Dr. Kosak, embaixador croata, que aconteciam ora na legação, ora em sua mansão de Dahlem; a fina flor do corpo diplomático e do Auswärtiges Amt ia lá empanturrar-se, embriagar-se e conviver com as beldades da UFA, Maria Milde, Ilse Werner, Marikka Rökk. Perto da meia-noite, um coro entoou canções populares dálmatas; depois do bombardeio de praxe dos Mosquito, os artilheiros da bateria de Flak croata estacionada ao lado vinham beber e tocar jazz até a madrugada; entre eles encontrava-se um oficial resgatado de Stalingrado, mas evitei dizer que eu também estivera lá, ele teria ficado no meu pé. Às vezes essas bacanais degeneravam em orgias, casais enlaçavam-se nas alcovas da legação e indivíduos frustrados saíam para esvaziar suas pistolas no jardim: uma noite, bêbado, fiz amor com Mihaï no quarto do embaixador, que roncava embaixo, num divã; em seguida, excitadíssimo, Mihaï subiu de novo com uma atrizinha qualquer e a possuiu na minha frente enquanto eu terminava uma garrafa de *slivovitz* e meditava sobre a escravidão da carne. Aquela alegria vã e frenética não podia durar. No fim de dezembro, enquanto os russos cercavam Budapeste e nossa última ofensiva atolava nas Ardennes, o Reichsführer me despachou para inspecionar a evacuação de Auschwitz.

No verão, a evacuação precipitada e tardia do KL Lublin nos causara muita preocupação: os soviéticos haviam tomado as instalações intactas, com os entrepostos superlotados, água para o moinho de sua propaganda de atrocidades. Desde o fim de agosto, suas forças acampavam no Vístula, mas era óbvio que não ficariam por ali. Alguém tinha que tomar uma providência. Em última instância a responsabilidade pela evacuação dos campos e dos subcampos do complexo de Auschwitz cabia ao Obergruppenführer Ernst Schmauser, HSSPF do Distrito Militar VIII, que incluía a Alta Silésia; as operações, Brandt me explicou, seriam realizadas pela equipe do campo. Meu papel consistia em garantir o caráter prioritário da evacuação da mão de obra utilizável, em bom estado, destinada a ser reutilizada no interior do Reich. Depois do meu fiasco húngaro, fiquei com um pé atrás: "Quais serão meus poderes?", perguntei a Brandt. "Poderei dar as ordens que julgar necessárias?" Ele se esquivou da pergunta: "O Obergruppenführer Schmauser tem plena autoridade. Se notar que o pessoal do campo não está cooperando no espírito devido, dirija-se a ele que ele dará as ordens necessárias." — "E se eu tiver problemas com o Obergruppenführer?" — "Não terá problemas com o Obergruppenführer. É um excelente nacional-socialista. De toda forma, estará em contato com o Reichsführer ou comigo mesmo." Eu sabia por experiência que aquilo era uma garantia débil. Mas não tinha escolha.

A possibilidade de um avanço inimigo ameaçar o campo de concentração havia sido levantada pelo Reichsführer, em 17 de junho de 1944, em uma instrução intitulada *Fall-A*, "Caso A", que dava ao HSSPF da região, em caso de crise, poderes ampliados sobre o pessoal do campo. Logo, se Schmauser compreendesse a importância de salvaguardar o máximo de mão de obra, as coisas poderiam fluir normalmente. Fui visitá-lo em seu QG de Breslau. Era um homem da velha geração, devia ter cinquenta ou cinquenta e cinco anos, severo, rígido, mas profissional. O plano de evacuação dos campos, me explicou, entrava no âmbito geral da estratégia de retirada *Auflockerung-Raümung-Lähmung-Zerstörung* ("Desmontagem-Evacuação-Imobilização-Destruição") formulada no fim de 1943 "e aplicada com tanto sucesso na Ucrânia e na Bielorrússia, onde os bolcheviques não apenas não encontraram onde se alojar e o que comer, como tampouco, em certos distritos como Novgorod, puseram as mãos em um único ser humano potencialmente útil". O Distrito VIII promulgara a ordem de aplicação da ARLZ em 19 de setembro. Nesse contexto, 65 000

Häftlinge já tinham sido evacuados para o Altreich, incluindo o conjunto dos detentos poloneses e russos, suscetíveis de representar um problema para as linhas de frente em caso de abordagem inimiga. Restavam 67 000 detentos, dos quais 35 000 ainda trabalhavam nas fábricas da Alta Silésia e nas regiões vizinhas. Schmauser confiara desde outubro o planejamento da evacuação final, bem como das duas últimas fases da ARLZ, ao seu oficial de ligação, o Major der Polizei Boesenberg; quanto aos detalhes, eu veria com ele, sabendo que apenas o Gauleiter Bracht, em sua posição de Reichskommissar para a defesa do *Gau*, podia tomar as decisões executivas. "O senhor compreende", Schmauser declarou para concluir, "todos sabemos a que ponto a preservação do potencial de trabalho é importante. Mas, para nós, e para o Reichsführer também, as questões de segurança permanecem primordiais. Uma massa humana inimiga desse porte, dentro das nossas linhas, representa um risco formidável, ainda que não estejam armados. Sessenta e sete mil detentos são quase sete divisões: imagine sete divisões inimigas em liberdade na retaguarda das nossas tropas durante uma ofensiva! Em outubro, talvez o senhor saiba, tivemos um motim em Birkenau entre os judeus do Sonderkommando. Felizmente foi controlado, mas perdemos homens, e um dos crematórios foi dinamitado. Pense bem: se eles tivessem se associado aos insurgentes poloneses que deambulam em torno do campo, poderiam ter causado prejuízos incalculáveis, e ter permitido a fuga de milhares de detentos! E, desde agosto, os americanos vêm bombardeando a fábrica da IG Farben, e a cada vez detentos aproveitam para tentar fugir. Para a evacuação final, se vier a acontecer, teremos que fazer de tudo para impedir que uma situação dessas se repita. Vamos precisar de muito tato." Eu compreendia muito bem esse ponto de vista, mas tinha medo das consequências práticas dele decorrentes. A argumentação de Boesenberg não contribuiu muito para me tranquilizar. No papel, seu plano fora meticulosamente preparado, com mapas precisos para todas as rotas de evacuação; mas Boesenberg criticava ferozmente o Sturmbannführer Bär, que se negara a participar da elaboração do plano (uma última reestruturação administrativa, no fim de novembro, transformara aquele ex-pasteleiro em Kommandant dos campos I e II, além de Standortältester dos três campos e de todos os *Nebenlager*); Bär pretextava que o HSSPF não tinha nenhuma autoridade sobre o campo, o que era tecnicamente exato até que o *Fall-A* fosse declarado, e, no tocante a isso, ele só aceitava reportar-se ao Amtsgruppe D. Uma cooperação estreita e ágil das instâncias responsáveis, no caso de uma evacuação, era improvável. Além disso — o que me preocupava ainda mais depois das minhas experiências de outubro e novembro —, o plano de Boesenberg previa uma evacuação dos campos a pé, os detentos devendo caminhar entre 55 e 63 quilômetros antes de serem colocados em trens para Gleiwitz e Loslau. Esse plano era lógico: a situação de guerra prevista pelo plano não permitiria a plena utilização das ferrovias nas zonas de combate; de toda forma, o material com rodas era desesperadamente escasso (em toda a Alemanha não restavam senão duzentos mil vagões, uma perda de mais de 70% do parque ferroviário em dois meses). Também era preciso considerar a evacuação dos civis alemães, prioritários, trabalhadores estrangeiros e prisioneiros de guerra. Em 21 de dezembro, o Gauleiter Bracht promulgara um *U-Plan/Treckplan* completo para a província, nele incorporando o plano de Boesenberg, segundo o qual os detentos dos KL teriam, por razões de segurança, prioridade na travessia do Oder, gargalo principal nas rotas de evacuação. Mais uma vez, no papel, a coisa se sustentava, mas eu sabia o que podia resultar de uma marcha forçada em pleno inverno, sem preparação; além do mais, os judeus de Budapeste haviam partido em boas condições de saúde, ao passo que ali se trataria de *Häftlinge* cansados, enfraquecidos, subnutridos e esfarrapados numa situação de pânico que, mesmo planejada, podia facilmente degenerar em debandada. Interroguei longamente Boesenberg sobre os pontos-chave: ele me garantiu que antes da partida agasalhos e cobertores suplementares seriam distribuídos e que estoques de provisões estariam pré-posicionados nas estradas. Impossível, afirmava, fazer melhor. Eu tinha que admitir que provavelmente ele tinha razão.

Em Auschwitz, encontrei na Kommandantur o Sturmbannführer Kraus, um oficial de ligação despachado por Schmauser com um Sonderkommando SD e instalado no campo à frente de um "gabinete de ligação e transição". Esse Kraus, um jovem oficial afável e competente cujos pescoço e orelha esquerda exibiam vestígios de queimadura grave, me explicou que era o principal responsável pelas fases "Imobilização" e "Destruição": tinha acima de tudo que garantir que as instalações de extermínio e os entrepostos não caíssem intactos nas mãos dos russos. A responsabilidade pela execução da ordem de evacuação, quando esta fosse dada, incumbia, por sua vez, a Bär. Este me recebeu com bastante má vontade, para ele visivelmente eu ainda era um burocrata de fora que vinha importuná-lo no trabalho. Cravou em mim seus olhos penetrantes e inquietos, um nariz achatado, uma boca fina mas curiosamente sensual; seus cabelos volumosos e crespos eram esmeradamente penteados com brilhantina, como os de um dândi de Berlim. Achei-o espantosamente bisonho e limitado, mais ainda que Höss, que pelo menos preservava o faro do antigo combatente. Aproveitando-me da minha patente, recriminei-o duramente por sua falta de cooperação franca com os serviços do HSSPF. Ele me retorquiu com uma arrogância descarada que Pohl apoiava plenamente seu ponto de vista. "Quando o *Fall-A* for declarado, estarei sob as ordens do Obergruppenführer Schmauser. Até lá, respondo apenas a Oranienburg. O senhor não tem ordens a me dar." — "Quando o *Fall-A* for declarado", repliquei furiosamente, "será tarde demais para remediar sua incompetência. Aviso-lhe que no meu relatório ao Reichsführer vou considerá-lo pessoalmente responsável por toda perda desnecessária." Minhas ameaças pareciam não surtir efeito, ele me escutava em silêncio, com um desprezo mal dissimulado.

Bär designou um escritório para mim na Kommandantur de Birkenau e mandei vir de Oranienburg o Obersturmführer Elias e um dos meus novos subordinados, o Untersturmführer Darius. Alojei-me na Haus der Waffen-SS; deram-me o mesmo quarto que ocupei na minha primeira visita, um ano e meio antes. Fazia um tempo horrível, frio, úmido, inconstante. Toda a região repousava sob a neve, uma camada espessa, frequentemente salpicada pela fuligem das minas e das chaminés de fábricas, um rendado sujo e cinzento. No campo, ela ficava quase preta, castigada pelos passos de milhares de detentos e misturada a uma lama petrificada pela geada. Borrascas violentas e imprevisíveis desciam dos Besquides e envolviam o campo, sufocando-o por vinte minutos sob um véu branco e agitado, antes de desaparecerem com a mesma rapidez, deixando tudo imaculado por instantes. Em Birkenau, apenas uma chaminé ainda fumegava, espasmodicamente, a do Krema IV, mantido em atividade para eliminar os detentos mortos no campo; o Krema III estava em ruínas desde a insurreição de outubro e os dois outros, de acordo com as instruções de Himmler, parcialmente desmantelados. Havíamos abandonado a nova zona de construção e retirado a maior parte dos galpões, de maneira que o terreno, vasto e vazio, estava entregue à neve; os problemas de superpopulação tinham sido resolvidos com as evacuações preliminares. Quando as nuvens se retiravam, eventualmente, a linha azulada dos Besquides aparecia por trás dos renques geométricos dos galpões; e o campo, sob a neve, parecia sossegado e tranquilo. Eu ia quase todos os dias inspecionar os diferentes campos auxiliares, Günthergrube, Fürstergrube, Tschechowitz, Neu Dachs, os pequenos campos de Gleiwitz, para verificar o andamento dos preparativos. As longas estradas planas estavam quase desertas, perturbadas, se tanto, pelos caminhões da Wehrmacht; à noite eu voltava sob um céu escuro, uma massa pesada e cinzenta, tendo ao fundo a neve, que às vezes caía como uma cortina sobre os lugarejos distantes, e atrás um céu delicado, azul e amarelado, com apenas algumas nuvens de um roxo discreto, aureoladas pela luz do sol poente, azulando a neve e o espelho dos pântanos que encharcavam a terra polonesa. Na noite de 31 de dezembro, foi organizada uma confraternização discreta na Haus para os oficiais em trânsito e alguns oficiais do campo; entoamos cânticos melancólicos, os homens bebiam lentamente e falavam em voz baixa; todo mundo compreendia que era o último Ano-Novo da guerra e que havia poucas chances de o Reich sobreviver até o ano seguinte. Reencontrei ali o Dr. Wirths, profundamente deprimido, que mandara a família de volta para a Alemanha, e o Untersturmführer Schurz, novo chefe da Politische Abteilung, que me tratou com muito mais deferência que seu comandante. Conversei longamente com Kraus; ele servira durante vários anos na Rússia, até que fosse gravemente ferido, em Kursk, onde conseguira sair por um triz do seu panzer em chamas; depois da convalescença, viu-se destacado para o Distrito SS Sudeste, em Breslau, e terminara no estado-maior de Schmauser. Esse oficial, que tinha os mesmos prenomes, Franz Xaver, de um outro Kraus, conhecido teólogo católico do século precedente, me deu a impressão de ser um homem sério, aberto às opiniões dos outros, mas fanaticamente determinado a levar a cabo sua missão; embora afirmasse compreender claramente meus objetivos, sustentava que nenhum detento devia, naturalmente, cair vivo nas mãos dos russos, estimando que essas duas coibições não eram incompatíveis. A princípio provavelmente tinha razão, mas, da minha parte, preocupava-me — com razão, como veremos — a possibilidade de aquelas ordens demasiado severas excitarem a brutalidade dos guardas do campo, constituídos naquele sexto ano de guerra pela escória da SS, homens velhos demais ou doentes demais para servir no front, *Volksdeutschen* mal falando o alemão, veteranos vítimas de distúrbios psiquiátricos mas considerados aptos ao trabalho, alcoólatras, drogados e degenerados espertos o suficiente para evitarem o batalhão de marcha ou o pelotão. Muitos oficiais não valiam mais que seus homens: com a expansão exagerada, nesse último ano, do sistema dos KL, o WVHA vira-se obrigado a recrutar qualquer um, a promover subalternos notoriamente incompetentes, a readmitir oficiais exonerados por falta grave, ou aqueles que ninguém queria. O Hauptsturmführer Drescher, um oficial que conheci também nessa noite, confirmou o meu ponto de vista pessimista. Drescher dirigia o ramo da Comissão Morgen ainda instalado no campo, e me vira uma vez com seu superior em Lublin; nessa noite, em uma saleta discreta do restaurante, abriu-se francamente comigo sobre as investigações em curso. O inquérito contra Höss, que estava para terminar em outubro, desmoronara subitamente em novembro, apesar do depoimento de uma detenta, uma prostituta austríaca que Höss seduzira e depois tentara matar confinando-a em uma cela disciplinar da PA. Após sua transferência para Oranienburg no final de 1943, Höss deixara sua família na casa do Kommandant, obrigando seus sucessivos substitutos a se aquartelarem em outro lugar; fizera com que se mudassem apenas um mês antes, provavelmente por causa da ameaça russa, sendo de conhecimento geral, no campo, que Frau Höss requisitara quatro caminhões inteiros para transportar seus pertences. Drescher estava doente com isso, mas Morgen esbarrara nos padrinhos de Höss. Embora os inquéritos seguissem adiante, visavam apenas os peixinhos. Wirths juntara-se a nós, e Drescher continuava a falar sem se intimidar com a presença do médico; visivelmente não lhe dizia nada de novo. Wirths estava preocupado com a evacuação: apesar do plano de Boesenberg, nenhuma medida fora tomada no Stammlager nem em Birkenau no sentido de preparar rações de viagem ou agasalhos. Eu também estava preocupado.

Em contrapartida, os russos continuavam sem se mexer. No Ocidente, nossas forças faziam de tudo para atacar (os americanos estavam encravados em Bastogne), e também passáramos à ofensiva em Budapeste, o que voltava a nos dar um pouco de esperança. Mas os famosos foguetes V-2, para quem sabia ler nas entrelinhas, revelavam-se ineficazes, nossa ofensiva secundária na Alsácia do Norte havia sido imediatamente contida, e via-se claramente que tudo era apenas uma questão de tempo. No início de janeiro, dei um dia de folga a Piontek para que evacuasse sua família de Tarnowitz, pelo menos até Breslau;

eu não queria que, chegado o momento, ele se preocupasse com isso. A neve caía regularmente e, quando o céu clareava, a pesada e suja fumaça das fundições dominava a paisagem silesiana, testemunha de uma produção de tanques, canhões e munições que prosseguiria até o último momento. Transcorreram-se assim dez dias numa tranquilidade inquieta, pontuada por picuinhas burocráticas. Finalmente consegui persuadir Bär a preparar rações especiais, a serem distribuídas aos detentos no momento da partida; quanto aos agasalhos, disse-me que iria pegá-los no "Canadá", cujos armazéns, por falta de transporte, continuavam abarrotados. Uma boa notícia veio amenizar essa tensão por um instante. Uma noite, na Haus, Drescher apresentou-se à minha mesa com dois copos de conhaque, sorrindo com sua barbicha: "Parabéns, Herr Obersturmbannführer", declarou, estendendo-me um copo e erguendo o outro. — "Assim seja, mas por quê?" — "Falei hoje com o Sturmbannführer Morgen. Ele me pediu para lhe dizer que seu caso está encerrado." Nem me abalei com o fato de Drescher estar a par, de tal maneira a notícia me aliviava. Drescher continuava: "Na ausência de qualquer prova material, o juiz Von Rabingen decidiu suspender as investigações contra o senhor. Von Rabingen disse ao Sturmbannführer que nunca vira caso tão mal amarrado e com tão poucos indícios, e que a Kripo fizera um trabalho detestável. Chegou a sugerir que tudo não passava de uma conspiração contra o senhor." Inspirei: "Foi o que sempre afirmei. Felizmente, o Reichsführer manteve toda a confiança em mim. Se o que diz é verdade, então minha honra está lavada." — "Com efeito", opinou Drescher, balançando a cabeça. "O Sturmbannführer Morgen chegou a me confidenciar que o juiz Von Rabingen pensava em tomar medidas disciplinares contra os inspetores que o importunaram." — "Ele me deixaria feliz da vida." A notícia me foi confirmada três dias depois por uma correspondência de Brandt, que trazia em anexo uma carta ao Reichsführer em que Von Rabingen afirmava estar *plenamente convencido da minha inocência.* Nenhuma das duas cartas mencionava Clemens e Weser, mas aquilo era o suficiente para mim.

Finalmente, após essa trégua fugaz, os soviéticos lançaram, a partir de suas cabeças de ponte sobre o Vístula, sua tão temida ofensiva. Nossas magras forças de cobertura foram varridas. Os russos, em sua pausa, haviam acumulado um poder de fogo inédito; seus T-34 investiram em colunas através das planícies polonesas desmanchando nossas divisões e imitando magistralmente nossas táticas de 1941; em vários lugares, nossas tropas foram surpreendidas pelos tanques inimigos, pois julgavam que suas linhas estavam a mais de cem quilômetros dali. Em 17 de janeiro, o governador-geral Frank e sua administração evacuavam a Cracóvia e nossas últimas unidades retiravam-se das ruínas de Varsóvia. Os primeiros blindados soviéticos já penetravam na Silésia quando Schmauser deflagrou o *Fall-A*. Da minha parte, eu fizera tudo que estimava possível: estocara galões de gasolina, sanduíches e rum em nossos dois veículos e destruíra as cópias dos meus relatórios. Na noite do 17, fui convocado por Bär junto com todos os outros oficiais; ele nos anunciou que, por instrução de Schmauser, todos os detentos válidos seriam evacuados, a pé, a partir da manhã seguinte: o censo em curso, naquela noite, seria o último. A evacuação seria efetuada de acordo com o plano. Cada comandante de coluna devia zelar para que nenhum detento pudesse escapar ou ficar para trás na estrada, toda tentativa devia ser impiedosamente punida; entretanto, Bär recomendava não fuzilar detentos nas áreas urbanas, a fim de não chocar a população. Um dos comandantes de coluna, um Obersturmführer, tomou a palavra: "Herr Sturmbannführer, essa ordem não é excessivamente rigorosa? Se um *Häftling* tentar escapar, é normal fuzilá-lo. Mas e se estiver simplesmente fraco demais para andar?" — "Todos os *Häftlinge* que estão de partida foram classificados como aptos ao trabalho e devem poder fazer cinquenta quilômetros sem problemas", retorquiu Bär. "Os doentes e inaptos permanecerão nos campos. Se há doentes nas colunas, devem ser eliminados. Estas ordens são para ser cumpridas."

Nessa noite, os SS do campo dormiram pouco. Da Haus, perto da estação, eu observava o desfile das longas colunas de civis alemães fugindo dos russos: depois de atravessarem a cidade e a ponte sobre o Sola, tomavam de assalto a estação ou continuavam penosamente a marcha para o Ocidente. SS vigiavam um trem especial reservado para as famílias do pessoal do campo; já estava apinhado, maridos tentavam enfiar pacotes junto com suas mulheres e filhos. Depois do jantar, fui inspecionar o Stammlager e Birkenau. Visitei alguns galpões; os detentos tentavam dormir, os *kapos* afirmavam que ninguém havia distribuído nenhuma roupa suplementar, mas eu ainda esperava que o fizessem no dia seguinte, antes da partida. Pilhas de documentos queimavam nas alamedas de acesso; os incineradores estavam a todo vapor. Em Birkenau, observei uma grande balbúrdia para os lados do "Canadá"; à luz dos projetores, dois detentos carregavam todo tipo de mercadorias em caminhões; um Untersturmführer que supervisionava a operação me garantiu que iam ser transportadas para o KL Gross-Rosen. Mas eu notava claramente que os guardas SS também se aproveitavam, às vezes abertamente. Todo mundo gritava, esfalfando-se freneticamente e em vão, e eu sentia que o pânico tomava aqueles homens, o senso de equilíbrio e disciplina se perdia. Como sempre, esperamos até o último minuto para fazer tudo, pois agir mais cedo teria sido dar mostras de derrotismo; agora os russos estavam em cima da gente, os guardas de Auschwitz lembravam-se do destino dos SS capturados no campo de Lublin e com isso perdiam qualquer noção de prioridade, procurando apenas uma coisa, fugir. Deprimido, fui falar com Drescher em seu gabinete no Stammlager. Também queimava documentos. "Viu como estão saqueando?", ele me disse, rindo com sua barbicha. De uma gaveta, tirou uma garrafa de *armagnac* caro: "Que me diz? Um Untersturmführer que persigo há quatro meses mas que não consegui encurralar me deu isso de presente de despedida, o patife. Roubou-a, naturalmente. O senhor bebe um copo comigo?" Despejou duas doses em dois copos d'água: "Sinto muito, não tenho nada melhor." Ergueu seu copo e o imitei. "Vamos", disse ele, "proponha um brinde." Mas nada me ocorria. Ele deu de ombros: "Eu também não. Então, bebamos." O *armagnac* era delicado, um ardido leve e perfumado. "Para onde o senhor vai?", perguntei. — "Para Oranienburg, fazer meu relatório. Com o que tenho, posso indiciar mais onze. Depois, eles me mandarão para onde quiserem." Enquanto eu me preparava para partir, ele me estendeu a garrafa: "Pegue-a, guarde-a. Vai precisar dela mais que eu." Enfiei-a no bolso do casaco, apertei sua mão e saí. Passei no HKB, onde Wirths supervisionava a evacuação do material médico. Comentei com ele o problema dos agasalhos. "Os armazéns estão cheios", ele me garantiu. "Não deve ser muito difícil distribuir cobertores, botas e casacos." Mas Bär, que encontrei por volta das duas da madrugada na Kommandantur de Birkenau planejando a ordem de partida das colunas, não parecia ser da mesma opinião. "Os bens armazenados são propriedade do Reich. Não tenho ordens para distribuí-los aos detentos. Serão transportados por caminhão ou trem, quando pudermos." Do lado de fora devia fazer –10°, as alamedas estavam congeladas, escorregadias. "Vestidos desse jeito, seus detentos não sobreviverão. Muitos estão praticamente descalços." — "Os aptos sobreviverão", afirmou. "Dos outros, não precisamos." Cada vez mais furioso, desci ao centro de comunicação e pedi uma ligação para Breslau; mas Schmauser não estava mais acessível, Boesenberg tampouco. Um operador me mostrou um despacho da Wehrmacht: Tschentochau acabava de cair, as tropas russas achavam-se às portas de Cracóvia. "Está esquentando", deixou escapar laconicamente. Pensei em enviar um telex para o Reichsführer, mas não adiantaria nada; valia mais a pena encontrar Schmauser no dia seguinte, esperando que tivesse mais bom senso que o asno do Bär. Subitamente exausto, voltei para a Haus para me deitar. As colunas de civis, misturadas com soldados da Wehrmacht, continuavam a afluir, camponeses esgotados, embrulhados em peles, os pertences amontoados numa carroça com os filhos, tocando rebanhos à sua frente.

Piontek não me acordou e dormi até as oito. A cozinha continuava funcionando e pedi omelete com salsicha. Depois saí. No Stammlager e em Birkenau, as colunas escoavam para fora do campo. Os *Häftlinge*, com os pés embrulhados em tudo que haviam podido encontrar, caminhavam lentamente, arrastando o passo, emoldurados por guardas ss e conduzidos por *kapos* bem nutridos e agasalhados. Todos que possuíam um cobertor o levaram consigo, em geral enrolado na cabeça, um pouco como beduínos; mas era tudo. Quando perguntei, explicaram que tinham distribuído pão e um pedaço de salsicha para três dias; ninguém recebera ordens em relação às roupas.

No primeiro dia, contudo, apesar da geada e de uma neve úmida, a coisa ainda parecia funcionar. Eu estudava as colunas que deixavam o campo, conferia com Kraus, movia-me para lá e para cá a fim de verificar a situação. Observei abusos em toda parte: os detentos eram obrigados a empurrar as carroças dos guardas com seus pertences ou a carregar suas malas. Na beira da estrada, aqui e ali, via-se um cadáver deitado na neve, em geral com a cabeça ensanguentada. Embora os guardas aplicassem as ordens severas de Bär, as colunas avançavam sem tumulto e sem tentativa de revolta. No meio do dia consegui fazer contato com Schmauser para discutir o problema das roupas. Ele me escutou brevemente, depois rebateu minhas objeções: "Não podemos fornecer roupas civis, eles poderiam escapar." — "Então pelo menos sapatos." Hesitou: "Arranje-se com Bär", disse finalmente. Ele devia ter outras preocupações, eu via claramente, mas ainda assim teria preferido uma ordem clara. Fui procurar Bär no Stammlager: "O Obergruppenführer Schmauser deu ordens para distribuir calçados aos detentos desprovidos." Bär deu de ombros: "Aqui acabou, já foi tudo encaminhado para a expedição. Pode ser que tenha sobrado alguma coisa em Birkenau, veja com Schwarzhuber." Levei duas horas para encontrar esse oficial, o Lagerführer de Birkenau, que partira para inspecionar uma das colunas. "Muito bem, vou providenciar", prometeu-me quando lhe transmiti a ordem. De tardinha, encontrei Elias e Darius, que eu enviara para inspecionar a evacuação de Monowitz e vários Nebenlager. Tudo corria razoavelmente, mas, já no fim da tarde, cada vez mais detentos, esgotados, paravam de avançar e se deixavam fuzilar pelos guardas. Fui com Piontek inspecionar as estações de pernoite. Apesar das ordens formais de Schmauser — temia-se que detentos se aproveitassem da escuridão para fugir —, algumas colunas continuavam a avançar. Critiquei os oficiais, mas estes respondiam que ainda não haviam alcançado o local designado de descanso e que não podiam de toda forma fazer suas colunas dormirem ao ar livre, na neve ou no gelo. Ainda assim, os locais que visitei se revelavam insuficientes: um celeiro ou uma escola, para dois mil detentos às vezes; muitos dormiam ao ar livre, apertados uns contra os outros. Pedi que acendessem fogueiras, mas não havia lenha, as árvores estavam muito úmidas e faltavam ferramentas para cortá-las; ali onde conseguimos encontrar tábuas ou caixotes velhos, fizemos braseiros, mas eles não resistiam até a madrugada. Nenhuma sopa fora prevista, os detentos tinham que sobreviver com o que lhes havia sido distribuído no campo; mais à frente, me garantiram, não haveria rações. A maioria das colunas ainda não fizera cinco quilômetros; muitas ainda se encontravam no perímetro quase deserto do campo; naquele ritmo, as marchas durariam entre dez e doze dias.

  Retornei à Haus enlameado, molhado, cansado. Kraus estava lá, tomava um trago com alguns de seus colegas do SD. Veio se sentar comigo: "Como vão as coisas?", perguntou. — "Não muito bem. Teremos perdas inúteis. Bär poderia ter feito muito mais." — "Bär não está nem aí. Sabia que ele foi nomeado Kommandant em Mittelbau?" Franzi o cenho: "Não, não sabia. Quem supervisionará o fechamento do campo?" — "Eu. Já recebi ordens para criar um gabinete, depois da evacuação, para gerir o desmanche administrativo." — "Meus parabéns", falei. — "Oh", replicou, "não pense que isso me diverte. Francamente, teria preferido fazer outra coisa." — "E suas tarefas imediatas?" — "Estamos aguardando o esvaziamento dos campos. Começaremos em seguida." — "Que farão com os detentos que ficarem?" Balançou os ombros e deu um sorrisinho irônico: "Que acha? O Obergruppenführer deu ordens para os liquidarmos. Ninguém pode cair vivo nas mãos dos bolcheviques." — "Entendo." Terminei meu copo. "Então, coragem. Não o invejo."

  As coisas se degradaram imperceptivelmente. Na manhã seguinte, as colunas continuavam a sair dos campos pelos portões principais, os guardas ainda ocupavam a linha das guaritas, reinava a ordem; porém, alguns quilômetros adiante, as colunas começaram a se alongar e esgarçar à medida que os detentos mais fracos ficavam para trás. Víamos cada vez mais cadáveres. Embora nevasse forte, não fazia muito frio, para mim em todo caso, que passara por algo infinitamente pior na Rússia. Mas é preciso ressaltar que eu estava bem agasalhado, circulava num automóvel com calefação, e os guardas obrigados a marchar contavam com suéteres, bons casacos e botas; os *Häftlinge*, por sua vez, deviam sentir-se varados até os ossos. O medo dos guardas aumentava, gritavam com os detentos, espancavam-nos. Vi um guarda abater um detento que parara para defecar; repreendi-o, depois pedi ao Untersturmführer que comandava a coluna que o pusesse a ferros; ele me respondeu que não tinha homens suficientes para isso. Nas aldeias, os camponeses poloneses, que esperavam os russos, observavam em silêncio a passagem dos detentos ou lhes gritavam alguma coisa em sua língua; os guardas reprimiam os que tentavam distribuir pão ou comida; estavam muito nervosos, as aldeias, sabíamos, estavam repletas de rebeldes, temia-se uma emboscada. Mas à noite, nas estações de pernoite que eu visitava, nem sempre havia sopa e pão, e muitos detentos já tinham comido sua ração. Calculei que naquele ritmo a metade ou dois terços das colunas iriam desabar antes de chegar ao destino. Ordenei a Piontek que me levasse a Breslau. Em virtude do mau tempo e das colunas de refugiados, só cheguei depois da meia-noite. Schmauser já estava dormindo e Boesenberg, disseram-me no QG, subira para Kattowitz, perto do front. Um oficial barbado me mostrou um mapa de operações: as posições russas, explicou, eram na verdade teóricas, pois eles avançavam tão rapidamente que era impossível atualizar seu trajeto; quanto às nossas divisões que ainda figuravam no mapa, algumas simplesmente não existiam mais, outras, segundo informações fragmentárias, deviam deslocar-se em *kessel* móvel por trás das linhas russas, tentando refazer uma junção com nossas forças evacuadas. Tarnowitz e Cracóvia haviam caído à tarde. Os soviéticos também entravam com força na Prússia Oriental e falava-se de atrocidades piores que na Hungria. Era uma catástrofe. Mas Schmauser, quando me recebeu no meio da manhã, parecia calmo e seguro de si. Descrevi-lhe a situação e enumerei minhas exigências: rações e lenha para aquecimento nas paradas e carroças para transportar os detentos esgotados que ainda pudéssemos tratar e reencaminhar para o trabalho em vez de liquidar: "Não estou falando dos portadores de tifo ou de tuberculose, Herr Obergruppenführer, apenas dos que não resistem ao frio e à fome." — "Nossos soldados também sentem frio e fome", retorquiu rudemente. "Os civis também sentem frio e fome. O senhor parece não se dar conta da situação, Obersturmbannführer. Temos um milhão e meio de refugiados nas estradas. Isso é muito mais importante que seus detentos." — "Herr Obergruppenführer, esses detentos, na condição de força de trabalho, são um recurso vital para o Reich. Não podemos nos permitir, na situação atual, perder vinte ou trinta mil deles." — "Não tenho nenhum recurso a alocar para o senhor." — "Então me dê pelo menos uma ordem para que eu seja obedecido pelos chefes de coluna." Mandei datilografar uma ordem, com várias cópias para Elias e Darius, e Schmauser assinou-as à tarde; parti imediatamente. As estradas estavam terrivelmente cheias, colunas sem fim de refugiados a pé ou em carroças, caminhões isolados da Wehrmacht, soldados desgarrados. Nas aldeias, cantinas móveis do NSV distribuíam sopa. Cheguei tarde em Auschwitz; meus colegas tinham retornado e já dormiam. Bär, fui informado, deixara o campo, provavelmente em definitivo. Fui ver Kraus e o encontrei com Schurz, chefe do PA. Eu pegara o *armagnac* de Drescher e bebemos juntos. Kraus me explicou que pela manhã mandara dinamitar os prédios dos Kremas I e II, deixando o IV para o último minuto; havia também dado início às execuções ordenadas, fuzilando duzentas judias remanescentes do Frauenlager de Birkenau; Springorum, entretanto, presidente da província de Kattowitz, requisitara seu Sonderkommando para tarefas urgentes e ele não tinha mais homens suficientes para continuar. Todos os detentos válidos haviam deixado os campos, mas restavam, segundo ele, no conjunto do complexo, mais de oito mil detentos doentes ou fracos demais para caminhar. Massacrar aquelas pessoas me parecia, levando-se em conta a situação, completamente idiota e inútil, mas Kraus tinha suas ordens e aquilo não era do meu domínio de competência; e eu já tinha muitos problemas com as colunas de evacuados.

Passei os quatro dias seguintes correndo atrás dessas colunas. Tinha a impressão de me debater com uma torrente de lama: levava horas para avançar, e, quando finalmente encontrava um oficial responsável e lhe mostrava minhas ordens, este demonstrava grande má vontade em seguir minhas instruções. Consegui organizar distribuições de rações aqui e ali (em outros locais, também, eram distribuídas sem intervenção da minha parte); mandei recolherem os cobertores dos mortos para entregá-los aos vivos; consegui confiscar carroças dos camponeses poloneses e nelas amontoar detentos esgotados. Porém, quando reencontrei essas mesmas colunas no dia seguinte, os oficiais haviam mandado fuzilar todos os que não conseguiam se levantar e as carroças estavam praticamente vazias. Observei com desconforto os *Häftlinge*, não era seu destino individual que me preocupava, mas seu destino coletivo, e de toda forma todos se assemelhavam, era uma massa cinzenta, suja, fedorenta a despeito do frio, indiferenciada, só era possível captar alguns detalhes isolados, os emblemas, uma cabeça descoberta ou pés descalços, uma roupa diferente das outras; mal se distinguiam homens de mulheres. Às vezes eu percebia seus olhos, sob as dobras do cobertor, mas eles não devolviam nenhum olhar, estavam vazios, inteiramente devorados pela necessidade de caminhar e avançar sem parar. Quanto mais nos afastávamos do Vístula, quanto mais o frio se intensificava, mais os perdíamos. Às vezes, para ceder passagem à Wehrmacht, colunas eram obrigadas a esperar horas na beira da estrada, ou então a cortar por campos enregelados, lutando para atravessar inumeráveis canais e aterros antes de voltar à estrada. Assim que uma coluna interrompia a marcha, os detentos, morrendo de sede, caíam de joelhos para lamber a neve. Cada coluna, mesmo aquelas em que eu introduzira carroças, era seguida por uma equipe de guardas que, com uma bala ou coronhada, sacrificavam os detentos caídos ou simplesmente parados; os oficiais delegavam às municipalidades a tarefa de enterrar os corpos. Como sempre nesse gênero de situação, a brutalidade natural de alguns despertava e seu zelo assassino chegava a extrapolar as ordens; seus jovens superiores, tão apavorados quanto eles, controlavam-nos com dificuldade. Não eram apenas os homens de tropa que perdiam todo o senso dos limites. No terceiro ou quarto dia, fui encontrar Elias e Darius ao longo das estradas; eles inspecionavam uma coluna de Laurahütte cujo itinerário fora desviado em função da rapidez do avanço dos russos, que chegavam não apenas do leste mas também do norte, estando prestes a atingir, segundo minhas informações, Gross Strehlitz, um pouco antes de Blechhammer. Elias estava com o comandante da coluna, um jovem Oberscharführer muito nervoso e agitado; quando lhe perguntei onde encontrar Darius, respondeu que ele se deslocara para a retaguarda e cuidava dos doentes. Fui verificar e dei com ele liquidando detentos a tiros de pistola. "Mas que porra está fazendo?" Saudou-me e respondeu sem se desconcertar: "Às suas ordens, Herr Obersturmbannführer. Fiz uma triagem minuciosa dos *Häftlinge* doentes ou debilitados e mandei colocar nas carroças os passíveis de recuperação. Suprimimos apenas os que são definitivamente inaptos." — "Untersturmführer", cuspi com uma voz glacial, "as execuções não são da sua conta. Suas ordens são para limitá-las ao máximo e, com certeza, não participar delas. Entendido?" Fui também passar um sabão em Elias; Darius, afinal de contas, estava sob suas ordens.

 Às vezes, encontrava chefes de coluna mais compreensivos, que aceitavam a lógica e a necessidade do que eu lhes explicava. Mas os recursos que eu lhes fornecia eram limitados e eles comandavam homens rudes e nervosos, calejados por anos de campo, incapazes de mudar seus métodos e, com o relaxamento da disciplina consecutivo ao caos da evacuação, reincidindo em todos os seus velhos defeitos e reflexos. Cada um deles, eu especulava, tinha razões próprias para agir com violência; assim, Darius provavelmente pretendera demonstrar firmeza e resolução diante daqueles homens às vezes muito mais velhos que ele. Mas eu tinha mais o que fazer do que analisar essas motivações, e tentava, a duras penas, impor minhas ordens. A maioria dos chefes de coluna mostrava-se simplesmente indiferente, tinham uma única ideia na cabeça, afastar-se o mais rapidamente dos russos com o rebanho que lhes haviam confiado, sem complicar suas vidas.

 Durante esses quatro dias, dormi onde podia, em albergues, prefeituras de vilarejos, casas de moradores. No dia 25 de janeiro, uma ventania removera as nuvens, o céu estava claro e limpo, resplandecente, voltei a Auschwitz para ver o que acontecia por ali. Na estação, encontrei uma unidade de bateria antiaérea, a maioria dos Hitlerjugend despejados na Luftwaffe e crianças, preparando-se para evacuar; seu Feldwebel, perplexo, me informou com uma voz neutra que os russos achavam-se do outro lado do Vístula e que havia luta na fábrica da IG Farben. Peguei a estrada que levava a Birkenau e dei com uma longa coluna de detentos subindo a encosta, cercados por SS que atiravam neles um pouco a esmo; atrás deles, até o campo, a estrada estava juncada de corpos. Parei e berrei pelo chefe deles, um dos homens de Kraus. "Que estão fazendo?" — "O Sturmbannführer nos ordenou que esvaziássemos os setores IIe e IIf e transferíssemos os detentos para o Stammlager." — "E por que estão atirando neles desse jeito?" Respondeu mal-humorado: "Senão eles não avançam." — "Onde está o Sturmbannführer Kraus?" — "No Stammlager." Refleti: "Se eu fosse vocês, desistiria. Os russos estarão aqui dentro de algumas horas." Ele hesitou, então se decidiu; fez sinal para os seus homens e o grupo partiu

a passos largos para Auschwitz I, deixando ali os *Häftlinge*. Observei-
-os: não se mexiam, alguns também me observavam, outros sentavam-
-se. Contemplei Birkenau, cuja extensão abracei do alto daquela colina:
o setor do "Canadá", ao fundo, ardia em chamas, enviando para o céu
uma densa coluna de fumaça preta, ao lado da qual o pequeno filete
que saía da chaminé do Krema IV, ainda em operação, passava quase
desapercebido. A neve sobre os tetos dos galpões cintilava ao sol; o campo parecia deserto, eu não distinguia nenhuma forma humana, afora
manchas espalhadas pelos acessos e que deviam ser de corpos, as guaritas estavam em riste, vazias, nada se mexia. Entrei de novo no carro
e retornei, abandonando os detentos ao seu destino. No Stammlager,
onde cheguei antes do Kommando que eu encontrara, outros membros
do SD ou da Gestapo de Kattowitz corriam em todas as direções, agitados e angustiados. Os acessos do campo estavam atulhados de cadáveres já cobertos pela neve, de detritos, de montes de roupas imundas;
de quando em quando, eu percebia um *Häftling* vasculhando corpos
ou passando furtivamente de um prédio a outro, e que ao me ver fugia
com o rabo entre as pernas. Encontrei Kraus na Kommandantur, cujos
corredores desertos estavam atravancados por papéis e dossiês; terminava uma garrafa de *schnaps* fumando um cigarro. Sentei-me e o imitei.
"Está ouvindo?", disse ele com uma voz tranquila. Do norte e do leste,
as detonações ocas e monótonas da artilharia russa ecoavam surdamente. "Seus homens não sabem mais o que fazem", declarei, servindo-me
do *schnaps*. — "Não vai fazer diferença", foi sua resposta. "Estou indo
embora agorinha mesmo. E o senhor?" — "Também, provavelmente.
A Haus ainda está aberta?" — "Não. Partiram ontem." — "E seus homens?" — "Deixarei alguns para terminarem a dinamitação esta noite
ou amanhã. Nossas tropas resistirão até lá. Estou levando os outros
para Kattowitz. Sabia que o Reichsführer foi nomeado comandante de
um Grupo de Exércitos?" — "Não", respondi, surpreso, "não sabia."
— "Ontem. Foi batizado como Grupo de Exércitos Vístula, embora o
front já esteja quase no Oder, até mesmo além. Os vermelhos também
alcançaram o Báltico. A Prússia Oriental está isolada do Reich." — "É",
eu disse, "não são boas notícias. Talvez o Reichsführer possa fazer alguma coisa." — "Isso me espantaria. Na minha opinião, estamos fodidos.
De toda forma, lutaremos até o fim." Esvaziou o resto da garrafa em
seu copo. "Sinto muito", eu disse, "acabei com o *armagnac*." — "Não é
grave." Bebeu um pouco, depois me fitou: "Por que insiste tanto? Pelos
seus trabalhadores, quero dizer. Acha mesmo que alguns *Häftlinge* vão

mudar alguma coisa na nossa situação?" Dei de ombros e terminei meu copo. "Tenho ordens", eu disse. "E o senhor? Por que insiste em liquidar essas pessoas?" — "Também tenho minhas ordens. São inimigos do Reich, não há razão para que se saiam dessa enquanto nosso povo está morrendo. Dito isto, entrego os pontos. Não temos mais tempo." — "Não se preocupe", comentei, observando meu copo vazio, "a maioria resistirá apenas alguns dias. O senhor viu o estado deles." Esvaziou seu copo por sua vez e se levantou: "Vamos embora." Do lado de fora, ainda deu algumas ordens aos seus homens, depois voltou-se para mim e me saudou: "Adeus, Obersturmbannführer. Boa sorte." — "Para o senhor também." Entrei no meu carro e ordenei a Piontek que me levasse a Gleiwitz.

  Trens deixavam Gleiwitz todos os dias desde 19 de janeiro, transportando os detentos à medida de sua chegada dos campos mais próximos. Os primeiros trens, eu sabia, haviam sido dirigidos para Gross--Rosen, onde Bär fora preparar o recebimento, mas Gross-Rosen, logo abarrotado, recusara-se a absorver mais; os comboios agora passavam pelo Protektorat, depois embicavam fosse para Viena (para o KL Mauthausen), fosse para Praga, para em seguida serem distribuídos entre os KL do Altreich. Um trem ainda estava sendo carregado quando cheguei à estação de Gleiwitz. Para meu grande horror, todos os vagões estavam abertos, já cheios de neve e gelo antes que os detentos esgotados fossem empurrados para dentro deles na base de coronhadas; no interior, nem água, nem provisões, nem balde sanitário. Interroguei os detentos: vinham de Neu Dachs e nada haviam recebido desde sua partida do campo; alguns estavam há quatro dias sem comer. Estupefato, eu observava aqueles fantasmas esqueléticos, embrulhados em cobertores encharcados e gelados, de pé, comprimidos uns contra os outros no vagão abarrotado de neve. Interpelei um dos guardas: "Quem manda aqui?" Respondeu com raiva: "Não sei, Herr Obersturmbannführer. As ordens eram para fazê-los entrar." Entrei no prédio principal e mandei chamar o chefe da estação, um homem alto e magro com um bigode à escovinha e óculos redondos de professor: "Quem é o responsável por esses trens?" Com a bandeira vermelha que enrolava em uma das mãos, apontou minhas insígnias: "Não é o senhor, Herr Offizier? Em todo caso, acho que é a SS." — "Quem, precisamente? Quem forma os comboios? Quem distribui os vagões?" — "Em princípio", respondeu, enfiando a bandeira debaixo do braço, "no que se refere aos vagões, é a Reichsbahndirektion de Kattowitz. Mas para esses *Sonderzüge* aí, eles despacharam um

Amsrat para cá." Levou-me para fora da estação e apontou uma casinhola um pouco adiante, ao longo da ferrovia. "Ele está instalado ali." Fui até lá e entrei sem bater. Um homem à paisana, gordo, barba por fazer, estava refestelado atrás de uma mesa coberta de papéis. Dois ferroviários aqueciam-se perto de uma estufa. "É o senhor o Amtsrat de Kattowitz?", ladrei. Ele levantou a cabeça: "Sou o Amtsrat de Kattowitz. Kehrling, ao seu dispor." Um insuportável cheiro de álcool saía de sua boca. Apontei os trilhos: "É o senhor o responsável por essa *Schweinerei*?" — "De que *Schweinerei* quer falar, precisamente? Porque neste momento há muitas." Contive-me: "Os trens, os vagões abertos para os *Häftlinge* dos KL." — "Ah, esta *Schweinerei*? Não, isso é coisa dos seus colegas. Eu coordeno apenas a junção das linhas, só isso." — "Então é o senhor quem organiza esses vagões." Remexeu nos seus papéis. "Vou lhe explicar. Sente-se, meu velho. Pronto. Esses *Sonderzüge* são destinados à Generalbetriebsleitung Ost, em Berlim. Temos que encontrar os vagões no local, em meio ao material com rodas disponível. Ora, talvez o senhor tenha notado" — agitou a mão para o lado de fora —, "isso parece um chiqueiro nos últimos dias. Os vagões abertos são os únicos que restam. O Gauleiter requisitou todos os vagões fechados para as evacuações de civis ou para a Wehrmacht. Se não está satisfeito, ponha uma lona." Fiquei de pé durante sua explicação: "E onde quer que eu arranje lonas?" — "Isso já não é problema meu." — "O senhor poderia pelo menos ter mandado limpar os vagões!" Ele suspirou: "Escute, meu velho, neste momento tenho que compor vinte, vinte e cinco trens especiais por dia. Meus homens mal conseguem engatar os vagões." — "E o abastecimento?" — "Não é da minha conta. Mas, caso se interesse, tem um Obersturmführer em algum lugar que supostamente cuida de tudo isso." Saí batendo a porta. Perto dos trens, encontrei um Oberwachtmeister da Schupo: "É verdade, vi um Obersturmführer dando ordens. Deve estar na SP." Nos escritórios, fui informado de que havia efetivamente um Obersturmführer de Auschwitz que coordenava a evacuação dos detentos, mas que tinha ido comer. Mandei que o procurassem. Quando apareceu, contrariado, mostrei as ordens de Schmauser e comecei a espinafrá-lo pelo estado dos comboios. Ele me escutou em posição de sentido, vermelho como um pimentão; quando terminei, respondeu gaguejando: "Herr Obersturmbannführer, Herr Obersturmbannführer, a culpa não é minha. Não tenho nada, nenhum recurso. A Reichsbahn nega-se a me dar vagões fechados, não há provisões, nada. Não param de me telefonar perguntando por que os trens não partem mais rápido. Faço o que posso." —

"O quê! Em todo o Gleiwitz não há um estoque de comida que o senhor possa requisitar? Lonas? Pás para limpar os vagões? Esses *Häftlinge* são um recurso do Reich, Obersturmführer! Não se ensina mais espírito de iniciativa aos oficiais SS?" — "Não sei, Herr Obersturmbannführer. Posso me informar." Levantei a sobrancelha: "Então vá se informar. Quero comboios adequados para amanhã. Entendido?" — "*Zu Befehl*, Herr Obersturmbannführer." Saudou-me e saiu. Sentei-me e pedi a um ordenança que providenciasse chá. Enquanto eu o assoprava, um Spiess aproximou-se: "Com licença, Herr Obersturmbannführer. O senhor é do estado-maior do Reichsführer?" — "Sim." — "Há dois cavalheiros da Kripo procurando por um Obersturmbannführer do Persönlicher Stab. Será o senhor?" Fui atrás dele e ele me introduziu num gabinete: Clemens apoiava os dois cotovelos sobre uma mesa; Weser estava empoleirado numa cadeira, mãos nos bolsos, reclinado na parede. Sorri e me recostei na soleira da porta, com minha xícara de chá fumegante ainda na mão. "Ora", eu disse, "velhos amigos. Que bons ventos os trazem?" Clemens apontou um dedo grosso para mim: "O senhor, Aue. Procuramos pelo senhor." Sempre sorridente, bati nas minhas insígnias: "Esqueceu que tenho uma patente, Kriminalkommissar?" — "Estamos nos lixando para sua patente", rosnou Clemens. "O senhor não a merece." Weser tomou a palavra pela primeira vez: "Quando recebeu o parecer do juiz Von Rabingen, o senhor deve ter pensado: Pronto, terminou, não é mesmo?" — "De fato, foi assim que entendi. Se não me engano, o dossiê que os senhores prepararam foi bastante criticado." Clemens balançou os ombros: "Não dá mais para saber o que querem os juízes. Mas isso não quer dizer que tenham razão." — "Pior para os senhores", falei, satisfeito, "os senhores estão a serviço da Justiça." — "Exatamente", rugiu Clemens, "somos nós quem servimos a Justiça. Somos realmente os únicos." — "E foi para me dizer isso que viajaram até a Silésia? Estou lisonjeado." — "Não apenas para isso", disse Weser remexendo a cadeira no chão. "Veja, tivemos uma ideia." — "Nossa, que original", comentei, levando a xícara de chá à boca. "Vou lhe contar, Aue. Sua irmã disse que tinha passado por Berlim pouco tempo antes do assassinato e que esteve com o senhor. Que se hospedara no Kaiserhof. Foram então para o Kaiserhof. O Freiherr Von Üxküll era muito conhecido no Kaiserhof, um velho cliente com seus hábitos. Na recepção, um dos funcionários lembrou que, poucos dias depois da partida dele, um oficial SS passara para enviar um telegrama para Frau Von Üxküll. E, pasme, quando se envia um telegrama de um hotel, isso é anotado num registro. Há um número para cada telegrama. E, nos Correios, eles guardam uma cópia dos telegramas. Três anos, é a lei." Sacou uma folha de papel do bolso interno de seu casaco e a desdobrou. "Reconhece isto, Aue?" Eu continuava a sorrir. "O inquérito está encerrado, meine Herren." — "O senhor mentiu para nós, Aue!", fulminou Clemens. — "É, não é correto mentir à Polícia", aprovou Weser. Terminei calmamente meu chá, fiz um sinal polido com a cabeça, desejei-lhes um bom fim de dia e fechei a porta atrás deles.

Do lado de fora, continuava a nevar, cada vez mais furiosamente. Voltei à estação. Uma massa de detentos aguardava num terreno baldio, sentados ao sabor da ventania na neve e na lama. Tentei fazer com que entrassem na estação, mas as salas de espera estavam ocupadas por soldados da Wehrmacht. Dormi com Piontek no carro, arrasado de cansaço. Na manhã seguinte, o terreno baldio estava deserto, afora algumas dezenas de cadáveres de neve. Tentei encontrar o Obersturmführer da véspera para ver se estava seguindo minhas instruções, mas a imensa inutilidade de tudo aquilo me oprimia e paralisava minhas iniciativas. Ao meio-dia, minha decisão estava tomada. Ordenei a Piontek que providenciasse gasolina, depois, pela SP, contatei Elias e Darius. No início da tarde, peguei a estrada para Berlim.

Os combates nos obrigaram a um desvio considerável, por Ostrau, depois Praga e Dresden. Piontek e eu nos revezávamos no volante, e a viagem nos custou dois dias. Dezenas de quilômetros antes de Berlim, tivemos que abrir caminho por entre as levas de refugiados do Leste, que Goebbels obrigava a contornar a cidade. No centro, do anexo do Ministério do Interior onde ficava meu gabinete, não restava senão uma estrutura vazia. Chovia, uma chuva fria e desagradável que derretia superfícies de neve ainda congeladas sobre os escombros. Finalmente encontrei Grothmann, que me informou que Brandt estava em Deutsch Krone, na Pomerânia, com o Reichsführer. Fui então até Oranienburg, onde meu escritório continuava funcionando, como isolado do mundo. Asbach me explicou que Fräulein Praxa fora ferida durante um bombardeio, queimaduras nos braços e nos seios, e que ele tivera que evacuá-la para um hospital na Francônia. Elias e Darius haviam se retirado para Breslau por ocasião da queda de Kattowitz e aguardavam instruções: ordenei-lhes que voltassem. Comecei a destrinchar minha correspondência, na qual ninguém tocara desde o acidente com Fräulein Praxa. Entre as cartas oficiais, um bilhete pessoal: reconheci a letra de Hélène. *Querido Max*, ela me escrevia, *minha casa foi bombardeada e preciso sair de Berlim. Estou desesperada, não sei onde você está, seus colegas não me dizem nada. Vou encontrar meus pais em Bade. Escreva-me. Se quiser, volto para Berlim. Nem tudo está perdido. Sua, Hélène.* Era quase uma declaração, mas eu não compreendia o que ela queria dizer com *Nem tudo está perdido*. Escrevi rapidamente para o endereço indicado dizendo que eu estava de volta, mas que por ora era melhor ela permanecer em Bade.

Passei dois dias redigindo um relatório arrasador a respeito da evacuação. Também comentei o fato pessoalmente com Pohl, que rebateu meus argumentos: "De toda forma", declarou, "não temos mais onde enfiá-los, todos os campos estão superlotados." Em Berlim, eu esbarrara com Thomas; Schellenberg partira, não dava mais festas e parecia de mau humor. Segundo ele, o desempenho do Reichsführer como comandante de um Grupo de Exércitos revelava-se bem lamentável; não estava longe de achar que sua nomeação era uma manobra de Bormann para desacreditá-lo. Mas aquelas brincadeiras imbecis na hora decisiva não me interessavam mais. Eu me sentia mal de novo, meus vômitos haviam recomeçado, eu sentia náuseas diante da máquina de escrever. Sabendo que Morgen também estava em Oranienburg, fui vê-lo e lhe contei a incompreensível obsessão dos dois agentes da Kripo. "Com efeito", ele disse pensativamente, "é curioso. Parece uma coisa pessoal. Entretanto, vi o dossiê, não há nada de sólido nele. Deve ter sido um desses desclassificados, um homem sem educação, podemos imaginar tudo, mas enfim, conheço o senhor, isso é ridículo." — "Talvez um ressentimento de classe", sugeri. "Parece que querem me degradar a todo custo." — "Sim, é possível. O senhor é um homem culto, há muitos preconceitos contra os intelectuais entre a escória do Partido. Escute, falarei de novo sobre isso com Von Rabingen. Vou pedir a ele que lhes dirija uma censura oficial. Eles não têm por que prosseguir uma investigação contra a decisão de um juiz."

Por volta do meio-dia, o rádio transmitiu, por ocasião do décimo segundo (e, como se verificou, último) aniversário da Tomada do Poder, um discurso do Führer. Escutei sem prestar muita atenção na sala da cantina em Oranienburg, nem lembro mais o que ele disse, acho que ainda era sobre a *horda do bolchevismo asiático* ou algo do gênero; o que mais me impressionou foi a reação dos oficiais SS presentes: apenas uma parte se levantou para estender o braço quando o hino nacional foi executado, no fim, comportamento que, meses antes, teria sido julgado inadmissível e imperdoável. No mesmo dia, um submarino soviético torpedeava ao largo de Danzig o *Wilhelm-Gustloff*, florão da flotilha "Kraft durch Freude" de Ley, que transportava mais de mil refugiados, metade deles crianças. Praticamente não houve sobreviventes. Enquanto eu voltava para Berlim, no dia seguinte, os russos atingiam o Oder e o atravessavam quase displicentemente para ocupar uma ampla cabeça de ponte entre Küstrin e Frankfurt. Eu vomitava quase todas as refeições, tinha medo que a febre me pegasse de novo.

No início de fevereiro, os americanos ressurgiram em pleno dia sobre Berlim. Apesar das interdições, a cidade estava tomada por refugiados insolentes e agressivos, que se instalavam nas ruínas e saqueavam mercados e lojas sem que a polícia interviesse. Eu estava de passagem pela Staatspolizei, devia ser um pouco antes das onze; com os raros oficiais que ainda trabalhavam ali, fui encaminhado para o abrigo antiaéreo construído no jardim, no limite do parque devastado do Prinz-Albrecht-Palais, ele próprio uma casca vazia, sem teto. Esse abrigo não era sequer subterrâneo, consistindo num longo corredor de cimento, o que me parecia pouco tranquilizador, mas eu não tinha escolha. Além dos oficiais da Gestapo, fizeram entrar alguns prisioneiros, homens barbados, correntes nos pés, provavelmente retirados das celas vizinhas: reconheci alguns deles, conspiradores de julho, cuja fotografia eu vira nos jornais ou noticiários. O ataque foi de uma violência inédita; o bunker compacto, cujas paredes tinham mais de um metro de espessura, balançava de um lado para o outro como uma tília ao vento. Eu tinha a impressão de me achar no olho de um furacão, de uma tempestade não de elementos, mas de barulho puro, selvagem, todo o barulho do mundo desencadeado. A pressão das explosões comprimia dolorosamente meus tímpanos, eu não ouvia mais nada, tinha medo de que se rompessem, tanto me faziam sofrer. Eu queria ser varrido, esmagado, não conseguia mais suportar aquilo. Os prisioneiros, aos quais se havia proibido de sentar, estavam deitados no chão, em sua maioria encolhidos. Depois fui como levantado do meu assento por uma mão gigantesca e projetado para longe. Quando abri os olhos, vários rostos flutuavam acima de mim. Pareciam gritar, eu não compreendia o que eles queriam. Balancei a cabeça mas senti que mãos a agarravam e me forçavam a repousá-la. Passado o alerta, fizeram-me sair. Thomas me escorava. O céu, em pleno meio-dia, estava preto de fumaça, labaredas lambiam as janelas do prédio da Staatspolizei; no parque, árvores queimavam como archotes, uma porção inteira da fachada traseira do palácio desmoronara. Thomas me fez sentar sobre o que restava de um banco pulverizado. Toquei meu rosto: sangue escorria pela face. Meus ouvidos zumbiam, mas eu distinguia sons. Thomas dirigiu-se a mim: "Está ouvindo?" Fiz sinal que sim; apesar da terrível dor nos ouvidos, eu compreendia o que ele dizia. "Não se mexa. Você está na pior." Um pouco mais tarde instalaram-me num Opel. Na Askanischer Platz, carros e caminhões retorcidos também queimavam. Soldados e auxiliares com o rosto encardido de fumaça lutavam em vão contra os incêndios. Levaram-me até a Kurfürstenstrasse, aos escritórios de Eichmann, que ainda se mantinham de pé. Ali, deitaram-me sobre uma mesa, entre outros feridos. Um Hauptsturmführer chegou, o médico que eu conhecia e cujo nome esquecera: "O senhor de novo", ele me disse simpaticamente. Thomas explicou a ele que minha cabeça se chocara contra a parede do bunker e que eu perdera a consciência por uns vinte minutos. O médico me fez esticar a língua, depois dirigiu uma luz ofuscante para dentro dos meus olhos. "O senhor teve uma concussão cerebral", ele me disse. Voltou-se para Thomas: "Leve-o para fazer uma radiografia de crânio. Se não tiver fratura, três semanas de repouso." Rabiscou alguma coisa em uma folha, entregou a Thomas e desapareceu. Thomas me disse: "Vou encontrar um hospital para você pelo rádio. Se não tiver lugar, volte para minha casa e descanse. Vou cuidar de Grothmann." Ri: "E se sua casa não existir mais?" Ele deu de ombros: "Volte para cá."

Eu não tinha fratura no crânio, e Thomas continuava a ter sua casa. Ele voltou à noite e me estendeu uma folha assinada e carimbada: "Sua licença. Talvez seja melhor você sair de Berlim." Minha cabeça doía, eu bebericava conhaque diluído em água mineral. "Para ir para onde?" — "Sei lá. E se fosse visitar sua namorada, em Bade?" — "É capaz de os americanos chegarem antes de mim." — "Justamente. Leve-a para a Baviera ou a Áustria. Descubra um hotelzinho, desfrute férias românticas. Se eu fosse você, aproveitaria. Pode não ter outra chance tão cedo." Fez um balanço do bombardeio: os escritórios da Staatspolizei estavam inutilizáveis, a antiga Chancelaria, destruída, a nova, a de Speer, severamente danificada, até os apartamentos privados do Führer pegaram fogo. Uma bomba atingira o Tribunal do Povo em plena sessão, julgava-se o General Von Schlabrendorff, um dos conspiradores do OKHG Centro; depois do ataque, o juiz Freisler fora encontrado morto, com o dossiê de Schlabrendorff na mão, a cabeça esmagada, diziam, pelo busto de bronze do Führer que reinava atrás dele durante seus apaixonados libelos.

Partir parecia-me uma boa ideia, mas para onde? Bade, com férias românticas, estava fora de questão. Thomas queria evacuar seus pais dos subúrbios de Viena e me propôs que fosse em seu lugar e os levasse para a fazenda de um primo: "Você tem pais?" Lançou-me um olhar perplexo: "Claro. Todo mundo tem. Por quê?" Mas a opção vienense me parecia terrivelmente complicada para uma convalescença, e Thomas concordou de boa vontade. "Não se preocupe. Vou me virar de outra maneira, isso não é problema. Vá descansar em algum lugar." Eu continuava sem nenhuma ideia; ainda assim, mandei Piontek vir na manhã seguinte com vários galões de gasolina. Naquela noite, dormi mal, tinha dor de cabeça e de ouvido, pontadas lancinantes me despertavam, vomitei duas vezes, mas havia também outra coisa. Quando Piontek se apresentou, peguei meu certificado de licença — essencial para passar pelos postos de controle —, a garrafa de conhaque e quatro maços de cigarro que Thomas me dera, minha bolsa com alguns pertences e roupas de muda, e, sem sequer lhe oferecer um café, dei ordem de partida. "Para onde vamos, Herr Obersturmbannführer?" — "Pegue a estrada de Stettin."

Eu dissera isso sem refletir, tenho certeza; mas depois que falei, pareceu-me claro que não podia ser diferente. Tivemos que pegar desvios complicados para sair na autoestrada; Piontek, que passara a noite na garagem, me explicou que Moabit e Wedding tinham sido arrasados e que hordas de berlinenses engrossavam as levas dos refugiados do Leste. Na autoestrada, a fila das carroças, grande parte com tendas brancas improvisadas para proteger da neve e do frio lancinante, não tinha fim, o focinho dos cavalos na traseira da carroça da frente, mantida do lado direito por Schupo ou Feldgendarmes, a fim de abrir passagem para os comboios militares que subiam para o front. De vez em quando, um Sturmovik russo aparecia e então sobrevinha o pânico, as pessoas saltavam das carroças e fugiam para os campos nevados, enquanto o caça dava rasantes sobre a coluna disparando rajadas de metralhadora que abatiam os retardatários, explodiam as cabeças e os ventres dos cavalos desprotegidos, incendiavam os colchões e as carroças. Durante um desses ataques, meu carro recebeu vários impactos, encontrei-o com as portas esburacadas e o vidro de trás estilhaçado; o motor, felizmente, estava incólume, o conhaque também. Estendi a garrafa para Piontek, depois eu mesmo bebi um trago no gargalo enquanto arrancávamos de novo em meio aos gritos dos feridos e aos berros de civis aterrados. Em Stettin, atravessamos o Oder, cujo degelo precoce fora acelerado pela Kriegsmarine com dinamite e quebra-gelos; em seguida, contornando o Manü-See pelo norte, atravessamos Stargard ocupado por Waffen--SS com insígnias pretas ou vermelhas, homens de Degrelle. Continuávamos na grande estrada do Leste, eu orientava Piontek com um mapa, pois nunca estivera por aquelas bandas. Dos dois lados do asfalto atravancado estendiam-se planícies ravinadas, cobertas por uma neve limpa e delicada, cristalina, e depois bosques de bétulas ou pinheiros lúgubres e sombrios. Aqui e ali víamos uma fazenda isolada, casarões compridos e atarracados, achatados sob telhados de colmo cobertos de neve. As pequenas aldeias de tijolos vermelhos, com telhados cinzentos inclinados e austeras igrejas luteranas, pareciam espantosamente calmas, com os moradores cuidando da sua vida. Depois de Wangerin, a estrada dominava grandes lagos frios e cinzentos, dos quais apenas o contorno havia congelado. Atravessamos Dramburg e Falkenburg; em Tempelburg, uma cidadezinha na margem sul do Dratzig-See, eu disse a Piontek para deixar a autoestrada e embicar para o norte, pela estrada de Bad Polzin. Após uma longa linha reta através de vastos campos esparramados entre os bosques de pinheiros que escondiam o lago, a estrada percorria um istmo íngreme, coroado de árvores, que separa como uma lâmina o Dratzig-See do Sareben-See, menor. Embaixo, formando uma longa curva entre os dois lagos, estendia-se um vilarejo, Alt Draheim, escorado em torno de um bloco de pedra quadrado e compacto, ruínas de um velho castelo. Do outro lado do vilarejo, uma floresta de pinheiros cobria a margem norte do Sareben-See. Parei e perguntei o caminho para um camponês, que o indicou praticamente sem um único gesto: tínhamos que percorrer ainda dois quilômetros, depois virar à direita. "Não há como errar a entrada", ele me disse. "É uma grande aleia de bétulas." Mesmo assim Piontek quase passou em frente sem se dar conta. A aleia atravessava um pequeno bosque, depois cortava por um terreno bonito e limpo, uma longa linha aberta entre duas cortinas de bétulas nuas e pálidas, serena no meio da superfície branca e virgem. A casa ficava ao fundo.

Air

A casa estava fechada. Eu fizera Piontek parar na entrada do pátio e me aproximei a pé através da neve virgem e compacta. A temperatura estava estranhamente amena. Ao longo da fachada, todas as janelas estavam fechadas. Contornei a casa, os fundos davam para um grande terraço com uma balaustrada e uma escada em curva conduzindo até um jardim coberto de neve, a princípio plano, depois em declive. Mais além começava a floresta, pinheiros esguios em meio aos quais distinguiam-se algumas faias. Ali também estava tudo fechado e quieto. Voltei até Piontek e pedi que me levasse até o vilarejo, onde me indicaram a casa de uma tal de Käthe, que trabalhava como cozinheira na propriedade e cuidava da casa na ausência dos donos. Impressionada com meu uniforme, essa Käthe, robusta camponesa de uns cinquenta anos, ainda muito loura e branca, não criou dificuldade para me entregar as chaves; minha irmã e seu marido, explicou, haviam partido antes do Natal e desde então não haviam dado mais notícia. Voltei para a casa com Piontek. A casa de Von Üxküll era um belo solar do século XVIII, com a fachada cor de ferrugem e ocre, num contraste vivo com toda aquela neve, num estilo barroco curiosamente leve, sutilmente assimétrico, quase fantasista, incomum naquelas regiões frias e severas. Grotescos, todos diferentes uns dos outros, enfeitavam a porta de entrada e os lintéis das janelas do térreo; de frente, os personagens pareciam sorrir com todos os dentes, mas se os observássemos de perto víamos que repuxavam as bocas abertas com ambas as mãos. Em cima da pesada porta de madeira, uma moldura ornamentada com flores, mosquetes e instrumentos musicais trazia uma data: 1713. Von Üxküll, em Berlim, me contara a origem daquela casa quase francesa, que pertencera à sua mãe, uma Von Recknagel. O ancestral que a construíra era um huguenote radicado na Alemanha depois da revogação do edito de Nantes. Era um homem rico, que conseguira preservar boa parte de sua fortuna. Na velhice, casou-se com a filha órfã de um fidalgote prussiano, que havia herdado aquelas terras. Mas a casa de sua esposa não era do seu gosto e ele a demoliu para construir aquela. Ora, a esposa era devota e achava escandaloso aquele luxo: mandou construir uma capela, bem como um anexo, atrás da casa, onde terminou seus dias, e que o marido, após a sua morte, pôs imediatamente abaixo. Já a capela resistia, um pouco isolada sob velhos carvalhos, rígida, austera, com uma fachada lisa de tijolos vermelhos e um telhado bem inclinado em ardósia cinzenta. Contornei-a lentamente, mas não tentei abri-la. Piontek continuava próximo ao carro, à espera e sem nada dizer. Fui até lá, abri a porta traseira, peguei minha bolsa e disse: "Vou ficar por uns dias. Volte para Berlim. Telefonarei ou enviarei um telegrama para que venha me pegar. Vai conseguir encontrar este lugar? Se lhe perguntarem, diga que não sabe onde estou." Ele manobrou para fazer meia-volta e se foi chacoalhando pela longa aleia de bétulas. Fui deixar minha bolsa em frente à porta. Contemplei o pátio da entrada coberto de neve, o carro de Piontek percorrendo a aleia. Afora as trilhas que os pneus acabavam de deixar, não havia nenhuma marca na neve, ninguém passava por ali. Esperei que ele chegasse ao fim da aleia e pegasse a estrada de Tempelburg, depois abri a porta.

  A chave de ferro que Käthe me havia dado era grande e pesada, mas a fechadura, bem lubrificada, abriu com facilidade. As dobradiças também deviam estar lubrificadas, pois a porta não rangia. Abri algumas janelas para clarear o saguão da entrada, em seguida examinei a bela escadaria em madeira trabalhada, as longas prateleiras de livros, o assoalho de tábuas encerado pelo tempo, as pequenas esculturas e talhas em que ainda era possível distinguir vestígios de folha de ouro descascada. Girei o comutador: um lustre, no centro do recinto, acendeu. Apaguei-o e subi, sem me dar o trabalho de fechar a porta nem tirar o quepe, o casaco e as luvas. No andar de cima, um corredor comprido entremeado por janelas atravessava a casa. Abri uma a uma as janelas, empurrei os postigos e fechei os vidros. Depois abri as portas: perto da escada, havia um retrete, um quarto de empregada, outro corredor que dava para uma escada de serviço; em frente às janelas, uma cabine de banheiro e dois quartinhos frios. No fim do corredor, uma porta acolchoada abria-se para um espaçoso quarto principal que ocupava todo o fundo do andar. Acendi as luzes. Vi uma grande cama com baldaquim espiralado, sem cortinas nem dossel, um velho sofá de couro rachado e encerado, um armário, uma escrivaninha, uma penteadeira com um espelho alto, outro espelho, este de pé, em frente à cama. Ao lado do armário, outra porta devia dar para um banheiro. Era evidentemente o quarto da minha irmã, frio e inodoro. Contemplei-o mais uma vez, depois saí e fechei a porta, sem abrir os postigos. Embaixo, o saguão levava a uma sala ampla, com uma longa mesa de refeições em madeira antiga e um piano; depois vinham as dependências e a cozinha. Ali, abri tudo, saindo por um instante para observar o terraço e os bosques. Estava quase calor, o céu estava cinzento, a neve derretia e gotejava do telhado com um barulhinho agradável sobre as lajes do terraço e, um pouco adiante, fazia pequenos buracos na camada de neve ao pé das paredes. Se o tempo não esfriar dentro de alguns dias, pensei, vai virar lama, o que atrasará os russos. Um corvo decolou pesadamente de entre os pinheiros, grasnindo, e foi pousar um pouco além. Fechei a porta envidraçada e voltei para o saguão. A porta da entrada permanecera aberta: peguei minha bolsa e a fechei. Atrás da escada havia também uma porta dupla, em madeira envernizada, com ornamentos abaulados. Deviam ser os aposentos de Von Üxküll. Hesitei, depois passei para a sala, onde admirei os móveis, os raros bibelôs escolhidos a dedo, a grande lareira de pedra, o piano de cauda. Um retrato estava fixado atrás do piano, num canto: Von Üxküll, ainda jovem, um pouco de perfil mas com o olhar dirigido para o espectador, sem chapéu, em uniforme da Grande Guerra. Examinei-o, observando as medalhas, o anel de monograma, as luvas de gamo displicentemente na mão. Aquele retrato me assustava um pouco, sentia minha barriga contrair-se, mas era obrigado a reconhecer que havia sido um homem esbelto em outros tempos. Aproximei-me do grande piano e ergui a tampa. Meu olhar passava do quadro para a longa fileira de teclas de marfim, depois voltava ao quadro. Com um dedo ainda enluvado, pressionei uma tecla. Eu sequer sabia que nota era aquela, não sabia nada, e, diante do belo retrato de Von Üxküll, era novamente invadido pelo velho arrependimento. Eu me dizia: Gostaria tanto de ter aprendido piano, gostaria tanto de escutar Bach mais uma vez antes de morrer. Mas esse arrependimento era estéril, abaixei a tampa e saí da sala pelo terraço. Em um telheiro ao lado da casa encontrei o depósito de lenha e, em diversas viagens, transportei grossas achas para a lareira, bem como gravetos separados que empilhei num porta lenha de couro espesso. Também subi lenha para o andar de cima e instalei a estufa em um dos quartos de visitas, fazendo fogo com velhos números do *VB* empilhados nos banheiros. No saguão da entrada, mudei de roupa, finalmente, trocando minhas botas por uns chinelões que encontrei por ali; depois subi com a minha bolsa, que desfiz na estreita cama de ferro, arrumando minha roupa de baixo no armário. O quarto era simples, com móveis funcionais, um jarro e uma pia, um papel de parede discreto. A estufa de cerâmica esquentava rápido. Desci com a garrafa de conhaque e comecei a fazer fogo na lareira. Foi mais difícil que acender a estufa, mas acabou pegando. Me servi de um copo de conhaque, peguei um cinzeiro e me instalei numa confortável poltrona perto do átrio, com a túnica aberta. O dia, do lado de fora, morria suavemente, e eu não pensava em nada.

  Do que aconteceu naquela bela casa vazia, não posso dizer muita coisa. Já escrevi um relato acerca desses acontecimentos, e quando o escrevia, ele me pareceu verídico, em adequação com a realidade, mas de fato é como se ele não correspondesse à verdade. Por que é assim? Difícil dizer. Não é que minhas lembranças sejam confusas, ao contrário, conservo várias e bastante precisas, mas muitas delas se sobrepõem e até se contradizem, e seu status é incerto. Por muito tempo julguei que minha irmã estava lá quando cheguei, que me esperava perto da entrada da casa com um vestido escuro, seus longos cabelos negros e pesados confundindo-se com as malhas de um grosso xale preto que cobria seus ombros. Havíamos conversado, de pé na neve, eu queria que ela partisse comigo, mas ela não queria, nem quando eu lhe explicava que os vermelhos estavam chegando, que era uma questão de semanas, quem sabe dias, ela se recusava, seu marido estava trabalhando, ela dizia, compunha, era a primeira vez em muito tempo e não podiam partir naquele momento, então resolvi ficar e dispensei Piontek. À tarde, havíamos tomado chá e conversado, eu lhe falara do meu trabalho e também de Hélène; ela me perguntara se eu tinha ido para a cama com ela, se a amava, e eu não soube responder; ela me perguntara por que eu não me casava com ela e eu continuava sem saber o que responder; finalmente me perguntou: "Foi por minha causa que você não foi para a cama com ela, que não se casou?"; e eu, envergonhado, mantivera os olhos baixos, perdidos nos desenhos geométricos do tapete. Eis do que eu me lembrava, ora, parece que as coisas não se passaram dessa maneira, e agora sou obrigado a admitir que minha irmã e seu marido provavelmente não estavam lá, razão pela qual retomo esse relato desde o início, tentando me manter o mais perto do que pode ser afirmado. Käthe chegou à noite com provisões em uma pequena charrete puxada por um burro e me preparou uma refeição. Enquanto ela cozinhava, desci para procurar vinho na comprida adega abobadada, tomada por um agradável cheiro de terra úmida. Havia centenas de garrafas, algumas bem antigas, eu tinha que soprar o pó para ler os

rótulos, alguns dos quais estavam completamente mofados. Escolhi as melhores garrafas sem o menor escrúpulo, não valia a pena deixar aqueles tesouros para Ivan, de toda forma ele só gostava de vodca, descobri um *château-margaux* 1900 e peguei também um *ausone* do mesmo ano, bem como, um pouco por acaso, um *graves*, um *haut-brion* de 1923. Bem mais tarde, constatei meu equívoco, 1923 não foi realmente um grande ano, teria feito melhor escolhendo o 1921, nitidamente superior. Abri o *margaux* enquanto Käthe servia a refeição e combinamos que ela passaria todos os dias para preparar o meu jantar, mas me deixaria sozinho o resto do tempo. Os pratos eram simples e copiosos, sopa, carne, batata-doce assada na gordura, o que melhorava ainda mais o vinho. Eu me instalara na ponta da mesa comprida, não no lugar do dono da casa, mas ao lado, de costas para a lareira onde o fogo crepitava, tendo perto de mim um grande castiçal, eu desligara a iluminação elétrica e comia à luz dourada das velas, devorando metodicamente a carne sangrenta e as batatas e dando grandes goles de vinho, e era como se minha irmã estivesse diante dos meus olhos comendo tranquilamente com seu belo sorriso flutuante, estávamos sentados um em frente ao outro e seu marido entre nós, na cabeceira da mesa, em sua cadeira de rodas, e conversávamos amistosamente, minha irmã falava com uma voz meiga e clara, e Von Üxküll de maneira cordial, com aquela rigidez e severidade que parecia nunca abandonar, mas exibindo toda a cortesia do aristocrata de cepa, sem jamais me deixar constrangido, e, naquela luz quente e vacilante, eu via e ouvia perfeitamente nossa conversa, que ocupava meu espírito enquanto eu comia e terminava a garrafa daquele *bordeaux* encorpado, opulento, fabuloso. Eu descrevia para Von Üxküll a destruição de Berlim. "Isso não parece chocá-lo", eu finalmente observava. — "É uma catástrofe", ele retorquia, mas sem surpresa alguma. "Nossos inimigos imitam nossos próprios métodos, não vejo nada de anormal. A Alemanha beberá o cálice até a borra antes que tudo isso termine." A conversa então desviava para o 20 de julho. Eu sabia, por intermédio de Thomas, que vários amigos de Von Üxküll estavam diretamente envolvidos. "Desde então uma boa parte da aristocracia pomeraniana foi dizimada pela Gestapo de vocês", ele comentou friamente. "Eu conhecia muito bem o pai de Von Tresckow, homem de grande rigor moral, como o filho. E, claro, Von Stauffenberg, uma relação de parentesco." — "Como assim?" — "A mãe dele é uma Von Üxküll-
-Gyllenband, Karoline, minha prima em segundo grau." Una escutava em silêncio. "O senhor parece aprovar o gesto deles", eu disse. Sua res-

posta vinha por si só ao meu espírito: "Tenho grande respeito pessoal por alguns deles, mas desaprovo sua tentativa por duas razões. Em primeiro lugar, é tarde demais. Teriam que ter feito isso em 1938, no momento da crise dos Sudetos. Chegaram a pensar nisso, e Beck os apoiava, mas, quando ingleses e franceses arriaram as calças para esse majorzinho ridículo, eles perderam o ânimo. E em seguida os sucessos de Hitler os desmoralizaram e finalmente os envolveram, até mesmo Halder, que no entanto é um homem muito inteligente, mas cerebral demais. Beck, por sua vez, tinha a inteligência da honra, deve ter percebido que era tarde demais, mas não recuou, para dar suporte aos colegas. A verdadeira razão, entretanto, é que a Alemanha escolheu seguir esse homem. Ele, por sua vez, quer a todo preço seu *Götterdämmerung*, e agora a Alemanha tem que segui-lo até o fim. Matá-lo, agora, para salvar os móveis, seria trapacear, viciar o dado. Já lhe disse, temos que beber o cálice até a borra. É o único jeito de alguma coisa nova poder começar." — "Jünger pensa a mesma coisa", dizia Una. "Ele escreveu para Berndt." — "Sim, foi o que ele deixou a entender nas entrelinhas. Ele também tem um ensaio a esse respeito circulando." — "Conheci Jünger no Cáucaso", eu disse, "mas não tive oportunidade de conversar com ele. De toda forma, querer matar o Führer é um crime aberrante. Talvez não haja saída, mas acho a traição inaceitável, hoje e em 1938. Isso é reflexo da classe do senhor, condenada a desaparecer. Ela tampouco sobreviverá sob os bolcheviques." — "É bem possível", disse Von Üxküll calmamente. "Repito: todo mundo seguiu Hitler, até mesmo os fidalgotes alemães. Halder acreditava que podíamos derrotar os russos. Somente Ludendorff compreendeu, mas tarde demais, e amaldiçoou Hindenburg por haver entregue o poder a Hitler. Quanto a mim, sempre detestei esse homem, mas não considero isso uma salvaguarda para me eximir do destino da Alemanha." — "O senhor e seus pares, desculpe dizer, já tiveram sua época." — "E o senhor logo terá tido a sua. Que será muito mais curta." Examinou-me detidamente, como se examina uma barata ou uma aranha, não com nojo, mas com a fria paixão do entomologista. Imaginei isso claramente. Eu terminara o *margaux*, estava ligeiramente bêbado, abri o *saint-émilion*, troquei nossos copos e dei o vinho para Von Üxküll provar. Ele percorria o rótulo. "Lembro-me dessa garrafa. Foi um cardeal romano que me deu. Tivemos uma longa discussão sobre o papel dos judeus. Ele sustentava a mui católica tese de que é preciso oprimir os judeus, mas preservá-los como testemunhas da verdade do Cristo, posição que sempre achei absurda. Aliás, acho que ele a defendia mais pelo prazer da discussão, era um jesuíta." Ele sorria e me fazia uma pergunta, provavelmente para me provocar: "É verdade que a Igreja criou problemas a vocês quando quis evacuar os judeus de Roma?" — "Não sei. Eu não estava lá." — "Existe apenas a Igreja", dizia Una. "Lembra-se que seu amigo Karl-Friedrich nos dizia que os italianos não entendiam nada da questão judaica?" — "É verdade", respondeu Von Üxküll. "Ele dizia que os italianos não aplicavam sequer suas próprias leis raciais, que protegiam os judeus estrangeiros das garras da Alemanha." — "É verdade", falei, atrapalhado. "Tivemos dificuldades com eles nesse ponto." E eis o que respondia minha irmã: "É justamente a prova de que são pessoas saudáveis, que apreciam a vida em seu justo valor. Eu os compreendo: eles têm um belo país, sol, comem bem e suas mulheres são bonitas." — "Não é como na Alemanha", disparou laconicamente Von Üxküll. Provei finalmente o vinho: o aroma era de cravo-da-índia com algo de café, achei-o mais amplo que o *margaux*, suave, redondo e delicado. Von Üxküll me fitava: "Sabe por que vocês mataram os judeus? Sabe?" Nessa estranha conversa, ele não parava de me provocar, eu não respondia, degustava o vinho. "Por que os alemães se empenharam tanto em matar os judeus?" — "Está enganado se acha que se trata apenas dos judeus", eu dizia calmamente. "Os judeus não passam de uma categoria de inimigos. Nós destruímos todos os nossos inimigos, quem quer que sejam e onde quer que estejam." — "Sim, mas admita que, no caso dos judeus, vocês deram mostras de uma obstinação especial." — "Não concordo. O Führer, com efeito, talvez tenha razões pessoais para odiar os judeus. Mas no SD não odiamos ninguém, perseguimos inimigos objetivamente. As escolhas que fazemos são racionais." — "Nem tão racionais assim. Por que tinham que eliminar os doentes mentais, os deficientes dos hospitais? Que perigo representavam esses infelizes?" — "Bocas inúteis. Sabe quantos milhões de reichsmarks economizamos dessa forma? Sem falar nos leitos hospitalares liberados para os feridos do front." — "Pois eu", enunciou então naquela quente luz dourada Una, que nos escutara em silêncio, "sei por que matamos os judeus." Falava com uma voz clara e firme, eu a ouvia com precisão e a escutava bebendo, tendo terminado minha refeição. "Matando os judeus", ela dizia, "quisemos nos matar, matar o judeu dentro de nós, matar aquilo que em nós se assemelhava à ideia que fazíamos do judeu. Matar dentro de nós o burguês obeso que conta seus tostões, que corre atrás das honrarias e sonha com o poder, mas um poder que ele concebe sob os traços de um Napoleão III ou de um banqueiro, matar a moralidade tacanha e consoladora da burguesia, matar a economia, matar a obediência, matar a escravidão do *Knecht*, matar todas essas belas virtudes alemãs. Pois nunca compreendemos que essas qualidades que atribuímos aos judeus, denominando-as covardia, apatia, avareza, avidez, sede de dominação e maldade gratuita, são qualidades essencialmente alemãs e que, se os judeus dão provas dessas qualidades, é porque sonharam em se parecer com os alemães, em serem alemães, é porque nos imitam servilmente como a imagem ideal de tudo que é belo e bom na Alta Burguesia, o Velocino de Ouro daqueles que fogem da aridez do deserto e da Lei. Ou, quem sabe, estão fingindo, talvez tenham acabado por adotar essas qualidades por uma espécie de cortesia, uma forma de simpatia, para não parecerem tão distantes. E nós, ao contrário, nosso sonho de alemães era sermos judeus, puros, indestrutíveis, fiéis a uma Lei, diferentes de todos e ao alcance de Deus. Ora, estão todos errados, alemães e judeus. Pois se judeu, em nossos dias, ainda quer dizer alguma coisa, quer dizer Outro, um Outro e uma Outra maneira talvez impossíveis, mas necessários." Esvaziou seu copo de um gole. "Os amigos de Berndt tampouco perceberam isso. Diziam que no fim das contas o massacre dos judeus era irrelevante e que, matando Hitler, poderiam jogar esse crime nas costas dele, de Himmler, da SS, de alguns assassinos doentes, de você. Mas eles são tão responsáveis quanto você, pois também são alemães e também lutaram na guerra pela vitória dessa Alemanha, e não de uma outra. E o pior é que, se os judeus se saírem dessa, se a Alemanha naufragar e os judeus sobreviverem, eles esquecerão o que significa o substantivo judeu e, mais que nunca, vão querer ser alemães." Eu continuava a beber enquanto ela falava com sua voz clara e rápida, o vinho me subia à cabeça. E de repente voltou à minha memória a visão do Zeughaus, o Führer judeu com o xale de oração dos rabinos e os objetos rituais de couro diante de um público numeroso em meio ao qual ninguém percebia isso, *exceto eu*, e tudo desapareceu bruscamente, Una, seu marido e nossa conversa, e eu fiquei sozinho com os restos da minha comida e os vinhos extraordinários, bêbado, saciado, um pouco amargo, um hóspede indesejável.

    Naquela noite, dormi mal na minha estreita cama. Tinha bebido demais, a cabeça rodava, ainda sentia as sequelas do choque da véspera. Não fechara os postigos e o luar caía suavemente no quarto, eu o imaginava penetrando diretamente no quarto do fim do corredor, deslizando sobre o corpo adormecido da minha irmã, nua sob os lençóis, e quis ser aquela luz, aquela doçura intangível, mas ao mesmo tempo estava de mau humor, meus raciocínios desencontrados do jantar reverberavam na minha cabeça como o repicar enlouquecido dos sinos ortodoxos na Páscoa, arruinando a calma em que eu pretendia imergir. Finalmente naufraguei no sono, mas o mal-estar prolongava-se, matizando meus sonhos com cores hediondas. Num quarto escuro, eu via uma grande e bela mulher de vestido comprido branco, talvez um vestido de noiva, eu não conseguia distinguir seus traços mas era claramente minha irmã, estava prostrada no chão, sobre o carpete, às voltas com convulsões e diarreias incontroláveis. Merda negra transudava de seu vestido, o interior devia estar cheio. Von Üxküll, tendo-a encontrado assim, saía pelo corredor (ele andava) para chamar um ascensorista ou um mensageiro num tom peremptório (tratava-se então de um hotel, eu presumia que era sua noite de núpcias). Voltando para o quarto, Von Üxküll ordenava ao rapaz que a levantasse pelos braços enquanto ele a pegava pelos pés a fim de levá-la para o banheiro para despi-la e lavá-la. Fazia aquilo com frieza e eficiência, parecia indiferente aos odores nauseabundos que dela emanavam e entupiam minha garganta, eu tinha que fazer força para controlar o meu nojo e a náusea que subia (mas onde estava eu nesse sonho?).

Levantei-me cedo e atravessei a casa vazia e silenciosa. Na cozinha encontrei pão, manteiga, mel, café, e comi. Em seguida, fui até a sala e examinei os livros das estantes. Havia muitos volumes em alemão, mas também em inglês, italiano, russo; acabei escolhendo, com uma centelha de prazer, *A educação sentimental*, que descobri em francês. Instalei-me perto de uma janela e li durante algumas horas, às vezes levantando a cabeça para olhar os bosques e o céu cinzento. Por volta do meio-dia, preparei uma omelete com bacon e comi na velha mesa de madeira que ocupava o canto da cozinha, tomando cerveja em goles ávidos. Fiz café e fumei um cigarro, depois me decidi por um passeio. Enfiei meu casaco de oficial sem abotoá-lo: ainda estava agradável, a neve não derretia, mas endurecia e se compactava. Atravessei o jardim e entrei na floresta. Os pinheiros eram bem espaçados, bem altos, subiam e no alto fechavam-se como uma vasta abóbada escorada sobre colunas. Aqui e ali ainda havia placas de neve, o solo nu estava duro, vermelho, atapetado por agulhas secas que rangiam sob meus passos. Desemboquei num caminho arenoso, uma linha reta entre os pinheiros. Marcas de rodas de carroças permaneciam impressas no solo; à beira do caminho, de quando em quando, pilhas organizadas de troncos de árvores derrubadas. O caminho terminava num rio cinzento, com uns dez metros de largura; na outra margem, subia um campo arado cujos sulcos, negros, estriavam a neve, confinando com um bosque de faias. Virei à direita e entrei na floresta, seguindo o curso do rio que rumorejava suavemente. Enquanto caminhava, imaginava Una caminhando comigo. Vestia uma saia de lã com botas, uma jaqueta masculina de couro e seu grande xale de tricô. Eu a via avançar à minha frente num passo firme e tranquilo, observava-a penetrando-me com o jogo dos músculos de suas coxas, de suas nádegas, de seu dorso orgulhoso e ereto. Não conseguia imaginar nada mais nobre, mais belo, mais verdadeiro. Mais adiante, carvalhos e faias misturavam-se a pinheiros, o solo ficava pantanoso, coberto de folhas mortas empapadas d'água através das quais o pé afundava numa lama ainda endurecida pelo frio. Porém, um pouco mais à frente, o solo firme alteava um pouquinho, tornando-se seco e agradável de pisar. Agora só havia praticamente pinheiros, finos e retos como flechas, madeira jovem replantada após um corte. Depois a floresta acabava dando num prado viçoso, frio, quase sem neve, dominando as águas imóveis do lago. À direita eu percebia algumas casinhas, a estrada, a crista do istmo coroada de abetos e bétulas. Sabia que o rio se chamava Drage e que atravessava esse lago Dratzig--See e corria depois em direção ao Krössin-See, onde havia uma escola ss, perto de Falkenburg. Admirava a superfície cinzenta do lago: ao seu redor, a mesma paisagem organizada, terra preta e bosques. Segui pela margem até a aldeia. Um camponês, em sua horta, berrou por mim e troquei algumas palavras com ele; estava preocupado, com medo dos russos, e, embora eu não tivesse notícias precisas para lhe dar, sabia que seu medo era justificável. Na estrada, tomei à esquerda e subi lentamente a longa encosta, entre dois lagos. As escarpas eram íngremes e me escondiam as águas. No topo do istmo, escalei o pico, passando por entre as árvores e afastando os galhos, até um ponto de onde se descortina de bem alto toda uma baía que mais adiante se abre em grandes planos irregulares. A imobilidade das águas e das florestas negras na outra margem conferia àquela paisagem um aspecto solene, misterioso, como num reino além da vida, mas não obstante ainda aquém da morte, uma terra entre as duas. Acendi um cigarro e observei o lago. Uma conversa de infância, ou melhor, de adolescência, me vinha à lembrança, um dia minha irmã me contara um velho mito pomeraniano, a lenda de Vineta, uma bela e arrogante cidade perdida no Báltico, cujos pescadores ainda ouviam os sinos repicarem sobre as águas ao meio-dia e que costumávamos situar perto de Kolberg. Essa grande e próspera cidade, ela me explicara com uma seriedade infantil, desgraçou-se por causa do desejo insaciável de uma mulher, a filha do rei. Muitos marujos e cavaleiros iam beber e se divertir ali, homens belos e fortes, cheios de vida. Todas as noites, a filha do rei saía disfarçada pela cidade, entrava nos albergues, nas tavernas mais sórdidas, e escolhia um homem. Levava-o para o seu palácio e fazia amor com ele a noite inteira; pela manhã, o homem estava morto de exaustão. Nenhum deles, nem mesmo os mais fortes, resistia ao seu desejo devorador. Os cadáveres, ela mandava jogar ao mar, numa baía fustigada pelas tempestades. Mas não conseguir saciar esse desejo só fazia expandir sua imensidão. Passou a ser vista passeando na praia, cantando para o Oceano, com quem queria fazer amor. Apenas o Oceano, cantava, seria vasto e poderoso o bastante para satisfazer seu desejo. Uma noite finalmente, sem mais se conter, saiu nua do palácio, deixando na cama o cadáver do último amante. Era uma noite de tempestade, o Oceano fustigava os diques que protegiam a cidade. Ela foi até o quebra-mar e abriu a grande comporta de bronze ali instalada pelo seu pai. O Oceano entrou na cidade, arrebatou a princesa e fez dela sua mulher, considerando a cidade submersa como parte de seu dote. Quando Una terminou a história, comentei que era a mesma lenda da cidade francesa de Ys. "Pode ser", ela me retorquira altivamente, "mas esta é mais bonita." — "Se a compreendo bem, ela explica que a ordem da cidade é incompatível com o prazer insaciável das mulheres." — "Eu diria antes o prazer incomensurável das mulheres. Mas o que você está sugerindo é uma moral masculina. Pessoalmente, penso que todas essas ideias, o equilíbrio, a moral, foram inventadas pelos homens para compensar a limitação de seu desejo. Pois não é de hoje que os homens sabem que seu prazer nunca poderá ser comparado ao prazer que desfrutamos, visto que este prazer é de outra ordem."

No caminho de volta, eu me sentia uma concha vazia, um autômato. Pensava no sonho terrível da noite, tentava imaginar minha irmã com as pernas tomadas por uma diarreia líquida, pegajosa, em meio a um fedor abominavelmente doce. As mulheres descarnadas evacuadas de Auschwitz, encolhidas sob seus cobertores, também tinham as pernas cobertas de merda, pernas semelhantes a palitos; as que paravam para defecar eram executadas, sendo obrigadas a cagar em movimento, como os cavalos. Una coberta de merda teria sido ainda mais bela, solar e pura sob aquela abjeção, que não a teria tocado, que teria sido incapaz de conspurcá-la. Entre suas pernas imundas, eu me aninharia como um bebê faminto de leite e de amor, desamparado. Esses pensamentos devastavam minha cabeça, impossível expulsá-los, eu sofria para respirar e não compreendia o que me invadia tão brutalmente. De volta à casa, zanzei sem objetivo por corredores e salas, abrindo e fechando portas ao acaso. Quis abrir a dos aposentos de Von Üxküll, mas parei no último instante, a mão no puxador, refreado por um constrangimento indizível, como ainda criancinha penetrava no escritório do meu pai na sua ausência para acariciar seus livros e brincar com suas borboletas. Subi ao andar de cima e entrei no quarto de Una. Abri bruscamente os postigos, empurrando-os num grande estrépito de madeira. Das janelas descortinava-se um pátio de um lado e do outro o terraço, o jardim e a floresta, para além da qual percebíamos um canto do lago. Fui me sentar sobre uma arca ao pé da cama, em frente ao grande espelho. Contemplei o homem à minha frente, um indivíduo amorfo, cansado, taciturno, fisionomia inchada de ressentimento. Eu não o reconhecia, aquilo não podia ser eu, mas não obstante era. Pus-me de pé, ergui a cabeça, não mudava muita coisa. Imaginei Una de pé diante daquele espelho, nua ou de vestido, devia achar-se fabulosamente bela, e que sorte tinha de poder mirar-se assim, poder ver seu belo corpo em detalhe, mas talvez não, talvez não visse em si a beleza, invisível a seus próprios olhos, talvez não percebesse a inquietante estranheza daquilo, o escândalo daqueles seios e daquele sexo, daquela coisa entre as pernas, que não pode ser vista mas esconde ciosamente todo o seu esplendor, talvez sentisse apenas seu peso e seu lento envelhecimento, com uma ligeira tristeza e no máximo uma doce sensação de cumplicidade familiar, nunca a acidez do desejo em pânico: Olhe, não há *nada* para ver. Respirando com dificuldade, levantei-me e fui até a janela, contemplar a floresta. O calor engendrado pela longa caminhada se dissipara, o quarto me parecia glacial, eu sentia frio. Voltei-me para a escrivaninha encostada na parede entre as duas janelas que davam para o jardim e tentei abri-la como quem não quer nada. Estava trancada a chave. Desci, fui procurar um facão na cozinha, empilhei uns gravetos, peguei também a garrafa de conhaque e um copinho, e subi. No quarto, servi-me de uma dose, bebi um pouco e comecei a fazer fogo na grande estufa cimentada no canto. Quando o fogo vingou, levantei-me e destroquei a fechadura da escrivaninha com o facão, e ela cedeu com facilidade. Sentei-me, o copo de conhaque perto de mim, e vasculhei as gavetas. Havia nelas todo tipo de objetos e papéis, joias, algumas conchinhas exóticas, fósseis, correspondência de negócios, que percorri distraidamente, cartas dirigidas a Una da Suíça e tratando sobretudo de questões de psicologia misturadas com mexericos insípidos, outras coisas mais. Numa gaveta, enfiada numa pasta de couro, encontrei um maço de papéis com sua letra: rascunhos de cartas a mim destinadas, mas nunca enviadas. Com o coração disparado, limpei o tampo da escrivaninha enfiando o restante dos objetos nas gavetas e abri as cartas como um leque de baralho. Deixei meus dedos correrem por cima e escolhi uma, ao acaso, pensei, mas provavelmente não era de todo ao acaso, a carta tinha a data de 28 de abril de 1944 e começava assim: *Querido Max, hoje faz um ano que mamãe morreu. Você nunca mais me escreveu, nunca mais disse nada sobre o ocorrido, nunca me explicou nada...* A carta interrompia-se nesse ponto, passei os olhos em mais algumas outras, pareciam todas inacabadas. Então bebi um pouco de conhaque e comecei a contar tudo à minha irmã, exatamente como escrevi aqui, sem nada omitir. Isso levou um certo tempo; quando terminei, o quarto estava escurecendo. Peguei outra carta e me levantei para aproximá-la da janela. Essa falava do nosso pai e a li de uma tacada, a boca seca, crispado pela angústia. Una escrevia que meu ressentimento em relação à nossa mãe, em nome do meu pai, havia sido injusto, que nossa mãe tivera uma vida difícil por causa dele, de sua frieza, de suas ausências, de sua partida definitiva, inexplicável. Perguntava se eu sequer me lembrava dele. De fato, lembrava-me de poucas coisas, lembrava-me do seu cheiro, do seu suor, de como nos precipitávamos em cima dele para atacá-lo quando ele lia no sofá e de como ele nos pegava no colo rindo às gargalhadas. Uma vez, eu estava com tosse e ele me fizera engolir um remédio que eu vomitara instantaneamente no tapete; estava morrendo de vergonha, tinha medo de que ele se zangasse, mas ele foi muito gentil, me consolou e depois limpou o tapete. A carta continuava, Una me explicava que seu marido conhecera nosso pai na Curlândia, que nosso pai, como assinalara o juiz Baumann, comandava um Freikorps. Von Üxküll comandava outra unidade, mas o conhecia bem. *Berndt disse que era um animal furioso*, escrevia. *Um homem sem fé, sem limites. Mandava crucificar mulheres estupradas nas árvores, ele próprio atirava crianças vivas nos celeiros incendiados, entregava os inimigos capturados aos seus homens, bestas enlouquecidas, e ria e bebia contemplando os suplícios. No comando, era teimoso, obtuso, não escutava ninguém. O flanco inteiro que ele supostamente tinha que defender em Mitau ruiu por causa de sua arrogância, precipitando a retirada do exército. Sei que você não vai acreditar em mim,* acrescentava, *mas a verdade é esta, pense o que quiser*. Aturdido, furioso, amassei a carta e fiz menção de rasgá-la, mas me contive. Atirei-a dentro da escrivaninha e esbocei alguns movimentos pelo quarto, quis sair, voltei, hesitava, bloqueado por um turbilhão de impulsos divergentes, enfim bebi conhaque, me acalmei um pouco, peguei a garrafa e desci para beber mais no salão.

Käthe chegara e preparava a refeição, entrava e saía da cozinha, sua presença me incomodava. Voltei para o saguão de entrada e abri a porta dos aposentos de Von Üxküll. Compunham-se de dois belos cômodos, um gabinete de trabalho e um quarto de dormir, mobiliados com bom gosto, móveis antigos e pesados em madeira escura, tapetes orientais, objetos simples de metal, um banheiro dotado de um equipamento especial, provavelmente adaptado para sua paralisia. Olhando tudo aquilo eu era tomado por uma intensa sensação de constrangimento, mas ao mesmo tempo me sentia à vontade. Atravessei o gabinete de trabalho: nenhum objeto sobre a grande escrivaninha maciça e sem cadeira; nas estantes, apenas partituras, de compositores de todos os gêneros, classificadas por países e períodos, com uma pequena pilha de pautas encadernadas, obras de sua autoria, em separado. Abri uma delas e contemplei as séries de notas, uma abstração para mim, que não sabia ler. Em Berlim, Von Üxküll me falara de uma obra que estava planejando, uma fuga ou, como dissera, uma suíte de variações seriais em forma de fuga. "Não sei ainda se o que pretendo é realmente possível", ele disse. Quando lhe perguntei qual seria o tema, amuou-se: "Não é música romântica. Não existe tema. É somente um estudo." — "Fez com que objetivo?" — "Nenhum. O senhor sabe que não tocam minhas obras na Alemanha. Provavelmente nunca a verei executada." — "Por que a escreve então?" Ele sorrira, um grande sorriso de prazer: "Para tê-la feito antes de morrer."

Dentre as partituras figuravam naturalmente várias de Rameau, Couperin, Forqueray, Balbastre. Tirei algumas da estante e as folheei, detendo-me nos títulos que conhecia bem. Tinha a *Gavotte à six doubles* de Rameau, e examinando a página a música veio imediatamente desenrolar-se na minha cabeça, clara, alegre, cristalina como o galope de um puro-sangue disparado na planície russa no inverno, tão leve que seus cascos não fazem senão roçar a neve, deixando apenas o mais ínfimo dos rastros. Mas em vão eu percorria a página, não conseguia associar as sonoridades mágicas aos signos ali traçados. Von Üxküll, no fim do jantar em Berlim, voltara a falar de Rameau. "O senhor tem razão em apreciar essa música", dissera ele. "É uma música lúcida, soberana. Nunca perde a elegância, é recheada de surpresas e até mesmo de armadilhas, é lúdica, alegre de um jubiloso saber que não desdenha nem a matemática nem a vida." Também defendera Mozart em termos curiosos: "Depreciei-o durante muito tempo. Na minha mocidade, parecia-me um hedonista talentoso mas sem profundidade. Mas talvez esta fosse a opinião do meu próprio puritanismo. À medida que envelheço começo a acreditar que talvez ele tivesse um sentimento da vida tão forte quanto o de Nietzsche, e que sua música só parecia simples porque a vida, no final das contas, é muito simples. Mas ainda não tenho opinião formada a respeito, preciso escutar mais."

Käthe estava de saída e fui comer, esvaziando mais uma vez e cerimoniosamente uma das maravilhosas garrafas de Von Üxküll. A casa começava a me parecer familiar e aconchegante, Käthe fizera um fogo novo na lareira, a sala estava agradavelmente tépida, eu me sentia apaziguado, em comunhão com tudo aquilo, com aquele fogo e aquele bom vinho e até mesmo com o retrato do marido da minha irmã, pendurado em cima daquele piano que eu não sabia tocar. Mas essa sensação não durou. Depois da refeição, tirei a mesa, me servi de uma dose de conhaque, instalei-me em frente à lareira e tentei ler Flaubert, mas não conseguia. Um punhado de pensamentos difusos me atormentava. Tive uma ereção, ocorreu-me a ideia de ficar nu, ir explorar nu aquele casarão escuro, frio e silencioso, um espaço vasto e livre mas também privado e cheio de segredos, assim como a casa de Moreau quando éramos crianças. E esse pensamento rebocava um outro, seu duplo obscuro, o do espaço esquadrinhado e vigiado dos campos: a promiscuidade dos galpões, a algazarra das latrinas coletivas, nenhum lugar possível para se ter, sozinho ou a dois, um momento humano. Uma vez eu conversara com Höss sobre isso, e ele me afirmara que, a despeito de todas as proibições e precauções, os detentos continuavam a ter atividade sexual, não apenas os *kapos* com seus *Pipel* ou lésbicas entre si, mas homens e mulheres, os homens subornavam os guardas para que lhes trouxessem suas amantes ou se insinuavam no Frauenlager com um Kommando de trabalho, arriscando a vida por um rápido espasmo, um esfregar de duas bacias descarnadas, um breve contato de corpos raspados e tomados pelas pulgas. Eu ficara muito impressionado com aquele erotismo impossível, fadado a terminar esmagado sob as botas chumbadas dos guardas, o exato oposto, em sua desesperança, do erotismo livre, solar e transgressivo dos ricos, mas talvez também sua verdade oculta, indicando sinistra e obstinadamente que todo amor verdadeiro está inelutavelmente voltado para a morte, não levando em conta, em seu desejo, a miséria dos corpos. Pois o homem pegou os fatos brutos e inofensivos expostos a toda criatura sexuada e com eles construiu um imaginário sem limites, turvo e profundo, o erotismo, que, mais que qualquer outra coisa, distingue-o dos animais, e fez o mesmo com a ideia da morte, mas, curiosamente, este último imaginário não tem nome (talvez pudéssemos chamá-lo de tanatismo): e são esses imaginários, esses jogos de obsessões recorrentes, e não a coisa em si mesma, os motores desenfreados da nossa sede de vida, de saber, de despedaçamento de si. Eu ainda tinha comigo *A educação sentimental*, largada no meu colo em contato com meu sexo, esquecida, deixava esses pensamentos de idiota assustado me atormentarem, o ouvido tomado pela pulsação angustiada do coração.

Pela manhã eu estava mais calmo. Tentei ler novamente na sala depois de ter tomado café com pão, mas meu pensamento continuava à deriva, abandonava os tormentos de Frédéric e de Madame Arnoux e partia. Eu me perguntava: O que veio fazer aqui? O que quer, precisamente? Esperar a volta de Una? Esperar que um russo venha degolá-lo? Suicidar-se? Eu pensava em Hélène. Ela e minha irmã, pensei comigo, eram as duas únicas mulheres, afora algumas enfermeiras, que viram meu corpo nu. Que vira ela, que pensara ao ver isto? Que via ela em mim que eu não via e que minha irmã, já fazia tempo, não queria mais ver? Eu pensava no corpo de Hélène, vira-a muitas vezes de maiô, suas formas eram mais delicadas e nervosas que as da minha irmã, seus seios eram menores. Ambas tinham a mesma pele branca, mas essa brancura fazia brilhar a cabeleira negra e frondosa da minha irmã, ao passo que, em Hélène, prolongava-se na delicada lourice de seus cachos. Seu sexo também devia ser louro e delicado, mas nisso eu não queria pensar. Uma aversão súbita me sufocou. Eu me dizia: O amor está morto, o único amor está morto. Eu não deveria ter vindo, preciso partir, voltar para Berlim. Mas eu não queria voltar para Berlim, queria ficar. Um pouco mais tarde, levantei-me e saí. Entrei de novo na floresta, achei uma velha ponte de madeira sobre o Drage e passei para o outro lado. As moitas tornavam-se fechadas, escuras, só era possível avançar por trilhas de mateiros e lenhadores, atravessadas por galhos que arranhavam minhas roupas. Mais adiante erguia-se um monte isolado, de onde devia dar para ver toda a região, mas não fui até lá, andei sem destino, talvez em círculo, finalmente encontrei novamente o rio e voltei para casa. Käthe me esperava e saiu da cozinha ao meu encontro:

"Herr Busse está aqui, com Herr Gast e uns outros. Estão esperando no pátio. Ofereci *schnaps* a ele." — "Que querem de mim?", perguntei. — "Querem falar com o senhor." Atravessei a casa e saí no pátio. Os camponeses estavam sentados numa charrete, puxada por um cavalo camponês na verdade esquelético, que pastava as hastes de capim que ultrapassavam a neve. À minha vista, tiraram os chapéus e saltaram ao chão. Um deles, um homem avermelhado e de cabelos grisalhos, mas com o bigode ainda escuro, avançou e se inclinou ligeiramente à minha frente. "Bom dia, Herr Obersturmbannführer. Käthe nos disse que o senhor é o irmão de Madame..." Seu tom era polido, mas ele hesitava, procurava as palavras. "Exatamente", eu disse. — "Sabe onde estão o Freiherr e Madame? Sabe o que estão planejando?" — "Não. Achei que os encontraria aqui. Não sei onde estão. Na Suíça, provavelmente." — "É que daqui a pouco teremos que partir, Herr Obersturmbannführer. Não podemos esperar muito. Os russos estão atacando Stargard, cercaram Arnswalde. As pessoas estão preocupadas. O Kreisleiter diz que eles nunca chegarão até aqui, mas não acreditamos nele." Estava constrangido, rodopiava o chapéu nas mãos. "Herr Busse", eu disse, "compreendo sua preocupação. Pensem em suas famílias. Se acham que devem ir embora, vão. Ninguém está segurando os senhores." Seu rosto se iluminou um pouco. "Obrigado, Herr Obersturmbannführer. É que estávamos preocupados, visto que a casa estava vazia." Hesitou. "Se quiser, podemos lhe dar uma carroça e um cavalo. Podemos ajudar, se quiser carregar os móveis. Levaremos conosco, deixaremos em segurança." — "Obrigado, Herr Busse. Vou pensar no assunto. Se eu resolver alguma coisa, mandarei Käthe procurá-lo."

Os homens subiram de novo e a charrete afastou-se lentamente pela aleia das bétulas. As palavras de Busse não me abalavam em nada, eu não conseguia pensar na chegada dos russos como uma coisa concreta, próxima. Fiquei por ali, apoiara-me no umbral da porta e fumava um cigarro observando a charrete desaparecer no fim da aleia. Mais à tardinha, outros dois homens se apresentaram. Usavam roupas azuis de brim grosseiro, grandes botas com pregos, e seguravam gorros nas mãos; compreendi imediatamente que se tratava dos dois franceses do STO de quem Käthe me falara, que realizavam trabalhos agrícolas ou de manutenção para Von Üxküll. Além de Käthe, era o único pessoal de serviço remanescente: todos os homens haviam sido convocados, o jardineiro estava na *Volkssturm*, a camareira partira para se juntar aos pais, evacuados no Mecklemburg. Eu não sabia onde se alojavam aqueles dois, talvez na casa de Busse. Falei com eles diretamente em francês. O mais velho, Henri, era um camponês atarracado já carregando no lombo uns bons quarenta anos, originário do Lubéron, conhecia Antibes; o outro vinha sem dúvida da província e ainda parecia jovem. Também estavam preocupados, apresentaram-se para dizer que queriam ir embora, se todo mundo estava indo. "O senhor compreende, Herr Offizier, não gostamos dos bolcheviques tanto quanto o senhor. São selvagens, não sabemos o que esperar deles." — "Se Herr Busse for embora", eu disse, "podem ir com ele. Estão dispensados." O alívio era palpável. "Obrigado, Herr Offizier. Mande nossos respeitos ao senhor barão e à Madame, quando os vir."

Quando os verei? Essa ideia me parecia quase cômica; ao mesmo tempo, era totalmente incapaz de aceitar o pensamento de que talvez nunca mais visse minha irmã: era decididamente *impensável*. À noite, eu dispensara Käthe bem cedo e cuidara de tudo, jantei pela terceira vez sozinho naquela grande sala à luz de velas, com solenidade, e comendo e bebendo fui invadido por uma fantasmagoria arrebatadora, a visão demente de uma perfeita autarquia coprofágica. Eu me imaginava trancado sozinho no solar com Una, isolado do mundo para todo o sempre. Todas as noites vestíamos nossas melhores roupas, terno e camisa de seda para mim, elegante vestido justo e decotado nas costas para ela, enfeitado com pesadas joias de prata quase bárbaras, e nos sentávamos para um jantar elegante, naquela mesa coberta por uma toalha de renda e arrumada com pequenas taças de cristal, prataria com nossos brasões engastados, pratos de porcelana de Sèvre, castiçais de prata maciça com longas velas brancas espetadas; nas taças, nossas próprias urinas, nos pratos, bonitos toletes pálidos e rijos, que comíamos tranquilamente com uma colherzinha de prata. Limpávamos os lábios com guardanapos de cambraia com monograma, bebíamos e, quando havíamos terminado, íamos para a cozinha lavar a louça nós mesmos. Assim, éramos autossuficientes, sem perdas e sem rastros, civilizadamente. Essa visão aberrante me deixou mergulhado em uma angústia sórdida até o fim da refeição. Em seguida subi para o quarto de Una para beber conhaque e fumar. A garrafa estava quase vazia. Olhei para a escrivaninha, novamente fechada, meu sentimento perverso não me abandonava, não sabia o que fazer, mas a última coisa que queria era abrir a escrivaninha. Abri o armário e inspecionei os vestidos da minha irmã inspirando profundamente para me impregnar do cheiro que exalavam. Escolhi um, um belo vestido de *soirée* em tecido fino, preto e cinza com fios de prata; plantado diante do espelho alto, segurei o vestido drapejado sobre o meu corpo e esbocei alguns gestos femininos com grande seriedade. Mas logo fiquei com medo e guardei o vestido, cheio de asco e vergonha: por que diabos eu brincava com aquilo? Meu corpo não era o dela, e nunca seria. Ao mesmo tempo, não conseguia me conter, precisava deixar a casa imediatamente, mas era incapaz de fazê-lo. Então, sentei-me novamente no sofá e terminei a garrafa de conhaque, obrigando-me a pensar nos trechos de cartas que lera, naqueles enigmas sem fim e sem solução, a partida do meu pai, a morte da minha mãe. Levantei-me, fui pegar as cartas e me acomodei de novo para ler mais algumas. Minha irmã tentava me fazer algumas perguntas, perguntava como eu pudera dormir enquanto matavam nossa mãe, o que eu sentira vendo seu corpo, o que havíamos conversado na véspera. Eu não podia responder a quase nenhuma dessas perguntas. Numa carta, falava-me da visita de Clemens e Weser: intuitivamente mentira para eles, não dissera que eu vira os corpos, mas queria saber por que eu mentira, eu, do que me lembrava de fato. Do que me lembrava? Eu sequer sabia mais o que era uma lembrança. Criança, um dia escalei, e ainda hoje enquanto escrevo vejo-me muito nitidamente escalando, os degraus cinzentos de um grande mausoléu ou monumento perdido dentro de uma floresta. As folhas estavam vermelhas, devia ser fim do outono, não se via o céu através das árvores. Uma grossa camada de folhas mortas, vermelhas, laranja, marrons, douradas, recobria os degraus, enfiei-me nelas até as coxas, e os degraus eram tão altos que eu era obrigado a usar as mãos para galgar o seguinte. Na minha lembrança, toda essa cena é marcada por uma sensação de esgotamento, as cores queimadas das folhas me oprimiam, e eu desbravava aquelas arquibancadas para gigantes através daqueles blocos secos e friáveis, tinha medo, pensava que ia ser soterrado ali e desaparecer. Durante anos, acreditei que essa imagem era lembrança de um sonho, uma imagem de sonho de infância que ficara em mim. Mas um dia, em Kiel, quando voltei lá para estudar, topei por acaso com esse zigurate, um pequeno monumento de granito aos mortos, contornei-o, os degraus não eram mais altos que o normal, era aquele lugar, aquele lugar existia. Naturalmente, eu devia ser muito pequeno quando estivera lá, daí os degraus me parecerem tão altos, mas não foi isso que me transtornou, e sim ver, após tantos anos, apresentar-se na realidade, como concreta e material, alguma coisa que eu sempre situara no mundo do sonho. E, em tudo que Una tentara me falar naquelas cartas inacabadas nunca enviadas, era a mesma coisa.

Esses pensamentos sem fim eram cheios de arestas, eu me lacerava nelas ferozmente, os corredores daquela casa fria e opressiva estavam obstruídos pelo chumaço de sangue dos meus sentimentos, era desejável que uma jovem e saudável camareira viesse jogar uma água em tudo, mas não existia mais camareira. Guardei as cartas na escrivaninha e, deixando por ali garrafa e copo vazios, fui para o quarto vizinho a fim de me deitar. Porém, assim que me estiquei, pensamentos obscenos e perversos voltaram a me visitar. Levantei-me de novo e, à luz bruxuleante de uma vela, contemplei meu corpo nu no espelho do armário. Apalpei minha barriga lisa, meu pau em riste, minhas nádegas. Com a ponta dos dedos acariciei os pelos da nuca. Depois assoprei a vela e me deitei de novo. Mas esses pensamentos recusavam-se a ir embora, irrompiam dos cantos do quarto como cães raivosos e se precipitavam sobre mim para me morder e inflamar meu corpo, Una e eu trocávamos nossas roupas, nus, exceto pelas meias, eu vestia seu vestido longo enquanto ela se apertava no meu uniforme e prendia os cabelos sob o meu quepe, em seguida ela me sentava diante de sua penteadeira e me maquiava delicadamente, penteando meus cabelos para trás, passando batom na minha boca, rímel nos cílios, pó de arroz nas faces, aplicava gotas de perfume no meu pescoço e pintava minhas unhas, e quando tinha terminado trocávamos então brutalmente de papéis, ela se dotava de um falo de ébano esculpido e me pegava como homem diante de seu grande espelho, que refletia impavidamente nossos corpos entrelaçados como serpentes, ela lambuzara o falo com *cold-cream* e o cheiro pungente me agredia as narinas enquanto ela me usava como mulher, até que toda distinção se apagasse e eu lhe dissesse: "Eu sou sua irmã e você é meu irmão", e ela: "Você é minha irmã e eu sou seu irmão."

    Essas imagens perturbadoras continuaram a me morder como vira-latas furiosos dias a fio. Eu me relacionava com esses pensamentos como o fazem dois ímãs cuja misteriosa força inverteria constantemente as polaridades: se nos atraíssemos, elas mudariam para que nos repelíssemos; mas mal esse movimento era esboçado, aquilo mudava de novo e nos atraíamos de novo, e tudo isso muito rapidamente, o que fazia com que oscilássemos um em relação ao outro, esses pensamentos e eu, a uma distância quase constante, tão incapazes de nos aproximar quanto de nos afastar. Do lado de fora, a neve derretia, era a vez da lama. Um dia Käthe veio me dizer que estava de partida; oficialmente, a evacuação estava proibida, mas ela tinha uma prima na Baixa Saxônia, ia morar com ela. Busse também voltou para renovar sua oferta: acabava de ser incorporado à *Volkssturm*, mas queria despachar a família para um lugar qualquer antes que fosse tarde demais. Pediu que eu acertasse as contas com ele em nome de Von Üxküll, o que me neguei fazer, e me despedi, pedindo-lhe para levar os dois franceses com sua família. Quando eu saía para caminhar pelo acostamento da estrada, via muito pouca circulação, mas no Alt Draheim as pessoas prudentes preparavam-se discretamente para partir; esvaziavam suas despensas e me venderam estoques de provisão bem barato. Os campos de plantação estavam calmos, apenas de vez em quando ouvia-se um avião, alto no céu. Ora, um dia, quando eu me encontrava no andar de cima, um carro entrou pela aleia. Espiei-o chegar por uma janela, escondido atrás de uma cortina; quando se aproximou, reconheci uma placa da Kripo. Corri para o meu quarto, peguei minha arma de serviço no estojo guardado na bolsa e, sem refletir, degringolei pela escada de serviço e saí pela porta da cozinha para me refugiar nos bosques que ficavam além do terraço. Apertando nervosamente a pistola na mão, contornei um pouco o jardim, bem recuado em relação à linha das árvores, depois me aproximei protegido por uma moita para observar a fachada da casa. Dali vi uma silhueta sair pela porta envidraçada do salão e atravessar o terraço para se postar na balaustrada e observar o jardim, as mãos nos bolsos do casaco. "Aue!", chamou duas vezes, "Aue!". Era Weser, impossível não reconhecer. A comprida silhueta de Clemens desenhava-se na moldura da porta. Weser latiu meu nome uma terceira vez, num tom peremptório, depois deu meia-volta e entrou na casa, precedido por Clemens. Esperei. Ao cabo de um longo momento, vi suas sombras movendo-se por trás das janelas do quarto da minha irmã. Um furor demente apoderou-se de mim e arroxeou meu rosto enquanto eu armava a pistola, prestes a correr pela casa para abater sem piedade aqueles dois buldogues malfeitores. Contive-me com dificuldade e fiquei ali, os dedos brancos à força de se crisparem na coronha da pistola, trêmulos. Finalmente ouvi um barulho de motor. Esperei mais um pouco, depois voltei, à espreita para o caso de me haverem montado uma armadilha. O carro partira, a casa estava vazia. No meu quarto nada parecia ter sido tocado; no quarto de Una, a escrivaninha estava fechada, mas, no interior, os rascunhos das cartas haviam sumido. Arrasado, sentei numa cadeira, a pistola no colo, esquecida. Que procuravam então aquelas bestas enfurecidas, obstinadas, surdas a toda razão? Tentei pensar no que continham as cartas, mas não conseguia pôr os pensamentos em ordem. Sabia que elas forneciam uma prova da minha presença em Antibes no momento do assassinato.

Mas aquilo não tinha mais nenhuma importância. E os gêmeos? Será que as cartas mencionavam os gêmeos? Fiz um esforço para me lembrar, parecia-me que não, que não diziam nada dos gêmeos, ao passo que tudo indicava que eram a única coisa que importava para minha irmã, bem mais que o destino da nossa mãe. Que significavam para ela aqueles dois pirralhos? Levantei-me, coloquei a pistola na mesinha e me impus o dever de vasculhar de novo a escrivaninha, lenta e metodicamente dessa vez, como deviam ter feito Clemens e Weser. E então, numa gavetinha que me passara desapercebida, encontrei uma fotografia dos dois meninos nus e sorridentes, de costas para o mar, provavelmente perto de Antibes. Sim, eu me disse esquadrinhando aquela imagem, com efeito, é possível, devem ser dela. Mas então quem será o pai? Von Üxküll, claro que não. Tentei imaginar minha irmã grávida, segurando sua barriga protuberante com as duas mãos, minha irmã parindo, esquartejada, berrando, impossível. Não, se de fato acontecera, devem tê-la aberto e os tirado pela barriga, não era possível de outra forma. Pensei no seu medo diante daquela coisa que crescia dentro dela. "Sempre tive medo", me dissera um dia, muito tempo atrás. Onde, isso? Não sei mais. Ela me falara do medo permanente das mulheres, esse velho amigo que convive com elas o tempo todo. Medo quando sangram todos os meses, medo de receberem alguma coisa em seu interior, de serem penetradas pelas partes dos homens que são frequentemente egoístas e brutais, medo da gravidade que puxa a carne e os seios para baixo. Devia ser a mesma coisa no caso do medo de ficar grávida. Algo cresce, cresce no ventre, um corpo estranho dentro de você, que se agita e bombeia todas as forças do corpo, e sabemos que tem que sair, ainda que mate você, aquilo tem que sair, que horror. Nenhum homem me fazia chegar perto disso, eu nada compreendia daquele medo insensato das mulheres. E, uma vez nascidos os filhos, devia ser pior ainda, porque então começa o medo constante, o terror que assombra noite e dia e que só termina com você ou com eles. Eu via a imagem dessas mães apertando suas crianças enquanto eram fuziladas, eu via aquelas judias húngaras sentadas sobre suas malas, mulheres grávidas e meninas que esperavam o trem e o gás no fim da viagem, devia ter sido isso que eu vira nelas, isso de que nunca conseguira me livrar e nunca soubera exprimir, esse medo, não o medo delas aberto e explícito dos gendarmes e dos alemães, de nós, mas o medo calado que vivia dentro delas, na fragilidade de seus corpos e de seus sexos aninhados entre suas pernas, fragilidade que íamos destruir sem jamais vê-la.

A temperatura estava quase agradável. Eu puxara uma cadeira para o terraço e ali ficava horas lendo ou escutando a neve que derretia no jardim inclinado, contemplando os arbustos esculpidos reaparecerem, imporem novamente sua presença. Lia Flaubert e também, quando me cansava momentaneamente da *grande esteira rolante* de sua prosa, versos traduzidos do francês antigo, que me faziam gargalhar de surpresa: *J'ai une amie, ne sais qui c'est,/ Jamais ne la vis, par ma foi.* Eu tinha a alegre sensação de estar numa ilha deserta, isolada do mundo; se, como nos contos de fadas, eu tivesse condições de cercar a propriedade com um véu de invisibilidade, teria ficado por ali esperando o retorno da minha irmã, quase feliz, enquanto trolls e bolcheviques devastavam a vizinhança. Pois, como os príncipes poetas da Idade Média, a imagem do amor de uma mulher enclausurada num remoto castelo (ou num sanatório helvético) saciava-me plenamente. Com uma alegria serena, eu a representava sentada tal como eu em um terraço, contemplando altas montanhas em vez de uma floresta, sozinha também (o marido no tratamento), e lendo livros semelhantes aos que eu lia, pinçados em sua biblioteca. O ar frio das altitudes devia fustigar-lhe a boca, talvez ela houvesse se aconchegado, para ler, num cobertor, mas embaixo seu corpo resistia, com seu peso e sua presença. Crianças, nossos corpos franzinos precipitavam-se um para o outro, entrechocavam-se com furor, mas eram como duas gaiolas de pele e osso, que impediam que nossas sensações se tocassem a nu. Ainda não tínhamos percebido a que ponto o amor vive nos corpos, aninha-se em seus sulcos mais secretos, em seus cansaços e seu peso também. Eu imaginava nitidamente o corpo de Una lendo, ajeitando-se na cadeira, adivinhava a curvatura de sua coluna vertebral, de sua nuca, o peso de sua perna cruzada sobre a outra, o som quase inaudível de sua respiração, e a própria ideia de seu suor sob as axilas me fascinava, alçava-me num êxtase que abolia minha própria carne, transformava-me em pura percepção, tensa e prestes a se romper. Mas esses instantes não duravam: a água pingava lentamente das árvores, e lá, na Suíça, ela se levantava tirando o cobertor e voltava para os aposentos sociais, deixando-me com as minhas quimeras, minhas soturnas quimeras, que, enquanto por minha vez eu entrava de novo na casa, uniam-se à arquitetura, desdobrando-se segundo a disposição dos cômodos que eu ocupava, evitava ou, como o seu quarto, desejava evitar mas sem consegui-lo. Eu finalmente empurrara a porta do seu banheiro. Era um grande cômodo feminino, com uma banheira comprida de porcelana, um bidê, uma latrina ao fundo. Eu bisbilhotava os frascos de perfume, mirava-me com tristeza no espelho em cima da pia. Assim como seu quarto, aquele banheiro era quase inodoro, eu tentava inspirar profundamente, em vão, já fazia tempo que ela partira e Käthe fizera uma boa faxina. Se eu pusesse o nariz nos sabonetes perfumados, ou abrisse os vidros de lavanda, sentia fragrâncias magníficas, intensamente femininas, mas não eram as suas, nem mesmo seus lençóis tinham cheiro, eu saíra do banheiro e voltara até a cama para farejar em vão, Käthe colocara lençóis limpos, brancos, ásperos, frios, nem suas calcinhas tinham cheiro, as poucas calcinhas de seda preta jogadas em suas gavetas, meticulosamente lavadas, e somente com a cabeça enfiada nos vestidos do armário eu percebia alguma coisa, um cheiro remoto, indefinível, mas que estufava minhas têmporas e fazia o sangue pulsar longamente nos ouvidos. À noite, à luz de um castiçal (a eletricidade fora cortada dias antes), esquentei água em dois grandes baldes no forno de lenha e subi para despejá-los na banheira da minha irmã. Com a água em ebulição, tive que arranjar luvas para segurar as alças em brasa; misturei uns potes de água fria, mergulhando a mão para sentir a temperatura, e despejei alguns flocos de espuma aromatizante. Eu bebia então uma aguardente de ameixa da região, da qual encontrara um garrafão de palha na cozinha, e também subira uma garrafa dela, com um copo e um cinzeiro, que arrumei numa bandejinha de prata atravessada no bidê. Antes de entrar na água deslizei os olhos pelo meu corpo, pela minha pele lívida que assumia um tom delicadamente dourado à luz das velas enfiadas num castiçal ao pé da banheira. Aquele corpo não me agradava muito, e, não obstante, como podia não adorá-lo? Entrei na água pensando no aspecto cremoso da pele da minha irmã, sozinha e nua num banheiro ladrilhado da Suíça, nas veias grossas e azuis serpenteando sob a pele. Eu não vira seu corpo nu desde a infância, em Zurique, tomado de medo eu o apagara, mas podia imaginá-lo nos menores detalhes, os seios pesados, maduros, rijos, os quadris sólidos, a bela barriga abaulada que se perdia num triângulo negro e denso de anéis, talvez atravessada por uma grande cicatriz vertical, do umbigo ao púbis. Bebi um pouco de aguardente e me abandonei ao abraço da água quente, a cabeça pousada na mesinha perto do castiçal, o queixo mal ultrapassando a grossa camada de espuma, tal como ali devia flutuar o rosto sereno da minha irmã, seus longos cabelos presos num severo coque atravessado por uma agulha de prata. A imagem desse corpo estendido na água, as pernas ligeiramente afastadas, me lembrava a concepção de Reso. Sua mãe, uma das Musas, não me lembro mais qual, Calíope talvez, ainda era virgem e dirigia-se a um torneio musical para responder ao desafio de Tamires; para lá chegar, tinha que atravessar o Estrimão, que nela irrigou seus frios remansos, entre suas coxas, e foi assim que ela concebeu. Será que minha irmã, eu me perguntava com amargor, concebeu seus gêmeos da mesma forma, na água espumante de um banho? Devia ter conhecido homens depois de mim, muitos homens; uma vez que me traía daquele jeito, eu esperava que tivesse sido com muitos homens, um exército, e que enganasse diariamente seu marido impotente com o primeiro que aparecia. Imaginava-a fazendo um homem subir até aquele banheiro, um homem do campo, o jardineiro, um leiteiro, um dos franceses do STO. Todo mundo na região devia saber, mas ninguém dizia nada por respeito a Von Üxküll. E Von Üxküll, por sua vez, estava se lixando, enfurnava-se qual uma aranha em seus aposentos, sonhando com sua música abstrata, que o trasladava para longe de seu corpo estropiado. E minha irmã também se lixava para o que pensavam e diziam seus vizinhos, visto que estes continuavam a subir. Pedia-lhes que levassem água, que a ajudassem a tirar o vestido; eles, por sua vez, eram desajeitados, ficavam vermelhos da cabeça aos pés, seus dedos grossos calejados do trabalho confundiam-se, ela tinha que ajudá-los. A maioria tinha uma ereção já na entrada, era possível ver isso através de suas calças; eles não sabiam o que fazer, ela tinha que lhes dizer tudo. Esfregavam suas costas, seus seios e, depois, ela trepava com eles no quarto. Cheiravam a terra, sujeira, suor, fumo barato, ela devia adorar aquilo loucamente. Suas varas, quando ela as desencapsulava para chupar, fediam a urina. E, quando terminava, ela os dispensava, gentilmente mas sem sorrir. Não se lavava, dormia com o cheiro deles, como uma criança. Assim, sua vida, quando eu não estava ali, era igual à minha, ambos, um sem o outro, sabíamos apenas nos comprazer com nossos corpos, suas possibilidades infinitas mas ao mesmo tempo tão restritas. O banho esfriava lentamente, mas eu não saía, aquecia-me no fogo perverso de tais pensamentos, encontrava um conforto delirante nesses devaneios, até mesmo nos mais sórdidos, buscava refúgio nos meus sonhos, qual uma criança debaixo das cobertas, pois, por mais cruéis e corruptos que fossem, eram sempre melhores que o insuportável sofrimento externo. Enfim saí do banho. Sem me secar, engoli um copo de aguardente, depois me enrolei em uma das grandes toalhas felpudas que achei por ali. Acendi um cigarro e, sem me dar o trabalho de me vestir, fui fumar em uma das janelas que davam para o pátio: bem ao fundo, uma linha pálida bordava o céu indo lentamente do cor-de-rosa ao branco, ao cinza, depois a um azul-escuro que se desfazia no céu noturno. Terminado o cigarro, fui beber outro copo e me deitar no grande leito de baldaquim, puxando para mim os lençóis engomados e os pesados cobertores. Estiquei os membros, fiquei de bruços, a cabeça enfiada no travesseiro macio e deitado como ela, anos a fio, ali se deitara depois do seu banho. Eu a via claramente, todas essas coisas agitadas e contraditórias irrompiam em mim como uma água preta ou um barulho estridente que ameaçasse cobrir todos os outros, a razão, a prudência, o próprio desejo deliberado. Passei a mão nas virilhas e pensei: Se eu passasse a mão assim nela, ela não resistiria, mas ao mesmo tempo esse pensamento me revoltava, eu não queria que ela trepasse comigo como o teria feito com um homem do campo, para se saciar, queria que ela me desejasse, livremente como eu a desejava, que me amasse como eu a amava. Finalmente naufraguei no sono e nos sonhos ferozes e confusos, dos quais nada resta senão o soturno vestígio desta frase, pronunciada pela voz serena de Una: "Você é um homem muito pesado para ser carregado pelas mulheres."

Insensivelmente eu chegava ao limite de minha capacidade de conter os fluxos desorientadores, os impulsos incompatíveis que me invadiam. Vagava sem rumo pela casa, passava uma hora acariciando com a ponta dos dedos as talhas de madeira envernizada que decoravam as portas dos aposentos de Von Üxküll, descia até a adega com uma vela para me deitar diretamente no chão de terra batida, úmida e fria, inalava inebriado os odores obscuros, embolorados e arcaicos daquele subterrâneo, ia inspecionar com uma minúcia quase policial os dois quartos ascéticos dos empregados e seus banheiros, cabines à moda turca com degrauzinhos denteados cuidadosamente limpos e espaçosos, proporcionando todo o conforto para o despejamento das vísceras daquelas mulheres que eu imaginava fortes, brancas e bem construídas, como Käthe. Eu não pensava mais absolutamente no passado, não me sentia mais tentado a me voltar para olhar Eurídice, mantinha os olhos fitos naquele presente inaceitável que se dilatava infinitamente, nos incontáveis objetos que o mobiliavam, e sabia, com uma confiança inabalável, que ela, por sua vez, me seguia passo a passo, como uma sombra. E quando eu abria suas gavetas para fuçar sua lingerie, suas mãos passavam delicadamente sob as minhas, desdobravam e acariciavam aquelas roupas íntimas suntuosas, em renda preta finíssima, e eu não precisava me voltar para vê-la sentada no sofá desenrolando uma meia de seda, guarnecida no meio da coxa com uma larga faixa de renda, sobre aquela superfície lisa e carnuda de pele branca ligeiramente côncava entre os tendões, ou então levar suas mãos às costas para prender o fecho do sutiã, no qual acomodava os seios, um depois do outro, com um gesto rápido. Ela teria realizado diante de mim esses gestos, os gestos de todos os dias, sem pudor, sem falso constrangimento, sem exibicionismo, precisamente como devia realizá-los a sós, não mecanicamente mas com desvelo, gozando de um grande prazer, e, se usava lingerie de seda, não era para seu marido nem para seus amantes de uma noite, nem para mim, mas para si própria, para seu próprio prazer, o de sentir aquela renda e aquela seda sobre sua pele, contemplar sua beleza assim paramentada em seu grande espelho, olhar-se exatamente como eu me olho ou queria poder me olhar: não com um olhar narcísico, ou um olhar crítico, que procura defeitos, mas com um olhar que busca desesperadamente apreender a intangível realidade do que vê — um olhar de pintor, se preferirem, mas não sou pintor, assim como não sou músico. E se, de fato, ela tivesse ficado assim diante de mim, quase nua, eu a teria olhado com um olhar semelhante, cuja lucidez o desejo só teria acentuado, teria olhado o grão de sua pele, a trama dos poros, os pontinhos marrons das pintas semeadas ao acaso, constelações ainda por serem batizadas, as espessas correntezas das veias que se acercavam de seu cotovelo subiam o antebraço em longas ramificações, depois começavam a inchar o dorso do pulso e da mão antes de terminarem, canalizadas, entre as articulações, por desaparecer nos dedos, exatamente como nos meus próprios braços de homem. Eu queria lhe explicar que nossos corpos são idênticos: os homens não são vestígios de mulher? Pois todo feto começa fêmea antes de se diferenciar, e os corpos dos homens preservam a marca disso para sempre, os bicos inúteis de seios que não cresceram, a linha que divide o escroto e sobe o períneo até o ânus marcando o lugar onde a vulva se fechou para conter ovários que, rebaixados, transformaram-se em testículos, ao passo que o clitóris crescia além da conta. Na realidade só me faltava uma coisa para ser mulher como ela, mulher de verdade, o *e* mudo francês das terminações femininas, a possibilidade insólita de dizer e escrever: "Estou *nue* [nua], sou *aimée* [amada], sou *désirée* [desejada]." Esse *e* que torna as mulheres tão terrivelmente fêmeas, e eu sofria incomensuravelmente por esse confisco, era para mim uma perda cruel, ainda menos compensável que a da vagina que eu abandonara nas portas da existência.

De tempos em tempos, quando essas tempestades íntimas acalmavam um pouco, eu pegava de novo meu livro, deixava-me levar com tranquilidade pelas páginas de Flaubert, de frente para a floresta e o céu baixo e cinzento. Porém, inevitavelmente, acabava esquecendo o livro no colo, enquanto o sangue arroxeava o meu rosto. Então, para ganhar tempo, pegava um dos velhos poetas franceses, cuja condição não devia diferir tanto da minha: *Ne sais quand je suis endormi/ Ni quand veille, si l'on ne me le dit**. Minha irmã possuía uma velha edição do *Tristan*, de Thomas, que folheei também até o momento em que percebi, com um terror quase tão agudo quanto o do pesadelo, que ela marcara com caneta os seguintes versos:

> *Quand fait que faire ne désire*
> *Pur sun buen qu'il ne peut aveir*
> *Encontre desir fait voleir.***

E era mais uma vez como se sua longa mão imaginária tivesse vindo se insinuar sob meu braço, depois do seu exílio helvético, ou bem atrás de mim, para pousar suavemente diante dos meus olhos um dedo sob essas palavras, essa sentença inapelável que eu não podia aceitar, que eu recusava com toda a mísera obstinação de que ainda era capaz.

Eu trepidava assim num longo e infinito *stretto*, onde cada resposta chegava antes do fim da pergunta, mas em *caranguejo*, andando para trás. Dos últimos dias passados nessa casa, não me restam senão resquícios de imagens sem sequência nem sentido, confusos, mas também animados pela lógica implacável do sonho, da própria fala, ou melhor, do coaxar canhestro do desejo. Passei a dormir todas as noites em sua cama inodora, esticando todos os meus membros de bruços ou me encolhendo todo, de lado, a cabeça vazia, sem pensamentos. Naquela cama, nada mais restava que a evocasse, sequer um fio de cabelo, eu tinha tirado os lençóis para examinar o colchão, esperando encontrar

---

* Tradução livre: "Não sei quando estou dormindo/ Nem quando estou acordado, se não me dizem." (N. do T.)
** Tradução livre: "Uma vez que fazer não é desejar/ Ainda bem que ele não pode possuir/ Pois desejo faz querer." (N. do T.)

pelo menos uma mancha de sangue, mas o colchão estava tão limpo quanto os lençóis. Então planejei conspurcá-lo eu mesmo, de cócoras e com as pernas bem afastadas, o corpo imaginário da minha irmã aberto sob mim, a cabeça virada ligeiramente de lado e os cabelos presos para revelar a orelhinha redonda e fina que eu amava tanto, depois desabei em cima das minhas poluções e adormeci subitamente assim, a barriga ainda viscosa. Queria possuir aquela cama, mas era ela que me possuía, não me soltava mais. Todo tipo de quimeras vinha aninhar-se no meu sono, eu tentava expulsá-las, pois não queria ver senão minha irmã, mas elas insistiam, ressurgiam ali onde eu menos esperava, como as selvagenzinhas impudicas de Stalingrado, eu abrira os olhos e uma delas viera postar-se diretamente contra mim, me virava pelas costas e empurrava suas nádegas contra minha barriga, meu pau entrava por esse lado e ela ficava assim, mexendo lentamente, depois me guardava no seu cu, dormíamos dessa forma, imbricados um no outro. E quando acordávamos ela enfiava a mão por entre suas coxas e arranhava meu saco, quase dolorosamente, e novamente eu endurecia dentro dela, uma das mãos sobre o osso de seu quadril esticado, e a derrubava de bruços e recomeçava, enquanto ela crispava as mãozinhas nos lençóis e se mexia sem um som. Ela nunca me deixava livre. Mas então eu era tomado por um outro sentimento, inesperado, um sentimento permeado de delicadeza e angústia. Sim, é isso, agora me lembro, ela era loura, toda delicadeza e angústia. Não sei até que ponto as coisas chegaram entre nós. A outra imagem, a da menina que dorme com o cacete do amante no cu, não lhe diz respeito. Não era Hélène, isso é certo, pois tenho essa imagem confusa de que seu pai era um policial, um figurão que não aprovava a escolha da filha e me via com hostilidade, e, além do mais, também, com Hélène minha mão nunca passara de seu joelho, o que talvez não fosse o caso aqui. Essa garota loura também ocupava um lugar no grande leito, um lugar que não lhe cabia. Isso me deixava muito preocupado. Mas finalmente consegui rechaçar todas elas, com toda a força, pelo menos contra as colunas espiraladas do baldaquim, e puxar minha irmã e deitá-la no centro da cama, esparramava-me sobre ela com todo o meu peso, minha barriga nua contra a cicatriz que atravessava a sua, chocava-me contra ela, em vão e com um furor crescente, e finalmente surgia uma grande abertura, como se meu corpo por sua vez fosse rasgado pela lâmina de um cirurgião, minhas tripas espalhavam-se sobre ela, a porta das crianças abria-se por si só sob mim e tudo entrava por ali, eu estava deitado sobre ela como se deita na neve, mas ainda estava vestido, retirava minha pele, abandonava meus ossos nus ao abraço daquela neve branca e fria que era seu corpo, e ela se fechava sobre mim.

Uma fagulha do sol poente passava sob as nuvens e atingia a parede do quarto, a escrivaninha, a lateral do armário, o pé da cama. Levantei-me e fui mijar, depois desci até a cozinha. O silêncio era completo. Cortei algumas fatias de um bom pão integral, cobri-as com manteiga, completei com grossas fatias de presunto. Também encontrei picles, uma terrina de patê e ovos cozidos, e arrumei tudo em uma bandeja, com talheres, dois copos e uma garrafa de um bom borgonha, um *vosne-romanée*, julgo lembrar. Voltei para o quarto e pus a bandeja na cama. Sentei-me com as duas pernas cruzadas e contemplei o espaço vazio dos lençóis à minha frente, do outro lado da bandeja. Lentamente minha irmã ganhava corpo com uma solidez surpreendente. Dormia de lado, encolhida; o peso puxava seus seios, e até mesmo um pouco sua barriga de lado, para baixo, a pele estava esticada sobre o quadril empinado, anguloso. Não era seu corpo que dormia, mas ela que, serena, dormia contraída em seu corpo. Um pouco de sangue vermelho-vivo escoava por entre suas pernas, sem manchar a cama, e toda aquela opressiva humanidade era como uma estaca cravada nos meus olhos, mas que não me cegava, que, ao contrário, abria o meu terceiro olho, aquele olho pineal enxertado na minha cabeça por um franco-atirador russo. Abri a garrafa, inalei profundamente o cheiro inebriante, depois servi dois copos. Bebi e comecei a comer. Estava com uma fome atroz, devorei tudo que levara e esvaziei a garrafa de vinho. Do lado de fora, o dia acabava de morrer, o quarto escurecia. Livrei-me da bandeja, acendi velas e trouxe cigarros, que fumei deitado de barriga para cima, o cinzeiro sobre a barriga. Em cima de mim, ouvia um zumbido frenético. Procurei com os olhos sem me mexer e vi uma mosca no teto. Uma aranha a abandonava e escapava por uma fenda na cornija. A mosca estava presa na teia da aranha, debatia-se com aquele zumbido para se desvencilhar, em vão. Nesse momento um sopro passou sobre o meu pau, um dedo fantasma, a ponta de uma língua; imediatamente, ele começou a crescer e desdobrar-se. Afastei o cinzeiro e imaginei seu corpo deslizando em cima do meu, empinando para eu me enfiar nela enquanto seus seios me pesavam nas mãos, seus pesados cabelos negros formando uma cortina ao redor da minha cabeça, emoldurando um rosto iluminado por um sorriso imenso, radiante, que me dizia: "Você foi posto neste mundo para uma única coisa, para me foder." A mosca continuava a zumbir, mas a intervalos cada vez mais espaçados, subitamente, depois parava. Entre as minhas mãos, eu sentia como a base da sua coluna, bem em cima do púbis, sua boca, sobre mim, murmurava: "Ah, Deus, ah, Deus." Voltei-me novamente para a mosca. Continuava muda e imóvel, o veneno a liquidara por fim. Esperei a aranha voltar. Então devo ter cochilado. Um furioso acesso de zumbidos me despertou, abri os olhos e observei. A aranha mantinha-se perto da mosca, que se debatia. A aranha hesitava, avançava e recuava, acabou voltando para sua fenda. A mosca parou mais uma vez de se agitar. Tentei imaginar seu terror silencioso, o medo fraturado em seus olhos facetados. De tempos em tempos, a aranha saía de novo, testava sua presa com uma pata, acrescentava algumas voltas ao casulo, ia embora; e eu observava aquela agonia interminável, até o momento em que a aranha, horas depois, acabou por arrastar a mosca morta ou liquidada para a cornija a fim de a consumir com tranquilidade.

Nascido o dia, ainda nu, enfiei uns sapatos para não sujar os pés e fui explorar aquele casarão frio e às escuras. Ele se desdobrava em torno do meu corpo eletrizado, com a pele branca e arrepiada pelo frio, tão sensível sobre sua superfície quanto meu pau ereto ou meu ânus que formigava. Era um convite às piores dissipações, aos jogos mais descabidos e transgressivos, e, uma vez que o corpo meigo e quente que eu desejava negava-se a mim, eu me servia de sua casa como teria me servido dele, fazendo amor com a casa. Entrava em todos os cômodos, deitava-me nas camas, estirava-me sobre as mesas ou tapetes, esfregava a bunda na quina dos móveis, me masturbava nas poltronas ou nos armários fechados, no meio das roupas cheirando a pó e naftalina. Cheguei a entrar nos aposentos de Von Üxküll, com uma sensação de triunfo infantil a princípio, depois de humilhação. E a humilhação, de uma forma ou de outra, não me largava, a sensação da desvairada frivolidade dos meus gestos, mas aquela humilhação e aquela frivolidade punham-se ao meu serviço e eu usufruía delas com uma alegria perversa e sem limites.

Esses pensamentos desarticulados, esse esgotamento frenético de possibilidades haviam tomado o lugar do tempo. Auroras e ocasos apenas marcavam o ritmo, como a fome ou a sede ou as necessidades naturais, como o sono, que surgia a qualquer momento para me engolir, reparar minhas forças e restituir a miséria do meu corpo. Às vezes eu vestia alguma coisa e saía para caminhar. Fazia quase sempre calor, os campos de plantação abandonados do outro lado do Drage haviam ficado pesados, gordurosos, sua terra calcinada grudava nos meus pés e me obrigava a contorná-los. Durante essas caminhadas não via ninguém. Na floresta, um sopro de vento bastava para me atormentar, eu abaixava a calça, arregaçava a camisa e me deitava diretamente na terra dura e fria e coberta de agulhas de pinheiro que me espetavam as nádegas. Nas matas fechadas depois da ponte sobre o Drage, fiquei completamente nu, exceto pelos sapatos, que conservei, e comecei a correr, como quando era criança, através das galhadas que me arranhavam a pele. Finalmente parei, me encostei numa árvore e voltei as duas mãos para trás de mim, abraçando o tronco, para esfregar lentamente meu ânus contra a casca. Mas aquilo não me saciava. Um dia, encontrei uma árvore deitada atravessada, derrubada por uma tempestade, com um galho quebrado no alto do tronco, e com um canivete encurtei ainda mais esse galho, tirei sua casca e alisei a madeira, arredondando cuidadosamente a ponta. Depois, molhando-o copiosamente com saliva, me sentei com as pernas abertas sobre o tronco e, apoiado nas mãos, enfiei lentamente o galho, até o fim. Era um prazer incomensurável, e o tempo todo, de olhos fechados, meu pau esquecido, imaginava minha irmã fazendo a mesma coisa, fazendo diante de mim, como uma dríade lúbrica, amor com as árvores da floresta, usando tanto a vagina como o ânus para se proporcionar um prazer infinitamente mais perturbador que o meu. Gozei em grandes espasmos desordenados, arrancando-me do galho conspurcado e caindo de lado e para trás sobre um galho morto que me cortou profundamente as costas, uma dor crua e deliciosa a que me entreguei por vários instantes pressionado pelo peso do meu corpo quase desmaiado. Finalmente rolei de lado, o sangue escorrendo livremente da ferida, folhas mortas e agulhas grudadas nos dedos, reergui-me, as pernas tremendo de prazer, e comecei a correr por entre as árvores. Mais adiante o bosque tornava-se úmido, uma lama fina umedecia a terra, placas de musgo revestiam os lugares mais secos, escorreguei na lama e caí de lado, arquejante. O pio de um bútio ressoava pelo bosque. Levantei-me de novo e desci até o Drage, tirei os sapatos e mergulhei na água gelada que me bloqueou os pulmões para lavar a lama e o sangue que continuava a correr, misturado, quando saí, com a água fria que escorria das minhas costas. Uma vez seco, senti-me revigorado, o ar que roçava minha pele estava quente e delicado. Eu gostaria de ter cortado uns galhos, construído uma cabana, que teria atapetado com musgo, e ali passado a noite, nu; mas ainda fazia muito frio e, além disso, não havia uma Isolda para dividi-la comigo ou um

Marcos para nos expulsar do castelo. Tentei então me perder na mata, inicialmente com uma alegria infantil, depois quase desesperado, pois era impossível, eu saía sempre numa trilha ou numa gleba, todos os caminhos me levavam a lugares conhecidos, independentemente da direção que eu escolhesse.

    Do mundo exterior, eu não fazia mais a menor ideia, não tinha nenhuma notícia. Não havia rádio, ninguém aparecia. Compreendia por alto que no Sul, enquanto eu me perdia na louca acidez das minhas impotências, a vida de muita gente chegava ao fim, como já haviam chegado ao fim tantas outras vidas, mas eu não dava a mínima. Não teria sabido dizer se os russos achavam-se a vinte ou a cem quilômetros e ria disso, ou melhor, sequer pensava nisso, era como se estivesse acontecendo num tempo completamente diferente do meu, sem falar no espaço, e, se esse tempo viesse de encontro ao meu tempo, pois bem, veríamos qual cederia. Mas, apesar da minha prostração, uma angústia cristalina aflorava do meu corpo, escoando de mim como gotículas de neve derretida caem de um galho para golpear galhos e agulhas logo abaixo. Essa angústia me corroía, silenciosamente. Como um animal que fuça o pelo para descobrir a fonte de uma dor, como uma criança teimosa e enfurecida desafia seus brinquedos rebeldes, eu procurava um nome para o meu sofrimento. Bebia, esvaziava garrafas de vinho ou copos de aguardente sem fim, depois abandonava meu corpo na cama, totalmente exposto. Um ar frio e úmido circulava. Eu me fitava tristemente no espelho, contemplando meu sexo vermelho e fatigado pendendo entre os pelos pubianos, eu me dizia que ele mudara muito e que, mesmo que ela estivesse lá, nada seria como antes. Aos onze ou doze anos, nossos sexos eram minúsculos, eram quase nossos esqueletos que se chocavam na luz do crepúsculo; agora, havia todo aquele volume de carne, e também os terríveis ferimentos por ela sofridos, a defloração para ela, decerto, e para mim o longo orifício que atravessava o meu crânio, cicatriz enrolada em si mesma, túnel de carnes mortas. Uma vagina ou um reto não deixam de ser um buraco no corpo, mas internamente nossas carnes são vivas, formam uma superfície, para elas não existe buraco. Que é então um buraco, um vazio? É o que há na cabeça quando o pensamento ousa tentar fugir, isolar-se do corpo, fazer como se o corpo não existisse, como se pudéssemos pensar sem corpo, como se o pensamento mais abstrato, o da lei moral acima da sua cabeça como um céu estrelado, por exemplo, não esposasse o ritmo da respiração, a pulsação do sangue nas veias, o ranger das cartilagens. É verdade, quando eu brincava com Una na nossa infância, e mais tarde quando aprendi a usar para fins precisos corpos de garotos que me queriam, eu era jovem, ainda não compreendera a opressão específica dos corpos e aquilo a que o comércio amoroso compele, destina e condena. A idade não queria dizer nada para mim, nem mesmo em Zurique. Agora eu começara os trabalhos de abordagem, pressentia o que podia significar viver num corpo, e mesmo num corpo de mulher, com os seios pesados, obrigado a se sentar na latrina ou se acocorar para urinar, do qual é preciso abrir a barriga à faca para dela retirar os bebês. Queria ter aquele corpo em cima de mim, no sofá, as coxas abertas como as páginas de um livro, uma estreita faixa de seda branca escondendo a turgidez do sexo, a nascente da espessa cicatriz e, nos flancos, a das cristas dos tendões, concavidades onde eu cobiçava pousar os lábios, e fitá-lo enquanto dois dedos vinham lentamente repuxar o tecido: "Veja, veja como é branco. Imagine só como é escuro por baixo." Eu desejava loucamente ver aquele sexo deitado entre aquelas duas ravinas de carne branca, intumescido, como oferecido na bandeja de suas coxas, e passar minha língua na fenda quase seca, de baixo para cima, delicadamente, uma única vez. Também queria contemplar aquele belo corpo mijando, debruçado para frente na latrina, os cotovelos apoiados nos joelhos, e ouvir a urina diluir-se na água; e queria também que sua boca se projetasse enquanto ela terminava, pegasse meu pau ainda mole entre os lábios, que seu nariz farejasse meus pelos e, na concavidade entre meu saco e minha coxa, na linha dos rins, se embriagasse com meu cheiro áspero e ácido, o cheiro de homem que tão bem conheço. Ansiava então por deitar aquele corpo na cama e abrir suas pernas, enfiar meu nariz naquela vulva úmida qual uma leitoa fuça um ninho de trufas negras, depois virá-lo de bruços com as duas mãos para contemplar a roseta violácea do ânus piscando delicadamente como um olho, projetar meu nariz e inalar. E quando adormecia sonhava enfiar meu rosto nos pelos enrolados de sua axila e deixar seu seio pesar sobre o meu rosto, minhas duas pernas enroladas em uma das suas, minha mão repousando levemente em seu ombro. E, quando ao despertar esse corpo sob mim me houvesse inteiramente absorvido, ela teria me olhado com um sorriso largo, teria aberto ainda mais as pernas e me embalado dentro de si num ritmo lento e subterrâneo como uma velha missa de Josquin, e nos teríamos afastado lentamente da margem, carregados por nossos corpos como por um mar tépido, imóvel e salino, e sua voz teria vindo sussurrar no meu ouvido, clara e distintamente: "Deus me fez por amor."

O frio estava de volta, nevou um pouco, o terraço, o pátio e o jardim estavam salpicados de neve. Não restava mais muita coisa para comer, o pão tinha acabado, tentei fazer um com a farinha de Käthe, não sabia muito como lidar com aquilo, mas num livro de culinária encontrei uma receita e fiz vários pães, dos quais arrancava pedaços que engolia quentes assim que saíam do forno, crocantes, junto com cebolas cruas que me davam um hálito terrível. Não havia mais ovos nem presunto, mas no porão encontrei umas caixas de maçãzinhas verdes do verão precedente, um pouco farinhentas mas doces, nas quais dava mordidas ao longo do dia enquanto bebia aguardente. Quanto à adega, era inesgotável. Também haviam sobrado patês, e eu jantava patê, toucinho frito na panela com cebolas e os melhores vinhos da França. À noite nevou novamente, fortes borrascas, o vento norte golpeava lugubremente a casa, fazendo bater os postigos empenados enquanto a neve caía nos vidros. Mas não faltava lenha, a estufa do quarto crepitava, a temperatura estava agradável naquele quarto onde eu me esparramava nu na escuridão iluminada pela neve, como se a tempestade me vergastasse a pele. No dia seguinte ainda nevava, o vento cessara e a neve descera espessa e intensa, cobrindo as árvores e o solo. Uma forma no jardim me fez pensar nos corpos deitados na neve em Stalingrado, via-os nitidamente, seus lábios azuis, sua pele cor de bronze espetada pela barba, surpresos, estupefatos, arquejantes na morte mas calmos, quase serenos, o justo oposto do corpo de Moreau banhado em sangue no tapete, do corpo com o pescoço torcido da minha mãe, estirada na cama, atrozes, insuportáveis imagens, eu não conseguia me aguentar apesar de todos os meus esforços, e para expulsá-las subi em pensamento os degraus que levavam ao sótão da casa de Moreau e ali me refugiei e me encolhi num canto à espera de que minha irmã viesse ali me encontrar e consolar, eu, seu triste cavaleiro da cabeça arrebentada.

Naquela noite, tomei um longo banho quente. Coloquei um pé depois do outro sobre o banquinho e, enxaguando o barbeador diretamente na água da banheira, raspei as duas pernas, cuidadosamente. Raspei então as axilas. A lâmina deslizava sobre os pelos grossos, lambuzados de creme, que caíam em tufos crespos na água espumante do banho. Levantei-me, troquei a lâmina, coloquei um pé na beirada da banheira e raspei meu sexo. Procedi com atenção sobretudo nas áreas de difícil acesso, entre as pernas e as nádegas, mas fiz um movimento em falso e me cortei bem atrás do saco, ali onde a pele é mais sensível. Três gotas de sangue caíram uma depois da outra na espuma branca da banheira. Passei água-de-colônia, ardeu um pouco mas aliviou a pele. Por toda parte pelos e creme de barbear flutuavam na água, peguei um balde com água fria para enxaguar, minha pele se arrepiava, meu saco se contraía. Ao sair da banheira, olhei-me num espelho e aquele corpo assustadoramente nu me pareceu muito estranho, lembrando mais o do Apolo Citarídeo de Paris que o meu. Apoiei-me contra o espelho, com todo o meu corpo, fechei os olhos e me imaginei raspando o sexo da minha irmã, lentamente, delicadamente, puxando as dobras da carne com dois dedos para não machucá-la, depois virando-a e fazendo-a projetar-se para a frente a fim de raspar os pelos encaracolados em torno do ânus. Em seguida ela vinha esfregar sua face contra a minha pele nua e enrugada pelo frio, fazia cócegas no meu saco murcho de criança e lambia a ponta do meu pau circunciso com ligeiras e irritantes lambidas: "Eu gostava mais dele quando era grande *assim*", ela dizia, rindo e afastando o polegar e o indicador alguns centímetros, e eu a levantava e contemplava seu sexo nu que, projetando-se entre as pernas, proeminente, a longa cicatriz que eu continuava a imaginar ali não se unindo completamente a ele mas para ele tendendo, era o sexo da minha irmãzinha gêmea, e eu me desfazia em lágrimas diante dele.

    Deitei-me na cama, apalpei minhas partes de criança tão estranhas sob meus dedos, virei-me de bruços, acariciei minhas nádegas, toquei delicadamente no meu ânus. Empenhava todos os meus esforços para imaginar que aquelas nádegas eram as da minha irmã, manipulava, dava palmadas. Ela ria. Eu continuava batendo nela, com a mão aberta, aquela bunda elástica estalava sob as palmas da mão, e ela, os seios e o rosto deitados como os meus no lençol, presa de uma gargalhada incontrolável. Quando parei, as nádegas estavam vermelhas, não sei se as minhas na realidade, pois naquela posição não conseguia bater forte, mas naquela espécie de palco invisível na minha cabeça estavam, eu via a vulva raspada transbordar por entre elas, ainda branca e rósea, e virei-lhe o corpo, as nádegas para o grande espelho de pé, e lhe dizia: "Olhe", e ela, sempre rindo, voltava a cabeça para olhar, e o que ela via lhe cortava o riso e a respiração, assim como os cortava em mim. Pendurado no meu pensamento, flutuando nesse espaço escuro e vazio habitado unicamente pelos nossos corpos, eu esticava a mão lentamente para ela, o indicador em riste, e lhe passava o dedo na fenda que se entreabria como uma ferida mal cicatrizada. Enfiava-me então atrás dela e, em vez de ficar de joelhos, me acocorava de maneira a ver entre minhas pernas e ela poder ver também. Apoiado com uma das mãos em sua nuca livre — ela estava com a testa encostada na cama e olhava por entre suas pernas —, peguei meu pau com a outra mão e o enfiei nos lábios do seu sexo; no espelho, virando a cabeça, eu podia ver claramente meu pau entrar em sua vulva infantil, e, por baixo, seu rosto invertido, intumescido de sangue e hediondo. "Pare, pare", ela gemia, "não é assim que é o certo", empurrei-a então para a frente a fim de que seu corpo ficasse novamente achatado na cama, esmagado pelo meu, e a pegava assim, com as duas mãos sobre sua nuca esguia, e ela ofegava enquanto meu gozo saía como um estertor. Depois eu me soltava dela e rolava na cama, e ela, por sua vez, chorava como uma bebezinha: "Não é assim que é o certo", então eu também me punha a chorar e passava a mão em sua face: "Como é o certo?", e ela rolava por cima de mim, me beijava o rosto, os olhos, os cabelos, "Não chore, não chore, vou lhe mostrar", acalmava-se, eu me acalmava também, ela montava em mim, sua barriga e sua vulva lisa esfregavam-se na minha barriga, ela se endireitava, acocorava-se de forma a ficar sentada sobre meu púbis, os joelhos empinados e o sexo túrgido, como uma coisa estranha e decorativa pregada ao seu corpo, pousado sobre meu abdome, ela começava a esfregá-lo e ele se entreabria, dele escorria esperma misturado com suas próprias secreções, ela lambuzava minha barriga com aquilo, me encarando, me beijando a barriga com sua vulva como com uma boca, levantei-me, peguei-a pela nuca e, apoiado contra ela, beijei-a na boca, agora suas nádegas empurravam meu pau, que endurecia, ela me jogava de barriga para cima, e, com uma das mãos apoiada no meu peito, sempre de cócoras, guiava meu pau com a outra mão e se empalava sobre ele. "Assim", repetia, "assim." Mexia-se de frente para trás, espasmodicamente, olhos fechados; quanto a mim, contemplava seu corpo, procurava seu corpinho achatado de outrora sob os seios e as ondas de seus quadris, perplexo, como aturdido. O orgasmo seco e nervoso, quase sem esperma, me rasgou como uma faca a um peixe, ela continuava a mergulhar sobre mim, sua vulva como uma concha aberta, prolongada pela longa cicatriz reta que lhe cortava a barriga, e tudo isso agora formava uma única longa fenda, que meu sexo sulcava até o umbigo.

    À noite nevava mas eu continuava a vagar por aquele espaço sem limites onde meu pensamento reinava soberano, fazendo e desfazendo as formas com absoluta liberdade, a qual contudo não cessava de se chocar com os limites dos corpos, o meu, real, material, o dela, figurado, logo inesgotável, num vaivém errático que me deixava cada vez mais vazio, mais febril, mais desesperado. Sentado nu na cama, extenuado, eu bebia aguardente, fumava, e meu olhar passava do lado de fora, dos meus joelhos avermelhados, minhas mãos compridas e cheias de veias, meu sexo murcho sob a minha barriga levemente côncava, para o lado de dentro, onde percorria seu corpo adormecido, esparramado de bruços, a cabeça voltada para mim, as pernas esticadas, como uma menininha. Eu afastava seus cabelos delicadamente e desobstruía sua nuca, sua bela e poderosa nuca, e então meu pensamento voltava, como à tarde, ao pescoço estrangulado da nossa mãe, aquela que nos carregara juntos em sua barriga, eu acariciava a nuca da minha irmã e tentava com seriedade e aplicação imaginar-me torcendo o pescoço da minha mãe, mas era impossível, a imagem não surgia, não havia em mim vestígio algum dessa imagem, ela recusava-se obstinadamente a se formar no espelho que eu contemplava dentro de mim, espelho que não refletia nada, que permanecia vazio mesmo quando eu colocava minhas mãos sob os cabelos da minha irmã e pensava: Oh, minhas mãos na nuca da minha irmã. Oh, minhas mãos no pescoço da minha mãe. Não, nada, não acontecia nada. Sacudido por arrepios, deitei-me encolhido na ponta da cama. Após um longo instante abri os olhos. Ela repousava ao comprido, uma das mãos na barriga, as pernas abertas. Sua vulva achava-se diante do meu rosto. Os pequenos lábios ultrapassavam ligeiramente as carnes pálidas e inchadas. Aquele sexo me fitava e espiava como uma cabeça de Górgona, como um ciclope imóvel cujo único olho nunca pisca. Aos poucos aquele olhar mudo me penetrou até a medula. Minha respiração se acelerou e estiquei a mão para tapá-lo: não o via mais, mas ele, por sua vez, continuava a me ver e me desnudava (quando eu já estava nu). Se pelo menos eu ainda conseguisse uma ereção, imaginava, poderia usar meu pau como uma estaca endurecida no fogo e cegar aquele Polifemo que me fazia Ninguém. Mas meu pau continuava inerte, eu estava como petrificado por uma medusa. Estendi o braço e enfiei o dedo médio esticado dentro daquele olho desmedido. Os quadris mexeram-se ligeiramente, mas foi tudo. Longe de perfurá-lo, eu, ao contrário, o esbugalhara, libertando o olhar do olho que ainda se escondia por trás. Então tive uma ideia: retirei o dedo e, tomando impulso com os antebraços, empurrei minha testa contra aquela vulva, acoplando minha cicatriz ao buraco. Agora era eu quem olhava para o interior, vasculhando as profundezas daquele corpo com meu terceiro olho irradiante, enquanto seu olho único irradiava-se sobre mim e nos cegávamos assim mutuamente: sem me mexer, gozei num imenso esguicho de luz branca enquanto ela gritava: "Que está fazendo, que está fazendo?", e eu ria desbragadamente, o esperma continuava a jorrar em grandes jatos do meu pau, exultante eu mordia sua vulva com todos os dentes para degustá-la, e meus olhos finalmente se abriam, clareavam, e viam tudo.

Pela manhã, uma densa neblina veio cobrir tudo: do quarto, eu não via nem a aleia de bétulas, nem a floresta, nem mesmo a beirada do terraço. Abri a janela, ouvia novamente as gotas escorrerem do telhado, o assobio de um bútio ao longe na floresta. Descalço, desci ao térreo e saí no terraço. A neve nas lajes do piso estava fria sob meus pés, o ar frio arrepiava a pele, fui me apoiar na balaustrada de pedra. Ao me voltar, não via mais sequer a fachada da casa, o prolongamento da balaustrada desaparecia na neblina, eu tinha a impressão de flutuar, isolado de tudo. Uma forma sobre a neve no jardim, talvez a que eu entrevira na véspera, atraiu minha atenção. Debrucei-me para melhor distingui-la, a neblina velava tudo pela metade, aquilo me evocava novamente um corpo, mas antes o da jovem enforcada de Kharkov, deitada na neve do jardim dos Sindicatos, o seio cor-de-rosa roído pelos cães. Eu estava arrepiado, a pele pinicava, o frio tornava minha epiderme extraordinariamente sensível, meu sexo nu e raspado e o ar frio e a neblina que me envolviam davam-me uma fabulosa sensação de nudez, uma nudez absoluta, quase bruta. A forma desaparecera agora, talvez em um acidente do terreno, esqueci-a e apoiei meu corpo na balaustrada, deixando meus dedos passearem sobre a pele. Quase não percebi quando minha mão começou a massagear o meu pau, de tal modo aquilo pouco alterava as sensações que lentamente me esfolavam a carne, depois me desfolhavam os músculos, depois me confiscavam os próprios ossos para deixar apenas alguma coisa inominável, que, refletindo-se, proporcionava prazer como a uma coisa idêntica mas ligeiramente defasada, não oposta mas emaranhada em suas oposições. O gozo me projetou para trás como um tiro e me arremessou sobre as lajes cobertas de neve do terraço, onde permaneci atônito, tremendo de corpo inteiro. Julgava perceber uma mulher deslizando na neblina perto de mim, uma forma feminina, ouvia gritos, pareciam remotos mas deviam ser os meus, ao mesmo tempo sabia que tudo aquilo acontecia em silêncio, que nenhum som saía da minha boca para perturbar aquela manhã tão cinzenta. A forma destacou-se da neblina e veio deitar-se em cima de mim. O frio da neve alfinetava os meus ossos. "Somos nós", sussurrei no labirinto da sua orelhinha redonda. "Somos nós." Desci até a adega. Puxei garrafas ao acaso e as assoprei para ler os rótulos, as nuvens de pó faziam-me espirrar. O cheiro frio e úmido daquela adega penetrava nas minhas narinas, a sola dos meus pés gozava da sensação fria, úmida, quase escorregadia, do chão de terra batida. Parei em uma garrafa e a abri com um saca-rolha pendurado num barbante, bebi no gargalo, o vinho escorria dos meus lábios para o meu queixo e meu peito, eu tinha uma nova ereção, a forma mantinha-se atrás dos escaninhos e oscilava suavemente, ofereci-lhe vinho, mas ela não se mexeu, então me deitei na terra batida e ela se pôs de cócoras sobre mim, continuei a beber a garrafa enquanto ela me usava, cuspi um jato de vinho em cima dela mas ela ignorou, continuando seu vaivém espasmódico. Gradativamente, agora, meu gozo tornava-se mais pungente, mais áspero, mais acidulado, os pelos minúsculos nascendo de novo irritavam minha carne e meu pau, e, logo depois que ele murchava, deixava transparecer as grossas veias verdes sob a pele vermelha e amarfanhada, a rede de veiazinhas roxas. Mas nada mais me continha, eu corria pesadamente através do casarão, pelos quartos e banheiros, excitando-me por todos os meios mas sem gozar, pois não podia mais. Brincava de me esconder, sabendo que não havia ninguém para me achar, não sabia mais muito o que fazia, seguia os impulsos do meu corpo aturdido, meu espírito continuava claro e transparente, mas já meu corpo refugiava-se em sua opacidade e fraqueza, quanto mais eu o atormentava, menos ele se me oferecia como passagem e mais se transformava em obstáculo, amaldiçoava-o e também jogava com aquele adensamento, irritando-o e excitando-o até a demência, mas com uma excitação fria, quase dessexualizada. Cometia todo tipo de obscenidades infantis: num quarto de empregada, punha-me de joelhos na cama estreita e enfiava uma vela no ânus, acendia do jeito que dava e a manipulava, fazendo cair grandes gotas de cera quente sobre as nádegas e atrás dos testículos, berrando, a cabeça comprimindo-se contra o estrado de ferro; em seguida, cagava de cócoras nas latrinas turcas na penumbra do retrete dos domésticos; não me limpava, masturbava-me de pé na escada de serviço esfregando no corrimão minhas nádegas cheias de merda cujo cheiro me agredia o nariz e desmontava a cabeça; gozando, quase degringolei nos degraus, recuperei-me por um triz, rindo, e contemplei os rastros de merda na madeira, que limpei cuidadosamente com uma toalhinha de renda que peguei no quarto de visitas. Eu rangia os dentes, mal conseguia me tocar, ria como um louco, finalmente dormi deitado no chão do corredor. Quando acordei estava faminto, devorei tudo que consegui encontrar e tomei outra garrafa de vinho. Do lado de fora a neblina velava tudo, ainda devia ser dia mas era impossível adivinhar a hora. Abri o sótão: estava escuro, empoeirado, tomado por um odor almiscarado, meus pés deixavam grandes rastros na poeira. Eu arranjara uns cintos de couro, que passei sobre um caibro, e planejei mostrar à forma, que me seguira discretamente, como eu me pendurava na floresta quando era pequeno. A pressão no meu pescoço suscitou nova ereção, eu estava assustado, para não morrer sufocado tinha que me erguer na ponta dos pés. Dessa forma, masturbei-me muito rapidamente, apenas esfregando a glande lambuzada de saliva, até que o esperma esguichasse pelo sótão, apenas algumas gotas, mas projetadas com uma força incomum, abandonei-me com todo meu peso ao gozo, se a forma não tivesse me escorado eu teria de fato me enforcado. Finalmente, me soltei e desmoronei sobre a poeira. A forma, de quatro, farejava meu membro flácido como um animalzinho ávido, erguia a pata para me expor sua vulva, mas evitava minhas mãos quando eu as aproximava. Não fiquei de pau duro suficientemente rápido para ela e ela me estrangulou com um dos cintos; quando meu pau enfim levantou, ela soltou meu pescoço, amarrou meus pés e se enfiou em cima de mim. "Sua vez", ela disse. "Aperte o meu pescoço." Peguei seu pescoço nas mãos e pressionei os dois polegares enquanto ela levantava as pernas pousadas no chão e ia e vinha sobre o meu pau dolorido. Sua respiração escoava pelos seus lábios num silvo agudo, eu continuava a apertar, seu rosto inchava, assumia um tom carmim, pavoroso de olhar, seu corpo permanecia branco mas seu rosto estava vermelho como carne sangrenta, sua língua saía por entre os dentes, não conseguia sequer estertorar, e, quando gozou, enfiando a unha no meu pulso, esvaziou-se sob si, e comecei a berrar, a mugir e a bater minha cabeça no assoalho, indomável, batia com a cabeça e soluçava, não de horror, porque aquela forma fêmea que se negava a ser a da minha irmã mijara sobre mim, não era isso, vendo-a gozar e mijar estrangulada eu via as enforcadas de Kharkov morrendo sufocadas e se esvaziando em cima dos passantes, lembrei-me de uma garota que enforcáramos num dia de inverno no parque atrás da estátua de Chevtchenko, uma garota jovem, saudável e cheia de vida, teria ela gozado quando a pendurávamos e ela fazia na calcinha, quando se debatia e convulsionava, estrangulada, teria gozado, teria inclusive algum dia gozado, era muito jovem, teria conhecido aquilo antes que a enforcássemos, com que direito a tínhamos enforcado, como era possível enforcar aquela garota, e eu soluçava incontidamente, devastado pela sua lembrança, minha Nossa Senhora das Neves, não era remorso, eu não tinha remorsos, não me sentia culpado, não achava que as coisas pudessem ou devessem ter sido de outra forma, apenas compreendia o que significava perder uma menina, nós a tínhamos enforcado como um açougueiro degola um boi, sem paixão, porque tinha que ser feito, porque ela fizera uma besteira e tinha que pagar com a vida, era a regra do jogo, do nosso jogo, mas aquela que enforcáramos não era um porco ou um boi que matamos sem pensar porque queremos comer sua carne, era uma adolescente que tinha sido uma garotinha talvez feliz e que entrava na vida, uma vida cheia de assassinos que ela não soubera evitar, uma garota como a minha irmã de certa forma, irmã de alguém talvez, como eu também era irmão de alguém, e aquela crueldade não tinha nome, qualquer que fosse sua necessidade objetiva ela solapava tudo, se podíamos fazer aquilo, enforcar uma adolescente daquele jeito, então podíamos fazer tudo, não existia mais segurança, minha irmã podia mijar alegremente um dia numa latrina e no dia seguinte esvaziar-se sufocando na ponta de uma corda, o que não batia com absolutamente nada, e eis por que eu chorava, não compreendia mais nada e queria ficar sozinho para mais nada compreender.

Acordei na cama de Una. Continuava nu mas meu corpo estava limpo e minhas pernas livres. Como chegara até lá? Não me lembro de nada. A estufa se apagara e eu sentia frio. Pronunciei suavemente, idiotamente, o nome da minha irmã: "Una, Una." O silêncio me gelou e me fez estremecer, mas talvez fosse o frio. Levantei-me: do lado de fora, era dia, o céu estava nublado mas pairava uma luz esplêndida, a neblina se dissipara e olhei para a floresta, para as árvores com galhos ainda carregados de neve. Alguns versos absurdos me vieram à mente, uma antiga canção de Guilherme IX, aquele duque meio louco da Aquitânia:

Faire un vers de rien du tout:
Ni de moi, ni des autres gens,
Ni de l'amour ni la jeunesse,
Ni de rien autre.*

---

* Tradução livre: "Farei um versinho sobre absolutamente nada:/ Não será sobre mim, nem sobre outra pessoa,/ Nem sobre o amor, nem sobre a juventude,/ Nem sobre nada mais." (N. do T.)

Levantei-me e me dirigi para o canto onde estava jogado um monte de roupas minhas para vestir uma calça, esticando os suspensórios por sobre os ombros nus. Passando em frente ao espelho do quarto, me olhei: uma grande marca vermelha atravessava minha garganta. Desci; na cozinha, dei uma mordida numa maçã, bebi um pouco de vinho de uma garrafa aberta. O pão tinha acabado. Saí para o terraço: o tempo continuava frio, esfreguei as mãos. Meu pau irritado me incomodava, a calça de lã só piorava as coisas. Observei meus dedos, meus antebraços, brinquei de esvaziar com a ponta da unha as grossas veias azuis do meu pulso. Minhas unhas estavam sujas, a do polegar esquerdo, quebrada. Do outro lado da casa, no pátio, aves grasnavam. O ar estava vivo, incisivo, a neve no chão tinha derretido um pouco e depois endurecido na superfície, as pegadas deixadas pelos meus passos e o meu corpo no terraço continuavam bem visíveis. Fui até a balaustrada e me debrucei. Um corpo de mulher estava deitado na neve do jardim, seminu num *robe de chambre* entreaberto, imóvel, a cabeça inclinada, os olhos abertos para o céu. A ponta de sua língua repousava delicadamente no canto de seus lábios azulados; entre suas pernas, uma penugem renascia sobre o sexo e, obstinadamente, não parecia parar de crescer. Eu não conseguia respirar: aquele corpo na neve era o espelho do cadáver da menina de Kharkov. Soube então que o corpo daquela moça, seu pescoço torcido, seu queixo proeminente, seus seios congelados e carcomidos eram, por sua vez, o reflexo cego, não como eu acreditara a princípio, de uma imagem, mas de duas, confundidas e autônomas, uma de pé na varanda e a outra embaixo, deitada na neve. Vocês devem estar pensando: Ah, finalmente esta história terminou. Mas não, ela ainda continua.

Gigue

Thomas me encontrou sentado em uma cadeira, na beira do terraço. Eu contemplava os bosques, o céu, tomava aguardente no gargalo, em pequenos goles. A balaustrada na altura dos meus olhos me ocultava o jardim, mas a imagem que eu vira ali corroía lentamente o meu espírito. Um ou dois dias deviam ter transcorrido, não me perguntem como os passei. Thomas contornara a casa pela lateral: eu não escutara nada, nem barulho de motor nem chamado. Estendi-lhe a garrafa: "Saúde e fraternidade. Beba." Eu devia estar um pouco bêbado. Thomas olhou ao redor, bebeu um pouco, mas não me devolveu a garrafa. "Mas que bicho lhe mordeu?", perguntou afinal. Sorri estupidamente. Ele contemplou a fachada da casa. "Está sozinho?" — "Acho que sim." Aproximou-se de mim, fitou-me, repetiu: "Que bicho lhe mordeu? Sua licença expirou há uma semana. Grothmann está furioso, fala em levá-lo perante um conselho de guerra por deserção. Nos dias de hoje, os conselhos de guerra duram cinco minutos." Dei de ombros e apontei para a garrafa que ele continuava a segurar. Ele a afastou. "E você?", perguntei. "Que faz por aqui?" — "Piontek me contou onde você estava. Foi ele quem me trouxe. Vim buscá-lo." — "Temos que ir, então?", falei tristemente. — "Sim, vá se vestir." Levantei-me, subi. No quarto de Una, em vez de me vestir, sentei-me no sofá de couro e acendi um cigarro. Pensava nela, penosamente, pensamentos estranhamente vazios e ocos. A voz de Thomas na escada me despertou do devaneio: "Não demore! Merda!" Me vesti, enfiando as roupas um pouco ao acaso, mas com certo bom senso, pois fazia frio, roupas de baixo compridas, meias de lã, um pulôver de gola rulê sob o uniforme funcional. *A educação sentimental* estava jogado sobre a escrivaninha: enfiei o volume no bolso da túnica. Depois comecei a abrir as janelas para puxar os postigos. Thomas apareceu na moldura da porta: "Mas o que está fazendo?" — "Ora essa, estou fechando. Não vamos deixar a casa escancarada, não é mesmo?" Seu mau humor então explodiu: "Você parece não perceber o que está acontecendo. Os russos estão atacando toda a extensão do front há uma semana. Podem chegar de uma hora para outra!" Pegou-me sem cerimônia pelo braço: "Vamos, venha." No amplo saguão, desvencilhei-me vigorosamente do seu punho e fui procurar a grande chave da porta da entrada. Vesti o casaco e coloquei o quepe. Ao sair, tranquei a porta com cuidado. No pátio em frente à casa, Piontek esfregava o farol de um Opel. Endireitou-se para me saudar e entramos no veículo, Thomas ao lado de Piontek, eu atrás. Na longa aleia, entre um solavanco e outro, Thomas perguntava a Piontek: "Acha possível atravessarmos Tempelburg de novo?" — "Não sei, Herr Standartenführer, podemos tentar." Na estrada principal, Piontek virou à esquerda. Em Alt Draheim, algumas famílias ainda carregavam carroças atreladas a cavalos pomeranianos. O carro contornou o velho forte e começou a subir a longa encosta do istmo. Um tanque apareceu no topo, baixo e atarracado. "Merda!" exclamou Thomas. "Um T-34!" Mas Piontek já freara bruscamente e engatara ré. O tanque abaixou o canhão e disparou na nossa direção, mas não conseguia apontar tão para baixo e o projétil passou por cima do nosso carro, explodindo ao lado da estrada, na entrada do vilarejo. O tanque avançou chacoalhando as lagartas para mirar mais baixo; Piontek manobrava rapidamente o carro atravessado na estrada e arrancava de novo a toda velocidade na direção do vilarejo; o segundo disparo caiu bem próximo, estilhaçando um vidro do lado esquerdo, depois contornamos o forte e ficamos protegidos. No vilarejo, as pessoas haviam escutado as detonações e corriam em todas as direções. Atravessamos sem parar e continuamos rumo ao norte. "Apesar de tudo, não conseguiram tomar Tempelburg!", esbravejava Thomas. "Já passamos faz duas horas!" — "Talvez tenham contornado pelos campos", sugeriu Piontek. Thomas estudava um mapa: "Bom, siga até Bad Polzin. Lá nos informaremos. Mesmo que Stargard tenha caído, podemos fazer Schivelbein-Naugard, depois voltar para Stettin." Eu não prestava muita atenção àquelas palavras, olhava a paisagem pelo vidro quebrado cujos últimos estilhaços eu tirara com a mão. Altos álamos espaçados margeavam a estrada reta e sem fim, mais além estendiam-se plantações cobertas de neve e silenciosas, o céu cinzento, onde voavam alguns pássaros, e fazendas isoladas, fechadas, mudas. Em Klaushagen, um lugarejo limpo, triste e digno, alguns quilômetros depois, um bloqueio de *Volkssturm* em roupas civis com braçadeiras fechava a estrada, entre uma lagoa e um bosque. Eram camponeses, e ansiosamente nos pediram notícias: Thomas os aconselhou a partir com suas famílias para Polzin, mas eles hesitavam, retorciam os bigodes e manipulavam as velhas espingardas e os dois *Panzerfäuste* que lhes haviam fornecido. Alguns haviam prendido medalhas da Grande Guerra nos casacos. Os Schupo de uniforme verde-garrafa que os cercavam não pareciam mais à vontade que eles, os homens falavam naquele estilo arrastado dos conselhos municipais, quase solenes de angústia.

Na entrada de Bad Polzin, as defesas pareciam mais solidamente organizadas. Waffen-SS vigiavam a estrada e uma peça de PAK, posicionada numa encosta, cobria a abordagem. Thomas saiu do carro para conversar com o Untersturmführer que comandava o destacamento, mas este não sabia de nada e nos encaminhou ao seu superior na cidade, no PC instalado no velho castelo. Veículos e carroças atravancavam as ruas, a atmosfera estava tensa, mães gritavam atrás dos filhos, homens puxavam brutalmente as rédeas dos cavalos, empurrando os trabalhadores franceses que carregavam colchões e sacos de provisões. Segui Thomas até o PC e fiquei atrás dele escutando. O Obersturmführer tampouco sabia de alguma coisa; sua unidade estava vinculada ao 10º Corpo SS, tinha sido mandado para lá à frente de uma companhia para defender as principais vias; e achava que os russos viriam do sul ou do leste — o 2º Exército, em torno de Danzig e Gotenhaffen, já estava isolado do Reich, os russos tinham penetrado até o Báltico no eixo Neustettin-Köslin, disso ele tinha quase certeza —, mas supunha que as estradas para o oeste ainda estavam livres. Pegamos a estrada de Schivelbein. Era de cimento, as compridas carroças de refugiados ocupavam todo um lado dela num fluxo incessante, o mesmo triste espetáculo de um mês antes na autoestrada de Stettin para Berlim. Lentamente, no passo dos cavalos, o Leste alemão esvaziava-se. Embora houvesse pouco tráfego militar, muitos soldados, armados ou não, caminhavam sozinhos em meio aos civis, *Rückkämpfer* tentando juntar-se às suas unidades ou encontrar uma outra. Fazia frio, um vento forte soprava pelo vidro estilhaçado do carro, trazendo junto uma neve molhada. Piontek ultrapassava as carroças buzinando, homens a pé, cavalos, gado congestionavam a estrada, afastando-se com lentidão. Margeávamos sucessivas glebas, depois a estrada voltava a passar por uma floresta de abetos. À nossa frente as carroças paravam, um tumulto, ouvi um estrondo, incompreensível, as pessoas gritavam e corriam para a floresta. "Os russos!", gritava Piontek. — "Para fora, para fora!", ordenou Thomas. Saí pelo lado esquerdo com Piontek: duzentos metros à nossa frente, um tanque avançava rapidamente na nossa direção, esmagando na passagem carroças, cavalos, fugitivos retardatários. Apavorado, corri com Piontek e alguns civis para me esconder na floresta; Thomas atravessara a coluna para escapar pelo outro lado. As carroças estalavam como fósforo sob as lagartas do tanque; os cavalos morriam em meio a terríveis relinchos interrompidos bruscamente pelo fragor metálico. Nosso carro foi alvejado de frente, revirado, varrido e, num estrépito de folha de ferro amassada, projetado para o meio-fio, de lado. Eu distinguia o soldado empoleirado no tanque, bem à minha frente, um asiático de rosto achatado sujo de óleo de motor; sob seu capacete especial de couro, usava pequenos óculos hexagonais de mulher com as lentes cor-de-rosa, empunhando em uma das mãos uma grande metralhadora de carregador curvo, e na outra, reclinada em seu ombro, uma sombrinha de verão, cingida por uma faixa de renda; com as pernas abertas, recostado na torre, sentava-se no canhão como se este fosse uma montaria, e absorvia os impactos do blindado com a desenvoltura de um cavaleiro cita dominando com os tornozelos um pônei nervoso. Outros dois tanques com colchões ou sofás presos nos flancos seguiam o primeiro, liquidando sob suas lagartas os mutilados que esperneavam por entre os destroços. Sua passagem durou uns dez segundos no máximo, seguiram para Bad Polzin deixando em sua esteira uma faixa de lascas de madeira misturadas com sangue e caldo de carne nas poças de vísceras de cavalos. Longos rastros deixados pelos feridos que haviam tentado subir para o abrigo avermelhavam a neve dos dois lados da estrada; aqui e ali um homem se retorcia, sem pernas, mugindo, na estrada eram torsos sem cabeça, braços saindo de uma massa vermelha e imunda. Eu tremia dos pés à cabeça, Piontek teve que me ajudar a voltar para estrada. À minha volta as pessoas berravam, gesticulavam, outras permaneciam imóveis em estado de choque, crianças lançavam gritos estridentes e sem fim. Thomas juntou-se a mim logo em seguida e vasculhou na lataria do carro, conseguindo retirar o mapa e uma bolsa. "Temos que continuar a pé", ele disse. Esbocei um gesto perplexo: "E as pessoas...?" — "Vão ter que se virar", cortou. "Não podemos fazer nada. Venha." Fez-me atravessar a estrada, seguido por Piontek. Eu tomava cuidado para não pisar em restos humanos, mas era impossível evitar o sangue, minhas botas deixavam grandes rastros vermelhos na neve. Sob as árvores, Thomas desdobrou o mapa. "Piontek", ordenou, "procure nas carroças, ache alguma coisa para comermos." Pôs-se a estudar o mapa. Quando Piontek voltou com algumas provisões enfiadas numa fronha de travesseiro, Thomas o mostrou a nós. Era um mapa em grande escala da Pomerânia, indicava as estradas e aldeias, mas nada além disso. "Se os russos vieram de lá, é porque tomaram Schivelbein. Também devem estar subindo para Kolberg. Vamos para o norte, tentar alcançar Belgard. Se os nossos ainda estiverem por lá, ótimo, senão veremos. Evitando as estradas, não deveremos ser perturbados: se eles foram tão rápidos, é porque a infantaria ainda está bem atrás." Apontou uma aldeia no mapa, Gross Rambin: "Aqui é a ferrovia. Se os russos ainda não estiverem lá, talvez encontremos alguma coisa."

Atravessamos rapidamente a floresta e enveredamos pelas plantações. A neve derretia sobre a terra arada, afundávamos até as panturrilhas; entre cada gleba corriam regos cheios d'água, delimitados por cercas de arame farpado, baixas mas difíceis de transpor. Percorremos em seguida pequenas trilhas de terra batida, igualmente enlameadas, porém mais fáceis, que abandonávamos todavia nas cercanias das aldeias. Era cansativo, mas o ar estava puro, e o campo, deserto e tranquilo; nas estradas, caminhávamos num passo firme, um pouco ridículos, Thomas e eu, em nossos uniformes pretos funcionais com as pernas enlameadas. Piontek carregava as provisões; nossas únicas armas eram nossas pistolas de serviço, Lüger parabellum. No fim da tarde, chegamos na altura de Rambin: um ribeirão corria à nossa direita, paramos num bosque estreito de faias e freixos. Nevava de novo, uma neve úmida e viscosa que o vento nos atirava no rosto. À esquerda, um pouco adiante, distinguiam-se a ferrovia e as primeiras casas. "Vamos esperar a noite", disse Thomas. Recostei-me numa árvore, puxando as abas do meu casaco sob mim, e Piontek nos passou ovos cozidos e salsicha. "Não encontrei pão", disse com tristeza. Thomas tirou da bolsa a garrafinha de aguardente que me confiscara e ofereceu um gole para cada um. O céu escurecia, as borrascas recomeçavam. Eu estava cansado e dormi ao pé da árvore. Quando Thomas me acordou, meu casaco estava polvilhado de neve, e eu, enrijecido pelo frio. Não havia lua, nenhuma luz vinha da aldeia. Acompanhamos a franja do bosque até a ferrovia e passamos a caminhar sobre os trilhos, um atrás do outro, no escuro. Thomas sacara a pistola e o imitei, sem saber muito bem o que faria com ela se fôssemos surpreendidos. Nossos passos rangiam sobre o cascalho nevado do balastro. As primeiras casas apareceram à direita da ferrovia, perto de um grande lago, escuras, silenciosas; a pequena estação, na entrada da aldeia, estava trancada a chave; permanecemos nos trilhos para atravessar o lugarejo. Finalmente pudemos guardar as pistolas e caminhar mais à vontade. O balastro escorregava, rolava sob nossos passos, mas o espaçamento entre os dormentes tampouco permitia andar num ritmo regular; finalmente descemos do leito para caminhar na neve virgem. Um pouco à frente, a ferrovia atravessava novamente uma grande floresta de pinheiros. Sentia-me cansado, fazia horas que caminhávamos, não pensava em nada, minha cabeça estava vazia de qualquer ideia ou imagem, todos os meus esforços iam para os pés. Eu respirava pesadamente e, junto com o rangido das nossas botas na neve molhada, era um dos únicos sons que eu ouvia, um barulho obsedante. Algumas horas mais tarde, a lua nasceu por trás dos pinheiros, incipientemente cheia, lançando placas de luz branca sobre a neve através das árvores. Ainda mais tarde, alcançamos a orla da floresta. Do outro lado de uma grande planície, alguns quilômetros à nossa frente, uma luz amarela dançava no céu e pressentimos crepitações, detonações ocas e surdas. A lua iluminava a neve sobre a planície e eu distinguia o risco negro da ferrovia, os arbustos, as lenhas empilhadas. "Devem estar lutando nos arredores de Belgard", disse Thomas. "Vamos dormir um pouco. Se nos aproximarmos agora, seremos alvos do nosso próprio fogo." Dormir na neve já era rotina para mim; junto com Piontek, catei alguns galhos para construir uma caminha, me encolhi ali e dormi.

   Uma batida rude na minha bota me despertou. Ainda estava escuro. Diversas formas nos rodeavam, eu via o brilho do aço das metralhadoras. Uma voz sussurrou subitamente: *"Deutsche? Deutsche?"* Fiquei sentado e a forma recuou: "Perdão, Herr Offizier", disse uma voz com um forte sotaque. Pus-me de pé, Thomas já se levantara. "Os senhores são soldados alemães?", perguntou, em voz baixa também. — *"Jawohl*, Herr Offizier." Meus olhos acostumavam-se à escuridão: era possível distinguir insígnias SS e escudos *bleu blanc rouge* nos casacos daqueles homens. "Sou SS-Obersturmbannführer", falei em francês. Uma voz exclamou: "Nossas desculpas, Herr Obersturmbannführer. Não deu para ver direito no escuro. Achávamos que eram desertores." — "Somos do SD", disse Thomas, em francês também, com seu sotaque austríaco. "Fomos cortados pelos russos e estamos tentando nos reunir às nossas linhas. E os senhores?" — "Oberschütze Lanquenoy, 3ª Companhia, 1ª Seção, *zu Befehl*, Herr Standartenführer. Pertencemos à divisão 'Charlemagne'. Estamos desgarrados do nosso regimento." Eram uns dez. Lanquenoy, que parecia liderá-los, nos pôs a par da situação em poucas palavras: haviam recebido ordens para abandonar sua posição algumas horas antes e se retirar para o sul. O núcleo do regimento, que eles tentavam encontrar, devia estar um pouco mais a leste, na direção do Persante. "É o Oberführer Puaud que está no comando. Há mais gente da Wehrmacht em Belgard, mas o negócio está fervendo por lá." — "Por que não se dirigem para o norte?", perguntou secamente Thomas. "Para Kolberg?" — "Não sabemos, Herr Standartenführer", disse Lanquenoy. "Não sabemos de nada. Há *russkofs* por toda parte." — "A estrada deve ter sido cortada", disse outra voz. — "Nossas tropas continuam com Körlin?", perguntou Thomas. — "Não sabemos", falou Lanquenoy. — "Ainda controlamos Kolberg?" — "Não sabemos, Herr Standartenführer. Não sabemos de nada." Thomas pediu uma lanterna para que Lanquenoy e outro soldado lhe mostrassem a zona no mapa. "Vamos tentar atravessar o norte e alcançar Körlin ou, se for impossível, Kolberg", declarou finalmente Thomas. "Querem vir conosco? Podemos atravessar as linhas russas em grupos pequenos, se necessário. Eles devem controlar apenas as estradas, talvez algumas aldeias." — "Não é que não queiramos, Herr Standartenführer. Gostaríamos muito, acho. Mas temos que encontrar nossos companheiros." — "Como quiserem." Thomas conseguiu deles uma arma e munição, que entregou a Piontek. O céu clareava aos poucos, uma grossa camada de neblina preenchia as concavidades da planície, na direção do rio. Os soldados franceses nos saudaram e se afastaram pela floresta. Thomas me disse: "Vamos aproveitar a neblina para contornar Belgard, e rápido. Do outro lado do Persante, entre o anel do rio e a estrada, há uma floresta. Vamos atravessar por ali até Körlin. Depois, veremos." Eu não disse nada, não sentia a menor vontade de falar. Voltamos para o leito da ferrovia. As explosões à nossa frente e à nossa direita ressoavam na neblina, acompanhando nosso avanço. Quando a ferrovia cruzava uma estrada, nos escondíamos, esperávamos alguns minutos, depois atravessávamos correndo. Às vezes, também, ouvíamos o barulho metálico de equipamentos, alforjes, cantis retinindo: homens armados passavam por nós na neblina; e continuávamos entocados, à espreita, esperando que se afastassem, sem nunca saber se se tratava dos nossos. Ao sul, nas nossas costas, disparos de canhão também começavam a estrondear; à nossa frente, os estrépitos ficavam mais nítidos, mas eram disparos de fogo e rajadas isoladas, algumas detonações apenas, os combates deviam estar chegando ao fim. Enquanto nos dirigíamos para o Persante, um vento veio dissipar a neblina. Afastamo-nos da ferrovia e nos escondemos entre os arbustos para observar. A ponte metálica da ferrovia fora dinamitada e jazia, retorcida, nas águas cinzentas e caudalosas do rio. Ficamos uns quinze minutos observando aquilo, a neblina quase se fora agora, um sol frio brilhava no céu cinzento; atrás, à direita, Belgard ardia em chamas. A ponte desmoronada não parecia vigiada. "Se formos com cuidado, podemos atravessar por cima das vigas", murmurou Thomas. Levantou-se e Piontek o seguiu, a submetralhadora dos franceses em riste. Da margem, a travessia parecia fácil, mas, uma vez sobre a ponte, as vigas mostraram-se traiçoeiras, úmidas e escorregadias. Tínhamos que nos agarrar ao rebordo da plataforma, à flor da água. Thomas e Piontek atravessaram sem problemas. A alguns metros da margem, meu reflexo atraiu meu olhar; estava turvo, deformado pelos movimentos da superfície; debrucei-me para distingui-lo melhor, meu pé derrapou e caí em cima dele. Tolhido dentro do meu pesado casaco, afundei por um instante na água fria. Minha mão encontrou uma barra metálica, puxei-a para mim, me icei até a superfície; Piontek, que voltara, me puxou pela mão para o cascalho da margem, onde fiquei deitado, gotejando, tossindo, furioso. Thomas ria e aquele riso aumentava minha raiva. Meu quepe, que eu enfiara no cinturão antes de atravessar, estava a salvo; tive que tirar as botas para escoar a água, e Piontek me ajudou a torcer o casaco na medida do possível. "Corram com isso", sussurrava Thomas, sempre hílare. "Não podemos ficar aqui." Apalpei os bolsos, minha mão encontrou o livro que eu trouxera e depois esquecera. A visão das páginas encharcadas e estufadas me revoltava. Mas não havia nada a fazer. Thomas me apressava, coloquei-o no bolso, joguei meu casaco molhado nas costas e retomei a marcha.

 O frio atravessava minhas roupas molhadas e eu tiritava, mas caminhávamos velozmente, o que me aqueceu um pouco. Atrás de nós, os incêndios da cidade crepitavam, uma grossa fumaça escurecia o cinzento do céu e tapava o sol. Em certo trecho fomos acossados por uns dez cães famintos e irritantes, que fuçavam nossos tornozelos e latiam furiosamente. Piontek teve que cortar um galho e pô-los para correr para que desistissem. Perto do rio, o solo era lama pura, a neve já derretera, apenas alguns torrões de terra indicavam os lugares secos. Nossas botas afundavam até as canelas. Uma longa barreira coberta de mato e salpicada de neve tinha se formado ao lado do Persante; à nossa direita, ao pé do leito da ferrovia, os charcos se adensavam, depois começavam bosques, pantanosos também; acabamos impedidos de sair dessa barreira, mas não avistávamos ninguém, nem alemães, nem russos. Entretanto, outros haviam passado antes de nós; aqui e ali, refestelado no bosque, o pé ou o braço preso nos galhos, ou então deitado com a cabeça recostada no flanco da elevação, percebíamos um cadáver, um soldado ou um civil que se arrastara até ali para morrer. O céu clareava, o sol tênue de fim de inverno dispersava um pouco a bruma. Caminhar sobre a barreira era fácil, avançávamos rapidamente, Belgard já desaparecera. Sobre as águas amarronzadas do Persante flutuavam patos, alguns com a cabeça verde, outros pretos e brancos, que dispararam bruscamente à nossa presença grasnando sons de trombeta plangentes e voando para um pouco adiante. Em frente, para além da margem, estendia-se uma grande floresta de pinheiros, altíssimos e escuros; à nossa direita, depois do pequeno curso d'água que isolava a barreira, víamos sobretudo bétulas, com alguns carvalhos. Ouvi um zumbido ao longe: acima de nós, bem alto no céu verde-claro, um avião solitário rodopiava. A visão daquele aparelho preocupou Thomas e nos conduziu para o riacho; um tronco derrubado nos permitiu transpô-lo e ir para debaixo das árvores; mas ali a terra firme desaparecia sob a água. Atravessamos um pequeno prado coberto por um capim longo e grosso, empapado e tombado; adiante estendiam-se outros bolsões d'água; havia uma pequena cabana de caçador com cadeado, também imersa na água. A neve desaparecera por completo. Colar-se às árvores de nada adiantava, nossas botas afundavam na água e na lama, o solo encharcado estava coberto de folhas podres que escondiam declives. Aqui e ali uma ilhota de terra firme nos dava mais ânimo. Porém, mais adiante, a coisa voltava a ficar completamente impossível, árvores cresciam sobre torrões isolados ou na própria água, as línguas de terra que cortavam a água também estavam alagadas, atolávamos de forma lamentável, tivemos que desistir e voltar para a barreira. Enfim ela desembocou em terras cultivadas, úmidas e cobertas de neve derretendo, mas por onde podíamos avançar. Em seguida atravessamos um bosque de pinheiros de corte, finos, retos e altos, com troncos avermelhados. O sol descia por entre as árvores, espalhando manchas de luz sobre o solo negro, quase nu e entremeado por placas de neve ou de musgo verde e frio. Troncos abatidos e abandonados e galhos quebrados obstruíam a passagem através das árvores; mas era ainda mais difícil caminhar na lama preta, remexida pelas rodas das carroças, trilhas de lenhadores que serpenteavam no pinheiral. Eu estava ofegante, também tinha fome, Thomas finalmente aceitou fazer uma parada. Graças ao calor liberado pela marcha, minhas roupas de baixo estavam quase secas; tirei a túnica, as botas e a calça e as estendi com meu casaco ao sol, sobre um estéreo de toras de pinheiro empilhadas em quadrados e cuidadosamente dispostas na beira do caminho. Coloquei o Flaubert aberto ali também, para secar as páginas estufadas. Subi então numa pilha de troncos ao lado, ridículo em minhas compridas ceroulas; ao cabo de alguns minutos esfriou de novo e Thomas me passou seu casaco rindo. Piontek distribuiu algumas provisões e comi. Estava morto de cansaço, queria me deitar sobre o casaco à débil luz do sol e dormir. Mas Thomas exigia que chegássemos a Körlin, continuava com esperanças de alcançar Kolberg naquele mesmo dia. Alisei minhas roupas úmidas, pus o Flaubert no bolso e o segui. Pouco depois do bosque, surgiu uma aldeola aninhada na curva do rio. Observamos por algum tempo, seria preciso um longo desvio para contorná-la; ouvi cães latirem, cavalos relincharem, vacas mugirem com o doloroso som que emitem quando não são ordenhadas e os úberes incham. Mas era tudo. Thomas resolveu avançar. Eram grandes armazéns agrícolas de tijolo, em ruínas, com grandes telhados cobrindo generosos celeiros; as portas estavam arrombadas, o caminho juncado de carretas reviradas, móveis quebrados, lençóis rasgados; de quando em quando tropeçávamos num cadáver de fazendeiro ou de uma velha, assassinados à queima-roupa; uma estranha lufada de neve soprava pelas vielas, redemoinhos de penugem liberados dos edredons e dos colchões furados e carregados pelo vento. Thomas mandou Piontek procurar comida nas casas e enquanto isso me traduziu uma inscrição apressadamente rabiscada em russo, presa no pescoço de um camponês algemado a um carvalho, pendurado, as tripas gotejando de sua barriga rasgada, arrancadas até a metade pelos cachorros: *Você tinha uma casa, vacas e latas de conservas. Que veio fuçar na nossa terra, pridurok?* O cheiro das tripas me provocava náuseas, eu tinha sede e bebi na bomba de um poço que ainda funcionava. Piontek juntou-se a nós: encontrara toucinho, cebolas, maçãs, algumas conservas que distribuímos em nossos bolsos; mas ele estava pálido e seu maxilar tremia, não queria nos dizer o que vira na casa, e seu olhar passava com angústia do estripado para os cães que se reaproximavam rosnando através das espirais de penugem. Abandonamos aquele lugar o mais rápido possível. Adiante esparramavam-se vastos campos ondulados, amarelados e bege sob a neve ainda seca. O caminho contornava um pequeno afluente, subia uma crista, passava ao largo de uma fazenda abandonada, rica e encostada num bosque. Depois voltava a descer para o Persante. Acompanhávamos a margem, bem alta; do outro lado da água, outros bosques. Um afluente atravessava o caminho, precisamos tirar botas e meias e atravessar a vau, a água estava gélida, bebi um pouco e molhei o pescoço antes de continuar. Em seguida estendiam-se mais campos nevados, com, ao longe à direita, numa encosta, a orla de uma floresta; bem no meio, vazia, erguia-se uma torre de madeira cinzenta, para caçar patos ou talvez atrair as gralhas na época das colheitas. Thomas quis cortar por esses campos, diante de nós a floresta descia para encontrar o rio, mas afastar-se das trilhas não era fácil, o solo ficava traiçoeiro, precisávamos transpor cercas de arame farpado, e voltamos para o rio, que reencontramos um pouco adiante. Dois cisnes arrastavam-se pela água, de forma alguma assustados com a nossa presença; detiveram-se perto de uma ilhota, soergueram e esticaram num gesto demorado e delicado seus longos pescoços sem fim, depois fizeram sua toalete. Recomeçaram os bosques. Dessa vez eram sobretudo pinheiros, árvores jovens, uma floresta que fora cuidadosamente administrada para o corte, aberta e arejada. As trilhas facilitavam a caminhada. Por duas vezes, o barulho dos nossos passos espantou alguns veadinhos, podíamos percebê-los saltitando por entre as árvores. Thomas perdia-se em diversos atalhos sob a abóbada alta e calma, desembocando sempre no Persante, nosso fio condutor. Uma trilha cortava por um pequeno bosque de carvalhos, não muito altos, um emaranhado fechado e opaco de brotos e galhos nus. O solo sob a neve estava atapetado com folhas mortas, secas, castanhas. Quando a sede apertava, eu descia até o Persante, mas frequentemente a água estava estagnada na beira. Körlin aproximava-se, minhas pernas estavam pesadas, as costas me doíam, mas ali as trilhas ainda eram fáceis de ser percorridas.

Em Körlin, os combates estavam no auge. Escondidos na orla do bosque, observávamos tanques russos espalhados por uma estrada um pouco sobrelevada dispararem ininterruptamente sobre posições alemãs. Soldados da infantaria corriam em torno dos tanques, deitavam-se nos fossos. Havia muitos cadáveres, manchas amarronzadas espalhadas pela neve ou no solo enegrecido. Recuamos para a floresta, prudentemente. Um pouco antes havíamos notado uma pontezinha de pedra sobre o Persante, intacta; voltamos para lá para atravessá-la, depois, escondidos em um faial, deslizamos para a grande estrada de Plathe. Nesses bosques também havia corpos por toda parte, russos e alemães misturados, devem ter lutado furiosamente; a maioria dos soldados alemães usava o escudo francês; agora estava tudo calmo. Vasculhando seus bolsos encontramos alguns objetos úteis, canivetes, uma bússola, peixe seco no embornal de um russo. Na estrada, em cima, blindados soviéticos rolavam a toda velocidade para Körlin. Thomas decidira que esperaríamos a noite e então tentaríamos atravessar para ver quem, os russos ou os nossos, controlava a estrada de Kolberg. Sentei atrás de um arbusto com as costas para a estrada e mastiguei uma cebola que pus para dentro com aguardente, depois tirei do meu bolso *A educação sentimental*, cuja capa de couro estava toda estufada e deformada, descolei delicadamente algumas páginas e comecei a ler. O longo fluxo estático da prosa me carregou rapidamente, eu não ouvia mais o chacoalhar das lagartas, nem o ronco dos motores, nem os gritos esquisitos em russo, "*Davaí! Davaí!*", nem as explosões, um pouco mais ao longe; apenas as páginas estufadas e grudentas atrapalhavam minha leitura. O fim do dia me obrigou a fechar o livro e guardá-lo. Dormi um pouco. Piontek dormia também, Thomas continuava de pé, observando os bosques. Quando despertei, estava coberto por uma espessa neve porosa; ela caía intensamente, em flocos grossos que rodopiavam entre as árvores antes de pousarem. De vez em quando, na estrada, passava um tanque de faróis acesos, a luz perfurando os chumaços de neve; o resto era silêncio. Nos aproximamos da estrada e esperamos. Do lado de Körlin, a situação era tensa. Dois tanques chegaram, seguidos por um caminhão, um Studebaker com a estrela vermelha: assim que passaram, atravessamos rapidamente a estrada pavimentada para cair do outro lado, num bosque. Alguns quilômetros à frente, tivemos de repetir a operação para atravessar a estradinha que levava a Gross-Jestin, uma aldeia próxima; ali também tanques e veículos obstruíam a estrada. A neve espessa nos escondia quando atravessávamos os campos, não havia vento e ela caía quase na vertical, abafando sons, detonações, motores e gritos. De tempos em tempos, ouvíamos fragores metálicos ou indícios de vozes russas e nos escondíamos rapidamente de bruços numa vala ou atrás de uma moita; uma patrulha passou no nosso nariz sem dar pela nossa presença. De novo o Persante atravessava nosso caminho. A estrada de Kolberg achava-se do outro lado; acompanhávamos a margem rumo ao norte e Thomas acabou descobrindo um bote escondido entre o matagal. Não vimos remos, Piontek cortou uns galhos compridos para manobrá-lo e a travessia se deu sem problemas. No leito da estrada o tráfego era intenso em ambos os sentidos: blindados russos e caminhões deslizavam de faróis acesos, como em uma autoestrada. Uma longa coluna de tanques seguia em direção a Kolberg, espetáculo feérico, cada engenhoca enfeitada com rendas, grandes peças brancas presas nos canhões e nas torres e dançando nas laterais, e nos turbilhões de neve iluminados por seus faróis aquelas máquinas escuras e tonitruantes assumiam um aspecto leve, quase etéreo, parecendo flutuar na estrada, através da neve que se confundia com seus velames. Retrocedemos lentamente para nos embrenharmos na mata. "Vamos atravessar de novo o Persante", sussurrou a voz tensa de Thomas, desencarnada no escuro e na neve. "Para Kolberg, fodeu. Provavelmente teremos que ir até o Oder." Mas o bote desaparecera e tivemos que andar um pouco antes de achar uma passagem pelo rio, indicada por estacas e uma pinguela estendida sob a água, à qual estava preso por um pé, boiando de bruços, o cadáver de um Waffen-ss francês. A água fria subiu até as nossas coxas, eu segurava meu livro na mão para lhe poupar outro banho; flocos grossos caíam na água para nela desaparecer instantaneamente. Tínhamos tirado as botas, mas nossas calças continuaram molhadas e frias a noite inteira e pela manhã também, quando dormimos, todos os três, sem montar guarda, numa pequena cabana de mateiro no fundo de um bosque. Havíamos caminhado durante quase trinta e seis horas, estávamos esgotados; mas precisávamos continuar.

Avançávamos à noite; de dia, nos escondíamos nos bosques; então eu dormia ou lia Flaubert, falando pouco com meus companheiros. Uma raiva impotente crescia em mim, eu não compreendia por que saíra da casa perto de Alt Draheim, odiava-me por me haver deixado arrastar para zanzar como um selvagem pelas florestas, em vez de ter ficado tranquilo. A barba corroía nossos rostos, a lama ressecada endurecia os uniformes e, sob o tecido áspero, as cãibras fustigavam nossas pernas. Comíamos mal, apenas o que conseguíamos encontrar nas fazendas abandonadas ou restos deixados por comboios de refugiados; eu não me queixava, mas achava imundo o toucinho cru, a gordura ficava grudada na boca, nunca havendo pão para torná-lo tolerável. Continuávamos com frio e não fazíamos fogo. Ainda assim deleitava-me com aquele agreste severo e sereno, o silêncio amigo dos bosques de bétulas ou das matas, o céu nublado agitado levemente pelo vento, o rangido aveludado das últimas neves do ano. Mas era um agreste morto, deserto: vazias as lavouras, vazias as fazendas. Todos os lugarejos de certas dimensões, que contornávamos à distância durante a noite, estavam ocupados pelos russos; em seus arrabaldes, no escuro, ouvíamos os soldados bêbados cantando e disparando rajadas para cima. Às vezes sobravam uns alemães nessas aldeias, discerníamos suas vozes amedrontadas mas pacientes em meio a exclamações e palavrões russos, os gritos tampouco eram raros, sobretudo gritos de mulher. Mas aquilo ainda era melhor que as aldeias incendiadas aonde a fome nos levava: o gado morto infectava as ruas, as casas exalavam, misturado ao cheiro de queimado, um odor de carniça, e, como tínhamos que entrar para encontrar o que comer, não podíamos deixar de ver os cadáveres contorcidos de mulheres, frequentemente nuas, até mesmo velhas ou meninas de dez anos, com sangue entre as pernas. Mas permanecer nos bosques não ajudava a escapar dos mortos: nas encruzilhadas, os galhos imensos de carvalhos centenários estavam carregados de cachos de enforcados, em geral *Volkssturm*, tristes idiotas vítimas de Feldgendarmes zelosos; os corpos espalhavam-se pelas clareiras, como aquele rapaz nu, deitado na neve com uma perna dobrada, tão sereno quanto o enforcado da décima segunda carta do Tarô, pavorosamente estranho; e, mais adiante, nas florestas, cadáveres poluíam os lagos turvos que contornávamos amargando nossa sede. Nesses bosques e florestas, encontrávamos também vivos, civis aterrorizados, incapazes de nos fornecer a menor informação, soldados desgarrados ou pequenos grupos que, como nós, tentavam burlar as linhas russas. Waffen-SS ou Wehrmacht, não queriam nunca nos acompanhar; deviam temer, em caso de captura, ser encontrados com altas patentes SS. Isso fez Thomas refletir e ele me obrigou a destruir minha caderneta de soldo e meus documentos e a arrancar minhas insígnias, para o caso de cairmos nas mãos dos russos; porém, com medo dos Feldgendarmes, decidiu, bastante irracionalmente, que conservaríamos nossos belos uniformes pretos, um pouco descabidos para aquele programa campestre. Todas essas decisões, era ele quem as tomava; eu aceitava sem refletir e lhes obedecia, fechado a tudo exceto ao que me caía diante dos olhos no lento desenrolar da marcha.

Quando alguma coisa suscitava uma reação da minha parte, era pior ainda. Na segunda noite depois de Körlin, durante a madrugada, entramos em uma aldeola, algumas chácaras em torno de um solar. Um pouco ao lado deste erguia-se uma igreja de tijolos, encostada num campanário pontiagudo e coroado por um telhado de ardósia cinza; a porta estava aberta, por ela ressoava uma música de órgão; Piontek já partira para vasculhar as cozinhas; seguido por Thomas, entrei na igreja. Um velho, perto do altar, tocava *A arte da fuga*, o terceiro contraponto, creio, com aquele belo rolamento do baixo que no órgão é reproduzido no pedal. Aproximei-me, sentei-me num banco e escutei. O velho terminou a passagem e se voltou para mim: usava um monóculo e um bigodinho branco bem cortado e vestia um uniforme de Oberstleutnant da outra guerra, com uma cruz no pescoço. "Eles podem destruir tudo", ele me disse tranquilamente, "mas não isto. É impossível, isto permanecerá para sempre; resistirá mesmo quando eu parar de tocar." Eu não disse nada e ele atacou o contraponto seguinte. Thomas continuava de pé. Levantei-me também. Escutei. A música era magnífica, o órgão não tinha grande potência mas ressoava naquela igrejinha familiar, as linhas do contraponto cruzavam-se, brincavam, dançavam uma com a outra. Ora, em vez de me apaziguar, aquela música não fazia senão atiçar minha fúria, estava quase insuportável. Eu não pensava em nada, minha cabeça estava vazia de tudo exceto daquela música e da pressão soturna da minha fúria. Eu queria gritar para ele parar, deixei que terminasse a fuga, mas o velho encetou imediatamente a seguinte, a quinta. Seus longos dedos aristocráticos voavam pelas teclas do teclado, puxavam ou empurravam os registros. Quando rematou com um golpe seco no final da fuga, saquei minha pistola e disparei uma bala na cabeça dele. Ele desabou para frente sobre as teclas, abrindo a metade dos tubos num mugido desolado e dissonante. Guardei a pistola, me aproximei e o puxei para trás pela gola; o som cessou para deixar apenas o do sangue gotejando de sua cabeça sobre as lajes. "Você enlouqueceu completamente!", sibilou Thomas. "Que deu em você!?" Olhei para ele friamente, estava pálido, mas minha voz, entrecortada, não tremia: "É por causa desses fidalgotes corrompidos que a Alemanha está perdendo a guerra. O nacional-socialismo desmorona e eles ficam tocando Bach. Isso deveria ser proibido." Thomas me estudava, não sabia o que dizer. Depois deu de ombros: "No fim das contas, você tem razão. Mas que isso não se repita. Vamos embora." Piontek, no grande terreiro, estava preocupado com o disparo e apontava sua submetralhadora. Sugeri dormirmos no solar, numa cama de verdade, com lençóis; mas acho que Thomas estava com raiva de mim, decidiu que dormiríamos de novo nos bosques, para me atormentar, creio. Mas eu não queria enraivecê-lo, e, depois, era meu amigo; obedeci e o segui sem protestar.

O tempo estava mudando, a temperatura tornava-se subitamente amena; assim que o frio desaparecia, fazia imediatamente calor e eu suava copiosamente no meu casaco, a terra viscosa dos campos grudava nos meus pés. Nós permanecíamos ao norte da estrada de Plathe;

insensivelmente, para evitarmos os espaços devassados, para ficarmos colados nas florestas, vimo-nos empurrados ainda mais para o norte. Ao passo que pensávamos atravessar o Rega na região de Greifenberg, só o alcançamos perto de Treptow, a menos de dez quilômetros do mar. Entre Treptow e a foz, segundo o mapa de Thomas, toda a margem direita era pantanosa; mas, no litoral, estendia-se uma grande floresta, onde poderíamos andar em segurança até Horst ou Rewahl; se aquelas estâncias balneárias ainda se achassem em mãos alemãs, poderíamos transpor as linhas: caso contrário, recuaríamos para o interior. Naquela noite atravessamos a ferrovia que liga Treptow a Kolberg, depois a estrada de Deep, após uma hora de espera para a passagem de uma coluna soviética. Do outro lado da estrada, ficamos quase a descoberto, mas não havia nenhuma aldeia à vista, seguíamos pequenas trilhas isoladas no anel do Rega, aproximando-nos do rio. A floresta, em face, tornava-se visível na escuridão, um grande muro negro contra a muralha clara da noite. Já era possível sentir o cheiro do mar. Mas não víamos jeito de atravessar o rio, que se alargava na direção da foz. Em vez de darmos meia-volta, continuamos para Deep. Contornando a cidade, onde dormiam, bebiam e cantavam os russos, descemos para a praia e as instalações balneárias. Um guarda soviético dormia numa *chaise longue* e Thomas atacou-o com o cabo metálico de um guarda-sol; o barulho da rebentação abafava todos os outros. Piontek destruiu a corrente que prendia os pedalinhos. Um vento glacial soprava sobre o Báltico, de oeste para leste, ao longo da costa suas águas escuras estavam agitadas demais; empurramos o pedalinho pela areia até a foz do rio; ali, estava mais calmo, e me lancei na água num arroubo de alegria; pedalando, lembrava-me dos verões nas praias de Antibes ou de Juan-les-Pins, onde minha irmã e eu suplicávamos a Moreau que nos alugasse um pedalinho para partirmos sozinhos pelo mar, tão longe quanto nossas perninhas pudessem nos levar, antes de ficarmos à deriva, felizes, ao sol. Atravessamos velozmente, Thomas e eu pedalando com todas as nossas forças, Piontek, deitado entre nós, vigiando a margem com sua arma; do outro lado, despedi-me da nossa engenhoca quase com saudades. A floresta começava imediatamente, pequenas árvores atarracadas de todos os tipos, torcidas pelo vento que varre incessantemente essa longa e monótona costa. Caminhar por esses bosques não é fácil: há poucas trilhas, rebentos jovens, de abetos sobretudo, invadem o solo por entre as árvores, é preciso abrir caminho por entre eles. A floresta avançava até a areia da praia e dominava o mar, confinando com as grandes dunas, que, desfazendo-se sob o vento, vinham despejar-se entre as árvores e enterrá-las até o meio do tronco. Atrás dessa barreira, o mar invisível quebrava incessantemente. Caminhamos até o alvorecer; dali em diante eram sobretudo pinheiros; avançávamos com mais rapidez. Quando o céu clareou de vez, Thomas escalou uma duna para observar a praia. Fui atrás dele. Uma linha ininterrupta de destroços e cadáveres pontilhava a areia fria e clara, carcaças de veículos, peças de artilharia abandonadas, carroças viradas e destroçadas. Os corpos jaziam onde haviam tombado, sobre a areia ou com a cabeça na água, semicobertos pela espuma branca, outros ainda boiavam mais ao largo, jogados pelas ondas. As águas do mar pareciam pesadas, quase sujas naquela praia bege e clara, de um cinza-esverdeado de chumbo, duro e triste. Grandes gaivotas davam rasantes na areia ou planavam acima dos vagalhões ruidosos, desafiando o vento, como penduradas, antes de se impulsionarem um pouco à frente com uma manobra precisa das asas. Descemos a duna para vasculhar às pressas algumas carcaças à procura de provisões. Entre os mortos, havia de tudo, soldados, mulheres, bebês. Mas não encontramos muita coisa comestível e voltamos rapidamente para a floresta. Assim que me afastei da praia, a calma dos bosques me envolveu, deixando reverberar o estrépito da rebentação e do vento na minha cabeça. Eu queria dormir no dorso da duna, a areia fria e dura me atraía, mas Thomas temia patrulhas e me arrastou para dentro da floresta. Dormi algumas horas sobre agulhas de pinheiro e em seguida fiquei lendo o meu livro deformado até a noite, enganando a fome graças à suntuosa descrição dos banquetes da monarquia burguesa. Em seguida Thomas deu sinal de partida. Em duas horas de caminhada, atingimos a franja de uma floresta, uma curva que dava para uma lagoa separada do Báltico por uma barragem de areia cinzenta, dominada por mansões à beira-mar, abandonadas, e que descia em direção ao mar por uma praia comprida e tomada pelos destroços. Atravessamos casa por casa, com um olho nas trilhas e na praia. Horst achava-se um pouco à frente: uma antiga estância balneária, frequentada em sua época mas reservada havia alguns anos aos inválidos e convalescentes. Na praia, o monte de destroços e de corpos era maior, uma grande batalha fora travada ali. Em frente, percebíamos luzes, ouvíamos barulhos de motores, deviam ser os russos. Já havíamos deixado a lagoa para trás; segundo o mapa, estávamos a apenas vinte, vinte e dois quilômetros da ilha de Wollin. Numa das casas encontramos um ferido, um soldado alemão atingido na barriga por um estilhaço de *shrapnel*. Estava escondido embaixo de uma escada, mas nos chamou ao nos ouvir sussurrando. Thomas e Piontek carregaram-no para um sofá estropiado, tapando sua boca para que não gritasse; estava com sede, Thomas molhou um pano e o apertou entre seus lábios algumas vezes. Jazia ali havia dias, e suas palavras, entre um arquejo e outro, mal eram perceptíveis. Restos de várias divisões, abrangendo dezenas de milhares de civis, haviam formado um bolsão em Horst, Rewahl e Hoff; ele chegara até ali com os cacos de seu regimento, vindo de Dramburg. Haviam tentado um ataque maciço a Wollin. Os russos controlavam os penhascos que dominavam a praia e atiraram metodicamente na multidão desesperada que passava embaixo. "Era como se fosse tiro ao pato." Tinha sido ferido quase imediatamente e seus colegas o abandonaram. Durante o dia, a praia fervilhava de russos que vinham saquear os mortos. Ele pôde nos dizer que eles controlavam Kammin e provavelmente toda a margem do Haff. "A região deve estar cheia de patrulhas", comentou Thomas. "Os vermelhos vão procurar os sobreviventes da ofensiva." O homem continuava a murmurar gemendo, suava; pedia água, mas não lhe dávamos, o que o teria feito gritar; e tampouco tínhamos cigarros para lhe oferecer. Antes de nos deixar partir, pediu-nos uma pistola; deixei-lhe a minha, com o resto da garrafa de aguardente. Ele prometeu esperar nos distanciarmos para atirar. Prosseguimos em direção ao sul: depois de Gross Justin, Zitzmar, mais bosques. Nas estradas, o tráfego era incessante, jipes ou Studebakers americanos com estrelas vermelhas, motos, mais blindados; nas trilhas, eram patrulhas a pé de cinco ou seis homens e precisávamos prestar o máximo de atenção para evitá-las. A dez quilômetros do litoral, campos e bosques estavam cobertos pela neve. Tomamos a direção de Gülzow, a oeste de Greifenberg; em seguida, explicava Thomas, continuaríamos e tentaríamos atravessar o Oder do lado de Gollnow. Antes do amanhecer, encontramos uma floresta e uma cabana, mas havia pegadas e saímos da trilha para dormir um pouco adiante, entre pinheiros próximos a uma clareira, enrolados em nossos casacos em cima da neve.

Acordei rodeado de crianças. Formavam um grande círculo à nossa volta, eram dezenas e nos observavam em silêncio. Estavam em andrajos, sujas, cabelos desgrenhados; muitas usavam peças de uniforme alemão, um dólmã, um capacete, um casaco cortado grosseiramente; algumas apertavam nas mãos ferramentas agrícolas, enxadas, ancinhos, pás; outras, fuzis e submetralhadoras feitos com arame ou esculpidas em madeira ou papelão. A maioria parecia ter entre dez e treze anos; alguns não tinham nem seis completos; atrás deles postavam-se as meninas. Ficamos de pé e Thomas lhes deu bom dia educadamente. O maior deles, um garoto louro e magricela que vestia um sobretudo de oficial de estado-maior com o avesso de veludo vermelho por cima de uma roupa preta de tripulante de carro de combate, deu um passo à frente e guinchou: "Quem é o senhor?" Falava alemão com um denso sotaque de *Volksdeutscher* da Rutênia ou talvez até do Banat. "Somos oficiais alemães", Thomas respondeu calmamente. "E o senhor?" — "Kampfgruppe Adam. Adam sou eu, Generalmajor Adam, este é o meu destacamento." Piontek segurou a risada. "Somos da ss", disse Thomas. — "Onde estão suas insígnias?", cuspiu o garoto. "Os senhores são desertores!" Piontek perdeu a vontade de rir. Thomas não se desconcertou, mantinha as mãos nas costas e disse: "Não somos desertores. Fomos obrigados a tirar nossas insígnias receando cair nas mãos dos bolcheviques." — "Herr Standartenführer!", exclamou Piontek, "por que dá corda para esses pirralhos? Não vê que são birutas? Precisam é de uma boa surra!" — "Cale-se, Piontek", disse Thomas. Eu não dizia nada, estava apavorado diante do olhar fixo e desatinado daquelas crianças. "Ora, vou dar-lhes uma lição!", gritou Piontek procurando a submetralhadora nas costas. O garoto de casaco de oficial fez um sinal e meia dúzia de crianças precipitou-se sobre Piontek, agredindo-o com suas ferramentas e o derrubando no chão. Um garoto ergueu uma enxada e a desceu sobre seu rosto, esmagando-lhe os dentes e projetando um olho para fora da órbita. Piontek continuava a gritar; uma estocada estraçalhou sua testa e ele se calou. As crianças continuaram a bater até que sua cabeça não passasse de um caldo vermelho na neve. Eu estava petrificado, tomado por um terror incontrolável. Thomas tampouco movia um músculo. Quando as crianças abandonaram o cadáver, o maior gritou mais uma vez: "Os senhores são desertores e vamos tratá-los como traidores!" — "Não somos desertores", repetiu Thomas friamente. "Estamos em missão especial para o Führer na retaguarda das linhas russas e vocês acabam de matar nosso motorista." — "Onde estão seus papéis para provar?", insistia o garoto. — "Nós os destruímos. Se os russos nos capturassem, se adivinhassem quem somos, nos torturariam e nos fariam falar." — "Prove isso!" — "Escoltem-nos até as linhas alemãs e verão." — "Temos mais o que fazer do que escoltar desertores", retorquiu o garoto. "Vou fazer contato com meus superiores." — "Como preferir", disse Thomas calmamente. Um garotinho de cerca de oito anos atravessou o grupo com um caixote no ombro. Era uma caixa de munições de madeira com marcações russas, em cujo fundo estavam fixados diversos parafusos e círculos de cartolina coloridos. Uma lata de conservas, presa à caixa por um arame, pendia da lateral; suportes mantinham no ar uma longa haste metálica; na cabeça, o menino usava um autêntico capacete de radiofonista. Ajustou os fones nos ouvidos, pôs a caixa nos joelhos, girou os círculos de cartolina, manipulou os parafusos, aproximou a lata da boca e chamou: "Kampfgruppe Adam para o QG! Kampfgruppe Adam para o QG! Responda!" Repetiu isso várias vezes, depois liberou um ouvido dos fones, grandes demais para ele. "Estou com eles na linha, Herr Generalmajor", disse ao menino louro alto. "Que devo dizer?" Este se voltou para Thomas: "Seu nome e sua patente!" — "SS-Standartenführer Hauser, subordinado à Sicherheitspolizei." O garoto virou para a criança no rádio: "Pergunte se eles confirmam a missão do Standartenführer Hauser da Sipo." O pequeno repetiu a mensagem na sua lata de conservas e ficou à espera. Depois, declarou: "Não sabem de nada, Herr Generalmajor." — "Não me surpreende", disse Thomas com sua calma alucinante. "Respondemos diretamente ao Führer. Se me permitir entrar em contato com Berlim, ele confirmará isso pessoalmente para o senhor." — "Pessoalmente?", perguntou o garoto que comandava, um fulgor estranho nos olhos. — "Pessoalmente", repetiu Thomas. Eu continuava petrificado; a audácia de Thomas me gelava. O garoto louro fez um sinal e o menor tirou o capacete e o passou com a lata de conservas para Thomas. "Fale. Diga 'câmbio' no fim de cada frase." Thomas aproximou os fones de um ouvido e pegou a lata. Depois chamou na lata: "Berlim, Berlim. Hauser para Berlim, responda." Repetiu isso várias vezes, depois disse: "Standartenführer Hauser, em missão especial, para relatório. Preciso falar com o Führer. Câmbio... Sim, espero. Câmbio." As crianças que o cercavam mantinham os olhos apontados para ele; o maxilar do que se fazia chamar por Adam tremia ligeiramente. Thomas então empertigou-se, estalou os calcanhares e gritou na lata de conservas: "Heil Hitler! Standartenführer Hauser da Geheime Staatspolizei, para relatório, mein Führer! Câmbio." Fez uma pausa e continuou. "O Obersturmbannführer Aue e eu estamos de volta da nossa missão especial, mein Führer! Encontramos o Kampfgruppe Adam e pedimos confirmação da nossa missão e identidade. Câmbio." Fez outra pausa, depois disse: "*Jawohl*, mein Führer. Sieg Heil!" Estendeu os fones e a lata para o garoto de casaco de oficial. "Quer falar com o senhor, Herr Generalmajor." — "É o Führer?", perguntou com uma voz surda. — "É. Não tenha medo. É um homem bom." O garoto pegou lentamente os fones, colou-os nos ouvidos, endireitou-se, lançou um braço para o alto e gritou na lata: "Heil Hitler! Generalmajor Adam, *zu Befehl*, mein Führer! Câmbio!" Depois disse: *"Jawohl*, mein Führer! *Jawohl! Jawohl!* Sieg Heil!" Quando tirou os fones para devolvê-los ao menor, seus olhos estavam úmidos. "Era o Führer", disse solenemente. "Ele confirma sua identidade e sua missão. Sinto muito pelo seu motorista, mas ele fez um gesto infeliz e não podíamos saber. Meu Kampfgruppe está à sua disposição. De que precisam?" — "Temos que alcançar as linhas sãos e salvos para transmitir informações secretas de vital importância para o Reich. Pode nos ajudar?" O garoto retirou-se com vários outros e conferenciou com eles. "Viemos aqui para destruir uma concentração de forças bolcheviques. Mas podemos acompanhá-los de volta até o Oder. Ao sul, há uma floresta, passaremos bem debaixo do nariz desses animais. Vamos ajudá-los."

Foi assim que nos pusemos em marcha com aquela horda de crianças esfarrapadas, deixando ali o corpo do desventurado Piontek. Thomas pegou sua submetralhadora e me encarreguei do saco de provisões. O grupo era formado por quase setenta crianças, entre elas umas dez meninas. A maioria, como fomos compreendendo, eram *Volksdeutschen* órfãos, alguns vinham da região de Zamosc e até da Galícia ou dos desfiladeiros de Odessa, fazia meses que vagavam assim por trás das linhas russas, vivendo do que encontravam, recolhendo outras crianças e matando impiedosamente russos e alemães desgarrados, os quais eram todos considerados desertores. Assim como nós, caminhavam à noite e descansavam de dia, escondidos nas florestas. Na estrada, avançavam em ordem militar, com batedores à frente, depois o grosso da tropa, as meninas no meio. Por duas vezes, massacraram aos nossos olhos pequenos grupos de russos em pleno sono: da primeira vez, foi fácil, os soldados, bêbados, digeriam sua vodca numa fazenda e foram degolados ou dilacerados enquanto dormiam; da segunda vez, um guri esmigalhou o crânio de um guarda com uma pedra, em seguida os outros se precipitaram sobre os que roncavam em torno de uma fogueira, perto de seu caminhão enguiçado. Curiosamente, nunca confiscavam suas armas: "Nossas armas alemãs são melhores", explicou o garoto que comandava e se dizia chamar Adam. Também os vimos atacar uma patrulha com uma esperteza e uma selvageria inauditas. A pequena unidade fora localizada pelos batedores; o grosso do grupo retirou-se para os bosques e uns vinte meninos avançaram para a trilha na direção dos russos, bradando: "*Russki! Davaí! Khleb, khleb!*" Os russos não desconfiaram e os deixaram aproximar-se, alguns inclusive riam e tiravam pão de seus alforjes. As crianças então os cercaram e atacaram com suas ferramentas e facas, foi uma carnificina diabólica, vi uma criança de sete anos subir nas costas de um soldado e lhe enfiar um prego enorme no olho. Dois dos soldados, contudo, conseguiram disparar rajadas antes de sucumbir: três crianças morreram na hora, cinco saíram feridas. Depois do combate, os sobreviventes, cobertos de sangue, transportaram os feridos, que choravam e berravam de dor. Adam os saudou e liquidou pessoalmente à faca os atingidos nas pernas ou na barriga; os outros dois foram entregues às meninas, Thomas e eu tentamos limpar seus ferimentos na medida do possível e enfaixá-los com farrapos de camisas. Comportavam-se entre si quase tão brutalmente quanto com os adultos. Quando parávamos, tínhamos tempo para observá-los: Adam era servido por uma das meninas mais velhas, a quem depois arrastava para o mato; os demais lutavam por pedaços de pão ou salsicha, os menores tinham que correr para surrupiar nas bolsas enquanto os maiores distribuíam-lhes bofetadas ou até golpes de pá; em seguida, dois ou três meninos pegavam uma menina pelos cabelos, a jogavam no chão e a estupravam na frente dos demais mordendo sua nuca como gatos; garotos masturbavam-se abertamente contemplando-os; outros atacavam o que estava em cima da menina e arrastavam para o lado a fim de ocuparem seu lugar, a guria tentava fugir, era alcançada e derrubada com um pontapé na barriga, tudo em meio a gritos e berros estridentes; aliás, várias dessas meninas recém-púberes pareciam estar grávidas. Essas cenas abalavam profundamente os meus nervos, eu quase enlouquecia com aquela tropa demente. Algumas das crianças, sobretudo as maiores, mal falavam alemão; embora todas devessem ter sido escolarizadas no mínimo até o ano precedente, não parecia restar vestígio daquela educação exceto a inabalável convicção de pertencer a uma raça superior, viviam como uma tribo primitiva, uma matilha, cooperando com habilidade para matar ou encontrar o que comer e disputando o butim degradantemente. A autoridade de Adam, que era fisicamente o maior, parecia incontestável; vi-o bater contra uma árvore, até sangrar, a cabeça de um menino que demorara a lhe obedecer. Talvez, eu me dizia, ele precise matar todos os adultos que encontre para ser o mais velho.

Essa caminhada com as crianças durou várias noites. Eu sentia que estava aos poucos perdendo o autocontrole, tinha que despender um imenso esforço interior para não espancá-las por minha vez. Thomas permanecia numa calma olímpica, acompanhava nossa progressão no mapa ou na bússola e conferenciava com Adam sobre a direção a tomar. Antes de Gollnow, tivemos que atravessar a ferrovia de Kammun, depois, em diversos grupos compactos, a estrada. Do outro lado havia apenas uma floresta densa, abandonada, mas perigosa por causa das patrulhas, que, felizmente, atinham-se às trilhas. Começávamos assim a encontrar novamente soldados alemães, sozinhos ou em grupos, que, como nós, dirigiam-se para o Oder. Thomas impedia Adam de matar os desgarrados; dois deles juntaram-se a nós, um dois quais um SS belga, outros seguiam seus itinerários, preferindo tentar a sorte sozinhos. Depois de outra estrada, a floresta transformou-se num pântano, não estávamos mais muito distantes do Oder; ao sul, segundo o mapa, aqueles charcos davam em um afluente, o Ihna. O caminho piorava, afundávamos até os joelhos, às vezes até a cintura, crianças quase se afogavam nos charcos. O tempo estava mais clemente, até mesmo na floresta a neve desaparecera, tirei finalmente o casaco, ainda molhado e pesado. Adam resolveu nos escoltar até o Oder com uma tropa reduzida e deixou parte do grupo, as meninas e os menores, vigiando os dois feridos num trecho de terra seca. Transpor aqueles lodaçais desolados tomou a maior parte da noite; às vezes era preciso fazer desvios consideráveis, mas nos orientávamos pela bússola de Thomas. Atingimos finalmente o Oder, negro e luzidio ao luar. Uma linha de ilhotas compridas parecia estender-se entre nós e a margem alemã. Não conseguimos encontrar um bote. "Paciência", decretou Thomas, "atravessaremos a nado."
— "Não sei nadar", disse o belga. Era valão, estivera com Lippert no Cáucaso e me contara sua morte em Novo Buda. "Posso ajudá-lo", eu lhe disse. Thomas voltou-se para Adam: "Não quer atravessar conosco? Ir para a Alemanha?" — "Não", disse o garoto. "Temos nossa própria missão." Tiramos nossas botas para pendurá-las nos cinturões, e enfiei o quepe na túnica; Thomas e o soldado alemão, que se chamava Fritz, conservaram suas submetralhadoras no caso de a ilha não estar deserta. Naquele trecho o rio devia ter uns trezentos metros de largura, mas engrossara com a primavera e a correnteza estava revolta; o belga, que eu segurava pelo queixo nadando de costas, me atrasava, logo fui arrastado e quase deixei a ilha para trás; assim que consegui fincar o pé, larguei o soldado e o puxei pela gola até que pudesse andar por si só na

água. Na beira, o cansaço me obrigou a sentar por um momento. Em frente, os charcos estavam praticamente em silêncio, as crianças já haviam desaparecido; a ilhota em que nos encontrávamos era arborizada e nada se ouvia ali, salvo o murmúrio da água. O belga foi no encalço de Thomas e do soldado alemão, que haviam aportado mais acima, depois voltou para me dizer que a ilha parecia deserta. Quando consegui me levantar, atravessei a mata com ele. Do outro lado, a margem também estava muda e escura. Na praia, porém, um poste pintado de vermelho e branco indicava a localização de um telefone de campanha, protegido sob uma lona, cujo fio sumia na água. Thomas pegou o aparelho e ligou. "Boa noite", ele disse. "Sim, somos militares alemães." Enunciou nossos nomes e patentes. Então: "Ótimo." Desligou, empertigou-se e me olhou com um grande sorriso. "Disseram para nos perfilarmos e levantarmos os braços." Mal tivemos tempo de nos compor: um poderoso projetor foi aceso na margem alemã e apontou para nós. Ficamos naquela posição por vários minutos. "Bem arquitetado o sistema deles", comentou Thomas. Um barulho de motor pipocou na noite. Um bote de borracha aproximou-se e encostou perto de nós; três soldados nos examinavam em silêncio, armas em punho até se assegurarem de que éramos de fato alemães; ainda sem dizerem palavra, fizeram-nos embarcar, o bote partiu jogando através das águas escuras.

Na margem, Feldgendarmes aguardavam no escuro. Suas grandes placas metálicas brilhavam ao luar. Levaram-nos até um bunker perante um Hauptmann da Polícia, que pediu nossos documentos; nenhum de nós os tinha consigo. "Nesse caso", disse o oficial, "sou obrigado a mandá-los para Stettin sob escolta. Sinto muito, mas todo tipo de gente tenta se infiltrar." Enquanto esperávamos, deu-nos cigarros e Thomas conversou afavelmente com ele: "São muitos os que conseguem atravessar?" — "Entre dez e quinze por noite. Em todo o nosso setor, dezenas. Outro dia, mais de duzentos homens chegaram subitamente, ainda armados. A maioria termina aqui por causa dos pântanos, onde os russos patrulham pouco, como pôde constatar." — "A ideia do telefone é engenhosa." — "Obrigado. A água subiu e vários homens se afogaram tentando atravessar a nado. O telefone nos poupa de surpresas desagradáveis... pelo menos é o que esperamos", acrescentou sorrindo. "Parece que os russos têm traidores com eles." Durante a madrugada, fomos embarcados num caminhão com outros três *Rückkämpfer* e uma escolta armada de Feldgendarmes. Havíamos atravessado o rio bem acima de Pölitz; mas a cidade estava sob fogo de artilharia russa e nosso caminhão fez um desvio considerável antes de alcançar Stettin. Lá também caíam obuses, prédios ardiam em chamas; nas ruas, pela lona do caminhão, eu via praticamente apenas soldados. Levaram-nos até um PC da Wehrmacht onde fomos imediatamente separados dos soldados, depois um Major severo nos interrogou, logo acompanhado por um representante da Gestapo à paisana. Deixei que Thomas falasse e ele contou nossa história detalhadamente; eu só falava quando me interrogavam diretamente. Por sugestão de Thomas, o homem da Gestapo concordou em telefonar para Berlim. Huppenkothen, o superior de Thomas, não estava, mas conseguimos contato com um de seus assessores, que nos identificou prontamente. A atitude do Major e do homem da Gestapo mudou num piscar de olhos, passaram a nos tratar por nossas patentes e a nos oferecer *schnaps*. O funcionário da Gestapo retirou-se prometendo nos arranjar um meio de transporte para Berlim; enquanto isso, o Major nos deu cigarros e nos instalou num banco no corredor. Fumávamos sem parar: quase não havíamos fumado desde o início da nossa marcha, e aquilo nos embriagava. Um calendário no gabinete do Major exibia a data de 21 de março, nossa escapada durara dezessete dias, o que por sinal era flagrante: fedíamos, a barba cobria nossos rostos, nossos uniformes rasgados estavam emporcalhados de lama. Mas não éramos os primeiros a chegar naquele estado e aquilo parecia não chocar ninguém. Thomas não perdia a pose, uma perna passada por cima da outra, parecia felicíssimo com a nossa escapada; quanto a mim, estava na verdade prostrado, as pernas estiradas à frente numa pose nada militar; um Oberst atarefado que passava à nossa frente, uma toalha debaixo do braço, lançou-me um olhar de desdém. Reconheci-o imediatamente, levantei-me de um pulo e o saudei calorosamente: era Osnabrugge, o demolidor de pontes. Levou alguns instantes para me reconhecer, seus olhos então esbugalharam: "Obersturmbannführer! Que aspecto deplorável!" Contei-lhe brevemente nossa aventura. "E o senhor? Agora anda dinamitando pontes alemãs?" Deu o braço a torcer: "Infelizmente, sim. Explodi a de Stettin há dois dias, quando evacuamos Altdamm e Finkenwalde. Foi horrível, a ponte estava cheia de enforcados, fugitivos alcançados pela Feldgendarmerie. Três permaneceram pendurados depois da explosão, bem na entrada da ponte, pálidos. Mas", prosseguiu empertigando-se, "não pusemos tudo abaixo. O Oder em frente a Stettin tem cinco braços e decidimos demolir apenas a última ponte. O que nos dá grandes chances de reconstruí-la." — "Ótimo", comentei, "o senhor pensa no futuro, mantém o moral alto." Nos despedimos com essas palavras — algumas cabeças de ponte, mais ao sul, ainda não haviam se retirado, Osnabrugge tinha que inspecionar os preparativos para a demolição. Pouco depois, o homem da Gestapo local voltou e nos fez entrar num carro com um oficial SS que também se dirigia para Berlim e não parecia nem um pouco preocupado com o nosso cheiro. Na autoestrada, o espetáculo era ainda mais pavoroso que em fevereiro: um fluxo contínuo de refugiados perplexos e soldados esgotados e prostrados, caminhões carregados de feridos, os escombros de uma catástrofe. Dormi quase instantaneamente, tiveram que me acordar em função de um ataque de Sturmovik, voltei ao sono assim que pude entrar novamente no veículo.

Em Berlim, tivemos certa dificuldade para nos justificar, menos porém do que eu esperava: os soldados rasos, entretanto, eram enforcados ou fuzilados a uma simples suspeita, sem rodeios. Antes mesmo de se barbear ou tomar banho, Thomas foi se apresentar a Kaltenbrunner, agora instalado na Kurfürstenstrasse, no que fora o escritório de Eichmann, um dos últimos prédios do RSHA mais ou menos de pé. Como não sabia a quem me apresentar — até mesmo Grothmann deixara Berlim —, fui até lá com ele. Combinamos uma história mais ou menos plausível: eu estava aproveitando minha licença para evacuar minha irmã e seu marido e a ofensiva russa me pegou de surpresa na companhia de Thomas, que fora me ajudar; Thomas, aliás, tivera a clarividência de se munir de uma ordem de missão de Huppenkothen antes de partir. Kaltenbrunner nos ouviu em silêncio, depois nos despachou sem comentários, deixando a entender que o Reichsführer, que na véspera se exonerara do comando do Grupo de Exércitos Vístula, estava em Hohenlychen. Fiz um rápido relatório sobre a morte de Piontek, mas tive que preencher incontáveis formulários para justificar a perda do veículo. À noitinha, fomos para a casa de Thomas, em Wannsee; embora intacta, não havia nem eletricidade nem água corrente; pudemos fazer apenas uma toalete sumária com água fria e nos barbear com dificuldade antes de nos deitar. Na manhã seguinte, vestindo um uniforme limpo, fui até Hohenlychen e subi para me apresentar a Brandt. Assim que pôs os olhos em mim, ordenou que eu tomasse uma ducha, cortasse os cabelos e voltasse minimamente apresentável. O hospital dispunha de duchas quentes, fiquei quase uma hora sob o jato, voluptuosamente; fui então ao barbeiro e aproveitei para fazer a barba com água quente e borrifar água-de-colônia. Quase em forma, apresentei-me novamente a Brandt. Gravemente, ele escutou meu relato, repreendeu-me com secura por minha imprudência ter custado ao Reich várias semanas do meu trabalho e depois me informou que eu havia sido declarado desaparecido; meu gabinete estava dissolvido, meus colegas, realocados, e meus dossiês, arquivados. Por ora, o Reichsführer não precisava mais dos meus serviços; e Brandt ordenou que eu regressasse a Berlim e me colocasse à disposição de Kaltenbrunner. Seu secretário, após a entrevista, me fez passar em seu escritório e me entregou minha correspondência pessoal, resgatada por Asbach durante a desativação do escritório de Oranienburg; havia sobretudo faturas, um bilhete de Ohlendorf a respeito do meu ferimento de fevereiro, e uma carta de Hélène, a qual enfiei no bolso sem abrir. Em seguida voltei para Berlim. Na Kurfürstenstrasse reinava o caos: o prédio agora abrigava o estado-maior do RSHA e da Staatspolizei, bem como diversos representantes do SD; não havia lugar para todo mundo, pouca gente sabia o que fazer, errando sem destino pelos corredores, tentando não perder a compostura. Como Kaltenbrunner não podia me receber antes da noite, instalei-me num canto em uma cadeira e retomei a leitura da *Educação sentimental*, que também resistira à travessia do Oder e que eu fazia questão de terminar. Kaltenbrunner mandou me chamar justamente quando Frédéric ia encontrar Madame Arnoux pela última vez; era frustrante. Ele poderia ter esperado um pouquinho, ainda mais que não tinha a mínima ideia do que fazer comigo. Quase fortuitamente, acabou me nomeando oficial de ligação com o OKW. Meu trabalho consistia no seguinte: três vezes por dia eu tinha de ir à Bendlerstrasse para coletar notícias sobre a situação no front; o resto do tempo, podia vadiar à vontade. O Flaubert foi rapidamente concluído, achei outros livros. Também podia passear, mas não era recomendável. A cidade estava em péssimas condições. Não havia vidraças em nenhuma janela; de tempos em tempos, ouvíamos o bloco de um prédio desmoronar num grande estrépito. Nas ruas, equipes removiam sem descanso os escombros e os empilhavam em montes espaçados para que os raros automóveis pudessem trafegar ziguezagueando, mas frequentemente essas pilhas desmoronavam por sua vez, e era preciso recomeçar. O ar da primavera agredia, carregando fumaça preta e pó de tijolo, que rangia nos dentes. O último bombardeio significativo remontava a três dias antes da nossa volta: naquela oportunidade, a

Luftwaffe inaugurara sua nova arma, aparelhos de retaliação espantosamente rápidos que haviam infligido algumas perdas ao inimigo; desde então, havia apenas ataques de intimidação de aviões Mosquito. O domingo seguinte ao da nossa chegada foi o primeiro dia bonito da primavera do ano de 1945; no Tiergarten, as árvores floresciam, a relva aparecia sobre os montes de detritos e esverdeava os jardins. Mas tínhamos poucas oportunidades para desfrutar aquele tempo magnífico. As rações alimentares, depois da perda dos territórios do Leste, reduziam-se ao mínimo necessário; nem os bons restaurantes tinham ainda muita coisa. Os Ministérios viam-se desfalcados de seu pessoal, transferido para reequipar a Wehrmacht. Porém, com a destruição de grande parte dos arquivos de mapas e a desorganização administrativa, a maioria dos homens assim liberados esperava semanas para ser chamada. Na Kurfürstenstrasse, haviam instalado um escritório que fornecia documentos falsos da Wehrmacht ou de outros organismos aos responsáveis do RSHA considerados *compromissados*. Thomas encomendou diversos jogos, todos diferentes, e me mostrou rindo: engenheiro da Krupp, Hauptmann da Wehrmacht, funcionário do Ministério da Agricultura. Queria que eu fizesse a mesma coisa, mas eu não parava de adiar a decisão; em vez disso, mandei refazer minha caderneta de soldo e minha carteira do SD, para substituir as que eu destruíra na Pomerânia. Vez por outra, esbarrava com Eichmann, que continuava se arrastando por ali bastante abatido. Muito nervoso, sabia que, se nossos inimigos pusessem as mãos nele, estava acabado, perguntava-se o que ia ser de si. Tinha colocado sua família em um abrigo e queria juntar-se a ela; vi-o um dia num corredor discutindo com acrimônia, provavelmente esse assunto, com Blobel, que também perambulava pelos corredores sem saber o que fazer, quase sempre bêbado, mal-humorado, irascível. Dias antes, Eichmann estivera com o Reichsführer em Hohenlychen, voltara desse encontro profundamente deprimido; convidou-me para ir tomar um *schnaps* em seu escritório e ouvi-lo; parecia não ter perdido certa consideração por mim e me tratava quase como confidente, sem que eu pudesse entender a origem disso. Eu bebia em silêncio e deixava que desabafasse. "Não compreendo", ele dizia queixosamente, empurrando os óculos no nariz. "O Reichsführer me disse: 'Eichmann, se eu tivesse que começar de novo, organizaria os campos de concentração como os britânicos fazem.' Eis o que ele me disse: 'Cometi um erro, nesse aspecto.' Que diabos quis dizer com isso? Não consigo entender. E o senhor, compreende? Talvez tenha querido dizer que os campos deveriam ter sido, sei lá, mais elegantes, mais estéticos, mais reluzentes." Eu tampouco compreendia o que o Reichsführer quisera dizer, mas aquilo era completamente indiferente para mim. Por intermédio de Thomas, instantaneamente a par dos mexericos, eu sabia que Himmler, atiçado por Schellenberg e seu massagista finlandês Kersten, continuava a fazer gestos — a bem da verdade, incoerentes — na direção dos anglo-americanos: "Schellenberg conseguiu fazê-lo dizer: 'Estou protegendo o trono. O que não quer dizer obrigatoriamente aquele que está sentado em cima.' É um grande progresso", me explicava Thomas. — "Sem dúvida. Thomas, poderia me dizer por que continua em Berlim?" Os russos haviam estacionado no Oder, mas todo mundo sabia que não passava de uma questão de tempo. Thomas sorriu: "Schellenberg pediu que eu ficasse. Para vigiar Kaltenbrunner e, sobretudo, Müller, que estão fazendo um pouco de tudo." Todo mundo, de fato, fazia um pouco qualquer coisa. Himmler, em primeiro lugar, além de Schellenberg e Kammler, que agora tinha um canal direto com o Führer e não escutava mais o Reichsführer; Speer, diziam, percorria o Ruhr e tentava, diante do avanço americano, desafiar as ordens de destruição do Führer. A população, por sua vez, perdia toda esperança, e a propaganda de Goebbels não consertava as coisas: à guisa de consolo, prometia que o Führer, *em sua grande sabedoria*, preparava uma morte serena, nas câmaras de gás, para o povo alemão. Era realmente muito encorajador e, como diziam as más línguas: "Um covarde? É um sujeito que está em Berlim e que resolve ir para o front." Na segunda semana de abril, a Filarmônica deu seu último concerto. O programa, execrável, era típico do gosto desse período — a última ária de Brünnhilde, o *Götterdämmerung* naturalmente, e, para terminar, a *Sinfonia romântica de Bruckner* —, mas fui assim mesmo. A sala, glacial, estava intacta, os lustres brilhavam com todas as suas lâmpadas, avistei Speer de longe, com o almirante Dönitz, no camarote de honra; na saída, Hitlerjugend de uniforme e guarda-pó ofereciam cápsulas de cianureto aos espectadores, gesto que quase me fez engolir uma ali na hora, de vergonha. Flaubert, tenho certeza, espernearia frente a tal exibição de burrice. Essas demonstrações ostentatórias de pessimismo se alternavam com efusões exaltadas de alegria otimista: no mesmo dia desse famoso concerto, Roosevelt morria, e Goebbels, confundindo Truman com Pedro III, já no dia seguinte lançava a palavra de ordem *A czarina morreu*. Soldados afirmavam ter vislumbrado o rosto do "tio Fritz" nas nuvens, e prometia-se uma contraofensiva decisiva e a vitória para o aniversário do nosso Führer, 20 de abril. Thomas, pelo menos, mesmo sem desistir de suas manobras, não perdia o norte; conseguira fazer seus pais atravessarem para o Tirol, perto de Innsbruck, numa zona que seria indubitavelmente ocupada pelos americanos: "Foi Kaltenbrunner quem se encarregou disso. Por meio da Gestapo de Viena." E, quando me mostrei surpreso: "Kaltenbrunner é um homem compreensivo. Também tem família, sabe o que é isso." Thomas retomara imediatamente sua vida social frenética e me arrastava de festa em festa, onde eu bebia até ficar idiota enquanto ele narrava hiperbolicamente nossas andanças pomeranianas a senhoritas deslumbradas. Havia festas todas as noites em todos os lugares, ninguém dava mais a mínima para os Mosquito ou para slogans de propaganda. Sob a Wilhelmplatz, um bunker havia sido transformado em boate animadíssima, onde serviam vinho, bebidas, cigarros de marca, *hors-d'œuvre* de luxo; o lugar era frequentado por graduados do OKW, da SS ou do RSHA, civis abastados e aristocratas, bem como por atrizes e garotas encantadoras, elegantemente vestidas. Passávamos quase todas as noites no Adlon, onde o maître, solene e impassível, nos recebia cheio de dedos antes de nos introduzir no restaurante iluminado, onde garçons de fraque nos serviam fatias roxas de couve-rábano em pratos de prata. O bar do porão estava sempre lotado, ali encontrávamos os últimos diplomatas, italianos, japoneses, húngaros ou franceses. Certa noite topei com Mihaï, todo de branco, com uma camisa de seda amarelo-canário. "Ainda em Berlim?", perguntou com um sorriso. "Há quanto tempo..." Começou a me assediar ostensivamente, na presença de várias pessoas. Segurei-o pelo braço, apertando bem forte, e o puxei de lado: "Pare", grunhi. — "Parar o quê?", disse ele, sorrindo. Aquele sorriso frívolo e calculista me levou à loucura. "Venha", eu disse, e o empurrei bruscamente para dentro do banheiro. Era um grande recinto branco, ladrilhado, com pias e mictórios de qualidade, reluzentemente claro. Verifiquei as cabines. Estavam vazias. Em seguida tranquei a porta. Mihaï fitava-me sorridente, uma das mãos no bolso de seu casaco branco, próximo às pias com grandes torneiras de latão. Avançou para mim, sem se desfazer do sorriso guloso; quando levantou a cabeça para me beijar, tirei meu quepe e o golpeei bem forte no rosto com a minha testa. Seu nariz, sob a violência do golpe, explodiu, espirrou sangue, ele berrou e desabou no chão. Passei por cima dele, o quepe ainda na mão, e fui me olhar no espelho: tinha sangue na testa, mas minha gola e meu uniforme não estavam manchados. Lavei cuidadosamente o rosto com água e recolo-

quei o quepe. No chão, Mihaï contorcia-se de dor segurando o nariz e gemia lamentavelmente: "Por que fez isso?" Sua mão alcançou a perna da minha calça; afastei o pé e examinei o recinto. Um esfregão estava encostado num canto, dentro de um balde de metal galvanizado. Peguei aquele esfregão, coloquei o cabo atravessado no pescoço de Mihaï e subi em cima; com um pé de cada lado do seu pescoço, imprimi ao cabo um ligeiro balanço. O rosto de Mihaï, sob mim, ficou vermelho, escarlate, depois violáceo; seu maxilar tremia convulsivamente, seus olhos exorbitados fitavam-me com terror, suas unhas arranhavam minhas botas; atrás de mim, seus pés batiam no ladrilhado. Ele queria falar mas não saía som de sua boca, de onde se projetava uma língua inchada e obscena. Aliviou-se fazendo um barulho bisonho e o cheiro da merda espalhou-se pelo recinto; suas pernas golpearam o chão pela última vez, então tombaram. Afrouxei o esfregão, coloquei-o de lado, dei uma cutucada na bochecha de Mihaï com a ponta da bota. Sua cabeça inerte rolou e voltou ao lugar. Peguei-o pelas axilas, puxei-o para dentro de uma das cabines e o sentei na latrina, colocando os pés bem retos. Essas cabines tinham trincos que giravam sobre um parafuso: segurando a lingueta com a ponta do meu canivete, consegui puxar a porta e fazer o trinco cair de maneira a trancar a cabine pelo lado de dentro. Um pouco de sangue escorrera pelos ladrilhos; usei o esfregão para limpá-los, depois passei água, esfreguei o cabo com meu lenço e o enfiei no balde onde o encontrara. Finalmente saí. Fui até o balcão tomar um trago; pessoas entravam e saíam dos banheiros, ninguém parecia notar nada. Um conhecido veio me perguntar: "Viu Mihaï?" Olhei ao meu redor: "Não, acho que foi por ali." Terminei meu copo e fui jogar conversa fora com Thomas. Por volta de uma da manhã, houve uma confusão: o corpo fora encontrado. Diplomatas soltavam exclamações horrorizados, a polícia chegou, fomos interrogados como os demais, eu disse que não vira nada. Nunca mais ouvi falar dessa história. A ofensiva russa enfim tinha início: na noite de 16 de abril atacaram as colinas de Seelow, base de defesa da cidade. O tempo estava encoberto, chovia; passei o dia e parte da noite levando despachos da Bendlerstrasse para a Kurfürstenstrasse, trajeto curto porém complicado pelos bombardeios de aviões Sturmovik. Por volta da meia-noite, encontrei Osnabrugge na Bendlerstrasse: parecia desamparado, aniquilado. "Eles querem explodir todas as pontes da cidade." Estava quase em lágrimas. "Ora", eu disse, "se o inimigo está avançando, isso é normal, não acha?"
— "O senhor não se dá conta do que isso significa?" Dei de ombros:

"Não se pode simplesmente entregar a cidade aos russos." — "Mas esta não é uma razão para demolir tudo! Podemos selecionar, destruir apenas as pontes das vias principais." Enxugava a testa. "Em todo caso, afirmo-lhe o seguinte, mandem me fuzilar se quiserem, mas é a última vez. Quando toda essa loucura tiver acabado, não interessa para quem vou trabalhar, vou construir. Afinal eles vão ter que reconstruir, concorda?" — "Claro. Ainda sabe construir uma ponte?" — "Claro, claro", disse ele se afastando, a cabeça gotejando. Mais tarde, naquela mesma noite, encontrei Thomas na casa de Wannsee. Ainda estava acordado, sentado sozinho na sala de estar, em mangas de camisa, bebia. "Então?", perguntou. — "Continuamos a controlar o reduto de Seelow. Mas no sul os tanques russos estão atravessando o Neisse." Ficou sombrio: "Pois é. De toda forma é *kaputt*." Tirei meu quepe e meu casaco molhados e me servi de um copo. "Então acabou mesmo?" — "Acabou", confirmou Thomas. — "A derrota, de novo?" — "Sim, a derrota de novo." — "E depois?" — "Depois? Veremos. A Alemanha não será riscada do mapa, a despeito de Morgenthau. A aliança antinatural dos nossos inimigos resistirá até a vitória deles, mas não muito mais que isso. As potências ocidentais vão precisar de um baluarte contra o bolchevismo. Dou-lhes no máximo três anos." Eu bebia e escutava. "Não me referia a isso", disse finalmente. "Ah. A nós, você quer dizer?" — "Sim, nós. Haverá contas a prestar." — "Por que não fez os documentos?" — "Não sei. Não acredito muito nisso. Que faremos com esses papéis? Cedo ou tarde, vão nos encontrar. Então será o cadafalso ou a Sibéria." Thomas rodou o líquido no copo: "Claro, teremos que sumir por um tempo. Ficar na sombra até os ânimos esfriarem. Depois, poderemos voltar. A nova Alemanha, seja o que for, vai precisar de talentos." — "Partir? Para onde? E como?" Fitou-me sorrindo: "Acha que não pensei nisso? Há redes, na Holanda, na Suíça, pessoas dispostas a nos ajudar, por convicção ou interesse. As melhores redes estão na Itália. Em Roma. A Igreja não vai abandonar suas ovelhas no infortúnio." Ergueu o copo como para brindar e bebeu. "Schellenberg e Wolfie receberam boas garantias. Claro, não será fácil. O fim de um jogo é sempre delicado." — "E depois?" — "Veremos. A América do Sul, o sol, os pampas, isso não lhe atrai? Ou, caso prefira, as pirâmides. Os ingleses estão de partida, vão precisar de especialistas por lá." Completei o copo e bebi mais: "E se Berlim for cercada? Como espera sair? Você fica?" — "Sim, fico. Kaltenbrunner e Müller continuam a nos preocupar. Perderam a cabeça. Mas pensei nisso. Venha ver." Levou-me ao seu quarto, abriu o armário e tirou roupas que espalhou na cama: "Veja." Eram roupas de trabalho grosseiras, de brim azul, sujas de óleo e graxa. "Olhe as etiquetas." Olhei: eram roupas francesas. "Também tenho sapatos, a boina, a braçadeira, tudo. E os papéis. Aqui." Mostrou-me os papéis: eram os de um trabalhador francês do STO. "Claro, na França terei dificuldades para passar, mas é o suficiente para os russos. Ainda que eu caia nas mãos de um oficial que fale francês, há poucas chances de ele implicar com meu sotaque. Poderei dizer que sou alsaciano, por exemplo." — "Não é idiota", eu disse. "Onde arranjou tudo isso?" Deu uma batidinha com o dedo na beirada do copo e sorriu: "Acha que os trabalhadores estrangeiros são contados hoje, em Berlim? Um a mais, um a menos..." Bebeu. "Devia pensar nisso. Com seu francês, talvez alcançasse Paris." Voltamos a descer para a sala. Ele me serviu outro copo e brindou comigo. "Não é uma coisa sem risco", ele disse rindo. "Mas o que não é sem risco? Nos saímos bem em Stalingrado. Temos que ser espertos, só isso. Sabe que tem gente da Gestapo tentando adquirir estrelas e documentos judeus?" Riu de novo: "Estão com dificuldade. Não há muitos no mercado."

Dormi pouco e voltei cedinho para a Bendlerstrasse. O céu limpara e havia aviões Sturmovik por toda parte. No dia seguinte, estava mais bonito ainda, os jardins, nas ruínas, floresciam. Não vi Thomas, que se envolveu numa confusão entre Wolff e Kaltenbrunner, não sei muito bem, Wolff viera da Itália discutir possibilidades de rendição, Kaltenbrunner ficara irritado e queria prendê-lo ou enforcá-lo, como de praxe aquilo acabou na presença do Führer, que deixou Wolff ir embora de novo. Quando finalmente encontrei Thomas, no dia da queda das colinas de Seelow, ele estava furioso, desancava Kaltenbrunner, sua burrice, sua visão estreita. Nem eu entendia qual era a aposta de Kaltenbrunner, o que ganharia voltando-se contra o Reichsführer, conspirando com Bormann, tramando para se tornar o novo favorito do Führer. Kaltenbrunner não era idiota, devia saber melhor que ninguém que o jogo estava no fim; porém, em vez de se posicionar para o depois, exauria-se em controvérsias estéreis e inúteis, um simulacro de ir-até-o-fim que ele nunca teria coragem, isso era evidente para quem o conhecia, de levar à sua conclusão lógica. Kaltenbrunner estava longe de ser o único a perder o senso de equilíbrio. Por toda parte, em Berlim, surgiam *Sperrkommandos*, unidades de bloqueio oriundas do SD e da Polícia, Feldgendarmes, organizações do Partido que ministravam justiça mais que sumária àqueles que, mais razoáveis que eles, não queriam senão viver, às vezes até mesmo a alguns que não tinham nada a ver com aquilo tudo, tendo tido apenas a desgraça de se encontrar ali. Os fanáticos radicais da "Leibstandarte" retiravam os soldados feridos dos porões para executá-los. Por toda parte, veteranos esgotados da Wehrmacht, civis recém-convocados, pirralhos de dezesseis anos enfeitavam, com o rosto roxo, postes, árvores, pontes, trilhos suspensos do S-Bahn, qualquer lugar onde se pudesse pendurar um homem, e sempre com a indefectível tabuleta no pescoço: ESTOU AQUI POR TER ABANDONADO MEU POSTO SEM ORDENS. Os berlinenses manifestavam resignação: "A ser enforcado, prefiro acreditar na vitória." Eu mesmo tinha problemas com esses exaltados, pois circulava muito, meus papéis eram constantemente examinados, pensei em arranjar uma escolta armada para me defender. Ao mesmo tempo, tinha quase pena daqueles homens ébrios de fúria e ressentimento, devorados por um ódio impotente que eles dirigiam, não podendo mais voltá-lo contra o inimigo, contra os seus, lobos raivosos devorando uns aos outros. Na Kurfürstenstrasse, um jovem Obersturmführer da Staatspolizei, Gersbach, não se apresentara determinada manhã; embora ele não tivesse mais o que fazer, aquilo foi notado; policiais o encontraram em casa caindo de bêbado; Müller esperou que recuperasse a lucidez, depois o liquidou com uma bala na nuca diante dos oficiais reunidos no pátio do prédio. Em seguida jogaram seu cadáver na rua, e um jovem recruta SS, quase histérico, esvaziara o pente de sua submetralhadora no corpo do desafortunado.

As notícias que eu obtinha diversas vezes ao dia raramente eram boas. Dia após dia, os soviéticos avançavam, entravam em Lichtenberg e Pankow, tomavam Weissensee. Os refugiados atravessavam a cidade em grandes colunas, muitos deles eram enforcados ao acaso, como desertores. Os bombardeios da artilharia russa continuavam a fazer vítimas: desde o dia do aniversário do Führer, estavam ao alcance da cidade. Tinha feito um dia lindo, uma sexta-feira morna, ensolarada, o aroma dos lilases embalsamava os jardins abandonados. Aqui e ali viam-se bandeiras com a cruz gamada penduradas sobre as ruínas ou grandes cartazes, de uma ironia que eu esperava inconsciente, como o que dominava os escombros da Lützowplatz: AGRADECEMOS O NOSSO FÜHRER POR TUDO. DR. GOEBBELS. A delicadeza, verdade seja dita, passava longe disso. No meio da manhã, os anglo-americanos haviam lançado um de seus bombardeios maciços, mais de mil aparelhos em duas horas, seguidos de aviões Mosquito; depois que se foram, a artilharia russa tomara as rédeas. Foram decerto os mais belos fogos de artifício, embora poucos os tivessem apreciado, pelo menos do nosso lado. Goebbels bem que tentou distribuir rações suplementares em homenagem ao Führer, mas até aquilo não durou muito: a artilharia causou diversas vítimas entre os civis que estavam na fila; no dia seguinte, apesar da chuva forte, foi pior ainda, um projétil atingiu uma fila em frente a uma loja de departamentos Karstadt, a Hermannplatz estava cheia de cadáveres ensanguentados, pedaços de membros espalhados, crianças berrando e sacudindo o corpo inerte de sua mãe, eu mesmo vi. No domingo, fez um sol esplêndido, primaveril, depois caiu um aguaceiro, depois o sol reapareceu, brilhando sobre os escombros e as ruínas molhadas. Passarinhos cantavam; por toda parte floresciam tulipas e lilases, macieiras, ameixeiras e cerejeiras, e, no Tiergarten, azaleias. Mas essas fragrâncias florais não conseguiam mascarar o cheiro de podridão e de tijolo queimado que pairava sobre as ruas. Uma pesada fumaça estagnada velava o céu; quando chovia, essa fumaça adensava-se ainda mais, molestando as pessoas. Havia animação nas ruas, apesar dos ataques da artilharia: nas barricadas antitanque, crianças com capacetes de papel, empoleiradas nos obstáculos, agitavam espadas de madeira; eu cruzava com velhas senhoras empurrando carrinhos cheios de tijolos, depois, atravessando o Tiergarten na direção do bunker do Zoo, soldados tocando um rebanho de vacas a mugir. À noite, a chuva voltou; os vermelhos, por sua vez, comemoravam o aniversário de Lênin com um esbanjamento irracional de artilharia.

Os serviços públicos fechavam um a um, os empregados evacuavam. Um dia antes de ser destituído, o general Reynmann, Kommandant da cidade, distribuíra aos responsáveis do NSDAP dois mil salvo-condutos para deixar Berlim. Os que não tinham tido a sorte de receber um ainda podiam comprar na porta da saída: na Kurfürstenstrasse, um oficial da Gestapo me explicou que um jogo completo de documentos em regra podia chegar a 80000 reichsmarks. O U-Bahn funcionou até 23 de abril, o S-Bahn até 25, o telefone interurbano até 26 (contam que um russo conseguiu falar de Siemensstadt com Goebbels em seu escritório). Kaltenbrunner partira para a Áustria imediatamente após o aniversário do Führer, mas Müller ficara e eu continuava minhas ligações para ele. Atravessava frequentemente o Tiergarten, uma vez que as ruas ao sul da Bendlerstrasse, para os lados do Landwehrkanal, estavam obstruídas; na Neue Siegesallee, as repetidas explosões haviam destroçado as estátuas dos soberanos da Prússia e do Brandemburgo, cabeças e membros de Hohenzollern ocupavam a rua;

à noite, fragmentos de mármore branco brilhavam ao luar. No OKW, onde agora se instalara o Kommandant da cidade (um certo Käther substituíra Reynmann e dois dias depois fora demitido por sua vez para dar lugar a Weidling), eu em geral tinha que esperar horas para me fornecerem uma informação cheia de buracos. Para não ser muito chato, eu ficava de conversa fiada com o meu motorista no carro, sob um alpendre de cimento no pátio, a observar oficiais correndo superexcitados e atônitos, soldados esgotados arrastando-se por ali para não voltarem muito rápido para o combate, Hitlerjugend ávidos de glória mendigando *Panzerfäuste*, *Volkssturm* desamparados aguardando ordens. Uma noite, vasculhei os bolsos à procura de um cigarro e dei com a carta de Hélène, que eu guardara ali em Hohenlychen e esquecera desde então. Rasguei o envelope e li a carta enquanto fumava um cigarro. Era uma declaração, breve e direta: ela não compreendia minha atitude, escrevia, não procurava compreendê-la, queria saber se eu queria ficar com ela, perguntava se eu pretendia desposá-la. A honestidade e a franqueza da carta me balançaram; mas era tarde demais, e, pelo vidro abaixado do carro, atirei-a amassada numa poça.

  O garrote apertava. O Adon fechara as portas; minha única distração era beber *schnaps* na Kurfürstenstrasse, ou em Wannsee com Thomas, que, rindo, me relatava as últimas peripécias. Müller, agora, estava no encalço de um espião: um agente inimigo, aparentemente do círculo de um alto dignitário SS. Schellenberg via nisso um complô para desestabilizar Himmler, e a missão de Thomas era acompanhar os desdobramentos do caso. A situação degenerava em farsa: Speer, que perdera a confiança do Führer, estava de volta, tendo driblado os Sturmovik e pousado seu teco-teco no eixo Leste-Oeste para encontrar o *perdão*; Göring, por ter antecipado um pouco precipitadamente a morte do seu senhor e mestre, fora exonerado de todas as suas funções e colocado a ferros na Baviera; os mais sóbrios, Von Ribbentrop e os militares, mantinham-se quietos ou evacuavam na direção dos americanos; os incontáveis candidatos ao suicídio davam os retoques na cena final. Nossos militares continuavam a morrer conscienciosamente, um batalhão de franceses da "Charlemagne" conseguiu entrar em Berlim no dia 24 para reforçar a divisão "Nordland" e o centro administrativo do Reich era defendido agora quase somente por finlandeses, estonianos, holandeses e pequenos destacamentos parisienses. Em outros lugares, mantinha-se a cabeça fria: um poderoso exército, diziam, estava a caminho para salvar Berlim e rechaçar os russos para o outro lado do

Oder, mas na Bendlerstrasse meus interlocutores continuavam totalmente evasivos quanto à posição e progressão das divisões, e a ofensiva anunciada em Wenck demorava tanto a se materializar quanto a dos Waffen-SS de Steiner, dias antes. Quanto a mim, para dizer a verdade, o *Götterdämmerung* pouco me atraía, e eu bem que gostaria de estar longe dali para refletir calmamente sobre a situação. Não era tanto que receasse morrer, acreditem, afinal eu tinha poucas razões para continuar vivo, mas a ideia de me matar assim, um pouco ao sabor dos acontecimentos, por um obus ou uma bala perdida, desagradava-me profundamente, queria ter sentado e contemplado as coisas em vez de me deixar carregar assim por aquela correnteza escura. Mas tal escolha não me era oferecida, eu tinha que servir como todo mundo, e, uma vez que era necessário, fazia-o lealmente, recolhendo e transmitindo informações tão inúteis que pareciam ter um único objetivo, manter-me em Berlim. Quanto aos nossos inimigos, ignoravam soberanamente toda essa balbúrdia e avançavam.

Logo se fez necessário evacuar a Kurfürstenstrasse também. Os oficiais remanescentes foram dispersados; Müller retirou-se para seu QG de emergência, na cripta da Dreifaltigkeitskirche na Mauerstrasse. A Bendlerstrasse achava-se praticamente na linha de frente, as ligações tornavam-se muito complicadas: para chegar ao prédio, eu tinha que correr por entre os escombros até os limites do Tiergarten, depois continuar a pé, guiado através de porões e ruínas por *Kellerkinder*, pequenos órfãos encardidos que conheciam cada recanto. O estrondo dos bombardeios era como uma coisa viva, uma agressão multiforme e incansável ao ouvido; porém, quando descia o imenso silêncio das pausas, era pior. Zonas inteiras da cidade ardiam em chamas, gigantescos incêndios fosforescentes que aspiravam o ar e provocavam tempestades violentas, que, por sua vez, alimentavam as chamas. Os temporais violentos e passageiros às vezes apagavam alguns focos, mas contribuíam sobretudo para aumentar o cheiro de queimado. Alguns aviões ainda tentavam aterrissar no eixo Leste-Oeste: doze Ju-52 transportando cadetes SS foram abatidos durante a aproximação, um depois do outro. O exército de Wenck, segundo as informações que eu conseguia arrancar, parecia ter evaporado na natureza em algum lugar ao sul de Potsdam. Em 27 de abril, fazia muito frio, e, após uma violenta investida soviética, na Potsdamer Platz, rechaçada pela "Leibstandarte AH, reinaram algumas horas de calma. Quando voltei à igreja na Mauerstrasse para prestar contas a Müller, me disseram que ele estava em um dos anexos do Ministério do Interior. Encontrei-o em um aposento quase sem móveis, as paredes manchadas de umidade, em companhia de Thomas e uns trinta oficiais do SD e da Staatspolizei. Müller nos fez esperar meia hora, mas apenas mais cinco homens chegaram (ele convocara cinquenta no total). Fomos então dispostos em filas, em posição de descanso, o tempo para um breve discurso: na véspera, após uma conversa telefônica com o Obergruppenführer Kaltenbrunner, o Führer decidira homenagear o RSHA por seus serviços e sua lealdade indefectível. Decidira condecorar com a Cruz Alemã de ouro dez oficiais resistentes em Berlim que se houvessem distinguido com bravura durante a guerra. A lista havia sido estabelecida por Kaltenbrunner; os não selecionados não deviam ficar decepcionados, a honra recaía sobre eles também. Em seguida, Müller leu a lista, encabeçada por ele próprio; não fiquei surpreso ao ver Thomas figurar nela; mas, para meu grande espanto, Müller me citou também, em antepenúltimo lugar. Que diabos fizera eu para ser notado daquele jeito? Entretanto eu não estava nas boas graças de Kaltenbrunner, longe disso. Thomas, através da sala, deu uma piscadela para mim; já nos agrupávamos para nos dirigir à Chancelaria. No carro, Thomas me explicou o caso: dentre os que permaneciam em Berlim, eu era um dos raros, ao lado dele, a ter servido no front, era o que tinha contado. O trajeto até a Chancelaria não foi fácil, ao longo da Wilhelmstrasse os canos estavam furados, a rua estava alagada, cadáveres boiavam na água e balançavam suavemente à passagem dos nossos carros; tivemos que terminar a pé, molhados até o joelho. Müller nos fez penetrar nos escombros do Auswärtiges Amt: dali, um túnel subterrâneo levava ao bunker do Führer. Nesse túnel também corria água, na altura da canela. Waffen-SS da "Leibstandarte" faziam a guarda na entrada do bunker: deixaram-nos passar, mas retiveram nossas armas de serviço. Fomos conduzidos através de um primeiro bunker, depois, por uma escada em espiral com água escorrendo, a um segundo, ainda mais profundo. Derrapávamos na correnteza que vinha do AA, do pé da escada ela encharcava os tapetes vermelhos do largo corredor onde nos fizeram sentar, ao longo de uma parede, em carteiras escolares de madeira. Um general da Wehrmacht, à nossa frente, gritava para um outro que usava dragonas de Generaloberst: "Mas vamos todos nos afogar aqui!" O Generaloberst, por sua vez, tentava acalmá-lo e lhe garantia que tinham mandado vir uma bomba de sucção. Um abominável cheiro de urina empesteava o bunker, misturado com eflúvios bolorentos de ambiente fechado, de suor e de lã molhada, que em vão haviam tentado disfarçar com desinfetante. Fizeram-nos esperar um tempo; oficiais iam e vinham, atravessando com grandes *pluf* os tapetes empapados de água para desaparecerem em outra sala, ao fundo, ou subirem a escada em caracol; a sala reverberava o zumbido contínuo de um gerador Diesel. Dois oficiais jovens e elegantes passaram conversando com animação; atrás deles surgiu meu velho amigo, o doutor Hohenegg. Levantei-me de um pulo e o segurei pelo braço, exaltado por revê-lo ali. Ele me pegou pela mão e me levou até um aposento onde vários Waffen-SS jogavam cartas ou dormiam em beliches. "Fui enviado para cá como médico-auxiliar do Führer", explicou num tom lúgubre. Seu crânio calvo e suado reluzia sob a lâmpada amarela. "E como vai ele?" — "Ah, nada bem. Mas ele não está sob meus cuidados, entregaram-me os filhos do nosso querido ministro da Propaganda. Estão no primeiro bunker", acrescentou, apontando o teto com o dedo. Olhou ao redor e prosseguiu em voz baixa: "É um pouco de perda de tempo: basta eu encontrar a mãe deles sozinha para ela me jurar por todos os seus deuses que vai envenenar todos eles antes de ela própria se suicidar. Os coitadinhos não desconfiam de nada, são encantadores, isso me parte o coração, juro. Mas nosso Mefistófeles manco está resolutamente decidido a formar uma guarda de honra para acompanhar seu senhor no inferno. Melhor para ele." — "Chegamos então a esse ponto?" — "Com certeza. O balofo do Bormann, a quem essa ideia não agrada em nada, bem que tentou fazê-*lo* partir, mas ele recusou. Na minha modesta opinião, isso ainda vai render muito." — "E o senhor, caro doutor?", perguntei sorrindo. Eu estava realmente muito feliz em revê-lo. "Eu? *Carpe diem*, como dizem os *public school boys* ingleses. Estamos organizando uma festa esta noite. Em cima, na Chancelaria, para não perturbá-*lo*. Venha, se puder. Vai estar assim de jovens virgens assanhadas que preferem oferecer a virgindade a um alemão, seja qual for sua aparência, do que a um calmuco hirsuto e fedorento." Bateu diversas vezes em sua barriga convexa: "Na minha idade, ofertas como esta não podem ser recusadas. Ainda assim" — suas sobrancelhas arquearam-se comicamente em seu crânio em forma de ovo —, "ainda assim, vamos esperar para ver." — "Doutor", eu disse num tom solene, "o senhor é mais sábio que eu." — "Nunca duvidei disso por um só instante, Obersturmbannführer. Mas não tenho sua sorte absurda."

— "Em todo caso, creia-me, foi um grande prazer revê-lo." — "Para mim também, para mim também!" Já nos encontrávamos no corredor. "Venha, se puder!", insistiu antes de se ir sobre suas pernas compactas.

Pouco depois fomos levados para a sala do fundo. Empurramos nós mesmos as mesas cobertas de mapas e nos alinhamos contra uma parede, os pés no carpete úmido. Os dois generais que pouco antes gritavam a respeito da água foram postar-se em uma porta à nossa frente; em uma das mesas, um auxiliar preparava as caixas com as medalhas. Em seguida a porta se abriu e o Führer apareceu. Todos, simultaneamente, nos retesamos, lançamos os braços para o alto e urramos as saudações. Os dois generais também mantinham-se na posição de sentido. O Führer tentou erguer o braço em resposta, mas este tremia muito. Avançou então num passo hesitante, arrítmico, instável. Bormann, apertado num uniforme marrom, saía da sala atrás dele. Eu nunca vira o Führer tão de perto. Vestia um uniforme simples cinzento e um quepe; seu rosto parecia amarelo, desvairado, inchado, os olhos permaneciam fixos, inertes, depois começavam a piscar convulsivamente; uma gota de baba formava-se no canto da sua boca. Quando ele vacilava, Bormann esticava a mão peluda e o segurava pelo cotovelo. Apoiou-se na quina de uma mesa e pronunciou um breve e descosturado discurso em que falava de Frederico, o Grande, de glória eterna e dos judeus. Em seguida, foi a vez de Müller. Bormann seguia-o como uma sombra; o auxiliar mantinha aberto perto dele um estojo com uma medalha. O Führer pegou-a lentamente entre os dedos e afixou-a sem espetá-la no bolso direito de Müller, apertou-lhe a mão chamando-o de "Meu bom Müller, meu fiel Müller" e deu-lhe um tapinha no braço. Eu mantinha a cabeça reta, mas observava com o canto do olho. A cerimônia repetiu-se para o seguinte: Müller ladrou seu nome, sua patente e seu regimento, e o Führer o condecorou. Thomas foi condecorado por sua vez. À medida que o Führer se aproximava de mim — eu estava quase no fim da fila —, minha atenção fixava-se em seu nariz. Eu nunca reparara a que ponto aquele nariz era largo e desproporcional. De perfil, o bigodinho distraía menos a atenção e era possível ver mais claramente: tinha uma base grossa e aletas achatadas, uma pequena fissura no septo levantava a ponta; era claramente um nariz eslavo ou boêmio, quase mongólio-óstico. Não sei por que aquele detalhe me fascinava, eu achava aquilo quase escandaloso. O Führer aproximava-se e eu continuava a observá-lo. Então ficou à minha frente. Constatei com espanto que seu quepe mal batia na altura dos meus olhos; e, não obstante, não sou alto.

Ele murmurava seu cumprimento e procurava a medalha às apalpadelas. Seu hálito ácido, fétido, foi a gota d'água: era realmente demais para suportar. Então me projetei e mordi seu nariz bulboso com toda a força, até sangrar. Ainda hoje eu seria incapaz de lhes dizer por que fiz aquilo: simplesmente não consegui me controlar. O Führer soltou um grito estridente e pulou para trás nos braços de Bormann. Houve um momento em que ninguém se mexeu. Depois vários homens caíram em cima de mim batendo violentamente. Fui atingido, projetado no chão; encolhido no tapete encharcado, tentei me proteger o melhor possível das botinadas. Uma berraria, o Führer esbravejava. Finalmente puseram-me de pé. Meu quepe caíra, eu queria pelo menos ajeitar minha gravata, mas seguravam meu braço com força. Bormann empurrava o Führer para o seu quarto e berrava: "Fuzilem-no!" Thomas, atrás da multidão, me observava em silêncio, expressão ao mesmo tempo decepcionada e zombeteira. Fui arrastado para uma porta no fundo da sala. Então Müller interveio com sua voz rude e inflexível: "Esperem! Quero interrogá-lo primeiro. Levem-no para a cripta."

    Sei muito bem que Trevor-Roper não disse uma palavra acerca desse episódio, Bullock tampouco, assim como todos os outros historiadores que se debruçaram nos últimos dias do Führer. Entretanto, asseguro-lhes que aconteceu. Aliás, o silêncio dos cronistas é compreensível nesse ponto. Müller sumiu, morto ou entregue aos russos dias depois; Bormann possivelmente morreu tentando fugir de Berlim; os dois generais deviam ser Krebs e Burgdorf, que se suicidaram; o auxiliar deve ter morrido também. Quanto aos oficiais do RSHA testemunhas do incidente, não sei o que foi feito deles; mas podemos facilmente conceber, examinando suas fichas de serviço, que não interessava muito aos que sobreviveram à guerra gabar-se de terem sido condecorados pelo Führer a três dias de sua morte. Logo, é bem plausível que esse incidente menor tenha escapado à atenção dos pesquisadores (restaria algum vestígio nos arquivos soviéticos?). Fui arrastado para a superfície por uma longa escada que dava nos jardins da Chancelaria. A magnífica construção jazia em ruínas, esmagada pelas bombas, mas um belo aroma de jasmim e jacintos embalsamava o ar frio. Fui brutalmente empurrado para dentro de um carro e conduzido até a igreja mais próxima; ali, fizeram-me descer para o bunker e me jogaram sem cerimônia numa câmara de cimento, vazia e úmida. Poças espalhavam-se pelo chão; as paredes suavam; com a pesada porta de ferro fechada, mergulhei numa escuridão absoluta, uterina; em vão eu forçava a vista, não passava o menor raio de luz. Fiquei durante várias horas assim, estava molhado, sentia frio. Depois vieram me buscar. Fui amarrado a uma cadeira, eu piscava, a luz me incomodava; Müller em pessoa me interrogava; batiam-me com cassetetes nas costelas, nos ombros e nos braços. Müller também vinha me desferir socos com seus grandes punhos de camponês. Tentei explicar que meu gesto impensado não significava nada, que não o havia premeditado, que se tratara de um momento de ausência, mas Müller não acreditava em mim, via naquilo um complô longamente amadurecido, queria que eu apontasse meus cúmplices. Não adiantou eu protestar, ele não desistia: quando cismava, Müller sabia ser cabeçudo. Finalmente fui atirado na minha cela, onde fiquei deitado nas poças esperando que a dor dos golpes houvesse por bem se amenizar. Tive que dormir daquele jeito, com a metade da cabeça na água. Acordei transido e cheio de cãibras; a porta se abria, outro homem era empurrado aos tapas na minha direção. Tive apenas tempo de perceber um uniforme de oficial SS, sem medalhas nem insígnias. No escuro, eu o ouvia xingando num dialeto bávaro: "Não tem um lugar seco por aqui?" — "Tente as paredes", murmurei educadamente. — "Quem é você?", ressoou vulgarmente sua voz, num tom entretanto educado. — "Eu? Sou o Obersturmbannführer Dr. Aue, do SD. E o senhor?" Sua voz se acalmou: "Minhas desculpas, Obersturmbannführer. Sou o Gruppenführer Fegelein. O ex-Gruppenführer Fegelein", acrescentou com uma ironia bem acentuada. Eu o conhecia de nome: tinha substituído Wolff como oficial de ligação do Reichsführer junto ao Führer; antes, comandava uma divisão de cavalaria SS na Rússia, perseguindo rebeldes e judeus nos pântanos do Pripet. Na Reichsführung diziam-no ambicioso, jogador, fanfarrão, sedutor. Soergui-me nos meus cotovelos: "E que o traz aqui, Herr ex-Gruppenführer?" — "Ah, foi um mal-entendido. Eu tinha bebido um pouco e estava em casa com uma garota; os alucinados do bunker acharam que eu queria desertar. Outro golpe de Bormann, aposto. Estão todos loucos, lá; suas histórias de Walhalla não me convencem, obrigado. Mas vai dar tudo certo, minha cunhada vai esclarecer tudo." Eu não sabia de quem ele falava, mas não disse nada. Foi só ao ler Trevor-Roper, anos mais tarde, que compreendi: Fegelein casara-se com a irmã de Eva Braun, cuja existência, como a de quase todo mundo, eu ignorava nessa época. Esse casamento de conveniência, infelizmente, não lhe foi de grande auxílio: Fegelein, a despeito de suas alianças, charme e fala suave, foi executado na noite seguinte nos jardins da Chancelaria (também só soube disso bem mais tarde). "E o senhor, Obersturmbannführer", perguntava Fegelein. Contei-lhe então minha desventura. "Ah!", exclamou. "Que estupidez. É este então o motivo do mau humor geral. Achei que o brutamontes desse Müller ia me arrancar a cabeça." — "Ah, o senhor também foi espancado?" — "Fui. Ele enfiou na cabeça que a garota com quem eu estava é uma espiã inglesa. Não sei o que deu nele de repente." — "É verdade", falei, me lembrando das palavras de Thomas: "O Gruppenführer Müller está atrás de um espião, um quinta-coluna." — "Pode ser", murmurou. "Mas eu não tenho nada a ver com o peixe." — "Desculpe", interrompi-o, "o senhor sabe que horas são?" — "Não sei ao certo. Meia-noite, uma hora?" — "Então é melhor dormirmos", sugeri de brincadeira. — "Prefiro minha cama", rosnou Fegelein. — "Entendo perfeitamente." Me arrastei no chão até a parede e cochilei; meus quadris estavam na água, mas era melhor que a cabeça. O sono foi suave e tive sonhos agradáveis; deixei-os a contragosto, pois me desferiam pontapés nas costelas. "De pé!", gritava uma voz. Levantei-me penosamente. Fegelein mantinha-se sentado perto da porta, os braços abraçando os joelhos; quando saí, sorriu para mim timidamente, fazendo um sinalzinho com a mão. Fui levado para a igreja: dois homens à paisana me aguardavam, policiais, um deles empunhava um revólver; com eles também estavam SS uniformizados. O policial com o revólver segurou meu braço, me puxou para a rua e me enfiou num Opel; os outros entraram também. "Aonde vamos?", perguntei ao policial que comprimia o cano do revólver nas minhas costelas. "Bico calado!", grunhiu. O carro arrancou, entrou na Mauerstrasse, percorreu cerca de cem metros; ouvi um rangido agudo; uma enorme explosão levantou o veículo e o projetou de lado. O policial, embaixo de mim, atirou, acho: lembro-me de ter tido a impressão de o tiro ter matado um dos homens da frente. O outro policial, todo ensanguentado, estava caído inerte sobre mim. Com grandes pontapés e cotoveladas, extirpei-me do veículo de cabeça para baixo pelo vidro traseiro, cortando-me um pouco ao passar. Outros obuses caíam bem próximos e projetavam grandes blocos de tijolos e terra. Eu estava surdo, meus ouvidos zuniam. Joguei-me na calçada e fiquei ali por um instante, grogue. O policial desabou atrás de mim e rolou pesadamente sobre minhas pernas. Com a mão, encontrei um tijolo e o golpeei na cabeça. Rolávamos juntos por entre os detritos, cobertos de pó vermelho de tijolo e lama; bati com todas as minhas forças, mas não é fácil atacar um homem com tijoladas, ainda mais com um tijolo calcinado. No terceiro ou quarto golpe, ele se desfez em pó na minha mão. Comecei a procurar um outro, ou uma pedra, mas o homem me derrubou e quis me estrangular. Estava furioso em cima de mim, o sangue que corria da sua testa traçava sulcos viscosos no pó vermelho que cobria seu rosto. Minha mão finalmente encontrou um paralelepípedo e golpeei-o em gancho. Ele desmoronou em cima de mim. Desvencilhei-me e bati em sua cabeça com o paralelepípedo até que a caixa craniana se espatifasse, espalhando miolos misturados com pó e fios de cabelo. Depois me levantei, ainda aturdido. Procurei seu revólver com os olhos, mas devia tê-lo deixado no carro, do qual uma das rodas ainda girava no ar. Os outros três, no interior, pareciam mortos. Nesse momento, não caíam mais obuses. Comecei a correr tropegamente pela Mauerstrasse.

Eu precisava me esconder. Ao meu redor, havia apenas Ministérios ou prédios oficiais, quase todos em ruínas. Virei na Leipzigerstrasse e entrei no saguão de um prédio residencial. Pés descalços ou de meias flutuavam à minha frente, rodopiando lentamente. Levantei a cabeça, várias pessoas, entre elas crianças e mulheres, pendiam da balaustrada da escada, com os braços balançando. Achei a entrada do porão e a abri: uma lufada de putrefação, de merda e de vômito me atingiu, o porão estava cheio d'água e de cadáveres intumescidos. Voltei a fechar a porta e subi para o térreo: depois do primeiro andar, a escada abria-se para o vazio. Desci de novo, contornei os enforcados e saí para a rua. Começara a chuviscar, detonações espocavam de todos os lados. À minha frente abria-se uma boca de metrô, a estação Stadtmitte, na linha C. Corri e despenquei pelos degraus. Passei pelas cancelas e continuei a descer na escuridão, orientando-me com a mão na parede. O ladrilho estava úmido, a água brotava do teto e escorria pela abóbada. Barulhos de vozes surdas subiam da plataforma. Ela estava atulhada de corpos, eu não conseguia perceber se mortos, dormindo ou simplesmente deitados, tropeçava neles, pessoas esbravejavam, crianças choravam ou gemiam. Um vagão de metrô com os vidros quebrados, iluminado por velas vacilantes, estava estacionado na plataforma: em seu interior, Waffen-SS com escudos franceses mantinham-se na posição de sentido, e um Brigadeführer alto, de casaco de couro preto, que me dava as costas, distribuía-lhes solenemente condecorações. Não quis atrapalhá-los, passei calmamente ao lado deles e depois pulei nos trilhos, aterrissando numa água fria que batia nas minhas canelas. Queria me dirigir para o norte, mas estava desorientado. Tentei rememorar a direção das linhas, na época em que eu pegava aquele metrô, mas não sabia sequer em que plataforma aterrissara, tudo se confundia. De um lado, no túnel, havia um pouco de luz; fui para lá, avançando penosamente através da água que escondia os trilhos, tropeçando em obstáculos invisíveis. No fim estavam alinhadas algumas composições, elas também iluminadas a vela, um hospital improvisado, abarrotado de feridos que gritavam, xingavam e gemiam. Passei ao lado desses vagões sem que me dessem atenção e continuei às apalpadelas, orientando-me graças à parede. A água subia, atingindo o meio das canelas. Parei e mergulhei a mão: parecia correr lentamente na minha direção. Continuei. Um corpo boiando veio chocar-se contra minhas pernas. Eu mal sentia meus pés entorpecidos pelo frio. À frente julgava discernir uma luz, ouvir barulhos que não o chapinhar da água. Finalmente cheguei a uma estação iluminada por uma única vela. A água agora batia nos joelhos. Ali também havia gente. Chamei: "Que estação é esta, por favor?" — "Kochstrasse", responderam-me educadamente. Eu me enganara de sentido, tinha ido em direção às linhas russas. Fiz meia-volta e me enfiei de novo no túnel rumo a Stadtmitte. À minha frente, discernia as luzes do metrô-hospital. Nos trilhos, ao lado do último vagão, postavam-se duas figuras humanas, uma bem alta, a outra mais baixa. Uma lanterna se acendeu e me cegou; enquanto eu protegia os olhos, uma voz familiar rosnou: "Olá, Aue. Como vai?" — "Quem é vivo sempre aparece", disse uma segunda voz mais fluida. "Estávamos justamente atrás de você." Eram Clemens e Weser. Uma segunda lanterna se acendeu e eles avançaram; recuei derrapando. "Queríamos falar com você", disse Clemens. "Sobre a sua mamãe." — "Ah, meine Herren!", exclamei. "Acham o momento adequado?" — "Todos os momentos são adequados para se falar de coisas importantes", disse a voz um pouco áspera e aguda de Weser. Recuei mais, mas já estava na parede; uma água fria emanava do cimento e vinha enregelar meus ombros. "Que querem de mim ainda?", grunhi. "Meu caso já está encerrado!" — "Por juízes corruptos, desonestos", replicou Clemens. — "Você se safou até agora graças a conspirações", disse Weser. "Agora acabou." — "Não acham que cabe ao Reichsführer ou ao Obergruppenführer Breithaupt julgar isso?" Este último era o chefe do SS-Gericht. — "Breithaupt morreu dias atrás num acidente de carro", Clemens disse fleumaticamente. "Quanto ao Reichsführer, está longe." — "Não", acrescentou Weser, "agora a questão é realmente entre você e nós." — "Mas que querem então?" — "Queremos justiça", disse Clemens friamente. Eles haviam se aproximado e me emolduravam, apontando suas lanternas para o meu rosto; eu já constatara que estavam com automáticas empunhadas.

"Escutem", gaguejei, "estão redondamente enganados. Sou inocente." — "Inocente?", cortou secamente Weser. "Vamos recapitular." — "Vamos lhe contar como a coisa aconteceu", começou Clemens. A luz poderosa das lanternas me ofuscava, sua voz rude parecia emanar daquela luz crua. "Você pegou o trem noturno de Paris para Marselha. Em Marselha, no dia 26 de abril, arranjou um salvo-conduto para a zona italiana. No dia seguinte, foi para Antibes. Ali, apresentou-se na casa e foi recebido como um filho, como o verdadeiro filho que é. À noite, vocês jantaram em família e depois você dormiu num dos quartos de cima, ao lado do dos gêmeos, defronte do quarto de Herr Moreau e sua mãe. Depois veio o dia 28." — "Puxa", interrompeu Weser. "Hoje é justamente 28 de abril. Que coincidência." — "Meine Herren", eu disse, fingindo coragem, "os senhores estão delirando." — "Cale a boca", barriu Clemens. "Me deixe continuar. Não sabemos muito bem o que você fez durante o dia. Sabemos que rachou lenha, que deixou o machado na cozinha em vez de recolocá-lo no lenheiro. Que, em seguida, passeou pela cidade e comprou sua passagem de volta. Que estava vestido à paisana e não foi notado. Que, em seguida, retornou." Weser tomou a palavra: "Depois, há coisas de que não temos certeza. Talvez tenha discutido com Herr Moreau, com sua mãe. Talvez tenham brigado. Não temos certeza. Tampouco temos certeza da hora. Mas sabemos que ficou sozinho com Herr Moreau. Que então pegou o machado na cozinha, onde o deixara, voltou para a sala e o matou." — "Pode até ser que não tenha pensado nisso quando deixou o machado ali", retomou Clemens, "que tenha deixado o machado ali por acaso, que não tenha premeditado nada, que a coisa tenha acontecido desse jeito. Depois que começou a golpear, porém, sua mão só ficou mais pesada." Weser continuou: "Isso é líquido e certo. Ele deve ter levado um susto quando você desceu o machado no seu peito. Ele penetrou fazendo um barulho de lenha esmagada e Moreau caiu gargarejando, a boca cheia de sangue, levando o machado consigo. Você colocou o pé no ombro dele para se apoiar, arrancou o machado e golpeou de novo, mas tinha calculado mal o ângulo e o machado resvalou, quebrando-lhe algumas vértebras. Então você recuou, mirou com mais cuidado, e desceu o machado na garganta dele. A lâmina atravessou o pomo de adão e você ouviu o estalo da coluna vertebral quebrando. Moreau se contraiu mais uma vez e vomitou uma onda de sangue preto, tudo em cima de você, saía do pescoço dele também e você ficou todo sujo, depois, enquanto você o encarava, os olhos dele se fecharam e o sangue escorreu pelo pescoço rachado ao meio, você observava seus olhos se apagarem como os de um carneiro degolado no pasto." — "Meine Herren", eu disse bem alto, "os senhores estão completamente fora de si." Clemens retomou a palavra: "Não sabemos se os gêmeos viram tudo isso. Em todo caso, eles viram você subir. Você deixou o corpo e o machado e subiu, todo sujo de sangue." — "Não sabemos por que não matou os dois", disse Weser. "Poderia ter feito isso com facilidade. Mas não fez. Talvez não fosse sua intenção, talvez fosse, mas era tarde demais e eles fugiram. Talvez tenha pensado nisso, depois mudou de opinião. Talvez já soubesse que eles eram filhos da sua irmã." — "Fomos de novo até a casa dela na Pomerânia", rosnou Clemens. "Encontramos cartas, documentos. Havia coisas interessantíssimas, entre elas os documentos das crianças. Mas já sabíamos quem eram." Dei uma risadinha histérica: "Eu estava lá, como sabem. Estava no bosque, vi os senhores." — "Para dizer a verdade", Weser prosseguiu imperturbavelmente, "desconfiamos disso. Mas não quisemos insistir. Concluímos que um dia nos esbarraríamos. E não é que aconteceu?" — "Mas vamos continuar a história", disse Clemens. "Você subiu, todo sujo de sangue. Sua mãe esperava ali de pé, ou no topo da escada ou em frente à porta do quarto dela. Vestia uma camisola, sua velha mãe. Falou com você olhando nos olhos. O que ela disse, não dá para saber. Os gêmeos escutaram tudo, mas não contaram. Ela deve ter lembrado a você como o carregara na barriga e depois o alimentara, limpara e dera banho enquanto seu pai caía na esbórnia Deus sabe onde. Talvez ela tenha mostrado os seios." — "Pouco provável", cuspi num grunhido amargo. "Eu era alérgico ao leite dela, nunca mamei." — "Lamento por você", prosseguiu Clemens sem vacilar. "Talvez ela tenha acariciado seu queixo, sua face, chamado você de filho. Mas isso não o comoveu: você devia mostrar algum amor, mas só pensava em ódio. Você fechou os olhos para não ver os dela, agarrou o pescoço com as mãos e apertou." — "Estão loucos!", berrei. "Estão especulando!" — "Nem tanto", disse soturnamente Weser. "Claro, é uma reconstituição. Mas bate com os fatos." — "Em seguida", continuou Clemens, com sua voz calma e grave, "você foi até o banheiro e tirou a roupa. Jogou a roupa na banheira, se lavou, limpou todo o sangue, voltou para seu próprio quarto, nu em pelo." — "Nesse ponto, não sabemos direito", comentou Weser. "É possível que tenha se entregado a atos perversos, ou apenas adormecido. De madrugada, você se levantou, vestiu seu uniforme e partiu. Pegou o ônibus, depois o trem, foi até Paris, de lá para Berlim. No dia 30 de abril, enviou um telegrama para sua irmã. Ela foi a Antibes, enterrou sua mãe e o marido e foi embora às pressas com as crianças. Talvez ela tenha presumido." — "Escutem", balbuciei, "vocês perderam o juízo. Os juízes disseram que vocês não tinham nenhuma prova. Por que eu teria feito isso? Qual seria a motivação? É preciso sempre uma motivação." — "Não sabemos", disse calmamente Weser. "Mas isso não interessa. Talvez você quisesse a grana de Moreau. Talvez você seja um depravado sexual. Talvez seu ferimento tenha estragado sua cabeça. Talvez seja apenas um velho ódio de família, como vemos tanto por aí, e você tenha se aproveitado da guerra para ajustar suas contas na surdina, achando que isso mal seria notado entre tantas outras mortes. Talvez você tenha simplesmente enlouquecido." — "Mas, afinal, o que querem?", berrei mais uma vez. — "Já lhe dissemos", murmurou Clemens. "Queremos justiça." — "A cidade está em chamas!", exclamei. "Não existe mais tribunal! Todos os juízes morreram ou partiram. Como pretendem me julgar?" — "Já o julgamos", disse Weser com uma voz tão débil que eu ouvia a água correr. "Você foi julgado culpado." — "Por vocês?", grunhi. "Vocês são tiras. Não têm o direito de julgar." — "Considerando as circunstâncias", deslizou a grossa voz de Clemens, "usurpamos esse direito." — "Então", falei tristemente, "ainda que tenham razão, não são melhores que eu."

Nesse momento, ouvi uma algazarra para os lados da Korchstrasse. Pessoas berravam, corriam chapinhando freneticamente. Um homem passou gritando: "Os russos! Os russos estão no túnel!" — "Merda", arrotou Clemens. Ele e Weser apontaram suas lanternas para a estação; soldados alemães retrocediam atirando a esmo; ao fundo, percebíamos o fogo nas bocas das metralhadoras, balas assobiavam, crepitavam contra as paredes ou resvalavam na água com pequenos *schlaps* macios. Homens gritavam, caíam na água. Clemens e Weser, iluminados por suas lanternas, levantaram lentamente as pistolas e começaram a disparar freneticamente na direção do inimigo. Todo o túnel ecoava gritos, disparos, barulho de água. Bem na nossa frente, metralhadoras respondiam com rajadas. Clemens e Weser fizeram menção de apagar as lanternas; exatamente nesse momento, uma fagulha de luz fez com que eu visse Weser receber uma bala embaixo do queixo, retesar-se e cair para trás em todo o seu comprimento num grande espadanar. Clemens esbravejou: "Weser! Merda!" Mas sua lanterna se apagara, e, prendendo a respiração, mergulhei na água. Guiando-me pelos trilhos mais que nadando, dirigi-me para os vagões do metrô-hospital. Quando tirei a cabeça da água, balas assobiavam ao meu redor, os pacientes do hospital mugiam de pânico, eu ouvia vozes francesas, ordens breves. "Não atirem, rapazes!", berrei em francês. Uma mão me agarrou pela gola e me arrastou, gotejando, para a plataforma. "É da nossa terra?", perguntou numa voz sarcástica. Eu respirava com dificuldade, tossia, tinha engolido água. "Não, não, alemão", eu disse. O sujeito disparou uma rajada rente à minha cabeça, me ensurdecendo justamente quando a voz de Clemens reverberava: "Aue! Seu depravado! Você não me escapa!" Subi para a plataforma e, usando mãos e cotovelos para abrir caminho entre os refugiados tomados de pânico, corri para as escadas, que subi de quatro em quatro degraus.

 A rua estava deserta, exceto por três SS estrangeiros que trotavam em direção à Zimmerstrasse com uma metralhadora pesada e *Panzerfäuste*, sem dar a mínima para mim e para os demais civis que fugiam pela boca do U-Bahn. Saí correndo na direção oposta, subindo a Friedrichstrasse para o norte, em meio a prédios em chamas, cadáveres e veículos destruídos. Cheguei à Unter den Linden. Um grande repuxo de água esguichava de uma canalização destroçada regando corpos e escombros. Bem no canto caminhavam dois velhinhos barbados que pareciam ignorar completamente o barulho dos obuses de morteiro e da artilharia pesada. Um deles usava a braçadeira dos cegos, o outro o guiava. "Aonde vão?", perguntei, arquejante. — "Não sabemos", respondeu o cego. — "De onde estão vindo?", continuei. — "Também não sabemos." Sentaram-se num caixote entre as ruínas e os montes de detritos. O cego apoiou-se em sua bengala. O outro olhava ao redor com olhos perplexos, cutucando o braço do amigo. Dei-lhes as costas e continuei. A avenida, tão longe quanto eu pudesse ver, parecia inteiramente deserta. Em frente erguia-se o prédio que abrigava os escritórios do Dr. Mandelbrod e de Herr Leland. Embora atingido, não parecia destruído. Uma das portas da entrada estava pendurada numa dobradiça, empurrei-a com o ombro e penetrei no saguão, coberto de placas de mármore e reboco caídas das paredes. Soldados deviam ter acantonado por ali: percebi vestígios de fogueiras, latas de conservas vazias, fezes quase secas. Mas o saguão estava deserto. Empurrei a porta da escada de emergência e subi correndo. No último andar, a escada dava para um corredor que desembocava na bonita saleta que precedia o gabinete do Dr. Mandelbrod. Duas das amazonas estavam sentadas ali, uma no sofá, outra em uma poltrona, com as cabeças tombadas de lado ou para trás, os olhos esbugalhados, um fino filete de sangue escorrendo

das têmporas e das comissuras dos lábios: nas mãos, cada uma segurava uma pequena pistola automática com cabo de madrepérola. Uma terceira garota jazia atravessada na porta dupla acolchoada. Gelado de horror, fui examiná-las de perto, aproximei meu rosto dos seus, sem tocá-las. Estavam corretamente vestidas, com os cabelos presos, *gloss* transparente fazia brilhar seus lábios generosos, o rímel ainda desenhava uma coroa de longos cílios negros ao redor de seus olhos vazios, as unhas, na coronha das pistolas, estavam meticulosamente cortadas e pintadas. Nenhum sopro saía de seus pulmões sob os *tailleurs* bem passados. Em vão esquadrinhei os belos rostos, era incapaz de distinguir uma da outra, reconhecer Hilde, Helga ou Hedwig; entretanto, não eram gêmeas. Passei por cima da que estava deitada atravessada na porta e entrei no gabinete. Outras três garotas descansavam mortas no sofá e no carpete; Mandelbrod e Leland estavam bem no fundo, em frente à grande vidraça estilhaçada, junto a uma montanha de pastas e malas de couro. Do lado de fora, atrás deles, um incêndio tremeluzia, ambos ignoravam solenemente as rodelas de fumaça que invadiam o aposento. Fui até eles, olhei para as bagagens e perguntei: "Estão com alguma viagem programada?" Mandelbrod, que segurava um gato no colo e o acariciava, sorriu ligeiramente entre as ondas de gordura que afogavam seus traços. "Precisamente", disse com sua belíssima voz. "Gostaria de vir conosco?" Contei as malas e pastas em voz alta: "Dezenove", eu disse, "nada mal. Vão para longe?" — "Para começar, Moscou", disse Mandelbrod. "Depois, veremos." Leland, vestindo um longo impermeável azul-marinho, estava sentado numa cadeirinha ao lado de Mandelbrod; fumava um cigarro, tinha um cinzeiro de vidro no colo; fitava-me sem nada dizer. "Entendo", eu disse. "E acham realmente que vão conseguir levar tudo isso?" — "Ora, claro", sorriu Mandelbrod. "Já está providenciado. Estamos apenas esperando alguém vir nos buscar." — "Os russos? Para seu governo, o bairro ainda está em nossas mãos." — "Sabemos disso", disse Leland soltando uma longa baforada. "Os soviéticos nos disseram que estariam aqui amanhã, possivelmente." — "Um coronel muito culto", acrescentou Mandelbrod. "Disse-nos para não nos preocuparmos, que cuidaria pessoalmente de nós. É que, como pode ver, ainda temos muito trabalho." — "E as garotas?", perguntei, agitando a mão na direção dos corpos. — "Ah, as coitadinhas não quiseram nos acompanhar. O laço delas com a mãe-pátria é muito forte. Não quiseram entender que há valores ainda mais importantes."
— "O Führer fracassou", pronunciou friamente Leland. "Mas a guer-

ra ontológica que começou ainda não terminou. Quem senão Stálin poderia rematar o trabalho?" — "Quando lhes oferecemos nossos serviços", sussurrou Mandelbrod, acariciando o gato, "eles se mostraram interessadíssimos desde o início. Sabem que vão precisar de homens como nós depois dessa guerra, que não podem deixar as potências ocidentais rasparem o creme do bolo. Se vier conosco, posso lhe garantir um bom posto, com todas as vantagens." — "Continuará a fazer o que tão bem sabe fazer", disse Leland. — "Estão loucos!", exclamei. "Estão todos loucos! Todo mundo enlouqueceu nesta cidade." Eu já recuava para a porta, passando pelos corpos graciosamente prostrados das moças. "Menos eu!", gritei, antes de fugir. As últimas palavras de Leland me alcançaram na porta: "Se mudar de opinião, venha nos procurar!"

A Unter den Linden continuava deserta; aqui e ali um obus atingia uma fachada, um monte de escombros. Meus ouvidos ainda retiniam da rajada do francês. Comecei a correr para o Portão de Brandemburgo. Precisava a todo custo sair da cidade, que se tornara uma monstruosa armadilha. Minhas informações já estavam caducas de um dia, mas eu sabia que a única saída era atravessar o Tiergarten, depois o eixo Leste-Oeste até a Adolf Hitler Platz; então, veria. Na véspera, nem todo aquele lado da cidade estava fechado, Hitlerjugend ainda controlavam a ponte sobre o Havel, Wannsee permanecia em nossas mãos. Se eu conseguir chegar até a casa de Thomas, pensei, estou salvo. A Pariser Platz, em frente ao Portão ainda relativamente intacto, estava atulhada de veículos capotados, estraçalhados, carbonizados; nas ambulâncias, os cadáveres calcinados ainda exibiam nas extremidades pulseiras brancas de gesso, que não queima. Ouvi um ronco poderoso: um blindado russo passava atrás de mim, varrendo as carcaças à sua frente; vários Waffen-SS amontoavam-se em cima, deviam tê-lo capturado. Parou bem ao meu lado, disparou, depois partiu em meio ao estrépito das lagartas; um dos Waffen-SS me olhava com indiferença. Virou à direita na Wilhelmstrasse e desapareceu. Um pouco mais à frente, na Unter den Linden, por entre os renques de postes e tufos de arbustos, percebi uma forma humana através da fumaça, um homem à paisana de chapéu. Continuei a correr e, ziguezagueando pelos obstáculos, atravessei o Portão encardido de fumaça, crivado de balas e estilhaços.

Do outro lado, surgia o Tiergarten. Saí do calçamento e enveredei pelas árvores. Afora o zumbido dos obuses de morteiro no ar e as detonações distantes, o parque estava estranhamente silencioso. Os *Nebelkrähe*, corvos cujo pio rouco ressoa sempre através do Tiergarten, haviam partido, fugindo do bombardeio constante, para um lugar mais seguro: nenhum *Sperrkommando* no céu, nenhuma corte marcial volante para os pássaros. Que sorte a deles, e sequer sabem disso. Cadáveres jaziam, espalhados entre as árvores; e ao longo das aleias, sinistros, balançavam os enforcados. Voltou a chover, uma garoa que o sol ainda atravessava. Os arbustos dos canteiros haviam florido, o cheiro dos bambus misturava-se ao dos cadáveres. De vez em quando eu me voltava: parecia-me vislumbrar entre as árvores a silhueta que me seguia. Um soldado morto ainda segurava seu Schmeisser; peguei-o, apontei-o para aquela silhueta, apertei o gatilho; mas a arma estava bloqueada e a joguei furiosamente num arbusto. Julgava não ter me afastado muito do calçamento central, mas daquele lado percebi movimento, veículos, e me embrenhei ainda mais no parque. À minha direita, a Coluna da Vitória ultrapassava as árvores, escondida por tapumes e ainda obstinadamente de pé. À minha frente vários bolsões d'água bloqueavam o caminho: em vez de voltar para perto do calçamento, preferi contornar em direção ao canal, aonde antigamente, muito tempo atrás, eu ia explorar a noite em busca do prazer. Dali, eu pensava, corto pelo Zoológico e desapareço em Charlottenburg. Atravessei o canal pela ponte onde uma noite eu tivera aquela curiosa altercação com Hans P. Do outro lado, o muro do Zoológico desmoronara em diversos lugares e me icei sobre os destroços. Um tiroteio pesado vinha dos lados do grande bunker, tiros de canhão leve e rajadas de metralhadoras.

Aquela parte do Zoológico estava completamente alagada: os bombardeios haviam rasgado ao meio a Casa do Mar e os aquários arrebentados haviam se esparramado, despejando toneladas de água ao redor e espalhando pelas aleias peixes mortos, lagostas, crocodilos, medusas, um golfinho arquejante, que, deitado de lado, me contemplava com um olho inquieto. Progredi derrapando, contornei a ilha dos Babuínos onde filhotes agarravam com suas patas minúsculas as barrigas de suas mães assustadas, passei por entre papagaios, macacos mortos, uma girafa cujo longo pescoço pendia por cima de uma grade, ursos ensanguentados. Entrei num prédio semidestruído: numa grande jaula, um imenso gorila negro estava sentado, morto, uma baioneta enfiada no peito. Um rio de sangue escuro corria por entre as barras e se misturava às poças d'água. O gorila tinha um ar perplexo, assustado; seu rosto enrugado, os olhos abertos, suas mãos enormes pareciam terrivelmente humanas, como se estivesse prestes a falar comigo. Do outro lado desse prédio estendia-se um grande lago cercado: um hipopótamo boiava na água, morto, o estabilizador de um obus de morteiro cravado no dorso; um segundo jazia sobre uma plataforma, crivado de estilhaços, e agonizava numa respiração ampla e pesada. A água que transbordava do lago vinha empapar as roupas de dois Waffen-SS abatidos; um terceiro repousava recostado numa jaula, o olho baço, a metralhadora atravessada nas pernas. Eu queria continuar, mas ouvi fragmentos de vozes russas, misturados ao barrido de um elefante apavorado. Escondi-me atrás de uma moita, depois dei meia-volta para contornar as jaulas por uma espécie de pontezinha. Clemens me barrava a passagem, os pés numa poça no fim da passarela, o chapéu mole ainda gotejando água da chuva, a automática empunhada. Levantei as mãos, como no cinema. "Você me fez correr", ofegava Clemens. "Weser morreu. Mas você está encurralado." — "Kriminalkommissar Clemens", sibilei sem fôlego com a corrida, "não seja ridículo. Os russos estão a cem metros. Vão ouvir seu tiro." — "Eu devia afogá-lo no lago, miserável", arrotou, "amarrá-lo dentro de um saco e afogá-lo. Mas não tenho tempo para isso." — "O senhor sequer fez a barba, Kriminalkommissar Clemens", bradei, "e quer me justiçar!" Deu uma gargalhada seca. Um tiro reverberou, seu chapéu desceu sobre o rosto e ele tombou como um tronco atravessado na ponte, a cabeça numa poça d'água. Thomas surgiu detrás de uma jaula com uma carabina nas mãos e um sorriso largo e radiante nos lábios. "Como sempre, chego no momento certo", bradou alegremente. Deu uma olhadela no corpo atarracado de Clemens. "O que esse sujeito queria com você?" — "Era um dos dois tiras. Queria me matar." — "Indivíduo perseverante. Ainda aquela história?" — "É. Sei lá, eles enlouqueceram." — "Também, você não é muito esperto", disse ele severamente. "Está todo mundo atrás de você. Müller está furioso." Dei de ombros e olhei ao meu redor. Tinha parado de chover, o sol brilhava através das nuvens e fazia cintilar as folhas encharcadas das árvores, as aleias alagadas. Ainda captei alguns cacos de vozes russas: deviam estar um pouco mais distantes, atrás da jaula dos macacos. O elefante barria novamente. Thomas, que apoiara a carabina na mureta da pontezinha, agachara-se junto ao corpo de Clemens, guardava no bolso sua automática, vasculhava seus bolsos. Passei para trás dele e olhei daquele lado, não havia ninguém. Thomas voltara-se para mim e agitava um grosso maço de reichsmarks: "Veja isso", ele disse rindo. "Que grande achado, esse seu tira." Enfiou as cédulas no bolso e continuou sua inspeção. Perto dele, divisei uma grossa barra de ferro, arrancada de uma jaula próxima por uma explosão. Levantei-a, calculei seu peso, depois a desci com toda a força na nuca de Thomas. Ouvi suas vértebras estalarem e ele desabou para frente, fulminado, atravessado sobre o corpo de Clemens. Larguei a barra e contemplei os corpos. Em seguida revirei Thomas, cujos olhos ainda estavam abertos, e abri sua túnica. Tirei a minha e fiz rapidamente a troca antes de colocá-lo novamente de bruços. Revistei os bolsos: além da automática e do dinheiro de Clemens, havia os documentos de Thomas, os do francês do STO e cigarros. Encontrei as chaves da casa dele no bolso da calça; meus documentos pessoais haviam ficado na minha roupa.

Os russos tinham se afastado. Pela alameda, um pequeno elefante vinha trotando na minha direção, seguido por três chimpanzés e um gato-do-mato. Contornaram os corpos e atravessaram a ponte sem diminuir a marcha, deixando-me sozinho. Eu estava febril, pulverizado. Mas ainda me lembro perfeitamente dos dois corpos deitados um sobre o outro na poça sobre a passarela, dos animais se afastando. Eu estava triste, mas não sabia muito bem por quê. Senti de repente todo o peso do passado, do sofrimento da vida e da memória inalterável e fiquei sozinho com o hipopótamo agonizante, alguns avestruzes e os cadáveres, sozinho com o tempo e a tristeza e a dor da lembrança, a crueldade da minha existência e a minha morte ainda por vir. As Benevolentes haviam encontrado meu rastro.

Apêndices

Glossário

AA (Auswärtiges Amt, "Departamento do Exterior"): Ministério das Relações Exteriores, dirigido por Joachim von Ribbentrop.

Abwehr: serviço de informações militares. Seu nome completo era *Amt Ausland / Abwehr im Oberkommando der Wehrmacht*, "Escritório Exterior / Defesa do Alto-Comando da Wehrmacht".

Amt: escritório.

Arbeitseinsatz ("Operacionalização do Trabalho"): departamento encarregado de organizar o trabalho forçado dos detentos nos campos de concentração.

AOK (Armeeoberkommando): estado-maior de um exército, que controlava certo número de divisões. Em todos os níveis (exército, divisão, regimento etc.), a organização dos estados-maiores militares comportava, entre outros, um chefe de estado-maior, um Ia (pronunciado "Um-a", *Eins-a* em alemão), oficial-general encarregado das operações, um Ib (*Eins-b*) ou suboficial encarregado da intendência, e um Ic/AO (*Eins-c/AO*), oficial de informações militares ou *Abwehroffizier*.

Berück: comandante da zona de retaguarda de um Grupo de Exércitos.

Einsatz: termo militar que significa "ação" ou "operação".

Einsatzgruppe ("Grupo de Ação" da SP e do SD): desenvolvidos pela primeira vez em 1938, para o Anschluss e a ocupação da Tchecoslováquia, esses grupos SS eram encarregados das tarefas de segurança mais urgentes, enquanto não eram estabelecidos *Stelle* ("escritórios") de polícia permanentes. O sistema foi formalizado pela Polônia em setembro de 1939. Para a invasão da URSS, em consequência de um acordo formal entre o Escritório Central para a Segurança do Reich (RSHA) e a Wehrmacht, um Einsatzgruppe foi anexado a cada Grupo de Exércitos (com um quarto, o Einsatzgruppe D, vinculado diretamente ao 11º Exército para a Crimeia e a zona de ocupação romena). Cada Einsatzgruppe era composto de um Gruppenstab ou estado-maior ou de vários Einsatzkommandos (Ek) ou

Sonderkommandos (Sk). Cada Kommando subdividia-se, por sua vez, em um estado-maior (o Kommandostab), com pessoal de apoio (motoristas, tradutores etc.) e vários Teilkommandos. Os estados-maiores tanto dos grupos como dos Kommandos reproduziam a organização do RSHA: havia assim um Leiter I ou Verwaltungsführer (pessoal e administração), um Leiter II (abastecimento), um Leiter III (SD), IV (Gestapo) V (Kripo). Um deles, geralmente o Leiter III ou IV, também servia como chefe de estado-maior.

Gauleiter: a Alemanha nazista estava dividida em regiões administrativas chamadas *Gaue*. Cada *Gau* era dirigida por um Gauleiter, egresso do Partido Nacional-Socialista (NSDAP) e nomeado por Hitler, a quem prestava contas.

Gestapo: "Polícia de Estado Secreta", dirigida pelo SS-Gruppenführer Heinrich Müller, de 1939 até o fim da guerra. ver RSHA.

Goldfasanen ("faisões dourados"): termo pejorativo para designar os funcionários do Ostministerium em virtude de seus uniformes de um marrom amarelado, bem como outros funcionários nazistas.

GFP (Geheime Feldpolizei, "Polícia Militar Secreta"): braço da Wehrmacht encarregado da segurança militar no teatro de operações, em particular no âmbito da luta contra os rebeldes. A maioria dos oficiais da GFP havia sido recrutada no seio da Polícia alemã, pertencendo portanto à Polícia de Segurança (SP), quando não à SS; contudo, esse serviço de segurança militar permaneceu distinto dos serviços do RSHA.

Häftling (pl. *Häftlinge*): detento.

Hiwi (*Hilfswillige*, "auxiliares voluntários"): auxiliares locais da Wehrmacht, em geral recrutados nos campos de prisioneiros e utilizados em transporte, intendência, trabalhos pesados etc.

Honvéd: nome do exército húngaro.

HSSPF (*Höhere SS- und Polizeiführer*, "chefe supremo da SS e da Polícia"): a fim de garantir a coordenação de todos os escritórios ou oficinas SS em nível regional, Himmler instituiu em 1937 os HSSPF, que, em princípio, tinham sob suas ordens todas as formações SS de sua zona. Na Alemanha, o Reichsführer-SS nomeou um por *Wehrkreis* ("regiões de defesa" definidas pela Wehrmacht); e, mais tarde, um por país ocupado, tendo às vezes como subordinados, como na polônia ocupada (o "governo-geral"), vários SSPF. Na Rússia Soviética, durante a invasão de 1941, Himmler nomeou um HSSPF para cada um dos três grupos de exércitos, norte, centro e sul.

IKL (*Inspektion der Konzentrationslager*, "Inspetoria dos Campos de Concentração"): o primeiro campo de concentração, o de Dachau, foi criado em 20 de março de 1933, seguido por alguns outros. Em junho de 1934, logo depois do "*putsch* de Röhm" e da eliminação dos dirigentes da SA, os campos foram colocados sob controle direto da SS, que criou então o IKL, baseado em Oanienburg e comandado pelo SS-Obergruppenführer Theodor Eicke, comandante de Dachau, a quem Himmler confiou a missão de reorganizar todos os campos. O "sistema Eicke", implantado a partir de 1934 e que vigorou até os primeiros anos da guerra, visava a destruição psicológica, e às vezes psíquica, dos oponentes ao regime; o trabalho forçado, nessa época, era resultado exclusivo da tortura. Porém, no início de 1942, enquanto a Alemanha intensificava seu esforço de guerra depois do fracasso da ofensiva na URSS, Himmler decidiu que esse sistema não era adequado à nova situação, que exigia uma utilização máxima da força de trabalho dos detentos; em março de 1942, o IKL foi subordinado ao escritório central de economia e administração (WVHA) como Amtsgruppe D, com quatro departamentos: D I) Escritório Central; D II) o Arbeitseinsatz, encarregado do trabalho forçado; D III) Departamento Sanitário e Médico; e D IV) Departamento de Administração e Finanças. Esse remanejamento não foi muito bem-sucedido: Pohl, chefe do WVHA, nunca conseguiu reformar plenamente o IKL nem mudar seus quadros, e a tensão entre a função político-policial e a função econômica dos campos, agravada pela função de extermínio confiada a dois campos sob controle do WVHA (o KL Auschwitz e o KL Lublin, mais conhecido pelo nome de Maidanek), subsistiu até a derrocada do regime nazista.

KGF (*Kriegsgefangener*): "prisioneiro de guerra".

KL (*Konzentrationslager*, "campo de concentração", em geral incorretamente designado como KZ pelos detentos): a administração diária de um KL cabia a um dos departamentos controlados pelo Kommandant do campo, o Abteilung III, dirigido por um Schutzhaftlagerführer ou Lagerführer ("chefe do campo de detenção preventiva") e seu assessor. O escritório encarregado da organização do trabalho dos detentos, o Arbeitseinsatz, era vinculado a esse departamento sob a denominação IIIa. Os outros departamentos eram respectivamente: I) Kommandantur; II) Politische Abteilung ("departamento político", isto é, os representantes da SP no campo); IV) Administração; V) Médico e sanitário (tanto para os SS do campo como para os detentos); VI) Formação e entretenimento das tropas; e VII) tropa de guarda SS. Todos esses escritórios eram administrados por oficiais ou suboficiais SS, mas o grosso do trabalho era efetuado por detentos-funcionários, frequentemente chamados de "privilegiados".

Kripo: Polícia Criminal, dirigida pelo SS-Gruppenführer Arthur Nebe de 1937 a julho de 1944. Ver também RSHA.

Lebensborn: associação da SS, formada em 1936 e vinculada diretamente ao estado-maior pessoal do Reichsführer SS, encarregada de gerir orfanatos e maternidades para membros ou companheiras de membros da SS. O *Lebensborn*, a fim de encorajar a natalidade entre os SS, garantia o sigilo dos partos, inclusive para as mulheres não casadas.

Leiter: chefe de serviço.

Mischlinge: mestiço, sangue misturado, de raça misturada. Esse termo fazia parte do vocabulário jurídico das leis raciais nacional-socialistas, que definiam esse status em função do número de ascendentes não arianos.

NKVD (*Narodny Komissariat Vnutrennikh Del*, "Comissariado do Povo para as Questões Internas"): a principal estrutura de segurança soviética na época da Segunda Guerra Mundial, organismo sucessor da Tcheka e do OGPU, e ancestral da KGB.

NSV (*Nationalsozialistische Volkswohlfahrt*): organismo de beneficência nacional-socialista.

OKH (*Oberkommando des Heeres*, "Alto-Comando do Exército"): enquanto o OKH era a princípio subordinado ao Alto-Comando das Forças Armadas (OKW), na prática ele comandava o conjunto das operações na frente do Leste, enquanto o OKW controlava as operação em todas as outras frentes. Hitler assumiu o comando direto do OKH em dezembro de 1941, após ter exonerado o Generalfeldmarschall Walter von Brauchitsch.

OKHG (*Oberkommando der Heeresgruppe*): estado-maior de um Grupo de Exércitos, que controlava vários exércitos.

OKW (*Oberkommando der Wehrmacht*): "Alto-Comando das Forças Armadas", criado em fevereiro de 1938 por Hitler para substituir o Ministério da Guerra e colocado diretamente sob seu comando. A princípio, o OKW controlava o OKH (o Exército), a Luftwaffe (a Aeronáutica, comandada pelo Reichsführer Hermann Göring), e a Kriegsmarine (a Marinha, comandada pelo Grossadmiral Karl Dönitz). Seu chefe de estado-maior era o Generalfeldmarschall Wilhelm Keitel.

Orpo (*Hauptamt Ordnungspolizei*, "Escritório Central da Polícia de Ordem"): estrutura integrada à SS em junho de 1936 sob o comando do SS-Oberstgruppenführer Kurt Daluege e agrupando a gendarmeria e as diferentes forças de polícia uniformizada (*Gemeindepolizei, Schutzpolizei* ou Schupo etc.). Batalhões de polícia Orpo foram utilizados diversas vezes para cometer chacinas no âmbito da "solução final".

Ostministerium: abreviação corriqueira para *Reichsministerium für die besetzten Ostgebiete*, "Ministério para os Territórios Ocupados do Leste", dirigido pelo ideólogo nazista Alfred Rosenberg, autor de *Mito do século XX*.

OUN (*Organizatsiya Ukrainskikh Natsionalistiv*): "Organização dos Nacionalistas Ucranianos".

Persönlicher Stab des Reichsführer-SS: Estado-maior Pessoal do Reichsführer-SS, Heinrich Himmler.

Revier: hospital ou enfermaria; em certos campos de concentração era designado HKB, *Häftlingskrankenbau* ou "hospital para detentos".

RKF (*Reichskommissariat für die Festigung deutschen Volkstums*, "Comissariado do Reich para o Fortalecimento da Germanidade"): as tarefas de destruição impostas aos Einsatzgruppen, na Polônia em 1939 e sobretudo a partir da invasão da URSS, estavam organicamente ligadas a um conjunto de tarefas "positivas" igualmente confiadas ao Reichsführer-SS: o repatriamento dos *Volksdeutschen* (alemães étnicos da URSS e do Banat) e a germanização do Leste. Para levar a cabo essas tarefas, Himmler criou, no seio da SS, o RKF, para o qual foi nomeado Reichskommissar. Os dois setores de atividades, a destruição dos judeus e a germanização, estavam estreitamente ligados tanto conceitualmente quanto no plano organizacional: assim, quando a região de Zamosc foi escolhida como objetivo prioritário para a germanização, Himmler entregou essa tarefa ao chefe da SS e da Polícia (SSPF) do distrito de Lublin, o SS-Gruppenführer Odilo Globocnik, que comandou também o "Einsatz Reinhard", estrutura montada para administrar os três campos de extermínio de Treblinka, Sobibor e Belzec, e batalhões Orpo despachados para cometer massacres de massa na região.

Rollbahn: unidades da Wehrmacht encarregadas do transporte e do abastecimento das tropas (o termo também designava as grandes estradas militares de abastecimento no Leste).

RSHA (*Reichssicherheitsdiensthauptamt*, "Escritório Central para a Segurança do Reich"): desde a tomada do poder, em 30 de janeiro de 1933, a SS procurou ampliar suas prerrogativas em termos de funções de segurança. Após uma longa luta interna, principalmente contra Göring, Himmler conseguiu, em junho de 1936, assumir o controle de todas as polícias alemãs, tanto das novas polícias políticas como da Polícia Criminal ou das polícias comuns agrupadas na Orpo. Essas polícias, entretanto, permaneciam instituições do Estado, financiadas pelo orçamento do Reich e cujos empregados continuavam funcionários, submetidos às regras de recrutamento e promoção da burocracia de Estado. Para legitimar esse estado de fato burocraticamente incoerente, o Reichsführer foi nomeado chefe da Polícia alemã no âmbito do Ministério do Interior. A Kripo (Polícia Criminal) foi anexada à Gestapo para formar uma Polícia de Segurança (SP), que continuava uma estrutura estatal; o Serviço de Segurança (SD), por sua vez, continuava a funcionar no âmbito da SS. A SP e o SD foram assim fundidos pelo viés da "união pessoal": o SS-Obergruppenführer Reinhard Heydrich tornava-se oficialmente *Chef der Sicherheitspolizei und des SD*, cargo, como o de seu chefe Heinrich Himmler, com um pé no Partido e outro no Estado.

Em 1939, logo após a invasão da Polônia, tentou-se oficializar essa curiosa situação com a criação de uma estrutura bastarda: o RSHA, que devia agrupar a SP e o SD em uma única organização. Essa reorganização foi efetivamente promovida: todos os serviços administrativos das diferentes estruturas fundiram-se em um Amt I (para os serviços de pessoal) e um Amt II (orçamento, administração, organização); o SD foi dividido em um Amt III (*SD-Inland* ou "Interior") e um Amt VI (*SD-Ausland* ou "Exterior"); a Gestapo foi rebatizada como Amt IV com a pomposa designação de *Gegnererforschung und -bekämpfung* ("Investigação e Luta contra os Adversários"); e a Kripo tornou-se o Amt V com o nome de *Verbrechensbekämpfung* ("Luta contra os Criminosos"). Além disso, foi criado um Amt VII para a "Investigação e Avaliação Ideológica", *Weltanschauliche Forschung und Auswertung*. Mas nunca nada disso foi legalizado; a burocracia ministerial opunha-se ao amálgama das administrações de Estado e das formações do Partido; estava fora de questão inscrever o SD no orçamento do Reich. Assim, ainda que o RSHA existisse nos fatos, não tinha papel timbrado e estava proibido de utilizar a sigla na correspondência; Heydrich continuava oficialmente "chefe da SP e do SD".

A estrutura do RSHA era reproduzida em todos os níveis regionais, *Oberabschnitt, Abschnitt* etc.: em cada circunscrição estava sediado um Amt III, um Amt IV e um Amt V, o conjunto sob a responsabilidade de um *Inspekteur der SP und des SD* (IdS). Após o início da guerra, foram implantadas as mesmas estruturas nos territórios ocupados, onde o *Inspekteur*, porém, tornava-se *Befehlshaber* ("comandante supremo") *der SP und des SD* (BdS), que às vezes tinha sob suas ordens diversos *Kommandeur der SP und des SD* (KdS). A Orpo seguia o mesmo esquema, com IdO, BdO e KdO.

SA (*Sturmabteilung*, "destacamento de choque"): unidades paramilitares do Partido Nacional-Socialista (NSDAP), que desempenharam papel significativo na ascensão do Partido ao poder e após a tomada do poder em janeiro de 1933. Em junho de 1934, com o apoio da SS e da Wehrmacht, Hitler executou os dirigentes do SA, entre eles seu chefe Ernst Röhm. O SA resistiu até a queda do regime, mas não desempenhou nenhum papel político.

SD (*Hauptamt Sicherheitsdienst*, "Escritório Central do Serviço de Segurança"): estrutura da SS criada no outono de 1931 sob o comando de Reinhard Heydrich. Ver também RSHA.

SP (*Hauptamt Sicherheitspolizei*, "Escritório Central da Polícia de Segurança"): Às vezes designado como Sipo. Ver também RSHA.

Spiess: termo vulgar designando o suboficial responsável por uma companhia, em geral um Hauptfeldwebel.

SS (*Schutzstaffel*, "tropa de proteção"): as primeiras unidades da SS foram formadas no seio do Partido Nacional-Socialista no verão de 1925, inicialmente como guardas do corpo do Führer, Adolf Hitler, que já buscava criar um contrapeso para o SA. Heinrich Himmler foi nomeado Reichsführer-SS, "chefe supremo da SS", em 6 de janeiro de 1929. A SS tornou-se inteiramente dependente do SA no outono de 1930 e exerceu função relevante na eliminação de seus dirigentes em junho de 1934.

Volksdeutschen: por oposição à *Reichsdeutschen*, alemães radicados há muitas gerações no estrangeiro, a maioria em comunidades homogêneas.

WVHA (Wirtschafts-Verwaltungshauptamt, "Escritório Central de Economia e Administração"): essa estrutura da SS foi criada no início de 1942 para agrupar a vertente administrativo-econômica da SS, as vertentes encarregadas das questões de construção e abastecimento, as empresas econômicas da SS e a Inspeção dos Campos de Concentração (IKL). Dirigido pelo SS-Obergruppenführer Oswald Pohl, eminência parda econômica de Himmler, o WVHA comportava cinco Amtsgruppe ou "grupos de escritórios": o Amtsgruppe A, *Truppenverwaltung* ("administração das tropas") e o Amtsgruppe B, *Truppenwirtschaft* ("economia das tropas"), geriam todas as questões de administração e abastecimento dos Waffen-SS (as unidades de combate da SS), bem como dos guardas dos campos de concentração; o Amstgruppe C, *Bauweisen* ("construção"), agrupava todos os serviços técnicos da SS ligados à construção; o Amtsgruppe D era o IKL rebatizado; quanto ao Amtsgruppe W, *Wirtschaftliche Unternehmungen* ("empresas econômicas"), cobria o imenso império econômico SS, que compreendia firmas em setores tão diversos quanto construção, armamentos, água mineral, têxteis e edição.

Tabela de equivalência de patentes militares

SS (Schutzstaffel) 1934-45	Exército alemão	Polícia alemã	Exército brasileiro
Reichsführer-SS	-	-	-
-	Generalfeldmarschall	-	Marechal
SS-Oberstgruppenführer	Generaloberst	Generaloberst der Polizei	General de Exército
SS-Obergruppenführer	General der... (Infantaria, Cavalaria, Artilharia etc.)	General d.P.	-
SS-Gruppenführer	Generalleutnant	Generalleutnant d.P.	General de divisão
SS-Brigadeführer	Generalmajor	Generalmajor d.P.	General de brigada
SS-Oberführer	-	-	-
SS-Standartenführer	Oberst	Oberst d.P.	Coronel
SS-Obersturmbannführer	Oberstleutnant	Oberstleutnant d.P.	Tenente--coronel
SS-Sturmbannführer	Major	Major d.P.	Major
SS-Hauptsturmführer	Hauptmann (Inf.) Rittmeister (Cav.)	Hauptmann d.P.	Capitão
SS-Obersturmführer	Oberleutnant	Oberleutnant d.P.	Primeiro--tenente
SS-Untersturmführer	Leutnant	Leutnant d.P.	Segundo--tenente
SS-Sturmscharführer	Hauptfeldwebel	Meister	Suboficial
SS-Stabsscharführer	Stabsfeldwebel	-	-
SS-Hauptscharführer	Oberfeldwebel	-	Primeiro--sargento
SS-Oberscharführer	Feldwebel	-	Segundo--sargento
SS-Scharführer	Unterfeldwebel	Hauptwachtmeister	Terceiro--sargento
SS-Unterscharführer	Unteroffizier	Rev. O. Wachtmeister	-
SS-Rottenführer	Stabsgefreiter	Oberwachtmeister	Cabo
-	Obergefreiter	-	-
-	Gefreiter	Wachtmeister	-
SS-Sturmmann	Oberschütze	Rottwachtmeister	-
SS-Oberschütze	Schütze	Unterwachtmeister	Soldado
SS-Schütze/SS-Mann	Landser	Anwärter	-

Nota do consultor técnico: Não existe uma comparação perfeita entre postos militares e policiais de diferentes países, apesar de praticamente todas as forças europeias e derivadas usarem uma nomenclatura semelhante. Esta tabela, portanto, é apenas aproximativa.

1ª EDIÇÃO [2007] 7 reimpressões

ESTA OBRA FOI COMPOSTA PELA ABREU'S SYSTEM EM ADOBE GARAMOND
E IMPRESSA EM OFSETE PELA LIS GRÁFICA SOBRE PAPEL PÓLEN DA
SUZANO S.A. PARA A EDITORA SCHWARCZ EM AGOSTO DE 2025

A marca FSC® é a garantia de que a madeira utilizada na fabricação do papel deste livro provém de florestas que foram gerenciadas de maneira ambientalmente correta, socialmente justa e economicamente viável, além de outras fontes de origem controlada.